向荒原进军

XIANG HUANGYUAN JINJUN

名誉主编：王少伯

主　　编：周涵达

中国农业出版社
北　京

图书在版编目（CIP）数据

向荒原进军/周涵达主编 . —北京：中国农业出
版社，2019.5
ISBN 978 - 7 - 109 - 25532 - 6

Ⅰ.①向… Ⅱ.①周… Ⅲ.①回忆录－作品集－中国
－当代 Ⅳ.①I251

中国版本图书馆 CIP 数据核字（2019）第 095279 号

中国农业出版社出版
（北京市朝阳区麦子店街 18 号楼）
（邮政编码 100125）
责任编辑 赵 刚
————————————
北京通州皇家印刷厂印刷 新华书店北京发行所发行
2019 年 5 月第 1 版 2019 年 5 月北京第 1 次印刷
————————————
开本：787mm×1092mm 1/16 印张：40.25
字数：930 千字
定价：198.00 元
（凡本版图书出现印刷、装订错误，请向出版社发行部调换）

谨以此一书：

　　献给为开发北大荒曾爬冰卧雪、艰苦奋斗的解放军十四万转业官兵！

　　献给全国各地支援北大荒开发建设的二十万支边青年！

　　献给屯垦戍边的第二代垦荒人，黑龙江生产建设兵团的五十四万知青战友！

　　献给为开发建设北大荒一生征战在荒原上的五万科技工作者！

　　献给为今日北大荒的繁荣昌盛而继续奋斗的同志们！

黑龙江兵团六师 27 团开荒营《向荒原进军》编委会

向荒原进军

习近平总书记谈粮食

中国人要把饭碗端在自己手里，而且要装自己的粮食。

我国 13 亿多张嘴要吃饭，不吃饭就不能生存，悠悠万事，吃饭为大。

要牢记历史，在吃饭问题上不能得健忘症，不能好了伤疤忘了疼。

习近平总书记在黑龙江考察时讲话。
（摘自：2018 年 10 月 15 日中央电视台新闻）

不忘初心，继续前进。

——习近平总书记在庆祝中国共产党成立 95 周年大会上讲话
（摘自：《习近平谈治国理政》第二卷，第 32 页）

《向荒原进军》
编　委　会

名誉主编：王少伯

主　　编：周涵达

编　　委（按姓氏笔画排序）：

北　　京：王润培　司大同　乔　丽　刘秀娟　刘福林　许亚凤　孙绍华
　　　　　李宝恒　李桂花　杨玉琴　杨和平　张建京　张艳卿　邵秀玲
　　　　　罗以文　周如敏　周涵达　郝立青　侯乃玲　贾振元　顾志琴
　　　　　顾信根　黄秋云　崔世明　傅连顺　廖　烨

天　　津：王福砚　尹学伦　冯宝江　杨　瑛　张洪起　赵津生　高连生
　　　　　魏敬唐

上　　海：卢来根　匡伯成　任宝华　华坚涌　刘武军　汤明忠　杨国荣
　　　　　陆桂英　邵启新　邵春芳　钟宝光　俞嗣荣　康　勤　傅和林

哈尔滨：丁长才　王秀娣　白　桦　朱伟华　刘志斌　刘克新　刘滨香
　　　　　杜宝玉　李常芝　吴君城　张　莅　张立华　周　平　盛荣传
　　　　　鲁长安　潘树茂

佳木斯：万　明　叶桂芝　付清莲　闫立新　许　明　苏文禹　汪成福

牡丹江：徐桂芝

总　　局：李臣第

勤得利：吕本明　齐　敏　陈长宪

浓　　江：刘忠汉　孙国文　陈宽峰

特　　邀：韦竞明　杜佑君　李　洁　张淑媛　雷　军

《向荒原进军》
编纂组成员

主　　编：周涵达
策　　划：周涵达　王润培
总　撰　稿：周涵达　王润培　钟宝光

撰稿人员（按姓氏笔画排序）：

丁长才	于庆仁	于秀英	于炳文	于署生	万　明	王　敏
王丽娟	干秀娣	王俊田	工润培	王家莉	工淑义	凤艳萍
尹萍丽	卢来根	叶桂芝	田翠荣	付清莲	白　桦	吕本明
任宝华	刘玉凤	刘克新	刘武军	刘国华	刘艳芝	刘滨香
刘福林	刘德勇	齐　敏	闫立新	江安琴	汤明忠	许　明
许亚凤	孙绍华	苏文禹	杜宝玉	杜高友	李臣第	李红英
李秀芬	李宝恒	李振嘉	李桂花	李桂英	李普乐	李福顺
杨　瑛	杨　瑾	杨玉琴	杨言梅	杨国荣	杨和平	吴淑军
吴淑春	岑洪昌	佟少强	汪成福	宋秀兰	宋敬青	张金发
张学义	张宝义	张荣熙	张艳卿	陆佩芳	陆荣福	陆桂英
陈开选	陈长宪	陈喜凤	邵秀玲	武淑琴	范荣花	范菊妹
林素云	罗以文	周　平	周万江	周如敏	周萍芬	周梅新
周涵达	郑洪源	郎佳华	赵　敏	赵久平	赵建华	赵津生
郝立青	胡宝华	钟宝光	袁朝兴	贾振元	顾志琴	顾信根
徐桂芝	徐道生	高凤娟	高连生	郭继伦	黄秋云	黄剑萍
黄彩云	常春梅	崔世明	康　勤	董　富	董世英	傅连顺
傅和林	谢静海	蔡振宇	廖　烨	樊文炳	潘树茂	薛荣明
戴荣颜	魏国志	魏敬唐				

责任编辑（按姓氏笔画排序）：

王润培	刘武军	汤明忠	孙绍华	杜佑君	杜宝玉	张淑媛
周　平	周涵达	郝立青	钟宝光	高连生	黄秋云	

封面设计：韦竞明　韦　冯（特邀）

图文制作：杜佑君　陈　楠（特邀）

插　　图：杜宝玉

制　　印：雷　军

摄　　影：王丽雯　刘淑芬　李　培　冯宝江　盛荣传　鲁长安　刘　江（勤）
　　　　　李　洁（特邀）

会务组织：王润培　刘秀娟　李宝桓　李桂花　邵秀玲　杨和平　顾志琴
　　　　　罗以文　黄秋云　刘福林

毛泽东主席 6.18 批示：筹建黑龙江生产建设兵团

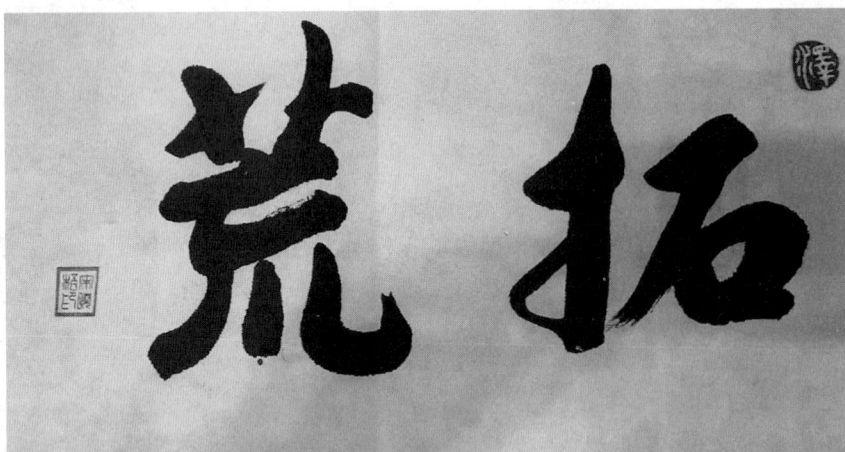

国家发展与改革委员会原党组成员、国务院振兴东北办公室原副主任　宋晓梧　题词

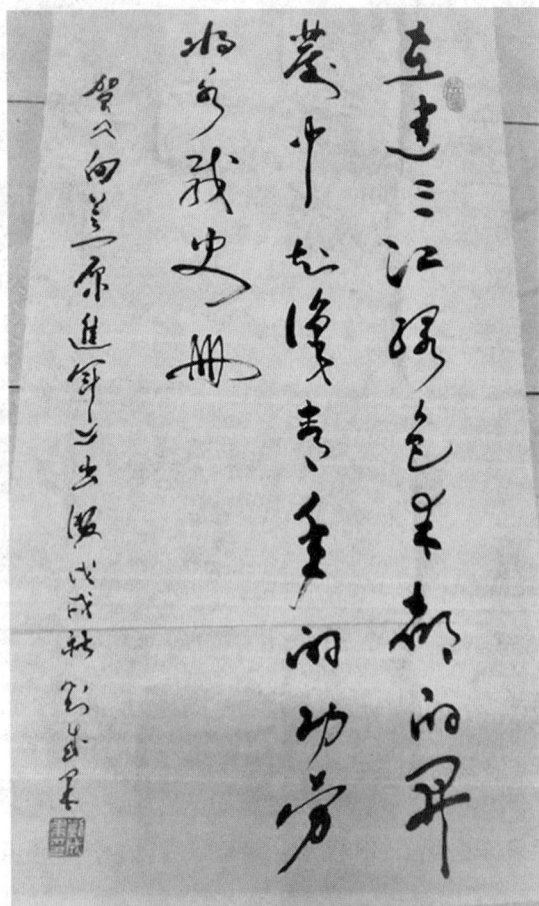

黑龙江省国营农场总局原党委书记、局长，原农业部副部长、
党组副书记，第十届政协人口资源环境委员会副主任　刘成果　题词

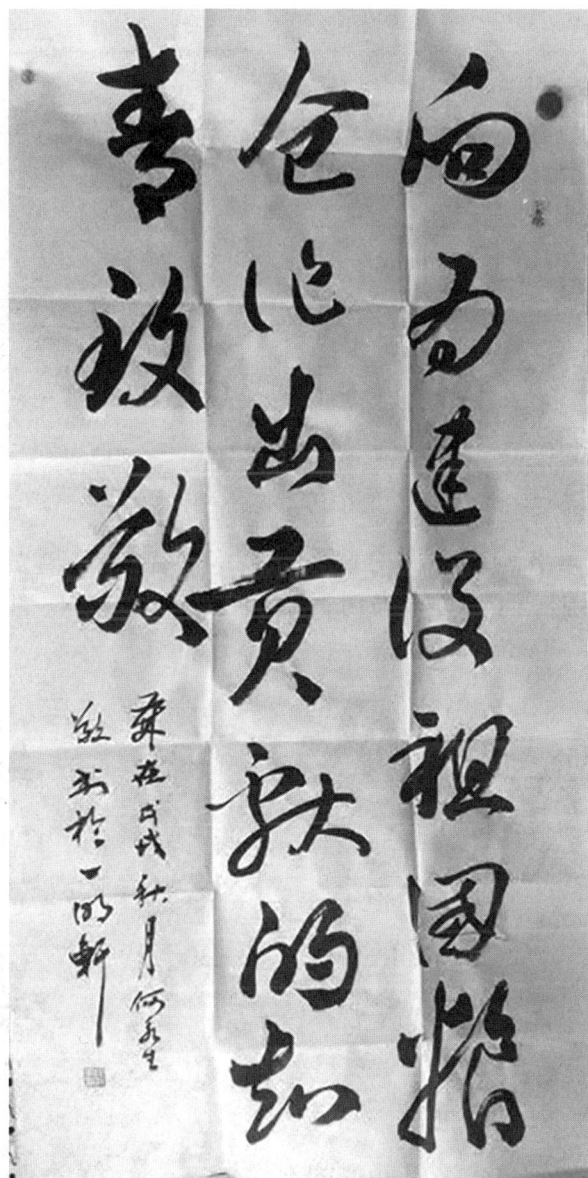

何永生　题词

（何永生　汉族，祖籍陕西米脂，生于安塞，长于宜川。先后就读于西安美术学院、首都师范大学。1981 年入伍，军旅三十年，从艺四十载。中国美术家协会会员，国家一级美术师，中国人民解放军美术书法研究院外训部主任，中央国家机关美术家协会理事，甘肃国画院副院长。）

原国务院参事，国务院扶贫办主任，农业部副部长，江苏省副省长，
现任全国农业科技创业创新联盟主席　刘坚　题词

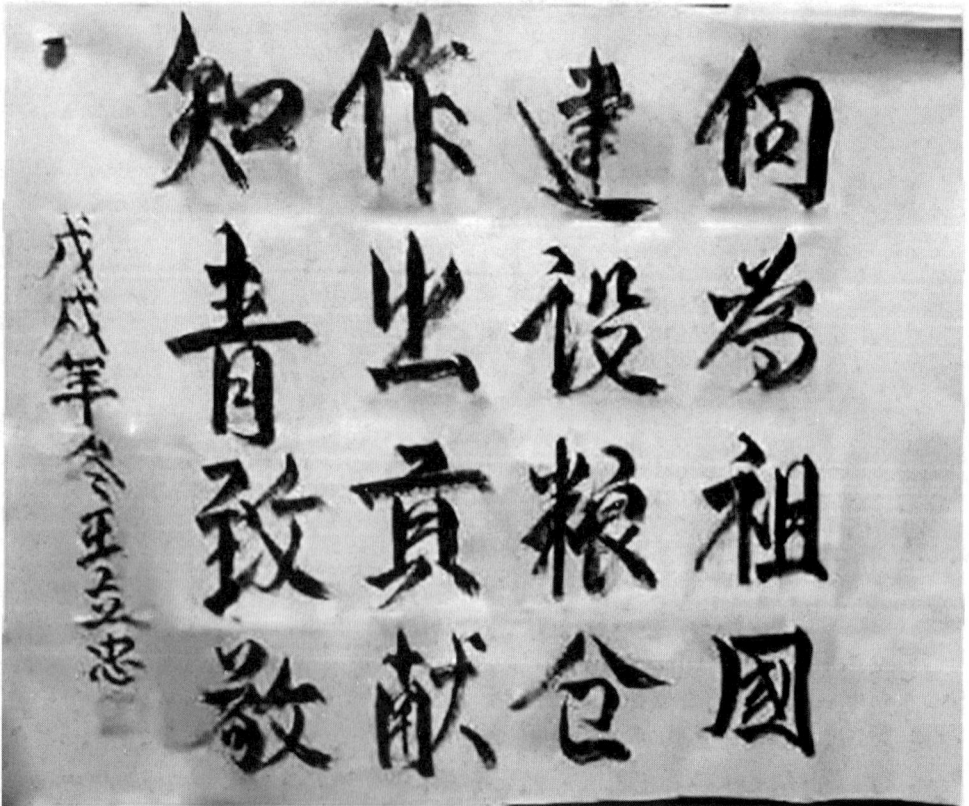

中国人民解放军中将、原兰州军区副司令员　王立忠　题词

共同的经历 / 陈立钢

我 1968 年刚到黑龙江时，是一连老连长周涵达迎接的我。他是早期毕业于北京农大的知识分子，对我们刚到黑龙江的知青非常关心。这次他指名邀请我讲话，对此我表示衷心的感谢，并借此机会也感谢筹委会为此大会成功召开所付出的辛劳。

我 1968 年 9 月从上海到 27 团一连，后到团部当警卫班长，再后到六师师部当文书，最后经同志们推荐并通过考试上了北京外国语学院。毕业后分到外交部，经过多少年磨炼，后被国家主席任命为中国驻外国大使。

2007 年 7 月，我参加中组部在上海浦东干部学院举办的大使培训班。培训班结束时，时任上海市委书记的习近平同志亲切会见我们并与我们共进晚餐（韩正市长在我们到达上海的当天也会见并款待了我们）。

我和习书记交谈时说："欢迎习书记到我的家乡当父母官"。习书记听后看着我感兴趣地问，你是上海人？我答，"是的，我是上海人，但我 1968 年去了黑龙江，成为黑龙江知青。当年黑龙江的条件很艰苦，我们那里人迹罕至，为开荒种地打粮，吃了很多苦，但我们也为国家作了贡献。我后来从黑龙江上了大学，即现在的北京外国语大学，毕业后分配到外交部，一直干到现在。"

习近平书记听了我这番话后，很有感触地说，我也是知青，我从北京去的陕北。陕北农村那里的条件也非常艰苦。我们在那里吃了很多苦，当然也做了事。我是从那里上的大学，也在北京。

此时我似乎忘记了自己的身份，更像一位老知青在与另一位老知青交谈。真可谓知青遇知青，共同感情深。

现在我讲这段经历，目的是想说，我们开荒营的知青战友，你们当年的事迹突出地体现出习主席在上海所讲到的当年知青的可贵精神，我们吃了很多苦，但我们同时也做了事。

今天我们应该把当年虽然苦难但是辉煌的经历写出来。黑龙江生产建设兵团是成武装建制、军事化组织的知青集合体，在向上千万亩荒草泥潭要粮的大开荒

· 1 ·

战役中，表现出特别能吃苦、特别能战斗、特别能奉献的战斗精神。周涵达老连长在开场发言时充满感情地讲到了这一点。

同时作为后来负责与美国、日本谈判引进现代农场全套机械化设备的农业部专家，原开荒营主抓开荒生产的领导周涵达参谋，亲身参与了这一中国最现代化、具有国际一流水平的全机械化农场的创建发展过程。开荒营华丽转身，从亘古荒原变为世界面积最大、设备先进的大农场集群，取得了巨大成就，是几代垦荒人共同奋斗、流血流汗的结果。

改革开放后，科技化、机械化大发展作用彰显，同时知青作为 20 世纪 70 年代大开荒的开拓者和主力军（参加人数占开荒营 90％以上），居功至伟，堪称是辉煌高楼宽厚基础首层的奠基者。

20 世纪 70 年代建三江横空出世，几百万亩荒原变良田，知青功不可没。现在我们应再接再厉，不忘初心，满怀激情，早日把这段知青披荆斩棘，向荒原进军，吃尽天下苦，开出新天地的开荒营战斗的日日夜夜写出来，让世人为我们开荒营知青大声喝彩。

开荒营的战友们，我们当初既然能够干好，今天也应能够写好；我们既然能拉好牛马爬犁和拖拉机的操纵杆，也应能够拿起反映开荒营战天斗地的笔杆。

我期盼《向荒原进军》一书早日问世！预祝开荒营全营特别是知青战友们将这段三江平原特殊的历史写出传世，青史流芳，为勤得利农场，为建三江农垦管理局，为共和国知青史，增添浓墨重彩的一笔。（本文为作者在上海研讨会上的讲话）

陈立钢　上海知青，1968 年 9 月下乡到勤得利农场 1 连，战士、连部通讯员，1970 年 27 团警卫班班长，1971 年师部警卫班班长、司令部文书，1973 年北京外国语大学英语系学生、班长；1976 年末，在外交部办公厅信使队、驻外使馆三秘、二秘，先后任新闻司副处长、处长、参赞、大使、总领事。2012 年退休。

作者与战友在 27 团一连黑龙江畔（左 1 为陈立钢）

序 2

浓江流域记载着开荒营拓荒者的功勋 / 杲文川

当 27 团开荒营于润培找到我，要我为《向荒原进军》一书写一篇序言时，我感到了诧异并深知写这篇短文的难度。

开荒营位于黑龙江勤得利农场南部。勤得利农场地势北高南低，南部属浓江流域的轻重湿地，浓江上游无明显河槽，中游多为平原沼泽性河流，下游比降较陡，才有明显河槽，河底纵比降小，河槽弯曲系数大，枯水期河槽狭窄，河漫滩广阔；河里杂草丛生，水流速度极缓，泄洪能力极差。由于沿河地区沼泽广阔，每到汛期，受黑龙江洪水和乌苏里江洪水顶托，河水倒灌，经常造成大面积的洪水泛滥。在 20 世纪 70 年代，整个国家还没解决粮食的温饱问题，国家提出"备战、备荒为人民"的方针，解决粮食问题是当时的主要矛盾，广大兵团战士胸怀屯垦戍边的壮志，积极响应师党委的号召，毅然开赴浓江流域，向荒原进军。

正因为当时我们对沼泽性河流的特点认识的不足，又没有经过科学性水文勘测，连队建点选点是在水害没有显现的冬季，是凭经验和感觉而选择的，再加上"先治坡、后治窝"的理念，造成季节性河流洪水倒灌时，康拜因等机械化作业全部趴窝，兵团战士被迫用小镰刀"龙口夺粮"，因水害而大幅减产，造成一些新建点甚至整个团被水围困而重新选点或者撤离；交通被大水隔断，油料等生产资料、生活物资供应不上，营长张英被迫带人扛粮涉水送粮，兵团战士生活极为艰苦。

在这种时代大背景之下，开荒营的将士们表现出了大无畏的革命精神，头顶蓝天，白手起家，一不怕苦，二不怕死，在劳动力极少，任务极重，困难极大的情况下，6 年时间累计开荒 21 132 公顷，做到了当年开荒，当年建点，当年打粮，当年盈利，做出了惊天地，泣鬼神，可歌可泣的英雄业绩。

在极度艰苦的条件下，开荒营兵团战士的精神世界是崇高的，再苦再累没有人掉队，没有人开小差，没有人泡病号……伴随艰苦生活的是心中流淌出的诗句，是高亢入云的歌声,是马灯下翩翩而起的舞姿,是生龙活虎的篮球赛,是开荒营运动会的激烈争夺,这些给浓江大开发的宏大画面增添了更加值得回味的绚丽色彩。

就在开荒营大战浓江河流域的同时,我也参与了6师唤醒沉睡的抚远荒原的大开发战斗。我1967年下乡,有过两次开荒建点的难忘经历。经过3年时间,刚刚把十二马架开荒队建设得初具规模,1971年4月我又投入到25团7营78连新建点的建设。我经历过戴着皮帽睡觉半夜被冻醒,早上人人成了圣诞老人的经历;也经历过脖子上挂着沉重的装着豆种的背包,小棍儿点种大豆的劳累;也经历过一个月穿着湿裤子水中捞麦的岁月……那时过度的劳累,那时物资与精神生活的极度匮乏,那时与外部世界的隔离,那时对亲人、故土的思恋,那时与蚊虫的轮番抗争,那时缺乏新鲜蔬菜、缺乏肉蛋的清苦生活,都给我们留下了刻骨铭心的记忆。这些故事讲给儿孙们听,他们甚至难以理解。所以,我和开荒营的兄弟姐妹们心灵是相通的,记忆是一致的,情感是炽热的,对那片神奇土地的眷恋是魂牵梦绕的。

47年过去了,浓江流域出现了现代化农场群,成了祖国东北边陲的大粮仓、绿色米都,那黑黝黝的土地向后来人诉说着当年开拓者的牺牲和奉献,那一望无际的田野记载着27团开荒营当年功勋卓著的勋业。三江人民不会忘记,共和国不会忘记那些顾全大局,不计名利,不畏艰险,舍生忘死,不懈奋斗的拓荒英雄!

向27团开荒营的英雄们致敬!他们无私无畏,战天斗地,百折不挠,勇往直前的精神将永存于天地之间!

呆文川 北京知青,1967年从北京八十中到黑龙江七星农场十二马架开荒队,历任农工、机工、班长,1971年到7营78连参加第二次开荒建点,1971年秋调25团宣传股任报道员、新闻干事,1978年底返城,历任中国社会科学出版社编辑、读者服务部主任、出版发行经理部副经理、总编室主任、综合编辑室主任,中国社会科学院院报副刊部主任兼通联部主任,退休后任中国社会科学院老专家协会秘书长,中国国际文化书院副秘书长、顾问,中国老教授协会理事。

呆文川近照

序 ③

向你们深深地致敬 / 刘瑛

我认为这是一本青年励志的好书！

在那个年代，中国知青，一帮未成年的孩子，满腔青春热血，跟随一代老垦荒人，用稚嫩的臂膀扛起了"向荒原进军"的大旗，以超乎人类生命极限的不屈不挠，在亘古沼泽地建起了农业航母——美丽的北大仓。

这场以顽强的年轻生命与大自然的恶斗历史，将永远烙在共和国的长卷中……战斗在荒原深处的年青知青战友们！

向你们深深的致敬！

刘瑛　中国知青第一人，第一代垦荒人，新中国最早的女收割机手，全国劳动模范，1950年北京女三中初中毕业，从北京自愿到北大荒道北机械农场从事农业生产，1954年调友谊农场，曾任收割机手、技术员、生产队长，友谊农场农工商公司副总经理，友谊县人大常委会主任等职。20世纪60年代初进入北京农机学院深造，毕业后谢绝留校回到北大荒，直到退休。著有自传《北大荒的女儿》一书。

作者1955年在友谊农场五分场工作照

前　言

　　《向荒原进军》是一本纪事回忆录。本书从知青角度回忆记述了黑龙江生产建设兵团六师 27 团（现勤得利农场）开荒营（现浓江农场）建营开荒的一段真实经历。时间从 1971 年初"向荒原进军"开始到 1979 年底知青返城结束。

　　六师 27 团开荒营（四营）人员 90％是知识青年，在第一代垦荒人的率领下孤军深入到近百公里的浓江河北岸，在远离大本营的沼泽水网无人区开荒建点。这一战可以说是六师在三江平原大开荒时期的一场最艰苦、最有成就感的经典战例。正如王少伯师长所说：开荒营在浓江河北岸开荒建点的成功，打通了浓江河两岸的瓶颈，对三江平原整体大开发意义重大，也为后来建三江大农场集群的发展奠定了基础。

一、兵团六师屯垦戍边大开荒

　　1968 年 6 月 18 日，毛主席批示组建中国人民解放军沈阳军区黑龙江生产建设兵团。大批城市知识青年来到北大荒加入兵团序列屯垦戍边。当时边境形势非常紧张，兵团又组建了六师。六师的辖区：北、东两侧是黑龙江和乌苏里江国境线，中间是三江平原，由于偏东、西走向的浓江河、鸭绿河在中间阻隔。有近 2 万多平方公里的中间地带是沼泽和无人区，开化后无人敢进，严重阻碍两岸的交通联络，打通这个瓶颈可使原来从东坐船两天两夜或从西边开两天汽车变为几个小时。王师长在视察开荒营时曾说：不艰苦让我们军人来干什么？屯垦戍边，首先是屯垦开荒，如果连自己都养活不了，谈何戍边。

　　从 1970 年开始，新组建的六师在师部办公地都没建设的情况下，王师长就率领全师组织开荒大会战。当时六师的新、老团，全都集中在浓江河南岸开荒，而浓江河北岸只有一个 27 团驻守，27 团是 58 年铁道兵建的老团（现勤得利农场），北靠黑龙江额图山，向南是一望无际的三江平原，所辖面积占三江平原的近三分之一。如果浓江河无人区这个瓶颈不打通，将直接影响三江平原整体的开荒、排水、修路规划。

二、27团受命组建开荒营

1970年底王师长指示27团：抓紧组建四营，要组建一个营部和12个连队向浓江河北岸进军，在三江平原中心地带开荒建点，打通浓江河两岸。27团接到命令后感到压力巨大。当时全团的农业人员、机械设备已经全都调配给刚组建不久的十几个新建连，全团的人员、物资设备已基本掏空，连锅碗瓢盆都凑不齐。从四营的组建规模和进驻范围看等同于又组建了一个27团，可想当时27团有多困难。

时间和形势不等人，师团领导明白，如果冬天不能开进去就要再等一年。面对困难，团党委不等不靠迅速成立了开荒指挥部，倾全团之力从工副业二线抽调了200多名知青战士，并积极筹备进点的物资。从1970年12月中到1971年2月上旬，仅一个多月时间，一支以京、津、沪、哈等地的知青（包括团直中学毕业生）为主力军的四营组建完成。由于上级一直没有批准番号（进点后6月才批下来），张副参谋长提议，四营起名"开荒营"，授旗全都写开荒营。此后开荒营名气大振，以至很少说四营的番号。

开荒营的人员定下后，新的问题又来了，27团的营、连储备干部已无人选。王师长指示：营连班子配不齐进点以后补齐，必须抓紧进点。可见当时王师长对北岸开荒部署的急迫。团党委决定：尽量为每连配备一名有经验的老领导，其余从进点的青年中选拔。这样一大批知青战士被火线提拔到领导岗位上，最小的还不满18岁，在他（她）们稚嫩的肩膀上已挑起开荒建点的重担。即便这样，各级班子仍未配齐。好在27团党委挑选了两位非常能干的营领导：一个是开荒副总指挥兼营长张英，1958年转业的"老八路"，一直在艰苦的开荒建点一线工作，有着丰富的经验和管理水平；另一位是1958年北京农业大学毕业后即随十万官兵来北大荒的知识分子周涵达（本书主编），他1958年就曾和转业官兵进军过浓江河，俩人是全团公认的实干家。随后又配备了一名机务参谋于成洲。

进点前，王师长嘱托营领导：不要在经济上给团里带来负担，争取做到有收益、不赔钱。在出征誓师大会上，以张英、周涵达为首的"老垦荒"率200多名热血青年立下誓言：当年开荒、当年打粮、当年做贡献。高举"向荒原进军"的大旗迎风冒雪挺进三江平原腹地，在百里无人区打了这场长达8年、艰苦卓绝的开荒大决战。

三、艰苦的开荒营

从1971年2月16日正式进点开始，天气就不太好，当三辆卡车和链轨拖拉机运送47、48连的官兵到达浓江河北岸后，在返回途中遭遇到"大烟炮儿"的袭击，二台汽车被迫放水弃车，其他艰难地冲了出来，有驾驶员冻伤。刚进点老天爷就先给了一个下马威。好在入驻的各连全部安全到达了指定位置。

到达位置的官兵顾不上旅途的疲劳寒冷，立刻开始伐木割草、搭帐篷、埋锅造饭。曾有战友感叹：进点时太艰难了，全营仅有一台被火烧过大修完的拖拉机，雪地上的木桩就是连队位置，一顶帐篷、二百块砖、半吨煤是连队全部家当……有位年轻副连长回忆说：当时我一个18岁的女孩带着大家进点，老指导员一直未到任，我一进点就蒙了！不知从哪开始干？这时我们连唯一的老同志主动站出来帮我出主意想办法，这才渡过难关。无路、无饮用水、无电，到处是塔头、水泡子和厚厚的白雪。除一座座孤独的帐篷和20名垦荒战士外，百里荒原再无人烟。一群十八九岁朝气蓬勃的青年，工作苦累不怕，怕的就是寂寞，外面什么事都不知道，偶尔外面来个人或车全连都出来看，大家都要行注目礼送到远方。恶劣的环境和繁重的劳动考验着年轻战士的意志，在他们被无情的风雪吹黑的脸上，已看不到同龄人青春的娇美，看到的是他们不惧困难坚强的目光。

开荒营将士在荒原深处苦苦地坚守着，师团领导正在筹划着一场开荒大战。当大地回春、冰雪开始融化时，师团党委已集结了40多台机车和开荒大军。王师长更是亲临前线指挥动员。全营士气大振，师长一声令下，各连队坚守的官兵就像跳出战壕的勇士向荒原发起冲锋。机车手迎着风雨酷暑大班作业，口号是："誓叫荒原变良田"。后勤在非常艰苦的条件下想方设法让前方战士们尽量吃好，口号是："一切为了开荒前线"。这是六师大开荒时期集中人员、机车最多的一场歼灭战。战友们披星戴月在荒原深处开荒、耙地，并播种大豆2万多亩，实现了当年建点开荒、当年打粮做贡献的誓言。在开荒的同时，连队积极盖土房和打晒场，团党委调集人车采用人挖车推，修筑了一条60多公里长通往浓江河的土路，打通了全营的生命线。经过一年多的艰苦奋战，全营已在荒原深处站住了脚。这时营领导又按师长指示迅速向东西两厢延伸开荒、建新连队，每年都组织开荒大会战。开荒营像一把尖刀插入荒原腹地，在荒原深处沼泽水网地带孤军奋战了8年。到1979年底已发展耕地55万亩、17个连队和配套单位，全营从进点时的250多人发展到3 800多人，所涉及的下乡知青从1968年第一批到1976年最后一批，城市波及京、津、沪、哈、佳、牡等城市和团中学毕业生，1975、1976年的下乡青年更是直接投入到开荒前线。可以说，27团开荒营是名副其实的"五湖四海知青营"。全营官兵胜利地完成，师团党委交给的任务。

改革开放以来，农场建设走上了快车道，在勤得利农场四分场（原开荒营）

的基础上建成了一个耕地55.8万亩、现代化的浓江农场，中央储备粮基地。我们知青参与并目睹了三江平原沧海桑田的巨变，我们在荒原艰苦创业所追求的理想已经实现。

四、编写《向荒原进军》回忆录的意义

五十年后，当年在荒原上征战的十七八岁的知青战士已近古稀之年。广大知青战友和老垦荒人并肩艰苦创业的经历以及留存的一些珍贵历史资料可能会被遗忘或流失。很多当年的老领导和老战友已相继离世，我们有责任把这段历史回忆记述下来留给后人。

8年的艰苦奋战，8年的酷暑严寒，我们的青春随着荒草的消失而流逝。广大知青战士作为第二代垦荒人接过老垦荒人"向荒原进军"的大旗，完成了1958年官兵开发浓江河的心愿。现在两代垦荒人再次并肩奋斗，不忘初心，为传承北大荒精神续写新的诗篇。

2018年10月，习近平总书记到黑龙江省建三江垦区考察时语重心长地讲道："中国人要把饭碗端在自己手里，而且要装自己的粮食。"习总书记的讲话说明党和政府始终关心国家的粮食安全。为了饭碗中装自己的粮食，北大荒三代垦荒人前赴后继奋斗了六十年，在荒原上建起了中国农业的航母，为保证国家的粮食安全做出了应有的贡献。

本书收集的回忆录中有些题材名称雷同。当时十几个连队同时开进荒原，生存是第一要素，必须要伐木盖房、打井，题目雷同但经历不同，让人无法取舍。本书主编要求我们：各地的知青战士文化程度大多不高，不要强求为难他们，不要落下他们。

开荒营官兵向荒原进军垦荒回忆录的文字图片成册了，他们的泪水、痛苦，他们勇敢坚强的牺牲精神以及付出的青春热血和取得的成就，都一一记载在本书的字里行间。

编委会感谢各级领导、总局、团场领导和各界人士的关心帮助！感谢战友们的辛勤付出和支持！更要感谢中国农业出版社的鼎力相助！谢谢他们对知青文化的支持关爱！

周涵达（《向荒原进军》编委会、主编）

（王润培执笔）

2018年10月23日

目　录

官兵一致同甘苦——1972年营部为48连送粮纪实 ……………… 杨 瑛（72）
难忘的大开荒 ………………………………………………………… 崔世明（74）
开荒大会战——136号车组荣立集体二等功 ……………………… 李普乐（76）
记晒麦场浇注混凝土全营大会战 …………………………………… 于署生（78）
支援41连秋收的那个夜晚 …………………………………………… 杜宝玉（82）
风雪交加开荒营 ……………………………………………………… 周万江（84）
营部战地炊事班 ……………………………………………………… 李桂花（86）
营部炊事班的故事 …………………………………………………… 邵秀玲（89）
回忆兵团那几年的事 ………………………………………………… 杨言梅（93）
歪打正着学做豆腐 …………………………………………………… 白 桦（97）

第五篇　开荒营连队建点经历 …………………………………………（100）

开荒营31连 ……………………………………………………………（101）
地图 …………………………………………………………………… 贾振元（101）
开荒营33连 ……………………………………………………………（105）
北大荒往事随笔 ……………………………………………………… 张艳卿（105）
33连——荒原深处的先进连队 ……………………………………… 康 勤（110）
回忆兵团的岁月 ……………………………………………………… 李振嘉（113）
我为开荒营战友理发——唯一的开荒营之行 ……………………… 张宝义（115）
开荒营34连 ……………………………………………………………（118）
回忆我在开荒营 ……………………………………………………… 崔世明（118）
我的北大荒记忆 ……………………………………………………… 丁长才（122）
开荒营36连 ……………………………………………………………（126）
36连建点记事 ………………………………………………………… 徐桂芝（126）
从老大难到先进连的转变——记开荒营36连 …………………… 李臣第（130）
我的兵团岁月 ………………………………………………………… 潘树茂（133）
开荒营37连 ……………………………………………………………（140）
我在37连的工作回忆 ………………………………………………… 刘克新（140）
37连宣传报道（历史资料） ………………………………………… 杨 瑛（143）
青春永驻北大荒（诗三首） ………………………………………… 杨 瑾（148）
迷路 …………………………………………………………………… 郭继伦（151）
等待救援 ……………………………………………………………… 李福顺（153）
开荒营38连 ……………………………………………………………（155）
开荒营38连建点回忆 ………………………………………………… 王秀娣（155）
打井 ……………………………………………… 王秀娣，张和平，盛菊香（165）
我在荒原的青年时代 ………………………………………………… 王家莉（168）
最难忘的一天 ………………………………………………………… 吴淑春（171）
开荒营39连 ……………………………………………………………（173）
开荒营39连回忆 ……………………………………………………… 孙绍华（173）

第一篇 屯垦戍边

浓江荒原（夏季）

浓江荒原（冬季的塔头地）

情 系 北 大 荒

王润培

我恨北大荒，因为它曾放出豢养的蚊虫昼夜袭击我们，咬得我们遍体鳞伤。

我恨北大荒，因为它想指使熊罴豺狼把我们赶出它的领地，又想用无情的暴风雪把我们的躯体冻僵。

我们不惧怕北大荒，当年的垦荒战士曾用青春的火焰将冰雪溶化，用钢铁般的意志犁开它的肆虐蛮荒。

我们不恨北大荒，因为它变了！它脱下了骄横霸气的外衣，变得像一个淑女，愿意让垦荒战士为她梳妆打扮，向世人展示她多娇的风采和富有。

我爱北大荒，她成熟了，她开始用甘甜的乳汁抚育我们，用她那宽大无私的胸怀为我们奉献食粮。

我爱北大荒，她像故乡的母亲，虽然让我们吃过苦，但走出去的游子都意志坚强，懂得什么是责任和担当。

我爱北大荒，因为三代垦荒人的青春汗水已浸透了她的每一块黑土地，她今日的辉煌就是当年我们《向荒原进军》艰苦奋斗的信念和理想。

我爱北大荒，因为垦荒人为她起了一个响亮的名字——"建三江"，她就像一颗明珠在三江平原上放着光芒。

我爱北大荒！我爱建三江！她是我们的第二故乡！她已成为中国农业的航母，她是中华大粮仓！

2018 年 4 月 16 日

1971—1977 六师 27 团和开荒营的地理位置示意图

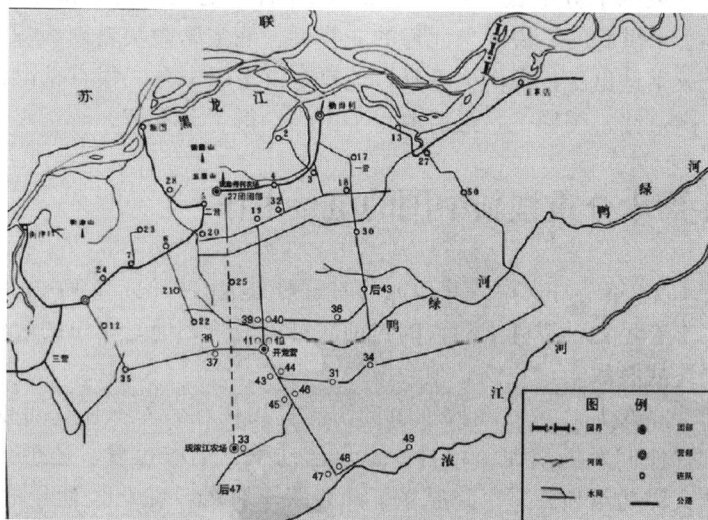

1971—1977 年开荒营营部及各连队的分布
（37—48 连，31、33、34、36、49 连）

6 师 27 团（勤得利农场）开荒营的军垦轨迹

周涵达

一、毛主席论屯垦戍边

毛泽东主席曾赞赏曹操和朱元璋的屯田政策。曹操被称为旷世枭雄已经是妇孺皆知的事情了，千百年来的偏见掩盖了历史的真实。但是，毛主席主张对曹操的评价要实事求是，对曹操的屯田政策加以肯定："曹操结束汉末豪族混战的局面，恢复了黄河两岸的广大平原，为后来西晋的统一铺平了道路。"

建安元年（公元 196 年）曹操采用枣祗、韩浩等人的建议，实行了屯田政策，它对恢复战乱中被破坏了的农业，对支援战争，都起到积极作用，为晋朝的统一打下了物质基础。毛主席对此十分重视。

毛主席对朱元璋（洪武）在加强中央集权的同时，还实行了一系列发展生产，奖励垦荒，轻徭薄赋的政策也十分重视。1953 年 2 月 23 日。毛主席到南京紫金山天文台视察工作。一行人来到了朱洪武的墓说起朱元璋的一些事。毛主席微笑着对大家说："这些都是传说，朱洪武是个放牛娃出身，人倒也不蠢，他有个谋士叫朱升，很有见识，朱洪武听了朱升的话，广积粮，高筑墙，缓称王，最后取得了民心，得了天下。"

二、毛主席十分重视新中国的屯垦工作

毛主席早在 1943 年 9 月视察陕北南泥湾时就对身边的人说："在南泥湾，我们亲眼看见了，自己动手，丰衣足食，战胜了敌人的封锁。可见战争不但是军事的政治的斗争，还是经济的斗争。要最终战胜敌人，我们必须会做经济工作。"

1947 年，东北光复后，一些在战争中负伤的官兵住在荣军医院，可他们不愿意在医院养着让别人侍候，他们发扬南泥湾精神，要自己动手、丰衣足食，还想为党和国家作些贡献。这些负伤的人民功臣和荣军医院成立了两个荣军农场，在北大荒开荒种地、放马牧羊。荣军农场受到党和政府的称赞，也是北大荒最早的军垦农场。

新中国成立初期，毛主席两次批示部署军队屯垦工作。1949 年 12 月 5 日毛主席对《中央关于实施军队参加生产建设工作指示的通知》进行了批示。

1950 年 7 月聂荣臻元帅在政协一届二次会议上作军事报告时，汇报了全军劳动生产上取得的巨大成绩，毛主席很快作了批示，"这个计划很好……在经济上是很合算而有大利的，国家又立即增加几十万工业工人和使用机器的农业工人，应即刻筹办并请苏联帮助，中财委订购工程和农业的机器，开办工程学校和农业技术学校。"

1952年2月毛主席又以人民革命军事委员会主席的名义，发布了关于军队参加生产的命令。全国有38个师转为生产建设师。命令说："你们过去曾经是久经锻炼的有高度组织性纪律性的战斗队，我相信你们在生产建设的战线上，能成为有熟练技术的建设突击队。"

1956年5月，国家成立农垦部，任命王震为部长。1958年3月20日成都会议通过《中共中央关于发展军垦农场的意见》的报告，4月8日政治局同意批准，以中发〔58〕285号文件发布。意见指出："军垦既可解决军队复员就业问题，又可促进农业发展，在有些地区还可以增强国防和巩固社会治安。"

1958年中央军委发出《关于动员10万干部转业复员参加生产建设的指示》，其中大部分官兵开赴黑龙江北大荒垦区。在十万官兵去开发北大荒时，毛主席也不忘记动员支持身边的工作人员下去，中央警卫团文工队的一些同志就是在毛主席的支持下到北大荒的。毛主席在写给吴凤君同志的信中说："是我主张你们远走高飞的，是我主张你们改行的。你们高飞到千里之遥，改业为生产者了，多么好啊！"毛主席在给李艾同志的信中深情地写下了一句话："问候北大荒的同志们"。几个苍劲有力的大字让战斗在北大荒的广大官兵和志愿支边的同志们受到极大鼓舞，也留下了毛主席对农垦事业发展的关怀。随着十万转业官兵来到北大荒，党和政府又在全国各地动员了20多万支边青年加入解放军官兵的开荒大军，掀起北大荒军垦的第一次大开荒、大发展的高潮。

1962年2月26日周恩来总理曾谈到："毛主席和我有个设想，把我国三分之一以上的军队改为生产建设部队。"

1980年4月3日，王震将军在全国农垦局长会议上讲："毛主席、周总理、朱总司令他们曾多次谈到，中国这么一个幅员广阔，多民族的大国，为了巩固边疆，保卫祖国，自古以来就有一个组织军队屯垦戍边的问题。"他们还讲到《共产党宣言》的大纲领中，有一条要建立农业产业军，所以要开垦荒地，建设一支采用现代机器和科学技术的产业大军。

三、北大荒（三江平原）真荒凉

广义的北大荒应该包括黑龙江的东部、西北部、北部地区人烟稀少的广大平原和森林地带，不包括涉足人类活动较多的地区和大小兴安岭的森林采伐地区。松花江、黑龙江、乌苏里江环抱的三江平原，特别是富锦、同江、抚远、饶河四县所包围的平原地区，比集贤以东，虎林、密山、宝清以北的平原和山地结合区更要荒凉。当时的人口除了富锦县有五千多人外，其他三个县镇人口加起来也只有5 000多人。除了县镇周边有少量的土地被开垦外，在总面积达3万多平方公里的三江平原人烟绝迹。

日本侵略军占领时期，曾几次想开发这里，但都没有成功。日军在这里还犯下种族灭绝罪行，他们把长年在黑龙江边，以渔猎为生的赫哲族同胞强行赶进浓江河深处的沼泽地，强行让他们在规定的1、2、3个部落（集中营）居住，想让他们在看不到的荒原深处自己灭亡。到日本投降时，只有少数赫哲族同胞从荒原深处走出来。

据勤得利农场（27团）的抗联老战士安福同志讲，曾有5名抗联战士计划从饶河穿越荒原草地去富锦，他们刚走到浓江河与鸭绿河的中间地带，就有俩人陷在沼泽泥潭中牺牲了，他们只得往北走，在往勤得利方向走时又有一人牺牲。当时勤得利只有不到 20 户人，两名抗联战士在百姓帮助下躲过日伪军去了苏联。以后再也没有人敢穿越过，就连国家测量队夏天也没有进入这一地区，一直到 1958 年。

老作家聂绀弩同志曾经在 20 世纪 50 年代末和 60 年代初在北大荒生活过，1959 年 3 月他在虎林写下一首《北大荒歌》，真实反映了北大荒的荒凉景象，聂绀弩同志在《北大荒歌》中写道：

北大荒，天苍苍，地茫茫，一片衰草和苇塘。苇草青，苇草黄，生者死，死者烂，肥土壤，为下代，作食粮。何物空中飞，蚊虫苍蝇，蠛蠓牛虻，何物水边爬，小脚蛇，哈士蟆，肉蚂蟥。山中霸主熊和虎，原上英雄豺与狼。烂草污泥真乐土，毒虫猛兽美家乡。

大烟炮儿，谁敢当？天低昂，雪飞扬，风癫狂。无昼夜，迷八方。雉不能飞，狍不能走，熊不出洞，野无虎狼。酣战玉龙披甲苦，图南鹏鸟振翼忙。天地末日情何异，冰河时代味再尝，一年四季冬最长。

他又写道：……没有天神下届，巨星临界，天精地力，鬼斧神工，何能稍改其面庞。

而三江平原中心的水网地带比诗歌中描写的还要荒凉。

乌苏里江畔的饶河 859 农场属密山农垦局。农场和外界联系只能向南走虎林、密山至牡丹江，或走水路顶水走 4 天从乌苏里江绕抚远、黑龙江、松花江到佳木斯，向西向北就是浓江河，别拉洪河。三江平原中心的沼泽水网和塔头无人区，根本无路可行。

四、1958 年勤得利 856 农场，解放军垦荒官兵进军浓江河

1957 年冬，中国人民解放军铁道兵农垦局党委决定，在抚远县、勤得利地区建一个大型的谷物农场，命名为 856 农场。1958 年 1 月，856 农场筹建小组成立。农场计划开荒 5 万公顷（75 万亩），国家配备匈牙利产拖拉机 DT-413，100 台，解放牌汽车 5 辆。3 月 15 日先遣队从街津口翻山徒步前进到了指挥部，上级决定建五个分场（大队），其中四、五两个分场建在鸭绿河南。当时的开荒建场目标是整个浓江河以北以及鸭绿河两岸地区（也就是后来开荒营开垦的地区）。1958 年四分场场部就建在开荒营 38 连的位置，五分场预计建在开荒营 34 连附近位置。

整个四、五分场要开荒的区域（开荒营的区域）位于三江平原中心地带，地势低，除了本身接收的天然降水以外，还要接收来自额图山（勤得利 6、7、8、9 连）四条支流下来的水，虽然浓江河、鸭绿河都叫河，但是都没有河床，夏天雨季一到山洪下泻，水就集在两河地带肆意泛滥，形成大沼泽、水泡子和塔头甸子，排水十分困难。当年我和丁元善场长曾两次想到浓江河边去看一看，一次是走着去，一次是开拖拉机去，但都没有成功。当年建四、五两个分场时共有解放军官兵 350 多人，为了解决生活和生产物资的运输，1959 年 4 月末在五连往南二公里再往西走、过了八岔河，在河的西岸搭了一个草棚，建了一个物资转运站，由一个广东籍姓黄的战士负责。这个转运站不但四分场用，沿山的几个连队也都用，有过路的战士走累了或者时间晚了，就在转运站住一夜。当时 856 场部设在五连，但很快就搬到勤得利江边。从江边运物资到四分场，拖拉机天气好时都要走一昼夜，多数情况需要两天，运来的物资都要存放在转运站，再由转运站送往四、五分场。转运站一直到四分场撤销才停止工作。

1958年垦荒的官兵们在这片土地上吃尽了苦头。交通不便，没有畅通的路，物资运不进来，粮食运不出去。通讯困难，只有分场部有一台时好时坏的电报机，连队通讯都靠人传达。一直到撤出时都没有发电机。四分场场部只有一顶军用棉帐篷，半地下室，帐篷里放一个大汽油桶取暖用，帐篷紧靠里面放三张简易办公桌，周发奎和刘自刚各用一张桌子，我和丁元善场长合用一张。

1959年1月，快过春节了，又下了一场大雪，还连续刮了几天大烟炮儿，冬天地里没活了。那是"大跃进"时代，丁场长就带领大家一起搞积肥，从水泡子里挖草炭积肥，丁场长和我们一起干了一个多月，连星期天都不休息，只是阳历年放了一天假，也没有地方去，所以大家还是干了两个多小时。到晚上大家都累极了，后半夜没有人起来往大油桶里添木柴，火灭了。第二天早晨我想起床，但是被头掀不开，我把被子整个掀起来一看，被子头上已经冻了一个大冰坨，再一看他们被子上的冰坨比我的还大。我把他们三人叫醒后，大家就用木棍敲打被头，四个人被头上的冰霜装了足够半脸盆。再一看帐篷里挂的温度计，显示是零下9℃。

当时四分场和五分场的官兵生活条件十分艰苦。1959年因为交通中断，四分场发生过三次断粮事件，一次是连续三天吃水泡子打的鱼，无油、无盐的水煮鲫鱼；一次是连续五天吃剩余的大豆种子和小麦种子；还有一次是连续五天半吃高粱米。至于吃菜更谈不上了。1958年冬天从富锦买来一些土豆，平时也舍不得吃，到了6月份还是吃没了，由于长时间吃不到青菜，许多战士视力开始减退。

四、五两个分场的解放军官兵在荒原上奋战了两年，其中五分场实际建点没有成功，官兵们在6月末开始陆续进驻已错过最佳机会，只是伐了一些木料，盖了几个马架子，挖了一口水井，开荒总面积只有100公顷左右，从1958年6月建点到年底五分场撤销，半年的时间就严重损坏DT-413拖拉机3台，五分场建点失败。1959年9月，二个分场总计开荒22 000多亩，其中播种小麦2 000亩，大豆3 000多亩，收获小麦40多万斤，大豆50多万斤。可付出的代价是巨大的。国家用宝贵的外汇为我们进口的拖拉机没都用在开荒上，平时三分之一的机械力量用于生产生活物资的运输。1959年冬，四分场撤出时，也严重损坏了DT-413拖拉机5台，按照当时价值计算，损坏车辆的价值可以抵上当年收获的全部粮食价值的2倍。五分场撤销后，1959年5月21日（也许是23日），农垦部部长王震将军视察勤得利农场（当时叫合江农场），听取农场情况汇报后，责成合江农垦局李桂莲副局长，到四分场实地调查。当年7月，丁元善场长陪同李副局长到四分场调查，看了四分场3个生产大队，调查了荒地资源，询问了交通生活条件，详细地听取了开荒作业中的难点。当听到由于草根层厚，磨得很锋利的重耙作业十多个班次就切不断草根了，四分场又没有发电机，又缺少重耙，只能把耙片拆下来，送到百里外的勤得利去磨，来回快则三天，慢则四、五天，严重影响田间作业。李桂莲副局长的这次实地调查决定了四分场去留的命运，他说回到佳木斯后会尽快开会研究。

大概是1959年8月末，农垦局通知农场：四分场开荒作业暂时停止，已开荒的地块继续耙地。又过了一个月，农垦局下令：四分场的田间作业全部停止，机车、农具集中保养，四分场撤销。丁场长和我是1960年1月16日最后撤出来的。丁场长调到三分场当场长，我调到二分场当技术员。从此，鸭绿河南岸、浓江河北岸除了冬天还有人进去伐木以外，又变成了无人区。四、五分场的撤出，实际就是宣告：进军浓江河、鸭绿河失败。

总结失败的原因，当时上级领导和开荒官兵对三江平原腹地无人区地带的地貌状况并不十分了解，在大跃进时代，上下级官兵凭着大跃进的热情强行向荒原进军，造成战线太长无后勤保障。再有，当时国家的工业基础薄弱，大面积开荒需要配套相应的各种农机具，光有拖拉机不行（进口），当时如重耙、轻耙、选种机、播种机、收割机、发电机及修理工具都严重不足，有些农机国内还制造不了，需要进口。还有，缺少技术人员和农机操作工及修理人员，当时的拖拉机手都是开坦克的改行而来，有些新手学习农业机械知识困难，不规范的操作对机械的使用损耗影响很大。至于农业技术和管理人才就更缺乏了。

总之，在大环境影响下，在没摸清荒原地貌情况下强行进军犯了兵家大忌。就是十一年后开荒营再次进军荒原时，后建的 33 连、49 连、50 连地区，一到夏季，人车也根本进不去。1971 年开荒营在浓江河北岸建 47 连、48 连时是冬天进去的，为了站住脚，开化后物资粮食供应经常是人背肩扛淌水往里送。可以想象 1958 年那时候人员少、战线长、物资缺乏，其困难程度是多么大。

从现在角度看，当时王震将军视察勤得利后，总局做出撤销四、五分场，巩周沿山分场连队的决定是及时的和正确的。从此，大开荒战役结束，勤得利农场进入巩固调整期。

五、调整期与生产建设兵团的组建

从 1959 年末四分场撤出到 1968 年，勤得利农场可以称为调整巩固时期，在这段时间，农场对沿山 9 个农连队开垦的土地进行连片排水规划，修了一条 60 多公里的主干公路，加强了晒场的建设管理，培训了大批的农业、农机管理人员。随着国家工业的发展，以"东方红 75"为代表的拖拉机逐渐淘汰了进口的小马力拖拉机，配套农具也基本实现国产。在巩固农业生产的同时，农场还建了粮食加工、食品供应等工副业配套单位，使职工住房、医疗卫生等方面得到很大的改善。1966 年 3 月部队的一批官兵转业到农场，官兵们在 9 连向东连线开荒，建了 10、11、12 三个新连队，调整期间再没有大的开荒。到 1968 年，勤得利农场除每年向国家上交大量的商品粮外，生活上基本做到自给自足。

1968 年前后，中苏关系紧张，边境开始出现摩擦对峙。1968 年 6 月 18 日，毛主席、中央军委批准组建中国人民解放军沈阳军区黑龙江生产建设兵团。1968 年 6 月，第一批北京知识青年来到勤得利屯垦戍边，随后又有大批京、津、沪、哈等地的知青来到勤得利，一直延续到 1972 年（之后又有哈、佳等地知青加入，直到兵团撤编）。这时的勤得利农场已兵强马壮。

1969 年春，建设兵团领导在勤得利山南召开大会，宣布勤得利农场正式改编为：建设兵团 3 师 27 团。兵团的组建，让老垦荒的转业官兵又回到军队编制，团领导班子一成立就开始筹划开荒建点工作。因为在他们心中，1959 年进军浓江河的失败一事难以忘记，一直耿耿于怀。所以这次开荒筹划非常缜密，计划组建的 17、18、19、20、21、22 等连队都是依托靠山的老连队向南推进约 6 公里左右。

1969 年 11 月，副团长丁元善从 15 连接我去 2 连开会，我问他什么会？他也不说。二连杜明理连长，陈支信指导员正等着我们，丁副团长选了个没人去的马号开会，并叫杜连长把全连花名册带来，这时，14 连连长张英也坐马车赶到了，马号只有我们五个人。这时丁副团长代表团党委宣布：组建17连开荒，任命张英为17连连长、周涵达为农业技术员。接着让杜连长打开花名册选定要调走的班排和车辆，老丁头叫我一一记下之后严肃地对杜连长说："所调车辆和人员不许变动，这是纪律。"这时我才明白为什么在马号开会，他是怕走漏风声后连里把老弱和调皮捣蛋的人员换上影响新连队建设。总之，1970年的开荒准备非常到位。

17连是27团组建后的第一个开荒连，人员是从各个老连队整建制调来的班排，除了连领导、部分排长和技术工种是老同志外，其余清一色的为全国各地知识青年。知青中有的到边疆1年多，有的刚到半年就调来开荒，这是他们有生以来第一次踏进荒原，接受开荒建点的艰苦考验。17连官兵在连长张英（后为开荒营营长）的率领下起早贪黑，大礼拜都不休息连续作战。地里由周涵达指挥开荒，连长亲率农工排去江边拆废弃房的砖拉回来搞基建，从1970年初进点到1970年11月不到一年，全连开荒1 500多垧，收获粮豆700多吨，实现当年开荒、当年打粮盈利，连队还建起全团最大的晒麦棚、大食堂、大宿舍及相应农副配套用房。

17连开荒建点的成功证明团党委开荒策略是正确的。证明以知识青年为主力军的兵团战士是可以信赖的新军，是一只特别能吃苦、特别能战斗的队伍。兵团广大知青战士继承了老垦荒当年艰苦奋斗、顽强拼搏的精神，具有强大的战斗力，他们完全可以承担起三江平原第二次大开荒的重任。

1970年秋，兵团调整了部属，组建了兵团第六师，将原三师的23、24、25、27四个团划给六师，负责屯守黑龙江、乌苏里江。六师王少伯师长到任后立即考察了六师的防区，看到辖区内除黑龙江边的27团和靠近乌苏里江的23、24团及靠近松花江的25团外，建三江以北近2万多平方公里的中间地带都是荒原和无人区。王师长视察以后，下决心开发三江平原，彻底改变六师辖区的落后面貌。师党委很快组建了4个团向浓江河南岸延伸开荒，而浓江河北岸至鸭绿河南岸的130多万亩的沼泽无人区是勤得利27团管辖（浓江河无法架桥，南岸无法到北岸），王师长指示27团抓紧组建四营（四分场）进军浓江河以北、鸭绿河以南开荒。

六、1971年初，六师27团组建开荒营——再战浓江河

勤得利27团位置：北靠黑龙江边境和额图山，南面是一望无际的三江平原，是离六师师部最远的一个老团。接到王师长指示后，团党委就立刻行动起来，当时的团领导很多是1958年的老垦荒，从1960年撤出后他们就一直等待着再开发浓江河的机会，到现在已经等了整整10年了。

1970年12月初，我从17连调到团部开始筹备组建四营的工作，不久17连连长张英也调来了。

1970年12月末，团副参谋长张友率领周涵达、李忠文、刘纪科坐拖拉机从19连往南向鸭绿河进发，目标是浓江河边的二部落，开始建点前的第一次勘测工作。这次并没有到达浓江河边。

三天后，专门成立了连队建点规划和测量小组，成员：周涵达，李忠文，杨兆荣，后又增加了王振海、小耗子（忘记名字了）二人。大家都明白，必须抓紧争取主动早日进点，如

果在雪化之前不进去，就要再等一年。规划测量小组十几天就完成了勘察选址和物资准备等工作，几个人忙得连轴转。

1970年12月26日，以团副参谋长张友为首的筹建工作小组成立，成员有：张英、周涵达、刘纪科、李忠文。四营组建完成后，一直到准备进点时还没有上级批准的番号，这时张友参谋长提议：就叫六师27团"开荒营"，营和各连的连旗统一印上开荒营"向荒原进军"几个字，任务目标明确。一直到开荒营开进四个月以后，上级批准27团4营的番号才下来，可全团（包括师领导）开荒营名称叫惯了，也没人计较番号一事了。

按王师长指示规划了第一批建的12个连队和营部位置。对进点人员、机车、维修和后勤供应都做了详细的安排。为避免出现1958年进点时因战线长无公路后勤无保障的问题，从19连往南，过鸭绿河到浓江河的公路也做了安排。

1971年1月3日，27团党委批准了计划，成立了以孙光俭团长任总指挥的开荒营（四营）建设指挥部，张友参谋长任副总指挥。成员有：张英、周涵达、刘纪科、李忠文以及机关司政后相关部门领导。指挥部成立的会议上，张参谋长讲话说：师团党委对开荒营的组建非常重视和关心，这是三江平原大开荒中的重头戏，王师长指示说："一定要按照热爱边疆、扎根边疆、建设边疆、保卫边疆的思想精神对待开荒营的建设，要充分认识开荒营开发成功对三江平原开发的重大意义。"要求团直机关各股全力支持开荒营的工作，动员全团各连队和非农单位要把支援开荒营作为义不容辞的责任。团党委把开荒营调集的人员、机车落实到各相关单位，第一批建设的十二个连队，分别由：二连负责37、38连，团砖厂负责39、40连，工程连负责41、42连，建材厂负责43连，面粉厂负责44连，5连负责45连，水利连负责46、47、48连。老连队在机械力量并不充足的情况下共计调出拖拉机七台，重耙五组，轻耙三组，播种机二组支援开荒营。27团真是倾全团之力，坚决打赢这场开荒大会战。

1971年1月6日，张友参谋长代表团党委宣布：任命张英为开荒建设指挥部副总指挥。1971年2月5日，副总指挥张英率42连先遣队开进营部的驻地位置搭帐篷建点，同时41连也有少量人员进点。

1971年2月13日，团党委在工程连大食堂召开"向荒原进军"誓师大会，开荒营第一批官兵共计200余人参会，团长孙光俭，政委许树生亲自参加了大会。副总指挥张英营长代表全营将士立下誓言："当年开荒建点、当年打粮、当年盈利做贡献。"

1971年2月16日，37连、38连正式进点，2月21—23日，41、42连全部进点。2月23日，43、44连和47、48连进点，2月28日，46连进点，3月2日，45连进点。3月3日39、40连进点。至此，六师27团开荒营的12个连队全部到位。以张英为首的老垦荒率领27团知识青年为主力军的开荒营迎风冒雪开进三江平原中心的沼泽无人区，在这里打响了长达八年、艰苦卓绝的开荒大会战。

建点初期，每个连队最多二十名官兵，由于交通十分困难，各种生产、生活物资极端缺乏，喝水化雪，天太冷连馒头也蒸不熟，没有蔬菜，帐篷里的温度夜间仍在零下。尽管条件十分艰苦，但广大知青战士仍以建设边疆、保卫边疆的决心坚守在荒原，爬冰卧雪艰苦奋战。当时进点时开荒营的知青战士唱着这样一首决心歌：一颗红心两只手，自力更生样样有。迎着困难上，我们踏着艰苦走，不向上级来伸手。苦干实干加巧干，誓把抚远山河变。为了埋葬帝修反，我们做出大贡献！

　　从1971年4月下旬开始，从老连队调到开荒营的拖拉机陆续报到，考虑到修理、加油、指挥等综合因素，营部成立了开荒作业指挥部，由指挥部统一指挥田间作业。为解决开荒人员的吃饭问题，1971年4月30日，营部决定把从三营调来的女知青班11人改成营部炊事班，并临时用草筏子搭建了一个简易大食堂。从各连调入开荒营的九台拖拉机（包括59团支援的2台）和配套的重耙、轻耙、播种机都陆续到位。

　　1971年4月25日，开荒作业开始在41连三号地进行试验，因这一块地是1958年开垦过的撂荒地，当时土壤化冻深度只有20厘米左右，所以翻地质量不好，两台机车作业两个多小时就停止了。从5月10日开始，九台机车陆续投入开荒作业。九台车分成三个作业组，每个组配一名统计员。

　　1971年5月，房贵忠团长到27团上任，到任后就立即到开荒营及各连队视察，到营开荒指挥部部属开荒播种工作。

　　1971年5月31日下午，播种机在41连播下第一粒大豆种子，6月4日又在37连召开了播种现场会，到6月18日，全营总计播种大豆21 300亩，为实现当年建点，当年打粮，当年盈利打下了坚实基础。

　　1971年6月，开荒营的开荒作业紧张进行，尽管困难重重，交通不便，生活条件十分艰苦，但全营以四大城市知青为主力军的三百多名指战员，从来没有上下班和星期天的概念。在这荒无人烟的亘古荒原上日夜不停地开荒，白天荒原深处红旗飘，夜晚荒原上到处是拖拉机开荒作业的灯光。

　　1971年6月21日，王师长来开荒营视察并在荒原上召开了"向荒原进军"第二次誓师大会，大会在营部旁搭了一个简易的主席台，拖拉机一字排开，指战员们席地而坐。王师长在誓师会上做了激动人心的讲话。王师长要求开荒营全体指战员一定要有坚定的信心：用热爱边疆、扎根边疆、建设边疆、保卫边疆的思想精神克服和战胜各种困难。他说："一个是粮食，一个是钢铁，有了这两样东西，我们就能打败一切敌人。"他反复强调，开荒营能不能站住脚，关系到浓江河、鸭绿河流域的全面开发，关系到打通别拉洪河流域和二抚公路的建设，最终将关系到三江平原的整体开发。他又说："我看了几个连队的建设进度，十分高兴，我相信，全体开荒营的指战员一定能团结一致，克服困难完成我们的历史使命。"王师长在大会上还宣布了一个振奋人心的好消息，为了支援开荒营，师部将优先把兵团分配给六师的拖拉机分配给开荒营。

　　1971年7月5日前后，兵团又分配给27团一批拖拉机，其中直接调给四营开荒的车共计九台编号：36—44号，新车到后59团支援的拖拉机不久就回去了。拖拉机到了，但是大犁、重耙等配套农具没有跟上，因此极大影响了开荒作业的进度。

　　经过三年多的努力，开荒营生产、生活条件得到了改善，完成了修理厂、中小学、战士宿舍。各连队也完成了必要的基本建设。修了一条60多公里的路，不下雨能确保粮食和物资的运输，开荒营在三江平原中心的无人区完全站住了脚。

　　兵团六师党委对27团开荒营的建设十分重视，从1971年组建四营开始到1977年兵团撤编，王师长曾五次到开荒营视察，每次都和营、连干部战士深入交谈，根据具体情况对工作做出切实可行、符合实际情况的指示。

　　1972年8月，王师长到达开荒营后，首先和营里领导干部进行了一个小时的座谈，肯定开荒营全体指战员所取得的成绩。当问到沿着主干公路建设双棒子连队的问题时，认真地听取了大家的意见，最后，王师长果断地说："首先以有利于生产作为第一标准，如果双棒子连队对扩大生产没有好处，那就合并或者异地重建，不要因为是我说的就不敢动。"事后，张友参谋长多次代表团党委到开荒营实地讨论，这就形成了开荒营自成立以后的大调整，这次大调整，基本奠定了开荒营远景发展的蓝图。这次大调整撤销了双棒子连队异地重建，并按照王师长的指示，把眼光放到更广大的地区。开荒营遵照师团党委指示向浓江河北岸两侧的丛深荒原进军，1972年先筹建36连。1973年筹建33连、31连、34连，1975年筹建49连。还计划筹建50连、51连（现划归鸭绿河农场）、27连（后划归青龙山农场），大调整几乎把开荒营的开荒范围扩大了一倍，开荒营有能力把浓江河北岸的荒原全部开垦出来。从1971年开荒作业开始，到1977年，累计开荒21 132公顷，当年播种大豆、小麦共计14 985公顷。

1975年7月，王少伯师长再次来到开荒营视察，王师长在营部对团营领导说："开荒营的成功开发证明，三江平原腹地是可以开发的，只要努力，困难就可以克服。"他还说："开荒营做到当年建点，当年打粮，当年盈利，这是了不起的成绩，除了1973年因为大水灾开荒播种没有按时完成任务以外，今年（指1975年）又是一个丰收年。"他还说："建三江的开发是贯彻毛主席深挖洞、广积粮、不称霸的战略思想，所以，大家不能只站在局部的位置上看问题，要看到开荒营成功开发的全局意义。"最后他肯定地说："开荒营的工作，张英是立了功的"。

1977年1月，黑龙江生产建设兵团撤销。27团改名五星农场，开荒营为四分场。到1979年底，开荒营（四分场）开荒土地面积近55.6万亩，一座机械化大型谷物农场基本成型。

1978年8月3日，五星农场改回勤得利农场，原开荒营为四分场。

1978年各地知青开始返城，但是勤得利农场的广大农垦人仍然在开荒，又在浓江河北岸以东开荒恢复了五分场，完成了1958年时建五分场的愿望。

1987年末，勤得利农场已经是建三江管理局的特大型国营农场，从浓江河北岸到黑龙江边辖五个分场，辖区土地面积占据三江平原的近三分之一。勤得利农场为开发北大荒艰苦奋斗了三十年，三代人前赴后继立下不朽的功勋。

1988年，建三江管理局将特大型的勤得利农场拆分为三个半农场：以四分场（开荒营）为基础成立了浓江农场；以五分场为基础成立了鸭绿河农场；将西边9连、10连、11连划给了友邻的青龙山农场；鸭绿河以北到黑龙江边的林地划归勤得利农场。

至此，为开发北大荒立下汗马功劳的功勋农场——勤得利农场（27团）完成了30年的开荒使命，又开始迈向建设现代化农场的奋斗中。

勤得利农场（六师27团）开荒营在三江平原中心的成功开发，为后来建三江农垦局大面积现代化的农场集群建设奠定了基础，增强了信心。

1980年，实施改革开放之初，国家以补偿贸易方式，利用日本资金引进美国约翰·迪尔公司的先进农机设备、粮食工厂化处理设备和配套设备开始在农场进行农业现代化的试点。当时，有一位领导建议选择条件较好的老团场，主持谈判工作的建三江局李万宝副局长说："当年勤得利农场四分场（开荒营）建场时，基础条件那么差，不也建成了么。"在李副局长坚持下，用六年时间在荒原上建成一个30万亩耕地的现代化的洪河农场，为建三江管理局现代化农场的建设积累了经验。

从 1983 年开始，国家又利用世界银行的资金和中央财政的资金引进设备，在建三江管理局的 15 个农场建成了全国水平最高的、面积达 1 100 多万亩中间没有插花的全世界最大规模的现代化农场群（注：插花意为村镇）。当年广大知青和老垦荒战友艰苦奋斗了 8 年的开荒营，已经是一个具有 55 万亩稻田的现代化大型谷物农场——浓江农场。

从 1958 年到 1988 年后，经过三代拓荒者的艰苦奋斗，把昔日的北大荒建成中国的大粮仓。当年我们在荒原深处的帐篷里设想的二抚公路和铁路早已修通，2017 年 10 月 19 日，建三江机场也已经正式通航。当时参加垦荒的战友和知青战士们为今日建三江的繁荣昌盛而感到自豪，因为我们曾为这片热土奉献过青春和汗水，当年我们高举"向荒原进军"的战旗，唱着"誓叫抚远山河变"的誓言和理想实现了。

2018 年 2 月 2 日

周涵达 1937 年 12 月生于江苏溧阳市，先后在江苏宜兴农校，北京农业机械化学院，北京农业大学学习、毕业。1958—1980 年在勤得利农场工作，1978—1981 年参加洪河农场和世界银行项目谈判工作。1982 年在中国农科院作物所多倍体育种室工作。1983 年开始在农业部乡镇企业司工作，1985 年在农业部、外贸部、国家计委等部门成立的贸工农出口基地办公室工作，1992 年任亚洲开发银行农工专家，1998 年退休后在中央相关部门帮助工作。中共党员。

缅怀兵团六师王少伯师长

王少伯 将军

（原黑龙江省军区副司令员、生产建设兵团六师师长、建三江的奠基人，《向荒原进军》名誉主编）

王少伯师长与开荒营

周涵达

1970年12月初，我从17连开荒点调到团部后，张友副参谋长立刻和我谈话，说："师党委计划开发浓江河北岸至鸭绿河南岸的大面积荒原，指示27团组建四营开荒，调你来就是筹建四营的工作，晚上丁副团长会找你谈。"

当天晚上，丁元善副团长到招待所找到我说："小周，咱们1958年建四、五分场时可开垦的土地有100万亩吧"。我说："不止，可能有150万亩"。他说："全面了解这块土地的人27团只有你和我二人了，其他人都调走或回老家了"。说到这里，丁副团长的话音都有些伤感，感觉他对1958年转业官兵进军浓江河失败之战仍耿耿于怀。现在六师党委决定开发鸭绿河南至浓江河以北的荒原，让我们这些老垦荒有了一雪前耻的希望。丁副团长对我说："小周，这次组建四营，你是最合适的人选，你又要吃苦了"。这时，张友副参谋长来了，他接着说："师党委对鸭绿河南的开发十分重视，王师长特别强调，这片土地的开发涉及三江平原的整体布局，李忠文来了你们就马上研究，能不能后天就进去看一看，现在那到底什么样了?"丁副团长的话让我感到师团党委对进军浓江河任务的紧迫。

在开荒营组建过程中，王师长几次来团里指导工作，当时 27 团组建了 12 个开荒连队刚一年，再组建 12 个连队和一个营部就相当于 27 团 1969 年前的规模，当时人员和物资已经极端困难了。人员几乎全部是副业单位下乡不久的知青，无大战经验，大多不懂农业，加上物资的缺乏，面临的困难可想而知。但王师长决心已下，必须拿下浓江河北岸，打通三江平原。所以在组建过程中的每一个细节，他都亲自指导安排，反复向指战员讲进军浓江河的重要性，提振指战员们的士气。

当时 27 团房贵忠团长还没调来，团长孙光俭和副团长丁元善都是 1958 年老垦荒，尤其是丁副团长曾是四分场场长，从 1960 年撤出浓江河到现在再进浓江河等了整整十年，所以，团党委执行师长指示非常坚决，再苦再难一定拿下浓江河北岸。

张友副参谋长带着我和后调来的张英仅一个多月就完成了四营的组建工作。可一直没有上级批准四营的番号，进点前张副参谋长提议：就叫开荒营，授旗都写开荒营和向荒原进军。他的提议得到了团党委认同。1971 年 2 月中下旬，由张英营长和我带领 200 多知青和部分老同志进驻鸭绿河、浓江河一带的 12 个开荒点，开始了开荒大战。

在我的日记和记忆中，从 1971 年 2 月开荒营进驻到 1975 年（后我调入团部），王少伯师长至少 5 次到 27 团开荒营（四营）视察工作。

1971 年 6 月 21 日，王师长从师部直接到达开荒营，在听取建点和开荒情况的汇报，当我们说到交通困难和机械、物资不足时，王师长对房团长说：你们不是有水利连吗，把水利连的主要机车先集中到开荒营来，先修通团部到营部的主干路，再修通营部至连队的路。他又说：现在关键是先通车，可以先修一边沟，会快些，要集中力量，加快进度，先解决鸭绿河、大水泡子，否则 7 月份雨季来了，就不好办了。说到这里，王师长停了一下，对二位团领导说："张友同志这段时间是不是先集中力量抓一下修路。"又对房团长说："团里还要集中力量支援开荒营，这一点，要向老连队和团直单位讲清楚。"最后王师长对大家说："我们一定要加快三江平原的开发，帝国主义和修正主义不会等我们"。他又说："手中有粮，心中不慌，一个钢铁，一个粮食，有了这两样东西，什么敌人都不怕，这是毛主席告诉我们的伟大战略思想。"这些话王师长在下午举行的开荒誓师大会上又说了两次。王师长最后还向房团长和张英营长说："我们不会再走五八年的路吧！我们拼了命，也要打过浓江河，走出一条三江平原发展的新路。"并问房团长和张营长，你们有没有决心？二位领导大声地说："有"。张营长加了一句："请首长放心，拼了老命也要完成任务"。

在下午的誓师大会上，王师长特别提到毛主席的讲话：青年是早晨八九点钟的太阳，希望寄托在你们身上。并鼓励广大知青战士说：开荒营的困难很大，条件很艰苦，但是如果想想红军长征，抗日战争，我们就会有力量。

王师长亲自主持召开的誓师大会让全营将士士气大振！大会刚一结束，所有的机车轰鸣直接开进荒原深处，开始开荒大会战。"想想红军二万五，开荒建点不算苦"，是当年开荒营的一句最响亮的口号。

王师长每次来开荒营，都会给全营指战员带来新的活力和思路。一次，王师长要去 47、48 连考察，当时路不通，只能坐爬犁，天气还不错，拖拉机行走到 44 连时，看到东南方向有三台车在开荒，王师长问张友和张营长：往东你们去过吗？张营长指着我说，小周五八年的时候去过。当时的四分场就是现在的开荒营。我立即简要地向师长汇报了当时五分场的情况。王师长听了后说：那我们往东还可以建连队。张营长说，那当然可以。拖拉机加快速度往前走，大家都很高兴。王师长又对大家说："我们是中国人民解放军领导的不脱离生产的人民武装部队，它既是战斗队、又是生产队和工作队，我们的任务是屯垦戍边，大家要记住，要反复对指战员讲。"停了一会儿他又说："首先是屯垦，就是要多开荒，开好荒，如果我们站不住脚，怎么可能戍边？戍边就是要反帝反修，保卫边疆，建设边疆"。王师长说："你们应该再往东看一看，能不能往东伸出一只脚，你们的眼光要看远一点，这里到抚远还很远吧，有没有一百公里，去掉大水泡和成片森林，能不能再建一个或者两个27团"。

过了46连往南面二公里，塔头又高又大，甸子积水也超过20厘米，拖拉机走得很慢。这时看见前面不远处走来一个人，走近一看是48连的边指导员，他站在水里浑身衣服都湿了。王师长很高兴地问48连的情况，特别是浓江河的情况。边指导员说，由于两天前的一场大雨，浓江河宽的地方明水有一公里多，往东去，有的地方更宽，太危险了，你们根本就过不去。王师长问他怎么一个人走出来了？边指导员说：我出来是到营部要点巴锯子、钉子，现在盖马架子房急需要。这么大水我也不敢叫战士出来，出了事不好办，我只能自己出来到营里解决。听了汇报后我们一行人决定往回返了。在爬犁上，王师长说："你们想一想，如果条件不艰苦，就不会叫我们军人来，也不会成立六师了"。

过了十多天，张友参谋长专程来到开荒营，传达王师长对开荒营工作的指示：

1. 各级领导都要有全局观点，把眼光放远一点，一切都要着眼于三江平原的整体开发。
2. 开荒营的眼光要向东看，也要向西看，看看沿着这两条河有多大开发潜力。
3. 要尽快打通各连的公路，不能光向北看（27团），思想上更要向南看（师部）。
4. 要特别重视做好知青工作，因为知青是开荒营建设的主力军。

团党委和开荒营领导按照师长指示，迅速做出调整，开荒营新建31、34、36、49连向东延伸开荒建点，新建33连和老47连向西延伸，使开荒面积迅速扩大。

王师长每次到开荒营都反复强调浓江河北岸不打通三江平原就不是一个整体。师长每次走时都语重心长地嘱咐张营长："你的责任重大"。他事无巨细地关心着四营的发展，学校什么时候建？连队的文体活动开展得怎样？他反复强调：四营知青多，要重视做好知青工作，尤其是女知青，要给予特殊关照，让她们睡热炕，重活、下水的活少让她们干，要建菜园……

1974年9月，当王师长再次来到开荒营时，展现在他面前的是向国家送粮的汽车一辆接一辆一眼望不到边，他十分高兴。他当着各级领导的面感慨地对张英说："开荒营的建设，你吃了苦，也立了功。"

可以说，开荒营的建设发展倾注了王师长的很大心血。在当年整个三江平原大开荒的战役中，开荒营在远离大本营的浓江河北岸背水一战，是一个最大胆、最惊险、最艰苦、最有成就感的成功战例。正是在他的指挥下，开荒营从组建时的250人，到1979年发展成辖17个连队，耕地55万亩，官兵3 800人，配套设施齐全的大营（后改为浓江农场）。更可贵的是，他带出了一支不怕吃苦、敢打硬仗、敢于冲锋陷阵的部队。

47年后，27团开荒营的老垦荒和知青战友相聚北京，回顾当年孤军奋战浓江河的峥嵘岁月，决定编写六师27团开荒营《向荒原进军》一书。2017年6月，编委会王润培提出：我们应该请王师长担任《向荒原进军》一书的名誉主编，因为王师长是当年大开荒的总指挥，建三江的奠基人，王师长担任名誉主编可以再次鼓舞我们的斗志和精神。

2017年6月17日，我和编委会成员到哈尔滨看望躺在病床上91岁高龄的老师长。当我们讲述往事和心愿时，老人家热泪盈眶，立即同意并亲自签名。当我拿着哈尔滨会议的资料给王师长看时，他看着我稍思索了一会，就叫出了我的名字——周涵达。要知道这是 40 多年前的事了，当年我只是六师十万指战员中最普通的一名营参谋，而且以后我也再没有见到过王师长。43 年以后，他在病中稍加回忆就叫出了我的名字，这说明在老师长的心里，对 27 团开荒营的记忆多么深刻。当时，老人家又流出了热泪，他拉着我们的手说："开荒营的同志们，受苦了！"这是王师长对我们开荒营 3 800 多名指战员的最高的问候和褒奖。

2018 年 7 月 17 日，我们尊敬的王师长在哈尔滨与世长辞。

尊敬的王师长！开荒营的官兵怀念您！您永远活在我们心中！

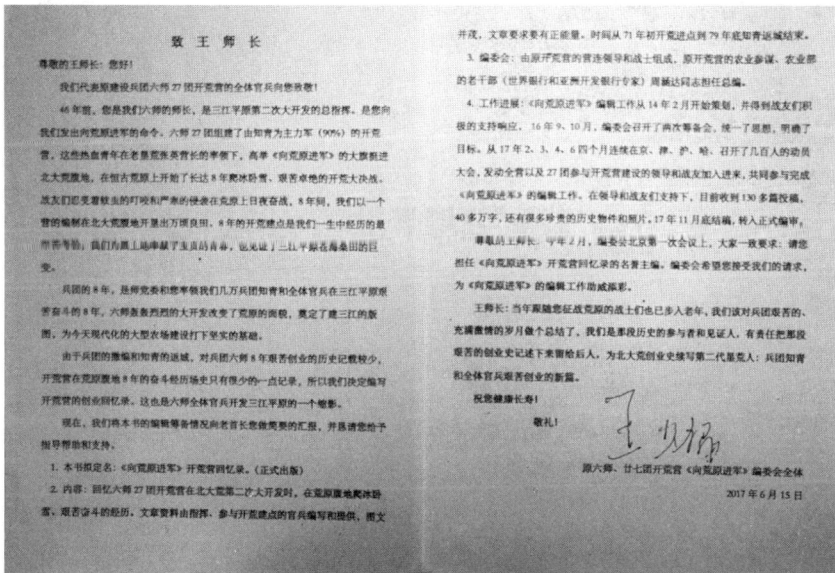

名誉主编王少伯师长签字

王少伯师长在 27 团开荒营亲自指挥大开荒战役
（左 1：副参谋长张友，左 2：团长房贵忠，左 3：师长王少伯
左 4：团长孙光剑，左 5：参谋长赵根文，右 1：开荒营长张英）

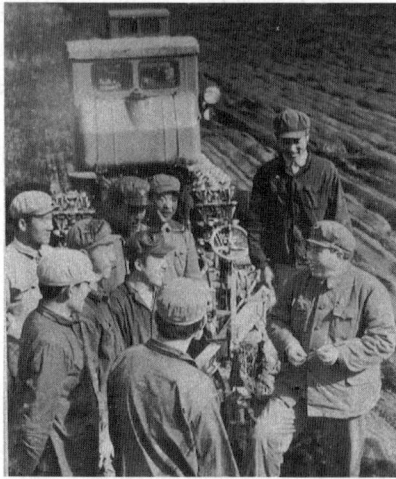

王少伯师长视察开荒前线并慰问垦荒战士

1972年，新华社记者到六师27团开荒营采访报道留下的珍贵照片和报纸资料。
王少伯师长在开荒营亲自指挥开荒大战

挥军筑路北大荒

李臣第

1969年7月25日经国务院、中央军委批准，在黑龙江省抚远地区组建"中国人民解放军沈阳军区黑龙江生产建设兵团第六师"。地处三江平原腹地的六师素有"小三江"之称，是著名的低洼平原沼泽地。地跨富锦、同江、饶河、抚远4个县。黑土地面积为1 850万亩。那时为贯彻毛主席备战、备荒、为人民的伟大战略方针，在这千里冰封的荒原上安营扎寨，屯垦戍边，浩浩荡荡的垦荒大军掀起向荒原进军的热潮。

在向荒原进军的号角中还有一支筑路大军，担负着工程艰巨而浩大的筑路任务，默默无私奉献着，甘当向荒原进军的铺路石。著名作家李准来北大荒采风时，为今天的北大荒写下了"万吨粮、千吨汗、百吨泪、十吨歌"的诗句。向荒原进军的垦荒将士中又饱含多少筑路人的汗水和泪水。

六师党委在吹响向荒原进军的号角中，于1971年6月16日批准27团组建4营（开荒营），建立12个农业连队，开垦荒地55.58万亩。按照王师长"当年开荒、当年打粮、当年盈利"的指示精神，采取边开荒、边建点、边修路的原则。开荒营挺进荒原几个月后，团党委组织的筑路大军也开进荒原开始紧张施工。当时我团修路的主体单位是隶属计划建设股的水利连。水利连先后参加了修开荒营的"通天"路，战备的"二抚路"，支农的"福前"铁路。拓荒草原变绿洲，筑路沼泽变通途，路是知青足迹长存的地方，是知青青春开始的地方，荒原的面貌因筑路大军的参与而更加壮美。

一、修筑开荒营的"通天"路

对修筑通往开荒营这条公路，师党委非常重视，师长王少伯亲临现场对这条路勘测、设计，对工期时间、公路线起止点（从19连到四营部，再到48连全长73公里）、路基材料、结构、公路等级标准等作了明确的部署，并提出要修出一条特别直，没有弯的路。当时水利连有兵团战士401人，其中知青313人，1970年他们参加修建27团鸭绿水库工程，它连接鸭绿河，再流向黑龙江。工程于1970年5月1日开工，当年11月底结束。共完成土石方44万立方米。1971年5月1日，水利连人工、机械全力投入，修筑开荒营主干公路。这条路是由农场水利专业人员杨兆荣、王振海、张伯民勘测，由1958年西安交通大学毕业后分配到勤得利农场的李忠文设计，施工监理是柳景全。就如那时的流行歌曲里唱的：那里需要哪里去，打起背包就出发。当年的筑路者们扛着红旗排着队，以急行军的速度步行10多公里到达施工现场。在亘古荒原上架起帐篷，支起爬犁房，城市男女知青在野外驻地施工，吃住的不适应、不方便算是小事，更可怕的是荒原上的蚊子、瞎虻、小咬一天三班倒轮番空袭，往身上随手一拍，一巴掌就能打死几十只蚊子。1970年下乡的天津知青杨庆生、刘士强说："起初手上磨起了泡，头上身上咬起了包，皮肤钻心的疼痛和瘙痒，比患过敏性皮炎还难受。夏天施工烈日晒的背上起了泡，脱了一层又一层的皮，冬天冻得魂飞魄散，依然坚持天天抢大锹，出大汗，无怨无悔地干。"那时，每人每天挖土上路基料10多立方米，每顿饭得吃好几个四两的大馒头，饮用水缺乏时就喝泡子里的水。在那激情燃烧的岁月里，大家都不甘示弱。这种无私无畏的奋斗精神激励着他们，对他们而言，能参加向荒原进军筑路施工，像战士上前线打仗一样，是最光荣的事。

为提高推土机、刮路机作业效率，他们采取双班作业，昼夜推土，没日没夜地干。为提高推土机的利用率，在施工现场保养交接班。靠计划分配到基层的推土机有限，刘中汉、孙海臣等推土机手就动脑筋搞革新，在推土机前悬挂上改装上了推出铲，增加了机械力量，促进了施工进度。推土机作业第一道工序是推草皮子，重点是远距离送土，难点是在遇上"鱼眼泡"、沼泽地时在"大酱缸"里推土，先把一层层冰、水、泥土推走，再远距离推土垫料、修桥。作业时推土机在泥泞中陷车不能自拔，于是用拖拉机往外牵拉。就这样，他们晴天一身汗、雨天一身泥、冬天一身冰，废寝忘食地奋斗！为了实现从鸭绿河到修理所拐弯处的主干公路呈直线，在建设中，对路面采取加宽措施，使得人们不注意看不出来开荒营的主干路上的这个弯儿。就连中央电视台新闻电影纪录片的摄影师也没看出来，他说："北大荒，真是北大荒，一条通天大路，连个弯都没有。"

在全团总动员，集中人力、物力干大事、干实事的指导思想下，当年施工当年通车筑起的这条通往开荒营的主干路，是兵团战士用血汗筑造而成，是开荒营的一条运输大动脉，是开荒营的标志性建筑载入了开荒营史册。与此同时，水利连还包建46连、47连、48连三个连队的开荒建点任务，为向荒原进军再立新功！

二、修筑"二抚"战备公路

1968年底兵团刚组建，由于边境形势和屯垦戍边的需要，经沈阳军区报总参和交通部，决定修建由富锦县二龙山至抚远的公路，简称"二抚"路。修建任务由省国防公路指挥部组织、黑龙江生产建设兵团承担施工。

为抢修"二抚"公路，兵团组成了抢修"二抚"公路指挥部。下设东、中、西三个工区，分别由二、三、四师分段承建。参加施工人员、机械，均由各师所属各团负责。抽调兵团战士共计6 800人，90%是刚来兵团的知青，女青年占30%。参加施工的汽车500台（从兵团抽调200台，大庆200台，哈尔滨100台），从上海城建筑路队调来压路机16台，兵团还抽调了推土机、刮路机、压路机等近100台。"二抚"路的设计为三级沙石路，全长235公里，路面总石方量39万立方米。路线大都在荒原高寒沼泽区，其中有140公里是重沼泽区，两侧无法取土，地形坡降为万分之一至五千分之一，地面排水不良，方圆二百里内没人烟，公路勘测施工在极其艰苦的情况下进行。选择路线时为避开重沼泽湿地，路线极为迂回曲折，板桥（注：用板作为上部结构主要承重构件的桥梁）困难。在施工中不少路基采用先铺圆木、"草垡子"，再在上面填土，土方也是从水中挖出的饱和土。达不到路基标准要求的就采取先用填石块的办法，克服翻浆、泥泞，强制打通路线，然后再逐段铺沙石。中间的沼泽地无料可取，所用沙石均由起点二龙山和终点抚远西山两个石场开采的变质岩（注：是岩石在地壳演化中热流、压力、应力等变质作用下，基本保持固体形态形成的岩石，极少数因陨石撞击地球表面形成的，风化岩石不属于变质岩）铺路，运料筑路的运输车辆运行起来像蜗牛爬行似的，一步步突破。

施工队伍于1969年4月下旬进入工地。5月开始施工，那时隶属3师的27团也抽调汽车、推土机，派遣桥队参加了"二抚"路的修路架桥。工程仅用7个月时间，于1969年11月经交通部、总参谋部、沈阳军区、省公路指挥部竣工验收，交付使用。

20世纪60年代，六师沿着这条公路组建了4个团、1个反修营，即现在的前哨、前锋、前进、创业、红卫农场，到80年代，又沿路新建了"三河一江"即洪河、二道河、鸭绿河、浓江4个农场，已有耕地570万亩，可垦地720万亩，拥有14个大型机械化国营农场。工程艰巨而浩大的"二抚"路，是兵团战士在这荒原中爬冰卧雪、安营扎寨修筑而成，凝聚着他们的汗水和泪水。茫茫荒原之中的"二抚"路，就像一条巨龙穿行而过，一开通便惊艳世人。这是筑路史上一个奇迹，只有兵团战士这代强人才能修筑而成。"二抚"路成为三江平原最美的公路，途经湿地、草原、河流、雪地、林带、桥梁，成为一条独一无二的景观路。它连接团部、师部，是建三江物流、人流唯一的陆运大通道。

知青濮存昕说："在那特定的年代，有几十万叫知青的年轻人，在这片土地上度过一段特殊的人生"。他是参加修筑"二抚"路的知青，"二抚"路留下了他的足迹。在筑路中经过泥泞、丛林、沼泽、荒原历练的知青，对那段青春岁月终生难忘。生活总是让我们遍体鳞伤，但到最后，那些受伤的地方一定会变成我们强壮的地方。

三、修筑支农的"福前"铁路

当时六师所属11个团，距离福利屯火车站最近的是170公里，最远的是400多公里。生产、生活资料的运进和六师发展生产产品的运出十分困难，再加上运力的不足，运输存在落差，费用成本高，已形成经济发展和兵团战士生息的瓶颈。鱼米之乡的勤得利还好有水运，用水运确保生产、生活的大宗物资的供给。每次水上露天散装运来的煤，均由人工装卸，卸煤时，需要扛着100斤的麻袋上下跳板，几个来回汗水和煤渣就让人变了样，个个都成了"黑包公"。再加上战备形势紧张，王少伯师长看在眼里，记在心上。他组织有关技术人员进行论证，并形成文字材料，申请建"福前"铁路，上报兵团党委。

1972年兵团党委上报中央：为了开发抚远三角洲和战备的需要，申请建福利屯至前进农场铁路（福前铁路）。中央批复此报告：确定由铁道部三院负责勘测设计，由哈尔滨铁路局组织建设。福前线全长226.6公里，为国家铁路三级子线，在六师辖区内长160公里。

当听到组织施工建设的专家说："在高寒沼泽地区修铁路没有成功经验"，有为难的思想时，王师长当时表态："建三江段铁路，由我们六师负责修建，按铁路里程把国家投资拨给我们，资金不足部分，由六师承担，一定保质保量完成任务。"

说了算，定了干，他立即组织成立了福前铁路办公室（简称铁路办），27团相继也成立了铁路施工指挥部，总指挥为副团长刘宝成，副总指挥为高云生。组成两个施工连队，一个是由连长汤定安率领的水利连，一个是由连长钟士义率领的施工连。各团采取分段包干的措施，于 1974 年开始组建，1975 年 3 月开始动工修建。开启修建"福前"铁路大会战！兵团战士修建铁路这是新鲜事，个个摩拳擦掌争当修筑铁路先锋。在我团担负施工任务重，路基较长，土方量大，地势低洼，水草多的情况下，他们发扬了以苦为乐、以苦为荣、开拓进取、无私奉献的精神，克服了泥水里作业的重重困难，突破一道道难关，超越一个个障碍，取得一项项科技施工的优良工程。修筑铁路机械施工的现场中，水利连有一个清一色的女子推土机包车组，他们是孙成娟、汪金波、周秀梅、高月梅、马英、程淑荣。这让施工大军刮目相看。要知道她们不仅要克服

斯大林 100 号推土机女子包车组

施工环境的艰苦、施工任务的艰巨，还要克服生理上的艰难，其间的苦，难于言表。为修筑铁路早日完工，提出的奋斗口号是："创一流业绩，建一流车组，争当筑路的排头兵"。他们精心保养机车，说："你善待推土机，推土机才会善待你"。苦练推土机技术做到熟中生巧，争分夺秒，巧夺天时，使机车完好率、出勤率、推土效率名列前茅。作家曲洪志以长篇报告文学的形式，宣传了孙成娟女子包车组的先进事迹。1978 年 5 月 1 日福前线正式通车，福前铁路是中国第一条支农铁路，福前铁路川流不息的货运和客运，让北大荒的建三江又多了一道亮丽的风景线。

那时，六师在建设兵团中有着良好的口碑，师长王少伯是兵团最年轻能干的师长，六师的兵团战士誓把荒原变粮仓，是顶天立地、最能吃苦的拓荒者。六师这支向荒原进军的队伍是当年开荒、当年产粮、当年做贡献的过硬的队伍。知青说："真正的苦难在垦荒，真正的快乐在苦难中"。苦尽甘来，如今有着全国农业看龙江、龙江农业看垦区、垦区农业看建三江的佳话。正如习近平总书记讲的：黑龙江农垦在屯垦戍边、发展生产、支援国家建设、保障国家粮食安全方面做出重大贡献，形成了组织化程度高，规模化特征突出，生产体系健全的独特优势，是国家关键时刻、抓得住用得上的重要力量。

在那令人难以生存、荆棘丛生的沼泽荒原中，兵团战士用汗水和泪水筑起的铁路、公路成为筑路史上的奇迹。告知世人，北大荒人是一个敢担当、有勇气、有能力、有作为的英雄群体。以老垦荒战士为榜样，以向荒原进军为己任，以艰苦奋斗为乐事，这种"生为人民开荒，死为祖国站岗"的拓荒精神，是永恒的财富。他们在三江平原第二次大开荒、大建设中创造的业绩是永恒的丰碑。

随着岁月的更迭，建三江道路运输建设有着长足的发展，有公路、铁路、空运、水运等多种运输方式。道路建设促进了建三江开发建设的进程，成为建三江中华大粮仓粮食基地建设的大通道，促进了建三江管理局现代化农场的发展和城镇化，让百姓生活变得如万花筒般丰富多彩，让美丽富饶的三江平原的黑土地和湿地生态成为人们想往观光的地方。道路的畅通促进了建三江的经济发展和社会进步，为世界级的现代化大农场集群建设打下了坚实的基础。

从 1958 年开始，14 万转业官兵、20 万支边青年和 54 万知青、5 万知识分子，经过 50 年、三代人的艰苦奋斗才把昔日的荒原建设今日中国大粮仓。今天人们不能忘记向荒原进军

的开发史，不能忘记北大荒人艰苦奋斗、甘于奉献的拓荒精神，更不能忘记他们走过的路，不忘初心，我们要继承发扬北大荒人的光荣传统，为把北大荒建设成我国农业领域的航母而奋斗！

李臣第 1959年支边青年，1959年由山东省茌平具扬屯乡袁车村支援边疆建设来黑龙江垦区勤得利农场，1977年调农场四分场任副书记兼36连指导员，后调农场任党委宣传部长，党委副书记，后调三江局管理局、总局工作。退休。

团水利连修路的机车集结（机车旁为张长军）

第二篇　向荒原进军

　　1970年底，师党委决定开发浓江河北岸，打通南北瓶颈，让三江平原（建三江）南北连片，师长指示27团抓紧组建四营开赴浓江河北岸开荒建点。

　　27团党委接到命令后迅速成立了开荒指挥部，开始组建四营。在人员物资极度匮乏的情况下，团党委克服重重困难，仅用了一个多月，四营就组建完成。因没有上级批准番号，团党委为四营起名——开荒营。

开荒营营旗

开荒营工作手册摘选

任宝华

2016年11月，开荒营第二次研讨会在京召开，以发扬开荒精神，要求当年参加开荒建点的知青把点点滴滴经历用文字形式写出来，编辑《向荒原进军》回忆录。为此，我翻阅尘封了近50年的当年工作日志和来往书信，摘录下来以供读者参考。

一、请战书

亲爱的党支部：

毛主席教导我们说："什么叫工作，工作就是斗争，哪些地方有困难有问题，需要我们去解决，我们是为了解决困难去工作去斗争的，越是困难的地方越是要去，这才是好同志。"是骏马就要到草原上去奔驰，做无产阶级革命事业的接班人，就要到艰苦的环境中去磨炼。

在兵团学大寨、赶涝洲，三年上纲要，五年过黄河的大好形势下，在师党委的宏伟决心：一颗红心两只手，自力更生样样有，迎着困难上，我们踏着艰苦走，不向上级来伸手；苦干、实干、加巧干，誓把抚远山河变；为了埋葬帝修反，我们做出大贡献的感召下，我们水利连建三个红色哨所的光荣任务已经落实下来了。听到喜讯后，广大指战员无不欢欣鼓舞、红心激荡，坚决要求上战场，去开发沉睡的荒原。特此，我向党支部提出申请，批准我第一批向浓江河进军。请战！请战！请战！

亲爱的党啊，敬爱的毛主席！回顾我们到边疆二年多的战斗历程，哪一步不是毛泽东思想指引的结果。万物生长靠太阳，革命战士成长靠的是毛泽东思想。现在正是我们年轻有劲的时候，为社会主义贡献青春的时候。党需要许多优秀儿女去开发和建设边疆，我时刻牢记。我是党的女儿，我的一生都是党给的，我要到党最需要的地方去，到浓江河去开荒建点，我们要让千古荒原变良田，要用汗水浇出米粮川。为了埋葬帝修反，我誓将热血洒边疆。

面对茫茫荒原，面对沼泽、蚊虫、小咬……一顶帐篷、马架子就是我们的连队，没有蔬菜，没有电灯，用水不便，没有公路交通，没有机械等条件都是现实。金训华烈士说得好：干革命要把苦吃尽，为人民宁愿筋骨断，掏尽红心干革命，完全彻底为人民。烈士的誓言就是我们的决心。为有牺牲多壮志，敢教日月换新天。党需要的地方，我们不去谁去？是艰苦的工作，我们不干谁干？毛主席的革命路线我们走定了，到浓江河开发荒原我们去定了。

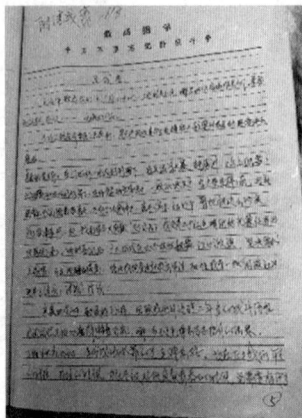

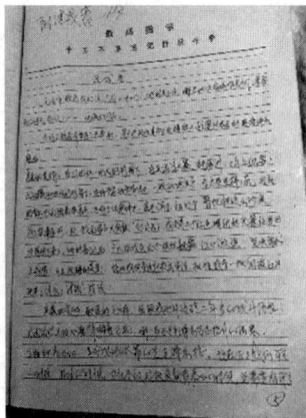

我们伟大领袖毛主席教导我们说：我们这一代青年人，将亲手把我们一穷二白的祖国建成为伟大的社会主义强国，将参加埋葬帝国主义的战斗。任重而道远，有志气有抱负的中国青年一定要为完成我们伟大的历史使命而奋斗终生。

展翅飞向浓江河，乐在天涯战恶风。爬冰卧雪战天地，累断筋骨心也甘。志存心胸跃红日，以苦为乐最光荣。

请党支部批准我的请求吧！

水利连：任宝华

1971 年 1 月

二、第一次会议记录稿

（一）1971 年，开荒营在工程三连，也就是砖厂召开会议（应该是第一次连队干部会议）

会上首先传达了王少伯师长关于组建开荒营（四营）的指示：干革命就要有闯劲，连队领导配备军政干部各一名，没有，一个也行。排干部：2 名，女司务长：1 名，4 个男班长，5 个女班长，炊事班 2 名炊事员。

组成一个大班，每人轮流当班长。研究如何抓活思想创四好，开荒建点不能赔钱，要多备料，抓紧打井保障生活。

第二年，再配 70～80 人。我还主张配机械，连队到公路边，3 公里长、2 公里宽，每连不少于 900 垧地，3～5 年开荒，路边二点对建，电灯、电话好拉，学校、卫生所、浴室方便，分别管理，经济竞赛……

（二）张英营长对进点开荒工作的方向和事务作了详细的安排说明，并提出要求和希望

布置了如下任务：

（1）造就和培养一批无产阶级革命事业接班人。

（2）经济上一定不能赔钱，一定要赢利，指导思想是多开荒、多建点。

（3）落实毛主席"知识青年到农村"的政策，"知识青年到边疆"的两个贡献。

（4）体现人民战争思想，抢在战争前，为开发抚远和三江平原创造条件。

（5）关心群众生活。

（6）提倡广种多收，两条腿走路，学习大寨人精神，先治坡，后治窝。

（三）对各连进点的物资配备作了明细说明

（1）小菜盆，刀、勺、碗、筷、加工 50 个，水舀 2 个，饭盆等买好后到团供应股报销。

（2）炊事员工作服 1 套，发面被一条，屉布 10 尺①，豆腐包 18 尺，盘秤一杆，大杆秤 1 杆，钩秤 1 杆，锯 1 把，井绳 20 米。炉盖 3 个，上级拨炉筒 21 节，拐脖 3 个，加工豆油桶 1 个（即机油桶代），水缸 2 个。

（3）配给：席子 20 领，镰刀人手 1 把，提灯 2 盏，木瓦工的工具 1 套，木工手斧 1 把，刀锯 1 把，长木工钻 1～2 把，麻袋 10 条，镐头需要几把自家报。

（4）面板、菜板、锅盖自家解决，二齿勾、四齿叉自家解决，雨衣，水鞋老连队借。

（5）最后要求各连：从进点开荒开始记连史，第一年谁打井，开荒留下名字和经历。

任宝华记录

1971 年 2 月 13 日

三、决心书

兵团六师、师党委的决心

一颗红心两只手，自力更生样样有，迎着困难上，我们踏着艰苦走，不向上级来伸手，苦干实干加巧干，誓把抚远山河变，为了埋葬帝修反，我们做出大贡献。

开荒营营党委决心

回忆长征二万五，　开荒建点不算苦。

立志边疆干革命，　练就一身钢筋骨，

学习大寨战天地，　连红思想为人民

活着就要拼命干，　一生献给毛主席，

革命重担挑在肩，　一直挑到共产主义。

张英营长决心（1971 年）

没有房，延安窑洞放光芒，没有水，融冰化雪心欢畅。

没有柴，心红似火暖心房，没有机器，南泥湾精神大发扬。

兵团战士爬冰卧雪战荒原，学大寨，三年开出个新 27 团。

---

① 1尺≈0.33米，下同

干部、战士表决心
（1971 年 5 月 14—15 日）

我和周如敏副连长等人以人做把子，在地号里打堑，天气阴雨，我们当时衣服被雨打湿了，晚上六点多才往回赶。周涵达参谋对打堑的要求特别高，他说，堑歪了不是一般问题，将直接影响机车作业和开荒进度。为此，周涵达参谋还为打堑的学员作诗一首：

曙光初照天地广，机车轰鸣开荒忙。手持堑旗精神抖，风雨浸衣旗飘扬。

我为大地绘蓝图，两腿飞奔千米长。今日银犁翻黑土，喜看麦海万顷浪。

四、进军浓江河

47 连副指导员富锦青年王金生

十九颗心志如钢，主席思想来武装，为了祖国边疆美，战友勉励记心上。

雄文四卷手中捧，兵团战士斗志昂，冰天雪地无所惧，誓叫荒原换新装。

亘古荒原白茫茫，垦荒战士到浓江，千难万险无阻挡，围着篝火盼天亮。

开荒建点在浓江，垦荒先锋伐木忙，新老战士齐上阵，号子一喊归楞忙。

你追我赶比学帮，建设边疆保国防，艰苦奋斗学大寨，双代会精神放光芒。

一颗红心两只手，自力更生样样有，立志边疆干革命，定叫荒原变粮仓。

五、赠开荒营战友

47 连排长、张光明的父亲张贤芳赠诗

云天雪地，极目茫茫遍，立誓荒原变粮仓，革命加拼命干。

风倦红旗如画，兵团英雄儿女，胸怀革命朝阳，卫国建设边疆。

六、红心铁手建三江

47 连副连长、上海知青任宝华

红旗飘三江，歌声震浓江，欢呼又歌唱，6、18 四周年。

忆往昔，艰难困苦把业创。看今朝，一代新人正成长。

展前程，信心百倍干劲增，起宏图，红心铁手建三江。

七、诗二首

46 连蔡淑霞

（一）

巍巍群山映红日，茫茫黑土披绿装，战士站在屋脊上，胸怀全球斗志昂。

（二）

钢在火中炼，人在苦中磨，困难怕认真，必然迎胜利。

八、垦荒战歌

战士 （佚名）

东风万里舞红旗，旭日东升照大地。垦荒战士迎朝阳，手拿锄镐战荒原。
天连五岭银锄落，地动山河铁臂摇。十几人的垦荒连，誓为祖国做贡献。
汗流浃背心欢畅，手磨血泡志更坚。你追我赶来竞赛，互帮互学干劲添。
不怕严寒烈日晒，广阔天地炼红心。东方欲晓已工作，天黑方才把工收。
学习英雄大寨人，誓把山河重安排。昔日一片大荒原，今朝翻起千重浪。
座座帐篷起炊烟，阵阵歌声真响亮。英雄兵团垦荒者，浓江河畔新主人。

九、开荒营党委为抢收麦子龙口夺粮而成绩显赫的 41 连女将赋诗

女将干得欢，折服花木兰，宣传又报道，把住政治关。

十、开荒营、开荒作业的技术要求和安全措施

（一）机车开荒作业技术要求

（1）大犁必须带备用犁刀和小铧，全副武装，非指定地块不准摘下小铧。

（2）大犁耕深 22～24 厘米，三铧犁深度误差不超过±1 厘米。

（3）翻扣垡良好，不允许出现立垡，在塔头较多的地区，为保证翻扣垡，耕深可以加至 24～26 厘米。

（4）大犁耕幅一致，三铧犁耕幅标准宽度 1.05 米，允许误差±5 厘米。

（5）地头整齐，起落线内外相差不超过 50 厘米。

（6）大犁起落装置不良，不允许参加作业，坚决杜绝地头升起大犁前打起落丝杠，耕深变浅不低于 18～20 厘米。

（7）通过水泡子误车时，可升大犁，在一定方向绕道通过。

（8）已翻地块，不允许机车牵引大犁通过。

（9）地头转弯时要注意机车行走方向，防止地头出现喇叭口。

（二）机车开荒作业安全要求

（1）保证休息时间，夜班人员白天不准外出及做重体力工作。

（2）扶犁人员必须坐在指定座位，不允许用绳子进行起落。

（3）机车开动时要给信号，并注意前后左右人或物。

（4）非机务人员不准驶车，非本车组人员驾驶车，须由本车长同意。

（5）开车时注意，要经常向后看。

（6）机车行走过程中，排除大犁被堵状况时，不许离坐，严禁站在大犁上用脚蹬。

（7）机车行走时，严禁跳上下车和跳上下犁架。

（8）挂农具时，机车油门减到最小位置。

（9）不允许其他人员坐在大犁上。

开荒营指挥部

1971 年 4 月 26 日

任宝华　上海知青，1968 年 8 月从上海下乡到黑龙江兵团 6 师 27 团工程 4 连，1971 年 2 月调到开荒营 47 连、41 连副连长，1972 年后到铁道部七零一厂，1979 年调回上海在上海铁路分局办公室工作。退休。

向荒原进军的先遣小分队

白　桦

1971 年春节刚过，为了贯彻落实六师党委提出的"多开荒，多打粮"的工作方针，团党委决定组建开荒营（四营），由十二个连队组成，连队排列 37～48 连，每个连队 20 人，由老连队负责承建。我所在的工程连负责承建 41、42 连，人员落实后，大家都投入到建点的准备工作中。我被分配到 42 连，连长刘国华，指导员徐锡梅，排长黄秋云。

记得那是 1971 年 2 月 2 号前后，团里来命令，由 41、42 连抽调 10 人组成一个先遣小分队先行进点，为以后全营大批人员物资顺利进点做必要的准备工作。团里将先遣小分队的任务落在 41、42 连肩上，主要是考虑工程连长年在野外工作，打石、伐木并且工种较齐全，有丰富的野外生存经验，而且工程连紧邻团部，沟通、协调起来比较方便。

接到命令后，工程连领导与 41、42 连的领导迅速落实了先遣队人员，决定由 42 连连长

刘国华带队，成员有朱景芳、丛树孝、胡义良、白桦、刘文骥、李春玲、陈其堂（还有两人想不起来了），大家马上行动起来为进点做各种物质准备，大到帐篷，小到锅碗，我们十个人一切准备就绪后，团里来命令，后天出发（时间大概是 2 月 5 日左右）。

出发前一天，工程连领导为我们先遣队送行，会餐结束后大家回到宿舍，准备早点休息，这时国华连长也回到宿舍，同他一起来的还有一个人，中等身材，近五十岁的样子，上身穿一件黄棉袄，下身穿黑裤子，手里还拿着一顶皮帽子。国华连长向大家介绍，这就是我们开荒营的张营长，明天跟我们先遣队一起进点。大家争先恐后地和营长打招呼问好，营长说话带北京口音，他跟我们每个人打招呼，不叫我们起来，让我们好好休息，这是我第一次见到张营长。国华连长说营长今晚就在我们宿舍休息，并对我说："白桦，咱俩挤一下，让营长住我的铺。"我让连长在我的铺位休息，我跟其他战友睡在一起。

第二天，大家起得都很早，开始打背包、整行李，然后扛到仓库装车，团里派来两台汽车，按昨天的分工一组人将帐篷、工具、木材、铁锹、镐头、炸药装上一台车；另一组人将行李、粮食、炊具还有食堂几天加工出来的十几面袋烤饼都装在另一台车。装完车，队员们都到食堂吃早饭，这时团参谋长张友陪几位团领导来到食堂给我们先遣队送行，张营长和几位连领导迎了上去。参谋长给大家讲话，重点强调先行进点的重要性：是探路和为建点做一些必要的准备工作，为了以后全营大批进点打基础，同时让我们注意安全，特别对国华连长叮嘱道，一定要照顾好营长。

早饭后，老连队的亲朋好友、同学和老同志的家属孩子把我们团团围住，都来送行告别。上车前，国华连长拿出一面红旗递给车上的同志，同志们将旗子插到车前，印着（27团开荒营）的鲜艳红旗迎风展开，尤其中间"向荒原进军"五个金黄的大字在寒风中格外醒目。车上车下的人都不约而同地喊着"向荒原进军！"车缓缓向石子河山下驶去，汽车驶出很远我们还能看见送行的战友向我们挥着手。送行的口号声渐远，只有车前"向荒原进军"旗帜在刺骨的寒风中发出猎猎的响声。

先遣队的路线是这样的：从石子河（团部）出发，沿公路向西经水利连、5 连、20 连、6 连，往南经 21 连、22 连向东南。我们的车子沿途驶过连队驻地或遇到路旁的行人时，人们都抬头望着我们车上的红旗，眼神中流露出惊诧的神色。由团部到 6 连的路况还可以，到6 连以后往南就不好走了。由于 6 连到 22 连是南北道，有些路段积雪把路封住了，汽车要来回冲几次才能冲过去，风大天冷，我们在车上冻的不行，不得不下车在车后面跑步取暖。我们用炕席挡在车前面挡风还能好一些，快到中午时车开到了 22 连。按计划我们要在 22 连休息，大家要暖和一下，司机师傅也要检查车辆，往前走既没有路，也没有连队，再往前面走我们就进入荒原无人区了，放眼望去皑皑白雪掩盖了一切。在 22 连休息时，营长对我们讲，从 22 连到我们的目的地还有三十多里路，前面没有路可走，我们只能摸索着前进，营长叫我们把铁锹、镐头都准备好，一旦车陷到雪里就得挖雪。休息一阵，我们向东南方向继续前进。

车一驶出 22 连，茫茫的白雪掩盖着荒野，偶尔有几株高点的枯草在雪地里露出头来，被寒风吹的簌簌颤抖。车走走停停，一会陷到雪里，我们就下车挖雪，被塔头卡住就得用镐刨，斧头砍。这一路走走挖挖，也不知道走了多久，大家都筋疲力尽了。经过一番周折，车终于停下来，营长站到车顶上往东南方向望了一会说，前面有一片树林，让车朝这片林子开。到了林子前面，大家都下了车，来到林子里面，我们发现这里四面是树，中间是平地，全是厚厚的雪，我们好奇地用铁锹挖下去，发现雪下面是竟然是冰面，原来树林中间是一个足有足球场大的水泡子。这时，营长指着东北方向说：“到了，就在前面！”我们赶快上车向前开，大约一公里，营长叫停车。我们看到了一处被大雪覆盖的残垣断壁，几根孤零零的木桩站在雪地里，好像对我们这些不速之客诉说着它们的过去，不知从哪儿出来几只老鼠在雪地上用惊慌的眼神看着我们，然后迅速地逃窜，让我们感受到这里依然有生命的存在。

营长叫我们拿铁锹清雪赶快卸车，车必须在天黑前赶回22连，否则天黑在野外会很麻烦（我们后来才知道，空车压不住雪，汽车很晚才艰难地到达22连）。卸完车，趁着天还没黑，我观察了一下我们所在的方位，其实我们几乎就在团部正南方向，直线距离大约不到三十公里，能清楚地看见五星山的全貌，但是因为没有路，只能从22连绕行。

简单休息了一下，队员开始分工，三人刨冰准备晚饭，其他人搭帐篷。天马上就黑了，搭帐篷来不及了，营长和连长几个老同志商量，决定今晚先搭一个临时帐篷，按分工大家紧张有序地忙乎起来。先用原木绑成四个一米半高的人字架，摆成一个长方形，再用四根原木连在一起固定住，然后在上面与四周搭上几根木方，把帐篷往上面一盖，四外用雪压住帐篷，临时宿舍就建好了。将帐篷里地面的积雪清理干净，铺上一层厚厚的草，再铺一层帐篷顶就成了我们的床铺。接着大家到刚才路过的林子里扛了一趟烧柴，在帐篷前点燃篝火，熊熊的篝火映红了我们的面孔，我们围着火休息等待着荒原上的第一顿晚餐。刚才忙碌的时候不觉得冷，一旦停下来就体会到“火烤胸前暖，风吹背后寒”的滋味了！我清晰地记得晚饭是疙瘩汤和烤饼，这顿饭的“厨师”是李春玲同志，他是老同志，有着丰富的野外生存经验，我们工程连冬季进林子伐木都是他做饭，他知道这种条件下什么食物最适合我们，汤里面有冻白菜和大肉片，热乎乎的汤，把烤饼泡在汤里，大家连汤带饼呼呼地吃得真香！多少年后，我还能回想起那顿饭的味道。

饭后，大家围坐在火堆周围，营长拿着一根树枝在雪地上画着，给我们介绍开荒营各连队分布的情况，讲了先遣队这些天的主要工作内容。营长说，我们现在的位置就是开荒营的指挥部了（后来正式营部前后挪动三次，建在距这里500米的地方，这里后来成为营部家属区），这几天大家要尽快把固定帐篷搭起来，我们要搭三个帐篷，41、42连各一个，营部直属一个，每个帐篷能住二十人左右，还要建两个简易食堂，让以后进点路过的人员能有个休息补给的地方。营长用树枝指着他画的图，告诉国华连长，这些就是要建点的地方，去年已经由勘探队勘察过了，从明天开始小分队要派两个人跟着他去这些准备建点的地方插旗、定点、明确目标，以便后续进点的连队能快速准确地找到位置。我们来的时候带着不少堑旗和旗杆，这时我才知道是干什么用的，插上堑旗的地方就是后续进点连队的目的地了。营长讲完后，连长刘国华代表大家说，请营长放心，我们保证不辜负领导和战友对我们的信任，克服一切困难完成探路、建营指挥所和给新建连队插旗定点的任务。最后营长让我们把“向荒原进军”的红旗叠好，交给国华连长保管，过几天团里要开誓师大会，这面旗是营里的，你们每个连都会有这样一面旗，我们要让每个人都看到开荒营战士“向荒原进军”的决心（几天后，营长和连长带着旗子去团里开誓师大会，我们几个留守人员没能参加团里召开的“向荒原进军”誓师大会）。我们在原来的旗杆上换上了一面红旗，把它绑在木桩上，从今天起这里就是开荒营，这里就是我们的家了。

夜深了，我们准备休息。大家钻进帐篷，帐篷里面不能点火取暖，我们先把被子拿出来在外面的篝火旁烤一烤，然后两个人一个被窝躺下，一颠一倒躺下，头上戴着帽子，一个人抱住另一个人的脚，相互取暖。帐篷外面的火堆不能灭，我们轮流值班看守。一天的劳累战胜了严寒，帐篷里断断续续地传出了鼾声，大家渐渐地都进入了梦乡。皎洁的月光撒落在这片大地上，显得更加深邃安静，夜幕繁星点点，忽明忽暗，悄悄地看着我们这些垦荒人，我们这新一代垦荒战士就要唤醒这片黑油油的处女地，把这片万古荒原开垦成万顷良田。

清晨，“起床了!”的声音把我从睡梦中唤醒，睁眼一看，帐篷里还是昏暗的，从门帘的缝隙处透过一点点橘黄色的亮光。朱景芳排长蹲在铺旁说：“都起床了，就剩你了。”我赶紧坐起来，随手摘下帽子，看到帽子两边挂满了我呼出的热气结成的霜花，我问排长：“天亮了吗?”“亮了，快穿衣服准备吃早饭。”他一边回答一边钻出了帐篷。起床后最难的事情就是穿衣服，衣服在被子上搭一宿基本冻透了，刚从被窝里穿上冻了一宿的棉裤棉袄如同掉进冰水一般，瞬间让人冷到心里。这种冷与昨晚脱衣服往被窝里钻的感觉是一样的，冷的叫人刻骨铭心，让我终生难忘。

我穿好衣服从帐篷钻出来，一股寒气扑面而来，使我浑身打了个冷战，真冷啊！抬头看见月亮还挂在西边的天幕上，太阳还没有升起来，东边的天际线已冒出一抹红色的晨曦，预计今天是个晴天。四周还有些昏暗，静悄悄的，一股股的冬雾浮在原野上游荡，偶尔有风吹过，把地上的落叶卷起来，发出一阵簌簌的声音。浮雪随着风贴着地皮如同数条银蛇争先恐后地向远处奔去。东边不远处露天伙房炉火熊熊，发出噼啪的声音，上面大锅里不断向上冒出一团团水蒸气，炊事员李春玲在行军锅旁边正忙碌着早饭，帐篷前篝火四周，其他同志忙着整理工具。这时营长和国华连长走过来，营长询问大家昨晚休息的怎样？有人回答还可以。国华连长接着说道：“南面有一大片草地，铺床用的草不缺了，今天大家加把劲，力争搭好一个帐篷，今晚我们就能睡个好觉了。”原来张营长和连长去四周查看地形去了。这时李春玲喊道：“开饭喽!”我赶忙在雪地上捧起一把雪往脸上搓了几下，就算洗脸了，没有水大家都是这么解决的，而且冰凉的雪搓在脸上，人也立马精神起来。早饭还是冻白菜炖猪肉片和烤饼，这回烤饼加热了。国华连长说，为了让大家能吃好点，李春玲、朱景芳、丛树孝几位老同志很早就起来做饭了。大家围着篝火一边吃一边听国华连长安排今天的工作。具体分工是：白桦和陈其堂跟随张营长去探路看点，其他人有的搭帐篷，有的打草。

饭后大家按照分工有序地忙起来，营长、陈其堂和我三个人开始打绑腿，在雪地里走路不打绑腿是不行的，不然一走起路来雪就往裤腿和鞋里面钻。陈其堂是河南人，1966 年复转军人，那时他大概 30 多岁，他非常爱说笑，说话时脸上的表情很丰富。我们把需要带的两把斧子、一个大锤、两把铁锹、两把镰刀，几十面堑旗都装到一个麻袋里，然后把麻袋放到木工丛师傅做的一个小爬犁上面，连长叫李春玲拿来几个烤饼放到老陈的背包里面，又用行车壶灌了一壶白酒让我背着。陈其堂手里握着一把镰刀在前面开路，营长手里拿着一根树枝当拐杖居中间，我拉着小爬犁走在最后。营长说咱们今天要去的地点是 37、38 连的位置，也就是我们昨天来时的方向。营长说昨天来时本应该看到 37、38 连的标志，但是没有看到，过几天大批人员进点时都要走这条路线，所以首先要探明这条路线的情况。因为是往西走，正是顶风，西北风吹在脸上像刀刮一样，我们在没过脚踝深的雪地里艰难地向西行进着，有时雪深能没过膝盖，雪深风硬，不一会儿在前面的老陈就气喘吁吁，热气随着我们的呼吸不断从嘴里、鼻孔里喷出来，瞬间帽子、胡须和眼眉睫毛上都凝成了白色的霜花，如同圣诞老人一般。回头也看不到营地了，四周静极了，一点声音都没有，我们三个人要是同时屏住呼吸都能听到自己心脏跳动的声音，真有些“千山鸟飞绝，万径人踪灭”的情景。我问营长怎么会这么静？营长说，早晨温度太低，天亮前后是一天最冷的时候，等一会太阳升高了，气温上来了，就有动物活动了。

接下来我和老陈交换一下位置，我在前他在后。张营长执意要走在前面，我俩坚决没同意。临出发前，国华连长再三叮嘱我们二人要照顾好营长，我俩在连长面前下过保证的，叫连长放心。刚开始，我俩在张营长面前有些拘束，走过一段路后，渐渐有些放开了，尤其是老陈原本就是爱说爱笑，我们三人很快就熟悉了。我发现张营长非常亲切平易近人，每走一段路营长就叫我们在明显的位置插一面堑旗，插的堑旗基本都在一条线上，堑旗的颜色是红白相间的，被风一吹格外醒目，很远就能看到。前面的雪越来越深了，有时不得不绕行，我们基本是朝正西方向走。不知走了多久，来到一片树林旁，树林不是很大，也就几百平方米，营长说我们在这儿休息一会。我拿出铁锹把一棵树下的雪盖清理了一下，老陈用镰刀割了一点干草铺在地上，我们坐在上面休息。我们三个把下面干净的雪用手抓着当喝水了，硬壳下面的雪是颗粒状的，晶莹剔透，放到嘴里咬一下还吱吱作响。休息了一会就感觉有些冷了，老陈要点篝火取暖，营长说不用了，休息一下马上就走。老陈问张营长还有多远才能到，张营长说，从时间上估算我们已经走了一半的路程了。营长叫我俩在树林的东、西两边各挂上一面堑旗后出发了。

走过这片树林前面的地势较平坦，路也好走一些了。老陈又走在前面，我拉着爬犁断后。张营长和老陈一边走一边交谈着，问老陈是哪里人，得知他是河南人，营长说河南是个好地方，他在河南住过。一边走路一边说话感觉轻松不少，不像早晨刚出发的时候，营长不问，我俩也不说，那么沉闷。现在气氛轻松活跃起来，老陈的好奇心仿佛永远不会满足，一会问营长这，一会问营长那的。有时走着突然从草丛里飞出一两只野鸡，把我们吓一跳。

天也不像早晨那么冷了，风也小了不少。又走了一会，我忽然看见不远处有一面旧堑旗，就叫营长看，营长说可能就是这里。我们三人加快脚步向堑旗的方向走去，这面旧的堑旗在寒风中簌簌颤抖着，它旁边的枯草耷拉着脑袋，被风一吹发出沙沙的声音，好像在对我们说："你们终于来了！"走到旗下面，营长仔细观察了一下四周，叫我把旗杆下面的积雪清理干净，又看了一眼旗杆，果断地说道："就是这里！"后来我才知道，勘察时用的旗子跟我们现在用的堑旗不一样，旗子比我们用的大一些，旗杆也结实。营长知道这些，而我和老陈不了解。营长叫我把旧旗子拿掉换上一面新旗。昨天我们没有看到这面旗，可能是我们偏离了方向。

中午我和老陈拿铁锹在堑旗旁边垒起一面雪墙，清出一小块地面，割了一些干草铺在地上，又弄来些干草树枝、条子燃起一堆篝火。老陈找来几根带杈的树枝，然后从背包里拿出冻的硬邦邦的饼架到树杈上在火上烤着，我们一人举着一个树杈烤化一层吃一层。营长叫我把酒壶放到火堆边加热一下，酒热了，营长和老陈一口酒一口饼。老陈让我也喝一点，我说我一点酒都不能喝，一喝就醉。营长笑着说，那就别喝了，喝醉了我们可搬不动你。其实营长和老陈也没喝几口，主要是天太冷喝几口酒暖暖身体。张营长只吃了一个饼，我和老陈每人吃了两个。现在我在大街上看见烧烤摊，就能想起四十多年前在雪地里，我们三个人打尖的情景。吃饭时，我俩跟营长像老朋友一样无拘无束地唠起家常。老陈在路上已经对营长讲了不少自己的情况，营长又问我哪年来的？今年多大了？家里有些什么人？都是做什么的？我一一作了回答。当营长听说我的父亲也是转业军人的时候，显得格外亲切，还让我写信替他问候我父亲。老陈更好问，通过营长与老陈的交谈，我才大概知道一点营长的情况。在来开荒营之前，营长是17连连长，在17连以前是三、八队队长，17连是刚刚建好一年的连队。营长是1958年春天集体转业到北大荒，最早在友谊农场二分场，1958年初冬，又集体转战建设勤得利农场，这次又挂帅组建开荒营。

看看天色不早了，营长叫我用雪把火堆埋灭，然后我们开始往回走。往回走相对轻松了一些，一是顺风，二是有了来时趟出的脚印，我们行进的速度比来时快多了。还是老陈打头，营长走中间，我拉爬犁断后。老陈和营长谈论着营里的一些情况。营长说 37、38 这两个连队是 2 连承建，咱们营，除了 37、38、45 连由农业 2 连和 5 连负责承建外，其他连队都是工副业连队承建的。

太阳西下，我们三人的影子被太阳长长地映在雪地上。天有点起风了，营长叫老陈加快行进速度，我们一定要在天黑之前赶回营地。很快，我们又回到那片树林，在来时的地方营长叫我们休息一下。休息时我估计了一下，这片树林大概是营地到 37、38 连驻地的一半路程。休息了十几分钟，我们继续前进。因为走得比较快，我们三人都大口大口地喘着粗气，也顾不上说话了。走在最前面的老陈指着前方说，前面有火光，我一看前面的火光很大。原来国华连长看天黑我们还没回来，就叫人点燃一堆篝火，给我们指引方向。同时，他和朱景芳排长提着马灯顺着脚印来迎我们，没走多远就和我们相遇了。

连长关切地询问我们累不累，营长说还可以吧。朱排长接过我拉的爬犁，很快我们就回到了营地。帐篷前的篝火烧得正旺，帐篷也搭建好了，大家把我们三人让进帐篷里。帐篷里暖暖的，两边是床铺，中间用油桶伞的炉子，我们的行李都搬到铺上了。营长从里到外看了一遍，非常满意，今晚大家可以睡个好觉了。帐篷里有些热，大家把棉衣都脱了。吃完晚饭，大家坐在床铺两旁听营长讲开荒营的基本情况。37、38 连在营指挥部正西面，39、40 连在营部正北，41、42 连和营部在一起，43、44、45、46、47、48 连大概在营部正南方向。以后要从水利连南面修一条经过 19 连一直到 47、48 连的公路，这就是团里的初步计划。

接下来的几天，营长带着我和老陈陆续去了 39、40、43、44、45、46 连的位置，由于 47、48 连太远，一天赶不回来所以没有去，后来营长在开完誓师大会回来后和国华连长坐拖拉机去的 47、48 连。

这些天可把营长累得够呛！我和老陈都有点受不了啦！营地搭建帐篷也很顺利，还差一个帐篷、一个伙房和两个厕所没建。这天大家都在往营地背铺床草，听见远处有拖拉机的声音，不一会就看到一台拖拉机朝营地驶来，这可是我们这十天第一次看见外面的人和车，大家都放下工作迎了过去，营长也从帐篷里走出来。拖拉机驾驶员从车上下来，问哪位是张营长，并介绍自己是团里派来接张营长和刘国华连长的，随手又拿出一封信，营长接过信看完又递给国华连长。驾驶员说，他负责把他们送到 22 连，团里的汽车在那里等着呢，今晚必须赶到团部。营长让驾驶员稍等一会儿，我把驾驶员让进了帐篷休息（驾驶员叫杨双印，是河南人，后来也调到开荒营）。

国华连长召集我们开了一个短会，安排了工作，他走后小分队由朱景芳、丛树孝负责，把没进行完的工作做完。团里叫营长和连长回去是筹备召开"向荒原进军"誓师大会，需要小分队提供探路查点及现场的一些具体情况，并根据这些情况团里部署下一步工作安排，给大批人员进点做好充分的准备。拖拉机拉着营长和连长渐渐消失在我们的视线里。

虽然我们留下来的 9 个人没能参加团里的誓师大会，有一点遗憾，但是一看到建立在荒原中的帐篷，想到各个新建点的位置和路上的旗帜，又感到无比自豪，我们先遣小分队圆满地完成了上级交给的任务。后来事实证明，在大批人员进点过程中没有发生一起迷路和找不到自己连队位置的事情，十几个连队的人员都顺利到达指定位置。

时光荏苒，日月蹉跎，四十多年过去了，拓荒者没能留下当时的青春倩影，无情的岁月已使我们两鬓斑白。在开荒建点的岁月里，我们这些知识青年，在开发建设北大荒的征程中曾爬冰卧雪，风餐露宿，在荒原上艰苦奋斗了十年，把自己人生中最美好的青春献给了这片黑土地。我清楚记得当时开荒营的一句最响亮的口号：想想红军二万五，开荒建点不算苦！这句口号激励着我们开荒营的将士，在艰难困苦的开荒建点大会战中，使我们每一个拓荒者如同凤凰涅槃，让每一个人思想与情感得到升华。开荒营的经历在我们人生画卷中留下绚丽的一笔，为我们以后的人生里程打下了坚实的基础。

白桦　哈尔滨知青，1952年出生，1969年8月下乡到黑龙江兵团27团工程1连，1971年2月调开荒营42连，后又调到营部机务排、48连、41连工作，1981年返城，在哈市木材厂工作。退休。

开荒先遣测量队

探 荒 爬 犁 会

薛荣明

在我的家庭影像资料中，有一张老照片非常珍贵。那就是40多年前，我在黑龙江生产建设兵团27团（勤得利农场）宣传股时，参加了由团主要领导和各股领导及开荒营的领导组成的勘察荒地资源的行动，我给照片起名叫"探荒爬犁会"。

这张照片摄于1971年的深秋，全团向浓江河荒原进军前夕。爬犁，是北大荒特有的交通工具，用刚伐下来的树木连接成一体，上面坐人堆

物，用马匹或者拖拉机牵引，爬犁最大的优势是可在荒郊野林里跑运输，不受路面限制。照片里我们与会者共 18 个人，其中坐在爬犁上的 17 个人，摄影的 1 人。爬犁上铺上厚厚的干草，由拖拉机牵引到目的地。会议由团领导领队，大部分是机关各股室，即司令部、政治处、后勤处等各个部门的负责人，由现役军人、老转业干部和知青组成。照片里我今天能认出来的有，前排 3 个人中，左 1：军务股股长，左 3：政治部阎副主任。第二排 9 个人当中，居中是副团长孙光俭。他边上是文教股长贺雅赞，再边上就是我本人，坐在我边上是宣传股长杜维国，最边上是装备股长王海军。第三排的 5 个人中，左 2 是作训股长，左 3 是张英，他是一位 1958 年的老转业干部，时任开荒营营长，也是会议的主角。团部各部门的头头脑脑集体坐着爬犁开进荒原深处，进行现场办公。

北大荒的深秋，已有透心的凉意，大地已经开始封冻，人们大多穿上了棉衣，有的带上棉帽。我是爬犁会中唯一的上海知青。那时我刚调到团部宣传股，就让我参加会议。记得那天临出发前，我在团部走廊里遇到团长房贵中，他说："小薛，你也去开荒营吗？那里野兽多，去到装备股领一支枪，再领几发子弹"。我去领了一支五六式冲锋枪，30 发子弹。照片里还能看到怀抱着的枪支。为我们拍这张照片的是团长房贵中，他是现役军人，会议的组织者，带队人。

开荒营的这块土地位于团场南部，初步勘测有 100 多万亩可耕地。1970 年年底，团领导和刚组建的开荒指挥部张英等同志带领水利股和生产股的有关人员先期进入这个地区，沿着初步划定的路线，每隔十几里到几十里，沿路两侧设一个或两个新建连。他们打下木桩定好道路走向，插上旗帜定连队位置。我们这次"爬犁会"有两个任务，一是沿途最后确认开荒建点位置，二是明确各个部门为开荒第一线提供全方位的保障。会议是在爬犁行进中开的，团领导和指挥部的领导一路讲解，一路动员布置。轰隆隆的机车声，打破了这里的安静，也激发了人们对这块亘古荒原的神秘感和唤醒荒原的自豪感。会后，团部立即组织力量开始筑路，路修通后，1971 年年初，全团各包建的老连队进行了动员和准备，陆续开进荒原。第一个帐篷是 2 月 15 日搭起来的，标志第一支队伍进点，是工程连包建的 41 连和 42连。5 月份，春暖花开，荒原"第一犁"开犁，全营出动 40 多台拖拉机同时作业，当年开荒 6 万多亩。也就是在这一年，我们实现了"当年开荒、当年打粮、当年收入"。也就是在这一年，六师在 27 团召开了现场会，全师范围的大规模开荒战役打响，"建三江"这个名字开始出现在共和国现代化农业发展史中。

"爬犁会"后，我被团政治处派到开荒建设指挥部担任宣传干事。那时，组建四营的手续正在报批，命令还没有下来，对外只能叫开荒营。为了强化对开荒建设的领导，团部成立了开荒指挥部，指挥部设在第一线，和开荒营部合署办公。开荒营所属连队编制从 37 连开始，到 48 连。共 6 对 12 个连队，加上营部总计 13 个点。开荒指挥部设在荒原中心地带，有生产指挥、后勤保障、政治宣传等机构。营部领导开始称"总指挥"，后称营长。工作人员在生产部门称参谋，政工部门称干事、报道员，后勤设司务长，营部有学校、邮局、食堂、医务室等，这些部门大多数是知青组成。我是1971年5月到指挥部政工组正式报到的。到开荒营，这是我的知青生涯中难以忘怀的一页。我记得当时的总指挥是张友，现役军人，他还担任着团副参谋长以及开荒营领导。日常的工作主要是副指挥张英，生产组参谋周涵达等。周涵达是一位20世纪50年代北京农业大学毕业的，自愿报名来到北大荒的大学生。我的工作主要是宣传报道。我从团部带来手推滚筒油印机，一个人办起了《开荒战报》，自己动笔采访、编写、刻蜡纸，最后也是自己印刷、分发到各连。这份简报每周出一到二期，内容是上情下达，记录开荒第一线的生动事迹，很受连队欢迎。期间，我还召开过一次各连参加的报道员会，张英副总指挥到会讲话。记得我还写过一篇稿，投到《兵团战士报》，内容是"6师27团向荒原进军"，几百个字，报纸很快刊登出来。我在开荒营工作了两个月，就调回团部。短短的两个月，农场老干部、现役军人和知青们在那艰苦的岁月结成的友谊终生难忘。我和团营领导住在一座帐篷里，晚上睡在一个通铺上，天南地北地畅聊到夜深。白天，我们同吃一锅饭，同在一间房里办公，我们还经历过生吃黄花菜差点中毒的小惊险。记忆中还有，一场雨后，出了帐篷，遍野尽是新长出的蘑菇。穿着长筒雨靴，不小心就能踩到一窝又一窝的野鸟蛋。当年，老营长张英曾和我们谈起，这里自然地理条件适合农耕，浓江河、鸭绿河、青龙河、别拉洪河四条河环绕，中间突起，抗涝性强。他1958年就进去踏过荒，看到过赫哲人部落遗留下的地窖子。当时勤得利老农场主要是沿山傍水开垦土地，刚建成，条件不具备，没有动这里。10多年后，向纵深发展有了基础，再加上有了以知青为主力的队伍，实现了愿望，老农场规模扩大了一倍多，为祖国又添了一座大粮仓。

　　薛荣明　上海知青，1969年4月下乡至27团6连、22连，1970年调27团政治处宣传股，团政治处。1974年调六师政治部宣传科，1976年改制为三江管局宣传处，1979年4月返回上海，后长期在外资企业任领导管理工作。退休。

第三篇　开荒营生死大进军

　　1971年2月16日，开荒营将士正式开始向荒原进军，在15天内12个连队和营部冒着风雪严寒安全到达指定位置，开始建点。但运送47、48连官兵进点的车队在返回途中遭遇到"大烟炮儿"的袭击，两辆汽车被迫放水弃车，一辆冲了出来，有驾驶员冻伤和人员摔伤。刚进点老天爷就给了一个下马威。全营二百多官兵要在方圆百里的无人区接受生与死的考验！

开荒营、各连授旗后旗手出征前合影

向荒原进军：（右1卫生员：黄玉琴，左三司务长：
孙玉忠，左1：孙玉兰）

向荒原进军（前左：潘梅香，右：周铁荣）

向荒原进军（中间左 1 为张英营长）

开荒营之歌

廖 烨　王润培　词

廖 烨　曲

1974年为黑龙江生产建设兵团6师27团开荒营作

（合 唱）

1 = E　4/4

坚定．热情

谨以此歌献给开荒营的旗手张英营长，献给为开发三江平原曾爬冰卧雪，艰苦奋斗的战友们

暴风雪挺进浓江河纪实

魏国志

　　1971年2月下旬，北大荒仍然是天寒地冻的季节。那时我在黑龙江生产建设兵团27团汽车连，是一名汽车驾驶员助手。这天，我和往常一样，五点钟就起床了，来到停车场，做出车前的准备工作。从车里拿出铁质的炭盒，点燃木炭后，放到车下，烘烤发动机油底壳。黎明前，正是俗称"鬼龇牙"的时候，贼啦冷，手脚冻得跟猫咬似的。一边搓手，一边跺脚，也不敢离开，害怕失火。慢慢的油底壳里的机油化开了，用手摇把摇转曲轴感觉轻快了，往水箱里加上热水后，打开钥匙门，猛摇曲轴，汽车终于发动起来了。

　　汽车打着火后，赶快奔食堂吃早餐，吃完一个馒头一碗菜汤后，我来到调度室领出车命令单。命令单上写着：从5连至开荒营48连，公里数一栏没写空着，货物名称一栏写着——人和物资。通常没有写字的空栏要等收车后在实际执行栏里填上实际数字。我早就听说团里要组建开荒营，这回看来是真的。

　　等邢师傅来了，我们就发车了。到了5连我才知道，同行共三台车，我们是16号车，司机是邢宝财师傅，助手是我，9号车，司机是连吉海师傅，助手是只永顺，14号车，司机是李昌和师傅，没有助手。车到齐后，就开始装车，有帐篷、生产生活物资、个人的被褥行李，还有炊事班的锅碗瓢盆等，足足装满了三大卡车。还有几十个人呢，男男女女都爬上了车，坐在行李上。临出发前，我们师徒几人进了5连食堂。还没到开饭时间，加上整个5连都在忙乎，炊事班还没有做饭。还好炊事班给我们炸了一些馒头片，我们草草吃完，就出发了。大约11点左右，三辆大卡车开出了5连。我们走在最前面，14号车紧跟我们，这两辆车都是国产解放卡车。后面压阵的9号车是苏联的吉尔-164。

　　出发后，先往西行，到六连以后转向南行，过了21连、22连，再往南行就没路了，全凭带路人所指的大概方向前行。汽车行驶在坑坑洼洼的荒野上，颠簸得很厉害，只得慢慢爬行。广袤的原野被冰雪覆盖，枯萎的杂草到处可见，远处地平线可见片片的树林。我坐在副驾驶的位置上，两眼望着漫无边际的远方，不知今天的目的地在哪里？

　　忽然前面发现有链轨拖拉机行走过的痕迹，汽车沿着痕迹行走了一段之后，痕迹又不见了，那是被雪掩埋了。再往前走，雪更厚了，实在看不清雪下面的情况，作为助手，我跳下车来，手持铁锹在前面探路，并指挥车辆向前缓慢行驶。我深一脚浅一脚的在雪地上探路，有时一脚下去雪就没到了大腿根，地下肯定有坑或是一条沟，我马上指挥车不能从这里走。我向两侧的方向继续探路，直到找到适合车辆通过的路，再指挥汽车绕行。当遇到雪厚、汽车轮胎打滑或空转时，我必须把车轮前边的积雪用铁锹铲掉。几个回合下来把我累得躺在雪地里直喘气，体力正在慢慢地透支。车辆要是打误，车上的人就得跳下来一起推车，就这样走走停停，艰难前进。

大概下午两点钟，我们一行三辆卡车到达了开荒营的营部附近。没有看到营部的房子，只看见一辆链轨拖拉机停在那里，旁边站立着两个拖拉机手，浑身都是油乎乎的。其中我认识一个叫李林的，他身材很瘦，脸长得俊俏，两只大眼睛很是有神，上身穿的军用棉袄破的棉花露在外边，俗话说已经飞花了。站在那里的还有其他几个人，最前面的是新任的开荒营（四营）营长张英。他个头不高，四十多岁，眼神之中蕴含了智慧和学问，身上透着一种硬汉的魅力。他北京口音，说话和蔼，没有架子。跟在营长旁边的是个北京知青，我在勤得利就认识他，但只知道他姓张，是营长身边的人。我知道此人可不简单，他原来是勤得利渔业连的，听说在1969年珍宝岛战役之后曾经在八岔岛上打过仗。

汇齐后，我们只作了片刻的停留，大家男女分开去方便一下。营长和我们打过招呼之后就上了拖拉机，有了拖拉机的带路和保驾，这回再也不用我来探路了，我坐在师傅的身边也能喘口气歇上一会儿了。汽车跟在拖拉机后面一直向南行进，好像是去开荒营的最南端。车队以很慢的速度行进，不知过了多久，不知不觉中天渐渐地快要黑了。这时我有些困倦，尽管车行驶中又摇摆晃动，颠簸不停，我还是迷迷糊糊地打起盹来，好景不长，最要命的是我的肚子咕咕直叫，饿得够呛。

此时天色还没完全黑下来。我环顾周围，只见荒地上插有一面小红旗，正在迎着北风飘扬。看来此地就是开荒点，未来的47连和48连的所在地。南边有片茂密的树林子，透过树林子再往南是一条河（后来我才知道叫浓江河），这里肯定是开荒营的最南端了。

这时，张营长往西北方的天上看，我的师傅也往天上看，边看边向我说："要变天了，可能要刮'烟炮'了。"（烟炮指暴风雪极寒天象）营长当机立断对大家说："这里就是未来的47连和48连，咱们赶快卸车。"又指挥各连的人员说："这就是你们的家了，赶快动手砍树搭帐篷，今晚最好能把帐篷搭起来。"三辆卡车同时都在紧张地卸物资，三位师傅、我和小只也一起七手八脚地帮忙卸物资。这时我从炊事班的厨具中看到了几麻袋烤饼，我迅速将麻袋口解开拿出一个想啃两口，可是根本啃不动，一路上在零下二三十度的气温下，烤饼已经冻得像铁饼一样硬，我只能放弃。

这时北风刮起来了，下雪了，气温在迅速下降，颗粒状的雪打在脸上像刀割，又像针扎。营长当即命令汽车回营部宿营，拖拉机后面保驾。我们车一卸完货，邢师傅马上坐进驾驶室，我迅速关好车厢栏板也进了驾驶室，车就开动了。

在返回营部的路上我们16号车还是打头，14号车紧随其后，最后面是9号车。暴风雪来势凶猛，此时已经是昏天黑地，远处一片漆黑，什么也看不见，近处只看见车灯照着狂飞漫舞的雪花，风雪在车灯前形成了视线的屏障，耳边是咆哮的风声。看来这次我们与大自然的搏斗是不可避免了。

我师傅邢宝财是四六年的老兵，可以说是身经百战，久经沙场，凭着不屈不挠的意力和大无畏的精神，驾车艰难地冲在第一个。行驶了没多远，前面出现了一道又一道的雪檩子，汽车冲不过去就倒回来又冲，实在不行我立刻下车用铁锹挖雪，汽车每走一步我们都要付出很大的力气。邢师傅把油门加得很大，恨不得一下就冲到营部去。但是由于暴风雪太大，雪也越积越厚，已经是寸步难行了。我的肚子总是咕咕叫，此时此刻我只能亏待它了。我本来就很细的腰，这次又被我用皮带狠狠地勒了勒。我一个人又是铲雪又是推车，感觉到力量实在是太微薄了。汽车的发动机发出吼叫，排气管冒出滚滚的浓烟。我在后面向前推车的时候，一股浓烟被吸进了肺里，呛得我好半天没喘上气来，呛得我鼻涕眼泪都出来了。我立刻摘下手套，用手把鼻涕眼泪抹掉，要不然马上就会冻在脸上了。就这样，不知道又前行了几里路。这时的我已经坚持不住了，意识开始有些模糊，再这样继续下去，我可能会晕厥的。

突然间邢师傅把汽车的发动机关掉了。我不知道发生了什么事情，赶快来到车头前面。见邢师傅打开引擎盖，拔出机油尺很仔细地观看，但由于光线的原因还是看不清。我急忙从驾驶室里取出了手电筒，借着手电筒微弱的亮光邢师傅看清了机油尺上的刻度，说了声："机油已耗尽，立刻放水！"他的话斩钉截铁非常坚决，而我听到后却愣在了那里，没有反应。师傅见我没动弹，自己挽袖子趴在汽车的叶子板上，用右手打开了放水开关。这时的我突然惊醒了，连忙向后面的14号车跑去。李昌和师傅见我跑过来也不知发生了何事，他听到我大声的喊话，也赶忙下车检查机油。检查后他什么话也没说，也打开了放水开关。这时我再往后望去，9号车没有跟上，拖拉机也没有踪影。

放完水，我们蜷缩在驾驶室里。周围漫天风雪，一片漆黑。突然间一种恐惧感涌上心头，好像是水手在波涛汹涌的大海里正在弃掉下沉的航船，需要自个逃生一般。此时，我们三人唯一的期盼就是营长带着拖拉机跟上来。

不知等了多久，邢师傅突然喊"他们上来了"。我朝后方仔细观看，只见风雪中有几个模糊的人影，正低着头弯着腰顶着暴风雪一步一步非常艰难地向着我们走来。当时我想：在这样大的暴风雪的黑夜里，我们之间要是偏离了一点方向，那就谁也遇不到谁了，后果将不堪设想。等他们走近了，我看见走在前面的是李林他们两个拖拉机手，后面是张通信员，再后面是营长，营长手里还拿着一根木头棍子。很显然他们是弃了拖拉机顶风步行走到这里，恰好遇到了我们师徒三人。我们往后再望，却不见9号车，也没有连师傅和小只的影子。连忙向他们打听才得知：由于此时温度可能低到零下四十度左右，拖拉机供油管路出了问题，在拖拉机自动熄火之后不得不放水。而同行的连师傅和助手小只他们也发现9号汽车发动机里的机油即将耗尽。当时连师傅不肯放水弃车，把拖拉机上带的一桶备用机油取来之后，发现机油凝固了，根本倒不出来。于是连师傅把机油桶放在9号车的发动机上，汽车仍然还在发动状态，他想用发动机的温度暖化机油后再往发动机里加。他意识到16号车和14车虽然在前面，但不会走多远就会同样出现机油被耗尽的情况（因为汽车在暴风雪里，想拱出厚厚的积雪，发动机就必须超长时间以高速运转，机油消耗得很快）。连师傅当时很清醒，他觉得这桶机油是唯一的希望。因为连师傅对9号车十分有信心（9号车是苏制吉尔-164，气缸压力高于解放，前悬挂装置独特，这辆车是原装，性能良好）。营长不放心走在前面的我们两车三人，决定连师傅师徒两人继续化机油桶，他带领其他人步行追赶我们师徒三人。巧的是终于在我们弃车的地方会合了。

两支小股部队的相遇也算是兵合一处了，有了营长的带领增强了我们的信心。我们决定继续朝北走，营长再三大声叮嘱我们"要朝风最硬的方向走，都跟紧点，谁也不准掉队，谁敢坐下不走我就用棍子打谁。"我意识到营长的责任心是很强的，生怕有人掉队。大家顶风冒雪深一脚浅一脚地走了一阵子，各自的鞋上沾满了雪，后来就变成了冰疙瘩，越走越吃力。我的肚子实在是饿极了，身上冻得直哆嗦，浑身上下一点儿力气都没了，两条腿像是灌满铅一样，一步也挪不动。营长从后边上来了，其实他顶风冒雪走起路来也直晃悠，但他还是硬挺着，一边喊一边用棍子击打我们的后背。棍子打在我的头上，我就再咬紧牙往前走几步。营长在后面轰着我们走，真是太难为他了。

不知过了多久，暴风雪依然狂躁，暗夜依然漆黑，只是我的肚子不觉得饿了，身上也不觉得冷了，部分肢体开始失去知觉。我的意识飘忽不定："后面的9号车，连师傅和小只怎么样了？机油桶里的机油化开了吗？今晚我们能平安返回营部吗？"我一边跌跌撞撞地机械地向前挪动着，一边想："今晚很可能我们一起都被冻死在这荒原上。"确实我们都已经精疲力竭，营长也挺不住了，他不再喊话，只是用棍子拄着雪地大喘气。

就在这时不知是谁喊了一声："后面有灯光。"大家顿时精神一振，不约而同地转身向后望去。远远的地方好像有灯光，恍恍惚惚地向我们这边来了。此时我已说不出话了，但在心里喊了一句："那肯定是9号车。"车灯越来越近了，听到了发动机的轰鸣声，希望的火焰重新燃烧了起来。当9号车停在我们跟前的时候我几乎要晕倒了。营长带着大家往卡车上爬，邢师傅和李昌和师傅一起把我推进了驾驶室，口里说："车楼里让孩子坐，他冻坏了"。随后两位师傅也爬到车厢上边去了。只永顺让我坐到驾驶室中间的位置，这儿稍暖和些，也比较安全。

汽车前风挡外面已挂了厚厚的一层冰雪，雨刮器早就不管用了，趁停车的工夫连师傅用螺丝刀往下抢，但毫无效果，只能在升车时将头探出车门窗外迎着风雪看前方。这辆吉尔可比老解放棒多了，动力十足，过沟过坎也比解放车平稳很多。开始的一段路虽然车走得很慢，也很颠，还算是挺顺利。同时我身上也感觉暖和了许多，也好受点儿。

可好景不长，前面一条条厚厚的雪檩子横在前面。连师傅迅速换挡，加足油门，想从积雪上冲过去，由于积雪太厚，汽车只冲了一半儿，就被积雪挡住前后动弹不得。小只立刻下车，但他不让我下车，连师傅看我虚弱已是体力不支的样子也坚决不让我下车。这时车厢上面的人已都下车了，有的把绳子拴在车前是连拉带拽，有的在车后用力推，小只拿铁锹不停地铲着车轮前的积雪。连师傅手握方向盘，脚下的油门踏到了极限。我坐在车楼里，听见车前车后的人都在喊号："一二三！""一二三！"汽车终于拱出了那段厚厚的积雪。小只照看着所有人都爬上车厢后才进了驾驶室，示意连师傅可以开车，这时，小只说话也很困难了。

9号车在行进当中突然不停地颠簸了起来，连师傅面色紧张，双手紧握方向盘。这里显然是一片塔头地，一个挨一个连成一片。连师傅知道，不管车多颠也决不能停车，一旦停下来，汽车的四个轮子有可能被塔头给卡住，那麻烦可就大了。汽车在塔头上行走，好像跳着摇摆舞似的，我和小只被颠得头不断地撞击驾驶室的顶棚，根本坐不住。但大家都明白，只要车在前进，大家就有希望，颠簸点比留在荒原上好多了。我们的全部希望都寄托在这辆车上了。

不知过了多久，突然车头向下一扎，连师傅再刹车已经来不及了，汽车掉进了一个上面盖满雪的大坑里。大家下车一看。车头朝下，车尾朝上，倾斜在大坑的边沿处，看这情况这回汽车无论如何也倒不上来了。我们的唯一希望破灭了。我的心情无比沮丧，我好像看到地狱的大门正在打开。正在这时，营长突然高兴地喊起来："我们到了！"尽管在黑暗中，大家仍然辨不清营部的位置，但我们本能地信任营长。因为营部位置是营长亲自选的，他对营部附近的地形非常熟悉。

听到营长的喊话，大家生命的火花又被重新点燃起来。等9号车放完水后，营长就带领我们往西走，这回是营长拄着棍儿走在前头。不一会儿工夫我们就来到了一顶帐篷前，看见帐篷的门帘被撩起来，里面露出一道微光的时候，我心底里涌上来一股无比温暖的感觉：再见了，死神，我们终于回到了人间。

有人一直给我们掀着门帘儿，我们这些死里逃生的人一个挨着一个地钻进帐篷里，温暖的气息扑面而来。住在帐篷里的人们不约而同地都起来穿好衣服，把热被窝腾出来，好让我们这些人暖暖身子。大家七手八脚地帮我们脱衣服，就是鞋不好脱，连冰带雪和脚冻在一起了。当时我神情恍惚，不知道是谁给我脱了衣服和鞋，也不知道怎么进的被窝，我已经昏迷过去了。

当有人叫醒我时，我才有些知觉，知道有人给我送水喝。又过了一会儿，炊事班送来饭菜，每人一碗大馇子，一块咸菜，筷子就是从树枝上折下来的树杈。饭后我又睡着了，直到又有人叫醒了我。这回我精神好多了，有人提着马灯站在我跟前。他见我坐起来了，就把马灯放在我的旁边，开始给我检查冻伤。经检查我才知道我的鼻子和脚都冻伤了，我看见脚趾头都起了大泡，看不见鼻子，就用手摸，整个鼻子都是大泡。

借着微弱的灯光，我看到卫生员是个十分英俊的小伙子，一口纯正的哈尔滨口音，经询问我才知道他是42连的，帐篷里的人都喊他毛子。他很细心，先用温水擦洗冻伤处，然后涂抹冻伤膏，最后用纱布覆盖，用橡皮膏固定住纱布。他跟我说：不要紧，冻伤不算重，过几天就好了。后来我问卫生员别人的冻伤情况，才知道只有顺的手全冻了，可能得一段时间才能恢复。

卫生员走了之后，我特别精神，也没有困的感觉了。我仔细看了一下帐篷里的情况，帐篷中间是一个大铁桶制成的炉子，里面正在燃烧着木头，火光噼啪地发出响声；一根立着的木柱子上挂着一盏马灯，亮光微弱。我躺在那里不由自主地想起了昨天的经历，那惊心动魄的20多个小时，暗夜中和暴风雪的搏斗，我们死里逃生，不知47连和48连开荒建点的战友们还好吗？他们在昨夜的大风雪里又是怎样度过的？一时间我浮想联翩。

不知不觉间天似乎亮了，此时有人喊开饭啦。我起床走出帐篷，暴风雪依然没有减弱，狂风吼叫夹杂着大雪花铺天盖地，让人睁不开眼。早饭还是一碗大馇子一块咸菜。早饭过后42连的同志各自带着绳子和斧头，顶风冒雪出去砍柴了。这里的取暖做饭都靠从附近树林子砍来的木柴，炊事班靠化雪来做饭。

这时的开荒营营部只有一顶大帐篷。这顶大帐篷是东西向的，南北两趟大通铺，中间用麻袋隔成三段，西头是女排住的，中间是营部办公的地方，东头住的是男排。营部的门朝南开，我进到里面见到了营长，向他问好。营长询问我和小只的冻伤情况和身体状态后，深情地说：大城市来的小青年很不容易，这里太艰苦，希望你们能很快适应，有什么问题跟我说。听了营长的话，我很感动。

营长让我们师徒等五人住在营部里，就是帐篷的中间部分。住在这里的有营长和通讯员，还有拖拉机手和打井队的几个人。营部中间有个用砖砌的炉子很不好烧，到处冒烟。正好这几天待着没事，大家商量要把它拆了重砌。打井队的一个老师傅带领我们就忙开了。帐篷外边还有些砖头，再去炊事班化一大锅雪水，最困难的是刨土，洋镐刨下去，只见一个白点儿，洋镐不行我们就用钢钎和大锤，终于刨成一小圈地基。在大家七手八脚的努力下，一个砌好的新炉子被点着了，热腾腾的潮气散发开来，营部有了暖烘烘的感觉。炉膛里跳跃的火苗映红了大家的脸庞，每个人的脸上露出了久违的笑容。但荒原上，暴风雪仍然在肆虐。我们既没有通讯设备，也没有交通工具，只能待在帐篷里，被与世隔绝了。直到第四天的早晨，暴风雪终于慢慢停下来了，太阳很不情愿地露出苦脸，温度在缓慢地回升，中午时分大概回升到零下 20℃ 左右。大家的心情开朗起来，感觉有盼头了。

第二天团部的北京吉普开来了，后面还跟来了一辆链轨拖拉机。吉普车开到营部的帐篷门口，孙团长从吉普车上下来了。我们站在帐篷前迎接团长。孙团长是转业老兵，跟张英营长的关系不错。进了帐篷孙团长盘腿坐在大通铺上，营长一边叫炊事班做菜，一边忙着找酒瓶子。营长把酒瓶子找出来，一看就剩不到半瓶的北大荒牌白酒了，连忙对团长说：老孙头就这点儿酒了，你喝两口暖暖身子。然后又对我和邢师傅说：对不起了，这一点酒我也舍不得喝，所以我才藏着。等以后建好了四营，一定请你们师徒喝个够。

炊事班长端来一小碟干豆腐丝，"张营长，伙房只有这么一点干豆腐丝了，除了咸菜什么都没有了。"边说边把那一小碟干豆腐丝放在团长的面前，顺便把用小树枝刚削成的两双筷子也递给了团长和营长。张营长把瓶子里的酒倒进了一个破旧的搪瓷缸子，搪瓷缸子是白色的，上面印有红字"献给最可爱的人"，看来这个缸子是抗美援朝的纪念品。团长先喝了一口又递给营长，营长也喝了一口，把缸子放下，开始汇报工作。团长脸上一副严肃的表情，听着营长的汇报。营长的汇报里首先提到 47 连和 48 连是如何到达浓江河畔的，并且现在情况还是一无所知。然后又说车队的几位师傅如何与暴风雪搏斗，如何回到营部，两个小助手都被冻伤了。这时，团长先问我和小只的冻伤情况。我告诉团长：卫生员已看过，涂了药，现在觉得很痒，没什么大问题。团长安慰了我们几句之后，接着跟营长说："老伙计，派你挂帅开荒建四营是团党委的决定，这是一项极为艰难的工作，辛苦你了，营教导员随后给你调来。眼下四营的任务很艰巨，连队组建，开荒建点，争取春播成功，实现当年建点，当年开荒，当年打粮的口号。多辛苦你了，要注意身体。我带来的拖拉机是 22 连支援你们营的，现在就归你营使用。柴油和机油等在拖拉机上，明天再去寻找弃在雪地里的汽车吧。"

第二天一早，我们就忙开了，先是用新来的拖拉机把 9 号车从雪坑里拽出来，然后邢师傅和李师傅乘坐拖拉机去寻找 16 号车和 14 号车。我在营部找了几个水桶，还有炊事班的那个大铁锅，都用来化雪烧热水。同时还把拖拉机带来的机油也放在炉火上加热，做好各项准备工作。中午刚过，远远看见红色的拖拉机冒着青烟，后面牵引着两辆绿色的解放卡车，由远而近，由小变大，我高兴得都快跳起来了。汽车到了帐篷跟前，我们用木炭烤车的油底壳，然后再给发动机加热机油，最后加热开水，汽车很快都发动起来了。

张英营长和一些人走出帐篷送我们，当时激动的心情无法言表，只是互相地拼命挥手。我们的车队开出很远了，回头望见营长他们还站在那里，朝我们张望着。拖拉机护送我们到 22 连就返回去了。天黑时我们回到了勤得利汽车连，这次艰苦的运输任务终于完成了。

这次运送战友挺进浓江河荒原的生死经历，让我与开荒营结下了不解之缘；我们和开荒营战友并肩与暴风雪搏斗的情景刻骨铭心、终生难忘。让历史记住汽车连进军浓江河的战友吧。他们是：16 号车司机邢宝财，助手魏国志；9 号车司机连吉海，助手只永顺；14 号车司机李昌和。

魏国志　天津知青，1970 年下乡黑龙江六师 27 团运输连，1976 年 10 月兵团第二独立营汽车司机，1979 年 4 月返城，任天津市某化工厂汽车司机。1993 年下岗。退休。

风雪夜我们艰难地走出开荒营

——1971 年为开荒营 39、40 连送粮纪实

周梅新

我 1969 年从上海下乡到黑龙江生产建设兵团六师 27 团砖瓦连，开始分配的工作是扠砖坯，后来又调到食堂当上士，每天和炊事班一起忙碌着全连的三顿饭。

1971 年初，师团党委决定开发浓江河，向荒原进军。27 团开始组建开荒营（四营），团里从我们砖瓦连抽调了四十人编入开荒营第一批进点的先遣队，任务是在鸭绿河旁建立开荒营 39 连、40 连两个开荒点。被抽调的战友们很快就要开进荒原深处，大家都忙着做出征前的准备，还在大宿舍门前展开一面印着自己所要建的连队番号和"向荒原进军"大字的旗帜作留念，真有点勇士要出征的劲。

战友们将要出征了，连部通知食堂晚上做几桌饭菜为战友们壮行。接到通知后食堂就开始忙碌起来，司务长陈树发准备会餐需要的肉菜，我和炊事班商量菜品和菜单。朝夕相处的战友们即将离开我们连到艰苦的荒原上开荒建点，大家都想把这顿饭做得好点。

送行会上，出征的战友们精神饱满、斗志昂扬，纷纷表示要为开发北大荒建功立业，接受考验做出成绩，决不给老连队丢脸。我们连长赵连成是 1958 年转业的老垦荒，他深知这支由各大城市知青为主的青年突击队开进荒原深处白手起家所面临的困难。他深情地说："我们十万官兵 1958 年来北大荒开荒，这次开发浓江河的重担又落在你们知识青年的肩上，你们要在荒原上创业、开荒建点会遇到很多困难，同志们要团结一致、齐心协力完成上级交给的任务，今后遇到解决不了的困难时找我们，老连队一定做你们的坚强后盾。"临别的会餐持续时间很长，战友们要分别了，大家相互拥抱流下了激动的泪水。

1971 年 3 月战友们刚进点不久，北大荒又下了一场大雪，厚厚的积雪覆盖着大地，道路被大风刮得沟平路没，难以辨识，这场大雪给开荒营各个连队的生活物资供应带来了极大的困难。早晨我刚到食堂，司务长陈树发就叫我立刻到面粉厂拉面粉和豆油，说连里通知准备给39连、40连送给养，接到任务后我赶紧叫人套牛车去面粉厂把粮油拉回来。

第二天早晨，我们把需要带去的物资都装上拖车，这时赵连长来了，他说："咱们连进驻开荒营的39、40连现在缺粮了，风雪这么大他们也出不来，我们要支援他们，不能叫他们挨饿。我带队，邢师傅开车，上士周梅新、通信员关晓勋跟车，天不好争取早点出发。"我一听连长叫我也去心里挺高兴。这是我第一次去开荒营，心想正好去看看在荒原开荒建点的战友，以及我的表姐周莲娟，她也是从砖厂第一批进驻开荒营40连的。

一切准备就绪，赵连长又最后检查了一下所带的物资和应急工具，并嘱咐我们天冷路不好走，大家多穿点衣服，一定要注意安全。连长命令："出发。"邢师傅脚踩油门，小红车（28胶轮拖拉机）吼叫着开出连队向东南方的19连开去。拐过19连向南就是一马平川的荒原，到开荒营39、40连的路程大约有20公里，周围没有一个连队，全是被白雪覆盖着的塔头荒草滩和孤零零的小树林，甚是荒凉。从19连到开荒营还没修路，雪地上只有拖拉机拉爬犁进出时留下的印迹，被风雪刮的时隐时现。好在是白天走，车上的东西也不算太重，邢师傅开着小红车找有车印的地方艰难地前行，一路颠簸了两个多小时才看到白雪皑皑的荒原上有两顶帐篷和上面飘扬着的两面红旗，总算开到39、40连了。

我们的车一到，战友们全都跑出来迎接我们，把我们拉进帐篷先暖和暖和，他们看我也来了就赶快告诉我，你表姐去团部参加会计学习班了。哎呀！真是不凑巧，好在别的战友们都在，大家高兴的说笑声荡漾在寂寞的荒原上空。是啊，娘家连队的领导带队来开荒点送粮慰问大家，战友当然高兴了。吃完午饭后，大家都不想让我们走，想留我们住一宿明天再走。赵连长说："连里事太多，我是抽工夫来看看你们，这里虽然艰苦，但是看到你们身体和精神面貌都挺好，我也就放心了。"赵连长看望完大家后又忙着和连队的领导谈工作，时间已是下午3点了。他对送行的战友们说："天不早了，我们必须赶紧走，闹不好今晚又要下雪，大家快回去吧，你们有困难就告诉我，老连队做你们的坚强后盾。"我们和战友们依依惜别后，就跳上车开始往回返。

北大荒冬天黑的特别早，小红车向北迎着风在雪地上艰难前行，拖车在坑洼不平的雪地里上下颠簸，我们紧紧地抓住车帮蹲在拖车内生怕翻车。车刚开出没多久天上就飘起了雪花，车开始在雪地上打滑，我们就下车在后面推。就这样走走推推，慢慢前行，出发都一个多小时了车才开出几公里。这时天渐渐黑了下来，来时地上轧的车辙早已被风雪覆盖住，天一黑就更看不清了，邢师傅只能看着远处五星山的轮廓凭经验来分辨前进的方向。这时雪也下大了，赵连长最担心的天气出现了，北风夹裹着雪片在小红车射出的灯光前上下飞舞，打在驾驶室玻璃上什么也看不清，车轮在雪地上打滑打转。我们赶紧跳下车开始清理轮前的积雪，然后在后面推，连推带拉把车给拽出来。车刚走不远就又陷住了，大家又跳下车，赵连长下车看了看说："咱们走偏了，现在也看不清哪块地是平道，这周围几公里的荒草地下面尽是塔头没有路，我们被困住了。"我一听就蒙了，这时赵连长大声说："我们被困在荒原上了，停留在这太危险，今天晚上我们要做好吃苦的准备。我们要下定决心，不管前面有多大的困难，我们一定要冲出去。"大家说"连长！有您在我们就有主心骨，我们一定能战胜困难，胜利返回连队。"

四个人中只有我一个是女同志，我又一直在食堂工作，根本就没有碰到过这么艰难的路，眼看着远处五星山下连队闪动的灯光而回不去，当时又没有任何的通信工具，也不敢派人回连叫链轨拖拉机来拖车，心里真有种被抛弃在荒原的无助感。好在连长和战友们的精神鼓舞着我，相信我们一定会战胜困难走出荒原。

困难吓不倒英雄汉，只见通信员小关把大衣一甩钻到车下用铁锹挖雪，赵连长和我抓开积雪拔些干草树枝垫在车轮下边，邢师傅一会上去开车一会下来挖雪，四个人围着车忙得团团转。车走不了多远就又陷了进去，邢师傅抱怨说："这28（马力）就是没劲，要换铁牛55早就上来了，也费不了这么大劲。"没办法我们就又从头来。四个人除了邢师傅开车和我一个女同志外，就是老连长和通信员关晓勋了，老连长年岁大了，所以一路上钻车下挖雪的累活几乎都靠小关了。小关是我们团队最累的人，是绝对的主力和开路先锋。

已经晚上6点多，大家的肚子早就饿了，本想回到连队吃晚饭，现在被困在荒原上也只能挨饿。无粮无水只能用地上冰凉的积雪润喉，真是饥寒交迫。就这样，我们忍着饥饿咬紧牙关，一边挖雪一边推着像蜗牛一样的小红车在雪地上慢慢爬行，干脆也不再上车了，跟着车后面走吧。时间已经晚上7点了，我们还没走出荒原……

夜晚荒原上气温下降特别快，降到零下20多度，雪地上冻的一层硬盖用脚一踩就陷到膝盖，我们大口地喘着粗气，身上的热气在眉毛和帽子上结成一层冰霜，北风裹着雪花吹打在身上脸上，又凉又疼。我心想：老天爷呀！你为什么偏偏这时候下雪？我们够难的了，你是想考验我们的意志吗？赵连长喘着粗气大声地鼓舞我们："同志们！天太冷大家要注意脸和手脚别冻伤，坚持就是胜利。"

一路上我们拼命地挖雪推车，身体早已透支了，我的两条腿像灌进铅一样重，真是精疲力竭了。我说："我真想躺在雪地上歇一会，"赵连长看出我有些支撑不住了，他一边走一边鼓励我："不行，要是躺倒了太危险，想想开荒营的战友们，他们比我们更苦更难，你一定要坚持住。"我说："连长您放心，我能坚持，一定要走回去。""同志们！坚持就是胜利。"连长仍在大声地鼓励着我们。"快看，前边就是19连了，"小关喊了一声，邢师傅也说："过了这块地前面就到公路了。"我们快到家了！我们兴奋了！我们喊着一二三、一二三的号子用力把车推上了地边的小路，我们终于走出来了！

邢师傅把车整理了一下就招呼大家上车。这时的小红车倒像是一匹撒欢的野马，在高低不平的雪路上上蹿下跳、左扭右摆地跑着，我们紧紧倚靠着车帮躲避着夜晚的风寒。晚上8点多了车才开回来。下车后，赵连长、我和小关冻得连一句话都说不出来了。我们在荒原上和风雪搏斗了5个小时，终于安全的返回了连队。

风雪之夜，我们从开荒营艰难地走出来了，这是我在兵团8年中所经历的最难最苦的一天，这一天的经历让我的心灵受到洗礼和震撼，白天送粮我看到了开荒营战友们在条件那么艰苦的荒原上开荒建点，晚上返回时被困在荒原，让我也领略到在荒原上生存的艰难。面对风雪的围困，我看到老连长身先士卒以老军人和老垦荒的优良作风。虽然我们回来的路上受了不少苦，但是我们非常欣慰，我们为坚守在开荒前线的战友送去了给养，解决了他们的困难。这就是我们兵团的团队精神，一方有难、八方支援。为完成师团党委向荒原进军、向荒原要粮的任务，以知青为主力军的开荒营勇敢地开进荒无人烟的三江腹地，用青春热血战天斗地开荒建点，他们用艰苦奋斗、无私奉献的北大荒精神续写着新的创业诗篇。

后来听开荒营周涵达参谋说，张营长知道砖瓦连赵连长带队送粮的事后非常感动，他让团里表扬砖瓦连支援开荒营的动人事迹，号召大家向砖瓦连学习。

周梅新　上海知青，1969 年于上海杨浦区建设中学下乡到黑龙江兵团 6 师 27 团砖瓦连、6 师医院工作，1977 年返城后供职北京市鼓楼中医医院。退休。

1971 年营机关为 48 连送粮记事

周涵达

1971 年 8 月 15 日，我和张营长去 39 连看开荒，这是一块鸭绿河北面长 4 000 多米的地块，土壤非常好，张营长和陈连长都非常高兴。我们看完开荒地刚回到 39 连，天就开始下雨了。我和张营长急匆匆地回到营部天就发怒了，大雨倾盆而下，一直到晚上大雨才停，可小雨继续下了两天。这一天降雨量达到了 107.8 毫米，整个四营都泡在水里了，我们住的帐篷，草筏子盖的地窖子也开始进水，大家只好冒雨筑坝。由于从团部到营部和各连队都没有公路，所有的交通运输都中断了，各连队的吃粮都成了问题。

8 月 18 日这场大雨过了四天，48 连派人走出来送信，两天前就没有粮食吃了。当时正好王教导员在团部开会，而张营长又去了 37 连看水情，我急忙派通信员给张营长送信，让他速回营部，当时四营的电话尚未架通，通信只能靠人送信。

张营长回到营部后就和我商量怎么办？用铁牛 55 不带拖车，最多只能送五六袋面，用拖拉机拉爬犁也不可能，因为从 44 连到 48 连近 15 公里根本连拖拉机也过不去，研究了半天也没有想出好办法。我说现在唯一可行的办法就是用人送过去。张营长听后当即决定，组织营部工作人员往 48 连送粮。我召集了营部能够离开工作岗位的人员二十多个，张营长简单地做了一下动员。有绑腿的都扎了绑腿，没有绑腿带的也都设法做了一下准备，每人一袋白面五十斤，扛起来就出发了。有的人要扛两袋，张营长不让。大家都不让张营长去，他不但要去，而且也扛了一袋。

我们一行二十多人踏上开荒营建营以来最艰苦的送粮路。开始大家在路上还有说有笑的，因为面口袋扛在肩上很服帖，尽管路上十分难走，刚开始大家都走得较快。没有草的地方，泥粘在鞋上，越走越难走，有草的地方，虽然不粘鞋了，但是快到腰的荒草拌腿，走起来也十分吃力。大概一个小时左右，到 44 连和 46 连之间，队伍就逐渐拉开了，走的快的已经离开基本队伍二里多地了。张营长在解放战争中受过伤，身体不好，走到 44 连就走不动了，大家要替他扛，他坚决不让，走一二里地就坐下来休息一下。过了 46 连，路越来越难走，路上全是水，再说根本没有路，还没有完工的半边路根本就不能走。因为当时没有机械，全用人工挖，人又少，为了修起一条至少晴天能走轮式拖拉机的简易公路，就先挖一边的排水渠。到了46连的南面，这样的半边公路大部分地方也浸泡在水里了，无法行走。再说肩上还扛着五十斤的面袋，脚踩下去就拔不出来，只好由另一个人接过他的面袋，才能拔出脚来。这样大家只好在没有开过荒的草地上走。但是草地上都是水，最难办的是往往想休息一下，却找不到放面袋的地方，因为地上都是水。张营长走得实在累了，就找一个露出水面的塔头，坐在上面，把面袋放在大腿上。就这样，越走越累，路也越难走。

离48连大概只有四五里路了，前面的大水泡子真是一片汪洋，根本无路可走，走在队伍最前面的几个人，就绕着往东走，企图绕过去。但是他们在离我四五百米的地方向我摇手，我们几个走在中间的人各自找了一个塔头，坐下来休息，等走在后面的张营长他们赶上来。我和张营长研究了一下，是趟水过去，还是绕着走过去，绕着过去起码多走二三里地，趟水过去也不好走。大家实在是走不动了，没有一个人愿意绕着走，反正大家的衣服裤子都湿了，就趟水过去吧，这时有的人已经开始淌水前进了。我们都小心翼翼地一步一步探索着前进，突然扑通一声，一个同志摔了一个跟头，全身都湿透了，面袋也掉到水里了。原来他实在是走不动，脚也不好使了，一脚踩在爬犁走的沟里，人就摔倒了。张营长要求大家再放慢速度，一步一步脚踩实了再往前走。这二百多米宽的水淹地段，我们足足花了二十多分钟才走了过来。大家找了一块稍微高一点的地方，坐下来休息，实在走不动了。

我和张营长商量了一下，体力稍差的留下来休息，能继续前进的就坚持往前走。大家让张营长在原地休息，我们几个人又前进了。说实在的，真是一步都走不动了，脚就像不是自己的一样机械地前行。当我往前走了三百多米时回头一看，张营长和另外一个战士又往前走了，还有一些同志在原地休息。当我们走到离48连约有二里地的时候，我们看到从48连出来了一群人向我们跑来。我们高兴极了，大家一屁股坐在地上，又回过头高声呼叫张营长他们停止前进。48连的战士们把我们的面袋都接了过去，有两个战士在张营长身边和他一起走，当我们走到连部门口时，张营长一不小心，摔了一个跟头，手也弄破了，他实在是太累了。

到了48连，我们才知道，全连战士已经两天减半吃粮了。粮食交接完毕，营长和我又和连长、连指导员谈完工作，我们稍事休息，喝了一些水就开始往回返。连里不让我们走，说吃了饭再走。张营长也要往回返，因为第二天王教导员要开会。

肩上少了五十斤的面袋，脚上好像又有了力气了，大家有说有笑。当路过那水泡子时，好几个青年都走得很快，但都摔倒了，有的还互相打起水仗。张营长四十三岁了，年龄最大，由于战争年代受过伤，所以身体并不好。其他人都是二十岁上下的年轻人，一杯开水就能恢复体力。大部分战士都走得很快，到45连前后，走在最前面的起码距离我们有二里多地。张营长总是不快不慢地往前走。虽然大家都看得出来，他走得非常吃力，走在前面的战士都慢了下来。过了44连不远，大家就走到了一起。这时候好几个同志都不愿走了，坐在地上就是不起来。我也累到极点了，根本不愿走，而张营长却一点也不表现出来。他说，新中国成立前在北京山区打游击，不管多累，一杆枪一个背包，一条子弹袋。有时还要背几斤粮食，比现在累多了，还要躲避敌人的追击，枪一响，再累你也要冲锋。

大家又开始前进了，说是走路，不如说是两条腿在做前后机械摆动。天黑时，到了营部。食堂早已给大家做好晚饭，当晚饭送来的时候，绝大部分战士都已经在炕上、办公桌上、板凳上呼呼睡熟了，只有张营长还在给大家弄这弄那，叫大家吃饭，大多数同志只是翻个身或改变一下姿势就又呼呼地熟睡了。

营部有三个女同志参加了此次送粮，有北京知青袁桂莲，其余二人记不详了。

1998 年 11 月 1 日

我所经历的"大烟炮儿"

高连生

在北大荒生活过的人都知道东北刮"大烟炮儿"的厉害。这是东北高寒地区的特有气象。北大荒纬度高，冬季寒冷漫长，在无任何阻挡的三江平原上，厚厚的积雪被凛冽的北风吹成沙粒一般，被风吹打在脸上又凉又疼，如果遇上大烟炮儿，那真会叫你不死也要脱层皮。北极的寒流夹裹着暴风雪在荒原上肆虐，气温瞬间下降到零下 40 度左右，棉絮般的雪片漫天飞舞，相隔一二米就看不见人，严寒、狂风、暴雪刮起地上的雪粒像炮弹一样袭来，手要露在外面只需几分钟就会冻僵。这就是东北特有的"大烟炮儿"。我和我的战友们实实在在地尝到了一次在"大烟炮儿"袭击下突围的滋味。

那是 1972 年的冬天，那天下午，指导员唐玉松命令我们 65 号、66 号两个车组到林子里去拉木头。当时天气有点阴又起风了，我说："看这天是要刮烟炮儿吧？"指导员说："没关系，叫机务排长邓怀江跟着。"66 号车有我和周平、邓排长，65 号车有王志平和一个驾驶员（姓名记不清了），爬犁上还坐着六个农工排的知青负责装车，准备完毕就出发了。

到了林子里后，我们齐心合力抓紧装爬犁装车，因天气不好争取早点返回去，下午三点多钟我们就开始往回返。两台机车拉着两爬犁原木离开林子不久，眼看着远处天空翻滚着黑灰色的阴云快速向我们的方向袭来，接着阵阵寒风和雪粒平地而起，四周的小树林被狂风吹得发出恐怖的吼鸣，气温在急剧下降。我心里一惊："坏事了！我们赶上大烟炮了。"我顺手加大油门赶快往回跑，但风雪很快就把路上爬犁走的印痕吹平了，大地上白雪茫茫，拖拉机的前风挡玻璃已冻上一层厚霜，从车门探出观望是满天的雪花，连一二米外的路况都看不清。当时我是又紧张又害怕，问邓排长咋办？这时他也慌了神，邓排长是 66 年转业军人，很实在，估计遇上这种情况也是头回。这时烟泡儿更大了，天一黑下来就看不清了。我是车长，排长邓怀江和我商量说："把爬犁上的木头先扔掉，空车往回走，木头可以回来捡，一定要保证车上人员的安全。"65 号车的王志平说："我现在只能看前车的尾灯跟着跑，实际什么都看不见。"跟着我走？实际上我也不知道哪是往回走的道，现在看哪片小林子的黑影都一样，现在车不敢停怕冻了，这才真叫是开车走瞎道呢。

我们真的迷路了，这时我不知道别人怎么想，但我的心里感到很恐惧。如果万一回不去怎么办？万一把人冻伤了怎么办？万一这时车坏了该怎么办？一连串的万一，哪一个出现的后果都不堪设想啊！爬犁上坐着的六个战友都冻的一把鼻涕一把泪的。眼前的情况邓排长也束手无策了，他现在能做的就是鼓励大家战胜困难。

现在我们的车也不敢走快，还不能不走，关键是不知道往哪个方向走。当时谁也没有主意了。这时邓排长和我说：现在要是能找到北斗星定个方向就好了！他又对大家说：大家都注意观察一下周围，哪有亮光就奔哪走。我觉得可行，也觉得车是在向西开，顾不了那么多了，就侧顶着风雪前进吧。我当时心里想，要保证车千万别熄火，如果车熄了火儿，那可真是叫天天不应、叫地地不灵啦。面对恶劣的天气，邓排长一会跳上车观察路线，一会跳下车到爬犁上看看农工班的六个同志，招呼大家下来跑跑活动一下，他深知自己身上的责任，真是急得上蹿下跳。

天已是后半夜了，北大荒人冬天平时就对后半夜的时辰用'鬼龇牙'来形容它的寒冷，后半夜遇上寒流天，气温骤降到零下40多度。这时车熄火了，我最怕的倒霉事发生了，机车使用的35号柴油都冻成了石蜡状，油管输不了油了。我和周平赶紧下车，打开机器盖从启动机里放了一点汽油，浸在一条破麻袋片上，点着烘烤油管和大油箱底部，烤化后赶紧发动车，在零下四十度机车的铁皮温度更低，别说用手泵油了，你把手伸开几分钟能冻僵。老天有眼，我终于把车启动着了，可这时我感觉手指有些不听使唤了。跑了一段路车又灭火了，继续烤油箱油管儿，又跑了一段路……

就这样一会儿烤车，一会儿又跑路。这时我感觉自己的脸和耳朵有些发木，手也不听使唤了，嘴也张不开了。这时我感到了恐惧，心想今天真要冻死可怎么办？要是死在战场上还算个英雄，死在这荒原上算什么？不能死，车上还有这么多的战友呢，必须和战友们活着出去！别胡思乱想了，我安慰着自己。

后半夜烟炮仍在刮着，但小点了，能见度有所好转，我们是又饿又累但坚持着前行。这时我们发现前方不远处有点亮光，有救了！我们立刻兴奋起来，加大油门直接向有亮光方向奔去。我现在也记不清到的是40还是44连？车开到连队后人都下不来爬犁了，我滚下车去敲门，他们出来一看我们着实吓了一跳，我的脸上帽子上全是厚厚的白霜，几个人都像从雪地里头刚刨出来一样。他们赶紧把我们扶进屋里，帮我们脱掉外衣，又拿来热水让我们喝，清醒点了，我们都还活着。兄弟连的战友赶忙叫来卫生员检查一下伤情，几个人均有不同程度的冻伤，我最严重，脸、眼睛、耳朵和十个手指冻伤了，卫生员说要赶快送医院。当时开荒营的各连都建点不到一年，条件非常差，在这种天气下别说送到医院了就是送到营部都很困难，只能等到天快亮了我们才返回连队。

两台车出去拉木头迟迟未归，连里头也都急坏啦，在大烟炮儿天要是迷了路那可不是闹着玩儿的！救援连里无车可用，当时全营最简单的通信设备都没有，人和车到底在哪里都不知道。我2017年8月回农场看望当年农工排的老排长王坤祥时又回忆起这件事。他说："那一夜我们都没睡觉，我和李春玲（男，老同志已故）出去找又不赶走远，有时觉得远处有亮光，可一会又看不见了，无奈之下，李春玲把一个废弃的草棚给点着了想给我们引路。"

我因脸、耳朵和手冻伤后送医院治疗，当时十个手指全都冻伤，指甲盖全都冻掉，露着鲜肉，真是钻心的疼，好了后很长时间什么也不敢摸，一个耳垂被冻掉了一块，脸部冻伤，至今我的耳朵和左眼眶还留着当年的伤疤。受伤那年我才19岁。我和战友们在零下40多度的荒草甸子上和暴风雪整整拼搏了近10个小时，在疯狂的大烟炮儿袭击下活着出来，我们真是幸运啊！

　　这是我在北大荒开荒建点时遇到大烟炮儿的亲身经历，是开荒营战士与恶劣的生存环境生与死的较量，我永生不忘。几十年过去了，我不想用当年艰苦的生活经历去换取人们同情的泪水，我只想说出自己的人生经历和感悟，人没有受不了的罪，人在困难面前怨天尤人没有用，只有靠自己来拯救自己。我是当年的知青、兵团战士、新一代垦荒人，我希望人们不要忘掉几代开荒人为今天的繁荣而艰苦奋斗的经历，还能记得我们这些曾经在北大荒的黑土地上流淌过青春血汗的人。

　　高连升　天津知青，1970 年 5 月到黑龙江兵团 6 师 27 团 10 连拖拉机手，1972 年 3 月调开荒营 41 连，66 号车驾驶员，1974 年 10 月被选调回到天津上学，1977 年毕业后在中国人民解放军第 3526 工厂工作。2003 年退休。

白桦林

插图：杜宝玉

暴风雪中找回的采访本

周萍芬

我于 1968 年 9 月从上海来到 27 团，第二年 4 月调到团宣传股、新闻报道组。几年的报道员的生涯可以说是有生以来最锻炼人，最值得回忆，也是最感到骄傲的。还记得，我曾经走遍了全团 40 多个连队，我曾和团部现役军人、武装连 30 多人一起步行 16 个小时赶到中苏边境的八叉岛采访，我还有过和电影队的同事在路上遇到狗熊而有惊无险的体验。我写的稿件有 30 多篇被报刊电台刊用，1972 年我被 27 团和 6 师推荐为优秀报道员出席了兵团在大庆召开的表彰大会。然而，在我的记忆中，最难忘的还是那次到开荒营采访的一段经历。

1972 年 2 月，也就是 27 团向荒原进军的第二年，千古荒原再一次被唤醒，新开垦的土地上实现了"当年开荒，当年产粮，当年自给。"我和报道组的上海青年李晓华接受任务一起去采访，我们从团部赶到 40 多公里的营部，先和 1958 年转业老兵也是今天开荒营的领头人彻夜长谈。然后，又赶到更远的几个连队采访模范人物，我们和知青战友们，也就是开荒营的主力，睡一铺炕，吃一锅饭，听他们讲新建连队的故事。短短的十几个小时，我们看到了战友们搭起帐篷，支起马架，"天当被，地当床，爬犁上安家"的艰苦场面，目睹了"一把雪、一身汗，拖拉机顶风跑，推土机轰隆隆"的拓荒镜头。三天后，我的笔记本里记了满满的采访记录。我们踏上归途。

归途的这天下午，我挎着书包，也就是装着全部个人用品包括采访本的工作包上了卡车。时逢冬季，荒原上白雪皑皑，路上也是积雪茫茫，开荒营到团部大约有两个小时的路程。卡车司机开到半途看到远处乌云密布，为了赶时间，加快了速度，轮子在雪地里直打滑。车开到离团部还有一半路程时，天渐渐暗下来了。乌云压过来，飘起了雪花。下雪在北大荒的冬天是家常便饭，只要不刮风，谁也没在意。不一会，令人担心的事发生了，起风了。北方地区下雪刮风，就是通常说的暴风雪，当地叫"大烟泡"。"大烟泡"一来气温下降，积雪飞起把沟壑填平，如果漫天飞舞的雪花下大了，人间的事物就全看不见，我们显然是"中了埋伏"。果然，车开不动了。因为风雪很快把仅有的路面盖上了，两边的路沟也看不见了。有经验的司机告诉我们赶紧下车，趁着雪还不大，沿着公路快速步行，不然的话会在车里冻坏的。我们下了车，风越来越大，同车的老同志告诉我，赶紧往前走，但千万不要拉开距离，必须保持一米左右。我刚走了几步，突然想起我的书包没拿下来。我没来得及细想，扭头返回，找到那辆车，再爬上去取下书包，重新往前赶。就在此时，我的眼前什么也看不见了。大风刮起的雪花已经变成密密麻麻的"雪幕"，前面不见人。我往后面看，想退回去，可汽车也看不见了。显然，我处在毫无方向感的境地，我心里明白，此时只有往前走，不能停下来。当时我戴着皮帽子，穿着棉大衣，两脚穿着棉鞋插进半尺深的雪里，一步一步地艰难地跋涉。不一会，我的脸部和帽子挂满了哈气结成的冰霜，视野越来越小。走了大约十几分钟，我突然觉得脚踏空了，掉进了一个沟里。这个沟，可能是公路边的排水沟，我已经走偏方向了。沟里的雪埋到我的胸部。我凭着本能往上爬，爬的时候，我想到的是两件事，一是求生的愿望，二是不能丢掉书包，因为里面有这次采访记录。等我爬上来后，感到筋疲力尽，那只书包还总算还在我的肩上。时间又过去半个小时，风仍在刮，雪还在下。我没有选择，只有不停地往前走。此时，在我的眼前，四处没有人烟，只有风雪在肆虐。我第一次感到恐惧和孤独。正当几乎是绝望时，我隐隐约约听到远处有拖拉机声，但我已经没有力气去招呼了，听天由命吧。拖拉机声越来越近，竟然开到我的面前。车停下来，跳下来一个人，是报道组的李晓华……

事后我才知道，卡车上的人到了离营部最近的一个连队时，一查人数就缺我一个。连队马上派出拖拉机去找，这样的大雪只有大马力的拖拉机可通行，我总算幸运，在暴风雪中得救了。

回到团部，打开采访本，一种十分兴奋的心情久久不能平静。我一气呵成，写了一篇2 000多字的通讯，反映开荒第一线三位上海女知青的事迹。一位是参加挖井的"打井人"，46连的钟月英；一位是卫生员，42连的黄玉琴，被誉为"贴心人"；还有一位是连队指导员，称为"带头人"，44连的邵春芳。一个月后，我利用回上海探亲机会把稿件送到上海《文汇报》。记得当时接待我的是一位很和蔼的编辑名叫徐凤吾。不久，稿件刊登在5月4日《文汇报》的第三版（见附图），标题是《她们战斗在浓江河畔——记黑龙江生产建设兵团某部开垦万古荒原的上海女知识青年》。回到团部，还有一件事改变了我的人生，我和李晓华的友谊发展更深了，我们在三年后组织了家庭，就安在了黑龙江畔五星山下。

周萍芬 上海知青，女，1968年下乡到黑龙江勤得利27团，曾在建材厂、团宣传股报道员、5连小学和团直属中学工作，回城后在上海市物资局木材公司基层任党支部书记。

她们战斗在浓江河畔

廖烨与开荒营之歌

王润培

　　《开荒营之歌》是廖烨在 1974 年初创作的，那年他已从开荒营 45 连调到团宣传队，我也调入开荒营 42 工程连。有一天休息我到宣传队去看他，他正在宿舍和小谢拉琴，看见我来就放下琴和我聊起来，我告诉他营长把我调进开荒营了。他告诉我他写了一首《战荒原》又叫《向荒原进军》的歌，歌谱已写完，歌词只填完一半，这时他从一个旧纸夹拿出两张纸写的歌稿给我看。还说这首歌就是为咱们开荒营写的，他边说边唱，连和声部分都反复一下。歌曲虽然旋律简单，但节奏和激情非常令人难忘，是呵！他有开荒营建点时爬冰卧雪、艰难创业的经历，才有这鼓舞人心的创作灵感。我听他唱完后觉得非常好，朗朗上口适合开荒营唱，就问他是否要编排节目？他说现在正编其他节目，所以没写完就放下了，如果你们能用就给你吧，他慷慨地把这首未填完词的歌谱送给了我。

　　回营后我看着歌谱哼唱，总想把剩下的词填上，我文化水平不高也没有搞过创作，过了很长时间才一点点把剩下的词补上。原稿是《向荒原进军》，我当时觉得全师都在开荒，我们要唱就要体现开荒营的精神，因此我在《向荒原进军》名后加了"开荒营之歌"以更适合开荒营唱。

歌曲完成后我拿到张英营长那里唱给他听，他大加赞赏，认为这首歌有激情、节奏豪迈非常好，唱出了开荒营爬冰卧雪、艰苦奋斗的创业精神，非常鼓舞全营的斗志。

过了一段时间张营长把我叫到他的办公室和我说："咱们这又来了一批知青，营里都是青年，也没什么文化生活，咱们也组织个小宣传队，把开荒营艰苦奋斗的精神也演演，你拿的那首歌挺好的，咱们也唱唱。"我说："组织个小宣传队可以，可咱营连一件乐器都没有？"他说："算算需要买点什么乐器。"后来我和小温几个人和营长商量谁会什么乐器，小温说他会三音号，买个小号熟悉一下指法就可以，并说"开荒营之歌"要有小号才提气，老张会拉扬琴，等等。

又过了些天，张营长又叫我到办公室说："按上次定的，你到财务领600块钱去佳木斯买点乐器，可着钱，尽量买好的，要干就得比别人干得好。"我接受任务后出发到佳木斯第一百货店，在那挑选了小号、大洋琴、大花盆鼓等乐器，回营后找十几个青年把草台班子搭起来，以"向荒原进军"为主线自编了一套小节目，虽然水平不敢恭维但非常卖力。演出时，当向荒原进军的号声响起时台下一片掌声，因为这是我们演自己。演完后营长非常高兴，还带我们到友邻的连队演出。

我真没想到廖烨创作的《开荒营之歌》能有这样的魅力，一个好的作品鼓舞了开荒营的将士，此歌的演唱还为开荒营留下了众多乐器。

由于宿舍失火和后来的返城，原稿也已丢失，40多年来我对这首歌记忆很深，我按自己回忆把此歌记录下来。写此文后，我无意间在当年笔记本夹层中发现一张纸，上面正是我原来手抄的这首歌，我对照原稿并对歌词做了一些修改，我又找到原曲作者廖烨导演，得到他确认后才得以恢复。

希望此歌能唤起我们青春的回忆，并以此歌，献给开荒营的旗手张英营长，献给为开发三江平原曾爬冰卧雪、艰苦奋斗的战友们。（歌曲见本章）

廖烨　中央电视台科教影视的著名编导、教授、研究员。曾获第八届、第十二届电影金鸡奖、金鹰奖及国际医学电影等多项大奖。1969年下乡到黑龙江兵团6师27团，曾在砖厂、开荒营45连、团宣传队和学校等单位工作过。本书中著有《寄往荒原深处》回忆录。

王润培　北京知青，1968年7月由北京76中下乡到黑龙江勤得利农场（27团），在工程连、2连、17连、砖厂和开荒营42、41供职，1977年底返京，在皮件三厂、北京轻工集团供职。退休。

手稿

雷军制印

第四篇　浓江河北岸开荒大会战

　　27团开荒营官兵在荒原苦苦地坚守着，师团领导正在策划着一场开荒大战，当大地回春、冰雪开始融化时，师团党委已集结了40多台机车和开荒大军。王师长更是亲临前线指挥动员。全营士气大振，师长一声令下，各连队坚守的官兵就像勇士跳出战壕向浓江荒原发起冲锋，誓叫荒原变良田……一切为了开荒前线……

1971年，大批知青加入到开发荒原的队伍中，他们和1958年转业的北大荒老战士、兵团解放军现役干部一起组成了开发浓江畔的先头部队。这是当年27团开荒战役动员大会的会场。

6师王少伯师长在开荒营开荒誓师大会上做动员讲话

集结在五星山下的机械化开荒大军整装待发

六师王少伯师长在开荒营开荒誓师大会上做动员讲话

誓叫荒原变良田

大开荒笔记摘录

任宝华

一、大开荒的日子

1971年5月8日，接营部通知，背着背包步行24公里来到营部报到。当天参加了营部召开的春耕春播动员暨誓师大会。

大会结束接下来几天里，也没有让我们回连队的意思，心里犯嘀咕，连队还有一摊子事，麻雀虽小五脏俱全，菜种还没下地，张英营长看穿了我的心思，他说："不能光考虑小集体，要想大局。不能光想着眼前盖房子（当时我们连队路没修通，暂且只能养牛、种菜、盖房子）要有全局意识，为了今后的大面积开荒打粮，我们一线的行政人员一定要懂生产会指挥，在实践中学在实践中干。"

我和46连周如敏以及其他连参加开荒会战的同志除政治学习外，跟着营部生产参谋在地里学习打堑，拖拉机开荒的第一犁需要打堑，当时没有测绘条件，只能靠两个人手扶堑旗，三点一线指引机车前进，两个人要和驾驶员配合好，配合不好前面的人动一尺后面那个人就要跑断腿。荒原上经常下雨，但开荒的机车不能停下来，我们也没法停下来，只能冒雨扶着堑旗引导机车，浑身上下都淋透了。

在那些日子里，我们学到了许多书本上学不到的知识。例如：扣地要斜耙，以防饿碴，立筏则要顺耙，打堑要多少度，让我们开阔了眼界，也增强了全局意识。我才理解营领导的良苦用心，作为基层干部只有懂生产会指挥，对自己连的土地了如指掌，才能把生产任务搞好。

记得当时6师王师长开会时说：把调给27团的9台崭新的东方红75拖拉机全部调配给4营开荒，加上原来营里的二台老机车总共11台车。团里又组织一、二、三营老大哥支援我们30多台拖拉机，团水利队调8台推土机支援修路，最后留下2台推土机配合开荒大会战，总共40多台机车（团部另支援4台油罐车）。总之，一切为了开荒，一切保障开荒。

1971年5月初，第一次开荒大会战打响了。40多台拖拉机挂着银光闪闪的大犁冲进亘古的荒原，机车所到之处荒草低头、黑土扣翻，机务的小伙子们个个不甘示弱奋勇向前。他们晴天一身汗，雨天一身泥，汗水和灰土在他们脸上画满各色各样的图案。当时年轻的车长天津青年高连生刚19岁，小拖拉机手刘茂芝才17岁，最小的要数41连的厉彦会，看外表简直就是一个小孩。但是他们不惧艰难、不怕挫折，和战友们同甘共苦、同舟共济、顽强地奋战在开荒前线，满身满脸的油污也顾不上抹一把，为减少机车停车时间，他们把饭拿到车上和坐在大犁上吃。在第一和第二个大会战中，你经常能看见他们交接班后在田间地头席地而坐，展开政治思想与业务、车头和人头的辩证关系的讨论，在保证翻地质量的前提下研究如何再刷新开荒数量纪录。他们个个献计献策赛诸葛，人人都是拼命三郎。开荒营的开荒大会战是机务战士与荒原的搏战，几十台机车在红旗和堑旗的指引下围歼浓江荒原亘古的荒地，在铁牛沉重链轨的碾压下变成望不到边的肥沃良田。夜晚，垦荒战士仍在挑灯夜战，原野上机车轰鸣铁流滚滚，广阔的荒原上车灯闪烁与天空高挂的繁星交融在一起，让人感到垦荒战士欲与天公试比高的豪迈情怀。这场开荒大决战的场面那真叫宏伟壮观。

在开荒会战的誓师大会上，副总指挥张英营长就要求，全营的工作一切为了开荒、一切为了前线。当时进点的营部领导只有张英营长和农业参谋周涵达、机务参谋于成洲，教导员王书信是后调来的。大会战期间三位领导把指挥部设在一线，各连的统计集中由周参谋统一调度，跟车统计每车的开荒数量，每天上报开荒进度，统计员们也真是辛苦，每天手拿拐尺在刚开垦的荒地上丈量，风雨无阻，不知磨破了多少双鞋。在男子汉们拼杀的前线，还有一个清一色的女工班，就是我们营部的炊事班。

说起营炊事班真是不简单。她们是 4 月从 11 连调进开荒营的农工班，报到后营指挥部要求全班改为炊事班，担当起三百多开荒大军的伙食供应和后勤保障工作。当时全班 11 个女青年（后又调入两个知青），年龄大多十八九岁，而且谁都没做过饭，再有开荒营刚进点两个月，除了帐篷一无所有。她们班长北京知青李桂花临危受命，率领全班毅然接受了这个艰巨的任务。面对没有食堂她们不等不靠，自己动手建，全营包括营长齐上阵，短短的几天，就用草垫子堆盖起一栋简易的大食堂开始埋锅造饭，在老司务长孙玉忠的传授下她们很快学会了做饭。她们每天要自己劈柴打水，白天三顿饭、晚上夜班饭，还要担负送饭的任务。食堂的女战士们挑着饭菜在荒原塔头地上深一脚浅一脚艰难地前行，但她们从没叫过苦喊过累，为机务战士送上可口的饭菜，让前方将士吃好多开荒多播种是她们最大的心愿。

1971 年 5 月 8 日至 6 月 5 日期间，三江平原出现历史上罕见的连续阴雨天，开荒营的耙地和播种工作遇到了很大困难，机车陷在泥里无法正常工作，大家心里都很着急，让机务战士有种英雄无用武之地的无奈。面对恶劣的环境，营党委发出战斗号令，不靠天不靠地，要靠我们自己，节气不等人（俗话，过了芒种，不可强种），机车进不了地，我们就是端盆下地人工点播，也要把开出来的 3 万亩地的种子洒下去。

困难再大也没有兵团战士的决心大。恶劣的天气更激发起全营将士的斗志，他们雨天开荒，天晴就耙地播种，每天保证 30 多台车的出车率，到 6 月 13 号已经完成开荒 1200 垧，播种 600 多垧的任务。

1971 年 5 月 8 日到 7 月 8 日，经过 60 多天艰苦卓绝的鏖战，全营将士团结一心奋勇拼搏，取得了开荒 45000 亩，播大豆近 25000 亩的好成绩，实现了我们进点时立下的誓言"当年开荒，当年打粮，当年盈利"的目标。我们四营和张英营长受到师党委的表彰，5 号机车组荣获集体三等功，我们的娘子军：营部炊事班也获得全团通令嘉奖。

开荒营 1971 年进点后第一次大开荒战役应该载入史册，开荒营将士创下了 6 师大开荒时代的许多先河，①开荒营进军三江平原的中心沼泽地带，在无人区同时组建 12 个连队，规模和土地面积就已超过 6 师的新建团。②在师团党委的领导和关怀下，开荒营刚进点两个月就克服重重困难迅速组织起第一个大开荒战役，其规模之大、投入机车之多、条件之艰苦和取得的成绩都创下兵团之最。③实践证明，以知青为主力军的开荒营是一支特别能吃苦、特别能战斗的队伍，证明建设兵团以军垦大兵团作战，集中优势兵力打歼灭战的优越性。正像王师长所说："开荒营的成功开发证明，三江平原腹地是可以开发的，只要努力，困难就可以克服。开荒营做到当年建点，当年打粮，当年盈利，这是了不起的成绩。"

二、欢迎开荒战线的主力军、全体机务排同志

开荒营第二次誓师大会发言稿

41 连任宝华

（1972 年 6 月）

首长，开荒营的战友们、同志们：

在纪念光辉的 6.18 批示四周年前夕，浓江河畔早已是：红旗招展战歌扬，银犁闪闪翻黑浪。嘹亮的歌声伴随着开荒大军东方红拖拉机的隆隆声开到我们连队，这是形势发展的需要，这标志着荒原连队有了新生，革命生产向纵深发展。形势需要我们大干快上，拼命干，即刻变，也是我们连全体指战员政治生活中的一件大喜事。

我们深知"农业的根本出路在于机械化"，我们是多么渴望机车早日到连队啊。今天终于盼来了，对连队的发展将起到不可估量的深远影响。

战友们，前一阶段，你们进行了紧张的开荒和春播战斗，饭吃不好，觉睡不好，夜以继日地奋战在第一线上，为了支援世界革命多打粮。你们的实际行动给我们做出了学大寨的好榜样，你们用红心铁手改变了浓江荒原的面貌。每当看到那苗壮成长的麦苗和大豆苗时，不由得想起了你们，你们辛苦了。我们向你们学习！向你们致敬！

当前我连的形势喜人，在党支部的亲切关怀和指导下，团支部整风即将结束，通过进一步学习党的三项基本原则，团员普遍提高了阶级斗争、路线斗争和继续革命的三大觉悟，增强了执行毛主席团结路线的自觉性，很多青年向团组织提出申请，要求加入共青团。有不少团员渴望加入中国共产党，向党支部递交了入党申请书，全连继续革命、思想入党的形势越来越好。

毛主席说："我们都是来自五湖四海，为了一个共同目标，走到一起来了。"今天我们热烈地欢迎你们，不久，我们又将欢送你们。我们知道你们又去参加开发荒原的新战斗了。你们任重道远、困难重重。六、七月份的北大荒是蚊虫称霸的季节，也是开荒的大好时机，艰苦条件考验着每个革命者。是知难而进，还是知难而退，你们是开荒英雄，一定会迎着困难、踏着艰苦前进。沉睡千年的荒原将被你们唤醒，迎来北国江南五谷香。

希望你们牢记毛主席："中国应当对于人类有较大的贡献"的伟大教导，响应师团党委的号召，共产党员、共青团员要发挥模范带头作用，要求入党和要求入团的革命青年，应该思想上争取入党，行动上有所表现，积极争取火线入党、入团，为支援世界革命，多开荒，多打粮，多做贡献。

回忆长征二万五，开荒建点不算苦，为了开发北大荒，累断筋骨心也甘。希望你们牢记毛主席"要认真看书学习，弄通马列主义"的伟大教导，坚持学习不放松，用钉子精神挤时间多学习、求进步，创造新纪录，以优异成绩向党的生日献礼。

你们代表连队将奔赴新战场了，将要担负起更加光荣而艰巨的重任了，你们一定要把党的九大路线落实在行动上，牢记毛主席"团结起来，争取更大胜利"的伟大教导，和兄弟连

队的车组，赛团结，比干劲，力争把开荒红旗扛回来。

战友们，我们在连里一定完成 4000 平方米的水泥晒场和 1000 平方米的房建任务。

战友们，让我们迎着东方的曙光，带着全连的希望，在开荒战场上，用兵团战士的红心铁手，把浓江大地画得更鲜更艳，一个月后，听你们胜利的消息。

附：1972 年，41 连机务排阵容

4.9 康拜因：车长：曲殿臣　傅和林　陈开选

东风自动：范伟顺　韩树明

43 号车车长：岳修江　刁玉滨　高得平　于生平　李德海　张景学

45 号车车长：宋超群　王青山　俞建发

66 号车车长：吕兴义　高连生　周　平　王玉敬　王志平

28 号车车长：李宗金　赵广荣　原军营　孙洪义　王常青

42 号车车长：赵鸿星　张大权　刘凤楼　韩成森　张世忠　厉彦会

65 号车车长：王炳全　王益民　齐德江　陈洪昌　邵东权　刘希权

修理：仲济文，油料：高群柱

任宝华　上海知青，1968 年 8 月从上海下乡到黑龙江兵团 6 师 27 团工程 4 连，1971 年 2 月到开荒营 47 连、41 连任副连长。1972 年后到铁道部七零一厂，1979 年调回上海在上海铁路分局办公室工作。2005 年退休。

任宝华副连长（第二排左 1）和 41 连战友合影

开 荒 札 记

——找水喝

周 平

七月盛夏，骄阳似火。拖拉机喘着粗气，在长长的垄沟上吃力地向前蠕动。排气管口不时冒出股股黑烟，如果是在晚上，你准会看到排气管口都烧红了。拖拉机后面，一人多高的野草转瞬之间就被由犁铧切开并翻转过来的草甸白浆土所覆盖，只在两垄间隙之间还露出点娇嫩的茎叶，不久之后就在炎炎烈日的暴晒下枯萎了。

几十年后，回想那年夏天在浓江河畔亘古荒原上开荒的场景，总是能清晰地在脑海中浮现出来，仿佛发生在昨天。

1972年的春天，我正在黑龙江生产建设兵团27团10连，刚从农工排调到机务排，并被安排到一台崭新的东方红-75拖拉机上当学员。我才刚刚美了个把月，忽然团部来了一纸调令，不由分说连人带车一起调往开荒营。后来听说为了屯垦戍边，多打粮食，我所在的兵团6师王师长向上级打了报告，要求在三江平原东北部大规模开荒。为此，团里组建了开荒营，准备开荒50万亩。团部不动声色地先把22台崭新的拖拉机分给老连队，待各连队将机务人员配齐后，便一声令下连车带人调往开荒营。

来到开荒营，春播已经结束。适年大旱，往年连人都进不去的沼泽地带，水已干涸，正是开荒的大好时机。我所在的41连3台拖拉机拉着爬犁，离开了连队，开进了荒原。搭起帐篷，潮湿的地上扔几根木头，再铺上干草，就是床铺。我们头顶蓝天，脚踏荒原，心中充满豪情壮志。工作劳累，蚊虫叮咬，生活艰苦，这都算不了什么，只是用水非常困难。开荒点周围没有水源。我们在附近低洼处挖个深坑，每天靠坑壁渗出来的那点水解决十几个人的饮水和拖拉机用水。水是如此珍贵，拖拉机手们常常连脸都洗不上。

这天早上出车，我去伙房弄水，只搞到半壶军用水壶水。来到作业点，天气晴朗，万里无云，阳光无遮无挡地扩散着热量。荒原上蒸汽氤氲，远处的景物仿佛是海市蜃楼。坐在驾驶室里就像钻进了烤箱。前后玻璃窗都打开了，还是透不过气来。半壶水很快就喝完了，嗓子依旧冒烟。

晌午时分，送饭的人影出现在地头。我和车长吕兴义（大家都叫他小吕）急忙迎上前去，满心欢喜认为有水了。送饭的小于抱歉地说："坑里那点水勉强把饭做好，下午准备派一台拖拉机回连队拉水"。他给我们留下5个馒头和一盘豆腐就挑着担子走了。

俗话说"越渴越吃盐"。坐在拖拉机的阴影里吃午饭，感觉今天的豆腐特别咸。嘴里没有一点唾沫，吞咽馒头都困难。吃完饭，车长小吕说"走，找水去！"

拖拉机离开岗地，向低洼的沼泽地开去。越往前草的品种越单一，草也越稀。我们来到一个大水泡子中心，但是仍然看不到水的踪影。车长吕师傅跳下车往前走了几步，然后用脚使劲踩住脚下的草筏子，一股黑水漫上来。他脚一松水立刻无影无踪了。他苦笑着对我说，"看来只能找到这样的水喝了"。

我走过去趴下身，瞅着那从草筏子里浸出来的水，深褐色的水，透过阳光能看见颗粒状的杂质浮游其间，分不清楚是浸泡了千年的草根屑，还是城里人夏天卖的鱼虫。我的心里直翻腾，但到最后口渴的生理欲望战胜了心理反应，我俯下头去，嘴几乎碰到了吕师傅的胶皮农田鞋，闭上眼，屏住气，喝了一大口，顿时一股臭鸡蛋的味道直冲脑门，满嘴都是渣滓。我站起身，胃里一阵痉挛，好不容易才平复下来。

"怎么样?"吕师傅问。

"太难喝了。"我皱着眉头说。

"难喝也得喝。"吕师傅说完，趴在我的脚面上也喝了两口。

"呸!"吕师傅站起身，喷出嘴里的杂质。

我俩犹豫地在那儿，站了好一会儿，我俩谁也没有再敢趴下喝。

回到车上，我一轰油门，扳住操纵杆调头往回开。转弯的时候，我感觉到履带在打滑，车往后坐。吕师傅喊"松开操纵杆!"我连忙松开转向杆，同时稳住油门。机器轰鸣，履带飞转，眼看地表的草筏子被履带甩到了后面露出了底下的烂泥，这时拖拉机像一头受伤的野兽吼叫着一窜一窜地逃离了烂泥塘。

转眼之间，四十多年过去了。往事淡淡如烟。战友们团聚聊天时说起在开荒营的日子，那天在大水泡子里找水的情形就历历在目。毕竟，那里有过我们的青春，我们的汗水和热血曾经洒在那片土地上。

周平　哈尔滨知青，1953年10月生，1969年9月下乡到黑龙江兵团27团10连任66号车拖拉机驾驶员，同月随车调4营41连，先后任拖拉机驾驶员、车长，参加了开荒营大开荒会战，1974年10月被推荐上学，返回哈尔滨，毕业后就职机关工作。退休。

开荒大会战

支援开荒营开荒大会战

刘福林

1971 年 5 月春播工作刚刚结束，团里就马上行动，从每一个连队抽调最好的机务人员，最好的农机具准备向开荒营进军。5 月初的一天，连长李相宝说：你们 28 号车组被团里选调到开荒营支援，做好思想准备，那里条件艰苦，农机具磨损也很严重，带好犁刀和犁铲的备份。我马上把这项工作分配下去，大家齐心协力，有的找来旧链轨轴，在连队烘炉上找打铁的师傅加工，把一根根废旧的链轨轴烧红打扁焊接在磨损严重的犁铲上用，再用砂轮磨快了，开荒时拖拉机也省力，而且深翻过来的荒地质量也好。

我们去往开荒营时，看到团里水利队的几台大型斯大林 100 号推土机在公路两侧开足马力往路上推土，高高的路基很快就被这些大型的推土机给推出一个模样。我们无心观看下面的情况，也没有时间和发小、同学们打招呼。我小学的同学路长春、李发林他们都在水利连，而我们的任务是快速赶到开荒营的营部。

大约中午时，我们车到达了目的地，我立刻去找张营长报到。张营长看到我们车先到了，就笑呵呵地说："欢迎你们！先给你们安排好住处，吃了中午饭再说"。张营长安排我们住在一个马架子里面，这是当年在开荒营里最好的房屋了。我们放下行李吃完饭后就找营长请战，张营长说不急先休息一下吧。我说不了，您给我们派个统计，告诉一下开荒的地方和要求。我是第一个到达目的地开始作业的车。

营部食堂是用草筏子搭的很大的一个地窖子，非常简陋。为了欢迎我们大家，营长告诉食堂做点好吃的，每个人一碗白菜汤两个馒头。这是当时开荒营最好的伙食了，条件艰苦、喝水是一辆牛车拉着用汽油桶改装的水车，到河里去打水，冬天他们就往回拉冰化水喝。

吃过午饭，营里的统计员带着我们开车到了荒地上，我一看，好大好长的一片荒地呀！我从地头找好了前方垄旗的目标，告诉拖拉机后面扶大犁的助手，把三铧犁深度调整好，我挂上一挡加大油门，慢慢抬起离合器向前行驶着，105 厘米宽、沉睡已久的黑土地被深翻了过来，荒野上引来了一些野鸟在垄沟里面找虫子吃，远处的河床上飞起来两只大鸟，长长的脖子、扁平的大嘴、长长的腿，身上是洁白的羽毛。我们也没有心思去观赏，也不知这种鸟儿叫什么名字，我要认真仔细地把垄打直打好，要让夜班的同志记得，在这块土地上面哪儿是沼泽地，哪儿有一棵树，哪儿有水泡子，否则夜班工作起来会遇到很多的麻烦。我开着拖拉机对准前方的目标深翻荒地了。黑油油土地在阳光的照耀下闪着光芒，这里土地真是好肥沃　这块地是 1958 年转业官兵们开垦过的土地，由于当时无公路只好撤出，成了撂荒地。土地特别长，我开着拖拉机老半天都不到地头。这块土地上有几个地方是大水泡子和沼泽湿地，一不小心会连车带大犁掉落在里面，所以白天打垄的人一定要把问题解决好。

那个时候的环境是很差的，北大荒的蚊子、小咬、还有大瞎虻能够把人"咬死"，我们每次交接班工作时，也就是这些害虫叮咬我们最狠的时候。因为我们两个手都在干活，没法儿拍打这些可恶的蚊虫，交接班后手上、脸上、耳朵和嘴唇上全是包包。在开荒营的几个月里我们忍受着疼痛和煎熬，在这一望无尽的荒原上拼命地开垦荒地，让荒原早日变良田。

有一次工作了一天，车上的泥土很多，我摘掉了牵引销子，我开着心爱的拖拉机在水泡子里面跑一圈，为了把车身上沾满的泥土冲洗下去，这一下跑的太远了，车头前面一低，我心想不好，马上挂上倒挡用手扳住离合器，车身都快要直立起来了，车身下面这一大堆草皮子掉了出来，水马上就填满了车头前面的大坑，这一次可真的把我吓死了。张英营长知道后批评我，我一句话也说不出来。这要是把拖拉机掉到大水泡子里，我就成了全团的"典型"了。

后来张营长怕我们年龄小，有思想负担，还给我做思想工作，下次在水泡子边上跑一下，别往深处跑。这件事情我记得非常清楚，在我今后的工作中一直提醒着我，不管干什么工作首先要看清楚是否安全，才能指挥人员操作，使我养成了一个良好的工作习惯。

"五一"过后天气开始一天天温暖起来，荒地上开了很多的野花。全团调过来的拖拉机也陆续到开荒营报道，师里又调来9台新75号拖拉机加入开荒大军，每块地里都有很多台车开垦着荒地，为了实现"当年开荒、当年种地、当年打粮食"的目标而努力奋斗着。

记得是5月下旬，营部搭了一个简陋的大台，上面横幅上写着'向荒原进军誓师大会'，台子下面红旗招展，排列着整齐的拖拉机，我们6师王师长亲自到开荒营参加大会并做了战前动员，师团领导的到来极大地鼓舞了各机车组战士的斗志。会后师长一声令下，各车组立刻跳上机车奔向开荒的战场。四十几台机车在红旗指引下开赴荒原，真像是战场上机械化部队准备发起冲锋一样，真叫一个壮观。

我们车来的早，原来开的这块土地好大呀！估计长、宽有好几里，那时一台车干活显得很渺小，现在大部队赶来就热闹多了。到这个地块的有29、4、6、22、40、41、46、51号车组，再后来，又来了八九台的机车和大犁。几十台拖拉机的轰鸣声震醒了这一大片沉睡的黑土地，大家都在争先恐后，拉着三铧犁在荒原上你追我赶向前奔跑，一条条黑色的长龙在荒野上翻滚着，后面的机车拉着重耙在耙地，播种机也时刻准备抢时间早点播下大豆，这一环套一环的工作就像一条龙，在紧张有序地进行着。

为保证这次开荒大战的胜利，每天都要有几台油罐车往开荒点送柴油，师团领导尽最大的可能为开荒大军调配人力和物资。那天我的同学张留全押运一车面粉到开荒营，我们见面都非常高兴，聊天时他告诉我，班里面有调入开荒营同学佟少强、刘景生，还有两位女同学周如敏和康福荣。我说只见到过两名女同学，都是在支援开荒营时才见到她们的。开荒营的生活条件非常艰难困苦，周如敏和康福荣身体不足百斤非常瘦小，可她们已担起开荒建点的重任。白天迎着烈日暴晒和蚊虫的叮咬，她们还要白手起家盖房子开荒地，可她们还是乐观地对待生活对待艰苦，坚信开荒营战士一定会叫荒原变粮仓。

开荒大军不分昼夜地开着拖拉机在荒野上轰鸣着开垦荒地，这个时候就像比赛，就看谁的技术过硬了，平时对机车检查和保养是不是到位，谁的车组出了问题就会被圈在地里面，车组会显得难堪。

在开荒大本营里，统计员要把每天的开荒记录表格挂在墙上，记载着每台车开荒的进度和数量，开荒记录每天都可能被刷新。有的时候我们车组在开荒进度上会得第一名。说实在的，谁也不愿意当众出丑，在这场兵团有史以来最大规模的开荒大会战中，谁都想冲在前面立功，尤其是我们各营连支援的车组，车组表现的好坏还直接影响连队的声誉，在这场两个多月艰苦的开荒大战中，全体将士团结一心为了胜利、为了连队的荣誉而战。

为了加快开荒进度，我们车组还进行革新。开荒犁铲磨损很严重，一般换犁铲和犁刀时固定大犁是三条螺栓，马上升起三铧犁换上锋利的犁铲和犁刀，我们改用两头各上一个螺栓固定，这样就节省了时间，可以马上投入到工作中，使得我们开荒的进度加快很多。

1971年开荒营的第一次开荒大会战，是兵团农场有史以来的最大规模的机械化大战。在荒原深处极端恶劣的条件下开荒，真可以用惊天动地来形容，全团所有参战的拖拉机在短短两个月中开出了2 000公顷的土地，为开荒营"当年开荒、当年打粮"奠定了基础。

我们28号车组参加过1971年、1972年的两次开荒大会战，28号车组每次都被评为优秀车组，出色地完成上级党委和连队交给我们支援开荒营的任务。

参加这两场开荒大会战，让我领略了开荒营艰苦创业的精神，全营官兵团结一心不惧任何困难的信念，他们在极端艰苦的环境下能坚持下来是多么不容易！开荒营的精神永远激励着我，一生都不能忘。

我返京后，在任何岗位工作，我都会认真努力去奋斗，得到领导和大家的好评，并被评为公司先进和北京市劳动模范。

广大知青战友在开荒营的艰苦奋斗和奉献精神将永载史册！

附：1营13连28号机车组两次参加开荒大会战的战友名单

张定堂　刘福林　张忠献　秦小宝　董桃锁　孟春生

刘福林　北京知青，1952年黑龙江海伦出生，1969年从北京丰台十二中到黑龙江兵团6师27团13连，机务车长，1975年调黑龙江海伦县同心公社知青点，1978年返京，在北京市汽车制动器厂经营科。2011年退休。

曾经屯垦戍边
（雷军制印）

官兵一致同甘苦

——1972年营部为48连送粮纪实

杨 瑛

我1971年11月从开荒营17连调到开荒营37连。1972年春节过后，营里为加强各连队的财务核算水平举办了一次各连财务人员半年轮训学习班。我是第一批参加轮训的学员，跟随营部财务总管段令昌学习。当时营部机关都集中在那间大马架子房里办公，财务室旁边就是营长办公室，条件极为简陋。

1972年6月下旬的一天，我们正在财务室和段会计学习。忽然草皮子房闯进来一个中年人，浑身泥土、身心疲惫，人都快要支撑不住了，一看就知道他是经过长途跋涉才到达营部的。他拉门走进营长办公室，第一句话："营长！我们48连断粮两天了，现在开始吃饲料粮了，请营里赶紧派车送粮。"听到这句话，营长和营部人员都很震惊！营长赶紧拿把椅子拉着他的手说："边连长，坐下说。"回头叫通信员赶紧让食堂先送点饭来。不一会通信员拿着馒头和一壶热水进来，说食堂正炒菜。边连长赶忙说："不用了，有馒头就好。"说着就拿起馒头就着热水大口地吃了起来。营长心疼地说："你慢点吃，别着急！一会菜就来了。"边连长赶忙说："别麻烦食堂了，有馒头吃就好。"在场的人听到这话心里真不是滋味！

饭后，边连长精神好点了就开始汇报工作，营长拿起电话给刚接通的几个连队打电话，询问连里有没有拖拉机，因当时正值开荒大会战，找不到车，请团里支援，团里也没有。营长放下电话，表情凝重地对边连长说："老边，别泄气，我想办法，实在没车还和去年一样，就是用肩挑人扛也要把粮食送进去，决不能叫战士们挨饿，你今天先休息一下。"边连长赶忙说："不行，不行，我得赶快回去，连里事太多，这时候我也不放心！"营长听后叫食堂多准备些干粮叫边连长带着，下午赶回48连。

第二天早饭前营长就在食堂开动员会，张营长说："营部人员凡是没有重要事要办的或离不开的岗位，其余人员一律跟我去48连送粮。"营长要求大家早饭吃饱，带足干粮，俩人一组保持体力。因我是营部财务学员，也加入了送粮队伍。饭后大家就分头准备，我和营部宣传干事邵启新分在一组，我说：以前打草往回背都用行李绳捆，我们俩各自准备了一根行李绳。营长砍了一个杨木杈子上面还有个小丫。营部人员把面粉和需要物资装在铁牛55的拖车里就出发了。

营部到48连近20多公里，车开到46连前面约100米就没路了，前是一大片刚开垦的荒地，被大犁翻扣的草筏子像一条条的长龙横卧我们面前，车停下了，大家跳下车打开车斗开始扛粮。张营长和周参谋率先扛起面粉带队前行，大家劝营长说："你岁数大了在前边给我们带路吧，面我们替你扛。"他执意不肯，说多送一袋是一袋，我和邵启新把50斤一袋的面粉捆好背在身后跟随着送粮队伍前进。肩挑人扛，那真不容易呀！前面根本没有路，脚下全是大犁翻扣的草皮子又湿又滑，一眼望不到边，人一踩上去就出水颤抖，何况身上还背着50斤面粉负重前行。大家穿着农田鞋必须要踩在埂上，要是不小心滑到沟里就会摔跟头，这简直不是走而是在跳跃式地前进。

从46连到48连约11公里，刚开始我们背着面粉还有说有笑地前进着，当队伍行进到一半路程时就鸦雀无声了，行进的距离也渐渐拉大了，周参谋扛着面粉一只手插着腰不时地招呼大家尽量别掉队，注意安全。大家体力消耗太大有些力不从心，明显放慢了脚步。我的两条腿也感觉有点不听使唤了，正巧前边一块草皮子没扣过来，我一不小心，脚就踩在沟缝里陷进去跌在地上，脚怎么也拔不出来，身上背着沉重的面粉袋，脚是越陷越深，小腿都陷进去了。这时营部宣传干事邵启新赶紧过来帮助我拔腿，拔了半天也出不来，我真有点急了。他对我说："你先把面卸下来，等拔出腿来再背上。"他帮我卸下面粉后我使劲拔腿，费了好大劲才从泥里拔出来，可是，当我再背起面粉袋时怎么也站不起来了，我真的感到浑身无力累到极限了，还是邵启新帮我抱起面袋我才站了起来，我们脚踩带着泥水的草筏子咬紧牙关艰难地向前走着。

快走到地头时，我看见几辆开荒的拖拉机向我们开过来，打头的车看见我们就停了下来，我一眼就看出是我们37连的徐森古，就大声喊他："老徐！你怎么在这呢？"车长听见喊声就跳下车一看是我们就问："杨瑛，你们去哪儿？"我说营里给48连送粮来了。走近一看吓了我一跳！这哪像老徐呀？只见他干裂的嘴唇上一道道血口，眼睛里布满血丝，脸被风吹日晒的全是皱纹，满身的灰土看不出皮肤的颜色。看到老徐这般模样心里真不是滋味！我说："老徐，你们可真辛苦！"老徐声音嘶哑地对我说："是苦了点，为了大开荒嘛，主要是没水喝，带的水早就喝干了，嗓子渴的快冒烟了。不跟你们聊了，我得赶进度，没看几辆车都较着劲呢！"说完跳上车就开走了，车后的大犁在荒原上又留下一条条黑色长龙。

看着徐森古车长远去的身影，我身上好像也增添了一股力量，脚下的步子也稳了，我和邵启新边走边聊，我说像徐森古老车长的英雄事迹，你们宣传部门应该多宣传报道。邵启新说：你回去就写，我保证第一个给你刊登报道。一路上争论着，也忘了肩上的绳子勒得生疼，可能是兴奋得忘了……

我们跟上送粮的队伍跌跌撞撞地前行，到达48连已是下午。48连的战友出来很远迎接我们，卸下我们肩上的粮食迎进屋里，我一上炕就再也动弹不了了。可张营长和周参谋却在忙着听连里领导汇报工作，看望连队战士，也不知哪来的那么大精神头。大家休息了一个多小时，营长命令往回返。连领导想让我们吃完饭再走，张营长说：不用了，能给大家多留一顿是一顿。

回来的路上我一直在想今天发生的每一件事，张营长、周参谋身先士卒，率领我们克服重重困难为连队送粮；路上遇到徐森古车长克服重重困难率领车组在荒原深处艰苦开荒。这些1958年的第一代垦荒官兵和知识分子率领我们知青战士开进荒原，并处处以身作则，为我们树立起榜样。开荒营之所以有敢于吃苦的精神和强大的战斗力，这和老垦荒人的传帮带是分不开的。我在37连就是连队报道员，我一直想把这些经历写出来报道出去，但一直没有如愿。45年后，周参谋带领我们写《向荒原进军》回忆录使我如愿以偿。

最后，我还要向大家报道一下开荒营 37 号车车长徐森古，他是广西人，1958 年转业到北大荒，一直在第一线工作。1971 年调到开荒营，任 37 号车车长，在开荒营历次大开荒战役中，徐森古率领 37 号拖拉机车组屡破开荒纪录，他荣立一等功，37 号车被上级命名为"功勋车"。在开荒营的建营史上应该记住他的名字——开荒功臣徐森古。

杨瑛　天津知青，1970 年由天津河北区一号路中学下乡到黑龙江兵团 6 师 27 团 17 连，1971 年 11 月调开荒营 37 连开荒点，1978 年调 43 连，1979 年返津，供职天津洗衣机厂和翔宇起重工具厂。

难 忘 的 大 开 荒

崔世明

王润培说："开荒营，没有开荒哪来的营，再写写开荒吧！"我现在才感悟到他说得有道理。这是一段该由开荒人自己来记述的历史。我这里就说点边角枝节吧。

刚到开荒营物品很匮乏，拖拉机到油料库加油时高群柱只能给后边主油箱加，竟然找不到一只小油桶给那 10 马力小启动机加油。无奈之时，我看到有个带两只套袖的高个子知青在用油桶为小油箱加汽油，我问他借油桶用，他很爽快地答应了。后来又借了几次油桶用，和这位叫白桦的战友逐渐熟悉并建立了友情。

开荒营 37 连到 41 连的公路中间有个元宝形的弯道，有一天在弯道和 41 连之间的路南开荒，陈开选开车，我在后扶大犁，因一只套袖在清理拖拉机的支重轮时撕坏了，所以我只有一只胳膊带着套袖。拖拉机在地头拐弯回来时，我才看见周参谋带着两个人在地里拍照片。后来周参谋还把照片拿给我看，陈开选还用我那张一只套袖的照片取笑我。拍完照，周参谋又说了一些技术要求，诸如不准留格、留口（开荒时，犁刀将荒草的表皮切成一条一条并翻过来均匀地扣压整齐不准有空格）。不准有立垡回垡（被切成条的草筏子在正常情况下要翻扣过来，土朝天。如果大犁的牵引点或者犁壁弧度有误差，再有犁刀不快或切不透就会出现立垡或回垡）。

周参谋走后不久，我干的活就出现了一片立垡，正好在路边非常扎眼。张英营长第二天正好路过看到立垡，晚上开会让参谋明天赶快去耙平，我当时很庆幸他没追问谁干的活。第二天我让陈开选去耙地，自己赶快把三块犁铲卸下去打磨。那时修理组规模很小，只有赵淑敏、刘永军、周宝虎等几个人。磨砂轮在靠东没门窗的房框子里。那时多数情况都是早晚交接班时要换犁铲。我去时要排队，正巧支援开荒的 6 号车的郝得义排在前边，看我着急让我先磨好后去安装，上犁铲时，拧螺丝没法戴手套，蚊子多，手被蚊子咬得那个痒和疼呀，现在想想头皮都发麻。

开荒中拖拉机手很辛苦，其实统计比我们还辛苦。记得有次值夜班早晨回营部碰到统计任家泰，他和我说："周参谋刚才表扬你们车组了，昨天夜班成绩最好，一共耙了12垧地。"我才知道统计们每天要一人徒步实地实时统计工作量，向周参谋汇报，然后汇总数字。

1971年入冬时分很冷了，土地逐渐冻硬，营部想要集中机车再抢出一块开荒地，周参谋带着我们一批拖拉机浩浩荡荡向南出发。来到一片草地前，大概是后来33连的位置，可开荒效果不理想。因为已经冻得很硬了，虽然开荒的犁铧和犁铲是钢铁的，但是碰到硬的冻土也会损坏。我因为在邓国才的拖拉机后面，所以损坏的东西比他好一些。实在开垦不动了我们就撤退。到46连吃饭时，天已经很黑了。我和周参谋去39连打的那条几千米长的堑肯定是开荒第一犁，这次的开荒肯定也是1971年的最后一犁。

1972年夏，又在47连集中开荒一次，再后来是1973年到34连的开荒。34连进点时的统计是上海知青成鸿新。由于树林和水泡子等因素，开始地块都不整齐。根据地形先一块、一块地开，然后逐年规整。到后来孙连海接任统计之后，逐渐才形成了大约10块地号。我记得最整齐的一块方方正正的就是连队东北边那块42垧的地号了。

开荒的工作从始至终都得到了各级领导的重视。我记得好像是1973年春，中央新闻电影制片厂到开荒营来拍拖拉机开荒作业的场景。有许多台拖拉机集中在38连西边的一块地里，我和韩家生、田大龙等人开着拖拉机拉着农具排成梯形向前开。拍了很久，到天黑时还没拍完。由此可见，当年各个方面对开荒打粮的重视。

崔世明　北京知青，1968年7月由北京第十五中学下乡到黑龙江兵团6师27团3连，1969年6月调到一连，1971年6月调开荒营营部机务排，1972年调37连，1973年调34连，1979年5月返京，在北京市一建公司工作。退休。

开荒营机务排的男子汉（从左至右：栾东升　崔世明　白桦　付克勤）

开 荒 大 会 战

——136 号车组荣立集体二等功

李普乐

我们开荒营从建营开始就没有停止过开荒，从 1971 年进点时的地无一垅房无一间，只六七年的时间就开荒 30 万亩，还不停地建新连队，每年春播麦收的间隙，营里都会从各连调集机车给新建开荒营。

好像是 1975 年，连长通知我们 136 号车组说营部有任务，马上做好随营部参加开荒会战的准备。接到任务后车组人员就积极行动起来，车长王自忠带着我们四个徒弟赶紧检修车辆、改装大犁。由于五铧犁翻熟地可以，开荒时就不适应了，车长指挥我、孙永江、傅国滨和徐少滨把犁壁和犁铲卸下来，犁壁扛到连队的烘炉弯成略大一点的角度，安上燕尾板以便扣垡。犁铲就得到营部修理所加工了，先在犁铲的尾部按照角度焊上一小块加长的钢板，再用砂轮把铲刀磨快以便切割草根，再多加工几块犁铲留做备用，一切准备就绪就出发了。

各连调来的车开始向开荒大本营集结，我们车一到，营部统计带着我们到荒地打垡去了。打垡的活需要经验和技术。这个任务非车长王自忠莫属了，他从下乡来兵团就开推土机和拖拉机，技术经验丰富，无论机车怎样颠簸身体都不能错位，要始终保持三点一线，要直。不直后边跟进的车不好翻地，还会出现不好开的"死三角"。

我坐在大犁上，向前看满眼是绿色的荒草和盛开的野花，身后扣过来的草筏子汇聚成了一片黑油油的长龙，成群的鸟跟随在大犁的后面啄食土壤上的蚯蚓和小甲虫。

在开荒会战中，车是不能停的，出现故障要连夜抢修，大班作业，不管机车开荒多远都要在地头交接班保养大犁。早晚是荒原上蚊虫最猖狂的时候，一团一团围着机车和人不停地盘旋。扶大犁的助手把手脸和身体其他部位裹得严严实实，用一只手扶大犁的升降盘，另一只手拿着树枝不停地抽打身体驱赶着蚊子，有时车开着开着水箱就开锅了，下车一检查才知是蚊虫把拖拉机前的水箱散热罩给堵死了，赶紧用两手去掏往外清扫。开荒不像翻熟地一马平川地跑，千古荒原到处是塔头、小树棵子，经常把大犁堵住。这时无论是驾驶员还是助手要立刻下来清除，抓紧排障抢进度争创开荒记录。开荒最怕的是碰上沼泽地，就是脚一踩就陷下去的"大酱缸"，荒原上星罗棋布大小不等，远看跟荒地没太大区别，要是缺乏经验的机手误闯进去，那就认倒霉吧，瞬间可能连车都看不见了，非常危险。我们车长王自忠经验丰富，反复地告诉我们如何注意安全。开荒期间修车、大犁被堵是常有的事，但从没出现过大故障和危险。

在开荒大会战期间，车长王自忠带领我们 136 号机车组团结奋战，圆满地完成上级交给的开荒任务，创造了优异的开荒成绩。

　　会战结束后营党委还为我们请功，我们136号车组荣立集体二等功。全连大会上指导员王克信宣布立功的命令，还奖给136号车组每人一件印有黄色字体的纪念工作服、一支钢笔和一个笔记本。

　　这是我们车组和我个人在开荒营多年得到的最高荣誉。上级还培养我去团部参加农场机务学习班，让我系统学习农业机械知识，1978年底结业考试，我成绩总评获得"优秀奖"。

　　当年开荒营41连在荒原上团结奋战的艰苦岁月，铸成了战友间最纯真、最深厚、最珍贵的情谊，每当我回忆起我在41连的生活，心情都会感到振奋，感到年轻了。开荒营的艰苦生活让我收获了战友的真情和不惧困难、勇往直前的精神。四十年的光阴弹指一挥间，而今我们已相继步入老年，但我们青年时代的垦荒生活却永远铭记在我的心中。

　　李普乐　天津知青，1970年5月由天津市第84中学下乡到黑龙江兵团27团工程连，1971年第二批进开荒营41连农工班、机务排，1979年返城，在天津市建筑材料制品厂供职。2007年退休。

挑灯夜战

插图：杜宝玉

记晒麦场浇注混凝土全营大会战

于署生

光阴似箭，岁月如梭。

回忆起开荒营艰苦的建点经历，四十多年前的往事立刻就会涌上心头。当年我们这些十八九岁的大姑娘、小伙子，现在都已是六七十岁的老人了。可青春的往事却历历在目，仿佛又置身于那青春年少的时代，尤其是知青在开荒营艰苦奋战的日日夜夜，此情此景我们无法忘记！因为它已深深刻在我们这一代人的心中，融入我们的灵魂。我们当年的无私奉献精神是北大荒精神的崇高境界，用现在流行的话，那时才叫"撸起袖子加油干"，为实现荒原变良田的"中国梦"而艰苦奋斗。下面我写的"大会战"就是当年兵团广大知青战友为实现当年开荒、当年打粮、大干快上的真实写照。

大会战的前几天大家就得到消息，42连的水泥晒麦场要以全营大会战的方式施工完成。前一天就听说食堂已经在准备全连大会餐了。当天大清早，食堂后勤、抓猪的、烧水的、杀猪的、打杂的全都忙开了，嘈杂声、猪叫声混成一片，热热闹闹俨然一派过节的气氛。不过开荒营的战士心里都明白，"大会餐"意味着大会战就要打响了。在这，我要多说两句。

在兵团大会战是常有的事，尤其是我们开荒营，因为一无所有，又要大干快上，所以大会战要比老连队多得多。从春播、开荒、夏收、盖房、秋收、水利等都是大会战。会战前会餐成了我们开荒营及各连队的传统。用我们营长的话：大会战，战士们没黑没白的拼命干，咱们的后勤伙食一定要跟上，平常差点没关系，年轻人体力消耗大，关键时刻一定要跟得上，咱们宁可让人说是累死的，也不能说是饿死的，必须保证前线的战斗力。这就是我们的开荒营。

果然会餐之时，连长宣布："同志们！今天的任务也许大家都早已知道了，明天就要进行水泥晒麦场的全营大会战。主要参战单位有41连、42连、43连、44连再加上一个营部。大家一定要以最快的速度和最好的质量拿下晒麦场的浇注任务。这是一场硬仗，必须团结兄弟连队，打一个漂亮的歼灭战。我们要以一不怕苦、二不怕死的精神，下定决心，不怕牺牲，排除万难，去争取胜利！"

我们的连长刘国华是1968年下乡的哈尔滨知青，中等个儿，膀大腰圆，是个直性子，说一不二，要强的很，干什么工作都争强好胜，不吃亏，别的连私下称他是"土匪连长"。他话虽不多，却像给全连加了一剂餐前"兴奋剂"。战前"动员令"一讲完，全连就热闹起来，大家高举酒碗干杯，真有点壮士上前线，一去不复返的阵势。全连战士推杯换盏，各班排相互较着劲，欢闹声、吆喝声此起彼落，每个人的脸上都充满了坚定和自信。酒足饭饱之余，大家草草洗漱就上炕休息了。

北大荒夏季天长，冬季天短。夏天早晨2点左右就天亮了，而天黑要到晚上8、9点钟。

　　说实话，我们从2月进点开始，除了碰上"刮烟炮"或大雨等恶劣天气不能干活外，从来没有休息过，每天都有干不完的活，干十几个小时是经常的事。

　　会战当天，全连早早就起床了，各班排按昨天部署的任务各自准备会战的工具和运输材料。全连踏着早寒的晨露，拿铁锹的、挑水桶的、抱着灰搂子、推着板车等，都一溜烟地忙乎开了。甚至连捣砂浆的大铁盘也被大家七手八脚落定在了工地上。整个画面，就如同战场上的战士挖好战壕、准备好"弹药"，就等待冲锋号角了。

　　这时，参战的友邻41、43、44连也早已赶到，张营长和周参谋也率营部到齐了，由张营长亲自坐镇指挥。说是4个连加一个营部，其实人员全都加起来也就百十个人。"武器"呢，除了几辆推车外，其余的就是铁锹、铁桶和灰抹子，什么水泥搅拌机，全团没有一台。面对40米宽、50米长，2000平方米的大型水泥晒场，参战官兵要学习黄继光堵枪眼的精神，用我们简陋的工具和血肉之躯打赢这场会战，拿下开荒营第一块大晒场，确保当年打粮入场丰收。

　　这时，张营长宣布大会战开始的话音刚落，就听到合拌水泥沙盘铁锹碰石子和铁板的刺耳响声，第一盘水泥被战士飞快地挑走。工地上左右两个大拌水泥盘就是战场的焦点，我当时就是操盘（和灰）手，操盘手说白了就是人工水泥搅拌机，6个人相对站在大铁板两旁，上料人员倒上三桶石子、两桶沙子和一桶水泥，加水后四个人同时用小铁锹快速搅拌，搅拌的速度决定着工程进展的快慢。一个盘上的水泥砂浆和好装运的同时，另一个灰盘必须马上开始和灰，以保证供应不间断，我们12个人分两班轮流上阵。工作流程就像一条龙紧张、快速、有效地进行着。上料员将黄沙、石子放入沙盘后，扯开水泥袋，抱起来就倒，霎时沙盘周围就像挨了颗"炸弹"，顿时泥灰飞扬，此刻谁还顾得了污染，只见六把铁锹东西南北一齐上，听着上面、下面、左面、右面的口令和铁板的摩擦撞击声，两三分钟一盘水泥就和好了。此时，只见另一只沙盘上也挨了"炸弹"飞起了泥灰。操盘手的活只能男同志干，夏天干这活连拌三盘就让你大汗淋漓，加上满天飞舞的水泥灰落在身上，那叫一个脏，不一会儿就在衣服上凝固了，硬邦邦磨的肉皮疼，有时索性脱掉上衣，头上身上除了眼和嘴都是黑灰色，可我们每个操盘手都咬着牙坚持到最后胜利。

　　现在该说说我们的运输大军了。混凝土从和灰盘运到施工现场远处的有近50米，运输队有推车的，有挑着大桶送的，近点的采用人工相互传递，五花八门的运输方式用几个字就可以概括：拼体力、拼速度、拼意志，用各种方法让手中的灰桶快速传递。推板车的在人群中快速奔跑，力气大的青年挑着两大桶足有200斤水泥大步流星地走着，就连传递的"韦的罗"（底小口大的小圆桶）一桶也足够50多斤。大家呼喊着、追逐着，整个晒麦场工地人声鼎沸、干劲冲天。

　　大会战的另一个风景就是宣传工作。这是我们兵团的传统，越是艰苦越要搞好宣传工作，那时也没有高音喇叭，只能用简单的传话筒声嘶力竭地喊！工地上的好人好事、决心、励志诗歌都要及时报道。一会儿又传来各连援兵赶来支援啦！工地又是一片欢呼声！

　　随着支援人员的增加，明显感到运送水泥的韦的罗不够用了，42连副指导员黄秋云看到这种情况后，和班排长商量了一下，就跑回宿舍把脸盆收集起来拿到工地，又组成了一个用脸盆端水泥的传送队。一盆混凝土少说也够40斤，这些女战士们艰难地端着盆向前传送，搪瓷脸盆不一会就被石子磕碰的坑坑洼洼。这时总指挥张英营长看到了这幕，他赶忙走过来，当着全连的面感叹地说："42连好样的！舍己为公，关键时刻冲的上去，全营都应该向你们学习。今天摔坏了大家的脸盆，没关系，今年咱们打了粮、挣了钱，我给大家都买新的。"大家在营长的鼓舞下喊着，谢谢营长！又发起一阵猛烈的冲锋……

不知不觉已太阳当头，炊事班的战友早把午饭送到了工地，四两一个的大白面馒头，糖三角、猪肉炖豆腐还有菜汤，很丰盛。可你要知道，为了会战这几顿饭，炊事班的女将也是蛮拼的。开荒营食堂当时没有菜吃，猪也很少，副食品都要到几十里外的老连队调，她们不辞辛苦地去拉菜调猪，就是为了大家在大会战时吃饱吃好，保持体力。那时候我们特别能吃。四两面的大馒头，一顿饭能吃上二三个，可能是那时年轻能干，体力消耗大的原因。这时工地开始换班吃饭。大家从工地上下来，用筷子插起两个馒头，端着一碗菜，坐在地上就大口地吃起来，灰头土脸的战友们也顾不了自己的形象和卫生了，只想着赶紧吃，吃完去替换工作的战友。饭后，大家喝点水、抽根烟，做了短暂的休整后，又投入到紧张的工作中。

北大荒温差大，早晨挺凉，白天也挺热。人工打2 000平方米的水泥晒场，石头、水泥、沙子加上水都是死沉死沉的，一天的挑抬大家早已疲惫，尤其是蹲在地上摊铺水泥的瓦工站起来都困难，炎热、劳累使工地有些冷清……

这时，突然传来连长刘国华的呐喊声："同志们！加油啊！42连千万不要落在兄弟连队的后面！大家加油啊……"只见连长一身泥水站在运输队前，挺着腰杆扯着嗓子在喊。正当大伙儿响应的时候，工地那边的41连也站出一位女将唐聪萍，她高喊道："41连的同志们！我们和42连同样来自一个工程连，能甘心落后吗？"全连呼应：不能！又问："怎么办！"全连高呼：加油！此时的工地上又掀起一阵高潮。唐聪萍是上海知青，1968年我们一起坐火车来兵团，一同分到工程连，她中等个子，说话办事性格爽朗，不服输，很有男子气概，是位十足的铿锵女将。两个连队叫板，吸引各支援连队随即跟上，连营部也向各下属连队下战书比拼。要说我们的营部，那可跟城里的机关不一样，不但会动嘴指挥，干起活来一般人还真不敢比。正因为营领导素质过硬，全营上下才拧成一股绳，敢打硬仗、敢啃硬骨头。这就是我们开荒营。

晚饭过后，天气开始凉爽些，战友们的体能也快到了极限，一阵凉风吹来让我们疲惫的身躯又有些清醒。眼看着工程已接近尾声，连长、指导员高呼着：大家咬咬牙，坚持就是胜利！指导员鼓动大家："毛主席教导我们说：这个军队具有勇往直前的精神，他要压倒一切敌人，而决不被敌人所屈服。"指导员正在鼓动大家时，忽然听到背后有人喊："战友们！我们来支援你们啦！"原来是我们的司务长顾志琴，带着炊事班的知青戴荣彦、赵光云等一行人赶来支援运灰队。她们的支援又点燃工地的激情，大家喊着：向炊事班学习，向炊事班致敬。现场又一次高潮迭起。直到晚上9点多，当最后一桶水泥倒入方框中后，2000平方米的混凝土浇筑大会战胜利结束。

这时的工地上没有传出胜利的欢呼，而是和夜晚一样的沉静，几乎所有的战士都躺倒在地上，伸直躯体，让已经僵硬的筋骨得到放松。营连领导做了暂短的总结后，各连队人员就开始返回，远道而来的战友艰难地爬上拖拉机，路上要颠簸一个多小时才能到连队，最近的41连战友也要走一里多地。望着远去战友的身影，我要说一声：谢谢战友们！向你们致敬！咱们下次会战再见！

打水泥晒麦场最艰苦的活就是摊铺混凝土，近20厘米厚度人工摊铺可想工作量有多大，一旦拿下，抹平面相对就要轻多了。这是开荒营的第一块水泥晒场（以后各连都建了），每年上千吨的粮食在上面摊晒、装车运往国库，经受了严寒日晒和汽车碾压，多年后完好无损。证明：当年我们虽然技术落后，但我们的质量不落后，我们的思想不落后。因为它是我们用青春热血铸就的，是经得起历史检验的。

我曾在前面提到营、连领导和食堂人员参战之情节，这里我再说几句：在兵团时期，尤其是我们开荒营,进点年代一无所有,就一个字"苦"。领导干部和大家共住一个帐篷,生活工作在一起,没有任何层次上的拘束,干活也不分岗位,领导身先士卒是他们的信仰,在任何场合他们只考虑该如何做好表率,所以我们也特别尊敬他们。

大会战已过去四十多年了,直到现在,一想起当年艰苦奋斗的岁月,心里就会感叹——当年了不起啊!也许有人要问:这是什么精神所支撑?——我的回答是:"毛泽东思想教育下成长起来的新中国青年!兵团的知青战士。"在我们身上继承了艰苦奋斗的传统和无私奉献的精神。试想,有着这样一种精神的群体,还有什么困难不能战胜。

现在,我们年事已高,难以再为国家贡献了,但是,我们可以用一生历练的知青精神激励后人,为国家的富强而奋斗。中国梦就一定会实现!

于署生 上海知青,1950年生,66届初中,1968年8月由上海河间中学下乡到黑龙江兵团6师27团工程连,1971年首批进入开荒营42连,1980年1月回上海后进上海园林工程公司,1986年调入上海共青森林公园。退休。

入围大会战

支援 41 连秋收的那个夜晚

杜宝玉

我是 1969 年下乡的哈尔滨知识青年，来到黑龙江兵团 6 师 27 团 2 营 4 连 7 班。那时刚满十六岁，身形瘦小，体能又弱。连里考虑到我干不动重农活，很快把我从农工班调到机务排工作。这样，我上了康拜因，成为一名驾驶员助手，心里还是美滋滋的。我驾驶的是一台苏联早期生产的解放-30 牵引式康拜因。这台联合收割机外形笨拙，陈旧老化，原装零部件几乎为零。按理说应该被淘汰报废，但在那个年代，有台机器不容易，还得坚持使用。通常，这台康拜因被当成脱谷机来用，在历年麦收和秋收中属于故障最多的设备。

1972 年的秋天，老天连降细雨，连绵的秋雨阻碍了康拜因下地作业。为了抢时间、争取主动，机务人员对康拜因进行了改装，给轱辘加上爬犁，解决了陷车问题，具备了下地作业的能力。经过一个多月的辛勤奋战，完成了当年的大豆收割、脱谷的全部任务。大家刚要松口气，浑身油、泥味还未散去时，康拜因联合车组就接到了支援 4 营（又称开荒营）41 连抢收大豆的任务。配备康拜因脱大豆的农工是连里武装排女工班的战士。

我记得出发前，每个人把各自的行李装进从晒麦场院找来装粮食用的大号麻袋里，随手扔进了康拜因粮仓储存室。吃过午饭，拖拉机挂上三挡，加大油门，拖着笨拙的牵引式康拜因，穿过高低不平的塔头生荒地，大约行走了二十多公里的路程，开进了 4 营 41 连大豆地的脱谷现场。

41 连扎营在荒原沃野上。这儿看不见砌红砖的瓦房，映入眼帘的是挖地三尺的地窨子和马架泥草房。这儿夜晚漆黑一片，几盏昏黄的马灯闪着微弱的光，这儿同样没有暖烘烘的火炕，麦草、豆秸就是最好的"沙发床"。夏季沼泽泥潭、草丛中飞出数不清的蚊虫来袭击你，扰得你不能入睡。冬季长夜的寒冷，让人毛骨悚然还夹杂着野狼嚎叫。塔头、草甸、沼泽，茫茫无际，谁站在这都会说出四个字"真是荒凉"。

康拜因调试、保养完毕，安排好住宿，我们便投入了秋收战斗。脱谷分早六点、晚六点两班作业，我承担了荒原第一夜大豆脱谷的重任，这也是我当上康拜因助手第一次独立操作康拜因在野外作业。

11 月的荒原，夜幕早早降临。模糊的地平线传来风吹苇草的骚动声。晚上六点钟联合车组的机务人员进入各自岗位，发动机的轰鸣声打破了夜空的沉静。参加秋收的武装班的姑娘们，身穿兵团战士草绿色的棉服，头戴棉帽，脚底下蹬着带毡袜的军用大头棉鞋，手握脱谷用的六尺钢叉，在寒冷荒原上野外作业，英姿飒爽。

脱谷作业开始了，现场瞬间就沸腾起来。女战士们熟练自如地挥舞着手中的钢叉，有节奏地相互配合，把一堆堆带着秸秆的大豆推入康拜因的喂入室。敏捷的动作，恰似战场上拼刺刀一样，每一声号令都爆发出敢于挑战自我的底气和力量。武装班的女战士们，干起农活个个像"小老虎"。带着大豆粒的秸秆被送入每分钟上千转数的滚筒中，经钉齿和凹板的紧密咬合，将大豆壳体脱下，大豆粒经上滑道输送到粮仓储存室。眼看着豆秸堆被一个个吞入康拜因肚囊中，金灿灿的大豆像瀑布般喷涌出来，粮仓里的大豆很快就满了。脱下来的豆壳、秸秆被钉齿绞的破碎，从康拜因的尾部抛向大地。

上半夜大家干得热火朝天。吃过夜餐，稍事休息，大家重又披挂上阵。这时，一股来自西伯利亚的强冷空气向荒原迅猛袭来，气温骤然降到零下，寒风吹在脸上，赶跑了汗水，带来了冰霜。人们顿感手脚冰凉，动作不再那么利落了，脱谷的速度明显慢了下来。

随着气温下降，机器故障的频率也增加了。由于当时大豆割晒时遇到雨水天气，秸秆中夹杂的杂草又多，气温降低，秸秆变硬，喂入量稍大，康拜因喂入室发动机转数降低，带不动滚筒的转动速度，便会造成滚筒堵塞。堵塞不严重时，我们冒险用手将滚筒里的豆秸秆快速扒开，武装班的女战士配合我搬动滚轮，清除杂草余物。堵塞严重时，我需要爬到康拜因喂入室底壳下，卸掉凹板，待清除杂草后重新调整滚筒与凹板之间的间隙。天又黑，篝火那点光亮看不到拧螺丝的细部，只好用武装班女同志带来的手电照明。排除这样的故障每次约需二十分钟。就这样，在寒冷的夜风中，在微弱的光照下，我一次次爬到康拜因下面排除故障，确保了机器一直在轰鸣。奋战一夜，原野上终于迎来了黎明。

那一夜，这台解放-30康拜因完成了多少垧地的大豆脱谷任务量，我们没有记载；那一夜，武装班的女战士们挥舞钢叉流出多少汗水，也没人做过统计；那一夜，气温低到零下多少度，更没人准确测量。但对我来说是难忘的一夜。我感到经过这一夜的战斗，我变成了一个成熟的康拜因手。

我们在41连工作了三天三夜，与天奋斗、与地奋斗、与严寒奋斗，顺利地完成了脱谷任务，用自己的行动在这片神奇的土地上留下了我们难忘的足迹。

附：康拜因车组：卜永华、杜宝玉

拖拉机手：宋超群、张福祥、郭云和、田大龙，武装班班长王荣敏

杜宝玉：哈尔滨市知青，1953生，哈尔滨市第一中学读书，1969年下乡到兵团6师27团，先后在营4连、团战士演出队、宣传股、计财股、团直学校小学部工作，1980年回城，在哈尔滨市印刷一厂附属厂、市轻工业局职工大学读书，哈市环境报社记者、编辑、摄影记者、美术编辑、广告部主任等。2013年月退休（高级工程师）。

收割机手

风雪交加开荒营

周万江

　　起风了，寒风掀起地上的积雪铺天盖地打在帐篷窗子上，我尽管棉衣棉裤全副武装穿在身上，盖着被子，还是被门帘处吹进的寒风冻醒了。今天，是我们奉命带着康拜因支援开荒营，为大豆脱粒的第六天了。

　　以前都听说开荒营苦，经过几天下来，才真正体会了开荒营是怎样的苦。我们被安排住在 42 连的一顶帐篷里，里面是用木头搭的大通铺，上面铺着草，再铺上炕席，帐篷没装取暖油桶，无法取暖。伙食吃不到蔬菜，天天煮咸盐黄豆，就着没有发起来的馒头，又黑又酸又黏的馒头。开始真是难以下咽！后来没办法，不吃饿呀，也算是体会到了"饿了吃糠甜如蜜"的感觉。

　　那天晚上我值夜班，和师父刚交接完班，就开始要变天，气温开始下降，西北风裹着雪粒打在脸上，嘴都张不开，冻的大家一直跺脚。望着地里的大豆堆一个个的消失，我心想，今晚加把劲干一个班，明天就可以打道回连，再也用不着受这罪了。可想想开荒营的弟兄们还要受几年罪，心里又不是滋味。

　　已经是后半夜了，农工班的战友们不顾严寒，在康拜因灯光的照耀下挑灯大战。不对！这时康拜因发动机发出痛苦的吼叫，排气管排出团团黑烟。我叫了一声"不好！"赶紧搬动离合操纵扦，把康拜因停了下来。

　　经过检查，原因是混进豆秸的草垡子把滚筒堵住了。幸亏滚筒的大皮带松、打滑，才没把下面的钉齿凹板打折，可也堵了个满当结实。经过一番努力，上面倒是不堵了，可滚筒和凹板里还是掏不净。我当时开的是开封四米九康拜因，马力小容易堵。堵了可真是麻烦，堵的厉害就得上面掏下面卸，真不容易！要是换上东风自走式康拜因就好多了，很少堵。没办法，只有卸凹板掏豆秸了。我肚皮向上，一头钻到凹板底下，开始卸凹板。故障很快排除了，正要往上装凹板时，一股强风打着旋、裹着雪和碎豆秸把我包了个严严实实。我迷眼了，赶紧翻过身抖抖身上的土，晃着头，脸上和嘴里不知都是什么脏东西，嘴里无比牙碜。最后捂着脸，使劲眨巴眼睛，又尽量瞪大眼睛不能闭眼，让泪水冲出眼里的脏东西。这还是我妈教我的哩！这时派上了用处，还真管用：一会眼就舒服了。

　　我正要往上装凹板时，就听到厢体旁有人问："怎么回事？要帮忙吗？"我回答道："凹板堵了，这就好！"他说："你出来，我看看！"我也真累了，装凹板要举着胳膊挺吃力的，有人帮我求之不得！我就退了出来。只见一个中午汉子，大衣一甩，身一仰，熟练地钻进凹板底下干了起来。弄得我当时一头雾水，这是谁呀，不认识呀？我问旁边的同行："这是谁

呀?"他答道:"我们营长。"营长?我一惊!他接着说:"营长见你们车坏了,就过来帮着修一下。"好家伙!我急弯腰叫道:"营长!快出来吧!"他却喊:"拿14-17的扳手来!"故障排除了,康拜因又欢快地吼叫起来!正当我要跟他表达感谢之情时,一声"你们辛苦了,谢谢兄弟连队的支援!"张营长就大步消失在夜幕中。我的泪水一下子模糊了双眼,连他的面容都未看清。

多好的营长!脏活累活就这么实干苦干抢着干。怪不得在他的率领下,开荒营的干部战士们能战酷暑斗严寒,在这荒无人迹的水泡子,遍野荆棘的荒原上,在生活极其艰苦的条件下,敢立下当年开荒、当年打粮、当年盈利做贡献的豪言!这需要多么大的精神啊!我坚信:用毛主席"一不怕死、二不怕苦"精神武装起来的张英和他带领的开荒营全体官兵们,什么苦,什么累都能战胜!什么人间奇迹都能创造!他们连死都不怕,还怕困难吗!

支援开荒营的任务完成后,我返回了老连队。几年后,我返城回到北京,开过带斗的大货车,跑过哈尔滨、南京城、天津港、山西煤矿。别的司机都喊累,可我觉得不算什么!因为比起峥嵘岁月的兵团生活,比起开荒营那些战友们,这又算个啥。

随着时光流逝,当年的青春小伙也已进入老年,可在我的心目中,张英和开荒营战友们艰苦奋斗的精神却变得更加伟岸!你们永远是我心中的英雄。

周万江:北京知青;1952年生,1969年9月于北京十二中到黑龙江兵团6师27团2营8连,1970调24连,任康拜因车长至1978年返京。在北京市运输公司工作。2007年退休。

食堂和宿舍是大开荒时代的最大地窖子

营部战地炊事班

李桂花

我是 1968 年 6 月响应毛主席"知识青年到农村去"的伟大号召，第一批来到黑龙江生产建设兵团 6 师 27 团 11 连的。我在北大荒工作了 11 年，那是我生命长河中青春的 11 年。回想起 11 年间的经历，最让我终生难忘的就是在开荒营开荒建点时最艰苦的四年。虽然已经过去了 40 多年，但我仍然对那段时光念念不忘，有痛苦、有艰难、有温暖、有美好，更有参与屯垦戍边、艰苦创业获得的成就感。撷取几个片段，作为我在开荒营四年艰苦工作和生活的纪念。

一、改行组建营部炊事班

1970 年底，兵团 6 师党委为改变北大荒的落后面貌，发出"向荒原进军、向荒原要粮"的号召，命令 27 团组建开荒营，开发勤得利南部三江平原的中心地带。我们 11 连的两个农工班奉命调往开荒营，女工班的 11 位知青由我带领，男工班的 11 位知青由班长姜守元带领。1971 年 4 月 30 日是我永远难忘的日子，11 连连长用小红车（28 拖拉机）把我们二十几位知青送到通往开荒营的所谓路口，其实前边根本没有路，然后再换乘爬犁，驶进了荒原深处那片未开垦的处女地。

我们到达时，打头阵的先遣队已搭起营指挥部帐篷，各连第一批先遣队也进入了各自建点开荒的位置。到营部报到后，营领导决定我们全班改为炊事班，立即组建营部大食堂，负责所有进点开荒的拖拉机手和营部职工的一日三餐。

兵马未动，粮草先行。几百人开进了荒原，解决吃住是先决条件。在这一无所有的荒原上，一切都要白手起家。我们放下行装就和先遣队员一起在荒芜的雪原上搭建起两个帐篷，紧接着又在很短的时间内利用现有资源——草筏子和割来的干草及木头，由张营长亲自指挥并亲自上阵，和营部其他工作人员共同努力，盖起了一个 200 多平方米的大马架子房，这就是营部的大食堂，也是我们炊事班在开荒大会战的后勤保障基地。

二、一切为了开荒前线

1971 年是开荒建点的第一年，也是最难苦的一年。张营长决定把所有机车调到营部集中开荒，炊事班就担负起三百多开荒大军的后勤保障任务。当时真是一无所有，主副食及一切物资都要靠团里和老连队供应和支援，开荒营通往外边的路还没修通，遇上冬天的暴风雪或夏季连阴天，车就不能出去拉粮食和物资，在荒原深处新建连队的战友们条件就更差了。一旦断了粮，全营上到营长，下到士兵，只能人挑肩扛踏着泥泞的沼泽送粮，不知吃了多少苦，糟了多少罪。但是全营官兵拧成一股绳，再苦再难也要坚持，一切为了在荒原上站住脚，一切为了开荒前线。

我们这些从 11 连调来的 11 个女工多数人比较单薄瘦小，后来营里又给调来两位青年，体质也很弱，如此艰苦的生存环境对我们的精神和意志是极大考验。大自然不会同情弱者，只有勇敢地冲上去战胜困难才能完成任务。我们就是有股不服输的劲，白天三顿饭，夜里送夜班饭，13 个女将没日没夜忙得团团转。

食堂工作很艰苦，但艰苦到什么程度，以现在的条件来对比简直无法想象。先说劈柴。食堂没有煤烧，全部是拖拉机手们从林子里拉来的树木，然后锯成五六十厘米长的木段，再用大斧劈成十厘米左右的柈子，解决一日三餐的用火问题。劈柴对于我们这些弱小的女孩子来说就是考验，手握大斧举过头顶劈下去，不是劈不到木头就是劈不开，在老司务长孙玉忠的耐心指导下，一点点练习，差不多每个人的手上都磨出过血泡。炊事班每个人分配的工作不同，有面案的，有炒菜的，有干杂活的，但大家都很自觉，干完自己的活就主动去劈柴挑水，食堂前面的空地上，柴火总是堆得高高的，从没缺过柴烧。开荒的拖拉机手们下班后只要有空，也会主动帮我们劈柴挑水，尽可能减轻我们的负担。

再说挑水。天气暖和时还好说，但是到了冬天，井台上积满了厚厚的冰，姑娘们挑着空桶走到井台上摇着辘轳，将打满的水桶提上来，再小心翼翼从满是冰的井台上挑下来，那种场景，想都可以想象到有多么艰难。后来为了安全起见就不再一个人去挑水，而是两个人用扁担抬水，相互关照着慢慢走下积满冰雪的井台。就这样，姑娘们从没有叫过苦，摔倒了爬起来，衣服湿了再换上，有时还会唱着革命歌曲给自己打气。难熬的冬天，仅挑水这一项，炊事班的每一位知青，都经受住了严峻的考验。

食堂不缺少食用油和白面，司务长会及时从团部采购进来。唯独蔬菜缺乏，刚进点时的蔬菜都需要老连队支援，虽然食堂也有位种菜的老董头，可长出来的菜赶不上趟，而且品种也少，就是些韭菜、小白菜等，遇到天不好，常会出现蔬菜断顿的现象，只能用少许的韭菜做一大锅汤，汤里撒上盐，大锅上漂浮着可怜的几根韭菜，几个大馒头，就是垦荒队员的一顿午饭。夏天还好说，有时我们会搭乘小红车到勤得利或其他连队亲自采摘一些豆角、黄瓜等蔬菜。北大荒的夏天很热，钻到豆角架子或黄瓜地里摘菜时，蚊子、小咬就铺天盖地围上来，我们一边摘菜一边用手轰着蚊子、小咬，等把摘满的几大麻袋菜扛到地头时，手上、脸上被蚊虫叮咬的满是大包，摘菜时那种痛苦滋味，至今回想起来都觉得是一种磨难。

到了冬天，吃菜显得尤为困难。刚建点时食堂没有菜窖，冬天大白菜和土豆就放在食堂后面的小仓房里，做菜之前要化冻，否则冻得邦邦硬的大白菜，切都切不动，只能用刀砍，砍下来的白菜，哪有什么形状，再加上些海带煮成一大锅海带白菜汤，加上馒头便是一顿饭。北大荒有的是黄豆，实在没菜时，我们就在大桶里泡上黄豆，捂上大棉被自己发豆芽，天冷时出不了芽，就发成了老百姓说的"豆嘴"。就是这样的豆嘴，炒着吃也格外的香。

开荒营司务长孙玉忠带领我们想尽一切办法保障垦荒第一线战士们的生活，我们自己学做豆腐，自己学杀猪宰羊，自己腌咸菜，在力所能及的条件下让拖拉机手们能够喝上热水、吃上热饭菜。开荒大会战期间，最多的时候，我们除了供应二三百人的饭菜、热水外，还要做夜班饭，甚至跟随送饭的爬犁车把饭菜送到地头上。拖拉机手们大班作业日夜不停地开荒，不怕吃苦受累，无惧雨雪冰霜。我们的工作就是要为一线开荒战友做好后勤保障，全营劲往一处使，一切为了前线大会战。

1971年这一年，27团开荒营在整个黑龙江生产建设兵团创造了奇迹，在一片杂草丛生、荒无人烟的三江腹地开垦了几万亩耕地，又建起了十几个新型连队，几个月就在荒原中心站住了脚，实现了"当年开荒、当年种地、当年打粮"的誓言。一个以知青为主力军的开荒营在三江平原中心开始崛起。

在这场开荒大会战中，炊事班出色地完成了后勤生活保障任务，营领导为我们请功。我本人和炊事班的全体战士受到了27团政治部全团通令嘉奖。

三、荒原深处的第一个春节

秋收完了之后，转眼就是1972年的春节，借农闲和节日，一部分知青要回家探亲，老职工也要回老连队家中过年了，但仍留有60多位知青要留守在开荒营过春节。东北讲究过春节，营里要放一个星期的假。在这荒原深处，当时路还没真正修通，这些无家的知青们无处可去，又没有丰富的业余文化生活，所以每天大家聚在一起除了吃饭、喝酒，就是聊天、打扑克，也难怪，严寒的三九天他们上哪儿去呢。

别人可以休息，但饭总得有人做。冬季的北大荒天短夜长，农活又不多，每日吃两顿饭。因司务长孙玉忠也要回4连过年，于是年前就给我们做了各种安排，放假的几天，每天早上吃饺子，下午三点的晚饭是聚餐，馒头炒菜，要有肉，还要有酒喝。司务长提前从团部买来面粉、豆油、猪肉和大白菜，还有诸如萝卜、土豆、洋白菜、冻豆腐等一类东北常见的蔬菜和北大荒烧酒。营部有个负责杂项事务的女工班，一个星期前就请她们来帮助包饺子，白菜猪肉馅水饺，按几十人的食量，估计七天要吃掉多少饺子，大家就动手包了起来。饺子包好后，放在室外零下30多度的环境中，不一会就成速冻水饺，再把已经冻好了的饺子分别装进面口袋，存放在大食堂后面的小仓库里，冬天的小仓库就是天然大冰箱。负责面案工作的刘桂兰、杨言梅等几位同志，提前蒸好了几大笼屉馒头，装在面袋里，随时可以拿取。其他的菜品也相继提前做了准备，猪头肉、熟猪肝、炖排骨等等，装满好几大盆。

1972年2月14日除夕，晚饭会餐前，有的战友很早就自愿到食堂来帮厨，劈柴烧火，切肉洗菜，炊事员们更是使出浑身解数精心准备着除夕这顿丰盛的晚餐。没有圆桌，战友们就用木头板子支起来当桌子，大柴火绊子当凳子，一会儿的工夫，一个不能再简陋的"餐厅"搭好了。聚餐开始，知青们大块吃肉，大口喝酒，酣畅淋漓，谈笑风生，推杯换盏，嘴里说着不想家，但是当大家举起酒碗时眼里却饱含着思念家乡的泪水。是啊！除夕夜怎能不思念远方的亲人。这里是荒原深处，是祖国的边疆，这里需要有人留守，需要有人站岗……

2月15日是农历壬子年（鼠年）的初一。炊事班的姑娘们早早起床了，在草筏子搭建的简易食堂里烧开了满满两大锅水，准备煮饺子，迎接新年的第一缕朝阳。上午九点开始，大食堂聚满了前来吃饺子的战友，大家相互问候祝福，脸上充满新春的喜悦，等着热气腾腾的饺子端上桌。看着战友们开心地吃上了过年的第一顿饺子时，我们炊事班感到非常的欣慰和幸福。

一连七天，炊事班每日为大家早饭煮饺子，晚饭大馒头炒几个菜，一天也停不下来。虽然我们远在他乡，条件艰苦，没有亲人和家庭的陪伴，但是有共同命运的知青战友陪伴着我们，我们怀着对美好未来的憧憬，在简陋的大食堂里为战友们忙碌，和留守战友在荒原深处度过了一个艰苦、特殊而愉快的新年。

1972年的春节让我终生难忘。

李桂花：北京知青，1950年生，1968年6月22日下乡到黑龙江兵团27团11连，1971年4月30日带领全班10名知青调开荒营，1972年8月，调4营学校任教师。1979年调回北京，就职于北京供销合作总社科技工业处。退休。

战地炊事班的姐妹们

向荒原进军

营部炊事班的故事

邵秀玲

一、写写我们开荒营的司务长吧

我1969年9月从北京下乡到黑龙江兵团27团11连。1971年27团组建开荒营，我们全班11名来自京、津、沪、哈的女知青和1个男知青班奉命调往开荒营参加开荒大会战。从此，我们在荒原深处的无人区和全营战友并肩战斗，开始了艰苦卓绝的开荒建点大会战。开荒营的岁月锻炼了我们的意志，锤炼了我们的脊梁，垦荒人艰苦奋斗、无私奉献精神影响了我们的一生。当年这片广袤荒芜的土地，现在已是一座现代化的大型国营农场，是我国北方重要的产粮基地。在这片

肥沃的黑土地上，浸透着老垦荒人和广大知青战士2代人的心血。

这段历史由于30年前知青的仓促回城以及后来的各种变迁，那些老垦荒人战天斗地、白手起家、许多可歌可泣的感人故事，那些为开发三江平原而奉献出青春和汗水的知青战友们，似乎没有留下什么值得后人学习和不能忘却的文字和图片，即使有，也少得可怜，几乎是空白。如今，当年参与27团开荒营建设的老战士已步入暮年，我们这些当年的热血青年也已过了花甲之年。我觉得，趁着一些老垦荒战友还健在，大部分当年开荒营的知青战友还算年轻，我们应该将那段艰苦奋斗的历史保留下来，提供给我们的老团场，将开荒营艰苦创业的精神传承下去，激励现在的年轻人更加发奋建设好自己的农场。

每当提起笔来，还真不知道从哪里开始写好，要写的东西太多了！我在兵团曾经当过农工，修过水库，立过功，受过奖。1971年调入开荒营后，先后在营部炊事班、招待所、良种化验室工作过。在那难忘的艰苦岁月，每一天都有感人的故事。我不准备写自己的故事，因为很多战友们的故事更精彩。我又想起了我们开荒营炊事班在刚建点大开荒时艰苦的工作场景，想起我们的司务长孙玉忠带领全班为胜利完成开荒大会战做出的贡献。

（一）司务长——开荒营的功臣

司务长孙玉忠是从4连调到开荒的1958年转业官兵，是参加过抗美援朝的老战士。我是调到开荒营后才认识他的。开荒营组建时从11连调来男、女两个工农班，报到后营部决定，女工班改为营部炊事班，男工班负责给开荒的拖拉机手送饭和营部其他应急工作。北京知青李桂花任上士，许秋元任班长，我是副班长，全班共11人归司务长领导。从此，他就成了营部食堂的最高领导，我们的工作、学习、生活样样都由他管了。

他有点口吃，却很爱说，喜欢批评人，平时走路总爱背着手，其实他当时刚过40岁，大家都有点怕他。见到我们的第一句话就是：那……那我说……后边接着基本就是批评人的话。因为他身材比较瘦，眼睛大，又有神，又姓孙，所以背地里人们都叫他"孙猴子"，有人开玩笑或当面叫他，他就笑笑从不恼火。我以为司务长好像只管我们炊事班，其实他负责开荒营营部进点人员的全部后勤保障，如采购、送饭、种菜、养猪、喂羊等全都由他管。

兵马未动，粮草先行。这是说打仗时后勤保障的重要性。而我们炊事班，就负责解决参加开荒建设大军的吃喝问题。赶上开荒大会战，我们炊事班11个女孩子，要做几百号人的饭，还有夜班饭供应夜间开荒的拖拉机手。况且，我们是自己劈柴，自己到井边挑水。一个个瘦小的女孩，沉重的扁担压得抬不起头来，工作量已大大超过了一名炊事员应负责就餐人数的规定。后来营里又给炊事班调来两人，现在回想起来，我们13个不足20岁的弱女子是多么的艰难，为了让开荒大军在前线尽量吃饱吃好，司务长率领我们炊事班真是拼命了，再难也要冲上去。

先说第一难：刚进点，营部除了一个帐篷连做饭的地方都没有，营领导和司务长带领大家用草筏子搭建了一个临时大食堂，垒灶支锅他都要亲自动手，先搭建了做饭的地方。

再说第二难：我们农工班改行炊事班时什么都不会，而司务长什么都会，什么都懂，很多烹饪技术都是他传授给我们，从和面、用面杠子轧面、蒸馒头、焖大馇子饭、炸油饼麻花等主食的制作，到炒菜炖肉、杀猪宰羊、养殖种菜等手艺，都是司务长手把手教我们边学边干。他既是领导，又是师傅，大家都很佩服他。

食堂除粮油由团里供应外，其他肉、菜等副食品都要自己采购。这时司务长就发挥他人脉广、关系好的特长，从老连队为食堂采购肉菜，保障开荒大军必要的生活供应。我们还要想办法尽量调剂饭菜的花样。我们也没有固定的工作时间，除了必要的睡觉休息外，都在做事，以至我们炊事班有三个人的外号都叫"迷糊"。因为年轻人觉多，加上睡眠不足，有时搂着柱子就睡着了，或者在食堂打盹，正好被拖拉机手们看到，所以给我们起的绰号。

司务长带领我们在最艰苦的开荒会战中团结战斗，出色完成了大会战的后勤保障任务，营部炊事班受到全团通令嘉奖，炊事班立功应该说司务长孙玉忠是大功臣。

（二）营部食堂的苦与乐

秋天，司务长弄来五六口一米多高的大缸，让我们每天除了做好正常的一日三餐外，有点时间就洗菜、切菜、腌菜，把胡萝卜、白菜、辣椒等都切成细丝，放在大缸里，用盐腌上，以备冬天没菜吃时接济。还要经常翻缸。这工作虽然很简单却让我记忆犹新，每天起床就无休止地切菜，我们的手都磨破了，到最后，一看到总也装不满的大缸时心里都害怕。长时间冷水洗菜，还要放盐倒缸，手指连冻、再腌，肿得像胡萝卜一样，要疼很多天。为了让战友们能改善生活度过漫长的冬天，我们要腌五六个大缸咸菜，要切多少天哪！我们腌的咸菜确实好吃，直到现在都还留恋它的味道。但从那时候起，我只要看到大水缸就会想起在开荒营腌菜，不免产生一种恐惧感。

（三）"见青"司务长的烹饪术语

入冬后，食堂能吃到的菜品就是海带、黄豆，还有冻透的白菜、萝卜和土豆，很难看到绿鲜菜。司务长就让我们把大蒜瓣种在水里长成蒜薹，在做好的海带黄豆汤上撒上一点青蒜丝，司务长说：让汤见见青吧！因缺少蔬菜，知青们很多人得了夜盲症。

（四）捉泥鳅带给大家的快乐

来年的春天，不知从哪得来的信儿，说离营部不远的一条河里有泥鳅。这天午饭后，我们抬着一个大炉锅（形状很像大澡盆，烘炉班自己用白铁皮做的），司务长兴致勃勃地带着我们去捉泥鳅。他下到河里，先用脚踩，一会儿，弯下腰抓到泥鳅后，迅速扔到河岸上。留下两人在岸上捡泥鳅。我们也学他的样子下到河里抓泥鳅，刚开始踩到泥鳅滑滑的、痒痒的感觉，根本不敢抓，有的人吓得摔倒在河里。司务长告诉我们，踩到后，用手捉到马上扔出去，否则泥鳅就会滑出手跑掉。不一会儿，我们就掌握了要领，不到半天时间，捉了大半炉锅，虽然弄的浑身是泥，但我们高兴极了，因为可以给我们的开荒大军改善伙食了！回去先用盐水泡两天，让泥鳅吐吐肚里的泥，用盐腌制一下，再裹上面粉，就可以下锅油炸泥鳅了，当黄灿灿的炸泥鳅盛到开荒者的碗中时，他们笑了，我们也笑了。时至今日，我还会买些泥鳅，用同样的方法做给家人或朋友享用，但捉泥鳅的本领却一直没机会施展。

二、惹祸的狗

（一）话说错了

记得一天中午，老职工佟师傅带着自己养的狗去食堂买饭，他家的狗，黄色的毛又顺又亮，瞪着一双炯炯有神的眼睛，跟在他身后跑来跑去，很招人喜欢。我们班的王宝平正在卖饭，在窗口看到了佟师傅的狗，讨好地说："佟师傅，您的狗眼真亮"。佟师傅一听这话，看了看她，没好气地买完饭就走了。不知所措的她被司务长批评后，赶紧给佟师傅道了歉。我们也都汲取了教训，在任何场合，都要注意语法及语言的运用。

（二）猪头丢了

一次，营部为改善生活杀了一头猪，猪头、猪蹄可是司务长显示烹饪手艺的好材料。午饭后，大家还在收拾食堂卫生，我和刘桂兰两人抬着装猪头、猪蹄的筐就去了营部烘炉班，和师傅们共同努力，把猪头猪蹄上的毛烧得干干净净，高兴得抬回食堂。这时，食堂锁了门，我俩就将筐放在门口，一同去拿钥匙，等再回来时，装在筐里的猪头猪蹄不见了？可给我俩吓坏了，赶紧和司务长汇报后，他马上带领我们班全体人员分头寻找，终于在一个麦垛旁找到了狗还没有啃完的猪头，挨顿批评是难免的了。

（三）打不死的狗

都说狗有七条命，真假我不知道，但狗死后真的还可以活过来，我是亲眼看到的。有一次，值夜班炖肉，一头猪肉炖了一大半，盛了大半锅，准备第二天中午改善伙食的菜，肉炖熟后我们就把门锁上回宿舍睡觉了。第二天早上刚进食堂一看，只见炉锅里的肉已被狗吃掉了很多，也不知是几条狗吃的，锅里地上一片狼藉。我们忘记关了，还是被狗撞开的？正在回想着时，突然发现一条大狗在食堂还没跑，食堂很大、加豆腐房足有 200 米，看到偷吃的狗，气就来了，关上窗户后，我们几个小丫头一边吆喝一边抄起各种家伙，有添煤铲、炒菜勺、擀面杖等，在厨房里追打，可能狗也知道做错了事，只是想逃跑并不敢咬我们，在我们共同围追堵截下，终于把它打倒在地。看着被打死的狗，有人提议吃了它！也不知哪来的勇气，我们把它拖到放柴火的地方藏了起来，并且瞒着司务长找了几个男知青说好，准备晚上给它扒皮炖了，偿还我们的损失。晚上到藏狗的地方一看，那只狗不知道什么时候缓过气来跑了，所以杀狗报仇的计划没能得逞。这件事一直没敢告诉司务长。现在想起来，如果我们在追打的过程中被狗咬了怎么办？现在一想真有些后怕。

（四）速冻饺子

春节前，食堂要包很多饺子冻起来，留到过年吃。北大荒的冬天，室外就是天然冰柜，比冰柜速冻还要快。我们在屋里包满一盖帘后就端到外边的雪墙边上放好，回到屋里再包，等包满了下一盖帘后，外面的饺子就已经冻好了，然后装在面袋里保存。

这一天，我们重复着几天来的工作继续包饺子，等又一盖帘包满端到外面后，发现前一盖帘的饺子不见了，也没多想，拿着空盖帘回到屋里继续包。一连两次盖帘上的饺子都不见了，第三次，觉得奇怪了？我们几个人出来一看，正看到一只狗在吃盖帘上的饺子。我们这才恍然大悟，原来前几次冻在外面的饺子都被狗吃了。这件事被司务长知道后批评我们不长记性，为此我们还落了个"傻青"的绰号，那时我们真的是"弱智"了。

司务长不仅对我们在工作上严格要求，同时也非常关心我们的成长和生活，教我们女孩子如何保护自己，让我们把精力用于工作和学习中。过春节时，他带动其他老职工把家里腌的鸭蛋、鸡蛋送给我们知青，他怕我们想家，自己不回家和我们一起过年。在他的关心和爱护下，我们炊事班的女战士们虽然生活工作条件艰苦，但都健康快乐地度过了最艰难的日子。

2003年，司务长孙玉忠和老伴来北京，几天的相伴又把我的思绪带回当年在荒原上艰苦创业的年代。想起在炊事班的日日夜夜，想起他的敬业精神，想起他说话的神态和语气，多少难忘的回忆，一幕一幕浮现在眼前。他的老伴问我："他那时管你们太严了，总批评你们，你们恨他吗?"我回答："那时我们年龄小，不太懂事，不愿意他婆婆妈妈地说我们、管我们，我们误解了他。长大后就知道了，他是真心为了我们好。"我真诚地对司务长说："谢谢司务长！开荒营锻炼了我们，而您培养了我们敢于吃苦，敢于战胜困难的精神，这种精神，我们终生受用，终生难忘。"司务长笑了。

炊事班和司务长的故事还有很多，我只在食堂待了一年多就换了工作，让其他姐妹去回忆吧！逝去的是岁月，留下的是真情。

邵秀玲　北京知青，1953年9月出生，1969年9月2日于丰台区小屯中学下乡到黑龙江兵团27团11连，1971年4月30日调开荒营，曾在营部炊事班、招待所、良种化验室工作，1974年9月回北京在首都师范大学学习，1977年毕业后在丰台区普教系统工作。2008年退休。

回忆兵团那几年的事

杨言梅

一、打草时遇到的趣事

我生在北京，长在天津，干在开荒营。1970年5月，我同天津一千多名知青一起，来到了北大荒。当时把我分配到6师27团11连农工班，我们班原有10人都是北京知青，加上我1个天津青年就11人了。我们班像一个大家庭非常和睦，班长李桂花是66届初中毕业生，来北大荒最早，非常精明干练，像个大姐姐。副班长许秋元早我一年下乡，也非常能干，手擀面做得一绝。大家在一起生活劳动每天很开心，我至今仍留恋着那段美好的日子。

1970 年秋季的一天，全班当天的任务是打草。我们吃完早饭后每人又发了一个馒头，说是作为中午饭。我们带着工具和中午饭就出发了。大概走了一个多小时，来到一块长得并不茂盛，且有些枯黄的草地上。远远望去，草丛里好像有什么东西？大家走到近处一看都惊奇地喊道"野鸡蛋"、"野鸡蛋"，这时大家都围拢到"野鸡蛋"周围，有的蹲那儿看，有的站那儿看。当"野鸡蛋"映入我眼帘那一瞬间，我眼前一亮，顿时觉得荒无人烟的草地有了生活的气息。北大荒"棒打狍子，瓢舀鱼，野鸡飞到饭锅里"的美景，真真切切来到了我们面前，我们看到了，名不虚传。

带着这份高兴的心情，自然，活干得也快。半天时间任务过半。中午每人吃了一个凉馒头。没有热水喝。渴了喝水泡子的水，水泡子水有时也喝不上。那天喝没喝上水泡子水，记不清了。太阳平西，我们愉快地完成了打草任务。

二、全班调进开荒营

心情高兴，日子自然过得快，转眼来到了 1971 年。当年，27 团根据上级党委指示组建开荒营，开发勤得利南部的浓江河荒原。我们班接到上级命令调到开荒营。1971 年 4 月 30 日，我们全班和另一个男工班离开 11 连奔赴开荒营，支援新建营地的建设。

刚开始建开荒营，一切从零开始。在很短时间内，我们和参建人员一起用草筏子、木头、干草等，盖起了马架子式的简易大食堂。这里就是我们未来的战场。

春播在即，时节不能耽搁。我们必须以最快的速度，筹备开伙用的厨具、粮、油、调料、菜、肉等吃的用的东西，还要筹备做饭用的煤、烧柴等物资。

记得，班长李桂花（兼上士），司务长孙玉忠，一趟趟到团部、勤得利去筹措采购物资。回来还要砌灶，安装蒸馒头的笼屉、炒菜大锅、大面案板等，太多的筹备工作需要做。一通忙活（几天记不清了），我们已准备就绪，等待着亘古荒原第一次开荒与春播大会战开始。

会战期间，每天 200 多人早、中、晚三顿饭都要在营部食堂用。为了让参加会战所有人员吃好，我们不怕麻烦、不怕累，倾全身之力，想各种办法改善伙食，调剂花样。增加了做豆腐（我做豆腐）。宰杀猪备用，吊挂在水井里保鲜。曾经全班齐上阵，擀了 100 多斤面的手擀面。看着机务战士们吃着手擀打卤面，我们很欣慰，忘记了一天的疲劳。

炊事班工作又繁杂、又繁重。当年开荒营刚建时，食堂的活多属劳动强度大的活，如挑水（冬天井边似小冰山）、劈柴火（东北称劈柈子，营部的男战友帮忙劈）、卸面（我一次能扛两袋面），到菜地将砍、摘下来的菜，抬回食堂备用（食堂离菜地两里路），一条扁担两人抬一大麻袋土豆、萝卜、大头菜到食堂，中途不休息，回来连水也顾不上喝一口，马上忙碌起来，不能误饭。我和李淑颖曾多次搭档。

这还不算，我们还要值夜班。夏天被蚊子咬得疙瘩上摞疙瘩，冬天有时冷的上牙、下牙直打架。食堂水池里的水，一夜就冻上挺厚的一层冰。草筏子墙体，刮大风时都穿透了，赶上刮"大烟炮儿"就更热闹啦，冰粒夹雪片一股脑刮到面案、笼屉上，铺满一层。我们就是在这样一种环境的操作间里，做好开荒战友一日三餐的饭菜。

那时北大荒冬天，比现在冬天的温度要低，白天零下二三十度是家常便饭，滴水成冰。我们每天要在冰冷的水里洗屉布、洗菜、洗包布（做豆腐用的），手冻的像胡萝卜似的。白天忙得顾不上，晚上痒痛来袭，痒得钻心难忍，影响到睡眠。冻伤的手还未恢复好，来年又冻了。就这样往复几年的冻伤，留下多处冻伤黑斑块，探亲回家被妈妈看见了，直掉泪。

然而，在恶劣的气候，艰苦的环境面前，我们这些小姑娘，没有退缩，而是从容面对。迎着困难上，踏着苦字走，完成好我们神圣的后勤服务工作。很多时候我们是以老红军爬雪山、过草地的那种精神，作为我们强大的精神支柱。而在营部炊事班工作的经历，恰恰又着实磨砺了我们的意志，使我们更加坚强。

在李桂花班长的领导下，我们炊事班铁姑娘，团结协作，出色地完成了大会战后勤服务工作，为开荒营第一年那浓墨重彩的一笔（当年开荒、当年打粮），增添了一道靓丽的风景线。当年食堂条件很差，但非常干净。

这些是40多年前的事情，每每想起我都沉浸在全班团结奋斗的回忆中。时光流逝，不曾带走我心中的思念，斗转星移，不曾抹去我开荒营炊事班的记忆。曾经多少次梦里回到那激情燃烧的岁月，和那片抚育我们成长的黑土地，多少次心中呼唤战友的名字和难忘的战友情！

三、采购归途遭遇"大烟炮儿"

那是1974年1月，我调到营直中学当上士兼出纳。这天我到团部去采购食堂用的粮、油和酱油。早晨，小红车从营部出发，我坐在后面的拖车上，开车的师傅是哈尔滨知青，姓什么我记不清了。车开了很长时间，颠簸着终于到了团部。我下车去购买粮、油和酱油，司机师傅把车开到了粮、油库门前，我俩把东西装上车，即启程往回返。

当年的北大荒，比现在的北大荒，雪下的勤，三天两头下雪，每年一进入10月份就见到第一场雪了。入冬已经两个多月了，下了几场大雪，路面基本都是雪棱子、雪壳子，颠簸得厉害，至使酱油溅了我一身，立马在我军大衣上，印成了褐色的花朵。暂时顾不了衣服，关键是怕油桶倒了流出油来（油贵）。我双手把着油桶，找平衡避免歪倒，累得我胳膊酸痛，赶上好点儿的路面，两只胳膊才能放下来休息会儿。我在拖车上心里挺高兴，心想：今天挺顺利，能在下午早些时候，返回到营部了。

正当我高兴时，刮起了风，我心想，这不晌不夜的，刮一阵儿就会停了。谁想，不大会儿，灰色的阴云从远处向我们头顶上压了下来，天空渐渐地昏暗了，紧接着阵阵寒风和雪粒平地而起。不好，我们赶上"大烟炮儿"了。我两眼看着路面，本来已经不好行进的路面上，已被大风刮过来的积雪覆盖了。我好担心！路面如再被大雪覆盖，我们的车就很难前行了。没过多长时间，原先路面的车辙已经不见了踪影，这时天上又飘起了雪花，大风夹杂着雪和冰粒肆虐地在空中飞舞。老天爷啊，你怎么偏偏这时刮"大烟炮儿"，我们够难的了。小红车像蜗牛一样缓缓地走着，我在拖车上双手用力抓扶着油桶，眼睛紧盯着路面的变化。

车终于行驶不了，停了下来。我跳下车，看见车轮陷进了厚厚的雪里，只有挨近车轮半尺左右能看到路面。小红车陷在雪里，司机师傅仍在加大油门试图继续前行，这时车轮干打转，碾压出半尺左右的车辙。一会儿，又是一阵大风刮过来，这半尺路面也见不到了。这雪不清，小红车寸步难行。于是，我问师傅："有铁锹吗？"师傅说："入冬时就在车上备了铁锹。"我拿起铁锹开始把车轮下面的雪一锹、一锹地向外甩出。我清理了一阵儿，师傅说："你歇会，我来清。"他清了一阵子，后就上车开车，我在后面推。开过了这几米被清过的路段，车又陷进了雪里。然后，我又用铁锹清理轮子下面的雪，清理路面上的雪，就这样清一段，行驶一段，车开了有几十米。我俩大口、大口地喘着粗气，身上的热气，在眉毛、帽子上结成了一层冰霜。这时风越刮越大，雪粒不断打在脸上，像针扎一样痛。天擦黑了，我俩还是轮换着清雪。风太大，清理出的路段，一会儿就又覆盖了一层雪。天渐渐完全黑了下来。这时我眼睛上有一层膜挡住我的视线。忽然，我想起在11连晚上紧急集合和晚上巡逻时也有过类似情况，特别扭，我极力想看清楚些，于是我不断眨眼、揉眼，试图改变这种状况，但无济于事，还是看不清。我顿时心理害怕起来：这风雪交加的夜晚，荒无人烟的旷野，只有我们两人，人多还壮点胆儿，人多主意多。我们太势单力薄了。我越想越害怕，几乎到了崩溃的边缘。几分钟过后，我坐在雪地上喘着粗气，想着下面该怎样摆脱困境。司机师傅也坐在雪地上喘着粗气。突然我又想起，东北荒原野地里会有狼出没，稍稍冷静思绪，马上又处于极度恐惧的状态中。真是叫天天不应，叫地地不灵。是生命走到了尽头了吗？我知道自己极度恐惧的状态需要平复，于是我坐在雪地上告诉自己要冷静，恐惧没有用，狼来了也得面对，我做了最不好局面出现的思想准备。这时反而冷静了。数分钟后，我俩好像互相看出了对方的想法，都非常吃力地从雪地上爬起来。拍拍一下身上的雪，使劲搓着冻僵的手。"零下30度左右，会被冻死的，我们不能坐以待毙，必须尽快走出这种困境。"我走到了小红车跟前，看看车上的东西，看不清，下意识看一眼，看一眼就放心了。于是，我俩决定向与小红车车身，形成丁字的方向走。北大荒，荒野尽是塔头草，我们当晚走的荒野也不例外。我俩也不说话，保存体力，只顾往前走。在我们身边只有大风嗖嗖刮过时的呼啸声和踩在雪地上发出的吱吱响声。回想当年那天夜晚，那不叫好走，我看不清路，没膝深的雪，雪下一尺左右高的塔头草，杂乱荆棘，一会儿被绊倒了，一会儿被挂倒了，不知摔了多少个跟头。上肢也用上了，还管什么形象。我们心里都明白，不能停下脚步，坐下去就起不来了，那后果不堪设想。

我们的身体早已透支了，我的两条腿像灌了铅一样重，真是精疲力竭了。要是躺倒了太危险了，咬紧牙关，忍着饥饿走啊，哪怕走一宿也不能坐下，坐下意味着什么……一次、一次告诉自己坚持住。走了很长时间（当时没有手表或手机一类物件）。老天爷有眼，我终于朦胧看到像星星那么小的一点儿灯光在前方。在我看到之前，好像听司机说了一句前方有灯光的话。实际上灯光离我们很近了，只是我眼看不清，到了近处有了光亮，我才看见了不太亮的灯光。

我俩喜出望外……好像是39连值班、巡逻的战友把我俩分别扶进了女生、男生宿舍，当时已经是午夜了。我俩给39连的战友添了麻烦，对39连战友的热心照顾，我表示衷心感谢！第二天一大早，我徒步回到营部。营部开出链轨拖拉机将小红车拖回。这次采购经历，让我刻骨铭心。

这一天的经历，给我的感悟是：当工作、生活中遇到困难时，不要退缩，要勇于面对，经过努力，一定会到达胜利的彼岸。

下面在这里说几句题外话：

浓江农场的建设者和未来的建设者们，请不要忘记知青这一代人，是我们的青春、热血和汗水为今天北大荒领先世界的现代化大农业奠定了基础。我们都希望浓江农场越来越好，这就需要我们的后来人发扬历代垦荒人的优良传统，学习历代垦荒人的奉献精神，砥砺相助、开拓创新，再创辉煌。

　　杨言梅　天津知青，1970 年 5 月到黑龙江生产建设兵团 6 师 27 团 11 连，1971 年 4 月 30 日调开荒营炊事员，1974 年 9 月入天津师范学院上学。1977 年毕业从事教育工作。

当年的房屋已废弃

歪打正着学做豆腐

白　桦

一、推磨

　　我连续几天晚上跟着拖拉机装运原木，当时开荒营就一台拖拉机，各连队必须轮流分开用，昨天拉了两趟回来后就先睡了，中午帐篷外一阵喧闹把我从睡梦中吵醒，我索性穿上衣服走出帐篷看看外面闹什么？营部食堂前站着几个炊事员和司务长孙玉忠。我走过去好奇地问他们在干吗？司务长指着门前的石磨说："推磨做豆腐"。

　　每年的四、五月份都是北大荒青黄不接的时候。冬天存储的菜已吃完，春天菜子刚刚种上，各连队食堂无菜可吃，俗话说"巧媳难为无米之炊"。各连队食堂司务长都使出浑身解数想尽办法调剂好连队伙食。我们从二月份建点至今还基本依靠原来的老连队供应给养。建点初期营部没有独立的食堂，那时营部人员只有张营长、农业参谋周涵达、营书记员张胜利、营部卫生所陈贻辉大夫这几个人，他们都在41 连或 42 连食堂就餐，那时 41、42 连离营部的帐篷不远。孙司务长好像是 3 月末调到营部的，随着孙司务长的到来营部开始组建食堂，人员是 11 连调来的一个女工班。为了更好地调剂伙食，司务长从团里弄回一盘刚做好的石磨。又叫 42 连木工丛叔孝、刘文晋做了个架子把石磨安上，今天正式开始推磨做豆腐。黄豆昨晚就洗干净泡上了，现在正好开磨，可一推磨问题就来了，炊事班几个女战士都很瘦小，推不了几圈就头晕站不稳，有一个坚持着多推了两圈，头晕得跌倒呕吐了，大家赶快扶她坐下。司务长指着桶里泡好的黄豆说："不行就发豆芽吧。"这时我十分好奇地拿起磨盘上的推杆推了两圈也没感觉到有什么不适，放下推杆我随口说道："这也不晕呀！"老孙见状让我再推两圈试试，我拿起推杆又推了起来，一开始步子有点大磨转的有些快，老孙说，步迈小点速度慢些豆子才能磨得又匀又细。我推了几十圈后老孙问我晕不晕？我说我没感到晕，他叫我停下再看晕不晕，我停下后也没感到晕，他接着说道："你没事就帮着把这些泡的黄豆都推完吧，推完后我请你喝豆浆。"当时也为了好玩又没什么事可干就答应下来继续推起磨来。

我记得那时做一板豆腐可能需要泡 25 斤的黄豆。快推完时张营长坐着拖拉机回来了，看到我在推磨就说，你不休息怎么推上磨了。孙玉忠马上解释，炊事班的人员都推不了，推两圈就头晕，他推不晕我就让他帮忙推完这些黄豆。营长听完后说："这样吧，我和他们连长说一下，叫他这两天帮食堂做豆腐，从明天开始多做些，营部要筹备建一个大食堂，供大批开荒人员吃住。营部附近几个连队的人员到营部来建大食堂，中午都在营部吃饭，要能吃上炖豆腐也是相当不错的菜了。"

二、学做豆腐

第二天我就成了推磨做豆腐的师傅了。做豆腐看似简单但一干起来也挺繁琐，里面学问很大。首先头一天晚上要选黄豆，把破瓣豆、杂质清除，用清水把黄豆洗净后用水浸泡，第二天早晨豆粒泡的足够大才能上磨。上午九点钟开始，推了一个多小时，泡好的黄豆变成了几大桶粗豆浆，在老孙的指挥下把粗豆浆倒进食堂的大锅烧开煮熟。我们这些人都没见过怎么做豆腐，一切行动都听他指挥。老孙用水舀子把烧好的粗豆浆倒进一个兜里，过滤后的豆浆流到了下面的缸中再挤干。流到缸中的是纯豆浆，可以饮用，我和炊事班的人每人先喝了一碗豆浆，喝到嘴里又浓又润散发出纯正的豆香，这道程序叫——过包。下一道工序就是点卤水了。老孙对我说，做豆腐关键的一道工序就是点卤水，点少了是豆腐脑成不了豆腐，点多了出的豆腐少，还有一股卤水味，太老了就不能吃了。他一边讲一边教我操作，先点了一盆豆腐脑，又教我点豆腐的操作、如何压包成形等技术。我在他亲手指点下把一道道工序全都做了一遍，最后在豆腐成形的木框上面的压板上再压两大块石头。在等待出豆腐的时候我和炊事班的人，每人又喝了一碗豆腐脑。豆腐脑新鲜嫩滑，别有一番风味，放到嘴中还没等我下咽就滑到肚里。过了近两小时，出豆腐的时间到了，在老孙指挥下我搬开石头掀开木板，在打开包布的那一刻炊事班的人都围拢过来，包布被慢慢打开，嫩白的豆腐带着余温呈现在我们面前。孙司务长开玩笑地宣布，开荒营第一板豆腐诞生了。

以后的几天里，我和炊事班的人每天都做两板豆腐。老孙经常外出，点卤水的工作就由我和炊事班的人承担起来。我们点的豆腐非常好吃，以后熟练了也有一点经验，豆腐的口感也越来越好。推磨的工作还是以我为主，炊事班的人员推几圈仍感觉天晕地转。那几天营部组织附近几个连队人员轮流到营部大会战建大食堂，中午饭必须在营部吃。我们做的豆腐解决了很大问题，不管是炖豆腐还凉拌豆腐大家都吃得有滋有味。

因我不可能长期在炊事班帮厨推磨做豆腐，炊事班里有几个人就每天都练着推磨，从开始推几圈就晕，到十几圈又到几十圈，几个人轮换着能把一板豆腐的黄豆磨完。几天里她们顽强地克服心理与生理上的障碍。推磨时采取和别人说话、唱歌、向远方眺望的方法来分散注意力，终于不晕了。后来几天又学会了煮浆、过包、点卤、压包等几道工序，我也结束了推磨做豆腐的工作回到连队。

我这真是歪打正着，帮人推磨还学会了一套做豆腐的手艺。在这里我还要特别说几句题外话；就是营部炊事班的女战士在工作中不服输不怕困难的精神，顽强的工作作风，认真的工作态度令人钦佩。

白桦 哈尔滨知青，1952年出生，1969年8月下乡到黑龙江兵团27团工程1连，1971年2月调入开荒营42连，后又调到营部机务排、48连、41连工作，1981年返城，在哈市木材厂工作。退休。

第五篇　开荒营连队建点经历

　　1971年2月16日到3月3日，开荒营12个连队和营部在短短的十几天全部安全到达指定位置，各连队进驻官兵17～20人，在浓江河北岸的百里无人区开始建连队。他们要和严酷的大自然搏斗，要准备春天的开荒大战。面对寒风凛冽、白雪茫茫的恶劣环境，全营官兵背水一战，为了生存，拼了！

　　本章节未按进点前后顺序排列，而是按连队番号，从31道至49连顺序排列的，以方便查找。1971年进点的12个连队到最后建的49连，每个连队都经历了艰苦的建点过程。

45连帐篷搭好了，姐妹们合影留念（前排：齐敏　钟国琴　赵敏　侯乃玲；后排：李珍妹　李秀芳　董世英　李桂英）

当年建的拉合辫宿舍已废弃了

开 荒 营 31 连

开荒营 31 连 2017 年哈尔滨会议 31 连部分战友合影

地 图

贾振元

　　展开世界地图你会不难发现，地球上三块肥沃的黑土地分别位于北美洲美国的密西西比河流域、欧洲乌克兰的第聂伯河畔和亚洲中国东北的松辽流域和三江平原。这是大自然恩赐给人们的极其宝贵的财产，我至今仍无暇光顾其他两片肥沃的土地，但是有幸在宝贵的青春年华投身于三江平原开发建设，从而向世人展现她的美丽，她的婀娜多姿，她对于祖国和人民的无私奉献感到由衷的惬意。

　　那是 1969 年的夏天，随着中苏关系的交恶，随着国家急切解决粮食这一民生之本的迫切需求，随着亟待开发建设屯垦戍边保卫边疆和建设边疆，我刚满十六周岁就满怀激情地响应伟大领袖毛主席的号召，以一个不谙世事初中毕业生的条件，远离首都，充满着对未来美好的憧憬，投身了刚刚组建不久的黑龙江生产建设兵团。刚到兵团时和中学许多同班同学一起被分配到已经建设起来的老连队，即 27 团 3 营 12 连。刚到那片陌生的黑土地所经历的十年艰辛磨砺，是人生最宝贵的十年，这十年里我有近七年的时间投身到了 27 团开荒营 31 连的开荒建点。浮想联翩有得有失。但还觉得在深刻的记忆中保存着点点滴滴值得回味的亮点。

1973 年春天,黑龙江生产建设兵团第 6 师已经组建三年了,在向荒原进军号角的鼓舞下,27 团 4 营即开荒营在先驱者拼搏苦战中已经初具规模,实现了当年开荒、当年种地、当年打粮、当年盈利的建设初衷。尽管我在老连队也曾经参加过开荒建点的工作,但因种种原因未能遂愿,未能形成大规模开发建设的规模。而这时,开荒营的建设如火如荼,感召着每个勇于奉献的建设者投入到她的广阔的怀抱。这时,我以一个机务人员的身份接到上级的调令,在那年大地尚在冰冻的时节,来到了为之动情为之奉献的开荒营 31 连,一直工作到了 1979 初夏。在站好最后一班岗完成了紧张的春季播种工作以后,才恋恋不舍地离开那片热土,回到了故乡北京。

开荒营 31 连位于开荒营营部以东,西边是开荒营最早建设的 44 连,东边是刚刚建设的 34 连,北边以鸭绿河为界,越过这条以飘筏淀子为特征,底下是尚算湍急的暗流鸭绿河,对面是正在建设中的 36 连,而南边则属不易开发布满塔头的沼泽地。

记得那时的 31 连已经开发的土地约 1 100 多公顷,如按市亩计算约 1.6 万亩。31 连最早是由老 15 连的人员组建的,当我调到这个连队以后,陆续又有来自上海、哈尔滨等地的知识青年以及从一师调来的知识青年,满员时达到 110 多人,人均土地面积达到 150 亩,在开荒营里应该属于大连队了。在 31 连的几年,尽管也曾经出现过因决策不当贻误农时造成粮食减产以致亏损,总体来说是盈利的,为国家经济建设提供了宝贵的粮食。不可否认,以知识青年为主要力量建设的开荒营及 31 连,功不可没,为后来的大型机械化国营浓江农场的建设发展奠定了扎实的基础。历史会为知识青年所建立的功绩记下浓重的一笔。

1978 年夏天,到开荒营工作已经 5 年了。31 连垦荒已经初具规模,从连部驻地向四周放射,大大小小分布着已经种植几年的 9 块土地。按那时的叫法分别称为一号地、二号地并以此类推。每块地之间以简单的田间路区分。在这两千多公顷的范围内,除了已经开发的可种植的土地以外,还零星存在着不能开发的水泡子,以及那时因生产生活需要而砍伐殆尽的小树林。在这片肥沃的黑土地上,全连的干部战士一起春播、夏管、秋收,除了养活自己以外,为国家生产了大量的小麦、大豆、玉米、杂粮和蔬菜。

因为当时的条件所致,在连队的规划和生产指挥的中,使用的都是简单的地号示意图。地号示意图只是简单地标出地块的大致形状,所处的大概位置,以及面积数字。

那时我在北大荒的几个岗位上已经工作九年了,九年的磨炼应该算是一个掌握几项技能的老知识青年了。当时萌发奇想,是不是可以利用学到的专业知识为连队绘制一份较为标准的地图。当我将想法向连队领导汇报以后,得到领导的鼎力相助,完全赞成我的设想。回想起来北大荒的老领导们具有宽阔的胸怀,知识青年只要是对兵团、农场的建设哪怕只是一些细小的构思都会得到大力的支持和鼓励。

经过连队领导的协调和开荒营领导的同意,我从营部借来罗盘仪,在那时开荒营里也应该算是宝贵的仪器了。连里安排一个上海知青和一个新来的哈尔滨知青配合我的工作。正式工作开始之前必要的工具要准备齐全。丈量土地必不可少的是当时常用的拐尺,拐尺的特点是使用方便,最下边两个端点距离两米,使用者步行旋转着手柄,两米、两米地累积丈量土地的长度。其优点是使用方便、轻巧,经常使用的人每一拐两米之间走三步,形成习惯;其缺点是误差较大。为了弥补误差较大的缺点,当时我们在木制拐尺的端点,特意用铁钉钉进，把拐尺的二点改成了金属的，这样的拐尺精度较高又不易磨损。让木工班做了几把这种拐尺，使用中坚持每天用标准尺子检验校对端点，以求丈量数据的准确。除了拐尺，还制作了一根红白相间的标志杆和两面小红旗，准备好笔记本和笔。就这样，近似于科学勘测丈量的工具准备齐全了。什么都要因繁就简，从客观实际出发在这里得到了具体的体现。

在具体工作开始之前，我们三人做出了明确的分工。由我使用操作罗盘仪，测绘出所勘测丈量的点与点之间的方向数值，记录别人使用拐尺丈量出的长度数据，并将每天勘测丈量数据整理汇总。上海知青负责持标志杆，在测量原点以外的转折点竖立标志杆，哈尔滨知青负责丈量点与点之间的实际长度。任何一件具体工作成果的产生必须源于事前缜密的准备和计划，这是必不可少的。

1978年的5月阳光明媚，紧张的春播已经完成，连队进入较为轻松的季节。首先，我们先在东西走向公路与通向连部的道路交叉点设立一个勘测丈量的原点，以此每天进行向外放射性的勘测丈量。

夏天的北大荒天亮得很早，每天早晨五点多，我们三人组吃罢早饭，带好工具，背上装满水的水壶，踏着青草上的湿润的露水，看着新播种的小麦展露出青绿的麦苗，闻着小草散发的诱人的清香，驱赶着惹人烦恼的瞎蠓，开始了紧张且精细的工作。日复一日，除了两天下雨停止工作以外，历时15天，三人组用脚步走遍了31连的每块焕发生机的土地、每块尚未开发的水泡子、每片还残留着几颗残枝断叶小树的树林、每条通向无尽远方的田间路。每天下午回到连队以后，那两位同志继续别的工作，我将每天的勘测记录整理汇总，作为原始数据妥善保存。

最基本的数据得到了，心情逐渐放松。连里为我准备了必要的工作环境。在一张简陋的办公桌上，在那时能买到的最好的白纸上边，我使用简单的三角尺、半圆仪、直尺等用具，依据精心测量得到的准确数据，边计算边绘制。两天以后，一张在那个时候算是"科学成就"的31连地形比例图绘制出来啦！激动的心情无以言表。我给连领导一看，领导皱着眉说："门前的公路是东西走向，怎么你绘制的地图上变成了西南至东北的走向了？"我向领导说明这是源于罗盘仪测出的具体方向才绘制出来的，图上的每条道路、每块地的四周都是如此绘制的。连领导听明白以后，马上露出愉悦的心情，连声说好。

基于原始数据，我采用拼接方式制作了一张1：2500的地图，地图上宋体美术字标明《二十七团四营三十一连地图》，地图的右上角画出地图使用的南北方向标志。地图的右下角是图例，在表格中注明图中的实线、虚线、圆形等分别代表什么意思，地图的左下角标明比例尺。有了这张地图，连队的宿舍区、晒场、机务车库、停车场、菜地、大田、田间路以及尚存的未开发的区域，位置明确，面积准确，尤其是大田的每块地号要知道准确面积及各边的长度，在图上一量数据便与实际相符，为连队的发展规划以及生产指挥提供了便利。

离开北大荒快50年了，现在到了高科技迅猛发展的年代，不论是在电脑上还是手机上，使用电子地图十分方便。回想起来，那时为31连做的微薄贡献，简直是不值一提的。但是我可以说，经过知青三人组的辛勤缜密的工作，经我们手上绘制出来的地图，当时若有卫星地图对照的话，那是基本吻合的。

当时有一种说法，黑龙江生产建设兵团是知识青年的一所特殊的大学，当在这所大学就读八年以后进入实习期。这张地图就算是我的实习作品，献给我魂牵梦萦终生不能忘却的土地吧。

贾振元　北京知青，1953 年生，1969 由北京丰台一中下乡到兵团 6 师 27 团 12 连，1973 调开荒营 31 连，拖拉机手，1979 返京，于北京重型机器厂、首钢总公司工作，2001 年工作于北京市律师事务所。中共党员。

31 连田大龙、胡子江在机车上

开 荒 营 33 连

开荒营 33 连 2017 年哈尔滨会议 33 连部分战友合影

北大荒往事随笔

张艳卿

一、初到开荒营

1969 年 8 月我从北京到 27 团 9 连工作了 3 年多。1973 年初春,原 9 连的十几名同志连同两台拖拉机奉命调入开荒营,跟随原 5 连陈玉枝连长为筹建 33 连找点建点,我们十几名战友坐上爬犁开始向开荒营进发。

本来到开荒营建新点,是整建制整班的抽调,明摆着,新建点肯定没老连队条件好,谁也不愿意去。那几天我的心都提着,就怕抽到我们班,连里开大会宣布去开荒营建新点的名单里,庆幸没有我们班,散会后赶紧回宿舍钻到被窝里,悬着的心终于放下了。没多久文书黄海突然通知让我去连部,我带着一种不祥的预感跟着他去连部。张森林连长开门见山地跟我说,去开荒营 33 连的文书有点特殊情况不能去了,经支部研究比较,认为你更适合和胜任这项工作。我马上说我胜任不了,我不去。张连长说:"文书和出纳工作性质决定了不是随便找一个人就行的,全连几百人我们选来选去就觉得你比较合适,在哪里工作都是革命工作"。杨长业指导员说:"给你

三天时间考虑，想好了告诉我"。三天后我还没去找连长他们，杨指导员就来找我了，告诉我已和33连陈连长说了文书兼出纳就是你了，明天陈连长会来9连和去33连的同志们见个面。我再说什么都没用了，木已成舟，这也算是"临危受命"吧。

三月的荒原寒风刺骨，我们跟着爬犁坐一段，跑一段，暖和了再坐一段，经过一天一百多里冰天雪地的颠簸，天黑前终于到达暂住点44连，44连刚建点两年，条件也很艰苦。兄弟连临时腾了间屋给男同志住。没想到只有我一位女性反而难了，一位北京女知青一直做大家工作，可直到晚上11点多了，没人愿意挤一挤哪怕让我铺下半条褥子，最后我只能和她挤一个被窝，让我数九寒天没有露宿门外，我永远感激她的收留之情。当时我想想这几天发生的事非常委屈，觉得倒霉，根本睡不着。还好，第二天就接到营里电话，让我去团部取33连调入人员档案及办理相关事宜，把我从尴尬的处境暂时解救出来。在团部办完事，到我的好朋友那住了一晚，第二天，早早地到团部招待所门前等车。我茫然地望着由团部伸向开荒营的那条砂石公路，脑子里一片空白。一想到44连前晚借宿的难堪，到那我住哪？忍不住委屈油然而生，眼泪顷刻就流了出来。

就在这时，一位中年领导走到我面前和蔼地看着我问道："你是去开荒营的吗？"我赶紧转过头擦了一把眼泪点点头，"你是哪个连的？"我说33连的，"噢，老陈他们连的啊，不是刚进去吗，你住哪儿？"我说："我们暂住44连，我只住了一晚上，让我来团部取33连的人员档案。"他又问我开荒营有认识的人吗？我说没有。有同学吗？没有。他又接着说，"你们连还没有进点，帐篷还没搭上，你一个女孩子太不方便。"接着又问我团部有同学吗？我说有。他说那就好，你就在团部住着，等陈连长他们搭上帐篷你再回去。我疑惑地看着他，噢！我这才知道，他是我们营的高金池副教导员。他又说："我给你们陈玉枝连长打电话告诉他，你就在团部安心地住着吧。"我谢过高副教导员，深深地出了口气，心情感觉好了许多。

过了几天，我搭车回到暂住地44连，由陈连长带着我们一行十几人坐着爬犁顺着45连西南方向的一条土路走走停停，大概走了十几里路，我们看到一块平地，大家就说在这吧，陈连长看了看说不行，这个地方太洼了，一下雨就淹了，再往前走走吧。拖拉机又往前开了一大段路，陈连长突然说停车，就是这了。我们大家七手八脚地把帐篷卸下来，又把食堂用的管箩、锅碗瓢盆等卸下来，往路边一扔，陈连长说，明天我们就来搭帐篷。

第二天我们起得很早，赶往33连选定好地点，清雪、锯树、搭帐篷，就地取材，还搭建了33连独有的洁白晶莹的"白雪卫生间"。随着天气转暖，它一天天变矮了，终于有一天荡然无存了。

帐篷搭好后，从中间用席子隔开，西住男，东住女。就近砍了木头在帐篷里搭了对面铺，打了很多草铺在床上，打开行李铺在柔软的草铺上，终于，我躺在属于自己的铺位上了。我们有住的地方了，从9连又陆续调来了部分同志，上级调派的指导员杜国顺，副连长朱明柱也陆续抵达。连部人员基本配齐，全连就有五六十人了。连领导研究决定，除炊事班留下几个人做饭，其他人员全部投入营建准备工作。我把自己负责的文书、出纳工作做完，基本上每天都和大家一起劳动。我随邵宝兴的男工班去不太远的小树林砍盖房子用的木头，一干就是几天，大家在一起干得热火朝天，好像也不知道累似的，都是年轻人如同兄弟姐妹，大家相处得非常融洽。

进点后做饭、生活用水都是化雪解决，随着天气转暖，雪慢慢地开始融化，我们赖以生存的雪化成了一片一片的小水塘，炊事班每天去路边的水塘挑水做饭，众多的跟头虫在水面上翻着跟头，看着一天天缩小的水塘面积，陈连长说我们必须抓紧时间打一口井，解决吃水问题，井的位置选在计划建的食堂及连部附近。

我参加了白天的打井工作，井底的工作面很窄，只能一人在井下挖土装筐，井口装一个辘轳，把装土的筐摇上来，倒掉再把筐送下去。我们连续干了十来天就出水了，33连的第一口井打好了。

二、开荒播种，先治坡，后治窝

对于一个农业连队来讲，能把种子按季节播到地里是最重要的工作。

全连工作的重头戏就是开荒和春播工作，从其他老连队调来开小红车的王金海、卢鸿宽（已故）、王春荣、于景利等，陆续充实到机务排，由8连调来的谢瑞成任机务排排长。陈玉枝连长已是52岁的年纪，和我们二十出头的年轻人一起，一天到晚跟随拖拉机、播种机在地里奔忙。开荒春播兵团都叫"大会战"，非常紧张繁忙，没有上下班，只要天没有黑到不见五指，全连都在忙春播，拖拉机、播种机在地里跑着，广袤肥沃的黑土地，只要按季节及时把种子撒到地里，就会在收获的季节迎来丰收的喜悦。

紧张的春开春播会战圆满结束，全连的工作重点立刻转入营建。连里决定麦收前把在东西走向的公路北面先盖一栋集体宿舍，一栋食堂及办公用房（主体）。连领导安排，除必要的工作留人，余下的集中突击盖房子。在连里老同志带领下，大家早出晚归忙碌在建房工地上，看着一天天长高的房子真是由衷的高兴，高兴的是我们也会盖房子了。

连日来的紧张工作无暇顾及春天的北大荒是怎样的美丽，早上太阳刚刚出来，草上晶莹的露珠还没被晒干，用手碰一下即刻滚落到地上，荒原上到处散发着青草野花的清香，深深地吸一口十分清爽。站在公路上放眼望去，满眼的花红树绿，野生的黄花菜一片一片地竞相开放，野鸭子带着它的孩子们在草甸子里欢快地戏水。望着天际线的黑土地由衷地感到，这里真的是一块神奇而美丽的土地，一个物产丰富的地方，是我们赖以生存的黑土地！

我每天做完本职工作后，有时砍木头，有时帮厨，大部分时间还是在盖房工地上。紧锣密鼓的建房后，全连的主要力量又转移到麦收工作当中。一车车新收获的麦子卸到晒麦场上，我们高兴地用木掀翻晒麦子，看着春天播下的种子得到丰硕的收获，心里真是由衷的高兴。除了留下种子和口粮外，经过晾晒的麦子装入中粮的麻袋直接由汽车拉走上交国库。此刻我们垦荒战士的心情是多么自豪，不是亲身经历的人是怎么也体会不到的，我们33连就凭这几台拖拉机、播种机，凭我们这几十个人没日没夜的艰苦奋战，把亘古的荒草滩开垦成万亩良田，而且当年就获得了丰收。

紧张的麦收结束后，工作重心又转到建房上，我还是几乎每天都和大家在一起干活，说不累那是瞎话，但说说笑笑很是愉快，那时大家相互间关系如同兄弟姐妹，非常融洽，我至今仍忘不了当时的情景。盖房的进度很快，房顶开始苫草了，下面的人把草捆扔到房顶，房顶上的人再一层层地把草铺上，开始我一扔就散，慢慢地掌握了扔草捆不再散的技巧，而且还有节奏感，这个活干起来虽说胳膊很累，但是大家干得很是起劲，也很是惬意。

随着天气转凉，秋收在即，建房工作又要让位于秋收了。望着一车车颗粒饱满的大豆卸在晒场，经过晾晒精选后装袋等待上交，丰收的喜悦不用言表，挂在全连每一个人的脸上。经过一年的辛苦劳作，我们实现了当年建点、当年开荒、当年打粮做贡献的誓言，圆满完成上级领导下达的生产任务。

　　房子终于在 11 月份整体大致完工，门窗有框没玻璃，订上塑料布，大家从帐篷搬到了房子里。我们这几个后勤人员是最后搬的，先把农工班的同志们安排好，我们插空，连部的几位男同志就住在连部办公室兼男生宿舍。我住在第一间女生宿舍，每个人的床位大约 75 厘米宽。就我这 75 厘米的铺位，后来还招待过来连队办事走不了的几位女同志呢！如：王春荣当时的女朋友陈根娣来连里想多待两天，可没地儿住，王春荣找到我说："文书，根娣能不能在你那住两天？"我说没问题和我一起住，只是我被子短点，陈根娣个子高，可能不太舒服。后来从一师调来的曹秀妹休探亲假从上海回来，已是七八个月的身孕，当时是 11 月份天很冷了，她半夜到了没地方住，她找到我说，文书我没地方住，今晚能让我和你住吗？我看她冻得瑟瑟发抖的样子，赶紧让她脱了衣服钻到我的被窝里，只是难为了我那床 4 尺宽、6 尺长的被子，怎么也盖不严我和一个挺着 8 个多月身孕的身体。后来外面来连队办事的女同志只要是当天走不了的，连长、指导员全是带到我那与我同住，与我同享我那 4 尺宽、6 尺长的小被子。我曾经有过求住宿难的经历，我更理解求住宿者被拒的心情，也是我毫不犹豫帮助战友的动力。人遇到难处要有同情心，更要伸出援手帮一把。

三、炼就英雄虎胆

　　33 连离营部大概是 16.5 公里也就是 33 华里路的距离，与外界的联系就是这条公路和电话线。我们连队周围几十里没有其他连队，除了连里的人很少见到外人，公路上远远的开来辆车或是走来个人几乎全连的人都会出来看的，大家都会在路边行"注目礼"。

　　公路就是一条土路，我们也称它"水泥路"，晴天车在公路上开来，远远就看见一股黄尘由远而近，如果下雨天公路就成泥潭不能走了，等天晴太阳把公路晒得干一点了车才可以开。我们坐在东方红 28 或 55 拉的拖斗里一定要准备一件雨衣或旧衣服，晴天裹在头上挡灰尘，雨天过后，车开起来要遇到水坑，那个大轮子甩起来的泥水都会落到车斗里，打的坐车人身上脸上全是泥，要是赶上一大段泥路，那大轮子甩出的泥块真的会让你手忙脚乱无处躲藏。遇上雨雪天，交通中断再平常不过了。公路和电话线就是我们的生命线，一旦出问题我们就与外界失去联系。刮大风有可能把电话线刮断，雨雪天如遇有急事只能是人走出去，但最快也要两三个小时。

　　有一回我去团部办事，办完事赶上下雨，也只好在团部先住下了，在团部已经待了三四天了，好不容易天晴了，但公路没干不能开车，我又着急回连队，就决定走回去。八十多里路一个人走还是有点胆怯。吃完早饭，可巧，在招待所门前碰到连里出来办事的连焕英，正好我俩是个伴。早八点左右我俩就从团部招待所门前出发了，中午饭也没顾得上吃，终于在晚上八点走回了连队。

　　记不清是哪一年了，连里会计郑杰上大学，需要去团部卫生队体检，又赶巧第二天是开工资的日子，我要去营部领款，两件事哪个也不能耽误，可一连下了几天雨，这三十多里的公路根本不能走车，我和郑杰一起步行到营部已经是中午了。郑杰搭车去了团卫生队，我在营部领了全连的工资，在招待所食堂吃了饭，就赶紧往回走。走到 45 连要往 33 连拐的路口，我突然发现前面拐弯处有几个黑糊糊的东西在移动，不知是啥，离得太远了看不清。那是公路的第一个拐弯处，是我的必经之路，我当时心里一下紧张起来，我停下脚步望着那几个在缓缓移动的黑糊糊的东西，我看了下表已是下午 3 点多了，离连队还有二十里路，路上又是泥又是水实在是不好走，我要不马上走天黑前我就赶不回连队了。我站了近二十分钟，走，我咬了咬牙，一只手使劲地拽住装钱的书包试着往前走了一小段路，再看那几个东西还在缓慢移动，就又试着往前走了一段，快落日了，借着的余晖出现，我再次仔细看了看，嗨！原来是几头大黑牛，着实把我吓到了，我赶紧连跑带颠地过了这段路，加快脚步朝连里急走，远远地看到连里的房子，再走近点看到大家端着饭碗在外面吃饭了，我终于安全地回到连队。

过了几天我又去营部办事，见到营里的几位领导，我带着全连工资自己从营部走回去的事不知道他们是怎么知道的，张英营长说："你这丫头胆子也太大了，带着钱就敢一个人走回去，这三十多里地，路上也没个人，万一碰上狼怎么办？以后再碰到这样的事就来找我，我派车把你送回去。"

说实在的，当时我和营领导和其他部门的同志还都不大熟悉，不好意思去营部要求派车送，只是想今天我必须走回去，明天发工资。现在想想当时只是看不清那几个移动的东西是什么有点紧张，还真是不知道害怕。今天想起来万一碰上的是狼、黑瞎子，就我一个人，那后果真不堪设想，有点后怕。

四、新建点，先进连

建点的第二年，从一师调整过来二十多位同志，全连就有七八十人了，人多了也热闹了许多，但业余生活很是单调，平时想买点日用品也很困难，我每个月都要去团部银行，给连里部分同志代办银行个人活期存款业务，我每月有几次固定去营部的机会，领工资、送报表等，每次我都要给大家在营部商店代买些东西回来。

团部的服务总社有个饼干厂，那年试着做了月饼，月饼做的很硬，手都掰不开，虽说水平不高但毕竟是点心，在那个副食匮乏的时期也是个稀罕物，做多少卖多少，供不应求。

中秋节前，正巧我去团部办事，看到有月饼卖，我赶紧打电话问陈连长要不要给大家买点月饼，陈连长说，太好了，你买吧。我赶紧去饼干厂订货，饼干厂说没货了，一个星期后才有货，我一听急得不知如何是好，突然想到在团部照相馆工作的好朋友李玉萍，都是服务总社的下属单位，就去找李玉萍和我一起去找饼干厂。好话说尽，还真管用，第二天就通知我去拉货。一个大木箱子装着大概是三百多块月饼，当时也觉得多了点，人家又不零卖，能买到已实属不易，多就多点吧，我自己找车拉到营部等连里来车拉回去。可巧张正作副营长看到那一大箱月饼了，就说，小张啊，你们连就几十个人，这几百块月饼你要卖不出去可怎么办。说实话我心里也没底，只能说一时半会坏不了，慢慢卖吧。拉回连里我就在连部卖了起来，因为没有包装纸，大家拿着洗脸盆，张口就是：我要十块！我要二十块！不到两个小时竟然就卖完啦，连我自己也没买到，卖光了！卖光了！大家端着一盆盆月饼那个高兴的样子，至今仍历历在目。

1975—1976 年从哈尔滨又陆续来了两批高中应届毕业生，给连队注入了新生力量，连队就有一百多人了。我们 33 连在生活工作条件非常艰苦的情况下，全连指战员团结奋斗在荒原深处，辛苦耕耘劳作，从 1973 年建点开始连续几年圆满完成各项生产任务，粮食越打越多，盈利连年上涨，被评为师、团和黑龙江省"农业学大寨"的先进单位。

时光荏苒，一转眼四十多年过去了，北大荒、开荒营的生活经历已成为历史，成为了回忆，而今想来我能为开发北大荒，在开荒营和战友们付出的辛劳感到欣慰。当打开记忆的闸门时，那时的生活、艰苦的工作、在荒原逝去的青春和喜怒哀乐立刻从脑海中倾泻出来，挥之不去……

附：四营33连第一批进点人员（能回忆的目前15位）

连长：陈玉枝　张宝森　孔祥国　张艳卿　满建设　李正信　王仁发　赵志超　徐国荣
　　　康勤　谢瑞成　李长有　陈高文　朱连义　朱宏义

张艳卿　北京知青，1969年8月17日由北京丰台二中下乡赴黑龙江兵团6师27团9连，1973年3月调入开荒营33连，1978年11月返城，1979年后在北京市石景山区街道办事处、区劳动局、市审计局工作。退休。

33　　连
——荒原深处的先进连队
康　勤

33连是开荒营一个很不起眼的连队，他是由27团3营9连负责组建的。1973年3月17日一早，一台拖拉机拉着爬犁，爬犁上面装着帐篷、铁锹、镐头、做饭的大锅和我们约17个人的行李用品，在没有任何欢送仪式的情况下离开了生活战斗过5年的9连。拖拉机发动了，我们跳上爬犁向开荒营方向，我们要开荒建点的33连位置进发。

北大荒3月份的天气还是寒冷的，因为路途的遥远坐在爬犁上的战

士们脚冻木了就跟着拖拉机跑一段路，感到热乎了再跳上爬犁……就这样早上从9连出发一直到夕阳西下才到达开荒营的44连。这时天色已晚只能在44连住一夜了，44连的同志们热情地安排了我们的吃住。

第二天一大早我们又坐上爬犁向33连建点地挺进。拖拉机顺着44连通往47、48连的土路行走了一会就向西拐了一个弯，向南走了一会又拐弯向西奔去。大弯处有一大片树林，再向西走了大约一个小时来到了一片小树林前，林子边有一棵树斜立着，就像检查站前横着的栏杆挡在道上，车停了。这时有人说33连的点就应该建在这里，连长陈玉枝，木工李化周还有几个同志一起下了爬犁，1972—1973年冬雪下的特别大，他们深一脚浅一脚的向路北小树林走去，到那看后，大家都认为这片小树林应该保留，而且这儿的地势比较低，再向西地势比较高，这样拖拉机又继续向西开了大约十来分钟来到了一块地势较高且四周开阔之地，大家异口同声说这地方好，我们就把33连建在这吧。我们保留的那片小树林，后来成为33连的一道防风林。

连长陈玉枝命令：开始卸东西，天黑之前必须将帐篷搭好，否则晚上只能睡露天了。简单的分工后，打草的打草、伐木的伐木、支锅的支锅……不一会拖拉机拉着装满树木、芽草的爬犁回来了。大家锯的锯，砍的砍，钉的钉，个个汗流浃背，大概也就两三个小时帐篷的架子竖起来了。忽然有人喊："吃饭了，吃饭了"不喊不知饿，喊了还真是饿了，毕竟是干了一上午超强体力活，吃的馒头是从9连带来的，水是用积雪融化的，大家狼吞虎咽地吃完饭后继续搭帐篷，所有人齐心协力喊着口号将帐篷搭到了架子上，为了挡风，帐篷的脚跟用茅草压上，再在茅草上压上积雪，帐篷搭好大家心也定了，至少晚上不用睡露天了。在帐篷内用上午伐来的树木南、北两边搭架子钉上，然后在上面铺上细一点树干，再在上面铺上刚打来的草就有了床。南北对面铺中间留有的米把宽空地是用来支炉筒子用的。什么叫男、女有别？就是在帐篷中间用茅草编的草帘子一片片挂起来订上就是隔断墙，不夸张地说东面能听到西面的呼吸声、西面能听到东面的喘气声。什么是冰火两重天？冰火两重天就是在帐篷里支上汽油桶改装的铁皮炉，套上一节节烟筒通向帐篷外，里面架上柴火取暖，火旺时可以将炉筒子烧红，帐篷里床上边的温度可以在30℃以上，而床下到地面仍是零下十来度，地极寒冷，脱下的鞋要放在地上第二天一早都会冻的拿不起来，炉筒子另外还有一个功能就是烘鞋和鞋垫。

记得老连队当时的学大寨精神是："先治坡，后治窝"，我们33连要在荒原上生存，必须坡和窝一起治。当时摆在我们面前的两大任务；一是准备开荒播种，二是大兴土木造房了生存。转眼天气慢慢转暖，积雪溶化只能穿雨鞋，晚上脱下的高筒雨鞋，第二天早上在水中漂着，上面可就是睡觉的床铺啊！也许这就是人们常说的水深火热吧！喝的水是地坑中积雪溶化的水，天热了水中有数不清红色寄生虫。必须打井！解决吃水问题。记得打的是一口六角形的井，光井邦的挡板就用了整整两爬犁的树木，井深近10米。这是第一口井也是33连唯一的一口井，它担当了33连以后近200人的一切用水。

我想学木工，俗话说：荒年饿不死手艺人，可是，连长安排让我当农业技术员，并说干部提拔都会先考虑农业技术员。我想农业技术员要是离开农业又能干什么呢？我没服从连长的安排，连长一气之下，一个星期没安排我工作。这一个星期我还是做了两手准备，我先在33连周围走了一圈，哪儿有水泡子，哪儿有水沟，哪儿有树林大约有多大，还画了大概的草图，万一连长非让我当农业技术员不可，这样就不会打无准备之仗。再有就是跟连长磨，让连长同意我学木工。就这样十来天下来，连长看我不肯就范，答应了我学木工的请求，就这样跟着老木工李化周作学徒当上了一名木工。当时的木工任务繁重，砍大梁，做屋架。我是上海人，从来没见过木工用的锛子，有点像在镐头在前边装上扁斧头一样的刀，很锋利，为了学会用锛子，砍坏了我好几双鞋，有次差点就砍到自己的脚底板。

夏天荒原可真不是人待的地方，白天蚊子、小咬和牛虻围绕着你随时随地攻击你，特别是小咬，专门咬你的发际、眼皮和嘴唇，很小无声无息但毒性挺大，等你察觉到时已被它咬上了，很快起个大包且奇痒难忍。到了晚上蚊子更是成群地疯狂向你进攻，闭上眼睛伸手一抓就是几个甚至更多。没有电灯，没有任何文艺活动，只能钻蚊帐，钻蚊帐必须速战速决，慢一点就会钻进蚊子，少则几个，多时更多。在蚊帐里打着手电一个一个地把钻进蚊帐里的蚊子消灭，确定没有蚊子了再将蚊帐底边四周压在蓆子下面这样才能睡个好觉。其实睡好觉是很难的，帐篷里夏天闷热难熬，在蚊帐里不等睡着已是大汗淋漓，但还是比在蚊帐外面喂蚊子要好多了。

夏天也是甩开膀子大干的好时节，大伙脱坯的脱坯、垒墙的垒墙，到入冬时节四幢房子造好了，每幢可住四户人家。入冬时节，老同志的家属从9连搬到了我们在荒原上新建的33连。当时也就年轻，有使不完的劲，做门从开刨木料到打眼、开榫到装配成型，一扇实木大门一天就做成了。为了加快门窗制作的进度我们自己制造了电锯、电刨，没电，用时只能用拖拉机带动。冬天我们给老职工家做家具，大橱、五斗橱、箱子、桌子、凳子等。这些都是知识青年给连队带来的文明的城市生活理念。

建点没有交通工具全靠两台拖拉机，到营部办事除了搭顺风车，基本靠走路。外出办事的人什么时候能回来是未知数，家里的人等急了就站在土路上看，眼尖的可以看到大拐弯，后来测得大拐弯离连队8里路，检查站离连队3里路。有一次连雨天，食堂没有面粉了，派拖拉机到营部去拉，左等不来，右等不来，许多人在路上看，快了！快了！到大拐弯了！……到检查站了！……可想那时我们是多么艰苦啊！

入冬后连队总算传出了捷报，打的粮食赢利了！我们当年开荒、当年种地打粮、当年赢利了。据说当年赢利了5万元，这是那个年代的5万元啊！想想那时麦子1毛钱一斤，那时我们的月工资加边境补贴才35.2元。第二年我们盖起了晒麦棚，在营部工程连的支援下盖起了砖瓦结构的大宿舍和大食堂，接着兵团又从1师给调过来一批全国各城市的知青，又从哈尔滨接来了一批小青年，33连就这样慢慢地壮大了起来。33连从建点时不起眼的小连队，短短几年就发展成有上万亩耕地的大连队，并且年年超额完成上级下达的生产任务，年年赢利为国家做贡献。

当年的33连现在已经成为浓江农场的场部了，我们当年盖的各种房子已经被一幢幢漂亮整齐的楼房所代替，职工们都集中住进了有电、有自来水、有煤气的楼房，北大荒变化太大了，太美了。

当年和我们共同建点的老战友都已80来岁了，年龄最大的陈玉枝连长已93岁，我师傅李化周91岁，吕发泽也是90岁的老人了。我们知青也都是奔70岁的人了，我衷心祝愿老战友、老领导们健康长寿，有生之年多聚聚。

我们是不寻常的一辈，就像著名作曲家王佑贵创作的"我们这一辈"歌中所写的那样，每当我听到或唱到这首歌时心里总有一种说不出的滋味，泪水就会顺着脸颊流下来……我们这一辈和共和国同年岁，真正地尝到了做人的滋味。人生无悔！

　　康勤　上海知青，1968 年 9 月由上海市树人中学下乡到黑龙江兵团 6 师 27 团 9 连，1973 年调入开荒营参加组建 33 连，1980 年回沪，在上海园林工程公司供职。

建点初期的模样

回忆兵团的岁月

李振嘉

　　在那充满激情的年代，我怀着满腔热血，在中学毕业时申请到祖国的边疆去得到批准。1975 年 8 月 12 日，我带着一个兵团战士的梦想和屯垦戍边的憧憬，登上了北去的列车，来到了黑龙江生产建设兵团 6 师 27 团开荒营 33 连。然而，现实给自己的激情泼了一桶冷水。

　　在我的梦想中，兵团一定和部队一样，整齐的营房，军事化的生活，手握钢枪，边生产边守卫边疆。可眼前住土房，睡大炕，夏天离不开蚊帐，更没见过钢枪，枯燥乏味的日出而作，日落而息的田间工作日复一日，唉！既来之则安之吧。

　　连里安排我担任农工班班长。不久，连里发生了一起"京哈知青冲突事件，"当时哈尔滨知青中有几个人与个别北京知青因口角导致了动手，事态发展到小哈青集体去营里上访。此事惊动了团里，团保卫处派专车在半路上将去营里的人送回连里，同时把打架的知青带走了。团里潘副政委召开全连大会处理此事，我在会上发言说："我们大家都是响应毛主席号召来到边疆的，是为了一个共同的革命目标让我们从五湖四海走到了一起，不应该分你是北京的，我是哈尔滨的，应该互相学习，互相帮助，共同把我们的边疆建设好。"我的发言受

到了政委的表扬，也得到了大家的赞同。大家也认为都是远离家乡来到这里，真不应该发生这种事情，以后要吸取教训。后来，此事渐渐平息了。

1976 年春，连里决定让我担任农业统计员，从此后我就开始了经常单独与大地打交道的工作。每天早起晚归，手持 2 米拐尺丈量着各个地号，把每块土地的面积、形状、标志、方位和编号等都画在手册上，以便于工作。在春播麦收时每天还要及时向营里统计汇报进度，在冬天还要和大伙搞水利和伐木，在这片黑土地上洒下了自己辛勤的汗水。这正是：

> 站在号地拐尺撑，开荒量地忘我情。
> 辛勤汗水湿衣衫，广阔天地任我行！

那个年代缺少文化娱乐生活，十八九岁的青年在一起，一旦缺少了娱乐活动，影响情绪。尤其是每逢佳节的时候，这些远离家乡、亲人的战友们自然而然地会思念远方的家乡亲人，有些人哼起了思乡曲，引起了大家的共鸣，也有些人谈起了恋爱。有一天，有个女生偷偷地给了我一张纸条，我回宿舍小心地打开一看，上面写着"我有多少心里话想对你说。"我没有思想准备，收到这张纸条后，犹豫了很久很久，一晃四十多年过去了，至今，我也没给人家回复。那时，我们不懂爱情。

在那难忘的岁月里，有许多难忘的往事。1976 年 9 月 6 日，6 师在 23 团举办了统计员培训班。我来到了乌苏里江畔的东安镇，到达当天的夜里，就接到了上级的命令，要我们紧急集合参加千人围剿苏修特务的任务。我们奉命在山道上埋伏到了半夜时分，第一次参加这样的战斗，我心里既紧张又激动，看到从山路的南侧走来了两个人，我就随口问了口令，没等人家回答我就一口气把口令都说了。没想到对方是来检查的民兵连长，因为吓了一跳，给气坏了，闹出了一个笑话不说，也许该我倒霉！那天晚上后来分月饼时轮到我这儿就没了。我旁边一位好像是北京老战友把他的月饼给了我半块，虽然我记不得他的名字，那半块月饼却是战友的全部情意，至今，仍然深深留在了我心里。这正是：

> 乌苏江畔一新兵，夜伏东安抓特工。
> 天凉空腹身发冷，半块月饼战友情。

我们这代人，虽然没有什么惊天动地的伟业，但是却和全国人民一道经历了惊天动地的历史大转折。1976 年 9 月 9 日我在师部统计员培训班学习，当天下午课余，我和一位战友到乌苏里江散步，大约十五时左右，我听到江边船上的广播里传来了播音员庄严肃穆的声音："伟大的毛泽东思想将永远指引着我国人民前进！"听到这句话，我心里一惊：毛泽东思想本来就是指引着人民前进，怎么还将指引人民前进呢？莫不是毛泽东他老人家逝世了？我和战友飞奔回住地，果然看见大家都在收听广播，真是我们的伟大领袖毛泽东主席逝世了，当时真有一种天塌的感觉，我们臂戴黑纱去 23 团团部参加了悼念活动。这正是：

> 课余江边赏风景，耳闻船上广播声。
> 惊悉伟人驾鹤去，悼念领袖毛泽东。

有一天，我在连部忙着统计报表，忽然有人喊我"李振嘉，你妈看你来了！"我想，这怎么可能呢？我半信半疑地走到门口，一眼望见了我亲爱的妈妈。妈妈不远千里来到了连队，我真是喜出望外，之余又"责怪"妈妈不该搞突然袭击，吃这么多苦来看我。当时交通不便，一路要倒几次车，到了团里还得自己搭车才能到连队。看到许多战友用羡慕的眼神看望我们母子，我心里很甜也很幸福。这就是伟大的母爱，千山万水也阻挡不了。作为儿女要牢记这种母爱，一生牢记！这正是：

　　　　　　母思小儿三江行，荒原相见喜相逢。

　　　　　　儿行千里母担忧，千年古训万世情。

　　不久我接到营部的通知，团里要抽调各连统计人员和部分机车参加开荒战役，建设一个新营区。我和大家一起来到了新的战场，各路大军安营扎寨，昼夜不停地开垦荒原，各个机车你追我赶，创造了一个又一个单车作业纪录。我也是一边做好作业进度的统计工作，忙里偷闲地参与大会战的报道，以鼓舞士气。通过近一个月的奋战，在以开荒营为主力的战友们努力下，三江平原上又建起了一个新营区第五营。这正是：

　　　　　　别拉洪河灯火明，昼夜开荒马达隆。

　　　　　　齐心参加大会战，荒原之上建新营。

　　兵团的岁月是一生的情怀，是青春的岁月，兵团的岁月，今生难以忘记！

　　李振嘉　哈尔滨知青，1975 年 8 月 12 日申请到黑龙江兵团六师 27 团开荒营 33 连、任班长、农业统计员，1979 年 12 月返城，在哈尔滨正阳河木材综合加工厂工作，任党总支书记。退休。

我为开荒营战友理发

——唯一的开荒营之行

张宝义

　　我是天津知青，1970 年 5 月来到黑龙江兵团六师 27 团水利连。那时我刚满十七岁，怀着对党和毛主席的一片忠心，到兵团屯垦戍边，接受锻炼。那时的我，踌躇满志一心扑在工作上，用自己全部的热情和力量，为建设边疆舍生忘死地工作，处处以身作则，脏活累活总是冲在前头，用炽热的感情，认真对待每一项工作。

　　1971 年 2 月 11 日，发生了一件不幸的事，我在执行采沙任务中，因排除哑炮的时候发生意外，脸部和眼睛被严重炸伤，紧急送进团部医院抢救治疗。

　　我在住院期间，得知师团领导决定开发浓江河荒原，组建开荒营的消息。得知水利连负责组建开荒营 46、47、48 连三个连队，原水利队除机车继续修路外，其余战友全都调入开荒营。

　　此时我心里特难过，我自己本应该就是开荒营的一员，怎么现在躺在医院里了？我应该到最艰苦、最需要的地方去工作，到开荒营这个大熔炉中去锻炼自己，否则我这个兵团战士就当的不够格。

由于病情的不断恶化，眼睛几乎失明，不得不转至哈尔滨兵团总院和天津等医院进行治疗。半年后我病情好转返回 27 团。团领导为照顾我的身体，把我调到 9 连工作，按公伤待遇。这样，我在 9 连干点力所能及的工作，做了一名理发员。

1973 年 3 月，9 连奉命组建开荒营 33 连，看到连里十几名战士坐着爬犁向荒原深处开去时，我心里真是感慨万千！

到了 5 月下旬，33 连传来了消息，连里的口粮没有了，另外还缺少一些工具等物资。连领导马上决定：用铁牛 55 拖拉机拉上面粉，工具等物资立即送往 33 连，这时连长张森林找到我说："前方战友们都 2 个多月没理发了，你带上理发工具一同去，给战友们理理发吧"。我高兴地接受了任务，这样由上海知青刘光明开车，我和司务长陆奎成三人火速向开荒营进发！车一进入开荒营，远远望去一片绿油油的景色，各个连队一排排新建马架子房冒着袅袅的炊烟，战士们生龙活虎的劳动场面让我深受感动，我内心真敬佩开荒营战友艰苦奋斗的精神。

开荒营的路很不好走，颠跛的很厉害，车走得很慢，也正好让我好好看看真正的开荒营。就在这一望无际的荒原上我的同学、战友们在与天斗、与地斗，用青春和汗水改变着荒原的面貌，当年建点，当年打粮，这种革命加拼命的大无畏精神，真令人佩服，他（她）们就是我学习的榜样！

中午时分我们来到了 33 连，看到的景象更让我感到激动和酸楚，连里只有两个帆布帐篷。战友们正在热火朝天地盖着干打垒的马架子房，饿了吃几口凉馒头，渴了喝水泡子的水，因那时连里的井还没打完。从公路再往连里走，根本没有路，所谓的路就是用推土机卷起的草皮子的一面沟路，大小不一、一步一滑，走不好就掉到烂泥里！在这样的工作生活环境里，战友们一点没有被困难吓倒颓丧，依然保持着乐观向上的精神风貌。

我下车后赶紧拿出理发工具给战友们理发，边理发边和战友们聊着外面的情况，那叫亲热呀！我是手上紧忙活，嘴还不闲着，我虽然身体不行，但我能为前方开荒建点的战友服务做点贡献，我心里是快乐的。

开荒营 33 连之行的任务完成后，我们赶紧趁亮往回赶。我和陆奎成坐在车斗（拖车）里，我在前边槽帮下面蹲着，双手抓着车帮，陆奎成在后面背靠着车帮。出了开荒营，路就好走一点了。当时车开的较快，万万没想到车斗一下子立了起来，又右转落下扎进了路边的沟里，因我是手抓着车帮，尽管吓一大跳但是没受伤，坐在后边的司务长可就没那么幸运了，车斗立起来又落下，把他弹起来又脸朝下重重地摔下，摔掉了三颗门牙，鲜血呼呼直流！我见此情景急忙掏出手绢给他捂在嘴上。这时天渐渐黑了，抬头看见司机刘光明已开车跑出去老远，因他当时只顾开车往回赶，不知道车斗掉了，开出去几十米才发现出事啦，急忙又调头回来，一看是连接机车的三角架开焊脱钩了，真悬呀！差点出了人命！

司务长强忍疼痛，我们三个人把三角架抬上来挂在车上，只好又回到开荒营营部，找来了电焊工焊好了铁架，重新拉上拖斗，回到 9 连已是晚上八点多了。

在北大荒工作的几年中，这唯一的一次开荒营之行给我留下了深深的印象，虽然过去几十年了，那情景、那体会，依然历历在目，我永远不会忘记开荒营——那神奇的地方！

张宝义　天津知青，1970 年 5 月 16 日到黑龙江生产建设兵团 6 师 27 团水利连，1971 年转入了营 9 连工作，1976 年 1 月病退返津工作。退休。

插图：杜宝玉

开荒营 34 连

开荒营 34 连 2017 年哈尔滨会议 34 连部分战友合影

回忆我在开荒营

崔世明

27 团、开荒营要写《向荒原进军》回忆录，回忆当年兵团的知青战友为开发三江平原，和老垦荒战士爬冰卧雪并肩战斗，在荒原深处艰苦奋斗了近 10 年的经历。

傅连顺老弟要我也写点东西，我想自己的经历平平淡淡，没什么可写的，后来袁桂莲老师也说应该写点回忆。其实我内心也是激动万分，何尝不想写呢！只因动笔方知读书少，只好赶鸭子上架勉为其难了。

一、我身边的人和事

我是 1968 年 7 月初从母校北京十五中学下乡到黑龙江勤得利农场的。一路坐火车、倒轮船，一个星期后到达了勤得利。我和林雨生、杨瑞林、乐加兴、周国强等人被分配到三连。一年之后又调到了一连。1971 年春夏之际，我和王汉章、傅贵林等 18 个人到福利屯为开荒营接收第一批 9 台东方红 75 拖拉机。回来后我拿着团军务股的一纸调令进开荒营了。

到营部的时候天快黑了，走进办公室的帐篷里挺黑的，里面两个人在吃饭，我问谁是营长？其中一个人站起来问我有什么事？我说是来报到的，他说："好，你等一下"。然后让人把张胜利找来了，这时我才看清旁边那个人是我们团参谋长张友。张胜利带我出了帐篷问了我的情况后就收起了调令，问我有没有认识的人？我说认识乐加兴，他就把我带到了一个帐篷里，在一个蚊帐前说："这就是乐加兴的蚊帐，他今天上夜班，你今天先住在他这儿吧"。我说"好"，从此我便开始了开荒营的生活。

到了开荒营后，成立了机务排，我被分到 40 号拖拉机组，车长是 4 连来的范师傅，驾驶员和助手有崔世明、胡启凤、李宝恒和陈开选。下边我就说说我们 40 号车和我在开荒营的经历：我们 40 号车，开过荒、耙过地，在 19 连到开荒营的路没修通时，我曾经和胡启凤每天开拖拉机拉着爬犁往返于六连和营部之间，负责拉陷在地里的车和步行的人。还曾因为原水利队长福臣没追上爬犁而受到抱怨。

我曾经和张长军开着两台拖拉机早晨从营部出发去 48 连送物资，因水大机车误陷在水泡子里，在张长军的全力救助下才脱险，到半夜才到达。

我曾经和 4 连的田大龙一起在初冬时到 40 连干活，住在副连长焦小华为我们安排的没有门窗的房子里。

我曾经开着拖拉机拉着 37 连的李德江、郭继伦等人去伐木，因误入了其他团的地方而被对方 100 多人围殴，李德江被砍伤后我们像战俘一样被囚禁在一座房子里。

我曾经在庞英主持的 17 台新车试运行时，开着磨合拖拉机去 38 连找张和平理发。

我在开荒营干过所有连队的活，吃过所有连队的饭，然而记忆深的还是接触的人。许多人我永远都忘不掉，我就把其中的几个人记述一下吧。

首先是我们开荒营的两个参谋周涵达和于成洲。周参谋在一连的时候就听过他的许多事迹，他和杜志山、王境等人在一连都是大知识分子，很受连队干部战士尊敬。第一次和周参谋干活是他带我打 39 连的一条很长的堑，大概得有几千米长。他用仪器找好对面的一棵树后就坐在我的拖拉机里了，等到打完这条长堑以后，大家渴得要命，他拿出了一块纱布按在一个小水坑里，我们就喝上面的水。冬天时天冷大家都不想起床，他就每天早晨到宿舍里一个一个把我们拉起来，不厌其烦非常耐心。于参谋也是非常勤奋，在哪儿干活都能看到他的身影，虽说机务排有李长河排长，但多数的工作还是营指挥部于参谋安排。41 连麦收时因地里水多要 6 台拖拉机拉一台收割机，我驾驶的 40 号车，我后边的就是范师傅和张红起的收割机，我前边五台拖拉机连在一起，于参谋手拿着一面红旗站在水里指挥。

再说说傅连顺。和小傅相识于机务排成立后，我们从福利屯接收的九台拖拉机编号是 36 号到 44 号，傅连顺被分配到 37 号车组，车长是个瘦小的广东人，驾驶员是于成州的堂弟，学员有傅连顺、陈至深，和上海的于建发。我调入 34 连后他也调到 34 连了，我们又住到了一起。1974 年过中秋节时每人发了两块月饼，他站在门外抬头看看月亮咬了一口月饼，我问他："香吗？"他说："太硬了"。1975 年春天他调回了营部。

5月初我回京探亲，因交通不方便，他还偷偷地开车来34连接我出来，走时王连长曾嘱托我把另一位探亲的战友孙存妹带到有火车的地方，把她送上车。孙存妹和我一块坐着小傅的车一起走的。

最后说说苟连海。1973年5月初，周凤鸣参谋找到我说：新进了一批拖拉机，34连分了一台，问我想不想去？让我考虑一下近期给他个答复。我回去想了想，第三天就找周凤鸣参谋办了调转手续去34连，到了34连后接收的就是后来的138号拖拉机。开始试运行时只有苟连海，后来又来了宋振学、夏建华和李胜利。等正式干活了，勾连海和我一起出车的时候较多。他年龄小、活泼爱动，春天时他爬到地边的树上去掏鸟蛋，夏天时到瓜地里偷瓜吃，秋天在地里还抓过貉子，冬天进林子时还"捡"到过一个黑熊。

那天早上下着雪，我俩拉着爬犁去拉木头，走在林子外的草地上时发现了一只狗熊趴在地上，我用拖拉机压了一下，看看没反应，就下车看了看，发现腹部有洞穿伤口，就用铁丝拴在拖拉机后边拉回了连里，放在宿舍旁边的空地上。这时全连的几十条狗围着它叫。第二天我和苟连海用刀把熊肢解了，然后把皮挂在房子的山墙上。如今的苟连海也已退休，在哈尔滨颐养天年了，愿他幸福吧。

我刚到34连时是侯指导员主持工作，后来又来了王清尧连长，建点的当年成绩很大，盖了食堂、仓库和宿舍。十七家老职工都搬了家。后来又盖了晒麦棚和砖砌的青年宿舍。那时候办事很公平，无论是干部战士一律平等，没人搞特殊化。比如说冬天的时候我用拖拉机给大家拉烧柴，每天都是大家伐完木拉回连里，我去倪盛凤那儿的盒子里抓一个纸条，上面是谁的名字，就送到谁家。大家都没意见，全连都很和谐。

我在开荒营一共八年时间有六年是在34连，后来连里也为我分配了住房，就是砖房的最东边那两间，和傅克勤是邻居，最西边是于建发，中间是李贯通。后来我也置办了家什，水缸、水桶都已买好了。要不是1979年返城，我的儿子就出生在34连了。

直到现在，我对34连总有一种归属感，就是做梦都是我曾经亲手开垦的黑土地，很少梦到其他地方。我越来越理解贺敬之《回延安》这首诗的深意和情感！几回回梦里回三江，浓江河畔有我的故乡……

二、责任与担当

尽管当年开荒营的生活是艰苦的，但无论分内分外、领导战士，都有自己对工作认真负责和敢于承担责任的品德意识。营长为一头牛的死要写个报告承担责任；42号拖拉机发生事故，车长邓国才要去承担责任；从11连调来的两个整班，把圆满地完成各项任务当成自己的责任去做；姜守源所带的男班，干杂活，和胡启凤、王志国等人去机务排参加开荒一样尽责任；李桂花带11人的女班，直接改为炊事班，一年365天不停，担负起营部300多人的伙食，24小时有人值班以保证所有人都能在任何时候吃到饭。更困难的是雨天柴湿、馒头蒸不熟时，面对的不是领导的批评，而是艰苦劳作后吃饭人的意见和不满。也是为了责任，他们没有抱怨和气馁，而是努力想办法解决问题，直到入冬时改成回风灶。

所有开荒营连队的食堂几乎都是几个女知青，承担了全连几十人甚至百把人的吃饭的责任。像37连的沈雨珍、杨文芳，38连的盛菊香、王家莉，40连的张金荣、张金春，34连的程智敏、吴秀文，44、46 连炊事班我已记不起名字。最难忘的是 48 连炊事班，我去 48 连送物品，因为无路难走，往往都是很晚才能到。她们看到有车灯就知道有人要来，会睡觉前把饭菜像家人一样放在锅里，等我到那去食堂吃饭时，那馒头和菜还都是热的。她们把大家能吃上热饭菜当成自己的责任。

1973 年冬，我在 34 连原本的任务是拉爬犁去伐一些烧柴过冬。但排长季广全带着韩善全、秦跃生等人在冬天的伐木中还想着搜寻能做晒麦棚房架的长木材，第二年就盖起了，据说是全营最后一个晒麦棚，此后再也找不到那么长的木材了。

周参谋在 1972 年春找了个大箱子，把我们因天气转暖扔在宿舍门外的棉鞋都收起来，以备我们在入冬时都能找到自己的鞋。这都不是他分内的工作，顶多算是蒋笃庆（营部的指导员）应该干的。

正是由于这些当年没有直接去开拖拉机、把大犁，但把拓荒当成自己责任的人们共同奋斗，开荒营才有了当年开荒、当年播种、当年打粮、当年盈利的好成绩。

随着时代的发展，当年在这块黑土地上，还在上学的孩子们已经长大成材，34 连的陈成冬、尔丽华、韩家斌等人以及梁利书记，他们已经成长为浓江河畔的新主人，并且和他们的父辈一样，与我们依然有着密切的联系。

正是他们的接力，把当年的开荒营建设成了一个拥有 58.6 万亩耕地的现代化农场，成为了全国绿色食品原料标准化生产基地。2016 年实现了 10.8 亿元的生产总值。在教卫、环保等方面得到了全面发展，也解决了我们当年最难办的"菜篮子"、住房和供热问题，成为了国家级的生态示范区，获得了全国优美小城镇的称号。这是我们昔日垦荒人最希望看到的！

崔世明　北京知青，1968 年 7 月由北京第十五中学下乡到黑龙江兵团六师 27 团 3 连，1969 年 6 月调到一连，1971 年 6 月调入开荒营营部机务排，1972 年调 37 连，1973 年调 34 连，1979 年 5 月返京，在北京市一建公司工作。退休。

乐家兴保养机车

崔世明（中）乐家兴（右）在田间

我的北大荒记忆

丁长才

弹指一挥间，当年的知青已经两鬓斑白。《向荒原进军》文稿征集又将我带回到四十年前我下乡的那一段青春岁月，北大荒又重新走进了我的记忆。

一、去兵团

1975年夏我初中毕业，还没到十七岁的生日，迎来了新一轮上山下乡运动。我们25名同学响应"知识青年到农村去、到祖国最需要的地方去"的号召，在学校报名去兵团。

1975年8月12日是个难忘的日子，一声长笛，我们这些热血小青年告别了父母亲人，带着对前途和理想的憧憬、无知与懵懂，开始了人生的征程。我们踏上了遥远而陌生的土地建三江、勤得利，黑龙江兵团27团开荒营34连。

到了连队就感受到它的辽阔，一望无际的荒原、沼泽和森林。这里有来自天南地北的转业官兵、支边职工和占百分之九十的知青战友，同他们一起在这里肩负着"屯垦戍边"的使命，怀着把北大荒建设成大粮仓的梦想，留下了奋斗的汗水和青春的足迹，也体验到了怎样生活，懂得了人生。

初到这里只有艰苦和眼泪相伴，听大家对我们讲，现在的工作、生活条件比几年前开荒建点时好了许多，但是仍然很艰苦。说起艰苦首当其冲的是吃的水，连队唯一那口水井并不卫生，老鼠、虫子、蟾蜍等杂物经常往井里掉（在我们来到连队之前曾经掉进过猪）。住的房子冬天漏气，上半夜烧的炕热的难耐，下半宿屋内冰冷异常，早起牙膏冻的挤不出来。夏天漏雨，夜幕降临，各回各的宿舍，早早钻进蚊帐，避免蚊虫叮咬。晚上没有电灯，只能用油灯照明看书学习。工作中风里来雨里去，逐渐也在适应和改变这里的生存环境，春天一起播种，夏天一起盖房，秋天一起收割，冬天一起伐木。这段历史是我们知青用鲜血和生命铸就的。为此，我们一代知青人为了北大荒的现代化农业——国家的大粮仓付出了最美好的青春年华！

二、农工排

农工排在北大荒的兵团是个大熔炉，在一年的四季里有着不同的劳作，种菜、脱坯、盖房、割大豆、扬场、伐木、修水渠，有时还要去木匠房、铁匠炉、食堂等处帮工，有干不完的活。初到连队时，小麦已经收割完毕，像小山一样的麦粒粮堆，在晒麦场进行扬场晾晒。我们每天跟随农工班的老战友老职工们在场院忙忙碌碌，有时还要带上蚊帐帽，值夜班扬场通风，避免小麦过热发霉，晾晒干的小麦还要装入麻袋上缴国家粮库和预留种子入囤。

随着秋收大豆的结束，不久就到了呼气为霜、滴水成冰的漫长冬季，这时的地头地尾水泡子已成枯水期，以农工班为主的整修水利工程拉开序幕。挖土方、刨冻土，目的是在水泡的边缘挖一条水渠，待春季冰雪融化时把水排放出去，以备开荒，这时的老战友们会自制一些炸药进行爆破，效率自然很高，我们几名"小青年"也不甘心落后，也学着他们的做法用锯末和硝酸钾化肥做原料。在水井房旁边的大铁锅里炒制炸药，由于我们炒制的方法错误，导致突然起火，大家连滚带爬地从水井房内跑了出来，最后水井房子也被烧毁。事后心有余悸而后怕，这是我们"小青年"在北大荒一生都抹不去的记忆。

刚到连队的八月末，第一次去林区伐木坐着链轨"东方红-75"拖拉机拖拽的大爬犁，在一望无际的草甸子上行驶，可以看到各种自然风光。有很多的新鲜感和一种在校时郊游的感觉，心情格外舒畅，途中遇到狍子，我们"小青年儿"跳下爬犁当鹿去追，"鹿"好像在戏弄我们这群"傻狍子"，跑跑停停，回头看看，追了很久很远，我们总是追不上，只好放弃，再调转方向，去追爬犁。

冬天是农闲时期，也是农工排砍伐木材的最佳时节，因为各连队自从开荒建点开始，每年都会采伐大量的木材，用来建房、取暖，近处已无林可采，而且越采越远，途中也会遇到多处低洼沼泽水泡子等无法通行的现象，这样只能绕行，会增加距离，显得更远。北大荒的冬天，来得比较早，整个荒原上冻之后，拖拉机拉着爬犁可以直达，在覆盖着冰雪的荒原上行驶，更省力、更快捷便于运输，每年的冬天，会砍伐大量的木材运往连队，储存起来，夏天用作连队的基本建设。

我们来到连队的第一个冬天，在十一、二月的寒冬，每天在零下三十几度的天气里，在排长季广全、班长秦跃生带领下去很远的森林采伐木材，我们农工排｜几个人坐着大爬犁在呼啸的西北风席卷着冰雪的"大烟炮"中前行，为了避免被冻伤，班、排长不时地提醒大家跳下爬犁跑步活动增加热量。

那时候的条件很差，大家穿的都是棉布鞋，干活脚会出汗，再经过趟雪，鞋都湿漉漉的，坐到爬犁上返回连队又累又饿，无人愿意下爬犁跑步增加热量。当到达连队已经天黑，冻的大家艰难地走下爬犁，踉踉跄跄地走回宿舍，脚却被冻住的鞋包裹着，只能耐心地坐在火炉旁把鞋烤化。拿出冻的红肿的双脚，换上干鞋，然后洗脸吃饭。这样的工作每天重复着。这只是我在北大荒农工排短暂的工作和生活经历。

三、机务排

我来到北大荒不久，连领导决定我和姜志胜、腾文学首批调入机务排工作，分别编入108号、109号、138号拖拉机车组做驾驶助手。工作岗位的转变，使我兴奋不已，同时多了几分新鲜和神秘感。

我的第一任车长是北京知青王志国，他平时严肃，不善于表达，对于工作兢兢业业。我刚到机务排，只是一名普通拖拉机助手，对拖拉机的使用和性能一无所知，在他的精心传授下，我掌握了拖拉机的基础原理和操作技能，学会了如何使用副机启动拖拉机和技术保养。

工作之余他带我到农具场，讲解农机具的使用知识。当我亲手驾驶拖拉机驰骋在荒原上也倍感骄傲，梦想着干出一番成绩，回报父母和国家。理想需要努力才能变为现实，工作不久感觉到上车一身油下车一身土。每个拖拉机手有一件一年四季都要穿的油棉袄，每件工作服中的柴油、机油、齿轮油全部渗透到内衣裤中，每天所有的个人物品散发着油品味。特别是使用过的齿轮油，闻起来让人作呕。在春天播种前，拖拉机牵引着重耙、轻耙、木耢子，轮番上阵平整土地，尘土飞扬弄得满身灰土。在每天的交接班过程中，需要做好交接班保养。不论是机车还是农机具，凡是有黄油嘴的地方，每个班次都要用黄油枪往里注黄油，直至从轴瓦缝隙中溢出油，确保它的润滑，减轻它的磨损以提高其使用寿命。如果注不进去黄油，还要修理好黄油枪和黄油盅，直至完成注油才算交接班的完成。这样弄得拖拉机手满身油泥，被大家戏称为"油耗子"，收工后洗刷需要花去很长的时间，每天如此。

　　每年的十月一日至次年的五月一日，在这段时间里连队已经有了严格的规定。使用拖拉机需要每天加水放水，避免天气寒冷冻坏水箱和机体（那个年代还没有防冻液可加）。冬天如果需要进入林区伐木，需要加负号柴油，驾驶员还要早起用炭火烘烤油底壳，使发动机润滑油变稀。烧一大锅热开水，驾驶员会往拖拉机水箱机体内加满热水，做各种各样的准备工作。真正能做好一名合格的拖拉机手并非易事，需要付出艰辛的努力。

　　秋天牵引着五铧犁翻耕麦茬地，我坐在大犁的座位操纵着升降盘，身边伴随着三害（瞎虻、蚊子和小咬）的侵袭，白天瞎虻和小咬，晚上蚊子，弄得人们无处藏无处躲，时常还伴有狼群的尾随。记得一次夜班牵引重耙耙地，当天蚊子特别多，第一圈下来手和脸被咬的包连着包，当我回连取完蚊帐回来，看见几只狼守在农具前的附近，是在等着捡拾翻出来的田鼠吃，我立即头皮发麻，这是我有生以来第一次单独和野生动物的近距离接触，紧张过后马上将拖拉机门关上，无论如何不能让狼群进来，然后我开着拖拉机围着农具追逐狼群，经确认狼群赶跑后才敢下车，将农具重新挂上牵引钩继续工作。

　　我的第二任车长付克勤，北京知青，从5连调入34连开荒建点，在我的记忆中他喜欢留着八字胡、帅气，我俩在一起无话不谈，可能取决于他的乐观性格，我和他在一起最大的收获是教会我田间打埂。打埂听起来简单，但要打好埂并非易事，首先拖拉机驾驶员要调整好车头的前进方向和自己的坐姿，然后将拖拉机的水箱盖作为"准星"，瞄准远处的标志杆（或其他地标物）为终极目标。眼睛——准星——标志物三点一线。行驶中不断修正方向，在田间划出一道笔直的标准线来，在后期的田间作业中，以这条线为基准进行其他作业。这是当年拖拉机手很重要的一项技能。

　　记得1977年春的某一天，我和付克勤值夜班翻耕男宿舍房山头那块豆茬地，天快亮的时候他发现远处一只小动物在晃动，当拖拉机开到邻近看是一只猱头（貉子）在捡食田鼠。这时我收油门减速，他手拿铁撬棍跳下了拖拉机……

　　早晨我们俩带着战利品回到连队，很多人过来围观，可惜那个季节开始掉毛，已经没有了利用价值，后来被侯大根拎走扒了皮取了肉，更可惜的是这只猱头已经带崽了。那个时代我们还没有野生动物保护意识，直到今日想起来我心里都不是滋味。

　　每年的夏秋，连队都要安排机务排开荒。我所经历的开荒并不是大面积的整体开垦，是当年建点时遗留下来不能开垦的低洼沼泽地和水泡子等地块，致使耕种的土地不能连片，每当土地耕种或收割会造成诸多不便，自然会影响整体效率，这样的地号在我们连队比较常见，更重要的是资源的浪费。第一年冬天我们修过的水渠已经派上用处，水已经排净，只剩下了塔头墩子，由于五铧犁不能适应开荒，需要卸下两组犁铲变为三铧犁，开荒的阻力会小一些。

我作为拖拉机的助手，换上较厚的长衣长裤，头戴蚊帐帽，坐在犁架上手扶升降盘，还需要和拖拉机上的驾驶员密切配合操作。当大犁驶过之后，身后会出现一条条黑色的长龙，随即是草丛中飞起的无数只蚊子向你袭来。尽管穿着较厚的衣服，但裤腿和手的裸露以及防蚊帽与脖子的连接处天天被蚊子叮咬的包连着包，疼痛难忍。

还曾遇到过拖拉机陷入泥塘中，几个人忍受着蚊虫的叮咬在泥水塘挂车，协助另一台拖拉机往外拽。这就是我在机务排三年间经常重复的开荒经历。

丁长才　哈尔滨知青，1958 年 7 月生人，1975 年 8 月从哈尔滨第 114 中学下乡到 27 团开荒营 34 连拖拉机手，1979 年 2 月返城，供职运输公司、渔业机械大修厂、企业行政管理、龙视传媒集团下辖企业。

当年下乡到 34 连的小哈知青返城后合影

开 荒 营 36 连

开荒营36连指导员乔力、刘四妹、徐桂芝、黄淑清、
蔡柳英、张冬娣等。1970年建点在三营，后迁到开荒营重建

36 连 建 点 记 事

徐桂芝

一、为了生存拼了

36连建点之初没有公路，拖拉机拉着爬犁把知青拉到开荒营新点后，连队部分知青暂时借宿在几公里外40连一间没有门窗的房里，大部分人员都住在临时搭建的帐篷里。

荒原上的大风吹的帐篷呼啦、呼啦响，风停了，一团团的蚊虫就开始肆虐，一吸气就吸进鼻子或嘴里，落在蚊帐外像一堵黑黑的墙，嗡嗡地带着节奏的鸣响。

大雨天里的帐篷就像个破旧的篷船飘在水上，外面下大雨里面下小雨，外面雨停了里面还在下。夜里雨水打湿了被子，惊醒了一看，到处在滴水，没有办法入睡，只好把被褥卷起来抱在怀里，坐在唯一不滴水的角落里瞌睡。天亮了，大家醒来一片惊叫！原来床下的鞋子、脸盆都漂在水上，有的还顺水漂到帐篷外。

雨不停地下了两天，外面的活不能干，大家在滴着雨水的帐篷里搓着草绳，小姐妹们真

是以苦为乐，边搓着草绳边哼着不同地域的小调……

天总算晴了，我们也不能总寄人篱下呀，为了尽快解决连队住房问题，在王龙清连长的指挥下，由刘四妹排长带领女工排回连抢时间盖房子。女工排几个班各有不同的分工，挖地槽、切草皮、砌外墙。徐桂芝、赵俊凤、蔡柳英、孟玉娣、杨根娣、金妹英等人砌外墙。木工师傅提前把房子的柱脚立好后，我们就开始砌大墙，战友们扛着草皮、挑着大泥一路小跑、争分夺秒。草垡子里流出的泥浆从头流到脚，头发都粘在了脸上，咸辣辣的汗水流进眼睛淹的眼都睁不开，也顾不上了，用袖子抹一下继续干。我们女工排真是拼了，一个个浑身上下全是泥土，就像用泥巴雕塑的群像。

开饭了！连长几次过来喊大家休息一下，吃完饭再干吧！没有人停下来。急的连长把我们一个个从跳板上拽下来。就是这样子，我们三天就盖好了一栋房。战友们拼足了劲儿，赶在入冬前盖好了两栋草皮房，终于告别了帐篷，睡上了火炕。

二、女子打井队

入冬了，天很冷。草甸子里的水冻成了冰，以前挖的大坑，里面的水也冻了，大地一刨一个白点。必须打口井了，不然冬天可就要遭大罪了。

打井的任务交给了女工排，排长刘四妹把我们分成几班，24 小时不停地挖掘打井。每 3 人一组进入井坑内，挖 3 锹深就换一组，井下不透气，挖土方的大汗淋漓，井上吊土的人员眉毛头发挂满了冰霜，真是上下两重天。

就这样白天黑夜不停地挖了几天，连里请来了一位装井帮木的师傅，木工班哈市知青吴新民和北京知青张玉剑等人开始加工井帮木。在师傅的指导下一边挖土一边装井帮木。挖到十余米深时，要求大家动作要快，松土尽快返上去，防止一锹下去挖到水线水就涌上来了，所以大家加快速度一刻不停地挖土、吊运……

开荒营 36 连女排长刘四妹

经过近半个月的奋战，这口井终于出水了。我们又经过几番的渗出、沉淀，几番的淘尽井底淤泥污水，我们终于吃上自己打的甘甜井水。

三、破人工收割新纪录

36 连第一年秋收，地里的大豆豆荚密密地挂满枝条，硕大的地号一眼望不到边，一片丰收的景象。

新建连队生荒地多，平整程度差，而大豆茬低，不适合机械收割，我们只能人工收割。排长刘四妹带领女工排的战友们已经在这片大豆地上奋战好几天了。割豆子就得大弯腰，几日来豆荚不仅仅把手刺破流血，更是让麻木的腰不听使唤，每天睡觉翻身都困难，宿舍里不断传来："哎哟！我的腰！"的哼哼声。但第二天一早，

小伙伴们又一字排开站在地头，又鼓足了精神投入新的一天的战斗。

东北深秋的寒风习习，豆秧上挂满了冰霜。战友们好艰难地弯下酸痛的腰，镰刀割下去，满手抓着挂冰霜的豆枝又凉又刺手，大家互相鼓励，嘴里念着"下定决心，不怕牺牲，排除万难，去争取顺利"。全排小小年纪的战士没有一个人退缩，谁也不想掉队。实在太累了就蹲着割、跪着割，有时躺在地上直下腰，接着又一阵猛追。在排长的带领下大家团结互助，割到前面的回来接应一下后面的战友。上海知青金妹英每天都割在前面，大家以她为目标紧追不舍。

人工割大豆，每人定额 2 亩，但大家都超额完成任务，日割 3 亩、4 亩、5 亩之多。尤其是上海知青金妹英，她两把镰刀左右开弓冲在最前面，她创造了兵团人工日收割大豆 6.7 亩的新纪录，她受到上级的表彰，也是我们女工排的骄傲。

四、女子伐木队

冬天来了，一支小小的女知青队伍开进了一个不知道名字的森林，安营扎寨开始伐木了。那年冬天我们就要为来年盖房、建晒麦棚等基建准备木料。

白天姐妹们伐木，以蚂蚁啃骨头的精神将伐倒的树连扛带抬，从过膝的雪地里归好楞，再由男工排夜里装车拉回连队。

林子的夜晚漆黑，偶尔能听到不知什么动物的叫声，破旧的帐篷被荒原的寒风刮得呼啦、呼啦响，有时候烟囱被大风刮倒了，大家立刻从被窝里爬出来七手八脚地修好，冻得浑身发抖、牙齿格格响。有时候夜里也很安静，早晨起来，帐篷外也会有不知名的大大小小的脚印。

冬天的森林里太冷了，夜里睡觉时，把搭锅灶剩下的土坯烤热，包上毛巾抱在怀中。森林里的生活很苦，没有水，我们化雪水做饭，偶尔发现水塘就去刨点冰。白天伐木渴了就是抓一把雪放在嘴里，把冻馒头放在火堆上烤一层撕一层地吃。

伐木很苦很累，但大家非常乐观，劳动休息时，大森林里传出一串串稚嫩的歌声和笑声，大家手里拿着树枝、大锯、斧头、撬棍当乐器演奏，嘴里哼着一支曲子。白桦林里下着纷纷大雪，在一根倒在雪里的树干旁，哈尔滨女知青刘桂芝跳着芭蕾舞，北风那个吹，雪花那个飘……唱着：兵团战士胸有朝阳，日夜守卫在祖国的边防。歌声笑声打破了森林的宁静。

雪停了，天晴了，风也静下来了，一支小小的女知青伐木队在辛勤地工作着，她们是不畏艰难、勇敢的女战士，她们是把自己的青春热血献给这片黑土地的知青垦荒人。

开荒营 36 连元老牡丹江知青
徐桂芝、黄淑清和丁桂兰

五、春播战歌：一天拿下 108 垧地再破纪录

北大荒的春天很短，都 4 月了，地里的积雪还没化完，春播的农时就到了。

当时，我们主要的农作物是春小麦和大豆，春小麦生长期短，俗话称：种在冰上、收在火上，所以抓住时节、适时播种是确保粮食产量和质量的最重要环节。

36连是新建点，在荒原上不断地开垦荒地，可耕种土地面积已扩大到2 000垧，是全团有名的土地大户。我们是新建的连队，人员少加上当时机车和播种机械严重不足，全连春播的压力非常大。为了不误农时，指导员杨均银、连长王龙清召开了全连春播动员誓师大会，要求在有限的时间内保质保量地完成春播任务。会后决定先拿108垧的7号地祭旗，命令王忠良车长的95号机车组为播种机车，尹学伦率领男工排的战友们站播种机并负责上种子化肥，与机车组人员相互配合单车抢播7号地，争取一天拿下。

7号地土地肥沃，1 700多米长的地里扦旗、种子化肥都提前准备就绪。凌晨两点，天刚蒙蒙亮，大家冒着初春的寒风早已在7号地边各就各位。随着连长一声令下，95号机车拉着三联播种机轰鸣着开始了抢播大战。这时全连就像一条龙，每个环节都围着春播，运送麦种、化肥的要一刻不停提前准备好，后续上种子的要在不同的距离堆放好种子、化肥，机车一到，大家扛着袋子飞奔到播种机旁，保证机车不停。后勤食堂把饭菜都送到地边，就这样人停、车不停，一直干到天黑。机车看不见播扦了，尹学伦等人就用手电筒照着扦线印为机车引路前进。一直播到晚上10点多，这块108垧的7号地才被我们啃下来。这时我们全身的力气都用尽了，一个个都瘫倒在地上。

这一天我们单车共播种小麦108垧，创造了兵团的麦播奇迹，为此受到团党委的表彰，王忠良车长和95号机车组还荣获个人和集体三等功。

上级的表扬鼓舞着全连的斗志。为了在好天气里加快播种速度，全连你追我赶，与老天爷抢时间。每天蒙蒙亮就下地了，战友们在尘土飞扬的播种机上一站就是一天，午饭和晚饭都在地里吃。只要天气好，月光明亮，就播种到凌晨两点，大家睡上一个多小时觉，凌晨四点又开始播种了。在这场艰苦的春播大战中，战友们团结一心，从不叫苦，超额完成上级下达的麦播任务，全连还创造了一个个麦播奇迹。

徐桂芝　牡丹江知青，1969年初中毕业，1970年5月来到兵团6师27团12连，1970年12月参加12连新点36连任炊事员，1972年3月36连女工排战士，1973年11月36连女工代排长、排长，1974年5月连副指导员，1975年底调牡丹江市沿江乡放牛沟大队。

95号车长三等功臣王忠良

插图：杜宝玉

从老大难到先进连的转变

——记开荒营 36 连

李臣第

黑龙江垦区于 1968 年改制组建为黑龙江生产建设兵团。垦区勤得利农场于 1969 年春编为兵团 3 师 27 团。兵团党委为了屯垦戍边的需要又组建了 6 师，将原 3 师的 27、25 等 4 个团划归 6 师。新组建的 6 师党委和师长王少伯把工作重点放在开荒上，在三江平原的东北部腹地吹响了"向荒原进军"的号角。27 团积极贯彻落实师党委部署，于 1971 年年初组建了 4 营也称开荒营，初期建点 12 个连队专门从事开荒。一批批兵团战士带着坚定的信念和敢于拼搏、勇于奉献的精神奔向荒原；一个个开荒建点的新连队拔地而起；一台台机车轰鸣让亘古沼泽地掀起黑色的波浪。兵团战士在广袤的荒原上展开了建设北大荒重要粮食生产基地的拓荒诗卷。

历史往往在经过时间沉淀后可以看得更加清晰。1966 年的勤得利农场，只有 12 个农业生产队，在 27 团向荒原进军中扩建到了 50 多个连队。没有 27 团向荒原进军的重大举措，就没有今天良田万顷的"北国江南"和大气张扬的勤得利农场。没有当年兵团 6 师向抚远荒原进军的雄心壮志，就没有老垦荒战士率领广大的知青战士再战浓江河的二次出征，就没有如今建三江"中国绿色米都"的辉煌。没有当年兵团大面积的开发，就没有今天北大荒成为粮食综合生产能力最强的国家重要商品粮基地和粮食战略后备基地的中华大粮仓。

我是 1977 年秋调到开荒营（后改制称为四分场）任分场党委副书记，同时兼任 36 队指导员，哈市知青王福祥任连长，上海知青相忠孝任副指导员，老垦荒战士郭录田、杨振安任副连长。当时 36 连的特点是种植面积最大，有 32 000 亩耕地，职工队伍是老的少，知青多（知青占 90%）。由于在开荒建点时受先治坡、后制窝的"左"倾思想影响，致使连队房屋少，生存条件、生活环境十分艰难。由于管理不到位，组织纪律涣散，知青队伍比较乱，是开荒营里的"老大难"单位。原团、营两级工作组曾进驻该队进行整改，但都收效甚微。农场把改变 36 连面貌这一重任交给了我们新一届领导班子。

我刚到连队环顾四周的第一印象是：36 连是一个光种粮、不种树，是光秃秃没有绿色的"裸体"队，房屋居然还是建点初期的马蹄草房。来到连队的当天傍晚，老天爷为欢迎我们还下起了大雨。时逢金秋时节，晒麦场的大豆被雨浇个正着，连队更夫多次敲钟呼唤人来抢运粮食，可是雨越下越大，钟越敲越响，但到晒场抢粮食的人竟然寥寥无几，而且第二天上班时仍不见人。农业技术员天津知青尹学伦告诉我说，农工们都在 6 号地收割大豆呢。但当我赶到 6 号地时，只看见北京知青李建国在，于是我问他割豆子的人呢？

他说"穿林海跨雪原"都溜了。都溜了？我第一次上食堂打饭时看到只有做饭的耳房，没有餐厅，就餐时人只能站在露天处在耳房窗口打饭，住无暖房，食不避风。知青走进队部找我做的第一件事，是宿舍东西丢了让我破案。身临其境，我深感困难要比想象的多得多，心情十分沉重。怎么办？设身处地，我们也感到了群众无心生产的原因，也找到解决困难的突破口。

经过班子研究，为扭转连队落后面貌，首先从实际出发，实事求是，坚持从群众中来到群众中去的思想路线；召开各类人员座谈会进行摸底调查，听取了干部群众的意见建议。在全面分析存在问题原因的基础上，我们统一班子认识。首先要解放思想，转变观念，改变过去那种先治坡、后治窝的极"左"做法。第一项就是切实改善职工生活条件，做到要让马儿跑，得喂马儿草，坚持对"老大难"的整改，不要扬汤止沸，而要釜底抽薪；用超常规的措施，规划了连队的发展蓝图；我和连长进行了分工，他负责抓基础设施建设，以最快的速度在上冻前完成580平方米大食堂基建任务，我负责同时抓秋收和秋整任务，为来年再生产打基础。经过我们的同甘共苦，艰苦奋斗，当年圆满完成了这两项任务，收到的成效超出了我们的预期。大食堂让大伙有遮风挡雨的暖身暖心的吃饭地儿，凝聚了人心，队里生产积极性有了明显起色，开了个好头。年过半百的木丁李兰备感触颇深地说："新班子、新观念、新作为，做梦也没想到，仅用45天大食堂就落成了。"

初战告捷使新班子进一步明确了：发展生产的目的，就是要满足人对物质和精神文化生活的需要，确立了以发展生产保职工生活的改善，以改善职工生活，促进生产发展的建队原则。之后我们年年盖新房改善职工居住条件，打机井饮用深层水，让职工喝上放心水；成立了蔬菜、猪号班，吃上绿色菜和放心肉；盖起了砖瓦结构的菜窖，解决职工冬季吃菜难的问题；还盖起砖瓦结构的男女厕所，小小的公厕直接体现一个连队对知青的关怀；成立了豆腐房，磨豆腐供职工吃；美化环境，种植树木和花卉；打了水泥晒场，把多年来的"扬灰水泥"土路修成了沙石路；实现了由连队自行发电变农场高压供电；在食堂就餐，看电影，开大会，演出文艺节目。生活生产环境的改善，文化生活的丰富，逐步改变了职工精神面貌，使得人人心系连队，为新班子提出的创一流业绩，做一流奉献，建一流连队，一年一个样，三年大变样的奋斗目标打下坚实的基础。

切实加强机务队标准化建设，一举使36连成为首批被总局授予的"机务管理标准化达标单位"。1980年在管局举办的场长、队长训练班上，管局领导安排我做了《搞好机务管理标准化，实行标准化作业，多为四化做贡献》的经验介绍。我们以此争取到世界银行建设项目资金，购置了外国农业机械。这是三年中切实加强机务标准化建设的成果。36连不断提高农机管理标准化，实行作业标准化，建全砖瓦结构的油料库、零件库、修理库、农具场，"三库一场"的标准化，加强单车核算，充分发挥机械效能；用经济手段和达到作业标准化进行严格管理，超额完成达标作业的就奖励，达不到标准化作业、完不成作业的给予相应的惩罚。坚持一水、二路、三开荒、四造林的开发方针，又开荒了5 000亩，耕地面积达37 000亩。机务排长王守勤既是机身管理标准化的推手，又是革新能手。他与同事先后将自动康拜因成功改装为：前悬挂小麦割晒打道机，用废油桶改装成机械启动的蒸汽加热器，在农场内外推广。36队在项目队建设中拥有了拖拉机12台，康拜因8台，小型车4台。回想起36连37年前那24台农业机械的集中停放，还有在辽阔大地的翻地、播种、收获作业的场面，至今震撼我的心扉，那是36连多么壮观亮丽的一道风景线啊！

连队"五定一奖"核算组被总局授予先进核算单位。在建三江管局举办的场长、队长培训班上，我做了《我们是怎样实行定额记分，按分计奖》的典型发言：在生产经营中实行财务大包干，改变了"干多干少、干和不干一样"的吃大锅饭现象。实行"五定一奖"、生产岗位经营责任制，使生产关系适应生产力的发展。那时管理局党委规定利润留成，奖金除按照利润比例留成外，队里提留的利润总额人均不能超 400 元。人均达到 400 元相当于一年的工资啊！36 连是唯一实现这一目标的连队。职工得到了实惠，成为荒原桂冠的核心内容，成为大家都向往去工作、去就业的连队。

火车跑得快，全靠车头带。我们狠抓党组织建设，充分发挥党支部的战斗堡垒作用和党员先锋模范作用。要求党员吃苦在前，享受在后，凡是要求群众做到的党员干部带头先做到。做到方便让给别人，困难留给自己。在粮油供应，烧柴供给，买肉买菜，住房分配，2‰工资调整，一切公平透明，优先普通职工、先进生产者、革新能手，领导干部甘当公仆。群众说："给钱给物不如给个好支部"。

注重人才培养选拔，把"四有"新人培养入党、提干。先后推荐三名副职到外连队任正职，两位提为本连队副职。其中一名为北京知青李建国，一名为哈尔滨市知青李东升。还有一名佳木斯市知青张金波到农场公安局任职。一名上海市知青到学校任教。李建国感慨地说："新班子的到来，在改变连队面貌的同时也温暖了我，入了党也提了干，这段知青经历成为自己人生的基石。"连队让职工感到有甜头、得实惠，让个人前程充满希望！

切实加强职工队伍建设，做到抓两头带中间。运用典型指导工作，对先进的人和事及时总结、表彰、奖励，宣传、推广、上报，授予荣誉称号。对落后者特别对刺头儿，敢于碰硬，才能让职工支持、拥护、信服你，连队要树正气，让好人吃香，不良倾向受到抵制，让连队充满阳光，充满活力。

经过有序整改，连队旧貌变新颜。到 1980 年 36 连在全场 58 个生产队中，在粮豆产量、上缴利润、人均收入、劳动效率等方面名列农场第一，摘掉了"老大难"的帽子，戴上了先进单位的桂冠。1979 年实现粮豆总产 2 315 吨，1980 年实现 2 807 吨，增长了 21.3%。人均生产粮豆：1979 年是 31 906 斤，1980 年是 41 900 斤，增长了 31.3%。1979 年盈利 30.5 万元，1980 年达到了 40 余万元，增长了 31.1%。年年是两位数增长。财富就是力量，发展是解决一切问题的总钥匙。连队获得了农场、管局、总局党委授予的先进单位、文明单位、先进党支部等荣誉称号。

作家马德说："别去问生活值不值得，你当时愿意，便是值得。所有决定都离不开当时当地的时代背景，每一个选择，都是彼此在权衡比较之后，做出的优化结果。"几十年过去了，每当我想起当年艰苦的生活和奋斗的时光，当年在开荒营 36 连队工作的情形仍然历历在目……

　　李臣第　1959 年支边青年，1959 年由山东省茌平县扬屯乡袁车村支援边疆建设来黑龙江垦区勤得利农场，1977 年调农场四分场（开荒营）任副书记兼 36 连指导员，后调农场任党委宣传部长，党委副书记。

我 的 兵 团 岁 月

潘树茂

《向荒原进军》征稿号角吹响，我仿佛又回到了充满朝气的青年时代，我曾经朝夕相伴留恋的人，那些惊心动魄、难以忘怀的往事：记忆的热浪像潮水般涌来。

　　边疆屯垦似昨天，枉自耕耘若等闲。
　　此系兵团多少事，荒原挺进有谁传？

一、北大荒原

（一）新家

夜幕刚刚降临在祖国东北部黑龙江畔的平原上，开来一辆辆满载着兵团新兵的解放牌大卡车。"咯吱"一声，我们坐的一辆车终于停下来了。"到家了，大家下车吧！"听到这声音好温暖，我们既兴奋又激动，企盼了两天一夜的新家终于到了。大家纷纷跳下汽车，顾不上一路颠簸与劳累，借着月光举目四处张望，到家了？房子呢？我们住哪呀？一连串问号掠过脑海。"这就是你们的新家，大家先洗把脸吧"，一个洪亮的声音介绍道。先不问了，大家纷纷打开行李，拿出自己从家带来的脸盆，在月光下排队等候从井里打上来的水，洗把脸再说。直到我们喝了开水，才看清沉淀在碗底一层厚厚的茶碱，这才发现毛巾已染上黄色，我们的新家是位于开荒营东北方向的 36 连，再向东就是鸭绿河。据老知青们讲，36 连在 1972 年刚建点时没有路，方圆百里全是沼泽地。经过 3 年的艰苦创业，辛勤劳作，才有了万亩良田。收获几千吨的小麦，支援国家建设。

男生女生，连里先安排我们在用拉合辫造的大食堂里住下。东房 2 间，女生 18 人住里间，男生 24 人住外间。秋天的北大荒，夜晚的北风刺骨，从大食堂墙上的门窗袭入，窜过用拉合辫做的间壁墙盘旋到床上。女生们蜷缩在被窝里哭声一片，环境如此艰苦是我们都没想到的。为了让我们尽快了解和熟悉 27 团的环境，指导员先带我们到勤得利黑龙江边、渔场和五星山下的团部参观，回来后才安排我们投入到了紧张的耕作中。生活环境的陌生和艰苦所带来的不适，在领导和老垦荒人的关心陪伴下使我们很快就适应过来。

（二）打草

打草是我们这些小青年到兵团后参加的第一次劳动。连长向我们简短地布置了任务，即男生每人 120 捆，女生 100 捆，要求每捆直径约 45 厘米。天刚放亮，我们便在连长的哨声催促下匆忙起床，吃饭，带上毛巾和镰刀，踏着晨露排着队急行军来到约 5 公里的草场。连长指挥大家，按分的地块范围，有序散开，开始紧张挥镰。开始不管男女，大家你追我赶，挥汗如雨，头不抬，腰不伸，奋力向前，都十分卖力。加油鼓劲的口号，时远时近地传入耳中，让大家不能放慢脚步。可到了下午4点钟，还有多数人没有完成规定的数量。眼看收工的时间就要到了，很多人的手上已经磨起了血泡，腰也断了似的直不起来。那年虽然我们十七八岁了，可基本都没干过体力活，是什么苦都没吃过的初出茅庐的学生，一下子要承受这么大的劳动量，还真吃不消，我强撑着，忍着腰痛直起腰来，举目四望，只见有人坐在地上为打好的草缠绕子。坐着毕竟没有蹲着干得快，看来他们也累得不行了。有几个女生更是哭了起来，就近的几个男生闻声赶紧上前，一问才知她们是因为才打了六七十捆草，完不成任务怕挨批评吓哭的。于是我和几个男生放下自己的草场任务，帮助她们割起草来，直到凑够100捆，才返回自己的打草场。

天完全黑了下来，荒原上有野狼出没，不管是否完成任务，都得集合回连了。回到宿舍，大家吃了饭，简单洗漱后，全都默不作声地躺下了。腰像断了一样疼得翻来覆去睡不着。为了迎接第二天的劳动，我用被蒙上头，渐渐地进入了梦乡。

（三）扛麻袋

不久，连里初次整编，把我们全部安排在农工排，我被任命为新青年男排排长。接到的首次任务是到晒麦场装麻袋、入囤。连领导让老垦荒为我们做示范，怎样装袋、弯腰、顶起麻袋、放下麻袋。我们分成若干个3人小组，两人撑麻袋口，一人抢着40斤的大撮子往袋里装小麦。连领导要求不管男女都得参加这项常规劳动，并要求第一个星期男生最少扛120斤，女生扛80斤。这对我们真是一次叫"硬"的考验。人的潜能是巨大的，经过一周，我们无论男女生，都按要求能扛起120斤或80斤的麻袋了，有的还向160斤冲刺。时逢初秋时节，阵雨、暴雨时有发生。刚才还阳光明媚，一会儿就风起云涌，阴霾密布，倾盆大雨毫无预警的突降而至。这时晒麦场的钟声就会和连长的哨声一起急促响起，人们都会立即从四面八方赶到晒麦场抢运小麦。像抢救自己家的财产一样，自觉分工，齐心协力，没人偷懒。女生撑麻袋，有力气的就用大撮子装麻袋，男生们轮流发肩、扛麻袋，紧张得没人顾得上唠嗑。每次装完麻袋，浑身都会被汗水湿透。为了未雨绸缪，连队每天早晚还要搞"大会战"，装麻袋、入囤。通常是每天黎明时分，东方刚吐鱼肚白，连长的哨子就会在我们宿舍的门窗前响起，10分钟内我们必须赶到晒麦场，扛3个小时麻袋至7点结束，然后去洗漱吃饭，8点又投入到一天的劳作中，晚上19点连长的哨声还会响起，至21点是"晚会战"，北大荒的蚊子和小咬一撸一把，疯狂得让人难以忍受，到晒麦场干活必须戴手套和蚊帐帽。经过半个月的锻炼，我们基本上都能扛起160斤的大麻袋了。但从此我们的个头也就停止了生长，腰肌劳损的病根也落下了。尽管如此，没听到过谁叫苦。

二、农工班

（一）秋收

转眼到连队一个月了，金秋时节悄然来临。兵团秋收主要靠拖拉机和康拜因，通常水田旱地里的活由机务排来完成，农工排的主要任务基本上在晒麦场。在领导、老垦荒人的传、帮、带和手把手的教导下，我们学会了缝麻袋、扬场、钻肩扛麻袋、入囤倒麻袋。连领导对我们二次整编，并入老垦荒人的农工排，男生并入农工二排，老排长是朱德清，我担任副排长。兵团有班排长的都要带班带头干。为此我经常白班夜班连轴转，夜班主要是扬场，一站就是大半宿。这期间连里为了早日完成秋收任务，经常在晚上进行"大会战"。有一天晚上，连里组织抢收黄豆，全连能参加的都参加了。大家在晒麦场上排着队，老青年扛着200斤的麻袋走上三阶跳板，将一袋袋大豆麻利地倒入粮仓，又一路小跑去扛下一袋，没有人偷懒。小青年看到老青年们干劲冲天，也个个跃跃欲试。小青年何文星是二排的一名班长，个头虽不高，但肩宽劲大。只听他对发肩的二位战友说道：给我装满，我也试试扛200斤上三阶跳是啥感觉。只见他扛起麻袋，一溜小跑就冲上了第一阶跳板，眼看就要冲到二阶跳板时脚踩上了散落在跳板上的黄豆，身子一歪，麻袋和人一起掉下了跳板，一下子把腰扭成了重伤。第二天赶紧去王岗兵团总医院治疗，从此留下了终身的病患，直到病退返城，再也没有回到连队。要说最能干又有劲的是二排长朱德清，他手指像胡萝卜，他能用双臂同时夹起两个160斤的麻袋行走50多米，来兵团前他也是没干过重体力活的知识青年，是北大荒艰苦的开荒岁月历练了他。他平时少言寡语，干活以一当十，我们新老青年都特别崇拜他，把他当作学习的榜样，可惜没多久他调到勤得利了。干农活体力消耗大，每天中午四两的大馒头得吃4个，每月45斤的粮食定量根本不够。没有电灯，晚饭后偶尔不太累时就在宿舍门口站站，天黑蚊子一多，又得赶紧钻蚊帐。从早到晚除了干活、吃饭，就是睡觉。就这样，我们日复一日地重复着重体力劳动，生活能力得到了锻炼和提高，默默地为北大荒建设奉献着我们的青春。

忆感伤七律（平水韵）

树茂枝繁绿色扬，秋风凛冽叶不黄。兵团建设催人奋，战友携手助华章。
奉献青春似热火，豪情壮志永流芳。边疆屯垦思过往，已把荒原作故乡。

（二）烧荒

在天高云淡、秋高气爽的金秋时节，一望无际的麦田，颗粒饱满的麦穗，被联合收割机收入囊中，麦秸变成了广袤的金色的草原。地势不平和遗落的麦穗，参差不齐，或躺或立，在风中摇曳。

接下来烧荒。我们在连队农业技术员尹学伦的带领下，向离连队5公里外的2号地块进发。尹学伦1.68米的个头，是天津下乡知青里年龄最小的，待人热情，工作认真，话未出口脸先笑，小青年都喜欢他。他经常牺牲自己的休息时间为大家理发，从不计较得失，深受大家的爱戴。路上大家边走，边听他讲解为什么要烧荒。他说道："兵团地大、人少、时间紧。小麦秆比重最大，以连队现有的100多人、机械能力，要把麦秆都收回来，既不可能也不划算。可麦秆不除地无法再种，所以烧成草木灰变肥料经济有效。"来到现场，尹学伦把要烧的垄沟分给大家，告诉注意事项，便让大家散开，相互距离保持远点。第一次烧荒，大家无知无畏麻利地弯腰点火，噼噼啪啪，麦田各个点火点熊熊燃烧，一会儿就连成一片火海，火光冲天，很快，浓浓的黑烟笼罩，伸手已不见五指。事先尹学伦已经教我们用毛巾捂着嘴，防止烟呛上不来气。火正烧着，风向突然变了，火苗一下燎着了我的眉毛和头发，我下意识地撸了一把脸，急忙转身向后飞奔，此时烟雾呛得我不敢喘气，什么都看不清了。一种窒息的恐惧袭来，求生的渴望让我本能地拼命呼叫。忽然我听到一个声音在喊："低下身，向后跑"。事后才懂得应该迎风跑，人顺风跑得再快也是跑不过风的。好悬啊，差一点葬身火海，虽然有惊无险，但也算是经受了一次生死的考验。后来我得知邻近的周兆滨也和我一样头发被燎焦了，衣服袖子也被火烧坏了。是尹学伦救了我们！

（三）盖宿舍

秋收结束，秋风凄冷，早晚出工得穿棉衣了，可我们住处四面透风。连领导很着急，除继续秋收扫尾外，准备盖宿舍。我奉命亲自带班脱了3天坯，让排里有经验懂木匠的老同志王建伦指导我们这些从没盖过房子的毛头小伙子学着打地基、立桩、砌坯、扠干打垒土墙、挂拉合辫、盘火坑和地龙。那时盖房子没有吊车，在大山墙上安装三角形"立人"即房架子是最危险的，完全靠人工，除了力气，更需要胆量。没人扛，我身为排长，只能咬着牙、壮着胆带头上。我和老青年丁晓天排长一副杠，颤颤巍巍地在战友们的助威号子声中，两个人扛着200多斤的房架，在宽2.8米高30多厘米的墙上行走，把房架子立在了新盖的大山墙上。很快房盖用草苫上了。上冻前我们40多人终于住上了自己亲手盖的泥土宿舍。可睡前烧得暖暖的屋子，早晨洗脸盆里的水还是冻成了冰。半夜上厕所，没有室内厕所得穿上棉衣走出很远。尽管如此，大家从没想过是不是一生都要在这里度过，依然每一天在荒原上挥洒着青春和汗水，在不知愁地过着。至今我们不后悔，仍以此生是"知青"而感到自豪！

（四）伐木

冬天到了，北大荒原野已是白雪皑皑，勤劳的人们做着各种越冬准备。我接到带全排战士准备进林伐木的指令。老青年连夜把锯都锉好了，我真有些不知所措，感到肩上的担子更重了。第二天一早全排整装出发，下午过鸭绿河，在离岸约8里、距连队约40公里，我们确定营地位置后，大家伐木、挖坑。不一会儿"地窨子"就挖好了，紧接着支上房梁框架，随后在两侧铺木头搭好床，蒙上苫布，四边用大木头压住，帐篷中间安个大汽油桶，点燃刚劈好的桦子取暖，在帐篷外再支起一口做饭大锅，"新家"就落成了。这时发现，做饭没水，需要赶紧去8里以外的鸭绿河取水，我带领一名战士挑着水桶奔向鸭绿河边。冬季的荒野森林尽管有大树的阻挡，凛冽的风还是刺骨寒冷。棉手套中的手只有攥起拳头才能缓解刀割般的疼痛。步行约40多分钟我们才到达鸭绿河，用钎锥砸出个冰窟窿后，把水桶沉到河里提上来时，鞋却粘在了冰面上，幸好时间短，用力拔开，我俩便挑起水桶往回赶。这是我长这么大第一次挑水，凹凸不平的塔头地，深一脚浅一脚，满满的两桶水，走了一半的路已经洒了四分之一。肩膀压得疼痛难挨，真想把桶里的水洒出去。可一想这么远的路，天快黑了，不可能再去挑水了，今晚没水做饭就得饿肚子，洒出一滴都不舍得了。我硬撑着，忍着肩痛，走走停停，感觉归程那么遥远，咬着牙好歹总算把水挑到了宿营地。大家都等着我们的水下锅做饭呢。做好饭已经是下午4点了。饿了一天，大家狼吞虎咽地吃完晚饭。

天黑了，地窨子中间的火炉燃烧起来，帐篷里的温度不断地上升，借着油灯和炉火的光亮，劳累一天的战友们纷纷上床躺下准备入眠。几位精神十足，没有困意的战士在侃大山、讲着有关狼的故事。近旁的火炉烤得脑袋火辣辣的，我用棉被蒙上脑袋，不经意间进入了梦乡。下半夜我从睡梦中冻醒，把棉袄压到脚上迷迷糊糊又睡着了。早晨起来褥子下结了一层厚厚的冰，早上用烧化了的雪水洗脸。我们每天只吃两顿饭。早饭后我们进林伐木。冬天白天很短，需抓紧伐木，连里都是晚上派拖拉机来拉木头，三更半夜我们还得起来扛木头装车，同时还得防备遇到熊瞎子和狼的袭击。扛木头通常是 4 个人，用两副杠和两副卡勾，一个人用"大肩"，另一个人就必须用"小肩"（左肩），左撇子的人少，多数时候我虽不会用左肩也得用左肩，第一次肩膀就压肿了，垫着毛巾咬牙忍痛坚持，和大家配合着"归楞"（扛木头垛在一起）。

原始森林里伐木常会遇到危险，时刻都得小心。参天大树挺拔笔直最高的达 18 米，多为杨树和桦树，十分茂密，树与树的间距小。伐木时首先要判断好风向，确定上下锯口位置，两个人再开始拉锯。为了防止夹锯，通常是先锯倒向的下口，后锯上口。但有时地形复杂，森林里会突然刮旋风改变风向，树木"搭挂"，即不能正常倒地挂在别的树上的情况时有发生，处理起来是有危险的，弄不好会造成伤亡事故。一次，一棵高约 15 米的大杨树搭挂了，我是排长，有危险应该我先上。于是，我和战友去伐那棵搭挂的树，快要伐倒时，我让伙伴离开，我看是西风，计划好向西撤退，两板斧下去，吱咯一声，树开始倾倒，我马上向西南跑去。可这时一股旋风袭来，风向突变，东北风裹着大树在地上转了半圈儿向我砸来，我听到呼啸的风声，感觉不妙，拼命地奔跑，可还是被树梢拍倒在地。战友们以为我遇难了，吓得大声喊着向我跑来，七手八脚地抬起压在我身上的树冠，把我拉起来。我吓得脸色苍白，摸摸自己下身，只感到腰、腿有些轻微的疼痛，告诉大家没受重伤。战友们也都为这个意外而幸运的结果长舒了一口气，露出了微笑，议论说：幸亏我跑得快，再慢一秒，有可能长眠在这片原始森林里了。

进林子时带的猪肉吃光了，菜也不多了。我带着一名战士，随来拉木头的车连夜回连队取补给。第二天吃完午饭我们坐着 75 马力拖拉机牵引的爬犁，向鸭绿河对岸的原始森林驶去。1975 年的冬天似乎格外寒冷，我们冻得直哆嗦。冬天夕阳下山特别早，夜幕很快降临。这时，我们发现爬犁后面有 3 对亮晶晶的小圆点一闪一闪的由远至近，是 3 只饥饿的野狼！拖拉机驾驶员也从倒车镜里发现了狼在迫近，于是他把拖拉机后面的大灯点亮，猛轰油门，3 只野狼见到两束雪亮的白光，又听到轰响的油门声没敢靠近，只是远远地跟着我们，盯着我们，一直把我们送进密林深处，才不甘心地离去了。我们心惊肉跳地回到宿营地，想起了老青年讲的狼故事，真的后怕了一回。被狼追赶的情景却永久地留在了我的记忆里。

鹧鸪天·往事

火海曾经斗志狂，常将重任揽肩扛。垦荒路险勇担水，补给归途遇饿狼。
顶寒风，卧冰床，锤炼筋骨暗留伤。青春热血豪情洒，换就荒原遍地仓。

三、蹉跎岁月

（一）车祸

1976 年 1 月 5 日我奉命去团部参加团代会。1 月 8 日，周总理逝世，会议匆忙结束。我怀着无比沉痛的心情，往连队赶。大雪天没有回连里的车，我搭乘一辆到营部的 28 马力拖拉机，车上拉了一车货物，我们有 10 多个搭车的人，挤坐在 2 米多高晃晃悠悠的货物上。重载的拖拉机在十分光滑的雪地上缓慢地行驶，快到 39 连路口时，拖拉机为了躲避一辆对向来车，一下打横侧翻在了路中央，瞬间把我从 5 米高的拖拉机货物上面，像飞一样甩出 15 米远，还没来得及害怕，我就一下摔到路边的雪沟里了，半天才回过神来，意识到出车祸了。我缓慢地爬出沟站起来，幸好冬天地面上雪厚，身上穿着棉衣，没有伤到我的筋骨，只是惊吓了一下。而同车的 12 个人中有 5 人受到了程度不同的轻伤，其中 1 人重伤。大家相拥着等候救援车。我估计回连有 25 里的路，便独自步行回连队。我淌着厚厚的雪壳子，迎着飞雪，顾不上手脸冻得痒痛，疾步往回赶。走在这条很少有人和车辆通过、倒是狼群经常出没的路上，让我想起了 1975 年的一个秋夜，狼群潜入 36 连的猪舍，咬死很多小猪，挂在篱笆墙上，把一头 200 来斤的老母猪、8 头大猪咬死，抛尸在离连队 1 里多地的荒野上。据说：狼会用嘴咬着猪头猪耳朵，狼尾巴抽着猪屁股走。事件发生后，连里安排值晚班，一到天黑就开始敲锣，足足敲了一个多月。据老青年讲，独自在荒原上行走，要时刻小心警惕狼跟踪。狼，会悄悄地从人的背后上来，把双爪搭在人肩膀上，乘你回头看，狼会立即咬住人的喉咙。想到这些，我紧张得头发都立起来了，壮着胆子拼命往回赶路。北大荒一月的寒风透衣刺骨，却走出一身冷汗，内衣湿透，两只鞋成了冰驼子，费了好大劲才脱下来——不管咋的，我总算平安地回到了连队。

（二）过节

1975 年到兵团后的第一个中秋节快到了，从小到大天天和家人团团圆圆的战友们，都没有心思过这个节，知青一年只能有一次探亲假。我们刚来不久，不能探亲和家人团圆，只有在遥远的边疆默默思乡，遥祝父母亲人平安、健康！边疆地区交通不便，平时我们吃的基本靠自力更生，新鲜的水果蔬菜根本运不到这里，吃点水果简直就是奢望。为了营造节日的气氛，连里千方百计买回了几斤月饼和苹果。闻讯的战友们奔走相告，分享水果的渴望难以言表。让我记忆深刻的是，由于买回来的月饼和苹果实在太少，经连部初步测算，我们每人可分到 1 个苹果和半块月饼。尽管如此，大家也没有任何怨言，还是兴高采烈地在食堂排起了长长的队伍，两人一组，领回 2 个苹果，1 块月饼，这件事成了我每年中秋节的记忆重播。

光阴荏苒，岁月如梭。转眼间又迎来了在北大荒的第一个春节，我们一起来的这些"小青年"，除个别人外，全都留在了连队过年。小时候盼过年，和家人团聚，吃好的，穿好的。可 1976 年我们不再盼过年。因为没好吃的、可玩的，又见不到亲朋好友，乐不起来。年三十的下午，食堂通知大家去领面粉和饺子馅。我和几个战友临时搭伙，学着包饺子，手脚笨拙，饺子很难看，我们从几个洗脸盆中挑了一个相对干净点的，刷了又刷，烫了又烫，煮饺子。没有盖锅也不会煮，煮出许多片汤。大家先挑囫囵，后就片汤，狼吞虎咽地吃完了饺子，没有鞭炮放，没有玩的地，更没有电视，只有半导体收音机，时有时无、断断续续播出点电台声。大家只好坐在火炕上东扯西拉，回忆着小时候的过年情景和美好时光，唱起"一盏油灯照泥墙，夜色多么凄凉，眼见着冬去春将来临，何日才能见到爹娘……"然后渐渐地打起瞌睡，不情愿地躺下，进入了梦乡。北大荒的第一个年也就过完了。

四、春播

1976 年清明临近，残雪消融，树枝开始泛青。一年之计在于春，北大荒当年农作物以小麦为主，大豆次之，一年只一季。由于地多人少，大豆还有中耕、后期拿大草，麦子播种后基本不管，靠天吃饭。收成好坏除了天气，就看春播时机抓得紧不紧了。

这年我第一次参加春播。小麦播种主要靠播种机，用一台75马力的链轨拖拉机牵引三台品字排开的播种机。由于每条垄沟都很长，播种前要计算好在地头放置种子、颗粒肥袋子的数量，播种作业一圈下来，要确保料箱里够用，不然途中没了种肥袋，补料不便那就要误工。为此，连长在春播前就派我和尹学伦技术员到地里去踏查、丈量，按实际亩数计算出播种量，并在垄沟的地头做好标记，以便种肥卸车时能数准、量够，一般要确保机箱内种了正好大体用完（补充），这些技术要求在当时能做到也是不容易的。迎着凛冽的春风，我跟在尹学伦的后面，深一脚、浅一脚地在一望无际的塔头地上跋涉，脚上穿的农田鞋一会儿灌满土，一会儿灌进水，整整在地里跑了3天才把要播种的地块丈量完。当时我想，连长怎么把这苦差事交给了我呢？后来我才明白，我是农工排长，连长是把我当成接班人培养啊！

春播的工作条件也相当艰苦。刚开化的黑土地上，大风裹挟着沙土铺天盖地扑面而来。站播种机的战士们戴口罩，裹头巾，天天下来都是满脸泥土。送饭来的伙伴都认不出谁是谁了。播种时间紧，换班吃饭。吃饭时没有水无法洗手，饿了，顾不得脏不脏，满手泥渣、肥料渣，捏着包子照吃不误。渴急了，就找地头低洼有积水的地方，把水里游的小虫吹到边，用手捧起来就喝。然而，当年的我们并不觉得苦和累，依然逗趣鼓劲、谈笑风生。经历了春播，我们伴随着岁月成长。

潘树茂 哈尔滨知青，1957年11月生人，1975年8月中学毕业下乡到黑龙江兵团6师27团4营36连，1977年11月20日参加高考，在黑龙江省水利专科学校学习，毕业留校任教，1990年在省水利厅工作至今。高级工程师、兼职记者。

开 荒 营 37 连

2017 年开荒营 37 连和 38 连部分战友哈尔滨会合影

我在 37 连的工作回忆

刘克新

一、工作回忆

我是在 1972 年 2 月，也就是下乡后的第四个年头，才第一次回哈探亲的，带给父母亲人的，有一袋我亲手种出的小麦磨成的白面、有老连长送的一条大马哈鱼。妈妈见到我大哭一场，但我感到自己成熟了。3 月份，回到连里之后，团党委正式任命我为 37 连副指导员，兼团支部书记、党支部青年委员。我双肩背着行李，刘秀娟、唐聪萍帮我拎兜、拿东西送我，步行十余里来到新连队。4 月份，我和连里另外一名女知青参加了 27 团首届团代会，受到了教育和启发。

在 37 连，我工作、生活了近 5 年。同样是开荒营新建点，我们还是种小麦、大豆和玉米；住马架子房、喝井水。晚间睡觉时，时常听到老鼠在报纸糊的天棚上跑动，一次一支半尺多长的老鼠掉下来，咬伤了一位女知青的脚。在艰苦繁重的劳动中，我们的生活有所改善，连里建起菜窖，储存过冬的白菜、土豆、萝卜，还有豆腐坊，制作水豆腐。北大荒春夏短暂，连里种过西瓜、香瓜。北大荒的白面馒头，把我们每个知青都吃得胖胖的，平时的伙食不限量，4 两一个的大馒头，干重体力活时我一顿也能吃二三个。我在场院称体重时，达到 130 斤，而今只有 105 斤。

每到麦收时节，连里都要组织麦收大会战，没日没夜地干，食堂要杀猪改善伙食，猪肉炖豆角那真叫一个香。我有时去团部开会，团里知道我们艰苦，每次都给我们增加几个菜，赶上鱼季还能吃上小碟渔业连生产的橙红色大马哈鱼籽。

连队当时已有正式职工 120 人，包括各地知青 98 人。在连队党支部书记张志远的指导、帮助下，我主管的团支部工作进展顺利。连里开办了政治夜校，开展文体活动，并规划出一块半亩地的"青年园地"。我组织团员和青年在园地里种上向日葵，一到仲夏，葵花盛开，映照骄阳，园地一片金黄。

有一次，我们在离连队很远的地号割大豆。收工归来时，见到路边的水塘中长满蒲棒，大家都去采摘，我无意中说了一句："我想做个枕头"。20 多人立马将所有的蒲棒都送给我了。我到指导员家去，用缝纫机做好一个枕芯。我将蒲棒绒装进去，再套上我特意绣好小花的枕套，便做成了软绵绵的大枕头。每当我枕着它进入梦乡前，我都会想起战友们的浓浓情意。农闲假日，有的知青去额图山采榛子，有的去街津口赫哲人那里买回几条鲜大马哈鱼，回来挂到女宿舍墙外晾晒，准备送给家乡亲人。

在连里，我每年都不失时机地发展新团员 8～10 名，其中有一对天津知青姐妹：姐姐杨瑛，妹妹杨瑾，杨瑾下乡时只有 15 岁。在发展团员的同时，我还协助党支部发展知青新党员，其中有女排排长林英兰、班长李桂华、机务车长韩家生、于志文等。由于工作有成绩，37 连团支部连续 3 年被评为开荒营先进团支部。一年冬天，男生宿舍失火，全连知青个个都表现出忘我的精神，奋不顾身地冲进火场灭火。1975 年 9 月，连里来了一批哈尔滨小知青，我带她们游览勤得利美景，在五星山的榛材林中留下一张青春靓照。

1976 年底，我参加赴 25 团工作队，任副队长，后来被留在 25 团 1 营任政治干事兼妇联主任，直到 1978 年底我返城接班回到哈尔滨，在洗染厂工作到 2005 年退休。

二、重访勤得利

2014 年 9 月初，我和新伴侣张苒回访勤得利农场。他教过的学生，鸭绿河农场（原勤得利 5 分场）场长王志全和梁春刚驱车领我们从建三江北上到勤得利场部，在 43 年后又见到我当年入党的介绍人陈长宪、王坤祥。如今五星山下的勤得利场部，展现出一派繁华的城镇景象，条条水泥路面，绿树红瓦相互辉映，四周片片稻田金黄。原为团部的勤得利港，江面恬静如初，对岸依然呈现原始风貌，难觅人迹。在去洪河自然保护区的途中路过昔日的开荒营营部，只见一处废弃的商店还在，犹如知青年代的遗迹。在 37 队，我在路标前留影。无论在 37 连、41 连，往昔我记忆中的一切，人和物、麦浪豆海、房屋建筑，全都不见踪影，荡然无存了。

建场时期的勤得利，地域面积 269 万亩（北面有黑龙江界段 82 公里），位居黑龙江垦区第三位（八五〇农场 295 万亩，友谊农场 280 万亩）。兵团时期，27 团地域超越 20、21、23 团，排在 18 团之后，位居兵团第二位。

看今朝，一代知青流过汗水、撒过热血的开荒营已于 1988 年组建为浓江农场，耕地 55 万亩，并建有中央直属储备粮库。2012 年浓江农场产粮 33.6 万吨，总产值 7.5 亿元，人口 6 675 人。当年我们为之开垦的北国荒野早已旧貌换新颜。

9 月中旬，张老师在八五〇农场教过的高中学生在北京聚会，借此机会我见到了当年的战友刘秀娟、黄秋云、张福琴、袁桂莲和张春令。一见到兵团战友，我就感到特别亲切，回首往事，心情激动，感慨万千，话语如同石子河水，流向遥远的勤得利、流向浓江河……

从 1969 年 9 月至 1978 年底，我在北大荒、在勤得利走过 10 年的青春历程，10 年的奋斗历程早已铭刻在脑海，融在我心田中。啊！难忘的北大荒，留住我青春的第二故乡。

汇编成我心中的田园小诗：

> 十年风风雨雨，十年苦辣酸甜。
>
> 十年艰苦奋斗，十年如画诗篇。
>
> 勤得利的山和水，浓江河的人和事。
>
> 三江平原的巨变，北大荒人的精神。

刘克新　哈尔滨知青，1953 年生。1969 年 9 月由哈尔滨下乡到 6 师 27 团工程连，1971 年调开荒营 41 连任副连长、37 连副指导员，1976 年调至 25 团，1978 年末返城，在哈尔滨洗染厂工作。退休。

刘克新（中间）与新战友

37 连宣传报道（历史资料）

杨 瑛

一、红色汽车兵

毛主席关于理论问题的重要指示如春风吹遍边疆大地，东南西北中、工农兵学商，到处都在学理论，抓革命、促生产。在毛主席的重要指示鼓舞下，我们 37 连迎来了今年麦收的关键大战。

7 月的北大荒，大地一片金黄，丰收的麦粒伴着战士们辛勤的汗水源源涌入晒场。看 37 连，收割机轰轰吞吐着麦穗，运粮汽车风尘滚滚奔跑在田间路上，全连一片团结战斗的景象。

今年小麦丰收，团部汽车连派袁福祥同志驻连支援麦收，他驾驶汽车飞奔在运输线上。由于连里车少，而地里的康拜因又不能停下来等车来卸粮，影响麦收进度。袁福祥同志看在眼里急在心上，只能抢时间多拉快跑，他忘记了吃饭和休息，他脚不离油门，紧握方向盘，一趟紧似一趟地跑着。有时饭送到了地里他也顾不上吃，收割机到哪车就跟到哪，同志们让他下车吃饭，他总是摇摇头说："等一会"。他一开到场院，跳下车就帮助卸车、堵缝，争分夺秒地战斗在第一线。袁福祥同志一心为着麦收的精神鼓舞着全连的斗志，是我们全连干部战士学习的榜样。全连同志都赞扬袁福祥同志为麦收战场上的"红色汽车兵"。

37 连报道组（送团广播站）
1975 年 7 月 27 日

二、麦收誓师会发言稿

毛主席教导我们：一定要把收割、保管、吃用三件事（收、管、吃）抓得很紧很紧。

一年一度的麦收战斗就要打响了，经过半年来思想政治理论的学习，同志们思想上有了新的提高。连党支部上午进行了麦收动员。我们连部班全体同志经过讨论认识到，今年的麦收有利条件较多，水泥晒场完工，将大大减少粮食的损耗浪费。农机具检修试运行良好，这都为即将打响的麦收战斗奠定了胜利的基础。但还存在着一些不利因素，由于春旱小麦普遍长势低，6 600 亩的收割任务，只有两台康拜因，收割任务是艰巨的，如果老天爷不作脸再阴天下雨，麦收进度就会受到影响，带来很大的困难，要做好虎口夺粮的准备。

毛主席说："中国人连死都不怕，还怕困难么！"我们连部班全体同志分析了有利和不利条件，一致表示：服从命令听指挥，当好连首长的参谋，放下一切包袱，一切为麦收。场院后勤的同志表示要做到四统一：统一意志、统一认识、统一指挥、统一行动，支部指向哪我们就打到哪。党支部班子也提出，除领导全连完成麦收工作外，还兼宣传报道、送饭送水等其他任务。

全连同志们一致表示：

支部团结来领导，麦收战役是关键，虎口夺粮不容缓，前方后方紧相连，泰山压顶腰不弯。四个统一要记牢，苦干实干 20 天，誓夺小麦 600 吨，上缴利润 3 万元，为革命做出大贡献。

连部班

1975 年 7 月 16 日

三、麦播掀高潮

在全国人民深揭猛批"四人帮"的大治之年，乘全国第二次农业学大寨会议的东风，我连的麦播战役正在紧张地进行中，全连拧成一股绳，誓把任务早完成。

指导员挑重担，战士们奋勇向前。我们老指导员一向身体不好，春节前他家属回老家，至今未回来，几个小孩在营部上学，家里只他一个人，一摊子的家务事全得靠他自己料理，喂鸡喂鸭还得自己做饭吃，又要领导连队工作。本来这就已经够他忙的了，再加上麦播前，连长患心脏病住进了医院，副指导员去 25 团搞基教，管后勤的副连长贫血身体不好，只剩下指导员和王副连长两个干部了。

指导员没有因为家中无人管和干部缺少而松懈干劲，而是拿出当年的开荒精神带领 37 连在"农业学大寨"的路上向前奔。在紧张的麦播战役中，指导员是全连第一个起来的人，青年宿舍、机务排、后勤猪号、食堂，没有一个地方不留下指导员的脚印。播种车指导员一开就是大半天，加种子、背麻袋，还要指导农工的田间作业。指导员明显地瘦了，眼睛熬红了，有的同志关切地替他烧了热水叫他晚上回来洗一洗，可他回家看到后总是婉言谢绝同志们。指导员真是一心扑在了麦播战役中，给全连做出了榜样。

我连青一排的同志们是去年来的哈市新青年，今年头一次参加麦播战斗，没有经验。但他们破除迷信、解放思想，勇于实践。由没有看到过拌种，到学会拌种，打戳子、背麻袋，上跳入囤，倒农药，现在已样样学会了，成为我连的主力军。

排长周健同志身体不好，有时咳嗽还带血丝。同志们关切地照顾他，不让他干重活，他说什么也不肯。每天抢着背麻袋，上跳入囤、打戳子。

新战士杨锡成同志身体瘦弱，胃病经常发作，但他上跳入囤干起活来犹如一只矫健的小老虎。共青团员王景玉工作中踏踏实实，任劳任怨，每天要打上千下的戳子，拌几吨种子，小王总是一声不响地认真完成。

几十吨的种子通过新青年的手拌出来了。在 20 多天的拌种工作中，从没有听到他们叫过一声苦，喊过一声累，老同志亲切地称呼他们是踏实肯干的"小牛犊"。

战斗在播种第一线的战士们，每天清早起来保养播种机，认真仔细地查看每一个播种口、输送管，拧紧每一个螺丝，注好每一个黄油嘴，复土环，生怕出一点小故障。一个往复回来，都要检查调整播量，大家一个念头，就是要保质保量尽快地将种子播进大地，为在 4 月 15 日前拿下小麦播种任务而努力作战。

整地组的 36、22 号两台机车时间抓得紧，保养机车认真负责，没有出事故，机车效率高。灌袋的只有 5 名同志，他们发扬了勇猛顽强的战斗精神，地里需要多少种，他们就灌多少，并且多灌一些，以防不够，在 7 天的战斗中，他们及时保证了种子供应，从没有耽误过地里要种。30 号小车担任运输任务，他们除了完成自己的工作外，还到地里帮助加种、卸车，保证了种子运输。

炊事班的同事们为了让大家吃好吃饱，她们想方设法炸油饼、包包子、蒸花卷，尽量调剂花样。晚上播种的人们回来后，她们热菜热饭端上前，她们以自己的行动实践着誓师大会上的决心：做好后勤工作，为麦播战斗服务。

截至 4 月 7 日中午，我连已完成播种任务 3 017 亩，占总面积的 50%。目前，我全连干部战士正以昂扬的斗志团结奋战，决心抢农时、争主动，为提前完成小麦播种任务努力奋斗。

37 连报道连队稿
1977 年 4 月 7 日早

四、报捷书

敬爱的营党委：

风展红旗舞，举国齐欢呼。从白雪皑皑的北国边疆，到春色妖娆的江南……1977 年是大治的一年，要尽快普及大寨县，早日建成大寨连。形势大好、形势喜人……我们 37 连的麦播从 3 月 31 日起至 4 月 13 日中午，胜利完成播种任务 405 垧，特向营党委报捷。

在 13 天的麦播战役中，我们连的人员大部分是去年新来的哈市青年，没有经历过麦播，但他们勇于进取、勇于实践，挑起了春播工作的重担。拌种的青一排战士们发扬了不怕苦、不怕累的革命精神，每天要拌十几吨种子，打上千下戳子，背几百袋上跳。他们只有七八个人，最大的不过 18 岁，年龄小体力弱，有的同志身体不好还带病坚持战斗。上百吨的麦种就这样经过青一排战士的手保质保量地拌出来了。灌袋的人员只有 5 个，他们发扬了不怕苦的战斗作风，一鼓作气，每天都超额完成灌种袋任务，生怕第一线不够用。他们满头是汗顾不得擦，甩掉棉袄继续干。由于他们的努力，及时保障了前方用种。

运输小车新配了两名助手，在麦播中他们精心保养，检修小车，出了故障连夜排除，决不耽误种子运输，到了地里他们还和播种手一起加种子背麻袋。

36、22 号两台机车，担负整地任务。他们总是清晨早早地保养好了机车，擦拭得干干净净，争先驶向田间作业。由于保养得认真仔细，我连机车在麦播期间没有出事故，机车工作效率高。

139 号播种车和全体播种手们在总指挥指导员和农技工的带领下战斗在播种一线，风大不怕尘土多，迎难而上。由于气候干旱，抗旱保墒就成了关键。他们争分夺秒抢时间，保持土壤水分。

我连的播种手全是女同志，她们发挥了半边天的作用，和男同事一样加种子背麻袋，站播种机，一站就是十几个小时，腿站酸了活动一下继续干。播种机一个往返回来，女战士们个个变成了土人，但她们毫不畏惧勇往直前。她们自豪地说："我是连队播种手，风沙伴我在战斗。播下种子亿万粒，喜迎秋后大丰收。"

麦播战役中我连干部缺少，但他们自觉地从严要求自己，指导员分工抓第一线工作，机务副连长负责昼夜班整地，后勤副连长身体不好仍坚持战斗。党员、共青团员发挥了先锋队作用，冲杀在第一线上，哪里最艰苦哪里就有党、团员在战斗。"八大员"发挥了很好的参谋助手作用，协助连首长跑地号、调播种量、看电话、拌好种、不混种。领导挑重担，全连齐奋战，大干13天，麦播打胜仗。在麦播中，全连决心：甩开膀子拼命干，大干快上做贡献，春开、春播50垧，实际行动迎五卷。

目前，我连正继续奋战，超播小麦30垧，于4月15日完成。大豆面积不变，土地不够，我们再春开、春播50垧地，达到土地连片。鏖战急，战斗未有穷期，做贡献，37连向新的高峰攀登！

（注：春开春播意思为当年开荒、当年播种）

37连党支部　全连干战

1977年4月13日

五、热烈欢送刘克新副指导员奔赴新的战场

今天我们大家欢聚一堂，热烈欢送刘克新副指导员调往25团1分场工作。借这个机会，我代表连部班全体致欢送词。

1968年6月18日，毛主席亲自批准组建了黑龙江生产建设兵团。为了屯垦戍边、反帝反修，几十万知识青年乘着时代的东风、跨上时代的列车、唱着时代的歌声，相继从上海、北京、天津、哈尔滨、佳木斯、牡丹江来到了边疆。当时大家唱到：满怀热望、满怀理想、昂首阔步到边疆，伟大祖国辽阔宽广，中华儿女志在四方。我们为了一个共同的目标，屯垦戍边，建设红色哨所，开发北大荒。我们在党的哺育下，在毛泽东思想阳光的照耀下苦壮成长。几年时间，边疆的面貌发生了巨大的变化，人口翻了两番，土地面积大幅度增长。大好形势激励鼓舞着我们每一个战士。

1971年初，为改变三江平原的落后面貌，师、团党委发出了向荒原进军。向浓江河进军的战斗命令。嘹亮的军号吹响了，隆隆的战鼓震撼着27团每一个战士的心弦，广大知青战士纷纷报名到开荒前线接受艰苦的考验。当年的老垦荒军人和支边的大学生又一次挑起了开荒重担。广大知青战士高举着开荒营"向荒原进军"的战旗，冒着严寒跟着老垦荒的足迹向浓江河畔挺进。毛主席说："一张白纸，没有负担，好写最新最美的文字，好画最新最美的画图。"白雪茫茫的荒原就是一张白纸，垦荒战士们在白纸上打出了第一口井，支起了第一个帐篷，架起了第一架马架房和草皮宿舍。

头顶蓝天，脚踏荒原，艰苦创业，红心向党。那时大家唱到：一颗红心两只手，自力更生样样有，迎着困难上，踏着苦字走，不向上级来伸手，苦干实干加巧干，誓把抚远山河变。想想长征两万五，开荒建点不算苦，立志边疆干革命，练就一身钢筋骨。战士们冒着严寒，忍着蚊虫的叮咬在荒原上奋战，迎来荒原第一个春播，第一个收获，荒原第一次向国家献粮豆。

就这样开荒营走过了七个年头，37连也发生了很大的变化。从没有路到修出了路，架起了电线杆，装上了电灯电话电喇叭，土坯房一栋接一栋、砖瓦房逐渐排成行，拖拉机马达轰响，收割机劈风斩浪，晒场上粮豆满仓。

在这火热的几年里，我们送走过老战友，也迎来了一批批新青年。新老战友团结奋战，共同建设美好家园。

由于革命的需要，副指导员刘克新同志要调往25团1分场工作了，回忆几年来朝夕相处的日子，刘副指导员艰苦朴素，作风朴实，以身作则干在前，重活累活抢在前，勇于吃苦，不怕吃苦，坚持读书学习，能够团结同志一道工作。同志们都称赞刘副指导员能干。我们要向刘副指导员学习，学习他的好思想、好作风，做党和人民的好战士。

最后，我们希望刘副指导员到新的工作岗位后，发扬开荒营艰苦奋斗的革命传统，争取更大光荣。

连部班
1977年9月2日

六、北京臭豆腐（黑板报）

1974年冬，排长李桂华要回北京探亲了，临走时有人问她："李桂儿，你回来带点啥呀？"战友们都亲切地叫她"李桂儿"。她笑着说："你们想吃啥？"有人说："北京有啥？你就带点北京特产臭豆腐吧。"本来是一句玩笑话，李桂儿还当真了，探亲回来时果然带回来一罐臭豆腐。

李桂华回连的第二天，正赶上女工排到荒原上打草，由于路途远不能送饭，炊事班给每人烙了一张大饼带着当午饭。这时有人说："排长，咱们中午在外面吃干烙饼，带着那罐臭豆腐吧。"

割了一上午草，该吃中午饭了，大家找了一些干草点着，用树枝架着把饼烤热，拿出带来的臭豆腐往饼上一抹就大口地吃起来，没有水喝，就找一块干净的雪用手捧着吃两口。头一回吃臭豆腐的姐妹惊呼：真好吃！别看闻着臭，吃起来还真香，这张烙饼我全吃了。这时李桂华说："在宿舍你大天喊臭，现在你又说最香。"对方反驳说："条件特殊嘛，咱们姐妹在这荒原深处吃了顿烙饼加臭豆腐再粘白雪的美餐，谁享受过？现在是饿了吃糠比蜜甜。"说的大家哈哈大笑……

杨瑛投稿
1978年1月

杨瑛　天津知青，1970年由天津河北区一号路中学下乡到黑龙江兵团6师27团新建17连，1971年11月调入开荒营37连开荒点，1978年调43连，1979年返津，供职天津洗衣机厂和翔宇起重工具厂。

编者按：

杨瑛的七篇稿是她当年在37连撰写的送团营广播站的报道稿，保留下来实属不易。文稿内容真实地反映开荒营连队艰苦的生活场景和战友们团结奋斗、不屈不挠的奉献精神，充满正能量，看后让人感叹流泪。修改时只对文字段落做了调整修饰，尽量保持原貌，对一些过时的口号略作删减。

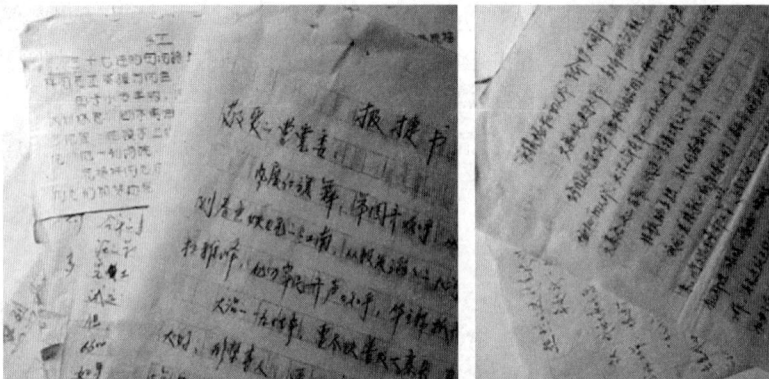

杨瑛手稿

青春永驻北大荒（诗三首）

杨　瑾

一、晒场豪情

（一）

身披落日的余晖，掠过忙碌的身影。
笑看辛苦的收获，兵团战士心里美。

（二）

金山堆满晒麦场，马达轰响把场扬。
麦粒冲天撒金雨，荒原变成北大仓。

（三）

解放汽车排成行，上交国家商品粮。

麻袋装车不怕累，垦荒战士喜洋洋。

写于 1974 年夏

二、青春永驻北大荒

（一）

蓝天白云尽相间，广袤荒原地连天。

灿烂青春献给谁，浓江河畔古荒原。

（二）

拖拉机轰鸣灯闪，照着那沃野天边。

战友们挑灯夜战，银犁下黑浪滚翻。

（三）

迎来朝霞多绚丽，播下粮种亿万粒。

昔日荒原成麦海，浓江大地飘幽香。

（四）

鸭绿河流向远方，开荒点盖起砖房。

大豆摇铃哗哗响，建设北国鱼米乡。

（五）

战天斗地进荒原，誓叫三江换新颜。

美好青春多壮丽，屯垦戍边建荣誉。

（六）

保卫祖国建边疆，三江已成我故乡。

今日开荒吃尽苦，明日国家大粮仓。

（七）

边疆天高地又广，宽我心胸促成长。

宝贵青春续新篇，建设边疆永向前。

（八）

边疆的山水江河，有我的青春足迹。

边疆的白桦树林，有我的青春之歌。

（九）

开荒的艰苦经历，培育我坚强刚毅。
脚下富饶的黑土，是我成长的根基。

（十）

红日天边露霞光，披星戴月垦荒忙。
屯垦戍边舒壮志，青春永驻北大荒。

写于 1974 年

三、连队女播种手

（一）

我是连队播种手，迎着朝阳去战斗。
检修保养播种机，不许障碍跑前头。

（二）

我是连队播种手，拖拉机牵引向前走。
一声令下齐启动，只等黑土变绿洲。

（三）

我是连队播种手，迎着风沙在战斗。
沙粒打脸迷双眼，尘土飞扬汗水流。

（四）

我是连队播种手，起早贪黑快步走。
15 天拿下四百垧。兵团战士显身手。

（五）

我是连队播种手，春播战场数风流。
播下种子亿万粒，喜庆秋后大丰收。

写于 1975 年 3 月

杨瑾　天津知青，1955 年 4 月生，1970 年从真理道中学下乡到黑龙江兵团 6 师 27 团 17 连，1971 年 11 月调入开荒营 37 连，1979 年返城，在天津工人医院、河东区卫生局和河东区中医院供职。

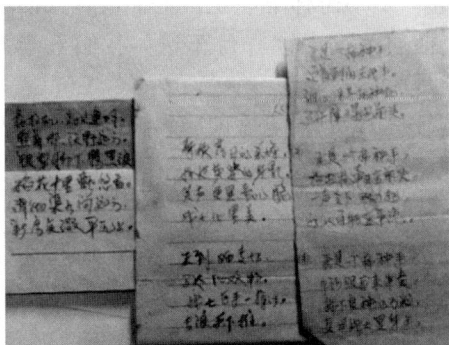

杨瑾手稿

连队播种手

编者按：

　　本文作者扬瑾，天津知青，1970 年她 15 岁时和姐姐一起下乡到黑龙江兵团 6 师 27 团，分到新建的 17 连开荒点，1971 年又调入开荒营 37 连开荒点，直到 1979 年返城。

　　她一生中最灿烂的青春年华都是在北大荒最艰苦的开荒中度过的，可以说，她把宝贵的青春献给了北大荒。这是她当年在开荒建点工作和学习中留下的诗句，诗虽然简单，但充满当年兵团战士的壮志豪情，尤其是她的第三首诗《连队女播种手》让我们感到非常惊叹！因为播种手工作风沙土太大、太脏，而且种子都拌过农药，连队很少让女同志站播种机。但是在开荒营，随着开荒面积的扩大，人手不够用了，为抢农时 37 连女战士们挺身而出，勇敢地站上了播种机，也是无奈之举。作者的心声境界充满正能量，体现出当年开荒营的女战士屯垦戍边、艰苦奋斗、甘于奉献的时代精神。史料更显珍贵。编辑时对文字做了适当修改。

迷　　路

郭继伦

　　我 1969 年下乡，到勤得利六师 27 团二连，不久就调到机务排当上拖拉机手。1970 年冬在车库冬检时，车库不填着了一把大火，把车烧坏了，只能拖到团修理厂大修。修好后动力就差多了，同样 75 型拖拉机，原来翻地拉五铧犁，现在拉四铧犁都费劲了。

　　1971 年 1 月底，27 团组建开荒营向浓江河荒原进军，营部急需车辆，正巧我们这台半残的 11 号车刚大修好，团里就连人带车调给了开

荒营。就这样侯元怀（1958年老同志）带着我、上海的顾明荣、姚锦平和天津赵贵生（小虎）随车进了开荒营。

开荒营部就是一顶帐篷，建在白雪茫茫荒无人烟的一个小树林中，全营上下仅有我们这一台拖拉机，12个连队所有的生活物资、木料烧柴包括通信都由这一台车送，我们五个人真是不分昼夜地工作，跑遍了方圆百里的每个连队和地号。

有一天早上发现拖拉机的机油散热器坏了，需要铜焊，只能到团修理厂焊，车一天都不能停，车长派我背着散热器步行到30公里外的团修理厂赶快去修。我接到任务后当天走了四个多小时才到达团部机械厂。

第二天，天刚蒙蒙亮，我就背起修好的散热器动身往回返。当走到开荒营37连时前面就没路了，我问他们连长，他说一直往东走，再一个小时左右就可以到营部了，我顺着他指的方向，踏着厚厚的积雪和遍地的塔头墩子朝着大概的方向走入了茫茫荒原。

我背着散热器喘着粗气向前走着，我也没有表计时，看太阳估计得11点多了，我还没有找到营部的帐篷，我走了6个多小时没到营部？怎么了？碰上鬼打墙了？开始还比较镇静，我一个树林、一个树林地寻找，几次爬上树瞭望，荒原的四周相似的小树林很多，快到傍晚了也没有找到，我真的迷路了！这时焦虑、饥饿寒冷和疲惫一齐袭来，我踏着积雪漫无目标地在荒原上艰难寻找，不时被塔头绊倒，渴了就吃两口雪，站起来继续找。

不知不觉天开始黑下来，月亮还未升起，荒原大地万籁无声死一般寂静。只能听到自己喘息和"砰砰"的心跳声！我无力地瘫坐在雪地上，心想，我孤身一人被困在荒原上谁能救救我，这要是碰到狼那就死定了，我感到恐惧，感到死神随时都可能降临。我绝望地闭上眼睛默默地等待着，一股无名酸楚涌上心头，我想起了妈妈，想起了北京的家，还有她……此时已无法抑制住自己的泪水，躺在苍凉寒冷的雪地上痛哭起来！

这时一轮明月已经升起，皎洁的月光照在白雪皑皑的大地上，使白雪反射着亮光。也不知道时间过了多久，我被夜晚的寒冷冻醒，心想，我不能在这等死。我仰望着满天繁星，猛然看见了北斗星，北边是老连队的山，有路有人的地方，我应该朝着北斗星方向走。求生的欲望强迫我站起来，心里判断自己所处的大概方位就背起散热器向北走。

不知道又走了多长时间，我突然发现雪地上有两条拖拉机拉爬犁留下的痕迹，这正是我们开车走过的路。一瞬间我激动、兴奋起来了，我终于摆脱了死神的纠缠，也觉得身上有劲了，顺着车印向东一路狂奔……

大概是后半夜，我看见了月光下树林中静静的帐篷。找到了！我在荒野走了近20个小时终于走出死亡阴影，终于找到家了。战友们帮我脱下棉裤一看，雪从棉裤腿一直灌到裤裆里，而我自己却一点感觉都没有。

北大荒的艰苦岁月历练人的意志，我在开荒营所经历的这场生死考验已深深刻在心间，至今想起来仍历历在目，令人凛然。

郭继伦　北京知青，1967年毕业于北京丰台铁中，1969年下乡赴黑龙江兵团6师27团2连，1971年初调入开荒营营部、37连，1976年返京，在中国中铁电气化铁道集团工作。退休。

等 待 救 援

李福顺

我叫李福顺，1970 年 5 月我响应党中央毛主席"到边疆去，到祖国最需要的地方去"的号召。报名去了黑龙江兵团 6 师 27 团。5 月 20 日我们到达了 27 团的勤得利，担负起屯垦戍边保卫祖国的重任。这就是我的第二个故乡。

我被分配到三连，当时的三连生活条件也是艰苦的，三连离黑龙江边有十几里路，位置在勤得利的江汊子末端，一到冬天，凛冽的西北风顺着江边山口直吹三连，气候非常寒冷。住的是马架子房，晚上睡觉也要带上皮帽子，冬季的寒夜气温降到零下 30 多度，三连可能是全团最冷的连队。就是在这样的环境下我们从没有叫过苦，我们以珍宝岛战斗时解放军"一不怕苦、一不怕死"的精神为榜样，用兵团战士一颗火热的心去耕耘每一块黑土地，去建设我们的连队，为保卫祖国边疆的安全，为开发北大荒，为国家多打粮奉献着我们的青春和汗水。

1974 年，由于工作需要我被调到开荒营 37 连。开荒营 37 连是新建连，工作条件很艰苦，当时垦荒知青有句口号叫做："天当帐篷地做床，狂风呼啸我乘凉。"还真有点不管风吹浪打，我自闲庭信步的精神。看到新单位的生活环境，就得知战友们当年进点时是多么不容易。既然到了新单位就要和战友们打成一片，团结奋斗，为开发北大荒做出贡献。

记得是 1975 年的冬天，连里组织人员进林子伐木，为来年的基建做准备。一天机务排长让我和上海知青程金牛两人开拖拉机去林子拉木头。车在返回的路上出现了故障，我和金牛俩人在雪地里修了半天车就是发动不着，走不了啦。当时我俩真是一筹莫展，怎么办？时间一长又怕车冻坏了，我俩商量了一下决定：我留下来看车和爬犁，程金牛回连报信求援。接着我们把车放了水，把从连里来的时候带的干粮集中留给我，我一看只剩仅有的一个烤饼了。安排好以后，程金牛找到一辆兄弟连队拉木头的拖拉机搭车走了。

我从早上等到中午，又从中午等到傍晚，也没等来救援的车来。在这一眼望不到边的荒原雪地里只有我一个人，此时我才感到如此的孤独和危险。天黑了，远处不时传来狼的嚎叫让我不寒而栗，深更半夜气温降到零下 30 多度，我是又冷又饿又渴，多亏白天还留下一小块烤饼救急，我在林子边上捡了些枯枝野草用火点着取暖，同时也在为自己壮胆，更重要的是给救援的车发信号。燃烧的火苗被荒原上的寒风吹的歪歪斜斜，我只能用后背挡着风让火苗不扑我的脸。这时我才明白什么叫火烤胸前暖，风吹背后寒。我拣了一个带叉的树枝把剩下的一小块烤饼烤了烤慢慢地吃着，口干了就抓把雪吃，困了也不敢睡……这时我迷迷糊糊地发现夜空中有两柱亮光，我立刻跳起来向前张望，是车灯，救援车来啦！我赶紧往火里扔了些树枝跳上链轨，摘下皮帽子一边挥舞一边喊：我在这呢！救援车径直向我开过来了……

程金牛领着救援车挂好我的车后就开始往连队返，这时我已经在车里睡着了。

事情听起来很简单，不像我描述的那样轻松浪漫。如果你亲身经历过，你就体会到一个人在高寒的荒无人烟的雪地里生存的孤独和艰难。这样的例子在开荒营的各连多的是。许多的事情虽然过去了几十年，但是经历过那段艰苦岁月的知青战友仍旧历历在目永记心间。

返城回来几十年，虽然我们经历了下岗、自谋生路等困境，但是我们有在北大荒磨炼出来的强壮身躯和铁塔般的体魄，有兵团战士的坚强意志和无私奉献的信仰，我们为自己曾用青春热血为祖国的繁荣而奋斗的经历感到自豪。虽然我们的日子过得清贫，但我们的精神是充实的。

北大荒现在已发展成现代化的大型国营农场了，生活条件和生存环境和以前相比有天壤之别。这是我们三代人艰苦付出取得的辉煌成果。让历史铭记我们每一个垦荒者吧！

李福顺　天津知青，1970 年 5 月于天津一号路中学下乡到黑龙江兵团 6 师 27 团 3 连，1973 年调入开荒营 37 连，1979 年返城回天津。退休。

插图：杜宝玉

开 荒 营 38 连

开荒营 38 连进点时合影

开荒营 38 连建点回忆

王秀娣

一、向荒原进军

沧桑岁月已走过了 45 个春秋，但那一天的情景仍然清晰可辨、历历在目。

那是 1971 年 2 月 13 日，过完正月十五的第三天，在五星山下团部大礼堂，整整齐齐坐满了身穿黄棉袄的兵团战士，黑龙江生产建设兵团 27 团 "向荒原进军" 誓师大会正在这里召开。会场外，北风呼啸、旌旗猎猎，会场内人心激荡，壮志豪情。团首长做完动员讲话后，新组建的开荒营各个连队的代表争先恐后上台发言，纷纷表示坚决响应师、团党委的号召，向荒原进军，向荒原要粮。

1969 年 3 月中苏爆发了边境武装冲突。为了备战，同年 7 月，经国务院、中央军委批准在抚远、饶河方向组建黑龙江生产建设兵团第 6 师。我所在的兵团 27 团原隶属 3 师，经

过调整划归 6 师。师长王少伯到任后，看到六师到处是未开垦的荒原时，提出多建点、多开荒、多打粮、多做贡献的号召，全师上下开展了一场轰轰烈烈大开荒运动。

27 团党委坚决贯彻师党委部署，力争在开荒工作中当先锋，为此决定组建兵团第一个开荒营。经过初步勘测规划，开荒营由 12 个连队组成，分别由老连队包建。消息传来，全团各连队广大指战员，兵团战士都积极行动起来了。"到最艰苦的地方去！到祖国最需要的地方去！"的标语、口号随处可见。

二连要组建开荒营 38 连的消息一传出，全连的战士坐不住了，决心书！请战书！入团申请书！入党志愿书！甚至还有血书送到了指导员陈支信的手中。在连队"向荒原进军"的动员大会会场上，战士的歌声、口号声此起彼伏，回荡在上空。指导员陈支信手里举着战士们的决心书，用哽咽的嗓音做完了动员报告，他为战士们的革命豪情深深感染。新任开荒营 38 连指导员齐福祥同志宣布第一批建点人员名单时，会场上鸦雀无声。我坐在后排伸长脖子静静听着，恐怕漏掉每位人员的姓名。当指导员念到卫生所卫生员王秀娣时，我的眼睛湿润了，眼泪流了出来，过了好一会儿，心情才慢慢平静下来。我暗自庆幸我在这份名单之中，我在心里憧憬未来的激情燃烧的艰苦岁月，更荣幸的是连队推选我代表 38 连在全团大会上发言。

轮到 38 连代表发言了。我既紧张又兴奋地走上主席台，这是我第一次登上这么大的讲台发言。望着下面黑压压的人群，我心里想，别紧张，千万不能出错。我照着事先准备了好几天的发言稿念了起来……不知什么时候，团长问我，"今年能开荒多少亩？"我想也没想顺口说出"100 亩"，全场的人都笑了，团长也笑了，说："好，有决心！"

发言稿念完了，我回到自己的座位上。指导员走过来对我说，"团长是问人工开荒多少亩？""啊？"我傻眼了，"人工开荒！100 亩！"我这时才回过神儿来。这 100 亩地靠人工开荒，我的天呀！我们连队 20 人，这要开多少年啊？下面谁在发言，说了什么，我根本什么也没听进去，一直在想，自己给连队惹了麻烦，闯了大祸。好在指导员并没有批评我，而是鼓励我说，我们一定会完成任务。

团部誓师大会结束前，举行了光荣的授旗仪式。各连的领导在团首长手里接过印有"向荒原进军"的旗帜。38 连是王杰牛接的旗，不久他就被提拔为副连长。为了鼓励士气，团部还招待大家会餐。第二天早上，新组建的开荒营的各个连队的第一批建点人员，围拢在"向荒原进军"的旗帜下，留下了珍贵的合影。

几天后，来自各个连队的拖拉机拉着爬犁，满载着建设新连队的必需品和战士们的全部家当，浩浩荡荡向着团部以南几十公里的浓江河畔的亘古荒原挺进！北大荒冬天刺骨的寒风中，向荒原进军的鲜艳红旗迎风飘扬，亘古荒原上留下了拓荒者的足迹。拖拉机和爬犁碾着塔头墩子，发出了吱吱的响声。我们在爬犁上东倒西歪的一路颠簸着前进，战友们迎着风雪互相依偎在一起，仍然抵挡不住刺骨寒流的侵袭，全身还是冷飕飕的。我用双脚拍打着已冻硬的棉鞋，双手扶在膝盖上，整个身体紧缩起来！经过三个多小时的路程，我们来到了 22 连的所在地，在 22 连的大车库里安顿了下来。

艰苦的建点生活开始了。我们白天去林子里伐木，傍晚，我们把准备搭建帐篷用的木头和铺床用的杨木杆以及做饭用的烧柴运到 38 连建点的地方，等到柴火足够多了，我们就点燃烧柴暖地面把冻土化了，然后我们就轮班挖，化一层挖一层，终于把地窖子挖好了。大家支起帐篷，用杨木杆搭起大通铺，再铺上厚厚的干草，就这样，遮挡寒风的帐篷建起来了，能够睡觉的床铺也搭好了。帐篷西头是男生住,东头女生住,中间是炊事班。帐篷的中心支起一个大铁炉子,点燃烧材,帐篷里立刻暖和起来。床铺下的雪化了,满地都是水。大锅灶是吕忠、马辉、王荣满等同志提前进点垒砌起来的。没有水,老班长吕忠、王杰牛就领我们到附近沼泽的冰面上刨冰。最忙的要数炊事班的盛菊香、朱伟华了!她们要为同志们准备饭菜,还要为同志们熬姜水去寒。其他同志在整理好自己的行李后忙着帮助炊事班劈柈子,有的同志在打扫连队住地周围的积雪。王杰牛、马辉在搭建简易的厕所。一阵忙活过后,这时再看同志们,摘掉了棉帽子,头顶冒着热气,汗水从脸上流了下来。

经过近一个星期的超强度、超负荷的辛勤劳动,一切准备工作就绪,我们从22连车库搬进了新家。指导员齐福祥指着眼前这片荒原对我们说:"这就是我们开荒营38连,我们要在这里安家,在这里开荒,种地,打粮。"

十八名新老兵团战士齐刷刷地站到指导员的跟前,坚定的眼神里充满了对未来的渴望和战胜一切困难的勇气。让我们记住他们的名字吧,他们是兵团老垦荒:吕忠、王荣满;哈尔滨青年:马辉、朱伟华、张和平、盛菊香、王秀娣;北京青年:任家泰、张旭东、陈佩茹;上海青年:王杰牛、薛永高、寿吉利、陆松、殷丽华、季兰英;天津青年:穆青华、王家莉。这些来自二连的各个班排的战士们,像十八棵青松屹立在白茫茫的雪地上,他们攥紧拳头,向着荒原庄严宣誓:北大荒,我们来了!我们将用我们的双手唤醒沉睡千年的土地,用我们的青春热血和汗水让这片荒无人烟的沼泽、荒草甸子变成鱼米之乡的北大仓!

附记:38连位于五星山下27团团部正南偏西30公里,开荒营营部西面6公里外的荒原上。经过2年的艰苦奋斗,连队开荒面积达到8 000亩之多。我们可以非常自豪地说:我们实现了当年建点,当年开荒,当年种地,当年打粮,当年向国家上交粮食。看到一辆接一辆满载粮食的解放牌汽车在公路上浩浩荡荡地驶去,我们有种说不出的高兴与自豪。

二、遇狼记

1973年深秋,遍野金黄。开荒建点已两年了,今年又迎来一个丰收年。10月下旬我参加了27团党委召开的紧急会议。会议要求全团各连抓紧时间搞好秋收,要在大雪到来之前做到颗粒归仓。为了确保秋收工作顺利进行,团党委要求团直属机关工作人员、现役军人都要下去,到开荒营各个连队参加秋收,指导工作。会议决定生产股长刘金山负责38连的秋收指导工作。会后,团部派车把我们开荒营参加会议的人员送到营部,再由营部安排车辆送往各个连队。

自己在团里开了几天会,连队秋收准备工作如何,自己一点也不清楚。这次团里领导要到各连队指导秋收工作,我心里就更没有底了。我想要尽快赶回连队向连领导班子汇报落实会议的精神。从营部到38连有12里路,要走的话也就是一个多小时的时间。我决定不等营部派车送了,那样需要转一大圈,等送我时天都黑了。于是我和驾驶员打了招呼,离开营部自己向38连的方向走去。

在回连队的路上,看到路两旁一眼望不到边的豆地,心潮澎湃。回想两年前这里还是荒无人烟,一片沼泽湿地荒草甸子。如今已是成片的大豆,一派丰收景象,好不自豪。一边走着,一边琢磨着,回到连队该如何落实团党委的指示,尽早尽快搞好秋收,做到颗粒归仓。

因走的急我有些喘不过气来,就这样边走边想着,不知不觉来到六里路的地方。这是营部和 38 连的中间地带，是一大片沼泽湿地，地势低洼，公路到这里拐了一个半圆形的弯绕过沼泽，这条低洼地直通五星山脉，听说是动物从山上到平原的通道，经常有黑熊、野猪、狼等动物出没，今天我一个人走到这里不免有些害怕。在这前不着村后不着店的地方，要是真碰上野兽那就惨了。这时我隐隐约约听到从营部方向传来的几声狗叫，于是我加快了脚步向前走去。

本来这段弯路不是很长，可今天走起来觉得特别长，刚走出低洼地，一阵微风吹过来感觉凉快了许多。就在我下意识地回头看时，突然发现在我右后方一百多米远的地里出现三个黑影，一个高点的、两个矮点的，我停下来抬手遮住阳光仔细看了看不像是人影，坏了！是狼？不会吧？怎么这么巧让我碰上了，我心里有些害怕开始紧张起来，脚步也加快了。我又回头看了看三个黑影也在快速前进。我停了下来，三个黑影也停了下来站着一动不动。我回头猛跑了起来，边跑边回头看，黑影也在一窜一窜地向前跑。我感觉黑影离我越来越近了，心想这时要有人来该多好呀，别想了，快没命了，还是快跑吧，快跑，快跑！突然间，咕咚一声，我就什么都不知道了。

不知过了多久，也不知发生了什么，当我醒来睁开眼睛时，我的脸贴在公路上。我翻过身来，头枕着荒甸公路，仰望天空静静地躺着，想起刚才发生的事情，不觉直打冷战。我偷眼向后望去，黑影好像还在，但离我远了。转头向连队方向看去，公路上有个人影正向我跑来，我深深地吸了一口气大喊"救命！"可一点声音也没有。我费了很大的劲才站起来，可是腿一软又摔倒了。这时那个人跑到我跟前，我也听不清他在说什么也看不清他的脸。过了好一会，隐约听到有人叫我的名字，我才看清蹲在我跟前的人是 38 连 79 号车长北京知青邓国财，我马上告诉他有狼，他告诉我别怕，狼还在前方的荒草里，我们快回连队。在邓国财的搀扶下，我迈开不听话的腿深一脚浅一脚向连队奔去。

我回到连队后，向连领导详细汇报了会议精神，并且说了自己的看法和建议。考虑到正在秋收的关键阶段，回连队的路上发生的这件事我没有说，怕给青年们带来恐慌，给连队的秋收工作带来影响。会后，我把在洼地碰到狼的事情单独告诉了老班长吕忠，吕班长吓了一跳，连连跺着脚说太危险了。老班长说那是三只狼，高的是老狼，矮的是小狼，你要是遇到三只老狼你一定没命啦。接着吕班长给我讲了狼伤人的故事。狼有时学人直立行走。特别是天黑时，人在路上走时狼会悄无声息地跟在人后面，然后将两只前腿搭在人的肩膀上，在你回头的瞬间，狼会一口咬住你的脖子不松口。打这以后，我有意在连队的大小会议上告诫大家确保安全，无论去哪，都要结伴而行，决不能单独行走和外出。

虽然事情过去了四十多年，每当提起当年往事，我都会想起北京战友邓国财，他是我一生的贵人，对我有救命之恩，这份战友之情、荒友之情，我永生难忘。

三、迎接新战友

1972 年，还有几天就过春节了。连队忽然接到营领导的通知，说有一批兵团 26 团特务连的战友调入来开荒营，分给我们连一个班。这真是雪中送炭呀，我们的困难与需求营领导都看在眼里记在心中。为了迎接这批不戴领章帽徽的兵，我放弃了第一次享受探亲假与家人团聚在家过年的机会，在春节前赶回连队。在返回连队的同江路段上，下大雪封路耽误了时间，我还是迟到了。

在连队简易的食堂里，我见到了刚刚分到连队的"转业兵"。当他们出现在我面前时，有几张熟悉的面孔使我惊呆了，"这不是哈一中的同学吗！"其中，我印象最深的要数哈市青年张立华。1969年8月3日的那一天，他高举着哈尔滨市第一中学校上山下乡的大旗走在队伍的最前面。在滨江火车站台上，我的大姐姐送我，帮我整理着行装，弄弄这，弄弄那，嘱咐我在那远离家乡的地方要照顾好自己，要经常往家写信免得爸爸妈妈挂念。双眼对视时我看见姐姐的眼窝里噙着泪花，我抬起手正要抹去姐姐脸上泪珠……姐姐突然看见了她们单位的一位同志张玉凤，相互问候后只听到她说"等一会，马上回来"就走开了。不一会就领来了一个人，英俊，潇洒，高高的个子，还没等我说什么，就听她说："这是我弟弟张立华，可淘气了，家里不同意他去，可他非去不可。听说你在二连，他在三连，离得不远，你们在那相互照顾点，多管着他点，常往家写信。"暂短的几句话，道出了姐弟间的情谊和家中父母心中的牵挂。急匆匆的相见，急匆匆的分离。集合的哨声吹响，我们跑回各自的车厢。随着火车汽笛响起，火车慢慢地离开车站鸣着长笛一路向北驶去。

虽然说二连和三连感觉很近，可来到这里我们才知道，两个连队的距离少说也有十几里路。因此，我们之间没见过面，也没互相有过照应。火车站一别两年多，这么巧，今天竟能在开荒点见面。既然都认识就没那么拘束了，刚开始那种陌生紧张的空气一下子抛得无影无踪。我和他们各位握手表示欢迎，并相互做了介绍。他们是上海知青徐斗根、北京知青史海燕、王学龙、王道会、张玉俭，哈尔滨知青张立华、刘国庆、庞志刚、刘互平、王亚光，还有18团的吕玉清。

新战友的到来给连队增添了生机，只有十几个人的连队一下子有说有笑活跃起来。安排好了各自的住处后，他们自发地忙活起来，有的在马架房里烧起了火炕，有的拿着铁锹、扫帚把通往食堂、水房、井边、厕所道路上的积雪清扫干净，有的在食堂帮忙摘菜、洗菜、做饭，有的在挑水、劈柴、码柈垛。不一会，连队食堂周围空地的积雪都已清理干净。北大荒的二月，正是数九寒天，天气格外的冷，可战友们忙活得满头大汗，他们脱掉了棉衣，摘掉了棉帽子，头发上、手心中都在冒着热气。在交流中他们得知连队目前只有20人，刚建点不足一年，就盖起了食堂，烧热水的水房，打了井，还有用泥草抈砌的两栋马架房。新战友们听说都很吃惊，有人瞪大了双眼、晃动着脑袋说，真是不容易呀，一定受了不少的苦。战友们纷纷表示，如今我们也是开荒营38连的一员了，我们有责任和义务，以老建点同志为榜样，发扬一不怕苦、二不怕死的革命精神，与天斗，与地斗，携起手来把连队建设好，多开荒，多打粮，多为国家做贡献。听到同志们这些肺腑之言，我向他们表示感谢和敬意。虽然我连建点时只有十几个人，但他们的到来给连队增加了新鲜血液，今后必将成为连队建设的栋梁和主力军。

四、春播

一年四季在于春，搞好春耕春播关系到一年收成好坏。为了争取时间抢播小麦，一场与时间抢春播的战斗打响了。连队领导召开了动员大会，在会上说明了搞好春耕春播重大的意义，具体安排了机车的部署和全连的工作分配：①团支部要做好宣传教育，积极配合党支部开展工作，从春耕春播中发现青年好的典型事迹进行表彰，吸收青年加入党、团组织，壮大党、团支部的队伍。②后勤保障，食堂人员的调整和增加是保证春耕春播完成任务的关键，一定要保证让战士们吃好，喝上热水。制定公布每天的菜谱，安排专职人员给在田间干活的同志按时送水、送饭。③为了保证人员安全，我在布置完成连队的正常事务工作之后，肩背医药箱手提热水壶，跟随着战士们来到食堂，来到场院，来到田间地头，来到春耕春播第一线，为那些磕磕碰碰的小伤包扎伤口，为那些轻伤不下火线、重伤不叫苦的战士们送医送药到田间。

为了搞好春耕春播，战士们都积极行动起来，全连指战员昼夜奋战在田间。一班长张立华带领全班人员分成几个小组在场院昼夜搅拌麦种。马辉自制的搅拌箱斜度是 50 度，一个支架把搅拌箱稳稳安装好，在搅拌箱的两边伸出两根长 40 厘米把手，操作搅拌箱的人员将麦种和农药按比例倒入搅拌箱内，手握把手正摇 30 次，反摇 30 次，相互配合进行人工拌种。手掌磨出了水泡、血泡，他们全然不顾，将搅拌好的麦种倒入麻袋扎好口，装上车直接送往田间播种机进行播种。

班长张立华、王家莉安排好场院搅拌种的任务后，起早贪黑跟着播种机播种。庞志刚、刘互平、刘国庆、王亚光等同志不但负责播种机播种，同时还经常主动地帮助送麦种的女同志把搅拌好的麦种搬运到播种机上。张立华要不停地观察播出去的麦种间距，检查播种后镇压的情况。拖拉机牵引着播种机，人员站在踏板上随时往播种箱里装麦种，做到不漏行。踏板底下拖着长长的、厚厚的树枝，是要保证播出的麦种在树枝的拖拉下，让土覆盖住，保证麦种的成活率。有时树枝脱漏，跟随播种机播种的同志们要跳到行驶中树枝上进行捆绑连接，然后再小心翼翼爬上正在播种的播种机脚踏板上继续工作。

看似简单的这些操作，我们见都没见过。只有在这广阔的天地里身临其境才能真正体验到、感悟到。要尽快了解、学会、掌握农业科学知识，要虚心向老同志学习，掌握农业知识，学会操作本领。这是搞好科学种田的根本。

天色渐渐暗了下来。交接班后，同志拖着疲惫的身躯回到连队，一天下来厚厚的泥土覆盖战士的全身，谁也看不清谁是谁，只有在说话时才能辨别出是谁的声音。面对这超负荷超强度的工作量，战士们没有叫苦，没有叫累，毫无怨言，全身心投入到春耕春播工作中。水房为战士们准备热水，洗去满身的灰尘，食堂为战士们准备了可口的饭菜和热汤。吃完饭该休息了，还要召开班务会，表扬一天工作中的好人好事，总结工作中出现的问题和要注意的事项。油灯下，躺在被窝里也不忘记下这一天的工作总结日记。

经过十几天的奋战，将新开荒的土地都播上了小麦，完成了春耕春播任务。在春耕春播中涌现出好多好的典型和事迹。穆青华同志在这场春耕春播战场上表现突出，光荣地加入了中国共产党。吕艳琴、吴淑春、张旭东、王亚光、朱映秋光荣地加入了中国共产主义青年团。连队的党、团的组织得以发展壮大。

播种后的黑土地在温暖的阳光照射和雨露的滋润下，发青变绿，绿油油的麦苗露出笑脸。我站在通往营部的公路上，望着路两旁长势喜人的田间麦苗真是感慨万千。回想起一年前刚建点时这里还是一片冰雪覆盖、塔头遍地、杂草丛生的荒原沼泽湿地。现如今，捏一把都能冒油的黑土地上已窜出麦苗，三个月后这里将会麦浪滚滚一眼望不到边，麦浪起伏翻滚着金色浪花，金色的麦穗压弯了腰，在微风的吹拂下前后左右摇摆着，向垦荒战士展示胜利的微笑。我沉醉在美好的想象的喜悦之中。

一边走一边想，不知不觉来到了晒麦场。工具摆放整齐，场地清洁干净，苫布叠好放在离地很高的垛架上，春播剩下的麦子成行地摊晒在晒场上。我们的场院保管员程玉文在整理着麻袋，好的麻袋已叠好再装入麻袋垛起来。有漏口子的麻袋挑了出来，堆放在她的身旁，她正在一针一线，细心地缝补着麻袋的每一个漏孔。看到我，她放下手中的活和我打招呼，聊天中我知道她是在为麦收提前做准备。我说："破的麻袋多吗？连里安排人一起补吧，你一人补太累。"她说："没事的，连里这么多工作要做，不要牵扯太多的人，我一人补就行，等忙不过来的时候再和连队打招呼派人。现在春播刚结束，到麦收还有一段时间，来得及，保证不耽误麦收时用麻袋。"我望着她，眼里含着激动泪花，不知道说什么才好。我还能说什呢？她想的是连队工作紧张，人员缺少，为了减轻连队的压力，再苦再累再忙的活她一人承担。想的是他人，唯独没有想到的是她自己。她是一位曾在老连队头部受过重伤，脑头骨严重塌陷的人。连队有这样一位勤俭持家、精打细算的好管家，场院的好保管员，是我们连队的福气，也是我们连队的骄傲与自豪。

康拜因机组（左起：车长邓国财、杨福祥、庞志刚、边庆福、何奎远）

五、艰苦中发展体育事业

来自各个连队的知青相聚在38连，连队人员逐渐增多。身为团支部组织委员的张立华向连队提出建议，要把青年的体育文化生活搞上去。建议连队修建篮球场地，做个乒乓球台，增加些体育设施，让青年活动起来。他的这一建议在连队支部扩大会议上受到个别领导的反对，说连队现在农活很多，抽不出人手搞那玩意，干活都累得够呛，哪还有心思去整那些玩意，等以后再说吧。建议就这样被搁浅了。

面对重重困难，我们该怎么办？团支部召开了扩大会议，大多数团员认为要增设这么多的体育设施是有困难，但是我们要克服各种困难，没有条件我们就自己动手来完成。改善青年的文化体育生活，让青年动起来活起来，团员带头，动员青年参加义务劳动。经过商议，大家决定利用早晚业余时间清理马架子房四周的空地，作为双杠、吊环的设置地址，乒乓球台面由马辉在不影响连队正常工作的情况下着手准备，其他团员青年可以帮忙共同完成，任务明确后大家分头准备。

晚饭后，青年们两人一组在细心寻找合适的木料，由刘丽生把关制作，加工焊接、手工打磨，样样走在前面。经过一段时间的准备，在连队休息日的一天，青年们早早地起床，围拢在两栋马架子房中间的空地上议论着该怎么样把3米多高吊环架子竖立起来，议论纷纷，说法不一，最后还是采纳了刘丽生、任家泰和张立华的意见，用绳子记好活扣拴住木桩，先放入事先挖好的坑里，女知青在一边拉，男知青手扶吊环架子往前推，掌握平稳扶正后用碎砖头、木楔子把架子稳定住，用大锤和大夯将吊环架子支杆周围的土夯实，必须做到安全稳固。解开绳子后高高的吊环架子竖立在我们眼前。双杠安装就不在话下了，有了吊环架子加固稳妥的经验，青年们捡砖头，削木楔子，大锤砸小锤补，四人抬起大夯使劲夯，双杠架子的底座很快完成了安装。

青年们你推我，我推你，嘻嘻哈哈，"不行，不行，我上不去，你来，你来"，沉醉在欢乐的气氛之中。还是张立华首先为大家表演了在吊环上的各种动作，在连续翻转过程中，看热闹的女青年发出："噢，小心，小心，吓死我了"的声音，在为张立华吊环上的表演捏一把汗，我手捂前胸，也在细心地关注着。表演终于结束，我心里一块石头落了地。张立华在吊环上的完美动作博得了大家的一片喝彩，大家都鼓起掌来连声说好！最有趣的要数刘互平了，他身穿一身白色的服装，左手背在腰后，右手从头上摘下帽子口朝上，迈着小步在大家面前哈腰鞠躬转了一圈，大家这时才恍然大悟，这是要大家赏钱呀！哈，哈，哈！这发自内心里的笑声是那样的自然、那么甜、那么美。一天的劳累一切的烦恼统统抛得无影无踪，青年们都沉醉在这欢声笑语气氛之中。

没过多久，乒乓球案子在马辉、任家泰、张旭东和团员青年同志们的共同参与下在食堂的一边落了户。乒乓乒乓，左攻右扣，战友们围了一圈在一旁观战，看着任家泰、张旭东的乒乓球表演，每当打出好球，大家喝彩声掌声不断，就连炊事班做饭的朱伟华、盛菊香也在卖饭的窗口处拍手叫好。观战者一边支招一边数着分数，那劲头正像毛主席说的："团结、紧张、严肃、活泼。"

自从这些体育设施建立起来后，每天天刚亮就有青年在吊环、双杠上锻炼玩耍。要是赶上雨天不能出工，乒乓球场地就是比赛的战场。体育设施的建立非但没有影响连队的工作，反而使同志们工作起来生龙活虎，你追我赶，谁都不肯落在后面，互相帮助。战友们自己结对子谈心，互相帮助的风气随处可见。

一年后我们在新建的宿舍门前修建了篮球场。朝霞刚刚露头，起得早的青年在篮球场上奔跑着投篮，做着各种投篮姿势。女青年穆青华、陈佩茹、王家莉、李茹琴、张小红等也不由自主地也加入到打篮球行列，女知青虽然技术不太好，可她们一点也不示弱，在场上传球、抢球、投篮、你追我赶、非常开心。

历经两年，团员青年利用休息日、早晚的义务劳动建立起来的体育设施对开展体育活动，锻炼身体，提高文化素质，确实起到很好的作用。从增添体育设施这件事中我们也悟出一个道理，青年的事，青年办，困难再多，只要大家团结一心，就没有做不成的事。

六、四营运动会

38连的体育设施不但丰富了连队的业余生活，而且提高了连队战士个人的身体素质，增强了体魄，为扎根北大荒，建设北大荒打下基础。

1975年5月营部下发通知，拟定6月份举办开荒营第二届全营田径运动会，要求各个连队都要组织人员参加，以提升全营的文化体育氛围和人员体能素质。

为了参加全营的田径运动会，38连召开了全连动员大会，在不影响正常工作的前提下，自愿报名。支部组建了由张立华为队长、18名战士为队员的38连的田径代表队，开始利用业余时间突击训练。

1975 年 6 月 2 日早 7：30 时，开荒营第二届田径运动会准时在营直属学校的操场开幕。大会设三个大项目：田径，篮球，乒乓球，共 22 个小项目。全营 19 个连队和单位除 33 连弃权、45 连因生产施工离不开没能参加外，其余 17 个单位全部到会。大会进行了两天，于 6 月 3 日晚 21 时闭幕。

这次田径运动会获得全体总分第一名的是营直属中学，获得 80 分；第二名的是 39 连，获得 75 分；第三名是 31 连，获得 58 分。

男子篮球冠军是 42 连，亚军是营直。女子篮球冠军是 31 连，亚军是 34 连。

男子乒乓球冠军是 31 连丁志平，亚军是 44 连的张晓林；女子乒乓球冠军是张玉珍，亚军是施某某。

获得开荒营第二届田径运动会风格奖锦旗的是 37 连。

获得诗歌、歌曲、样板戏成绩奖的有 31 连、34 连、37 连、47 连、小学校等单位。

38 连田径队虽然没有拿到总分第一名，但拿到七个单项第一名，他们分别是：

51 号运动员薛永高以 69 秒跑出 400 米的好成绩，得了第一名。

62 号运动员陈锦华以 3.46 米战绩得到男子跳远第一名。

59 号运动员刘丽生以 51.6 米成绩，取得男子手榴弹第一名。

61 号运动员王秀娣以 7.5 米成绩获得女子铅球第一名。

58 号运动员张立华以 18.4 秒拿下 110 米栏第一名，男子跳高第一名、男子跳远第一名。

这次田径大会，我连共参加了 15 个项目的比赛。拿了 7 个单项冠军，总分得到 57 分，排名第四，仅比 31 连的 58 分少 1 分。开荒营运动会后，我们连队的薛永高、刘丽生、王秀娣、张立华被挑选到营里集训，代表开荒营参加 6 月 17 日全团首届运动会。

6 月 7 日到营部集中训练。在临近运动会前夕，张立华在 6 月 12 日营里组织的与 31 连足球队友谊比赛中，在守门抱球时被 31 连天津运动员用脚踢到了左锁骨上，当时就是感觉不舒服，麻麻的，以为下场休息一下就会好起来，继续坚持练习。在 6 月 21 日参加团首届运动会，跳高时不慎又震了一下。6 月 22 日参加决赛觉得左上肢隐痛，当时不知道左锁骨已断裂，为了能跳出好成绩为开荒营增光，决定活动一下，上单杠还没有做大的动作，手搭到单杠上一使劲，坏了，手不能动了，左锁骨断裂的骨头支了出来，疼痛难忍，急忙送往勤得利医院进行治疗，经医生检查确诊为左锁骨断裂，需马上住院治疗。张立华因此与 27 团运动会无缘，没有参加完比赛就负伤住进了医院。

全团田径运动大会于 6 月 17 日召开，6 月 22 日结束。全团总分第一名的是一营，第二名的是开荒营。艰苦的开荒营获得好成绩是全体指战员团结一致、共同努力的结果。

男子篮球冠军是工副业连，亚军是开荒营。

男子乒乓球冠军由一营获得，开荒营的丁志平获亚军。

女子乒乓球冠军是开荒营的张玉珍，亚军为一营获得。

27 团运动会结束后我们回到各自连队。因刚刚下过雨，所有的车辆都不能上泥土公路。在 27 团这已成为一条不成文的规定，为的是保护公路不被车轮碾压，造成不必要的破坏。次日清早，我上了公路前往医院看望连队在运动会上负伤的张立华。早晨五点多出发，经过 12 个小时行走，行程 110 多里路，晚上五点多钟才到达医院。

当我拖着疲惫的双腿走进病房时，看到伤员直挺挺地躺在床上，后肩膀从腋下用绷带牢牢地捆绑在夹板上，把已断裂的锁骨固定起来，起床、吃饭、活动都要在别人的帮助下才能完成。在住院期间因医院医疗设备有限，每天除了打针、吃药、消炎，锁骨断裂只能用这种笨重的固定方法来治疗。在医院医护人员的治疗和护理下，经过近三个月的治疗，张立华于1975年9月7日出院。张立华手虽然能动了，胳膊也能抬起来了，但是左锁骨却永远地变了形，至今碰上阴天下雨时他都会感到隐隐作痛，留下了终生的残疾。但他忘掉痛苦，很快又重新投入到连队的建设之中。

七、连队里的留守战士

建点后的第一个冬天，雪很大，天气嘎嘎冷。特别是"大烟泡"刮起来遮天蔽日，几米以外雪天一色，风卷着雪，雪随着风，打在脸上跟刀割似的，虽然戴着棉帽子、脖套和围巾，风和雪还是一个劲地往脖子里钻。遇上这种寒流天气，瞬间就能把脸颊和耳朵冻白了，必须找个背风处迅速用雪搓，否则这块组织就会坏死。大烟炮一刮就是三天三夜，所有的户外活动都停止了。大烟炮过后，荒原上白茫茫一片，好一派北国风光。公路、排水沟不见了，新建的连队找不到了，都被埋在雪里了。地窖子里的人只能从雪下面挖个洞往外爬，打开门开始新的工作。雪后的气温达到零下30多度。为了筹备建宿舍、食堂、晒场等材料和新建点的生活用柴，指导员齐福祥、副连长王杰牛带领全连的同志进林伐木。大家每天在没膝深的雪里伐木、归楞、装车，晚上在地窖子里休息。

连队只留下司务长朱伟华，炊事员盛菊香。她俩的主要任务是做饭和采买食材，要确保运送木材的拖拉机驾驶员和押车人员在零下三四十度的冰天雪地里，经过四五个小时不停地颠簸，从伐木点回到连队后，能够喝口热水，吃上热乎乎的饭菜，休息后再返回伐木点。同时还要定期到营或团里买粮食和副食捎到伐木点，确保伐木战友的基本生活需要。

荒原上十几里都不见人影，白天还好说，到了晚上，四周更是黑咕隆咚。不管什么时候，也不管天气如何，只要隐隐约约听到拖拉机的轰鸣声，她们俩就要点上柴油灯，穿上冰凉的衣裤，搓着冻得发红的双手，点燃潮湿的木柴烧水做饭，在灶坑火光映照下，可以看到她们忙碌的身影。为了让往返拉木头的同志白天夜晚都能吃上可口的饭菜，她们俩可没少动脑筋呀，像蒸花卷，蒸包子，烙糖饼，擀面条，包馄饨，包饺子等，变着花样调剂伙食。每当有拖拉机回来，寂静的连队就热闹起来，一边是押车人员忙着卸车，一边是炊事员忙着做饭，有时拖拉机手也过来帮厨，大家一边工作，一边说笑，完全是到家的感觉。在拖拉机灯光的照明下，驾驶员和押车人员把木材卸完后来到食堂，看到冒着热气的饭菜已盛好，他们顾不得脱掉满身冰霜的棉大衣，端着盛好饭菜的碗，坐在烧柴堆上就大口地吃起来。"慢慢吃，别着急"，她俩一边说着一边把烧开的热水送到战友面前。一句暖心窝的温馨问候，一句朴实纯真的关心，让人听了后是那么的亲切、温暖和感动。

饭后，战友们靠在烧柴垛上，依偎着炉火闭上眼睛休息片刻，片刻后，他们又精神抖擞起来，给车加满油，点亮车灯，马达轰鸣中拖拉机离开连队奔赴伐木点。夜幕下，朱伟华、盛菊香目送战友远去，一闪一闪的拖拉机后灯光仿佛在向留守连队的战友招手致意：谢谢战友！回头再见。拖拉机后灯光就像天上的星星，渐渐地消失在茫茫夜幕之中。

告别了战友，朱卫华、盛菊香回到食堂，嘴里一边哼着歌曲，一边打扫卫生，清洗着锅、碗、瓢、盆。不知不觉中东方地平线上露出鱼肚白，天快亮了。她俩双手紧扣反向举过头顶做了个伸展运动，深深地呼吸了一口清新凉爽的空气。

新的一天开始了。她们向战士一样坚守阵地，迎接下一个战斗的到来。

38连王秀娣、陈佩茹、穆青华、盛菊香、
殷莉华、季兰英、朱伟华、王家莉

王秀娣　哈尔滨知青，毕业于哈一中，1969年8月由哈尔滨一中下乡到黑龙江兵团6师27团2连战士、卫生员。1971年2月调入开荒营38连任副指导员兼排长、卫生员，1979年12月返城，在林产品工业公司供职。退休。

打　井

王秀娣　张和平　盛菊香

1971年4月中旬，天气变暖，大地复苏。平原上的积雪经春风一吹所剩无几，高低不平的塔头墩子显现在我们面前。进驻开荒建点的38连已有两个月了。两个月来，我们依靠化雪取水、刨冰化水，解决吃饭问题和其他用水。连队旁的水泡子也已被我们刨出深深的大坑。随着天气变暖，冰雪消融，解决连队吃饭和生活用水问题迫在眉睫。

支部书记齐福祥先后召开了支部扩大会议和只有十八个人参加的全连大会。会上他重点强调：我们要想在这里扎下根、立住脚，首要任务是解决水的问题。根据38连的地理环境，周边五公里内没有水源。解决水源问题，只有打井。打井谈何容易。没有专业打井队伍，没人懂打井技术，没有机械设备。全连只有一名转业兵，两位老职工，十六名刚下乡的学生。面对打井的重重困难，经过动员，大家统一了认识，决心不靠天，不靠地，全靠我们自己。会议决定，我们自己来打井。不会打，从干中学，边干边学。世上本来就没有路，人走多了就有了路。会议明确当前全连的中心工作是打井，并成立了打井工作领导小组，组长为指导员齐福祥，并对打井工作做了具体分工。打井用的井帮木板材由吕忠、王杰牛负责；木材加工由木工马辉、张旭东负责制作；直接参加挖井的人员有任家泰、张和平、路松等；其他人员做后勤保障。一切工作安排就绪，指导员再次强调安全的重要性，要求参加打井的各个小组成员，在确保安全的情况下，保质保量，做到万无一失，完成打井任务。

首先，要确定水井的位置。经过勘查，老职工们根据将来连队的平面布局，选择了离连队家属房不远的一处平地，作为水井的地址，并做好了标记。其次，准备打井材料，主要是井帮木板材。为了方便锯木板，先要搭建戗锯架子。在距离打井位置不远的空地上，挖出了一个两米多宽的正方形的大坑，在坑的四个角竖起来四个大柱子，在两米多高的上方，安置和固定了戗锯架子。一根根桦木树干被抬上了戗锯架子，架子上面站着老班长吕忠，下面大坑里站着的是副连长王杰牛。伴随着清脆锯木头的声音，一块块锯好的木板整齐地摆放成垛，他们的脸上流露出欣慰、满意的笑容。可是他们的手掌上满是血泡，渗出殷红的血水，两只手的虎口处，皮肤都磨破了粘连在手套上，裸露着鲜红的嫩肉。在进行消毒包扎伤口时，王杰牛的手抽缩了一下。我急忙说，对不起，弄疼你了。他说，没关系。听到这句没关系的话语，我深受感动，他的手都伤成那样了，可他还在安慰我。他看着自己手上的伤口说，这点伤不算什么，没关系，过两天就好了。能早日让同志们喝上干净的井水，再苦，再累，再艰难，我也心甘。他笑了，我也笑了，可我的泪水还是在笑声中流了下来。

接下来要把板材加工成井帮木。木工马辉在张旭东的积极配合下，摆好桦木板，计算尺寸、画线、打线，手工锯井帮木板，看到他们熟练的操作流程和敏捷的身手，不知道的会认为他们是老木匠呢。

材料准备齐全了，挖井正式开始，先在勘探好留有坐标的地址上点燃篝火暖化地面，然后化一层挖一层。几经周折，一个长宽各 1.5 米、1 米多深的冻土层终于挖开了。打井，不论是对知青还是老职工都是一个陌生的课题，谁都没有经历过。最大的问题是空间狭小，人和工具都施展不开。大家轮班下井，桶锹、板锹、锹头，都用上了，还是感觉不快。经过几天的劳动，才挖了三米深，按这样的速度，什么时间才能挖完呀？

要想提高挖井速度和效率，必须另想办法。老班长吕忠有了一个大胆想法，那就是采用炸药炸。他把这个想法和意见向指导员做了汇报，征得了连领导的同意。老班长吕忠亲自动手炒炸药，安排挖炮眼，埋炸药，在保证绝对安全的情况下进行点火爆破。很闷的一声响过后，大家下到井里，看到松动的土层，开始用锹头撮土装桶，辘轳把土摇上来，速度加快了许多。但这样做也会出现安全隐患，大家格外注意，时刻提醒井下的同志提高警惕，注意安全，随时观察井壁土层松动的情况。

有一天，当井挖到 7 米多深的时候，突然一块井帮木从井口掉了下去。下面干活的陆松同志对这突如其来的情况迅速做出反应，急忙躲闪开，滑落的井帮木擦着陆松的肩膀落了下来。啊，好险呀，差点砸到头上，真是捡了一条命。面对这次险情的出现，指导员齐福祥、副连长王杰牛马上召开了紧急会议，要求挖井同志做好防护措施，挖土时要挖一桶，运上来一桶；挖一层土就马上把井帮木垒砌上去，固定牢靠；往下放井帮木板的时候要捆绑牢固，征得井下同志同意时，才能慢慢地往下放井帮木。

井越往下挖越不好挖。挖到黏土层，挖一锹粘半锹黏土，甩也甩不掉。三个人在里面根本转不过身来，只能是一个蹲下干活，两人先站着休息，这样轮换着干活。这是一个又危险又要细心的活，不能有一丁点的马虎和闪失，稍有失误就会造成安全事故。井上的同志不断向井下喊话：注意安全。井下的同志听到喊声，一同回话，听到啦。

当井挖到 12 米深的时候，出现了流沙，随着流沙的出现水也慢慢渗了出来。大家看到了希望，干劲更足了。井下的同志们站在泥水里，快速清理着泥浆流沙，急忙垒砌着井帮木。水越出越多，井底满是泥浆。井下的同志用绳子捆住自己的腰，在井底清理着泥浆和流沙，当轱辘把往上摇着装满泥浆的桶时，虽然井下的同志穿着雨衣，但还是被溢出来的泥浆浸湿了全身。

经过近一个月的艰苦奋战，当最后一块井帮木垒砌完成后，任家泰、张和平、张旭东做着最后的检查。任家泰是位细心的人，他用手仔细地摸着水下的井帮木是否有松动。几经检查确认无误时，井下的同志们晃动着绳子发出了信号，井上赶紧摇起轱辘把，把井下的同志一个个摇上来，三位同志安全返回地面。

对于自己满身的泥浆，湿透的鞋裤，他们已不在意，按捺不住激动的心情高喊着：咱们的井打完了，出水了！同志们奔跑着相互传送着这振奋人心的消息，井出水啦，快来看呀！同志们从不同的方向来到井边，围成圆形共同见证从井里打上来的第一桶水。经过沉淀后看到的是清凉、干净、清澈的水，大家轮着喝水，品尝着这井水的第一感觉，真甜，真甜呀。

炊事员盛菊香高兴得像小孩子一样，一边喝水一边说，我们再也不用铲雪、刨冰块化水做饭了，她笑着对我们说："如今呀，我们有了干净的井水，我们可以为同志们做你们喜欢吃的可口的饭菜了。"大家一起鼓掌连声说：好，好，好！

在开荒营十多个连队的打井工作中，38 连打井用的时间最短，速度最快，质量最好，水质最优，是第一个完成打井任务的连队。井打出水的消息一经传开，4 营部的干事、37 连的领导和战士们都来到 38 连观看了这口井，每个人喝完井水都会羡慕地说："这水真甜，真好喝。"每当听到战友们的赞扬，我们就会感到无比自豪。

这口井养育了我们 38 连全连的知青战友、老战士及家属。随着知青年龄的增大，部分知青先后在连队安家落户，生儿育女。知青的子女也是喝着这井水一天天长大的，直至 1979 年大批知青返城，这口井为我们连队的建设发展立下了功绩。

2009 年 9 月，我们当年建点的部分知青一行七人，一同回访了第二故乡，五星山下 27 团开荒营，回到 38 连，看望了当年建点的老战友马辉、吕艳琴。吕艳琴是当年建点时兵团老职工吕忠之女，看望了连队老同志金同让、李同泰、刘士远、尹彦明、王兴坤、段立明、赵桂兰等同志。当然也没有忘记那口老水井。那口井已经废弃。

第二天清晨，朝霞刚刚升起，我们就来到这口现已废弃的荒井旁。大家围拢在荒井的周边，默默地站立着，每个人似乎都有千言万语想向荒井诉说。当年打井时的情景一幕幕地呈现在每位知青的脑海中。岁月蹉跎，物是人非，感慨万千。我们整理好衣装，捋了捋被风吹乱了的头发，围拢在井的旁边手拉手留下了我们和井的珍贵合影。

让我们永远记住这段历史，记住这难以忘怀的往事。

在 2002 年回访 38 连队时，哈尔滨知青在我们当年建点时打井的地址合影留念！
（左起：盛菊香　王秀娣　马辉　张和平　朱伟华）。

我在荒原的青年时代

王家莉

我是 1971 年 2 月 27 团党委号召向荒原进军后，首批从 2 连进入 38 连的天津知青。在荒原多年的艰苦环境中吃苦锻炼，留下了永生难忘的记忆。

一、好吃的"鱼毛"

第一批进 38 连的有位老职工、老班长吕忠，是位能干会干多才多艺的领班人，大家都亲切地称他为"老吕头"。

不久，冬雪慢慢地融化了，离 38 连不远处有一个大水泡子里有不少"老头鱼"在游动，老吕头想捞鱼给大家改善伙食。在刚进点那个一无所有的日子，能吃上鱼那简直是做梦都会笑醒的美餐呀。捞上来的鱼还真不少，大的熬着吃，小的怎么办呢？老吕头说："我给大家炒鱼毛。"炒鱼毛？大家愣住了，怎么炒呀？老吕头看出大家的疑惑，于是指挥大家收拾鱼，点火烧大锅。在老吕头指挥下，说笑声中大家很快把收拾好的鱼放在装有水的大铁锅里，开始"炒鱼毛"了。老吕头站在大锅旁拿着大铁铲，看鱼煮得差不多了，开始上下翻动，边翻边挑鱼骨头、鱼刺，水干了大火改小火，还继续不停地翻动怕炒煳了。老吕头边炒边教大家，把鱼刺一点点地挑出来，我们在一旁看着学着，足足大半天时间，鱼毛终于炒好了。开饭时，大家吃着炒好的鱼毛，就着热气腾腾的馒头，那美味、享受、高兴、幸福，是现在的人无法想象的。大家充满感激地看着老吕头，虽然天还很冷，只见他满头是汗，老吕头看着我们这些二十岁不到的知青能吃上美餐的高兴劲儿，他欣慰地笑了。

我们吃着、说笑着，就像一个幸福的大家庭温馨和谐，不知谁逗趣地说："等我学会了也给大家炒鱼毛。"逗得大家又是一阵大笑。

有人会问，什么是鱼毛？就是我们现在吃的鱼松呀！我们当时吃的那可是纯天然的绿色美食啊！你不想也尝尝吗？

二、亲手盖过的房子

每天我们走在路上，看到千姿百态展现在我们面前的楼房，总是不由得想起我曾经亲手盖过的几种房子。我盖过的房子有草筏子房、扠墙房、土坯房 3 种土草结构房，还盖过砖房。

先说草筏子房。刚进开荒营 38 连时，我们都住在临时搭起的帐篷里，雪开始融化，一望无际的大平原上露出了绿色，我们因地制宜利用大自然的材料为自己盖草筏子房。

我们事先用拖拉机将已经翻开的一条条的草皮筏子，用平刃筒子锹切成大的长方形的大土坯块，两人一组将草筏子抬到房基上，按照码砖块的形式一块块码成墙面，不整齐的地方用铲刀修平。码到一定高度时就把事先做好的窗户套和门套固定好，一栋房几个门窗是事先设计好的。然后在草筏子墙上用木棍搭上架子，再往架子上挂拉合辫。拉合辫是把割来的草一把把放在和好的稀泥里不断地用手腕转动，让草和稀泥充分黏合在一起，再把粘满泥的草拧成麻花形状的草辫挂在架子上，一个挨着一个，干了之后再往上面抹泥、找平、固定，这样大墙就算修完了。最后上房顶、苫草。别看说着简单，苫草也大有学问。老职工吕忠耐心地教给大家苫草的技术，还自制了苫草工具，这可是我们 38 连进驻开荒营的第一栋房子。就这样把一排又一排的草筏子房盖成了。和帐篷比，觉得挺舒服，不花钱又环保，住在自己亲手建造的房子里真是乐在其中呀。

随着草筏子房的建成，草地上露出解冻的泥土，连队又开始因地制宜造扠墙房。"扠墙"就是先把草用铡刀切成稍短的草段，草和泥加上水用二尺钩子、叉子翻腾搅拌，后来干脆用脚踩，学问大就大在和泥上，稀软了站不住，太硬了又相互黏合不好。讲究的是和到不稀不干能粘在一起，而且任往哪儿一堆都能站住不瘫软。泥和好就可以开始垒墙了，用叉子一块一块地从墙基开始往上堆，边摞边晾干。好在这时天也开始暖和了，等干得差不多了，就用像沙僧的月牙铲形状的铲刀把墙面铲平。大墙扠到一米多高打上窗套和门框，再往上就和我们盖的草筏子房差不多，木架子，拉合辫，上房顶，苫草。这就是我们亲手建造的第二种房子。泥和草是大自然送给我们的材料，这房子要比草筏子房好多了，我们住进这样的房子感觉别有风味。

随着前两种房子的盖成，总算是有房子住啦，于是脱坯，造第三种——"土坯房。"脱坯就像砖厂打砖一样，只不过比砖要大，用手掌宽的木板做成长方形空心模具，材料也是草、泥、水，干稀适当和匀塞满模具，表面抹平去掉多余，取出木框留下草泥，叫"脱坯"。土坯晾干后用起来和砖一样，一块块相互错缝垒起来，比建前两种房子要方便，而且先进多了。这种房子冬暖夏凉，每年抹外墙泥、苫草屋，维护成本低。三十多年了，我们再回兵团时，这种房子还有居住的。

第四种自然就是砖房了。第一栋砖房就是我们 38 连的大食堂，这也是 38 连唯一的砖房。准备盖砖房了，大家非常兴奋，每天值夜班从砖厂拉砖，有一次，天下着雨路很滑，小红车拉着已经装好砖的车斗，上面坐着六七个装砖的女知青，天很黑，小红车走在路上歪歪扭扭，突然一个急刹车连人带斗一起翻到沟里，砖压在人身上。司机马上从歪歪扭扭的车头下来跳到沟里救人。这时大家从砖堆里一个个爬了出来，幸亏没人受伤，但浑身连泥带水，你看看我，我看看你，爆发出一阵大笑，没有一个人害怕，司机看着大家安然无恙也笑了。就这样我们一车车把砖拉回连里，木匠马辉不分昼夜地制作房梁及建房所用的一切木结构件。大家都在为盖砖房高高兴兴、忙忙碌碌地准备着。

动工了，连里几乎所有的人都兴奋地来到现场，按照设计好的图纸画线、打地基、垒墙。垒墙更是一项技术活，两头拉紧线打直边，拿根线底下吊块砖头起线坠的作用，放在房子的四角"垂直定位"。还学会了怎样找水平，没有水平仪就用一个洗脸盆装上水找水平。老职工教我们砌墙的技术，墙角都是老职工亲手砌，我们随着砌大墙的中间部分。我学会了砌墙，回城后我还亲手给家里盖了一间小厨房呢。

上大梁了！那天，天特别好，蓝蓝的天白白的云好像也在为我们祝贺呢！放了鞭炮，全连的人一启动手，用绳子把大梁固定好，扛的扛，拉的拉，从跳板上一步步往房顶上走去。在一声声的口令中，大家步调一致，齐心协力地完成了上大梁的任务。从连长、指导员到知青们、老职工等连队的每一位成员，看着房架子逐渐成形，这是我们付出心血的结晶，大家脸上都洋溢着幸福的微笑。

这就是我亲手盖房的经历。38连从建连开始，大家都是在一片团结、和谐，有福同享有难同当的一个大家庭中度过的，这也为以后的38连建设奠定了良好的基础。回城后大家也是一如既往的那么团结。在这里我不得不为我们38连"点赞"。

三、劈柈子

刚进点时天还很冷，住帐篷，隔层帆布是冰雪做伴，帐篷里支着"大铁桶"作取暖的炉子，每天要靠烧木柴来取暖。这些木头都是我们从远处的林子中砍伐回来的，深一脚浅一脚地踏着厚厚的积雪扛到所住的帐篷跟前，用快马子大锯锯成一段段的圆木墩，再用斧子劈开，形成我们常说的烧火取暖的"柈子。"

一天，天刚蒙蒙亮就听到帐篷外有劈柈子声。接着是叽叽喳喳的说话声。原来是指导员齐福祥在和男知青一起劈柈子呢，于是我们站在一旁观看。早上天还很冷，但他们个个头上冒着"热气"。躲开！看我的！一斧头下去！哎，偏啦！一个男青年挥动着大斧头。"再来！"指导员站在旁边鼓励地说。"又偏了"，年轻人有力气没技巧。指导员拿过斧头，边摆放木墩边讲解着窍门，只见指导员斧头一挥，木墩齐刷刷地分成两半，接着劈成三瓣、四瓣，手起斧落、又准又快。好厉害呀！大家赞叹着。不知谁在旁边提议"看看谁能用这样的斧头把柈子劈得最细。"于是，有人找来了好劈的白桦树，你劈、我也劈，细点再细一点，开展着劈柈子的比赛。因为柈子劈细了可以直接用来引火。这个提议真好，大家在欢乐中又完成了一个小任务。

"吃早饭喽！"大家伙把劈好的柈子码好并收拾好工具后，吃着热气腾腾的早饭。新的一天开始了，大家拿着工具迎着曙光，奔向荒原深处。

这就是我们在开垦荒原中苦中作乐的年轻时代。

王家莉　天津知青，1952 年生，1969 年 6 月于天津二中下乡到黑龙江兵团 6 师 27 团 2 连；1971 年 2 月调入开荒营 38 连，1974 年 6 月选调到天津市师范学校上学，1976 年毕业，在天津市华安街中学（现 24 中）任教。退休。

最 难 忘 的 一 天

吴淑春

人生茫茫长河中，一天是那么的短暂。对一个人来说，一件刻骨铭心的事能让你记忆一辈子，我曾有过一段这样的经历。

那是 1972 年，我中学毕业后分配到开荒营 38 连，工作后快到第一个春节了，年前下了好几天的大雪，大雪也没有能阻挡我回家过春节的行动，我高高兴兴回到父母身边过年。

春节期间，老天又接连下了好几天大雪，平地积雪过膝，低洼地足有一米多厚的雪，开荒营与团部唯一的道路已被大雪封死了，小红车根本无法走。怎样才能回到连队上班呢？这时听说营部派拖拉机拉着爬犁到团部接人，我和二姐淑军以及同学张秀伟三人从勤得利赶到团部，下午两点多钟我们坐上营部接人的爬犁。爬犁上人很多，大约有 30 多人，当时，道上已经分不清哪是公路哪是排水沟了。拖拉机开得很慢，过了好一阵子总算到 19 连了。越往开荒营走雪越厚，雪越厚车开的就越慢，拖拉机有点拱不动了，驾驶员只能停车下来跟大伙说："车走不了啦，大家下车往营部走吧！"

19 连到开荒营还有 30 多里地，我们只好跟着"大部队"一块儿往营部走，道上的雪已经深过了膝盖，根本走不了，道路两侧排水沟的积雪已经被"大烟炮儿"吹成了一层硬壳，有时人走上去还能挺住，但走着走着脚会一下子就陷下去，一直陷到大腿根，需要有人帮助才能慢慢地拔上来。

渐渐地我们三人落在整个队伍的最后面，天也越来越黑，最后张秀伟又一次陷进去了，人趴在地上说什么也不起来，大声哭着，我不走了！我不走了！我和姐姐连哄带吓地告诉她，这里有狼，快走吧。张秀伟这才爬起来继续往前走。我们就这样冒着严寒、顶着"大烟炮儿"慢慢前行，两只脚陷进去拔出来，再陷进去再拔出来，反反复复，终于我们在夜里十点半左右走完这三十多里路来到营部。

深更半夜的我们正为如何返回 38 连犯愁时，有个好心人告诉我们：一会儿有往 37 连拉木头的拖拉机，我们总算松了口气，幸运的是那拖拉机手还是我们的同学李选章。这样我们总算回到 38 连，这时已经是下半夜了，我们几个人是又冷又饿，帽子上、围巾上全都是冰块。

我们步行了几十里地，近 10 个小时的行走，40 多年了，一直深深地刻在我的脑海中，

是我永远不能忘记的事。

　　吴淑春　1955 年生，1958 年随父亲转业来北大荒，后全家迁入勤得利，1971 年
毕业于勤得利中学，1972 年 3 月分配到开荒营 38 连，1973 年 3 月调营部卫生所，
1978 年调 1 分场 18 连卫生所，1984 年调入勤得利医院，1992 年调天津市。退休。

开 荒 营 39 连

开荒营 39 连进点时合影

开荒营 39 连回忆

孙绍华

一、荒原上燃起了火炬

1971 年 2 月末，北大荒仍是地冻天寒，工程三连（砖厂）按照团党委的命令抽调 40 人到开荒营组建 39、40 连，每连 20 个人。按师团的指示，开荒营要在荒原上同时建点 12 个连队，人员都从老连队抽调。我被调到 39 连任指导员，我和连长带领 18 个人进军鸭绿河的北岸。40 连和我们是结对子的双棒子连，建在我们的东边。我们两个连是离团部和老连队最近，直线距离 20 多公里，开荒营最远的连在 70 公里以外。

3 月 3 日一早，我们把所有的家当：一副半新的帆布帐篷，一个用过的大汽油桶，一口大铁锅和一个大水缸；数把铁锹、斧头、镐头、镰刀、锤子、大齿锯子等劳动工具，几袋面

粉、半麻袋土豆、半麻袋黄豆、一麻袋白菜等生活用品，还有几捆草帘子、几张席子、绳子、木头和行李等都装上爬犁。我们两个连队的战友各自跳上爬犁，打开各连"向荒原进军"的红旗，在母亲连队领导和战友们的欢送声中，拖拉机吼叫着向茫茫无际的荒原驶去，开始了我们开荒建点，艰苦奋斗的新征程。

拖拉机在满是塔头的雪地上颠簸了半天的时间终于到达鸭绿河边。我们两个连分头找到各自建点的位置，大家下了爬犁，连长迅速把大家分成几组，开始搭帐篷，埋锅造饭，一部分人打草、伐木、劈柴。由于我们砖厂每年都外出伐木，经验较丰富，并且进点前准备得充分，再有路途比其他连队近，到的早些，所以帐篷搭的很快，帐篷两边对面铺，用带来的木板钉起了两排床，中间用苇席和草帘片隔开，就成了男女宿舍。帐篷的取暖设备是一个经过改造后的废旧汽油桶，把油桶一面开口横躺在地上，上边开口插上烟筒，像一个张着大嘴的怪兽，带烟筒的一面放在男生一边，开口处放在女生这边，这样的设置便于身体不适或者体弱的女同志从事烧火这项工作。这虽然看似轻活，但是责任重大，晚上不能打瞌睡，别人睡了你要值班烧火，不能灭了火，零下30多度的环境就靠帆布怎么御寒？所以这个火要一直烧。帐篷搭建完了，锅灶也支好了，战友们都安排好自己的位置后天就快黑了。这时食堂已做好了晚饭，吃完晚饭夜幕降临，全连的战友都走出帐篷，大家高兴地在外面找了些树枝和干草堆在一个向北没有树木遮挡的空地上。因为我们在出发时和老连队领导有个约定，如果帐篷搭好以后，要给老连队的战友们发个信息，那个年代什么通信设备也没有，我们约定用传统的方法点一个大火堆，让远在山坡上的领导和战友们知道我们一切顺利。

一切准备好了，我们就把火堆点燃，熊熊火焰在黑夜里放着红光，这时有个战士怕老连队看不到，爬到一棵白杨树上淋上油点燃了一个废弃的老鸦窝，顿时高高的树头就燃烧起来，像一个巨大的火炬在空中燃烧，告知相隔近20公里外的战友们我们一路平安。大家站在篝火旁眺望着老连队，说着笑着，忘记了一天的劳累，沉浸在浓浓的快乐中……

二、造房子

由于我们进点时是在冬天大雪覆盖的时候，根本看不清楚地面上的情况。到了冰雪融化的时候才发现，我们的帐篷是建在草筏子地上，地面高低不平不说，地上还不断渗水、积水，迫使我们不得尽快搬家，所以我们在四月初就开始选址盖房子。

我们进点以后，按照师团党委"先治坡，后治窝"的部署，前期大量的工作都是为了开荒和播种做准备。因为开荒作业要等到地上的雪融化以后，这段时间正是我们备料造房的好时机。为了在荒原上生存，我们抓紧一切时间伐木、打井，我们几个女战士在离驻地不远的地方打草准备苫房。那时候雪很深，都没过了膝盖，草被雪压住了，打草时镰刀要从雪中插进去找到草根再割，非常困难。每天早上出工后，要在外边待一整天，出门前绑腿、口罩、手套等全副武装，脚踩在雪上一走一滑，每个人都不知道一天下来摔了多少跟头。到了下午收工时还要把打的草捆背回来，每天都是天黑了才到家，脚上的棉胶鞋都被冻得硬邦邦的。那时候大家非常团结，晚上男同志还要到半路上接我们。无论是伐木的还是打草的，谁回来早了都要等没回来的同志一起吃饭。那时候都不用我这个指导员做大家的思想工作，19个人就像一家人一样，互相关心，互相爱护。虽然很苦，很累，但是大家没有人叫苦，也没有人喊累，脸上都充溢着自信的笑容。哈尔滨知青吴惠民还牵头编了一首39连连歌，歌词是

"你看那抚远荒原战旗迎风飘扬,你看那鸭绿河畔一代新人苗壮成长。我们是开荒营三十九连,赤胆忠心为革命。一不怕苦,二不怕死,艰苦创业在抚远荒原上。战胜那暴雨疯狂,我们无比坚强;踏着那艰难困苦,前进在毛主席的革命路线上。我们是开荒营 39 连,豪情壮志为人民,誓把荒原变粮仓,我们战斗在抚远荒原上。"

春天来了,抚远地区 5 点钟太阳就跳出了地平线,只要天一亮,我们就起来在早饭前开始做一天的准备工作,挖土和泥、铡草、锯木头,没一个闲人。盖房的主要材料就是树木、草和泥土,树都来不及风干就要派上用场,做大梁、檩子、椽子、窗框、门框及门。墙体可是我们北大荒的土特产——草筏子,用大犁翻扣过来后,我们再切块垒起来就是一面墙,然后在垒好墙的两面抹上草泥。盖房子时大家齐上阵,除了一个木匠和一个瓦匠外,大家都是小工。最为壮观的是苦房顶,大家在房前一字排开,房顶上的人只要一吆喝,下面的人就把草和草帘子用手抛上去,配合极好,把上面的草苦好后,再压好房梁木就大功告成了。当时我们盖了三栋,男女宿舍各一栋,中间是大食堂。这样的房子虽然简陋,但成本低、节约经费,这在当时几乎各个连队都用这个模式。但是我们连的利用率比较高,一住就是好几年。

三、盖房留下的笑料

记得是刚刚盖好房子的那年冬天,雪下得非常大,大烟泡吹打得人睁不开眼睛,我们只好歇工了。第二天早上起来发现女宿舍的门不见了,只见一人多高的雪像小山一样严严实实地堆在门前。男战友见状赶紧跑过来帮助挖雪,在门前挖了一条通道才把门打开,我们开门一看,我的天啊! 门的两侧筑起了一米多高的雪墙,向远处一望,荒原全部是一片银白色的世界。我查看了一下连队的房屋,发现男宿舍和食堂门前的雪都没有女宿舍门前大,感觉很奇怪? 雪为什么都积在女宿舍这边?

造成这种状况有两方面原因:其一是这次降雪量非常大,风雪交加;其二是建房子时我和连长用指南针测得的角度有偏差。到现在我也没弄清到底是指南针有问题,还是我们没有看准确。因为那时荒原上还没有公路和其他参照物,完全是在什么都没有参照的荒原上打桩子盖房。三栋房子按照东西方向一字排开,中间是大食堂,男宿舍靠东边坐北向南,和后来修的公路没有夹角,而女宿舍靠西边虽然也是坐北向南有,但是方位不是那么正,形成西边往南闪出个角度,正好刮风时都把雪窝在那里了。就因为盖得这个不太正的房子留下笑料,到营里开会一说基建的事,营长还经常拿这事当笑料呢!

四、大战野猪群

刚盖好房子的那年冬天,雪下得特别大,荒原上厚厚的积雪被严寒冻了一层硬壳。那天,大家正在连里各自干着自己的工作,这时突然发现鸭绿河边由东往西跑过来黑压压的一群动物。大家先是一愣,突然有人大喊——野猪,大家顿时兴奋起来,随后大家拿着自己手里的劳动工具开始追打。木匠袭德生手拿锛斧,一边跑一边大喊,快把猪圈门打开,这时所有人全部出动,手拿镐头、铁锹、二齿钩、斧头、棍棒劈头盖脸地朝野猪群砍过去,也就短短几分钟混战,只见那群野猪拼命逃窜,很快我们就追不上了。再回头看我们的战士也是丢盔卸甲,鞋也跑掉了,工具也丢了,大家顾不了这些了,高兴地满地里找野猪。我们的战利品是 4 头野猪，收获不小，又可以改善一下伙食了。我们不仅自己享用，还送给营部和兄弟连队的战友们共同分享。

五、老鼠要成精

还有一件事值得说。土坯房不像砖瓦房那样严实，所以房子没住多久就来了老鼠和我们一起做伴。荒原上老鼠特别多，食堂、仓库更是老鼠经常出没的地方。有时一锅汤煮好了，大锅盖一掀开就有老鼠掉到锅里。没办法已经到了开饭的时候，不可能再重新做一锅，唯一的办法就是把老鼠捞出来。从场院里收工回来，女生在洗漱的时候会不时地大叫起来，有的裤腿里掉出个死老鼠。记得有一次女排长孙淑锦就从裤腿里抖出个小老鼠。

这还不是稀奇的事情，最想不到的是老鼠偷东西的本领特别大。有一段时间，女生宿舍总是丢东西，今天少了条毛巾，明天少了条内衣，什么糖果、肥皂、牙膏、手纸等经常莫名其妙地就没有了，弄得大家互相猜忌，一个大宿舍 10 多个人，搞得大家人人自危。有一天，一个战士的手表丢了，连里不得不当作大事处理，经过分析查找，最后发现在大火炕的炕尾挨着墙的地方有一个大大的老鼠洞，所有丢失的东西都堆在里边，当然也包括那只手表。疑案终于被破了，笼罩在女生宿舍的猜忌顿时烟消云散。没想到老鼠是小偷，这老鼠要成精了。

这些都是我们 39 连建点时的一些经历，有痛苦，有坚强，还有快乐，苦中作乐。兵团撤编后又恢复了勤得利农场编制，因开荒营（四分场）土地面积太大了，上级把它从勤得利农场划分出去，成立了浓江农场。改革开放后，农场开始步入现代化，所有的连队都撤销改为作业区，所有人员都集中在场部盖的楼房居住，大大改善了职工的居住条件。现在他们和城里人住的没有什么区别。我们当初盖的房子已不存在。现在再回到我们的连队，连遗迹都找不到了。对我们当时的拓荒者来说一切都是过程了，我们心中只留下奉献青春的回忆。

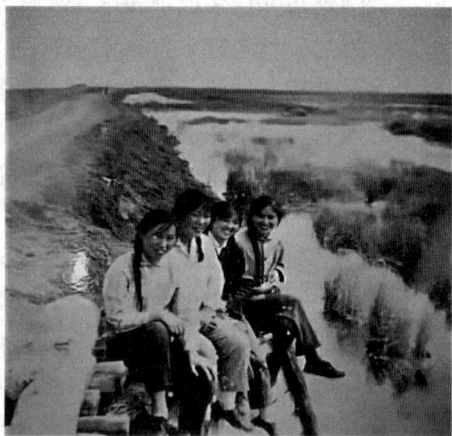

孙绍华（右 1）和战友在鸭绿河畔新修的生命线合影

孙绍华 哈市知青，1951 年生，1968 年 10 月由哈市八中下乡到兵团 6 师 27 团工程三连，副指导员，1971 年 3 月到开荒营 39 连指导员，1974 年 10 月中南矿院金属物理系学习，任党支部书记，1977 年 9 月冶金部钢铁研究总院六室副主任、书记、集团党委组织部长，结构材料研究所研究员。退休。

一次惨痛的事故

——郑永强同志受伤纪实

孙绍华

1974年1月7日星期一，我们进林子伐木已经接近尾声，拖拉机进来拉木头，木头已经装了半爬犁。然而正在我回头打算再选一根木头顶住底下的时候，只听见"哗啦"一声，已经装好的半爬犁木头全都散了，郑永强跑上去想用自己的身体拦木头，结果被砸在了一堆木头下边，就这样一瞬间他的大腿被砸折了。这是我亲眼见的第一个事故，心里很不是滋味。活蹦乱跳的小伙子就这样动也不能动了。

当时的领导只有我在场，大家被这突如其来的事故吓坏了，七手八脚地忙碌起来，先把堆在小郑腿上的木头一棵棵搬开。转业兵续庆生随手砍了一棵小树削成夹板，固定小郑的大腿。立即派人叫来了拖拉机，我脱下了自己的棉衣铺在了爬犁上，其他同志也纷纷脱下棉衣铺在上面。小郑躺在原尚滨的腿上，我坐在原尚滨的后边，为了让原尚滨能够支撑住，我们背靠背地坐着。

回到窝棚里，本来打算让38连的小车去拉我们到医院，然而不巧的是他们的车刚刚开走。情急之下决定赶快用我们的拖拉机往外送，走到哪算哪，半路截车。真算我们的运气好，没走多远就看见了37连的小红车，这样就由他们把我们拉到连队。急急忙忙带上热水袋、衣物、棉被等御寒用品来到团部。总之，几经周折才到了勤得利团部医院，这已经是8日早上5点钟了，拖拉机整整颠簸了一夜。

颠簸了一夜总算是到了，赶紧用医院的担架把人抬下来，送进了病房。到医院时因为时间太早，医生还没上班，赶过来的值班大夫看了以后确诊为右肢骨折，需要手术。可是我们团部医院不能做这样的手术。等大夫上班又进行了一番检查，做了必要的处置。吃完中午饭又马上折回来打算往师部医院送。那时兵团的交通真是落后，我们那条主干道也是"扬灰马路"，从勤得利医院到团部有45公里，一时没有别的车，还是小红车继续前行。当时陪同的同志都替小郑的腿担心，坐在他身边不断地安慰他，时常跟他开个玩笑，想分散一点他的注意力。哪知道该同志真有毅力，也可能是为了安慰大家，总之在那样的情况下，早上他还随着半导体唱歌呢！

到了团部虽然有大客车了，但是要请示领导立刻派车送往师部医院。在团部食堂战友的协助下，带我跑到团长家两次，好不容易找到了能够决定出车的人。因为当时全团就只有一部大客车，不是天天发车去师部。那天车刚刚回来……有了领导的审批，才能够立即发车送走小郑。由于他是大腿根部骨折根本不能坐，只能躺着，我们让他躺在大客车过道里的担架上。

1月12日，原尚滨从师部医院回来了。介绍了一路护送小郑和医院的有关情况。同时也得知护送小郑去医院的原尚滨和毛贵顺同志恰巧和小郑一样都是O型血，他们什么条件都没讲，真正是义务献血。为了抢救战友伸出援手，每人都给小郑输了200毫升。那时候真是战友的兄弟情，血浓于水。

　　1月17日，我去师部医院代表全连同志看望郑永强同志。没有想到的是，他虽然经过了这么一个大手术，人却非常乐观。那不是一般人能够理解的。石膏打上以后，他一动也不能动。可想而知，平时活蹦乱跳的他困在病床上的滋味。用他当时的话是：睁开眼睛就是呆呆地望着天花板。而且由于当时师部医院的条件有限，打上石膏以后不能洗澡，石膏里都生出了虱子，奇痒无比。我去了以后看见毛贵顺刚刚给他理了个光头，因粗心毛巾上全部沾满了头发茬子，我一根一根地从毛巾上摘下头发茬。

　　至今小郑的腿还有当时的钢板和钉子留在身体里，而且走路仍然是一条腿长，一条腿短，影响了他一生的生活。医生说一年后可以再做手术取出钢板，可是小郑根本就没有离开自己战斗的岗位，没有顾及医生的话，再也没有去过医院看他的伤痛。现在回想起来他付出那么多，可他什么都没有得到，他没有伸手向领导和组织索取回报。这就是兵团战士的本质，似乎这所有的付出都是应该的，这种难能可贵的精神确实激励着所有人。后来和他聊起这件事情，小郑非常坦然地说，因为当时看见木头散落没有来得及想什么，他就是下意识地冲上前去，以为用自己的强壮身体能够把木头顶住，别轧了旁边的战友。如果有人看见这种情况为了自己的安全可以下意识地赶紧跑开，这也是无可厚非的。郑永强这种见义勇为的精神就是反映了他的思想本质。所以我们说他就是英雄，他是那个时代造就的真正的见义勇为的英雄！

　　那些天对我们连战士的情绪影响很大，毕竟大家都很年轻，当时许多人都在现场，吓得要命，闭上眼睛都是挥之不去的小郑躺在雪地的模样。后来我们在连里也反复强调安全的重要性，对这件事采取了低调的教育。

　　后记：郑永强，男，1968年哈尔滨下乡知青，是一个正直开朗、倔强、幽默风趣的人。1971年进入开荒营46连，后调入开荒营营部；1972年初调入39连，受伤以后又调入开荒营部做油料保管员；之后又重回39连。大返城时（1979年底）以病退之由离开兵团。返城时他和其他同志一样，没有什么特殊的安排和照顾，几乎是最后返城的一批人。竟然档案调转的时候出了问题，害得他们三番五次在团部、师部和哈尔滨之间寻找。按照当时的说法是，如果享受工伤待遇就不能回城。病退回到哈尔滨以后就是自谋职业了，他在亲友的帮助下，在哈尔滨轴承厂的服务公司工作。直到退休。

抹 不 掉 的 记 忆

陆荣福

　　1969年8月中旬，我未满17周岁就从北京来到北大荒，分配在兵团1师5团1营，成为武装连重机枪排的一名机枪手，肩负起屯垦戍边光荣而艰巨的使命。我受过正规军事训练，割过小麦、大豆、谷子，炸过石头、伐过木、打过荒火，参加过开荒建点。1972年全排调往1师架线连，进行国防施工任务，东西横穿了大半个黑龙江省。一年后，被调往6师27

团开荒营。

中、苏珍宝岛冲突之后，沿线兵团的备战任务十分紧张，新组建的兵团第6师在三江平原，东北面的乌苏里江和黑龙江有着漫长的国境线。上级命令要加强黑龙江、乌苏里江沿线的战备任务。兵团党委从二线师团抽调部分连队调往6师一线各团，以加强6师保卫边疆的力量，同时开发三江平原，开荒种粮，在保障自给自足的同时，为国家多做贡献。

1973年初，我和战友勾金来、陶忠伟、王亮、王三元五人刚刚完成一项国防战备施工任务，回到五大连池5团的驻地，还未来得及休整及回京探亲就接到调往6师的命令。

说老实话，大部分战友都不愿去，大家都知道6师是新建师，条件非常艰苦，比不上二线团队。有的战友就借回家探亲的机会超假拖延时间躲避调动。我心里也不愿去，但通过我们架设的这条国防线路分析，又觉得如果调过去可能有机会去前线参加战斗，说不定我这机枪手也能在战场真刀真枪地干它一场，实现兵团战士保卫祖国的愿望，我欣然服从了调动。

大部分调往6师的战友是4月中旬出发的。我们几个因刚返回还没休整就在5团耽搁了几日。4月30日，我们一行5人，还有其他连队的一名战友和一名后去的女战士与我们一起走，我们7人由五大连池5团出发到北安改乘火车，于5月1日清晨到达集贤（福利屯）站，再换乘去6师师部（建三江）的长途大客车，近傍晚时到达师部驻地。这次调动的各种手续及路上杂事都我负责联系办理，到达后我到师军务科报到时他们早已下班了。没办法，我们只好到师部招待所住下明天再说。

第二天一早，我就去师部军务科出示调令报到，军务科领导告诉我，因现在季节正是道路返浆期，又赶上天天下雨，通往27团的道路已经不能通车，让我们暂时先住下，何时能通车也没有确切的时间，一旦能走立刻通知我们。本来想，调到6师到外边转转，这可好天天下雨到处泥泞，人生地不熟也没地方去，只好在师部招待所天天玩扑克来消磨时间。我是每天照例去军务科打听消息，可听到总是那句"不要急，正在联系，联系上，会马上通知你们"。没法子，我们就只能在时下时停的阴雨中重复着前一天的程序，一等就是六天。

7号早上太阳出来了，我们终于等来了久违的阳光。上午军务科来人通知我们说27团来车接我们了，让大家赶紧准备出发。我们出了招待所一看，门前停着一台铁牛55轮式挂斗拖拉机，27团军务股一个姓张的参谋在师军务科交接完手续回来对我们说，今年受灾了，路非常难走，现在只有55凑合着走，委屈大家了。说完我们几个就跳上了斗车，拖拉机冒着黑烟在突突声中开上了泥泞的道路。在车斗里的感觉就如同进了摇煤球篮筐，上蹿下跳、左摇右摆、颠簸起伏，大家双手都各自抓紧车斗的槽帮以防被抛出车外。一路上除了张参谋断续和我们聊几句外，大家都很少讲话，路上什么景色、几个连队都无心留意，只盼着能早点安全到达目的地，好恢复一下这快被摇晃散了架的身躯。

拖拉机大约开了5个小时，张参谋告诉我们团部到了。车在此短暂地停了一下，同我们一起来的那个叫陈鹤进的上海知青战友被叫下车，告知其去26连报到，在此等待来车接他。接着车又继续沿着两边都是沼泽荒地的一条泥泞土路向南行驶。开了近1个小时，车才慢慢地在东西两旁建有同样低矮的泥土茅草房的道路边停下。终于到达目的地了，大家这才从车斗里站起身来，伸展了一下被颠得酸痛的腰身，观察起我们即将要报到的新连队。

等车停稳后，大家带好各自的行李，陆续下车，这时从路西侧低矮的泥草房中跑出来十几名男女战士，一边跑一边喊着欢迎新战友，大家七手八脚地接过我们的行李向宿舍走。这时同我们一起来的女生和来接我们的女生互相叫嚷起来，相互拥抱握手，原来她们是先我们一批调来的 5 团战友，大家又重逢了，都十分高兴。说说笑笑各自走向低矮的男女生宿舍。我问先来的战友刚才接我们走在前面的那个清瘦的女同志是谁？她说是连里的副指导员，叫孙绍华，哈尔滨人。

在接我们的男生中走在前面的一名身材不高、很结实、挺帅气的一位战友，他将我的行李接过去并笑着说："欢迎，欢迎！一路辛苦了。"并随即招呼其他战友把我们领进那低矮的泥草房，安排好位置后大家相互做了自我介绍。我知道他叫高成群，以后就是我们的班长。晚饭后，连里开了一个简单的欢迎会，先由指导员孙绍华致欢迎词，接着连长向我们介绍了连队的情况和任务。听完连长介绍我才知道，我们被分到 6 师最艰苦的单位——开荒营 39连，我内心不免有些失落感，我们在 1 师 5 团是机炮连，是名副其实的战备值班连队，现在成了开荒的农业连队，我以前梦想能上边境线站岗放哨保卫祖国的愿望落空了。今后我们要在这茫茫的荒原上开荒种地，接受艰苦创业的考验。我看着在一眼望不到边的荒原上只有这几间破土房，心想：当年进点时什么样，这两年多 27 团的这些知青战友们是怎么熬过来的，我真佩服他们的精神和毅力。入乡随俗，既来之则安之。从今以后我也加入了开荒大军，为改变北大荒的面貌和战友们并肩艰苦奋斗改天换地。

我们在 5 团虽说是战备团，农忙时也经常下去支援帮忙，无论是割大豆、割谷子、掰玉米、割苫房草、抬木头等各项农业生产作业，我们都当成军事任务来完成。39 连的老战友都没想到我们对这些农活还这么熟练，做起来是那样轻松，有时候把他们都落在后面。连里领导和战友都夸我们说：一师来的同志组织纪律好，有干劲。但是也有没干过的农活，比如修水利时挖排水沟渠，虽然我们在 5 团也干过，但五大连池是火山岩地带，土壤只有 30 厘米左右，下边都是火山喷发冷却后的岩浆石，上面的土层用捅锹挖就可以了，要想挖深沟就必须用炸药才行。而三江平原属黑土地带，挖多深都见不到石头，土层非常厚，战友们用一种 20 多厘米宽、30 多厘米长带有弧度的工具，叫"捅锹"，前边的平刃非常锋利，一锹捅下去力气小的达 30 多厘米深，力气大的能达到 50～60 厘米，效率非常高。我过去从来没有用过这种工具，掌握不好使用方法，费力不小效果不好，经过班长高成群和王海平几位战友的指点后，在很短的时间内掌握了要领加快了进度，土方量甚至超过了部分老同志。

在开荒营 39 连建点中，我们又学会了一种非常实用而快速的建房方法——"扠墙"，它不同于拉合辫、干打垒等建房方法。开荒建点时物资急缺，为早日改变连队面貌，就因地制宜就地取材，用荒原上的杂草或麦秸与土加水和成近似固体状的泥，然后用四股叉将草泥挑在预先设定好的房屋基础上，沿四面基础线轮流堆砌起房屋的大墙。但不能一下堆砌的太高，否则会因为墙体软而坍塌，当达到快 1 米时就换地方再扠，等晾 1～2 天后再继续向上扠砌。泥墙晾干后再用一个长把砍刀按尺寸削去内外多余的部分，然后上好房架钉上板，苫上草，再在墙的内外抹上一层泥，就建成了一幢完整的、荒原上独特的"别墅"了，也解决了马架子房和帐篷夏天热、冬天冷的问题。这种建造方式充分体现了兵团战士野外生存的本领和艰苦创业的奋斗精神。

1974 年初，我们一师调来的战士在荒原奋斗快一年了，并很快融入新环境和战友们团结战斗，我们认真踏实不怕吃苦的工作态度得到连里的好评，领导对我们的工作岗位作了新的安排。王亮和陶忠伟调到机务排开上了拖拉机，王三元和勾金来调进木工班，女生李志民调到炊事班，我被安排负责粮食和低值易耗品仓库的保管。这几个岗位都是很多战友向往的岗位。这次调动是对我们以往工作的认可，也是对我今后工作的激励，我要在开发荒原的会战中更加努力工作，做出更大贡献，也让当初不愿收留我们的单位刮目相看。

为了做好仓库的管理保障各班排的工作，我走访了各班排的老同志，如木工班的温建明、袭德生，瓦工班的朱锦芳，农工班的李允会、续庆生和机务副连长，将各班排所需的物资、材料、工具按时间、数量、需求进行登记归类，合理安排使用发放，做到有的放矢，保障各班排所需物资及时供应，杜绝了人为浪费，降低了各项成本开支。在我每月向财务报表时，连队会计姜兰珍曾经对我说过，在我管理仓库的这几年，每季度都有千元以上的成本下降。我想这是我的责任，也与战友们平时对我的理解支持和配合分不开。

1975年，上级给我们连调来一台30千瓦时的发电机组，以解决连队的生产和生活用电问题。当时预算，如果在连里整体架设电线成本非常高，尤其资金问题遇到了难处。我经过认真勘察和计算，除了电线和隔电瓷瓶必须外购以外，线杆和木头横担等材料可以自己制作。我们以前在一师架线连时做过，架线对于我们来说非常熟练。我就找到连长说明了想法和工作方案，主动请缨要求让我们几个来完成这项任务。连里经过研究后同意了我们的工作方案。我们先在连里现有的圆木里挑选线杆和横木，然后按规划挖坑埋杆，再把各个宿舍、库房、场院等所有用电的地方都布好线、装好灯，检查合格后通知发电机启动送电，当所有灯泡都发出耀眼光芒的那一刻，全连战友一片欢呼，我们苦等了4年，终于告别了马灯，大家非常激动和欣喜。实践证明，我们在兵团架线连学到的知识技能，又在开荒营的新连队派上用场，为开荒的战友们做出了贡献。这一项工程为连里节省了近万元的资金，战友们都很钦佩我们，我们还得到连队的嘉奖。

在我管理的职责中，粮食管理是最重要的。从春播、夏管、秋收、冬储到上缴国库的每一个环节都有战友的心血在里面，管理的每一粒粮食都是战友们的血汗。我在连队农技员付一官的指导下，熟悉并掌握了晒场的许多知识与操作。比如：刚刚收割拉到晒场的小麦要及时用扬场机出风，即可降低1%的水分，又可除去部分草籽和杂质，防止在堆放过程中发热使小麦变质。在摊晒时，要根据太阳的照射强度来决定小麦的摊铺厚度、翻动的次数和时间的长短。这些都是降低摊晒粮食的水分、尽快晒干起场的关键。当晾晒的小麦从晒场分段多点取样，经水分检测仪器检测所含水分低于12%时，即可通过扬场机对小麦进行最终去除杂质后装袋、入囤存储或上交国家。也学会用牙咬麦粒的硬度来判断和确定麦粒的含水百分比，弄清楚了什么是千粒重、容重这两种物理检测指标，将直接影响各种粮食作物的产量和质量。晒场上各种作物品种分区域晾晒是防止混种的重要环节，也直接影响下一年的产量与质量。在这上面我做到了对在晒场工作同志们的严格管理，当然也要体谅战友们的辛苦，照顾他们的情绪，才使得我能更好地完成晒场粮食管理工作。

我们是开荒新建连队，还没有建成固定式储粮仓。当晒场上的小麦或大豆晾晒达到可储存的标准水分以下时，就采用了一种苇席芡子围囤存储的简易办法，李允会、续庆生、张维国等几位老同志亲自动手，在平地上垫木头再用麦秸或干草铺平打底，直径大约3～6米，草的上边铺几张苇席，再用一种苇芡子在底座的席子上围成圆圈，倒入要储存的粮食。随着倒入粮食增多，芡子也随着向上增高，大囤高的有4米多，为防止粮囤底座受潮，粮囤四周不能有墙和围挡，必须要通风。在粮囤外面必须挂上标签，注明品种、名称、数量，必须在芡囤的上、中、下三个部位插上前面装有温度计的钎子（视粮囤的直径来决定钎子的长短），用以探测粮囤内的温度变化。需要经常检查，防止温度升高引起粮食糜烂造成损失。我尽到了保管员的职责。在我3年多的管理工作中，没有一囤粮食检测出受潮、糜烂而不合格，受到上级的好评。

1976年12月中旬，我接到冶金部发的调函，让我告别了昔日风雨同舟、同甘共苦、一起流血流汗的兵团战友，踏上了回京之路。

回忆我7年零4个月的北大荒生活，我可以无愧地说，我履行了一个兵团战士应尽的职责，尤其在开荒营3年零8个月的时间，是我一生中受到的最艰苦的历练，我为自己曾经加入三江平原大开荒的战斗而自豪。开荒营39连曾受到过27团党委的通令嘉奖，我引以骄傲。在荒原上，我曾看到大自然的雄浑苍凉，也看到兵团战友们为开发三江平原，在荒原深处爬冰卧雪、艰苦奋斗的悲壮和改天换地、舍我其谁的英勇火热的情怀。我们把最美好的青春时光献给了北大荒，我为自己曾与战友们并肩战斗而感到光荣、无愧无悔。

我坦言，我十分怀念北大荒。因为那里留有我们青春的足迹、汗水乃至战友鲜血，怀念那激情燃烧的岁月和当年兵团知青战士那颗火热的心。北大荒，我的第二故乡，我爱你！

陆荣福　北京知青，1952年11月出生，1969年8月下乡到黑龙江兵团1师5团1营机炮连、1师架线连，1973年5月调到6师27团开荒营39连，1977年1月调回北京，供职北京科技大学，高级工程师。退休。

开 荒 营 二 三 事

高凤娟

一、送牛奶

开荒营的二砖厂盖好了，二砖厂更像是副业连了。当年饲养在石子河旁山坳里的奶牛，都被迁移到二砖厂来饲养了，饲养员大多是当年石子河马场的人员，还有我、老尹杰、潘兆岭等。

我们宿舍在39连，平时就靠两条腿两点一线往来于39连和二砖厂的这条路上，晚上安排老职工打更，值班照顾这些奶牛。

我们在牛棚的主要工作是每天打扫牛圈，清理粪便、铡草、喂牛，还要挤牛奶。总之，与奶牛有关的一切工作，我们必须熟悉并且会亲自操作。当时，天天要挤奶，每天大概要出奶两挑左右。20世纪70年代在那艰苦的岁月中，除了电灯，一切电器都与北大荒人无缘，冬天来临之前，每天挤下来的牛奶要在第二天消化掉，不然无法冷冻冷藏的牛奶就要变质，只能倒掉，太可惜了。于是，每天的下午三、四点钟就是我们几个姑娘轮流挑牛奶往外送的时间，牛奶大部分送到四分场场部食堂或39连、40连食堂。第二天早上，这些单位的知青们就能喝到热腾腾的牛奶了。

这天轮到我为 39 连食堂送牛奶，我肩上担着牛奶，老尹杰在边上陪着我。我俩走的是从牛棚往东直奔公路的一条小路，这样能少走三四百米路，在快到公路时，只见公路边水沟里的水又满了不少，通往公路的小木桥也淹在水里了，幸好我穿的是雨靴，倒也不怕湿了脚。老尹先上了公路，我担着牛奶颤颤巍巍地踏上了小木桥，"人越心虚害怕出事，就越容易出事"真应了这句话。没走上两步，我身子一歪，人和桶就往一边倒下去……老尹也顾不得脱鞋，扑到水中先把我从水里拉上来，再麻利地去捞水桶。水桶从河里捞上来了，只可惜那两桶牛奶喂鱼了。西斜的太阳暖暖地照在身上，天气虽然好，但我和老尹杰却像两只落汤鸡一样，狼狈不堪地回到了连队。

二、第二砖厂

为了加快建设开荒营的脚步，上级决定建四营砖厂。1972 年春天，土地化冻后，建四营砖厂的战斗就打响了。当年我在 39 连，39 连的很多知青和老职工都参与了建四营砖厂的大会战。

四营砖厂，大家都习惯叫"二砖"。因为整个 27 团（勤得利）只有一个砖厂，因此四营砖厂叫第二砖厂顺理成章。第二砖厂选址就在当时 39 连往南大约有两公里的地方。二砖厂的房子在我们的日夜奋战中拔地而起。上完大梁，紧接着上房檩、椽子，横是横，竖是竖，在屋顶上面安装就绪，接下来要钉扒板、上扒泥、苫草。就在钉扒板的过程中出现了惊险的一幕。因为砖厂的房子盖得比较高，地上的人员直接往上递扒板，恐怕房顶上的人接不到，于是在地上放了一个一米多高的长凳，就是那种厚木板和木方子等建筑木料钉成的简易长条凳。扒板从地上传到长凳上再传到房顶上，最后再送到钉扒板的人的手中。

那天我站在房顶上，钉扒板的是老侯，站在凳子上的是北京知青刘桂云。早晨 8、9 点钟，空气有点潮湿，加上一夜的露水，前一天钉好的扒板上有点打滑，我站在房顶上小心又小心，但意想不到的事还是发生了。当刘桂云把扒板递上来，我用手接的瞬间脚下一滑，整个人就直往下窜。我当时吓得"哇哇"大叫，正在钉扒板的老侯反应敏捷，他马上伸手拉住了我的右手，即刻就止住了我的下滑。心惊肉跳的我，屁股在房檐上两只脚已经悬在空中。要不是老侯这一伸手，我轻者摔伤骨折，重者恐怕连命也没了。

这件事过去近 40 多年了，我至今难忘，尤其是我的救命恩人老侯！您在哪里？

三、筑路小插曲

记得 1971 年的六七月份吧，齐福老连长给我们做动员报告，主题是：《要建设开荒营，必须要修出一条通往开荒营的公路》。于是我与 19 连的很多战友们，等待着去修路的命令。

我们修路的目的地，在 19 连以南十几公里甚至还要远的地方。那时，那里没有名字，一片荒草丛生。先头部队已经在那里搭好了三个帐篷，其中一个是炊事班用来做饭、放置粮食、炊具。另外两顶帐篷分别用做男、女生宿舍。那一天，小红车载着我们这些二十出头的青年们向目的地进发。六七月份的北大荒正是莺飞草长的季节，我们到了目的地下了车，没想到四周是那样的静谧。放眼望去，除了三个搭好的帐篷外，尽收眼底的除了青草还是青草，不远处能看到些稀疏的灌木，再往远处张望隐隐约约地看到树林子。

我们按照指定的帐篷安排好各自的铺位，齐连长就带着我们去熟悉周围的环境。来到修路工地的第一天就这样结束了。

第二天清晨，我走出帐篷，迎着初升的太阳呼吸着草原上清新的空气。低下头看看身边的一切，心想这洗漱的水在哪呢？经人指点，原来有比我们早到的战友，在青草地上挖了个脸盆大的坑，坑里已经蓄满了清澈的水，只见他们用茶缸正一下一下往脸盆里舀水。啊！我一下明白了，原来，我们的生活用水，饮用水，做饭用的水就是从青草地的小坑中一下一下舀上来的。这小小的草坑，简直成了神话传说中的宝葫芦，当里面的水用完之后，不出两小时，坑里又蓄满了清澈的水了。现在想起来，此景只有"浓江"有。

六七月份正值夏季，三江平原的浓江河畔、鸭绿河畔处于湿地中部，多雨的季节，夏季的天气犹如孩儿的脸，说变就变。大概是七月底的一天，我们用完了晚饭，点上油灯躲在蚊帐中看书。不知啥时候，突然听到轰隆隆的一声炸雷，吓得我们这些女孩子连忙吹灯把头埋在被窝里。天没亮雨就停了，朦朦胧胧中只听到一片嘈杂声，我从蚊帐中探出头来一看，只见几个人在帐篷中淌着水找鞋子。

原来，昨晚的那场大雨下得太大了，连我们的帐篷都进水了。大家的鞋子像小船一样漂浮在水面上，有的已经飘到了帐篷外面。于是，战友们像在河里捞鱼一样捞着鞋子，边捞边喊："这是谁的呀？""我的，我的，这是我的……"这一天，我和大部分战友只能穿着湿鞋，战斗在修路的第一线了。

四、惊魂一棵树

在 27 团团部通往开荒营营部的路上，19 连与 39 连之间的公路旁，有一棵很不起眼的树。这棵树既不高大也不美观，但开荒营的职工和知青们却是人人皆知。大家都称它为"一棵树"，而我也差一点命丧这棵树下。

1978 年我已在勤得利四营工作了三年。那几年，为了提高教师的教学水平和业务能力，每年的暑期，上级部门都要组织所有的小学教师集中到团部，听取外面请来的专家作报告。使我们能汲取专家们传授的经验，来指导今后的工作。

1978 年暑假来临了，这次暑期培训为期两周。我们四分厂的教师都吃住在团部招待所，只有周六的下午才能回到各自的连队，周日下午再返回团部。当然也有部分教师仍留在团部不回家，因为他们是单身。终于等到了周六的下午，很多教师都在团部的公路边寻找能回到家的顺路车。那时出行很不方便，各个连队到团部根本没有客车可乘。跟我在一起的 48 连倪老师和杨老师眼神好，她俩看到了 48 连的小红车。原来这辆车是到砖厂拉砖，现在正好返回连队。于是，倪老师和杨老师对我说："你正好顺路，一起坐这辆车回家吧！"我们三个人一起爬上了小红车拖斗，坐在了砖块上，一起上车的还有我不认识的几个男同志。那天是 48 连的连长尹明富开的车，等大家都坐稳之后，小红车就"突突"地冒着黑烟出发了。

真是天公不作美，车刚过 19 连不久，天上就飘起了毛毛细雨。小红车轰鸣着一路向前狂奔，大家感觉车速明显快了起来。"车就要到一棵树了"，不知是谁轻轻地嘀咕了一声，坐在车斗上的所有人随着这句话语，像是被提醒了一件什么重要的事情似的，把脑袋探向了一棵树方向，一棵树已经清晰可见。当小红车快接近一棵树时，不知是道路泥泞，还是司机心里发虚，我只感觉小红车在往西边偏过去，直觉告诉我要出事了。我马上站起来，可已经来不及了，那些男同志已从车帮的左边跳到了公路上，而我和杨老师却从侧翻的车斗里被甩到了路旁的沟里。我们最不愿意看到的事情还是发生了。我们的身子下面有红砖垫着，身子上面由杂乱的红砖压着，要知道我当时还怀着七个月的身孕啊！

还在脑子一片空白的时候，我俩不知被谁从沟里拉到了公路上。望着侧翻在沟里的小红车，当时觉得又好气又好笑。过后仔细想想真是后怕。假如那天车斗要是扣过来的话，我和杨老师也许就没命了。虽然当时是两个人翻在沟里，但却是三条命呀！

2011年的夏天，我回到了离别几十年的第二故乡，见到了当年48连的连长尹富，我问他还记得这件事不？他笑着说："咋不记得！"唉！难忘的一棵树！

高凤娟　上海知青，1950年生，1968年8月于上海内江中学赴黑龙江兵团6师27团13连、马场、19连工作，1972年进开荒营39连农工，1973年调往44连任小学教师，后陆续在四分厂中学、五连小学、场直属小学任教，1987年调往江苏省张家港市三兴中心小学任教。退休。

雪 中 抢 粮

王俊田

一年一度的秋收开始了，在北大荒秋收主要是黄豆，玉米种的很少。

北大荒的秋天很短，我记得是1972年的秋天，豆收快要结束了，就在这节骨眼上，老天爷突然下了一场大雪，一夜之间把未收完的豆子全都捂在雪地里了。眼看着辛辛苦苦种的粮食顷刻间将化为乌有，真把我们急死了。那一年豆子长得特别好，可还没来得及收割完就碰上了大雪，这种情况下机车是下不了地了。怎么办？只能采取人海战术靠人工下地收割。但因为雪大又刮风，就是东北俗称"大烟炮"来了，把剩下的豆子全都盖在底下，那雪下的快到膝盖了，大豆秆就露出了一点尖。

为了在虎口抢收大豆，大家要冒着寒冷，向雪地要粮。我们都穿着棉衣打着绑腿戴着手套去地里抢收豆子。在那个时候抢收一粒粮食都很不容易，割豆子是要戴手套的，不戴手套那手就要挨扎。割豆子本来就很困难，那时豆秸已经很硬，再加上是从雪中找，

可以想象出来那是一种什么滋味。要把手伸进雪里才能把豆子割下来，由于大风的作用有的地方雪被刮的很硬，所以就更加难割。这时割豆子比平时多了一个步骤，必须用镰刀先把雪松一下，然后下刀再把豆子割下来。连里都是新开荒地，地垄望不到头，还没有割到地头，就该吃中午饭了。我们就地吃饭，手套刚摘下来，立刻就冻上了。之后我们要用手的温度把手套弄化了再带上继续割豆子。然而出去一天最害怕的不是吃饭，而是上厕所，男女一起干活，一眼望不到头的地里根本没有厕所，每当这个时候，女同志就要三五个人聚在一起，借天时地利，用豆秸捆围起来，主要是几个人围在一起用身体互相遮挡才能方便。那时候这方面的条件太差，但是没有一个人有怨言。真是兵来将挡，水来土掩，在兵团战士的眼前就没有克服不了的困难。等到晚上回到连队时天色已晚，身上的棉裤和鞋都被雪浸湿了，我们还要把冻得硬邦邦的裤子和鞋放在火炕上面烤，等到第二天继续穿。连续经过几天湿了干了再湿了干了多个回合，棉裤的棉花和鞋子都变得硬邦邦的。这就是我们雪中抢粮的经历。

20世纪70年代的我们在兵团的大熔炉里经历了许许多多，大家都有着一不怕苦二不怕死的精神，干起活来男女战士犹如猛虎下山，每年到麦收、秋收时节都是一样。北大荒的土地一眼望不到边，到了麦收的时候就更不用说了，每天天不亮就下地了，经常是早上头顶着星星出去，晚上再顶着月亮回来。夏天是蚊虫叮咬，冬天是冰天雪地冻手冻脚。在北大荒从穿着上基本分不出是男是女，男女都一样，干起活来男同志能干的女同志照样干。冬天进林子伐木抬木头，人手不够时，女同志照样抬木头，大的木头要八个人抬一根。刚开始干时还摸不着门道，木头压在肩上确实很痛，抬着、抬着、肩膀就出了血泡。右肩不行了，就改用左肩。到最后是左右开弓，还要把衣服、毛巾都垫在肩上，这样才能咬牙坚持下来。但是到第二天再抬的时候杠子都不敢往肩上放，就这样一次又一次地磨合，最后肩上磨出了茧子。那时的我们年轻稚嫩干起活来，不会藏奸，有多大力气使多大力气，还有逞强的时候。几年来，喂猪、修水利、编草帘子、场院上扛麻袋、和泥、盖房子等农活基本上都干过。

这就是我们在北大荒留下的一段经历，我们年轻的美好时光都是在北大荒度过的，青春和热血全都洒在了北大荒的土地上，它牢牢地印记在知青的心房。

请记住我们这一代垦荒人，我们曾用汗水灌溉了沃野，用青春染绿了山冈。我们不会忘记北大荒，不会忘记勤得利和浓江，永远不会忘！

附：39连第一批进点人员名单：

陈士相　陈志深　吴慧民　续庆生　王立群　孙立德　张继昌　裘德生　孙绍华
姜兰珍　胡秀英　王华荣　李亚杰　张家勤　李宝玲　祝宝玲　王俊田　孙淑锦
刘端怡

王俊田　北京知青，1969年9月于北京五七中学下乡到黑龙江兵团6师27团砖厂，1971年3月到开荒营39连，1980年9月返回北京，在北京市农业机械化服务公司工作。退休。

39连迟点留影

开 荒 营 40 连

开荒营 40 连第一批进点荒友

略谈开荒营轶事

郝立青

一、艰苦的生活条件

1971 年 3 月为响应 6 师王师长"向荒原进军，誓变荒园为粮仓"的号召，27 团从老连队抽调几百人组成开荒营向浓江河进军。开荒营的 12 个连队分布在浓江、鸭绿河两侧，12 面"向荒原进军"的旗帜飘扬在北大荒中心的无人区，像是 12 盏灯火点亮浓江河畔的荒原。开荒营将士在荒原上艰苦创业不断壮大，浩浩荡荡的垦荒大军短短几年开荒 30 多万亩，实现了"荒园变良田"的誓言。开荒营 40 连是 1971 年 3 月奉命来到鸭绿河畔建点，我和战友们共同经历了建设连队奋战荒园的战斗

洗礼，历经了北大荒的沧桑巨变。

我们初到开荒营，所面临的是自古无人烟的沉睡荒野。夏天杂草丛生一望无际，一个个水泡子纵横交错，塔头裸露，蚊子成群。冬天白雪覆盖和天边接壤，西北风刮起的"大烟泡"打在脸上像针刺一样疼痛。还有不少大的塔头裸露出地面，像哨兵在守卫着茫茫雪海。

3月的北大荒寒风刺骨，除了白雪一无所有。面对恶劣的自然环境和生活条件，战士们在连长指导员的带领下满怀豪情，立下壮志要在这里谱写战天斗地的宏伟篇章。

在无房、无水、无电的情况下，连长杜福庭首先带领我们搭帐篷解决住宿问题。大家在老职工的带领下很快支起了帐篷，帐篷中间用草席隔成男女宿舍。大家动手在地面支起木桩，上面铺上木板、麦秸，大家各自铺上被褥，睡觉的问题解决了，有了新的安身之处。赵墩生排长把从老连队带来的大铁桶拉进帐篷，战士们便从远处把干净的雪用盆、用铁锹装进铁桶，等待烧化后解决做饭、饮水、洗漱问题。天黑没有灯，副指导员矫晓华发给我们每人一个小玻璃瓶，放上煤油和棉花捻，解决了晚间照明问题。晚上大家在床上每人点上煤油灯，有的写信，有的看书，有的拿针线缝补划破的衣裤。生活虽艰苦，但五湖四海的战士们在一起心是暖暖的，心中的使命和信念是激励我们战胜困难的信心和勇气。

二、伐木

为尽快解决住房问题，第二天战士们不顾疲劳投入了紧张的伐木工作。早上起来，几个人合用一盆雪化的水洗脸。吃了从老连队带来的馒头，我们列好队就出发了。头顶寒风，脚踏冰雪，开始向树林行进。一路上大家默不作声，只听见踏雪的刷刷声。有的战士被掩藏的塔头拌个趔趄爬起来继续走，裸露的大塔头大家绕开行走，天空中不时有野鸡飞过。经过三个多小时的急行军，前面终于出现了一片桦树林。高高的树干直冲云天，白白的桦树皮包裹树干，洁白无瑕，好一派北国风光。战士们走进桦树林，两人使用一把近四尺长的锯开始伐木，静静的树林只听见滋滋的拉锯声。一会儿听见战士周健大声喊"大家躲开，树要倒了。"大家扔下大锯就跑到远处躲，只见周健一推，一棵大树应声倒下。大家又回到原地锯树，就这样一上午近20棵大树被锯倒了。这时大家已经饥肠响如鼓，炊事员带来的馒头已经冻硬，大家纷纷找来树枝、剥下桦树皮引燃树枝。馒头架在树枝丫上在火上烘烤热乎了，大家吃着香喷喷的馒头，喝水壶里的雪水，官兵一致，大家吃着、说笑着，早已忘记了疲劳。

下午两点钟，我们迎着夕阳开始返回连队，一路排长李志浩带领我们高唱"日落西山红霞飞，战士打靶把营归"的歌曲，带领我们高喊"下定决心，不怕牺牲，排除万难，去争取胜利。"歌声、口号声回响在天地之间，给千年沉睡的北大荒带来了生机。经过三个多小时行军返回了连队。就这样伐木工作持续了20多天，备足了盖房木料，炊事班及防寒取暖的烧柴也准备充足。排长赵敦生，老职工孙成亮、孙炳路及男战友们陆续用爬犁把木料拉回连队，等待天气渐暖投入土坯房的搭建工作。

三、厕所着火

提起厕所着火，常人一定不可相信，厕所怎会有火源？厕所怎能着火，真是稀罕事。但厕所着火在开荒营是常事。我们使用的厕所是我们用麦秸、草席四周围起的，挖两个坑。冬天寒风刺骨，战士们只能速战速决，不敢多待。夏天蚊子成群，大家上厕所只能在厕所里先堆上一些麦秸、杂草，再点燃冒着浓烟边熏蚊子边上厕所。但如遇上一点微风，火苗引燃麦秸，一分多钟，厕所就被烧成灰烬。只能重新搭建，因此夏天厕所着火成了常事。

除此之外，战士们在野外工作，蚊子更是猖獗，对战士穷追不舍，四面围攻。为了避免蚊子叮咬，大家都穿长衣长裤，头戴蚊帽，但蚊子的尖嘴照样可以扎穿衣裤叮咬。晚上支上蚊帐，一不小心蚊帐里会钻进不少蚊子，睡前大家都要在蚊帐里打一场歼灭仗，否则无法入睡。每个战士身上都咬了不计其数的大包。有的包感染，卫生员张德水给大家上药包扎。尽管面临这样艰苦的生活条件，但开荒营的战士们都充满了革命的乐观主义精神，业余时间大家自编自演个小节目、自娱自乐。因为大家有坚定的信念，誓让荒原变粮仓。艰苦的生活也磨炼了我们坚强的意志和勇于战胜一切困难的信心和勇气。返城后，经过历练的知识青年面对种种困难与挑战，都能勇于面对，勇往直前，在新的征途中做出新贡献。开荒营的生活是我永远的回忆。

郝立青　北京知青，1968 年从北京下乡在 6 师 27 团砖厂工作，1971 年调开荒营筹建 40 连，1972 年在 39 连、40 连、联合小学任教师，负责人，1979 年返城，1979 年调北京市西城区椿树街道办事处，妇联主任。

回 忆 荒 原 生 活

樊文炳

一、立杆架线

1970 年 5 月 20 日我报名去了黑龙江兵团 6 师 27 团 17 连，开始了我的知青生涯。

我们这个连队是 2 连新建的点儿。生活环境十分恶劣，只有 2 个帆布帐篷，从公路到我们连只有一条土道。我被分配到农工 1 排 1 班，1 班是机动班，经常外出干活，如修路、伐木、打石头、打马草、装粮、卸货等什么都干。刚到那儿不久，连里没有通讯电话，无法与外界联系。张英连长交给我们班一项任务，自己立杆架线通电话。我们班负责从公路到连队这段。为赶进度两人扛着 6 米长的电杆一路小跑，几天下来我吃不消了。我从来没干过那么重的活儿，腿疼得不能走路。

到医院检查说是关节炎犯了，要住院治疗，住了 20 多天因吃住都不习惯，我非要出院。

回到连里正赶上农忙，劳力少，一个萝卜一个坑，根本也不让你休息，我马上又投入了战斗。苦了两年，水中捞麦、锄草、割豆、盖房、伐木、架线、修路。天冷刚搬进新盖的砖宿舍还不到一个月，又接到调令到开荒营去建新的连队。

二、伐木会战

1971年初，团里组建开荒营。营长是我们17连连长，17连的一个排被调到了开荒营，我被分到40连。没调来之前我就在40连修过路，从团部到营部没有路，荒原上到处是草甸子、水泡子，水深能到胸口，我们是头顶着行李淌水到40连来修路的。

那时40连只有2个马架子，人员只有连长、指导员和几个从团砖厂调来的骨干，我调到40连时只有公路边的几间土坯房，是男女宿舍和食堂。和原来17连建点时一样，一切都要新建，如晒麦棚、家属房等，需要大量木料。

冬季，连长带我们进林子伐木，两人一组，任务每天必须完成20立方米。我和当地青年单胜春一组。为了早点完成任务，我们起早贪黑拼命伐树，虽然是三九严寒，但大家皮帽子都戴不住，摘下帽子头上就像打开笼屉的蒸锅冒着热气，瞬间头发上、眉毛上就冻成厚厚的冰霜。那时正年轻也不知道累

记得有一次，有棵挺直够做大垛料的大树伐倒时和旁边的树搭挂在一起，由于任务还未完成，心里有点着急，我就和搭档一起去摘那棵搭挂的树。因为年轻工作经验不足，地形环境复杂，判断有误，树伐倒后原地打转，我见状拔腿就跑，眼前有根树枝挡住我的路，想跳过去太高，爬过去又太矮，树枝又多，正在犹豫时上面的树帽就砸下来了，有个比胳膊还粗的树权砸到我头上，我顿时就懵了，眼前一黑就倒在地上，其他人见状立刻冲过来把我架起来。

不知是谁背着我就往帐篷跑（可能是高排长），到了帐篷后我慢慢醒来，可把连长吓坏了。在林场受伤一没车二没路，离医院又远，只有等待和观察。连长说要是工伤，24小时之内需上报，让我考虑好了。等我醒过神儿之后，脖子僵硬，头有点昏，活动下各关节感觉没什么大事就说别报工伤了。如果报了会给连队造成很大损失。现在想起来又可怕又好笑，差点命送黄泉。

1979年大批知青返城，我离开了北大荒，可我还十分想念我曾经生活战斗过的地方！

2017年8月我与战友一同回到第二故乡勤得利。那里的变化太大了，天蓝地绿，一望无际的稻田，柏油路直通场区，职工住进了高楼，用上了暖气、煤气，生活各方面都得到了改善，成套的现代化农机具整齐地停放在场区，原来最艰苦的开荒营已经变成现代化的浓江农场，在全国也属最强的。三江平原巨大的变化让我感慨万千……

屯垦戍边近十年，同吃同住渡难关。当年战友齐奋斗，爬冰卧雪战荒原。

分别多年又相聚，老泪纵横寒暄叙。共忆青春创业史，纪念下乡五十年。

樊文炳　天津知青，1970年5月从天津一号路中学下乡到黑龙江兵团6师27团17连，1972年调到开荒营40连，拖拉机手、康拜因手、烘炉工，1979年回城，在造纸厂工作。退休。

插图：杜宝玉

青春热血献荒原

于庆仁

我 1968 年 6 月从北京下乡来到勤得利农场，1969 年改为黑龙江兵团 27 团。我曾在 27 团的几个单位工作过，时间最长的是在 6 师 27 团最艰苦的开荒营，从开荒建点到我返京前后近 10 年，我和战友们在荒原深处团结奋战，让昔日白雪茫茫、塔头林立、到处沼泽的荒原变成万顷良田。

1997 年 8 月我重返故地，到我们曾用青春热血开垦过的土地去看看，举目远眺，是一眼望不到边的稻田在微风中起伏，像是在和我们老垦荒点头致敬，我们曾经亲手栽的小树已茂密成林。来到故地，让我又回想起在兵团的往事，想起保卫边疆、建设边疆的青春岁月⋯⋯

一、边疆夜巡

1969 年 3 月，中苏两国在乌苏里江边界爆发了武装冲突，边境形势异常紧张，任何意外事件都可能酿成战祸。上级命令我所在的发电厂停止建设和生产，与沿江的重要单位全部内撤，命令我们发电厂组织一个班负责保护电厂财产，我们十几个被留下来的人组建成武装巡防队。我们每人配发了一支七九步枪和五发子弹，当枪弹拿在手上时我感到这是党和祖国对自己的信任，我要担负起保卫祖国的重任。虽然我们十几个人装备落后，但我们兵团战士也有珍宝岛英雄不怕死的精神，在祖国边境的前线巡逻，尽到了我们屯垦戍边、保卫祖国的誓言和责任。团里还有很多知青战友和老同志在渔场和船队工作，英勇地在江上和侵略者面对面斗争，是我们建设兵团的光荣。

在此，我向那些曾在渔场与航运工作的战友致意，有你们做战友和伙伴是我一生的荣幸。

二、青春流逝的岁月

1972年我从江边的造船排调到了开荒营，来时还带了几把钳子、锤子等工具，拿到手上沉甸甸的，但我很珍惜这几件工具。因为这是我最尊敬的陈宝生师傅亲手打制出来的，师傅活干得漂亮，称为作品也不为过，再有，那也是对我烘炉工种的特殊认证。

我信心满满地盘算着出徒后在新单位支起烘炉干一把，可是到连里报到后被安排在农工班一起干活，挖水渠，盖房子，割麦子，打水泥晒场，冬天进林子伐木，什么活都跟着干。40连刚建点，穷的什么都没有，连块砖头都找不到，只能作罢。

我对刚到40连第一天跟农工班干活时的印象最深。那天下午班里干活已经有一段时间，在强烈的阳光下，我按连里领导的吩咐，来到一小群正在干活的陌生人面前，先作自我介绍，大家互相寒暄着，几分钟后我们就熟悉起来。他们是17连调来的许洪乐、王立富，还有工程队的李铁石。副班长许洪乐手持四齿钢叉站在一个大堆土的边上，踏实而有节律地一遍又一遍翻弄着地上那些混着厚草的泥土。我过去问他："我干什么？"洪乐笑呵呵地说：你挑。可眼前这和泥的活又脏又累，还得下脚去踩才好使，我又没干过，只能选择挑水的活。当几挑水过后，脖子、肩膀就被压得发疼，只有咬牙坚持，但是几天后就适应了，从那以后战友们越来越熟了。

我是烘炉工，总要务些正业，可是新建的连没有那么多的铁活，要想配备师徒二人更是不可能。若是有活就到营部烘炉去加工，营里的烘炉活儿忙也不愿意给外边加工，营里的烘炉工都说：你们连自己有烘炉工还跑到营里添乱。这样，连里就在食堂的房山边露天砌了台烘炉，架起一台风箱，从那以后，我就断续地开始烘炉工作，机务有活就生火锻活，没活就跟农工一起干活。时间一长，我怕把学做钳子的过程与步骤忘掉，就用泥捏出模型加以强记。那本钣金下料的图样，只要有空闲，就被我翻来翻去。真是天下无难事，只怕有心人。在锻造方面，炉上用的各种工具我都能打造出来，比如斧子、镰刀、四齿叉都能做得随心应手，黑白铁活就更不在话下。被一般人认为有点难度的水壶做起来也是水到渠成，做通风的插口是从实践中学来的，还能为播种机配制天圆地方的接口。真是"书中自有颜如玉"，多学就能给你自信与能力。

随着时间的延续，加上技术的提高，连里也专门为烘炉盖了房子，我成了烘炉间的光杆司令，我没有专职的帮手，小件自己干，做大件需要别人打锤帮一把。那年我和谢贵配合装配的28车驾驶室在全团奔跑。

我认为只要肯用心就不会比别人差。岁月蹉跎，开荒营艰苦的工作条件考验着我们的精神和身体，但我仍然乐观地在开荒建点艰苦的工作中奋力向前。

秋天要抢在大地上冻前多翻些地，为来年播种小麦抢时间争取主动。那天拖拉机驾驶员缺人手，因为我属于机务排管理，魏尚友排长找我说："缺人手，你顶个班吧。"起初我因为技术不好有点发怵，但一想，领导还真信任我，就答应下来。我以前跟过几次车，也把过大犁，挡位图就印在车前，一脚油门一脚离合器，但这次可是放我单练了。领导的信任要珍惜，国家的财产也要加倍小心，我坐在车里听着拖拉机那震耳欲聋车的轰鸣声，也不理会车的颠簸，只集中注视右边大灯下的灯托、被翻过地的边沿、坐的位置保持着三点一线向前行驶，并且还时不时回头望着大犁的工作状态。当大犁翻到地边时，我回过头顺手拉一下连接着大犁升降杆的绳子，把潜在土层里的犁铲和犁架猛然提了起来。大犁就像被驯服的钢铁野兽，随着人的操作在起落。转弯后要和这块地的另一边对齐，然后回望拉绳，只见那大犁铲斜着切入二十几厘米的土层里，将土地扣翻过来。正当这时，不顺心的事来了，可能是大犁缺乏保养，我到了地头拽了几下绳，大犁就是升不起来，怎么办？不能停车，如停车大犁失去动力就更难升起来了。我当时毫不犹豫就从行走的车里跳下来，拖拉机缓慢地向前行走着，已经是无人驾驶状态，我急忙向后踏上行驶的大犁，用手猛地一拉升降杆，随着"嘎巴"声，大犁升起来了，我马上跳下大犁朝着车头追去，我站在离行走的链轨几厘米的地方，左脚尖踮起，同时左右手前后抓住车门框，右脚顺势登上了车，用力把左脚连身体都拉进车里。虽然是违章操作，但当时也是唯一的办法，总不能停车回去叫修理工吧。这样上上下下用了几次后，总算熬到日落西山，可以驾车回连啦。

我已经是满脸满头的灰土，看过别人不用照镜子就知道自己了。在回去的路上，我看到魏排长站在土岗上往我回来的路上张望……

三、风餐露宿与卧雪爬冰

在赵敦生排长的带领下，我们近二十个人坐在爬犁上经过近三个小时的行程来到了伐木点。为了给来年的基建备料，每年冬天都要进林子伐木。冬天零下20多度的严寒把我们冻得够呛，眉毛、胡子、帽子、脸上都挂上了霜，口罩外冻成了冰壳，尤其是双脚僵得早没了知觉。虽然一路两只脚不停地对撞着，脚丫在鞋里不停地活动，但仍无济于事。爬犁在上了一个坡后停下来，到了伐木点。爬犁上的人冻得有些发懵，稍缓了一下才动起来。我们缩着脖子跺着脚，双手半掩着用嘴里呼出点热气暖暖手。这时排长招呼大家卸车，铁锹和洋镐从爬犁上扔下来摔在冻透的地上发出清脆的响声，像是要被摔断似的，"轻点，注意安全"，排长提醒着大家。车上装来的东西都被卸了下来，粮油、冻菜等由食堂负责，锯斧、锤子、镰刀、卡钩一样不少也卸了下来。行李物品不用安排每个人早已收拾妥当了。

排长把我们分成几个小组，分别去伐木、割草、挖地窖子。大伙在零下二三十度的林间紧张地忙碌着，有人用麻袋背回从河里刨出的冰块放到刚架起的锅中，锅底烧起的火苗向上舔着，一缕炊烟升起来，给寂寞的荒原带来了一些生气。

今年地窖子搭得快，大伙少受了些罪。回想起去年天寒地冻的农历11月，我们到了天黑也没把地窖子搭完，只好先把苦布草草铺在架子顶上凑合一夜。晚饭后大伙都围着烧得很旺的炉子取暖，寒风从苦布各个空隙吹进，抽打着我们，大家烤着火，有的吸着烟，有的在逗趣打闹，老范还讲了个浑段子，逗的大家开怀大笑。我们这群知青和老职工在零下三十多度的荒野上半睡半醒地度过了那难熬也难忘的冬夜。

去年唐胡子开着拖拉机拖着爬犁把大伙送到伐木点后，拖拉机油管突然冻裂了，必须要修好，否则无法开车回去。修理操作时柴油滴在小唐的手指上，顿时指尖变白了一段，唐胡子用一只手抓着那被柴油浸白的手指，两手抱在一起，痛苦地抖动着，深吸着气用雪搓着，苍天保佑总算没出大事。最后车总算修好了，不能让车空跑，我们又在营地近处伐了二十几棵树装满爬犁，小唐开着重载的车轰鸣着向连队驶去。

"车来了，快起来装车。"排长招呼大家。"他妈的真是倒霉催的。"半夜被叫醒的人一边迷迷糊糊发着牢骚，一边爬起来穿好衣服，大家跟着引路的马灯疲惫地向贮木场走去。可大家一干活那精神劲就来了，一行人沿着原木站成一排，身体壮的抱大头，瘦弱些的抱小头，由抱大头的发令喊号，在大伙"一二、一二"的喊声中，原木被一根根装上车，装满后刹好车再压好滚杠，拖拉机拉着沉重的木材吼叫着开走了。这时大家摘下帽子喘着粗气，在马灯的照耀下每个人的头上都在冒着热气，装完车人好像精神了，困倦劲也消失了，大家打闹着说笑着返回营地。

那时流行的说法是：大干作贡献，小干查路线。但我们开荒建点伙伴们一直都在大干，我们这些远离家乡的知青战士在林场艰苦地工作，为国家、为北大荒做出了贡献。回想当年干这么危险的活而没出什么事故，我们真是幸运儿。

四、冰水中捞车

我们在伐木点几个小时前刚装了一爬犁木材，正在窝棚里休息，等着下辆车来。正在这时门帘猛地被撩了起来，一个头戴白毛狗皮帽子的人闯进来，也不说话进门就哭，大家先是一愣，这不是胖子（潘新南）吗？"你哭什么，出什么事了？"大家急切地问他，胖子哭了一会停下来才说："我们的车掉到河里了，陈立三还在那看车，让我回来报告。"听后大伙手足无措不知该怎么办。赵排长听后沉思了一会儿就问胖子："水有多深？"胖子答道："车头扎进水里，车屁股还露在外边。"赵排长叨唠了两声，就带着王立富跟着小潘搭顺路的车去了出事的现场。

到那一看，拖拉机车头已经扎进鸭绿河的明沟里，后面爬犁的钢筋还和机车连着，装木头的爬犁稳稳地停在冰面上。赵排长看了看现场立刻说："把拖拉机水箱的水放出来，都跟我回连。"赵排长四人在路边拦了辆车回到连里向连长汇报了情况。连里赶忙派车到营修理所借了"金不络"，带上钢绳、拉筋和所能用上的各种工具，还用面袋装了几十个馒头，带着两台拖拉机就出发了。赵排长和跟他回来的四个人乘28拖拉机打前站，先到了事故点，卸下所有备用的工具后，又让小单开着28拖拉机去伐木点，再叫四五个人来帮忙。

赵排长他们先在靠近落车的河岸边点了三堆篝火，从爬犁上卸下十来根木头，找了三根近四米长稍细一点的木头用细钢丝连成了三脚架，在三个合适的位置砸冰放置三角架，"金不络"悬在三角架上时，这时从伐木点来的援兵也到了。拖拉机前的拖钩潜在了水里，又软又硬的钢丝绳圈不听使唤，站在冰面向前探了几次身就是挂不上。这时，王立富操着一口标准的天津话喊道，"你先上来，我试试。"说完他拿起碗喝了一大口烧酒，脱掉身上的棉衣跳进河里，把头露在水面上，他抓住钢丝绳套在水里艰难地挂上了钩，当王立富从水里出来的一瞬间，那身上的内衣就成了冰挂一般，大家赶紧给他披上棉大衣让他在燃烧的火堆前暖暖，他还是上牙打下牙地哆嗦着。

随着"金不络"一声声的"嘎嘎"声，扎在河底的车头被提了起来。来支援的战友们把一根又一根的木头横着垫在车底，赵排长见状指挥放松"金不络"的拉力，平稳后，营救的两台拖拉机同时启动把陷在河里的车拉了出来。那两辆营救车一台拉着落水的机车，另一台拖着装满木材的爬犁回连去了。直到今天，我一想这件事时，马上就想到战友王立富，他太勇敢了，我真佩服他！

五、热血青春献荒原

1975 年，我被派去支援 30 连开荒，当时我是烘炉工，负责打大锤、拍犁铲。

从连队乘车往东十几公里，过了 36 连往北转个弯就不远了。远远望去，一片黄绿色的行军帐篷整齐地排列着，还有几面迎风摆动的红旗，我很快就到了驻地。下车后到开荒指挥部报到，我和同来支援的 41 连烘炉工李师傅和另一个上海知青见了面，大家互相问候寒暄了一会儿，就在土道边支起了烘炉开始工作。在荒原驻地也看不见几个行走的路人，很是安静。

李师傅比我多干了几年，经验能力自然要强些，我们两个年轻人自然就是打大锤的主力了。师傅负责掌钳，我俩负责烧火和抡大锤，互相交替着。我们一锤接一锤不间断地打着烧得通红的犁铲，直到完成作品。一声喝叫后就又开始打第二件了。李师傅双手掌钳，夹着烧得通红的将近五六百度高温的犁铲，四十多厘米长的犁铲烧热后要用最短的时间敲打成功，需要打百八十下才能加工好。在生地上开荒特别费犁铲，开荒车多，活也特多。我们一片接一片不停地打着，连李师傅手上那两把钳子都热得烫手，索性把钳子扔进路边水沟里去降温，钳子遇水后嗞嗞响，溅起了一片水花，我们相视而笑着，稍息片刻就又继续干起来。荒原的阳光暴晒着我们的后背，低头是高温的大铁块，偶尔有滚烫的铁屑落在胳膊上还会烫个大泡。我们紧握着大锤屁股撅着、腰扭着，不停地干着，身上的汗水早已湿透了衣服，几天下来手上都震开了口子。每天二十几副的犁铲要做完，开荒时的艰苦和那超负荷的劳动强度让我一生都不能忘记。

到了中午开饭前后，开荒的营地往来的人就多了起来，指挥部广播室每天报告着表现突出的人物事迹和当天的垦荒记录，那使人羡慕的记录可能明天就会被打破刷新，大家互相都不太熟，但对成绩优异者大家既敬佩也有点不服，可能明天我要超过你。就连平时懒散的人在开荒点你追我赶的大环境下也有了不俗的表现。

前方开荒的战友在日夜奋战，后勤食堂也不甘落后，在艰苦的条件下想方设法给大家变换着花样，韭菜包子、豆腐炖肉片，甚至能吃上肉片炒鸡蛋，几百个鸡蛋一打，两个大脸盆满满的，鸡蛋是营里从拉家带口的老职工和他们的家属那收来的，目的只有一个，用充沛的体力和顽强的毅力早日完成大开荒任务。

我们和开荒前线的拖拉机手有些是熟悉的老乡，拖拉机手为了把刚送来的活早点取走有时也上支烟，这时往往是我们最有成就感的时候。我们锻打的犁铲就要安装在他们的车上，看着锋利的犁铲像刀子切蛋糕般把荒草甸翻扣过来时心中真有一种自豪感。当你站在那一片被开垦出的荒地时，展现在眼前的是一条条黑色的长龙，一片压着一片在扩大，如同波浪一样叠成几百米、几千米长，一眼望不到边。

回想起大开荒时真是感慨万千，前方战士不顾蚊虫的叮咬日夜开荒，后方职工包括职工家属都在为大家做着后勤保障。这就是我们开荒营的精神——自力更生、团结奋斗。

六、难忘 48 连的一次聚餐

48 连在我们 40 连的南边，即沿着笔直的公路前行几十里到头的浓江河边。我曾经到 48 连支援挖电线杆坑，这次劳动使我难以忘怀。

1972年麦收过后，营里通知40连去支援48连挖电线杆坑。28拖拉机连颠带蹦把我们送到了工地，每个人分配了5个坑的任务，干完了才能收兵。我们站成了一字长蛇阵后就开始挖、刨。9月份荒原上的蚊子、小咬、瞎虻密实得很，追着咬着，干活时一边用脚蹬锹，还不时用手拍打着脸和脖子，使这本来就枯燥费力的工作让蚊虫闹得更恼人，大伙都忍着，各自猫腰苦干。

太阳渐渐西沉，这时带队的排长传达了一个令所有人高兴的消息，今天48连举行开荒誓师会，会后要聚餐。营长说凡是支援开荒的人都有份，我们支援挖电线杆坑的也有份。这时工地上的人们高兴起来了，话匣子也打开了，干活进度加快了。

在刚开荒建点的年代条件太差，物资也运不进来，大家每天都在喝汤，只有在麦收的前一天连里才会组织庆贺开镰收获的大会餐。大会餐时，全连战友们聚在一起尽情地开怀畅饮，酒菜敞开了吃，餐后就要迎接一个多月的麦收大战了。对农业连队来讲，麦收就是最大的战役，要必保全胜。

这次大家意外地得到会餐口福自然兴奋了，收工后我们一群人簇拥着走进了48连，这是我第一次也是唯一的一次看到了48连的面貌，右侧是密密麻麻的树林，树林前排列着整齐的拖拉机准备开荒，连队还没有房子，只看到几顶帐篷。誓师大会刚开完，一会儿就要会餐了。连里也没有桌椅，我们连的十几个人就围成一圈，几样菜用大盆盛着，大家也许干活太累了就大口地吃了起来，感觉这顿饭吃得太香了。

我在回连的车上想：人家48连举行开荒誓师大会，我们在外围挖电杆坑还叫我们去会餐，48连离营部最远，路又不通，条件比我们连还差，突然来了这么多人吃饭也真够炊事班这几个人忙活的。看他们那高兴劲，忙碌着大声招呼战友们上"桌"，和远来的同学战友们亲热地聊着天，是啊！他们应该高兴，他们在南面浓江河、北面大水泡子中间孤独地坚守了很长时间，明天就要在这荒原深处开始一场改变命运的开荒大战了，怎能不高兴呢。

我们的老营长张英曾背着粮食给断粮的48连送给养，今天他更加高兴。他提前就告诉营里的统计员统计人数，包括各连来支援48连修路架线的人员一起参加聚餐。我们的老营长非常关爱战士，在那每天喝汤的艰苦环境下，赶上有活动时他都细心地安排，尽量让支援工作的战士都来改善一下伙食，让战士们高兴，鼓鼓干劲。张营长就是这样与他的战士们同甘共苦、共患难，一顿饭却能把大家的心都拧在一起，有种有福同享、有难共担的心境。如果不是在48连吃过那顿"丰盛"的会餐，挖电线杆坑的事我也记不起来，快50年了，48连的这顿会餐却让我永远难忘。

我在开荒营40连五年的时间参加过41、39、36连打水泥晒场的活，帮助39连割过二十多天的麦子，到过33、36连支援开荒，在烘炉打大锤、拍犁铲。干过这么多外出的活我从没有抱怨过。在开荒营度过的艰难岁月是我们知青战友永远都聊不完的话题，因为共同的经历把我们聚在一起。我们都热爱北大荒这片黑土地，这是我们曾为之艰苦奋斗过的黑土地，我们流逝的青春热血早已和它融在了一起。

往事如梦，离开勤得利已快50年了，我时常看看朋友们发来的照片凝视着黑龙江、勤得利五星山、浓江河……它是我魂牵梦萦的地方。每当我听到韩磊唱的：不要回头望，让我走一趟，高高的白桦林里有我的青春在流淌……我都会心情激动，歌声又把我带到激情燃烧的开荒营，带到那难以忘怀的艰苦岁月。

于庆仁　北京知青，1968年6月下乡到6师27团7连，1969年调到勤得利发电厂、勤得利造船排，1972年调入开荒营40连，1979年返城，在北京粮食局、粮油贸易公司工作。退休。

毕生难忘的年代

赵建华

我是1971年下半年由工副业2连调入开荒营的，分配到40连。那时是连队建立初期，刚到连队就参加盖宿舍的工作，连队只有一排宿舍，职工家属宿舍还没建。

每天我们都要翻土、扠泥（把草和湿土和在一起）、堆墙。由于建连初期盖房没有砖，只能用叉墙和干打垒的方法。垒墙是用钢扠一扠子一扠子把半湿泥土堆在支好的房架四周，再用大刀砍成墙体；再一种就是干打垒的方法，把草和半干土拌好装进两块木板模中，用人踩锤夯的方法用力砸实。如果砸不实的话土墙会倒塌，就会白干了。

那时农工的工作有几大累。一是扠大墙，二是脱大坯，再就是割大麦。这些对于农工战士来说是最累人的工作了，尤其是扠大墙和脱大坯。这活儿都是在天气炎热暴晒时才干，那时候地已经播完种了，连队就开始盖房子，就说这扠大墙吧，要先把土和三寸长的草段加水搅匀和成半干的泥，再用铁扠子往房基础上堆，就这样一扠子一扠子堆成墙。要知道那每一扠子湿泥土都够二十斤重呀！每天都这样一扠子一扠子把湿土堆成两米多高的墙。在烈日下每天挥动着钢扠奋力工作，汗水夹杂着泥水湿透全身，浑身上下溅满泥水那是什么滋味呀，累得简直连话都懒得说。我们虽然个个汗流浃背，可依然奋力地工作，每天下工后累得浑身都跟散了架似的，就连吃饭端碗的力气都没了。就这样我们仍然咬紧牙关建起了一栋栋的营房。

更要劲儿的是砌完墙去割苫盖房顶的草，要去远远的草甸子割一人高的荒草，这活儿让人回想起来都有种浑身打冷战的感觉。要知道，割草要到常年无人去的荒草滩，那里是蚊虫的世界，往那里一走蚊虫飞起来铺天盖地，呼呼地扑向了割草人，往人身上疯狂叮咬。我们往荒草滩一走，每个人身上都落上一层蚊虫，几乎连我们所穿的衣裤都遮盖住看不出颜色了。我们割草人身上只要有露出来的皮肤都会被蚊虫叮咬得红肿成片。但是为了给新房子割苫盖房顶的草，我们每天都要头顶烈日，饱受蚊虫叮咬，长期战斗在荒草滩上，简直是难以用语言来形容和表达了。

回想起那时的苦和累，当时真的是欲哭无泪啊。每天工作早出晚归，头顶烈日，脚下腐草湿地，中午吃的是干馒头和咸菜，喝的是自带的一壶干净水，喝完后实在渴急了就找个水泡子吹去浮在上面的腐草叶子，哪管它干净不干净是否有土腥味，双手捧起来就喝，真是饥不择食、渴不厌水啊。为了连队的建设，为后来的战友能有休息睡觉的宿舍，我们农工排战士不怕苦不怕累，战天斗地，用尽洪荒之力日复一日地工作在荒草滩上，割足盖房用的草，为我们40连建成了一片营房。每当盖完一栋宿舍房时都有一种成就感，我们农工排战士看着自己亲手建好的新宿舍，脸上都呈现出愉快的笑容。

现在回想起来，我们为什么在当时那种艰难困苦的环境下还能不遗余力、战天斗地呢？就是凭着一颗红心，一颗听毛主席的话、跟共产党走的红心，遵照毛主席"广阔天地大有作为"的指示，走向边疆走向荒原，用我们的青春热血屯垦戍边，为改变北大荒的落后面貌贡献了力量，为了祖国边疆的农垦事业书写了知青战士开荒创业的新篇章。

当年我们在艰苦的条件下不怕苦不怕累，开荒建点，向荒原要粮。我们让沉睡千年的荒地变成了万顷良田，我们播下了小麦和大豆的种子，收获了万担粮食。回想起当年，我们虽然经历了艰难困苦，但磨炼出了坚强的意志和不畏艰苦的精神。当我们看到万顷麦田结出了金灿灿的麦穗时，我们举起粗壮的手臂高喊"我们成功了，我们胜利了！"我们为自己不畏艰苦得到了丰硕的收获流下了幸福的眼泪，我们为新一代垦荒人的成就而自豪。

我在回城后，无论生活工作中遇上什么困难都坦然面对，勇往直前。现在每每想起那个年代的那段经历，总是令人毕生难忘。

赵建华 北京知青，1952年生，1969年8月于北京丰台铁中赴黑龙江兵团6师27团工副业4连，1971年夏调入开荒营，1977年1月返城。1978年入职北京铁路局工电大修处，1988年调入国家能源部电力公司、员工。退休。

割大豆

冰河畅想曲

吕本明

开荒营部（浓江老场部），向北三里多地，有一条东西走向的小河，叫"鸭绿河"，它发源于西北的街津山脉，蜿蜒向东 31 公里投入黑龙江的怀抱。小河常年有水，宽的河面有三四十米，窄的地方也有七八米。夏天旺水季节，随着黑龙江涨水，小河也逐渐拓宽。江中的鲤鱼、鲫鱼、草根、鲇鱼成群结队，随波逐流，四处游荡。冬季河床明亮如镜，千里冰封，像一条绸带镶嵌在茫茫荒原上。

1974 年冬，我刚参加完总场会计培训班，回到开荒营等待分配。正赶上冬季抢运木材，我临时被补充到拖拉机 137 车组。我们的任务是从黑林子往营部菜窖倒运木材，就吃住在鸭绿河边的营部菜窖。从营部菜窖到黑林子有六七十里的路程，拖拉机拉着笨重的大木爬犁，吼叫着奔跑在冰河中。有时晚间几个连队的拖拉机碰到一起，你追我赶同在河套中奔跑，那个过瘾啊。河道明亮像玻璃一样，我们驾驶着机车拉着空爬犁，用五挡的速度飞奔，一辆辆机车轰轰作响、一道道明亮的灯光像数把利剑刺向夜空。在各种岔道上，不时你越过我，我又超过他，很有斗志和乐趣，丝毫感觉不到寒冷和艰苦。

进入黑林子，那密扎扎的河套林甚是壮观，笔直的冲天杨一排排一片片，个个粗壮，棵棵是栋梁。可以说，黑林子区域是开荒营各连队当时集中的采伐区。来到采伐点和师傅走进地窖子，这就是伐木工人住的地方。我头次进地窖子很是好奇四处观看，原来地窖子就是：在林子的平坦空地挖一个一米左右深的长方形地坑，上面架起人字形棚架再敷草盖土以保暖，根据伐木工人的多少确定地窖子的长宽。地窖子内搭地铺，铺草当床，地铺可单排或左右双排，一般男女分住，但有时条件所限，男女也同住一个地窖子，男女左右分开十分坦然。地窖子为了取暖，一般将一个大油桶开口放倒，架上炉筒子烧木材取暖。工人在林间伐木，吃住在地窖子，虽然吃的是冻菜，喝的是刨河冰化的水，晚间睡觉头顶热烘烘脚底凉冰冰，条件十分艰苦，但人们都精神饱满斗志昂扬。十七八岁的知青姑娘们同小伙子们一样，白天伐木抬杠、归楞装车，夜晚还要学习讨论畅谈人生，当然还有那偷偷哼唱的小曲"莫斯科郊外的晚上"……

我们休息吃饭后，装好爬犁开始往营部返。装上木材的大爬犁异常沉重，头几趟王师傅是不让我开的。因为装木材的大爬犁是很有讲究的，机车起步要缓，转弯要准，冰上快速奔跑时，不能急速停车、更不能快车甩急弯，快速长时奔跑后不能明冰停车……这样的说道多着呢！事有凑巧，一天王师傅在林中地窖子，渴急了喝了一碗冰凉河水，回来的路上他开着车渐渐肚子有点咕噜也没在意，个把小时后拖拉机正快速行驶在一条直直的明冰路上，王师傅突然肚子一痛，"不好，要拉稀，拉肚子了"，来不及考虑只能慢慢把车停在明冰上。王师傅跑下车急忙方便，蹲了一会儿，起来刚走几步又不行了。如是三次，折腾了半个多小时，王师傅忽然警醒："小吕快动动车"，我急忙爬上车挂挡加油抬离合器，只见拖拉机链轨转动爬犁却纹丝不动，"坏了！爬犁粘住了"。王师傅本来让肚子就折腾得够呛，见爬犁粘住了冷汗刷的就下来了。我俩拿起大锤和撬杠，围着爬犁脚左敲右撬了半天，然后再开车左拧右拉还是不行。这时的王师傅真有点打晃了，俗话说"好汉架不住三泡稀"，我扶着师傅回到车里，对他说"师傅别着急，等等看能不能碰上过往的车"。等不多时，迎面来了一台拖拉机拉了我们一把，我们才开着拖拉机奔驰起来……

要说最吃苦头的是那天，半夜我和师傅从林子回来的途中，我们跑了单帮。在距营部20多里的地方，机车高压油泵发生了故障，没办法我和师傅只好弃车步行。夜色中寒风飕飕，刺骨冰凉，走不多时只觉得又冷又饿浑身哆嗦。还好，后来45连的小红车路过，把我们带回了营部菜窖，第二天，我们搭便车去修理好机车才胜利而归。

回想当年，我们既兴奋又感慨：兴奋的是当年的我们风华正茂，用青春和热血改天换地唤醒了亘古荒原，为今天的北大仓绿色米都建三江做出了不可磨灭的贡献；感慨的是当年我们艰苦奋斗、无私奉献、顾全大局、勇于开拓的北大荒精神，应好好地传承给子孙后代，让北大荒精神代代相传，永放光芒。

吕本明　1957年生，1973年高中毕业，1974年开荒营40连会计，1975年调4营中学任教师，1982年勤得利农场职业高中书记、校长。1984—1986年干校学习，1992年哈尔滨教育学院学习，2006—2017年，勤得利农场机关工委副主任、老年科技协会常务副会长。

唤醒了亘古荒原

开 荒 营 41 连

开荒营 41 连进点时合影

回忆开荒营的日子

陈长宪

一、雪夜遇险

事情发生在 1971 年初开荒营刚建点不久的一天。我们 41 连开始为夏季房建备料了。那时的运输工具只有东方红拖拉机和爬犁，每天早上出发去 48 连以东 30 多里地外的原始森林拉木头。荒原上树林主要树种是杨树，还有白桦树等杂木。我们每天一趟拉一爬犁圆木回连队，每天要在林子里吃一顿饭。饭简单，每人带两个糖包，糖包头天做好冻上，第二天吃的时候用火烤，外边烤糊了，里面还冻着，吃一口糖包，抓一把雪吃，这就是野外生活。饭前伐木，饭后开始装爬犁，爬犁装好以后，太阳就开始慢慢下山了。拖拉机艰难地拉着爬犁在荒草塔头中前行，到家天就黑了。

这天我领着连里的战士去拉木头，连伐木再装上爬犁就一点多了。我们在回来的路上走

不到五里路，对面来了三台装满物资、行李和人的汽车，走近后看见是张英营长率领的三台车护送 47、48 连的人员进点。营长见了我们就说："你们的拖拉机别回去了，叫拖拉机护送 47、48 连的人进点，再把木头留给他们，你们的人卸完车，跟我坐汽车回去。"我们听说坐汽车回去很高兴。拖拉机在雪地开道，护送 47、48 连的人员进点后，卸完车上的东西，我们坐上汽车往回走。

天有不测风云，走没几里路就刮起了"大烟炮"。走出不远车印就找不到了，当时还没有修路，只能凭经验向返回连队的方向走。风越刮越大，没走多远汽车就打误了。开始用人推，八九个人三台车，人能有多少劲，最后人也推不动了，车也就动不了了，怎么办？有人说把车放了水，人先行走。就在误车开始时，营部粮食管理员上海知青罗干事自己往回走了几里路，他一个人，天太黑，伸手不见五指，一看走不出去又回来了。这时营长一看，也只能放水了，就下令放水。第一台车开始放水了，第二台车也把水放了，唯有第三台车没放水。这个开车师傅姓连，1966 年转业兵，年轻有胆量。他开的是勤得利农场的老一号车，连师傅告诉大家："把我的车推出去，找一个能起步的地方，我冲一下试试，实在出不去再放水。只要有一线希望我们也要冲，要出不去，八九个人困在这零下三十多度冰天雪地里，谁敢保证人不出事。"这时大家齐心协力，把车推到平一点的地方，司机加大油门向前冲，真出现奇迹了，冲出一里多地没敢停车，车开到另一个平一点的地方才停了下来。

大家一直紧张地在车后面跟着，这是无声的命令。往车的方向走，一路上跟头无数，一尺多高草筏子，加上四五十厘米的雪，太难走了，等大家到车跟前时已筋疲力尽，但有了能出去的一线希望。人到齐后，司机连师傅说话了："大家上车坐好了，一般情况不能停车，停下车就起不来步了。"大家说："只要能回到连队，怎么也比在雪地里冻死强！"车开动了，这哪是开汽车，简直就是上了蹦床，一尺多高的跟头一个连一个。四十多年过去都忘不了。车保险杠边只能站四五个人，其他只能在后边车厢里坐着。徐道生颠得受不了，他四脚朝地（就是两手两脚支着，面部朝天），结果还是没有逃脱颠簸的冲击力，一条腿一滑，结果屁股着地了，把腰给颠坏了。我记得他好长时间干不了重活。

车大约走了两个小时才走出了险区。我们看见 43 连和 44 连的帐篷了，这时大家才松了口气，这回生命算保住了。开到了 43 连的帐篷跟前车停下来，进帐篷一看，大家都睡得呼呼的，想都进帐篷暖和一会，又怕打扰人家睡觉。这时多数人还是想快回自己的连队，到 41 连还有十多里路。离开 43 连走不多会，发现远处有灯光，大家认定：这一定是我们连的灯，大家的心开始暖和了很多。

我们早上七八个人开着东方红拖拉机，拉着爬犁去三十多里路外 48 连以东的树林拉木头，半夜没归，可把家里人急坏了。大家猜测：一是车坏道上了，人走着走，回来晚了？二是迷路了，找不到方向回不来了？大家都想：如迷路，我们挂起灯来，平原地区很远就能看见亮光，所以就把灯挂在一根木杆上，在伸手不见五指的天气里很远就能看见。

我们越走离灯光越近，大家心里只想着赶快回连队，家里正着急呢，司机连师傅一高兴没注意车一下掉到道边的坑里，人差点从车上翻过去。这时帐篷里的人听到有车的动静，大家赶紧跑出来迎接我们，看我们都返回连队悬着的心总算落下了，我们逃过了一劫。

全体干部战士和张营长欢聚一堂，这时炊事员李春玲把早就准备好的饭菜端了出来，随后还拿出两瓶白酒，大家很高兴地问这酒是哪来的？老李说："这酒是七星农场（25 团）张营长的战友许士哲捎给营长的红高粱酒。"张营长说："今天大家顺利地回来了，我也很高兴，这两瓶酒给大家喝了，作为庆贺!"

二、清明节的鸡蛋

1971年的清明节快到了。清明节是中国的一个传统节日，在东北清明节有吃鸡蛋的习俗。清明时节也说明春天农忙的季节到了，同时也是一个探亲旅游的日子。

在关里清明节这天一般不干活，男女老少都去逛庙会、祭坟扫墓。这时的花草重生，春暖花开。清明节一早，男女老幼用菠菜水洗脸叫心明眼亮，门口挂上艾蒿、松枝，表明一年里风调雨顺和平安吉祥。

可清明节对北大荒来说就不一样了，这里还是白茫茫的雪地，天气寒冷，西北风刮得人们睁不开眼，奋战在荒原深处的开荒人仍在忙碌地工作着，每个人的脸都被吹得黑黑的。清早起来副连长刘克新带队进林子伐烧柴，行军路上大家说，快到清明节了，看来今年鸡蛋是吃不上了。有的说，咱开荒营刚建点，住家都没有哪有鸡蛋，到团部去，这五十里的荒野尽是塔头，要能运进来也成鸡蛋汤了。

41连进点一个多月，在荒原上刚站住脚，别说吃鸡蛋了，每天能吃上馒头冻菜汤就不错了。战友们只是说说而已，可作为领导的我，听了大家的唠嗑心里很不是滋味。晚上连支部的几个党员开了一个小会，总结了一下进点后的工作情况，又说起清明节的工作安排。我想这是进点后的第一个传统节日，而且连队多数都是青年，要想办法改善一下伙食，让大家节日高兴，也体现了党组织对战士们的关心。大家同意我的想法，说派一个人去老连队到各家搜集点鸡蛋来提升一下节日气氛。可清明前那几天气温回升，中午雪一化车也不能走，派个人回去拿可以，可41连到团部五十多里路，大草甸子上的塔头一尺多高，就是空手走到家也得累个半死，还拿鸡蛋走，谁敢担保路上不出问题。这时共产党员王坤祥说："还是我去合适，我身体好路又熟，我是老同志回连办事也方便。"大家想来想去也觉得还是王排长合适。

王坤祥是1959年支边的老同志，党员排长，有着丰富的野外工作经验，身体也好。王排长接受了这个任务，还有三天就清明了，他当天就决定启程，他带着支部和战友们的信任孤身一人走进荒原向五十里外的团部走去。说实话，胆小的人还真是不敢去，也就是我们王坤祥排长"明知山有虎，偏向虎山行。"王排长一路不停地走了六个多小时才到团部工程连。他回到家后老伴问他："你怎么回来了?"他说回来拿鸡蛋。老伴说："现在天冷鸡下蛋少，咱家也没攒多少鸡蛋。"王排长说："有多少拿多少，不够我再请邻居帮帮忙买点，开荒营进点后条件太艰苦了，又赶上清明节，连里想给大家改善一下生活提提士气。"他老伴听说后二话没说把家里的鸡蛋全拿出来。她又说："连里老同志倒是不少，但养鸡的只有三四户，咱们只能请他们帮帮忙了。"当大家听说王坤祥回来给41连买鸡蛋，大家都积极的帮忙，共四家养鸡的都一个不留全拿出来，共收了80多个鸡蛋。王排长向大家道谢说："我代表41连的同志谢谢你们的帮忙!"老连队的同志和家属说："你们在里边那么苦，给咱们连建点的同志们支援几个鸡蛋也是应该的。"

王排长找来两个土篮子，土篮子里面放上草，又小心翼翼地把鸡蛋放在软草里。第二天一早，他收拾好行装挑着两个土篮就出发了。当时19连的路还没通，只好从石子河（团部）走6连、21、22、37连到41连。近五十多里的雪地草筏子路，王排长荒野地里独自一人行走，也就王排长有胆量和力气，如果碰上狼等动物后果太可怕了。傍晚天快黑的时候，大家看见西边有个人挑着担子向连队这边走，眼睛好的人一眼看出是王排长回来了。大家高兴地跑上前去迎接他，接过王排长的担子和他边走边聊问长问短。看到王坤祥排长回来了，我悬着的心也总算落了地。

清明节这天，连里用王排长辛苦挑来的鸡蛋改善了伙食，大家聚在一起还搞了一点小酒喝。战士们都说，清明节能吃鸡蛋首先要感谢领导关心，更是王排长的功劳，我们还要感谢老连队的战友家属的支持和帮助，我们一定要在开荒建点工作中干出成绩，不辜负他们的一片心意。

这虽然是建点时的一件小事，但我从中悟出了一个道理，做领导的尤其是党员干部，要关心群众生活，和战士们打成一片，才能团结大家在艰苦的开荒创业中取得成绩。

陈长宪　山东支边青年，1959 年由山东支边来到垦区勤得利农场工程队，1971 年调开荒营 41 连任指导员，同年调回工程连，1989 年调安装公司。退休。

41连排长王昆祥和王润培

雷军制印

开荒营 41 连纪事

刘克新

我从单位退休后，闲居哈尔滨市郊王岗家中，我时而翻阅兵团首届团代会赠送给我的画册《知识青年在北大荒》，46 年前的荒原往事令我浮想联翩，魂牵梦绕……

画册中有两幅 27 团开荒营的照片，为当时兵团司令部摄影师郭沫水拍摄，其中一幅是开荒营雪地行进，十几辆拖拉机和开荒人员排成

长龙；另一幅是开荒营建点，搭帐篷，野炊化冰雪。两幅照片中都有我的身影，当年我 17 岁。

一、初到勤得利

1969 年 9 月 7 日，我由哈尔滨第六十中学下乡来到 27 团工程连，连里有我的同学和校友姚艳茹、刘滨香、谢淑兰、陈喜凤和张雅琴等。勤得利背靠从天边流泻而来的黑龙江，向南是一望无际的金色大地。江水墨绿，天空湛蓝，白云飘浮。粗犷的北大荒原野，这就是我将要展现理想和奉献青春的地方。

工程连位于五星山的半山腰，紧挨着团部，号称团部的"警卫连"。工程连的主要任务是盖房子，每天收工回来，从连队营区俯瞰四周几个农业连队的田野，春夏秋冬四季，大地逐步演变成黑绿黄白。我的青春年华也在这大自然的斑斓色彩中度过。

1971 年 1 月，我正在团部医院住院，听不少工程连里来看我的人说："6 师 27 团要组建 4 营（开荒营）过鸭绿河开荒建新点，那里比老连队要艰苦得多。"后来我就接到领导通知，进点人员中有我。我当时没有丝毫犹豫，立即找到我的主治医生李秀云，要求出院。在团部召开誓师大会的前夕，我说服了医生及连领导，身上、脸上埋着治疗的针和线就出院了。

2 月初，团里召开"向浓江河（荒原）进军誓师大会"，开荒营 200 多名进点的兵团战士基本全部出席了大会。我作为副连长代表 41 连全体战士上台发言表决心。当天晚上，我在老连队的煤油灯下写出一份入党申请书，交给了连队党支部。

二、向荒原进军

1971 年 2 月初，41 连有 7 个人先行进点勘察，我们剩余的 13 人出发前在工程连留下一张合影照。14 日晚，开荒营全体人员在团部大食堂聚餐，团长孙光剑、政委许树生，还有组织股的陶干事等领导为大家饯行。

2 月 21 日清晨，我们正式向荒原进军了。我们 41 连的战友乘坐着解放牌卡车开始出发了，车上插着的"向荒原进军"红旗在迎风招展。车上的人们唱起高昂的革命歌曲。汽车迎着冽冽寒风在白雪茫茫的荒原上行驶两个多小时后到达新建点，和 41 连的先遣队会师了。指导员陈长宪、排长王坤祥、北京知青刘秀娟、刘道宗，上海知青唐聪萍、徐道生、邵海敏，天津知青杜培英、赵以娟、于炳文，哈尔滨知青韩秀玉、范秀荣、姜焕顺、刘云萍、藤兰斌、王青山和我、本地职工陈其堂、李春玲（男）和女儿李英兰。

此时的 41 连，房无一间，地无一垄，真是难以想象的困难。呈现在我们眼前的只有茫茫的荒野和呼啸的北风。车一停下，大家全都行动起来，卸车的卸车，搬东西的搬东西。我们先把帐篷支撑起来固定住，帐篷中间搭上间壁，东边住男生，西边住女生。两个瓦工师傅搭起了大炉子，又搭建起简易食堂，大家整整忙乎了一天。天黑前，从老连队带来的冻馒头烘好了，我们喝上了热菜汤，住进了帐篷。最初的一段时间，团里蔬菜供应跟不上，食堂就节省着吃，全连人要好几天才吃完一棵白菜。

但我们这支队伍意志最坚强，也最团结。每天出工和归来，我们都高唱 6 师自编的歌曲"师党委的决心"，歌词是"一颗红心两只手，自力更生样样有。迎着困难上，踏着苦字走，不向上级来伸手！苦干实干加巧干，誓让抚远山河变！为了埋葬帝修反，我们做出大贡献。"

随着开荒的进程，开荒营从最初进点的 37 至 48 连 12 个连队，又新建了 31 连、33 连、34 连、36 连和 49 连。各连队的规模都在扩展，41 连人员逐渐增加到 100 余人，陈喜凤调到 43 连任排长。

41 连离营部很近，由于工作上的需要，我经常往来于连队和营部间，我至今还记得当时的营部人员：营长张英、教导员王书信、副教导员高金池、参谋周涵达和干事黄德贵。周参谋是大学生，中等身材，说一口南方味的普通话。

春天到了，我们选了块几十平方米的岗地，抢锄开荒种上了各种蔬菜，有白菜、萝卜等。这块地有多年前的房框子，土质肥沃，春雨过后，一夜之间，蔬菜猛然窜高好一两寸。我们出去自己伐木，再由木工打造成房架子、椽子、檩子。我们用上了北大荒的特产：在地上生长了百余年的草筏子，用筒锹一块块地切下来砌大墙。我还记得张营长常说的那句话："抱起草筏子，盖好马架子，顺脖流泥汤。"我们自力更生打水井，然后用辘辘把子和铁桶往上提水。我们这个新家越来越像样了。41 连建点初期，盖起了两栋知青宿舍，一栋大食堂，打出一口高质量的水井。以后，又盖起了家属房。

18 岁生日这一天，我和连里的上海知青唐聪萍一起填写了入党志愿书，我们的干劲更足了。没想到这以后，陈长宪的妻子心脏病重，他回老连队护理病妻照顾小孩，一去几个月不归，我和唐聪萍的入党志愿书也被搁浅了。我的情绪产生了波动，感到很茫然，不知怎么干才好。这时，连里的老党员王坤祥及时找我谈话，对连里建设提出了不少合理化建议，使我重新振作起来。

后来，连里调入一位新书记仲崇华，他是富锦知青。在 1971 年国庆节前夕，我和唐聪萍在煤油灯下第二次填写了入党志愿书，党支部召开大会，吸收我俩为中共正式党员。团部组织股股长武忠然来到连队考核我的入党情况时，连里同志们对我一年的表现给予较高的评价，并给我总结了三小三大，即：年龄小志气大，能力小干劲大，个头小力气大。大家送给我的绰号"小土豆"、"小大人"可谓恰如其分。在这艰苦的创业岁月里，我永远感谢北大荒人对我工作的支持和鼓励。

再往后，我连来了拖拉机，大家高兴极了。拖拉机犁地、耙地，地整好后又播上了麦种。8 月份，麦收时节到了，全连上下总动员开始秋收战斗。一开始，机械没有组装好，全连战士人手一把镰刀，开始人工割麦子。我们这些大城市来的小青年，头顶烈日，脚踏麦海，开始了艰苦的劳动。深秋时节，我带领战士们割大豆，一天下来累得腰酸腿痛，手上被豆荚尖扎得伤痕累累，豆秸很硬割起来很费力气。回到宿舍时，累得像是拽着猫尾巴一样往火炕上爬，有时连晚饭都不想吃。尽管这样，我们都坚持着，没有后退一步。丰收的粮食运到晒场上之后，要晒干灌入 180 斤重的麻袋，然后由人工扛上跳板倒入粮仓。一般这活都是男青年干，后来在我的带领下女青年也扛起了大麻袋，和男青年一样上三级跳板，把粮食倒入囤里后已是汗珠掉地摔成八瓣。年底，我们终于实现了我们进点时的誓言，做到了"当年建点，当年开荒，当年打粮，当年盈利。"我们开荒营不但在浓江河畔站住了脚，还当年开荒 74 000 亩，超额完成了师团党委交给的任务，为 27 团农业大干快上做出了贡献。1971 年 12 月，6 师 27 团党委批准我为中共正式党员，那年我 18 岁。

回忆起那段经历，我深深体会到，当年一个十七八岁的女孩子，在北大荒的艰苦岁月里，能够加入党组织，并能为党做一定的工作。这都是在党的旗帜指引下各级党组织培养教育的结果，使我的思想觉悟不断提高。

开荒营远离团部，一年难得看到一次电影，只记得看过《红色娘子军》《奇袭白虎团》。我们到团部看过宣传队演出的《沙家浜》，由北京知青张蕴华饰沙奶奶，演得惟妙惟肖。

北大荒的蚊子、小咬漫天遍野，我们无法上厕所。一次，为了驱散蚊虫，我点了一把火，结果把营区外的女厕所烧着了，烧得只剩下几根插地的柞木杆。

三、41 连建点工作随笔

以前自己总认为，青年不好摆弄，干部不好当，布置什么工作你要不扯着耳朵告诉他们的话，可能就一个耳朵进一个耳朵出了。因此在工作作风上我喜欢大嗓门儿、讲大道理，像老太太一件事总要重复几遍，磨叨起来没完。群众说我啰唆，把他们当阿斗了。

来到新建点后，事实教育了我。刚一到新建点，战友们也没奉谁的命令，下车后就主动收拾帐篷，烧炉子，干劲非常高，自己很受教育。以后同志们在工作中，个个都非常主动，白天干了一天，晚上仍坚持打夜班，第二天坚持上班。打草时人人扛一大捆，个个争先恐后往前赶。

前几天到林子里伐木，在路远雪深的情况下，连里的老同志以身作则，处处争挑重担，给同志们树立了榜样。共产党员王坤祥为了排里工作，眼睛被雪打的什么都看不见了，还坚持领着同志们干。现在认识到，工作不依靠群众就是瞎忙。

> 刘克新　哈尔滨知青，1953 年生。1969 年 9 月由哈尔滨下乡到 6 师 27 团工程连，1971 年调开荒营 41 连副连长、37 连副指导员，1976 年调 25 团，1978 年末返城，在哈尔滨洗染厂工作。退休。

我在 41 连短暂的工作回忆

任宝华

我在开荒营 41 连工作过 8 个月。41 连是 27 团工程连所建。我和大家一起，抢播抢种，水中捞麦，场院翻晒，粮食入囤，种瓜种菜，虽说时间不算长，但给我心中留下的是一段非常美好的回忆。我留存的工作日记，是陪伴我多年的朋友，上面记着他、她们的名字和特长：

京腔浓郁的六班长刘秀娟，漂亮含蓄的赵以娟、徐道生（统计）、刘道宗、杜培英、于炳文、邵海敏（上士）、唐聪萍（假小子），聪敏的刘云萍，豪爽的韩秀玉、姜焕顺（后调 37 连卫生员）、王青山、范秀

荣、滕兰宾、李兰英，老排长王坤祥，陈其堂、李春玲都是建点元老。连长刘克新，指导员陈长宪。

女排长潘梅香，高挑靓丽的上海姑娘，从果园来，不声不响的王福艳、邱喜云，农业技术高手刘宝福，工程四连的老战友牛淑英、葛新英、荣云霞、吴云珍、周铁荣、陆长云、李春艳、冯艳芳，湖南口音的木工小罗。

老水利队机务排长姜发三到连队任副连长……

机务厉彦会、高连生、张大权、齐德江、赵洪星，傅和林（统计）……

后来的副连长王杰牛，副指导员杨玉琴……

一师调来精兵强将，加强和充实开荒营，哈尔滨、佳木斯，更年轻的新鲜血液源源不断地输入连队，耕种面积不断扩大，机械化生产水平大幅度提高，经过调整、充实，连队不断壮大，人才辈出。

如今在朋友圈里，当年的刘云萍没变，真诚，真实，情感丰富，接地气，是她费尽周折找到周铁荣夫妇。每当她们谈起蹉跎岁月，感慨多多，往事记得真真切切，早上辫子被冻住啦，晚上要带棉帽子睡觉啦，老母猪下崽和她们同住一屋啦，酸楚往事，记忆犹新，侃侃笑谈。

那时每到晚上，姑娘们嚷嚷着要排长唱歌，小潘就展开女高音的嗓门唱段北京的金山上，京津活跃的女友还会来段样板戏，根本不知道什么叫累，晚上煤油灯下夜读毛主席著作。

当年打粮的口号实现了，康拜因的龙口源源不断地吐出粮食，丰收的喜悦映在战士们稚嫩可爱的脸上。人工翻晒麦子，用牙咬来测定麦子的干湿度，交公粮灌袋、入囤等累活都是人工完成。刘宝福认真地将席子围成粮囤，同时架起一层半楼房高的跳板，厚木板用巴锔子钉牢，我带头尝试了扛120多斤的大麻袋包，经过二三条大木板，将麻袋粮食倒入囤里。大家鱼贯而上，后来很多女同志都超越了这个数字，现在回想起来觉得不可思议。

我有一张泛黄的和41连部分战友的合影，憨厚可敬的王坤祥排长，笑眯眯的老李，黝黑的仲崇华指导员、段洪福、李志富，以及从团部警卫班调到41连的刘铁林、郭建军、强国庆，太多的人和事，无法用笔一一表达。

可惜王杰牛、李春玲、强国庆、冯艳芳、李延明，不少战友已过早地离开了我们，真是岁月无情。

1998年，我和匡伯成副团长、潘梅香排长一行回农场参加场庆，途经哈尔滨时与阔别27年的战友高志强、付清、王青山、刘云萍、姜焕顺、张立华、王秀娣，以及五连邓晓梅等众多战友相聚。战友们彻夜长谈，我兴奋到血压升高。先遣部队所担负的盖房打井修水利、春耕大会战的往事仿佛就在眼前，当年建点、当年开荒、当年打粮的口号声和战友们劳作归来的歌声就在耳畔回响。这一切仿佛都是刚刚发生。

今天的人们看来我们，像是在讲事故，可那是46年前发生在我们这代人身边的真人实事，谁知拓荒人在荒原深处的甜酸苦辣？只有我们这些开荒营的将士才深知其中的五味杂陈！

任宝华 上海知青，1968 年 8 月从上海下乡到黑龙江兵团 6 师 27 团工程 4 连，1971 年 2 月到开荒营 47 连、41 连副连长。1972 年后到铁道部七零一厂，1979 年调回上海，在上海铁路分局办公室工作。退休。

41 连邵海敏、韩秀玉、冯艳芳、李春艳

我与 66 号车的故事

高连生

1970 年 5 月 20 日凌晨，载着一千多名天津知青的江轮缓缓停靠在黑龙江边勤得利港的码头上，从此我们就成为黑龙江生产建设兵团 6 师 27 团一名兵团战士，我被分配到 3 营 10 连。

来到北大荒的第二个冬天，我所在的 10 连从福利屯接来一台东方红-75 链轨拖拉机新车。连里把我从一台破旧的东方红-54 拖拉机上调到了这台新车上，这就是后来伴随我几年的 66 号机车。

当时，66 号车组的人员配置：车长吕兴义（1966 年 3 月转业兵），驾驶员高连生（天津知青），周平（哈尔滨知青），李荣康（北京知青）。当年我 19 岁，我开上了新车特别兴奋，幻想着驾驶着崭新的红色的拖拉机奔驰在绿色的田野上，好兴奋啊！在车长吕兴义的带领下我们精心地开着拖拉机大约一个多月才完成了新车的磨合。

一、调入开荒营

1972 年 3 月已是残冬，但北大荒还没有一丝春意。有一天，我们 66 号车组接到团部一纸调令，将机车和车组人员调入开荒营。当年我年轻气盛，什么也没多想便和车组人员将行李绑在驾驶楼顶上，开车直奔开荒营 41 连。

茫茫的雪原上，孤零零地立着几栋草房，四周野草丛生，这就是我们的 41 连。这里晚上没有电灯，照明只有用柴油点燃的油瓶灯，喝水还真有一口水井，后来才知道这是第一批进点的战友们刚刚打出来的，真得感谢首批进点的战友啊！记得有几次去食堂打饭，拿到手的馒头粘手，随手一甩到墙上愣是跟煤饼一样粘在墙上。朋友，你们吃过这样的馒头吗？这时才想起在 10 连时大家教训人的一句话：不好好干，把你调开荒营去。可我们不是不好好干，我们是连里刚磨合好的新车，连里的宝贝。但团里调的就是新车，全力以赴支援开荒营的开荒。就这样我们开进了这沉睡千年的荒原，加入了这场艰苦的开荒大战。

二、开荒

1972 年 5 月，播种期结束了。我们这群"油耗子"班的拖拉机手便奔向那从未开垦过的亘古荒原，进行开荒大会战，那时的口号是"当年开荒，当年打粮。"我们默念的口号是"苦不苦，想想红军两万五，累不累，想想革命老前辈。"在茫茫原野上开荒，我们白手起家，一顶破帐篷一立就成了我们住的窝。

千古荒原，全是塔头墩子，当大犁落下去后犁刀要竖着切透草皮层，犁铲切断草根，通过犁臂将切透割开的土草带条，犹如大地上厚厚的地毯一样，一条条地翻扣过来，以露出土壤来，再用缺口重耙，圆盘轻耙将土壤反复耙熟耙透，之后，播下麦种豆种。这就是开荒。

为了多开荒地，大犁不堵就必须保证犁刀犁铲锋利，所以要经常用砂轮磨犁刀犁铲。记得有一次，我背着犁刀犁铲到营部修理所去磨，砂轮的转动有些不平衡，我用力按着磨，一下没按住犁铲刺穿了裤子，切在我大腿上，好大一个口子，鲜血把裤子都染透了。当时是初生牛犊不怕虎，现在想来真是后怕啊。开荒大会战结束，在我们车组全体战友的努力下，66 号车组夺得了一面三角小红旗"开荒先锋车组"，这是我们 66 号车组的荣誉。

三、水与虱子

现今的年轻人肯定没经历过，信不信由你。大开荒期间，人赖以生存的水奇缺，那几十天几乎没洗过脸，没刷过牙，没洗过澡。每天早晨用手巾在草丛上划拉点露水，擦把脸清醒一下就完事了。几十天下来，身上结痂一层，本来我皮肤就黑，这一下弄得像鬼一样。关于喝的水，每天只配给一小铁桶，根本不够喝，我们有时只能喝点我们 66 号车冷却水箱里的水，那油味实在难咽，只能抿一点润润嗓子。这时候只有"想想红军两万五"吧！我们车组周平写的短文《找水喝》就是我们开荒时饮水困难的真实写照。

由于缺水，几十天没洗过澡，一种生物——虱子全面入侵了我的领地，占有了我的肉体，随手往衣服缝里一抓，两三只肥实的虱子就在手中，以致身上奇痒难忍，苦不堪言。这也是我长这么大从未经历过的一次灾难，致使我现在想起来仍心有余悸。

开荒结束后，我跑到 41 连与 37 连之间的马路上点了一把火，把所有的内衣裤全部烧掉，宣判了虱子们的死刑，然后跳到水沟里洗了一个大澡。这澡洗的，现在想起来比天津瀚金佰洗浴中心洗的都美、舒服，久旱逢甘露啊！

四、风雪逃生

冬天来了，北大荒下起漫天大雪，大地一片白茫茫。我们66号车开始进林子拉木头。

记得有一天，我和北京知青王志平去40连东边的林子里去拉木头，装好爬犁往回走，半路上只觉得机车声音异常，排气管子冒白烟，我们赶紧停车检查，发现缸盖颠坏了，水箱冷却水窜入到发动机燃烧室里去了，无奈，只好放水弃车步行回连求援。

那年雪很大，我俩顶着刺骨的寒风，在雪壳上行走，一会儿掉在齐腰深的雪窝中，艰难地走了三个多小时。到离40连还有三公里的时候，我俩已筋疲力尽，找了个背风的雪窝躺下了。又累又冷浑身冻得发麻，脚也冻僵了。天逐渐黑下来温度急剧下降，我意识到再躺下去将永远也起不来了。我喊："王志平……我们接着走啊！""我不走了，我走不动了，我就死在这儿吧！"王志平有气无力地回答。我一听就急了，挣扎着爬起来，冲着王志平又踢又打，又喊又叫，终于把他的情绪调动起来了，我俩咬紧牙关，深一脚浅一脚跌跌撞撞地到了40连的驻地。是40连机务排的战友把我们送回了连队。王志平对这次暴风雪里逃生几十年不忘，几次聚会一见面就说："老黑呀，你当年救过我的命啊！"

五、上学

1974年8月，我和我的66号车又完成了一年的麦收。9月份我被连里推荐回津上学，一纸入学通知书，一张户口准迁证拿在手里，我突然觉得，很多东西是不能割舍的，我要走了，我要离开北大荒了，我的同学我的战友他们还留在那里。我就要离开伴随我在黑土地上吼叫了三年的66号车了，我惭愧，我无法面对他们，我在等待回津的日子里少言寡语，情绪低沉。我目光不敢面对我的战友们。近五年的知青生涯，我对我的第二故乡产生留恋。

走的那天，我的车组战友，同学，张大权、王玉敬和机务排的"油耗子"们，扒着小红车送我，我大哭一场。我只是在心里说："北大荒理解我吗？无论我将来在哪里，我都不会忘记北大荒，不会忘记北大荒人，不会忘记我的66号车。"因为，这里曾是我挥洒血汗的地方。47年过去了，我魂牵梦绕着那片黑土地，那白色的雪原、沃土、热血、青春……北大荒给了我许多许多。往事如烟，酸甜苦辣都尝遍，往昔峥嵘岁月的历史已深深刻在我心间，知青经历是一首诗，是一段情，是一支歌，是永不磨灭的回忆！我终生永记。

附：所有与66号车共同奋斗过的人员名单：转业兵：吕兴义、邵东全，天津知青：高连生、王玉敬、翟洪年、张大权，哈尔滨知青：周平，北京知青：李荣康、齐德江、王志平，农场知青：齐怀全、薛海涛、齐军。

高连生　天津知青，1970年5月20日到黑龙江兵团6师27团10连拖拉机手，1972年3月调入开荒营任66号车驾驶员，1974年10月被选调回到天津上学，1977年毕业后在中国人民解放军第3526工厂工作。退休。

高连生与张大权在地头翻地

我在开荒营 41 连的青春岁月

李普乐

一、向荒原深处前进

我于 1970 年 5 月 16 日从天津去黑龙江生产建设兵团 6 师 27 团，我被分到工程连。由于中苏边境形势紧张摩擦不断，团部从江边迁到了石子河。当时基建任务非常繁重，天天一早起来就是搬砖、挑灰、挖地槽的活。连队经常大会战赶活，一天下来腰酸背痛，拾不起个来，收工以后连晚饭都不想吃就睡了。

当时 27 团团部已搬迁到石了河，工程连就在石子河的山坡上，我调到马号班后就在石子河山脚下公路的对面。因工程连是基建单位，从大食堂、宿舍到厕所都是砖结构，连里开大会或到食堂吃饭，我们步行上山十分钟左右就能到，各方面条件相对不错。

虽说当时形势紧张，但是我们师团党委仍按计划一边积极备战，一边抽调人员组建开荒营，准备开发三江平原腹地，落实党中央毛主席"备战、备荒、为人民"的指示。

记得 1971 年年初的一天下午，马号班长通知我们到连部开大会，会上连长王运德宣布了我们连调入开荒营的人员名单，其中念到我的名字。散会后我回到马号班开始整理行装，第二天一大早团里派汽车来接我们，班长和战友们帮我把箱子、行李装上车，大家互相挥手告别。从那天开始，我们就开始承担起开荒建点的重任。

汽车向西沿公路到6连转向正南方向,拖拉机牵引着爬犁在前面开道,爬犁上的一面竖起"向荒原进军"的红旗在寒风中飘扬,远远地就能看到那格外抢眼的旗帜。拖拉机在白雪茫茫的荒原上,艰难地在前车轧的两条车辙上行走着,未开垦的处女地上沼泽、塔头、草甸子随处可见。据老垦荒人讲:1958年他们也曾到过这里开荒,由于到处是沼泽和草甸子(下面就像大酱缸),因当时条件差无法修路和解决排水,所以又从荒原撤出来等待开发的机会。10多年过去了,我们这些从各大城市来的知青——兵团战士,在老垦荒领导的率领下又开进了亘古荒原,要完成了前人没有完成的任务,要在北大荒腹地开荒建点、创造奇迹。

二、41连艰苦的建点经历

汽车开到荒原后就更不好走了,走走停停也不知开出了多远,我们终于与先遣队的战友们会合。映入眼帘的除了一望无际的荒原外,就是面前的三顶帐篷,这就是我们的新建点——开荒营41连的位置,今后我们就要在这里白手起家、开荒建点、艰苦创业。

荒原上生存条件相当恶劣,一切都要我们垦荒战士从头开始。没有房子,我们搭起帐篷用来抵御严寒遮风挡雨。没有在帐篷住过的人不会知道,冬季帐篷里是冰火两重天,尤其是在高寒的荒原上无遮无挡,所以大通铺都搭近1米高,柴火烧的旺时在铺上可穿背心,而铺下面仍旧是地冻天寒。脱下的棉鞋放在地上,第二天穿时都和地冻在一起拿不下来,要是半夜火灭了,那整个帐篷就成了一个大冰窖,不戴帽子睡耳朵都冻得生疼。到了夏天无尽的烦恼也接踵而至,帐篷里被毒辣的太阳晒成大蒸笼,尤其是机务上夜班的同志,白天在帐篷里难以入睡。赶上连绵阴雨天,帐篷泡透了还到处漏雨。要是再遭遇狂风暴雨那就惨了,帐篷顶被掀了,荒原地势低,帐篷里全是水,脸盆和鞋子等物品漂得到处都是,大家无奈地在水中寻找自己的东西。

夏天一起床,成群的小咬就开始袭击我们。白天骄阳下,成群的大瞎虻就在头顶横冲直撞,要是被叮上,伤口就是一个眼,顺着眼流血。荒原上的蚊子多得让人受不了,铺天盖地随时攻击着我们,夜晚大家都钻到蚊帐里用手电筒查看是否有漏网的蚊子进来,不消灭掉它难以入睡,蚊帐外面蚊子声像是飞机的引擎嗡嗡作响。开荒的拖拉机手和打草的农工班战友们都要戴上蚊帽,穿雨鞋(蚊子咬不着脚),还要带上棉袄(夜里很凉)。人们都说东北有三宝:人参、鹿茸和紫貂,可是我们垦荒战士离不开的三件宝是:雨鞋、蚊帐、破棉袄,这才是我们在荒原上生存的"三宝"。荒原的苍蝇更了不得,食堂的馒头筐箩上常落满黑乎乎的一层苍蝇,一挥手成群的苍蝇"轰"的一声飞走了,才露出下面的盖馒头屉布来,有时馒头里面还经常吃出苍蝇来,大伙戏称这是"带馅的"馒头。这里的苍蝇还会咬人,咬得人很疼。

刚进点没有水井,我们就砸冰化雪。建点初期每天都有干不完的活,恨不得明天就能摆脱眼前的困境。活又脏又累,大家就在露天的地方烧点热水均着一人半盆,用这半盆热水从头洗到脚,最后变成半盆泥汤。卫生条件差,让战友们身上都长了虱子,当时能有盆开水把身上洗净几乎就是奢望。后来营部先打了井,我们食堂用水和战友们的生活用水都到营部去挑,虽说远点,但解决了连队用水的危机。营部离我们41连只有二百来米,我们也沾了营部的光,要是在偏远连队困难就更大了。

面对荒原,再大的困难也要自己解决,再苦再累也要承受。尤其是我们这些从大城市刚加入兵团一年十七八岁的热血青年，必须接受大自然的严酷考验。面对恶劣的生存环境，全连没有一个退缩的，"迎着困难上、踏着苦字走，不向上级来伸手"是我们进点的口号，"当年建点、当年开荒、当年打粮做贡献"是我们的誓言，想想红军过雪山草地的艰难，眼前的困难算什么。我们全连干部战士的决心是，发扬珍宝岛战友们一不怕苦、二不怕死的战斗精神，坚决打赢开荒建点的攻坚战，让千古荒原在我们手中变成沃野良田，胜利完成师团党委交给的任务。

开荒营各个连队几乎都是知青战士，有朝气有干劲，但在荒原上生存的经验不足，各连的几位老垦荒老战友就是我们最好的师傅。为早日告别冬冷夏热的帐篷，老战友王坤祥、李春玲、陈其堂给我们这些年轻的战士传授经验，教我们在没有砖瓦材料的条件下如何盖房子，如何因地制宜挖掘现有材料把房建起来。我们是边学边干，老垦荒战友给我们讲在荒原生存，如何搭简陋住房"窝棚"，如何就地取材把大犁翻过的草筏子切成块儿垒墙盖房：用荒原卜的小树干有序钉在地上，然后用高草沾满泥缠绕在木棍上，干了后再抹上泥，这种盖房方法叫"拉合辫"；还有用泥土混上草的扠墙、干打垒、脱土坯等多种盖房子方法，就连房顶如何苫草等技艺都教给了我们。我们是边学边干，根据不同条件选择不同的盖房方法，经过一夏起早贪黑的努力，盖起了男女宿舍、食堂和急需的配套用房，告别了昏暗的帐篷，搬进了我们亲手建造的马架新房，大家可高兴了。当时男宿舍房后是一片萝卜地，那年长的特别好，倍儿甜，我们几个人提个水桶冒雨拔了多半桶的青萝卜回来，大伙有说有笑地吃着大萝卜，也算是庆贺我们乔迁之喜了。

记得刚搬进新宿舍后，没搭火炕还住过一段时间的上下铺呢。临近入冬天，我们又在宿舍盘了火炕，中间搭了火墙既取暖又排烟。从那以后大家每天轮流值班劈桦子抱柴草，把火炕烧得热乎乎的。

当时的政治口号是：农业学大寨，先治坡后治窝。而我们开荒营领导要求是"坡"和"窝"要一块治，开荒、建设两不误，大干快上，不但当年要向国家交粮做贡献，还要盈利。这时的41连已经基本站住了脚，为完成当年打粮的誓言，机务人员没日没夜地在开荒、耙地、播种，农工班排抓紧修建晒麦场和连队的其他设施，全连官兵真是拼命了。

新苫的草房宿舍

由于 41 连定点选址时不太理想，地势较低，一下雨就存水，雨大了还往马架子房里倒灌，一年后，连里又重新选址迁到马路对面较高点的位置重建 41 连。这时上级又批给我们一些盖房的红砖，由于各老连队调入人员的增加，连里决定先盖战士宿舍和食堂，全连士气大振。连里又给我们农工排布置新任务，还是那句话：不等不靠，有条件要上，没有条件创造条件也要上，要求每人每天脱 200 块土坯，每人发了一个脱坯模子，新来的不会干就让老战友手把手教。脱土坯是累活，蹲的时间长了一起身眼前就发黑，一天下来累得腰酸背疼，两腿蹲木了，一站起来两条腿像灌了铅似的一步都迈不动。战友们咬着牙忍着，直到每天200 块坯的任务超额完成为止。经过全连一年的艰苦奋斗，我们完成开荒播种的任务，基本建设也超额完成，连队的面貌焕然一新。

41 连建点后一直没打井，可能是因为离营部近有依赖性，食堂用水用牛车拉，战友们自己用就到营部的井去挑。搬入新房后，当务之急是在 41 连新址打一口井。说干就干，由王坤祥、李春玲、张景国、刘风林、张思忠和我六个人在木工罗贵华和李喜忠配合下开始打井，挖了小一个月后井底突然喷涌出大量的水，真巧井打在泉眼上了。我先在井下捧着喝了几口清凉甘甜的泉水。大家心里甭提多高兴啦，从此 41 连结束了到营部打水的历史。

井打成了，解决了全连的用水难题，战友们的卫生条件也得到很大的改善，最起码也不会像进点时半盆水洗成泥汤了。连里又在井边不远处添置了一个小茶炉烧开水，还盘了一个大锅台为战士们烧热水洗脸用。回忆到这时，我就会想起当年为我们烧了好几年开水的战友刘保堂。那年从 1 师调来 6 个人，刘保堂是其中的一个，哈尔滨下乡知青，他为人忠厚老实，不太注重个人卫生，外表脏兮兮，说话不太利落，看上去傻乎乎，其实他一点也不傻，私下战友们都叫他"傻保堂"，连里就把烧茶炉的任务交给了他。他自从干上这项工作，一直是任劳任怨、兢兢业业，冬天北大荒的天气特别冷，气温达到零下二三十度，井台上的冰结得老厚，一不小心就容易出危险。他不管刮风下雨还是风雪严冬，从没有耽误战友们用水，有时战友们看他真不容易，就帮他打几桶水，刨刨井台上的冰。

1977 年冬天，一部分战友回家探亲，一部分进林子伐木，我和保堂合住在一个炕上，到 1978 年 12 月底，我从机务学习班考试回来后就没见到他，听说调别的连去了。时隔 40 多年了，听战友们说他已故多年。愿他一路走好，我的战友。

三、在农工班、排的日子

没有经历过开荒建点的人体会不到荒原生存的艰苦。农工班从作为先遣队踏进荒原深处的那一天起，就是逢山开路、遇水架桥的突击队，除了没有亲手开着拖拉机开荒外，几乎连里所有的工作都由农工班来完成，只要接到任务农工班就向尖刀冲在前面。

在新建的 41 连，农工班排的工作非常繁杂，几乎包罗万象。建点盖房，开荒，春播，夏收，秋收。都说北大荒冬天是半年闲，但在我们兵团尤其是我们开荒营，连一天也闲不下来，忙得团团转。冬天我们要修水利搞农田基本建设，在天寒地冻气温近零下二三十度的荒原上挖排水渠，用原始的十字镐和铁锹在 30 厘米坚硬如铁的冻土层上挖沟。一部分农工战士去打石头、伐木、拉沙子为来年基建准备物资。这些战友要在深山老林的窝棚里度过冬天，直到春节前才能返回连队。春节一过就立刻准备春播大会战。一到大会战就是没日没夜，一年也不知道要有多少次大会战。

我们多数知青都一直在农工岗位上工作，是连队的中坚力量。荒原艰苦的生存环境让我们的意志更坚强，艰难的建点工作让我们每个人都学到丰富的野外生存经验。我们承担着屯垦戍边的重任，我们要发扬"一不怕苦，二不怕死"的革命精神，抓紧时间努力拼搏，用超常的付出争取早日把荒原开垦成万顷良田。

（一）播下希望的种子

春播是各连队实打实的一场硬仗，每年春播都要搞大会战。机务排是春播的主力军，要保证农机具的完好率和使用率，全连各路人马同时上阵协调配合。播种前，农业技术员要先计算好种子和化肥的用量，农工班负责装种子，拌化肥农药，然后将拌好的种子、化肥用小红车运到地头准备播种。食堂等后勤保障也要全部到位。

当时的播种机是采用三联连接的，有11米宽，由一个三角形连接器连接到牵引拖拉机上，倒三角排列为前二后一。每台播种机由种子箱、肥料箱、播种器及轮子组成，设有踏板站人。通常每联播种机由两人操纵，人手紧缺时一个人操纵就得紧忙乎。播种器的起降抬杆由人工控制，播种器落下时，两只呈锐角对接的圆盘在地面上划出一道槽，种子和肥料沿专用软管流下，落入槽中。播种器抬起时，圆盘抬起，种子和肥料停止流出。播种机手与驾驶员之间的联系，是由一根长绳连接在拖拉机的排气管口，装上一个哨子，遇到种子化肥不足等情况时拉绳鸣笛示意停车。

站在播种机上的人每人拿着一根小棍，经常要扒拉种子箱或肥料箱，防止齿轮被卡住，时而敲打软管确保种子顺畅流出。站播种机只能用一只手干活，另一只手要抓住播种机拉手防止摔下。播种的中途不能停顿，停顿以后，软管中的所有种子就会堆在一起。春播的时间很紧迫，有时到地头加装种子肥料，机车只减速不停车，大家就一手拎一袋种子化肥飞跑着加装。

站播种机是又脏又累的活，拖拉机链轨和播种机带起的尘土扑面而来，都刮在播种手的身上，通常播种手都找件旧外衣蒙在头上，两只袖子在脖子和嘴处一系，再戴上风镜预防迷眼。一天下来，除了眼珠和牙齿外，脸上身上沾的灰土有硬币厚。规定中午饭必须在地里换班吃，他们根本顾不上洗，也没那条件，跳下车赶忙用筷子插上个馒头，露出白牙大口地吃着，等车返回来就又跳上车工作了。

数周之后，看着笔直整齐的嫩绿色麦田覆盖了黑土地，战士们心中充满了自豪。

（二）战天斗地，龙口夺粮

在那艰苦的年代，虽然开荒不少，但农业的基础设施很差，耕地的排涝问题很突出，基本是靠天吃饭。老天爷笑脸就是个丰收年，要是变脸就是我们的灾难。

1972年冬，北大荒下了少见的大雪，春天雨雪又接连不断，给春播带来极大困难。全团官兵就像打仗一样在泥里水里不分昼夜地干，争分夺秒抢播小麦和大豆，直到6月初才算播种完。由于春麦生长周期太短，到了收获的季节小麦颗粒不饱满影响收成，只能拖延到8月下旬进行收割。

可是到了该收获的时候，老天连续不断地下雨，天像被捅破了似的没完没了地下，已经成熟的麦子开始成片倒伏，麦田的地已被雨水泡透成了烂泥塘。收割机无法下地收割，勉强开进麦地收割的康拜因经常误在地里出不来，有时要用二三台拖拉机去牵引着走，机务排的战友们给拖拉机履带装上了加宽木板也没能奏效。眼看着要到手的粮食收不回来，大家真是心急如焚。我们连灾情还轻，受灾最严重要属 37 连了，由于麦田地势低洼全泡在雨水里，一片汪洋，惨不忍睹。

为了减少自然灾害带来的损失，营领导及时召开了紧急动员大会，调集营部全体人员和灾害轻的连队人员都得去地里人工抢收小麦，用人海战术搞人工收割大会战。在困难面前开荒营的战士从不畏惧，我们做好一切准备，再苦再难也要在老天的龙口把粮食夺回来。

开荒营的麦田大得一眼望不到边，上千人大会战往往要干好几天才能完成。荒原的黑土层深，站在泥水中两腿向前移动都非常吃力，低洼的地方水都快没膝了，大家在泥水里把割下的麦子捆成麦捆儿，背到一个地势高的地方码垛，一直割到中午汽车送饭来了，才停下吃饭。满地泥水，没地方可坐，连歇会儿的时间都没有，吃完饭就接着干，就这样在水中弯腰站着干一天活。有的实在坚持不住了，不管不顾一屁股坐到泥水上喘口气，再站起身来继续割小麦。这很危险，闹不好可能就会落下一身病。成群的蚊子、小咬袭击着我们，也没空去打，有的受伤了包扎一下仍不下火线。

记得我们连里的战友刘玉喜，个头不高，患有腰腿病，在没过膝盖的泥水里割麦子，始终坚持没叫一声苦！个别体力弱的女孩子都是跪在泥里往前割。这一干就是好几天，战友们拖着极度疲惫的身体咬牙坚持着，拿着磨得锋利的镰刀继续艰难地在水中奋战。我连的老战士 1959 年支边的王坤祥和李春玲还把大钐刀带到了麦地里，这种刀是专门用来打草的，麦子在他们手里飞舞洒脱的钐刀下一片一片倒下，大家都想来一试身手，事实不是想象的那么容易，没使过钐刀的人攥在手里根本就不听使唤。老天真是折磨人，一会儿晴，一会儿大雨淋漓，大家被浇的跟落汤鸡一样，祈盼着老天爷千万别再下了，我们累得真快坚持不住了。就这样连轴转了三天，夺粮大会战有了一定进展，营里派车把我们接回连队休整。大会战一直延续了十来天，总算从龙口中夺回了大部分的粮食，胜利完成了这次难忘的麦收。这是我遇到的最艰难的一次人工麦收会战，现在回忆起来自己都很难想象，当时战友们个个累成那样是怎么坚持过来的。

虽说粮食是收回来了，但是被水泡过的小麦就不能上交国家，我们把质量好的粮食选出来上交国家，受灾的不好的麦子留下自己吃。被水泡过的麦子磨出的面是又黑又黏，馒头都发不起来，这又黑又黏的馒头，我们足足吃了一年。

（三）金秋的豆收

秋天到了，大豆摇铃成熟了，该收割了。秋收主要是大豆，连里的地块都很大，一眼望不到边，从地的这头到地的那头有好几里地。我们新建的连生地较多，有的地是当年开荒耙地后就种上了，地块不成型高低不平，这样的地不适合机械收割，只能人工割完攒成堆后再拣拾脱粒。再有当时连里没有自动收割机，只有拖拉机牵引的半自动康拜因，收割之前农工班要先给机车打出一条堑道，拖拉机才好牵引康拜因从堑道进地收割。农工班五个人为一组，通常都由一名快手充当趟子手，每人一条垅，从天一亮就开镰，由于地块太长，割到吃午饭时才完成一半，下午累了速度也就慢下来，快

手干到头后再返回来帮忙才算完成了打堼任务。北大荒冬天来得早，十月初就要下雪，如果碰上雪大泥泞，联合收割机收割大豆就容易粘泥点，俗称花脸豆，不能上交国库。为了提高等级质量只能采取人工收割。

"割大豆、往前跑"。因大豆垅宽，比割麦子快多了。但是干了的豆秸扎手，连里发的手套用不了多久就磨破了，一天下来几个手指肚都扎得不敢摸东西，第二天用橡皮膏把手指粘上继续干。大豆长的比小麦低，并且好的豆夹都在下面，为保证收割质量必须低头弯腰尽量贴地割，就像我这一米八多的大个，腰弯的跟煮熟的大虾似的，累得连腰都直不起来，腰酸背痛也得干，否则越拉越远就再难追上了。真就应了老荒友的一句话：不怕慢，就怕站，一站就是两亩半。要是豆收赶上雨夹雪，那可就倒大霉了，温度降到零度以下，大家穿上冬季的衣服，腿上打好绑腿，用脚趄开积雪割大豆，一天下来半截棉裤和棉鞋都湿透了，第二天一早还得穿上半干不干的鞋和棉裤继续干。割完的大豆被堆成一个个大垛，等上冻后康拜因闲下来时再脱粒。

三九天，拾禾脱粒工作开始了，荒原上一点挡风的地方都没有，我们的穿戴就是普通的棉袄棉裤和皮帽，为了抵御严寒，大家干活时都在腰间扎上一根绳子。机车把康拜因牵引到位后，我们先用二齿镐把豆垛上厚厚的积雪扒开，然后再用铁叉把豆秆挑进康拜因滚筒去完成脱粒。康拜因跟随我们的引导满负荷运转，我们用叉子不停地往滚筒里喂送，有时候滚筒喂多了或不小心叉子头掉了就会把滚筒憋住，还得停车人工去掏。这活挺危险还出过伤人事故。休息等待时也不好受，干活时头上身上都是汗，一歇下来可真叫冷，呼呼的北风卷着雪粒，把身上的棉衣都打透了，冻的上牙打下牙。男同志躲在机车后跺着脚抽烟，女同志则相互有节奏地踢着脚，像跳踢踏舞一样驱赶脚下的风寒。实在太冷了就点上一堆脱完的豆秸取暖，大家在火堆边围成一大圈有说有笑，真是"火烤胸前暖，风吹背后寒"。就这样我们这些年轻战士还要找点乐事开心——抓老鼠。老鼠是我们深恶痛绝的害虫，咬坏我们的箱子、衣物、书本等，无恶不作，当我们扒开豆垛时，这些偷食大豆的可恶老鼠被吓的到处乱窜，胆小的女战士看到会惊慌地尖叫，这时男同胞就要在机车大灯的照耀下上演一出"英雄救美"的戏，用叉子叉、戴着棉手套用手抓，被活捉的老鼠就要受刑了。我们把老鼠的长尾巴拉直，往康拜因后面的横铁杠上一贴吐口吐沫，一瞬间就冻住了，一排老鼠头朝下随着作业的机车摇摆着，一会儿就冻僵了。

脱粒达到高潮时，连里也会组织大会战，班排分成几个组大班作业，铁叉挥舞轮番上阵，夜幕下热火朝天的劳动场面，使人忘却了黑夜，机车轰鸣声响彻夜空，每个人的身上脸上都沾上了满满的灰尘和豆屑，分不清谁是谁，累了就蹲在地上喘息一会儿。交接班赶上离连队远的地号，来回光走路就得半个多小时。虽然条件艰苦，工作繁重，战友们还是非常乐观，没有一个叫苦退却，直到圆满地完成了任务。

（四）欢笑的晒场

麦收时的晒场一片繁忙，接粮的汽车在地里穿梭奔跑，把粮食运到场院。晒场上农工班的战友早做好了接粮的准备，车一到就立刻卸车、摊晒、翻场、扬场、装袋、入囤，一道道工序有条不紊地进行，金灿灿的粮食堆积如山。场院上的战士们紧张忙碌地工作着，每个人的脸上都洋溢着喜悦的笑容。我们一年辛勤的付出，不就是为了今天的大丰收吗！

虽然我们欢声笑语，迎接收获，但一刻也不敢掉以轻心。夏天多雨，场院摊晒的几十吨粮食时刻揪着大家的心，连里每天要听天气预报，晒场主任要结合实际天气变化提前敲钟报警。钟声就是命令，只要一听到钟响，全连男女老少就会立刻放下手里的工作跑向晒麦场。这时场院就成了战场，大家利用所有的工具快速把小麦堆起来，用苫布或草帘子苫好，等天晴了再摊开。

麦子经过晒干扬完场后，选好的粮装入印有"中粮"的标准麻袋，准备上交国家粮库，留的种子就要入囤了。由于连队人员少，天好入大囤的时候，营里都会组织机关和非农业连队人员前来支援。吃完晚饭各部门的人员就集体来到晒场，有的装袋，有的扛麻袋上跳入囤，体能弱的能抗100斤，体壮的装150斤，大家你追我赶。等到粮囤装到四米多高，跳板搭到三层时，入囤的近百号人还要掀起一个小高潮，小伙子们要展示一下自己的力量和胆识，看谁敢把麻袋装满（200斤左右）扛着上三级跳板，体壮力大的扛着麻袋在颤颤巍巍的跳板走到头很威风，要是碰上几位不服的巾帼英雄上去砸"擂台"，也会让小伙子们大煞风景。

场院工作繁忙也很累，但每个战士都感到高兴和自豪。是呵，当看着运粮的汽车排成长龙向国家交粮时，我们怎能不高兴自豪呢！因为这是垦荒战士一年艰苦奋斗的收获，这是我们亲手开垦的土地上打的粮，车上的每一粒粮食都饱含着垦荒战士的青春和汗水，饱含着兵团屯垦戍边官兵献给党和国家赤诚的心。

四、在机务排的日日夜夜

我在工程连时是力工，搬砖、和灰，还在马号放过牛。调入开荒营后在农工排，农工所有的工作我都干过。看着机务排的战友们驾驶着拖拉机在一望无际的田野上奔跑，心里非常羡慕，希望有一天我也能像他们一样开上拖拉机，为开荒营的发展建设做出贡献。正好赶上机务排扩编调整，如我所愿，我被调到机务排当上了拖拉机驾驶助手。说实在的我真的很高兴，从那一刻起我就下决心要干出个样来，否则，真的连自己都对不起。等真的开上了拖拉机发现也有不如意的地方，除了经常要上夜班，另外保养车也是一件又脏又累的活，所有穿过的衣服没有一件不带油的。但是我从心里喜欢这项工作，我又能学到一门新技术。

（一）我的车长——王自忠

我被分在了136号车，车长是王自忠，上海知青，络腮胡，中等个子。我们车长工作麻利，性格开朗爽快，不拘小节，就是有时脾气不太好。不过我本人性格内向不爱说，他从来也没对我大声叫喊过。

我刚上车不久就赶上机车检修，车长给我们详细讲解了拖拉机内燃机、变速箱、后桥、行走部分的工作原理，以及大犁、各种轻重耙、播种机、收割机等一系列农机具的使用方法和工作原理，这些我都是仔细地听讲并认真做了笔记，以致在后来的实际操作中受益。检修结束后，他安排我检查油底壳及各加油口是否缺油，给机车打完黄油后把车擦干净，水箱加满水，再带上一个用雪花铁自制的扁油桶形的一壶水，供我们一天喝水、洗手和给车加水用。检查完毕就跟车长出车了，我坐在旁边观察着他是如何驾驶机车的。车长平时话不多，他会把自己所积累的工作经验及需要注意的问题毫不保留地传授给我，使我很快就掌握了如何发动车辆，如何安全操作。我第一次开车耙地，他就给我仔细地讲了一遍重耙与轻耙的用途与调节方法。耙地时要先在地号打一条直堑，耙过后的湿土翻上后颜色稍深，形成一条颜色较深的长带。到了地头以后右转调头直行，让轻耙的右边紧贴着深色长带的边沿，重合部分要求不超过两个耙片。这对于刚上车的我来说可不是一件容易的事情，耙地时要求机车尽量跑直线，拖拉机前进的曲直完全靠驾驶员目测和经验。因为每个弯都会在下次过来时被迫随着拐，多次之后弧度会越来越大，最后就会出现为取直线而甩掉一小块地耙不到。如果碰到干旱天气或者打夜班，耙过地的颜色不很明显看不清右边的痕迹，弄得不好还会偏离正确的方向，俗称跑堑。耙到地头时，调头拐灯泡弯更需要技巧，有一次我走了神机车拐弯晚了，把轻耙拉到了地边的树丛里，多亏拉的是单组轻耙，如果拉的是组合耙，那才是进退两难。拉组合耙倒车几乎是不可能的。我通过勤学苦练，认真钻研，有不懂的地方就请教车长和老师傅，开车作业的技术提高很快，车长也很满意，敢放手让我单独驾车执行任务了。

记得我第一次播种是在离连部最近的地块。地头插着出发的标志旗，车长驾驶着136号机车拉着11米宽的播种机调整机位后停在地头，大家在播种箱里装满种子和肥料，这时车长给我着重讲了播种时要注意的事项，就对我说："你自己开车播种吧。"当时我心里是又高兴又没底，我跟王师傅学开车后，驾驶拖拉机播种毕竟是第一次，播种的工序不算复杂，技术要求是平稳匀速，走直线，只是担心中途出现突发情况。我说："师傅，你还是跟着点吧，我要播不好等麦苗长出来一看，歪歪扭扭跟画龙似的，不说别人笑话，就咱机务上这些兄弟，还不天天拿我打镲玩（津腔）。"车长鼓励我说："别怕，什么事都有第一次，你开车稳，动作规范，我相信你没问题的。"师傅的话不多，很真诚，也是对我的信任。我跳上车加大油门，满负荷的机车牵引着10多米宽的播种机开始播种，亲自播下希望的种子。

（二）麦收大会战

每年的七八月正是小麦成熟的季节。农谚讲：棒打旁节麦打齐。一望无际整齐的麦田抽穗饱满，被微风吹起一层层金色麦浪，一看就知道又是一个丰收年。

开镰前连里每年必须举办一场隆重的誓师大会和大会餐，比过节还热闹。上午指导员宣布麦收大会战开始并作战前总动员，接着由连长布置具体任务，往下就是从连支部开始表决心，各班排代表宣读决心书以及相互的挑战书和应战书。血气方刚的豪言壮语响彻会场，真有要上战场准备决战的气魄。会后就是后勤炊事班精心准备的大会餐，一年难得的几次美食机会，战友们大口吃肉，喝着自己团里酿造的纯粮烈性白酒，大家开怀畅饮，相互叫板，我们这些20岁左右的青年还真有杨子荣"甘洒热血写春秋"的劲。第二天早上都不用叫，各班排已早早起床全力以赴投入抢收小麦的战斗中。

车长和我驾驶拖拉机牵引着无动力行走的老旧收割机，收割机由曲殿臣、赵福安二人操作，北京知青韩树明、王宝成二人驾驶的东风自动收割机已经给我们打好堑道，我们一到就从堑道进地收割。这是我第一次开车收割小麦，心里真是高兴，眼看着四米九的割台把大片的麦穗割倒脱粒送入仓斗，仓斗一满操作手就鸣笛，这时运粮的汽车迅速靠近收割机的龙口接粮。随着车的行进，龙口不断地把金灿灿的麦粒吐在车斗里，车斗装满后汽车立刻离开机车奔向场院卸粮。收割作业如行云流水环环相扣。在大会战的20多天里机车没有故障是不能停车的，只要不下雨、后半夜不下露水，机车就日夜不停地收割，大班作业轮番上阵，人歇马不歇，连长要在一线亲自指挥，机务排长也要开车顶班，机车出故障修理工要随时排除，不能影响麦收的进度。我们开荒营连队多，人员和机械都少，但是耕种的面积非常大，几年间我们开垦了30多万亩荒地，土地面积超过一个团，是种粮大户。麦收期间营部机关都要下连支援麦收，团领导也下到一线指挥督战，从老连队抽调机车和人员支援开荒营，就连我们师长都亲自下令从其他团抽调机车支援我们。这场大会战体现出我们建设兵团的力量，全师一盘棋，一方有困难，八方来支援。

此时开荒营到处是一派繁忙的丰收景象。白天，红色的机车在一望无际的金色麦海中收割，夜晚繁星高照，三江大地的四面是一台台灯火通明的收割机在作业，像一艘艘舰船在大海上航行，运粮的汽车像流星在麦地里穿梭。再看连队的场院，灯火通明，人声鼎沸，农工班的战友们正忙着卸粮、扬场、灌袋。这场麦收会战真叫一个壮观！回想起我们当年进军荒原时的情景，头顶蓝天，脚踏白雪，这里除了荒草一无所有，短短的几年我们就让荒原变成万顷良田。为了这一天我们付出了多少辛苦汗水，我们等的就是这一天。我又想起龙口夺粮那年的苦难，今年老天助我们大丰收，我们就是再苦再累心里也舒坦。

麦收接近尾声，大地号已全收完，边角地号由东风自走式康拜因收尾，拖拉机就开始转入翻地作业。我们的拖拉机真是满负荷，又要24小时不停地把麦茬地翻过来，翻地、耙地工作一直要到秋收前。

别以为会战结束翻地就轻松了，单车拉着大犁在无边的地号转圈非常枯燥，拖拉机又没有消音装置，机车发出的噪音让两个人说话都要大声喊叫才能听到。最可恨的就是蚊子，白天开车还算好点，要是夜班，铺天盖地的蚊子追着车飞。不知谁想出来一个好法子，在驾驶楼里穿出一根绳子系在大犁的升降杆上来控制大犁的起落，人可以不去扶大犁，省的挨咬。要是夜班碰上土黏、麦秸多的地块，犁刀常会被麦秸黏土堵塞，这时下车排除故障无疑就是喂蚊子，咬的满脸满身是包也要尽快排除故障。当时的收割机还不能把麦秸粉碎还田，吐出的麦秸都是一大团，为了尽快翻地，连里派农工班去烧麦秸。那时连队的周周到处是浓烟滚滚、火光冲天，一台台红色拖拉机拉着闪光的大犁在烟火中翻地冲锋，远看如战场似的威武壮观。等下班时再看我们，一个个被烟火熏的黢黑，跟从烟筒里爬出来一样，活像个"黑李逵"。

在这，我还要提一下我们后勤的炊事班。全班才五六个人，全是女知青，在麦收大会战中担负着全连的每天四顿饭（包括夜班）。我们张营长特别重视连队会战期间的伙食，还经常下来检查，平常日子我们可以喝汤吃素，但麦收会战决不允许。因为20多天的连轴转体力消耗太大，必须要让前线战士保持充沛的体力。炊事班在司务长率领下也是起早贪黑忙碌着，在当时的条件下想方设法做些新花样，保证让大家吃好满意。麦收会战期间，地里的车是不能停的，交接班都要在地里，连里规定食堂必须把饭送到地里，尤其是中午和夜班饭必送，并且要保证，不管前线人员什么时候回连都要有热乎的饭菜，为的就是和老天争时间抢进度。这时的炊事班就不能整天围着锅台转了，几个女知青战友分工合作，挑水、劈柴、做饭、卖饭，自己吃饭也没有准点，人多方便的地方就找车捎过去，人少偏远的地号就挑上一副担子步行送到地里。尤其是给夜班送饭，两个女战士深夜挑着两桶饭菜在刚翻过的麦地深一脚浅一脚地把热饭热菜送到地头，着实够辛苦的。机务排一年四季都有夜班，但炊事班的姐妹们没有一句怨言。每当想起这些往事心里总有一种愧疚感，她们辛辛苦苦把饭送到地里，我吃完了连一声谢谢都没说，如今已是花甲之年，在这里我向炊事班的战友姐姐们致一声迟到的谢谢吧！

（三）机务排长风雪夜的救援

秋收刚结束，北大荒早已经大雪封山了，外面的气温已是滴水成冰。机务排还在刚上冻的土地上艰难地翻地。年底了，全连更是一片繁忙，秋粮入囤、上交公粮、捡拾人工割的大豆，营里也借此时抽调一部分人去给新建连队修路，连里还要组织人员去林场伐木。

有一天，机务排长卢云岐通知我们车送农工排进林场。接到任务我先把车子做了保养，因为我知道这不是近路。第二天天不亮我们就把进点的物资和行李装上爬犁，战友们上了爬犁就开车出发了。我挂上 5 挡拖拽着爬犁在一望无际的雪地上奔跑。这场景是何等熟悉，我每年都和战友们一样坐爬犁进林子伐木，这一次是我开车送农工班的战友。3 个多小时的路程的确把战友们冻得够呛，受不了的就跳下爬犁跑一会，就这样连跑带颠总算到了营地。大家卸下物资就抓紧盖地窝子，为不让车放空跑回，排长又派人赶紧伐了几棵大树截断装上爬犁带回连里。

过了几天就开始进林拉木头，第一趟很顺利就回来了。第二趟再去就没那么幸运了。下午，大家把爬犁装满刹好车后我就开始返程，快走了一半就开始刮风，天也渐渐地黑了下来，往前走北风越刮越大，狂风夹杂着雪粒，5 米开外什么也看不到，我心想坏了要刮"大烟炮"了。来时的车辙已被烟炮淹没了，根本无法辨别方向，驾驶室的铁板早已冻透，双脚感觉都不是自己的了。这时突然感觉车没劲了，不好油箱冻了（因冬季柴油供应不足，加的都是混合油），我赶紧用喷灯烤油箱、油路，弄好了开着车又走了一段路仍感觉不对劲。迷路了，天太冷，油箱又冻了，车也熄火了。这时我想起排里另一台车的车长（我的老乡小高），进点不久开车迷了路把耳朵都冻坏了，今天却让我碰上了，不能再走了。无论如何发动机不能冻，必须着车，车只要能走就有希望等到天亮。我赶紧点上喷灯烤油路把车发动，正在这时，我发现远处隐隐约约出现了一个亮光向我这边移动。我好像看到了希望，赶紧把喷灯调亮向对方晃动，这时亮点逐渐向我这移动，等到跟前一看是我们机务排长卢云岐。我激动得热泪盈眶！他说晚上变天了，他去机务排查看发现我的车还没回来不放心了，碰上刮"大烟炮"的天气怕车坏半路出事，就赶紧发动车子来接应我。我流着泪说：要不是您来，今晚我还不定冻成什么样呢。

我们卢排长是 1959 年来北大荒的支边青年，为人直爽热情，开车、修车技术非常过硬，有经验，机务排都佩服他。我由衷地感谢他在风雪夜里把我救出来！离开开荒营 40 多年啦，我很感谢他、很想念他……

（四）精心保养机车，备战来年

我们的机车陪伴着我们在荒原上奋战了一年，春节前后机车开始陆续大修保养，备战新的一年。那时车没有大的损伤都由连队机务班自己大修保养，连里也没有用汽油清洗干净备用的所有零部件。经测试气门关闭不严，气门关闭不严就跟人得了心脏病一样工作无力，机车启动困难。车长王自忠带着我们先清理拖拉机上的污垢，卸下汽缸盖，这就需要我手工进行长时间的研磨。研磨气门活不累，就是时间长耗性子，男子汉干这种活烦人，急性子的人真干不了。研磨气门时，用小橡皮揣子把气门盖吸住，涂上研磨膏后在气门口内转动开合敲打，直到锥面中间出现一整条灰乌色环带才算合格。装好气门后，从气门杆上倒入煤油，

2~3分钟气门口不漏油才行。几个人经过两天的研磨，达到了使用标准。安装前所有零部件都要经过严格的清洁，马虎一点就会前功尽弃。严冬季节戴手套在户外站一会儿手都冻得冰凉，何况车上的零件都是铁疙瘩，用汽油清洗还不能戴手套，一会儿工夫两手就冻僵了，得赶紧进屋烤烤手才行，条件非常艰苦。但是我们还是非常认真地完成每道工序，这是我们学习拖拉机原理和排除故障的实践课堂。一切准备就绪，安装可是个技术活，车长王自忠师傅非常注意安装的每一个细节，并反复给我们讲解，垫好汽缸垫，汽缸垫前端有一个不大的小孔，此处的小孔是发动机的机体与气缸盖相通的冷却水道，缸盖垫一定不能装反了，反了水道就会被堵死，冷却水不能完全流通会产生高温，活塞、连杆以及局部的配气系统都会损坏，后果很严重。王师傅把手教我们准确上好缸盖垫，再把缸盖抬上，把21颗大螺母按单双数标准用扭力扳手均匀紧好，再把所有拆卸的零部件全部安装到位并调节好间隙，等机务排长和修理工检查合格后才算大功告成。

我第一次参与拖拉机大修，拖拉机内的很多零件从没见过，自然是感到眼不够用，觉得这是一次学习机械原理和修理技术的好机会。比如发动机的正时齿轮室配气齿轮的正时安装、曲柄连杆机构的安装调整及后桥齿轮箱齿轮啮合间隙的调整，变速箱齿轮的咬合，还有连杆与活塞的安装调整等。这些比较精密的技术和工作原理，只有在大修当中才能学习到。虽说大修是一件又脏又累的工作，一天浑身上下沾满了油污，但是对热爱机务工作的我来说，很值得。

李普乐　天津知青，1970年5月由天津市第84中学下乡到黑龙江兵团27团工程连，1971年第二批进开荒营41连农工班、机务排，1979年返城，在天津市建筑材料制品厂供职。退休。

插图：杜宝玉

荒 原 情 怀

徐道生

一、荒原第一犁

我们从工程连出发进军荒原已有两个多月了，5月份北大荒的雪已渐渐融化，荒原上有了生机，野花嫩草钻出了土地，荒原泛出淡淡的绿色。

天气渐暖，开荒营指挥部研究决定：抓紧时机，先在我们41连开垦出一片土地，摸索经验，以点带面为全面开荒播种做样板，机务人员保养好机车、农具，准备迎接大开荒。

那是一个风和日丽的好天，张英营长和农业参谋周涵达、机务参谋于成洲带领着五六台拖拉机，挂着大犁、重耙等农具来到41连东侧的一号地。周涵达参谋指挥我们先打堑，打堑就是根据地块的形状设计出拖拉机如何开始耕作，尽可能按照三区套耕的作业方法，减少机车的空行，提高机车的工作效率，使地块成方形或长方形为最佳。周参谋让我在地的另一头插上方位小红旗，地的这头测量好下大犁的位置。拖拉机手目测前方，使驾驶员眼睛、机车上的标志杆和地头的小红旗三点成一线。这时打堑的拖拉机牵引着大犁入地，拖拉机轰鸣着缓缓前行，远远看去，铁牛身后是一条笔直的黑线，近看时，是大犁的三个犁铧入土，将千年的荒原草皮切割成三条同时翻扣过来，这大概就是开荒营的"荒原第一犁"。只是我记忆没有那样的清晰，是哪台车？谁开的机车？忘记了。这条"黑线"就是开荒作业的基准线，其他拖拉机相继入堑跟进，刚出土的荒草新芽被大犁撕开翻扣在地下。随着黑色土地面积不断扩大，其他拖拉机拉着重耙进入地块，抓紧时间将新翻过来的黑土耙碎，为后面的播种做好准备。多台拖拉机在41连这片荒原上穿梭着，耕地的耕地，耙地的耙地，眼望着这块黑土甚是美丽，一块农田就这样诞生了。轰鸣的机车就像是一曲赞歌在荒原上欢唱，机械化作业开始在这一望无际的三江平原上大显身手。

张营长对周参谋和大伙说："从今天起开荒营算有耕地了！"的确从这一天起开荒营有地了，同时，开荒营向荒原要地要粮的大开荒战役也正式打响了。一天的耕作，犁的犁，耙的耙，夕阳西下，作业的机车要回营部加油保养换班，人员换班也就是俗称的"歇人不歇马"。我与38连的任家泰和37连的蔡书民两位统计跟着大队人马回到营部。

晚饭后，夜幕降临，我在营部带领夜班的四台拖拉机又来到一号地，重耙、轻耙一齐上阵。北大荒五月的夜晚较寒冷，我安排好几辆车的作业后回到41连做短暂的休息。

半夜时分我再一次回到一号地，现在可以叫"地"了。原来，荒草丛生渺无人烟，"棒打狍子瓢舀鱼"的地方黑土见到天日，让人兴奋。这时，张英营长和周涵达参谋已经来到地

里，营领导仔细观察土地耕作状况，慰问夜班作业的同志们，张营长问："是否吃了夜班饭?"当听到"没有"二字时，马上说："我回去看看"。不一会张营长带领着炊事班人员来到地头，把饭菜送到同志们手中，张营长关切地说："夜晚寒冷，注意保暖。"一番话说得同志们很温馨。晚饭后，顾不得休息，各个机车加大马力拉着各自的农具耕种起来。营领导的关心、鼓励让大家的干劲更大了。

清晨，经过一天一夜的作业，41连一号地多台机车连续奋战，黑油油的一大片农田呈现在我的面前。再看，拖拉机司机战友们个个疲惫的脸上露出胜利的笑容！我们共同见证了"荒原变良田"的过程机械化的威力和人的力量改变自然的事实。我用拐尺丈量好土地，计算出每台机车的工作量，之后搭乘他们的拖拉机，迎着初升的太阳返回营部，向营部领导和"开荒指挥部"汇报战况，并接受新的任务。

这块地是41连的一号地更是开荒营的一号地，也是向荒原进军开垦出来的第一块地，是荒原第一犁的产生地！

二、全营一盘棋

1971年1月初，27团组建了开荒营（四营），命令在三江平原腹地一个多月内新建12个连队。2月中旬，营直和各连的先遣队高举"向荒原进军"的大旗顶风冒雪开进了荒原。

我们冬天开进荒原腹地的无人区，一切都得白手起家，搭帐篷、埋锅化雪做饭，先站住脚解决生存问题。首批开进建点人员大多数都是城市知青，而且以工、副业连调来的人较多。要想让一群没干过农活的人完成"当年开荒、当年播种、当年打粮做贡献"的誓言是有很大难度的。营领导当时只有一个营长、两个参谋，各连单打独斗肯定完不成任务，营领导根据实际情况决定用集中兵力打歼灭战的方法开荒播种，集中营里所有的拖拉机、农机具、统一管理使用。为此，营长成立了三人指挥部，组建成立营直属机务排、修理所、油料库等单位，各连的农业生产、开荒、种植、收割、运输等工作统一由营指挥部安排。这种集中管理生产模式被我们张营长称为全营一盘棋，全营要劲往一处使，汗往一处流，坚决完成当年开荒、当年播种、当年打粮做贡献的任务。

当时我在41连当统计，与37、38连的统计蔡书民和任家泰一起调到营部，跟随拖拉机执行开荒、种植的统计工作，我们三个知青与其他连队调来的统计人员都由营部周涵达、于成洲两位参谋统一指挥调度，按照领导的安排机务排到哪连我们就跟随到哪连。那时各连都是帐篷，容不下开荒大军，离营部近的就白天作业晚上回营休整，晚饭后再继续回到那块地号作业，离营部远的连队我们就带着帐篷在荒原上建个指挥部，一直到开荒播种完为止。

春天，27团的老连队春播完后，团里就组织抽调各连的机车支援开荒，那时开荒点真是一片繁忙，一辆辆红色的拖拉机拉着闪光的大犁在荒原集结，像排列整齐的战车等待着发起冲锋与荒原决战。开荒营领导集中兵力打歼灭战的方法还真奏效，十几台拖拉机包围一片方圆几公里的荒原，眼看着荒地被大犁翻卷着扣过来，成为一条条黑油油的沃土，一眼望不到边。在开荒大会战中，机务排和团里各连支援我们的拖拉机手团结协作，付出了很大的辛苦。战友们早出晚归，风里来雨里去，炊事班把午饭送到地头，为了追进度抢时间，各车都采用人停车不停的方法轮换吃饭。在驾驶员轮换吃午饭时，我也时不时地登上拖拉机替他们开二圈过把瘾，有时还情不自禁地来段打油诗："我开着东方红，心里暖烘烘，奔驰在荒原上，生活在苦乐中。"逗得大伙哈哈大笑，还调侃我是"徐老道念经"。

虽然我们在苦中作乐，但是开荒的工作是非常艰苦的。荒原上蚊虫小咬成堆，叮得人身上全是包，成群的牛虻追着拖拉机飞，要是被叮上就得流血。但是我们英雄的拖拉机手们不惧困难，大家只有一个信念，为国家多开荒、多打粮，多做贡献，要把北大荒变成北大仓。当时开荒营的口号是：迎着困难上，踏着艰苦走，誓把抚远山河变。在这艰苦的环境下，各车组你追我赶开足马力加油干，饿了在车上啃个馒头，渴了找个水泡子喝口水，每天的开荒记录都会被刷新，各车都力争超额完成开荒任务。

每天当他们疲惫地交接班时，就是我们统计人员最忙的时候，我们几个统计员要迅速用二米长的拐尺丈量新开垦的土地，计算出各车工作量，然后把每天的进度汇总起来，还要尽快报送到营指挥部。

说起我们统计工作，在大开荒时那可真叫累人，每天都要跟着机车在地里跑，开出的大块地有好几百垧，长度就有两千多米，统计员都要踏着生荒地从东到西、从南到北，深一脚、浅一脚地丈量。那个年代没有现在的高科技测量设备，只有我们的两条腿和拐尺，一步步走、一拐拐地量，特别费鞋，要是犯晕记错数，那就要重新来，我们必须确保统计数据准确。

我们的机务排在集中大开荒中是开荒营的绝对主力军，不但胜利完成了当年开荒当年打粮的艰巨任务，还在以后几年的开荒会战中立下战功。

实践证明，营领导在当时分散进点的艰苦条件下，用全营一盘棋的指挥方法，集中优势个个击破的战术是非常正确的，张营长和周参谋等领导身先士卒、冲在一线，为全营官兵起了表率作用，带出了一个讲团结、能吃苦、敢打硬仗的开荒营。我们第一批进点的几个统计人员跟随开荒指挥部南征北战，几乎跑遍了全营的每块地号，几乎每个连队开垦的土地上都留下了我们的脚印。

统计量地号

徐道生　上海知青，1968年9月下乡到27团工程连，1971年2月进开荒营41连任统计，1975年开荒营果园农工，1976年任49连会计，1977年团部医院会计，1978年团缸厂会计，1979返沪，上海起配厂钳工，科员，航空工业学校（后并入同济大学）工作。退休。

难忘的给牛接生

杨和平

那是组建开荒营的第二年，我调到了 39 连。春节回京探亲返回连队后就和战友们一起进林子伐木。当时林子里没有水，只能到水泡子里刨冰化水做饭，刨出来的冰像水晶一样透明，里面还有冻死的小鱼，活灵活现，可漂亮了。帐篷里大油桶烧的火苗非常旺，暖暖的，棉衣都穿不住，可是到了夜里又冷得要命，大家只能轮班烧火。我在林子里刚住了三天，突然接到调令，让我到 41 连报到。

到了 41 连，才知道我的任务是照顾一头要生产的母牛。因为我以前我在马场工作过，养过马和牛。但以前在马场有老师傅，我只跟着学、跟着干就行。这回，让我独自一人照顾一头有孕的母牛，还要给它接生，我心里一点底都没有。可那时的我，有股子冲劲，不怕困难，上级让干啥就干啥。

来到新的连队，一切都是从头开始。41 连没有牛棚，连喂牛的槽也没有，真可以说是一穷二白了。白天放牛，为了让它能吃饱，牛跑到哪里，我就跟到哪里。到了晚上，就把它拴在宿舍后面的木桩上。这头牛松散惯了不听话，不让拴绳子。每当下午三四点钟，我要牵它回家时，它就躲着我。见我追来，它跑得更欢，还以为是我和它玩呢，真气人。有时候连队的战友看我太累了，就帮我一起追。后来，我总结经验，把绳子拴上后索性不解开，让它带着绳子到处跑、吃草、玩儿。差不多下午三四点钟时，我跟在牛的后边踩住绳子就可以把它牵回来了，省了许多事。一段时间后一切都正常了，工作也顺手了。每天切豆饼、扎草、喂盐、喂水等安排得井井有条。

不久，母牛不爱吃草了，连豆饼也只是闻闻而已，不爱动还总是哞哞地叫，看来要生产了。我认为自己能行，因为在马场时见过母牛生产。于是我准备好剪刀、水等要用的东西，把牛牵到一块儿干松的地方在那等着。时间一分一秒地过去了，不知过了多久，小牛的前蹄和头终于露出来了。我的心里也是一阵阵的喜悦和紧张，然后又是静静地等待。过了半个小时还是没有动静，这时母牛已经累得躺在地上喘着粗气。我突然想起在马场时，见过母牛生小牛，那时候是老尹师傅前去帮助把小牛拉出来的。于是，我自以为是，叫来几位男战友帮忙往外拉小牛。没想到，这一拉不要紧，母牛哞哞的叫声更大了，拉一下叫一声，再拉一下再叫一声，叫的人心烦意乱。这时我才意识到，这样硬拉是不行的，继续下去会有危险。怎么办？这毕竟是 41 连的第一头小牛啊！不能毁在我手里。我立刻出发去 39 连找老尹师傅。可是由于紧张害怕，加上跑的过急，腿不听使唤了，腿肚子感觉特别疼，腿肚子转筋了，想跑也跑不动了。

正在我万分着急的时候，忽然看见了老尹师傅。原来老尹师傅有着丰富的养牛经验，他估摸这头牛快要生产了，就从39连赶了过来。老尹师傅到达后，安抚母牛，母牛也不那样哞哞的叫了，慢慢的小牛顺利地产出。这时我的心也慢慢地平静了，腿肚子也不抽筋了。尹师傅说，今天比较危险，要是再硬拉，小牛和母牛都会受到伤害，甚至死亡。走前，尹师傅还告诉我怎样照顾母牛和小牛，叮嘱我以后有事儿还可以再去找他。牛是连队的财产，我庆幸有老尹师傅的帮助和指导。从那以后，我按照老尹的办法，精心地照顾着母牛和小牛。

自从母牛产了小牛后，初步解决了连队小孩没有奶吃的问题。每天早晨和晚上我都要挤一桶牛奶。别以为挤奶是轻松的事儿，一桶奶挤下来手又酸又痛。挤奶可是个技术活，挤奶时用力要均匀，要从上往下用力，否则的话奶牛产奶少并且还会得病，这可不是一天两天就能学会的。再有就是喂小牛了，为了让奶牛多产奶，让小牛吃饱。小牛刚出生不会喝奶，我把手放到奶里让小牛先吸吮我的手指，顺着我的手指它就可以喝到奶了。就这样过了一段时间，小牛就能自己大口、大口地喝奶了。后来，小牛只要看见它平时喝奶的桶，就会不由自主地跑过来。

小牛犊渐渐长大了，一身漂亮的皮毛，像缎子一样闪闪发光。这半年多的时间里，不论是阴晴雨雪，我每天和它们朝夕相处，精心照料它们。看着它们茁壮成长，看着自己的辛劳成果，我心里有种说不出的高兴。

杨和平　北京知青，1953年生，1969年9月由北京右安门中学到黑龙江兵团6师27团11连，1970年5月调到马场，1971年秋调入19连，1972年调入开荒营39连，1973年调到41连任排长，1978年返京，在北京第二轧钢厂、北京丰台区工业局工作。退休。

41连战友北京会议留念

兵团记忆（三则）

于炳文

一

我是 1970 年 5 月 16 日响应党中央的号召报名去了黑龙江生产建设兵团 6 师 27 团工程连，5 月 20 日坐江轮到达了勤得利，下船后在江边集体吃了一顿开江鱼，午饭后由汽车把我们天津知青送往工程连的住地——石子河。

山坡下工程连的领导和上海、北京、哈尔滨的知青们欢迎我们这些新战友，连长王运德和罗指导员讲话。之后把我们分排编班，我当时被分到了基建排，班长井香亭是哈尔滨知青，井班长帮我把行李和住的地方给安排好了。当时我还是一个 16 岁的大男孩，班长和战友们带我就像大哥哥一样照顾我，使我非常感动。

5 月 21 日早晨我还在睡梦中，突然被嘹亮的起床号惊醒，井班长马上叫我们全班起床集合到操场出早操，这对于我刚走出家门的大男孩来说感觉就像是战士，出完早操回到宿舍开始洗漱。我们的食堂坐落在山坡下，宿舍在山根底下，从宿舍到食堂得走几分钟，当时往食堂走的时候因为是下坡，从小到大第一次走山坡路，脚有点刹不住，一路小跑感觉怪怪的，一切都是那样的新鲜。

我到工程连的第一份工作就是坐着解放牌卡车去砖厂拉砖，当时我们四个人装一台车，汽车到砖厂停靠在砖垛边上，我们戴着手套开始装大解放卡车，装了好长时间才装满，回到连里卸完车已经是中午了。再看看手指，都磨得见红肉了，痛的钻心，到食堂吃饭拿热馒头烫的手指那个痛啊！井班长看见了心痛地说："下午，我给你一把挟砖的挟子，这样就不磨你的手指了。"当时我心里热乎乎的，我说谢谢井班长，班长说："你太小了，我照顾你是应该的。"当时我真感谢大哥哥的关心照顾。

来到工程连一个星期后，在一天出早操列队的时候，王连长来到了我们班前，跟井班长说了几句话，然后走到我身前，问我："小鬼，你叫什么名字"，我说："连长，我叫于炳文"。连长问我多大了？"16 岁"，连长说："嗯，还是个孩子"，然后跟井班长说：让小于子到连部报到给我当通讯员。从那时起我在连部开始了通讯员的生活。

二

1971 年年初的一天晚上，连里召开排以上的干部会议，传达了上级领导，"向荒原进军，向荒原要粮，开荒建点"的指示，连领导向各排紧急动员，挑选优秀的战士参加开荒营，当时我也报名去了开荒营。

那是 1972 年 2 月的一天，团里开完"向荒原进军"的誓师大会后，我们出征的队员已准备就绪，装上建点要用的帐篷和工具行李，在开荒营张英营长的率领下，向白雪茫茫、一眼望不到边的荒原深处挺进。那天风小就算好天了，但两个多小时的路程觉得好远！当时穿的棉衣都给冻透了，大家咬牙坚持着。终于车子在一个标识物前停下了。我们 41 连的连长陈长宪说："这就是咱 41 连的驻地，咱们到家了。"大家跳下车开始卸东西。

说实在的，我们这些人，干农活是外行，可野外生存对工程连来说那可是强项，这时连长陈长宪和指导员刘克新安排几个女同志看东西，其余搭帐篷、埋锅造饭。排长王坤祥带着刘道宗、姜焕顺、王青山、徐道生和我拿着大锯、斧头找了一片小林子先伐木。一边伐，一边往回扛。木工腾兰滨利落地将原木砍成房架支起来。大伙在王坤祥排长的指挥下很快就把帐篷搭起来了。

再看女同志那边，由邵海敏指挥支锅做饭也已完成。当时只有一片雪原没有水，我们只能把雪放到锅里用柴草生火把雪化了，大伙喝雪水，吃着用雪水蒸的馒头，用雪水煮的冻白菜汤，感觉还挺香。傍晚时，我住进了荒原的"新家"，大家这时非常高兴。因为这里就是我们 41 连的根据地，我们就要在周边的荒原开荒，实现我们"当年打粮、当年为国家做贡献"的誓言。

记得有一天，连长和指导员找到我，让我去营部报到，说是调我去营部学开小红车——轮式拖拉机，我回答："服从领导分配。"

去营部报到的那天早晨，刘秀娟和几个女战友把我从马架子房叫了出来，她们手中拿着一个新脸盆和一个笔记本，这时指导员刘克新说："小于子，你就要离开连队去营部了，咱们连几位女战友送你点礼物，做个纪念。"当时我脸涨得通红，也不知道说什么好，那时我特傻，战友们给你送礼物，说声"谢谢战友"的话不就得了！可我憋了半天才说了一句："这扯不扯，这扯不扯。"（东北的土话）我当时心里想说叫大家花钱破费了。那个年代，我见到女生说话都脸红，确实心里好紧张啊！还是指导员给我解围了，小于子你赶紧去报到吧。战友们在送给我的笔记本扉页上写到："望你车行万里路，离不开毛主席的革命路线！"

在开荒营工作调动是常有的事。后来我又从营部调到 38 连。我现在回想起来心里仍感到愧疚！在这里我向当年关心的姐姐们道声：谢谢！

三

1973 年的春节，那年冬天雪下得特别大，早晨起来大雪把门都给封住了，费了好大的劲才把门打开，外面的雪还在下。暴风雪在东北叫"大烟炮儿"。因为快过年了，宿舍的知青都回家了，当时就剩下于文藻和北京知青吴起胜和我三个人，转天就是年三十了。这时我们突然想起了老职工讲的，刮"烟炮儿"的时候可以捉野鸡。我们的场院冬天经常有野鸡在周围找食吃，于是我们三个人穿戴好，文藻说："咱们试试运气抓野鸡去"。然后我们就向着麦场的方向寻找野鸡。快到晒场时，远远望去还真有两只非常漂亮的野鸡在那找食吃。这时，我们三人绕到下风口朝着顶风的方向追野鸡，由于风的阻力，顶风野鸡飞不了多远就得落地，雪很厚鸡在雪上也跑不动，你一撵他，它顶风飞一会儿又落了下来。我们第三次轰撵野鸡时它起来飞了一阵就一头扎进雪里跑不动了。野鸡跑不动了，我们也跑不动了。雪深到小腿，我就在雪上滚，终于把那只肥肥的野鸡抓到了。我们三人别提多高兴了！这时再看我们三人都跟雪人似的，帽子上出汗的热气变成一层厚厚的白霜，衣服也结了一层冰，累是累，可是心里特美，因为年三十能吃上美味了。

大年三十我们从小卖部买些罐头和酒，再加上我们的"战利品"也可以美餐一顿了。到了晚上我们在煤油灯下，在炕上摆好菜和酒刚要开喝的时候，我们连的老同志刘士远来到了我们面前，他说："今天是年三十，你们没有回家，都到我家过年去吧，饺子都给你们包好了，酸菜猪肉炖粉条也做好了，走，一块到我家喝酒去。"他的话让我们心里暖暖的。

到了老刘家，他们一家待我们就跟亲人一样劝酒、劝菜，让我们顿时感到不孤独，像回到家一样。回家探亲的战友正在和家人吃团圆饭，我们留守人员也在连队老战士家里过春节了。这个除夕夜，一生都不会忘记。

于炳文　天津知青，1970年5月赴黑龙江兵团6师27团工程连，1971年2月到开荒营41连，1972年底入38连，1979年返城。退休。

脱土坯的战士

雷军制印

晒场上的当家人

——记天津知青刘宝福

傅和林

　　八月份正是连队麦收工作进入酣战的关键时刻。一辆辆汽车、小红车（农用拖拉机）满载丰收的小麦，源源不断地从田间运送到场院。20世纪70年代初期，开荒营没有任何的机械设备，兵团战士们只能以原始的"人力"劳作方式，将田间收割来的小麦在"场院"进行晾晒。车辆将小麦倾泻在晒麦棚两侧的指定位置后，农工排的战友顶着骄阳、挥汗如雨地挥动木锨，不断地翻动晒场上那金灿灿的麦子，使其接受阳光的晾晒。晾晒好的麦子要进行扬场，借助风力去除麦子中的杂质、瘪子，颗粒饱满的留作种子，剩余的作为普通的粮食储存，再次一点的可以作为饲料。

　　晾晒工作看起来简单，实际上也是蛮有学问的。按照作业流程，首先要分清是哪块地号的麦子，是哪个品种，所有这个品种的小麦要在晒场上集中堆放晾晒。之后，区分出种子、粮食、动物饲料等。晒场工作的大忌就是混种。我记得开荒营早期种植的小麦品种有"松花江七号""克刚"系列等。所有从事秋收和晒场保管的人员都严格按照规程办，运输车辆换地号运粮要将整个车厢（车斗）彻底清扫一遍，不能留有一粒其他的麦粒；收割机械除清扫车身之外要将另外地号收下来的小麦前两斗粮，另外存放在晒场的"粮食堆"，不能混进种子堆。否则，将影响到来年植物的种群和产量。

　　晾晒工作是典型的"看天吃饭"。对于天气估计和判断不准都将会给日常的工作带来麻烦。那时兵团没有气象预报，全凭有经验的老同志早上看看天，晚上看看天，以此来判断转天的风云雨雪。开荒营地处平原，视野开阔，根据目测可以看清周边天气的大致状况，但是单凭经验难以精准，风雨也时常地袭扰着晒场的工作。有时一场突如其来的雨水将已经晒好的麦堆淋湿，农工排甚至全连指战员就会全员上阵，进行重复的摊晒。碰上连雨天，即将晾晒达标的麦子会发芽、发热霉烂。连队一年的生产成果将付之东流，损失惨重。因此，管理晒场的"当家人"就尤为重要。一般来说担当晒场管理的"当家人"都是久经沙场的老职工。但开荒营有所不同，开荒营每个连队的老职工屈指可数，知青们也有机会成为关键岗位的"当家人"。41连的天津知青"愣头青"刘宝福就因为工作出色，成了管理晒场的当家人。他中等身材，身板壮实，工作认真，一丝不苟，把晒场管理的有模有样。为方便管理，他把被褥铺盖搬进了晒麦棚，不知疲倦地工作着。每天除安排好粮食晾晒、种子灌袋、粮食贮存工作外，还要盯着营部和附近连队家属区的猪仔。这些小畜生"无法无天"，时常窜入晒场觅食偷嘴，常常是一会儿赶跑了，一会儿又来了，让刘宝福很是头疼。为此，他不止一次地向家属们做宣传工作，希望家属们管好自家的"天蓬元帅"。

　　一天，在多次驱逐小猪无效的情况下，他顺手拿钢叉吓唬吓唬它们。不料甩出去的钢叉用力过猛正巧刺中了一头半大的猪仔，"天蓬元帅"应声倒地，血流不止而毙命。经查：这是张英营长家的猪。这下闯了大祸，非同小可，把宝福吓坏了。家属们养一头猪也不容易，要是不依不饶地追究起来，还不得吃不了兜着走！张英营长得知情况后，首先他肯定了刘宝福尽心尽责的工作精神，认为"干工作就要有刘宝福这种认真精神，管理必须不讲情面，谁知道这东西是哪家的？猪身上又没有记号，这东西祸害粮食，你让这小青年咋管？"而后张营长回家数落了他的"老拐"（老伴），说"我们是干部家属，不管啥事要带头做榜样，惹出这样的麻烦群众会怎样看待我们干部？不能给小青年找麻烦，他们还是孩子，小青年们出门在外远离父母，不容易啊。"张营长严于律己的精神，使刘宝富深受感动，他的责任心更强了，工作更带劲了。

　　1975年8月的一天夜里，乌云翻滚，闹了许久的天儿终于形成了一场暴雨。突如其来的瓢泼大雨袭击了四营大地，连队的晒麦棚受到风雨的威胁。巡查晒场的刘宝福发现一个粮囤被雨水打湿漏了，他一边急忙向上级报告，一边将自己值班用的棉被子、褥子、棉衣及其他可以寻找到的苫布等往粮垛上盖。在连队蹲点的团工作组副组长郭开政迅即通知了王克信连长，全连人员冒雨直奔晒场及时采取了补救措施，避免了粮食遭受更大损失的事故的发生。

　　刘宝福的行为受到师、团首长的表扬，那年他当选了兵团劳动模范，还入了党，次年又被保荐上了佳木斯市中专学校。

　　事后，张英营长在一次全营连队干部会议上说："刘宝福的举动大家不要认为很平常，他舍己为公、维护国家财产不受损失的'张思德精神'，意义不一般，这是他学习毛主席著作活学活用的典范，值得提倡发扬。这样的青年是我们的骄傲，他不当劳模、入党、上大学？谁当、谁上？"

　　傅和林　上海知青，1968年9月由上海市内江中学下乡到黑龙江兵团6师27团工副业4连，1970年4月调入新建17连开荒，1971年11月调入开荒营部机务排任康拜因机手，1972年8月在41连任机务统计、农业技术员，1978年12月返城，在上海冶炼厂铜冶炼车间主任、厂办主任。退休。

丰收繁忙的晒场

我的知青生活片段

董　富

　　我是 1976 年初中毕业生，赶上了上山下乡的尾巴，俗称"小哈青"。当年 6 月 20 日，我们从哈尔滨市出发，途径福利屯、27 团团部，22 日下午我们到达了目的地——4 营 41 连，在这里开始了我两年的知青生活。两年的生活给我留下终生难忘的记忆，其中的一些片段至今还会不时地浮现出来。

一、初次考验

　　初到农场，正值麦收前的农闲。此时的主要工作是基本建设。到连队的第三天，我们便就投入到建设新晒麦棚的浩大工程中。新来的小知青成立了青年排，悉数投入到挖基础埋立柱的工作中。挖地基是个力气活，埋立柱要垂直牢固需要多人配合，是个细致活。我们排有 40 个人，分成六个小组，大家努力协作，只用了两天的时间就完成了全部立柱脚和填埋任务，并且验收合格。在完成埋柱脚、上房梁和上扒板后，下一步的工作就是上扒泥。上扒泥必须选择连续的晴天，否则扒泥未干遇到雨水冲刷将前功尽弃。为此全连总动员，除后勤炊事班外，一百多人全部参加上扒泥会战。

　　早晨四点多吃过早餐，不到五点全员就赶到施工现场。整个施工分成了打水、送水、取土、和泥、传递扒泥、抹扒泥等几个环节。我们青年排负责运送传递扒泥。大家热情高涨，干起来你追我赶，热火朝天。不过才干了一会就出现窝工问题，扒泥供应满足不了抹扒泥的需要，工作进度受到严重影响。经过观察分析发现，主要是由于取泥点距离棚顶远，中间传递环节多，再者就是运泥桶太少。发现这个问题之后，排长当机立断："大家回宿舍取自己用的盆"。在排长的带头下，知青们拿出自己的脸盆，共有三四十个，加快了施工进度。尽管烈日当头，汗水湿透了衣裳，身上沾满了泥浆，但大家全然不顾，个个奋勇争先地干活。本来计划三天的工作量，两天就提前完成了。但是我们的新脸盆却遭了殃。干活时大家只顾着进度根本顾不上装泥的脸盆，磕磕碰碰是常事，从顶棚摔下来的情况也时有发生，两天工作下来脸盆大部分都变成了废品，给我们以后的日常生活带来了许多不便。原本连队生活条件就较差，晚间提供热水也有限，烧一大锅热水也只有先回到宿舍的人员能抢到一些。我们男排已经没有几个可用的脸盆，抢不到热水，就不能洗澡，对我们这些一天劳作下来满身臭汗小青年来说，用热水洗漱几乎成了奢望。人多盆少，几人使用一个盆子，热水用完了后来的人只好咬牙挺着用冷水洗掉一身的汗水。我们不是舍不得买几块钱一个的脸盆，而是营部商店没有盆可卖。无盆可用的情况持续了较长一段时间，直到有人回家后归队带来脸盆后情况才有所好转。我在建设新晒麦棚中干活认真肯出力且表现出一定的组织能力,我被连里任命为班长。

我当上班长后,带领全班开始的第一项工作就是配合营里架设我们连及营部周围新增的供电线路。电线杆是全长6米多浸过沥青的黄花松树干,格外的沉重。安装电线杆的地方一般没有路,车辆无法将电线杆直接运至杆坑位置,需要人力抬至坑边。通常四人一组,用卡钩搬运,距离远的有几百米,需要经过野草丛生的荒地,沟沟坎坎,还要时常越过水沟,障碍重重,步履维艰。对于我们新到的小知青们来说,这项工作劳动强度非常大,都有点吃不消了,不过我们没有怕,互相鼓励,憋足了劲要把工作干好。有一天副连长来视察我们班的工作情况,大家跟他反映工作很辛苦,在草丛中人力搬运电线杆走起来很费劲。这个外号叫老黄牛的副连长是个上海知青,听完说:"来吧,我和你们班长抬大头"。当我们一起抬起来向前走的时候,他又说:"跑起来轻快"。这一天的工作效率确实提高了,但到晚上全班每个人都感觉到浑身无力,有体力透支之感。

电线杆抬至坑边后,要开始立杆和填埋工作。那时团里没有吊车,立杆埋杆工作全靠我们的双手。立杆前先制作几套简易的工具——顶杆,顶杆用两根长度相当的绞手杆,一端用绳子或铁链捆绑牢靠,绳长要能兜住电线杆下部,顶杆要从1.5米到4米多组配合。6米多长的线杆买入地下2米左右,杆底部移到坑里,先用短顶杆支起线杆顶部,顶杆从短到长逐渐将电线杆立起,之后要保证线杆垂直并且在坑中央,然后填土夯实。这项工作看似简单,实则不然,电线杆既长又重,还要下到2米深的杆坑里,操作起来有很大危险性。所以干活的人不但要有好体力有技巧,关键还要做好配合。在全班人员的共同努力下,我们比较顺利地完成了栽立电线杆的工作。

二、麦收会战

全连有耕地约1 000多垧,每年播种小麦的大约有800多垧。俗话说"三秋没有一麦忙",每年七八月份收获小麦是全年最忙碌的时候。麦收的重要性和紧迫性从作息时间和伙食上最能体现。首先,上班时间由早上七点半至晚五点改为早六点半、晚七点,取消午休时间,午晚饭都在工地吃,每天补助三角钱。其次,麦收时间伙食大有改善,能吃到肉了。麦收一开始就杀了两头200多斤重的肥猪,肉切成片和猪油一起炒熟加盐之后用大盆存起来,每次炒菜放一些。

七月的天,烈日当空,万里无云,麦田周边一棵树都没有,人不动时都感觉热,干起活来更是大汗淋漓,休息的时候也没树荫可用。虽然有联合收割机收麦,但人工也是需要的。前期用人工收割地边、地头等机械难以收割的区域或者给机器割出通道来。我们这些刚到连队的知青中有很多人都是第一次使用镰刀,干起活来很费劲,有割破手的,也有划坏裤子的。因为我以前经常到农村,干过割麦子这样的活,相比起来有一定经验,干起活来还算得心应手。

还好只割了两天小麦就转到晒场工作。晒场工作也不轻松,早上六点多上工,晚上收队就没个准点,晚八点回去都是早的,基本都得九点以后吧。晒场工作就是先将刚脱粒的小麦中的麦壳、麦穗等杂物通过风力和人工清扫分离出来,然后晾晒,基本都是手工劳作。每天从麦地收割脱粒后运至晒场上的小麦约有50多吨,都要用半机械化的扬场机将小麦抛到两三米的空中，借助风力将小麦中的麦壳分离出来，较沉的麦穗等杂物需要用扫把扫出来，一般要反复两三次才能达到目的。这项工作既要体力又要有耐力，因为使用半机械化的扬场机时，需要人工配合，首先要通过人力将小麦运到扬场机的链条上，还要人站在"麦雨"中将麦穗等杂物用扫把将其扫除，既要及时快速不停地扫，还要掌握一定的技巧，扫轻了去不掉杂物，扫重了会将小麦粒一起扫走，扫慢了小麦会将杂物盖住无法清除。接下来就是小麦的晾晒工作，将清扫干净的小麦在晒场中摊开晾晒，为了使小麦能接触到更多的阳光，还要将小麦用推耙起成垄，同时为使晾晒均匀要不时地翻倒。等到小麦晾晒检测合格后，开始装袋检斤、封袋、伐肩。伐肩可是个力气活，一袋小麦160斤要三人配合，两人搭手一人扛到垛上。麦场地方有限，麦垛都要码四米多高，扛这么重的麻袋本已经感觉吃力，再上这么高的垛，腿累得直发抖。一整天下来人就累得筋疲力尽，好在年轻人精力旺盛，体力恢复快，休息一晚上第二天照干不误。

累点苦点不算什么，就怕阴天下雨，更怕接连阴雨天。七八月的北方，正是雨水偏多的时候。连里麦收后遇到几场雨，好在提前采取了措施没有造成太大的麻烦和浪费。但天有不测风云，一天上午天空云层很厚，一看就是一场大雨即将来临，我们立即收拢止在晾晒的小麦，刚用苦布和草帘盖好，雨就下起来了。雨水又大又急，一会儿，雨就停了，天空还有些放晴，但是浓云并没有飘远。我和晒场主任商量待浓云刮远一些再看情况是否摊开小麦堆，晒场主任很有经验，说："现在还不能打开苦布，一旦雨回头就是更大的雨，得再等等。"过了一会儿，副连长来到晒场，看到麦子还盖着，就着急地要求我们立即将苦布打开。我们几个人就和他讲："浓云离不远，雨再下起来，收拢小麦就来不及了"。晒场主任也凭借经验一再和他解释，可是副连长固执己见。最后我们只好听他的，又是掀苦布又是掀帘子，重新将小麦摊开。可转眼间那浓云真的又被刮回来了，大雨又开始哗哗下了起来，真是应了主任的说法，这次的雨更大了。紧急时刻我们敲响了晒场的钟声，连队所有能来的人都来了。正当我们抢救这些晒场上的小麦的时候，又从田里运回来一车小麦。瓢泼大雨中，帮助我们连队运送小麦的司机师傅也顶着大雨跳到车上帮着我们一起拉苦布。雨水打的眼睛睁不开，我们车上车下的拉扯苦布费了很大的劲才将整车小麦苦上。虽然大家拼尽了全力，但仍有许多的小麦被大雨冲到晒场外、水沟里。最后，估计约有几十吨的小麦被雨水打湿浸泡。雨浇后小麦因没有及时晾晒导致小麦发芽，降低了品质，不能将其作为商品粮上交国家粮库，只能留在团里当口粮了。后来我们连队吃了两个月的又黑又黏的黑馒头，据说就是这批小麦。

三、伐木生活

每年十一月份以后，黑土地封冻，沼泽也已经冻实，拖拉机能够安全通过。连队农工排的大部分人员将进入林子伐木，为连队盖房子、基建准备材料，为连队宿舍、食堂及老职工取暖做饭准备烧柴。

伐木点的选择既要周围有适合采伐的林子，又不能离水源太远。因为连年采伐，适合采伐的林地已经不多，要找到合适的采伐点也不太容易了。老排长带领几十人组成踩点小分队，寻找适合采伐的林子。等找到合适的采伐地点驻扎下来时已经天黑了。大家找来干木材点起篝火，围坐在篝火旁将携带的饼子在火上烘烤一下，吃点饼，喝点烧酒。上半宿在大家的说说笑笑中很快就过去了，可是到了下半宿酒劲和困意也上来了，就不好熬了。深夜天气更加寒冷，睡着就有可能冻坏，为了保持清醒，需要坐一会起来走一走活动一下，这时候，我真正体会到什么叫"火烤胸前暖，风吹脊背寒"。

第二天天刚刚放亮，大家就行动起来，开始建地窖子。首先找一块开阔的平地，用炸药将地面的冻土层炸开，然后用推土机开出长约 25 米、宽约 6 米、深约 1.5 米的坑，坑中间用两排 2.5 米左右圆木支撑，圆木和坑边支上横木，在上边铺上苫布和毛草，再留出两个天窗采光。用木头搭好床铺，出口端间隔出一间伙房，中间过道安装两个用汽油桶改成的炉子用来烧木桦取暖，这就是我们的驻地。

每天的伐木任务就是采伐 25～30 棵直径在 500 毫米左右的树，一棵树主干要锯成 4米、6 米或者 12 米的木段。伐木三人一组，一把快码子（一种长 1 米、两人拉的大锯）、一把长把板斧。每天早上八点出发，需要走几里路才能到达采伐点。每组之间要间隔一定的距离，避免相互影响发生安全事故。完成每天的工作任务并不是很难，伐木时两人一把锯，拉锯的力道要两人配合好。最主要的是安全问题，不能让树倒下时伤到自己。要尽量控制树倒落的方向正好为空地，如果伐木倒落到其他附近的树上就形成了"树掛"，甚者形成"连环树掛"。一旦形成"树掛"就要"摘掛"。"摘掛"是个危险的活，一般三人抬撬配合使伐木落地，遇到顽固的"树掛"就要伐下掛树，掛树砍伐的危险更高。在外力作用下伐木大半时就可能发生劈裂，这是无法预测的。所以在砍伐掛树的时候听到锯口位置有异常声音的时候就要迅速撤离，脚步要灵活速度要快，撤离到树冠所能覆盖的区域之外。

在林子里伐木是有讲究的，一个组所负责的区域哪些树是符合标准的、可以伐的；哪些树要先伐，哪些树要后伐，伐木的倒向都要先考虑好。由于要伐的树都是树冠茂盛高十几米的大树，在较密的林子里极易产生"树挂"。一旦产生难摘的树挂，下班的时间就不能控制了。中午吃点干烤饼，一般下午三点左右往回走，无论如何要在天黑前回到驻地。回到驻地后几个人就近伐几棵桦树，劈成木桦子生火取暖和做饭，再去几个人到几里外小河边破冰取水，由于取水有限，洗漱只能用雪水了。

晚饭后，我们在昏暗的油灯下自娱自乐，摆龙门阵；口才不错的老青年给大家讲各种段子，讲到高潮部分故意停顿下来卖卖关子，来一句"欲知后事如何，请听下回分解"，而此时有会来事的小青年递上一根烟、倒杯水，讲故事的老青年便点上烟喝口水接着讲。有时吹口琴的、拉二胡的也给大家吹上、拉上一曲。不管是老青年还是小青年在一起关系都非常的融洽友好，身处在这种其乐融融的氛围之中，漫长的夜晚就不知不觉过去了。

采伐一个多月基本达到连里一年使用木材的需要，就要开始归楞，打通道路往外运送木材。到了一月中旬，知青们基本上都回家过春节了，林子里只留下两三个人看护林子，待春节过后知青归队，再组织人员进林子运木材。1977 年春节过后刚回到连队领导就找我，让我带领已经回到连队的青年排六七名同志进林子往连队运送木材。虽然自己年轻刚参加工作还不到一年，缺少工作经验又要独当一面感到有很大压力，但还是欣然接受了这一任务。当天吃过晚饭后，我们整理了一下行装就坐上拖拉机出发了。驾驶室除驾驶员还能坐一人，其他人坐在后边的平板车厢上。由于大家刚从几百里外的家里回来旅途劳顿，虽然又冷又颠簸，但是不一会大伙都睡着了。待醒来已经走了一个多小时，这时发现我的装有衣服、鞋和日常用品的旅行包不见了，往回找了几里路未找到，由此给自己后来在林中的工作和生活带来许多困难。往外运送木材的工作还是很繁重的。初春的天气乍暖还寒，尺把深的积雪在阳光照射下已开始融化。我们这帮没有什么经验的年轻人在融化的积雪中要将几百公斤重的圆木用最原始的手抬肩扛的方式装上一米多高的车上，每车要装六立方米木材并码放固定好。圆木沉重且又湿又滑，地面上冰雪融化滑上加滑，装车时既要用力又要小心，需要车上车下的人员通力合作，集中精力，稍有闪失必将发生人身事故。装完车每一个人都是大汗淋漓，加上雪水浑身都湿透了，特别是鞋里的汗水雪水泡的脚让人十分不舒服，冷风一吹一冻更加难受。大家回到住处第一件事就是烘烤衣服和鞋子，往往鞋子还未干又要装下一车。在这样的艰苦条件下，大家经过近一个月共同努力，终于较为顺利地完成了运送木材的任务。

这次我独立外出指挥工作，是我知青生涯中受到的一次最大的锻炼。1977年恢复高考，我参加了考试并有幸被录取，结束了知青生活。

知青生活虽然在我的人生经历中很短暂，但那短暂的岁月丰富了自己的生活阅历，体力和意志得到了锤炼和磨砺，铸就了吃苦耐劳、勤俭节约的品质，提高了战胜困难的能力和一定的组织工作能力，为今后的工作和生活奠定了良好的基础。

董富 哈尔滨知青，1976年6月中学毕业下乡到黑龙江农6师27团开荒营41连，1978年3月回城，在哈尔滨量具刃具技工学校学习，1979年8月哈尔滨锅炉厂十七车间深造学习 1996年后任处长，高级工程师。

归仓入囤大会战中的兵团战士

擀 面 条

钟宝光

小的时候看见妈妈擀面条，慢慢地将整个擀面条的过程记在心里。长大了，上中学的时候我给妈妈擀过一次面条，那时的面粉没有现在的白，妈妈很高兴还表扬了我，其实，那次没有擀好，面和的软，擀的时候要加许多"醭（bu）面"才擀成。后来，记忆深刻的擀面条是在北大荒冬季伐木的帐篷里。

具体那一年调入41连工作我也记不清了，后来四营组建水利队时又调我到45连。工作过的地方总会有记忆深刻的人和事。清理农具，大犁、重轻耙还有播种机，抠泥打油，其实这段时间懒懒散散，修理损毁的部件，混了些日子，天一冷冰天雪地的也干不了什么活，王克信指导员下令机务排农工班混编一块进林子伐木去。

记得刘凤楼开着28胶轮小红车主要拉人，杜永奎开着链轨拖拉机拉着爬犁、帐篷等物资、工具和生活给养。开始的时候有路好走胶轮28快一些，没有路的荒原上胶轮车就没优势了，链轨车在没有路的地方更胜一筹。到了地方人都冻的不行了，赶紧下来蹦蹦跳跳活动一下就抓紧卸车。找了一个合适的地方，清雪的清雪，支架子的支架子，很快一个帐篷的框架有了雏形，原来常进林子，有些木制框架没有废弃丢失，始终与帐篷保管在一起，现在起到了作用。

那次伐木是韦强修连长带队，现场指挥的井井有条，不一会伐木小组带回许多粗细不同的原木，捡合适的搭铺用，余下的当烧柴。三下五除二帐篷就搭好了。帐篷一进门的地方支了一口大锅，大锅旁边搭了个面案子，一个小而简单的食堂就算完工了。

进林子没有闲人都在忙碌着，这时韦连长过来跟我说："今晚你两个做晚饭。"我看看身边的人是农工排的哈尔滨知青张思忠，小伙子浓眉大眼，个头比我高一些。我先问张思忠晚饭吃啥？他翻看着带来的东西，有肉有大白菜，有土豆洋白菜，有为数不多冻的邦邦硬的大馒头，还有面粉、油盐。我对张思忠说："咱晚上吃捞面？"噢！"那面条呢？"张思忠反问我。"擀点呗！我来擀。"我说完张思忠马上答应："那行，我来整卤。"我俩商量定了之后我随口大声地问众人："今晚我们吃捞面行吗？"帐篷里外忙碌的人异口同声"行！"

吃捞面在平日里连队食堂很少做，人多没法弄。说是整卤，林子里哪有那条件，张思忠把洋白菜切碎，又切了一大块肉，不用洗，当时也没水，这就是打卤的料。他忙他的我干我的。和面得先数数人头儿，看看有多少人，仔细一数二十四五个人，我按照每人半斤面粉计算，把面粉舀到一个大盆里，十几斤面粉真的不少，心里嘀咕着怕不够又多舀了几下，拿水舀子从锅里扎着温水和面。一大盆面刚和好了，打草的小组就回来了，大家伙把草铺在炕上，尽可能铺的厚点，一是保暖，二是让铺平一点，下面都是一根根圆木头，有粗有细还有疖子，咯咯楞楞。和好的面在那醒着，我想趁着有空赶紧把铺盖铺上整理好，谁想这些哥们手脚麻利，没等我拽行李呢，铺上一个挨着一个的行李卷都打开铺好了，我围着对面两个大铺转一圈，看看哪还有缝儿挪挪挤挤想把我行李铺上，真没找着地方。

面醒的差不多了，我把面团分成八块，一块面擀成面条三个人吃不了，如此我心中有底了。八团面分别揉两次，天太凉面没醒透，有块食堂盖馒头用的小棉被儿，俩手拿着在灶口翻过来掉过去烤了一会，摸着热乎了把几团面盖好。此时，帐篷里面的炉火已经点燃，熊熊的烈火燃烧并没有使帐篷内升温，只是走进火炉才感到有一点点温暖。零下二三十度左右的大自然环境，地面都是雪，建帐篷的木材，粗木与细树干，总之一切一切都是在零下极寒的环境中，突然变成一个室内环境，改变这个环境的温度需要时间。

韦强修连长看着帐篷内大家在各忙各的，基本安排的差不多了，走到帐篷外在离帐篷不太远的地方点起一堆篝火，几个司机与韦连长一起围拢在火堆旁边。火大无湿柴，胳膊粗的大腿粗的白桦树、杨树等闲杂树头扔进火堆，火越烧越旺噼里啪啦直响，本来林中风平浪静树梢都不摇动，火堆燃烧的大火使得烤火的人们脸上手上前面暖烘烘，可是背后寒风飕飕地刺骨，火堆将热空气推向天空，冷空气从底部向火堆补充形成风，人们不断地转身，烤烤胸前再烤烤后背。

我一边擀着面一边看着张思思炒菜，那家伙真敢往锅里放油，别说没调料，还有几颗大葱，他把葱上发干的外皮剥了，在案子上切巴切巴，看着油热了往里一扔，一股葱油香气扑面而来，他拿起铁铲在大锅里左右一翻又麻利把肉往锅里一倒拿着铁铲在锅里来回翻腾，不一会肉色发白了，他赶紧把"喂斗罗"里切好的洋白菜一股脑地倒进大锅，火很旺，他一边翻着菜一边顺手抓了一把盐扔进大锅，接着又舀了水往锅里一倒，等开锅后帐篷里热气腾腾，满是菜香。

我擀面擀到一半时，顺手拿起筷子从锅里加了一块肉，怕烫连吹了两口气往嘴里一塞，好家伙真香！咸淡按照平常食堂的饭菜算正好，但是我看看盛菜的盆儿，再看看这一堆人，心想准不够吃。我都没有同张思忠商量，抓了一把大粗盐粒就往锅里一扔。他正拿着铁锨翻炒准备出锅见我又扔进去一把盐就喊："宝光太咸啦！"我又尝了一口说："没事。"他也尝了一口，我看着张思忠说："怎么样"他说：有点咸，我尝了第二口之后心里有底，菜咸压得住口，淡了，先盛的有卤，后盛的卤没了。

八团儿面擀完七团儿的时候，大铁锅里的水也快开了，我麻利地动作加快，这次和的面硬擀面条正好，擀的时候不让皮儿太薄，醭面用的不多，擀的差不多的时候，轻轻提起擀面杖，慢慢地松轴面片下坠，均匀的前一推第一折面平铺在面案子上，而后向后一拉第二折面折返也平铺在面案子上，看到有些过于湿润的地方撒点醭面，就这样一层层的迭起，底儿大上面一层比一层小，形成梯形整整齐齐，切的时候也不太窄，"韭菜叶"那样，切好后抖开了放在面案子上，那么冷的天就是堆起来也不会粘。

水开了面是我下的，看看水的多少，先煮一半，有的是柴火使劲烧，锅开了打了回水，半舀子凉水打不下去滚儿，又打了半舀子，沉一会开始捞出来，"大伙来，盛面了！"大伙平时吃饭的家伙铝饭盒、搪瓷的小盆什么端着来了。这时候乱了，没有食堂用的那种长筷子，拿着短筷子我们俩人赶紧捞，头一波都捞好了，我在旁边招呼着，尝尝咸淡啊！先少放卤，不够咸再放！

加了点水马上就开锅了，第二锅面条统统下去，我们俩看着锅，张思忠看看大伙吃得香，卤咸淡怎样？他向大伙喊了一嗓子。"正好，正好"大家伙异口同声，"大伙吃的正好就行，是宝光弄得，功劳是宝光的！"我说："什么功劳不功劳的，大伙吃好就行。"锅又开了，赶紧往外捞，问题来了，这回水多了，没长筷子、没"罩篱"，眼看着面条在锅里捞不出来。边上一帮子人拿着碗儿、围着锅，我看看锅台边上放着的两桶水问大伙："锅里头加上凉水用手捞行吗?""行! 行!"大伙连着说了几个"行"，我提起两桶水倒进大铁锅，带着冰碴的凉水使大锅温度急速下降，"我抓啦!"好，大家伙同意，我趁着锅里水凉赶紧抓出来给大家盛好，到最后两碗的时候锅内的水温已经升高，下不去手了。我和张思忠吃面的时候大家都喊太好吃了，太饱了。最后收拾锅碗儿、瓢盆儿的时候，只剩下了一点面条和一小碗卤。

晚饭后，韦强修连长跟凤楼子的车回去了，我收拾完了一看，因为人多床铺没地了，我和杜永奎没有地方睡觉，没想到我的师傅王自忠半夜也到了林子。帐篷外面零下近30度，帐篷里面目前温度也是在零下，我只好陪着师傅在炉子边上烤火，王自忠不了解情况，问："你睡那个铺? 今晚咱俩挤挤。"我告诉师傅说："我也没铺，你看，我的行李在帐篷门口呢"。大半夜了咋整? 师傅没有说话，坐在火炉旁边继续烤火。刘玉喜的床铺就在离火炉不远，他看看我轻轻地说;"今晚咱俩挤吧。"师傅也说去跟"地雷"挤着睡。说实话一天下来真的累了，我只是把外面的棉衣棉裤脱掉挤进刘玉喜的被窝躺好后又把棉帽子戴好，剩下的事情就不知道了。

第二天早晨醒来后，就听见农工班一个高个子的北京知青在帐篷里骂骂咧咧地说;"这算什么事，王自忠车长进林子没地方睡，连让一让的人都没有，让他坐了一宿给大伙烧炉子，什么事!"下午刘凤楼又来了，带了一些林子里要用的东西，并通知我们机务上的人回连队开始检修车辆。

兵团开荒年代，擀面条吃捞面平时在几百人的连队里几乎没有过，林子里面人少吃一顿可以做到，加之是我亲自动手做的捞面，所以记忆深刻，吃捞面在北大荒兵团是很奢侈的饭。

钟宝光　天津知青，1953年生，1970年5月到兵团6师27团水利队，1971年2月进入开荒营，在开荒营48、41、45、44、49连等多个连队工作过，1982年返城回天津在河北区东六街办事处任职，1986年到上海杨浦区烟草公司工作。退休。

速　描
——36连的茅草房
卢来根

　　这是我1973年前后写于开荒营36连一张素描《茅草房》，读者首先看到的是房屋的北墙，三个很小的窗户共有12块玻璃，为了防风，紧闭的窗子又用厚厚的纸条封得严严实实。地上杂乱的有长短不一的木柴和杂物被积雪覆盖着。屋后共有四根粗壮的大木头，三根成45度角支撑着整个北墙，明显地让人感觉到整个北墙倾斜严重，一根稍稍倾斜近似直立的大木头显然是支撑着房屋中间的大柁，承载着屋顶的大部分重量。

整面北墙向后（北方）要倒，分析这是最初建造的"草筏子墙"，大墙砌起来时，整块的草筏子还活着，也就是说草根还有生命力能够发芽，大墙慢慢的风干，墙内的草根枯死整面墙下沉，造成了整面墙的不稳定倾斜。

卢来根
20 世纪 70 年代初期创作于开荒营

房屋的东头，几根粗壮的大木头堆放有序。东南方向不远处有一片小树林。

房屋的西头，一个空油桶斜立着，顶上落有薄薄的一层雪，顺着油桶的方向看去，一个矮小的由木架和茅草搭建编织而成的"微型建筑"应该是茅厕。

银装素裹，冰天雪地里的一栋简陋茅草房让人们一眼就能认出这就是我们曾经住过的房子，开荒营建点初期，能住上这样的简陋房屋已经算是"高级住宅"了。房屋的南面从画中看不到，但是想象当中应该有一个带有"门斗"的门，整栋房屋没有几间房，进出的大门少，室内保温要好很多。炊烟袅袅，尽管房屋破旧，但室内还是很温暖的。

注：卢来根：上海知青，一师五团调入开荒营，曾短暂地在 36 连工作过几个月，喜欢音乐、书画。开荒营举办的毛泽东主席追悼大会上，毛主席的巨幅画像就是卢来根绘制的。

卢来根　上海知青，1950 年生，1969 年 4 月到黑龙江兵团 1 师 4 团 10 连。1973 年 5 月调入 6 师 27 团开荒营 36 连，后又调入 41 连，1976 年底调营部放映队，1979 年初回上海，在汉中乐器修理部学习钢琴的修理和调律。退休。

连队的茅草房

经 历 上 山 下 乡

付清莲

我是佳木斯纺织印染厂子弟学校的一名学生，毕业于 1976 年。当年 7 月响应伟大领袖毛主席：到农村去、到边疆去、到祖国最需要的地方去的上山下乡号召，我们一行 30 人乘坐佳木斯市航运局东方红 08 号客轮来到黑龙江畔的勤得利（6 师 27 团）。

到勤得利下了船，是一辆解放牌汽车把我们送到了祖国最需要的地方——北大荒 27 团开荒营 41 连。下车之后，看着眼前的景象，我们所有的人都"晕"了，不知东南西北了，我们想这是什么地方呀？连房子也没几间，走进宿舍一看是非常简陋的两铺大炕，一铺炕睡十几个人。我们住下了后，第二天开始分班、分排，我被分到农工排。从此我们就开始紧张的工作。

麦收开始了，我们跟随老知青们在田间和场院收割和晾晒小麦，学着翻晒、扬场、入囤、灌袋等每项工作，从早忙到晚，每天都是一身臭汗，没有洗澡的地方，我们只能打一盆水回到宿舍擦一下身子。当看着我们辛勤收获的粮食交给国家时心里非常自豪，因为我们现在也能为国家做贡献了。

春耕前先要选种子、拌农药，我们戴着口罩用手摇着拌种筒，赛力散等农药粉尘呛的都流鼻血，为了不误农时，我们必须坚持把一囤种子拌完。在老大姐们的带领下，我们克服困难提前完成了拌种任务。

播种时机车到地头不能停，我们只能背起装种子的麻袋跟着车跑，把麻袋扔到播种机上，耙好的地很松软，跑不好就容易跌倒在车后的木耢子上。往播种机上加种子时经常有人摔倒，这是常有的事，我身体不太好就经常挨摔。

到了夏天蚊子横行，那可真是蚊子叮、小咬咬、老鼠直往炕上跑，这是夏天。到了冬天刮大烟炮，那个冷劲就别提了，下乡当年我就把手冻了，起了红疙瘩，一开始不知是怎么回事儿，因为没冻过呀！后来才知道是冻疮。

1976 年，我们是最后一批上山下乡的知识青年，虽然时间不长只有三年，但我结识了全国各地的知青战友，看到我的大哥、大姐们为了北大荒这片热土奋斗了近 10 年，在昔日的荒草滩上开垦出万顷良田，我为能加入到开荒营 41 连这个团队感到欣慰，为能和战友们一起开发三江平原感到自豪。我们这代人把美好的青春献给了黑土地，这片黑土地也造就了我们这一代人吃苦耐劳的精神。

付清莲　佳木斯知青，1976 年 7 月下乡到黑龙江兵团 6 师 27 团 4 营 41 连，农工排工作。1979 年回佳木斯接班到佳木斯纺织印染厂工作。退休。

开 荒 营 42 连

开荒营 42 连在建点时合影

北 大 荒 两 部 曲

黄秋云

一、五星山下

很小的时候就常听父亲说过，祖国的东北边塞有一个荒无人烟的地方，土地辽阔且肥沃，解放前有好多穷人领着全家老小去那里闯关东，那里野兽成群，人烟罕至，人们把它称作北大荒；上初中时又听地理老师讲：北大荒是冰雪的故乡，隆冬季节最低气温可达零下 48°度，一年有 2/3 的冰霜期，冻土层最厚达 1.5 米……

毛主席的一声令下：知识青年到农村去，接受贫下中农的再教育，那里是可以大有作为的。1969 年我和妹妹彩云都来到了北大荒。

9 月 7 日接近傍晚，我们北京十二中的 49 名学生来到了勤得利五星山下石子河的公路旁，这就是我们的目的地：兵团六师 27 团工程连。映入眼帘的是两三个军用旧帐篷坐落在

山脚下的马路旁，帐篷周围杂草丛生。连里的战友看见我们来了非常高兴，帮着我们卸下行李问寒问暖。我们这些人环视四周，竟是大眼瞪小眼，有些莫名其妙的感觉，我们住在哪儿？这里吗？兵团应该是有营房的呀，满脑子问号，眼神中流露出各种无奈和不知所措的表情。这时连里的领导、老职工、老知青（比我们早来一年或几个月的几大城市的战友）以他们各自的方式做着我们的工作。

安排好住处后，炊事员就招呼我们开饭了，这我才知道那顶小帐篷是做饭的地方，因没有食堂，大家就一人一大碗猪肉炖粉条豆腐，连汤带水，上面飘着一层诱人的油花香味，大馒头一人两个。我们学着老知青们用一双筷子串着馒头，边咬馒头边喝汤，还别说北大荒的饭菜真的很好吃呀！

晚上连里召开全体大会，王运德连长和指导员对我们的到来都分别做了欢迎的讲话，讲了我们工程连的性质及工程连目前的任务，给我们分配了班组。

工程连的任务就是盖房。当时中苏边界发生珍宝岛冲突事件后，兵团决定 27 团的团部由勤得利的黑龙江边向后撤到 20 多公里的五星山旁的石子河。我们的主要任务就是建设团部新址，石子河就是我们的劳动战场。

第二天一早听哨起床，小河沟旁洗漱，吃过早饭，按班、排列队上山工作。任务明了，上冻之前每天在山坡上搬砖、和泥、挑灰、挑水、筛沙；不宜施工的日子，翻过两座山去割荆笆条，去开山炸石、打石，再人力拉爬犁把开采的石头运回工地……不停的大会战。

在封冻之前我们从山脚下的帐篷搬进了"大宿舍"，这是团部准备将来当仓库的大筒子房，我们先当大宿舍住。中间打了个隔断，女战士住在西边，男战士住在东边，毕竟是工程连队也还讲究，男、女战士各近百十号人，都住进去了。日复一日：起床、早饭、上班、午饭、又上班、收工、晚饭后政治学习，除了想家，劳动强度大，倒也规律。时间长了，大家一起劳动，互相帮助，谈笑风生，相依相存。

在当时的大形势下，连队里阶级斗争也抓得很紧，我们一排一班有一个大胡子老陈，50岁上下，刚开始工作就有人告诉我们他是被管制分子，不能称呼他师傅，不能接近他，有事时叫他老陈或直呼其名。工作了几天后我们又很奇怪，沙石灰的混合比例，都要经过老陈说了算，排长和八级工的老师傅，经常和老陈一起磋商工作，可是连里还开了两次他的批判会，说他是阶级敌人？有时看老陈很孤单可怜，休息时没人理他，就自己吧嗒着大烟袋。让人宽慰的是在我们还没离开老连队之前，听到连长大会宣布了团里一个文件精神，老陈只是出身不好，他自己的问题属于人民内部矛盾，宣布摘掉以前的帽子，但是大家都习惯了，还是称他老陈。

那时中苏边境形势严峻，丝毫没有收敛的迹象，当时我们发现最多的情况就是连队周边夜里总有打信号弹的，所以每天夜里我们都要值班站岗，真是瞪大了眼睛，紧握着发给我们的枪支，丝毫不能懈怠。黑龙江封冻之后，团里传来命令：夜晚睡觉不能脱衣服，有情况不许开灯和打手电，不许出声。工作和战备越来越紧，以防备发生突发事件。

一天夜里警笛真的响了，刺耳的声音划破长空，被惊醒的战友们赶忙跑出大宿舍，摸着黑、屏住呼吸，紧张和寒冷使我牙齿直打架……两三分钟后集合完毕，各班排点名，连长宣布有情况，边防军需要我们兵团部队协助，不许出声，不许掉队，出发！

那年冬天的雪不是很大，地很滑，不时有人摔倒，各种姿势都有，我也脚底一滑，仰面朝天，后脑海重重砸在地上，赶快爬起来追上队伍，我边跑边想什么情况，莫非老毛子真的打过来了吗？倘若掉队后果不堪设想，我紧跟着队伍一路急行军。

这时天逐渐有了亮光，辨认出了东方，原来我们是围绕着离工地不远五星山跑了半宿！继续跑是回营房的路。回到大宿舍的空场地，天已大亮，站好队，等待后面落队的战友，这时我们气喘吁吁的劳累感、恐惧感荡然无存，相互打量，竟会意地互相笑起来。点名报数，连长总结指出，我们战备意识强，有一不怕苦，二不怕死的精神……宣布演习结束。

逢年过节老连队给我们改善伙食，杀猪宰羊，大餐吃起来，过年时连里领导带着老职工到知青宿舍看望我们并给我们拜年，我们很感动，很知足，给家里的书信也有了丰富的内容。

我们这些知青年龄参差不齐，从高中66届到初中69届，多数不到二十岁，眼看着那些年龄小的战友一年之后个子长高了很多，稚嫩也少了许多，我自己是67届高中生，没有理由落在别人后面，工作学习一直严格要求自己，和大家一起成长，真是锻炼了身体，磨炼了意志，各种活计逐渐熟练，学会了在艰苦中生存（1970年春节我寄给北京的家书得以父母的精心保存，偶尔拿出仔细回味，时有笑声，时有泪花，时有感叹）。

在工程连一年多的时间里，我从战士、班长升为副排长，1970年底我光荣加入了共产党。

二、肩负使命向浓江河畔进军

1971年1月，工程连就接到团部命令，抽调40人分别组建开荒营41、42连，我被调开荒营42连任命为排长。

1971年2月18日，27团在我们工程连大食堂召开了"向荒原进军"的誓师大会。会场布置豪气冲天，周围的墙上都贴着诗歌和豪言壮语，前面一首这样写道：

> 一赞大会士气高，豪情干劲冲云霄，
> 开荒建点不怕苦，敢叫浓江换新貌。
> 二贺大会方向明，突出路线不放松，
> 学习大寨抓根本，战天斗地我豪情。

还有：雄关漫道真如铁，而今迈步从头越！

我们开荒营的口号是：当年开荒，当年打粮，当年做贡献！

誓师大会结束后，团党委为我们举行了出征壮行大会餐，团长、政委都为我们敬酒壮行，我们大块吃肉大碗喝下壮行酒，每一位被选送的开荒战士都很振奋，大家都知道浓江荒原有更艰巨，更繁重的任务在等待我们，此时的我们都信心满满、跃跃欲试，都觉得自己是精良部队的开荒第一人！

1971年2月23日我们41、42连分乘两辆解放大卡车，老连队领导和战友们列队欢送我们向新的驻地驶去。车上拉着我们的行李和一些必备的粮油锅灶，锹镐锯等工具，取暖用的废弃大油桶。天有些阴，风不大，天上有些零落的雪花，虽然车有几次误入雪坑，也被我们的几个知青小伙迅速跳下车，熟练地垫、撬以后顺利启动。下午到达目的地，我们42连在营部路东，卸下物品，汽车返回。

我们连这里的营房帐篷初步落成，雪地里还有一些树干枝条，看到这些我忽然想起我们在老连队拍照和喝壮行酒时几位老职工和男知青战友不在现场，没见到连长刘国华、排长朱景芳、老职工丛树孝，哈尔滨的白桦、刘文晋，北京的胡义良，原来他们一行人已经早我们几天作为开荒营的先遣小分队打前站了，他们做到这个程度，那更是难上加难，吃的苦更是难以想象，在冰天雪地里他们一边考察驻地、可耕地，一边考察可砍伐的树林，他们把木料伐好，运回来，又搭了帐篷，真是从心里万分感激先遣小分队的战友们！

接下来我们要在天黑之前支好床铺，搭好炉子，解决取暖，化些雪水解决喝水和做些简单的饭食。我们这二十号人还真是个个强悍精兵。由刘国华统一指挥，帐篷依然东西走向，打了两个隔断从东到西依次是做饭的伙房、男宿舍、女宿舍，我们有在石子河住帐篷和当年冬天进山林伐木搭帐篷的经验，由瓦工师傅刘东刚带着几个人砌炉子、烟道、锅台；徐锡梅指导员领着几人加固帐篷、支床铺。这回的床铺可是极简陋的，床体床板全部是粗细不等的树枝子组成，在上面铺些草，有硌人的地方也有睡半夜塌陷的地方。顾志琴司务长带着炊事班戴荣颜铲雪、点火、化水，准备晚饭，一切有条不紊，紧张有序，天黑之前我们一切就绪。

点上马灯，吃着从老连队带来的大馒头加老咸菜，有男生也掏出了装有小烧的酒瓶享受了几口。简单的晚饭过后，我们42连在帐篷里召开了第一次全体会议。连长、指导员领我们学习了毛主席语录，做了简单的总结，明确了第二天的工作。为了保存体力让我们尽早休息，炉子里加满了大柈子，我们和衣而睡了，炉子添火口在男宿舍那边，他们晚上可能还要起来添加柴火吧，这就不得而知了，帐篷里有了热气，我们进入梦乡。

早上起来，我们用脸盆化好的雪水简单洗漱一下，集中到女生宿舍这边，边津津有味地喝着代荣颜端来的萝卜黄豆汤，吃了和昨晚同样的大馒头老咸菜。

连长问我们："都休息好了吗？看来大家累了一天，夜里进入梦乡也快。大家没事就好"。刘国华连长是哈市知青，1968年来兵团，年龄不大却很有魄力，高高的个子，结实的身材，浓眉大眼，留有两撇小胡子和黑红的脸庞遮掩了这位年轻人应有的稚气，别看他刚刚20出头，北大荒的活计样样难不倒他，布置工作头头是道，带头干起活来更是武将做派，大有排山倒海之势，永远冲锋在前，他是我们知青的榜样。

冰天雪地，简陋的帐篷，简单的早饭，我们依然乐观，向上，谈笑风生。晚上起夜是我们女生最难为情的事情，于是女生一般都是准备一个晚上方便用的盆。早起第一件事就把那个方便盆泼到离帐篷远远的地方，可调皮的男生在吃早饭时还是让女生尴尬至极，于署生一边喝着大萝卜汤一边神秘地讲述："我发现昨晚你们女宿舍时不时传来小溪流水的声音？"女生们会意地一笑，还是刘滨香反应快，"那是我们晚上起来在灌暖水袋的声音！"一阵哄笑，李玉霞也开始回击："我们也听到了男生那边有石子河炸石头的炮声！"大家哄堂大笑差点把萝卜汤喷出来。

早饭后每人带上一个从老连队带来的馒头，把绑腿打结实，带上皮帽，扛上快马子锯、蘑菇头、卡钩（抬木头专用扛）、斧子、绳子等必要的工具，没有任何机械，一身短打扮就出发了。

茫茫东北二月天，白雪到膝盖，没有路，没有车辙，没有脚印，几个毛头小伙子抢先走在前面趟出一条路，祁建华、白桦、李信生、于署生、陈嘉利轮流走在排头，徐指导员腿上有残，走路有点瘸，李淑琴、于秀英、李玉霞、刘滨香、我和赵光云几个女生及几个老职工走在其后，我们想减轻徐指导员的负担替他背一下身上的包裹，可他就是不肯，还用浓重的广西话讲他的包是宝贝。行走不到半小时，我们已经浑身冒汗了，有的已经摘下手套，抢掉帽子，解开衣扣，渴了也方便，利用大自然的赏赐随手抓一把雪放在嘴里。不停地行走两个多小时，终于看到了一片片的树林。这就是张英营长带着我们连长刘国华，朱景芳排长、刘文晋，白桦，胡义良等先遣小分队成员踩点得到的情报。

伐木工作开始，两人一道锯，拉开距离，观察判断树往哪边倒，第一锯下锯的位置，第二锯下在哪，离地面的距离，放倒树后打枝、截楞、归楞……我们像一名成熟的伐木工人，当然这些我们在老连队都干过，学会了。只是有个别情况如：树锯倒后没有按预计的方向倒或压在了其他树上，再想办法二次放倒很危险，有的虽然按预计方向倒了，但它的后作用力过大，躲闪不及，也会伤人。工作中碰到的种种难题我们都会请教徐指导员和老职工。当时不管年龄大小，我们都是成熟的战士，相互协调工作，密切配合，一会儿就放倒了几十棵大杨树。

中午我们点燃一堆篝火，用树杈插上我们的大馒头，与其说是烤热一层吃一层，还不如说烤煳一层吃一层，我们快吃完时，徐指导打开了他神秘的包裹，吸引了我们的眼球，并同时惊呼"糖三角"！大家一人两个，火烤一烤津津有味地吃起来！这是这辈子最好吃的糖三角，回味无穷，赛过如今稻香村的点心和各种高档面包！后来刘国华连长说这是临进点时师娘看徐指导员身体不好给他带的小灶。

午饭后没有休息，接着干起活了来，东北夜长昼短，尤其是冬天。又干了大约两个小时，我们收拾工具，准备返回，争取天黑前返回营地。天黑了再往回走就危险多了，首先是迷路的问题，饥渴劳累的问题，再有就是禽兽的威胁。以上这几天还算幸运什么都没遇到，可是这几天刮起了西北风，我们顶风而上举步维艰，围巾帽子全副武装，来时被我们趟出的脚印都被大烟炮埋没了，真要迷路我们的后果可想而知，顶着风雪走，开始脸被风刮起的雪花削的很疼，时间长了就不知道疼了，那几个知青小伙子白桦、李信生、祁建华、刘文晋、于署生，依然走在队伍的排头，这回除了趟路，还起了挡风的作用。还好徐指导和老职工刘东刚识别方向的能力真是了得，平安到达营房。

到营房看到司务长顾志琴和代荣颜早已把炉火烧得红红的，进屋我们开始卸妆，围脖、帽子、手套，只是我们的绑腿带子被冻的硬邦邦的，卸不下来，随着帐篷里温度的浸入，才一圈一圈卸下绑腿，李玉霞提着她的绑腿带子说：像是被冻上的湿海带。那是我们汗水雪水和冰水的交融所致。不管咋样，在风雪中劳动一天回到暖和的营房里，我们还是很高兴，很乐观。看着炊事班给我们用冻白菜黄豆熬的热汤香味扑鼻，新蒸的大馒头散发着麦香，顾不了许多我们端着大茶缸子、饭盆、饭盒、热热的喝暖和了。徐指导员宣布今天晚上自学毛主席的《为人民服务》，排以上干部开会研究明天工作。

黎明送来了浓江河畔的第三个清晨，睁开眼发现我们几个战友的脸、手、脚都挂上了不同程度的冻伤。早饭过后，我们这群垦荒人迎着朝阳又活跃在浓江河畔。

后记： 42连最早进点的：刘国华连长，返回哈市后因病英年早逝。徐锡梅指导员退休后返回故里广西钦州市，于2017年9月病故，享年85岁。

我很怀念我们的刘国华连长！很怀念我们的徐锡梅指导员！

艰苦岁月的相知相识，共同创业使我们结下的战斗友谊永存！愿逝者安息！

黄秋云　北京知青，1969年9月由北京十二中到黑龙江兵团工程连，1971年3月开荒营42连副指导员，1974年3月调回北京，分别在丰台五小、右安门三中任教。退休。

记赵津生的收音机

黄秋云

艰苦创业的日子里，42连的精神食粮是一台1970年上海产的8晶体管3波段红旗牌半导体收音机。拥有者是天津知青赵津生。

津生平时话语不多，喜欢看书看报，为人老实低调，工作勤恳，衣着不讲究。1972年春天探亲假回来他竟然带回了那么昂贵的物件——价值170元的半导体。大家既羡慕又高兴，闲下来就围着他调试着想听到的国内外新闻、评书、革命样板戏……津生也是蛮有成就感，脸上平添了往日少有的笑容和自信，他也很大气，尽量满足战友们的要求。在开荒营刚建点的日子里，在恶劣的环境和超强度的体力劳动之余，外面的信息知道的很少，遇到恶劣天气邮递受阻，国内外信息只能看一周前甚至十天前的报纸，可想而知这台半导体的到来打开了在荒原深处奋斗的知青战友们了解外面世界的精神明灯！

首先是男战友，他们收工后，晚上入睡前都可以尽情享受知识宝典的熏陶，适合劳动的场所津生带着它，我们大家都受益。1972年底，真没想到我们连队竟然那么多战友主动定了1973年全年不同的书报杂志。其中有订《红旗》杂志7人，他们是：安凤琴、孙伟、李红英、钱秀敏、鲁汉生、孙增会、魏全星。订《参考消息》报2人：黄秋云、吕阿鸿。订《解放军歌曲》9人：孙伟、李红英、郭桂兰、王向琴、钱秀敏、张俊珍、龚金玲、鲁汉生、黄财荣。订《新体育》报2人：郑建平、顾信根。订《兵团战士》报2人：徐景田、刘国华连长，订《黑龙江》报的高明，订《医学参考资料》的边桂英，订《数学实践与认识》的王青山（这是留有的原始记录名单），还有人时常让家里邮寄学习资料来的，现在回想起来，那就是津生的半导体带来的渗透效应，唤起了大家对知识的渴求和学习的欲望，逐渐的42连的战友们对学习政治、文化的主动性有了明显的提高。一时间这台半导体就是我们42连的宝物，赵津生也成了我们眼中的新闻媒体传播人。

这一天男宿舍安静了，男战友追问津生半导体去哪儿了，津生笑而不答，与此同时女宿舍热闹了，大家围着北京知青赵秀荣，时而拨动按钮，时而旋转天线，样板戏，革命歌曲……意见统一了，大家一起欣赏，边唱边跳起来。评书，相声，42连的女生们哪个不能说上几段，唱上几曲，不善言辞的几个战友也都学会了吹口琴。工作时津生打开半导体，劳动场面更加热火朝天。下班了，半导体就随主人回了男生宿舍，女生闲下来，看书看报，或拿着歌本唱歌。有一天，半导体被拿到了女生宿舍，记得当时播放的革命样板戏《红灯记》李奶奶痛说革命家史选段，这是哈尔滨战友安凤琴最拿手的唱段，只听她有板有眼地随着唱了起来：十七年风雨狂，怕谈以往，为的是你年纪小……大家不管五音全否，都跟着一起哼、唱起来，主唱的安凤琴更是全神贯注，从此我们发现当时几部样板戏里凡是奶奶的唱段，不管是李奶奶、沙奶奶她都能唱得很好……也因此得了昵称"老太太!"

传媒的作用太强大了！就这样这个半导体男生宿舍待一两天，女生宿舍待三四天。一两个月后大家发现了一个新情况：这台半导体往来男女宿舍是谁传送的呢？大家终于发现传送半导体的人就是拥有人赵津生传给北京女知青赵秀荣，当男生强烈请求津生要听半导体时，津生又唤出秀荣把半导体取回来，时而津生又把半导体交给秀荣拿到了女宿舍……反反复复，不知道多少个轮回，津生、秀荣恋爱了（不知是津生的"小伎俩"，还是意外终身大收获）！北京的媳妇天津的郎，二赵美满幸福结合！他们返城后定居天津，40几年走过来，和和美美、恩恩爱爱，至今美满幸福！

在那激情燃烧的岁月里，"世上有朵美丽的花，那是青春吐芳华"！青春是美好的，爱情是甜蜜的。那个年代津生的半导体在荒原中的连队里传播国家大事，新闻实事，给我们传递了知识、文化、娱乐和爱情！

谢谢津生当年省吃俭用买的半导体给42连战友们带来了知识和欢乐。

谢谢津生、秀荣夫妇保留半个世纪至今的红旗牌半导体收音机！

42连第一批进点人员留影

找 林 子

顾信根

　　北大荒的冬天很冷，这里的老人常念叨的一句话就是"猫冬"，意思就是冬天躲在家里不出去干活。而对于我们建设兵团的连队职工来说，冬天总有干不完的活。尤其是我们新建的开荒营和所属连队，则要加上了一个"更"字。

　　在荒原上创建一个新连队，生存的第一位是先解决吃住问题。荒原上一无所有，建点用的材料是新建连队最紧俏的物资，团里只能解决一部分，不足部分就需要连队自己解决。

　　每年的11月份，场院上的活都收了尾，大地也都上了冻，各连队就开始忙活起来。准备工具，安排人员，为冬季的伐木、打石头做准备。记得好像是1972年，我们42连在连长刘国华的领导下，也在积极筹备之中。因为这一年42连不但要完成本连队的基本建设，还要给营部的基建提供材料。木材和石头都是建筑材料，但他们的采集方式却不同。石头，勤得利五星山下、五连后山有的是，只要你有足够的炸药，经验丰富的采石工人，取出几百上千方的石头不成问题。而伐木则不同，森林得靠大自然的阳光雨露滋润，生长得靠年头。一般我们采伐的杨树需四五十年才能成材。成立兵团建制后，原先伐木归地方林业局审批的规定成了废纸，变成了谁伐木，谁说了算。以前是伐一颗再种十棵，而现在只伐不栽，森林资源越来越缺乏。由于这些年的过度砍伐，森林的存储量逐年减少，能找到一片好林子，实属不易。42连需要的木材量很大，连长刘国华决定早下手，找到好林子。

　　由于任务重，张英营长决定参加我们连找林子的队伍。老营长是五八年转业的老兵，有极丰富的经验，特别是黑林子及周边地区，营长曾经去过多次，对那一带很熟悉。老营长的亲自参加，给大家也增强了信心，好的伐木林一定能找到。

　　一切准备就绪，11月末的一个清晨，东方红拖拉机拉着爬犁，张英营长、参谋周涵达、连长刘国华及四十二连的几位排长，组成四营最强的找林子的队伍出发了。

　　这次我们乘坐的是张营长亲自指导改装的爬犁，为此张营长也真是费尽了心思。原来坐的爬犁就是在两根爬犁脚上面横着几根梁，再铺上木板，人坐在上面，拖拉机带起的寒风和雪渣扑面而来，时间不长，两只脚都会被冻僵。营长在出发前派人在爬犁上安装了一个活动的木棚子，有了棚子，解决了挡风挡雪的问题，从而使我们这次的行程少吃了不少苦，少遭了不少罪。

　　多年后，在一部北极探险的纪录片中看到了这种爬犁，当然片中的爬犁是用优质保暖材质精心打造的升级版了，论年代我们也可算师爷了。

　　由于张营长熟悉大致方位，拖拉机沿着河道一路向东，其实我们走的都是草甸子，根本没有路，爬犁在塔头上颠簸着前行。坐在爬犁上面的人也时时被颠起来，时间长了，每个人的手脚都被冻得麻木起来。为防止冻伤，营长招呼大家下来，跟着爬犁一起跑，等感觉身体发热了，再重新坐回到爬犁上，继续前进。我们就是这样重复着，坐一会爬犁，再跟着爬犁跑上一阵。张营长穿着一件旧的黄棉袄，瘦瘦的身材，脸上略显疲惫的面容，但一路却是谈笑风生。操着一口纯正的北京口音，诙谐幽默的谈吐，会吸引爬犁上的每一个人。营长从来都没有架子，与人为善，特别能吃苦，有能力，最可贵的是真诚待人，是我们敬佩的老领导。

营长说：要找到一处好的林子，远远的就得看它的形状，在雪地上望去，颜色要黑一些，树冠要齐整，面积又大，这样肯定就是好林。我们边走边看，眼看着天就要黑了，营长说今天先找地方休息，明天再找。于是我们停了下来，在广袤荒原上的一片小林子里燃起了一堆篝火。大家用木头枝子当垫子，围着篝火，坐了下来。然后各自撅了一根带杈的小树枝，把带来的馒头放在小树杈上烤了起来。急火烤馒头，烤热一层就扒着吃一层，然后再烤，再扒着吃下一层。没有水，抓起地上的雪就着馒头，一边听张英营长、周参谋讲述他们建设北大荒的经历，一边用最原始的办法解决了晚餐。老营长他们所经历的，比起我们现在的条件要艰苦得多，但是他们坚持下来了。

夜深了，大家久久都不能入睡，火烤胸前暖，风吹背后寒，每个人都在经历冰火两重天的考验。林子里很静，只有篝火燃烧时发出的噼啪声与阵阵寒风刮过时的呜呜声，同伴们在迷迷糊糊中熬过了一夜。

当太阳从杨树林头上升起的时候，我们又出发了，继续寻找适合伐木的树林。大概走了一个多小时的路程，一大片有小胳膊粗细的杨树林展现在眼前，我们惊呆了，笔直的杨树刺向天空，整片树林密不透风。营长说这是当年建农场时砍伐过后的老林子，现在在小树长起来了。我们发现老树墩伐得离地面很低，树杈树头都归成一堆堆的，再过几十年，就又是一片好树林了。周参谋也向我们介绍说：当年伐木有林业政策，一是不许乱伐，二是有计划，如何伐木，如何清林都有明文规定，同时还要有林业员和伐木工住在一起监督、指导，所以，林子的再生也就成了自然。但我们现在都是自己管理，当初的规定都不知丢到哪里去了。所以林子越来越少，越来越难找了。

经过近两天的努力，好大一片林子终于出现在大家的面前，那是一片挺拔的大树，大家看到后特别高兴。高兴之余营长又发话了，叫我们几个人带着快马锯，在林子各个边上都放倒几棵大树。营长说这是做个标记，别人找到这儿时，看到我们放的树，他们就知道这片树林已经有了主人。我们在摆放大树的时候，营长也没有闲着，带着刘国华确定支帐篷的地方。这个帐篷点既要离水源近，又要有可以用来烧火的林子。返程前，营长又带领大家再次确认方位。那个时候，没有GPS定位，只能靠大家牢记来时的行程路线，牢记林子头，把这些都装在脑子里，下次再进点时，才能找到这里。张营长就是凭借多年前过人的记忆，以及丰富的实践经验，才带我们找到这里。有了这片林子四营明年的基本建设就有了保证。

张营长带领我们寻找伐木林的过程虽然已经过去了40多年，但营长当年的音容笑貌时常出现在我的脑海里，久久不能忘记，张英营长为开荒营的建设发展，殚心竭力，奉献了自己的一切，不幸英年早逝。我怀念我们开荒营的好领导——张英营长。

顾信根 北京知青，1968年7月从北京76中下乡到勤得利27团工程连当架子工，1971年5月进开荒营42连农工班、连队统计、副指导员，1979年4月返城，供职燃气公司。退休。

北 大 荒 轶 事

于秀英

北国风光千里冰封，万里雪飘……毛主席这段诗词贴切地描述了北大荒的自然景观。我们知青奋战在冰天雪地的北大荒，有太多的感人故事，有太多的回忆，至今想起虽然是四十多年前的事情，但仿佛就发生在昨天，依然记忆犹新。

上唇的疤：北大荒的永久留念

我是开荒营 42 连的出纳，按说一般连部的人很少出去干活，可是我们开荒营的连队例外，因为我们看到一线的同志整天摸爬滚打在泥里土里，我们是不能心安理得待在连部，所以我们只要是没事就下班排去干活，和其他的兄弟姐妹一样，去抬石头、挑灰、脱坯、盖马架房，到地里割麦子割大豆，到江边卸煤等工作，没有半点偷懒。

这天我去帮助油漆班安装玻璃、刷漆，在安玻璃时，刚把划好的玻璃竖在窗框上，准备订上玻璃钉，然后抹上腻子即可，可不知为什么玻璃突然掉下来，顺着我的面部滑下，瞬间鲜血哗哗地往下流，当时，油漆班的哈尔滨知青郭玉芳赶紧陪着我到了营部卫生所，营部的医生给我清理了一下，上唇三角区划了一道口子，由于口子较深必须要缝合，但由于条件有限，无麻药，要是去勤得利医院又太远，没有办法只得任其摆布。在缝合的过程中，每缝一针，疼痛如万箭穿心，双手紧紧握住郭玉芳的手，头上冒着汗珠，缝了 4 针，还好总算挺过来了。如今上唇留下了疤痕。回京后，单位的同事聊起来，还以为我是兔唇做手术缝合的呢。这是北大荒在我身上永久的留念，它将伴我终身，不过，比起那些把生命留在北大荒的战友们，我还算是幸运的吧。

搪瓷缸子：毁容

北大荒的冬天农活基本上没的干了，主要的任务就是进林子伐木，为下一年的基建施工准备材料。林子里是没房可住的，天当被、地当床只是口号不是现实，因为气温可是零下三四十度，所以进点住的是帐篷。进林子的当天，车把人拉进了林子下了车，大家就七手八脚地干起来了，有的支帐篷，有的打草，有的伐木，用伐的木头和树枝搭起简易的床铺，草铺在上面就相当于"席梦思床垫"，把褥子铺好，人躺在上面盖上厚厚的棉被，就在这里美美地过上一冬了。帐篷中唯一取暖的设备是放倒的汽油桶，里面放进桦树桦子，帐篷里的温度如何？躺在床上嘴里呼出的"白气"足以说明。就是这样的生活，大家都是乐呵呵的，没有一句怨言。

唯一不便的事，全帐篷三四十人的洗漱以及喝水问题只能在放倒的汽油桶上再放上一个装满冰块的水桶，等到冰块全部融化再烧热才能够使用，后来牛淑英提出一个建议，咱们晚上把刷牙水打出来免得第二天排队等候，我想这倒是个好办法，于是就把刷牙的搪瓷缸子打满了水放在床下还心里美滋滋的。可事与愿违，当第二天早上拿出刷牙缸一看就傻眼了，搪瓷缸面目全非，原本漂亮的白色釉面上绘着彩色的花朵的表面，如今露出了道道黑铁龟裂，变得伤痕累累，缸里的水冻成了冰坨子，满满的鼓成一个小山包。

现在想起来我们犯了两个错误；一是没有想到我们睡觉的帐篷床下面温度那么低。二是没想到冻冰后，冰的密度比水小，在质量不变的情况下，体积会膨胀，当然要把搪瓷缸子给"毁容了。"

北大荒给我们留下太多的难忘记忆。我们那时还年轻，真是苦中作乐、苦中有甜。北大荒是我们的第二故乡，是我们奉献青春的地方，我们永远不会忘记她！

于秀英　北京知青，1969年9月赴黑龙江兵团六师27团工程连，1971年2月调入开荒营42连任出纳兼文书，1975年北京师范大学物理系学生，1978年7月后在北京十八中、北师大四附中任物理教师。退休。

42连第一批进军荒原的女战士
（前左起于秀英、赵光云、李淑琴；后左起顾志琴、黄秋云、戴荣彦、刘滨香）

那夜差点丢了性命

白　桦

1972年12月，这年冬天雪下的早而且又大又多，天异常寒冷，个别连队的大豆都被雪埋到地里，营部组织营直属单位到各连队支援雪中收割大豆的大会战，把大豆收割后在地里堆成大垛然后再脱谷。

12月23日这天，清晨天空就阴沉沉的，满天是低低的灰色乌云。吃完早饭按照连里安排我们机务继续进行脱谷工作（1972年秋营部机务排撤销，我们11号车回到42连）。中午飘起了零星雪花，下午又刮起大

风，吹的大树发出"嗖嗖"的声音，风夹带着雪在旷野奔跑，气温顿时下降了许多。下午三点多钟开饭时（冬天连队都吃两顿饭），连长刘国华叫机务排赶快出一台车，到 19 连的路上把营部小车因为雪太大而丢下的拖车拉回来，拖车上全部是营部商店比较贵重的商品。

快过元旦了，营商店在团部总店购进了一大批过年商品，在返回的途中刚过 19 连五六里的地方，因风雪太大拖车被陷到雪里拉不出来，被迫丢下拖车只开着牵引车回到营里请求拖拉机支援。营里把去拉回拖车的任务交给我们连，排里安排我们 11 号车组去。当时我任 11 号车驾驶员，车长侯元淮是老同志。车烤好发动后我就到不远处营部油料库加 35 号防冻柴油。那时 35 号柴油奇缺限量供应。加完油后我又回到宿舍换上皮袄带上手电筒、火柴，和助手老乡孙和平出发了。和平是其他车的助手，因我们车人员休探亲假还没回来，所以把他临时借到我们车。出发时天已完全黑了风雪也大了一些，在营部路口机务参谋于诚洲站在路旁又对我进行一番叮嘱后就出发了。

车一过 39、40 连，风雪越来越大，车灯照到前边看到的全是飘洒的雪花，孙和平对我说刮大烟炮了，我点了点头说看到了。从团部至开荒营的公路是正南北方向，冬天遇到刮风下雪就容易把路封堵住，路面基本上都是被风刮的雪棱子雪壳子，勉强能分辨出路基来。拖拉机喘着粗气艰难地在风雪中行进着。四周漆黑一点亮光也没有，暴风雪肆虐发狂地敲打着车门施展着它的威风。雪越下越大，风也越来越急，气温急剧下降，车的温度一直升不上来。我有时都看不清前方行驶路线，只能放慢车速摸索着往前开。1970 年初开过拖拉机都知道拖拉机驾驶室里的温度比外面高不了多少。我问和平几点了？他回答说快七点了，按时间计算应该快到了，我接着问他，你看见一棵树没有（从营部快到 19 连路西不远处长着的一棵臭桦树，习惯叫一棵树）？天黑雪大根本看不见。出发前机务参谋于诚洲就告诉我拖车扔在过了一棵树不远处，我放慢车速仔细看着前方，车又跑了一会，借着车灯隐隐约约看见前面好像是被扔下的拖车。我把车又往前靠了靠，在离拖车二三米的地方把车停下，我和孙和平刚跳下车，一阵烟炮吹到脸上像针扎般痛，气温很低，呼出的气瞬间变成霜挂在棉帽两侧，雪扑到脸上叫人睁不开眼，地上的雪快到膝盖了，风大的叫人抬不起头，看着这样的天气我心里感到有些不安，这是我来到北大荒三年多第一次产生这种感觉。

我们走到拖车跟前看到拖车两侧轮胎已被埋在雪下，牵引架也被雪遮盖着，我俩用脚把三角牵引架旁边的雪清了清，准备调头挂车，突然听到机车发动机工作不稳定，好像是油供不上了，我俩赶紧往车跟前跑，我打开机器盖、拧开手油泵用力压油，同时打开放气阀进行排气，可是油泵一点油都泵不出来，发动机熄火了。我让孙和平用手电照明，我把柴油粗过滤器滤芯拿出来还是不来油。我又叫孙和平把机器盖关上保持发动机温度，我到车后打开油箱盖掏出加油滤网用电筒往油箱里一照，看见油箱有油，我用油尺搅拌一下发现油箱里的油变成粥状了，全是石蜡。真是怕什么就来什么，这种情况发生只有两种可能，一是 35 号柴油标号不够，二是外界气温太低。我认为这两种情况可能都存在。那天夜里温度确实低，呼吸都感到困难，刚才我俩从车上下来走到拖车跟前棉裤就感觉冻硬了。我盖好油箱来到车前，孙和平问我怎么办？我说把擦车布绑在炉钩点火烤油箱。布绑上后伸进油箱沾点油拿出来一看上面黏糊糊的怎么都点不着，我就放了点副机燃油，火把终于点着了，开始烤油箱，风雪太大火苗飘浮不定，随时会被风吹灭，烤了好一会，前面柴油粗滤器还没来油。我判断是油箱至粗滤器一段输油管冻了，可火把这时燃尽了，我准备放油二次点燃火把时，我俩的手都冻得张不开了。我用手摸了一下发动机已经冰凉，我拧了一下放水开关已转不动了，说明放水开关也被冻住。时间不允许我们再点火烤车了，万一烤车发动不成功，就有可能使发动机和水箱冷却水放不出来，造成发动机机体及水箱全部冻裂而报废的严重后果。这时手电筒电池被冻得没有电了，火柴头被雪弄潮划不着火，我俩浑身上下都是雪，和雪人没什么两样。孙和平被冻得来回跑跺着脚取暖，眼泪都冻出来了（事后才知道当天零下四十度，被称为小冰河天气）。为了能把发动机和水箱水放出来，我们做最后一次努力，我把擦车布放在汽化器处，用副机燃油浸泡（副机燃油是汽油）。没有火柴就采取用副机磁电机跳火点燃被汽油浸泡的抹布，在我俩配合下抹布终于被点着了，刚拿起火就被风就吹灭了，我俩又开始重新点，第二次点燃后为不被风吹灭，孙和平解开大衣扣子用双手撑着大衣挡着风，我用火把先烤机体的放水开关，烤了一会就放出水了，接着烤水箱放水开关，烤到能拧开但不怎么出水，火把就没有油了。这时我的双手已经冻得不行了。为了能把水放出来我从工具箱摸出一根二寸长的铁钉，摸索着用锤子敲打开关放水孔水才出来，而我的双手被放出来的水浸湿，被风一吹感到钻心的痛，双手像是冻了一层冰一样僵硬。我扔掉锤子而铁钉却粘在手上了，是孙和平帮我拿下来的，我赶紧把双手插进怀里取暖。我双手不能动了，我叫孙和平把车门和机器盖子关好后，我俩互相搀扶着、淌着快过膝的大雪向19连方向走去。

黑夜，我俩向北顶着暴风雪艰难地前行，体力消耗很大，在这种情况下就怕迷路，迷路就意味着死亡。孙和平的脚被冻坏，走起路来后脚跟不敢落地，我双手轮流插在怀里取暖，十个手指疼痛难忍都不敢动。我俩艰难地在雪地里走着，不时掉到路旁沟里。我和孙和平说："掉进沟里不是坏事，说明我们没走错路。"孙和平脚疼的实在走不动了想坐下休息会，我说："咱俩千万别坐下，坐下就别想起来了，这样太危险，一定要坚持，决不能停下来。"我们咬着牙相互搀扶着也不知走多长时间，忽然看见前方不远处有亮光，我俩顿时加快步伐向有亮光的地方走去。

我俩走到有亮光的窗下敲了几下，屋里面有个男青年应声出来，听口音是天津知青把我们让进一个点着马灯的屋里，后来才知道这是连部的宿舍兼值班室。他借着昏暗的马灯看到我俩吓了一跳，我俩从头到脚全是冰雪跟雕塑的雪人没区别。他吃惊地问道："你们是怎么弄成这样的？"他一边听我介绍情况一边搬凳子叫我们坐到炉旁，我俩在炉旁烤了一会才脱下棉衣，脱下的棉衣好似盔甲硬邦邦的，棉鞋烤了好一会才脱下来。孙和平的左脚冻得比较严重，脚后跟肿得很大不敢落地。我双手冻得疼痛难忍，红肿起了水泡，个别手指尖已变色，尤其是右手更为严重。刚才脱棉衣和鞋都是他俩帮我脱下来的，看到我手这样他端来盆温水让把双手放到水中浸泡着，手放到水后感觉疼痛减轻了一些。我俩喝了些热水身体暖和许多，这时才想起问几点了？他告诉我们十点多了。从拖车位置到十九连这段路我俩走了近两个小时。这时我叫他帮忙告诉营里我们现在的情况，他出去一会回来告诉我说：开荒营的电话不好转，他把我俩的情况报告连领导并直接转报团部值班室，由团值班室转告营部发生的事情。不一会，他拿来冻伤膏和绷带为我俩包扎，我这才知道他是19连卫生员，好像姓沈。

他们连副连长来看我俩并询问了事情详细经过，说是团里想知道事情的全部过程。接着问我们饿不饿，我说不饿，他走后小沈就安排我俩休息。但手疼的根本睡不着，天快亮时风也停了雪也不下了，我太困也睡了一小会。早饭食堂给我俩做了半盆热面条，我俩一人吃了一大碗。早饭后19连各位连领导都来看望我俩，并告诉我说今天你们营里来车接你俩回去。

中午时分营里派来的铁牛55来接我俩，并对19连全力救治我俩表示衷心感谢。

上车后才得知，营里知道我俩情况后很着急，天不亮就出动一台推土机、一台拖拉机、一台铁牛55三台车。推土机在前面推雪开路用了一上午的时间才赶到19连。拖车和我们的车已被推土机和另一台拖拉机先拉回营部了。当我们知道车没被冻坏感到很欣慰，我俩昨天晚上的努力没白费。

回营后先到卫生所叫陈大夫看了一下我俩的手脚，孙和平的脚伤问题不算太严重，养一段时间就没事了。而我的手情况不太乐观，包扎的绷带一打开，双手又红又肿全是水泡，个别手指尖有些变色，两只手肿的像熊掌。陈大夫把我双手进行仔细消毒后涂上冻伤膏。又叮嘱我千万不要再冻了，尽量不要到室外活动保证手温，每天换一次药。回到宿舍后我俩向连排领导详细汇报了昨晚发生的一切。第三天营连二级技术干部加上我俩，分析当时发生的情况，团里要情况汇报，目的是总结经验教训避免再有类似情况发生。原因是：燃油结晶原来油箱有低标号的燃油，在气温低时产生石蜡，造成供油不畅管路堵塞；天气极端恶劣，温度太低，零下近四十度。后来团里对此事发了通告，以引起各连注意，避免类似情况出现。十几天后孙和平的脚伤基本好了，请探亲假回哈探亲了。而我的手经过一个多月的治疗脱了两层皮才好。值得我最欣慰的是车没有被冻坏。

后期很长时间不敢接触热的物体，最后还是留下严重后遗症，就是不能着凉，夏天都不能用凉水，一旦着凉手的每个关节都痛，双手一年四季都是凉的，返城以后找专科医生看过，诊断结果是：外伤引发双手微循环障碍。

11号车本身的经历也挺坎坷，1970年冬在二连被烧过一次，而这次差一点被冻坏真是火与冰的考验。后来营连二级领导对我俩提出表扬，尤其是对我俩在如此恶劣的天气情况下及时、正确、果断的处理方法给予肯定。

此事让我终生难忘！1972年12月23日叫我刻骨铭心。

白桦　哈尔滨知青，1952年出生，1969年8月下乡到黑龙江兵团27团工程1连，1971年2月调入开荒营42连，后又调到营部机务排、48连、41连工作，1981年返城，在哈市木材厂工作。退休。

向荒原进军

雷军制印

42 连 记 事

宋敬青

一、走进开荒营

1971年4月下旬，我接到调令，我所在的工程连三排七班大部分人员调往新组建的四营。2月份时第一批人员已先行进点，当时我们班正在五连后面的山洼里建造面粉厂，接到调令并不意外。四营的主要任务是垦荒种粮，当时因无番号就叫"开荒营"。

那年春天因胃病先后两次住进勤得利医院，6月，我出院回到五连面粉厂宿舍，行李早已先期运往开荒营42连，怎么去42连报到成了大问题，踌躇之间遇到工程连头一批进点的哈尔滨知青张云生，一时间找不到进开荒营的车，打听一下路程从五连砖厂下去不到30公里，我俩商量了一下，干脆走进去吧，按步行每小时5公里，估计要用大半天，早走过午能到营地。其实初建开荒营的临时运输道路是从六连下坡向南，经过37连和38连拐向东到四营营部。另一条路则是从石子河团部向正南的规划路。当时从石子河向南几公里筑路难度大，故而从砖厂南面向东拐了个弯到19连再插入规划路。

6月份的北大荒天高云淡，万物复苏，大地返青，气温适宜。我和张云生早上8点多结伴同行，从砖厂南侧土路向东到19连后拐到南北向的规划路。一路上两个人一边聊天一边观景，起伏的坡地一望无际，荒草中绿芽已现，行进间一只白色的大鸟突然从草丛中飞起很快消失在天际中，此时，突然有了一种郊野田园的感觉。规划路两旁的水利沟托起笔直的路通向远方，回头张望生活了一年多的石子河团部仿佛近在眼前。

张云生是1968年下乡的哈尔滨知青，为人粗放健谈，说话的声音较大，兴奋时夹带夸张的手势，由于嘴唇较厚，人称"大嘴"。记得在石子河时，有一次讲到他路过同江县，恰逢当地有红色宣传文艺演出，不知是什么机会让他溜进后台，发现幕后伴唱的男演员为了追求颤音，居然用手揪住喉头皮肤有节奏地拉扯出颤音效果，张云生模仿做出的夸张的动作和扭曲歌声引得我们哄堂大笑。可想而知有了这样的伴行了一路说说笑笑倒也不显寂寞。张云生在工程连是瓦工，手艺不错，后来娶了42连炊事班的哈尔滨知青吴静为妻，吴静是个不爱多说的姑娘，但显得精灵，工作踏实，对于一个粗犷的小伙子和一个文静内秀姑娘结合，当时得知二人结婚觉得有些出乎意料。后来在知青群里得知张云生回哈后已故去，深感怀念。

现实摆在面前，通向开荒营的路还是要走，由于新开的路尚未完工，深一脚浅一脚向前走对体力消耗极大，随着饥渴袭来，我和张云生之间的说笑没有了，前行的脚步相伴是沉重

的呼吸声，天高旷野的感觉消失了，两侧变成了荒凉。这时右前方远远的路边出现一棵树，孤零零站立在那里与周边空旷的大地极不协调，造物弄人，此树日后居然成了进出开荒营的一个里程地标叫"一棵树"。几年后在此处，往开荒营拉石头的车翻了，带走了一名原工程连哈尔滨女知青陈萍的生命，青春年华戛然而止，后得知陈萍即将结婚，大喜之前不幸离世而去，令战友们悲伤叹息！每当想到那些将青春的生命长留在北大荒那片黑土地的知青战友们时，心中总感到凄凉的伤感。

走到一棵树时，张云生又兴奋起来了，指着前方说："前面就是39和40连了"。这时，漫无边际的湿地呈现在眼前，湿地中布满塔头墩子，其间水漫漫，荒草淹没人，高坡处可见成片的小树林，边缘布满了灌木，不久湿地草原尤其是坡地将布满野生的黄花，景色极美。这是野生动物的天堂。其中的漂筏垫子给人新奇而又惊心的感觉，走在上面周围几十平方米随着脚步不停地晃动，仿佛有立刻陷下去的感觉，心惊肉跳。其实这是多年积存的草炭层，有的地方的确很深，如遇干旱年景失火有可能长期自然冒烟，后来听说37连有一头毛驴误入其中最终遭到灭顶之灾。草甸中栖息着不少小动物，其中有一种小水鸟嘴呈扁状，游走飞快，至今也没明白叫什么鸟。

太阳依旧高悬，早已过午，早上出发带上的干粮，记得是玉米面的蒸糕早已吃光。我和张云生商量一下，虽然饥渴难耐，如进路边的连队食堂果腹，一休息又要耽误时间，人生地不熟还是尽早赶路。前行到了浓江河边，傻眼了，1971年春末，冰雪融化后呈现在眼前是宽宽的一条河，岸边杂草丛生，河中水流较急，不知深浅。河两岸公路路基已伸进河中，桥梁未架起，过往的行人在临时架起的栈桥小心摸索通过，几十厘米宽，几十米长，水快漫上桥面，不管三七二十一，反正身上也没有什么行囊，过去再说。

过了河，张云生说前面几里路就是营部了，其实张云生是第一批进点的，几个月下来对开荒营的环境基本了解，这条路难走不通车但比六连的那条路近了不少，此行的艰辛使人记忆深刻难以忘怀，致使再后来的几个月即使步行也要走6连，那好歹也是一条通车的公路，不像这条深一脚浅一脚耗费体力的"磨难路"，当然日后桥架起来路通了自然就该走5连。路是开荒营的生命线，当时近千人的生活和生产必备物资必须及时补给。那时筑路的质量非常差，两边水利沟翻起的泥土堆在路中平整压实即可，下雨即成水泥路，由于未做路基基层，最起码的砂石面层也没有，尤其在春天翻浆时常把汽车陷入，垫土、推车把大家搞得狼狈不堪。按照张云生的介绍前边的营部处在一条丁字路口，向西几公里是37连和38连，直着向南下去路两侧分布着43连和44连，45连和46连，47连和48连，每处营地相距几公里，沿公路两侧向纵深开荒。后来的定型发展是丁字路西北角是四营营部，41连紧邻营部，西南角是营部宿舍区，紧挨着的是后来的机修厂，我的终点则是路东的42连。紧走慢走太阳西斜才到了目的地，体力已降到极点，疲劳不堪。

营部终于到了，尽管思想上有了充分的准备，脑海里勾勒出几番景象，现实依然给了我极大地冲击，创业之难远远超出我的想象。放眼四周，路西一座巨大的草棚映入眼中，此大棚集住宿、开会、伙房、就餐等功能，全营大会则在外边的广场上，南侧有一简易小卖部。向东望42连营地无踪迹，追问寻找才见到了42连连长刘国华和后来的指导员黄秋云。热情寒暄是必然的，毕竟都是知青，都是从工程连出来的，首先解决了饥渴。宿舍在哪里？向南不远，也就是后来机修厂宿舍的位置有一隆起半地下的地窖子，这就是宿舍，这就是家。当时心中一惊，那个年代的创业者就是这般艰辛。现在的年轻人恐怕绞尽脑汁也想像不出眼前这般情景，现今想来如再有新的开荒，开荒者条件再艰苦也不会如此这般。

见到了几个月未见的战友们，在那个相对封闭的环境里极感兴奋，新组建42连先期人员和5月份补充的人员基本上是从工程连抽调来的，自然熟识，尤其是北京十二中一起出来的老三届和69届学友顾志琴、袁桂莲、胡玉良、于秀英、胡宝玉等人，大家互致问候寒暄不停，他乡见故人激动得不行，一起簇拥着进了地窖子。地窖子东西向两侧开门，男知青住东侧，女知青住西侧，中间设简易隔断，由于不隔音，声音大一些都可听见，多少有些不便。床铺也是极简单，胳膊粗的原木搭个架子，上面排列拼成床，厚厚的干草铺在上面，铺开褥子和床单，躺上去那叫美、舒服。记得住地窖子的那几个月，凭借当时的兵团战士报上的革命歌曲，晚上和男女知青一块学唱。第一首歌曲是陕西歌舞团演唱的陕北民歌"山丹丹开花红艳艳"。此歌为革命的、民族的经典作品，至今不衰，强有力的节奏烘托起来的气氛，令人鼓舞。后来还有西哈努克亲王的"我们高棉国土"及朝鲜歌颂金日成的"金刚山"。唱归唱，说归说，这次走进开荒营给我留下极深印象，几十年过去，每次回想起来那情、那景仿佛历历在目。夜幕降下来，带着一天的劳累，困意浓浓，很快进入梦乡，明天要起早干活啦。

这个地窖子住了有几个月，那也是一段欢乐的时光，后来42连建起了两座拉合辫墙壁、烟筒和草苦屋面的马架子还有食堂，大家才搬过去，那时冬季快到了。

从1958年到1971年的十几年过去了，文革中的知识青年一腔热血，来自北京、上海、天津、哈尔滨和佳木斯等各城市的知识青年响应毛主席、党中央的号召，汇成滚滚洪流来到北大荒屯垦戍边、保卫边疆、建设边疆。一只由知青为主力军的开荒营在老垦荒人的率领下来到北大荒无人区开荒建点，兴修水利大显神通。几年过去了，湿地排水大见成效，几十万亩的黑土地麦浪滚滚，大豆飘香，新建的营地炊烟袅袅，把昔日的北大荒变成北大仓。这其中广大知青付出常人难以想象的代价，信念支撑着决心和勇气，"誓叫抚远山河变"的理想在广大知青艰苦奋斗中实现了。

短短的几年时间北大荒换了人间，知青的拼搏奉献精神在共和国的历史上留下不可磨灭的篇章，历史不会忘记！

二、老蔫儿的酒量

四营42连实际上是开荒营的基建连，为此，连队组建初期班底人员都是1971年2月和5月分两批从团工程连抽调过来的，后来陆续从各连队补充人员在1972年形成基建能力。天津知青柳得利就是后来到的42连。柳得利是典型的天津人，平时说话不多，慢性子，外号老蔫儿。在42连食堂工作的那段时间和柳得利还有赵津生住在一起。赵津生有一台花费了他半年工资的半导体，聚在一起听广播聊家常，时不时遇到一些分歧，一般来讲是各抒己见，但是老蔫儿是认死理一根筋走到底的人，坚持他的想法和说法，认死理怎么说也不行，但到最后总是一笑了之。在连里知青们平时聊天时，关键时分会偶然操着浓重的天津口音漫漫悠悠地插上一句，之后便没有了声息，逼急了又会慢悠悠地冒出一句让人哭笑不得的话儿来，分明就是蔫蔫儿的性情中人。由于这种慢腾腾与世无争的性子在连里几个城市的知青里人缘很是不错。

那时的青年人聚在一起海阔天空追忆往事，憧憬未来，从收音机和零星的报刊或探家归来听到的一些消息进行热烈的交流、讨论、分析，规划出知青今后的多种发展脉络以解乡愁。闲暇之时不免推杯换盏大喝一番，年轻人火气壮，酒到深处比拼起来夹杂着起哄，个个满面红光高声大喝。尤其是哈尔滨知青会将起袖子声嘶力竭地划拳，酒精刺激着大脑兴奋过度，时而出现不胜酒力、烂醉如泥的状况。那时团里酒厂酿酒是纯粮食发酵酿造，大多酒精度数在 65 度以上，烈酒倒在碗里火柴一点就着。有一次腰部不适，柳得利自告奋勇，夜里用手沾着蓝色火苗的酒搓揉腰部，说是可起到舒筋活血的作用，试过几次也没感到有什么疗效。年轻人就是这样，凑热闹什么都要试一试。

那个时代，兵团的工作作风就是生产大会战，任务布置下来，稍作动员知青们就像打了鸡血一般，疯狂不停你追我赶，拼尽体内能量，不合理超负荷的工作反复进行，如此这般摧残了尚未成熟的身体，多年后返城的知青大多都落下腰腿痛的疾病。山东籍哈尔滨知青作家梁晓声有一段回忆极为深刻：1977 年 8 月他从上海复旦大学毕业分配到北京电影学院工作，夜班火车到达北京站，出站时正值报时的钟声响起，感悟人生，自己是知情中的幸运儿。感叹知青命运在某种意义上犹如古希腊神话中的人物大力神西西弗斯，每天把巨石推上山顶，又滚下山去，望着雷霆万钧巨石滚下甚是得意，于是他就不断重复、永无止境地做这样一件无效又无果的劳作。但是，当时的知青把"上山下乡"当做自己应当承担的历史使命，42 连的知青们凭着一腔热血无私地拼搏搞会战是家常便饭，每一栋建筑几乎都是采取这种方式十天半个月即完成。竣工后之后便是集体会餐，放松的知青们庆贺胜利，男知青们聚在一起推杯换盏。记得有一次已是临近"元旦"，连里会餐，在大家起哄下，老蔫儿发了神经，仰脖一口喝了一大碗，要知道 65 度的白酒一大碗几乎就是一斤，所有知青看的是目瞪口呆，其实老蔫儿立刻就不对劲儿了，两眼发呆，当时我也是吓了一跳，赶紧扶他回了宿舍大睡一晚，第二天早上起来时，老蔫儿浑身酥软，口中依然酒气冲天。吃一堑长一智，从那以后柳得利有半年滴酒不沾，多年后回想起来觉得后怕，深度醉酒有可能一觉下去醒不过来，那时的知青有些行为真是不可理喻。

喝酒划拳是一件很有趣的娱乐活动，历史悠久，社会流传广泛，在连队的知青里面哈尔滨知青较为出色。孙元新说：哈尔滨穿开裆裤的小男孩都会比划几把。集体会餐喝酒划拳是铁定的选项，到后来连队的当地知青表现的是青出于蓝而胜于蓝。过年会餐酒足饭饱后大家提议划拳吃饺子，规则是输方一拳吃一个，大家轮流上阵，毕竟肚子容量有限，吃不动就下去。

三、小黑熊

1974 年夏天，连长刘国华去了趟 48 连，回来时带回一只小黑熊，当时天色已晚，就放到了西侧马架子男宿舍里，不大的小熊站起来手掌刚刚够得到床沿，一对小黑眼，厚厚的前掌，可能是饿了加上害怕，一个晚上在宿舍里"呼、呼"的吼叫。野生动物进连队可是一件新鲜事，柳得利毛遂自荐征得连长刘国华同意喂养小黑熊，木工用原木做了一个笼子放在食堂对面，刚开始还关在笼子里喂养，时间一长也不关它了，经常跟在王金财养的"大黄"（狗）后边在营区周围来回转。需提一句，王金财的大黄极有灵性，常言说狗拿耗子多管闲事，但此狗夏天捉耗子，冬天进林子，黄鼠狼见一个逮一只，几乎从不落空，深得男知青们喜爱，老职工谢吉成家的狗叫"花脖"黑白花，两条狗不和，见一次掐一次。后来大黄在面粉厂前晒麦场的粮囤咬死了张营长家拱吃黄豆的猪，连长刘国华要求王金财严肃处理，金财不得已勒死了大黄，瞬间失去了大黄，令知青们唏嘘不已。到吃饭时小黑熊蹲在食堂门口，要先开饭，熊不择食，食堂的剩饭和剩菜和在一块倒进一个铁盆，一会就吃光。女知青胆小害怕总是绕着走，其实野生动物也通人性，闲暇时大家时常和小熊逗着玩，柳得利还特意给小熊脖子上拴一条铁链，后来脖子上又系了一个红布条。材料员哈尔滨知青罗冲不知为什么从一开始就看小熊不顺眼，总是念叨丑、难看。一次罗冲用木条抽打了小熊，不堪受虐待，小熊在晚上跑了，为此柳得利一直耿耿于怀（40年后在天津九福酒楼聚会时还提及此事）。一段有趣生活下来，小熊突然不见了，大家总觉得少了点什么。那年深秋晚上小熊曾回来过，个头已有1米高，趴在马架子玻璃窗上张望，我和罗冲看了看没敢开门，从那以后就再没回来过。其实回归山野是小熊最好的归宿，过后每次回想起来也是一段乐趣。

四、井、驴、牛

刚到42连的前几年被分配在食堂工作，炊事班全是女知青，就我一个是男的。食堂后门挖了一口井，桦木板上下搭成六棱状，直径约一米。挖井时一人在井下边挖边用桦木板支撑井壁，传统的辘轳把摇上运土摇下送桦木板，挖到储水层井底水一下子涌上来水井便挖成了。井深10米左右，当时全连只此一口，水质较差，近似乳色表面微浮油，用时需沉淀过滤。此井水温冰凉，营部调来的老李曾打赌用刚打上来的井水冲生鸡蛋，效果如同开水蛋花，眼见为实惊奇无比。冬天寒冷井口经常被冰封，届时只能用冰镩凿通，取出冰块方可打水，有趣的是此井冬天结的冰要到来年7月份才能化光，因此把杀的猪肉用绳子吊入井内用于保鲜，起到了冰箱的效果。

连里种菜的老杨是一把好手，一开始就在食堂后面开了一小块菜地，豆角种的最多，记得一个品种叫"七月鲜"，后来在食堂对面开了一大块菜地，光是香瓜就种了好几亩。连里平日倒送东西尤其是往菜地里运肥料，摘菜运回食堂等全靠牛车。那几年团里从内蒙古调运来不少牛、驴分给各连队，42连分来的一头黑毛驴，原本打算用来磨豆腐，不知为什么就是不上套，罗冲自告奋勇驯驴，刚骑上去小驴就跑了起来，没有鞍子光背铲骑，没有抓处歪歪斜斜，在大家的哄笑中还没到丁字路口就在面粉车间门口掉了下来。该公驴较好色，发情时如同打了鸡血，把前来配种的母驴追得围着马架子宿舍不停地奔跑，那不知疲倦玩命的架势谁也不敢去阻拦，如此这般不能干活又不听话，最终调出42去了别的连队。连里的几头牛倒是派上了用场，拉车耕地全行，其中一头黑白花儿的大牛干不了活，一上套就喘，空长了近2米大个头，老杨说："光吃草料干不了活，不能白养活"。临近冬天连里决定杀了吃肉，此牛个头太大不知怎么下手，北京知青顾信根雄赳赳地扛来连里的7.62步枪，花牛被牵到食堂东侧，大家闪在一旁，顾信根躲在食堂东南角伸出枪来，一声清脆的枪声，大牛应声倒下双腿跪地。食堂那几天是天天吃牛肉，老职工们也沾光分到了牛肉。

那年冬天各连队分到的牛由于秋膘未跟上，开荒营各连队大部分牛没有熬过寒冷漫长的冬季纷纷倒毙，48连分到的牛、羊比较多，吃不了只好弃在外边，据说野狼都吃腻了，可想损失有多大。

五、牛舍和猪圈

连队的车把式是本地青年赵连全，喂牛的是北京知青牛和林，牛和林的姑姑牛淑英是从团部勤得利邮局调到42连的。牛和林个子不高，四方脸，一个习惯总是从嘴里向外喷气，连长刘国华笑道："姓牛，长得像牛，还喂牛，三牛合一，工作没问题"。牛舍的位置在连队西面，旁边建有猪圈，牛舍分里外间，外间前脸是开放的，未装门窗，食槽后面拴着喂养的牛，里间是住房，我和赵津生、柳得利住在一起。秋天菜地里的南瓜熟了，摘下几个烧火炕时，炭火中放上两个，烧一会儿后扒出来，金黄松软，又香、又绵、又甜，借着火炕炭火的余晖，品尝烤南瓜的美味令人终生难忘，那时老玉米也没少烤着吃。日前，天津聚会赵津生依然念念不忘说道："那情、那味道，那叫美！"。

连队的食堂每天会剩下不少残羹。为改善集体食堂的伙食，连里建猪圈养了猪，特意安排天津女知青杨桂英喂猪，杨桂英是位性格内向的姑娘，每天按时喂猪和打扫猪圈，平时与大家交谈不多，工作起来认真负责。俗话说人不可貌相，杨桂英是有幸比较早的调回了天津，据说在天津一家公司就职，作为部门负责人，工作起来是雷厉风行，用现在的话来说：很有腕儿的风范。聚会时特意叮嘱把那段共同在后勤工作的经历写出来。

当年食堂在牛舍西边的猪圈喂着一头老母猪，夏末一窝小猪出生了，转眼秋天到了，为了保暖猪圈上盖上了厚厚的大豆秸秆，深秋过后到了冬天，不到一百天小猪长了几十斤。不幸的是一天早上猪圈出了状况，草原上的野狼趁着夜黑袭击了猪圈，野狼撞开了不到一米高的圈门，原本是要叼走不到100斤的小猪，却不想老母猪护崽心切，天性的母爱促使老母猪舍命恶斗饥饿的野狼，打斗从猪舍延伸到圈外，翻过路边的水沟又过了对面的水沟，距沟边不到20米干枯的草丛中，争斗荡平了近100平方米的草地，遍地狼藉和鲜血，老母猪被撕咬分食了，一旁的草丛中还遗留着被野狼藏起来啃咬过的猪头，现场惨烈看得大家目瞪口呆。当地知青老臭（王荣胜）说："老母猪是豁上性命保护了小猪"。为此，我还受到连长的批评，其实天灾的成分更大。

草原上的野狼一般不主动攻击人，42连东边拖拉机开荒翻地时，拖拉机大灯照着，后边大犁操作手操作，翻起的黑土中时常有老鼠四散奔逃，野狼就在后边捕食老鼠并不袭击人。连队东边开荒，委托42连食堂送夜班饭，有一次食堂负责送夜班饭的女知青用扁担挑着包子和米粥，中途遇到狼吓得扔下担子就跑了回来。我是1971年5月到的开荒营，听早到42连的知青说：夜里从营部回连队，后面跟着一条狗，不紧不慢地保持一段距离，仔细辨认是一头狼，真是吓死人。老臭曾讲过一个关于狼的故事：勤得利一连的水泡子冬天结了冰，两头狼协作围捕一只狍子，狍子被逼进冰面上，四只蹄子无法站立，恰逢过路人捕获狍子，顺着冰面往回拉，两头狼一前一后阻止，看着前面的狼，后面的狼就咬住袍子腿向后拖，坚持良久，行人终于放弃，狼的努力获得成功，由此可见野狼的狡诈。

六、林中伐木

42连是四营基建连，夏天建房，毛石的基础，砖混主体，木架瓦屋面，会战不到半个月就完成一栋。营部、机修厂、学校、砖场、面粉厂、食堂、会场、宿舍，伴随着知青的汗水不断地竖立，亘古荒原一个个营地不断向前延伸。到了冬天农业连队主要是修水利，我们连队则进林子为来年的基建伐木。林场处在四营东部几十公里的湿地，蜿蜒的河流两侧坡地上是成片的原始森林，主要树种为杨树，各种硬杂木零星分布其中，主要有椴、柞、榆、水曲柳、白桦树等。由于地处湿地，河道布满塔头墩子，夏天无路可走，冬天则可沿结冰河道进入深处，选好采木点后便可安营扎寨伐木了。其实此片森林多年前就有人进入过，一些伐过木的树墩尚未完全腐烂。据说几十年前日本的开拓团就进来过，河道中尚存赫哲族人修的拦鱼用的小水坝，坡地上偶见前人留下的荒废的地窨子。

由于这片森林没有松树，主要采伐杨木，坡地上的林子成片生长，有的片林出材可达上百方，一棵杨树可高达 30 米，集材 2 方多。伐木 2 人一组，每天的任务 20 立方米，要求是按 4 米、6 米、8 米断节并去枝杈，下午会有记材员做统计。计划的木材伐够后便开始打道清路，标准是运输车辆可进出，伐好的木材按规格堆放等待装车。

我和老蔫儿一道锯，我在上锯柳得利在下锯。伐木除了技巧，安全是非常重要的，根据老职工的言传，首先要判定伐木片林的整体先后顺序和风向，马道必须先清出来，这是操作和逃生的生命线。树桩尽量留的短些提高出材率，顺树木的倒向水平锯下茬口（约占树径三分之一强），然后调转方向 180 度略高于下口平锯上茬口，锯到树身向倒向倾斜时全力加快几锯，锯口发出嘎嘎响声时下锯撒手，上锯操锯二人同时向侧后方跑去，大树轰然倒下，树枝几乎全被摔断。此时要注意可能会有从天而降的树杈垂直降下，俗称“吊死鬼”伤人。锯倒的树木按连里要求长度分截成“楗子”。有一种情况，树在倒下时前方有交叉树木，树倒下时卡在里面的树干因受力会出现横扫，俗称“扫堂腿，”这种情况是最危险的。还有一种情况，受顶风影响，上下茬口已锯透树就是不倒，甚至可能出现树干垂直墩下来的情况，使人不能准确地判断出树的倒向，据老职工讲曾有人被墩树切下了脚趾。有一种状况会让人极度沮丧，由于林密有可能锯倒的树挂在前面的树上，这时就要再选一棵树砸上去，俗称“砸挂”，一般可成功，如果连续几棵都砸不下来，悬在半空的树谁也不敢再过去，太危险了，前功尽弃，没有劳动成果的结局是谁也不想见到的。至于传说中的伐木吆喝，什么“顺山倒!”或其他的警示语从来没有用过。

七、采木耳

有时林中零星的硬杂木尤其是椴木、东北榆，品相不错，也要伐一棵拉回连里破成板、方，做家具或是菜墩。林子虽然是一片一片的，由于环境几乎近似相同，有时很难辨出方向，不大的一片林子就是走不出去。林子里的河道主支岔有时分不清，记得一个叫大裤衩的三岔河道就很难识别。林子里黑得早。一天下午不到 4 点收工回营地，在一个岔路口和老蔫儿因走哪边起了分歧，眼见天色已转暗，走出去有二十几米，老蔫儿没跟上来，细看站在原地用手挡住双眼但手指缝中分明在张望，估计心里也是没底却还坚持。没办法他就是这么一个人，还得回去商量走哪边。

林中有的坡地上会出现一片光秃秃的杨树没有枝杈，因夏季雷击起火变成枯木，俗称“站杆”，夏天湿地丰沛雨水会滋生真菌进而生满木耳，冬天风干后包满树干，远处望去像是黑黑的一棵树干。采木耳可不是一件容易的事情，零下十几度光着手一朵一朵地采，几分钟手就冻僵了，戴上线手套也顶不了多长时间。望着满树干的木耳绝不能放过，干脆把围裙铺在树根下带着棉手套顺着树干往下捋，虽然浪费大但效率高，筛选大的整齐的木耳装进小面袋，心里那叫美！

回到帐篷看到收获的成果，同是北京十二中的校友知青施文荣问清了情况，第二天下午居然独自一人去采摘木耳。施文荣平日和大家互动交流不多，但喜爱乐器，自己制作的扬琴时常被大家拿去学着弹奏。眼见天色暗了下来，未见施文荣回来。大家都慌了神，要知道天黑后气温急速下降到零下二十几度，孤身一人，又饥、又饿、又冷，大裤衩河道三个岔口一样宽，在夜里辨别方向极难。营地里忙做一团，发动拖拉机哄着油门，架起火堆，几枝7.62步枪朝着河道方向齐鸣，清脆的枪声划破夜空，期盼施文荣能听到枪声看到火光寻回营地，那一夜觉得很漫长。

怀着忐忑不安的心情熬过了一夜，大家已不抱任何希望，人必须找回来，简单做了分工，用木杆、绑腿布做了简易担架，我和柳德利、罗冲、魏全兴沿着昨天下午施文荣出发的方向开始搜寻。足迹清晰可见，判断是施文荣采摘木耳忘记了时间，天色暗下来就迷失了方向，没有停留是正确的选择，足迹和营地成45度角走下去，在一个地方有一片踏平的草丛并留下了排泄物，估计内心在挣扎和思筹，脚步延续下去，没敢进林子而是沿着布满塔头墩子的河道狂奔，量了一下步距近2米，恐惧的心情促使施文荣发挥最大的体能。两个多小时的搜寻，前面到了行驶车辆的主河道，脚印没有了，几个人商量一下回营地吧。但是揪着的心还是没放下来，那天大家也全都没出工。

下午施文荣突然出现在大家面前，心平气和地讲述了昨天的经历，确实找不到方向迷路了，天黑后沿着河汊子一直走下去，幸运的是远远地看见了拖拉机的灯光，急忙奔将过去，好在拉木材的是履带75马力拖拉机速度慢，忘记了是四十几连的拖拉机，坐上车半夜回到了42连。据后来谢吉成的老伴说，后半夜施文荣敲门，说了大概经过，急切要求喝面汤，说是饿坏了。看着施文荣如下山猛虎瞬间喝下去半盆面汤，谢吉成的老伴好歹给劝住了，再喝就要出状况啦。第二天上午施文荣缓过劲来，找了一台进林子的小红车又回到了营地，害得大家虚惊一场。20世纪70年代没有任何的通讯工具，二十几个小时的失联，造成大家极大的心理负担和全连知青的全力搜寻，要是现在一个电话解决问题。这件事也反映出知青作为一个整体团队，不管是北京、天津、上海和哈尔滨知青，在那样的环境下就是一家人，体现的是团结和友爱。

八、猴头菇和打扑克

林子里伐木不光是能采到木耳，猴头菇也时常看得到。由于是冬季落叶，杂木树枝上干缩的猴头菇极易发现，于是乎大家在上下工的路上或在伐木过程中发现了猴头菇绝不放过，久而久之，不少人的小面袋里都积存了不少猴头菇。猴头菇属高级菌类，因上尖下圆微黄形似猴头，夏季雨水多时生长，营养丰富，长得个头自然也是有大有小。

林中伐木生活比较单调，加之白天时长很短，下午4点后天色就暗下来，都是年轻人，闲不下来，打扑克就成了主要娱乐活动。哈尔滨知青是主力军，玩的形式是"三打一"。那时为了玩的刺激就出现了"赌"的成分，一般赌品就是香烟，一条香烟不到3元，输了或剃了按分数拿出规矩定下的香烟根数，4个人一副牌，看热闹的都会吸烟，盛的工具就是戴的帽盔，出现大赢的时候按例所有观看者均会送上一支烟吸起来。帐篷外发电机不停地轰鸣，帐篷内十几个人聚精会神打牌看牌起哄，其实打牌真的需要技巧，出牌计算是必备的技能，种子级的牌手有罗冲、孙元新、鲁汉生，胡宝玉、顾志义和大老谢等人算是热情的参与者，一个晚上下来各个面色发青如同小鬼一般，熬夜伤神呀，到最后香烟也所剩无几。

有一次，不知是谁突发奇想，猴头也可以作为筹码，建议得到大家的热烈响应，立刻在床铺上铺摊打起"三打一"来。一来二去战斗激烈，猴头菇不停地在几个面袋中转换。说起来人老经验丰富，知青打牌输了只管从面袋里拿出猴头，并未留意猴头的大小，大老谢则不然，心思缜密，大的全数留下。输的时候则手进面袋摸索，拿出来的均是个头小的，长此下去终被大家发现，大老谢被大家弄了个灰头土脸，其实也就是一阵哄笑。

连里有一个武装班，配备 7.62 步枪，有时也组织全连打靶、投掷手榴弹。实弹射击知青们成绩普遍尚可，模拟弹投掷较差，男青年一般三十几米，女知青十几、二十米，这成绩如真上战场就惨喽。一支步枪记忆中是七斤半重。知青扑克牌的一种玩法叫"捉黑 A"，输了脖子上横跨一支步枪，要求必须正襟而作，直到不堪负重退出换人。现在回想起来，当时的知青脑袋瓜子是多么的好使，什么招数都能想出来。在林子里伐木闲暇时打扑克，大老谢是时常被算计着上刑的。

九、赵津生的半导体收音机

昨天晚上（2017 年 1 月 7 日）喝茶之余，监理工程师罗岐山（天津人）偶然提到，明天 1 月 8 日是敬爱的周恩来总理逝世纪念日，心中猛然一惊，1976 年 1 月 8 日至今已 41 年，那一天总理的去世让世人刻骨铭心。

追思往事，让人印象深刻的是当年消息的来源却是赵津生的半导体收音机，天津知青赵津生在 42 连木工排电锯，记得是在下锯，那是一个危险性较大的工作，操作过程中一出现异常，赵津生就飞快地躲到一边，心细无大碍。津生从家里带来一台半导体收音机，记得是三波段，价钱不菲，对当时只有 35.2 元工资的知青来讲几乎是天价，功能没得讲，用现在的话来说就是一个字——牛！于是乎每天晚上在集体宿舍火炕上挤在一起，在短波波段上仔细微调收听国内外新闻。

1976 年 1 月 8 日北大荒的夜里寒冷异常，晚饭后收听新闻时，突然听到英国 BBC 播音员低沉地报到：中国国务院总理周恩来已于当日上午在北京医院病逝，当时心中一惊，连忙搜寻塔斯社、美国之音、NHK，世界主要媒体都在反复播报中国总理周恩来病逝的消息，虽然国内所有主要媒体均无报到，心中还是感到震惊，一代伟人已离去，无比悲痛，果然怀着忐忑的心情收听到新华社 1 月 9 日早上发布的讣告，这距周总理在北京医院 1 月 8 日上午 9：57 去世已过了 20 个小时。

新中国成立的第一代人在经历了 50 年代末和 60 年代亲历的历次政治运动，尤其是那场史无前例的"无产阶级文化大革命"，对敬爱的周总理卓越的理国智慧和外交才能，鞠躬尽瘁、日理万机的工作风范无比敬仰。

知青在北大荒的时期，相对环境闭塞，一台功能相对好一些的半导体收音机对渴望了解外面世界的知青弥足珍贵，借助津生的半导体收音机，时常二人促头细听，世界上科技的发展，军事部署，体育运动，通过电波及时传送，使我们受益匪浅，在当时犹如现在的互联网。有一段时间我们搬到了营区东侧的牛舍，连里派来了当地知青喂牛、赶车的小赵，同住一室小赵对此却不以为然，认为和现实生活无任何关联，人各有志，兴趣不同也就罢了。小赵生性内向、老实，有趣的是其因身上寄生虱子较多，戏称其为师长，其实我和赵津生是暂时借住牛舍。几十年过去了，去年在微信群里得知，小赵已故去，感叹人生如流水。

那几年在每天收工后，剩余时间大多有津生的半导体收音机相伴，听取全国和世界各地新闻，那情形至今回想起来仿佛历历在目。前些天，赵津生还在群里发了那台半导体收音机的图片，当年的皮套还在，据说收音功能依然在，漫漫 40 年实属不易。津生也应记得，那些年代的收听到的主要新闻报道，尤其是中美关系、中苏关系的外交风云，在基辛格博士1979 年发表的著作《白宫岁月》中均有展现，而赵津生的半导体收音机使我们提前及时地分享了先知的乐趣。有一点要说明：当年百万知青到边疆，首先解决了"文革"期间积压了4 年的社会就业压力，还有一点是在当时国际特殊的大背景下，知识青年到边疆还背负着屯垦戍边、保卫边疆、建设边疆的历史重任。

2016 年 10 月回北京，42 连原北京十二中的部分知青战友们聚会，指导员黄秋云还特别提到，关于赵津生的半导体收音机还曾经在女知青宿舍播放过一段时间，那就是天津知青和北京知青相识相恋的故事了。

总之，回想起 20 世纪 70 年代在北大荒因半导体收音机带来的生活乐趣，还是得感谢天津知青战友赵津生，几十年未见，在此祝愿赵津生、赵秀荣生活快乐！

校对：王润培

宋敬青　北京知青，1969 年北京第十二中下乡到黑龙江兵团 6 师 27 团工程连，1971 年调入开荒营 42 连。1977 年调山西榆次市水泵厂。1989 年后任工程监理，中国国际招商局专家评委。

吴君城（后排右 1）、李信生（后排右 2）与战友合影

北 大 荒 点 滴

顾志琴

斗转星移，往事如烟，2014 年，我们几位曾经战斗在北大荒的知青，从首都北京出发，踏上了北上的列车，来到了我们的第二故乡——勤得利农场。

踏上阔别已久的黑土地，走在宽敞的马路上，满眼望去，那一排排整齐的楼房，那绿油油的稻田，我们心中翻起无数浪花！这里原来是破旧低矮的土坯房，是泥泞不堪的小路，是金黄的麦田和大豆……如今，却大变样，而往事，如同过电影般在我眼前浮现。

记忆瞬间被拉回到 1971 年的 2 月 21 日，那一天，天空飘着零星的雪花，我们开荒营进点的 40 名战友分乘两辆卡车从石子河出发，在白雪茫茫的世界里一路向西又向南行驶到一个陌生的地方。这就是我们要建的开荒营营部。42 连先遣队的同志已提前搭好了两顶帐篷，一顶是营部办公地兼 41、42 连两个连队的宿舍，另一顶就是食堂。

下了车，我们简单安置了行李，就开始投入各自的工作，我和天津知青戴荣彦被分配在食堂。接手的第一项工作就是化雪取水，因为化开的雪水是供应生活的唯一水源。我们用桶和大盆取来稍微干净一些的雪，放在大锅里，烧上火，使雪化开，再轻轻地掏出上面干净的水，作为生活用水。接下来就是劈柈子，瘦弱的我们力气小，要劈又圆又粗的木头，费了半天的劲，也劈不了多少柴火。

天黑了，在外面忙碌了一天的其他同志回到驻地，我们为他们准备了干净的洗脸水和热腾腾的饭菜，看着大家狼吞虎咽的样子，我们心里有一种说不出的满足感。饭后，连长刘国华总结一天的工作，开始布置第二天的任务。徐锡梅指导员鼓励大家克服困难，再接再厉。他说我们是在做一个前人不敢做、也没有做过的事情。那就是做到当年建点、当年开荒、当年打粮。我们要遵循毛主席的教导，坚持走自己的路。散会后，我们在帐篷里有说有笑，很快就进入了梦乡。

作为炊事员，我们每天重复着同样的工作。早晨，往往别人还在睡梦中，我们就已经起床，为大家准备早饭。冬天，天寒地冻，摸哪儿都是凉的，夏天，热的汗流浃背，赶上下雨天，烧火的柈子太湿点不着，烟熏火燎，有时还会误饭。还常常因为劈柈子把虎口震裂了，鲜血直流。很多时候，都是男战友利用业余时间帮助我们劈柴。

除了完成一日三餐的工作，我还负责食堂的采买，说是采买，其实是去其他连队求援。我一个女孩，怎么张得开嘴？这是最令我尴尬的事情。好不容易得到了别人的帮助，还要自己找车把东西运回连里，冰天雪地，到哪里去找车？尤其是遇到"刮烟炮"，就更难找到车了。经常是一连好几天没有车，好不容易找到了车，还要顶着寒风坐在车斗里，把人都给冻木了。每每遇到这样的情况，只能自己偷偷流泪。由于条件的限制，我们的伙食只能是馒头加菜汤，大家都亲切地称开荒营的司务长为"汤司务长"。冻白菜、冻土豆、冻萝卜是我们的当家菜。因为天气冷，面发不起来，所以馒头是黏的。没有菜窖，无法储存，所以菜是冻的。作为司务长，我的内心很不是滋味儿。

于是我几次找到指导员，要求调换工作。指导员开导我说："现在你了不得，当着连队的半个家，相信你一定能干好。"听了指导员的话，我深深感觉到组织对我的信任，又重拾起信心。在领导的帮助和全连同志的理解下，即使是这样的伙食，也没有任何一个同志有怨言，我很是欣慰。

北大荒盛产黄豆，为了给大家改善伙食，我们从老连队找来石磨，准备做豆腐。这样，大家不但有豆腐吃，还能有豆浆喝。冬天的"白菜炖豆腐"可是一道好菜！开春儿了，天气渐渐暖和，我们在帐篷旁开了一块地，种上了地黄瓜。每天精心伺候这些小苗，到了夏天，还真结出了黄瓜，大家的餐桌又添了新菜。后来，我们又从老连队抓来了两只小猪崽儿，这样，我们就又多了一个活儿——喂猪，为了猪小崽儿的安全，我们还养了一条狗，起名虎子。虎子还真负责，白天趴在食堂门口，看着过往的行人，晚上就卧在猪圈外给猪当"卫兵"。在我们的精心照顾下，小猪渐渐长大，变成了大家餐桌上的又一道美味。

天气渐渐暖和了，我们盖起来了拉合辫的房子，有了单独的宿舍、办公室、家属房、食堂，还盖起了猪圈，有了专门的饲养员。盖房的同时，我们还打了井。终于告别了喝雪水的时代。但是在寒冷的冬天，打水是绝对不能独行的，因为井台上全是冰，独自一人打水十分危险，我们必须结伴而行。

后来，团里从老连队抽掉了很多精兵强将，壮大我们四营，连队壮大，人员增多，炊事班也增加了人手，我们大家团结一致，想办法搞好伙食，还不断为大家调换花样。赶上连队大会战，我们不但要调剂好伙食，还要抽调人员参加会战，把饭菜送到工地，以解除领导的后顾之忧。

经过两年来的学习和实践，我们每一位炊事员都长了新本领，学会了蒸馒头、蒸包子、包饺子，还会擀面条儿。在老职工的帮助下，还学会了炸麻花儿、炸油条。遇上连队有同志生病，我们还为他们送上可口的病号饭，帮助他们尽快恢复健康。

就这样，我们42连炊事班从无到有，从小到大。由开始的两名女知青，发展到了五至六名各地知青组成的炊事班。这与领导的支持、帮助以及大家的努力是分不开的。

最后，来说说我们的指导员徐锡梅，他是一名转业兵，在老连队时，只是一名木工，新建点儿后，毅然挑起了重担，担任起指导员的工作。连队的吃喝拉撒都在他的掌控之中，他就是连队的主心骨。因为他带领的是一批各大城市的知青，都是一群毛孩子，所以谁有困难都去找他，他既管生产又管生活，是我们的贴心人。

还有我们的连长刘国华。1968年到农场的哈尔滨知青，是一名虎将。连里的生产他一手抓，新建点儿、新开荒，样样事务都被他治理得有条不紊，干起活儿来拼命从不含糊。

再说说我们的副指导员黄秋云。她是北京知青，虽然体质不是很好，但是干起活儿来从不落后，她是老高中生，被知青战友称为"大姐"。由于女孩的特殊亲和力，她不但对女知青十分照顾，对男知青也很关心，大家有话都愿意跟他说，而她都会妥善地为大家解决。我们连队搞得好，和他们三位领导的团结合作，以身作则的领导作风是分不开的。

顾志琴　北京知青，毕业于北京十二中，1969 年到黑龙江建设兵团 27 团工程一连，1971 年到开荒营，1976 年返城工作。退休。

往 事 的 回 忆

戴荣颜

1970 年 5 月 16 日，我怀着满腔热血踏上北去的列车来到了心目中神秘的北大荒勤得利，加入黑龙江生产建设兵团行列，被分配到 27 团直属工程连，地点就在石子河。

我被分在一排一班，开始给瓦工师傅当小工，供砖、供灰。虽然工作累点但干劲一点都不减。由于对新环境不适应加上水土不服，几天后脸上出现皮肤过敏，嘴也肿得吃不了饭。连队卫生员上海知青张莹玉看在眼里急在心头，为我打针上药，还送来热乎乎的病号饭。在她的精心治疗下，疾病慢慢地好了，我又投入到火热的生产劳动中。几十年后回想起当年战友情，依然充满感激。

由于工作需要，我又被调到食堂工作，我本着干一行爱一行的想法，干起了炊事员工作，这也为我后来的人生和工作打下了基础。

1971 年春节过后团里决定组建开荒营，我们工程连 20 人在连长刘国华、指导员徐锡梅带领下，开进了茫茫荒原。

2 月底前后北大荒正是冰天雪地。我们一行 20 人带上炊事用具、干粮、菜等生活物品，乘卡车经 22 连，一路颠簸一路歌，来到了一片被积雪掩盖的荒草滩上。天啊！这是一片连野兽都不能栖息的地方呀！连长说，这就是我们的连队。

大家怀着赤热之情开始了建点工作。伐木、打草、支帐篷，帐篷两头开门分别住男生和女生。用细圆木搭成铺，上面铺上厚厚的草，再铺上褥子，床就有了。用脸盆端来雪化水，点上油灯。忙了一天也忘了饿。指导员说："弄点吃的吧。"我和顾志琴拿来馒头一看，都冻成硬邦邦的了，菜也冻了。黄秋云指导员说："在炉子上蒸蒸，熬点冻菜汤，凑合着吃一顿吧。"接下来的好多天都是这样过来的。

建点工作正式开始。男的伐木、打井，女的打草和泥脱坯，大家团结的就像一家人。经过半年的辛勤劳动，一个新生连队在荒原诞生了。北大荒天气寒冷，食堂蒸馒头面发不起来，半生不熟的馒头大家也毫无怨言，但我心里不是滋味。为改善伙食我和顾志琴大姐想方设法到老连队弄点土豆等蔬菜，给大家改善一下伙食。深夜我们炊事班还要给夜里开荒翻地的拖拉机手送饭。二十来岁的女孩子几个月过来已经成长为敢与大自然博弈的钢铁战士了。

过了一段时间，我们自己动手又盖起了两栋马架子宿舍，吃上了自己种的土豆、卷心菜，喝上了清甜的井水。42连又陆续从老连队调来一些新战友，连队已初具规模。

1972年春节到了，连里安排几个人到食堂帮忙做点好吃的欢度春节。赵津生和我还有刘滨香、单淑兰为大家炸麻花、炸花生米，另外在多炒几个菜，晚上，将各班包好的饺子大锅一煮，热气腾腾地端上来，大家伙儿畅饮着北大荒白酒，在欢声笑语中度过了建点后的第一个春节。

初一早上，我还在熟睡中，黄指导员叫醒我问："早上吃什么？"我想起还有昨天炸的麻花，一翻身起床，我俩到食堂掀开小棉被一看，几只大老鼠正在美餐，当时吓一跳，也顾不得害怕了，带上棉手套就去抓老鼠。

1972年9月我调到营部食堂。42连建点两年来的炊事班工作、生活经历给我留下了难以忘怀的记忆，全连干部战士团结一致，那种不拒艰苦、乐观向上的精神一直鼓舞着我的人生。

修订：王润培

戴荣颜　天津知青，1952年生，1970年5月从天津下乡到黑龙江兵团6师27团工程连，1971年2月调到开荒营42连食堂，1972年调营部食堂，1973年到营中学食堂，1975年调团部冷饮部，1975年8月调入开荒营48连，1979年回天津，1998年调入上海长宁粮食局粮管所。退休。

炊事班七姐妹（顾志琴　吴静　宋梅妹　荣云霞　马文英　钱秀敏　张桂芝）

忆 青 春

刘滨香

知青在六七十年代是一个十分响亮的名字，他们代表着一代人的青春奋斗和奉献精神。没有这一代知青就没有北大荒这一片丰收的大粮仓。每当想到这些，我就会回忆起我们在北大荒工作生活的点点滴滴。

记得那是 1972 年冬季，我们连进林子去伐木，我们是用拖拉机拉着大爬犁，人就坐在大爬犁上。数九寒天雪很大，天气冷得寒风刺骨，链轨拖拉机拉着爬犁在雪地上走一段时间，连长就让大家伙下来跑一段，跑到有一点累了再上爬犁，这时每个人的手脚和身体也活动热了，这样不会冻坏人。可是有的战友没有这样做，就是坐在爬犁上不肯下来活动，你猜怎么样，等到了林子里的伐木点驻地，被冻的下不来爬犁，走不了道了，大家扶着他下了爬犁慢慢地走进帐篷赶紧帮着他脱鞋。此时，他的鞋和毡袜已经冻到一块了，大家伙七手八脚地一阵忙活把鞋袜脱下来，还好脚没有冻伤。这就是北大荒给我带来的一段忘不掉的回忆。

记得 1974 年的时候，那阵子总是"闹天"一天到晚总是下雨。战友们没啥事整天在宿舍里待着，连长为了鼓舞大家的士气，让我们演节目，演点啥呢，我和孙伟等战友一块动脑筋编排了一个舞蹈叫做《战洪水庆丰收》，我们水利班的全体战友都参加了，那时候也没有什么服装和道具，孙伟和我一边编排着舞蹈的队形一边琢磨，既然是"战洪水"就一定要表现水，水不能拿着表演，我们就用水桶、脸盆等，最后我们决定用脸盆做道具表演一个舞蹈，就这样一个脸盆舞在 42 连水利班产生了。虽然都是自编自演，可演出的效果非常好，大家都很乐意看，看到我们的演出能有这样好的效果，我们水利班的女战友们十分高兴。

这就是我在开荒营的生活，在荒原深处一群十八九岁孩子们（兵团战士）的生活。说实话，开荒营的自然环境是极其恶劣的，我们作为第二代垦荒人已接过向荒原进军的大旗，就要接受这场挑战，就要把前辈艰苦奋斗的精神传承下去。我们被称作"知识青年"却没有多高的文化，但我们是忠于党、忠于毛主席的一代新人，我们是屯垦戍边、龙腾虎跃的一代新人。为了北大荒美好的未来，我们在荒原上战天斗地为祖国奉献着青春……

刘滨香 哈尔滨知青，1952 年生，1969 年 8 月从哈尔滨下乡到兵团 6 师 27 团工程连，1971 年 2 月调入开荒营 42 连，1976 年 9 月调入通北建设农场物资转运站，1979 年返城，在哈尔滨市车辆厂物资处。退休。

开荒营的爱情故事

刘国华

一、战友爱　夫妻情

我们这些城市来的青年已经在荒原奋斗了五六年，从十八九岁一转眼就二十四五岁了，也到了谈婚论嫁的年龄。在荒原可不像在城市里那么浪漫，俩人可以到影院看电影或在公园散步谈情说爱。开荒营冬季白雪皑皑，夏季蚊虫肆虐，有一些男生天天到女生宿舍来玩，帮助喜欢的女生干点活来培养感情；有的俩人去老职工家做饭吃饭聊天；没处去的索性二人躲在蚊帐里打闹说笑，窃窃私语。当时交友的群体多数选择都是以自己的老乡和同学为主，其他的选择就少些。

我的交友选择就属于少数后者。我是哈尔滨知青，而我的朋友老杜是北京知青，对于我们俩交友相爱很多人都不看好。从外表到口才犹如天上到地下，我是光鲜亮丽的哈尔滨小青年，老杜人憨厚老实，长的显老，看上去要大很多，战友们都私下说我找了个"大叔"。但我找对象的理由很简单就两条：第一，老杜脾气好，过日子不会吵架，这一点我非常满意，结婚后老刘就像照顾小孩一样照顾我，连说出我一点不是都没有过，40多年来我们没吵过架也没拌过嘴。第二条，我父亲因抽烟喝酒闹的家庭不愉快，所以我要求老杜：不吸烟、不喝酒，老杜这一点当时也做到了，可到后来又慢慢地现出原形。现在老了，只要战友们在一起聚会，就借机又抽烟又喝酒。不过他从来没有因此闹过事找过麻烦。我们夫妻这一辈子虽然年轻时吃了不少苦，可婚姻还算幸福，生得一子又得一个宝贝孙女，全家乐意浓浓。

但天也有不测风云，就在我事业顺风顺水的时候，由于工作压力大，身体透支了，在一霎间病倒了，严重到说话别人听不懂，身体站不直，大哈腰，不能走路，于是老杜天天抱着我去医院看病，在医院的走廊里天天能看到我俩搀扶的影子，病友和医生无不称赞老杜。在病重期间我根本不能自理，生活从早到晚都由老杜照顾，他帮我刷牙、喂饭，帮我擦身洗衣喂药，那时我情绪极差一天哭了好几场，每逢这时候，老杜都会安慰我说，有我呢。就这样经过夫妻7年的共同努力，我的病大有好转。我现在一般的事都能做了，亲朋好友都说，老杜可立了大功，如果没有他的照顾我就完了。如今老杜一有知青聚会，同学吃饭，山水旅游都会推着轮椅带上我一起参加，让我去感受同学情、战友情和大自然的美，年轻时俩人性格不同话语不多，如今俩人笑声不断，让我非常开心。

夫妻就像是一双手，当左手痒时右手一定会帮忙，当双手合拍才能奏出精彩的人生。

在我们身上不光有夫妻的情爱，更有知青战友的深情。爱在有生之年，爱在当下，爱到终身……

二、为爱情扎根边疆一辈子

在 1978—1979 年知青大返城的时候，由于有些知青已经结婚有家，使城市的政策还无法安置，尤其是异地或和本地青年结婚接收很难。有些急于返家的知青就想办法办假离婚，有的还真离了。然而在这返城大军中却有一个为了爱情扎根边疆的故事，他们的故事非常感人。故事的女主人公是我的同学，我实在被她的故事所感动，虽然已经过了 40 多年，有许多情结记不太清了，但还是难以掩饰我内心想把她们的故事写下来的冲动。

我的同学安姐是哈尔滨知青，说话东北大嗓门声音洪亮、快人快语。1969 年下乡来到 6 师 27 团工程连，1972 年调到开荒营 42 连，后来又调到开荒营中学食堂工作。她在食堂结识了学校的吕老师，俩人相识相爱，谱写出一首动人的爱情交响曲。

吕老师是 1958 年转业官兵子弟，瘦高个子，人也精神，年龄比安姐小，是体育老师还兼团支部书记，是一个非常阳光的大男孩。他工作认真人缘也好，学校老师和学生们对他评价很高。当时开荒营的条件很差，老师基本都住校在食堂吃饭，安大姐对吕老师也照顾有加，吕老师有什么困难和心里话也愿意和安姐倾诉，就这样俩人成为了知心好友。

落实政策时，正赶上吕老师为父亲落实干部政策问题多次上访到哈，在这期间吕老师得到了安姐和家人的热情帮助，安姐一家人的热情帮助深深打动了吕老师的心，他与安姐之间的爱情火焰也慢慢被点燃。

就在这时正赶上知青大返城，安姐接到妈妈让她顶替上班的返城调令。这时吕老师为安姐办好了返城手续又打点好了行装，两人互相安慰着，可内心却如刀绞般的难受，这一分开就天各一方了，现在应该怎么办？安姐的心里想着吕老师，经过几天激烈的思想斗争后安姐决定不走了，留在北大荒和吕老师在一起成家立业，继续为北大荒奋斗。这就意味着放弃了唯一的返城机会，永远成为北大荒人了。安姐悄悄地又把户口落回了农场，作这个决定她下了多大的决心啊。

她妈妈听说此事后非常生气，特地从哈尔滨赶到了农场要把女儿带回城市。可来到农场后，吕老师的善良和真诚打动了老人家的心，当她听说吕老师因为安姐放弃了上大学的机会愿和安凤琴在一起时，安姐的母亲被这对年轻人坚定的爱情感动了，只好同意了女儿的婚事。但是当母亲看到农场那么艰苦的条件时老人家落泪了，只说一句话，路是你自己走的，留下来是你自己的选择，好坏都不能后悔。当场二人向母亲表示一定不后悔，一定会互相恩爱，幸福到永远。

她俩结婚后生活的特别幸福，吕老师家有贤妻，不仅生活美满，工作上也非常顺心。安姐常说，无论周围人怎么看待我们都动摇不了我俩的心，虽然这里条件艰苦，无法和城里相比，但是这里有爱着我的人，只要夫妻恩爱就是幸福。

40 多年过去了，吕老师也在中学校长兼书记的职位退休了，退休后吕老师还在为农场的教育事业辛勤地工作着。他们夫妻二人把一生交给了北大荒，安姐为爱情成为真正扎根边疆一辈子的知青，在吕老师身上也继承了 1958 年转业官兵为开发北大荒决心献了青春献子孙的甘于奉献精神，她们的爱情故事永远是我们学习的榜样。祝福安姐夫妇幸福到永远！

三、英雄救美女的夫妻

开荒营 42 连是工程连队，电锯班的班长宝贵是哈尔滨知青，中等个子，人非常能干，豪爽，不怕吃苦，因电锯在露天工作，人被太阳晒得很黑。

营部气象站有个哈尔滨女知青，个子不高、留着两条长长的辫子，二只漂亮的大眼睛透着灵性，大家都叫她"大辫"。

我们的班长宝贵看上了大辫，一有功夫就去营部气象站看她，他笑眯眯地去和人家聊闲篇，大辫好像对他的来访并没有表现出热情，外表态度不卑不亢，让人很难看出她内心的情感，好像每次去的收获都不大。这时连里的战友们开始就拿宝贵开涮了，有的说他是单相思，有的说是剃头的挑子一头热，只要他一回来大家总是起哄关照几句，都觉得一黑一白的差距太大成不了。可宝贵就喜欢大辫，用尽各种方式追求她，从各方面关怀爱护她，锲而不舍。

那年麦收时节，下了点小雨，营部命令我们连和部分营部人员一同去 47 连帮助入囤。接到命令后，42 连和营部人员集合后上了几辆"小红车"（胶轮拖拉机）就出发了，因下了点小雨道路泥泞车有点打滑，车斗随着扭动的车头在路上来回甩动，挺危险的，车上的人抓住车梁不时发出紧张的尖叫。拖拉机驾驶室里营部的几个女同志挤在里面，大辫也在里面，没想到我们的宝贵也挤了进去，大家又拿宝贵当笑料开涮。没想到这次支援麦收任务还上演了一出"英雄救美女"的喜剧，成全了宝贵和大辫的婚事。

小红车的驾驶室很小又挤进了五六个人，再加上路坑坑洼洼的还打滑，跑起来车头晃动的厉害，在过坑时车头猛的向一面倾斜，不料大辫的头一下撞到一个带铁的硬物上，顿时鲜血直流，脸和头部都是血，车里人都吓得大声叫喊，这时李宝贵迅速用衣服捂住她头上的伤口，双手把大辫的头部紧紧抱在怀里，叫驾驶员赶快摘下拖斗一路狂奔地开往卫生所。车上其他人都被李宝贵的行为感动了，正调侃宝贵的战友也看得目瞪口呆。

从那天起，宝贵天天去照顾受伤的大辫，宝贵的勇敢真诚终于打动了大辫的心，他俩的恋情从此就公开了，后来两人结婚成家，很幸福。

知青返城后就再没见过他们夫妻，40 多年了也没有音信。2017 年回哈尔滨参加知青聚会时，我打听宝贵夫妇的消息，听说他们夫妻二人去世了。我听到后心里很难过，又有战友离开了我们，愿他们在天堂继续相爱！祝他们一路走好！

刘国华 哈尔滨知青，1969 年 9 月下乡到六师 27 团 16 连，1972 年调入开荒营 42 连，1980 年返城，在哈市东安某公司工作。退休后在北京佳宝信息广告公司任市场总监。

荒原深处的姐妹情

黄彩云

1969 年我和姐姐都报名来到黑龙江生产建设兵团六师 27 团，因我和姐姐不在同一个学校，所以走的时候没能一块走，我俩相差了十天。姐姐分配到工程连，我被分配在 14 连，14 连是副业连队，各方面条件相对好些，我们的连长是张英，也是后来我们开荒营的张营长。

张连长是 1958 年转业官兵，北京顺义人，我们初来乍到的一群孩子听到他一口京腔京味的家乡话时顿时倍感亲切，他极像我们家乡的长者，关心我们工作和生活，带领我们知青学习劳动，几个月后我们也逐渐习惯了连队的工作。张连长非常能干，连里的活计都难不倒他，我们知青都很佩服他、尊敬他。

1970 年 1 月，27 团组建 17 连进驻荒原开荒，任命张英为连长，我们 14 连一个排和其他连队调来的人员组建了 17 连。新连队建在荒原上，除了白雪一无所有，生活差、劳动强度大，可张连长仍是那么信心十足，他把妻子和几个年幼的孩子扔在了老连队，和我们知青一起泥里雪里摸爬滚打，一个月也回不了一次家，强体力的劳动使他腰腿痛病时常发作，可他从不叫苦永远冲在第一线。在张连长的鼓舞下，我们这个以知青为主力军的连队非常团结，经过不到一年起早贪黑的奋战，我们新建点的房子比老连队还好，在荒原上开垦了一万多亩地，还种了小麦和大豆，为国家交了很多粮。张连长在 17 连还不到一年，团里就又把他和周技术员调去组建开荒营（就是开荒营张营长和周参谋）。

这一年我调到了姐姐所在的工程连，被安排在食堂工作，我学会了蒸大馒头、蒸大包子、熬大锅菜，还学会了杀猪。

连长王运德到食堂来检查工作时跟我说起姐姐黄秋云，说我姐一年多的时间进步很快，入了党，已经是排长了，让我像她学习。我也听战友们讲姐姐是很能干的人，她为人真诚，不搞小团体主义，和各大城市的知青都很团结，老职工有事也愿意和她商量，能带领全排很好地完成连里交给的任务。我为姐姐自豪，但也为她担心。因为姐姐身体自幼就比较柔弱，没有我强壮，担心她吃不消会被压垮。

1971 年春节刚过，王连长在全连大会上宣布被选调去开荒营的人名单，名单中没有我，有我姐姐和她们排的很多人，这也是预料之中，姐姐是知青党员又是排长，而开荒营全团选调的人几乎都是知青，是组织需要她。

春节后的北大荒温度依然在零下 20℃左右，开荒营的战友必须在冰天雪地进点，因为雪一化就进不去了。我姐他们 40 人是第一批进点，因为我们是工程连，还肩负着为营部搭帐篷、埋锅造饭的任务，所以只有几天的准备时间。工程连全连出动给他们准备进点必备的物资，我们食堂也加班加点给即将出征的战友们做大饼和馒头，准备了充足的干粮，足够他们吃三天。一切准备就绪，我姐和其他 40 名战友高举"向荒原进军"开荒营 41 连和 42 连二面红旗，开进了荒原。

我在知青当中也算是开荒建点最早的一批了，我刚到兵团半年就跟随张英连长去开荒建 17 连，荒原上艰苦的生存条件我是领教过的，所以一看到从开荒营进出办事的战友，我都会打探那里的消息或给姐姐带封信去。她的来信都是鼓励我要努力工作和战友搞好关系、积极要求进步的嘱咐，丝毫没提到他们有多艰苦。

有一天，听 42 连出来办事的战友说，我姐为救战友献了血，我感到不安，她本来身体就弱，体重还不到 100 斤能撑得住吗？我心里着急赶忙向连里请了假到开荒营去看姐姐。我在团部商店买了两瓶水果罐头（商店只有这些，也算最好的补品了），搭上一辆拉货物小红车就急着奔向开荒营，进开荒营的路是一条坑洼不平的土路，车一路颠簸，一路灰尘，一路惊险，我在车斗里紧紧抱着那两瓶罐头生怕碰碎了。到了营部后，经人指点我到了 42 连的女宿舍，宿舍是半地下的马架子房，进屋要下三个台阶，大通铺炕上叠放着一排整齐的被褥，炕的北墙上还有冻着的冰坨子，有化冻的地方顺着墙面往下流水，窗户还用塑料布封着，一开门就呼啦、呼啦作响，脸盆毛巾放的井然有序，有几个低矮的小窗可射进些光亮，在一个小窗边有一个两屉桌，这是会计出纳的办公桌。眼前的一切让我立刻想起 1970 年初我们 17 连开荒建点时的场景。

会计出纳看我来了非常高兴，我急着向她问我姐的情况，她们说今天是我姐献血的第三天，昨天她就和大家去麦场干活了，这两天外连队调过来一批麦种，要抓紧时间集中入囤封顶保存，连里人少，能上的力量全部投入，要抢时间以防天气变坏。

我坐在炕沿一边聊天一边环顾屋子四周，我发现桌子上有一碗冻裂口子的鸡蛋，觉得好奇，就问他们怎么都冻裂了？她们说这是老职工慰问你姐的，她舍不得吃，让我们大家吃，屋里温度太低，鸡蛋都冻得裂了口。这时到了吃午饭的时间，姐姐他们收工陆续回到了宿舍。

当我第一眼看到姐姐那苍白的脸时，眼泪直在眼眶里转，我尽量控制自己别掉下来。姐姐一看我来了很惊讶？问我："你怎么来了，请假了吗？"她的这句话让我生气了，我委屈又心疼地对她说："你怎么也不告诉我一声，我不是担心你吗，献了血你要休息啊！你怎么不知道爱惜自己。"这时我再也忍不住了，泪如泉涌。姐姐赶忙说："你看我不挺好的么，现在天冷活又特别多，你顾志琴姐姐昨晚感冒发烧，早晨刚好点就到食堂忙乎做饭去了，刘滨香脚被钉子扎了，脚肿着今天也去扛麻袋了，我虽说献了点血有点虚，但是总比她们身体强吧，你放心吧，不会出问题的。"后来姐姐又说了很多宽慰我的话和她们连的好多感人的事情。

晚上我在 42 连住了一宿，和我们工程连的老姐妹们在马架房里尽情地欢笑，这又让我想起了 1970 年 17 连开荒时的场景，我们这些青年战士为开发北大荒，不惧困难，艰苦奋斗，忘我的工作，还苦中作乐。开荒营的艰苦远超过我们当时的 17 连，他们真是一个特别能吃苦，特别能战斗的团队。

几年后因北京招聘高中生充实教师队伍，调姐姐回到北京。姐姐走后我又调到开荒营 42 连，在她工作过的连队继续建点，直到我返回北京。

光阴似箭，转眼就快 50 年，我和姐姐回访我们当年开荒建点的浓江大地，真是感慨万千！一望无际的稻田，场区的高楼和联网的公路，现代化的大农场展现在我们面前，当年我们坚守在荒原开荒建点的理想已经实现。我们深爱着三江的大地，因为这里留有我们青春的足迹和汗水，还有我们姐妹的情谊。

黄彩云 北京知青，1969年8月于北京丰台一中到黑龙江兵团27团14连，1970年2月到新建点17连，1970年9月调工程连炊事班，1977年8月调4营营部炊事班，1979年3月回京，在北京西城运输公司、石景山环卫局油库工作。退休。

四 营 的 红 砖 房

李红英

一、盖红砖房

我1968年从上海到黑龙江勤得利农场，后为兵团6师27团1连，1连是27团的老连队，在那工作了不到两年又调到16连。1971年又从16连整排调到开荒营。

开荒营是27团的四营，27团的1、2、3营都在五星山下边的一条沿山边的公路旁，开发建设已有十多年了。四营之所以叫"开荒营"，因为那里是一片荒原什么都没有。1971年的二三月份，简单的交通工具拉着20个青年人，开进预先勘探好的一个个"点，"这里就是"连队"了。

我1971年进入开荒营，但不是连队中首批进点的人员，是第二批还是第三批进入开荒营42连，记不清了，可我对开荒营有着难以忘怀的情感和挥之不去的记忆，时常像电影一幕幕展现在我的眼前。42连是工程连，那些建营部办公房、商店，建晒场、建面粉厂，盖修理所等一个个热火朝天、你追我赶、忘我劳动的场面和情景都时常出现在脑海里。

1972年的春天，为了方便全营办公、职工购物、邮寄、理发、看病等，营领导决定盖砖瓦结构的综合性办公房，这个任务理所当然地落在我们42连指战员的肩头。那个时候"大会战"是家常便饭。连里开了"动员大会"，我们班的战友们个个摩拳擦掌，决心在这个会战中贡献自己一份力量。建设营部的大会战打响了。

盖房子，男战友几乎都是"泥水匠"瓦工，女战友基本上都是"和灰"拌砂浆，码砖，还有挑水泥灰的，基本上都是给瓦工供应建筑材料。挑水泥的活是最累人的活，整个工程从底层开始到上架子直至封顶，肩挑水泥一直要送到上面。

我们班的战友：孙增荟、俞喜云、孙伟、牛淑英等，在这次任务都是挑水泥的。那些天，尤其是俞喜云和牛淑英她俩都是拿大桶挑灰，两桶和好的灰浆有百十来斤，一步一步艰难地从跳板上往架子上挑着走，肩上的小扁担被压的弯弯的，随着前进的步伐上下颤动，汗珠从她们的脸上直往下淌，让人好生敬佩，在她们身上完全看不到城市青年娇生惯养的痕迹。还有码砖抱砖的战友：刘国华（女）、王向琴、陈领换、张玉芝、曹雪玲、张俊珍、任毓莲，码砖扔砖手都磨掉了一层皮，血都出来了却没人叫苦叫累。在我们全连战友共同奋战下，三天就上梁封顶。整齐的大墙上梁封顶后接下来就是外墙的勾缝。

勾缝是盖房的收尾工程，有勾大缝的有勾小缝的。勾小缝比较麻烦，有时墙缝漏沙了勾小缝的要把水泥塞进去填洞。我勾大缝很快很爽，只有周桂芳排长和张子茹能跟得上。周桂芳、张子茹、吴莉她们小缝勾得又快又好，是勾小缝的能手，其他还有王向琴、刘国华（女）、张俊珍等。

北大荒的夏天特别长，天亮得很早，黑的很晚。早上2：30分起床，大会战干到晚上7、8点钟天才黑。我们这支队伍，跟着刘国华连长、黄秋云指导员等领导冬天进林子伐木，五连山头拉沙子，砖厂拉砖，料运回来盖房子，营部所有砖瓦房的建造都有我们参与，兄弟连队36连和33连盖房子等都留下了我们辛勤的汗水。

开荒营永远记在我们的心中！

二、拉砖

那是1973年的7月，开荒营要盖砖房了。任务落实下来，连里派我们班打夜班到砖厂拉砖，当时我们班共有9人；我、孙伟、俞袭云、吴莉、牛淑英、刘国华、刘素华、任毓莲和孙增荟，还有周桂芳排长。北大荒的天气虽说是夏天，但是到了夜里天气还是很凉的。那天晚上我们吃完了晚饭，我们带着棉衣到营部车队坐上汽车，全班一起唱着"迎着春风，迎着阳光，跨山过水到边疆，伟大祖国天高地广，中华儿女志在四方……"一路歌声、一路颠簸地到了砖厂。那天一共有8辆车，有解放牌大卡车，有"铁牛55"小红车，这8辆车子一共来回3次，我们一夜一共装了24车红砖。装车的时候汗流浃背，停下来的时候披着棉袄还嫌冷，我们这帮姑娘们动作麻利干劲冲天，干活爽气，没有一个人叫苦叫累，装一车砖平均只用20多分钟，等装完第24车砖时，铁牛55小红车司机（北京青年，皮肤黑黑的他叫什么名字我记不得了，可能姓付），说"你们连长叫你们再装车。"我看战友们干了一夜出了很多汗，没喝过一口水已经筋疲力尽。告诉小付我们撤！他说刘国华拦下怎么办？我说："你别理他，我们开过去。"战友们太累了，拿着砖厂的草帘子也不管砖是多么的硬，路是多么的颠，铺在砖上躺下就睡着了。

回来的路上还真碰上连长，小付应付了一下，我们就开回了连里。我们卸完砖回宿舍洗掉一身的汗水和灰尘时已经是早上8：30了，快9点了到食堂打饭碰到连长，他说："李红英啊李红英！你可坑苦了我们！"我说：大连长，我怎么坑你了？刘国华说：你把全班全都撤走了，害得我只好去叫！谁进开荒营就帮着装砖！来了几个塔车的，一车砖装了快三个小时才装满！我说：大连长！你们这速度总比蜗牛快吧。连长也很善解人意，知道我们干了一夜很辛苦没说什么，哈哈大笑一阵。听司机小付说：连长那天晚上在谈恋爱！

李红英　上海知青，毕业于上海市宁国中学。1968年8月赴黑龙江兵团六师27团一连，1970年调往16连，1972年初调入开荒营42连，1980年返城，在杨浦水丰托儿所工作。退休。

42 连 趣 事

赵津生

一、做擀面棍儿

北大荒种粮一年忙一季，主要是种植小麦和大豆，春种秋收。种下去等到再收回来时，天气也冷了。冬季各个连队的工作基本上是修水利和伐木。那年，飘雪化的时候，连队的部分人员到林子里去伐木。冬天，林子里的生活单调无味。伐木结束后，人们干什么？于是加工制作"擀面棍儿"在连队悄然兴起。

擀面棍儿也有叫擀面杖的，制作它选料是第一步。茫茫林海中主要树种是杨树、桦树、柞木。制作"擀面棍儿"要用材质较好的槐树，太细了不行，太粗了做成后花纹不美观。要取 3～4 厘米直径而且直的槐木，加工的成品精美好用。王金才是当地人又是木匠经验丰富，黄昏时分收工回来，拎着直溜溜的槐树干、哼着小曲一副很得意的样子。

制作工艺各有不同，有用镰刀削的，有用斧头砍的，当数刨子刨的又直又光滑，最后用油擦得光亮无比才算大功告成。王金才、王荣盛、何铁虎、郭双龙等都是能工巧匠，带动全体男同胞几乎都干起来啦！当大伙把自己杰作晒出来相互切磋时，那种愉悦的心情，交谈中的欢声笑语回荡在茫茫林海。

二、炸麻花

冰天雪地中迎来了 1972 年元旦。为了丰富大家的生活，连里安排了一次别开生面的会餐——自己动手炸麻花。

那天全连休息，大家睡足懒觉起床后三三两两来到"马架子"食堂，炊事班几个人提前把面和好，接下来开始制作。我和戴荣颜搓麻花，小戴告诉我先把和好的面搓成细条，两只手相互配合，一小团面在手里先捏捏、拽拽，一团面慢慢变成不规则的长条，而后将其放在面板上搓成筷子粗的圆条，接下来两只手分开，分别在这细而圆长条面的两头右手向前搓左手向后搓形成螺旋形，给麻花"上劲儿。""俗话说麻花不吃要那个劲儿"为的是麻花成型时形成合力不容易散。形成螺旋形放在一边，再搓第二根、第三根，然后三根和在一起对折，右手捏住上端，左手捻下端形成一个较粗的螺旋体，一根麻花就制作完了。之后放入油锅，刘滨香、李云霞她们用那种加长的筷子在油锅中翻着，等炸到麻花变成金黄色就熟了，可以出锅了。

在远离家乡的北国寒冬，在那暖意浓浓的马架房里吃着又香又脆自制的麻花，一种成就感油然而生，同时也感受到连队大家庭的温暖！

赵津生　天津知青，1951年生，1969年从天津下乡到黑龙江兵团27团5连，1971年底到42连，后调41连、二砖，1979年返津，供职天津水产公司。退休

马架房之故事会

于署生

现在要写的事已都是四十多年前的记忆了，很多事现在已经淡忘了，毕竟已经过了四十多年。但因我要叙述的是那个特殊年代和特殊事件中所发生的点滴之事，它让我们回忆起来记忆犹新，它有一种特殊的魅力，让我们重返当年的时光。

20世纪六七十年代，我们作为"知青"从全国的各大城市，北京、上海、天津、哈尔滨、杭州、佳木斯来到北大荒——黑龙江生产建设兵团，每位刚二十不到的青年学生，都成为了生龙活虎的兵团战士，他们是毛泽东思想教育成长起来的新中国青年。现在回想起来真可谓前所未有感叹无比，他们从不畏艰难困苦，勇猛顽强，为后人创造了一片新天地。

在那个特殊的年代里，工作之外的生活是简单的乏味的甚至是枯燥的。但作为这些远离家乡、远离父母亲人，千山万水，相聚在这一特殊的大家庭，相互之间成了战友的知青们，奉献、友情、信任、关爱让大家紧密团结在了一起，于是就有了艰苦工作之余所乐此不疲的——喜欢喝酒的聚在一起喝点小酒唠唠家常，喜欢打牌的人在一起打打牌，更有一些战友他们在进行一帮一、一对红……

北大荒的夏季是短暂的，最热的时候也有三十几度，夏日的夜晚蚊子多的特别可怕。有这样一个事实，就是夏日的夜晚如果在室内窗台上点上一盏油灯，四周就会形成厚厚的一层死蚊子。于是夏日的夜间，没事的话会早早钻进蚊帐。也就在这种特殊情况下，故事会活动便萌生了。

当时文艺作品也非常少，所看的书籍也很少，故事的来源有些是"手抄本"甚至是贩卖品（就是从别人那里听来的再贩讲给大家听），其中就有：《第二次握手》《一双绣花鞋》《恐怖的脚步声》和《传说中的福尔摩斯》等。也就在这个时候，我成了我们这一马架房里的故事员，每每夏日之夜给战友们安睡之前带来快乐和满足。

北大荒的夜间还是比较凉爽的，夏日也要盖好被子。于是，随着故事会的结束，新的一天的挑战也即将来临……

北大荒的日子是艰难困苦的，劳动是紧张繁重的，也正是我们有着特殊的正能量心态，所以生活得都很充实，从而实实在在地锻炼了自己，在个人的人生旅途上有了一个超越的提升。返城后，在新的岗位上大都是骨干人才。

于署生　上海知青，1950年生，66届初中，1968年8月由上海河间中学下乡到黑龙江兵团6师27团工程连，1971年首批进入开荒营42连，1980年1月回上海后进上海园林工程公司，1986年调入上海共青森林公园。退休。

开荒营 43 连

开荒营 43 连进点时合影

青春献给黑土地

许亚凤

1971 年 1 月，我们工程二连（建材厂）19 名战士奉命调入刚组建的开荒营，负责组建 43 连。我清楚地记得，当时大家的平均年龄不到 18 岁。那时候的我们年轻、天真、稚气未脱，到兵团就分在工业连，没干过农活，对于开荒建点一无所知。

我们是兵团战士，命令就是战斗，1971 年 2 月 23 日，我们 19 名战士打起行装，肩负着屯垦戍边、开发北大荒的重任，立下"当年开荒，当年建点，当年产粮"的奋斗目标向荒原进军，向荒原开战，向荒原要粮。

一口大锅，一顶帐篷，就是我们的家。冰天雪地，数九寒冬，一眼望不到边的皑皑白雪。我们就要在这里建点扎根、开荒，要用我们辛勤的劳动，唤醒千年沉睡的大地。

我们 43 连进点后的情况有些特殊，没有领导班子，团党委调派的指导员不知什么原因一直没有到任，连队干部只有我一个刚刚提拔的年轻副连长，真是光杆司令。再有我来兵团

一年多，建材连的工作和开荒建点格格不入。整个连队的建点工作一下子落在我这个18岁女孩肩上，我不知道该从哪下手、该如何干起，心里根本没底，面对荒原我该怎么办？这时我们连唯一的一名老垦荒，共产党员侯元平站在了工作的最前头，他以党员的模范先锋作用带动大家协助我工作。有了他的支持和帮助，我就有了战胜困难的动力和决心。大家每天收工回来后都要聚在帐篷里，在油灯下，总结一天的工作，布置明天的任务，找差距，出主意，人多办法多，三个臭皮匠，顶上诸葛亮。就这样，在没有领导班子的情况下，我们全连的党团战士团结得像一个人，尽管领导力量薄弱，但大家都有着冲天干劲和战胜困难的决心。面对艰苦的工作，我没有怨言、没有眼泪，19个人齐心协力艰苦奋斗，用我们的青春热血开发浓江荒原，在全连战士的共同努力下，我们奇迹般在荒原上生存下来，各项工作蒸蒸日上。

北京知青崔俊才，中等个，瘦瘦的，乐观，向上，阳光。他以苦为乐、以苦为荣，身上总有股使不完的劲儿，在他面前没有克服不了的困难。记得有一次，大风刮了一天一夜，连队的帐篷被刮坏了，有几个支撑帐篷的木桩子也被大风拔了起来，帐篷里的温度骤然下降。他发现以后立刻起床，顾不上戴手套，扛起工具就冲出去，在他的带领下，大家团结一致，把拴帐篷的大绳又重新加固了一遍。帐篷很快就被修好了。这时，崔俊才已经双手冻得通红，头发和眉毛盖满了冰霜。事情虽小，但我却记忆犹新。

在浓江河畔这块土地上，我们来自建材厂的19名知青在当时那种要啥没啥的艰苦条件下，承担着难以想象的压力和考验。但是我们43连上下共同奋斗的目标是：艰苦创业讲奉献，众志成城开发荒原，建设美好家园。

李卫东，我们连的统计员，个子虽小，但干起活来勤快麻利。他对统计这项工作一窍不通，但他非常热爱自己的这份工作，不怕不会，就怕不学，他从头学、从实践中学习。北大荒的土地一望无际，一条垄就有几里长，为了把连队的荒地和开垦过的土地丈量清楚，掌握第一手资料，他每天起早贪黑，头顶烈日脚踩水泡，一天不知要跑多少里路。为了能把统计工作干得更好，他跟着拖拉机跑前跑后，他扛着拐尺整天长在田地里，他从地里回来的时候总是哼着小曲，面带笑容，心中总是充满了成功的喜悦。

在开荒建点的那个年代，生活非常艰苦，大家每天吃的蔬菜只有冻白菜和冻土豆、萝卜，伙食单一，营养不良，加上喝的又是雪水和水泡里的水，李卫东同志换上了夜盲症。在一次工作回来的路上，天已经黑了，前面模模糊糊地看不清楚，他凭着感觉，深一脚浅一脚地前行，又累，又渴，又饿，身体极度疲劳，一不小心掉进了齐腰深的水泡子里。北大荒的春季，冰雪虽然融化，但水泡子里的水仍是冰冷刺骨，他孤身一人，在水里挣扎了很长时间，才爬到了干草地上，险些昏倒，最后连队的其他同志找到了他，才把他背了回来。40年过去了，弹指一挥间，当年开荒建点的风风雨雨，点点滴滴，仍然历历在目。知青岁月中流淌着无数的喜怒哀乐，它将永远留存在我们心间。

冬去春来，冰雪融化，我们面临着更加艰巨的工作，那就是盖房子。我们都是从大城市长大的青年，刚出校门走入社会，到兵团没分到农业连，根本就不知道怎么盖房子。

连队知青基本都是69届毕业生，文化知识浅薄。设计房子，画图纸，要从哪一点开始，怎么盖，什么房坨，房架，根本不懂。连里只有一个老同志，领导班子不健全，摆在我们眼前的困难确实很多。尽管这样，大家的干劲和战胜困难的精神非常高涨，要想建设美好的家园，建设新的43连，那我们就要迎着困难上，踏着"苦字"走。

当时，有的同志提议，咱们可以到兄弟连队看一看，学一学，取些经，我们从干中学，从实践中总结经验。老同志侯元平木工出身，他一马当先，带领我们这些小青年，挑木头做房架、房坨、门窗等盖房材料，直到把房架子拉起来。大家齐心协力，苦干、实干、巧干，再加上拼命干，天大的困难，我们都能战胜它。全连口号"团结一条心，黄土变成金"。盖房子工具不全，只有铁锹、和泥用的二齿钩子，泥巴怎么运到房顶上，铁锹运泥巴的速度慢，这时有人提议拿出自己的洗脸盆，又能端泥巴，又能从水泡子取水，一举两得。开始大家都穿着雨鞋，为了更快更好地把食堂盖起来，北京女青年王素敏带头把鞋脱掉，用两只脚代替和泥的工具，别看她瘦，但有一股干活不息力的劲头。她身为班长，所有工作以身作则抢在前，她学得快、干得快、干得好，边干还热心地帮助其他同志。她默默无闻埋头苦干，在她手上，一把拉合辫的草沾上泥往房架子上一甩一拧，不大工夫，窗户旁边的半面墙挂满了整整齐齐的拉合辫。由于脱坯和用手给拉合辫糊泥巴，有的同志的脚和手都浮肿了，脱皮了，甚至有的同志的手被草划得鲜血直流。大家发扬轻伤不下火线，重伤不进医院的精神，仍然是干劲冲天。凭着我们的一颗红心两只手，我们与天斗，与地斗，与艰苦的大自然斗，克服了来自各个方面的困难，先后盖起了大食堂，男女生宿舍，打了井，开了荒，收了粮，样样工作没有落后于其他兄弟连。

看到了这一切，大家都情不自禁地说，我们经历了最艰苦、最勇敢的挑战，我们的思想得到了进步，意志得到了磨炼，现在呈现在我们面前的是一个崭新的 43 连。

40 多年过去了，弹指一挥间，当年开荒建点的风风雨雨，点点滴滴，仍然历历在目，将永远留存在我们心间。知青岁月，浓江河畔的这片肥沃的黑土地，我们曾经在这艰苦奋斗过、哭过也沮丧过；我们也曾有过胜利的喜悦和激情的欢笑，这是我毕生难忘的经历；我们曾经在这里奉献过青春，在这里流过汗水，这里留有我们的足迹，留有我们青春最美好的回忆。

许亚凤　北京知青，1969 年 8 月到黑龙江生产建设兵团 27 团工程二连，1971年调入开荒营 43 连任副连长，后调入 47 连任指导员，1976 年回京，在北京重型电机厂工作。退休。

并肩战斗

（前排左起：41 连副连长刘克新、46 连副连长周茹敏，后排左起：
45 连指导员侯乃玲、43 连副连长许亚凤）

一张老照片的回忆

陈开选

　　春节前，家里收拾房间，欢天喜地迎接新年。爱人在整理书柜的时候，拿出了一本尘封许久的相册。于是坐下来浏览起这些以前的照片。翻着、翻着她发现了一张很旧的黑白照片，似乎感觉到相片里的人有些陌生，她便把相片递给了我，让我帮忙看看这里面都是些什么人？我拿过照片，只见照片中间有一面硕大的红旗，红旗的最上面有一行小字"学大寨赴涝洲"，而红旗中间那几个字是分外的醒目——向荒原进军。照片上是一张张稚嫩的面孔，年龄看上去都在 18 岁左右。顿时，我的眼睛湿润了。这不就是 40 年前的我们吗。

　　那天晚上我久久不能入睡，我失眠了，40 多年前的一幕幕像放电影一样在脑海中翻滚。说来不可思议，这些年有些事情其实已经忘得一干二净了，但是，那些久远年代的事情，居然在我心中是如此的清晰。

　　随着这张老照片，我也被拉回到了 40 多年前的那个春节过后，我们在团里开完"向荒原进军"的誓师大会以后，也就是我们，就是照片上的一行 19 个人，高举着"向荒原进军"的红旗开进了荒原的无人区。

　　还记得刚刚出发时，大家边说边笑地欣赏着沿途的风景。也许是借着刚刚开完誓师大会的激情，也许是誓师大会后丰盛的壮行饭菜发挥着作用，大家兴致都特别的高，可是谁也不会知道接下来迎接我们的将会是怎么样的生活。

　　说起那丰盛的会餐，是按当时的条件下算是最好的一餐了。当然，和现在条件比较的话随便吃一顿都比那个年代强得多。

　　伴随着行进路上的颠簸和风雪的侵袭，大家聊天的话越来越少，不断蜷缩成一团，甚至互相紧紧依偎在一起。透过身上的黄棉袄，能感觉到彼此的体温。真是好梦不长，车轮搅起的雪片打在大家的脸上，北风吹的人们睁不开眼睛，公路没有了，四周白茫茫的一片。我们这些涉世不深又刚刚从工副业连队出来的年轻人，脑海顿时一片空白了。这茫茫的原野，难道就是我们今后的家吗？

　　我们这 19 个年轻人，在一个和我们同龄的女副连长的带领下，将团里授予我们的 43 连的红旗插在了茫茫的荒原上。脚下的这块土地就是我们开荒营 43 连的战场。把帐篷搭起来，把锅灶支上，我们这几个初生牛犊不怕虎的小青年开始了艰苦的创业。

　　记得我们刚到连队的第二天，大家怀里揣上两张烙饼，拿上工具，走出帐篷，踏着过膝的积雪，走进了树林开始了伐木工作。饿了啃口烙饼，渴了吃口积雪，当时想起在抗美援朝的志愿军，他们是吃口炒面吃口雪，相比而言我们比他们好多了，他们面对的是敌人的炮火,我们面对的是无情的烟炮严寒和沼泽肆虐的蚊虫。

在荒无人烟的原野上,没有任何参照物辅助分辨方向,晴天时大家就根据太阳来看方向,可是没有了太阳那就方向就难辨了。记得有一次,有几个同志出去给连里找林子,直到天快黑了还没有回来。我们这些在家的人心里可是着急坏了,炊事员做好饭也没有人去吃,大家纷纷张罗着要出去找找,连里唯一的一位老同志侯元平看到大家焦急的样子,就安抚大家先不要着急,他说出去的那几位同志,如果迷失方向,找不到咱们连队了,他们也可以找到别的连队,他们一定会安全归来的。说着说着,天越来越黑了,还是不见战友们的归来,这时有人把帐篷里的马灯拿了出来,说是给未归的战友像灯塔一样指引方向。但是茫茫原野,马灯的光亮又能照多远呢?最后大家燃起一堆熊熊的篝火,一边不断给篝火里添加柴火,一边高声呼唤着战友们的名字,期盼着他们的归来!

就在大家焦急的时候,借着月光照亮的白雪地上出现了几个身影,我们的战友终于回来了,大家赶紧跑过去迎接他们,流下了激动的眼泪。正是在这种艰苦环境下,我们全连虽然只有一个副连长,但19个人团结一心,虽然我们对农业不通,但大家为连队的建设积极出主意想办法,再苦也难不倒我们。

在忙碌了几个月后,我们迎来了冰雪消融、春暖花开的季节。全连抓紧时间起早贪黑地盖房,我们自己规划设计,不懂就去兄弟连请教,终于我们也盖起了食堂,盖起了宿舍,在荒原上站住脚扎下了根,有了自己的连队,有了自己的家。并且在营部统一指挥下开荒,第一年就给国家上交了粮食。也许奇迹就会在我们的手中发生,后来的发展证明我们创造了奇迹,实现了当年开荒、当年打粮盈利,我们当年就为国家做出了贡献。但是这其中的艰辛也给我们留下了永远难以忘却的记忆。

后来,我们开荒营也有了自己的正式番号,叫27团四营。我们四营的12个开荒连队,就像一颗颗珍珠镶嵌在浓江河北岸的大地上。

五星山下的三江平原留下了我们宝贵的青春年华,这块热土留下了我们垦荒的足迹,我们吃过苦,流过汗,也流过泪,但是也锻炼了我们这一代人。艰苦岁月让我们变得更加勇敢坚强,吃苦耐劳,铸就了我们顽强不屈、克服困难的精神,也使得我们这些战友在艰苦的环境下结下了深厚的革命友谊。

一张黑白的照片,让我回忆起了那久远的开荒建点岁月,回忆起那一幕幕团结奋斗的感人经历,给我们留下了永不忘怀的深刻记忆。愿我们开荒营知青战友的奋斗精神永存!

　　陈开选　北京知青,1969年9月勤得利农场建材连,1971年开荒营43连;1971年8月营部机务排拖拉机手,1972年41连收割机手,1979年北京市运输公司11场司机。退休。

从 原 点 到 原 点

陈开选

　　在荒原上特别容易找不到路，各连从林子里伐完木，需要用拖拉机往连队拉木头。但营里仅有一台拖拉机，各连只能轮流使用。这回轮到给我们连拉木头了，师傅吃完晚饭，和我们连一个带路的战友开车出发了。进林子没有路，就靠车辆压出的车辙参考当做道路。但是不巧那天下起了雪，北风一刮再加积雪覆盖，车辙竟然看不到了。师傅只好根据经验，在拖拉机的车灯光亮下摸索着前进。可是走啊走啊，怎么也到不了目的地。过了很久，这时候东方泛起了鱼肚白，在远处的视野里出现了一栋矮矮的建筑物。两人商量了一下，咱们就到那里去问问路吧。走近一看，是顶帐篷。一掀开帐篷帘，还没等开口，就被帐篷里的人给认出来了，万万没想到竟然是回到了自己的连队。而帐篷里的大家被拖拉机的声音吵醒了，还以为是拉木头回来了呢，正准备去卸车。大家还纷纷议论，今天真是挺顺利的啊，这天刚亮就回来了。招呼着让师傅歇会儿，这就准备出门卸车。说到这，师傅的脸立马红了，羞愧地说："别去卸车啊！"顿时大家停下手里的工作，一阵纳闷。师傅只好把整个过程一五一十讲了一遍，逗得大家哈哈大笑起来。这件事后来还成了每次看见这位师傅调侃的谈资了。

　　在忙碌中我们迎来了冰雪消融，春暖花开的季节。经过大家的努力，我们盖起了食堂，盖起了宿舍，有了自己的连队驻地用房，就有了自己的家，我们终于在荒原上开始扎根了。在开荒的第一年，就给国家上交了粮食。开荒营也有了自己的番号，叫四营。我们四营的连队，就像一颗颗珍珠，镶嵌在三江平原的浓江河畔。我们开荒营官兵在这块土地上，吃苦流汗也流泪，吃苦耐劳受锻炼，铸就了我们顽强不屈勇敢坚强的品格，也结下了深厚的革命友谊。那里留下了我们的足迹，留下了我们宝贵的青春年华。

　　一张黑白的照片，让我回忆起了那久远的在开荒建点岁月时的一点一滴，感人的一幕一幕。那些开荒建点的日子给我们留下了永远的、不可忘怀的、深刻的怀念和记忆。愿我们的知青精神永存！

扠　墙

往 事 如 歌

佟少强

我们的"老知青"聚会，自然地谈起了北大荒，谈起了我们的连队——开荒营43连。

一位老友问道："你们还记得刚进开荒点的时候，我们在林子里过的那一夜吗？""记得！记得！当然记得！""一辈子也忘不了。"几个声音同时答道。有位老友激动地站了起来，大声说：那是冰天雪地呀！零下三十几度的严寒，真冷啊！我的大衣就是那天晚上烧的；又一位老战友接口说："当年我们十七八岁，正是血气方刚的年纪，为了开荒建点所需要的木材，解决路远的困难，所以我们决定在林子里宿营，争取更多的工作时间……"大家你一言我一语地聊起来，仿佛又回到了那如歌的岁月，回到了那个夜晚。

北大荒的冬季天黑得早，树林中，我们结束了一天的工作，开始准备吃饭和过夜的事情。野外风大，准备在宿营地外筑起一道雪墙，挡一挡寒风，抬过几棵站杆（死掉的树木），生起了一堆火。这时候传来了几句不着调的歌声，"穿林海，跨雪原，气冲霄汉……"原来是一个同伴提着两桶干净的雪，从对面林子里钻了出来。"别糟蹋京剧和样板戏了！""饶了我们的耳朵吧！"大家伙你一句我一句哄笑他。

荒原上那堆篝火烧得旺旺的，我们从小棉被里拿出带来的已经冻得像石头一样的馒头，在树墩上用斧子剁成几块，再放到火上去烤，馒头的外表焦黑焦黑的，里面却还是冰凉的，实在是难以下咽。只有一个兄弟闭着眼在那大快朵颐，我们问他吃下去的秘诀，他故弄玄虚地说："闭上眼睛，你就当是吃红烧肉。""你这是自欺欺人，又黑又冰凉的馒头跟红烧肉一个味？"招来了大家纷纷的讨伐。

火舌舔着桶底，发出嗤嗤的声响，我舔着发干的嘴唇心中叹息，马上能喝一杯热水润润喉、暖暖身子该多好啊！可它就是不开，一位战友起身看了看水桶，赶忙找了根干净的树枝在水桶中往下戳了戳，再搅拌几下，原来桶底的雪经火烤后向上收缩，桶底悬空根本烧不到水。

用过晚餐都说肚子不舒服，一位同伴拿出烟分给大家："弟兄们抽烟，俗话说饭后一支烟赛过活神仙，我们也来当一当神仙。"大伙抽着烟，开始作神仙的遐想。一个说："我的愿望是吃一回烤鸭，得是全聚德的。"另一个说："什么好吃的我都想吃，现在最想吃着香肠喝着啤酒。"我没有他们那么高的要求，只想吃顿猪肉炖粉条解解馋。精神会餐在我们兵团是经常的事。

月亮升起来了，圆圆的月亮周边拥着一个白色的圈，这叫风圈，马上要刮大风了。

一天的工作下来，大家都很累了，都懒得说话，耳朵听着大风穿过树林的呼啸声，不知什么时间我们睡着了。也许大家在梦中梦见烤鸭、香肠啤酒还有猪肉炖粉条，梦见温暖的床，妈妈……十几个十七八岁的少年席地而卧，在寒冷的林子里睡着了。月亮走了，留下了黑暗。这是一天最冷的时刻，传说能冻死小鬼。我们中的一位被冻醒了。严寒的气温下睡觉是很危险的，那个冷是"寒彻骨"四肢好像都不是自己的，朦胧中环顾四周，火堆已经快熄灭了，火堆周边的战友们蜷缩着身体成一团。"不好！要冻坏的！""都醒醒，别睡了。"他边喊边摇晃着一个个睡在地上的人，被叫醒的人很不情愿地睁开眼睛，有的还骂两句，"你他妈的这那啥，一个好梦让你给打断了……哎呀！我的脚，我的脚没有知觉啦！"火堆又燃烧起来，水桶里的水又开始嗞嗞作响。我们围着火堆跺脚踏步让脚下尽快恢复知觉。烤着火，喝了杯开水，身上有了一些暖和气，气氛又活跃起来。一个战友转过身烤着冰凉的后背，随口念道"火烤胸前暖，风吹背后寒。诗人也有挨冻的生活，写的何等真实，"另一个战友说："我在一位抗联战士的诗中看到引用了这两句诗，先辈们为了救中国，长期在这严酷的环境中生存战斗，流血牺牲，我们向先辈致敬！"另一位马上接着说道："我们今天开荒建点，要学习抗联精神，做好克服困难的心理准备，胜利是属于我们的。"

这些十七八岁的年轻人又开始谈天说地，海阔天空，从珍宝岛自卫反击战说到黑龙江不是界河，老沙皇抢走了我们大片的土地，又说到八国联军火烧圆明园。天渐渐地亮了，大伙捧起雪在脸上擦擦，洗去一夜的烟尘，不知是哪一位战友朗声诵道"我们迎着朝阳，开始新的战斗。"在一块空旷的雪地上一位战友写下了《火烤胸前暖，风吹背后寒》十个大字。时间相隔已近50年，回忆之中一下子想不起来是谁在雪地上写字，谁朗诵谁唱歌。

收工了，我们扛着工具走出林子，视野开阔起来，在残阳的照耀下，冬日的风景很是美丽，白雪铺满了荒原，在很远的地方与天际相连，白白的雪原，蓝蓝的天。

我们的队伍行进在广阔的天地之间，显得那样渺小孤单，十几个人的队伍走得很慢，拉开了二三百米的距离，落在后面的一个战友，一屁股坐在雪地上说："又累又饿，坐下就不想起来，喂！给只烟抽吧！"旁边的人递过烟，吸着烟看着天边，落日余晖的映照下，白雪披红装"真美"，吸烟可能暂时缓解了疲劳和饥饿，有心情欣赏大自然了。我说："我现在看什么都不美，只有热气腾腾的大馒头最美。现在我已经饥肠响如鼓了，又累又饿，为了美味的大馒头赶紧走吧。""后边的几位加快速度赶上来。"副连长大声催促，起风了！天也渐渐地黑下来。这时谁也不敢掉队，同伴们紧紧腰带淌着没膝的积雪紧跟着队伍。

风越刮越猛烈，带着凄厉的哨音，扬起雪把我们来时的脚印填平了，天也彻底黑下来，虽说不是伸手不见五指，但的确看不见方向。行进中没有参照物，在漆黑的原野上很快就会迷失方向。大家都静默着不说话，心里明白遇到的困境多么严重，后果怎样不敢想象。副连长把大家召集起来，大声说："我们面对饥寒交迫的威胁，又有可能找不到回去的路，越是这样非常的时刻，我们越要团结一心共渡难关。你们两个在前面探路，你们两个在后面断后，谁走不动了拉着也要走，绝不能让一个人掉队，打起精神出发。"

十几个人趟着深雪，侧着身子低着头，迎着寒风向前走，暂时忘记饥饿，抱着一线希望前进着。跟上！快跟上！后面不时传来大声的催促。感觉走了很久了，越走心越凉。队伍停下来了，我们已经分不清东南西北了，希望破灭了，"妈妈！我们永远也走不出荒原了"。

"火！火！"一个女同志突然大声喊着。"你被冻糊涂了！哪里有火？"有人呵斥道！"火！火光！"她继续大声喊着。人们顺着她手指的方向看去，远远地看到真有个小亮点，在大风中忽明忽暗，我们紧紧盯住那点点火光愣在那里，我们得救了吗？我们真的得救了吗？弟兄们！不知是谁大声喊着："胜利是属于我们，向着火光——冲啊！"喊声惊醒了愣在那里的人们，齐声喊着"冲啊！冲啊！"我们这一群十七八岁的年轻人，跌跌撞撞向着火光冲去……

佟少强　北京知青、满族，1969年于北京第十二中学上山下乡赴黑龙江兵团六师27团工程二连（建材厂）木工，1971年首批进入开荒营43连开荒建点，1977年调44连，1979年返城，在北京运输公司公共汽车公司工作。退休。

记我们第一次打草

范荣花

还记得1971年进点第一次去很远的地方打草吗？

没有路，全是草甸子，草甸子底下全是水。我们要踏着塔头走，一不小心就会掉进水泡子里。没走多远，大家的鞋子，都湿透了。姐妹们手拉手互相扶着去找合适盖房的草。当看到一望无际的草地时，大家兴奋地顾不得虫子蚊子的叮咬，挥舞着镰刀，热火朝天地割起草来。几个小时后，一大片草地就变成了平原，大家把草一把一把绑成了捆，在一捆一捆堆成垛。这是进点后的第一次打草，由于大家不太会用镰刀，有的同志手被割破了，也有的同志不小心把鞋子割了个大口子，还有的同志手上磨出了血泡。

收工回到连队，大家正准备休息时。不知谁说了声，还有几个人没有回来。这下大家可都着急了，顾不上吃饭，站在院子里焦急地等待着掉队的同志……

太阳慢慢地落山了，天渐渐地黑了，在这方圆百里荒无人烟的地方，要是他们迷路了怎么办？要是他们碰上了野猪、熊瞎子怎么办？大家不敢去想。这时，北京青年崔俊才找出了大柴油桶，鲁汉生点燃了火把，顿时，火光照亮了整个连队。亮光为迷路的同志指出了回家的方向，大家在焦急地等待……

"他们回来啦！"这时眼尖的同志激动地喊道，大家朝着一个方向望去，掉队的同志终于回家了。

范荣花　北京知青，1969年9月入黑龙江兵团27团建材连，1971年3月至1974年8月在43连任出纳，1974年9月至1976年8月在黑龙江机械制造学校学习，毕业到牡丹江机床厂任技术员，1978年9月回北京在铁路工作。退休。

我在 43 连的回忆

赵久平

一、建点

1971 年 2 月刚过完春节，我当时所在的建材连召开"向荒原进军"的动员大会，会上指导员号召共产党员、共青团员带头报名去开发荒原，为国家生产更多的粮食。我当时想应该到更艰苦的地方去锻炼自己，就报了名，团支部还批准了我光荣火线入团。上午在团部开完了"向荒原进军"誓师大会，会后就坐上解放牌大卡车出发向团部南面的荒原进军了，也不知道走了多长时间（因为当时没有手表），终于到了43 连的开荒点。

茫茫雪原上只有我们 19 个人，副连长许亚凤是和我一样大的北京 69 届知青，是一个办事泼辣的女孩，在老同志侯元平的帮助下，指挥大家布置建点的任务。有的去伐木准备搭帐篷用的木材和烧火柴，有的去打草，有的搭帐篷。炊事班的王素敏、何秀兰开始做饭。当时没有水，只好用脸盆收集干净的雪放入大柴锅加热化成水做饭。大白菜冻得硬邦邦的切不动，只能一刀刀地砍碎再去炖，吃起来滋味可想而知。等大家工作结束吃完饭，她们还要继续烧水让大家洗洗脸泡泡脚，消除一天的疲劳。然后再为第二天早饭做准备，大家都睡觉了她们的活还没有干完，她们比大家睡得晚，比大家起得早。后来，在反复取雪的地方发现下面是个水泡子，就用镐头刨冰块化水，这样获取饮用水就方便了许多。

帐篷搭好了，用胳膊粗的木头杆子搭床，用打来的草铺上厚厚的一层再将自己的褥子铺在上面，一个长长的大通铺就建成了。帐篷中间用席子当隔断就分成了男女宿舍。取暖的问题就用大油桶挖两个洞，下面放烧火柴，上面的洞装上烟囱伸到帐篷外面冒烟。晚上就由我来为大家烧火取暖，因为当时我又瘦又小，领导让我负责连队的文书工作。

当时连里没有多少事，我就和大家一起劳动。三月的北大荒天寒地冻气温在零下二十多度，我每天都把帐篷里烧得暖暖的，看见大家干了一天的累活，回到家（帐篷）能睡个暖暖的好觉，自己虽然在家烧火不能晚上睡觉，但看见大家睡得很香，半夜听见打呼噜声，我还是很欣慰的。

有一天，半夜柴火没了，就到帐篷外面去取，刚出门就看见不远处有一只像狗一样的动物，两只眼睛闪着绿绿的光，我心里一惊这就是东北的狼吧！于是，我抱起桦子赶紧跑回帐篷再也不敢出门了。从此，天黑之前我都准备好足够的柴火。

白天大家都出去干活了，我烧了一夜的火也该休息睡觉了，由于中间没有及时加桦子，火灭了给我冻醒了，荒原上不是只有黑天冷，白天的气温也在零下近二十度。我赶紧起来重新生火，等大家收工回来一进帐篷就感觉热乎乎的，可是我却因为休息不好，经常感冒，还得了严重的气管炎。打那起每年冬天都犯病，夜里咳嗽的厉害，吵得同屋的战友都休息不好。

离开老连队已经一个月了，粮、油、菜也快吃完了，司务长老侯和崔和平决定回去拉补给，天还下着大雪他们就出发了，等他们回来时一进帐篷就看见崔和平红红的苹果脸上起了一个大水泡，原来天气很冷，脸被冻坏了，从那年起崔和平的脸上一到冬天就经常冻坏。大家赶紧出门卸车让他们两个休息。这时，跑来一只小黄狗挺可爱的，原来是老侯回老连队顺便带来的。

时间过得飞快，到了给大家发工资的日子，会计宿爱芝和出纳范荣花，早晨冒着大雪出发到营部为大家领工资，厚厚的积雪覆盖着大地，她们要走 8 里多路，当时也没有路只是朝着营部的方向走去。等回到连队时天色已经黑了，会计和出纳不顾劳累点上油灯为大家分好工资。

二、伐木

建点盖房子需要木材，要趁冬天地上有雪用拖拉机拉爬犁运送木头。树林子离连队很远，路上要走好几个小时太浪费时间，连里决定大家住到林子里集中伐木，再分批运回连队。

在树林子里较开阔的地方找块平地挖一个大地窖子，里面用杨木杆搭好一个大通铺，中间用草帘子当隔断分成男女宿舍，地窖子是东北特有的临时住所，半地下式样，往地下挖成一米多深长方形的大坑，里面都安排好之后，地面上头同样用杨木等树干搭成屋顶，铺上一层草再压上一层土，不透风就保暖了，地窖子里面生上火再冷的天也可以居住。安排妥当了就开始伐木了。大家两人一组用快马子锯在离地面一定的高度开锯，锯到快一半时退出，再从另一面比前一锯高一点的地方重新下锯，等锯重合时大树就会向先锯的方向倾倒，大树倒下后要砍掉枝丫截去树头。有时候伐倒的树因各种情况不往预定的方向倒，有一次就让我赶上了。眼看着一棵大树将要倒下，我们赶紧往大树的侧面跑，没想到大树也向侧面我们奔跑的方向倒去，这时，我感觉背后像被人抽了一鞭子一样的疼，我如果跑的慢一点的话后果不堪设想。

在进林子伐木的日子里也有意外的收获，有的战友看见树上的"猴头"就爬上树采下来，有人说猴头是成对长的，这棵树上有那对面的哪一棵树上也有，这时战友们就在对面的树上寻找，果然对面的树上真的找到一个猴头。由于是冬天采下来的猴头已经干枯还真像猴头一样，猴头是一种菌类食物。

中午该吃饭了，就用干树枝点燃一堆火把带来的饼放到火堆上烤着吃。渴了就抓把雪放在嘴里解渴。脚冷就把脚伸到火堆边，脚还没觉得暖和呢，就闻到了臭胶皮味儿，原来是脚上的棉胶鞋烤糊了。

还有一次几个男生打了一只狍子，让炊事员炖了一大锅肉，大家美美地吃了一顿。

有一件事现在想起来都后怕。一次我们俩伐了一棵树，没往地上倒，却倒在了对面的一棵树上，几个男生还抢着爬上树将其推倒在地上，如果推不倒或者不小心大树坠落躲避不及时，那非出大事不可。不管怎么想，我们用一不怕苦、二不怕死的精神，克服了重重困难，安全地完成了伐木任务。

三、盖房

冬去春来，附近水泡子里面已经有三五成群的小野鸭了，我们挑着水桶到水泡子边上和泥打土坯准备盖房。打土坯之前先要把近一米长的草用铡刀切成较短的草，然后用桶子锹把草地上层的草皮切开露出黏土层，在挖出下面的土围成一个土坑，中间放上切好的短草倒上水和成泥，用手捧起一把泥放到木质的土坯模子里塞满抹平，双手提起模子，一块土坯就完成了，等晾干后码成堆。每天每人能打 200 多块。一天下来大家相互看看各自身上脸上全都是泥，就像泥人一样。收工后，大家拿着脸盆到井边的大柴锅打热水。水井是春暖化冻后打的辘轳井。每人只能打一盆热水，端回帐篷后分成两个半盆水，第一盆先洗脸，这一盆水就已经成泥汤水，再洗第二遍才能干净点。

荒原上春季常刮大风，有一天大家正在干活，忽然狂风大作，我们的帐篷被刮散了，人家赶快放下手里的活重新搭帐篷，否则晚上无处休息。很快土坯打够了，这时，老侯也带领着木工组制作好了房架、门窗。全连男女齐上阵，打地基、砌墙、上房架、安窗套。北大荒的窗都要装双层的，大冷时双层窗子中间填上些锯末挡风。

上房顶、盖扒板、上扒泥，苫屋顶的草要用泥巴把草压住，再一层层往上铺，第一层房檐草要长出房檐才不会漏水。最后，安上门，屋内两边砌上土炕，中间是过道，再砌上火墙和炉灶冬天取暖。一个大草房子（东北叫马架子）就大功告成了。不久大家高高兴兴地从帐篷搬到房子里。

后来又盖了食堂、办公室等，当然，学校、教室、桌椅、黑板都是用土坯和泥做的，我们还修了一个小操场和篮球架。团里又从老连队调来一些人，43 连营区这才初具规模走上正轨。

四、开荒播种

沉睡了千年的荒原就要被兵团战士掀开神秘面纱了，即将在我们手里变成巨大的粮仓。在建营初期所有的机械都由营部统一调度和指挥，各连队负责配合耕作管理。开荒大军一到，眼看着昔日荒草地被大犁翻过来，变成油黑的土地，一条条翻扣的草皮像黑龙翻滚着。经过几次的机械化作业，油亮的黑土层松软了，能播种了。连队统计员李卫东负责用拐尺丈量土地面积，根据土地面积的多少计算出种子的用量，数据汇集到营部，开荒指挥部会根据实际情况调拨良种实时播种。统计工作很辛苦，一天不知要走多少路，所有开垦好的土地都要走好几遍。

有一天，我帮着炊事员给耙地的拖拉机手送饭，趁他们吃饭的时间我也跳上拖拉机体验一下开拖拉机的感觉。首先得踩下离合器，由于我个子小一脚踩不下去离合器，直到我的身子前倾才能踩到底，挂上挡慢加油门拖拉机就前进了，我非常高兴又有些紧张，两根操纵杆，拉左边的机车就向左拐，拉右边的机车就向右拐。等拖拉机手吃完放我已经开着拖拉机在地块上走了一个来回。感觉开拖拉机真威风。

地耙好了该播种了，种子需要提前做拌种处理，将一种粉红色的药粉与麦种搅拌在一起，目的是防止病虫害，提高种子的发芽率。拌好的种子装在麻袋里面，但是不能装的太多，便于往播种机上搬运。种子运到地头一字排开码放好，拖拉机牵引着播种机开到地头，我们就把麻袋里的种子倒入播种机上面的箱子里，播种作业的操作规程应当是不停车加种子，机车边播种边加种子，这样小麦播种的均匀。我们站在播种机后面的踏板上观察种子槽的种子流量，它决定着种子出苗后的疏密程度和小麦的产量。

种完小麦种大豆，随着小麦大豆的成长，远望大地一片葱绿。麦地、豆地边的草地上星星点点或者成片的红花、黄花很好看，黄花就是我们食用的"黄花菜"，在没有开花的时候采摘花蕾（花骨朵）加工晾干，就是食用的黄花菜。

夏天到了，大豆地里随着大豆的苗壮生长野草也跟着长高，这时该除草了。连长带领大家扛着锄头到地头，分配好了地垄大家开始除草。地里的小咬、蚊子很多，第一天就把我们咬得脸上、胳膊上全是大包，有的战友眼角、耳朵都咬肿了奇痒无比，皮肤不好的战友手抓后感染了。但这些困难没有让兵团战士退缩，照样干劲十足。大家还展开了除草比赛，看谁铲得快干得多质量好。

夕阳西下该收工了，大家走在回家的路上相互一看都笑了，个个脸上、胳膊上大包连大包，有的战士眼睛肿的眯成一条缝。后来大家都穿上长袖衣服带上纱巾手套下地干活。连队还为大家买来养蜂人常用的蚊帐帽，既防蚊子又可以遮挡太阳，解决了防晒问题。

五、收获

小麦成熟的季节到了，用联合收割机收获大地块平整的小麦，地势较低秸秆较矮的小麦只能靠人工收割。三江平原纬度高，早晨二点左右天就亮了，大家家开始下地收割小麦，炊事员送早饭来了，太阳也升起很高了，这时的麦地已经收割一大片。

这天我被安排帮炊事员给收割机的机组人员送饭，顺便体验一下在收割机上工作的过程。远远望去收割机就像一个电推子给大地理发，所到之处小麦就剃光了只剩下短秃秃的麦秆，收割机上收集麦粒的小粮仓不一会儿就装满了，收割机的后面留下被打碎的麦秸秆摊在地上，这时一辆汽车或者小红车就会开过来靠近收割机的一侧并与收割机同行，收割机小粮仓里的麦粒就会通过输送管道的"绞龙"吐在汽车的车厢里，汽车接满一车就及时地将粮食送到晒场进行晾晒。可惜当时没有秸秆还田技术，只能把麦秆在地里烧掉。烧秸秆也是个危险活，闹不好跑荒烧了麦田可不得了。

场院上堆满了小麦，金灿灿的一片金黄。我们要把小麦用木锨推成垄，还要不断的翻垄，为的是让每一粒小麦充分地接受阳光的照射尽快干燥。遇上雷阵雨的天气，全连男女老少都要赶到场院，把摊晒的小麦堆起来，再拿草帘子苫上。雨过地干后要及时地把麦堆摊开晾晒直到晾干为止。

晒干的小麦已经分成两部分，留做下一年的麦种和上交国家的商品粮。种子、商品粮都是要妥善地保管，当时连队里的保管方法就是入囤。把晒干的小麦装入麻袋，大家扛着麻袋倒入用苇席围成的粮囤。粮囤越装越高跳板也跟着延长，扛着麻袋走 30 多厘米宽的跳板，真的需要有胆量和体力。我当时体重不到 40 公斤，只好去装麻袋，两个人一组，一个人挣着袋子，另一个人用很大的"搓子，"把粮食装进麻袋，两个人合力把大半袋粮食抬到扛麻袋人的肩上，一天下来腰酸背疼。

夏收忙过去没几天，团部安排的运粮汽车就到连队拉商品粮了，我们将已入囤的商品粮装入 160 斤的麻袋里，封口装在汽车上向国家缴公粮。

秋收主要是大豆。开荒营第一年种的大豆长得不高，由于都是当年开的生荒地，平整度差，用机械收割损失太大，有的地块只能人工收割。开荒营的连队是地多人少，团领导调集全团人员来支援开荒营收大豆，还是人力不够用，一直到下大雪了大豆也没有收割完。厚厚的积雪把地里的大豆盖了多半截，成熟后的豆角风干后又尖又硬，收割时把大家的手都扎破了。我也不例外，手心扎破了，洗手洗脸时钻心的痛，只好给家里写信让家里寄来白线手套，是那种手心手指有一层胶的，又结实又耐用。

这一年，开荒营的兵团战士克服了难以想象的种种困难，抗风雪战严寒，白手起家，做到了当年开荒，当年打粮为国家作贡献的誓言。

六、我兼任出纳员的故事

1974 年出纳员范荣花光荣地被推荐去上学，她的工作就交给我来兼任。这一天连里的养牛工赶着牛车去营部拉饲料，我和会计宿爱芝搭这趟牛车去营部领全连战士的工资。43 连离营部 8 里地，走到半路老牛犯犟脾气了，把我们三人往路边的沟里拉，我们赶紧跳下车赶着牛往公路上走，费了好大工夫老牛才回到正路上。到营部领完工资回到连里都过了吃午饭的时间，我们俩没顾上吃饭，赶紧分发工资。

还有一次冬天去营部领工资，雪花飞舞，荒原上一片白茫茫。这一次到营部领工资是我一个人去的，那天雪很大还刮着风。在回来的路上，走到曾经采过榛子的地方时看见不远处有一只老狼，雪很深老狼也走得很困难，我在公路上走，路上也没人，我心里害怕，不由得脚下越走越快，等到了连队腿都软了，如果狼在公路上走后果就太可怕了。

七、我是 43 连的超级替补

元旦到了，这天晚上连里开了一个庆祝元旦联欢会，会上有唱歌的，有朗诵诗歌的，有打快板的，田翠荣跳了一个舞蹈《北京的金山上》，我也跳了一个舞蹈《草原上红卫兵见到了毛主席》。第二天大家起床准备洗漱吃饭了，可是门说什么也打不开。原来外面大雪下了一夜，厚厚的积雪把门封住了，食堂的炊事员看大家都不来吃饭，跑到宿舍一看门窗都堵死了，赶紧找来铁锹把门前的大雪清理干净，大家这才能出门。

元旦过后春节就不远了，连里一部分人要休探亲假回家与父母团聚。我是连队的文书，要去团部给他们办理边境通行证才能回家。这天早上就开始下雪，我背着军挎包就出发了，没有车我只能走到团部，到团部天快黑了，只好找团部的同学帮忙找个住处住下，转天在办事。第二天办完事回连队，看见拉粮的汽车在团部大道停着，一打听正好是去四营拉粮，真的问对了，我就搭上汽车顺利地回到 43 连。边境证是谁的就交给谁，他们高高兴兴地回家过节了。

这一年我没有回家探亲，养猪的战友回家探亲了，我就替她们养猪，当时连里养的几头猪还很小，其中一只还得了肺炎，我跑到营部兽医所取了针和药，领药时告诉我怎样给猪打针。方法是左手抓住小猪的耳朵再按住猪头，右手拿着针管猛地往猪的后脖子扎进去，大拇指瞬间将药水推进去，打了几针之后小猪还真的好了。

寒冷的冬天过去了，春天来了又走了，猪号的人回家探亲还没有回连队，我帮着养猪已经几个月了，如今小猪已成半大猪了，个个白白胖胖的，我把它们身上冲得干干净净，猪圈门打开都跑出去玩儿，等该吃食的时候一群"乌克兰"白猪排着队就回来了。猪食是用黄豆煮熟后放大口缸里盖上盖发酵等黄豆拉丝了就拌上切碎的白菜和土豆，猪吃了很有营养，就像现在的纳豆。当时不懂这些知识。

养猪的战友终于回来了，而养牛的又该休假了，我又替她们养牛，养牛比养猪相对容易一些，把牛赶到地里吃草就行了，等牛吃饱了再赶回来。我在放牛的时候还能对着一望无际的荒原草地练练嗓子。后来上大学毕业分配到北京农业职业技术学院，在一次元旦师生联欢会上我还与同事合作演出现代京剧《沙家浜》中的智斗一场戏，乐队齐全，粉墨登场的我受到了同事、同学们的欢迎。后来，大家一碰上我就开玩笑叫"阿庆嫂"来了。这些都是我在放养牛期间受的益。虽然当时吃了很多苦受了很多累，但苦中作乐，乐在其中。

元旦过完后，连队的卫生员回家探亲休假前把小药箱交给了我，告诉我里边急救药的用法。这年冬天，由于机用柴油没有及时供应上，拖拉机没油不能到林子里去拉木柴，取暖烧柴就成问题。我们就到地里扒开雪收集豆秸运回来烧炕取暖，结果忙了半天土炕也烧不热，晚上睡觉大家都穿着绒衣裤，带着皮帽，穿着毛袜子钻被窝。早晨起来一看嘴里的哈气在被头上冻成一层厚厚的冰霜。那天正巧崔和平的发小温秀凤春节放假从七连来看望她，在这住了一晚上，结果赶上没柴烧，给他冻得够呛。早晨起床后我端起脸盆准备洗脸，结果一看盆底掉了，头天存在盆里的水冻成了冰坨。我还在想谁把我的脸盆弄漏了？其实是热胀冷缩的物理作用使盆底掉了，也别洗脸了！

这么冷的天屋里没有烧火大家都冻感冒了。这时我这个代理卫生员又忙开了，给大家发感冒药，发烧的给退烧药。我感冒后气管炎又犯了，咳嗽利害影响大家休息，守着药箱吃甘草片不管用，我就吃氨茶碱，还别说真管用，咳嗽好多了。这个春节过得最惨了。

转眼又是一年的春节，节前43连的小学教师上海知青该回家探亲了，我又接替了她的工作，当了一个月的临时小学教师。连队的小学校学生少，但各个年级都有，基本上都是复式班，一至五年级在连队小学上学，六年级到营部或团部去上。教室是一处家属宿舍、马架子草房，分里外屋，外屋搭的炉灶烧火再连接到里屋的火墙传热取暖。桌椅就是用土坯垒的台子铺块板，五个年级全在一个教室里上课，一年级的两个学生先教汉语拼音和写字。然后教二年级算术，留几道算术题做着。再教三年级语文读课文，四年级上数学课，五年级教美术课。两节课以后一起到户外做操踢球算体育课了。下午上音乐课，按照课本的进度学一首歌。我的音乐基础知识还是在小学参加合唱队学的，学生们很喜欢。

当时教室设备简陋，土墙、草房房顶不保暖，虽然用木柴烧炉子火墙取暖，但教室四处透风，同学们的手都冻红了。但孩子们很守纪律，五个年级一个教室上课时都不相互影响，学习很认真。

我在连队的本职工作是文书，后来又兼职出纳。由于连队人员少，文书工作事也不多，在建点年代，每天都有干不完的活，真是一个萝卜一个坑，我也不能闲着，就成了连队战友们的超级替补，每个工种我都体验了一把，真是革命战士一块砖，哪里需要哪里搬。虽然干这些工作吃了很多苦，但锻炼了我的意志，丰富了我的工作经验和社会实践。

40多年过去了，回想我在开荒营43连的经历，那白雪茫茫的荒原，那黑土地，那大雪和大烟泡……我们平均年龄18岁的18个青年举着"向荒原进军"的连旗站在一无所有的荒原，还有老垦荒共产党员侯元平，这一切立刻浮现在眼前。我们把一生最美好的青春献给了北大荒，如今的北大荒早已变成了北大仓。

我随笔写下当年的一些经历，是想给后人留下当年拓荒者为了祖国富强而艰苦奋斗的精神，留下我们青春的回忆。

赵久平　北京知青，1969 年于北京十二中赴黑龙江兵团六师 27 团建材连，1971 年 3 月报名去开荒营 43 连，任文书、出纳，1975 年 9 月上北京师范大学，1978 年 8 月北京农业职业学院任实验教师，1992 年调学院教务处工作。退休。中共党员。

我曾经斗胆拦下王师长的吉普车

赵久平

自从我兼任了出纳员工作后，每个月又增加了去营部的次数，去给全连同志领工资。有时我和会计宿爱芝一块去，她要忙不开了我就自己去。我们连离营部 8 里多地，当时车很少，搭不上车就自己走着去。

别看我人瘦小，可胆子不小，从营部到团部办事找不到顺风车，20 多公里我就一个人走着去。路上碰到顺风车就截，他要不停车我就紧跑几步把着后车帮爬上去。急眼了，不管谁的车我都敢拦下。

这次我又是一个人去取工资，背着满书包的钱往回走，边走边回头张望有没有过来的车。这时我看见远处开来了一辆吉普车，我以为是我们团领导下连办事的车，我就赶紧站在路上招手给拦了下来。车停下来了，我跑上前一看不是我们团的车，我正在发愣！就听到一声："是谁这么大胆敢拦我师长的车。"我抬头一看，吓了我一大跳！我们六师王师长到开荒营视察，我把王师长的车给拦下了。我正在不知所措时师长问我有什么事吗？师长这句亲切的问话使我紧张的心放松了，我赶紧说：我是 43 连的文书出纳，到营部取工资走回来想搭车，对不起！我不知道是您的车。看我那囧样，师长笑了"上车吧"。

我上车后师长问怎么一个人出来取工资？我说：连里人少，活又多，赶上有车就搭车，没车就走着去，反正离营部也不算太远，每个月都这样也习惯了。师长夸我：小小年纪，胆子不小，让我注意安全。师长又问了现在连队的情况。我说比刚建点时强多了，我们开了几百垧地，每年都打粮盈利。师长高兴地说：就是要多打粮，把三江建设好。

路途很近转眼就到了，我下了车，师长在车窗亲切地说："问同志们好！"我赶忙给师长敬礼！说："谢谢师长！"

我一蹦三跳地跑回连队。到连里我把刚才拦师长车的事和师长的问候告诉大家，连里的几个姐妹听了又高兴又惊讶！对我说："久平，你胆子也太大了，要换上我，借我两胆也不敢呀！"

四十多年了，这件事一直记在我心间，我一直在想，如果有机会再见到王师长，我一定先对当年鲁莽拦车向师长道歉，再要感谢师长对我一个普通女战士的关怀和爱护。

2018 年 7 月 17 日，我在微信中突然看见一个讣告，我们尊敬的王少伯师长逝世了。看着讣告我已满眼泪水，藏在我心中多年的愿望没有实现，留下终生遗憾！

尊敬的王师长！您的英名永留三江大地，您的音容笑貌永远留在我心间。

43 连初体验

田翠荣

我在家休假时，大部队已经进入了开荒营。探亲归队我刚到连队就被告知我已调到开荒营了。听着开荒营这三个字时，我心里的感觉除了无奈就剩下失落了。但是去了开荒营才知道什么叫做不是亲人胜似亲人。

当晚我到了 43 连，积雪覆盖着一望无际的茫茫荒原。一顶帐篷，这就是我们的连队，来自五湖四海的青年为我召开了联欢会。虽然只有 19 人，大家围坐在油灯前，一遍一遍地唱着热情洋溢的歌曲，顿时让我感到了无比的温暖。更有我的中学同学冯祖爱给我独唱了一首，这是我没有想到的。她以前在班里老实得不敢说话，她能为我独唱让我感动不已。

第二天，我们进林伐木。早上，我们以饱满的精神状态，迎着太阳，踏着没膝的白雪，一干就是一天。晚上回来，眉毛和帽子上都结了冰霜，鞋和绑腿都冻在了一起，我是又累又饿，一下子瘫在了炕沿上。上海知青何秀兰，她是我所在炊事班的班长，负责留守做饭。她在我们这些人当中，年长一些，平常就像大姐姐一样照顾我们，而且她脸上总是洋溢着微笑。她看到了大家的鞋子冻透了，硬邦邦的，立刻走过来帮我们脱鞋解绑腿，并且把灶台里的炭火，勾出来，一双、一双地帮大家烤鞋子。大家都入睡了，她一直把所有人的鞋都烤干了，才去睡觉。何大姐做的这些，虽然默默无闻，但是她关爱我们的精神和付出的确激励着每一个战友，温暖着我们的心。我们连队虽然人数不多，但它像一个大家庭一样，处处充满阳光和友爱。我爱 43 连，更爱我周围的每一个同志。那永远难忘的亲情，至今让我无法忘怀。

田翠荣　北京知青，1953 年生，1969 年去黑龙江兵团 27 团建材连，1971 年调入开荒营 43 连，后调到营部修理所会计，1979 年返京，分在丰台区民政局。退休。

在 43 连难忘的回忆（三则）

陈喜凤

一、青春献给北大荒

我 1969 年 8 月从哈尔滨下乡，我们这些十六七岁的中学毕业生，坐上北去的列车来到黑龙江畔的勤得利，（六师 27 团）我被分配到团部旁的工程连。

当时边境斗争形势紧张，团部从江边已经迁到石子河，正在建设中，连队也随着团部迁过来，驻地全是帐篷。连队的老知青和领导同志们热情地把我们迎进帐篷里，帮我们卸下行李安排好住处，晚上又开了欢迎会，还举办了欢迎我们的聚餐，让我们新来的战士感到连队的温暖。我在工程连工作了两年。当时形势紧，基建工作非常紧张，经常大会战，我在工作中虚心向老同志学习，不怕苦，各项工作都冲在前面，我受到连里的表扬，不久就当上了班长。

1971 年冬天，由于工作需要，我被调到开荒营（四营）43 连担任排长。我到 43 连一看，和老连队真是天地之差，白茫茫的荒原上除了几间马架子房外一无所有，当时的环境难以想象。茫茫的荒野北风呼啸，我们这些十八九岁的小青年要在这里建设家园，要叫亘古荒原变良田。一切从零开始，开始新的工作、学习和生活，要敢于迎着困难上，踏着苦字走。

我们 43 连虽然人少，但非常团结，干起活来，生龙活虎齐心协力，同志们不怕脏不怕累，样样工作都冲在前面。记忆最深的是我们连的北京知青崔俊才。那年他刚 19 岁，中等个子，人很瘦，平时话不多，可一工作起来，不管连队交给他什么工作，他都干在前面，从不叫苦。

那年冬天，我们上山去割条子，天气很冷，当时大家割下来的条子打成捆很重，别人扛一捆都觉得很重，可崔俊才愣是扛两捆。大家都知道上山容易下山难，他扛的条子比别人多，下山时走得又快，累得他满头大汗，寒冷的天气头上都冒热气。领导劝他休息一会，崔俊才总回答说："没关系，我不累。"有一次，他的脚脖子歪了，我说你赶紧歇一会到卫生员那里看看去，可他说："没关系。"说完坐下来用手按了按脚脖子后又站起来继续往下走。他的工作精神鼓舞着我们，处处以崔俊才为榜样，他身上那种不怕苦、不怕累的精神值得我们大家学习。

一年多的时间，我们 43 连在连支部带领下团结奋战，我们在荒原上自己盖起了房子、打了水井、开垦了荒地，向国家贡献了粮食。记得六师王少伯师长到 43 连来看望我们的时候，听了我们的汇报很高兴，师长鼓励我们说："开荒建点，成立双伴儿连队，就是要你们相互帮助、相互学习、相互比赛，多种地，多打粮，知识青年来到这里，就是要把北大荒变成北大仓，变成鱼米之乡。"师长的讲话和看望给了我连指战员极大的鼓舞和鞭策。

二、割台前的生死搏斗

40多年后，北京战友来哈尔滨相聚，当年的青春少年已变成白发苍苍的老人。战友们问我：你还记得吗？那天晚上，我和你跟老孙的康拜因到地里拾禾（脱麦子）遇险的事吗？我说，当然记得，我一辈子也忘不了呀！

那是1973年夏收，收割时节雨水特别大，低洼的地号遭灾了，机械不能下地收割，只能人工用小镰刀收割，把麦子打成捆堆在田间，等康拜因能够下地时再去拾禾。那天晚上我们值夜班，我带着几个人在地里配合康拜因将麦子垛打开直接脱谷。

晚上很黑，天气有些闷热，地里成群的蚊子围着车灯照亮的割台随时攻击着我们。75拖拉机拉着半自动收割机慢慢地前进着，车行走到一个麦堆前，收割机的割台对着麦垛停下来，收割机马上加大油门，我们几个战友迅速用叉子将一捆捆小麦挑到割台上，一捆捆麦子随着传送带进入到脱谷喂入口，再进入到机器的内部，经过滚筒、钉齿，再经过鼓风机、筛子等几个环节，麦穗就变成麦粒了。一堆麦子清理完了，拖拉机慢慢地启动开向另一个麦子垛。拖拉机牵引收割机向前行走时，两位开车人必须前后都要看好机车旁是否有人！

夜里拖拉机后面的大灯照着康拜因，我正在收拾地上散落的麦穗时，一个疏忽突然拖拉机开动了，一瞬间把我带倒在转动着的割台前，4米9的收割台，脱谷作业时，割台上摘掉了翻轮，割台上是空的。情急之下，我猛地顺势用手抓住了割台边上的一根角铁，死死抱住不放，可脚下不停地向割台上转动的传送带滑，天黑我抓的这个地方是个视觉死角，我撕心裂肺地喊他们停车！可两台机车的轰鸣声盖过我的喊声，他们根本听不见。我想：只要我抱紧不放手就没事，那根角铁千万别折断！真的断了，我将被传送进去成肉酱了！生死就在这一刻，我心里特别紧张。等到了下一个麦垛，停下车后驾驶员老孙发现没有我，老孙就大声喊我，当他走到割台前发现我被拖倒在割台口，身体被带到传送带上时，他迅速跑上收割机切断动力，机器停了下来了。我当时紧张又害怕，手抱角铁已经没有力气了。他发现我跪在那里，当时他也紧张得满头大汗，跳下车跑过来急忙问：您的腿怎么样？我说不出话，只是摇摇头，老孙把我拉起来，但我已经一点力气都没有了，心里的紧张后怕就别提了！老孙扶我起来后，看裤子上已被传送带磨出几个小洞。他让我活动活动腿，看看我是否受伤，好在没有大问题。听到机器声停了，战友们都围过来，看我没出大事都松了一口气，庆幸我紧急之中自救脱险成功！

老孙也吓坏了，解释说，他确实没听见我的喊声，没看到我以为我到向前面麦堆去了，真是老天爷保佑我，要不非酿成了人命大祸不可！

一场灾难过去了，第二天把昨晚发生的事情讲给战友们听，大家都说："你要是有事了，我们每天都不敢进宿舍了，因为进来就能想起你，生命只有一次呀！生命太可贵了。"事后想想真后怕：我在割台前生死闯了一关！

三、冻坏的"小铁蛋"

我们每年冬季都进林子伐木，准备来年基建所需木材和一年的烧柴。进林子之前我们要观察天气，如果下大雪或刮大烟炮我们也无法进林子。1974年冬天，当时我在43连担任副连长职务，所以，我们工作必须要走在战友们前面。当天，我带领着战友们进林子时天气还好，风也不算大，我们提前做好了准备工作。

炊事班的同志们给我们每个人做好了两张发面烤饼，出发前大家穿上大衣，腰上扎好一根绳子用来防风保暖，男女战士坐着爬犁出发了

到了林子里后，我先给大家讲了讲伐木的要求和注意事项，告诉大家伐木下锯要从大树倾斜的一边下锯，然后再从对应面抬高两三寸的地方向下伐，伐出一道坎，这道坎是为了防止大树倒下来时、树冠枝条受阻根部往后打滑伤到人。要注意安全，各组要拉大距离，树倒之前、要喊顺山倒口号，提醒各组注意躲避。我讲完后大家俩人一组，各个组扛着大锯分散开来开始伐树。

冬天林子里的雪很厚，静悄悄的树林里只听到刷刷响的锯声、斧头声和树倒的号子声，一棵棵建设用的大树被伐倒，清理枝杈后被整理归到一起。只用一个上午，一小片林子里的大树基本被放倒，看到取得这么大的成绩，战友们喘着粗气，脸上露出胜利的笑容。

该吃午饭了，大伙捡些干柴点起一堆火，有人把铁水桶装好一桶雪，用木棍挂在火堆上烧好了水，大伙又用小树杈，将带来的烤饼挑着在火上翻来覆去地烤热，就着带来的咸菜吃着烤饼，渴了就喝一碗桶里的雪水，大家边吃、边聊、边说笑着，没有人喊苦、喊累。

吃完午饭，我们准备装爬犁返回，这时突然起了大风，风越刮越大把地上的积雪吹的满天飞。因为怕跑山火，我们赶紧用雪熄灭火堆，我和男排长龚信义商量把工具都收起来，先不装车了，空爬犁拉人赶快返回。如果大烟泡要刮起来我们出林子就困难了，我们决定马上撤退。大家伙带齐了工具就往外走。路上风势越来越大，温度下降到近零下30度，车上的柴油因标号低已经冻住无法发动，我们决定把拖拉机水箱放净水就扔在路上以后再拖，趁天还没黑赶快步行返回连队。战友们把帽子、围脖、口罩都戴好，我们相互照顾着走。男同志关心女同志在前面给我们挡风，那真是寒风刺骨，手拿出来都冻僵了，当时我看到刘仙林的脸被风刮白了，大风把她帽子都刮起来了！就这样我们连的战友们在茫茫的雪原上艰难地往连队走着。顶着风雪不知走了多少时间，最后终于回到了连队。

回到连队后，战友们赶紧把我们接回宿舍，帮大家脱下衣帽一看都吓了一跳，看到大家凡是露在外面的脸、耳朵、下巴全都冻得发白，有的还起了大水泡。大家赶紧用雪给战友们搓着冻得发白的脸和手脚，卫生员王成扣背起药箱在男、女宿舍来回忙碌，给战友们上药包伤口，我也是冻坏了脸和手。这时炊事班给我们做好了热气腾腾的疙瘩汤，让大家暖暖身体。这次伐木是由我带队出去的，我作为一名领导干部必须要保证战友们的生命安全。由于是第一次遇到这样的情况又没有经验，我一看战友们都冻成这样，心里真是又难过又内疚！

第二天张英营长就知道了这件事，他非常生气，通知我到营部去。因为是我带队出去的，发生了战友们冻伤的事情，我要担责任受处分。第三天我到营部去见张营长，营长看到我也因冻伤包着脸、手和耳朵，就说了一句话：哎呀！"小铁蛋儿"你也冻成这样！心痛地问我疼吗？我当时是又自责又难过，一想还要受处分，心里委屈，忍不住哭起来。张营长说：嗨！处分啥呀？天气变化也不是人为的，不过以后一定得注意啊！干工作首先要保证同志们的安全，出了大事我们对不起战士的家长，我们也没法和上级交代。张营长话虽然不多，让我认识到做领导的责任重大，他的话很亲切，让人特别感动！

开荒营的生活确实艰苦，但是为了开发北大荒，我们不惧怕困难。兵团战友们团结奋

斗，在荒原变良田的过程中，五湖四海的青年们在广阔荒原上打拼，我们开荒营的兵团战友把风华正茂的青春年华献给了北大荒。广阔天地里锻炼了我们这代人吃苦耐劳的精神和意志，让我们在人生的道路上变得更坚强，我想念战友们！想念我们流过血汗的北大荒。

陈喜凤　哈尔滨知青，1968 年 8 月由哈尔滨下乡到黑龙江，6 师 27 团工程连，1971 年调入开荒营 43 连任排长，1974 年任副连长，1976 年调兵团独立营任司务长，1978 年返城，在故乡粮食加工厂工作。退休。

伐木装车

雷军制印

开荒往事的回忆

张荣熙

一、到开荒营开荒去

我 1969 年下乡来到黑龙江建设兵团六师 27 团，1970 年初调到新建开荒营 17 连农工排。我特别想到机务排开拖拉机，看着拖拉机拉着农具、收割机在地里吼叫着奔跑真威风。

1972 年 6 月，我被调到机务排分到 30 号车组，车长是朝鲜战场转业兵老沈，驾驶员是山东的老孙，助手是上海知青周建平和我。总算如愿开上拖拉机，我心里特别高兴。

刚被分到拖拉机上才 10 天，我们车就接到上级调令到开荒营去参加开荒大会战，大家说什么的都有，17 连刚建 2 年老同志的家刚安顿下来，现在又要离家到开荒营开荒，心里总有些不情愿。我倒不在乎，到哪都是一个人，我只要能开拖拉机到哪都可以。但是调令来了有什么困难也得克服，全车人统一思想后各自做着出发准备。

那天早晨我们起得很早，把行李都集中捆在大犁上边，吃完早饭，告别了我们亲手建的17连就向开荒营出发。从我们连到开荒营的开荒点有近百公里，我们的拖拉机在凹凸不平的荒原上颠簸前行，直到傍晚才到达开荒点。

迎接我们的负责人姓历，后来任我们机务排的排长，他帮我们卸下行李，又在帐篷里给安排好住处后就招呼我们吃晚饭。开了1天车大家都很累，饭后打开行李都想休息一会。我是第一次参加开荒会战，来到这千古荒原的深处心中有些好奇和激动，开荒点周围的大树已经伐了，在灌木丛中支起了几顶帐篷，帐篷周围挂着几盏汽灯，来往人们的身影随灯光的角度被拉长放大。荒原远处拖拉机一闪一闪的大灯正在向开荒点驶来，相继到达的机车把周围一人高的草丛碾压成了平地，机车的轰鸣和人员的喧闹把原本平静的荒原搅得鸟飞兽散，开荒点的负责人员忙碌地接车接人、安排吃住。这时就听见刚到的一台拖拉机呲当的一声响，大家不知道出什么事就都往那台拖拉机跑去，原来是刚报到的一台车因天黑看不清，在停车时撞上一个大树墩，油底壳撞了一个大窟窿机油流了一地。这车组真倒霉，大战在即，还没上战场自己车先伤了。我回到帐篷和车长说了刚发生的事，车长说在这生地方开荒一定要小心。

二、闯大祸

也许是刚上车的缘故，看什么都新鲜，我对拖拉机的每一个部位，包括农机具都想整明白是怎么工作的，我学的还挺快，几天的工夫我就能独自熟练地驾车了，扶大犁的活就更不在话下。但是我始终不明白拖拉机的工作原理，总想知道这个几吨重的铁家伙是如何把这100多升柴油变成动力的。我算初中毕业，"文革"那几年也没怎么学知识，上车后也没有人给我们讲讲机械原理和常识，当时三江平原开荒大会战人手不够，哪还顾得上教机械常识，只能边干边学，你能开车多开几垧地就是好样的。可我总是不死心，就想亲眼看个明白。

哪天我和老孙出车，刚开出没多远，老孙说要去厕所让我先开车走，我把大犁农具固定好就开车走了，我开了约1个小时后停车灭火等老孙，我估计他一时半会到不了，当时我真是贼大胆，心想抓紧时间看看发动机到底是怎么工作的，于是我拿出随车工具就把缸盖给卸下来了，当我看着那黑乎乎的缸筒还在琢磨它的工作原理时老孙赶到了，他一看我把缸盖卸下来了就哭了，他大声对我说："你胆子也太大了，怎么敢把盖卸下来？你闯大祸了！"我说："我想看看机器的工作原理，看明白了我再给装好不就得了，咱的大犁不也总拆卸吗。"老孙说："这下完了，你先把缸盖盖上，我得赶紧回指挥部报告去。"说完就走了。后来车是被拖回去的。

车被拖回来后，修理工上好缸盖就又投入开荒，我也被狠批了一顿。我这才明白原来机车发动机是不许随便动的，我私自拆开是要受处分的，在开荒紧张的时候出这事，要是给我扣上个破坏生产的帽子我也得顶着。我这才意识到，自己大胆任性闯下了大祸，听天由命吧。我一边工作一边等着上级对事故的处理决定。

事情过了很长时间也没有等到处理结果，后来有人告诉我，这件事让上级领导给压下了，考虑到开荒紧张艰苦，再加上我是新手不懂初犯就没有上报处理我，真是万幸！到现在想起这件事我都对当时的领导怀有感激之情。

三、大犁：开荒的老伙计

开荒离不开大犁，实际上大犁就是二根长短不一的钢轨用马蹄形螺栓固定在一起成三角状，前两点各安一个车轮，右边轮和尾轮是随动轮，靠座位的左边轮上有块卡铁，座位边有一个升降杆，它的一头有个凸轮，卡在卡铁的凹槽里，农机手往下一按，凸轮离开卡挡，大犁下落开始翻地，故称升降轮，头里的轮调整翻地的深浅度。每个大犁都有五个犁的位置，东方红75马力大可装5组，每片犁铲前面安着一把犁刀，可拆下来打磨。我非常喜爱它，每次我都认真地打磨让它更快。五铧犁可以耕种已经熟化了的农田。新开荒的生荒地因为阻力太大，又要用犁刀将其竖着切成条，再用犁铲把荒草皮成条地翻180°土层朝天，开荒时75拖拉机都拉3组。我们的东方红54是台老车，马力小，最多只能够装3组，东方红54机车不太适合开荒，更适合干一些个杂活。当时开荒营的开荒口号是"当年开荒，当年打粮，时间紧任务急"。没有其他的活，我们也就拉着大犁开荒，速度比75慢一些但也能开荒翻地。开荒时犁刀磨得快些还能省点力，否则就容易堵住，所以我们隔两天就得打磨。链轨拖拉机像坦克一样在荒原上冲锋，大犁在后面跟切菜一般将障碍扫除干净，当犁刀切断荒草树根发出"咔嘣"的声音时会让你不寒而栗，农机手看着脚下翻扣的黑土真有一种胜利的满足感。大犁保养时需要几台车碰到一起，红色的机车拉着闪光的大犁排在一起真有战车出征的感觉，在荒原上一往无前攻无不克。

四、差点要命

那天我和周建平出车，我开车他扶犁，早晨露水大，草地被打湿后韧性大，犁刀切不断草筏容易把大犁堵住，大犁要是堵了就得停车抠，不但影响开荒进度，最难受的是你一停车荒草里一团团的蚊虫就会向你扑来，咬得浑身是包痛痒难忍。所以我们扶犁的农机手经常站在大犁架子上用脚蹬要堵的草，这个动作非常危险容易伤人，不符合操作要求。没办法，不用脚蹬大犁就得老堵，我俩只能相互提醒注意安全。

就在我点完一支烟再回头观察大犁时，不好！扶大犁的建平不见了？我慌忙地跳下车，看见周建平躺在五六米远的地上，抱着大腿、双眼紧闭，坏了，出大事了，我的心当时咯噔一下！赶忙跑过去问他伤了那了？建平说："看到大犁要堵就用脚去蹬，没想到塔头把脚后跟给挤到犁刀上，我猛地向外一拔脚就从犁架上掉下来了，磕了我的腿了。"我一看，吓得我出了一身冷汗，他脚上穿的翻毛皮鞋的后跟被大犁切掉一大块，如果再往里一点就连脚后跟一块切掉了，那可就要残废了，老天保佑！让他躲过了这一难。我俩在荒原上抽了支烟、定定神又上路了，我至今想起这件事仍然心有余悸。

五、可怕的误车

拖拉机开荒时最忌讳的事就是误车，我说的误车不是没赶上车，而是整个车陷到水泡子里了，那才真叫难受烦心呢。

还是在 17 连时，我们连西北角有一块地，一到冬天农工班就到这块地挖草炭拉回来喂猪，草炭就是荒原上千万年草根的沉积物，一点土都没有，密度很大很轻、深褐色。张英连长（后任开荒营营长）说，草炭含铁和其他营养元素，就试验喂猪，没想到猪特爱吃，猪长得结实、肉还好吃。这个坑我们挖了六七米深还没见到土层，等我开上车后车长告诉我：挖草炭的地方就是常说的沼泽地、大酱缸。

拖拉机开荒交接班不管多远都是在地里交接，那天我们车要换犁刀才开回来，换完大犁和夜班交接完后我和车长就出车了。一路上他兴奋地给我讲他一生的经历，他浓重的南方口音有时我也听不太懂。我俩正说的高兴时，我突然感觉机车在跑偏，我仔细一看前面，灰绿的无叶草、半圆的地形，这不就是他跟我讲过的危险的沼泽地么！我一看，老沈的汗都下来了，他立刻把车停住招呼我跳下车。他不愧是个经验丰富的老车长，他一边命令我回去叫车拖，一边在周围找树干往链轨底下插，尽量增加阻力延缓机车的下陷。我赶紧往回跑，1 个多小时候后我带着车赶到误车点一看，车已沉下去，只剩下车顶还露在外面。我仗着年轻、又会点水，脱下衣服跳下去把长钢丝绳拝卜，很顺利地把车和农具拉了上来，我心想真要是来晚了就连车也看不见了。

我们把车和农具整理好，我再一看身上，从头到脚都成了红褐色，跟非洲人似的，而且粘在身上好几天都洗不干净，这就是我们冬天曾经挖过的草炭，一到夏天就变成了大酱缸。现在回想起误车的那个地方，可能就在 48 连那边。

六、开荒二三事

（一）艰苦的开荒

一提起开荒，我马上就会想起荒原上那齐胸高的青草，红色的拖拉机拉着闪光的大犁把青草倒扣过来，犁刀翻扣过的土地在阳光下像条油亮的黑龙伏在地上，非常壮观。我们所开垦的都是亘古的蛮荒之地，方圆百里渺无人烟，当年开荒所经受的艰苦是后来人不曾经历过的。

沼泽水泡子、地上的塔头和一人高的荒草中夹杂着灌木，一团团的蚊虫天天伴随着我们，为了赶时间、进度，我们都是从早到晚大班作业以减少换班的次数，拖拉机吼叫着拉着大犁艰难地穿行在草丛中，边上的蒿草经常会打在扶犁农机手的脸上，如果碰上灌木枝条抽在脸上会像鞭子一样打出一条血印。后来不知谁想出的主意，先烧荒再翻地，没有草木抽打、视线好了，但问题也来了，在拖拉机行驶和风的带动下烧完的草木灰刮得到处都是，尤其是扶大犁的农机手无遮无挡，车往前走链轨带起的黑灰都刮到他身上，一天下来浑身上下都是黑色，连擤出的鼻涕都像吸过的二条长烟灰，那叫一个脏，没有经历过开荒的人是不会有这种感受的。

我们的开荒大本营建在荒原深处，并排着几顶很大的帐篷，（包括食堂）帐篷的门开在两侧山墙，白天门帘都卷起来时能一直看到头，里边是用杨木杆子钉的二排长通铺，上面铺着干草，虽简陋但还算舒服。在荒原上蚊子、小咬和牛虻每天伴随着我们，中午吃饭时，由于驻地连一个阴凉地方地都没有，没出车的或夜班的都回到帐篷里吃，就在大家吃饭聊天时就听到一阵嗡嗡声，接着就看见一团大瞎虻飞了进来如入无人之境，碰上就被叮一口，碰不上又从那边门飞出去，慌乱中有人被叮咬的流了血，有的人用饭盒盖就抽打了好几个，个个都根大马蜂似的，那叫厉害。这就是荒原的本色，我们再苦也要坚持，为改变荒原的面貌，开荒人没有退路，只有迎着困难勇往直前，坚守下来就是胜利。

（二）开荒小插曲

我们这块地快翻完了，开荒点要迁到新的地方了。这些天开荒时碰上了两只小狐狸，我心想不行得抓住它，要是迁了点有没有机会了。早晨我和车长老沈说不舒服请假，老沈走后历排长来了对我说：让我白天休息，晚上替他送夜班饭，我知道是他替我出车了。听着车声远去，我赶紧溜出了帐篷钻进草丛去抓那两只小狐狸。

在荒原上开荒经常碰上野物，我就经历过好几次。第一次开车追熊，那天团里张参谋长视察开荒时发现一只熊，我开车正好经过，他跳上车亲自驾车追赶也没追上，由于开得太快还差点烧干机油。后来又有几次我们徒步追狍子，这次追击一脚误踩了一只大鸟，我拿回驻地拉开翅膀一看快有一米了，大家非常高兴，又能改善伙食了。等我出车回来连骨头都没看见，大伙还抱歉地说：不好意思，想给你留点，肉少狼多没留住。无奈，看他们那样一定吃的很美，真是艰苦中还找来乐趣。

（三）送夜班饭

夜里 11 点我来到食堂，炊事员早已准备好了两个装饭菜的喂得锣（小水桶），一个三节的大手电筒和一根长棍子，我挑起两桶就上路了。借着微弱的夜光和开荒机器的声走了有半个多小时就看到车灯了，我把两个桶放在一起，把手电放在馒头桶里手里攥着棍子等着车开过来吃饭，就在这时我突然听到草响，看到不远处有一个黑影站住了。熊？我的心一下提到嗓子眼了，也来不及多想就把棍子扔了过去，就听见"哎哟"一声，我悬着的心掉下来了赶忙问谁？原来是排长老历，以前总是他送饭，今天他替我出车晚上睡不着觉就出来看看地号，没想到看见我挑饭的两个桶在月光下一闪一闪的，以为是动物的两只眼就不敢动了，我赶紧跑过去问老历伤着没有，虽然挨了我一棍子他还挺高兴，说："多亏咱俩碰上了，要是碰上狼那可就坏了！"看来当时我俩的心都非常紧张。送完饭后，我挑着桶和排长说笑着返回驻地。

后记：回忆起在兵团的 10 年，经历了两次开荒建点，有近 7 年在开荒营工作，每当看到亲自开垦的土地上播种收获，看着场院金色如山的粮食装进麻袋交给国家，心里还真有成就感。想起大开荒的日子确实是太艰苦了，也许我比较乐观没感觉痛。回忆当年战友们为开发北大荒不惧艰难、团结奋斗着，在艰苦中还找寻生活乐趣，现在回忆起来都是故事了。

　　张荣熙　北京知青，1969 年由右安门中学下乡到黑龙江兵团 6 师 27 团 17 连，后调入开荒营 43 连，返京后供职市运输公司二场。退休。

地头的午饭

开荒营 44 连

开荒营 44 连合影

荒 原 之 夜

尹萍丽

我们连长文宝章四十多岁，山东转业军人，热情，爽朗，一表人才，办事风风火火。副指导员邵春芳原本是面粉厂连长，上海知青。他们带领着我们各地知青 19 名战士。

1971 年初春，我们六师 27 团响应兵团党委"向荒原进军，向荒原要粮"的号召，决定在亘古荒原上再创建一个农业营。我们工副业连负责创建 44 连。在团部开完誓师大会后，就在连长带领下，满怀激情，意气风发，斗志昂扬地乘着大卡车向开荒营 44 连进发。到了目的地一看：荒原一片，只是在一望无际的荒原上有一根矮小的木桩，上面写着 44 连。连长文宝章和副指导员邵春芳告诉我们：这里就是我们的 44 连，以后就要靠我们用自己的双手建设一个新家园。大家即刻在一望天际的荒原上搭起了一间帐篷，开始了我们开荒建点，战天斗地的艰苦生活。

虽然我们一无所有，但我们心中充满了理想，哪里需要哪奋斗，哪里艰苦哪安家！我们热血沸腾信心足。没有床，我们砍树枝搭铺，没有水，就化雪为水。困难吓不倒我们。建点

需要木材，领导清早带领大家走向荒原深处。白雪皑皑一眼望不到边，积雪深及膝盖，文连长和男知青在前面踏雪开路，一脚下去一个半米深的雪窝，女知青就踩着前面踏出来的雪窝紧跟在后。大家带着干粮、伐木工具和生活用的必需品，你背我扛，你扶我拉，深一脚浅一脚地向前挺进。棉帽檐下、口罩四周被呼哧呼哧呼出来的哈气结成了厚厚的一层冰霜。到了树林，稍作休息，就开始了欢快的劳动。伐木、砍树枝、归楞；捡树枝、烧火、烧水，分工合作，干得热火朝天。为了节省赶路的时间，我们晚上就在外面露营。冰天雪地，烙饼冻得硬邦邦的，放在火堆上烤烤，就着雪水，还是吃得那么香。夜幕降临，好冷！大家不断地往火堆里添柴取暖，寒意还是一阵阵袭来。架不住一天的劳累，一个个围着火堆渐渐睡着了……隐约听见谁在喊："起来快起来，烧起来了"。在蒙眬惊异中我睁开双眼，只见我们的邵指导员，手舞足蹈又扑又踩。原来一位男战友因白天勇挑重担，探路伐木很累，睡得太沉，衣服烧着了竟不知道。还好发现得早，衣服裤子烧了个大洞没有大碍。

第二天傍晚回到连队，每个人的棉鞋都成了大冰坨子，因为在雪地长途跋涉沾在棉鞋上的雪一会儿化了就冻住了，到家好一会儿才能脱下来。炉子上的火旺旺的，帐篷里顿时就充满了生气。炊事员把水烧得热热的，大家心里也暖暖的。此次远途伐木，虽然辛苦但我们心中的豪气却油然而生，为建新连队而感到自豪。

天黑了，帐篷外，白雪泛着银光，野茫茫，渺无人烟，静得很。帐篷内，战友们吃完烙饼聚在屋里，歌声飞扬，无比欢畅。大家有节奏地唱着歌：男生唱完女生唱，"再来一首要不要……"唱歌拍手持续不断，革命歌曲一首连一首，此起彼伏，好不热闹！夜深了，尽管躺在硌人的树枝床铺上，却也很快入眠了。

啊！我那曾经的青春岁月，刻骨铭心，难以忘怀。我那曾经洒下过青春热血的北大荒，她那广袤的黑土地将永远存在我的心中。

尹萍丽　上海知青，1969年4月26号下乡，1968届初中，27团工副一连，1971年2月调入开荒营44连，农工，1976年迁往江苏省。退休。

水中捞麦的兵团女知青

一 碗 热 汤 面

谢静海

今天闲暇,中午我做了一碗热汤面,端上桌,小孙子凑上来看了一眼说:"奶奶你没放肉丝呀!"这句话即刻使我想起了在兵团的艰苦生活。那时,简单的一碗汤面,只有生了病的和打夜班的战友才能享受。虽说主粮是面粉,但没有制面机,靠人擀面给大家吃是做不到的。记得1972年我调入开荒营44连,连队还很荒凉,但已经有了一栋宿舍,那是1971年刚建连时,连队仅有的17名十八九岁的战士在一片荒原上打拼下来的。连队不仅伙食清苦,工作时的劳动强度却很大。秋天我们忙着收割大豆、玉米、土豆,不分昼夜;冬天要伐木、修水利;春天播种;夏秋要收割小麦。活都很累,体力透支。收工回来躺在炕上,偶尔有人会冒出一句"能有一碗热汤面吃该有多舒服啊!"

到44连后给我最深的是北京青年赵玉兰,那年她后背上长了个跟碗口大的一个疖子、痛的吃不下馒头睡不好觉,就这样她每天都跟着去播种。吃饭时,食堂特地给做了一碗打卤面,她是勉强吃下去,却馋的周围的战友直咂嘴。

记得1972年5月底,连队邵春芳指导员带队帮助42连打水泥晒场,已经你追我赶热火朝天地干了两天,第三天准备突击一下打完水泥晒场。大清早2点我们起床往42连赶路,东方露出一片艳红的朝霞,好美的景色,这时,有一位老同志说:"早霞不出门,晚霞行千里,今天要下雨啊。"我们排着队加快脚步往42连赶。阳光明媚时到了工地,即刻就挑的挑、抬的抬、搅拌的搅拌、铺设起晒场……我跟邵春芳指导员一副杠,大家都知道邵指导员是咱连的铁姑娘,干起活来生龙活虎,比小伙子还要强。我暗暗想"不能落下,不能让她小看我"

到吃早饭时,天有点阴了,还是那位老同志说:要下雨了,这雨不下是不下,要下起来就没完。我告诉邵指导员是否拿草帘子盖上昨天打好的那一片晒场,大家听讯顾不上吃饭,抢着把水泥地盖好。到晌午该吃午饭了,大家累的全都没了劲。此时,我看到邵指导员抱个扁担站住不知在想什么,再仔细一看"啊,邵指睡着了",再看看别的战友,有的拿着馒头吃到半截的,有拿着水要喝还没有喝,都在打盹……"嘟!"一声哨响,我们一下子惊醒过来,又投入了紧张的战斗。

天渐渐地暗下来,又掉下了雨点,大家伙赶紧用苫布盖好刚打好的晒场,收拾好工具往回走,急急忙忙想快点回到44连,不一会儿大雨点就下开了。雨中行走了8里地才回到44连。到了连队赶紧把衣服换好,这一次邵春芳指导员连累带大雨浇,病倒了。我告诉卫生员吴淑军,小吴赶紧给邵指导员打了针吃了药,晚饭时食堂给她做了碗热汤面。我端着这碗面，香喷喷的真想自己也吃两口，可是我的战友邵春芳还发着烧，赶紧送到她身旁，希望她快点吃下去，赶走病魔。

啊！一碗热汤面，在兵团生活的伙食上就是那么让我们享受，就是那么珍贵。这碗热汤面，让我久久不能忘怀！

谢静海　北京知青，1952 年生，1969 年 8 月到黑龙江生产建设兵团六师 27 团水利队，后来调入开荒营在 44 连工作，1979 年 4 月回到北京后又调到天津从事电工合金工作。退休。

娘 子 军 赛 儿 郎

吴淑军

说到"娘子军连"，开荒营的老同志都知道，这是指 44 连，连队以女孩子为主，只有几个男子汉。

虽说连队女兵多，但干起活来谁都不含糊，打草、烧荒、清障、伐木、盖房等都是我们这帮女孩子冲在前面干。连队种粮以大豆为主，到大豆摇铃的季节，割豆又是我们女兵当先。大豆长得矮，累得腰疼，为完成任务，我们就跪着割，凭着这股劲我们冲锋陷阵，从来没有输过。

最让我们记忆深刻的还是盖房子。

那是 1971 年夏天，为了接纳后续人员，营部下达命令：各个连队在营部建造一栋家属房。我们连就组织了一支突击队，清一色十多个女兵，由"党代表"邵民生带队去营部盖房。在木工的协助下，我们先把房架子竖起来。没有砖，脱坯——时间不赶趟，只能用草筏子来砌墙。女孩子力气小，大片的草筏子切不动、搬不走，我们就组成三人小组。孙晓兰、尹萍丽和我一组。我们先把铁锹磨快，放在草筏子上，然后另一个人拿大锤往下砸，把草筏子切成大坯状，这样就好用多了。有趣的是：当年正赶上雨多，取出草筏子的洼地下雨后就是一个水塘，很滑，一不小心就滑倒在水塘里，浑身是泥水，脸也成了大花脸。我们几个相互看着"哈哈哈"笑了起来，这种苦与乐，增添了大家的干劲，干得更加欢快！

最艰难的是每天下班后我们还要赶回连队休息睡觉。连队到营部有 8 里路，早上到营部不用 40 分中就走到了。到了晚上下班，这 8 里地我们真的一步都不想走了，十七八岁的女孩子盖一天房子，都已经精疲力竭走不动。等我们回到连队时天已经大黑了。第二天我们继续穿上像盔甲一样硬的衣服去盖房，磨的皮肉都痛。就这样日复一日，按时完成了盖房任务。看到经过我们"娘子军"不惧艰苦建成的一排新房子，心里真是由衷的高兴！

　　吴淑军　勤得利青年，1951年生，1968年参加工作，渔场卫生员，1971年3月调入开荒营44连任卫生员，1981年调四营卫生所，1986年调勤得利场部卫生所。退休回上海。

开 荒 营 45 连

开荒营 45 连合影

这里曾是从未开垦过的黑土地

侯乃玲

一、向 45 连前进

我是 1968 年 6 月 27 日到达勤得利农场 5 连。组建沈阳军区黑龙江生产建设兵团后，我所在的连队番号是兵团六师 27 团 5 连。我在条件不错的老连队锻炼了三年，开过机车，翻过地，播过种，扬过场，打过粮，扛过枪，修过水利……超强度的体力劳动和高寒气候环境我都挺过来了。毕竟是在前人开垦过的土地和建好的家园里生活，衣食住行无忧无虑。

1971 年春节过后，27 团决定组建开荒营（四营）。在团部向南大约 42 公里方向以双棒连队形式建立 12 个连队，每对相距约 10 里。我和副连长王相田（1958 年转业）带领北京知青李秀芬（炊事员）；天津知青魏敬唐（会计）、胡宝华（统计）；上海知青范鸿仁（卫生员）、陈宝林、董世英、陆佩芳、李珍妹、钟国琴、沈伟忠、张坤明；哈尔滨市知青李桂英（司务长）、赵敏（排长）；农场职工；焦建木（排长）、历彦友（瓦工）、徐同生（木工）、桑士亮、齐敏（本地知青）共 20 人奉命组建 45 连。知青中最大 21 岁，最小 17 岁。我们这 20 人开始艰苦创业自己开荒，要在荒原深处的无人区建新家园。后来从面粉厂、7 连、21 连等老连队又调入一部分，直至连队合并后总共 100 多人。老职工只增加了 5 人，其他全部是各大城市的知青。我们和 46 连是结伴连队，隔"路"相望。

1971 年 3 月，我们在"向荒原进军"，"当年开荒，当年建点，当年打粮，当年收益"的口号下向 45 连进军。幸好 46 连先我们几天进来，不然，我们在这一望无际被白雪覆盖的茫茫沃野都找不到落脚点，大有 1958 年转业大军开荒时，把铁锹往地上一插就是我们连队的感觉。我这才体会到上级组建双棒连队的好处。

我们和 46 连以前并不熟悉，他们是水利队，我们是农业连。但在向荒原进军的征途中我们相互关照并肩前行。两连的干部经常切磋，战友经常串门，我们两个连队共用一个小卖部；一个卫生员负责两个连队的用药就医。有时哪个连队改善伙食都想着对方，二个连队之间团结互助的情谊，永远难以忘怀。

二、荒原建点

建点的当务之急是解决全员的吃、喝、住等生存的基本问题。

我们用最快的速度伐木、割草，备足烧火取暖做饭用的柴火。46 连进点安顿好后，把剩余的一些木料都支援了我们，帮了我们大忙。大家按分工有的搭建，有的割草……先搭好了自己的帐篷。帐篷中间用双层炕席隔开，一边住男生一边住女生。炕席下面掏个洞，放上油桶当炉子，一边烧火两边取暖。铺是用一根根的圆木钉起来的，上面铺上厚厚的草，住的问题就算落实了。在帐篷里度过的第一夜至今记忆犹新，大家冻得都没敢脱棉衣，蜷身蒙着被子盼天亮。

我们在帐篷外架起大锅，地上的积雪就是我们的水源。化雪喝水做饭。每次化雪时，司务长李桂英用手撩去浮在面上的杂质，使劲挖出最里面没有"污染"过的雪，给大家烧开。喝雪水的日子一直到开冻后打井出水为止。吃的是自带的粮、菜（土豆、萝卜），还有些半成品能解决当下之急。

再搭个豪华茅厕。开始先用席子围起来，临时用。后选好地点用草帘子做围墙，最后我们挖了很深很规整的大坑，上面固定住平整宽厚的木头，踩上去绝无后顾之忧。围墙也随之更新，还有了屋顶。这在当时是很超前的了。

初春的荒原，仍旧冰凉透骨。来到这片处女地，我们企盼冰雪早点融化，大地回暖，企盼春天到来。我们又担心雪化得太快，到时井没打好就断水了。

开春了，雪化了，大家的心情格外好，情绪很高涨，都憋足了劲想大干一场。雪化后露出了 45 连的真面貌。我连的地理位置西面是望不到边的大水泡，走出大既有四五公里，基本上是大水泡连小水泡，地很平，由于靠山 6、7、8 连山上下来的水都积在这，截流沟也没有修通，我们无法大开荒。据说早在 1958—1959 年老军垦就想开发这片荒原，但没有开成1960 年撤出了。

十年前不能实现的事要由我们来完成。这不仅是向荒原要粮，还要向水泡子要粮。虽然营里很清楚我连的情况，也有过调整的念头。但是团里决心已下，有条件要上，没有条件创造条件也要上。开荒建点打粮是任务，作为兵团战士只有服从命令，绝不能讨价还价。我们每次出工，即使不下雨也要穿上水袜子或是雨鞋。因为必须通过水泡子，每个人都踮着脚尖踏着一个连一个的塔头，一不小心就踩到水中。我们连就是在这样的条件下，这样的环境中奋力拼搏着，我们每开一垧地要比其他连队面临更大的挑战，克服更多的困难，迎接更严峻的考验。

在营部统一部署下，开始开荒翻地、播种、收割工作，我们只能见缝插针，一小块一小块地开垦。这片黑土地真是肥沃的让人爱，种什么长什么，不用特地呵护就能长出果实，就连路边翻出的草坪上都能长出各种小花小草装点着荒原，别有一番景象。上海知青陈宝林回忆：第一年在靠路边一块地种了小麦，靠近连队一块大的地种的是大豆，当年我们建了一个麦场，是营部和我们一起盖的，当年收麦子场院没有电，就靠 14 连支援我们的手扶拖拉机晒麦子。尽管我们连开垦的荒地没有其他连队面积大，打粮没有人家多，但我们也做到了当年开荒，当年建点，当年打粮，当年收益。

三、我们遇到了它们

最难缠的蚊虫、瞎虻和小咬陪伴着我们整个夏天，几乎无处不在，无时不有，而且轮流上岗，轮番轰炸。干活时我们全副武装，头上戴好防蚊帽和围巾，袖口裤腿全扎紧，防范到位。可吃饭时怎么办？我们女生把饭盆放进蚊帐趴在炕上吃，头伸进蚊帐里，下半身露在帐外，脚穿雨靴，裤腿一定要套在雨鞋外并扎紧。这样可以吃一顿不挨咬的踏实饭，可是站起来的滋味也不好受，趴久了吃进的东西全在胸口处堵着，半天下不去。

对咬人的蚊虫我们有对付的办法。在这片无人开垦的土地上活跃着多种野兽，有的对我们构成了威胁。真可谓与天斗与地斗还要与蚊虫野兽斗。最可怕的是熊瞎子，我在老连队时曾听说过熊伤人的事，据说用枪打熊瞎子都不能顺风射击，它会闻着火药味反扑过来，人是难以躲过一劫的。我们夜间翻地时，遇到过狼；在林子里遇到过野猪；平常来访的是狐狸。都说狐狸狡猾，确切地说是聪明。它总是围着食堂转，尤其在改善伙食时，晚上它准到场。而且吃了东家吃西家。哪连杀猪炖肉了它们就上哪个连去吃。最起码 43、44、45、46 几个连队碰到过，一说起这事各连都有同感。

一年冬天，我从营部办事回来，从营部到 45 连有 16 里路，我背着小挎包一个人静静地走着，一路上没遇到一辆过路的车和人，过了 43 连就走了多半了，这时脚步也快了许多。忽然前面不远处跑来一只狍子，我下意识地停住脚步观察它动向。人家都管狍子叫傻狍子，这次我可长见识了，这狍子站在路中央四处张望，好像根本没发现我，我又不敢迎上前去，真不知如何是好。正在这时对面走来了上海知青贺元兴，是连长派他来接我的，我高喊着贺元兴的名字，告诉他前面有只狍子，他近视眼，估计还没看清是我呢，贺元兴听到我的叫喊声后，高举手臂大步向狍子扑去，我胆也大了跑去与贺会合，狍子听到动静跑到路下沟里，我们也追到沟里，因雪太深狍子跑不了，我们抓住它一顿拳打脚踢后狍子倒下了，我们仨滚成一团。看到狍子还在喘着粗气小贺又是一通拳打，我说："小贺，听说狍子见血就死，你有刀吗？"他摸了摸口袋还真有一把折叠的小水果刀，小贺半信半疑拿出刀来举向狍子……我闭上眼睛不知小贺划到狍子的什么部位，反正狍子不再喘气了。我跑回连队叫人把狍子拖回来，小贺兴奋地向大家讲述他抓狍子的经过。连里又改善了一次伙食，大家能尝些浑腥了。据说狍子肉的味有点像羊肉。狍子肉我一口没吃，这是我生平从未有过的杀生经历，心里很不是滋味，听说狍子是不伤人的，狍子在自然界中本是自由的完整的生命，可我却没放过它。在这片未开垦的土地上它和我们应该是平等的生命体。

来年，我们在南边的小树林里开垦出一块荒地，准备自己种菜。一天我们带上锄头铁锹等工具，还带上黑子（老职工家的狗）一块去种菜。劳动之余大伙坐在木堆上休息，焦排长（老职工）点上他自制的卷烟，刚享受一会儿，忽然听见哗啦、哗啦的声音，他往对面一看有个黑黑的东西正向我们走来，边走边在找什么，老焦提醒大家注意看是什么？王连长说好像是熊瞎子，让大家别出声，我说都原地不动不要出声，我们几个都坐在木头上，手中紧握着工具，憋住呼吸，就连黑子都老老实实地卧在地上，静观熊瞎子下步要干啥。只见它立起身抬起头，并没发现我们。它的手在扒拉着两边的草丛，像是在寻找吃的。过了一会转身又扒拉起另一片荒草，可能是没有可取之物，就大摇大摆不慌不忙向大林子走去。这时黑子来了精神一边狂叫一边向它追去，黑子开足马力也不抵熊瞎子的两步走，当它渐渐离开了我们视线的时候，大家才松了口气。那天，着实给吓得不轻。每个人都经历着荒原的挑战，面临着生死的考验。后怕，一直是那几天的话题。在与荒原最凶猛的动物交手中让我们逃过一劫。

四、伐木中惊险的一幕

我们在荒原上开荒建连队离不开木材，盖房子需要木头，取暖、吃饭烧水都需要用木头，伐木是我们冬天年年都要干的工作。而1973年进林场伐木遇险一事让我终生难忘。

那年秋收后我们一行11人（7男4女）开始进林伐木（这段经历我连宋秀兰有专门回忆）。我们踏着快没膝的积雪，脚穿着棉胶鞋，腿上打着绑腿，男生腰上还系着绳子，一来干活时利索，二来免得腰里灌风，真是全副武装投入战斗。老职工焦建木和桑世亮带领我们几个知青一起干。他们先讲了技术要领，又强调了伐木安全事项，如：每组之间的距离、树木快要锯倒时必须大声呼喊"顺山倒喽"等等。分工是两人一组，我和上海知青钟国琴一组。男生伐的主要是用于建筑材料的大树，女生伐的是烧柴木。伐倒的大树经规整后开始归楞，四个人用卡钩固定住圆木抬起来统一摆放在一起，便于装车运回。抬木头归楞，四个人的步调一致，喊着号子，腰部要有足够的支撑力，苍天的大树，没膝的积雪，每一步都那么沉重，那么艰难。当看整齐笔直的一堆堆圆木时，心里充满了成就感，忘记了伐木这一过程的艰辛。

一天，我和钟国琴在离男生组不远处伐木，我俩拿着大片锯，在雪地里弯着腰来回拉大锯，一会儿哈气就在我们的眼眉和棉帽子上结了霜，身上也出了不少的汗，但我俩都不敢停下来，一停下来，风一吹马上就会透心凉，只能把帽子摘下来吹吹风。腰酸的实在不好受时就站在那直立片刻再接着干。一般在树伐到近圆心位置时，就要换到反方向再开锯，等到两个锯口快通时树就要倒了，这时就要喊"顺山倒喽"，提醒周边工作的人注意了，看清树倒的方向，赶快躲开。判断树倒的方向要看树根锯开的位置，它会随重力的倾斜或风向不定而左右摇摆，伐木的当事人和临近的伐木小组要始终注意观察树木最终倒向，判断躲避的方向，待树倒地后才能继续操作。

这天当我们刚把一棵树伐到一半，就听到邻近一组在喊"顺山倒喽！"当时我一紧张误判了树的倒向。由于受风力影响，本应向对面倒的树又转了回来，钟国琴察觉到边喊边跑开，我自以为树要向前面倒也没回头看，哪知道树跟着我来了。这时我听到桑师傅大喊："指导员，危险！"我只顾往前跑，边跑边戴帽子，好像帽子能救命似的。在这千钧一发之际，忽然有个人将我猛撞了一下，我顿时倒在雪地里，随之而来的是大树倒下发出咔咔的巨响和飞起的雪花……我醒过神一看，原来是北京知青邹积安见到此情景跑过来奋不顾身一把抱住我后腰一起滚到雪地里，我坐在雪地里半天没动弹，那棵伐倒的树就在我旁边躺着。大家都跑过来安慰我，邹积安大声教训着："你不要命啦！"是呀，不按操作规程操作，凭想当然操作，是要付出代价的。

回京探亲时，邹到我家跟我姥姥说："你家小玲的命是我救的"！返城后每逢遇到邹积安，他都会说起此事。他一直认为这是他做的最自豪的事，要是现在怎么也应享有见义勇为的称号吧，可是当时我连句"谢谢"都没说。我们知青间的友情、亲情永生难忘。我们不仅在同一战壕里艰苦奋斗，在极端环境里共度青春，还在危险困境中舍身相救，这就是兵团知青这一代人。没有在北大荒的工作生活过的人，没有在开荒营爬冰卧雪、艰苦奋斗过的人，怎能理解我们这份生死患难的真实感情！如今，救我的人已驾鹤西去，再也听不到他的叙说了。在这里谨以此文作为对逝者的怀念。邹积安，我想对你说：现在开荒营的战友们都在回忆当年奋战荒原的情景，你若在一定会写出感人的篇章。安息吧！我的好战友！谢谢你，我的好战友，你听见了吗？

开荒营的会战很多，往往都是集团作战，如抢播会战、麦收会战、豆收会战、水利会战……我们年复一年地去迎接一次次挑战，挑战生命的极限，我们在艰苦中学会了生存的本领，打井取水、打草伐木、烧火取暖、脱坯盖房、自己种菜、自磨豆腐、抵抗严寒。我们曾在零下30多度的环境下修水利、进林伐木，全部御寒装备就是发的棉衣、棉裤、棉大衣、棉帽子，很多知青手脚都有冻疮，尤其遇到刮大烟炮时更是无法抵挡。一次在返回路上遇到大烟炮，北京一位女知青因棉帽子系好后外面没围上围巾遮住脸，结果脸上冻了个大泡，数日不见好转，最后留下伤痕。

我在45连工作战斗了三年，后来的45连与46连合并，余下的人就改成水利连了。一部分知青调到47连……回首当年，我们凭借着对伟大领袖的热爱，听党和毛主席的话，到农村去，到边疆去，到祖国最需要的地方去。广大知青满怀壮志豪情接过老垦荒的战旗，为第二次开发北大荒，落实备战、备荒为人民的战略思想，在三江平原腹地艰苦奋斗了近10年，开荒营创下了北大荒拓荒史的奇迹。广大知青战友把一生中最宝贵们青春年华献给了北大荒这片富饶的黑土地，在艰苦环境中摔打锤炼过的知青战友收获的精神财富必将是受益终身。正是这几代垦荒人的奉献，才铸就了三江平原今天的辉煌。

（本文一些素材由周涵达、陈宝林、沈静等提供）

侯乃玲 北京知青，1950年4月出生，1968年6月由北京第15中学赴黑龙江兵团27团5连，1971年3月调入开荒营45连任副指导员，1974年7月返城，先后就职于北京地质仪器厂、北京外贸公司、外商投资服务公司，北京经济技术开发区管委会。退休。

苦 中 作 乐

董世英

我叫董世英,1969年4月26日第二批上海知青，先分到 27 团 5 连，1971 年 2 月团里组建开荒营时，我被选调到开荒营的 45 连去开荒建点。

我记得有一年夏天正是麦收时节，拖拉机拉着一个大爬犁，爬犁上面装着很高很高的麦秸准备拉回连队，我们几个女知青坐在爬犁拉的麦秸顶上跟车返回连队卸车。当车开到半路时，天空突然乌云滚滚，不一会狂风夹着暴雨就向我们袭来。爬犁上装的一大垛麦秸被大风吹得摇摇晃晃，我们在爬犁顶上无处躲无处藏，浑身上下被暴雨淋得活像个落汤鸡，衣服都湿透了，头发都贴在了脸上。可我们几个姐妹还挺乐观，坐在垛上面冲着漫荒野地放声高唱：要学那泰山顶上一青松，还说：在地里你们天天喊晒死了，这回老天爷叫你们来个透心凉。正说的高兴时，突然感到拖拉机猛地向前一拉，大爬犁一下就歪斜了，高高的麦秸垛一下就翻到沟里，我们几个人也顺着麦秸一起翻到沟里了。

这可吓坏了驾驶员，他急忙扒开麦秸往外拉人，我们也拼命往外钻，还好，由于麦秸垫着，沟里又是泥水，谁也没有摔伤。大家就一骨碌爬起来，相互看着，我们满身泥水和粘着的麦秸，活像泥猴稻草人。大家你看看我、我看看你，突然都哈哈大笑起来了！

董世英　上海知青，1952 生、1969 年 4 月由上海杨浦区凤城中学赴黑龙江兵团六师 27 团 5 连，1971 年 2 月调到开荒营 45 连建点，1972 年 8 月调 47 连，1979 年返城，在上海国棉十五厂铜管车间。退休。

我在 45 连的回忆

杜高友

一、火与情

人的一生中最难忘的岁月应该是青春岁月吧，"她"最具朝气、最具激情、最具活力。

岁月无情地逝去，可怀念却久久地铭记，特别是那段难忘的兵团岁月。

记得 1971 年初，27 团组建了开荒营，开荒大军开进鸭绿河至浓江河地带，我 8 月从面粉厂调到 45 连，当时各连建点盖房需要大量木材，时逢冬季是伐木的好季节，北大荒冬季天寒地冻，进大林子所路过的草甸子都冻得如平地一样，机车行走畅通无阻。

进点不久听领导说要进大林子里伐木选材建房，大伙兴趣好浓，毕竟是第一次要去大林子，那里是啥样子？真是好期待。选好了日子，一切准备就绪，由连领导带队伐木大军开拔上路，一路上机车的轰鸣声打破无边寂静的旷野，战友们脸上洋溢着笑容，伴随着上空回荡"高高的兴安岭一片大森林，森林里住着勇敢的鄂伦春……"

到达伐木点，大伙住进了先头部队建好的地窨子里，生上火后地窨子里温暖如春，炉火映红战友们张张笑脸，屋里充满欢声笑语。那时伐木劳动基本上都是人工操作，拉大锯，砍树杈，归楞、装车这些活在老职工的指导下，战友们干得都像模像样的。战友们，我说的这些林场经历，您也不会忘记吧？记得就是这次进林采伐木材，还出了一件不幸的事故。

事情大概是这样的。那天下午，在家做饭的炊事员跑到工地急呼家里着火了！大伙不顾一切地跑回家，到了家都傻眼了，眼前一片废墟，不，应该说是一片灰烬！哪还有救啊！地窨子已荡然无存了，只剩下一个大大的坑。我的天！到底是咋回事？

事后弄清楚了，说是留守在家看守生火的北京女知青在拿马灯时，不慎将马灯掉到炉子上引起了大火。这女知青也被火严重烧伤，面目全非。当即领导做了妥善处理，女孩被紧急送往团部医院进行救治。事后有不少男女战友去看望过她。

水火无情，人有情！但愿这位北京女知青事后能安然无恙，生活平安。

二、难忘的水利会战

荒原沼泽地上兴修水利只有在冬季才能施工，原因是冬季荒原上天寒地冻，施工人员能进能出便于施工。要是到了冰雪融化的季节，根本进不了沼泽地，更谈不上开荒种地了。

1973 年年初，营部开荒规划在我们 45 连和 46 连东南方向约 5 公里处开挖一条排水渠，要求 45、46 连参加会战。任务下达后，连里作了全面动员，主要有两点内容：①学习毛主席关于"水利是农业的命脉"的教导，充分认识兴修水利是农业建设的基础工程。②修建排水渠的重要性，有利于明年春季开荒、播种。经过连里动员，大伙任务明确，并做好了出发前的准备工作，没想到，严峻的考验还在后面呢！

那是春节的前一个月吧，正值寒冬腊月，气温都在零下 30 度左右。早上，全连上下集合列队，扛着工具、顶着风雪、冒着严寒步行一个多小时来到施工地点。连长开始交代任务，一天每人挖 10 米，深、宽度都有要求，大伙就甩开膀子干了起来。

当我用铁镐使劲地刨冻土时，手给震得有些发麻，再看冻土上只出现一个白点，我绝对没夸张，沼泽地的冻土比一般的冻土坚硬许多，这种特殊的冻土，北大荒人叫它"草筏子"，夏天是一块块的，有的漂浮在水洼里，有的连成片和草地上的"塔头墩"缠在一起，形成大片的沼泽地。到了冬季，严寒又把它们死死地冻在一起，冻土中有冰，还有密密麻麻的草根，如同混凝土一般坚硬！本来心想 10 米的任务应该是小菜一碟，稀松平常很快就能完活。可是眼前的活却让我使出了吃奶的力气，你必须在一个点上刨上数次至十来次才能破土成功。冻土层大约有一尺多厚，把冻土层刨开了活就好干多了，下面的软土用铁锹就能干动了。可是第一次干这活多没有经验，和老同志相比他们干得比我们快多了。我上前看个究竟，看完才知道人家干活还真有点窍门。后来我们就边学边干，刨冻土要先挖出一块然后采用切割的方法来干，就是用铁镐刨出一条三五十厘米裂纹，再用镐头一别就刨下一大块，用这种方法活干得快多了。

半天的活干下来，棉衣、棉帽都甩到了一边，棉裤里都能抓蛤蟆了，这汗出的！高强度的体力劳动，干不到中午肚子就饿了。一边干着活，一边眺望着连队的方向。干什么？等饭吃呗！中午时分，看见很远处有两个身影晃动着，"送饭的来了！"不知是谁高喊了一声。一会儿，两个送饭的知青满脑袋是汗的来到跟前，放下担子，大伙开吃。中午饭一般都以馒头为主，另加一碗白菜汤，有时还有包子，管饱，还真不错。可您要知道，这顿中午饭是食堂炊事员步行挑着担子送来的，几十斤重的担子加上十来里的雪地路程，也真够累人的。

挖土方，修水利，男知青还能承担，女知青就很吃力了。连里有一位上海女知青叫倪植莲，人很小巧，她是和我一同从团部面粉厂调到 45 连的。水利会战她也一起出工来挖土方，也是一人 10 米的任务。由于之前小倪一直在面粉厂车间里工作，体力活干得不多，挖土方可着实让她为了难。一把镐头干不了几下就吃不消了，再说女孩子手上还生着严重的冻疮，由于用力过猛，手上的冻疮都给震得裂开了一道道口子，当把手套脱下来时都带着血！即使这样，她依然天天坚持来工地干活，艰苦的劳作足足一个月，从未间断过一天。多好的女孩，多坚强的女孩！（那时估计她也就 20 岁左右吧）现在想想真让我动容。当然小倪事迹只是个例子，还有许多女知青和小倪一样在困难面前迎难而上、决不退缩！展现出那时女知青的精神风貌和时代风采！

当时女知青在水利工地上干不完的活自然由我们男知青帮助她们完成，这也体现出知青战友之间互帮互助、团结友爱的精神。大伙在一起干活天天如此，一直坚持到完成任务为止。

开荒营水利工程经过各连多年的奋力会战，水渠、河道纵横交错，已形成大规模的水网体系。由于设计合理，水利工程功效十分显著，为完成师团下达的开荒 20 万亩的光荣任务奠定了基础。

朋友，当您现在来到浓江农场（开荒营是浓江农场的前身），见到这纵横八方的水渠，我想告诉您这是我们知青当年在黑土地上创建的功绩！另外也请您记住我们那位有着坚强意志的上海女知青倪植莲。

三、意外收获

那是 1973 年的冬季，雪下得很大，漫天飞舞的雪花笼罩着荒原大地，银装素裹，冰天雪地，一派北国特有的景象，好美！

我们在大林子里伐木已近一个月了，由于大雪封路，连队给养送不上来，伐木点的领导委派我和小安子（大名叫孙志安）赶回连里去拉给养。

我俩领了任务，早早地开着拖拉机迎着朝阳往连队赶。眼前一片白茫茫的雪原，厚厚的积雪没过了机车的链轨板，原先机车碾轧的车道早被"大烟炮"给刮平了。想找回连队的车道已不可能，我俩只有凭临时判断，慢慢地向前行驶。我和小安子也想好了，只要方向对头，总能找到回连队的大路，上了大路就好办了。当时我们就朝西南连队住地的方向开。机车行驶了约一个多小时，面前还是白雪皑皑、无边无际，遇此情景着实叫人心里没底啊，好生心慌。忽然，小安子大声喊道："高友，你看前面是什么东西？"我定神向前张望，大约离我们一两百米的地方有几个黑的东西在蹿动。"安子，过去看看！"我也兴奋起来。小安子把油门加大，朝着几个黑点冲了过去。没多会儿离那几个黑东西越来越近，我俩终于看清楚了是一窝野猪！这一窝野猪共有6头，前面两头大的带着后面4头小的，一字排开深一脚浅一脚地向前跑着。当见到一个"大红家伙"向它们冲来，这群野猪拼命地向前直窜！由于积雪深厚，它们想跑快也不可能，野猪腿本来就短，在厚厚的积雪中蹄子都踩不到地，就等于在爬行一样。"安子，轧过去！"我高喊道。接着就听到链轨板下有野猪的凄惨叫声，小安子把车停住，我俩跳下车看见一头小野猪被死死地压在车底下动弹不得，由于雪太厚，几吨重的机车竟然没轧死它。小安子说拿锤子来，我顺手从工具箱拿出锤子递过去，小安子举起铁锤对着野猪头就是几下，再看野猪已不动弹了。这一过程也就一两分钟时间，解决了一个，再看那几头还在前头"爬"呐。小安子急喊："高友快上车！"我俩蹿上车油门一加油又追了上去，不一会儿车下又是一声野猪的惨叫，我俩下车又是一番猛锤。接着又是下一个，就这样我俩一连轧死了4头小野猪，还有两头大的已逃进了一片树林里去了。我俩一看两头大的虽然离我们不远，但是想想不能再追了，那片树林已被采伐过，树林里树桩很多，机车开进去一定有危险，怕机车的油箱底壳被树桩撞坏了，那可彻底没救了。我俩回过头来收拾"战利品"，将野猪抬起放进驾驶室，4头野猪已把驾驶室占了一半，小安子要开车驾驶，他那里是不能占的，这下可苦我了，咱哥们只有和野猪一起挤了。

下午大概两三点钟，我俩终于回到连队。当我们打开车门卸下野猪时，连里的哥们姐们看了高兴坏了，这下可有肉吃了（那时在开荒营。想吃点肉真不容易呀）！小安子和食堂的哥们把野猪抬进食堂，有一哥们说："功劳不小，一头足有一百多斤啊！"（后来听他们食堂的人说一头有一百六七十斤重，要这样推断，跑的那两头大的起码有二三百斤重呢。）当时我对食堂的哥们说："你们把煮好的猪肝给我弄一块来就行。"后来他们果真送来一块猪肝给我，我这通啃呐！咱哥们真是馋坏了。

现今想想，当年的所作所为真是罪过。如今醒悟、悔过还为时不晚，让我们携起手来保护好我们共同生存的大自然吧！

四、抓猪仔

我所在的45连1971年建点，到了1973年秋天，经过全连干部战士团结奋战、艰苦创业已初具规模。连队的占地面积比原先扩大了好几倍，不但种了小麦和大豆，还种了一些经济作物和蔬菜（蔬菜种子都是知青们从各个城市带来的，品种不少）。知青住房得到改善，基本上每班住一间房（对面炕）。连队还盖了仓库、食堂，食堂宽敞明亮，旁边还有办公室。连队的生活水平得到很大的提高。话题又来了，光有素的没有荤的咋行？于是连里决定养猪，以此来改善全连的伙食。那是秋季的一天，焦连长一早就来找我说："小杜，连里派你和小顾去7连逮几头小猪带回来，连里要喂猪了。"

小顾是小红车司机，车开得得心应手，两小时不到就进了7连大院。我俩来到连部跟7连领导说明来意（其实营部和各连早就有安排，包括养猪事宜），7连领导就带着我俩去抓小猪。7连靠山，有个畜牧业排，连队里还养了一大群梅花鹿呢。我们走到鹿圈旁，好奇的小顾打开鹿圈栅栏门，大摇大摆往里走想近距离接触一下。刚往前没走几步，就见一头高大的雄鹿朝小顾逼近，小顾一看，不好！调转身子往回跑，那头雄鹿追上来朝着小顾屁股猛地一顶。我的天！小顾顿时来了个大马趴。栅栏外有个人在喊："不能爬起来！你爬起来它还顶你。"这可好，小顾只得匍匐地爬出来，刚出了鹿圈就直呼："嘎结棍！"（上海话）意思是：太厉害了。在鹿圈外看热闹的养鹿妹子们笑得前仰后合，真的乐歪了。乐完之后想想也是，你到了人家的领地连个招呼也不打，这叫"驱逐出境"。

来到养猪场，7连领导打开一个圈小猪的栅门。呵！圈里足有几十头活蹦乱跳的小猪仔。领导说："你们自己挑吧。""我靠"，这怎么整？后来想想也对，人家帮你挑好了，怕你们不满意不是。

于是我对小顾说："你撑着麻袋，我来抓。"我看中了一头小花猪，挺精神的，我就朝它走去，小猪仔看我逼近它撒腿就跑，我就在后面追它，小家伙挺灵活，七拐八拐的，搞得我头发晕。不过今天谁让"你"碰上咱哥们了，非得把"你"逮住！我设法把它逼到一个角落处，一个向前飞扑就把它搂在怀里，嗨嗨，抓住"你"了吧！后来7连领导看咱抓得如此费劲，就叫来几个哥们帮忙一起抓。我点一个，大伙抓一个，10头小猪仔，不一会儿完活。装完车，已是晌午时分。7连领导叫我们吃完饭再走，我和小顾走进食堂，饭菜已备好，馒头夹红烧肉！7连的小日子过得真滋润啊！饭罢，启程。

小红车驰骋在回连队的路上，公路两旁万顷良田麦浪滚滚，大豆摇铃，一派丰收景象！我俩心里美滋滋的，一路唱着"俺是个公社的饲呀么饲养员，呀么嗨，养活的小猪仔一呀么一大群，呀么嗨……"

杜高友　上海知青，1969年4月由上海下乡至黑龙江兵团六师27团水利队，后调至面粉厂，1971年8月调至开荒营45连、48连，1974年10月离开兵团上学，毕业当教师。退休。

盖房子的趣事

李桂英

在开荒营初创的头两年，盖房子很简单，真真的土木结构。房架子是冬天从林子里拉回来自己伐的木头做的。房架立好后，四周的墙下面是用自己脱的土坯砌四五层，就算是地基了。上面墙是用拉合辫拧成的。那天我们在用拉合辫做墙，事先挖一个2米左右长，1.5米左右宽，0.4米左右深的池子，在里面和泥，再把草捋成一把把的，到池里沾满了泥，然后挂到墙壁上事先用小树干搭好的架子上，拧几下和下面的架子接上

就行了，就这样一辫紧挨着一辫，一排排地挂好。墙就这样砌好了。

我们干完一面墙后连长说"大家休息一会吧"。虽然和泥、拧拉合辫墙的活又脏又累，可大家兴致很高，都是年轻人，休息也闲不住，有个男生说："你们谁能跳过这泥池子?"有几个男生比着都跳过去了。我爱逞强，心想啥事能难倒我，于是便跃跃欲试也想跳一跳。我退后了几步，冲向泥池子，当我抬腿一跳时就感觉完了，另一只脚没够到池子的另一边，只听"扑通"一声，我重重地摔到了泥池子里。池子虽很浅，但我浑身都是泥，大家一看都"哄"的一声笑了起来，我狼狈地爬了起来，跑回宿舍又是洗又是涮的，好不容易把自己弄干净。

房子的墙壁就这样砌好了。房盖是用草苫成的。先伐来碗口粗细的快杨树条钉在房檩上，铺上扒泥抹平，再用我们在草甸子里割来的很高的红根草，一捆捆地用铡刀将草根铡整齐，留约60厘米去掉草梢就可苫房用了。苫房草时，在房檐边上根朝外码放整齐，然后用一块槽板斜着往上拍，一层层的房顶两面同时直铺到房顶，再用泥将"龙骨"压在房山两头和房脊上。连长说这样苫的房盖既保温又防雨，冬暖夏凉，房盖就这样苫好了。

等拉合辫墙晾干后再把门窗都安好，我们又在拉合辫墙的里面、外面都抹上泥，把墙抹平了，这样既遮风又好看，房子就盖好了。

入秋后我们住进自己亲手盖的房子，告别大帐篷了，别提多高兴了!

李桂英　哈尔滨知青，1968年11月下乡27团5连，1971年3月调入开荒营45连任司务长，1973年被选去佳木斯农校上学，1975年毕业分配到东北农业大学。退休。

寄往荒原深处

廖　烨

一

偶然在"百度"搜索里打入个45连，没想到点出个浓江河畔荒友博客，45连网页上有一份珍贵的全连名单，名单整理者侯乃玲，是侯指导员吧? 年深日久记忆模糊了。我是廖烨，北京知青，从工副业三连（砖厂）随刘邦彦班长一个班调到开荒营45连，时间大概应该是1971年底，你的名单里有我。1972年春节前我探亲回家，超假到1973年才回来。1974年调到团宣传队，后来去开荒营演出时，我还特

意回连看了看，但我们那个班又调到 49 连去了。

虽然我在 45 连工作的时间不长，却十分怀念那段经历。我们一班人从砖厂那样"繁华"的地方一下被抛到全团最偏远的"苦寒之地"，大家情绪都不太高，有种被"发配"的感觉，心里多少有些失落。当时往浓江河方向建的点，都是沿着大路两侧一对一对的，我们"发配"时，45 连和 46 连是最深入荒原的两个连。刚来时只知道 45 连是我们砖厂的邻居 5 连建的点，却一个人都不认识。但很快大家就熟悉起来，连队小，都是年轻人，熟悉后才发现大家反而都有种"同是天涯沦落人"的亲切感，关系比在大连队近。

第一天出工，在雪地里集合，一个秀气的哈尔滨姑娘，个子稍高，眼睛笑眯眯的，给我们"训话"，我才知道她是排长，名字记不清了，在名单里查了一下，可能是赵敏，说不大准。但她应该是女工排排长吧？记得我们的排长是天津市高中毕业，叫魏敬唐。我对老魏印象很深，比我们这些初中生稳当，有文化，像个大哥，偶尔会和我聊一聊艺术啊、历史啊什么的。老职工印象深的有老焦，山东人，特别负责任，当时叫"生产脑瓜"。还有个关系特别好的天津知青刘文清，从 13 连调过来的，是一个非常有幽默感的人，收工回来擦身，我说他的屁股像张脸，他很赞叹地接道：那是一张多么严肃的脸啊！引得地窖子里所有人哄堂大笑。我探亲回来带了个德国的照相机和冲印照片的简单设备，当时连里一大群男知青中午都跑到推土机推的大坑里去游泳，女知青不会去那种地方。咱们那个地方太偏远，几乎没人，大家开玩笑说，公路上来条狗都全出来看，所以都是一丝不挂，拍了很多照片。夜里我们俩给大家冲印照片，刘文清开玩笑说，把这些全裸照片塞信封里给他们的对象寄去。那时候生活非常单调，年轻人一天到晚穷作乐。

二

由于没有完整的记忆，只能是想到哪儿写到哪儿。调到 45 连没多久，刮了一夜的"大烟炮儿"。那时候住的是半地下的马架子，或称"地窖子"，烟炮天摇地动地刮了一宿，我们却不知道外边的情况。第二天早上，还在梦中就被头儿一个一个硬生生从被窝里拖起来。炉子不知什么时候灭了，很冷，地窖子里是对面铺，他们叫完这面的叫那边的，我觉得头有些沉，几个头儿在使劲拍打那些坐起来又躺下的人，我这才意识到，他们怕有人中煤气了。记得好像是老魏，叫我马上穿衣服帮忙。我刚穿戴好，他就扔给我一把铁锹，自己转身去开门，地窖子口有个门斗，打开外边一道门时，我才知道事情有些不对头，门一拉开，出现在眼前的赫然是一堵结实的"雪墙"，我们"被活埋了！"地窖子是没有窗户的，空气大概已经缺氧，我们几个喘着粗气，轮番上去铲雪，向上挖出一条通道，七手八脚一阵忙乱后，终于看到了寒气逼人的蓝天。模糊记得，爬出来一看，大雪已经完全掩埋了我们的住所，就像沙丘的样子，这时老魏突然喊，快去女生那边，赶快把她们挖出来！之后的事就想不起来了。

年轻人见面熟，上海知青张连群也是我的朋友，他喜欢看《参考消息》，连部就那么一份，恰巧我也喜欢看，可总是被他先拿到，他喜欢蹲在厕所里看，而且一蹲就是很长时间，他关心时政，操着浓重的上海口音和我谈论国家和世界大事，评价大人物的举动，我很敬佩他，有思想。

事先声明，我的这些回忆，散落在从 1971 年底到 1974 年的这段时间里，但我很难确切地说出具体发生在什么时候。王相田连长，侯指导员，老魏他们应该是最早建点的那拨人，5 连来的，我们很可能是第二拨。后来又从 13 连，面粉厂等单位陆续调来不少人。我刚调到 45 连时，条件还是很简陋的，到我 1973 年探亲回来，已经有了知青的宿舍，有几栋老职工的家属房，有正规的农具场和晒麦棚了。

三

新建点的生活是非常单调的，就这么些个人，每天的生活都是头一天的翻版。一天中最让人觉得愉快的时光就是下班后，傍晚，那是真正属于自己的时间。下班回来第一件事就是去井台挑水，然后给大家的脸盆里都满上，轮流端到炉子上去烧热，放到炕沿儿上，开始洗头洗脸擦身，一般情况下一盆水从头洗到脚。我经常是最后一个热水，趁着他们洗涮，我就爬到炕上，拿出小提琴拉一段练习曲，我下乡前学的小提琴，到北大荒也一直坚持练习。我的老师告诉我，基本功没练好之前，不能拉曲子。我带着一本小提琴练习曲《开塞》，每天晚上大家擦身，我就开始每日的练习，小伙子们你一句我一句东拉西扯，有人在疏炉箅子，有人在看书，有人在倒腾自己的"细软"，房间里热气蒸腾，火光映红赤裸的身体，空气里一股汗味和香皂味混合的气息。这样的场景，回想起来心里暖暖的、酸酸的。

20 世纪 80 年代初北京办过一次当时很激进的画展，作者都是我们这代人，有相似的经历，其中有一幅油画让我流连忘返，就像是把我们下班后那段愉快时光写生下来，画中的知青在擦身，居然有个人在拉小提琴。那幅画的名字我还记得，叫"那时我们正年轻"。就是在 45 连，我第一次拉了一首曲子《新疆之春》。受到大家的鼓励，当然，起因是大家无法容忍每天老听那些练习曲。有一位上海知青，实在想不起名字，看名单猜可能是杜高友，只记得个子不高，但面相十分英俊，有点儿像 30 年代著名演员赵丹年轻的时候，全宿舍的人都说，只要再高半个头，小伙儿就没治了，绝对美男子。他从来不挖苦我，我拉练习曲，他会在边上默默地听，时而问我一些问题，说些他的感想。他非常希望我能拉《新疆之春》，因为他特别喜欢这首曲子，于是我就拉了，我正好有手抄的《新疆之春》提琴谱子。我真的没想到，自己竟然能够把这首曲子完整地拉下来。从此，虽然还坚持拉练习曲，我却开始大胆地一首又一首地拉曲子了。感觉特别好，自己似乎突然间有了新的能力。

四

我获得的另一个新能力，就是抽烟，这也是在 45 连的时候学会的。那年月，每天早晨有政治学习，每逢开会我就困，虽然学会拿着本学习材料挡着脸假装在读，但呼噜声把我出卖了，这种会上打瞌睡在那个时候是态度问题。一位北京老知青建议我叼着根烟，他还亲自给我点上，这样开会就不困了。果然，这个办法挺灵，于是，不仅是天天读，不管开什么会我都和烟民们蹭烟，直到有人提醒，你这已经是正式抽烟了，该自己买了啊！顿时不好意思，就去营部买了一包，记得不是哈尔滨，就是葡萄的，这两种牌子商店里最多。说起来我和 5 连有缘，45 连是 5 连建的点，喝酒，我是在 5 连开始的，那时已经调到团宣传队，在 5 连演出，演出完了连长李国富招待大家，宣传队指导员和队长让我去给李连长敬酒，李连长是全国战斗英雄，著名的"三大碗"，我和他干了四大碗，李连长喝晕了被文书搀走。从此，我也学会了喝酒。

五

当时还有一件印象非常深刻的事。我探亲期间，北京人民广播电台举办了"文革"中第一次英语广播讲座。我从头学到尾，学完了中级班就回北大荒了。临走时我去王府井大街当时唯一的外文书店买了英语教材自学。回到45连也一直坚持每天学一课，背诵十几个单词。那时，打扑克赌烟，也叫"归楞"，在知青中十分流行，因为确实没什么可干，无聊。在一片出牌的吆喝声中，还夹杂着英语朗诵，确实很不协调。长此以往，大家开始争论学英语有什么用。我成了所有人的辩论对象，虽然猪头烂了嘴不烂，在宿舍里舌战群儒，说实话，我也不知道学这玩意儿有什么用。但精神空虚却是实实在在的，每个人都能感受到那种空虚的痛苦，没有生活目标，前途渺茫，看不到出路，回不了家，往远处想想都不敢再往下想。老职工们的今天就是我们的明天，结婚生子，扎根边疆，一辈子修理地球，在单调乏味与世隔绝的塞外苦寒之地度过一生。虽然开会学习时大家都会重复一堆当时盛行的套话，但在开荒营这种地方，命运让越来越多的人看透了人生，要么消沉，要么随遇而安，不再有什么想头。那时的我们都生活在双重的人格里却并不自知。我学英语，仅仅是觉得有个事干，每天做成点儿事，有点儿小小的成就感而已。借此抵御空虚，其实学英语与打扑克归楞的作用真的是殊途同归。空虚会一点一点蚕食人的心灵，但每个人都在抗拒着，一次下班擦身，欢度美好时光，我们发现有个天津知青，小梁子，好几天回来不大白活了，而是静静地侧卧在自己的铺盖卷上，一个半导体收音机放在耳朵上，一动不动。听什么呢这么上瘾？我和刘文清凑近他，居然听到半导体里是一个日本女人在说话，声音非常柔和。在北大荒，收听最清楚的电台是苏联和日本的。小梁子能听懂日语！没人信。全宿舍哗然。小梁子十分尴尬，红着脸说了实话，听不懂，但听那女的说话特好听，就像在心里轻轻挠痒痒，特舒服。

六

说起学英语，忽然想起一件很离奇的事情。1979年初，所有的知青都可以返城了，我也办好了返城手续，等有车就回北京。当时中越边境自卫反击战已经打响，中苏边境气氛紧张，野战部队往上开，我听说江边边防站已经布了雷。还听说全团75辆解放牌卡车，只留了一辆自用，其他都充军了。很多像我这样办好手续的人都在团部一带等搭车的机会。偶尔遇到一位领导，告诉我说全团的知青都快走干净了，明年开春种地是个大问题，连队里八大员都是知青，现在没人了。当时团里有什么事都不会再通知我们这些已办好手续的人，因为我们已经不再是兵团的人了。但有那么一天，团部教育股的杜股长把我叫去，说有一项特殊使命，问我愿不愿意去，表个态，他立马向兵团司令部打报告，说着还把门关上了，我一头雾水，老杜神秘兮兮地说，准备派你去美国。这话吓了我一跳，没有任何心理准备，去美国干什么？学农场经营农场，一共5年，上学几年，在一个家庭农场干几年。这个突如其来的机会让我完全懵了。为什么是我？因为你会英语。可我这个英语水平看外文小说还很吃力呢！"至少你还能看，别人连会都不会，全团就你有这个资格。""那学完了呢？""学完了回来，当总农艺师，搞现代化农场，机会难得呀，廖烨！千万别错失良机。"一瞬间我脑子里转了好几个弯儿，盼了十年现在终于能回家了，去美国固然不错，但就回不了家了。老杜看我那可怜相，恐怕心里在暗自发笑，但他还是非常诚恳地规劝我抓住这个机会。我纠结了许久，最后还是下决心，回家。老杜眼睛里难掩失望，但他也很能理解我的心情。说实话，那是我们那一代人的心情。几天后，电影队的韦竟明大哥帮我找了个便车，开始了我的返城之旅。车过5连，远远看见后山林间雪地上有座坟茔，周围堆满了花圈，是不是李极乐事件中被杀害的两个女知青啊？我想。她们再也回不了家了。那时，我早就把在45连那场"学英语有什么用"的辩论忘得一干二净了，只有一个念头，回家。

七

再说回45连。冬天，我们每天都扛着大斧子、蘑菇头（抬木头的杠子）和卡钩到林子里去清林子，其实就是伐木。一来一回走很远的路。带着食堂做的包子和糖饼之类的干粮，中午饭就在冰天雪地里架堆火烤着吃。我不知怎么就喜欢上了糖饼，所有人都知道我忽然添了这么一口，拿我开玩笑。现在想想那种场景有些滑稽，每个人一根树杈，挑着自己的糖饼或包子，在火上烤，火上还挂着个大铁壶，不时有人把雪放进去融化，那是大家喝的水。人们围着火堆上下其手打理各自的小生活，嘴里还不依不饶地互相调侃，时而引起一通爆笑，真是很怀念那个场景，那个气氛，那个十七八岁的年龄。回连的时候，下班了，大家有说有笑，一通暴走，渐渐地棉袄棉裤里窝着火一般燥热，狗皮帽子也摘下来了，懒得再多说一句，人人闷着头只顾走，一心想早点到连里，擦身吃晚饭，躺下。在林子里走实际上是很别扭的，只能在爬犁印儿里走，两只脚拐来拐去，时间长了不大吃得消。

八

记不清是哪年的春节，营长张英犒劳大家，一年辛苦，每个连发了一头猪过年。傍晚收工回来，看见一帮人在捆猪，那畜生大概是明白自己的命运归宿了，拼命挣扎，我看着就觉得要出事，果然，那猪居然命不该绝，死里逃生，跑了，之后的几天，我们这些男知青被动员去抓，但那猪腰身细长，腿也长，矫健得很，根本抓不住，毛都碰不到，不过它倒是也不敢跑远，周围林子荒原里有野兽，所以像个幽灵似地天天在眼前晃。马路对面46连都包上大头菜猪肉饺子了，我们这边还每天追着狂奔的美味围着连队打转，眼睛里都快冒火了。后来是怎么逮着的也想不起来了。说起畜生，有年夏天，全连吃了几顿驴肉。北大荒原本没有驴，当时兵团从山西弄来一批驴，每个连发一公一母，意图大概是可以繁衍出一批新的劳动力。没想到北大荒的活儿对这批山西"移民"来说太过繁重，派不上用场，于是两条驴就成了知青的玩具，每天去场院干活，都轮流抢着骑一程，一个天津知青身材颀长，骑在驴背上就像骑个26自行车，两条长腿还得收着点儿。结果终于把其中一条的驴腿给骑折了。那牲口失去了战斗力，虽然也没什么战斗让它打。连里决定，宰了吃。那头驴其实很近人的，顺从地让人拴在井台上，边上煮了开水准备放血后退毛。平时那些自认为很男人，去46连偷香瓜打架的里手，挨着个被动员去捅它一刀，一把带血刀的刺刀磨得飞快，就放在井台上，可一个个兴奋地去了，又都唉声叹气空手而归，下不去手啊！有人回来说：那驴的眼睛里真有泪水，就那么看着你，看得你心里发毛，罪恶感油然而生。而且大家忽然发现，那驴眼睛很美，长睫毛。我是最怵的一个，连去井台看看的勇气都没有。排长还在挨着屋吆喝人去。那一天真心难挨，就像被强迫轮流到井台那里接受良心的谴责似的。就在这时，谁都没想到，平时被上海知青背后叫他"啊呜类"的一个人，毅然决然挺身而出，把那驴撂倒了。几天后，我们这些软心肠的伪君子们端着饭盒欢天喜地去食堂吃驴肉，可杀驴的那位却拒绝吃驴肉，甚至一天没吃饭，话都没一句，一个人坐在炕上发呆。我忽然觉得他好可怜。

九

写到这，又翻上去看了看侯指导员写的名单，一些早已忘却，似曾相识的名字和人在记忆深处活动了起来。范鸿仁，是不是卫生员小范？很高的个子，比老魏还高？我记得他，他救过我两次命。一次是晚上下班回来，在食堂喝小米粥，还记得那天食堂的小米粥熬得特别好喝，不承想粥里一根很长的木刺扎在了我食管的深处，疼痛难忍，小范想了各种办法，周围有人打手电，有人拿醋，折腾到半夜仍旧一筹莫展，我已经开始吐血，记得小范告诉连长我这个情况非常危险，要做好两手准备。连长是个四川人，转业兵，急得要死，他给营里打电话要求派车把我送往勤得利医院。同时让连里机务马上发动小红车，把我放上去，往营部迎着那辆车。就在这时，我突然觉得喉咙一阵剧痛，小范得手了，他的加长镊子上夹着一根血淋淋的木刺从我的嗓子里抽出来了，所有的人都松了口气。还有一次，严冬，我们打夜班到地号里给割晒的大豆脱粒。记得那天夜里气温非常低，半夜收工的时候，链轨拖拉机拖着大爬犁来接，我们几个农工把脱了粒的豆秸扠到大爬犁上，堆得高高的，用大绳刹紧后，纷纷爬上去就睡了，太疲劳了。当时每班收工时都要拉回一大垛豆秸烧炕用。我们就在豆秸垛顶上昏昏入睡了，不知怎地，朦胧中觉得回连的路超级漫长，严寒都钻到心里去了，冷到极点时，慢慢觉得眼前有团火，好像又慢慢缓过来了，就在这时，突然一大群人扑了上来，两人一个把我们从豆秸垛上拽下来跑圈圈，我还没丧失意识，看见来拽我的就是小范，还模模糊糊看到几台车的灯光里，连长的身影，他好像在大声骂人。事后才知道，拖拉机往回拉豆秸垛，没想到一使劲，爬犁从豆秸垛下边给拽了出来，但拖拉机手大概是太困，也没回头看一下，甚至没意识到发动机没吃上劲，就这么拉着个空爬犁回连了，到了连里依旧没回头看一眼，回屋睡了。是连长查夜发现了问题，赶忙叫上人，心急火燎地赶到地号里，这才把我们弄回去。宿舍里灯火通明，小范带着大家把我们几个扒了个一丝不挂，那是我第一回知道怎样抢救冻伤的人，他用雪给我们全身上下拼命搓揉，然后往我们身上倒酒，点着，再用力搓，我能看到蓝色的火苗在我的皮肤上跳跃，当时年轻，不知道怕，根本没意识到我们这帮傻小子在阎王爷门口走了一遭，还觉得让小范他们给搓得挺享受。从此，我对小范和连长特别有好感。

十

写了不少，停笔之前又想起一件事，不说不快。我看名单里有个上海知青，汤友高，但不敢肯定是不是他，反正是一位上海知青，我们俩被连里指定去驯牛。连里有一群牛，已经三四岁了，却一直没有受过拉车的训练，整天野撒着，牛在北大荒是绝对的干活儿主力，所以必须训练它们，不能白养着。我们俩驯牛的办法特别简单，就是强迫它们干活。在荒原深处，这事没人有经验，更没什么科学方法。每天我们挨个给这些"少爷秧子"套上一个小爬犁，到附近的林子里去拉些截得很短的原木回来，这便是训练了。那位上海知青真是脾气很大，真和牛生气，对不听话耍小脾气的上去就是一通暴打，他有个木棍子，后来打折了，又换了一根粗大的柞木棍子。我常劝他别和牲口较真，伤身体。他看似被说服了，可一转眼马上是更猛烈的暴风骤雨。看着牛被打时，老大的眼睛侧盯着他，不知心里在琢磨什么，真担心在我们不防备的时候发生什么吓人的事。后来在面粉厂工作时，我就曾经被一头拉水的强壮公牛顶起来摔到路沟的另一边，这是后话。其实每天最难的一件事就是一大早给牛套爬犁，总要折腾无数回，两个人一个唱红脸一个唱白脸，说服教育间或棍棒相加，牛里头总有哪个倒霉蛋要挨揍，其他几头就在旁边目光怪怪地看着。早晨正是上工的时候，总会引发围观，老焦再来轰人，每天都有戏看，很是热闹。那牛也奇怪得很，有时低眉顺眼，表现得就像是扛了多年活儿的老手，却突然之间又随心所欲，不听招呼，甚至胆敢耍弄教官。一次我们俩把一截很沉的原木抱到爬犁上，正往爬犁上放时，那牛忽然拉着爬犁向前走几步，我们俩的木头就放到地上去了。每每这种时候，说一点儿不伤自尊，那是假话，让牛给涮了嘛。那上海知青怒得太阳穴上都崩出了青筋，抡圆了他那根柞木棍子就往牛鼻子上打。打完之后，两人再度吃力地抱起木头往爬犁上放，那牛微微侧脸，时机掐得很准，就在放下去的瞬间，它居然轻快地拉着爬犁跑了。是可忍孰不可忍。我追上去拉住牛鼻子环，那位上海仁兄早已是天王盖地虎的气势。就这样，我俩很动感情地调理着那么一群不认命的家伙，过了不知多久，这些牛居然慢慢地听话多了，不知道是慑于上海功夫的威力，还是已经想明白认命了，反正一天下来，从林子里拉回的桦子越来越多。终于我们向连里报告，某些改造对象已经可以信赖了。连长很高兴，立马让我们试试，那天赶上个周末，文书要到营里办事，我俩选了一头表现上乘的套上个正规的爬犁给他当座驾，听说有牛爬犁代步，一大群男男女女穿得漂漂亮亮的，要到营里买东西拿信，全上了我们的"贼船"。从连里拐上大路，向营里走了好几里地，表现堪称完美，大家都夸那位上海知青和我管教有方。不承想，这时正经过44连，牛看到有人在井台上打水，那牛摆摆脑袋，直接下了路沟，拖着爬犁上所有的人奔那桶水而去了，惊吓之余，男知青都在喊"吁"……女知青一片尖叫。我俩立刻明白，又玩砸了。

十一

王全钰是北京69届知青，和我一个学校，很腼腆的一个人，我俩从一下乡就在一个班，又一起从砖厂调到45连。我探亲回来，他已经不在农工排，调到机务开拖拉机去了。我很喜欢去他那里，机务那帮哥们很有趣，尤其有个哈尔滨知青，想不起名字，圆眼睛，留着小胡子，特有成熟男人的幽默感。他们隔壁是女工班，隔断墙完全不隔音，我听见他在发议论，听着很美，不能看。王全钰他们几个在窃笑。我说这些绝没有对咱们的女同胞不敬的意思，回想起来，北大荒的水土让男的瘦得像鬼，女的就像气吹起来。其实刚下乡的时候，还都是孩子。我的外甥女初三毕业的时候，我去学校接她，看着她班上一群同学，我就在想，我们刚去北大荒的时候就这么大，完全是小孩嘛！现在的家长绝对不会忍心在这个年龄就把她们送到北大荒的，以什么名义都不可以，除非送美国。

很快我就对王全钰他们开的链轨拖拉机发生了兴趣，很想开。但我是农工，没资格开拖拉机。私底下达成协议，偷着学，大夜班的时候我来开。记得那是春天，机务正在耙地，他们陪了我几宿，看我没问题了，就回去睡了，我真能顶个拖拉机手，一夜一夜地拉着重耙在地号里干活，白天还要干农工的活儿，夜里摇身一变成了"麻花"，居然一点儿不觉得累，一个人黑夜里开着拖拉机，还有一种自豪感。要说我的驾龄应该从那时开始算。虽然很得意，却还要陪着小心，这事一旦让连里知道了，我怎么发落事小，机务的哥儿几个就惨了。

在电脑上敲打着这段往事，把一些被光阴磨得零零碎碎的记忆一点点捡回来时，感觉比工作中的写作要来得愉快，却又有些伤感，虽然不成章节，张冠李戴，时间地点也不太靠谱，但一写，就停不住，好像一旦停下来，那些泉涌般浮现出来的往事就再也唤不回来了，好遥远的回忆。亲爱的朋友，你们现如今都在哪儿，过得怎样？是在人间还是天堂？十分挂念。

扛麻袋交公粮

十二

有些事，年代久远，亲历者恐怕已经不在人世，因其特殊，似乎不应讲出来，却又担心留下遗憾，让那些人和事永远被岁月尘封。虽然当事人因某种原因守口如瓶，但我相信，岁月已经让守口如瓶的理由渐渐消失，于是就有了下边的回忆。这件事发生在我们的开荒岁月之前很久，却与开荒营有着地缘上的关系，所以也放到开荒营回忆里。

我的老连队是砖厂，那时我是房建排的力工，我们副排长叫王利全，1959 年山东支边青年，中等偏高的个头，说话直愣，浓眉大眼，鼻直口阔，脸上都是坚硬的线条。看着他的眼神，有时觉得像在看一只鹰。王利全的身形让我联想到"钢铁"这个词，此人好像也进了开荒营，但没有和我在一起，后来也失去了联系。我从小是个军迷，军事知识上他知道不少，所以比较谈得来。

一年冬天我们一起打井，那是个非常艰苦危险的活儿，井底工作面狭小，装满泥巴的桶在头上晃荡着升到井口，一路泥水哩哩啦啦撒在头上身上，沉重的井壁护板打成捆放下来，也在头上盘旋下落，一旦有闪失，就会直对着井下的人从高处砸下来，躲都没地方躲。我们那口井打到十几米深时发生了塌方事故，14 班班长季长仁差点儿被捂在里边。他踩在辘轳吊着的泥桶里，紧攥着井绳，大喊大叫，我们在井口拼命摇辘轳才把他拽上来，井壁轰鸣着在他身下追着往上坍塌。所以，大家都不太愿意下井，但那年月，"一不怕苦，二不怕死"的口号放在那里，不好认怂。私下却担心打井是一怕不苦，二怕不死的活儿。所以每当下井轮班时，气氛颇有些微妙，表面上都争着下井，才争了没两句，就把反应慢点儿，多争了一句的人"推选"出来了。王利全很生气，他是个憋不住的人，发了通火骂人之后规定：轮番下，两人一组，井下也只能容下两人干活。他把我和他自己分在了一组。

有一天，井已经打得挺深了，轮到我俩下井，干了一阵，上边不知道出了什么问题，泥桶和护井板始终放不下来。王利全和我索性一人坐在一个倒扣的泥桶上歇着。那时我的出身不好，总能感受到隐隐约约的歧视，但王利全似乎很信任我，大概是因为我干活卖力气，或者人还算可靠，有时突然会和我说一些他的烦恼，那些事情不是我一个力工能操心的。但那天不知怎地，他卷了根烟，慢慢抽着，太阳穴上青筋鲜明，小声说："我给你讲一个真事，你答应不说出去。"我保证后，他给我讲了一段往事。这件事，以王利全当时的描述，感觉就是我们开荒营这片地方，当时林子还比较多，荒无人烟。

事情大概是发生在 60 年代初，王利全是当时勤得利农场的民兵连连长，据说军事技术相当过硬，而且会滑雪，身板硬，吃苦精神和忍饥耐寒的能力一流。一天，他和另外几个人被上级找去，事情异常诡秘，只有几个人在场，领受的任务就是到林子里寻找 5 个人，找到后立即干掉。上边来的人严令，此事绝不许说出去。还告诉他们，此一去你们中间可能有人再也回不来了，要做好心理准备，外边没有人能帮助你们，也不会和你们联系或给予任何指示，进了林子分散开找，各自为战，击杀目标后，要拿回证据。对家里人就说要长时间出差。一切交代完后，每人领了武器弹药，一副滑雪板和雪杖，够吃多少天的干粮，望远镜等等，便出发了。

在五星山东面和南面，方圆百里，荒原间或树林，越往远处树林越密集，在开荒营和之前的年代，就是野兽出没的无人区。王利全他们背负神秘的使命，踏着滑雪板深入这片区域，按事先规定散开，各走一个方向，去寻找各自的猎物，或许，就在树木后边，饥饿的狼群也在跟踪着它们的猎物，这 10 个形单影孤的人，耐心地等待自己的机会。冬天的森林里遍地白雪皑皑，天地之间的一切都被冻住了，只有杨树高处的冻青逆季节生长，呈现出怪异的绿意盎然。

追踪那些从未曾谋面的陌生人，全靠观察雪地上的脚印，以及周围任何可疑的蛛丝马迹。王利全讲，那年冬天没人进林子伐木，所以只要有人，一定是他们追杀的目标。追踪异常艰苦，昼间白雪刺眼，内衣被汗水湿透；夜间严寒深入骨髓，拢一堆火取暖，又担心暴露自己。旷日持久地在林子里长途跋涉，疲劳至极，却还要每分每秒神经紧绷，来不得半点儿疏忽懈怠。出发前他们被告知，对手也是有武装的，一旦对方先知先觉先下手，你便无声无息死在林莽荒甸深处，再也没有人知道你的下落，或成了野狼的晚餐，尸骨无存。听到这里，我不由得对王利全肃然起敬。荒友们都知道在北大荒的林子生活是怎么一回事，更何况，他们都孤身一人，冒险犯难。当年不知道世界上有特种部队，现在想来，王利全的野外生存能力，真与受过特殊训练的特种兵无异，令人惊叹。

模糊记得王利全提到，他先发现了对手，很远，一个一闪即逝的人影，他跟了那人很久，挨到有绝对把握的时候才扣动了扳机。枪声在林间回荡，那个人应声倒地。这是他干掉的第一个目标。王利全说，所有的 5 个目标都被干掉了。他没有说和他一起去执行任务的另外 4 个人是谁，他们是否活着回来。反正他是回来了，否则他不可能坐在湿冷的井底向我讲述那段不为人知的往事。

我糟糕的记忆，给读者奉上一段残缺的回忆，真是抱歉，或许因为残缺不全，此事更显得诡异。其实不是我卖关子，王利全叙述这段往事的时候，似乎有意留了一些白，那可能是他坚守誓言不便说出的部分，比如他们追杀的目标是些什么人？他们到荒无人烟的三江森林里来干什么？为什么这些人危险到需要追杀的程度？谁派他们来的？王利全的回忆让我十分着迷。问他，他却随便搪塞我几句，我只好妄加揣测。

冬天进林子伐木，偶尔会看到一些腐朽的马架子和老树上窝棚的残迹，我们这些当年满脑子革命理想的年轻人立刻断定是抗联留下的，但总会发现这些遗迹附近林间有开出的小片土地，沟垄依稀可辨，看上去年代久远。后来听一些勤得利老户说，那是伪满时躲进林子里种大烟的人留下的，我们才惊讶地知道，原来伪满也禁烟。王利全立刻否定是这类人。这些人春来秋去，不会在林子里过冬，而且到了60年代，这种人早已绝迹。冬天的密林子深处，除非有组织的伐木队，似乎很难有人能够独自扛住可怕的严寒生存下来。再一种可能，60年代初，中苏分裂，会否是那边派过来执行某种秘密任务的特工？印象里，王利全话语间，似乎暗示这些人是亚洲面孔，我仍旧坚持那可能是受过训练的亚洲人，出于某种目的派过来的，但这种解释也漏洞百出，没有证据，更可能，连王利全也不知道他们击毙的陌生人到底是谁，他也无法解答这些疑惑，而且好像没有兴趣和我一起瞎猜。这件事的真相，或许锁在某个保密柜的绝密档案里永远不会拿出来示人。

往深里想想，甚至连王利全给我讲这段往事的动机都不甚了了。记不起当时问过他没有，可能，他还在生我们这些怕死鬼的气，讲讲当年不怕苦不怕死的事情让我自知羞耻，可打井的时候怕死的不止我一个；或者严守秘密那么多年，忍不住想和我分享自己的一段奇特经历，可为什么选择我作为分享对象，在那个年代，虽然年轻人之间没什么，但因出身问题，在领导眼里，我毕竟不在可以信任之列。至今四十多年的时间里偶尔会回想起那个光线黯淡的井底，王利全盯着井壁讲述时的目光，甚至他那呛人的蛤蟆墩儿烟味，到底因为什么？不得而知。

人们常说，世界是多维的，荒原也是多维的，我们生活在一个维度，因此可以在荒友之间分享我们共同而又个性的经历，但有些人，曾经进入过荒原的另一个维度，经历过常人难以想象的际遇，他们或已经把这些经历带入了另一个世界，或许在薄暮之年，已经不太在意是否与别人分享什么，只有我这样多嘴多舌、按捺不住的人才会一知半解地去追溯这些注定会被时光湮没的往事碎片。

廖烨　北京知青，1953年生，1969年下乡黑龙江兵团6师27团砖厂，1971年调入开荒营45连，1974年后在团宣传队、面粉厂、场直属中学英语教师，1979年返城，1980年北京科教电影制片厂编导，客座教授，中科院研究生院特邀研究员。退休。

伐木归楞

雷军制印

我还想说声对不起

胡宝华

可能是 1972 年的秋天，秋收快要结束的时候，那时我们统计员全部听从营部周参谋的调遣，哪块地收割完了，后边的拖拉机拉着翻地的大犁就把地翻过了，当时我在 45 连负责翻地这块工作，拖拉机一辆一辆地排好，第一辆拖拉机开过去把地翻开，后边的拖拉机就把地耙平，准备来年春季再种上。

我在地里跑了一整天真的很累，腿肚子都抽筋了，从我干统计员这行起，每天也不知要跑上多少公里路。开荒营的几次开荒大会战，我场场不落几乎走遍了全营各个连队，说实话，开荒营土地开荒的面积都是我们这些统计员用腿和两米的拐尺量出来的，整个开荒营能耕种的面积，到现在我也不知道有多少亩，只知道每天都要测量出基础数字，再报到营部汇总起来。

有一天傍晚，天已经快黑了，我和拖拉机手们还在工作着，干完了最后一趟活，这才各自到连队食堂吃饭。我到营部汇报数字后已经很晚，营部的食堂都没有饭了，我只好返回到自己的连队吃饭。在回连队的路上，我还真有些饿了，这时就加快了脚步，来到 45 连的食堂，食堂已锁门，我就到女生宿舍去叫炊事员，当时炊事员是李秀芬，我在食堂门口喊，还有饭吗？喊完后我就藏到房子后边去了，等她出来。

不一会，李秀芬就过来了，我想跟她开个玩笑。看她走到我跟前，我忽然出来，李秀芬被吓得"哇"地叫了一声就跑回宿舍。把人家姑娘吓坏了，这可咋办？女孩一到晚上本来就胆小，如果我真要把她吓病了那责任可就大了，这怎么办啊？我想跟她道个歉，就对着女生宿舍门喊："李秀芬，对不起！"我的话音刚落，就听到宿舍"哈哈"一片笑声，这时候我的心才放松了一下，大概没有多严重吧！我喊完后就回到食堂门口等待。不一会，沈静出来了，她帮我把饭菜解决了，我回宿舍后很是后悔，大晚上的开这种玩笑干啥，打那以后，我再也不敢开这样的玩笑了。如果再能见到李秀芬，我还想对她说声"对不起！"

胡宝华　天津知青，1952 年生，1969 年由南开区天明中学赴黑龙江兵团 6 师 27 团五连，1971 年 3 月调入开荒营 45 连任统计员，1976 年 11 月到佳木斯电机厂中等技术学校上学，1978 年毕业分配至佳木斯电机厂工作，1982 年转调天津市三峰客车厂。退休。

怀念战友邹积安

胡宝华

45连又调来一批知识青年，这些知青是从面粉厂调到我们连的，过后王向田连长、侯乃玲指导员组织全连开了欢迎会，欢迎面粉厂的新战友为45连增添了新鲜血液，今后新战友们就融入到45连的大家庭里。

邹积安也是这批调来的，他是个爱说爱笑的同志，1968年下乡的北京知青，他的知识面很广，日子长了天南海北地就聊起来了，连里看他是个人才，就让他帮我到地号测量土地，那时候我是个统计员。

有一天，我们俩到连队西面的一块还没有开垦的荒草地号去测量，一早便出发了。荒地很难走，杂草丛生，塔头连片，我们深一脚浅一脚测量着。当时，测量的工具就是让木工做的两米宽的拐尺，中间有一个把手，我俩一边聊天一边测量，不知不觉地离连队越走越远了。后来我估计着中午可以回来，但是去时容易回来很难的。为什么这样说呢？我们是一早吃完早饭出发的，这一走就是大半天。肚子空了，我们水和干粮什么也没带，说实话早晨在食堂吃的饭也没有油水，那年头的饭菜是很素净的，很长时间吃一次荤菜，所以我俩回来的时候就有点吃力了，当时越走越觉得心里发慌，我意识到自己有走不回来的预兆，但我还默默地坚持着。

邹积安是个爱开玩笑的同志，他跟我说："你怎么没话了？"我回答得很勉强，只是点点头，连说话力气都没有。他看我有点不对劲就问："你是不是饿了，饿得没劲了？"我勉强地对他说：可能是吧。他说再坚持一会，走出这片塔头地到那边就好多了，那边的地平整一些。我看看他喘了一口气，咬牙跟在后面走，可是越走越吃力，慢慢地我就跟不上他了，距离也越来越远了，我实在走不动了，就蹲下来了。他回头一看我离他的距离有百十多米，就急忙往回走，对我说："你走不动了，来我背你。"我听到他的话后心里感动万分，我说再坚持会儿，于是就在他后面艰难地走着，测量的拐尺就成了我的救命棍，我一拐一拐艰难地走啊走啊……我们在很远的地方看到了连队的房子，他说再坚持就要到连队了。这时，我忽然眼前一黑，什么都看不见了，他一看不好，把我弄了起来，背着我前进，我当时有说不出的感激，说心里话，我虽然瘦小但他也不是那么粗壮。他很吃力地背着我，行走的步伐也越来越慢了，我在他的背上休息了一会儿，才缓过来点劲。我吃力地对他说，积安哥，你先把我放下，回连队叫人来帮帮咱吧！他开玩笑地说，红军爬雪山过草地的时候，没有一个把病弱的战士扔下，"来，你搂着我咱们并排走"。就这样，我们俩吃力地走着，终于快到连队了，我模糊地看到宿舍门口有几个战友，他们看到后就急忙赶过来搀扶我俩，是陈宝林一下子把我抱了起来，放到宿舍里。

回想起当年的日子，环境是那样艰苦，但是我们都熬过来了，坚持下来了，返回到了故乡。遗憾的是，邹积安战友永远地离开了我们，我再也看不到他那微笑的脸庞，雄伟的身影。写到这，我的眼泪滚到了地上，让我们永远怀念这位爱说爱笑的兵团战友吧！

齐 敏 的 回 忆

齐 敏

一、夸夸我们侯乃玲指导员

27团组建了开荒营，从我们5连抽调了20名同志作为开荒营45连的先遣队进点，在"向荒原进军"誓师大会上，我见到了我们45连女指导员侯乃玲，她个子很高，是一个标致美丽的北京青年。

1971年3月2日，侯指导员带领第一批20人开进荒原，在开荒营指定的位置组建45连。在远离大本营的荒原深处建个连队实属容易，白雪茫茫、荒无人烟的大地真像是一张白纸，但是，我们是带着誓言而来的，要从我们20个人开始，在这里建点开荒，要让北大荒在我们的手里变成大粮仓。

在荒无人烟的荒原建点谈何容易，大到开荒、播种、伐木、会战，小到连队战士的吃喝拉撒，领导都要想到。指导员侯乃玲和我们一样，踏雪出现在伐木林中，和我们一样，抢着大镐，拿着镰刀，扛着锄头，出现在各个会战之中，和我们一样每月发着三十五块二的工资。在最艰苦的进点初期，侯指导员和支部的党员干部总是身先士卒，团结全连战胜困难。回忆往事，我要夸夸我们的侯指导员。

（一）小问题，大事情

刚一建点，一张炕席围起就成了厕所，女在东边，男在西边，没几天就不行了，遍地都是冻在地上的大便，根本下不去脚了，再说平原风雪很大，上面寒风吹，底下冰雪冻，蹲都蹲不下去，那叫一个冷啊！指导员着急了，请来木工徐大爷商量，当即用木头锯了4个墩子，支个五六十厘米的木架，用圆木刨成平面，钉在木架上成了踩板，再用炕席围上，就成了简单实用的立式厕所坑，暂时解决了女战士的如厕问题。

春天一到，阴雨连绵，那时也没有雨具，谁上厕所去谁就披一个麻袋，把麻袋的底角对折起来往头顶一扣披在身上当雨具，雨下大了麻袋被淋透，上厕所回来就被浇成落汤鸡。尤其到了女生那个特殊"倒霉期"真是困惑，指导员很是心疼大家，她找了个盆，告诉大家，在帐篷里解决吧。当时大家都不好意思也不敢，因为和男宿舍只一席之隔，静时掉根针都能听见。侯指导员灵机一动说：没事，谁解手我们就唱歌，用歌声掩盖解手声。以后谁要解手就会高声唱：小河的水清呦呦，庄稼盖满了沟……我们紧接着就跟着合唱起来。男宿舍那边有人喊道：怎么总唱这首歌，换一个吧。这边就哈哈大笑起来，真佩服这位聪明的指导员。

（二）一个都不能少

1971年的夏天，指导员带领我们女工班的战士奔赴营部支援麦收大会战。那时的战斗口号是：发扬一不怕苦、二不怕死的精神，轻伤不下火线，重伤不叫苦。我们起早贪黑连续作战，终于迎来了麦收的胜利，完成了当年开荒当年打粮的目标。

因为交通不方便，连拖拉机也没有，我们只能背着行李，步行从营部回45连，有将近20里路程。这是一条没有修完的泥土路，坑坑洼洼，路面翻浆，我们深一脚浅一脚艰难地向前走着。

走在半路上，天空突然乌云密布，电闪雷鸣，接着就下起了大暴雨，荒原前不着村后不着店，没有地方可躲，突然，一道电闪伴着一个炸雷带着火球崩到了我们面前，大家吓得嗷嗷大叫紧紧地和指导员抱在一起，眼睛都不敢睁，吓死人啦！暴雨渐渐小了，我们淋得像落汤鸡一样，抹了一下脸上雨水，整理一下行装，继续向前走。这时突然发现北京知青周小巧没在队伍里，侯指导员也愣了，她用沙哑的嗓子说：大家快分头找，一个人都不能少。我们用颤抖的声音喊着小巧！突然我发现在前面路中间翻浆的低洼处趴着一个人，我大喊一声小巧在这呢，大家急忙过来围着小巧看了又看，心都跳到嗓子眼了。指导员蹲下来用手轻轻地拽了拽小巧的衣服，轻轻地喊着小巧的名字，大家都屏着呼吸。小巧突然站了起来了，一边哭一边说："我怎么了？我没死啊？我在哪啊？"指导员搂着她说：小巧没事，我们大家都在。小巧看到战友们破涕为笑。指导员问她怎么趴到了泥坑里了，小巧说："小时候听姥姥说过，遇到阴雨天打雷打闪时，不要到处乱跑，直接趴到地下别动，这样不会被雷电击伤。"小巧记住了姥姥的话，今天电闪雷鸣时便就地趴下了，没看到脚下是泥坑。这时我们才发现，小巧除了牙是白的，满脸全都是泥水，直往下流，看小巧这模样，大家都笑了。

泪水、汗水、雨水汇集在每个人脸上。那时的我们平均年龄不到20岁，却生活在一个团结的连队，能战斗的连队，一个都不能少的连队，很温馨。

雨渐渐停了，天渐渐黑了，指导员说："前面有光的地方，就是咱们的家，快到了，咱们唱支歌吧！"日落西山红霞飞，战士打靶把营归……嘹亮的歌声在天空回荡，脚下泥泞的路上留下了两行深深的脚印……

（三）同甘共苦，关爱战友

那年雪下得很大，雪停后我们就开始去伐木。为防止雪灌进鞋和裤腿里，大家打好行军绑腿，拿着工具就进了林子。雪大得不得了，狂风把雪吹得沟满壕平，一脚踩下去就能到大腿，每走一步都很难。到林场刚要干活，心细的侯指导员发现上海知青沈为忠没有绑腿，便立即解下自己的绑腿给了沈为忠，沈为忠说啥也不要，侯指导员用半生不熟的上海话说："侬用好了，侬个上海宁裤腿短，阿拉裤腿长，侬用好不拉呀。"困难时她总想着别人。

有一次挖水利，天气很冷，一干起活来就满头冒汗，不时地脱掉棉衣和帽子，冷热不匀，那个特别能干的性格又很温和的上海女知青陆佩芳病倒了，发起了高烧，卫生员给她打了一针，也没有退热，晚上，指导员回来看小陆没有退烧，也没吃饭，她叫食堂做了一碗面条，并打了个荷包蛋，要知道这叫"病号饭"呀！侯指导员把面条端给了小陆，嘱咐她多吃点东西才能有抵抗力，她又从自己包里拿出了红糖，没有姜就找了个干辣椒掰开冲了一大碗糖水叫小陆趁热喝了发发汗。第二天小陆退烧了，她不听大家的劝说又坚持上了工地。

在修水利大会战时，侯指导员和大家一样出工，分一样的任务。天空不时飘着雪花拍打着我们，她和战友们一样抢大镐。冬天草甸子上的草根和土冻在一起，挖水利太难了，侯指导员看到我们又累又不出活，立即向有经验的老同志请教。桑士亮说：先刨开一小块地方，把草皮子起出，草皮下就好挖了。历颜友说拿豆秆点着火熏一熏，冻层化得快点……大家群策群力，办法果然奏效，进度快了很多。

中午，炊事员送到工地的包子，出来时热气腾腾，可到我们手后早就凉透了，天冷大家躲着风寒吃着凉包子，没办法，再凉再冷也得吃，重体力活啊，不吃干不动活啊！大家没人抱怨什么，吃完饭赶快干活儿，天太冷了。

第二天中午，指导员把大家集合起来，快步返回连队马架子食堂，炊事员端出热气腾腾的包子，加上一碗热汤，大家吃得暖暖的，指导员又让大家回宿舍休息一会儿再回到工地，大家高兴地说：磨刀不误砍柴工，指导员放心，保证完成任务。

（四）我们都当过指导员

开荒建点，生活艰苦，这对 20 岁左右年轻人是个挑战，为了发挥大家的积极性，指导员让每个人每天轮流值班，担任"指导员"的角色，田间休息，给大家读报，讲新闻，晚上下班要站在大家面前总结一天的工作。站在大家面前做总结，开始每个人都不习惯，尤其到了我值班时，和大家面对面站着时就不会说话了，还总是笑场，惹得大家也笑起来，指导员从来不批评我们，总是鼓励大家说"别着急，慢慢来"。时间长了，我们学会了用指导员的角度看待工作和问题，不断地提高自己的工作能力。后来我也能站在大家面前无拘无束地总结一天的工作了，指导员像战士一样在下面认真听。她的做法让我们增强了对领导工作的了解和信任，提高了战士的思想觉悟和工作水平，鼓舞了大家的干劲。

毛主席说：政治路线确定后，干部就是决定因素。开荒营之所以能在开荒大会战中取得辉煌成绩，这和上级党委大胆起用像侯乃玲指导员这一批年轻干部是分不开的。他们在艰苦卓绝的开荒建点的战役中率领全连冲锋陷阵，不但锻炼了自己的领导才能，还带出了一支不怕吃苦，能打硬仗的队伍。兵团战士在北大荒的艰苦奋斗精神造就了新一代无私奉献的垦荒人。

二、方块

我是本地知青，45 连的司务长李桂英是一位哈市女知青，长着一双美丽的大眼睛，她为了大家的伙食真是费尽了心思，但无奈全连刚开进荒原，无路又远离团部，吃水都是化雪，后勤供应极度困难，大家几个月都没有见到肉星，每天除了白菜汤、疙瘩汤，就是面条汤，每到吃饭时，那个北京知青大哥总会调侃说，兵团战士就喝汤，白菜、土豆、疙瘩汤，他的话就是现实的写照。1971 年建点时非常艰苦，生存环境和生活条件非常差，但战友们没有人叫苦喊累，司务长李桂英看在眼里，也是急在心上。

秋天收大豆时，我们看见司务长在豆子地里拣拾割完大豆根下漏割的"猫耳朵"，司务长一个个摘下来拿到食堂把豆剥下来。过两天，司务长不知在哪弄来了一盘石磨，那是一个很重的人工磨，一个人都推不动，大家听说要做豆腐，很好奇纷纷来帮忙，你推十圈，他推二十圈，大家齐努力推完了她所泡的黄豆，过包、烧开以后看到白花花的豆浆都很高兴，司务长将豆浆点上卤水后再用石头压上，过了几个小时后慢慢地打开包一看惊呆了，豆腐没点成变豆腐脑了，原来点豆腐的卤水放少了，司务长难过地流下了眼泪。

第二天一早，我们发现司务长和炊事员又在推磨，大家都凑过来帮忙，过了几小时打开豆腐包一看，一板又白又嫩的豆腐展现在大家面前，豆腐的美味清香让我们陶醉。司务长拿来一块木工徐大爷早就做好的木板把豆腐切得方方正正的，不知谁说了一句："司务长，你真会切，你这方块切得真好，把我的哈喇子都引出来了。"大家都笑了，同感啊！看到大家津津有味地吃着豆腐，司务长也笑了。从此，司务长的外号"方块"在连队叫响，后来连队补充了新人，年龄大一点的管司务长叫小方，年轻一点的管司务长叫方姐，没人知道方块的大名，一天，一个老同志问我，这几天怎么没看见小方呢？我问"哪有叫小方的？"老同志说"司务长啊，她不是叫方块嘛！"我们笑着告诉他，司务长的外号叫"方块"，大名叫李桂英！"她叫李桂英？我一直以为名叫方块，叫李桂英，还是叫方块吧，方块记得牢，叫起来亲。"

现在李桂英已是某农业大学的教授了。开荒营的生活是艰苦的，但艰苦中也有快乐。

三、寻找

2017年9月10日，一个陌生的手机号打了进来，原来阔别了40多年的开荒营45连的战友廖烨，他和八一厂的三个发小、也是兵团战友自驾车来到了勤得利农场。我在微信里就知道了廖烨要回访勤得利和浓江农场，想去寻找当年开荒营45连的驻地。

见到他们我非常高兴，相互拥抱着，激动的话语不知道从哪说起。我赶紧脱掉了身上的医生白大褂，便驱车向通往浓江农场的路上驶去。这是一条宽敞笔直的水泥路，路的两侧除了人工树林，就是稻田。我建议廖烨先到现在的浓江农场场部，去看看开荒营45连的建点元老——桑士亮。我们很顺利地找到了桑士亮家，他一眼就认出了我们，用他那洪亮的山东话对廖烨说"廖烨，拉小提琴的那个！"我们哈哈大笑起来，这位83岁的老人身体和记忆都很好，思路特别清晰。他告诉我们"45连的连址已不存在了，人员撤点后，连队全部拆除。"当我们问到，从场部到45连的原址怎样走，有多远？他说大概30里路程，那里都是稻田，45连原址边上有一片杨树林。我们告别时，老人依依不舍地想留我们吃顿便饭，叫我们婉言谢绝了，说有机会再来看他。我们上了车，老人仍用他那山东腔大声地说："你们一定来啊，问大家好！"我们也高兴地挥手说："一定替您向45连全体战友们问好！"

从浓江场部出发，我们乘车往东走，然后在丁字路口往北拐，路过47连连址，那里没有人家，车子继续往北开，到了开荒营的老场部，在十字路口，路东还有一栋开荒营建点时盖的老商店的房子，残垣断壁，破烂不堪的，里面住着几个民工，路西面有一栋民房，卖农机配件，路上没有过往行人。已经没有了70年代我们开荒建点时那红旗招展、车水马龙热闹景象。当年那批生龙活虎、敢打敢拼的热血青年看到这废弃的老营部不免感到凄凉。虽然它已被现代化的农场取代，但这毕竟是历史的遗迹。

我们的目标很明确，就是寻找开荒营45连的原址。廖烨说：我记得从营部向南12里路，是45连，咱从营部出发，再往回返，按车上的里程表在12里的地方停车。我们又从老营部往南方向行驶了12里的地方停下，来到了一条向东走的泥土路，路两边都是稻田，在不远处看见几个工人在修一个大型的农用机械，其他什么都没有。当年的住房、马架子、农机厂、晒麦棚等全都没有了，连点废墟的影子也没有，只看到那片小树林。廖烨说：大概应该是这里。我们也不敢确认这块地方就是我们的连址。正在疑惑之时，一辆桑塔纳轿车停到了我们眼前，一位年龄在 40 岁上下的年轻人探出头来，向我们打招呼："你们什么情况？"我说："我们原来也是开荒营的，想找一找当年建点时 45 连的位置，我们不敢确认是这里。"那位年轻人立刻说："你们别着急，我给你们问问农场水利局局长。"他立即把电话拨到了水利局长那里，经这位年轻人反复询问，从南面第一个闸口的第一条砂石路，路边一片小树林，到往北走的第二条土路之间，就是 45 连建点的连区，也就是说我们脚下这条路和往南的那条路之间，就是我们一代青年人用青春热血艰苦奋斗过的神圣热土，就是我们在荒原上支起帐篷开荒建点的 45 连。

好激动啊！廖烨举起了相机一阵神拍。我静静地站在那里，看到廖烨脸上那充满青春的笑容，仿佛又回到那战天斗地的青年时代，又回归到故乡的怀抱中。一望无边的稻田，我们闻着千顷稻花香陶醉了。我们不忘初心，追逐着老垦荒人的梦想。我静静地站在那里，看着战友廖烨转动着手中的摄像机，心里在说：战友，多拍点吧！为咱们能重新踏上这片土地，能找到这块魂牵梦绕的地标感到自豪吧！我静静地站在那里，那里虽然已经没有了当年连队的痕迹，但在我们眼前浮现的仍然是高举着"向荒原进军"开荒营 45 连的旗帜迎风冒雪开进荒原，在风雪中搭建的帐篷的景象。我们多想看看我们亲手盖的草房，看看战友们围着企山似的麦堆在场院欢笑繁忙的景象。多想听听大通铺上的年轻战友在冰天雪地的林场抬着沉重原木的嘹亮号声。想寻找的东西太多了，我们好像什么都没找到，这时我突然发现，我们所寻找的不都是当年的旧貌，而是寻找在荒原上留下的脚印，寻找在那蹉跎岁月留在荒原的最美好的青春年华。四十多年过去了，眼前仍然是我们曾亲手开垦的黑土地，可开荒营的45 连早已被现代化的大农场取代，这不就是当年我们坚守在荒原的理想吗？

我要谢谢廖烨，我为这位著名的影视纪录片导演曾经在开荒营 45 连和我们并肩战斗感到自豪。谢谢你专程返乡，用最美的镜头记录下一代知青开发三江平原的丰功伟绩，描绘出昔日北大荒、今日大粮仓的壮观和美丽。

齐敏 勤得利知青，女，1953 年生，1962 年随父转业来勤得利，1969 年 8 月农场中学毕业分在 5 连，1971 年 2 月调开荒营建 45 连，1972 年 5 月调 47 连，1973 年调面粉厂卫生所，2008 年勤得利职工医院主治医师。在农场退休。

难 忘 的 记 忆

李秀芬

1971 年 3 月 2 日，我们在老连长王相田、指导员侯乃玲的带领下，20 人去开荒营建 45 连。那天清晨，我们 20 人携带着帐篷、锅、盆、大白菜装了满满一车，在没有路的荒原上从早晨一直颠簸到下午才到达连队指定的位置。

下车一看，四周是白雪茫茫一片荒原，什么都没有。卸下行李物资后，第一要解决的问题是吃和住。我们大家简单地分了分工，有的伐木支帐篷，有的打草，忙到快天黑时才搭起帐篷。帐篷中间用席子隔开，男生、女生各一半。伐的细圆木垫底当铺，用耙锯子钉牢后，铺上厚厚的草，再盖上席子，住的问题就解决了，接着就是吃的事了，"民以食为天"，我一人被分配到食堂工作。大家整天爬冰卧雪，我得让大家热乎乎地吃饱肚子。当时别说吃，连水都没有，只能化雪。经过一冬的风吹日晒，雪表面很硬，我们费了好大劲才把雪铲成一大块一大块的，用方锹端进食堂新搭的灶台锅里。又找来干柴点上火，化雪成水，放到桶里留着洗菜，再化一锅水给大家喝。有了喝的再做吃的。带来的馒头和大白菜都冻透了，馒头热透要好长时间，冻透的大白菜要带着棉手套拿刀剁，再用热水洗。洗过菜的水冰凉，手上冻的口子一沾水就生疼。大家苦干一天腰酸腿疼，总算有了安身之地，厨房为大家准备了热馒头、热汤，吃得一个个身体暖烘烘的。我除了高兴还有点成就感。

连长王相田是 1958 年转业的装甲兵，对机械、生产有丰富的经验，指导员侯乃玲在管理、协调、宣传方面堪称楷模，是领导更像大姐。全连拧成一股绳，连队一天一个样。天暖化冻后，我们连打了井，喝上清澈的井水。在开荒营十几个连中，我们是第一个喝上井水、住上新房的。

连队正规后，我的工作依然忙。食堂在井边不远处支个大锅，方便每天给大家烧开水和洗用的水。一天三顿都是新蒸的馒头，蔬菜在有限的条件下尽可能让大家满意。闲下来就劈柴火，把柴分成三种：点火用细柴，火着后用中粗柴，火旺后用一劈四的大柈子，还有引火用的桦树皮。最后把这些柴火晒干收好，下雨天也有备无患。

有一段时间，47 连部分人在附近干活，午饭在我连吃。两个连队 32 人加上一头猪，猪一天也要三顿热食，不然它也不干。工作多了一倍，食堂就我一个人，真累！木工徐师傅，忙里抽闲帮着烧火，还教我把木头支起来，架空火才旺。所谓"人要实，火要虚"嘛！

说起侯乃玲像大姐，还有一件至今忘不了的事。1972 年夏天，连队去营部会战，家里只有我和董世英。夜里雷雨交加，一道耀眼的闪电后，一声惊人的霹雷吓得我俩抱在一起，我枕边的手电不知怎么和闪电连上了，我也被击到了。这以后头发晕，走路一边斜，一道深沟明明看见了，可控制不住硬往沟里走。指导员知道后，把我带到营部，找钱琪医生为我治疗。一天下雨，钱琪医生还来到我们住的帐篷，没有针灸盒，就用手在我穴位上按摩。在她的精心治疗下，我的病痊愈了。我真感谢她！四十多年过去了，我还想着她，祝她一生平安，全家幸福！

还有一件事，1971 年冬，早上 5 点我提着马灯从宿舍去食堂做早饭。全连静悄悄一点声都没有，到处黑咕隆咚，又冷又吓人，我越走越害怕。突然，焦排长家的 3 只小狗从食堂门前向我跑来。顿时我像看见亲人一样，心里不怕了，也不那么冷了。这仨小家伙太可爱了，此后每天早晨它们都在食堂门口等我，真是患难的挚友，那段情景终生难忘。

人老了，物质丰富了，很多东西都淡忘了。唯有 45 连是我精神的财富，是我茶余饭后的津津乐道……

李秀芬　北京知青，1953 年生，1969 年 8 月由丰台二中下乡到黑龙江兵团 27 团 5 连，1971 年 3 月调开荒营 45 连，1974 年调营部食堂，1976 年调 44 连，1979 年返京，供职北京市政一管厂。退休。

开荒建点的往事

刘艳芝

　　我是哈尔滨知青，1971 年 8 月底从工副业一连调到开荒营 45 连。

　　记得当时正在盖食堂的房子。大伙们热火朝天地先立上房架子，架上门窗框，房根底下用塔头（草皮）砌底，以作地基。上面用小树干做横杆，有五六层直到屋檐下，再用草拧成辫子再裹上泥，拿出来挂在横杆上，一层一层直挂到房檐。等拉合辫墙晾晒风干几天后，再用泥把里外都厚厚地抹平。这时候密不透风的墙雏形已成，只等上了梁再铺上板、抹上泥，就该苫房了。苫房时，要先用铡刀把干草根铡齐，然后扔上房顶摆齐码好。经验丰富的老职工负责房脊和两边的房檐工作，中间部分则由我们动手，用木板做成表面像梯子型的槽板拍，一下一下往上拍，一层层地一直拍到房脊，再用泥把房脊和房檐抹好就大功告成。我们坐在自己盖好的食堂里吃饭、开会、学习……战友们都非常自豪，这可是大伙齐心协力的成果啊。

　　1972 年是个多雨雪的秋天。记得到收大豆时，一场雨夹雪过后，一夜之间，茫茫的大雪把大豆秆都埋在雪下，压得只露出一个个小小的尖头。我们去割豆子的时候，全副武装，穿着棉衣、棉胶鞋。踩在雪地上，脚底下还能感觉厚厚的泥泞。割豆子的时候，把镰刀深深地插进雪里，能插多深插多深，就这样一点一点地把豆子都收回来。等一步一个脚印回到连队的时候，每个人的棉鞋和棉裤都是湿的。

　　那年的冬天雪下得特别大，有一天晚上，刮了一宿的"大烟炮"，一夜之间把我们住的房子都埋进了雪里。早上起来，屋外的雪堆得门都打不开了。无奈之下，大伙只能把窗户打开，将窗外的雪往屋里扒，等扒出一条道来让人出去后，大家用铁锹一点一点把门前的雪铲走，直到铲出一条像雪胡同一样的通道才能把门打开，再把屋里的雪清理到外面去。雪实在是太大了，房门口修出来的雪墙挡住了呼啸的寒风，倒让我们过了一个暖和的冬天。

　　第二年四月开春，往年都应该播种麦子了，可地里的雪还没化。等到了"五一"，再不化雪，当年的麦子可就种不上了。战友们只好用拖拉机前面耙雪、后面播种，好不容易才把当年的麦子给种上了。

　　在 45 连的生活，劳动比起工副业连队艰苦多了，但我很乐观，不怕苦。许多工作我都感到新鲜有趣，也学到很多新知识，我记忆中的几件劳动生活的往事，更让我永生难忘。浓江河畔的这片黑土地融进了我的青春血汗，我爱北大荒！

　　刘艳芝　哈尔滨知青，1949 年生，1968 年于哈尔滨十九中下乡到兵团 6 师 27 团 5 连，1969 年团副业连食品厂，1971 年 9 月调开荒营 45 连副排长，1973 年 9

月就读于哈尔滨师范学院，1976年9月北安县二中任教师，1977年2月黑龙江省纺织机械厂。退休。

情 系 打 石 场

刘玉凤　齐　敏　魏敬堂

为改善提高全营住房条件，需要大量的基建用石。1972年3月连队接到营部下达的采石任务，接到任务后连里就组建了一个男工班，以焦建木为排长，有桑士亮、魏敬唐、陈宝林、刘邦艳、唐飞、张长军、高富华、李德亮、孙洪义、孙恒、杜高友、汤友高共13人。一个女工班，以赵敏为排长，有齐敏、董世英、我、徐林娣、宁学军、周巧珍共7人，组成了一支采石队伍。

出发前连里还召开了动员大会，讲明了建房改善生活的意义，强调了采石安全的重要性，专门请了有采石经验的老职工给大家传授采石方法和技术以及一系列的安全措施。在当时条件差、困难多的情况下，只有2名老职工带领18名男女知青，而18名知青那时都20岁出头，干一般的农活还可以，上山打石头都是第一次，不但劳动强度高，而且具有很大的危险性。所以领导再三叮嘱安全第一！会上连长问大家有没有决心完成营部交给打石头的任务，大家一致表示：下定决心，不怕牺牲，安全生产，发扬垦荒精神，为建设新家园努力奋斗，革命加拼命，保证完成营部交给的光荣任务。

据说为那次采石，营部张营长与周参谋曾多次反复研究工具、炸药、安全措施等工作。当时连采石用的钢钎都没有，张营长、于成洲到团部仓库跑了三次才得到解决。领导还煞费苦心研究、实践钢钎如何淬火（热处理技术，有很高的技术含量），在石场附近准备了炉子、煤与风箱，将用钝的钢钎重新打磨、淬火。领导还为我们解决了在5连住宿和搭伙的生活问题，工作做得井井有条、扎扎实实。

大伙为完成采石任务，信心百倍、整装待发开赴采石场。我们进山是小红车送进去的，而从5连大路走过去需要1个半小时。石场三面环山，石头裸露在外面，路面碎石铺路，很难走，往上看，悬崖峭壁。第二天有人带我们穿插山林小路，半个多小时就到采石场。那条小道后被大伙戏称为"胡志明小路"。我们背着炸药、雷管、导火索，扛着大铁锤、钢钎、卡钩，到了采石现场。采石头先要在陡峭的石头上打几个洞，然后把炸药、雷管还有导火索塞进洞里，再用碎石和泥巴将洞口封死。导火索要留下一米多长在洞外，然后派人将导火索一一点燃。爆破后再用钢钎和撬棍把裂缝、松动的石头撬下来。

3月份，天气刚刚回暖，我们还穿着棉袄，山上的雪还没溶化。打炮眼这活累，需要两人配合，一人抡七八磅重的大锤，一人要手把着钎子，才能完成凿洞打眼的工作。这活儿，过去没干过，看都没看过，这回我们是边干边学，2人一组就干了起来。春天不戴手套还很冷，戴上手套防滑，大铁锤把握不住，只能徒手抡锤，一锤下去砸向钎子，扶钎人的手臂都会震麻。抡铁锤的人要稳准狠砸向铁钎，才能把钎子打进石缝里，一点点形成十几厘米左右的洞穴。第一天，排长赵敏正在扶钎，另一女工抡起大锤偏离了只有4厘米粗的铁钎，一锤砸向了赵敏的手指，赵敏的手立刻肿了起来，她捂着手坐在了地上，痛得泪水流了出来，十指连心啊！我们都劝她回去休息，她流着眼泪，又扶起了钢钎子。赵敏是哈市女知青，标准的个头，略显几分文静，她工作能力强，带头作用好，我们很佩服她。打石头这活，自古就是男人的天下，而对于女知青，男生能干的，我们也能干。抡大锤手臂肿了，我们坚持了；扶钎子，被大锤砸伤了手，我们抹着眼泪坚持了；手上的虎口处裂的口子像小孩嘴，嘴唇干的一张嘴裂得渗血，我们是女汉子，抓把雪抹抹嘴，继续坚持下去。

那天气温高了些。我们在撬石头时，山上的一块大石头因为震动，加上雪的溶化，突然松动滚了下来。因为下坡石头滚得很快，直奔着我们而来，一个老职工一边喊一边冲上去用卡钩杠挡了一下，这一挡减缓了石头滚动的速度。我和宁学军正在专心干活，没有听到喊声，仍然继续撬着石头。排长急眼了，冲过来猛然向前一推把我俩推到一边，这时石头已经滚到了我们跟前，顶在了我们打的石头上，躲过了一场横祸，真是惊出一身冷汗。

打石头这工作，抡大锤、扶铁钎、放炮，这一切都只是累活。而排哑炮，那是生与死的抗争。每天打完炮眼，安装好炸药、雷管和导火索，接下来就是点燃导火索。炮眼是隔几米一个，顺序排开。为了保证放炮人的安全，导火索的长短与炮眼的距离有关，最先点燃的导火索要长一些，留下足够的时间让点炮的人安全撤离，放炮时所有人都要撤离，在远离炮眼的两侧山下去躲避。那时也没有防护措施，没有掩体，也没有防护棚，连安全帽都没有，一般都躲在大树后面。

人员撤离完后，负责点炮的人开始点燃导火索。其他人在隐蔽处屏气凝神，眼睛一眨不眨地注视着放炮区。——"开始点炮啦！注意安全！"焦排长高喊道。不一会，只听见轰！轰！轰！传来一阵阵巨大的爆炸声，这巨响的炮声说明我们采石成功了！大家都兴奋地欢呼着。突然齐敏说："咱们今天打了八个炮眼才响了七下？"这意味着还有一个炮眼没响。哎呀，真急人！在规定的时间炮没响，我们称之为"哑炮"。等了一会那个炮眼还没响，陈宝林告诉大家原地别动，他一溜烟似的跑上山坡准备排除哑炮，当他走了快一半的距离时，哑炮突然炸响了，巨大的爆炸声带着石块冲天飞起，空中弥漫着烟雾，我们惊呆了，这就是我们最害怕的情况，会危及排炮人的生命安全。我们不顾一切地向山上的哑炮点奔跑，一边跑一边喊着"宝林，宝林！"山间回荡着我们的喊声。一时间没有看到陈宝林，大家惊慌、恐惧不知所措，泪水汗水挂满了脸庞，突然传来一个熟悉的声音："侬勿要哭塞，嗳末有出息。"陈宝林？我们四处张望，只见陈宝林躲在了一个独轮车下面，车轮上面还有几根树枝，我们看见宝林一脸的土和灰的还和我们笑，大伙揪着的心才落下来，这才真叫一块石头落地。陈宝林是上海知青，充满了年轻人的活力，干起活来能吃苦，而且干活的窍门很多，是那种苦干、实干加巧干的聪明人，因为他待人厚道，我们都愿意和他共事。

现在回想我们这群知青真的了不起啊！在焦排长、桑士亮两位老职工的带领下，大家都能逐渐掌握采石的技能，采石的效率也高多了。采出来的石头，遍地都是，我们要把它归成大堆，以利以后运输方便。大石头一个搬不动，两人一组用卡钩抬，再大的石头，我们就用撬杠一点点移过去。每隔3~4天营部就会派小红车来拉石头。在运送石头的道路上，经常会险象环生。记得有一次魏敬唐跟小红车，由5连的张师傅开车。在一段很窄路上恰巧遇到对面来车，两辆车会车，眼见一辆车贴近悬崖，另一车的车轮轧在悬崖边上，随时都有掉下去的危险，张师傅站起来一边看对面的车，一边盯着悬崖边的轮子，大家紧张得心都提到嗓子眼了！再看张师傅额头上的汗珠顺着脸颊往下流，最终车子顺利通过了！张师傅后怕地说："好悬呀！"

在工地上大伙分工协作，认真负责干劲冲天。陈宝林与周巧珍负责炒炸药，他们第一天与我们一起上山查看了一下采石场，后来就一直在 5 连炒炸药，他们的工作非常辛苦、而且特别危险。在保障炸药供应后，他们也抽时间与我们在石场一起打石头。

刘玉凤 齐敏 宁学军 赵敏 徐林娣 蔺世英

采石场的巾帼英雄

在采石场，我与刘邦彦的工作是后勤保障服务。在采石场不远处有一个炉子与风箱，每天我俩一到采石场就点火生炉子，先烧开水供应大家喝水，另一项工作就是将已经磨钝的钢钎回炉重新锻打淬火。那时我把开水送到采石场后，就赶回来给刘邦彦打下手当打铁工，我手扶着烧红后的钢钎，刘邦彦抡锤敲打，敲打时震得我双手阵阵剧痛，手上都磨出了血泡，但是我们从来没有停下手上的活儿，每天都是这样坚持着，坚持着。

打石头的工作结束了，望着一堆堆的石头，我们心头感慨万千。在打石场我们哭过、痛过，我们眼泪和汗水并存；在困难面前我们没有低头，没有倒下；我们经历过生死，但是没有逃跑退缩，这是拓荒者的精神，是发奋图强、战天斗地的精神。我们带着伤痛，带着满手的老茧，带着胜利者的喜悦圆满完成了上级交给的采石任务。

我们是与共和国一起成长的一代，从小受党的教育，毛泽东思想融入了我们的血液。董存瑞、黄继光、江姐、雷锋等英雄形象植入了我们的脑海，保尔·柯察金的钢铁誓言是我们的座右铭，实现共产主义是我们的崇高理想。我们在开荒营的知青生涯就是激情燃烧的岁月，用青春热血书写了为国奉献、刻骨铭心的壮丽篇章……

刘玉凤 上海知青，1950 生，1969 年 4 月由杨浦纺织子弟中学赴黑龙江兵团 6 师 27 团，在副业一连食品厂、被服厂，1971 年 9 月调开荒营 45 连，1972 年 8 月调 47 连，1976 年 12 月迁到江苏省昆山，1981 年 3 月江苏省苏州大学幼儿园、后勤处。退休。

兵团是个大学校

刘玉凤

我是 1969 年 4 月 26 日从上海赴黑龙江生产建设兵团 27 团工副业一连。该连是一个多行业的连队：有饼干厂、被服厂、醋、酱油厂和皮革厂。当然规模都较小。我在饼干厂学会做饼干、面包、月饼、大麻花等点心。每天有很多连队来订购，我们生产的点心还真供不应求。后我又转到被服厂工作。在被服厂学会做帐子、裤子、还会做衣服。那年接到师部的订单，要生产大批军服，被服厂从各个连里调来很多人，组成了 4 个班组，不停地加工军服，我也加入了这个大军。在 3 年里还真学会了不少技术活，因备战的需要我们连与工副业二连合并，从勤得利江边搬家到 5 连后面的五星山下，统称面粉厂，在面粉厂也工作了半年时间。

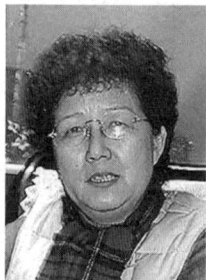

1971 年 9 月初，开荒营的开发需要大批人员，我就与面粉厂的上海知青杜高友、吴永康、汤友高、徐林娣、倪值连，北京知青周巧珍，哈尔滨知青刘艳芝，天津知青宁学军一起调入开荒营 45 连，大卡车把我们送到了连队。一眼望去只见一望无际未开垦的荒草滩，眼前是两幢马架子房，中间横着个大食堂，好荒凉啊！这时从两边马架子房里走出很多战友，像是在欢迎我们的到来，帮我们一起搬箱子、行李，我第一眼就认出了齐敏，她爸妈在面粉厂，她姐姐齐静是我饼干厂同事，齐敏热情地引领我们女生进马架子房宿舍里。连队的环境非常艰苦，连队领导没有办公室，马架子房就是领导的办公室、会议室、寝室。没有电灯，点的是煤油灯，当天晚餐吃的是热腾腾豆腐白菜汤、馒头、咸菜，在那个艰苦创业的年代，能吃上这样的饭菜就相当不错了。

晚上，侯乃玲指导员在马架子房里与我们大家开了个欢迎会，她说：我在这里代表 45 连，欢迎大家的到来，你们的到来，为 45 连建设增添新的血液，大家互相介绍一番就算认识了，咱们就是一个战斗集体，开荒营的条件没有老连队好，请大家一起做好艰苦创业的思想准备，为创建一个新连队我们一起努力奋斗！现连里人员不多，有一个男排、一个女排、二十多人，女排长赵敏是哈尔滨知青，女班长齐敏，面粉厂来的 6 位女生加入齐敏那班，今后我们就一起工作、学习、生活。下面安排下一步冬季连里的工作：我们连的大豆都收割了，现在的任务是把收割的大豆归堆，等待营部的康拜因来我们连队脱粒，脱粒完成后，我们就开始进行连队冬季修水利，冬季有利于我们兴修水利，水洼地都冰冻了，好挖多了。在我们 45 连周围挖沟排水，到来年下雨，雨水就流到路边的沟里，既防涝，路也修成，一举两得。哇！原来水利就是挖沟、修路。这下我明白了。后来我又知道当时的侯指导员才 22 岁，与我一般大，她那美丽的、标致的北京女孩落落大方，工作独当一面，井井有条，真的很佩服啊！我要向她学习。

营部的康拜因按时来我连队完成了大豆的脱粒工作。我们就进行连队冬季兴修水利。每人领三样工具，铁锹、筒锹、镐头，到了工地，统计员给大家分配任务，记得是女生 8 米，男生 10 米。当时我想："老连队在石子河我们用草筏子垒墙、糊稀泥、盖房子这些活都干过，掘点泥挖个沟，不难。"大冬天，地已经冻了 20 多厘米厚，镐头挥上去"哨哨"的作响，一镐下去手被震得生疼，这是我来到兵团第一次参加修水利，还真不容易，好半天才刨了个小坑。这可不行，于是，我就观察旁边从砖场调来的唐飞等男生挖的方法，噢！刨冻土不可打散点，要看准一个合适的点，连刨几下就会震下一大块，挖掉上面的冻土层，下面的土就比较好挖一些了。找到窍门，我们女的力气小，拿出吃奶的力气刨呀、挖呀，在吃中午饭前，我把上面一层冻土都挖了。这时食堂炊事员送来了萝卜馅的包子，呵呵！没有肉的包子，拿了两个大口地吃着，还真是饿了，包子真香，不一会儿就吃完了。

午后开挖时，我左腿在前，右腿在后，呈弓字形，左手在下，右手在上，往下一个蹲压劲，那土就像切糕似的贴在筒锹上，手一端，腰一扭，那土块呈流线型甩出，如果说以前的农活尚存在着巧劲的话，那挖水利不仅要巧劲，还要有一股狠劲。一下腰，那筒锹一接触到地面，就全指两个膀子和身体配合的力量了。东北冷是冷，可对挖水利的人来说，就像是春天，只要你攒足劲挖上半小时，那嗖嗖的寒风吹来就太舒服了，倘若此时有太阳而且风不大，很快全身热的跟夏天一样。我们脱得只穿一件绒线衫或是一件秋衣，每个人的衣背上都结有一层白白的霜，女生们由于头发长，流出的汗在鬓角边结了两个冰坠子，一晃一晃的，就像两串水晶装饰品，煞是有趣。挖水利技巧不多，主要有力气就成。一开始，筒锹切到厚厚的草甸子上老打滑，切到塔头墩子上，就像切在弹簧上一样，后来才知道筒锹的刃太钝。"工欲善其事，必先利其器"，以后我们女生只要有空，就按战士唐飞说的，将筒锹磨得和刀一样快。于是一切就改观了。我们基本一锹切下去，在三四十厘米左右，男生基本一锹切下去，在五六十厘米左右，真的很漂亮。后几天，为了保证质量加快进度，领导安排男女互助一起挖。啊！真是"男女搭配，干活不累"，大家出色地提前完成了连队分配的任务。

记得1972年2月，连里接到了营部的通知，在营部往北方向的公路两边，要挖架电线杆子的坑，我们去了16人，又是"男女搭配"2人一组，要求是挖长1米、宽50、深1米这样的坑，寒冬，北大荒的温度下降到零下三十来度，土地冻得有五六十厘米厚。我与李德亮一起，镐头上去"当、当"的作响，他刨一会、我挖一会，就像蚂蚁啃骨头一样难啊！碰到草甸子更加难挖了，有点刀枪不入的样子，有时候一上午只能把冰冻的一层挖完，在荒野寒风中人冻得发抖，到中午了营部食堂送包子来，零下三十来度，咬一口就得立即揣到怀里，吃完再拿出来咬一口，否则很快成冰蛋了。就这样，人人争先，个个要强，洋溢着战天斗地的豪情。下午，不冻的土就好挖了，一筒锹下去"爽歪歪，"我们就特别开心。直起身，腰酸背痛，看着一天的劳动成果，我们还是非常的欣慰。挖架电线杆子的坑，我们连持续干了10天，出色完成营部下达的任务。

啊！特殊的环境培养了特殊性格，生活中充满着酸甜苦辣。八年来我干过许多工作，也学会了许多技能，有了这八年经历垫底，为我以后的工作打下了扎实的基础。兵团真是个大学校！知识青年的战斗青春可歌可泣！繁重的体力劳动，给我们留下了永远抹不去的回忆，吃苦耐劳是我们那些饱经风霜、才华横溢的荒友们永远的财富！

陈 宝 林 的 故 事

陆佩芳

开荒营点点滴滴的故事很多，一幕幕在脑子中像流水匆匆而过，有些故事久久在心难以忘怀。

记得刚进开荒营时,为要尽快住上房子,初期我们都需自己盖土房,白手起家,真真的土木结构。从老林子伐回木料,立起简单的房架,支上门窗框。墙,就靠自己脱坯来砌了。脱大坯,这是个体力活,太累人的。我和陈宝林搭档一组,他干活又巧又快,我省力不少。和大泥时,我拿二齿钩搅泥,就是使不上劲,还弄得满身是泥,真没用。而陈宝林却光着脚踩草和泥,他说"泥和匀了,脱的坯又结实又好用。"于是由陈宝林往坯模子放泥做坯,我就把做好的坯找块平整的地脱模,两人配合得很默契,速度也快,却累坏了陈宝林。我要向她致敬!坯做好晾干后,砌墙就快了。再里外抹平泥,苫上房顶,一幢"标准的土木结构"房子就算落成了!

1972年秋,连队的大豆长势很好,但老天又在作怪,雨雪来得早,给豆收造成很大困难。为能做到丰产丰收,连队进行总动员,王相田连长要求全体战士全力以赴打好豆收这一仗,要与天斗,集中一切力量全部投入到抢割大豆战役中去。全连众志成城。转天一早大家在连长、指导员的带领下,来到离队偏远的一片大豆地,站在地头边就看到整片大豆根都被雪覆盖着。我们一脚踩下去,立马棉鞋子就湿了,一股凉气从脚底传上身,顾不得这些了。大家间隔一字排开,扎卜头就干起来。一割才真正感到其中之苦,不仅豆荚又尖又硬,扎得手好痛,一会儿就麻木了;一手挥镰刀,低头弯腰九十度以上,割了一阵,我的腰就开始发酸。前面一眼望不尽的长垄,割不到一半已筋疲力尽,镰刀也钝了,将豆棵连根拔起,耗费很大力气。鞋湿透,脚冻得发麻,双手规律性地舞动着,人打哆嗦着拼命往前割,心一急手被镰刀割了一口子,流了血包扎一下还得继续干,心想我不能落得太后啊。抬起头看看,只见陈宝林已经从那一头往回割,帮助我接趟子呢,我油然地产生感激之情!到第二天我手背肿了,手指又痛。当时,范鸿仁是卫生员有特权开病假,而且开小条子吃"病号饭"。我去找他,他说手背红肿是虫咬的,我说好痛的,估计当时手指疼和虫咬交叉在一起。也期盼是借机休息,并能吃上"病号饭"——就是烂糊面(和现在人谈起真不可思议!),结果范大夫还是没给病假,期盼还是等来失望。

那次会战时间很长,隔天还得穿上湿裤湿鞋继续战斗,日复一日。割豆中真正体会到其中的酸甜苦辣,战友的友谊,也更体会大家的齐心协力。大家发扬不怕苦、不怕累的精神,完成了大豆收割任务。

每当想起在创建45连时的种种故事,我的心就难以平静,我为它奋斗过5年,它造就了我不畏艰难困苦的精神,当年那些酸苦磨难的事例,却成了我当今有趣乐道的故事,常说给亲友们听。我爱45连,我爱我的连队!

陆佩芳 上海知青,1969年4月由上海下乡赴黑龙江兵团6师27团5连,1971年3月调开荒营45连,1975年6月调27团后勤,勤得利商店,1979年返城,在上海海龙毛纺织厂工作。退休。

难忘的冬季伐木

赵 敏

我是 5 连的赵敏，第一批去开荒营 45 连，是初期建点人员之一。开荒营的创业精神就是"当年开荒、当年播种、当年打粮"，自力更生，艰苦创业。

开荒建点的生活处处离不开木头，建房搭棚需要木头，家属、食堂做饭需要木头，全连烧炕取暖需要木头。因为在荒原沼泽地伐木，只有在冬季才是最好的季节，荒原上天寒地冻，大雪把沟沟坎坎和颠簸不平的路都填平了，拖拉机、汽车才可以来去自由地开，而且冬季伐木，木质脆好伐。每年冬季伐木，都是各连的重要大事。

伐木也时时处处存在着危险。记得在 1971、1972 年的冬天，有一天晚上有我、陈宝林、钟国琴、杜高友 4 人，坐在空爬犁上进林子拉木头，当时拉木头的爬犁就是下面两根大圆木，上面横着三根较大圆木。我们每人骑坐在一根圆木上。晚上路不好走，当时开拖拉机的司机换挡一晃，我没坐稳，把我晃到爬犁下边，我是蜷着身体，被爬犁轧过去，那一瞬间我想完了，爬犁过去后，我赶紧摸摸脑袋还在，没死，好险啊。当时没有受伤，以后却产生腰椎胸椎骨质增生，多年来这毛病一直在陪伴我，一直困扰我的正常生活，平时站着时间长点，干活累点会痛。

伐木的那天早晨，同志们都做好出发前的准备：带上火柴盒、铁水壶、斧子、铁钩，杠子。腿上打好绑腿防雪倒灌裤腿，最后到食堂买一个烙饼带些咸菜疙瘩，就是我们的中午饭。我们一起坐在爬犁上，开拖拉机的司机带着我们一路笑声欢语出发了。来到目的地，一片片的小树林够我们伐一段时间的。下了爬犁大家先忙着给爬犁装上先期伐好的木头，让拉回去再来接着装，一天跑两次。一会我们大家分头干开了，有拿着水壶去装干净的雪化了烧水喝，有用粗树枝搭一个三脚架挂着水壶烧水，有的捡树枝备用；准备工作完后，有一人管着，其余人两人一组开始伐木。快码子大锯选择大树要倒的方向，在树根上距离地面 20 厘米的地方开始下锯，锯到大树的一半之处，再换到背面方向，比前锯口高一点下锯，锯到树要倒下时发出口"顺山倒啦"，锯木的两人也要走到安全的地方，只听见哗啦一声巨响，叭、叭大树倒下来了。大的树要一锯二，小的树把顶上的树枝锯了就可以，归堆的 4 个人一组，他们按照木头的质量来归堆，建筑材料归一起，烧火取暖的归一起，大家工作配合默契，干得利利索索。一会就到了吃午饭时候，大家围着火堆一圈，拿出烙饼、咸菜，用树枝支个 Y 架子，放在炭火上方加温，喝着雪水，吃着烙饼、咸菜，有滋有味那个香啊！

大家吃饱喝足休息一会，就天南海北地来个精神会餐！北京的知青说："我们北京的果脯、全聚德的烤鸭好吃"。天津的知青说："我们天津狗不理包子、大麻花那个好吃呀！"。上

海的知青说："阿拉上海大白兔奶糖，生煎、锅贴好吃的不得了"。哈尔滨的知青说："我们哈尔滨的腊肠、冰激凌、冰糖葫芦那个嘎嘎的香甜。"嘻嘻……个个哈喇子都出来啦！哈哈！哈哈！

远处传来了机车的声音，我们的拖拉机开来了，大家一起装完车，又开始了下午的工作。伐木、归楞，次序井然，干得不亦乐乎，接近下班时间，大家收好一切工具，跟着拖拉机坐在爬犁上，一路欢乐一路歌声回家了。

赵敏 哈尔滨知青，1969 年由哈尔滨第一中学赴黑龙江兵团 6 师 27 团 5 连班长，1971 年 3 月调开荒营 45 连排长，1972 年 5 月调黑龙江省火电一公司，1977 在哈尔滨电力学校学习，1979 年毕业分配到哈尔滨电业局工作。退休。

插图：杜宝玉

荒 原 凯 歌

宋秀兰

提起兵团的往事，惊险的、苦涩的、劳累的、有趣的、温馨的、快乐的故事三天三夜也说不完。在开荒营的艰苦创业经历更是刻骨铭心，艰苦中渗透着大家庭的温暖，让我变得自信向上，我很自豪！因为我参加了三江平原大开荒中最艰苦的战斗。我爱开荒营。

一、初入兵团

"老三届"知识青年上山下乡是我国 20 世纪 60 年代中期形成的一

个"特殊年代。"我也汇入那个时代的潮流。我 1966 年小学毕业正赶上"文化大革命"，算是初中生了。中学的学生们都去搞"文革"了，我们小学毕业生在家待了 3 年，初中没上几个月就毕业了。

1969 年 8 月，有人到学校大礼堂作上山下乡动员，居然也把我们归到知识青年队伍里了，69 届一片红全部开拔。8 月 27 日我从北京来到黑龙江生产建设兵团 27 团工副业二连（面粉厂），成了一名兵团战士。后又调到 21 连农业连队。

1971 年初，六师开始三江平原大开荒战役，我们 27 团也组建了开荒营，吹响了向荒原进军的号角。第一年就要创建 12 个连队。好大的手笔！5 月我们 20 人从 21 连调到开荒营，暂时作为机动突击队，哪连有临时性的工作需要，我们就立即赶过去协助连队突击干一段时间。什么叫荒无人烟，什么叫一望无际，什么叫沼泽地，什么叫冰天雪地，什么叫蚊虫肆虐，那个悲凉，那个艰难，那个痛苦，到了开荒营我们全都领教了。

二、进军沼泽

全营集中在 48 连开荒，人多吃饭是大事，张营长就抽调我和沈静、周巧珍 3 个女兵跟着他到 48 连去做饭。

我们每个人的全部家当就是行李卷儿（被褥）、提包（放衣服）、网兜（放洗漱用具及两三双鞋），假"军挎"放《毛泽东选集》（以下简称毛选），就这么简单。去的那天我们坐在大爬犁上，行李也放在爬犁上。当时 48 连路还没有修通，就是连片的草甸子和大水泡子，往南开就行啦。坐在爬犁上还要看好自己的东西免得漏下去，时不时还要挪动一下，要不然水溅上来裤子就湿了，全是沼泽。那时也不知道渴和饿。在爬犁上颠簸着，荡漾着……我幻想在旅游——坐着爬犁游沼泽，好像坐船游芦苇荡。

到了那儿尽管是住帐篷，我们还是保持战士的素养，豆腐块儿行李上放上《毛选》，假军用挎包整齐地挂成一排，洗漱用具摆放整齐，把儿冲左、牙刷冲右，方便使用。床是在巴条上铺上草再铺上炕席就得。整理行李时发现，我的松紧鞋不见了（北京款白塑料底黑条绒松紧口）。噢，一定是顺着爬犁缝掉到水泡子里了，那可是春节探亲时刚买回来的，好几块钱呢！我心疼了好几个月。

我们的任务是做饭，尽管条件差，营部还是尽力照顾大家的伙食，开荒劳动强度大，猪肉每天都有，食油也多，为使驾驶员吃着方便，我们就多做包子、油饼、油条之类的食品，我们不怕累，决不让前方战士吃不好，一切为了前线就是我们的宗旨。我记得有一次一个机务小战士（上海人）守着锅让我给他炸几根老一点儿的油条，我照办了，他开心得不得了，说："我吃到上海油条的味道了。"

开荒的机车两班倒，人歇机车不歇。晚上 9 点多就要给夜班人员做饭，除了白天留下的，我们总要给他们开点小灶，如做些面条、烩点好汤，让战士们干稀搭配热饭、热菜、热汤吃得舒服些。饭做好后我就把马灯高高地挂在厨房外面，招呼夜班机车回来吃饭。因为那时连里没有电，有手表的人也不多，干着活往往忘记了时间，看见马灯，他们就回来了。有时，该回来的没回来，我就跟着着急，不知机车又出了什么故障，过了时间点没回来，我就包好饭菜跟着其他机车给他们送去。我想：荒野中只有轰鸣的拖拉机声和他们做伴很辛苦，他们在与天地斗，在为多开荒、多打粮奋斗，个个都是英雄，我应该向他们学习致敬。

开荒结束后，我们 3 人分到了 45 连。那已是 1971 年的 8 月下旬了。

三、马架子里的生活

每个人都认识"大"和"小"这两个字，普普通通的两个字，在我的眼里却有着非同寻常的意义。我们进了 45 连一看，只有三幢马架子房，男女各一幢宿舍，中间一幢是厨房。连队看上去很"小"，二三十人，男女各住在一间"大"马架子房里，命运让我们挤在一起，让我们的知青有着更深厚的友谊。虽然低矮昏暗没有电，不知为什么就是特别的亲切，我也说不出来是一种什么感觉。全连女生蜗居在一起，白天一起劳动，晚间一起洗漱，一起吃饭，一起说笑，一起打闹，一起睡觉，都是集体活动。大家的喜怒哀乐，都在一起分享。可以品尝到探亲归来人的异地小食品和糖果，还可以得到捎回来的小物品。那可是知青之间的情感，互相帮助，情同姐妹。当年要是全体知青在马架子房前合一张影该有多好啊！太遗憾啦（那时也买不起照相机）！虽然辛苦艰难，也有过彷徨迷茫，但只要大家在一起，觉得总是快乐的！我怀念战友们住马架子房时的艰苦又乐观的时光！

经常晚饭后，我们还要聚在马架子房里，连领导给我们开会学习，总结今天，安排明天。总是有干不完的活，总是时间不等人。不知道是什么精神鼓舞着我们。我们觉得还很充实。

北大荒的夏天蚊子特别多，开荒营的连队更是铺天盖地。没有蚊帐根本就不行。为了宽敞点，挨着的两个人把蚊帐二合一，睡前把蚊帐掖好，就这样也阻挡不了蚊子的入侵。第二天起床，"牺牲"的蚊子数不过来。夜里，蚊子在马架子房里唱着变奏曲。我们已经习以为常。艰苦的条件谁都躲不过这一劫。我的皮肤不好更怕蚊子，真不幸，头上得了黄水疮发烧 39.6 度，多日不退。卫生员上海知青范鸿仁（小范，大家的习惯称呼）为我打针消炎。食堂为我做好了"病号饭"（面条汤），姐妹们安慰我，王相田连长到马架子房里来问候，我很受感动。连里照顾我，安排我磨豆腐，我记得陈宝林和沈伟忠帮助我套毛驴，我边干边学，有两次还给做坏了。本来中午等着改善伙食呢，真不好意思。

四、探亲假

1971 年以后，知青工作每两年有一次探亲假。1973 年春节前，连队批准我和上海知青陆佩芳回家探亲，也是节前的最后一批。我俩好激动，一天都不想等了。第二天上午准备好物品，带上点儿东北自产黄豆，午饭过后我们就出发了。

45 连到营部 8 里地，交通不方便，一般情况我们哪儿都不去。偶尔回一趟老连队，也是拦路上的小红车。那天怎么到的营部忘啦，我和陆佩芳到营部已经是两点多了，已没有车去团部了。住在营部要多耽误一天，而且也没有认识人。归家心切，走吧！于是我们俩找了一根木棍儿，挎着书包抬着提包，向着五星山北进。开荒营营部到团部估计也有 20 公里，等我们走到 19 连时天也就大黑了。我们俩就这样不停地走着、走着……

漆黑的夜晚，荒郊雪地只有我们俩一前一后地抬着黄豆，怀着对家人的思念，晃动着身体走着，路上留下我们脚踩在雪上发出的沙沙响声。现在想想真后怕，要是真的碰上狼可咋办呢！为了回家什么都不顾了。愣是靠"11 路"来到了五星山下，可见到电灯啦，7 点多了终于走到了 5 连。陆佩芳原来是 5 连的，老战友们热情地招呼我俩，打洗脸水，准备饭菜，整理睡铺。我好激动,想想那时候远离父母的知青们真亲呢!想到回家的不易和她们的热情,我流泪了。

第二天我们踏上了回家的路。回个家都要 3～4 天,北大荒啊!离我们的亲人太遥远啦!

五、难忘的林场伐木

那是 1973 年秋收结束以后,北大荒冷得特早,这个时候各连进林子伐木就开始了。我们 45 连进林子的时候已经是白雪皑皑啦。我们一行 11 人(7 男 4 女)打好行装,准备好粮食,坐上爬犁向森林进军。

到了目的地,住进所谓的帐篷,就是搭好架子上面蒙上一块苫布,再来一层草帘子就完事啦。帐篷里面分三段:第一段,厨房,门口右边是锅台(大铁锅),左边存放粮食和伐木的工具;第二段是男宿舍;再进去是女宿舍。都是树木杆子搭的对面铺,男、女宿舍之间用一领炕席立起来钉上就是墙。一个铁皮桶横在中间的走道上,插上炉烟囱就是一个取暖的大火炉。进了宿舍,我和侯乃玲指导员住右边,对面是钟国琴和老徐头的闺女。侯指导员心细,用自己的一块旧床单挂在了最里面,这样我们女生宿舍就显得更加温馨。男宿舍住的有焦建木、老桑、邹积安、李森、齐亮等 6 人。厕所更好解决,挖个坑,竖上木桩分别用两张炕席一挡就成。

营寨安顿好以后就开始工作了。男同志伐木,提起伐木可不简单,不出事还好,出就是大事。首先选好要伐的树,看好地势和倒向,树身两边的锯口要上下错开,在树倒下时还喊口号"顺山倒啦"!一是提醒周围的人注意安全,二也是提醒树要倒了别伤到人。然后截树头打树杈,最后归楞。侯指导员和钟国琴锯割取暖和做饭用的烧柴,我做饭,小徐给大家烧炉子取暖。一天两顿饭,有油,有肉,有面,就是少菜,以吃馄饨为主,佐料只有油和盐。生活用水就用麻袋装有带草的冰,倒入锅中加温融化后捞出杂草即可。伐木生活搞得还蛮有滋味!

两三天后大爬犁就进林子拉走一车,一般都是晚上。我们盼着他们到来,尤其是天黑以后七八点钟看到渐近的车灯闪烁和远远的拖拉机隆隆声,邹积安就会吊着嗓喊:"小宋,来车了",我就赶紧穿好棉衣,起来热饭。当他们一进"屋",整个"屋"子就沸腾啦,热气儿、人气儿互相传递着信息,也能收到盼望的、经七转八转才到手中的家信。好不热闹!

每年到冬天,我们都愿意进林子伐木,它给我们增添了神秘感和无尽的乐趣。

感悟:知青是一个时代的称呼,在历史的长河中只是瞬间,可它是我们知青心里永远刻着的记忆。当年我对开荒营的理解只是它的地理位置艰苦,我们为改变荒原面貌而抛洒着青春热血。几十年过去啦,当我看到美丽的现代化的浓江农场从当年我们开垦的荒原上拔地而起时,我才理解了当年开荒营奋斗的真正意义……

开荒营凝聚着地北天南知青的情谊!凝聚着知青的魂魄!广大知青战士和老垦荒凝聚在向荒原进军的旗帜下,呼唤我们奋勇前进!

宋秀兰　北京知青,1969 年由北京丰台三中下乡黑龙江六师 27 团面粉厂,1970 年到 21 连,1971 年 5 月开荒营 45 连,1974 年 3 月转插山西雁北地区农校(农学)、农科所,1980 年 4 月河北廊坊永清曹家务中学,1983 年北京电力设备总厂幼儿园(幼师)。退休。

推土机前合影（左 1：陶澍，右 1：狄胜良）

45　连

——开荒营的水利连

钟宝光

一、我调到水利连

45 连是 1971 年第一批进点的连队，与 46 连只隔着一条公路，四营建营之初，按照王师长的指示，进点的 12 个连队都是东西结伴，号称"双伴儿"连，因进点时条件太艰苦，一旦连队出点事、相互有个依托照应。后来，随着开荒面积的扩大和连队的发展，"双伴儿"连队就失去了原有的意义，营里为了向东西两厢扩大开荒，经请示师团对原有布局作了调整兼并和异地重建，而且非常巧合的是单数连队被兼并到双数连队。只有两个连队幸免，一个是 41 连，因 42 连早已改为四营的工程连，耕地已划给 41 连；另一个是 45 连，改为水利连。"番号"一直延续到兵团转制为农场。

我们到 45 连报到之前，几台拖拉机都集中在营部修理所改装，由机务参谋周凤鸣带领修理所的部分人员帮助安装推土机的液压系统、大铲、横梁、油缸等设备。记忆当中有 5 台车，5 个车长分别是国志喜（哈）米来利（京）王建华（京）梁春生（京）和我。因为是配套的，几台车没用多长时间就装好了，现场试了试推土大铲的升降，确认没有问题了将机车开到修理所电焊间门前，要在机车底盘车架的大梁上焊上两块挡铁，挡住装在车架大梁上推

土铲的横梁，避免推土作业时着力的横梁后移，因为，光靠吊住横梁的几个卡子螺栓容易蹦断。其实，用农用拖拉机改装的推土机与真正的推土机还是不一样的。真正的推土机前进挡位有 4 个，倒挡有 4 个，而农用车是 5 个前进挡、一个倒挡。推土机前进的 1 挡速度比我们农用车慢很多，这种传动比的变化使得其推力强大了许多，沟槽送土时它推一铲土方比我们两铲土方还多，而且回来时用二挡倒车，快速地撤回，空行时间上节约工效成倍增长，两个液压缸筒行程很大，推土铲能升得很高又能降得很低，干起活来得心用手。而我们开荒营为加快水利和修路只能凑合自己改装了。

到 45 连报到的人和车好像没有同时到达，我到 45 连报到时还带走了 41 连的几名战友，刘玉玺（外号"地雷"）、董健、陆春生等人与我一起调入 45 连。进入 45 连首先见到焦副连长，还看见到几名原 45 连留下的战友，人数不多，过了几天熟悉了才知道有天津的胡宝华、季宝柱、大老史（史蕴良）、上海的范医生两口子、王长明、贺元兴、开 28 的乐晓华夫妻，北京的王全玉在食堂做饭，宿舍就是那栋 45 连的砖房。

在四营水利连组建之初，几台推土机暂时没有较大的工程，基本上都是为各个连队干一些零散的活，挖菜窖，补修或者扩建土晒场，修补连队间地头的排水沟、小桥和土路。作业也大多是单兵作战，连里接到营部的派工通知，马上会安排机车到哪个连队去干活。那时营里负责给推土机安排工作的是原玉明（外号"大西瓜"），那段时间多数人不知道他的大名，都叫他的外号。

二、带徒弟

一次，我们车接到派工任务，为营部、修理所、41、42 连等单位干一些零活，预计 3 到 5 天，我们车带上行李就出发了。41 连调来的刘玉玺是新手，由我带着徒弟出发了。到营部接了任务后我问了问安排住在哪？主管原玉明领着我们到了 42 连离公路最近一栋砖房紧西头的一间，我们安排好行李就去干活了。

一天工作结束，我们把车就停在我们住的房山头，当时的节气已是深秋，早晨起来很凉，但是机车还没到放水的时节，早晨起来发动车是很费力的。路边的水沟已快上冻，冰冷的机车，用摇把子都摇不动发动机，我告诉刘玉玺，拖拉机冷天发动，用摇把子摇车时要打开减压阀，并告诉他减压阀的操纵杆在哪里，打开减压阀就等于打开了缸体的"气门"，空气不压缩了转动就轻松很多。我一边给"地雷"讲着一些机械的原理，一边用力摇动着曲轴，让机器慢慢地转动，摇了大约五六分钟，感觉发动机转动轻松点了，我让他开始发动车，农用柴油机车的发动都靠自身的一个小启动机，这个小启动机是单缸两行程（也叫两冲程），烧混合汽油的小机器，可以独立工作，启动时用一根拉火绳绕在启动轮也就是这个启动机的飞轮上，轮不但有槽，轮的边缘有个带着斜面的卡口，拉火绳的绳稍上打了个很大的结，这个节就卡在启动轮的那个卡口上，绳子在槽里绷紧，猛烈拉动绳索，启动机启动了，曲轴转动的同时拉火绳顺势从卡口上脱落。

刘玉玺可能是第一次在冷天时参与发动机车，许多地方操作还不是很清楚。启动机带着主机已经转动近十几分钟了，这时启动机的机头已经热得烫手，我把启动机的风门一关，顺手按下了磁电机上的断电按钮，机器熄火了，怎么灭了？出毛病了？他赶紧问。我说："启动机已经过热了要停机冷却一会，你也别闲着，过来转动这个启动飞轮。"他赶紧过来用手转动这个光滑的启动机飞轮，怎么转不动？我告诉他，缸盖上有个小阀门可以打开，往上一提一推呈 90 度就打开了，你去把小机油壶拿来，我告诉他往这个地方滴上几滴机油，他照办了，然后转动起来非常轻松，因为缸筒减压了。几分钟后我让玉玺用手摸摸启动机缸盖烫手吗？答：温乎！把那个小阀门关上，拿绳子发动车！他绕上绳子一下就发动着了，调整风门、搬动离合器、主机减压阀完全打开，启动机速度调到最大，带着主机转动几分钟，我心里盘算着多带会儿主机让机车启动一次成功。估量时间差不多了，我扶住启动机汽化器风门顺手关闭主机减压阀门，喊着玉玺加油门！他快速地将油门加到中大，拖拉机吭哧瘪肚，呼哧带喘地冒着白烟总算启动着了。

住在 42 连的第一次启动机车总算完成了。这一启动过程持续了将近 40 分钟，中途我们住的那个屋子隔壁门儿里跑出来两个人，披着衣服站在那看了我们一会，没说话就又进屋。

车发动着了，我们吃完早饭出去干活了，收工回来停车熄火，突然间我想起车不能停在这里了，早晨发动车声音太大，那个单缸的启动机虽说排气管上有消音器，但还是非常响，住在宿舍里面有晚起床的战友被我们发动车吵得睡不好了。我又让徒弟发动车向前开了 20来米，停在路边排水沟边的一块半地上。

第二天早饭后，发动车去干活。刘玉玺跟我走到车跟前，先打开机盖子检查一下机油的油面，拉出标尺看看，油面略低但维持一两天机车工作没问题，水箱盖拧开看看有点缺水，我让玉玺给车加了点水，围车转一圈看看车架和行走部分正常否？这些都是我的第一任师傅郝守田教的，听师傅话、做好的拖拉机手，多少年来我一直将师傅的教诲记在心里，出车前的检查已经成习惯了。我现在又要把经验传给自己的徒弟了。

玉玺经过一段时间学习，我让他按照昨天启动的程序学着操作，打开机盖拿小油壶点上几滴机油，同时用手将启动飞轮转动几下，活塞上下活动几次将机油吸进去，均匀地涂抹在活塞和缸筒壁上，既起到润滑作用，又密封了整个缸体。很顺利地拉了三次启动机就正常启动了，基本上没有出纰漏，只是控制主机的减压阀有些慌乱。

在接近最后发动主机时启动机出现异常，离合器与主机结合时启动机动力传递不畅通而且有异常的声音出现，不敢强行发动了，熄火。我就到修理所去叫师傅来看看是什么原因，一位身材瘦小、个子不高姓韩的师傅听我讲了情况后跟我来到车前。老头很和气，玉玺又一次将启动机发动着，老头调调风门速度均匀后一扳离合器，异常的声音出来了，而且动力结合不好。韩师傅右手随即关闭风门熄火后告诉我启动机曲轴的滚针轴承坏了，拆下来吧，送到所里去换轴承。我开车几年了还是头一次拆启动机，机身后面有 12 个螺母要用加长的套管伸进去对准了才能拆下来。这个铸铁与钢轴齿轮组合成的小东西很沉，体积不大一个人搬着费劲，我们找了根绳子捆好用杠子两人抬着送到修理所。等修好再装上去已经是下午两点多了。车开出去推了几铲土填了个坑，之后拉着个爬犁为菜地运了点东西就收工了。

三、拉压路的大滚子

营部的零散活刚干完接到连长狄胜良的通知，让我们车将压路用的大滚子带到修理所修理，修好之后带回 45 连。

水利连成立之后只有几样大家当，刮路机、压路的大滚子和几台推土机。那个压路的大滚子划归 45 连之前就已经在四营了，而且很新，像是出厂不久，几年使用下来基本完好。但是，开荒营穷啊！缺钢少铁的，营部当时不知有什么急用，修理所没有钢板，就让烘炉（煅工班）用蚂蚁啃骨头的精神将大滚子的外皮扒了下来。记得有一次到修理所送修零件，亲眼看到烘炉的几个人，大锤、錾子轮番上，宋家义、郑永强还有两个叫不出名字的人边干边擦汗，活生生在大滚子的外皮上剁开一道口子，像剥皮一样将近两厘米左右厚的钢板剥下来。我们 45 连接收的就是剥皮之后的大滚子。

狄胜良连长通知我们回连之前要拉着这个大滚子到修理所修好之后才能回连队。我问大滚子在哪呢？连长告诉在四营的南北主干道离 19 连不远的地方，大滚子的牵引环被上一趟使用滚子的机车不慎拉坏了，被扔在那个地方。原来是大滚子的牵引环被上一趟使用滚子的机车拉坏了。出发前这个情况我就知道，连长电话中已经讲清楚，我怎么办？想了想，看看 42 连或修理所有没有钢丝绳，要短一点的，太长不好使。还真的在修理所找到一根，长短正好有环有扣儿，千谢万谢说了一大堆好话，回来马上还给您。我赶紧叫玉玺发动车到 19 连那边拉大滚子。

出来好几天了，天一天比一天冷，停车的那个地方，水沟里冰碴越来越多，而且今天风很大，感觉特别冷。费了好大的劲，机车总算发动着了。路上我总觉得不太好，车也没有交给徒弟开，我自己驾驶着 75，机车轰鸣着，链轨哗哗地伴着发动机的声音向着五星山的 19 连方向前进着。车过 39 连不远，发动机工作不正常了，间歇性地要熄火，"什么情况？"玉玺问我。我说可能油路要堵，鬼天气降温太快，零号柴油结块儿了，发动机供油不通畅，刚过一棵树不远，果不其然熄火了。车停的也巧，没在路中央，不影响其他车辆通行。这条路是四营的主干道往北走直达 19 连。前不着村后不着店的，下车，打开机盖子看了看，柴油泵旁边有一个手动油泵，拧了几下打开手油泵就开始泵油。早晨的气温也就是零度左右，寒风吹在身上还真冷，这个时间段还进行作业的拖拉机应该清洗油路，更换高标号的柴油，机身穿上保温被。我们离开家（连队）好几天了，机车保养工作无法进行。这个手动油泵与机车的柴油泵是一体的，泵油时的行程很短，两个手指拉着其上下运动但效率很高，泵油的同时我让刘玉玺拿个合适的扳手松动了油泵后面的一根油管，不一会儿柴油就从拖拉机背后的大油箱输送过来，滴油的油管被拧紧，手动油泵继续泵油，让整个柴油的油路中燃油充盈。其实，针对这样的气候条件我已经做了应对，背后的大油箱，始终不加满柴油，最高达到油箱容量的 80%，这样机车作业、行进时的晃动会使得油箱中的柴油始终处于摇动冲击状态，柴油不会凝结。

因为车热很好发动，机车继续前进。风很大，拖拉机左右的两个门是滑动门，两个破门怎么都关不严，到处都是缝隙，还好不是三九天，人在驾驶楼里还不算太冷。开了一段时间，远远地看着前方路的右侧有个东西，心想这个大概就是大滚子。眼看着前方的大滚子离我们越来越近，开到跟前靠边停下车仔细看看大滚子，原来大滚子的牵引环整个被拖拉机猛拽，从槽钢的三角架子上拽了出来，头上很厚的钢板翘起裂开，牵引环加上后面钢棒总共有 50 多厘米长，就扔在大滚子的旁边。我回身上车掀开坐垫子，从大工具箱拿出大锤、撬杠、比较大型的工具，我想砸砸三角架头上被拉开焊翘起的钢板让其回位，毕竟没有全掉下来，三角架是由槽钢焊接而成，但这个头是平的，平的钢板中间有一个圆孔，牵引环的钢棒就是从这个孔中穿进去，后面再装上缓冲弹簧、垫圈等。我试着砸了几锤，翘起的钢板有点回位，但这块钢板很厚，这边回位了，同时还连着的焊口开裂了，这块钢板无法着力。我叫刘玉玺上车把钢丝绳拿过来，我在那比量着近两米的钢丝绳怎么捆，玉玺去把车开过来倒好，大滚子头朝北呢。刘玉玺轻手轻脚地将车开过去又倒回来，我抬着那三角架子放在车后的牵引板上就往上捆，钢丝绳这东西不听话有硬度，支支楞楞不太好捆，一根撬杠别着另一头穿过来绕过去，我叫玉玺上车把那根撬杠也拿来，两人费了好大劲，大冷天外套都脱了，好不容易捆好了。我上车挂上挡回头翘起身子看着牵引点、轻抬离合器，机车慢慢向前，行！能拉走了，心里很高兴。车慢慢地在路上掉了个头，小心翼翼地收着油门，车停下了。由于大滚子还有一点点惯性，三脚架的铁头轻轻地碰了一下后桥底部的驱动轮轴，虽然是轻轻地一下我感觉到了。我跳下车跟玉玺说："不行还得重绑。""重绑！这不挺好吗？"玉玺不解地说。我说："看着好不行，车走起来大滚子有惯性，冲上来怼在后桥上那壳子就碎了。"我们俩又把好不容易才捆好的钢丝绳解开了。怎么牵引才好呢？简单地在三脚架前面穿过，然后钢丝绳两头的环都插入机车的牵引钩，大销子一插，软连接倒是能走，可后面的三脚架一个经常会触地，再有一个就是随着路面的高低会忽左忽右地跑偏，这不是好办法。我看着机车的牵引板，忽然想起厂里在勤得利办机务培训班时，孙恩永（孙大麻袋）讲到过如何提高牵引点高度的课，一直也没有实践过，今天想起学到的知识用一下。牵引板上有几个孔，平时机车作业，无论拉什么就用中间这个孔，这是着力平均的一个点。让玉玺拿老虎钳拔掉牵引钩后面销子底下的开口销，这个销子是连接牵引板和牵引钩的，抽掉这个销子整个牵引钩就拿下来了，钩子拿下来就剩牵引板了，板上有几个孔，平时机车作业，无论拉什么就用中间这个孔，这是受力平均的一个点。连接牵引板的是装在车架子上的左右两个耳朵，两个大销子拔下来，牵引板翻过来原位置装好，销子插上去并锁定，牵引钩在牵引板中间的孔装好锁定。

大滚子的三脚架就在机车牵引板的下面，牵引位置提高了15厘米左右，高度很合适，我们用铁丝先把大滚子的三脚架吊在机车牵引板的下面，然后用钢丝绳在三脚架和牵引板之间绕了几道，最后用一根短撬杠别住钢丝绳的两个"耳朵"，再拿拉火绳绑住撬杠防止脱落，我跟玉玺说："你上车拉一下看看怎样？我在下面看着。"挺好！钢丝绳负责牵引，铁丝负责吊住三脚架，我一挥手，行！车停下后还没有摘挡就熄火了，油管冻了。

玉玺不停地按压着油泵，已经老半天了就是不见出油，怎么回事？他一边泵油一边看着我，"先别泵了，去找块擦车布用火烧吧，"我说，一会玉玺拿过来两块擦车布，拿着大扳子去松那个"葛兰"。葛兰大概是俄罗斯语的译音，就是油箱底下的放沉淀油的开关，松开后不流油，他还使劲往外拧，我赶紧叫他往回拧，掉下来就麻烦了。我顺手就够到工具箱里的黄油枪，在擦布上打了点黄油，划着火柴点着这块布用铁丝挑着烧油箱底下，不一会"葛兰"出油了，我拿着扳子控制着这个开关不能出油太大，有了柴油，火烧得旺了，黑烟也少了。烧了一会大油箱，我把"葛兰"紧了紧，铁丝挑着着火的油布又到前面烧两个柴油过滤器，来来回回给几个关键部位加温，说起来挺危险，到处都是油，点明火烧加温真是没有办法的办法，说起来是挺危险的。油路通了，熄火！我把油布扔到地上用脚踩灭，又拾起来扔进驾驶室，我回头看着这个笨重的大家伙稳稳地跟着车前进。

外面的气温已是零下了，我老是怕油路出问题熄火，车行至39连背后不远的地方，我停下车，用铁丝钩住那块油布，在大油箱后面点着了油布，在"葛兰"的那个位置又烧了两三分钟的时间，车顺顺当当地开到修理所，此时已经3点多了。我们卸下大滚子，还掉钢丝绳，又到42连拿好我们的行李就回45连了。

见到连长后，我们把大滚子没有拉回连里的原因如实汇报，任务没有圆满完成，连领导也没有批评我们。

钟宝光　天津知青，1953年生，1970年5月到兵团6师27团水利连，1971年2月调入开荒营，在开荒营48连、41连、45连、44连、49连等多个连队工作过，1982年返城，在天津河北区东六街办事处任职，1986年调上海杨浦区烟草公司工作。退休。

开 荒 营 46 连

开荒营 46 连进点时合影

开 荒 建 点

周如敏

一、建点

向荒原进军的誓师大会开完了。带着"当年开荒，当年建点，当年打粮，当年收益"的口号，指导员张志远把进点开荒的准备工作就绪，我们 20 人（这些人除了张志远和旷理元外，其他人最小的 18 岁，最大的 22 岁）打着向荒原进军的大旗，坐着拖拉机拉的爬犁向 46 连进军了。

几个小时的路程，我们坐在没有任何遮挡的爬犁上，拖拉机链轨卷起地上的积雪被风一吹都落在后面的爬犁上，打在人的脸上身上，真是太冷了，把人都要冻透了，我们不得不从爬犁上跳下来跟着在后面跑，活动活动身体防止冻伤了。

最后我们在一片小高地上停下来，指导员说就是这了（荒原上有前期勘探人员留下的木桩标记）。下了爬犁放眼望去，白茫茫一片，房无一间，地无一垄。当即我们把爬犁上的帐篷、食堂用具、半年的白面和白菜、土豆等卸下来。指导员分工，钟月英、左爱菊就地支锅烧火做饭，当时没有水，都是烧雪融水，用锹铲下一大块儿一大块儿的雪在锅里融化（我们每天喝雪水喝的嘴都肿了）。其他人一律进林子伐木。

到林子里，康福荣负责找柴火烧火烤馒头。其他人两人一组用快马子伐木。锯了一片林子后就有人锯树头，用斧子砍树枝。李振平、王元玲、林素云等大个子和男生一起归楞。够一车了就由拖拉机手负责拉回。然后由杜新建、鄂文昌等人开始支帐篷。一个大帐篷四角用钢钎斜插在地上拽着，四周下面用土埋起来免得进风。帐篷中间用双层炕席隔开，一边住男生，一边住女生。炕席下面掏个洞放上油桶当炉子。一边烧火两边取暖。炕是用锯得一边齐的圆木用巴锯子钉起来的，炕上面铺着厚厚的一人多高的草，还挺软和的。我们把行李打开，码放整齐。我们建的点——新家安好了。

新家没有电灯，我们晚上用蜡烛，点煤油灯。早上起来鼻子里都是黑的。在这片一无所有的荒原上，凭着我们的"一颗红心两只手"一个建制齐全的连队诞生了，我们建的点叫27团开荒营46连。新生活开始了。

除了伐木，打井最重要了。杜新建和鄂文昌负责打井。将近一个月的打井，他们经历了生死的考验。有一天刮起了"烟炮儿"，他们俩去盖井，回来的路上迷路了。他们俩被迫留在一片林子里，烧了三堆木头才熬到天亮，被战友找回。

还有就是当年我们20人盖起了两栋马架子房。马架子房就是先搭个房架子，架起房梁，在房的四周就地取材，用挫好磨快的平锹在地上切出一块块两尺长一尺宽的草皮当砖用，用镐把"砖"刨出来整齐地码放好，一层层地码上去，码到顶上用泥把缝隙堵好。房顶是用一人多高的草铺盖的，房脊编得好也不漏雨。就是到了秋天草皮子干了，墙体下沉，房梁与墙接缝处见了天，出现了亮光。马架子房建好以后，连里又陆续调来一批批新战友。

二、开荒

伐了一个多月的木头，一年的烧柴和盖房用的木头准备齐了，我们开始准备开荒了。

首先，指导员带着崔林龙和我去丈量土地。木工做了一个直径1.5米宽的大木圆规状的拐尺，指导员和崔林龙轮换着拿着大圆规拐尺，一拐尺一拐尺地量出了或100多垧的地。然后打出盖房子用的草，之后又安排大家在连队居住区的外围打出防火道，把连队外面可开垦荒地上的荒草烧光。

开春了，大地冰雪化了，营部统一部署派来了拖拉机开始开荒翻地。由于地没完全化透，水泡子地也能翻。北大荒的土地肥沃，厚厚的草皮子下是黑得冒油的黑土层，犁铧翻出来的地油亮油亮的，在阳光的照耀下闪闪发光。经过两三遍耙地后，开始用播种机播种。那里的土地肥沃，靠天吃饭，不用浇水、施肥，不用锄草。春天种，秋天收，黄豆荚长得颗粒饱满。豆荚低，离地一寸高就长豆荚。但是到收获季节赶上雨水多，收割机下不了地，只能靠小镰刀龙口夺粮了。一人两垄一眼望不到头的地，早上割到中午才到地中间，吃完午饭（饭都送到地里，炊事员很辛苦）再割到地那头天就黑了。累得战士们直不起腰来。谭印同志到最后跪在地上割。豆荚低，地里又有像藤条一样的东西，割上去就反弹回来，战友们不是割破手就是割破腿。

收好豆子后，我们利用夏天时建的场院晒豆子。晒干后在晒麦棚里入囤。入囤是个重体力活，荬囤是个技术活，穴囤有专人负责。入囤得靠力气大的人一麻袋一麻袋往里装，力气小的半麻袋半麻袋装，还得有人打撮子。尤其是越来越高时得搭跳板，直荬到 2 米高。

就这样我们为国家上交了一囤囤的黄豆，做到了当年建点，当年开荒，当年打粮，当年收益。我们把青春献给了北大荒。

三、连队小故事

（一）捡野鸡蛋

棒打狍子瓢舀鱼，野鸡飞到饭锅里。大概是我们进驻荒原第一年的春天，我和康福荣、林卫东，还有几个人一起去找野鸡蛋。连队南边不远的地方有一片大水泡子。我们边走边玩儿，路过一棵树看到树上有个鸟窝，其中一个男生爬上树去看看有没有鸟蛋。下来时他帽子里装着几只鸟蛋，当着我们的面他拿起一只鸟蛋用牙一嗑一吸就把鸟蛋吃了。我说："鸟蛋也能生着吃呀？"他说"这不可以吗？"我们往水泡子走去，走不多远就看见草稞里有 窝鸡蛋 4 个，野鸡蛋比家鸡蛋小一点，在不远处我们还看见了一只野鸡。林卫东说"那是只公鸡。"我说"你怎么知道是公鸡？"他说"你看公鸡的羽毛是绿色的，尾巴长，多漂亮！母鸡的羽毛是褐色的，尾巴短。动物界都是公的漂亮。你不信自己观察去。"从那时我才知道动物界是公的漂亮。捡起了鸡蛋继续往前面走。

我们来到水泡子边上，一个男生说看看水泡子有多大。就站在水泡子边上使劲蹦，这时就看见水泡子整个颤动起来，草皮大大圆圆的，因为水泡子里草根是连在一起的，所以一边动整个就动起来了。

看见塔头地和水泡子，不禁让我想起了红军长征爬雪山过草地。这不就是草地吗？水泡子中间是不能去的，一去人就会陷进去出不来了。

听谭印说他在 48 连放牛时在水泡子里经历过生死。一天他去放牛中途遇上暴风雨，伸手不见人，牛也跑散了。他走进了水泡子。水已没到了腰身往上，他哭了，知道是走进了水泡子。心想还得活着，就往回走，走出来了。遇事沉着不慌张，自己救了自己一命。

（二）采黄花菜

据周涵达参谋说，北大荒有"万花之园"之称。这让我想起了在连队某午的某 一天，日期记不起来了，我们拿着书包去采黄花。花儿盛开的季节草地上到处都是各种颜色的小花，甚是好看。远远望去便看见一片片黄色的花。当地人告诉我们，黄花菜要采含苞待放的，不要采开了花的，开了花的不好吃，也不值钱。我们就专拣没开花的采，两个小时便能采满满一大书包。回去后把黄花晒干，装到军绿书包里有半书包，探亲回家时带给我妈了。

（三）大食堂着火

1974 年春节，几个没回家探亲的知青崔林龙、左爱菊、鄂文昌、李向阳、周如敏、顾明荣等人聚集在大食堂里忙着做春节饭。左爱菊说做个拔丝土豆。知青们把油桶改装的炉子烧得旺，油锅坐在炉子上一会儿油就开了。还没等炸东西油锅着了，李向阳赶紧把油锅端了下来。炉里的火苗蹿起一人多高。这时有人想灭火，一盆水浇在了炉子里。火没有减弱反而一下子弹起来了，直蹿房顶。只见火星开始将顶棚上已被熏得干干的草棚点燃。抬头看时，顶棚上都是搭拉下来的干草。由于顶棚和房顶全都是草苫的，见了火星一下子就烧起来了。两米多高的房子，用盆用桶水都泼不上去，干看着火蔓延开来，没有办法。这时我想多找些人来灭火也许有人有办法。由于春节连里没其他人，只找到了张志远指导员，那时他已调走，在家休年假。指导员拿着水桶去井边打水，被井边的冰给滑倒了。

在上头着火的情况下，大家开始抢救东西，将笼屉、锅碗瓢盆、粮食等从窗户往外搬，最后将做饭的东西全部抢救出来。大火将大家辛辛苦苦一锹一锹建起来的大食堂烧了。我想这是当时历史条件造成的。那时没有防火措施，房顶和顶棚全是草搭起来的，经过几年的烟熏火燎早已干透，见个火星一烧一片。现在人们再也不会用草苫盖房子了！

（四）遇见熊瞎子

1971年冬天，我们进林子伐木。头一天伐了一片林子。第二天，林卫东、鄂文昌、郑永强，还有一位同志记不清是谁了，去头一天伐木的林子里归楞。林素云、李振平、黄剑萍和我，还有谁几个人去不远处的林子里伐木。正当我们快走进林子时，只见去归楞的4位男同志拼着命地朝我们跑来，脸色煞白。这时的他们，让我想起了什么叫逃命，惊慌失措，满眼恐惧。问他们时说碰到了3只熊瞎子，一大俩小，离他们只有20米远。就在他们跑向我们时，大概是他们拿着抬杠，掐钩跑得叮当响惊动了熊瞎子，它们朝4人奔跑相反的方向跑走了。草原上扬起了三溜烟，像三匹马狂奔地跑走了。

（五）打蚊子

1971年夏天是我们进点的第一年。我们在盖房子，白天在房架子周围用锹把土翻出来，放入铡好的草，用二尺勾浆水、泥、草和在一起，和滋润了，往房架下干打垒。千年没人烟的地方我们建房子，打扰了蚊子小咬的生活，它们拼命地向我们报复。夏天我们不敢穿短衣短裤，一件单衣都不行，还得穿上秋衣秋裤，要不就让蚊子、瞎虻叮透了。白天小咬专叮头部，我们就全戴上军帽。可是小咬沿着帽沿往头皮里钻，咬得人心急火燎的，没办法。

到了晚上是蚊子的世界。下班回去吃完晚饭要洗身子，这是一场战斗，边洗边拍，身上扑满了蚊子，咬得全是包。洗完后连水都不敢倒急忙钻进蚊帐。进蚊帐时还得带进几个蚊子。一天蚊子把我咬急了，打完蚊帐里的蚊子听见蚊帐外的蚊子嗡嗡响个不停，就把一只手伸进隔壁战友的蚊帐拍打我们俩蚊帐之间的蚊子，边拍打边说"让你咬，让你咬"，蚊子打死了不少，我们俩的蚊帐全是黑红色的了。

周如敏　北京知青，1953年出生于北京，1969年9月去黑龙江生产建设兵团6师27团工程4连（水利队），1971年2月进入开荒营在46连任副连长，1975年回北京师范学院读书，1978年毕业分配到北京十二中任教。退休。

开荒建点第一天

林素云

记得是 1971 年初，师团党委发出了开发三江平原，向荒原要粮的号召，团党委决定由我们水利队派出 60 人组建 46、47、48 连三个连队。我们连指导员张志远，已过不惑之年，这位曾参加过抗美援朝的老垦荒，毅然第一个报名参加垦荒队，他照顾不了家中患小儿麻痹症而拐腿的女儿，也不躺在功劳簿上，更不依恋于小家庭的暖炕。

记得在召开誓师大会的第二天凌晨 3 时，我们怀着干一番惊天动地大事业的雄心，张指导员和老职工旷理元师傅带领我们 18 名知青，坐上大爬犁，高擎"向荒原进军"的大旗，告别了战友，踏上了开荒建点的风雪之路！

东北的三九严寒，我们穿着毛衣、毛裤、大棉裤、棉背心，大棉袄外加一件棉大衣，戴上大口罩、棉手套，外加一双沉重的大头鞋，活像一只北极熊，在隆隆的拖拉机声中，经过 3 个多小时的风雪行军，我们的身体都快冻僵了。大爬犁把我们拉到一块插着小旗的木牌前停下车，先遣队员插的木牌上写着"开荒营 46 连"。"同志们，这里就是我们的开荒点，我们要建的新家……"指导员指着地上的木牌向我们召唤。

天哪！这里除了茫茫的白雪和荒草地，远处一片苍茫树林外，只有呼啸的风声！虽然我们已在东北待了两年，似乎已适应了边疆的生活，而面对这一望无际的茫茫荒原和呼啸北风，一下子也近乎麻木了，我身边的小北京康福荣突然惊呼：什么也没有，晚上咱们可怎么过啊？

老旷师傅不声不响地在远处砍了三根树杈，拖到了木牌边，搭起一个三角架，指导员把一口大行军锅拴在上面，他俩在用无声行动感染大家！司务长钟月英招呼炊事员小左给大家烧水，这时哈尔滨青年郑永强大喊一声："喂饱肚子再干活！"对啊！大家"呼啦啦"分头去捡枯树枝，割茅草，捧白雪，点火烧水烤馒头。我们围着火堆，喝着雪水，啃着馒头，虔诚地听着老指导员的战前动员："今天开始，我们就要在这里安营扎寨，白手起家，艰苦创业了，现在我们必须抓紧时间搭帐篷，吃完饭，男同志马上去伐木，女同志清理雪地，打草"……

当时也不分男女，不分个子大小，个个争先恐后，没有一个叫苦的。北京女知青大个子李振平愣是坐上大爬犁和男同志去伐木。3 个小时，他们 11 人就伐树砍杈，抬木装车拉回一大爬犁笔直的杨木。在老旷师傅的指导下，天黑前真把帐篷搭起来了，这就是我们的新家！

难熬的是第一夜，因为来不及搭铺，大家只能互相依偎着，围着大铁桶打小宿。入夜，寒风凛冽，灰蒙蒙的天空中几颗寒星时隐时现，这一夜冷得出奇。细心的杨复祥轻轻地说，这"室内"温度估计得零下 30 度以下，室外可能低于零下 40 度。

这一夜张指导员就像慈祥的长辈，嘱咐我们拿下绑腿带，让我们学着烤干。小天津刘丽生，由于绑带没绑好雪灌进了鞋里，鞋带和绑腿带都冻在了一起。指导员爱怜地帮小刘解开绑带脱下鞋袜，硬是把小刘的双脚扯进了怀里。

说实在的，那一夜的滋味可真不好受，前面几百度的火烤着，背后冷风刺骨，我差点掉下眼泪。当我看到指导员深沉坚毅的目光，战友们不惧困难的激情，让我感到一种安慰，给我以克服困难的勇气和信心。为了驱赶寒冷和黑夜，大家不停地往铁桶里加木头，不停地讲故事和笑话……

经过这艰难的一宿，第二天我们又开始伐木，打草，为春天的开荒播种和建点盖房做着准备。我们喝了用了 3 个多月的雪化水，再加上缺少蔬菜，皮肤变得很粗糙。

当年的金秋，我们就造好了 3 栋土房，打出一口井，还收了十多吨大豆！初战告捷，我们在荒原上站住了脚跟，将迎接来年更大的挑战。

当年建点 18 个小青年就像是 18 棵青松，我们在张致远和旷里元两棵不老松的带领下，在开荒营 46 连艰苦创业，使我们的精神和意志得到磨炼，也为北大荒的创业史增添了光荣的篇章。

让历史记住 46 连的 18 棵青松和 2 棵不老松：

北京青年：周如敏　李振平　康福荣　杜新建

天津青年：王元玲　王凤霞　蔡淑霞　左爱菊　刘丽生

上海青年：钟月英　黄剑萍　崔林龙　杨复祥　陈木根　林素云

哈尔滨青年：郑永强　鄂文昌　林卫东

老垦荒不老松：旷里元　张志远

谨以此文，怀念已故的战友：张志远　林卫东　鄂文昌

林素云　上海知青，1950 年生，1968 年 9 月下乡到黑龙江兵团 27 团水利连，1970 年 2 月调开荒营 46 连，后调入石子河新水利队，当过推土机手，农工排长，副指导员，指导员，1980 年 8 月回沪，在机电局下属企业做党务政工工作。退休。

46 连指导员：张致远

开荒建点中的战友们

黄剑萍

　　1971年2月下旬，原27团水利队的20名同志奔赴浓江河畔，组建了开荒营46连。在那艰苦的岁月里，在那繁重的劳动中，这20名荒友结下了深厚的情谊。虽然过去40多年了，但战友们的音容笑貌仍然经常浮现在我的眼前。

　　这个家庭有一位像慈父一样的领导，我们的老指导员张志远。在他的带领下，我们在到达开荒点的第一天，就在天寒地冻荒原上搭建起一幢帐篷，让我们在荒原上的第一个晚上有了一个遮挡风寒的地方。上海知青钟月英是个负责任、有爱心的同志，她负责这一家人的吃喝，她与天津知青左爱菊做了一顿好吃的饭，让大家全部吃光了。上海知青林素云是排长，不善表现自己，但她能干有魅力有号召力，以身作则带领女排同志开始了艰辛创业劳动。北京知青李振平，一位身高1米8的妹子，是个真正的女汉子，干活不惜命，比男同志都能干，看见谁没力气，她都能抢着替你把活干了，是我连干苦活累活的顶梁柱。

　　哈尔滨知青林卫东也是连里数一数二的能干典型，干活不要命。但每天要喝酒，没酒喝的时候，会去卫生所拿酒精兑水当酒喝。上海知青崔林龙，工作认真、负责、踏实、细心，他负责连里的统计工作，得到营部主管统计工作的杨子栋的肯定，受到了营部领导的好评。和我关系最好的天津知青王凤霞，人长得漂亮，一笑还有两酒窝，脾气特别好。每天大家进林子里伐木很辛苦，回到帐篷就累得不行了。不过只要你看到她可爱的笑容，大家的疲劳就减了不少。虽说当时吃住条件那么差，可唯独王凤霞长得皮肤白嫩，大家都喜欢她，张指导员也喜欢她，如果食堂需要人，就不让她去外面干活，而去食堂帮忙，这也算是特殊"待遇"了。北京知青杜新建，任劳任怨，坤头干木工活，是个不知道苦和累的人。从建点开始，木工活是工作量最大的。他和哈尔滨知青鄂文昌把全连的木工活都包下了，支帐篷的柱子，所有门框、窗框，睡觉的炕沿，食堂宿舍，晒麦棚，猪圈牛棚里的木制品，甚至连统计的丈量拐尺也是从他的手中做出来的，功劳大得让这个家的所有人对他刮目相看。

　　进点没几天，我突发急性阑尾炎，怎么办？卫生员上海知青陈木根束手无策，他本来皮肤就黑，一着急紧张连面部表情都没了。他紧急报告张指导员，张指导员当即让李振平陪伴我，坐上当时最高级的28型小红车一路颠簸，用了半天时间终于赶到勤得利医院。医生询问病情后马上做检查，说再晚来就会阑尾穿孔很危险，告诉我次日上午做手术。李振平知道后马上又赶回连队汇报情况。我动完手术只住了三天院，就赶紧返回连队了。一到连队钟月英让左爱菊给我做了病号饭，就是一碗汤面，里面还有一个鸡蛋，她送到宿舍里给我吃。对我一个瘦小体弱的病号来说，这顿病号饭特别香，我一辈子都不会忘在艰苦的开荒点所享受的特殊待遇。

第二天出去，看见大家都在盖房顶苫草。我想逞逞强表现表现自己，就拿了一捆草往房上扔，还没扔上去就痛得我蹲下来了。北京知青副连长周如敏走过来，对我说："你还没好，不要逞强，回宿舍休息吧"。她把我扶到宿舍，到了炕上，我低头一看刀口上盖的纱布红了，血渗出来了，一会陈木根过来对伤口进行了处理。结果留下了疤直到现在。

在大家的努力下，我们做到了当年开荒，当年打粮，当年盈利。四营张英营长亲自到我连进行表彰，到食堂后，同来的周涵达参谋表扬了林素云，营统计杨子栋领导口头表扬了崔林龙。夸我们连是四营的好榜样。我在旁边听了洋洋得意，美极了。

向荒原进军的部队中，有一支值得骄傲的46连，有我们一批勇敢的京、津、沪、哈等地的知青战友，军功簿上应有我们全连指战员的奉献，相信应该有永久的记录。

战友！想念你们！回忆我们在一起战天斗地的时光，我们是永远的战友！

　　黄剑萍　上海知青，1969年4月赴27团水利队，1971年初进27团四营（开荒营）46连任会计，1980年工作调动返城在上海市杨浦区宁国街道集体事业管理所办公室，1982年对调工作到天津市天津针织一厂分厂，工会主席（现与天津运动衣厂合并）。退休。

我们曾一起向荒原进军（从左到右：天津知青周宝虎　刘丽生
张洪起　曾三丁　任世成）

雷军制印

回 忆 北 大 荒

武淑琴

1970 年 5 月 16 日，我们乘坐天津开往佳木斯的列车，来到黑龙江生产建设兵团六师 27 团水利连。

刚到那天很不适应，从城市到农村、睡火炕烧柴火，有一种心酸想念家的感觉。当时，张志远指导员与几位领导干部，到宿舍问寒问暖，又做病号饭，对我们的关心，一点点适应了。到东北的头一年冬天，手脚冻成大包，肿得跟馒头似的。手套都戴不进去。在那种气候与环境下，并没有一点退缩。尤其看到老知青，干起话来特别带劲，给我树立了榜样，下决心要跟老知青学习，第一年在水利队就被评为"五好战士"。

第二年，水利连按照上级的命令要在开荒营建设 3 个连队，我也去了四营，与蒯秀兰、刘淑华、老职工季秀琴在"猪号"喂猪。从农工排到后勤又得适应一段时间，每天要挑七八担"泔水，"从大食堂到猪号路程也不近，可每天干完话也不觉得累，年轻人每天快快乐乐地。当年，由蒯秀兰介绍我加入了共青团。

7 月份，副连长周如敏找我，让我干小卖店。当时我非常担忧，怕干不好，有一种害怕的心理。她再三给我做工作，我就答应了。当时接手小卖店时在连里找了一个不大的小房间，营部商店经理李孝凤给每个连队的小卖部 500 元（押金）周转。刚开始真不知如何干才好，小卖部要卖东西，进货困难就来了，小卖部到营部商店进货，往返一次要 16 公里。往回运货由连里派牛车或毛驴车，每次都抽出一名师傅赶车、跟车搬运将货物运回。

谭印大哥赶的牛车比较稳当，可牛车就是慢，一次三九天去拉货，回来路上把脸都冻白了，已经发木没有知觉了，回到连里赶紧用雪揉搓才没把脸冻坏。还有一次拉货更叫我害怕，是保管员徐松赶着毛驴车，雨后的泥路轧出一道道沟，车赶得快了点，一下子翻了车，连人带货都扣在车底下！当时把赶车人吓坏了，徐松赶紧俯身车底急忙问有事吗?还好没有什么伤。现在想想还非常后怕呢!可在当时是一点怨言都没有。这工作就是我应该做的，这都不算什么。

在北大荒 9 年半的时间里，让我学到了许多书本上没有的知识，同时又锻炼了我坚强勇敢的意志。没有兵团的锻炼，就没有知青特有的坚强意志和吃苦耐劳的精神。

将近 40 年过去了，回忆起兵团的往事仍然是激动万分。

武淑琴 天津知青，1952 年生，1967 年至 1969 年初中在增产道中学，1970 年去黑龙江兵团在 27 团水利队，1971 年春天进入开荒营在 46 连，至 1979 年返城，1979 年后在津华丝织印染厂。退休。

知青岁月如歌

凤艳萍

知青岁月的一桩桩往事，犹如一曲曲悦耳动听的歌，令我难忘。

回忆起知青年代，心潮起伏，总有一种难以平静的感觉。1976年我们乘坐上山下乡的末班车，加入了浩荡的知青队伍，迈开人生旅途的步伐，开始了知青生涯。

我虽然在北大荒的时间只有一年半，太多往事使我终生难忘。连干部的雷厉风行，指导员的和蔼可亲，老知青的热情相助，老职工的淳朴善良，生活环境的艰苦，还有工作时的劳累，这些都深深刻在了我的记忆里。我曾多次对女儿说：是北大荒生活历练了我，使我受益终生，使我在生活和工作上遇到困难和压力时，挺一挺咬咬牙都能克服和战胜，因为我是北大荒的知青！

一、秋收

北大荒的夏天，一望无际的麦田广阔无边，令我们心旷神怡。我们46连的知青到连队不久便迎来了麦收。看到老知青老同志干劲十足，我们也不示弱，起早贪黑扬场入囤，老知青能干的，我们也学着干，场面好一个气派。看到麦粒像山一样堆起来，我们心中真有一种喜悦之感，那里有我们的汗水，难忘北大荒情，北大荒情铸就了北大荒魂，北大荒精神永存，知青精神永存！

二、夜班饭

那年冬天，我在炊事班工作，一天我值夜班给机务班师傅做饭，夜里十点多钟我提着柴油灯，整个连队漆黑一片，我害怕极了，感觉这路平时走也没这么远，今天怎么这么远呢？到了食堂开始忙碌起来，那晚是炒卷心菜、热馒头。菜切好后炉火不旺、锅不热，我到外屋灶台烧火，火上来后我又进里屋开始炒菜，油倒入锅里放上葱花，瞬间油锅起火了，我吓傻了，两眼一闭就把菜倒入锅内，心想这下遭了，火要是蹿到房顶定会引发火灾，吓得我两腿发软眼前发黑，立刻睁开双眼，火竟然熄灭了，我悬到嗓门的心一下放松下来，把菜炒好后热馒头，心想今晚夜班师傅一定会说这菜怎么有股串烟味呢，出乎我的意料，两位战友什么也没说，很快吃完饭就回去休息了，他们的宽容和善解人意使我心存感激至今还忘不了。

三、包饺子

我们那时每逢过节，炊事班就把准备好的饺子馅和面发给每个人，我们三五个战友互助，男生劈柴烧火，女生负责和面包饺子。包饺子和面的炊具是我们的洗脸盆，包好后我们就用洗脸盆在宿舍取暖的炉子上煮，煮熟的饺子吃得好香好香，心里美美的。用洗脸盆煮饺子是不是没听说过，这是我们知青生活的又一趣事，永远也忘不掉，艰苦生活给我们带来的乐趣，只有我们知青体会得到。

四、伐木

冬季我们农工班由排长带队，带着行装坐着大爬犁，穿着厚厚的棉衣戴着羊剪绒皮帽子，脸上系着围巾只露两只眼睛，赶往林子开始了伐木生活，林子里的积雪好厚，没膝深，我们走进帐篷，只见中间是一长条铁皮炉筒连着门口的一只大铁桶做的炉子用来取暖，两边是长条的大通铺，中间用席子隔开，里面住女生外面住男生，我们的生活用水就是融化了的雪。我的工作是白天休息，夜间烧炉子供大家取暖，每天夜里我都认真添火生怕战友们冷，有个男生常常夜里不睡觉，见我去门外取烧材时，小声喊：狼来了狼来了吓唬我，我又好气又好笑，装作没听见对他不理不睬，见我没反应喊几声也就不再喊了，现在想起这事还真好笑。我们在林子里的生活很苦但还很快乐。想起知青生活的苦和累，这些都成了一笔财富，锻炼了我们的意志。

五、高考

下乡第二年国家恢复高考，令我兴奋不已，我便报名准备应考，当时心里没有底气，因为我们上学的时间正好与"文革"10年同步，常常去学工劳动和学农劳动，文化课学得少之又少，抱着试试看的心态，心里想体验一下考场气氛也行。考场设在团部，有警车和救护车，让人感觉威严。考完试不久，我们又参加完体检，当天回不了连队了，就借宿在砖场知青宿舍，遗憾！收留我们住宿知青的名字都不记得了，我至今也忘不了她，在此我还是要再道声谢谢！

凤艳萍 佳木斯知青，1976年7月24日下乡至建三江27团开荒营46连农工，1977年参加高考，1978年3月考入黑龙江黑河地区卫校，1980年分配到佳木斯大学附属第一医院。退休。

46连佳木斯知青合影
（从左至右：杨秀敏 郎佳华 贾财 雷立军 孙志安 王秀峰）

难忘的知青生活

郎佳华

　　我是佳木斯市电机厂子弟学校中学毕业生。1976年7月24日，我来到广阔无边的建三江27团4营46连，开始了一段永生难忘的知青生活。

一、初到连队

　　刚到连队，连长陈敏将我们新来的小知青带入那简陋的马架房子里。空旷的屋里是用木板做的隔段，东侧住着男知青，西侧住着女知青。看着那么简陋的宿舍，我是多么的失望啊。到了晚上，我睡不着觉，越想越难过，心灰意冷地号啕大哭起来。我边哭边整理着让雨淋湿的皮箱，我一边擦着皮箱，一边擦着雨水似的眼泪，哭得更加伤心了。

　　第二天早上，我分配到农工排。这时候，正是麦收大忙的季节，老知青们已经奋战在麦收第一线上，我们新来的小知青们也要参战了。准备下地时，农工排长手里拿着好几把镰刀向我们走来，一个一个地分到小知青手里。最后，排长走到我面前把镰刀递给我，我不情愿地接过镰刀说："排长，有没有左手用的镰刀哇？我是左撇子，吃饭都用左手拿筷子呀。"排长见我这种情况，通情达理地说："那你就别割麦子了，去跟车吧。"我望着排长和蔼可亲的样子，心里非常感激，非常欣慰。农工排的战友们在无边的麦田里奋战着、忙碌着。我在卡车上也忙着不停。整个一上午的麦收战斗很快就过去了。中午炊事员送来了香喷喷的肉花卷。这香气四溢的肉花卷，引来了蚊子和大瞎虻。它们在我眼前嗡嗡地萦绕着。一不注意，那些蚊子就叮我的脸，吸我的血。那黑乎乎的大瞎虻吃着我的肉花卷，分享着我的午餐。午后的太阳火辣辣的，好像火山一样烤得人口干舌燥。我多么想喝水呀。麦田旁边有个水泡子，我走过去看见水泡子里的野鸭子游来游去在戏水，我更加感到口渴。可是，这里的水那么"埋汰"能喝吗？又热又渴的我实在忍不住了，拿起饭盒到水泡子边舀了点水，勉强地喝了两口，虽然味道不太好，但毕竟能解渴啊！

　　太阳慢慢地落下山，战友们拖着疲惫的身躯走在回连队的路上，一边走一边采摘着榛子。刚一到连队，景丽杰就对我们喊着："好消息，今天连队晚餐吃饺子，每个人去食堂领取一份儿面粉，一大碗饺子馅。""太好了！太好了！"大家边喊着边回到宿舍准备包饺子。我和李华、王玉英3个人一伙开始准备着包饺子。当时没有面盆，只好用洗脸盆。在那种条件下也顾不得卫生的问题了，只要能吃上香喷喷的饺子就心满意足了。我拿着洗脸盆，来到井边打水，我边摇着辘轳边看着井里的水桶，可是不小心走神失手了，辘轳把先打在我的左手上，又打在我的下巴上，我忍着疼痛、端着水盆走回宿舍。大家见我不高兴的样子问我怎么了？我受伤的左手都青紫了，下巴也红肿起来，我摸了摸下巴鼓起了一个大包，到现在我的下巴还落下个包呢。那天晚餐的饺子都是李华和王玉英帮我包的。那顿晚餐的饺子到现在我还是念念不忘呢。

二、晒场上的欢乐

麦子从地里收到场院，晒场上正是最繁忙的时候。晒场就是战场，男女知青们都奋战在晒场上，扬的扬，翻的翻，那一派热火朝天的作业场面，真是让人眼花缭乱。晒场上铺满金色的麦粒，姑娘们像美丽的蝴蝶在翩翩起舞，她们肩并肩手里拿着木锨上下翻扬着，金光闪闪的麦粒慢慢地堆成金山。小伙子们像奔腾的骏马，开始大显身手。他们弯着腰扛起装满麦子的麻袋，然后挺起身，站稳脚跟，扛起一百多斤的大麻袋，向高高的跳板走去。这时，女知青们也不甘示弱，扛起半麻袋的麦子，也走向跳板。我争强好胜的也扛起半麻袋的麦子，小心翼翼地走上跳板，心怦怦地跳起来，感觉跳板忽悠忽悠的像蹦蹦床似的，我一点一点地走着、走着，最后终于走到了粮囤上，将半麻袋的麦子倒进了粮囤里。我很骄傲自豪，高兴得不得了，心想着，我也能扛着麻袋上跳板了。

中午回食堂吃完饭，休息了一个小时后，继续去麦场晒麦子。晒场离宿舍不太远，在宿舍的南边，走几分钟就到晒场了。下午的太阳火辣辣热，天空万里无云。我拿着木锨，来回推着地面上麦子，一趟一趟，翻来覆去，觉得挺开心的、挺好玩儿的。我一边干活，一边寻开心，把男知青赵德营的鞋子偷偷地藏在晒场上的麦子里。后来，他想穿鞋的时候，发现鞋子没有了，他就用木锨在麦子垄沟里翻找着，男知青们都在帮他找鞋，女知青们都在偷偷地乐，像看戏似的都忘了翻麦子了。

吃完晚饭后，夜战开始了，全连的战友们披星戴月地走进了麦场。在晒场大灯的照耀下，手里的木锨又开始挥舞起来，我和王玉英手里拿着"撮子"站在麻袋的两边，刷刷地打着"撮子"，将麦粒倒进麻袋里。女知青们个个身手矫健，男知青们个个如猛虎力大无比，漫天繁星的夜空下，热火朝天的麦场上，一片丰收喜悦的景象。夜战，从晚饭后一直忙到10点钟，战友们拖着疲惫的身体，回到了宿舍里。

我洗漱完毕，疲惫的我，躺在炕上翻过来掉过去睡不着觉。然后，我拿着小板凳坐在宿舍门口，望着满天繁星的夜空，轻轻唱起了歌："月亮在白莲花般的云朵里穿行，晚风吹来一阵阵快乐的歌声，我们坐在高高的谷堆旁边，听妈妈讲那过去的事情……"当我唱到第二段时，唱不下去了，因为，这首歌勾起了我的思念。思念着我的爸爸妈妈，思念着我的哥哥姐姐们，思念着我的家乡。当我想起千里之外的亲人们，我的眼泪像断了线的珍珠滑落下来。圆圆的月亮，笑盈盈的星星挤满了银河，它们闪着银光眨着眼睛，好像在安慰着我。

三、黑土地上的爱恋

1977年1月，快到春节的时候，知青战友们都急急忙忙地收拾行李开始准备回家过年了。一天中午我们刚刚吃过午饭，佳木斯电机厂的大解放卡车来到了46连，我们兴高采烈地坐在卡车上，迎着凛冽的寒风奔驰在白茫茫的雪原上，奔向我的家乡佳木斯市。

春节来到了，战友们挨家挨户地去拜年。那天我和景丽杰、老一、贾财，还有闫会臣5

个人去王秀峰家拜年。当开门的那一刻，我看见王秀峰那高高的个子，英俊潇洒的样子，我的心一下子跳了起来，浑身发热，好像有一种被烈火灼烧的感觉。真是一见钟情，我觉得我爱上他了。从此以后，我和王秀峰就成为开荒营 46 连里最早的一对初恋情人。

后来，这件事让父母知道了，他们反对我俩的交往，更反对我俩谈恋爱。特别是妈妈像王母娘娘似的强烈阻止我俩恋爱，还派我的姐姐看着我，监视我，不让我出屋，把我锁在房间里，就连上厕所也得向姐姐请示。我在屋里就像在监狱服刑的罪犯。我在家里给王秀峰织着毛衣，心里盼望着他快快来救我。正在这时候，我听见"当、当、当"有人敲了三下窗户，"暗号"是我闺蜜敲的窗户。我听到暗号后，欣喜若狂地向姐姐喊着："二姐，我要上厕所，赶快给我开门！"我姐姐以为我真的要上厕所就把门打开了。我像出笼的小鸟一样急忙地飞到我的闺蜜家里。当我在闺蜜家见到王秀峰时，我那委屈的泪水情不自禁地滴落下来。我们默默相依相偎，心里想：我这一生只牵着你的手，爱你是我今生无怨无悔的决定，我要把你深深地藏在我心里，我要爱你到永远、永远！

正在这时候，我的姐姐来到闺蜜家找我。当时的我惊慌失措不知道该怎么办才好。这时我的闺蜜早已将王秀峰锁在她家的仓库里藏了起来。我姐姐将逃犯的我带回家，全家人都在骂我，像批斗反革命分子似的批斗我。妈妈指着我说："你要是还继续和王秀峰来往，你就把你心爱的皮箱交出来！你是要皮箱，还是要王秀峰？"我坚定地回答："我不要皮箱，我要王秀峰！"妈妈见我这么坚决又说："那你就把我们郎家的所有东西都统统地给我交出来！"我说："行！"这下可气坏妈妈了。暴跳如雷的妈妈拿起笤帚疙瘩劈头盖脸地打我，她越打越来劲儿，越打越生气，一气之下整整打了一个小时，打得我后背上青一块紫一块，把笤帚疙瘩都打飞了。

由于和家里人闹到了不可开交的地步，第二天早上我就离开家，伤心地回到连队。爸爸不甘心地给我们连长写信，吩咐连长不让我和王秀峰来往。有一天，我坐在王秀峰的拖拉机上被连长发现后，召开了全连大会。连长在会上点名批评了我们俩，因为我们俩在连队里是最早谈恋爱的小知青。尽管如此，我还是不顾一切地和王秀峰继续保持着缠缠绵绵的爱恋。我俩每天风雨同舟共患难，不管我干什么活他都心甘情愿地帮助我，帮我脱坯，帮我割草，帮我编草帘子，还帮我洗衣服……我们经常在孙志安（王秀峰的师傅）家吃晚饭，吃完饭后我俩就一起去散步，一起在皎洁的月光下，许下了海誓山盟。

一晃一年多的时间过去了。1978 年 12 月，我爸爸为了拆散我俩的姻缘，将我调到了密山。从此我俩过上了牛郎织女的日子，一个在密山，一个在建三江。两人天天像牛郎和织女一样盼望着相会的那一刻。那时候都是用书信往来。虽然只是一封简单的书信，可是这封信有我满满的思念呀！我整天无尽地思念着，无尽地等待着。从缘起走到缘续，从缘续走到缘定。在我们的坚持下，有情人终成眷属，在相处 5 年后我们终于结婚了。

现在，我们已经成为爷爷奶奶。每当我回忆北大荒的生活，就会想起我俩在北大荒时的爱恋，回想起那段风风雨雨的历程，想起那相依相偎在一起的美好时光。我永远都不会忘记那段刻骨铭心、坚贞不屈的爱情经历！

郎佳华　佳木斯知青，1976 年于佳木斯市电机厂中学来到建设兵团 6 师 27 团 46 连农工排，1977 年末调入牡丹江管局密山机械厂，1978 年又调入佳木斯市农场总局肉联厂工作，1989 年调入佳木斯市电机厂劳动服务公司。退休。

开 荒 营 47 连

开荒营 47 连进点时合影

难 忘 战 友 情

——47 连的工作日志

任宝华

我翻阅尘封了近 50 年的工作日志和来往书信，摘录下来以供读者分享。

我们开荒营 47 连是团水利连建的三个点之一（46、47、48 连），47 连首批进点 19 人，由副指导员富锦青年王金生带队，队员由党支部委员老车长宋国君、老战士李学源、于晓晨和善实诚和京、津、沪、哈的知青组成。

1971 年 2 月 23 日，北国冰天雪地滴水成冰。一群以 16～20 岁勇敢的小伙、姑娘为主力军的 47 连和 48 连的先遣部队，乘坐卡车高举"向荒原进军"的大旗从五星山下向浓江河畔进军（另外一台外援拖拉机装着必需物资）。太阳西下时我们到达浓江河北岸指定位置，开始在这里白手起家。大家跳下车也顾不上一路的寒冷，立即开始投入紧

张的伐木打草搭帐篷的工作，夜半时分，我们两个连合用的一项简易帐篷搭好了，当中用一块棉帘子隔开男、女各半，两边是用新木头搭的铺上面铺着刚打来的草，两只大油桶横着卧在中间，里边白桦树绊子烧得噼啪作响，这就是我们的新家。夜已经很深，两个连队战士各坐一边，炉火虽旺，进点的兴奋，劳动的忙碌，停顿下来后，仍感到后背阵阵寒意。王指导员提议，不分连队，按男女同志分开到帐篷两边休息。于是，大家各自拿起行李匆匆就位。我们两个连在一起住了很长一段时间。

不一会太阳就升起来了，新的一天新的挑战开始了。白天我和指导员等同志一起查看地形时，才发现这里的水泡子挺多，一般水泡子边上会有一片小树林，这对我们将来开荒非常不利。

我们两个连白天按自己的计划安排伐木、打草等各种盖房前的准备工作。一般伐木都要到比较远的林子里去伐，没有交通工具多远都要在雪地塔头上步行，回来时，每人肩上还要扛一根带回来供食堂做饭及取暖。当时真是又苦又累，可战友们仍然士气高昂，一路大家扛着木头高唱着"日落西山红霞飞，战士打靶把营归……"回到宿营地放下木头就开始锯段、劈绊子，谁都怕少干了活，也不知哪来的那么大的精神头。

进点了没有路，连对面结对子的连队都不通，为了生存先修路，这时营指挥部组织了一场集中精力排水修路的会战，在大地未解冻之前打通相互联系的路，各连队力量集中起来，一字排开，就热火朝天地干起来。由于天寒地冻，一镐下去一个白点，手臂震得发麻，大家动脑筋想办法，先刨三个点，起掉上面的一大块冻土层，下面就好挖多了，泥土用筒锹一条一条朝上面甩，不一会就满头大汗，战友们的军棉袄一甩，身上冒着热气，每人每天10米的任务早已被刷新。膀子肿了，胳膊抬不起来了，没人吱声，为筑一条自己生存的路我们拼了。在大地没化冻之前这块硬骨头终于被我们啃下了。

我同学郑春燕是48连指导员，我是被赶鸭子上架放在47连的行政位子上。我们是离营部最远的两个连，距离近20公里，当时主干道还没修通，每次去营部开会，为了赶时间抄近路就要趟过水泡子，那时根本不懂沼泽地危险，也不知带双备用干鞋。一天下来，趟过水泡子走一天，脚在球鞋里泡的都发白起皱，晚上洗了脚在营部会计邹星妹（同学）的被窝里倒下就睡，第二天，照样穿起湿漉漉的鞋子走回连队。

还记得为了抢在上冻前把房子的外墙抹好，我和几个女生光脚站在刺骨的羊角泥中给上面泥瓦工送泥，好在上冻以后能干屋里面的活，几小时下来整个脚全是木的，以致后来大家都落下关节病。现在回想起来，那时自己不知道保护也就算了，还连累了好多姐妹，心里总觉得愧疚。

为了盖房，我们就地取材脱坯，知青谢凤兰、付桂兰、张文兰、姚玉凤、陈嘉会等女将个个不服输，尤其是排长钱月凤，就脱土坯这一项活，她那速度用神字形容一点都不夸张，只见她把一团泥往坯框子里一扔，不大不小正合适，上下左右四角一塞，三下五除二，一块土坯就脱完了，她双手左右开弓，一起一落干净利索，一蹲就是半天，一天的任务半天全部完成，她脱坯的速度始终无人超越。

天津知青温志烈人小志气大，从化雪烧水到养牛、种菜样样干在前，因为连队当时开荒条件还不成熟，连里就搞副业养牛，她和姚玉凤养了很长时间一段牛，牛圈里泥浆牛粪混在一起，两位17岁的姑娘天天穿着雨靴站在泥泞的栏圈里，累、脏、臭不说，遇到夜间母牛生产，还要负责接生小牛犊，但她们没有半句怨言，她俩的付出我难以言表。

47连周边水泡子多，到处都是塔头墩，没有电、没有机械，房无一间地无一垄。为改善生存环境和生活，我们学习南泥湾精神，学习大寨削平虎头山精神，自己动手、丰衣足食。全连官兵扛起镐头自己开荒。开始时，15人半天开2分地，大家手上都打了血泡，但毫不畏惧，索性脱掉手套直接握锄头，比比谁硬，每个人的手上都磨出厚厚的老茧。硬是用锄头开垦了5亩菜地。当我们吃上自己种的菜、豆和瓜果时心里别提多高兴了，就连喝自己打的井水也是那么甘甜。正是师党委决心所讲：一颗红心两只手，自力更生样样有……

47连是团水利连组建，架桥、修路是我们的强项，但是搞农业确实是一窍不通，但全连决心在干中学。陈叔铺是原水利队文书，个子不高，宣传板书是强项。岑洪昌是我的校友，戴着一副近视眼镜，圆脸，笑起来还有酒窝，在新建点，天天遇到新问题，但他们敢为人先，连队建设需要什么就学什么，木瓦工、种田种菜……什么困难也难不倒他们，聪明能干，是连队的骨干，尤其是岑洪昌，干起活来如猛虎，连张英营长都欣赏他的勇猛作风，风趣地给他起了个响亮的绰号"老虎"，老虎在开荒营是很有名气的。

建点初期，为解决生存问题，营部命令在雪化之前每个连队必须打一口井。可连里谁也没有干过打井的活。面对困难，岑洪昌、宋国君二位党员带头，边干边学，其他战友轮番上阵。在这我要提到老连队调来的青年排长张光明，个子不高，圆圆的脸，典型南方人，平常话不多，但哪有脏活累活，哪儿就有他，在打井出水的关键时刻他下去了，井底涌水开始加速，他怕频繁换人会延缓工程，便自己单兵作战完成最后一道工序，他在井底待了很长时间，上来时他全身穿雨衣早已湿透，整个人都在哆嗦，嘴唇冻得发紫，可他硬是咬着牙说没事。

铁打的营盘流水的兵。王立群、许亚凤、刘邦彦、姜发三等许多领导，都曾经带领47连的战友搞生产和建设，连里的业余文体生活也活跃，我们曾在开荒营第一届运动会上得过篮球冠军，还取得其他运动项目的好成绩。司务长司大同的工作为人有口皆碑。

知青返城后，我非常想和战友取得联系，先是上海、北京，之后天津战友也有了消息，为寻找李琴、张文兰和陈嘉会，我不知打过多少回电话，当年的小姑娘如今都名花有主了，还有好几对是我们47连战友结成为伉俪，这才真是垦荒、播种、开花、结果啊！

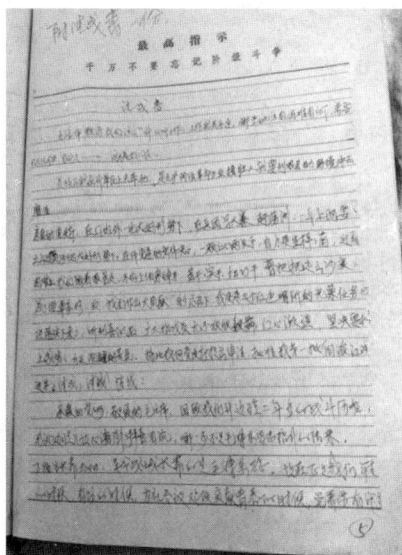

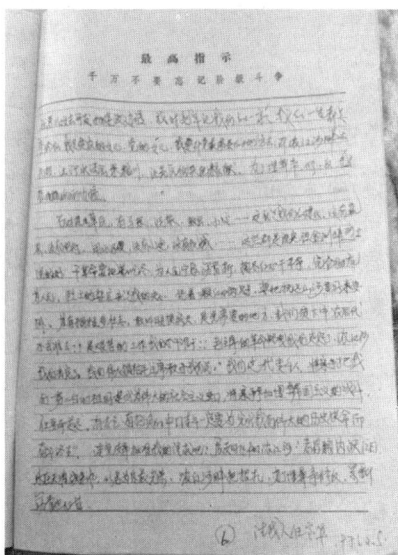

47连副连长任宝华日记

如今我们都已年过花甲，每次聚在一起时都有说不完的往事！当我问姚阿金当年食堂工作遇到过什么困难时，她却轻描淡写地说，我一点也没觉得苦。但我心里知道，当年她们不知克服了多少艰难困苦为战友们动脑筋、改善伙食，我们曾吃过炸油糕、天津风味的打卤面，还有羊肉饺子，更多工作中的艰辛我无法写完。

2000年春节，陈叔镛夫妇从天津回上海探亲，战友喜相逢，聊到12点多仍意犹未尽，恨不得通宵达旦，太多的往事，太多的回忆。后来知晓，陈叔镛身体欠佳，到黑龙江体检时找人冒名顶替去的，首批进点他积极请战，忍受了比常人更多的痛苦艰辛。张光明，在校时就是学生干部，他一生勤奋学习努力工作，50多岁还在学习，入选了国家人才库，也成长为上海测绘院的一名领导干部。

岁月无情，如今47连元老级战友陈叔镛、张光明、温志烈、谢凤兰、宋国君、李学源等都先后离开我们驾鹤而去。但在我脑海中还会时常忆起他们当年青春的英姿和快乐的模样。每当想起青春年华在荒原深处那磕磕碰碰、点点滴滴往事，仿佛就在昨天。

任宝华　上海知青，1968年8月从上海下乡到黑龙江兵团6师27团工程4连，1971年2月到开荒营47连、41连副连长，1972年后到铁道部七零一厂，1979年返城在上海铁路分局办公室工作。退休。

致敬！水利连的家属

——开荒营的无名战士

任宝华

向荒原进军的故事如泣如歌，那个年代忘我拼搏、吃苦奉献精神和种种酸楚和苦涩，成了我们今世的战友情、不解缘。

1968年刚到水利队时想家哭过鼻子，挫折徘徊无助，困难无可奈何。是北大荒老一代垦荒人的言传身教以及他们身后家属，那些大姐们感染帮助了我。

她们就是从五湖四海来到北大荒安家的，献了青春献子孙，献了子孙献终生的家属连的大姐们。如今，她们中有的已长眠在北大荒的怀抱里。

我想念她们，我一辈子忘不了她们。季美芳，46连指导员张志远夫人；罗金秀，37连连长曲志庭夫人；贾凤云，47连老车长宋国君夫人，等等。

从我们踏上黑土地起，大姐们如同亲人般，从生活上关心、爱护我们。为了让我们过好在北大荒的第一个春节，连队将知青三三两两分配到老职工家中。我和同学陈珊娣分在连长常凤山家，汪老师包饺子，炸茄子盒，猪肉炖粉条，小鸡炖蘑菇，恨不得把家底都掏出来，如今记忆犹新的是，东北大倭瓜，吃了不想家。

季美芳大姐端庄、秀丽，典型"南蛮子"口音，小斌、小萍、小敏、小燕，4个子女，小女燕子身体较弱。每当有知青生病时，季美芳大姐就用她们家中珍藏的大米熬粥送到集体宿舍知青炕前。家里4个萝卜头般大小的男孩女孩也享受不到这种待遇。

罗金秀大姐，3个儿子1个女儿，浓重的湖南口音，有能力，是水利队家属中的领军人物。贾凤云大姐，地地道道的北方人，朴实、贤惠。

大姐们在春天按照连队的需要搞副业种菜，秋天要储备过冬的菜，冬天还要翻山越岭去打柴火，因为水利队长年野外工作性质，

47连副连长任宝华

所以家属们对家庭的承担和付出要更多。白天地里劳作，晚间家里忙碌。

1971年，27团组建开荒营，水利队一下子担当起组建3个新连队的任务，还要负责修路。老领导、老职工都纷纷投身其中。家中只剩下留守女人和孩子们。原本忙碌的大姐们，两副重担一肩挑，里里外外，挑水打柴、烧饭，调皮的男孩闯祸了，身体纤弱的女孩生病了，这个衣服破了，那个鞋子小了，袜子要补了。她们默默地以实际行动支援着前方开荒营的开发建设。

宋国君爱人贾凤云，高挑的个头，北方人爽朗的性格，总是笑眯眯的，老宋是老机务，雅号宋老蔫，工作常年流动在外。他们儿子锁柱（宋瑞杰）有点小淘气，姑娘亚萍、艳萍都很懂事，3个孩子之间相差两三岁，一家人的生活就够大姐忙活了，可她为给更多的知青服务，不顾自己孩子长身体的需要，节衣缩食攒钱买了一台缝纫机为知青做衣、补衣无偿服务。那个年代买一台缝纫机需要一笔不少的钱。每当换季时，贾大姐就利用知青外出干活机会，到集体宿舍，大包大揽大家的脏棉衣，穿破了的衣服、裤子，拿回去浆洗、缝补。干干净净的衣服又各就各位放在那里。贾大姐家里总攒些鸡蛋，平时自己舍不得吃，可那个小青年病了、身体不适了，就做上一碗挂面荷包蛋病号饭送到面前。贾凤云大姐甘愿为知青兄弟姐妹付出，她从不知疲倦，更不知享受，她是一个完全忘我的人，就是活雷锋。

他们的家也和千千万万个北大荒家庭一样，成为农垦世家，一代、二代、三代人用毕生精力开垦北大荒，建设北大仓。季大姐、贾大姐刚五十多岁就过早地离开了我们。她们勤奋忘我，舍小家为大家，俯首甘为孺子牛的精神影响了我们这代人的一生。如今健在的孙洪秀大姐还是那样，乡音不改、正直豁达乐观。开荒营的老垦荒战友中，有怎样能吃苦的干部战士，就有怎样做出奉献的老战士的家属。一个个平凡的女性，一个个伟大的母亲，一个个值得尊敬的好大姐。她们是开荒营的无名战士。

后记：这是我根据珍藏了近50年在开荒营工作时的工作笔记和书信整理出的点点滴滴。开荒营的建点元老和后续进点的兄弟姐妹们在浓江河畔奋斗了近十年，为开发和建设美丽富饶的第二故乡北大荒付出了青春和汗水。留下自己的战斗足迹，足以看出当年广大知青战友革命加拼命的那股劲头。北大荒的广大知青是建设兵团的绝对主力，尤其是我们六师称得上北大荒第二代垦荒人。这是一段无法复制的岁月，但岁月只是改变了我们的容颜，抹不去的是深刻在我们这代垦荒知青心中永久的黑土地！

天当被、地做床，干粮雪水充饥肠，青春热血拓黑土，一生结缘北大荒。

兵团记忆碎片

岑洪昌

一、奔向北大荒

随着火车的轰鸣声，我们于 1968 年 8 月 31 日，离开了大上海奔向当时是沈阳军区黑龙江生产建设兵团 310 信箱水利连，就是现在的勤得利农场。从上海出发，经过两天两夜的火车旅途，来到了祖国的边陲美丽的城市佳木斯，在佳木斯略作休整后，乘后边像风车一样的大轮子那种蒸汽驱动的轮船，于 9 月 5 日下午到达了团部勤得利港。

船还没靠岸就听见锣鼓声和欢迎的呼喊声！他们夹道欢迎来自上海的知青。欢迎仪式结束后，码头两边和公路两边停满了卡车和胶轮拖拉机，这是各个连队来接知青的车子。按照分配表大家有秩序上了各个连队的车子，我们水利队的 26 名上海知青上了一辆解放牌大卡车，卡车在路上行驶，身后一路风尘，经过半个多小时，汽车到达了水利连。连队的老同志和家属、小孩，还有比我们先到的北京知青在公路两边热烈欢迎我们到来，看到这样的场面，当时大家心里有一种说不出来的感觉，看到连队的现状，比我们想象的好得多。

在连队指导员和连队干部的召唤下，老同志带我们下到了各自班组。屋子里打扫得干干净净的，炕也烧得暖暖的，晚上开了一个欢迎大会，会后聚餐，这顿富有人情味的欢聚终生难忘。

27 团水利队地处五星山脚下，连队前面是"勤同"公路，路南是一望无际的荒原和几大块农田，东北角是石子河，1969 年新的团部建在石子河，砖瓦连（砖厂）在东南角，西边与水利队相连的是 5 连，有一条小河沟将两个连队分隔开来，小河的流水来自五星群山的泉水，河水清澈甘甜长流不断，我们和 5 连两连队的饮用水都来自这条小溪。

水利连的任务就是筑桥、修路、建水库，连里有推土机、压路机、刮路机、铲运机等机械设备，近水楼台先得月，连里决定就在这小水沟修起了小水库，指导员张志远在大会上谈起连队今后的规划远景非常感人，水库修起来后水里养鱼虾，接上管道连上水泵，连里就能用上自来水。再造上几条小船，夏天可以划船、钓鱼，冬天这水面就是天然的滑冰场和滑雪场，大家听了干劲十足，这场景太美了。水库大坝建成了，水库的水也慢慢地灌满了，冬天到了的确是天然的溜冰场和滑雪场，知青们还有连队的孩子们可有玩的地方了，冰面上大人孩子，老的小的玩起来热闹得很。

但是，好景不长，由于战备形势紧张，根据备战的需要，27 团团部要搬迁到水利连的位置，团首长决定暂时解散水利队。到了 1971 年初，团党委命令组建开荒营，（四营）水利队除了早期组建的 19 连外，又奉命组建了开荒营 46、47、48 三个连队。水利连解散了，机务排划归砖瓦连（砖厂），连里许多战友分散到全团的各个连队。水利连是农业生产不可缺少的部门。毛主席说过：水利是农业的命脉。后来，27 团又重新组建了水利连，选址在石子河，大家都统称这个连队叫"新水利队"。

二、向荒原进军

1971 年初春，老连队（水利队）召开了隆重的欢送晚会，几乎一直到天亮，转天清早初春的寒风呼呼地吹，我们新建的 3 个连队都整齐地排列在大食堂门前照相，老领导、老同事、老战友前来与我们道别。我们新建的连队分别是开荒营的 46、47、48 三个连队，大家伙分别坐上了拖拉机拉的爬犁和汽车，浩浩荡荡地向荒原进军。同志们一路上歌声嘹亮神采奕奕，歌声与笑声和拖拉机的轰鸣声交织在一起，穿透了千古荒原，扰乱了寂寞的荒原，向荒原宣告我们来了。寂静的一片白茫茫的雪原披上初春的朝阳，红色的"向荒原进军"的大旗随风飘扬，白茫茫的雪原上，拖拉机疾驰，在随风卷起的雪花映衬下大旗显得格外艳丽。

一路上经历了近 4 个小时颠簸，我们终于到达了目的地，这里距离五星山脚下大概有 70 多公里，是五星山的正南边，背靠浓江河的北岸。下车后大家马上拢起一堆篝火，暖暖身子烤烤火。昨晚的欢送晚宴热闹过火了，我被同志们灌醉了，就像大病一场似的，坐在爬犁上没有活动，零下 20 多度的严寒，两只脚冻出了 8 个大水泡。到地方了我们抓紧吃了点东西，口渴又吃了两捧"雪"就开始卸爬犁、拿工具。大家简单地分了分工：伐木的伐木，打草的打草，支帐篷架子的支帐篷，搭铺的搭铺，一切有条有理，瓦工临时在帐篷外面搭了一个临时锅灶点起火来化点雪水。经过一段时间的忙碌，帐篷已经有了框架的雏形。五星山勤得利地区初春季节天黑的早，天黑了拖拉机的大灯开着照明，在灯光下大家齐动手进行着帐篷搭建的收尾工作。

帐篷搭好后里面中间隔开一分为二，西边住女同志，东边住男同志，一只大油桶放倒改装成大炉子，炉中加上木柴，火烧得通红通红的，外面零下二三十度，帐篷内的温度已经上升到零度以上，炉火旁的温度更高一些，同志们忙着脱鞋脱棉裤在炉火旁烤烤，谁知有的同志鞋和裤子都冻得脱不下来，打着褶的裤腿与鞋已经冻成了一条"冰凌"形状像一把匕首，北大荒的冬季奇冷无比。炉火越烧越旺，同志们一边烤衣裤鞋袜，一边谈笑聊天，我们终于住进了温暖的帐篷，负责做饭的同志送上来热气腾腾的包子和开水，这是一顿最香甜的晚饭，让我们久久不能忘记。帐篷两边的战士们拉起了歌，歌罢大家齐声呼叫某某某来一个，欢快的笑声打破了千古荒原的寂静，也是向荒原昭示我们来啦！

夜已深了大家久久不能入睡，许多战士借着手电筒和小油灯的亮光在看书学习，有的在写日记，记下这进军荒原的第一天。慢慢的，大多数战友都已进入梦乡，还有两个同志最辛苦，他（她）要看好这取暖的炉火，保证帐篷里面的温暖，要不然第二天这个帐篷的人都得当上"团长"冻病了。

转天清晨，太阳刚刚升起，林子里的树木枝头挂满了雪和冰凌，在微风吹动下轻轻摇动，在阳光的照射下闪闪发光，仿佛在向我们这些打破荒原沉寂的不速之客致敬。北大荒的太阳出来的早，天亮了大家都相继起床，昨天的疲劳已经忘记，新的一天重新开始。早饭后，简单地分分工，几个人加固帐篷，拉紧绳索，帐篷的底部培土（培雪）防风保温，对昨晚匆忙搭起的食堂完善，一部分人准备烧柴顺便再多打一些草备用，抽几个人到浓江河去多刨些冰运回来化冰水做饭饮用。帐篷附近虽有许多雪，但是化雪水一方面不是最干净、有杂物，另一方面一大锅化雪只能化出一小盆水太费力了，还是冰最好。

我们几个拉着小爬犁，带上麻袋和镐头去运冰，整个连队吃喝靠小爬犁运冰有些供应不上，有机会营部派拖拉机来时，我们就赶紧抓差到浓江河边去拉一大爬犁冰回来就扔在食堂旁边，天冷也不会化掉，足够用一阵子了。浓江河里刨冰过程中，发现被冻在冰层中的小鱼，我们带回来拿进帐篷放在水桶里，冰化了鱼还活着，游来游去很快乐，冰天雪地的气候，冻在冰中的鱼儿生命力真顽强，鱼儿在帐篷里生活了许多天。

帐篷里简单的起居生活算是安排就绪了，接下来就要大干了。为了一年里连队的规划基建盖房子工程要准备建筑材料，盖房子用的木料，大梁、大柁、房檩、椽子，除了木材还要芦苇，房顶上用的草都要准备，而且都要在冰雪"开化"前准备妥当。老话说：兔子不吃窝边草，我们要到远离连队的树林子去伐木，每天，大家都要走在没膝的雪原上，行走 10 里路去伐木，两人一组用那种"快马子"大锯，树放倒了，截树头打枝杈，树变成木头了，我们再一根根抬起来归楞堆放整齐，材料备足后，营部领导会派拖拉机来帮助将木材拉回到连里。每天十几个小时的工作，没有节假日，经过两个多月的艰苦努力，我们备足了材料并及时地运回连队。

当年开荒营的其他连队都在营、团首长的指挥下，边"大开荒"边安排房屋的建造。47连的木工叫于晓晨，是勤得利当地人，木工手艺不错，我当时就是跟着于晓晨师傅干得非常带劲，做房架子都是手工活开榫开卯，荒原上没有铁钉、巴锯子，只能采用柞木（硬木）拿斧子劈成木楔子，拿手摇钻钻上眼儿，使用粗细不同的木楔子打进不同的地方进行加固，起到两个木结构紧密相连的作用。几周的辛劳，蚊子、小咬、大瞎虻飞来飞去，轮番对工作的人们无情地叮咬，忍耐不住时，我们就在上风头点上一堆篝火，火苗大时扔上一把青草，加上青草的火堆，顿时浓烟滚滚，驱散蚊虫的烟雾同样呛得我们鼻涕眼泪的，更多的时间我们是戴上蚊帐帽在工作，但是露出的手上往往被叮得一片一片地红肿。

房架子做好了，整栋房子建造时所需要的木质结构的材料都完成之后，大会战开始了，兵团会战多，水利大会战，麦收大会战，秋收大会战，同样建房也是大会战。清晨很早食堂就准备好早饭，大家也早早起来，洗漱后抓紧吃早饭，之后马上召集大家开短会，对今天建房的工作讲了许多安全注意事项，木工瓦工各负其责，知青们小，对建房是完全陌生的，什么时候要干什么要完全听从老同志的指挥。一切准备就绪后，在房基上先竖起两根立柱，这两根立柱竖好后，要仔细测量确保要垂直于地，特别是顶部的两只榫头反复丈量与房架的两只卯尺寸不能有一丁点误差。大房柁被众人缓缓抬起，慢慢地升高，与此同时分别有一边两个人手持长木杆，木杆被绳索绑在三脚架的上部，这 4 人是防止房柁向两边倾斜，保证竖直的状态，稳稳地落到两根柱子上，这第一架大柁升起后大头的这面不偏不斜正好与柱脚榫卯相扣，而另一头稍稍有些误差没有下去，只见木匠拿着斧子上去看了看，重重的两斧敲打柱脚，榫卯稳稳落入，这第一个房架子立起来了，马上就用木杆前后左右地相互支撑固定，让其稳定不要倒下来。第二个第三个放架子如法炮制，一个个站在柱子之上，在木匠于晓晨的指导下，立起一个房架子马上用几根房檩将两个房架子相连，每棵房檩都有同样的长度，互有榫卯一公一母。一排排房架子竖起来，房檩房梁安装齐备后，呈现出整栋房子的轮廓甚是壮观，对整栋房的木架子支撑稳定后暂停，大家集中力量再去另外几栋房子支房架，几栋房子的架子都竖起来了，就等砌墙了，建房会战的第一战役暂告段落。

有了房屋的架子就开始砌墙了。东北的土房子实际上就是水、泥、草混合后人工搅拌成"干泥"，用杈子在墙基的位置上堆起成一道墙，别小看它，这里有大学问，首先是土墙墙体厚，起到了保温保湿作用，冬暖夏凉且造价低；其次工艺上水泥草的比例也有讲究，土和草的比例是三比一，草的长度在15厘米左右，单讲土就有要求，土要先挖出来被风吹日晒使土壤熟化，草和土混合好土块要打碎拌匀，而且要多翻动几遍，边翻边洒水，让草和土吃透水分，之后人工上去脚踩，踩透了堆起来醒一会儿，这和发面做馒头有近似的道理，这样和出来的大泥才有更好的粘合力有劲道，大泥不能太干更不能太湿，在扠墙的过程中不能一次扠得太高，不然会塌下来。

所以前面讲的开工前要几栋房架子要相继竖起来就是这个道理。一栋一栋来，一层一层轮流扠墙，流水作业对泥土的熟化和墙体稳定起到良好的固定作用。等墙体硬实了再扠下一层，而在墙体没有干透时抓紧将墙体铲平。慢慢地墙体渐渐升高，适当高度的时候，木匠将门框窗框安装好，墙体和木框之间还要用草辫子来固定，主要是保证柱子和土墙不分离，看似简单的休力劳动也反映出了劳动人民在千百年的劳作中积累的经验。墙体封顶了房子就要吊棚了，这是房子保暖的关键一步，首先得铺上木杆，木杆上铺上芦苇和草，草的上面铺上一层和好的泥，不要太厚但要摊铺均匀不露缝隙不透气，这是房间保暖的关键工序；往顶上运泥是个费力的活，大家伙分几组；有的用铁锹传递，地上的人将和好的泥传给站在凳子上的人，凳子上的人将泥传给屋顶上的人，屋顶上的人将泥送到瓦工跟前，瓦工将泥均匀地摊开厚薄恰当；另一组用桶，新建连队什么都没有，桶也没有几个，有的战友用自己的脸盆当工具，连桶带盆一起上，当时的脸盆都是搪瓷的，尽管大家小心翼翼但脸盆还是碰掉一块块的瓷。

那一年老天算是帮忙，在建房期间雨水不多，但这荒原上叮咬人的蚊虫实在太多，光是"瞎虻"就有大、中、小好几种，但是别看瞎虻大但是它咬不到人，飞来时老远就有很大的声音，人们就有了防范，挥挥手将其赶跑，蚊子多的实在可怕，白天天气晴朗时要好一些，遇到阴天蚊子就会成群结帮一团团地将人们包围着，没有办法大伙穿上厚衣服，两只脚是安全的，那时候常年穿着高筒水鞋，脸上脖子上手臂上都是蚊子叮咬的区域，干起活来双手都是泥，两手端着盛满泥的盆上下传递着，被叮咬了就要驱赶拍打，手臂上脸上脖子上到处是泥，到处都是叮咬后的红肿块，皮肤不好的战友叮处溃烂。最可恨的是"小咬"，它体积小，不论晴天阴天都是咬人活动中最积极的，不知不觉地飞过来，落在人的眼角处嘴角处或者钻进头发里而一阵"狂咬"，小咬的个头虽小但毒性很大，被咬后鼓起的包块最大最痒。

经过大家伙的努力，房子一天天在变样，我们非常高兴，在连里面老同志的带领下，我们开始做屋顶了。从屋脊成人字形状往两边下来到房檐的一根根细木头叫椽子，椽子要一根根密密麻麻排满，之后房顶上面铺上一层乱草，草上面要抹上一层巴泥，巴泥跟上次平顶涂抹一样，但是工艺上要求平整，巴泥和好后同志们锹、盆、桶齐上阵，木质黄颜色的屋顶变成了黑黄的土色，为了达到平整的要求，瓦工李学员总是在最后进行着收尾工作，待屋顶的巴泥彻底干透就可以苫草了。

苫房的草特别是做房檐的草，要求非常整齐，木匠找了几根大钉子钉在一块木板上，将木板翻过来钉子朝天，梳理凌乱的草做梳子用，在草堆里挑选了部分好一点的草，整捆地在钉齿上多拉几下，草捆中凌乱不整齐的短小草就被铁钉梳理掉了，之后地上干活的人们将这些草，每人两手各拿一小把，这一小把草有大号擀面棍粗，双手握紧到铡刀处有专人给铡去一刀，铡掉十五六厘米，让手里剩下的草短一点，大家轮流着将手中铡整齐的草把直接送到苫房檐的瓦工手里，瓦匠在房檐上抹上一层稀泥将小草把铺在稀泥上，屋檐吊着直线，草按着线向前铺开，一边铺开一边在小草把的上面也涂上一层稀泥，这样房檐草就被牢牢地固定在屋檐上了。南坡苫完苫北坡，等房檐的最后几把房檐粘好，前面都已经干透了。

等待房檐干透的时间，大家忙着将苫房的草一捆捆地都用铡刀铡了一遍，这一刀主要是将整捆的草根部变得整齐和每一捆草长短相近，被铡掉的草不是废料，后面用来和大泥用。铡草是力气活，张光明、陈叔铺、刘军还有我等几位男同志抢着干。其他几位老同志，指导员王金生还有宋国君、李学员、杨聚福等也一边忙一边跟着干活，还要不断地注视着建房的安全，指挥着大家干着眼前的，想着后头的事。

苫房开始了。先从北坡开始五六个人一字排开站在木凳、跳板上，此时被铡好的草捆已经整齐地堆在脚下，草捆打开，草根朝下，梢顺着屋顶的坡朝天，几个人铺草的快慢要差不多，草捆散开码到一定的厚度时，几个人同时使用一种特制的木拍子向上拍打草根，木拍的面子上有搓衣板一样的木楞，这样的木拍推起来不打滑，草垛随着几个人同时拍打整整齐齐地摊铺在屋顶上，草与草之间变得紧密相连。第一次码草捆拍打完成了，接下来就是第二次开始，第三次铺草拍草时这面坡的草已经苫到屋脊了。南坡苫草时大家已经有些熟练了，速度更快了，除了房上的几个人拍打草之外，站在地面有经验的老同志仔细观看着房子上面苫草的平整情况，哪里的草铺厚了要及时解决，上面的小拍子拍不动解决不了的时候，"技术"人员手里有个很长也很大的拍子站在地上就能拍到屋顶的草，说是拍其实就是向上推，推到整个草屋顶平整厚薄一致。站在地上仍然推不动、解决不了时，他就要亲自上房，将这块局部地方挖开，里面一定是有横草或者草梢顶在一个什么地方了。

南北两坡的草都推到屋脊时就要收顶了，首先铡一部分短草，边码边拍打屋脊变窄，上面压一层和好的大泥不要太湿，泥要压得多一点，重量和泥土的黏合会使屋顶牢固。做屋脊好像有几种做法。一种是将芦苇捆成碗口粗，与屋脊一样长，两头用铡刀齐齐头抬上去，放在那层湿泥上，挑选最长最好的草在芦苇捆上编成马尾辫两边分开，编马尾辫时让其中的几根同时与屋脊的草有所相连，互相拉扯整齐有序，这叫"龙背"。屋脊是房顶的收尾工作，有技术要求，既要美观又要防雨、防大风。龙脊的另一种做法与前基本相同，用粗细相同的木头长杆替换芦苇捆。

在短短几个月的时间里，我们盖起了五栋房子，一栋大食堂，两栋职工宿舍，两栋家属房，忙里偷闲大家伙还用铁锹和二尺钩子等简单的工具开了几亩菜地，吃上了自己种的蔬菜。

47、48连在营部的最南端，我们与营部45、46连之间隔着一大片的水泡子和沼泽地，公路一时无法修通，两个连没有与营里同步开荒，暂时养养牛，我们养了50多头牛。1972年春夏之际，冰雪彻底融化后，交通就完全隔断了。我们的人出不去，外面的（营部的其他人员）也进不来，就像在真空里，半导体收音机只能收听到外国电台，到了晚上才能时隐时现地收到黑龙江台的声波。我们经常几个人站在房顶上向北遥望，看到远方有个黑影子都高兴得不得了，大叫"海外来人啦！"可是等了老半天不见人影，却是个"熊瞎子。"

大地没有化冻之前，邮局派人送过几趟信件，冰雪开化了信件就没有办法送进来了。所以，当时外面看到的信件、报纸都是几个月前的，交通隔断之后，最关键的问题是进点前所带的口粮也吃光了，在这"弹尽粮绝"之时，张英营长带着营部的工作人员背着面粉，躺着冰冷的水在塔头、水泡子上走了1 000多米的水路给我们送来了救命粮。当时营长下决心向团领导反映情况请求支援，全力以赴尽快打通这条生命线。转年在团、营领导的支持下，才修通一条简易的土路。

在荒原上的新建连队里，我们在老同志的带领下，学会了盖房子，学会了"盘炕"，学会了伐木、打井等许许多多的生产生活技能，冰天雪地，寒风刺骨锻炼了我们的体魄，蚊虫的叮咬，让我们变得更坚强！让历史记住开荒营47连首批建点人员吧！

兵团职工：王金生、于晓晨、宋国君、李学员、杨聚福

北京知青：刘军、谢凤兰

大津知青：陈加会、张文兰、付桂兰、姚玉凤、李琴、温志烈

47连马架子房前留影

上海知青：任宝华、钱月凤、姚阿金、岑洪昌、陈叔镛、张光明

岑洪昌　上海知青，1947年生，1968年8月赴黑龙江兵团6师27团水利连，1971年2月调开荒营47连，1979年返沪，在上海第二毛纺织厂工作。退休。

前 进 的 47 连

岑洪昌

进点的当年，我们共建了5栋房，开荒种菜有3亩地，打了一口井，养了50头牛，还有两头猪。为筹备建造房屋伐木大约有200方木头，村舍里的排水沟和将来通往营部的道路我们共计开挖土方近2 000立方，还打了许多草和芦苇，为来年建晒麦棚、晒麦场做好准备。那个时代是个红彤彤世界，苦啊！累啊！也不觉得什么。

一、熊的故事

初春，冰雪已经融化，树草都开始返青了，我们是初到荒原，还不能称作完全是主人，荒无人烟之地生活着各种各样的动物，傻狍子、野猪、熊瞎子、狼等，也许它们觉得突然间

庞大的机器拉着一群"什么"跑到这块地方,莫名其妙。

连队开始做建房的准备,木匠于晓晨开工打造房架子,女同志为建材(树木)扒树皮。当时给于小晨师傅打下手,要建好几栋房子,木工的工作量很大。于师傅画线,我就跟着学习开榫和凿卯,当时没有铁钉和八锯子,为了榫卯结构的牢固只好采用木楔子加固。用手摇钻在适当的部位打眼,把柞木锯短用斧头劈成合适的粗细,当铁钉子硬打进去将其紧固。在木匠师傅的带领下,两个人忙得不亦乐乎。

大梁的两头需要有两个坎儿,用以支撑住两根三角斜梁,两道坎处量好尺寸先用快马子锯两条很浅的锯口,之后要用锛子在锯口向内刨出一个斜平面,这是一个技术活,也有危险性,这又累又危险的活他只能自己干。

荒郊野地杂草丛生,蚊子、小咬、瞎虻围着人团团转,为了抢进度盖房急需房架子,于晓晨师傅忍着蚊虫、小咬的叮咬,慌乱中木匠的锛子锛到了脚脖子,当时,鲜血直流,大伙都吓坏了,赶紧让他下去休息,于师傅简单地包扎一下又继续干活。老同志这种轻伤不下火线的精神鼓舞了大家。在领导和大家的反复劝说下,于师傅才停下手中的活。师傅受伤,活不能停,指导员问我能不能干,木匠的锛子我是第一次看到,那里会用。于晓晨师傅教我安全的操作方法,"骑马式"操作,即便是锛子走空了,也伤不到腿。为了安全起见,我就采用"骑马式"的方法,手上没准锛出来的斜面一点都不平,坑坑洼洼,时常轮空,还好轮空的锛子从我的两腿中间划过。慢慢地我也掌握了一些要领,这时的于师傅根本没有得到真正的休息,要么就只能钻进蚊帐里,在外面到处是一团团的蚊虫小咬。这个受伤的木匠师傅,在造房架子处看着我不断地告诉注意技术事项及安全。

几天下来,于师傅的伤口得不到有效治疗,当时的情况小药箱里拿点红药水涂涂,仅有的一点点止血粉也用完了,他的伤口发炎了,脚肿得鞋都穿不上。木匠手巧啊!就自己动手加上我的帮助,做了一只简易的拐,走起路来一瘸一拐。连里决定送于晓晨去勤得利医院治疗。当时,47、48连通往外界的路没有修通,只能在推土机每修一条路之前先要将草皮推开,这种作业时会将草皮一卷卷地卷起来,卷草皮时土层还没有开化,卷起的草皮远看也算整齐地排成一条直线,但是每一卷草皮都不是整齐划一,相互堆放时两卷之间的距离也都不一样。往北走到46连之后就有路了。连里决定派人送于晓晨出去看病,于师傅没有同意,"连里工作那么忙,人又少。"就这样木匠于师傅一瘸一拐地在荒原上独自前行去看病。多么好的老同志,多么高的境界。

后来,连里的北京知青刘军到营部办事,路过46连时听说于晓晨在外出的路上,临近46连时遇到惊险啦!刘军还捡回于晓晨丢失的一只鞋。

那天于晓晨从连队出发,一瘸一拐地忍着伤痛在草皮卷之间上去下来行走,上去下来是因为卷与卷之间有的离得近有的离得远,接近水泡子时就没有草皮卷了,就得涉水趟过去,水泡子过后又要在草皮卷之间上去下来,一个脚受伤的人东北话叫"遭罪"。正当47连于木匠痛苦不堪前行时,前面不远处的草皮卷边上窜出一大一小两只黑熊,是母熊带着小崽。那还了得,大熊一下子扑过来,保护幼崽是动物的本能,再者说你无缘无故地侵犯了熊的领地,怕你伤的小熊崽,大熊就跟你拼命。这时的于木匠顾不得伤痛,逃命要紧就拼命地跑,大母熊就紧追不休,就这样一直跑到46连南边的大水泡子,母熊在后面追,于晓晨只好往水泡子深处去,水越来越深,母熊在水里面追了一段就掉头不追了,可能是水深的原因,也可能是怕小熊崽不安全的缘故,于晓晨师傅躲过一劫。

看看大母熊不追了，于木匠赶紧向水泡子的对岸快步走去，等上了岸是水泡子的东边，熊追得他路都跑偏了，等于绕了一个大圈才到达 46 连，当时的人已经筋疲力尽，脚上的伤口也在水里泡得发白了。在 46 连战友的照顾之下，对伤口重新处理一下，吃过饭略作休息终于到达了勤得利医院。

一周后，于木匠伤口还没有痊愈就又赶回了连队参加繁重紧张的劳动，可能于晓晨至今脚上还留有伤疤，老同志的精神是多么的可敬可贵啊！

在此向老同志们致敬！祝他们健康长寿！2014 年我们回农场在勤得利农场见面时还说起此事。并得知于晓晨是浓江农场原场领导刘忠汉的姐夫。

红日破晓春色浓，战旗迎风舞长空。兵团战士斗志勇，铿锵誓言似雷鸣。

主席教导记心胸，誓叫荒原披新容。汗水浇透黑土地，大干快变争英雄。

这是当年写的一首诗，回想起当年艰苦奋斗的场景就像电影一样，一幕幕地展现在眼前，同志们的冲天干劲及革命乐观主义精神，至今在我的脑海里回荡。天蒙蒙亮就开始工作，一直到月光下在火堆熄灭时才收工，一天要工作十四五个小时，这都是超强体力劳动，同志们没有一个叫苦叫累，齐心协力，心往一处想，劲往一处使。只有大干才能改善，只有大干才能发展，只有不怕苦不怕累才能换回幸福和甘甜。时间过得飞快，转眼来到1972 年。

二、钢笔

我有一支心爱的钢笔，在学生时代就跟着我，我到了北大荒第二故乡，钢笔也跟随着我，我用它记载了在北大荒的岁月。进入开荒营 47 连，在修 47、48 连通往 46 连营部方向的公路时不慎丢了一次。

那天，我们在修那段路，收工了同志们都回连队，我得留下来为次日的水利工作做准备，首先用大钐刀把次日作业面上的草割掉，然后量好尺寸拉上绳子定好位置，分好男男女女的工作量，一切准备停当后才能回家，这些工作都要记在本子上，每天的活收工后写个小结。回到连队发现钢笔不见了。在工地上还用来着，拍拍脑袋仔细地想想，可能是在工地上干活热了脱衣服时掉了。这支笔陪伴了我那么多年，真舍不得，那么大的地方一片荒草丛生，小小的一支笔要找回来很难，简直是大海捞针。

第二天，从早晨起来就下雨，到中午了也没有停雨的迹象，工地上到处都是水，泥泞不堪，心里面老是想着昨天干活的地方，想着丢失的钢笔。下午 3 点多钟雨停了，太阳出来了，我心不甘就独自上工地找我心爱的钢笔。凭着记忆来来回回在干活的地方找了好几遍，也没找着，很失望，我心里想真的要和这支钢笔永别了，垂头丧气地背着晚霞返回连队。走着走着突然看见前面不远的草丛中有个亮点一闪，我赶紧快步走近用手拨开草丛一看，正是我那支钢笔静静地躺在草丛里，笔帽是不锈钢的，多年使用磨得非常光亮，在阳光的折射下一闪一闪的，像是在呼唤我：老兄，你不要丢下我，你用我写下了多少日记，记录下多少开荒建点战天斗地的历史，写了多少学习心得。

离开北大荒返回上海后，这支钢笔继续记载着我的学习、生活，描绘着曾经的青春年华奉献给北大荒，记录着上海新的工作新的进步。至今，我一直细心地保留着这支心爱的钢笔。

三、手表的故事一

在 20 世纪 70 年代，手表对我们来说是奢侈品，但是大家也是希望拥有的。那个年代许多食品与日用品都是凭票供应。上海一个几千人的大单位，也只有 10 块手表的供应额度，非常稀缺，更不用说我们远在北大荒。当时手表是个稀罕物，城里人结婚追求拥有的几大件之一，价格不菲，一个人几个月的工资还不够买块表。当时知青中有手表的不多，47 连当时好像有两块手表，指导员王金生有一块，上海知青钱月凤有一块，据说是她父亲的，还是半钢的"东风"牌的。当时钱月凤在食堂工作，早晨起床、上下班、开饭要看时间，敲钟是食堂的事。突然有一天手表失踪了，这可是大事。连队里就那么几个人，大家都相互非常信任，根本没从"失窃"上想，大家伙分头上边下边犄角旮旯地找了老半天就是找不着，只能作罢……

一个多月过去了，食堂淹的咸菜要倒缸了，就是先把缸里没吃净的部分老咸菜拿出来，再把缸里面的汤倒出来，缸底重新码上新菜之后，将原有腌好的老咸菜和汤再放回去。再倒咸菜缸的时候，发现缸底有一个发亮的东西，赶紧捞出来一看正是丢失的那块手表，后用清水里洗了洗上了上发条，手表还真的没事，重新"咔咔"的走起来了。在盐水里泡了一个多月居然没坏，这下传开了，都说手表质量好。后来，钱月凤自己回忆当时捞咸菜时怕手表湿，摘下来放在上衣口袋里，低头捞咸菜时可能掉进了咸菜缸。手表找到了，食堂的钟声敲得更准时了。1979 年以后我们回到上海，这块手表拿到钟表店清洗、加油、保养，又用了许多年。

四、手表的故事二

1976 年秋天，我们连的哈尔滨知青王德仁开着拖拉机拉着大犁翻一号地时大犁堵了，下车抠大犁时不小心手表丢了，当时不知道。干完活回到连队洗洗手擦擦脸准备吃饭时发现手表没了，想不起来怎么丢的，也不知道在哪丢的，只好认倒霉。

时间一天天过去了，第二年转眼又到了翻地的季节，一天夜班王德仁开着这台车来到一号地翻地，拖拉机拉着大犁一圈一圈地转，夜班开车作业很是累人，机车轰鸣，尘土飞扬，外面蚊虫小咬太多，驾驶室里闷热门也不敢开，再加上柴油机燃烧排出的气味真是受罪。夜班饭吃罢，下半夜人的困劲就上来了，有点迷迷糊糊强打精神开着车，车头随着地势的高低摆动着，两只大灯随着车头的起伏照着远方，困归困，车子在翻地作业，眼看着前方手握操纵杆保持着机车右边的链轨始终在垄沟上边直行。大灯照耀的前方右侧已经翻过的地里有一个极小的亮点，夜间翻过的土里怎么会有能发光的东西？拖拉机开到临近亮点的地方停车拉开车门下去，走到亮点的地方，出于对自己的保护，没有用手去触及而是用脚踢了一下，看看到底是什么东西发光，本来物体的大部分埋在土里，踢了一脚后基本上全露出来了，是亮晶晶的手表，仔细一看，正是他去年掉的那块表。他赶紧擦巴擦巴吹吹灰尘，上了上弦手表竟走起来了，放在耳边听听"咔咔"的声音，好美妙，拖拉机就在身边轰轰作响，但此时听到的手表声音仿佛比拖拉机还要响。当时的人就像打了强心针一样，不知有多高兴，蚊子小咬的围攻都不顾了。

下了夜班他高兴地回到连队，见到同志们就一个事——报喜"我的手表找到啦！失而复得，苍天有眼啊！眷顾着我们北大荒人哪！"

五、手表的故事三

听说45连也发生过丢失手表的故事，食堂的一位女知青蒸馒头和面时带着手表不方便，随手摘下放在面板上，工作忙起来忘拿了，开完饭要看时间才想起，过去找怎么也找不到，轰动一时成为一件大事，据说还是一块进口表。毛泽东时代兵团的连队战士们相互信任不猜疑，风气良好；夜不闭户路不拾遗。大家伙一块找了一阵子没找到，这件事情就慢慢地过去了。

后来过了一段时间，食堂大扫除，在清理案板下面时发现墙根上有一小堆土，仔细看是老鼠洞，清理洞口的土，往里看有块亮的东西，戴上手套拽出来看是块表。手表怎么会进老鼠洞呢？原来表带是皮的，于表从鼠洞取出时皮表带已经被老鼠啃得所剩无几。真相大白了，盗表者是老鼠。

当年开荒营地处千古荒原，鼠害也是比较严重的。北大荒的房屋都要糊天棚，目的是保暖。天棚是一层厚厚的很结实的纸糊起来的，与上面的木质屋顶分隔开来，这样保暖更好。就是这层空的夹层成了老鼠的"乐园"，不管白天和黑夜在天棚上嬉戏打闹跑来跑去。北大荒的老鼠个头大，咬坏东西，偷吃东西是家常便饭。我家那时想办法抓，简单的捕鼠器具一天就能抓好几只。老鼠记吃不记打，家中的小仓房里有一袋葵花籽，一晚上地上就是一层瓜子壳，我也仔细地观察过那些家伙吃瓜子的速度非常快，灵敏度非常高，一有声响迅速逃走，我干脆做了个"夹子"每天都能抓好几个。老鼠闲来磨牙，不饿也咬东西，把我的箱子咬了个大洞，里面的呢子大衣也咬个大洞，大衣是我父亲给我的，父亲自己都不舍得穿。

为了治鼠，我想了好多办法，除了多做几个"鼠夹"外，在我家天棚上开了个"陷阱"放上诱饵，下面放上个小水缸装上半缸水，一晚上就能抓到好几个，家中每次抓到老鼠后就能太平几天。天上有鼠，地上鼠更多，墙根底下到处是鼠洞，我就用碎石砖头堵死，洞深的用木头钉上钉子打进去，大泥糊死。用不了多久堵在洞口的东西就会被老鼠咬得松动。鼠患是严重的，当时的兵团战士报有过报道，婴幼儿在床上被老鼠咬伤。

六、生死存亡的关头

47连地处浓江河北岸，往南不远就是浓江河边，北边是一片小树林，临近树林是我们连队的菜地，跟前是农具场、晒麦棚，西边是荒草地树林子，东边是48连。一条公路在47、48连两个连队中间，穿过树林子到浓江河边。当时，规划在浓江河上架桥通往60团。48连与我们一样同处在树林的包围之中。

1977年冬天雪少，来年就是春旱。我们连队大部分人员都在新47连的新建点上，老47连没有几个职工，留下的大都是老人小孩和家属们。

那天，老职工宋国君家属起得早，忽然抬头看见连队西北角着火了，急得大声叫喊起来"跑荒啦……"这一声声惊叫，连队立刻慌乱起来了，这火要是烧过来整个连队就将化为灰烬。当时，我正好在场，出去一看真的不得了，西北面和西边的草甸子火光冲天，浓烟滚滚。火借风势风助火力，呼呼声老远都能听到，很快大火就进林子了，桦树油性大燃烧时发出噼里啪啦的声响，熊熊大火借着风势向居住区域这边几栋房子推进，这是生命关头，老人说"水火不留情。"刚刚到兵团时，在老连队也参加过打火，这场面虽然见过，但这一次明显感觉到不一样，刻不容缓，火光就是命令；这时，连里面所有人员都行动起来了，连家属和孩子们都参与到打火行动之中。大家拿起麻袋、扫帚、铁锹等能够打火用的工具，迎着临近大火而去；我立刻安排机务上的人发动拖拉机挂上大犁，两台车在连队西北往南来回地翻地打防火道；另一边组织在家的职工和壮劳力家属带上镰刀火柴迎上去，在大火尚未到来前，先放火烧掉脚下的杂草烧出防火道；还有一部分人看住余火，连队里的老人和儿童到公路上去并向北走一段路，那边公路的两边是47、48连的地号，遍地的青苗烧不起来。这时候48连的同志们也赶过来了，人多力量大，先把李学员家房山西头有一堆烧柴和一堆豆秸马上搬离，如果大火一旦烧过来把这两堆东西点燃，两个连队都难保。拖拉机翻地打的防火道越来越宽，人工打的防火道也逐步在扩大，正在这时风向转了，忽然刮起了东风，可能是我们众志成城的打火壮举感动了上天，我们人工打的防火道对面的火顺着风向向西、北、南扩开来与来势汹汹的大火连成一片，向连队相反的方向烧去。两个连队得救了，但是我们丝毫不敢放松警惕，全力以赴扑灭余火，以防死灰复燃。经过大家的努力，保全了两个连队。

大火来临之时还有一段小插曲，听到"跑荒啦"的喊声，大家都急急忙忙往外跑，乱哄哄地啥也顾不上了，我老婆抱起当时只有5个月正在睡觉的儿子，啥也没有拿就跑出来了，后来，老宋家属看见了就说："啥也没拿，也没给孩子包一包，天太冷赶紧回去拿个小被子啥的，别冻坏了孩子"。

后记：这场火后来沿着浓江河往西不知何故过了河，到了南岸向东南方向烧去，听说这火烧了一个多月，一直烧到抚远，还烧了几个村庄，大火差点烧过黑龙江。最后听到消息是这场大火被一场暴雨给浇灭了。

47 连 的 回 忆

齐　敏

一、一只绣花鞋的故事

冬天的勤得利很冷，室内却暖意融融，晚上打开电视，一行电视剧的剧名《一双绣花鞋的故事》跳到了我的眼前，好熟悉的名字，绣花鞋把我的思绪带回了44年前。

1972年的春天，我们一行8人在排长魏敬唐的带领下，离开了辛勤建点的45连，来到了更远、环境更艰苦的47连，47连有3栋泥草房、一间男宿舍、一间女宿舍、一间食堂，这艰苦环境，却坐落在一条美丽

的小河北岸。春天万物复苏，小河边柳树垂下，芦苇茂密，我们也经常上小河边洗衣，玩耍，小河边上，立着天然的塔头墩子，西边有一片我们新开的荒地，并且种上了大豆。

6月的景色很美，瞎虻、蚊子、小咬多啊，下地干活赶都赶不走它们，地里的小苗伴着野草成长。一天，排长派我们男女农工班锄草，天气很热，瞎虻、蚊子、小咬一块出动，又晒又咬，大家汗流浃背都不叫苦，没有人叫苦，排长的一声哨响，中间休息了，大家都到小河边喝点水，不知谁喊了一声："司大同，讲个故事吧。"我们都集中围了过来，司大同是北京知青，个子不是很高，但是长得很帅气，一双明亮的眼睛充满了智慧。司大同说：大家听过"一只绣花鞋"的故事吗？大家摇摇头，他从"文革"中冒险得到了"一只绣花鞋"的手抄本，故事发生在解放初期某南方小镇，从小镇讲到了九层塔……塔里灯光时隐时现……讲到了地下工作者与敌特分子的斗智斗勇，如何发现那个女特务和她逃跑时遗留在九层塔的一只绣花鞋！以及一阵枪声，大家紧张地全神贯注地听着司大同讲的故事。

不知道谁先发现了团部张参谋长来到了大家面前，故事戛然停止。一阵寒暄后，大家都注视着警卫员背着的一杆亮光闪闪的枪，参谋长说："各开荒点要多注意，春天，黑瞎子等野兽因为没有冬储粮，经常会出来，提高警惕，别让黑瞎子伤了大家。"正说着，警卫员的手向东一指说："参谋长，快看。"顺着警卫员所指方向，远处100米外，有一个黑色的活物，参谋长立即判断是黑瞎子，我们也看到了，一个不太大的黑色动物，在小河边，因为河边杨柳芦苇遮挡，看不清动物的全身，只见它一会抬头好像在觅食，一会低头好像在饮水，参谋长举起了枪，瞄向了黑瞎子，黑瞎子仍然重复着觅食饮水的动作，参谋长害怕一枪难以撂倒它，悄悄地向前绕了过去，我们也悄悄跟了过去，谁也不敢大喘气，参谋长示意我们别动，我们看着参谋长稳稳地举起枪，食指扣住了枪栓，瞄向了那个黑瞎子，我们都坚信，这位在部队锤炼的作战参谋长，会百发百中。

突然，"不要开枪，是姚阿金！"一个女生声嘶力竭的喊声，划破了天空，姚阿金？我们异口同声地喊了起来，参谋长也听清了，手也颤抖着瞬间离开了枪栓，一屁股坐到了塔头墩子上。

瞬间，我们也急着跑过去，原来姚阿金没有和我们一起听故事，而是利用休息时间在河边洗起了衣服。亏得机灵的天津知青付桂兰，首先发现了姚阿金不在，她没有跟着参谋长包抄"黑瞎子"，而是顺着小河的岸边直奔东边，发现了姚阿金在河边洗衣服，随即大喊了起来。我们赶到姚阿金身边，愣愣地看着她，谁也没说话，只见姚阿金眯着一双月牙似的眼睛，微笑着看大家，她不知道刚才发生了什么？更不知道就差一点点要了他的命。

这么多年过去了，我忘不了司大同讲的《一只绣花鞋的故事》，忘不了参谋长枪下"黑瞎子"的故事，忘不了美丽的小河旁生活、奋斗的47连的荒友们！

二、别样的除夕夜

1973年春节前夕，因交通不便，我没有搭到回团部的车，大雪飞扬，唯一的一条路也因为"刮烟炮"被堵死了，我一个人也不敢行走，在战友的挽留下，我第一次在外面和47连的战友度过了这辈子都难忘的除夕之夜。

夜幕下的47连，"大烟炮"刮得除夕夜晚昏天黑地，只有那几栋茅草屋透过很小的两扇窗户，露出了昏暗的煤油灯光，四周静悄悄地，方圆几十里没有人家，连里探亲的知青都回家了，剩下这部分十几个男生女生留守在这茫茫荒原的马架子房里。

我没有在外面过过春节，没有尝过思念千里之外父母和亲人的滋味，马架子房里，我看看那个女孩，她捧着一封家书呆呆地看着，我望望那个女孩，流着眼泪拿着全家福照片，我身边的董世英是个上海女孩，长着一副乖乖女的面孔，干起活来从不示弱，没事时，会给我们讲很多笑话，讲她和弟弟的故事，惹得我们会大笑。这会儿，她也没有了往日的快乐，一会儿把头埋进被子里，一会儿拿毛巾擦擦流不完的眼泪，我不知怎样安慰她，我拉着她的手，陪着她流着眼泪，这一刻我才感到，这十八九岁的女孩子们，除夕之夜完全没有了平时战天斗地"女汉子"的气魄，而是像一个个小鸟依人、泪流满面也楚楚动人的可爱的小女生。为了打破这沉默的空气，我一手拉着董世英，一手拽着另一个女孩说：咱们到食堂看看吧！

到了食堂，这里则是另一个场面，热气腾腾的，房子四角墙壁挂的白霜随着热气溶化了，不时滴下了水珠，几个男生帮着烧柴火，一盆冻白菜剁出的饺子馅透出了清香的味道，两个女孩在帮忙包着除夕的接神饺子。炊事员刘玉凤脸上洋溢着快乐的笑容，忙碌着为大家准备大年三十年夜饭，别人都休息了，她和她的伙伴清晨就开忙，挑水，劈柴，和面剁馅……刘玉凤是上海知青，人很瘦，我们都喊了她瘦刘，我们进食堂时，她正拿着饭勺子往勺里放进很稀的蛋糊，薄薄的一层，做成了一个金黄色饺子皮，然后放一点馅，合上后像个饺子，我问刘玉凤，这是道什么菜，她微笑着说："是蛋饺，这要一个个在勺子里完成，然后在锅里蒸一下。"为了除夕这顿团圆饭，炊事员们付出了自己的辛勤。

年夜饭终于做好了，那是用脸盆大小装的几盆热气腾腾的饺子，一碗大酱，两盘炒好的冻白菜、萝卜、还有一盆白菜、猪肉炖粉条，最抢眼的是那盆蛋饺。

食堂的另一端有一个不大的"餐厅"，很冷，里面有两张用木板钉的桌子，平时乒乓球爱好者支个球网打乒乓，吃饭时用它当桌子，没有板凳，用四棱方子搭起了长条板凳，大家穿着棉袄围坐在一起，你的蜡烛，他的煤油灯都拿来，屋里格外地亮了起来，桌上摆满了你拿的瓜子，他拿的花生，北京的大虾糖，上海的大白兔，不知谁拿了一瓶北大荒酒，稳稳地屹立在中间。那个天津的知青排长魏敬唐，年龄稍长一点儿，他在连里的威信极高，我们都称他老魏。他首先讲了几句话："新年到了，我们又长了一岁，为年长一岁干杯！""为春节快乐干杯！""为……"酒过三巡，大家没了语言，男生们默默地看着酒碗，女孩们轻轻地搓着双手，眼里都闪着泪花，空气很紧张，凝固了，我真害怕有人哭出声来，大家会哭成一团，还是那个老魏，他笑盈盈对大家说"咱们这样喝酒好不好？对诗，对诗好吗？我说上句，你接下句，接不上的罚酒。"好！大家来了精神，老魏说"我先来，"那个北京知青唐飞说"我来对下句。"

老魏说：浓江河的水啊！向东流。唐飞说：兵团战士心啊！永向党！"好！"我们一阵叫好声，他俩打了个平手。唐飞说：我祝大家永远健康！老魏说：我祝愿国家永远富强。"好！"又一阵掌声！唐飞说："我即兴说个谜语大家猜，'细细长长叼嘴上，缕缕青烟在飞扬，蚊虫小咬它不怕，思虑疑云它最强'。打一物。"

一个男生立刻说"烟囱，烟囱"。"你家烟囱叼嘴上啊？"不对！立即遭到了反对。一个女生说："烟卷，烟卷！"对！又一阵欢呼声，那个男孩被罚了一口酒。

一阵阵欢呼，一声声叫好，我看到柴油灯下一张张笑脸犹如美丽的年画，我听到荒野深处的柔草屋里快乐的声音，我知道知青群里是一个藏龙卧虎的群体，我发现他们的才艺是如此大比拼。

快乐之中，女生们玩起了扑克，"吊主""进贡"，魏敬唐过来说：我和你们一伙，玩扑克，算 24 点好不好？我们说，不懂。老魏说：一人出一张牌，大小王除外，然后用加、减、乘、除混合运算，只能用一遍，算出它的得数等于 24 就行，要用心算，不能用纸笔，新颖的玩法，又有老魏的参与，他是今晚的男神啊！让大家又来了精神，刚开始玩，大家找不出规律，算得很慢，一会儿就彰显了大家的智慧，尤其那个上海知青董世英，算得超快，没等我们回神，她会第一个拍牌，算得超准。过一会出了四张牌 5、5、5、1，展现在大家面前，算出它的得数等于 24，难度很大，过一会就要放弃了，而董世英又一次拍了牌，老魏也拍了牌，我们没有算出来，董世英用她的那四则运算先除，再减，再乘，真的等于 24，太神奇了。我感叹，如果没有"文化大革命"，董世英一定是个大数学家。

时间分分秒秒地过去了，蜡烛快燃尽了，油灯快没油了，我们没有听到除夕零点的钟声，也没有看到绚丽的烟花爆竹，听不到远方亲人的祝福，送不出大荒儿女的深情。我们回到了宿舍，帮助忙了一天的炊事员刘玉凤连扯带拽脱下了一双湿鞋，摘下了套袖，她的头发有点结冰，一双手裂开了许多细口子，我问她：疼吗？她摇摇头，又点点头说"疼。"我问她：你今天挑水又灌包了（我们把鞋里进水称灌包）？她又点点头说"井边太滑了，挑水时摔倒了，水进了鞋壳里。"她说话的声音很平淡，平淡的像一碗清水，脸上却总是露出那美丽、青春的笑容。除夕，刘玉风忙了一天，累了一天，她没有哭，她没有时间想妈妈，没有时间想家，她找了一块胶布，贴在干裂的手上，很快就入睡了。

我没有睡着觉，漆黑的屋子里传出了姑娘们均匀的呼吸声，有人还打起了轻轻的呼噜，她们睡着了，我不知道她们是不是沉浸在大荒深处茅草房里除夕的快乐，她们的眼角是不是还挂着泪花？她们的脸庞是不是还带着微笑，想家的时候是不是很甜美？

外面好像又刮"烟炮"了，拍打着马架子房，我仍然没有睡意，我谢谢天津的老魏大哥，谢谢北京的唐飞大哥，谢谢 47 连的荒友们，我和你们在一起过了一个难忘的、别样的除夕夜。

三、怀念那只百灵鸟

2016 年 7 月，原开荒营 47 连天津、北京司大同、唐飞等知青组织了一支回访团，相隔 44 年后，我和他们在勤得利农场场部见面了，激动的泪水，说不完的思念，道不完的快乐的回忆。

1971 年，十几岁的我们，能去开荒建点，能去战天斗地，是一份光荣。20 个青年能组建一个个连队，我不知道是什么理念支撑了这一精神，但是，我们真的拥抱了太阳，创造了开荒建点太多的奇迹……交谈期间，我突然想起了一位名叫温志烈的天津知青，那个像百灵鸟似的小女孩，她没在回访的队伍里？

1972 年春天，我们一行 8 人离开了 45 连，来到了 47 连，我们在连长的带领下，走进了食堂，连长热情地用面条汤、炒咸菜、馒头招待我们，这在那个年月是最好饭菜了。食堂里一个个子不高的小女孩，蹦蹦跶跶的，又端水又端菜，像个小学生，我问连长：她是你女儿吗？学生放假回家来了？连长哈哈大笑起来说："来，温志烈，介绍一下，食堂炊事员，温志烈。"温志烈热情地和我们打着招呼，我这才细细打量了这个女孩，矮矮的个子，瘦瘦的身体，自来卷的头发梳着细细的两个小辫子，一口流利的天津话伴着童音，好像又有点天籁般的嗓音，呵！温志烈，这个大气的名字和她的小巧的长相有点不匹配吧？从此，我们认识了这个第一批进开荒营47连建点的天津知青，那个美丽、纯真女孩以及她像百灵鸟样的小故事。

1972年的夏天，我们在几里外的荒原烧荒，据说营部打算要建新点，工作环境很苦，蚊虫，小咬，康皮子比小咬还小的小飞虫，经常把我们咬得满脸满头大包小包的，一喘气，康皮子不是进了嘴里，就是进了鼻子里，眼角嘴角被咬得又红又肿，但是下班后一回到食堂，一股暖意袭来，温志烈总是问这问那，端水端饭又端汤，那一句句问候，让我们一天的苦和累忘到了脑后。那一天，午饭时我们回来了，小温很高兴，告诉我们今天中午有肉吃，我们不信，要知道，我们很长时间一直吃素，小温说："真的，不骗你们，连长到团部开会，带回来几斤肉，我给你们留了些，你们在外面干活，中午不回来吃饭，"听说有肉吃，大家都兴奋地围了过来，小温打开了装肉的坛子，高兴地说："看。"我们往装肉的坛子看了一眼，瞪大了眼睛，张大了嘴，一个个表情都傻了眼，小温看我们的表情不对，也往坛子里看了一眼，随后就坐在地下哭了起来，坛子里哪有肉啊，一层2厘米左右的白虫子，它们闻到了美味，抱着团在肉里打着滚，毫不介意我们的表情。几个月没吃肉了，肉对我们是多大的吸引力啊。小温比我们更难受，她仍然抹着眼泪，抱着坛子，坐在地上不肯起来。她才十几岁，并不知道夏天，没有冰箱保存肉有多难，可是她的那份爱心，那份善良，着实让我们很感动。老职工李学原听到食堂有哭声走了进来，他问明了情况，看了一下坛子里说："没事，那是肉虫，没毒，底下还有好肉，倒出来，多洗几遍，用开水烫烫，虫子都会漂出来，拿点大酱把肉酱一下吃就行。"说完，老李回家拿了一碗大酱，又带了些茄子，按照老李的做法，小温做了一盆美味的肉酱茄子，被男生们一顿给造光了（吃光的意思）。

为了支援连队建设，开垦更多的良田，营部给连队派来了拖拉机车组，也就是拖拉机和拖拉机手一块来到了连队，拖拉机开荒是不分昼夜的，口号是：大干苦干，人停机不停。分班作业，那么就要有夜班饭，也就增加了食堂的工作量，可是小温从来没有怨言，每次都要等到夜班的同志回来，她都会像百灵鸟一样热情地招呼大家，虽然没有大鱼大肉，但是那一份热菜，热馒头，那一颗火热的心肠，大家感觉像家一样的温暖足够了。深秋的晚上很冷了，下夜班的同志还没回来吃饭，小温把饭菜热好，凉了又热，那天开荒夜班是李明义车组，李明义是一个长得很帅大男孩，很能吃苦，干起活来不要命的工作狂，饭热好了，小温很着急，想到夜班的人一定很累，他们一定饿了，她把馒头包好，把热汤倒进了行军壶里，站起来就奔向开荒

天津知青：温志烈

点，她觉得哪里开荒哪里就有灯光，那就是拖拉机，那就是工人作业的地方，天很冷没有路，塔头墩子伴着野草，她深一脚浅一脚朝着有光亮的地方行走，半路真的遇到了李明义车组，原来连长让他们回连，用拖拉机拽着木爬犁，把食堂的冬储菜拉回来，走到半路，拉爬犁的绳子断了，那时候没有钢丝绳，方圆几十里没有人家，没地方借，这是一根很新的绳子断了，必须接好，绳子接不好，东西拉不回去不说，天太冷拖拉机冻坏了可不得了，损失太大了。李明义和他的车组在荒地里，冒着零下的温度终于把绳子接上了，也在这时候，温志烈带着热饭来到了他们的面前，感动得他们热泪盈眶。温志烈像一只百灵鸟，绽放出对战友的真挚的爱的笑容。

开荒营的生活艰苦，只有我们参与的人更能体会到，食堂工作也很艰苦，好歹我们住进了自己建的拉合辫的马架子房，有了热炕，食堂不用再化冰块雪水了。食堂的东南角边，连队打了一口深水井，北大荒的冬天漫长，大雪、烟炮、寒冷是它独有的特点，一到冬天，炊事员更遭罪，每天都要挑水，那时候的水井使用辘轳把摇水，冬天路滑，井口边上冻得都是冰，像镜子面，一不小心就会滑倒。温志烈个子矮，挑水的扁担钩长，每次到井边打水，用扁担挑水时，她都要把扁担绳绕一下，才能把水挑到食堂，那天外面飘着雪花，小温去井边打水，她麻利地把扁担钩绳向左、右绕一圈，这样扁担钩短了，挑起水慢慢走，脚还是一滑摔倒在冰上，两只水桶顺势歪倒，水也流进了裤腿，进了鞋里，她在地下坐了片刻，站起来，重新打了两桶水，挑回了食堂。漫长的北大荒冬季，不知道小温她们摔倒了多少次？湿过多少次衣服？鞋里灌进多少水？流过多少眼泪？我们也经常看到小温和她的同事拿着铁锹、镐头冒着零下 20～30℃ 的严寒，在井边刨冰，她们的工作量很大，可是她抽空就劈很多柴火，帮助男女宿舍点着炕洞，战友们下班后，立即能在热炕上躺一会，大家的感觉要多好有多好。无论是外来人员，还是来到连队放电影的放映员，只要走进了食堂，小温对人都是亲人般的热情，大家对小温的认可，大家也会自愿帮她挑水劈柴，尤其机务班的战友。她用她那幼小的身躯，扛起了食堂的大梁，她善良、友好的为人，赢得了大家的称赞。她真的像一只不知疲倦的百灵鸟，快乐地飞来飞去，辛勤地为大家服务，1979 年，她和所有的知青一样，返城回到了天津，结婚生子，下岗，待业……厄运袭来，1999 年 6 月，一场严重的尿毒症，经多方医治无效，夺去了她年轻的生命，生命永远定格在 46 岁。

几十年过去了，我们怀念那个天津的小女孩，那只快乐的小百灵鸟，我想对你说：你在天堂能看见北大荒吗？你去看看开荒营，去看看 47 连，我们在那里曾经流过太多的汗水、泪水，我们为那里付出过青春年华……如今那里已经大变了模样，现代化的农场，万亩良田，金穗滚滚，高楼平地而起，人们过上了小康生活。今天，开荒营 47 连的战友回访开荒营，也就是现在的浓江农场，他们代表了我们，并向浓江农场敬送了当年开荒营，今日新浓江的锦旗。小百灵鸟！你听到了吗？我们怀念你！

齐敏　勤得利知青，1953 年生，1962 年随父转业来勤得利，1969 年 8 月农场中学毕业，分在 5 连，1971 年 2 月调入开荒营建 45 连，1972 年 5 月调 47 连，1973 年调面粉厂卫生所，2008 年勤得利职工医院主治医师。在农场退休。

水利队新建 47 连的女将

忆在营部那些往事

刘玉凤

1972 年 5 月我在 45 连，连里安排我们在五星山下打石头结束回来，因工作的需要，我们女生一个班，班长齐敏、董世英、刘玉凤、徐林娣、周巧珍、小宁，还有男生一个班，班长刘邦艳、魏敬堂、唐飞、张长军、高富华、李德亮、孙洪义、孙恒、汤友高，我们一起调到 47 连去了。47 连是水利队建的点，与 48 连隔路相望，我们在公路的西边，48 连在东边。

47 连住的也是马架子房，男生、女生各一栋，中间是大食堂，后面是仓库、木工间、一排家属房住着 4 户人家。当时 47 连副指导员王金生身体欠佳在家里休养，副连长任宝华调出了，连长姜发三、与副指导员王立群（哈尔滨知青）与我们同时调入 47 连，47 连没拖拉机也就没有耕地，连里也没有什么活，那半年时间在副指导员王立群带领下，先在营部当"高级美容师"挖沟修路整理环境，犄角旮旯都收拾得干干净净，张营长碰见几次还一直夸我们呢！

6 月份，营部给 47 连下达了一个任务，团部为给开荒营各个连队改善住房条件，给各连队调拨了一批红砖盖新砖房，我们 47 连的任务是，每天晚上 8 点团部的卡车司机来，把我们一起拉到砖厂窑洞旁边装砖，卡车司机把红砖送到哪个连队，我们就没有必要过问了。我记得 47 连的青年都参加了到砖厂装车的劳动，当时劳保用品就发了一人一副手套，手套搬几回砖就破了，不戴手套还不行，如果手磨破了，工作、生活更不方便，白天的时候我们会抽出时间来补一下手套再用，破了再补，夜里装车，难度很大，卡车一到就开始装砖，下

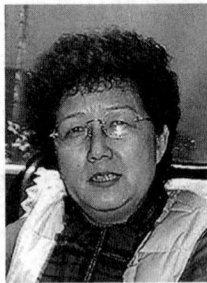

面 4 人把砖搬到车上，搬砖一定得小心不能散了，掉地下会砸到脚丫子上，那是钻心的痛，车上 4 人只能用铁夹子夹住一层层码好，一般装完一车砖要半个多小时，装车工作量大、是超负荷的，47 连的战友付出了辛苦的汗水，装完砖卡车开走了，我们大家就回窑洞里，有的大声唱歌、有的讲故事，有的聊天，听见卡车声音大家都出来准备好装车，特别是到下半夜感觉有些累了，在窑洞里七倒八歪地躺在草帘子上休息，天蒙蒙亮了大家精神又来了，你看看我、我看看你、哈哈地大笑起来，满头满脸都是灰，成大花脸了，天亮后大家跟着卡车回到营部，洗一下吃点早饭就呼呼大睡了，晚上跟着卡车再去砖场装车，这样坚持一个多月。这就是我们夜里装车，苦并快乐的情景。

你参加过雪中捞大豆吗？在开荒营，绝大部分荒友都经历过这种难以忘怀的豆收战役。1972 年，记得那年天气冷得很早，10 月初，一场一场的鹅毛大雪下得不停，正是秋收的关键时节，好不容易播下去的大豆，进入成熟收割期。入冬以来，老天隔三岔五下场大雪，开荒营大部分连的大豆被厚厚的雪覆盖着，47 连接到营部上级下达了雪中抢收大豆动员令，要求统一号令，统一指挥、统一行动、不惜一切代价，雪口夺粮颗粒归仓。第二天指导员工立群带领大家一起打起背包整装出发，食堂也派出一名炊事员一起去，早卜营部的卞来接我们到 39 连，放卜背包大家有组织地在指导员带领下来到 39 连的大豆地里，只见白茫茫的一片一眼望不到边，雪有 30 多厘米厚，雪面上露出大豆的尖秆，当天 3 人一组 6 垄收割开始（我以前在老连队每年也要下连队收割麦子、大豆），所以我一马当先在 2 人中间开道，手快刀快，因为地已经冻了，镰刀一碰豆秆就发出"嚓嚓嚓"的声音，割下来了堆放好，让左右边的人归堆，北大荒零下三十来度的气温，干着干着、戴的棉手套都湿了，手拿出来直冒热气，戴的棉帽子与眼睫毛上全都是一层霜，到中午有人送饭来了，我们只能戴着手套，拿着热腾腾的包子大口大口地快吃，如果拿下手套吃包子，手冻、手套也冻，再戴手套那就冰冷冰冷的戴不上了，最尴尬的是"方便"，姚阿金、钱月凤就把在场的女生叫在一起，叫商量大事，围在一个圈子就用这样的办法，当时我亲身感受到这冷的滋味不好受啊！天黑了收起镰刀，拖着两条在雪地里泡了一天的棉裤腿回到住所，39 连女生宿舍也是马架子房中间一个大铁桶炉子正烧着木头红红的，感觉到一丝暖暖的，晚上棉裤脱下来都成了桶子硬邦邦的，棉鞋也湿了，晚上睡觉前一定要在铁桶炉子边把湿了的都烘干，明天还要继续战斗！在那半个多月雪地捞豆战役中，47 连的荒友们起早贪黑，吃苦挨累不说，浑身上下都湿漉漉的，连替换的干衣服都没有。晚上在铁桶炉子边把湿了鞋、裤都烘干，我们没有半点牢骚怨言，个个咬紧牙关挺到最后。

回忆起六七十年代知识青年奔赴边疆战天斗地、同甘共苦的生活和劳动场面，也向世人展示了那一代人的聪明才智和多才多艺及纯朴善良的人生美德。虽然我们已进入暮年，但那段知识青年上山下乡的历史在我们心中是挥之不去的。因为我们把人生最宝贵的年华献给了北大荒，它锻炼了我们，为我们回城后的生存做了有力的铺垫。唯有经历过的人才能体会得到当年我们所经历过的酸甜苦辣，才会有我们对这段历史的情感。美好回忆将成为我们教育后代的教科书，激励子孙们要学会做人、学会生活、自立自强、为国争光。这些代表了我们的心声，是我们这一代人的骄傲。

刘玉凤　上海知青，1950 生，1969 年 4 月由杨浦纺织子弟中学赴黑龙江兵团六师 27 团副业一连食品厂、被服厂。1971 年 9 月调入开荒营 45 连，1972 年 8 月调 47 连。1976 年 12 月迁到江苏省昆山，1981 年 3 月江苏省苏州大学幼儿园、后勤处。退休。

47 连养牛（天津知青姚玉凤和战友）

开荒营 48 连

48 连进点时的合影照片，因建点时失火荡然无存，为留下当年时的风采，
48 连各地知青部分元老在指导员郑春燕带领下重返 48 连旧址，补拍了一张

48 连建点记事

钟宝光

一、1971 年春天打的那口井

　　清明时节已过，北大荒的 4 月份依然寒冷，但也渐渐地有了些许的春意，地上的白雪开始融化，银装素裹的荒原经春风吹拂后已经失去它千里冰封的壮丽。

　　48 连进驻浓江河畔已经两个多月了，取冰雪化水，连喝带用的已使帐篷周边方圆很大的一片地方没有干净的雪可取了。还好，我们离浓江河边比较近。食堂的宋江虹、张金生战友每天拉着一个小爬犁带上大桶、铁锹、镐头等工具到河边刨冰运回来化水做饭，连队里的其他战友朱光明、许宁、赵玉丽、张婉丽等多人也多次到河边参与过刨冰运冰。但是节气到了，大地冰雪开始融化，饮水变成一个迫在眉睫的问题。打井，必须尽快地打一口井。

　　按照上级统一部署，连长和指导员把连队正式建房的位置和打井位置的大致图形也标画出来了。连队选择在两片树林之间的空地，要盖一栋大食堂和左右的两栋马架子房。连队水井就选择在大食堂的后边，生火做饭离不开水，主要是方便食堂用水。

　　定好了水井的位置，大家便挥锹开挖。几个月了，吃水就得靠大家用大一点的水桶和各种容器到浓江河边去运水，所以，打井时真是恨不得一下子就打出一口井来！但十七八岁的我们就只是群毛孩子！对造房打井什么都不懂！谁知开挖时只挖了30厘米上下就无法继续下去了。原来，天暖大地融化只是表层，草皮一层揭掉后下一层是白浆土！那真是冰冻三尺——冰冻的土层坚硬得像钢铁，就连铁镐也根本挖不动。连队里的老同志马国海和王振山告诉我们：东北大地的融化从春天开始，但是很慢，一直要5月底才能化透，也就是要到七八月份才能使深达近2米的冻土层完全解冻。现在草皮已经揭开，土壤受到回暖春风和阳光的照射化冻就快了。

　　张英营长几次来过48连，我记得张英营长说过："麻雀不大，五脏俱全。连队虽小，样样工作要有人干。"20个人在战天斗地的日子里不分白天黑夜，不管谁是干什么的，凡有工作都抢着干。连里的这口井就根据冻土融化的情况分了几次往下挖，开始进度慢，50厘米停一停等着冻土下一层化冻，我们大家去干其他的活，新建连队有着干不完的活。挖挖停停，深度到超过一人高时，马国海跟我们大家说要装"套板"啦！套板，就是用厚一点的木板做成井壁，防止水井打深了井壁土层坍塌。东北人讲话叫"垧儿板"。

　　木匠顾振华教我们怎样选择"臭桦树"。东北的桦树有两种：一种是白桦树，另一种就是臭桦树。桦树去皮之后很结实，属于硬杂木的一种。大树变成木材的第一道工序就是扒掉树皮，有树皮的木头非常容易腐烂和虫蛀。在顾振华的带领下我们选择那种细一点的臭桦树，去皮后截成需要的长度，用一种木工不常用的大锯叫"羌锯"，两个人配合着一上一下地将原木从当中剖开，使一根圆形木头变成半圆的两根木头。之后，圆的那边用斧头砍去一层变成平面，就这样，用作水井壁的套板一块又一块地做出来了。

　　水井的井口是圆的，做套板的木板是一块块直板，所以常见的水井都是圆的内接六边形的井筒。根据水井的尺寸丈量一下井筒的直径，用直径乘以"π"就能知道井筒圆形的周长。当时，我们几个天津来的小青年拿着铅笔在木头上写着算着，这个地方倒是没有被难住。有了周长，计算内接六边形的边长的长度也不难；但接下来计算每一条边下料的实际长度和榫铆的角度却糊涂了；俗话说长木匠、短铁匠，木料长一点了，锯掉一点，要是木料短了就没办法了。每块井壁的套板两头都是Z字形的统一形状的一头阴一头阳的半扣榫铆，6块板相互咬合形成支撑力，紧紧贴着井壁的土层。6块板相互结合榫铆相连处是有一个角度的。我，还有张忠雄、黄宝华、窦永利等几人在努力而认真地计算着，最后竟然把6个边的内六角计算成52度左右！顾振华、马国海、王振山几人当时正在忙于打井等其他事情。指导员郑春燕可巧走过来听到我们的讨论，看着我们在木头上写呀算呀，问："你们几个在算什么？"答：井壁木板的榫头相互咬合时有一个角度，我们一边说着一边将脚下的木板随手摆了个井口的形状。郑春燕指导员看了看脚下的几块木料说道："6块板形成一个圆，圆的圆心角是360度，你们涉及的是圆周角，接下来你们应该会计算了。"

　　我们几个人相互你看看我，我看看你，沉默了许久。48连天津的几个男知青来自同一所中学，天津水产前街中学。1966年下半年从河北区"昆纬路第一小学"毕业，没有组织我们参加小升初的考试直接进入中学。1967、68、69三年的时间里我们学习了一本毛主席语录，课余时间还学习了许多毛主席诗词。但在实际工作中就能看到我们的文化知识匮乏了，因为我们这批毕业生在校期间没有学习到应该学习的语数外课程，非常可惜。

水井再继续往下挖，套板一圈一圈地往下放，井的深度早已超过一个人的高度。大家轮换着下井：上边的人牵住一根长绳，绳的那头拴着一个铁钩，井下始终保持有一个土篮子，下面挖土的人将挖出的土装入篮中，上面的两个人负责小心翼翼地将挖出来的土一篮一篮地拉上来，并将井中挖出的土均匀地培在井口的周边，让邻近井口的地皮高出周边其他地方，防止污物雨水流进水井。除此之外，井上面的人还负责下井壁的套板，下面挖到够下两层或三层套板的深度时，井上的人就下去安装套板，井上井下相互配合着，井壁也在一点点增加深度。

姜是老的辣，经验是老同志丰富。边清月老连长和老同志马国海告诉木匠顾振华：井越来越深，挖井人上下进出井口已经不方便了，得赶紧做"井口"装辘轳。

顾振华找来4根2米多长的木头，在相应的位置各挖掉一半使两横两竖的大木头扣在一起正好形成一个大"井"字，没有使用任何五金、铁器，在4个相扣的中间地方用木钻手摇着钻了个圆的眼子，用木工斧头削了几个木楔子打了进去，整个大的井架子有不平的地方，顾振华用锛子刨平。大架子底座做好后，大家伙齐心协力地将其安放在井口的合适位置。后来顾振华又继续艰难地完成了"辘轳"的制作，整个这口井是完全按照最原始方法制作挖掘的，浑身上下没用一点铁器，而且很结实、很耐用。

有了辘轳、井绳的帮助，下井挖土就安全便利多了。井壁的土层好像分成好多层，草皮揭开后的第一层土是白浆土层，穿过白浆土层之后，第二层的土壤颜色有些发红又有些松软，这层土壤有一两米左右的厚度，继续往下挖，土层的颜色和松软度都会有微微的变化。井的深度超过4米深的时候，土层又变得像白浆土那样有点硬，到了晚上天黑该收工的时候，记得是窦永利在井下，他把井下的松土清理干净装入土篮子，井口上我和张忠雄、黄宝华等人摇动辘轳连人带土一起摇上来结束了一天的工作。

盼水心切啊！战友们经常会跑到井台边往下面看看。转天早上，我和别的战友一起，惊喜地看到井底下一个角落里有渗出水的痕迹。吃过早饭后我们又开始下井了，我先下去挖了一会，窦永利、黄宝华、顾振华又相继轮换下井挖。没想到井底的这层白浆土层很薄，挖过去这层土之后下面的土是松软而湿润的。土松好挖速度就加快了，原先在井口往下装套板，由于井已经深达4米以上，现在只好直接在下面边挖边装几层套板。顾振华在井下连续装了三层，此时张忠雄也赶到井下，两个人分工协作，挖土的挖土，装板的装板，此时的土层也越来越松软，突然间井内的一个角落开始冒水，两个人麻利地又装了一层套板，继续再往下挖土时，一锹下去再抬起，水突然开始往上冒了，泉眼冒出来水头又亮又干净。张忠雄下井时身上带了一个搪瓷茶缸，他赶紧用茶缸子接了半杯清水连喝几大口："哦！是甜的！"马上又麻利地在水头的地方又接了一大杯端在手里，顾振华忙把井下使用的工具都抓在手里，上面马国海对着井下连忙喊："快！用铁锹在井底的六个角落多铲几下。"顾振华连忙用"筒子锹"在井底的各个角落深挖几下，这时的水就更大了，随着井水慢慢地上升，井下的张忠雄和顾振华被分别用辘轳摇了上来。张忠雄手中的搪瓷缸子盛满了清水，也不知道这水在地球上存在多久了？

井里打出好水，几乎全连的战友都闻讯赶到井边来了，这一搪瓷缸子井水在饥渴又激动的战友们手中传递着，大部分战友都尝到了用我们自己的双手亲自打出来的井水，喝了许久的雪水，如今喝上了井水真是清凉甘甜哪！几天后正巧瓦匠王振山要到团部去办事，边清悦连长给了他一个任务，弄一些碎的花岗岩石回来，他回连队时果真带回大半袋核桃大小的花岗岩石子。大家动手将碎石头子撒到了水井的底下。水井的深度4米半左右，水深超过1米。

45年后回忆起这段"打井"故事，一定会有遗漏，或者描写战友的名字时张冠李戴。故事中多处出现名字的战友，有的刚刚离世不久，有的早已作古。边清悦、马国海、王振山、黄宝华就是现在已知故去的战友，其中王振山走得最早——可48连的战友们一直都记着他们的身影。

2014年8月，郑春燕指导员带领20多名新老战友重回48连，大家想找到并再看看这口水井，被告知井已经被填埋了，现在那里已是一片稻田——我参加挖的浓江河畔上的第一口井，却永远深深刻在了心里！

（修订：张淑媛）

二、赤脚医生

赤脚医生是"文革"时期对农村非学历医务工作者特定的称呼，他们背着小药箱走东家串西家，在田间地头为人们医治疾患。

开荒营48连的卫生员叫侯德玉，我们几个男的经常开玩笑叫他"赤脚医生"。那时48连首批进点的20名官兵就像一个大家庭，卫生员不像卫生员，会计不像会计，出纳不像出纳，除了食堂做饭的炊事员，其余所有战友不分职位，都像是农工，忙着白手起家打井和"扠墙"建房子。

连里一共就20人，卫生员不可能找个地方坐等谁生什么病或者有什么不舒服来拿点药。和大泥、扠大墙的地方都有卫生员侯德玉的身影。他就是一个"农工"，就是一个壮劳力。等3栋房盖起来之后感觉压力稍稍好一点，至少我们有房子住了。

1971年组建开荒营，大多数连队都当年开荒种地当年打粮，48连因为路不通，开荒比其他连队晚两年，营里决定先让48连养牛。于是，从团里其他连队调来许多牛，由营部兽医和畜牧连有养牛经验的畜牧人员一块赶着好几十头牛一路走到48连。

牛群进入48连，我们就赶紧搭牛圈，说是牛圈其实就是用细一点树干在树林里面横着绑在树上，拦上两道横杆，高低和距离算好，树与树相连圈成一个圈。说是绑上，哪有绳子！只得用手摇钻打眼儿，用木楔子钉在树上。然后再做一个圈门，一个露天牛圈就算做好了。办理完牛的交接手续，营部兽医又把简单的兽用医疗器械、带有金属护套的注射器、专门剪猪耳、牛耳做记号的钳子和一些简单的药品用具交给了卫生员侯德玉保管。在接下来的日子里，侯德玉又兼职干起了兽医的活。

记得有一头牛脊背上开始有些异样，没过几天成群苍蝇、大牛牤围着牛身上那处伤口飞舞叮咬，慢慢地这头牛就没有力气了，也不吃草也不喝水了。"牛倌"赶紧向连长指导员报告，牛倌是谁呢？就是48连的会计赵玉丽和出纳沈根娣，放牛算稍轻一点的活。卫生员侯德玉马上去给牛看病，我们一块跑过来，侯德玉用镊子轻轻拨开牛脊背上的伤口，发现有许多蛆虫在里面爬，这怎么办？看看能否清除蛆虫，侯德玉大夫将半小碗"双氧水"倒入牛脊背的伤口中，哇！无数只蛆虫在伤口里蠕动乱爬，大概是药水的关系，蛆虫拼命想离开那个伤口，就像从洞口往外溢出什么东西一样。两天后那头牛死了。侯德玉也尽其所能充当着兽医的角色。

大开荒前夕，边连长带领我们往连队的东面偏北一点的荒地里清理树林。这块荒地也很大，约七八十坰地，1200 亩。地的一头有为数不多的小树丛，其他地方还有零散的"王八柳"树丛。把这些树丛清理掉，这个地块变得整整齐齐，将来拖拉机开荒机械作业就方便很多。大家伙儿拿着大锯、斧子等一些应手的工具清林子，窦永利和我连续放倒几棵树，正准备寻找下一棵树时，出事了！忽听得身后面几个女生在呼喊："砸到人了！砸到人了!"大家赶紧围拢过去，一看是出纳员沈根娣头上流血倒在了地上。

原来，女生组这边不知是哪两个人在伐树，树要倒的时候沈根娣恰巧从这里经过，倒下来的树正好砸到沈根娣的头上。树虽不大但砸在人头上确实不轻，头上在流血，战友们赶紧拿出手绢帮她捂在头上，轻轻地压住止血，有人提议快把她背回去。这时只见窦永利迅速跑向树丛中，用玻璃斧子迅速砍了两棵笔直的细一点的小杨树，麻利的砍干净枝杈，并脱下自己的军用棉大衣，把两个杆子插入袖筒，扣上纽扣。大家一看马上又有人扔过来一件棉大衣，大家一启动手，一副担架迅即做好了。马上将沈根娣扶上担架，我和窦永利、张忠雄、黄宝华 4 人抬起担架大步流星地往连队方向奔去。

侯德玉！侯德玉！人没到，声音先到连队了。

可巧侯德玉刚从食堂里出来，听到呼喊声跑了过来，问什么事？走近了才看清楚担架上受伤的人是沈根娣，马上让大家直接抬到女宿舍。大家把沈根娣扶上炕顺着炕沿趴在那。侯德玉仔细地看了看头上的伤口，对边连长说："伤口不小，有一寸多长，往外面送医路太远。"是的，路太远，48 连到 46 连就 20 里地，况且还没有路，要送到团部勤得利医院得 100 多公里，而且我们也没有交通工具。连长和指导员着急地问侯德玉；"咱们自己解决能处理好伤口吗?"侯德玉回答："我努力来做，还要希望得到伤者的配合。"哦！配合?！侯德玉说："处理伤口时，建议不打麻药，一旦使用麻药伤口一周内都不会闭合，容易感染，真的感染了连里没有药。"连长指导员问沈根娣："能坚持吗?"沈根娣回答："可以坚持!"侯德玉立刻说："大家找几把手电筒，屋内光线不好，我去拿东西。"

侯德玉回来时身穿白大褂，头戴白帽子，戴好口罩，打开一个布包，里面就是一些医疗用具等，见侯德玉用酒精擦擦手，戴上手术手套，熟练地为沈根娣头上的伤口进行消毒处理，然后剪去伤口附近头发，一切就绪之后开始缝合伤口了。那针是弯的，看上去有点像鱼钩；两边的头皮勾起穿过，然后用镊子将缝合线打上一个结。大家围在周围用手电筒为手术提供着光源，侯德玉每完成一个动作，伤者沈根娣的双脚就会轻轻地踹一下，看得出来沈根娣强忍着疼痛。屋内安静得一点声音都没有，心里都暗暗佩服！

我们大家都是第一次看到侯德玉真的像个医生的样子，不，不光是像医生的样子，他的的确确就是一名医生。在低矮的浓江荒原茅草屋内，在光线极差的昏暗中，在土炕上完成一次"手术"。没用麻药的手术后，沈根娣的伤口果然恢复得非常好，没有感染等情况出现。

侯德玉这个知青"赤脚医生"后来到哈尔滨医科大学读书，才真正接受了系统的专业培训，学成后留在建三江医院工作。再后来，被派往黑龙江农垦总局太湖疗养院工作，最后居家迁往无锡、宜兴，落户至今。

三、养牛场的悲伤

自打营里决定先让 48 连养牛开始。我们几个男劳力就多出了许多义务工，协助牛倌早上开牛圈门将牛放出去，晚上将牛赶进牛圈，而且还要不断地搭建新的牛圈。

原本 48 连选址是在地势比较高的岗上，可那一年春、夏、秋雨水偏多，加之牛的粪尿，牛圈的土很快就被群牛蹄踩踏变成了泥潭，牛群白天到处趟水过河吃草、游荡，晚上进圈里多数日子是站着过夜。俗话说卧牛站马，牛应该是随意卧槽休息的。马累了，收工回圈打几个滚儿就站起来，随后可以放牛遛马让它们吃草放松恢复和补充体能。为了改善牛的"住宿"条件，我们就在树丛中不断地围建新的牛圈。

牛在 48 连生活了一年多的时间，牛的体质明显在下降，秋天应该是牛开始上膘的季节，可我们养的牛病了很多。秋天也正是我们盖房子的节骨眼上，大食堂已经封顶了，大家忙着上扒泥、苫草，一天忙得团团转。这段时间里，经常听到牛倌来叫，"牛站不起来了！"于是我们几个男的就赶紧跑过去帮助让牛站起来。慢慢地我们还摸索出抬牛的经验，牛马羊，即使刚出生的小牛犊小马驹小羊羔，都应该能够自己站起来，站不起来的都活不了！可 48 连那时候牛站不起来是真的，而且经常发生。说明问题非常严重了！我们开始时四五个人手忙脚乱，费很大劲，许久才能让牛站起来。后来，帮助牛起来只要两个人就可以了，牛也是有灵性的牲畜，好像知道我们是来帮助它，两个人过来一招呼，牛就会努力扭动想起来，这个时候把木杠子移动到牛的屁股下面，木杠横着尽量往里面一些，我们两个人一起用力抬那根杠子，牛本身也会自己用力慢慢地把屁股翘起来，牛的两个后腿能够伸直的时候，这头牛好像有力气了，两个前腿也能很快站立起来，牛站起来十几秒之后就能走动了，牲畜都有灵性的，大多数接受帮助的牛都会回头看一看我们，好像是在答谢！之后慢慢悠悠地走了。侯德玉和我抬过牛，也和其他人抬过牛，当时就是那几个人：顾振华、窦永利、黄宝华、张忠雄、钟宝光，抬牛的工作每天要进行多次，力气大一点的女生朱光明也加入了抬牛的行列。

48 连饲养牛的数量记不清了，大概有六十几头。"抬牛"工作持续一段时间后，有的牛死亡了，开始时一个多星期死亡一头，接下来两三天死一头，再后来每天都有死亡的牛。侯德玉是卫生员又不是专业培训过的兽医，只能无能为力地看着牛死亡而干着急。

处理这些死牛占用了连里两个劳力，一个是身强体壮的天津男知青窦永利，另一个是出纳员上海女知青沈根娣。牛死亡最高峰的时候两天 13 头牛死亡，牛的死亡好像不是什么慢性疾病引起的，边连长和郑春燕指导员就让窦永利将牛肉留下来给食堂，其他的部分统统埋掉，那段时间窦永利和沈根娣非常辛苦。

后来，兽医以及畜牧业的专家来到 48 连，仔细地了解了这些牛在 48 连一年多的生存情况，得出结论：牛的生存环境太艰苦，加上天气多雨等原因，这里湿气太大，百分之九十的牛得了风湿性关节炎或风湿性心脏病。随专家一起来的一位北京知青很有经验，他提出，牛要定时定量吃咸盐，吃咸盐叫"淡牛"，因为牛经过一段时间大概两三个月吧，牛的舌苔就生长出一层很厚的东西，这时的牛百餐无味，吃一次咸盐牛舌苔上的那层东西就消失了。

又过了个把月，营部领导又下"调令，"将生存下来的近三分之一的牛调出了 48 连。

四、盖个拉合辫的大烟囱

盖马架子房、盘土炕烧火要有烟囱，没有砖砌烟囱怎么办？瓦匠王振山和马国海指导顾振华，用没有砖瓦的年代祖先传下来的老办法，木椽子加拉合辫儿制作烟囱。先找了几根椽子按需要的长度锯齐，在屋外土墙边挖了几个约烟囱大小的圆坑，将几根椽木固定成一个圆环形骨架埋好，割来很多长草，我们和了一大堆稀泥，再把打来的长草泡在稀泥里，大家围绕着这堆稀泥半蹲半坐地抓住草的一头，在稀泥里向一个方向旋转，这草料沾满泥后，把它提起来然后在空中对折，就像麻花一样扭起来。一根叫"拉合辫儿"的造烟囱的建筑材料就算做成了。之后卫生员侯德玉、炊事员宋江虹等非专职农工用"二尺子"或叉子将搓好的"拉合辫"送到烟囱下面，如此草和泥的混合就成了建筑材料，围绕着几根椽子般的细木头堆积着盘旋向上，拉合辫儿盘旋上升的同时，瓦匠王振山又将一层薄薄稀泥涂抹在烟囱的内壁上，这样来保证烟囱的不透风。待烟囱上"拉合辫儿"稍稍风干，在外面再涂上一层泥巴，风干后烟囱就能够使用了。

拉合辫烟囱的壁很薄但很结实，湿的时候是泥，干了之后像铁。拉合辫儿的工艺有两种：一种是"卧拉合"，另一种是"挂拉合"，这根烟囱的施工工艺是"卧拉合。"因为火墙通道一般有横和竖用两种。

抓一把草在稀泥中做拉合辫儿，双手一直都在稀泥中搅和。蚊子、小咬、大瞎虻围着人们旋转叮咬，天气晴朗时蚊虫会少一些，遇到阴天各种蚊虫会成倍增加。劳作中的人们真的无法避开叮咬，带上蚊帐帽围上纱巾，穿上厚些的衣服，脚上倒是不必担心被咬——记得我们那一年之中除了冬季，其余时间一直穿高筒水鞋。北大荒的蚊虫好像嗅觉很灵敏，谁干活出的汗多，这个人身上的蚊子就多，有时后背上都是蚊子，我们不会猛烈地去拍打蚊虫，而是在人的后背上用手掌轻轻按住，抬起手时看到手掌下面一片死蚊子，如此能够多消灭一些蚊子。手掌按下去后旁边的蚊子居然没有受到惊吓，没有飞走，还在寻找怎样才能继续叮到人。

拉合辫

五、找寻 1958 年转业官兵留下的遗物

沿着浓江河的北岸向东行走一个半小时到两个小时左右的路程，连里不知是边连长还是谁寻找到 1958 年转业官兵当年进来开荒后来又被迫放弃的点。在那个地方他们发现了两个油桶和一些拖拉机用的拉筋等物品。连里派张忠雄、侯德玉、黄宝华和我 4 个人带着边连长和马国海家的两个小爬犁去捡回来。我们一行四人吃完早饭就出发了。

冬季浓江河面上路很好走，汽车和拖拉机都能行走，我们行驶的河面很平整，有明冰也有被积雪覆盖的地方。冰面上可见到有一堆堆黄色的草根杂物堆成一个个小堆，远远看去像黄色土堆，每一堆都规整相似。我们不知是什么就问侯德玉，"哎！赤脚医生！远处一堆堆儿的是嘛？"侯德玉还真知道，"是水耗子的窝。"我们走近时仔细看，用随身携带的"玻璃斧"砸开这堆东西，可巧正好有一只"水耗子"在窝内，我们的脚步声早已经惊动了它，瞬间就钻入冰层下面，原来每一堆都有一条通往水下的通道，草筏堆既是窝又是通往水中的通道。明亮的冰面像一块块巨大的玻璃，"水耗子"在水下游动的速度并不快，它在下面游我们在冰面上面追，真是很有意思。这种小动物是哺乳类两栖动物，隔一段时间就要上岸呼吸，不能长时间生活在水下。

我们继续前行，根据来时边连长提供的方位和路程，我们真的在距离48连方位10公里左右的地方找到了油桶等物品。一只油桶我们用"玻璃斧"轻轻敲几下就松动了，而且还没有生锈，桶中有少量机油。另外一只油桶斜卧着，三分之二露在外面。这只油桶被冻在地下的泥土中了，张忠雄、黄宝华、侯德玉和我轮流用携带的两把"玻璃斧"连砍带刨，许久才把它刨出来。随后，我们落落汗稍加休息，树林中到处都是干柴，随手捡来点起一堆火，在火上烤着带来的大馒头，边吃边聊。

听说1958年转业官兵到过浓江河地区，莫非这些油桶等物品是那时候留下来的？可是油桶1958—1971年已经有近13年了，并没有锈蚀，荒无人烟的地方捡到这些物品在我们心中留下些问号？后来营部周参谋告诉我，是他们前年勘察荒原时留下的遗物。这才解了我心中的疑团。

六、连队的工资丢了

46到48连之间有两个大小不同的水泡子，初春刚刚开化，水泡子表层有水，水的下面依然是冻层，车拉着爬犁还可以通行，秋季特别是深秋季节，水泡子水位下降，车拉爬犁也可以通行。

就是在这个季节，48连出纳及一行人员到营部办事，随行的人各自干自己的事，忙完事大家就坐上爬犁回48连，当时同行的人员中可能也有47连的人。

荒原上没有路，一路南行只有爬犁印，营部往南路过后来的修理所就是按照来时的车辙往回走，营部至46连有一条岗（高地），过了这段路再往南就是大小不一的水泡子，车走回头路在高地上可以，但是在水泡子里就不行了，要绕圈走新车辙才能不陷下去，结果还是草皮子被链轨板抓断，摘钩、长拉筋、车头进退再进再退，过两个水泡子往返都这样，随车的人上爬犁、下爬犁，下午从营部动身回到48连时天已经黑透了。

第二天要发工资了，吃完晚饭，出纳、会计拿出书包准备分发工资，打开书包一看钱袋子不见了，两人翻了半天，无论如何都找不到钱袋，回想可能是掉在回连队的路上了。两人赶紧向边连长汇报，边连长一听也吓了一大跳！这要是丢了找不到就是跳进黄河也洗不清！边连长一晚上都没睡着觉。

第二天一大早，他就带着两个人按照爬犁印去寻找丢失的钱袋。当行走到大水泡子的南岸时，在水泡子旁的草丛中发现了那个装钱的袋子，边连长揪着的心一下落下来了，真是天不灭曹，钱袋要再向前一尺多掉在水里那可就真难找了！在48连丢在路上是安全的，因为这儿基本没有行人，来来去去的狼群、野猪、黑瞎子等各种动物也不认识钱。

我1972年享受第一次探亲假是春夏之交季节，在"草皮卷"上行走还遇到一大两小3

只熊瞎子。我手里有一根一米多长的木棍,是硬杂木材质的很结实,但是与熊瞎子搏斗显然是无用的。后来,熊瞎子为护崽儿,带着俩小熊往西跑去。

我回到天津后将遇到黑熊的事写信告诉了边清悦连长,让连里的战友外出时一定要小心注意安全。

钟宝光 天津知青,1953 年生,1970 年 5 月到兵团 6 师 27 团水利连。1971 年 2 月调入开荒营,在开荒营 41、44、45、48、49 连等多个连队工作过,1982 年返城,在天津河北区东六街办事处任职,1986 年调上海杨浦区烟草公司工作。退休。

荒原水网沼泽地

灯 油

李宝恒

开荒营 48 连是 1971 年 2 月 23 日进点的,在当年所有开荒进点的连队中,48 连离营部最远大约 40 里左右,离 27 团部约 80 里,靠近三江平原中间位置,周围尽是沼泽地,自然条件非常恶劣。我们进点时正是北大荒的严冬时节,汽车和拖拉机把我们送进点返回时就遇上了"大烟炮"(暴风雪),车和司机都被困在雪原上,无奈放水弃车返回营部。

48 连是 27 团的南界,往南是浓江河北岸,西面不远是兄弟连 47 连,东边有大面积可开垦的沃土,通往营部的北边是一望无边的荒原大沼泽,就是这个大沼泽地给我们的建点生存带来了极大困难。想起当年建点时没有公路,所有生活、生产物资全靠拖拉机拉着爬犁运进来,当时冰天雪地的也没感到大沼泽带来压力,

冬天有时卡车都能开进来，虽然条件艰苦，但生活物资还能基本够用。

春天来了，冰封的大地开始苏醒，荒原的冰雪开始融化，北面大水泡变成一片汪洋，沼泽上返青的水草连成一片，荒原又恢复了原有的面貌。我们在沼泽旁修的一条唯一的小路（我们的生命线）受到极大的威胁。北大荒冻土层很厚，虽路面泥泞难走，但下面还冻着，重型拖拉机还能运送部分物资，我们再肩背人扛地倒进来。

夏季来临，荒原深处的沼泽地总是阴雨连天下个不停。因地势低，积水很快就流进帐篷里来了，满地是水就像水漫金山一样，我们一边挖沟排水，一边还要和肆虐的蚊虫、小咬较量，战友们顽强地和恶劣的自然环境抗争着，再苦也要坚持，我们心里都明白，只有战胜困难，48连才能站住脚。

物资很长时间运不进来了，我们所带的粮食已经见底了，如果再送不进给养，就要饿肚子了。48连刚建点连个手摇电话都没有，有事或有突发情况全靠人工来完成通讯。眼前我们粮食没有了、柴油没有了、就连点灯的油都没有了，连长、指导员心急如焚，一面叫后勤把饲料粮备好，准备应急用，一面派人向营里汇报情况请求支援。指导员和连长决定派我和窦永利去营部向营长汇报，任务交代完后又再三嘱咐我们：回来时必须要带两小桶柴油，以解决当前的照明问题。接到任务的当天早上，我们俩带着领导的嘱托和战友们的信件，还挑着两个小水桶就出发了。

夏季的荒原上开满了五颜六色的花，散发着阵阵清香，十足的蛮荒美。但是脚下这路啊，真是难走！连队去营部说是路，其实就是拖拉机拉爬犁的爬犁印，有的地方一踩还往上冒水，在荒原草甸子上只要一迈步，就会招来成千上万的蚊子、小咬、瞎虻向你扑来，黑压压一片布满了我俩全身，蚊虫实在是太多了，叮得脸上、脖子、手上全是包，又痛又痒，实在难受得不得了，我俩折了个树枝一边走一边拍打着身上，一想全连队战友们的期盼，我们哥俩咬紧牙关走出了荒草滩。快到46连时路就好点了，我俩加快脚步向营部方向走去。

快到中午时，终于到了营部，营上急切地问我们连队的情况，我们把连队的情况向营长做了汇报。营长说："回去告诉连长，我明天组织营机关给你们送粮，决不能让同志们挨饿。"营长叫我们休息一会我们也顾不上了，先马不停蹄地去邮局把战友们的邮件寄出，同时把战友们的家信、报纸一并装好带回，最重要的是到油库把柴油装好。下午，我俩一人背着邮件、一人挑着两桶柴油上路了。

完成连长交给的任务，我俩又想着战友们期盼的家信和晚上急用的灯油，也就忘了疲劳，不由得加快脚步向连队走去。走了一半的路程，天就阴沉了下来，不时还会有零星雨点落下来，我心里不断祈祷老天千万可别下大雨啊，让我们把油挑到连里再下吧！在凹凸不平的路上，步子一快油桶就晃动得厉害，不时地油会从桶中洒出，可是又怕下大雨！只得用两只手分别紧紧攥住扁担的挂钩，并尽量保持身体的平衡让油桶晃动小一些，挑着两桶油走近40里路考验着我们的耐力，挑得时间长了，肩膀压得生疼，也不敢停歇，只得左右肩膀交替着来挑，最后我真是累极了，实在挑不动了。窦永利赶忙过来接过扁担挑起油桶，我扛着报纸和邮件紧着往回赶，我们都知道如果下起雨来前面的路会更加难走。过了46连往前走就到了横在48连最难走的一眼望不到边的大草甸子，在水泡中只留有爬犁走过的一条印迹，这段路最危险，不知道的人如果不小心踩下去，表面看来是一片片绿色的草毯会连同草皮一块沉下去，深的地方能把人吞没。

开始时，我们很小心不敢快走，两人挑着油桶和邮件在草地上踩着爬犁的印痕深一脚、浅一脚地蹚着水慢慢向前走着。行走不稳使桶里的油不断洒出来，照这样下去可不行，油会洒光的，必须想个办法。正在为难时，我们看到了水泡中飘着的浮萍，眼前一亮，办法有了，我们赶忙薅了几把青草扔到油桶中，草把油面盖住了，果然再挑起油桶走路时，桶中的油就不易洒出来了，问题解决了，脚步也就加快了。我俩特高兴，互相鼓劲往前走。

光顾高兴了，没想到不知不觉偏离了车印踩到水泡子里了，我突然感觉身体向下沉水开始向上升，挑着的油桶也同时落在了水面上，我一下就意识到陷进沼泽中了，由于我抓着扁担身体没有再下沉，在这紧要关头，我赶紧喊叫永利来救我，窦永利马上跑过来，告诉我千万别挣扎，同时顺手抓起浮在水面的扁担让我紧紧拉住，他用力把我从水泡中拉出来。我在旁边紧张地喘息着问他："油桶怎么样了？"窦永利说："油桶没倒，还在草筏子上呢，真是谢天谢地！"接着他用扁担钩子钩住油桶的梁将油桶拉出水泡子。从沼泽爬出来后，雨靴已灌满了水，衣服已经湿透，真是透心凉实在不舒服，而且停在这，蚊虫一个劲儿叮咬，我们必须借着天还亮赶紧走。窦永利挑着油桶，我背着邮件，淌着没膝深的水向连部走去。

终于在大黑之前赶回了连队。全连战友们看到我俩平安到家高兴极了，连忙接过油桶和背包，我俩到连部把营长的安排向领导做了汇报。虽然我们哥俩满身都是泥水、油点儿，身上被蚊虫叮咬得又红又肿，跟小鬼儿差不多，当天晚上看着连队帐篷里一盏盏小油灯又亮起来了，战友们又能在灯下写信看书报学习了，我心里还真有一些成就感，我们没有辜负战友们的信任，完成了连里交给的艰巨任务。

没过两天，张营长亲自带着营部机关的人员扛着面粉和物资，蹚着我们走过的大水泡子来到我们48连送给养和慰问官兵，营里决心尽快打通这条路。全连士气大振，我们最艰苦的时期即将过去，我们在三江平原腹地的沼泽地站住了脚，即将迎来大发展。

挑灯油虽然是北大荒生活中的一件小事，多年来一想起开荒营，这一幕总会在我眼前浮现，至今我也非常感谢窦永利战友把我从沼泽里救上来，回想起我俩相互鼓励、团结协作的战友情谊，我永远不会忘记。

2014年8月，原开荒营48连指导员组织战友们重游开荒营的故地，到现在的浓江农场回访。接到通知后大家都非常激动，我们已经阔别40多年了，不知现在变成什么样了？当我们来到浓江农场场部（33连位置）我们惊呆了，眼前是一片整齐的高楼和现代化的农业机械，在我们去往48连旧址的路上，两边的松树"护"着笔直的柏油马路，那个差点要我命、让我们全连痛恨的大水泡子不见了，映入眼帘的是望不到边的稻田，稻子长得非常好，微风吹过、稻海滚浪，仿佛是在欢迎老垦荒者的到来。连队旧址只剩大食堂了，回想当年开荒建点时艰苦劳动之后，大家虽然很累，但是在大食堂里无拘无束在一起大口吃饭、大声谈笑的场景仍历历在目。当年我们为了点灯的油，都要冒险奔走几十公里，现在一排排漂亮的路灯指引着我们向前。现代化的浓江农场不就是开荒营将士在荒原上艰苦奋斗所追求的理想，40多年后，我们这些当年的垦荒人终于看到了浓江农场现代化的实现。

李宝恒　北京知青，1969年8月从北京市丰台铁中到黑龙江兵团六师27团水利连，1971年初调开荒营48连，1978年年底返城，在公交公司做汽车驾驶员，后调公交驾校技术科。退休。

进点第一天刨冰化水

李宝恒

我下乡到黑龙江兵团的第二年，团党委根据上级首长的部署，组建开荒营"向荒原进军"开垦荒地。新的连队是由团内各连抽调的战士所组成，开荒营首批组建 12 个连队，每个连队男女战士加上指导员、连长共 20 人组成。记得是 1971 年 2 月 23 日，我们 48 连的同志们打点好行装挺进荒原。

冬天的北大荒，气温非常低，白色哈气随着大家的交谈从口中呼出，这是东北地区特有的景象，讲话和喘气时"冒白烟"，这里的冬天极冷时可达到零下 40 度以上。战士们屯垦成边的信念是坚定的，抱着坚决完成任务的决心，坐着开往荒原的汽车，一路上唱着革命歌曲，"向荒原进军"的大旗仡立在汽车的前面迎风飘扬。汽车从五星山下我们的老水利连向正南边的浓江河畔荒原驶去。与汽车同行的还有一台拖拉机拉着物资跟在汽车的后面。汽车在荒原上一路颠簸，绕过高低不平、坑坑洼洼的"塔头"不时地陷在"雪坑"中，司机师傅把车向后倒一倒重新挂挡前进，慢慢把车开出雪坑继续前进。

几个小时后，汽车在一片小树林旁停了下来，这里地势较高，非常适合安营扎寨。连长一声令下："同志们！新家到了。"大家跳下车，赶紧活动活动已经冻僵了的身体。连长大声地通知大家："我们要在天黑前将帐篷支好。"在寒冷的荒原中建造一个临时的住所（帐篷）。搭帐篷需要木材，铺床需要草，按照边清悦连长和郑春燕指导员的安排，人们开始分工；当时我们 48 连和 47 连同车同路一起进点，到达时已近下午 4 点钟，47 连的王金生指导员和任宝华副连长及两个连队的战友们一启动手搭建这座帐篷。

荒原上除了远处有狼和熊等野兽外什么都没有。我们要伐木、支帐篷，打草、铺床、积雪刨冰化水。当时，张忠雄、钟宝光、窦永利、李宝恒 4 名战士来完成刨冰化水任务。浓江河的北岸离 48 连一公里左右，我们蹚着深雪，带上麻袋工具向浓江河走去，一路上大家靴子里灌了很多雪。二月下旬了，浓江河的冰层浅的地方已经冻透，水深的地方冰层能够达到一米半以上，汽车和拖拉机等车辆都能在河面上行驶。

在一片宽阔的冰面上，大家拿起工具，准备开始刨冰。寒冷的天气，我们几个人先清理一下冰面上的积雪，不多时，一面如镜子一般的冰面就这样呈现在了眼前，大家都不由分说拿起镐头就开始刨冰，一镐下去冰面上只留下一块白点，此时我们才体会到那句"冰冻三尺非一日之寒"的意思，河面的冻得太硬，用力时脚下也容易打滑，大家身子下蹲两腿岔开站稳后慢慢地挥镐用力。冰面被破坏后，站在坑里再刨，一镐下去冰就一大块地裂掉下来了，冰碴飞溅打在脸上火辣辣的疼，在大家的努力下，终于凑够了我们要用的冰。我们赶紧把冰块装进麻袋，再收拾好工具。这时再看看我们几个刨冰人，人们呼出的热气凝结成白霜附着在人们的眉毛胡子上、衣领和帽子上，此时，大家都变成了白发白须白眉的"圣诞老人"一般。

夜色降临，北风吹起，此时的天气异常的寒冷。虽然我们已经全副武装，棉衣、棉帽护着，但是全身还是被大风吹得透心凉。我们不得不快速行进。整麻袋的冰块太重，我们用随身携带的斧头砍下树枝，把装好冰块的麻袋捆在树杈上当爬犁拉着一步一步艰难地向着营地的方向慢慢走去。

终于把冰拉回营地了，此时的我们也已累得不行了。但我们还是坚持着把冰放到大锅中，等水烧开后，好让疲惫的战友喝口热水暖和一下身子。看着大家开心的笑脸，我们觉得累的值！

从早上进点直到夜晚支起帐篷，我们整整劳累了一天，当躺在刚搭建的帐篷里时，开始大家还兴奋地说笑着，不一会，就都进入了梦乡……

一件暖心窝子的事

范菊妹

1971年9月，郑春燕指导员带着我走进48连，那时连队还没有路，我背着行李走在塔头墩子上，就这样一脚高一脚低地走进了48连。在连队里我受到领导和战友们的热烈欢迎。当时我暗下决心，虽然条件艰苦，我一定要和大家一起共同建设48连。

有一年冬天，从四营的营部到48连终于有了一条简易的公路，但是没有通车。边清悦连长叫我去营部办点事，嘱咐我天黑前一定要赶回来。边连长问我："连队人员紧，你一人去行吗？"我答"行！"。当时心里想的全都是如何完成任务，根本没有想到害怕。临行前，边连长、木工顾振华、马国海、朱光明等人不断地叮咛我，叫我路上要小心，注意安全！他们一路把我送到林子口的公路边，还一直恋恋不舍地望着我，久久不愿离去。我好说歹说把他们一个个都劝回去，就挎着上面绣有"为人民服务"几个红色大字的绿色书包，走在这条简易公路上。路上坑坑洼洼的，有的地方还结着冰，我穿的是一双棉胶鞋，踩在冰面上只听到冰面破碎发出的"咔嚓、咔嚓"的声音。放眼望去，四周十几里内荒无人烟，一切都显得那么寂静。我孤独一人虽然害怕，但是心里想着的是快点完成任务好赶回连队。

中午时分，我终于到达了营部，在张英营长那里办完了事准备返回连队。临行前张营长还特意提醒我说，路上一定要小心，注意安全！我说了声"谢谢营长"后就上路了。从营部到48连中间有个46连，我在46连稍事休息了一下就继续赶路。在快到连队的时候，突然看见一团黑影一下子蹿了出来，跟我相距还不到50米，把我吓了一大跳。我们开荒营刚刚组建不久，周围的树林里不断有黑熊和狼出现，我的手里没有任何可用的武器，心里一下子紧张起来。我一边走一边回头看看，发现那团黑影还在跟着我？我的心里更加紧张起来。这时天渐渐暗了下来，我加快了脚步，想离那团黑影远一点，可不知怎么的，那团黑影还跟在我的身后。快到连队的时候，那团黑影一下子从我身边跑了过去，我这时才看清了，原来那是只老同志家养的狗。我老远就看见边连长手拿木棍，顾振华手握斧头，老马手里拿着铁叉，还有其他十几个老同志都来这里迎接我了。不知怎么地，我的心里一激动，眼睛就湿润起来。

当时开荒营的交通闭塞，又没有安装通讯设备，上传下达全凭两条腿走路。而连队的领导和战友就像亲人一样，无时无刻不牵挂着战友，他们这种无微不至的关怀，使我终生难忘。

范菊妹　上海知青，1952年出生，1969年4月去黑龙江建设兵团27团水利队，1972年调入48连工作，1976年返回上海，在街道工厂工作，1979年进入国棉三十厂。退休。

冰 河 捞 车

白　桦

1973年深秋，42连由农业连队改为工程连队，土地都划给41连，所属机务排大部分车和人员调入新建的34连。而我单独一人被调到48连。

当时的48连经过两年多的开荒建点，已发展成开荒营屈指可数的大型农业连队。报到后我就投入到紧张的抢翻、抢耙地工作中，主要是为来年春播打下良好的基础。随着几场雪的突然到来，温度下降，大地开始封冻，拖拉机不能下地作业了。机务排的中心工作转移到农机具检修中。留下两台技术状态较好的拖拉机冬季进林子拉运木材使用。

因开荒营都是新建连队，各连队基本建设需要大量木材。冬季一到各连队都组织人员进林子伐木。我们所在地区的林子都生长在水泡子、沼泽地带，夏季河流纵横沼泽遍地，要想春、夏、秋三季节进林子是非常危险的。弄不好就会陷入无底的沼泽中连影子都不会留下。

我们六师其他兄弟团就发生过连人带车陷入到沼泽里找不到的事件。所以，每到冬季大地封冻后才能进行伐木作业。

我们连下年基建项目较多，木材用量大，刚到 11 月下旬连里就开始做进林的准备工作。经过几天努力，我们终于选定了伐木点，但运输路线不太理想，准备重新找条近一点好走的路线。探路的任务交给本地青年 111 号车长温利昌。清晨小温他们 3 个人开车拉着爬犁出发了，沿着浓江河弯曲河道摸索行驶。车开出十多公里时因塔头墩子太多，驾驶员就往右侧河边靠，但没走多远车突然往下沉，驾驶员感觉不对马上拉操纵杆让车转向但已来不及了，河水迅速淹没了链轨，驾驶室也进水了，驾驶室人员马上从车上跳出来，这时水已淹到油箱一小半位置，车停止了下沉。原来此处是一个清沟，也有叫气眼的，天再冷这地方都冻不上，遭遇这种情况，车长温利昌马上派人回连报信。

得到消息后，副连长李守竹立即召集有关人员乘铁牛 55 型胶轮拖拉机赶赴事发现场，一看情况较严重，车身几乎一半在河水里，车四周开始结冰。因天已快黑了，今天救援是不可能了，副连长当时决定在岸边先搭一个简易窝棚点燃一堆火，留下两个人撩拌机车四周的河水，防止机车被冻在河里，其他人先撤回连队准备必要救援器材再打捞车辆。

回到连队连长十成洲听完汇报后决定：①派铁牛 55 到营部借一个能吊起 5 吨以上的手拉葫芦；②准备一爬犁 4 米长、直径 30 厘米左右的圆木，还有搭建帐篷用的圆木杆和大批草帘子。草帘子的作用是一旦当天救援失败用草帘子把机车围挡，防止机车造成更大损坏；③食堂准备好十几个人便于携带的午饭；④明天机务排出两台拖拉机及部分人员参加救援。任务明确后各部门立即行动起来，准备工作很快就完成了。

次日天刚亮，参加救援的人员都到食堂集合吃早饭，饭后李副连长带领救援人员坐铁牛 55 先行出发，两台拖拉机紧随其后。因没有路，不管是拖拉机还是铁牛 55，行驶起来速度都很慢，当我们两台拖拉机拉着一爬犁圆木到达现场时，先一步坐铁牛 55 到的人员已用苫布搭好一个简易帐篷，并在帐篷内架起用废油桶做的炉子，帐篷里的温度还可以。

圆木一到，具体救援马上开始，先在掉到河里的机车四周冰面上铺上圆木并连接固定成一体，然后在圆木上方用 3 根粗壮的圆木支起一个三角架，三角架顶端悬挂起重的手动葫芦。经过几次调整手动葫芦才达到被救车辆上方中心位置。三角架竖起后，人又爬上顶端挂上手动葫芦，在大家的努力下，一切工作都非常顺利，到中午准备工作全部完成。李副连长让大家先吃点饭休息一下，再进行下步工作。

吃完饭后李副连长把大家召集一起说："下边开始打捞工作，现在必须要找一个水性好的人潜入水中把吊车用的钢丝绳穿到车架子下面去，天冷下水难度很大。"这时有人大声回答："我会游泳，我下去挂。"大家的目光一齐转向了他，原来是来自黄浦江畔的上海青年徐浩源，他 1968 年下乡到 27 团 7 连，1972 年调入开荒营 48 连。他中等身材，身体素质很好，工作中积极上进，任劳任怨，平时给人的印象是不爱说话、操着一口带有宁波腔的上海话，所以大家都称他"老宁波"。李副连长又担心地问："这么冷的天你能坚持住吗？"徐浩源肯定地点了一下头。当天的气温接近零下 20 度，大家穿着棉衣棉裤都冷，而他要潜入冰河水下挂车钩，这需要多大的胆量和勇气啊！他真是我们知青当中的勇士和楷模。

潜水人员定下后，大家开始做下水前和出水后的预防、保护工作。因地冻天寒，潜水人员不能有皮肤直接露在外面，那样碰到机车的金属会被瞬间冻在一起，他要穿着秋衣秋裤、袜子和线手套才能潜入水中。勇士徐浩源在帐篷内做着入水前准备，我们在外面也在做着他入水前后的辅助工作。我们先用木杆探了一下水深约一米左右，水底是淤泥但下面比较硬，接着又把飘在水面的浮冰打捞干净。吊装用的两根钢丝绳比大拇指还粗，在钢丝绳的两头系好软绳当作引绳。

一切准备就绪，这时李副连长拿出一瓶"北大荒"酒打开盖递给徐浩源叫他喝上几大口，看到此情景，我感到心里一阵发热，心中有一种说不出来的激动……

徐浩源穿戴完毕后迅速走到河边蹲下，慢慢下到过腰深的水中，站稳后我们马上把钢丝绳递给他，他深吸一口气潜入水中，车的另一头则有人站在水边用木杆准备接迎穿过的钢丝绳。他在水中十几秒的时间，可我们感觉时间是那样漫长，大家的眼睛都盯着水面。水面一翻花徐浩源从水中钻了出来，脸色苍白嘴唇发紫。与此同时，车另一侧的人员也打捞起系在钢丝绳一端的引绳。副连长蹲在水边问徐浩源行不行？不行就上来。徐浩源说："能坚持。"接着他拿起另一根钢丝绳深吸一口气又潜入水中。副连长立刻安排两人站在水边准备接应徐浩源上岸。二次入水时间比第一次短，他从水里一出来，河边接应的两人迅速把他拉上岸，架起他就往帐篷里跑，他冻的脸上一点血色都没有了，浑身不停地颤抖，一句话也说不出来。

帐篷里炉火正旺，大家帮他脱掉湿衣服，换上事先烤好的棉衣，这一切都是在几分钟内完成的。大家怕他受寒又让他喝了几大口酒，这时副连长李守竹脱下自己的皮袄披在徐浩源身上，又叫铁牛55驾驶员刘德利立刻把徐浩源送回连队卫生所。

救援人员已经把钢丝绳挂在手动葫芦上了，大家开始轮流拉葫芦上的倒链。河水里的机车也开始慢慢升起。副连长将人分成两组在车的两侧，每组脚下放着几根二三十厘米粗细的圆木，只要机车一旦吊出水面，两边迅速把脚下圆木穿在机车链轨下面。终于起吊成功了！拖拉机稳稳地落在圆木组成的木排上，大家解下手动葫芦和钢丝绳，岸上的一台拖拉机已经用牵引钢丝绳挂在被救车上，迅速把机车拖到岸上。一切惊心动魄的救援任务胜利完成了。

人生的感悟

一个真正的强者，面对艰苦的工作和生活环境时，他会换一个角度去体会去思考，从中感受与天斗其乐无穷，与地斗其乐无穷，苦中作乐，乐在其中的真谛。在开荒营建点的艰苦岁月中，我们受到了前所未有的意志磨炼，使我们变得更加成熟和坚强，给我们人生的履历留下一笔取之不尽的精神财富，广大的知青战友为开发建设北大荒，不知流下多少汗水和泪水，在荒原留下多少绚丽多彩的人生诗篇！

现在，每当我回想起在开荒营建点开荒的那日日夜夜，一股热流顿时就会冲撞我的心灵，仿佛一切又回到了眼前。那一望无际荒无人烟的原野上，我们曾有过挫折、迷茫、痛苦与失败，我们曾用稚嫩的身躯和宝贵的青春在这片桀骜不驯荒原上征战，为这片热土我们曾不断地奋斗、追求和奉献。

我曾在这块热土工作、生活了整整10年，我亲眼看着它由一片荒凉的水草地变成了万顷良田，看着它成为一个现代化农场。我将人生最美好的10年奉献给了这片黑土地。这片黑土地浸透着我们的汗水与鲜血，在这里我们有着痛苦的探索，这里的人坦诚、纯朴、热情、善良，使我终生难忘。

白桦　哈尔滨知青，1952年生，1969年8月下乡到黑龙江兵团27团工程一连，1971年2月调到开荒营，在42连、营部机务排、48连、41连工作，1981年返城，在哈市木材厂工作。退休。

张营长和拖拉机手在田间（右1为张英）

开荒营的姊妹花

王 敏 周爱琴

往事的蹉跎岁月，至今回想起来我们依然热血澎湃。

1973年3月31日，是一个极其普通的日子，但对我们来说又是一个永生难忘的日子，因为从那天起，我们成了黑龙江生产建设兵团的一名光荣的战士，从此翻开了我们人生崭新的一页。因为我们是卢湾区到黑龙江农垦的最后一批知青，在开往黑龙江农垦兵团的火车上，我认识了我的好姐妹周爱琴等一行18个人，人称

18青松。当时的黑哥黑姐们叫我们"小上海"。那时的我们怀揣一颗保卫边疆、建设边疆的红心，对兵团的生活充满了憧憬，也做好了吃苦的充分准备。

但当我们真正踏上这片黑土地的时候，一见眼前的景象，顿时怔住了。这哪里是我们想象的兵营？没有马路，只是泥泞的小路和几栋低矮稀疏的茅草屋。四周都是荒无人烟的沼泽地。我们去的六师27团4营48连，是一个离团部最远、最艰苦的开荒连。4月份正值冰雪开化的季节，在那一个多月的日子里，我们都是穿着高帮雨靴度过的，走路的时候雨靴经常陷在泥里，搞得裤子上、脚上全是泥。刚开始，我还把沾泥的裤子洗洗，

到后来弄得连替换的裤子都没有了，就干脆不洗了，第二天裤子上的泥巴干了拿手搓一下继续穿。

6月份，我们连接到任务，去勤得利额图运水泥，为建晒麦场备料。我和周爱琴等人接受了这个任务。额图像个孤岛，三面环水，环境极差，住的地方就是一间空屋子，用木头锯成一个个小圆墩，上面垫些板就当床了。由于木板床紧贴地面，睡到半夜就感觉好像尿床了，起来一看原来是被褥底下全湿了。晚上在蚊帐中睡觉，外面就像唱戏一样，成千上万的蚊子聚集在蚊帐外面，随时准备钻进蚊帐咬你没商量。去河边洗衣服，头上必须裹着纱巾，还要拿着扇子不断地摇扇，不然的话，真的感觉能被咬死。打水泥块少不了开水泥，把水泥块打碎了以后装进袋里，然后从船上把水泥用肩扛下来。这是我们进行的最原始的劳动，一包水泥重100斤，我们那时的体重还没有100斤，一天下来浑身瘫软，像被人打过一样！经过了一个多月的艰苦奋斗，我们总算挺过来了，胜利完成了任务，更是经受了一次特殊环境的战斗洗礼，为我们以后面对困难和战胜困难打下了良好的基础。

回连以后，一年一度的麦收开始了。营部组建了文艺宣传队，我和周爱琴、顾福梅3个"小上海"被选中到营部宣传队，做麦收的宣传鼓动。我们下连队，为战斗在一线的战友们带去了我们自己编排的小节目，尽我们的所能为麦收工作出份力。宣传队的那段生活是我们最开心、最快乐的日子，在团部汇演中我们四营的一首《苗岭连北京》二重唱还得了一个奖，把我们高兴得不行。在宣传队我们几个"小上海"，同吃、同住、同劳动，建立了深厚的感情，以至于我们现在还经常碰头，回忆起北大荒的那段往事，总感觉有说不完的话。

宣传队解散后，我们分到了不同的工作岗位，周爱琴当了司务长，我被分在营部发芽室。这工作看似简单，把数好的麦粒种植在一个装有黄沙的标准木盒里，等麦子发芽后数一数麦苗的株数，计算出种子的发芽率。后来我才明白，这个发芽室对全营小麦的收成起着非常重要的作用，工作虽简单，但责任心很强，数错几粒发芽率就要相差很多。后来我又去了面粉厂做化验员。

如今的我们也两鬓染白霜。现在讲起当年严寒酷暑，磨炼了我们的坚强意志，风霜雨雪铸就了我们不屈的性格，它能让我们可以笑对生活的酸甜苦辣，这份收获没有经历过的人是永远无法体会得到的。我对东北战友和黑龙江的"第二故乡"有着深厚的感情。

现在我们"荒友"经常聚会，畅谈、回忆当年的往事，如有机会真想再回到当年战斗过的地方看看。

北大荒的过去难以忘怀，使得生活在上海的我听到东北口音就感到非常亲切，看到东北人的服装店及东北的小吃馆，我都会主动上去与他们"搭讪"，很自豪地对他们说：我也在东北呆过……

27团18棵"青松"都分配在开荒营，9棵分在48连，还有9棵分在31连。我们都来自上海市卢湾区，可是我们对31连的9个"小上海"并不熟悉，而我们48连的9个人因为工作在一起成为了亲密战友。

让我们记住他们的名字吧：王　敏、周爱琴、顾福妹、邵秀英、张荣豪、许国民、刘长春、邹鲁申、张景明

王敏 上海知青，1973 年去黑龙江兵团 6 师 27 团 48 连，同年选到营部宣传队，之后在营部发芽室，面粉化验员等岗位工作。1979 年回沪，在毛纺七厂车间、劳动人事科工作。退休。

插图：杜宇玉

难 忘 北 大 荒

苏文禹

岁月流逝，光阴似箭，转眼之间人生已经走过 60 个年头，往事历历在目。但始终萦绕在我心中的还是在"北大荒"经历的青春岁月，让我难以忘怀。

我是佳木斯知青，1976 年中学毕业，响应伟大领袖毛主席"上山下乡，广阔天地大有作为"的号召，去了黑龙江农垦总局建三江管理局 27 团 4 营 48 连。现在我还清晰地记得从佳木斯出发的情景，1976 年 7 月 24 日佳木斯电机厂子弟中学 100 多人，在厂领导、师生、父母兄弟姐妹和亲友的欢送中乘坐解放大卡车一路向东北进发，经过 10 个多小时的行程到达了开荒营（四营）。我被分配到 48 连，至此我们告别学生时代，开始了崭新的生活。

我们 48 连坐落在浓江河北岸，现在的浓江农场就是以浓江河而命名的，有 1 200 多垧地，人口 100 多人。连队的人员主要有北京、上海、天津、哈尔滨、佳木斯青年，还有少部分部队转业官兵和支边青年。当时连队的指导员是转业官兵王景富，连长是老支边青年李守竹，副指导员是北京知青王春凤，我们佳木斯知青共计 31 人。刚到连队时第一眼看到的是广袤的沃野，一望无际的金色麦浪，感到的是连队领导、老知青、职工们的热情和帮助，让我们这些刚参加工作的学生感受到了温暖。

7 月份正是麦子成熟的季节，全连上下都投入了紧张忙碌的麦收工作。从早晨起床一直忙到夜晚 11 点。当时我们新来的佳木斯青年主要任务是负责麦子的晾晒和入仓，工作中大家热情高涨，你争我抢谁都不甘落后。记得麦子入仓时需要搭跳板用麻袋装麦子往上背，这个活我们从来没干过，但是大家没有一个叫苦的。可以说那个年代我们真是不讲条件，不讲价钱，无私奉献。

麦收结束了，我们新来的佳木斯知青根据工作需要分别分配到不同的工作岗位，我被分配到机务排，因为能亲自驾驶"东方红"拖拉机开垦北大荒为国家多打粮作贡献了，感到很光荣。凭着一股热情在机务排长尹明富和老知青的帮教下，我很快就掌握了驾驶东方红拖拉机的技术。秋天的翻地开始了，当时我和师傅北京老知青周永明一组，有一次夜班翻地开始，师傅驾驶拖拉机，我负责调整翻地大犁。师傅熟练地驾驶拖拉机有条不紊地行驶在田野中，我坐在农具上认真配合师傅调整翻地农具。后来师傅说你开拖拉机我来坐大犁，我按照师傅的样子驾驶着拖拉机在寂静的黑夜里行进在田间。由于天黑，不知是什么原因，我开了一段时间后方向感出了问题，驾驶着拖拉机直奔荒野的树林，师傅发现后及时制止并帮我平复了情绪，重新调整了方向后又投入了翻地工作。现在想想如果没有师傅在身边，还不知道会出现什么情况呢。

由于工作需要，我被调到开胶轮 55 拖拉机车组，主要任务是负责连队的运输。我们连队属于开荒营新建的连队，离营部和团部都比较远，所以运输就显得非常重要。记得冬天有一次去营部拉粮和办理其他业务，拖车上坐了知青和老职工。北大荒的冬天寒风刺骨，温度达到零下 30℃多度，我们连队离营部达 30 公里的路程。当到达营部下车时有一个老职工发现一个佳木斯女知青脸上有个一元硬币大的白点，不好了脸冻了，但她本人没什么知觉，因为已经冻僵了。我们当时不知所措，只见老职工杜师傅非常有经验用雪捂、用棉帽子取暖，不一会脸上的白点就红润了。现在想想如果没有老职工的相助，可能女知青的脸就真的冻坏了，落下疤痕，留下永恒的记忆。

北大荒的冬天非常寒冷，可以说是冰天雪地，荒原随处可见。虽然开垦了一些粮田，但基本保持原始生态，野猪、狍子、狼、山鸡、野鸭、鹰等野生动物随时都可见到。记得冬天我出车去营部办事，当走到无人的荒野地，看到一只鹰向雪地俯冲下去，我想他一定是在抓猎物，我把车停下好奇地查看情况，鹰看见有人来就飞走了，我看到一只山鸡已经被鹰把胸脯撕开。然后我把山鸡拿回连队，大家看了非常高兴，由于当时条件比较困难，知青们用白水把山鸡煮熟，真正享用了一顿野味。

一年中最让我们高兴的是，秋收后看到金黄色的麦粒和大豆堆积如山的丰收景色，它是我们辛勤汗水的结晶，是大家共同努力奋斗的结果。

1977 年国家恢复高考，我回到城里学习，毕业分配在佳木斯电机厂做技术工作，为国家电机工业的发展做出了贡献。虽然我在北大荒工作两年，但"北大荒"的精神和知青创造的辉煌，时时刻刻在激励着我。

苏文禹　佳木斯知青，1976 年 7 月中学毕业到兵团 6 师 27 团 4 营（开荒营）48 连工作，东方红 75 拖拉机、胶轮 55 拖拉机驾驶员，1977 年恢复高考参加考试，1978 年回佳木斯学习，毕业后在佳木斯电机厂工作。退休。

文艺演出

我在 48 连锻炼成长

许 明

一、泥水捞麦

7月末的麦收季节，刚来到48连的佳木斯小知青大多数都分配到农工班，分成两个班，白班和夜班。到了麦场上，第一位师傅是老职工王振山，他教我们怎样使用木锨和扫帚等工作流程，我们边干边学，大家学得很快，受到师傅认可。农场的农活劳动强度大，时间长，对于城市里长大的孩子来说的确是一种考验。光喊保卫边疆、建设边疆的口号有什么用？有的人干着干着就打了退堂鼓，我们10个人的小组最后变成7个人。有的人实在太累了，在夕阳下抱着扫帚就睡着了。

当时我又瘦又小，战友和师傅们特别关照我，让我干一些力所能及的活。但是我在工作中从来没有退缩的意思，而是把战友们的关照当成是工作动力。48连的土地，有三分之一处在低洼地带，联合收割机下不了地，只有镰刀代替康拜因。"龙口夺粮！水中捞麦"成了当年北大荒战天斗地的口号。在洪涝肆虐下，48连男男女女齐上阵，当时48连副指导员王春凤带队，排长宋光亮、谷文香各带一个排，总计100多人的庞大队伍，在北大荒广阔的麦田里，人镰飞舞，在泥水中抢收小麦。泥水中割麦非常艰苦，双腿要在泥浆里泡十几个小时，由于长时间站在泥浆里，小腿的皮肤膨胀变形了，腰都已经弯不下来了，别说用镰刀割麦了。

当时我刚18岁，我的腰部感到酸痛无比，直起腰后就想躺在泥水里舒展一下腰。但是现实不允许我这样做，我再看看周围的战友们，不少女知青已经坚持不下去了，她们实在站不住，就跪在泥水中割麦，左手拢着麦子右手拽割，双膝拖着裤腿和鞋子向前移动着，下身几乎都浸泡在泥水里，要知道这简直是在拼命啊！但是问题不是干一阵子也不是猛干一两天，而是一天不停，连续突击半个月。

后来，不少战友们因此落下了类风湿性关节炎、肾炎、尿毒症的病，还有女战友的妇科病。不能不说这与当年的"革命加拼命，拼命干革命"的口号鼓动下，不要命的干所付出的生命代价，我对他们顽强的战斗意志非常钦佩，他们的这种精神不断地激励着我，深深地鼓励着我。我们就这样一直干到夜幕降临，实在分不清麦子和泥水的时候，才收工回去，只有这个时候我的腰才终于解放了。我艰难地直起弯曲的腰，拖着极其疲惫的身子回到了简易的茅草搭成的知青宿营地，此时，蚊子又来了，它们成群结队地向我们攻击，我们不断地挥动着手驱赶蚊子，有时蚊子叮在脸上，一巴掌打下去满脸是血。到了吃饭的时候，由于蚊子太多，难免会把蚊子吃到肚子里。伴随着"小镰刀胜过康拜因"响亮的口号，半个月的艰难时光终于在汗水和泥水中度过，当我们完成了水中捞麦的任务，看到了胜利的果实时，每个参与泥水割麦的战友们都呼唤起来，许多战友流下激动的泪水说，"我们终于挺过来了，我们终于胜利了！"

二、放牛的日子

1976年9月9日，广播里传来伟大领袖毛主席去世的噩耗，此时我们27团4营48连正处于一级战备之中，当时我和上海知青徐浩元被连里安排做保卫工作，防止特务趁机进行破坏活动，还要负责连里的防火工作，连队周围的一场荒火随时都有可能烧进连队，形势险要，不能大意。

两个月后一级战备解除，我被分配到后勤排马号班工作，工作任务是清理马厩卫生，管理牛栏。当时有些想不通，认为这种工作脏臭没有技能，整天和牛、马打交道没前途，去找指导员想调一下工作岗位，当时指导员笑着对我说："小许，干啥都是革命工作，不能挑挑拣拣，"我沉思后，一想也对，毛主席说过"知识青年到农村去，接受贫下中农再教育，"不管什么岗位都是革命工作，磨一手老茧，铸一颗热爱劳动的心，是非常有必要的。

就这样，干一行，爱一行，我义无反顾地走上了新的岗位。经过几天的努力，虚心学习，工作上很快就得到师傅的认可。

春天播种的季节到了，防止牛进到地里吃麦苗，我又被调去专管放牛，从那时起我就升为"牛倌"。早上伴随初升的太阳赶着牛群上路，晚上望着落日的晚霞赶着牛群在回连队的路上。那时刚建的连队周围野草丛生，树林子有些地方很密，各种野兽都有，野鸡也很多，走着走着，时不时有野鸡从你身边飞起，吓你一跳。我第一次进草甸子放牛，就遇到一场惊险的场面。我把牛群赶进草甸子后，就领着大黄狗在草甸子追野鸡，忽然狗停下了，朝牛吃草的地方一个劲地狂叫，而且牛也在叫。我看见有一只狼正袭击一头小牛，就急忙带着大黄狗冲了上去，大黄狗非常勇敢快速向狼冲过去，我也顺手找个木棒奔向小牛。这时牛群中有头牤牛"黑大个"从侧面冲了过来。凶残的狼逃走了，小牛化险为夷。晚上我跟荒友谈起狼袭击牛的事情后，他们提醒我以后放牛时应带一件趁手的武器来应急，我选来选去就拿了一个锹把。

我放牛走过的地方都是原始的草地、林子，当我看到大树上挂着一个个喜鹊窝，引起了我好奇心，就决定爬上去看看。第二天我把牛群赶进甸子里后，找一棵好上的大树，那时年纪轻，胆子又大。不一会就爬到树上。凑到鸟窝边一看，鸟窝里都是喜鹊蛋，我喜出望外，连续掏了两个鸟窝。回去把牛群赶回牛栏后，到食堂找张洪平把十几个喜鹊蛋都交给了他，晚上他把鸟蛋都煮熟了，我们两个津津有味地吃了起来。那个时候我们连队食堂里没啥好吃的东西，有了鸟蛋就能补充营养了。

三、在修理所实习的 40 天

1977 年 5 月份，我刚刚探亲返回 48 连队不久，后勤班长通知我说："王景富指导员叫你到连部去一趟。"当时我心里有点忐忑不安，指导员找我不知有什么事情，可能自己哪个方面做得不好，他要找我谈话？我边想边走进连部，向指导员行了个礼："报告指导员，我来了。"指导员说："许明同志，请坐。"指导员先和我简单地聊了聊家常，然后马上转入正题说："目前连队机车电器故障频出，影响正常工作运行，准备配置个电器维修工，你有这方面特长，我们考虑这个工作由你来担当，让你去营部修理所学习一个阶段，你同意吗？"我听了高兴地敬了个军礼："同意，我保证完成任务！"此时此刻，我的心情非常激动，我把早已准备好的入党申请书交给了指导员，"请组织考验我吧！"指导员说："你回去准备吧，明天早上就出发。"我马上答应下来："是！"

第二天，我坐着连队的 55 型胶轮拖拉机去了营部修理所，到所长办公室，我说明了来意，所长说："你们连队早已和我沟通了，欢迎欢迎！"然后所长把我领到电器修理班，交代班长陈生根说："这是 48 连许明同志，到咱这里代培的，你一定照顾好。"班长说："所长请您放心，您就把他交给我吧！"当时修理班只有 3 个人，上海的陈生根，哈尔滨的一位姓张的，还有马师姐，马师姐是所里马师傅的女儿。我刚来到这里，有一些陌生，大家简单地相互介绍了一下，就进入了工作状态。陈生根安排马师姐带我，一开始我还有些不好意思，后来经过几天相处，我感觉到马师姐挺和蔼可亲的。

马师姐边干边教，诸如机车电器故障的判断和修理方法，再比如直流发电机不发电的几种判断法：①发电机整流器灰尘过多，接触面不平，轴承磨损。②电压调节器是否完好，转子线圈短路，匝间破损。③转动皮带是否太松等等。对每一项电器都耐心专注地传教，由浅入深地讲解。由于师姐用心的传授和我个人的努力，不到一周时间我就可以独立的拆卸组装，简单地处理故障了。磁电机是启动机的主要部件，如果它的白金间隙调不好，机车启动不起来。白金间隙尺寸的调试是关键，一般应调在 0.24～0.41 毫米，就这项技能我反复练习不止千次，努力，再努力！在短暂的 40 天内，我掌握了机车电器维护修理的 80% 技能，给自己今后的工作打下了良好基础。在我的记忆中，有一次我周日值班时，绕了一个变压器，绕完后组装，浸漆后放到加热炉里烘干，不但没有烘好，反而起火了，险些酿成火灾。这也是我一生中难以忘记的一件危险事。后来我总结事故原因，才知道刚浸完漆后的变压器放到炉里，易燃气体没有完全挥发，加热炉又是明火状态，所以浸完漆的变压器会在炉里燃烧，这些是事后马师姐给我讲的。这件事发生以后，马师姐把我狠狠地批评了一顿。我低着头说："我错了，以后我一定注意安全。"后来陈师傅和张师傅知道此事后又批评了我，我只能默默地听着。以后不管做什么工作，先想到安全。几位师傅不但在工作上毫无保留地传授技术帮助我，在生活上也非常关心我，因为食堂的传统饭菜我都吃腻了，师傅们家里做好吃的饭菜都让我去吃，马师姐更是热心肠的姑娘，她在家做的特色饭菜都拿来给我品尝，我和师傅师姐们相处如同父母姐弟。在我的记忆里，有一次我在工作时不小心把手碰破了，马师姐不怕脏帮我处理伤口，上药包扎，她全神贯注地给我包扎伤口，使我很受感动。

暂短的 40 天过去了，在回连队的那天中午，两位师傅和师姐送我上车，师姐说："小许，常回来看看，这里就是你的家。"车开时，我看见师姐的眼睛湿润了。我向两位师傅和师姐招手说："回去吧！谢谢你们的关心和帮助，我一定常回来看你们的！再见了！再见了！"

四、麦收前夕

1977 年 7 月份，我结束了修理所电工的培训，回到连队时，正是麦收前夕，到机务去报到。当时的班长是北京知青邢志国，组员有天津的朱光明，哈尔滨的何振光，鹤岗的张彩云，我们 5 个人的小组负责机车修理。邢志国带我到库房交代那些有故障的发动机、磁电机、机车仪表等电器需要修理或报废。我看到这么多东西需要修理，时间又非常紧迫，心里感到非常着急，就主动请示领导加班加点，领导同意了，并且嘱咐我要注意休息。

我以革命加拼命的激情投入工作，首先对急需的发电机、磁电机、电压调节器进行维护修理，接着又对电压表、电流表、水温表进行拆检修理。在修理时，我不断研究它们的工作原理，找出故障原因加以排除，使之达到正常使用的要求。当时我根据以前在学校学到的理论知识和在修理部学的技能进行解析，这种仪表是根据热胀冷缩的原理，一般性的故障分别是短路而造成的失控。主要矛盾找到了，处理就容易了。这些带有故障的仪表顺利地处理完毕，下一步就该对发电机、电磁机等电器一项一项地检查，哪个部分损坏了就修理哪部分。由于我昼夜努力，终于在麦收之前完成了检修任务，受到连营领导的好评，在全营的广播里点名表扬了我。

1977 年的夏天，北大荒的田野犹如波涛滚滚的海洋，金黄色的麦子长得特别饱满。麦收前夕，团营领导来到 48 连现场视察，指着这一片片的麦田说，这么好的麦子，一定要全力以赴，组织好麦收会战，保证麦子颗粒归仓。并嘱咐大家要做好后勤工作。1977 年 7 月 16 日，连长李守竹在大食堂组织了麦收会战动员大会，会上各班排负责人都做了表态和发言。指导员王景富做了会议补充发言，此时此刻，48 连的后勤、农工、机务人员齐心协力，为准备麦收做好自己应做的工作，指导员宣布会议结束后，开始会餐！

连队领导希望大家吃好喝好，食堂为战友们准备好了红烧肉、黑龙江的鲤鱼、本地鸡、肥肠等美食和北大荒 60 度小烧酒。回想起那时候的饭菜都是纯绿色无污染的，那时候的生活虽然苦点累点，心里感觉还是很好的。第二天进入了大会战，我们机务后勤和大家一样，也是早上 4 点起床进入麦收现场，开展维护与检修工作。机务后勤看似轻松，但是干起来也挺累的，修车时不分昼夜，邢师傅主要修机械部分，他技术水平高，人品好，我是他的搭档，我俩搭配起来非常顺手，干得得心应手。我们工作的时候从不分你我，车坏在泥水里我俩争着抢着往里钻，会战中的艰辛万苦，也考验着战士坚强意志和事业心，经大家共同努力，提前一天结束麦收会战。在会战总结会上，机务后勤班受到了上级的表扬和嘉奖。

五、创新路上

1977 年，麦收工作刚刚结束，我就给连队里打了个创新报告：计划组装充电机和制造蒸馏水机。

在连队充电，这是个创新，连里批准了我的报告。当时材料稀缺，有的材料就连营部大库里也找不到，只能领来很少的一部分，有些材料还是从营部修理所要来的，到最后都没有凑齐。我找到连队领导，通过连队领导和营部沟通后，张营长立即拍板，向营广播站要了 4 个整流二极管。材料凑齐后，下面的工作就由我来组装完成了。当时我既是设计师，又是制造者，还是使用者。需要资料跑书店，组装中有难度就跑营部修理所请教老师傅。自绕变压器线圈把 220 伏的电压变成 17 伏电压，交流电流整流变成直流电流需要计算，写在纸上只有一句话，但是干起来确实很复杂。为了试制成功，我日复一日地工作着，在制作蒸馏水时由于接头处没有处理好，在加热过程中接口处崩开造成脸部烫伤。我没有因为受伤而停止一天工作，反复实验、改进实验，选出最佳结果，终于在同年 9 月 28 日完成创新计划，提前向国庆献礼。在完工庆典时，指导员和连长都到场了，连长满脸笑容地说："这回不但节约消耗成品，也方便机车使用，小许，你这回给连队立下大功了！也填补了连队一项空白。"

在那个年代没有什么物质奖励，只有口头表扬，但这样我也心满意足了。可谁都没有想到竟然发生了意想不到的事情。因为电瓶充电时温度不能太低，就把电瓶拿进来放在我宿舍的外屋充电。晚上 7 点 30 分左右我和齐福祥校长和油料员乔国勤刚躺下关了灯，齐校长发现棚顶有火，我大吃一惊，心想棚顶怎么会有火呢？赶紧爬起身来出去检查，经过仔细检查，发现是由于充电时电线过热引起的，赶紧把电闸关闭，再用手电筒把现场和周边都仔细检查了一遍，确认安全了才休息。这是一次安全漏洞，幸亏发现及时，免去一场火灾。通过此事，我认识到我工作的漏洞，跟我所学的知识有关，光有创新的热情不够，还要把所学的知识与实践有机地结合起来，起到连贯的作用。今后应该更加努力学习，理论联系实际，减少失误漏洞，把损失降到最低，使辛勤的努力换来丰硕成果。1978 年我被连里评为"五星农场共青团三大革命中做出优异成绩先进个人代表"，出席了代表会议。当时大会主持人是团委书记匡佰成，发奖人是农场党委书记张殿甲。当我听到大会报到"4 营 48 连许明"的时候，我的心情无比激动，回想起在连队的几年工作没有白干，领导和战友都这么信任我，给了我这么大的荣誉。在享受荣誉之时，我也有愧疚感，这个功劳不能算在我一个人的头

插图：杜宝玉

上，因为工作都是大家协作完成的，这份荣誉属于我们整个知青团队。在以后的生活中，每当我想到开荒营 48 连那段生活经历时，觉得很欣慰，那个时候我活出了人生的价值。

许明　佳木斯知青，1976 年 6 月佳木斯市二中毕业，同年 7 月到六师 27 团 4 营 48 连工作，先后在农工、后勤、机务排、机务修理班工作，1979 年 5 月返城，在佳木斯电机厂，做过车工、钳工、电工。退休。

我记忆中的 48 连

闫立新

知识青年到农村去！到边疆去！到祖国最需要的地方去！

1976 年 7 月 24 日清晨，刚走出校门的我们，遵循毛主席的指示，从佳木斯出发，经过长途跋涉，奔向北大荒，奔向最艰苦的地方，奔向建设兵团六师 27 团 4 营 48 连。

我们坐在搭着苫布的大解放卡车里，外面黑咕隆咚的什么都看不见，只能听见滴滴答答带有节奏的雨点敲打着我们头顶上的苫布，那美妙的旋律，好似万马奔腾将佳木斯电机厂的子弟们带到了美丽富饶的北大荒。

当我们来到 48 连的时候，已经是傍晚时分了。连长李守竹、指导员王景富、农工排长王春凤为我们新来的小知青安排了食宿。我还记得我们的宿舍是一栋砖瓦房，总共有三扇门，我们女生住在最西边的第一扇门，中间的那扇门和最东边的那扇门里住着的是男知青。我们的宿舍门前还有两个像巨人一样的篮球架子，仿佛在向我们招手："欢迎、欢迎、热烈欢迎！"

当我们带着行李走进宿舍时，老知青的姐姐们迎接了我们，她们有北京的、天津的、哈尔滨的。她们对我们这些新来的佳木斯小知青非常亲切，非常和蔼可亲，还帮我们挂蚊帐。北大荒的蚊子非常多，到了晚上睡觉的时候，它们在蚊帐外面嗡嗡嗡地叫着，每天为我们唱着催眠曲把我们带入梦乡。

在连队宿舍里，让我最难忘的是一位佳木斯的小知青张红萍，她性格开朗，善解人意，是我们连队里的开心果，每天从早到晚都是那么开心那么快乐。哪里有她，哪里就有欢声笑语，我还记得她最爱唱的那首歌："我自愿来到了北大荒，北大荒真是个好地方，万亩良田平地起，队连着队来场连着场。麦浪儿随风荡漾，好像那金色的海洋，是谁种的庄稼长得又肥又壮，是我们农场的小伙子，还有那美丽的姑娘……"

八月的北大荒，正是麦收大忙季节，那繁忙的景象真是让人永远难忘！

回想起那广袤无垠的麦浪，就像金色的海洋。回想起农工排的战友们在王春凤排长的带领下，迎着早晨的阳光，手持镰刀，唱着歌曲欢快地向麦田走去。"麦浪滚滚闪金光，一片麦浪白茫茫，丰收不忘毛主席，幸福不忘共产党！"那悦耳动听的歌曲将我们带到金色的麦田边。

战友们挥起镰刀开始战斗了！大家全力以赴抢收小麦，一个个如猛虎下山冲锋陷阵，战友们裹着汗流浃背的身躯，随着起伏的麦浪不断地向前冲着，一片片麦子在镰刀挥舞下倒在了他们的脚下。

经过一上午的忙碌，很快就到了吃午饭时候了，食堂的张红萍和刘梅早已把饭菜送到地头，战友们坐在地头吃起来，那长方形的大馒头又白又香，还有那红烧茄子块儿、大头菜丝炒肉片，真是香气四溢呀！

午后的阳光更加火辣，不知不觉很快就完成了一天的麦收战斗，战友们带着疲惫的肢体，迎着美丽的晚霞回到了宿舍。

我永远忘不了一个惊险的故事。那是一个晴朗的早晨，我和刘春荣准备去营部，我俩坐在连队拖拉机的拖斗上，另外还有几个人我不记得了。我俩兴致勃勃地坐在拖斗里心情非常舒畅。可是刚一出连队就要拐弯的时候，拖斗的右轱辘忽然掉下来了，当时我们看见滚出远远的车轱辘都惊呆了，傻眼了，惊慌失措，不知如何是好。就在这千钧一发的关键时刻，刘春荣急中生智，拿起铁饭盒向拖拉机的后窗户砸了过去，可是拖拉机手一点反应也没有，还是一直往前开着。这时坐在拖斗里的每个人都心急火燎的，却不知如何是好。等到大家把拖斗上所有的东西都扔完了，拖拉机还在奔跑。眼看拖拉机又要拐弯了，一场车祸不可避免就要发生，我的心都要跳到嗓子眼了，在这关键时刻拖拉机终于停了下来。一场车祸避免了，拖斗里的战友们安全了，我们心惊肉跳地虚惊了一场。如果拖拉机不停下来，再继续往前开的话，到拐弯的地方肯定会翻车的，那后果就不堪设想了。

秋收结束了！我又要去新的工作岗位了。连队的领导让我去猪号报到，当时我的心呀好像一下子掉入了万丈深渊，我好难过，好痛苦啊！猪号的活又脏又臭又累，整天跟猪打交道，喂猪、放猪，还得清理猪圈、猪粪，我是个姑娘家，怎么能干得了这种活呀！可是不愿干又不行啊！

刚到猪号第一天就安排我喂猪，开始我挑着两只装满猪食的桶一走三晃悠，桶里的猪食都洒在了我的裤腿上了，整天满身都是一股猪号味儿，每当我去食堂打饭时，心里总是感到自卑，总是觉得见不得人似的。

深秋时节，树叶黄了，一片片树叶从树上飘落下来。

有一天，我被派了一项新任务，就是放猪！我听从命令，手里拿着放猪的鞭子，从猪圈里赶出了那 30 头肥猪，溜溜达达地来到了离猪号不远的玉米地里，玉米地里的玉米已经收割完毕，一堆堆的玉米秆里还有残存的玉米，这是猪最爱吃的食物了。这 30 头肥猪一到这里，就在玉米地里到处寻找食物，它们一边拱着食物，一边哼哼唧唧像唱着快乐的歌曲。可是我哪有心情欣赏啊，我感到孤独寂寞，只好坐在玉米秸秆儿堆上。

我望着四周空旷的田野，心里想着会不会有狼出没呀？为了壮胆，为了消除寂寞，我从衣服兜里拿出口琴，吹起了《美丽的草原我的家》的曲子。

口琴声在田野上消失了，只有几只小鸟在我眼前飞来飞去陪伴着我。后来，猪群离我远去，我站起来向它们走去。就在这时我看到在玉米地边有一只小动物，当时我紧张得不得了，心跳得像拨浪鼓一样。我壮起胆子，鼓起勇气，仔细地打量着眼前这只小动物。

它的小嘴巴尖尖的，尾巴长长的，毛茸茸的身体显得细长，四只小爪子有点矮小，毛茸茸的背毛是棕灰色的。它同时也发现了我，举起两只小爪子向我叩拜起来。这时，我忽然想起小时候姥姥讲家里的小鸡让黄鼠狼吃了的故事。这直觉告诉我这肯定是黄鼠狼。我越想越害怕，不由得全身都打起了哆嗦，我的头发好像都竖起来了。

我不知所措地拿起鞭子，惊慌失措地跑向猪群，急急忙忙把猪赶出了玉米地。

一路上我连跑带颠儿地，深一脚浅一脚地把猪赶回连队，赶进了猪圈。

我喘息片刻后开始数猪，呀！不对啊！好像少了六头猪哇！再仔细数数。还是不对，怎么数都是少了六头猪。天呐！这可怎么办呀？

当时把我急得都要哭了，我含着眼泪跟排长说了事情的经过，排长看见我要哭的样子笑着说："那玩意你怕它干啥，它也不咬人不吃人的！"排长说完就往玉米地里走去，不一会工夫就把丢在玉米地里的六头猪赶了回来。

第二天早上，猪号里又发生了一件非常恐怖的事情。

我在宿舍里听见武伟英那清脆的大嗓门儿喊着："哎呀！快来人呐！猪圈里的猪让狼吃了！"猪号的所有人听见武伟英的喊声都跑到了猪圈跟前，当时我看见被狼咬的猪肠子都掉到地上了，鲜血淋漓，简直是太恐怖了。

从那以后，我就落下了毛病，再也不敢去放猪了，生怕再看到黄鼠狼和那凶恶的狼。后来排长挺照顾我，再也没让我去放猪。

每当我想起那些故事，好像又回到了北大荒，好像又回到了48连。

2007年9月8日，我们佳木斯知青和哈尔滨知青共20个人，又兴高采烈地回到了知青的老家48连，现在的浓江农场。我们刚刚到连队，天上就下起了雨，我们觉得是感动老天流下的激动的泪雨。激情的小雨下个不停，淅沥沥的雨点打湿了战友们的头发和身上的衣服，那绵绵的细雨也没阻挡住战友们欢乐的心情。大家在雨中欢乐，在雨中奔放！连长和书记见到我们非常高兴，他俩顶着毛毛细雨带领知青们参观了连队的新面貌、新气象。

看啊！那一眼望不到边的麦田变成了金灿灿的稻田，那一片片的稻田好像一张金色的地毯，稻田对面的一串串红花仿佛一枝枝挺立燃烧的火焰。

我们漫步在红白方块儿的地砖上，好似踩着红海波纹，还有那些一台台现代化崭新的联合收割机，穿着绿色的"机服"挺立在48连的场地上，还有老知青们开荒建点时搭建的土坯房子还依然保留在那儿。

我们又走进了瓜棚，望着瓜棚里长满了各种各样稀奇百怪的瓜，圆圆的，长长的，还有像大葫芦似的瓜，仿佛五彩缤纷的灯笼垂挂在瓜棚架子上。太漂亮了！太美了！知青战友们看到连队富丽堂皇的景色都赞不绝口。连队生机勃勃的新景象，真有点让我流连忘返啊！

天还继续下着小雨，连长和书记为我们知青忙忙碌碌，为我们知青拍照和录像，为我们知青在这个曾经战斗生活过的地方留下宝贵的留念。

晚上，连长和书记还特地为我们知青准备了丰盛的晚餐，大家在餐桌上畅所欲言，相互回忆起在连队时的点点滴滴。那热火朝天的情景，真是让我眼花缭乱呀！吃过晚餐，大家又去K歌，战友们在歌厅里唱着歌，跳着舞，大家玩得非常开心、非常快乐！此时此刻的情景真是让我永远难忘啊！

第二天，战友们恋恋不舍地离开了难以忘怀的48连，离开了崭新的浓江农场，离开了知青战友们的第二故乡。

作为当时的知青，我非常怀念那个激情燃烧的岁月。在那个年代里，知青们战天斗地，无怨无悔地在这里工作、生活，这就是一种不怕苦、不怕累的革命精神。我们在那个年代里是积极向上的，是充满正能量的！

我永远都忘不了我是北大荒的知青。我们知青的青春热血都挥洒在北大荒这片黑土地上，在那个年代里，我们知青在前辈的带领下艰苦奋斗，留下了光荣的诗篇。我们是光荣的，骄傲的，是自豪的，红色的知青年代永远刻在我的心坎里！

闫立新　佳木斯知青，1976年7月毕业于佳木斯市第二中学来到黑龙江省建设兵团6师27团48连农工排，后调到猪号，1978年12月返回到佳木斯市，1979年入佳木斯电机厂工作。退休。

48连佳木斯战友相聚（从左至右：张洪萍、武伟英、杨桂芝、闫立新、牟艳霞）

雷军制印

开荒营 49 连

2017 年 49 连老战士与领导合影

荒 原 不 了 情

刘武军

一、凝结在浓江河畔的青春

从五星山下的 27 团团部一直往南 160 多里地的 49 连是开荒营建立的最后一个连队，它像一颗闪亮的明珠镶嵌在浓江河畔的北岸，深深刻在我的心中。我在 49 连有一段热血凝结的青春，一篇激情涌动的诗章，一场艰辛困苦的经历，一本 10 年拼搏的台账。久久地、久久地在我胸中翻腾，在心中激荡……

1979 年春夏之际，我曾默默地站在连队最高处的丁字大道口极目远眺，一望无际的麦苗罩住了我的双眼，被风吹起的层层麦浪像荡起万顷碧波的绿色大海。在路的西面，整齐划一地排列着各种农机具，三台"康拜因"昂首挺胸；路的东面，3 200 平方米的水泥晒场和 4 800 平方米的土晒场分布在 1 000 多平方米晒麦棚的两边。它们在静静地等候收获季节的到来。

大路两旁的四排小松树摇曳晃动，青翠喜人，我一边欣赏着小松树，一边看着北面连队，100多米前有三排家属房，其中有二排房是砖土结构的，那是1976年，营部批了一栋房子的红砖，连队为了多盖房，就把红砖用于房子的柱脚和承重部分，其余的墙面就号召全连战士每人义务脱坯100块替代红砖。全连同志和泥、脱坯，铡草扠墙，起早贪黑地拼命大干，每天弄得浑身都是泥水，累得腰都直不起来，一倒在炕上就睡着了，真是累坏了。这几排房子凝结着我们全连战士的血汗呵！

在连部与家属房之间有一条东西20米宽100多米长的杨树林带（计划在连队西面也建一道南北向50米宽的林带），这是近两年栽种的。嫩嫩的小树苗已破土冒出，有的已有一米多高，很可爱，很暖心！再过些年后就能长成一条防风林带，既绿化了环境，间伐整修后又可解决一部分烧柴，真是一举三得！

靠近连部的东面有一口井，我走上井台，打起一桶水，捧起井水喝了两口，晶莹透凉，微微泛甜，是一口富水井啊！它是全连生命的水源。

回想1975年秋，我调到49连，能见到的是一幢作为连部的四门砖房，一顶开荒时留下的帐篷；一间用树干围成墙，顶上盖着一大块苫布的食堂，这种条件，真不知炊事员是如何把饭做熟的。当时全连只有一台拖拉机和一套耕种整地的机械，还有一辆小红车，剩下的就是刚开垦的1000多垧耕地，全连也见不到几个人。没有水也没有电。

面对眼前的情况，朱庆和副连长在全连动员会上讲："同志们，大家都看到了，眼前就是这个局面，没有电没有水，吃水都是从48连拉来的，吃饭的问题也很大。但是，请大家放心，连里绝不会让大家饿肚子的。你们都是从各连队调来的兵团战士，虽然现在才有30多人，以后还会陆续有人调进来。既然是建新点，困难肯定很多，也很艰苦。你们是49连建点的骨干，现在是各行业的人员都有了。大家都是兵团战士，战士就是来战斗的，不是来享福的。这一点大家肯定比我还清楚。现在摆在我们面前的只有一个字'干'！拿出点精神来，只要我们全连团结一心，不怕苦，不怕累，不怕流血，不怕流汗，奋斗几年，我们的双手就是创造出美好的明天！"

全连的动员会开完后，我们这些从各连调来的战士也都憋着一股劲，苦干几年，一定要做出一番成绩，一定要开创出一片新天地！人心齐，泰山移，八仙过海，各显其能！

木工班长老程带着4名战士用10天时间打成了一口富水井。机务排的战士在木工的配合下，3天就搭成了3间套的一排简易房，可以归类存放必要的器材物品。接着就开始保养机车农具和整理地块。农工排的战士按照连队的营区规划，修路、挖排水沟，最忙的是小红车，司务长和采购员每天跟着车跑出忙进地把生活、生产的必需物资运回来。虽然工作生活都很艰苦，但战士们都没有怨言。在朱连长的带领下，全连拧成一股绳没日没夜地拼命干，抢时间争主动，为来年的春播大战打好基础。

转眼就到了1976年的初春。营里又给我连调拨来两台拖拉机和一整套播种机，还有两台收割机，使我们连顺利完成了960垧地的播种任务。

播种完成后，全连立刻转入盖晒麦棚、田间管理和铺水泥晒场的工作中，还要抽出人盖房子，搞营建规划，一直要忙到麦收前。业余时间每个战士还要完成编十块草帘子的义务（每年都有这个义务）。尽管生活上很苦，工作上很累，全连战士仍是红红火火，生气勃勃。

1976年5月底，连里迎来了50多名哈尔滨下乡的应届毕业生，给49连队增添了生力军。有意思的是他们半夜到的连队，当时还没有电，黑灯瞎火的，只看见一幢房子、一口井，其他啥也没有，跟下乡介绍时的情景讲得完全两样。他们一下子就傻了，好像受骗了，号啕大哭了半宿，伤心至极，全连干部战士积极给大家做工作，没两天就生龙活虎地融入到连队的生产建设之中。

既辛苦又热闹的麦收季节到了，每年一次的麦收大会战动员大会和会餐完后，正式开镰收割，4 台红色收割机（营部支援 2 台）在金色的麦海里轰鸣奔跑着，宽大的割台气势威武，团直汽车连支援的 4 辆卡车川流不息地把粮食拉回晒场。晒场上铺满了晾晒的麦子，翻场的、扬场的、装袋的、过秤的、装车的……晚饭后还要入囤，样样都是累活，好一派热火朝天的繁忙景象。

会战期间也没个钟点，只要天好就得连轴转，抢时间尽早把粮食收回来。每当天上出现乌云时，场院立刻响起"当！当！"的钟声，这时全连的人员都会放下手中的工作迅速奔向场院，连在家做饭的妇女都会跑来帮助苫盖麦子。那种公而忘私的紧张战斗场面真叫人感动！

入秋收大豆时虽不像收麦子那样繁忙，可下田割大豆却是苦中苦。豆秸矮，腰弯的时间长，实在受不了，有时我都跪着割还能好受些。豆荚又尖又硬，左手指被戳得点点血渍。第二天再割时都不敢下手，好疼噢！只能忍着，干一会儿麻木了就好些了。七八天下来，这五个手指就像残废了似的，好几天才能恢复过来。

一年辛苦的工作结束了，1976 年年终结算，连队盈利 9 万多元，真是大快人心之事。这是我到过的第三个连队，生产连队的活大体一样，但我们是新建开荒连队，人员大多是从各连抽调而来，再加上一半刚毕业的学生，总共才百十号人，第一年就取得开门红的好成绩，真是来之不易呀！1977 年，团里把生产科的参谋常志义调来任连长，加强了连队领导班子，49 连的建设有了更大的发展，真是一年比一年好。

"哞！"一声牛叫声从连队的东北方的牛马厩里传出，拉回了我的思绪。我又缓缓地环视了一下连队，4 年了！4 年的艰辛劳作，从一片荒原变成了今天这初见规模、整齐有序的营盘，每年种粮近 1 000 垧地，我在 49 连学到了很多新的农技知识，也磨炼了我的身体和心灵，一股欣慰之情涌上心头，我的热血，我的汗水，我的情感融进了这个连队，融进了这片土地。啊！我可爱的连队，我要和你再见了，49 连的战友们，再见了！

回到城里后，得悉 1979 年我们连粮食产量位居全团第二名，我心里真高兴！

二、伐木轶事

每年的三九严寒之时是连队伐木的时节。这时，伸向原始森林（大家都叫它黑林子）的鸭绿河早就封冻了。平展的河面很利于车行。我们一行十人带上行李、工具、锅具和一周的伙食乘上连队的"小红车"在塔头甸子里颠簸了一个多小时，苦不堪言，真是要把你的五脏都要颠碎，人在车斗里东倒西歪地晃动，昏头昏脑终于到了鸭绿河，后面的路就好走多了。沿着河面往黑林子深处进发。河面弯弯曲曲，河两岸高高矮矮的岗丘长着一片片各种树木，在银装素裹的世界里显得那么自然美丽，好壮美的林海雪原！我们被车斗晃来倒去地走了大约近 3 个小时，终于在一片茂密的白桦林前停车，安营扎寨。先点燃一堆火烧锅雪水，用冻得有些僵硬的手拿出馒头，用火一烤就着咸菜草草地解决了午饭。

为了节约时间，我们找了个去年留下的地窨子，用了一个下午的时间重新修整一下，一个类似新的地窨子就落成了。省了我们整整一天的时间。搭一个地窨子可不是一件容易的事，要按入住的人数挖一个一米多深的坑、竖上井字形的桁架、伐一些胳膊粗细的树当房檩和睡铺，还要割褥草和做地窖子顶用的草，窖子顶上还要压泥土拍实，正经是一件挺繁琐累人的工作，否则还得野外露宿一夜。

进林子的第一天我们就住进了舒适的地窖子，敲冰化水，生火取暖，埋锅做饭，热热乎乎地吃了晚饭，很顺利的一天。等下一场大雪就像给地窖子盖了一床棉被，我们就融入了这个洁白的世界里，似乎进入了童话般的梦境！真有点诗情画意。

其实，每年进林子伐木是一件令人兴奋的事。一年在连队中艰辛地劳作，到了冬天，进了原始森林，尽管生活很单调，工作很累，也有危险，但换了个世界，心旷神怡，格外新奇！北方的冬天，日照短，林子里的天就更短，大约只有 10 个小时的时间。我们每天吃两顿饭，集中白天 6 个小时的工作，在常温零下 28 度左右的寒冬里要穿棉袄干活，身上还是会渗出汗的，帽沿上、眉毛胡子上和整个脊背都挂上了白霜。

连队的伐木两大任务：一是给连队的住户每家伐两车烧柴约有四方木；二是为连队隔年的基本建设备足木材。我们 10 个人，一人留下做饭和搞内勤，其余 9 人分成三组，每组一把斧子一道锯一副卡钩，第二天就开始伐木。我们都打好了绑腿，踩在松软的约有 20 多厘米厚的雪地上，走进一片白桦林，眼前是高大且泛着习习银光的白桦树，这就是要伐的当烧柴的树。多么漂亮的树木，我都心有不忍舍不得下锯。我抱住一棵大树，轻轻地抚摸它的身躯，冰凉凉的，爱不释手。我轻轻地对它说"对不起了朋友，咱们一起回家再见吧！"说完就弯下腰，一腿跪在雪地上，一腿弯曲，两人拉开了大锯，一下一上一正一反两个相邻的锯口，树就哗哗地倒下，再锯掉树梢，砍掉树杈，然后把树梢、树枝都归到不碍事的位置……白桦树大都八九米高，十多米高的树不多，而且也不很粗，树与树间距较宽，因而伐木时比较安全。连队的住户还不多，伐烧柴一周时间就完成了。

很晚回到宿营地，兵分两路，一部分人员下河刨冰，搬到地窖子外，以备第二天的用水；另一部分人员伐两棵树，树干树梢都用上，以备取暖之用。内勤已把水烧热，饭也快做好了，大家擦完澡，吃完美美的一菜一汤——就是土豆、卷心菜、冻豆腐、白菜之类的，肉极少。大家都坐在一起吃得很舒心。晚饭后就是自由活动时间了，但规定不能单独行动，必须两人以上而且不能走远，严防发生意外。林子里活动的天地很大，有的在附近转转，去寻找稀奇古怪的玩意；有的趁天还没黑，砍些小槐树枝做镰刀把；找棵椴树伐了来做几根扁担和杠棒。我就用镰刀割一些细藤条回到地窖子里编起了土篮子，连队的菜地需用它的，大家也都学着我，有空时帮连队编起了土篮子。晚间的生活并不寂寞，还是蛮丰富多彩的。

到了伐基建木材的时候，我们老生常谈，强调伐木纪律：每组之间的距离要拉开，选定好树倒的方向，两人拉锯时树茬要低，另一人要思想集中帮助观察，树倒之前一定要喊"顺坡倒了"提请大家注意，都不能站在树倒方向的背后，确保安全。的确，伐基建木材危险性很大。早听说工程连伐木每年都有工伤。钻天杨都很高，十二三米，十七八米，二十几米高的都有。就因树木高大，林子就显得密，树伐下时就容易搭挂，要摘挂，整不好就会伤着人。因此，摘挂都由有经验的老伐木工来摘，如果觉得危险性很大就干脆放弃；杨树又粗又重，质地松脆，锯口不对就会打桦子，很危险的，不注意的话是会危及生命的。好在伐木的战士大都来自工程连，经验都较丰富，也就安心多了。几天下来工作很顺利。一天下午，还是出了一次有惊无险的事：我们已锯好了一棵十六七米高且很粗的大树，已喊了号子收了锯，但此树没马上倒下而有点扭转慢慢倾倒，当时，我下意识地往树根外倒退两步，同时招呼伙伴们退后，就在这时树慢慢地倒下"嗵"的一声巨响，山林里回声连连，我们都吓了一跳，树根从我的腿前横向扫过砸在相邻的一棵树墩上，当时我呆了好几秒钟才缓过神，太险了！如我不退那两步……后果不堪设想，身上惊出了一身冷汗！但我不敢说话，就像没事人似的慢慢地退下来，接着伐下一棵树。晚间睡觉时我把这件事当成安全隐患给伙伴们分析，提请大家以后一定要注意。

我们每天伐木，一半时间将树伐倒，锯掉树梢，砍掉树枝；一半时间用于归楞。先把三人能归的树木归好，剩下的都是三人干不了的，需要两副卡钩4人干或6人、8人一起干的。于是三个组一起来归又长又粗的大杨树。归楞讲究配合默契，否则，轻则闪腰，重则伤人。十多米长的大树在林子里转来转去很不容易，步伐不一致就会出事故的，心要细，腰须硬，脚步稳，协调一致很重要。好在我们都已练就了二三百斤的硬肩膀，能4人干的绝不用6人。我们每扛一棵树，都先选好行走路径，由一人喊号子，步伐一致地才能把树归到方便装车的路边。

基建用的树伐的差不多少了。接着要选伐一些硬杂木了。柞木用于立柱，也可当其他材料；椴木用于面板锅盖等；粗大的白桦也可当建筑材料，能伐的树就多伐一些备用，锹把、斧把等等连队都需要准备一些。

一天上午我们五六个人有说有笑地走着去寻找杂木林。无意中我发现前面不远处雪堆里有一只像小狗的动物，毛茸茸地蜷缩在那里。我手指着随口说："你们看，那是什么？"古道军和钟纪平两人闻声一看同时就扑了过去，一人手里抓了一只貉头，大家又惊又喜，真是踏破铁鞋无觅处，得来全不费工夫。没想到那么容易就抓到了貉头。那可是上好的皮子，一人可做一顶十分漂亮的皮帽子。也是在东北数得着的好帽子。它的针毛有七八厘米长，绒毛有四五厘米长，戴着这样的帽子相当漂亮潇洒！如果把这貉头出手可卖40元左右，比当时的月工资还高出15％呢。我在庆幸他们时，心里也有些遗憾，早就想能有一顶貉头皮的帽子，今天机会来了，却因不认识活貉头的模样而错过机会。今天是我先看到的而却被你们抓到了，在吊帽子时能否匀着点帮我也吊顶帽子啊？我心里这样想而没能说出口。嘴上还夸他们有能耐，为他们高兴（这个小插曲过去40年了，至今想起来也蛮有意思的，在上海根本就用不上那样的帽子，即使有貉头帽，回上海前也是会送人的）。

那天，我们找倒一片相当好的杂树林，高大的柞树还挺多。在杂树林伐木要比在白桦林伐木困难得多，危险也多。因要选有用的木材在密林中挑选着伐，障碍物多，伐树前要判定树倒的方向，人为地让树按指定的方向倒，这样归楞时也方便，木材长，林子密，两百来斤的重量压在肩上，绕树绕弯很费劲，不仔细还会被错综的乱树桩绊倒，是要特别小心注意的。好在杂树林的树并不很高，像钻天杨那样高大就难整出来了——不管有多大的困难，我们都会克服它，安全地完成伐木任务。

从1975年到1979年，我们每年冬天都进林子伐木，抗严寒化冰雪，不惧怕危险困难。最厌恶的是下大雪刮"大烟炮"，记得1978—1979年的数九寒冬，大雪连下三天，接着又是三天大烟炮，天冷极了，气温降到零下42度，汽车连到林子里往外拉木头，在路过塔头甸子时，因车速慢被冻在半路上，司机赶快放水救车。1979年1月末，我们连伐木结束人员撤回时，个个冻得脸都白了，嘴都张不开，一排长张德水没穿厚棉袜，腿脚被冻麻木了，下车后两腿都迈不开步，两人扶着进到朱副连长家，想要点温水暖一暖。朱夫人急着说："你不要命了，怎可用温水呢！"说着就从屋外装了一盆雪，帮他脱下鞋，使劲往脚上腿上搓雪，

Content:

好一会儿腿脚上才泛出红色，张德水这才觉得腿脚有点痛痒，又搓了一会朱夫人说："好了，穿上鞋走一圈回来吃饭。"可见一个疏忽，严寒能给人带来多大的伤害。

四年来我们为连队的基本建设做出了很大的贡献。看到连队盖起了一幢幢房子，盖起了大晒麦棚，连队的面貌天天在变样，看着越来越漂亮的连队，我们感到由衷的高兴！

三、开荒

蓝天白云卷秋风，垦荒战士踏征程。烧荒清障苦作乐，可憎许多小爬虫。

铁牛翻扣千年草，亘古荒原变沃土。喜迎麦海千重浪，浓江河畔舞彩虹。

亘古的荒原静静地酣睡着，浓江河悄无声息地水涨水落。荒草萋萋的原野上点点滴滴地散落着不知名的杂树。一群大雁盘旋于天地间鸣叫着飞向远方。

忽然有一天，垦荒大军来到这里，住进了他们亲手搭建的地窨子，在勘探好的荒原上插上了杆杆红旗。红旗冽冽迎风招展，唤醒了这片寂静的荒原……

（一）烧荒

铁牛在需要开垦的荒地周边打了一条约4米宽的防火带，我们首先用镰刀割除掉堑外的杂草，然后到堑内边缘，两人一组分散开在下风口点火，一部分人拿着树枝分散在周围严阵以待，防止火苗蹿出燃着杂草、小树跑荒。火苗慢慢地吞噬着野草和小杂棵，逆着风向地中蔓延。当上风口地边的杂草烧光后，我们就赶紧到地中央的上风口继续点火。火借风势，风助火威，腾腾的火焰噼噼啪啪地向前猛扑，烤得我们直往后躲……火灭了，展现在我们面前的是一大片黑乎乎的土地，中间留下点点的烧焦的树干和树墩。火场四周没烧尽的树棵还在冒着缕缕白烟，招呼我们去清理。

披着晚霞我们回到宿营地，正要清洗身上的汗土，只见一位机车长远远地跑来，边跑边喊"跑荒了、跑荒了！"大家一惊，抬头望见远处土岗上正冒着烟。说时迟，那时快，所有的战士拔腿就跑向冒烟处，边跑边找着树枝赶到火场，火窜出了防火道正烧向外边的杂树棵子，我们都急红了眼拼命地扑救，树枝打秃了就脱下衣服扑火，很多战士的发梢、眉毛都被火燎糊了……约半个小时拼命扑救，火灭了。一下子大家都累得瘫在地上，都知道一旦跑了荒后果不堪设想。

（二）清障

整天行走在松软焦黑的地里，脚一踩就腾起阵阵草灰，一股股夹着焦炭味的尘灰直往鼻子里钻，痒痒的总想打喷嚏。我们三人一组分散作业，逢小树就砍，大的挖掉树根，遇到太大的树墩，就找个适当的位置挖个洞，塞上炸药雷管，"轰"的一声炸飞。接着就把这些障碍物搬掉。来来回回地搬运，又脏又累又腿软，憋气窝火更无奈。

北大荒的蚊子、小咬、瞎虻真是厉害得很，天天轮番地"陪伴"你，上午傍晚成群的蚊子围着你，"可尝到美味了"。太阳高照时小咬就来"伺候"你，它最喜欢咬你的眼皮、耳根、脖颈；大瞎虻"嗡嗡"地像轰炸机飞来飞去，冷不丁咬伤你一口马上出血，又疼又痒。有时要方便一下，拢起一堆烟驱赶蚊子、小咬，小小的"糠痞子"又来凑热闹，它不怕烟，围着你乱扑乱咬，还喜欢往你头发里钻，奇痒无比。每天干活在这些小飞虫的"照应"下，让你抓耳挠腮，心烦意乱，痛苦异常。干活累了，坐在草堆上抽根烟，突然觉得腿上痛痒，撩开裤腿，呵，有个扁扁的"草爬子"在啃你，拍它，不死，还直往你皮肉里钻，只能用手指掐住它拔出，它嘴上还叼着你的血肉……

每天回到宿营地，个个都成了黑人，连牙齿边缘也是黑的，腿上的黑灰直漫到大腿根。食堂早已备好热水，痛痛快快地洗个澡。抬起胳臂吓一跳：满是小红点像似"出痧子"，都是那些小害虫的"杰作"。包多也不知痒了，经肥皂一杀，第二天清早就都退没了，可晚间回来又是一身！

为什么开荒营的官兵能在如此艰苦的环境中生存？因为我们身上担负着开发北大荒打通浓江河的使命，广大的知青战友以1958年转业官兵为榜样，学习珍宝岛英雄一不怕苦、二不怕死的精神。我们以英雄为榜样，用青春热血屯垦戍边、保卫边疆建设边疆，学习老垦荒艰苦奋斗的奉献精神，为开发三江平原，为国家多开荒、多打粮、多贡献是我们兵团战士们神圣的责任。

（三）翻地

红色的拖拉机拉着三铧犁在无边的荒原"突、突、突"地前进着，车后卷起条条波浪，彰显着垦荒人的豪情。有的是一台拖拉机在翻一块地，有的两三台拖拉机在一块地上围歼。每台机车以每昼夜8垧地的速度向荒原纵深突飞猛进。荒原沸腾了！机车手开着铁牛拉着闪光的大犁像战场上的坦克车在荒原上冲锋陷阵，所向披靡。所有的机车都大班作业，人歇车不停，为多开荒，机务人员吃饭都不停车，用实际行动践行着他们坚定的誓言——挺进荒原多开荒，为国贡献多打粮，誓叫抚远变模样。

在生疏的荒原沼泽地开荒，拖拉机不小心就会陷入湿洼地动不了，车手赶快抬起犁铧倒退回来，绕过洼地继续向前开荒，这算是幸运了，也是常碰到的事。有时就不幸了，需要调用拖拉机挂上牵引钢丝绳才能把陷入的拖拉机拉出来。有惊也有险。

有一次，一台拖拉机在翻地时陷进不显眼的水泡子里，多次想办法救助都没成功，反而越陷越深，两条履带已陷入一半。深秋晚7点多天已经黑了，我们浑身上下都是泥，又冷又饿，但都没心思去吃饭，必须把机车救出来。于是我们又去伐了十多棵臂膀粗的树干插进两边的履带下，又调来3台拖拉机，费了好大的劲才把陷入的机车拽出来，好险啊！

经过一个月多的奋斗，昔日茫茫的荒野已成沃土，万亩良田已展现眼前，那么的壮观。这是我们的杰作，是垦荒战士在浓江河秋季描绘的一幅浓墨重彩的画卷。站在这新开垦的土地上。一阵阵泥土的芬芳扑鼻而来。我们仿佛看见滚滚的麦海和无边的大豆丰收在望，仿佛看到辛劳垦荒人那灿烂的笑脸。真是：

> 亘古荒野已苏醒，万亩沃土绘诗章。
>
> 喜闻五谷香千里，垦荒战士献粮忙。

四、思念

远方的路，深深的回忆，天上的云，不愿离去。我们的心，没有忘记。抹去岁月寂寞的浮尘，让心灵和心灵对白，每一双眼睛都饱含着深情、热泪，谈论青春壮丽的足迹。

那是一段用青春和生命书写的艰辛经历，那是一本用4年至10年的拼搏记载的台账；那一刻凝结着我们的青春汗水，那是一篇知青战士用红心铁手谱写的成长诗章。

它与天地共存，牢牢地印刻在五星山上和浓江河旁。它与生命同在，深深刻在当年拓荒战友们的心房！激情洋溢的文章，囊括了开荒营新建连队创业时艰难困苦的战斗历程，兵团战士爬冰卧雪与天地奋斗的苦乐观，映现出那一代青年人的精神风貌！不能忘记，我们从学生一步成了兵团战士，不能忘记我们在北大荒屯垦戍边所经历的点点滴滴，不能忘记我们每个垦荒青年的奇特风采和风趣轶事。

战友们！当年我们为之奋斗的北大荒，今天已成为国家重要的粮食主产区，当年我们艰苦奋斗的三江大地，今天已是"中华大粮仓！"

谨以此文献给我的 27 团四营 49 连！献给我想念的"荒友"们！

刘武军　上海知青，1969 年从上海下乡到黑龙江兵团 6 师 27 团 5 连，1970 年在 1 营任干事、14 连武装排、排长、团部文教办干事，1975 年 8 月调开荒营 49 连任指导员，1979 年 4 月底返城。

交公粮会战前夕

进 军 荒 原

常春梅

一、立志向

七六毕业情激荡，峥嵘岁月赴边疆。

艰难困苦练红心，四载情结永难忘。

1976 年的春天，建三江管理局到哈尔滨市向我们这一届毕业生作了一场报告会，介绍了边疆建设的美好前景和现实状况。边疆的发展很需要有志青年，号召我们有志青年响应党的号召："知识青年到农村去，到边疆去。"鼓励大家要有事业心，为祖国的需要而担当。

那是一个崇尚英雄的年代，我们是一代风华正茂、意气风发的青年，听完报告后热血沸腾，激起了我们报效祖国的热情，决心到边疆去，到建三江兵团去，做一个保卫边疆、建设边疆的开拓者。我把想法对既是邻居又是同学的好姐妹王艳华、马桂凤说了，她们也有同样想法，很赞同一起报名去建三江27团。

我回到家里，母亲不在家，我和大哥商量好后就到学校去报名，拿了迁移证把户口迁出了。我拿着迁移证感觉沉甸甸的，这张纸决定了我的命运。我将要离开哈尔滨，离开生我养我的母亲，离开我的哥哥弟弟，心里不由自主地产生一股莫名的惆怅！决心已定不要犹豫，我坚定地把迁移单交到学校，在家静等着出发的通知。

二、交心愿

要下乡的那年，我姥爷病得很重，母亲去七台河照看姥爷也顾不上我的事了。母亲回来后告诉我姥爷去世了，我心里难受极了！我都要离家去兵团了却没能送送姥爷……我大哭了一场。母亲得知我要去建三江27团就急了，哭着对我说："谁让你走的？你一个女孩子走那么远，交通又不方便，有点事咋办呢？你两个弟弟还在上学，妈哪有空照顾你呀。"我安慰母亲说："妈，你放心，我已经长大了，应该为家里做点事了。兵团的领导说了，我们去的地方'住的是砖房，走的是水泥路'，吃的是白面大馒头，每月发三十多元工资还有边疆补贴，多好啊！我一个人花不了的，还能寄给您补贴家用呢，你就放心吧！"母亲慰藉地说："女儿大了不由娘，能养活自己了，到了边疆好好照顾自己，不用你寄钱回来，吃饱穿暖防止生病，妈就放心了。"我听后热泪盈，多么善良慈祥而大义的母亲啊！

我父亲走得早，是在一次车祸中去世的。当时我们都还小，大哥八岁、二哥七岁、我才五岁，两个弟弟更小，就靠我母亲一个人。坚强的母亲省吃俭用，精心的打理着一家人的生活，艰难地走过这段不平凡的日子。伟大的母爱已深深地刻在我的心中。我抱着母亲的脖子说："妈！你放心地让我走吧，我不怕苦不怕累，一定好好工作，你就静听我的好吧！"母亲听完我的话也笑了，高兴地为我准备起行装了。

三、踏征程

离家出发的日子到了。我和王艳华、马桂凤，还有同班、同校的许多同学一起坐上火车奔赴建三江27团。一路我们唱着豪迈的歌："打起新行装，迎着红太阳，告别松花江，下乡到三江。好儿女，志四方，荒山雪地战冰霜。要让三江变成鱼米乡，要让荒原变成北大仓！"我们的激情在燃烧，我们的心潮在涌动，建三江27团，我们来向你报道了！

下了火车后转坐解放牌卡车，路过同江到了27团团部已近傍晚，团部还真不错，宽敞的道路，整齐的红砖房，路南是学校，还有一幢大会堂……我们在招待所吃完晚饭后，就又坐上卡车连夜向开荒营49连进发。过了营部到49连已是半夜。连队的老战友们热情地接待我们这一行学生。我们走进一栋砖房的房间，里面是南北上下铺。火炕烧得挺暖和，由于路途的劳累，我们铺好被褥洗完就睡了。

第二天睡醒起来出门一望，只有我们住的一幢四门砖房，东面不远处有一个用细圆木排成的用炕席围起的房子，一问才知道是食堂，食堂南面有一口用辘轳打水的井。大家一下子全呆住了，默然无声。不一会儿，大多女生都哭了，怎么和号召我们时讲得不一样呢？怎么能骗我们？好一场痛哭。我们跑到连队路口，往来时的方向望去，多么希望来车把我们再拉回去呀！

连长、指导员和老战友们来把我们劝回宿舍开会。会上指导员向我们讲述了开荒营当年创建的艰苦历程，49连建点时的艰苦和困难以及今后的发展蓝图。会后又拉着爬犁带我们去看连队的面貌。好大片的麦地呀！绿油油的麦苗一望无边，就好像连到天边的大草原！听了指导员的介绍我们明白了，眼前的这一切都是先我们到达的老知青战友们在荒原上创造的。联想到我们来边疆的初心，我们的心结打开了，情绪稳定了，重新唤起了精神，向老战友学习，投入到49连开荒建点的战斗洪流之中！

四、迎挑战

我被分配在食堂工作。一早，我走进这十分简陋的食堂，四面透风、地方很小，用一块棉帐篷盖在顶上挡雨，一个双眼大锅灶和一副大面案板占去一半面积，所用炊具还算齐全。我们班长是哈市老知青，形象和蔼可亲，见我们到齐了就组织开班务会。班长说："首先，热烈欢迎来自家乡的知青新战友！连队新增加了五十多名人员，队伍壮大了，我们炊事班的力量也增强了。咱食堂有六位战士了（两男四女），我们要团结一致，互相学习互相帮助，一定要做好我们食堂的工作。食堂的条件很差，还是去年开荒时留下的，新食堂还得等两年，开荒建点初期大都这样。连队对我们要求很高，条件再差也要克服困难，做好饭菜，让连队战士吃好。"我想，这就是向我们下达了指令，必须做好饭菜。我又如何迎接挑战呢？大面板做馒头，大灶锅炒菜，大灶如何点火加煤使火烧旺？我还都不会。虽说在家也做过饭菜，那毕竟是小锅，条件和环境完全不一样，我一定要赶快学会学好这些技能，尽早地独立操作。

我虚心地向老战友学习，边干边琢磨各项手艺的诀窍，如何点火加煤、续火，如何看发面的成色加碱水和压面，如何炝锅炒菜……熟能生巧，一个多月的时间，基本掌握了做饭菜的操作方法。为了检验我们食堂饭菜质量，我也常问问连队战士。大都回答是：一般，这个条件还能做出可口的味道？馒头蒸的挺好，大锅菜还算有滋味。虽不是高评价也算是一种安慰，肯定了我们的成绩。

1976年麦收前，上级从山东调来十几位支边青年，在食堂吃到我做的大馒头真高兴坏了，和我说："我们以为只有毛主席能吃馍，没想到你们这里天天吃白面大馍，真是好吃呀！"听到他们赞美的言语，很惊奇，也不觉得这里的环境艰苦了。

我们食堂的工作最大的考验是在冬天。1976年夏秋季，食堂搬进泥扒墙的土房中。房顶因没有吊棚，墙还透缝，到了冬天丝丝钻风冷得很，好几个炊事员手脚都发了冻疮，我们就到外墙泼水，封住细缝。食堂里白天还热气腾腾，晚上和半夜就像冰窖，尽管有炉子火墙。我常值夜班做夜班饭，就把炉子烧得旺旺的，以免屋子冷面发不起来，影响第二天的工作。初冬时节，还有机车在夜间翻地耙地，得送饭到地里。为了使地里干活的战友吃上热饭，我就和他们先约好时间地点，把饭菜做得好一些按时送到。每次送饭都得走二十来分钟，黑灯瞎火脚踩着刚翻的地，深一脚浅一脚的很累人。听说过这里狼很多，偶尔看到两个小亮点，吓得我直打颤，也不知是不是狼？真的好害怕。

我们食堂是个团结的整体，在司务长和班长的带领下，克服困难、不惧寒暑、不怕脏累，不仅做好了本职工作，在麦收季节还要上晒场帮忙抢粮、装袋、入囤，还要完成业余时间脱坯、编草帘子的义务。

看到连队一季季有节奏的劳作，看到连队的条件一天天、一年年地好起来，特别是看到秋后满囤的小麦和大豆，满地窖都是自己种的大白菜、土豆、萝卜等，吃上了绿叶菜，真是兴高采烈！体会到了屯垦戍边、开发荒原、建设边疆的意义。我们的身体得到锻炼，心灵受到了洗涤。尽管我们新建连队条件艰苦，这毕竟是我们天天面临的工作，我们用火热的青春投入到连队建设的战斗中，用艰苦奋斗收获的成果是欣慰的、光荣的。

时光荏苒，转瞬四十多年。每当回忆起当年开发边疆、建设边疆的情景就会心潮澎湃。遥知我们的老开荒营和49连已建成了现代化的大型农场，建三江已成为国家主要的粮食产区，"建三江大米"已驰名国内外，我倍感慰藉！真是：

> 别梦四十换新颜，青山绿水谱画卷。
> 喜看稻菽千重浪，撩得游人不思还！

（刘武军整理）

常春梅　哈尔滨知青，1958年生，1976年5月高中毕业下乡到黑龙江兵团6师27团4营49连炊事员，1980年10月接班返城，1980年10月进市电车公司无轨一厂做乘务员，1983年做驾驶员工作，1989年调无轨二厂调度、班队长，1997年7月入党。退休。

浓江河畔的岁月

王丽娟

在我的人生岁月里，有那么一段刻骨铭心的经历，每当我想起它心就不能平静，那是一段可歌可泣的青春年华。四十年过去了，现在却是我的一份精神财富。它让我自豪，让我荣光！

那是1976年5月28日，这一天哈尔滨火车站热闹非凡，红旗招展，锣鼓喧天。哈市各校的毕业生大多去黑龙江生产建设兵团6师27团。全校师生和学生亲属都来车站送行，他们都紧紧地拉着马上要离开的我们的手，此时人还未走，却盼着早日回来相见。千言万语互道珍重，祝贺

我们踏上屯垦戍边的征程，即将成为建设边疆、保卫边疆的坚强战士！一声汽笛长响，火车开动了。师生们亲友们都流出了激动而热情的眼泪，挥着手目送着我们渐渐远去。再见了，我的老师；再见了，我的同学；再见了，我亲爱的爸爸妈妈、哥哥弟弟。我的二哥和我的侄子哭着追着火车跑了好长一段路，我强忍着眼泪，向他们挥手告别……

一路兴奋，一路颠簸，一路风尘，个个都像灰土人似的，来到了 27 团 49 连时，已是半夜间。连队里没有电灯，只有昏暗的煤油灯，黑压压的一片，什么都没有，什么也看不见。怎么和建三江管局的领导宣传介绍的内容不一样呢？我们的心里一片茫然、悲凉，不知所以。既来之，则安之，伤心已无用，振作精神，投入工作。我和常春梅、刘艳分到食堂工作，当上了炊事员。

我们来到食堂，只见：圆树干搭成墙，一顶棉帐篷围四边，大面案板在中央，两口大锅砌左方，四格大蒸屉，四个行军锅，大菜墩子摆右方，水桶扁担白瓷盆，四面透风好风凉。这就是我们的食堂，食堂外还挂一个大犁片，权当钟使用。

我们的连队当时是新建连队的第一年，条件相当差，所有的吃用都需到外面买回来，食堂仅有的就是面粉，黄豆。没办法和黄豆相联系的豆腐、豆芽成了家常菜，如炖豆腐、炒豆腐、豆芽汤、黄豆汤，就连油煎豆腐都很少吃。战士们就编了顺口溜：早上喝汤迎朝阳，步伐坚定上战场；中午喝汤暖心房，艰苦奋斗意志强；晚上喝汤照明月，学习前辈心里亮！连队的平时生活是很苦的，少肉，少蔬菜，中午有炒菜，早晚是汤、粥、咸菜。最好的还是大白面馒头。但我们还是想方设法在现有的条件下，努力提高饭菜质量，让战士们吃得好一点。战士们都盼过节，春播，麦收等各种大会战，有好菜可吃。

麦收季节到了，食堂里就像过年一样，热闹极了。司务长曲福生从富锦采购来卷心菜、土豆、芹菜等，又到渔业连买回了很多鱼，连里也给了一头猪。这下可让全连解解馋了。中午晚上都有肉腥，都有炒菜吃。食堂人员的任务也重了，中午要给地里送饭。连队的麦田地大路远，有一天轮到我送饭，一路蚊子叮咬可厉害呢，拍一下手上就是血，痛痒难忍。我心里想：长这么大，也没有被蚊子咬过这么多的包。人被蚊子叮得没着没落的，真有点失魂落魄，没了方向，但还是坚持完好地把饭菜送到奋战在麦地里的战士们的手中。

更不能让我忘怀的是那年秋天，因吃了不卫生的饭菜，我得了急性胃肠炎，连队的副指导员也是我的同学派小红车并亲自送我到团部医院医治。我很受感动，连队温暖了我的心！

1977 年的秋天，我们的食堂不慎着火被烧，食堂搬到连队自己抠墙盖的土房子中。到了冬天，严寒把土墙冻裂了缝，细细的冷风直往屋里钻，食堂里的火墙抵挡不了冷风的侵袭，我们就往裂缝泼水，挡住寒风。蒸馒头的面发不起来，蒸出来的馒头发黏粘牙。开饭时，我们就像罪人似的直向战士们道歉解释，大家也都能体谅理解。刘艳和常春梅她俩的手都得了冻疮，肿得厉害，裂口还冒血，只是简单地包扎一下仍坚持工作。三九严寒的时候，战士们大都回家探亲，还有进林子伐木，连队的人员少很多，我们就到连部宿舍里做饭，舒服多了。

连队里的生活和劳动尽管艰辛劳苦，我们的精神上还是乐观向上的。连队时常在开会前教唱歌曲，如电影洪湖赤卫队里的几段歌曲、长征组歌里的歌曲，都教唱过。国庆节、春节中，各班排都要自编自演一些节目参见汇演，丰富了连队的精神生活。特别是让我们难忘的节目是我们食堂范美丽的诗朗诵和一排长张得水的歌曲"新货郎"，真是声情并茂，余音绕梁，给我们留下了永久的念想！我们都能感觉连队里有一股向上的力量。

浓江河畔，我的 49 连，离哈尔滨很远，有时我又觉得离我很近。它是我走出校门去的第一个工作单位，也是祖国的东北边疆。屯垦戍边四年，我为它不辞辛劳，流血流汗，不虚此行。我的身体受到了磨炼，我的心灵得到了净化。现在我虽然已离开她四十年了，我却永远想念她——我浓江河畔的 49 连！

（刘武军整理）

王丽娟　哈尔滨知青，1976 年 5 月下乡建三江 6 师 27 团 49 连，1978 年调到 6 师 60 团 25 连，1980 年调到哈尔滨市香坊实验农场。退休。

荒原上的春天风采

青 春 的 脚 印

王淑文

一、屯垦戍边到三江

　　1976 年 5 月 28 日那天，我们哈尔滨市第十一中学的 76 届毕业生 53 名同学，怀着"屯垦戍边、开发荒原、建设边疆"的志愿乘火车专列奔向"中国人民解放军沈阳军区黑龙江生产建设兵团六师 27 团"。多么伟大震撼心扉的名称，我们也将是"军人"了！真让我们这批初出茅庐的学生感到光荣和自豪，赶上知识青年上山下乡的最后一班车。火车

专列行驶了一天一夜到了福利屯，转乘 27 团派来的解放牌卡车，傍晚，到了团部。下了车，大家都转圈看看，真还不错：有大剧场、办公大楼、学校、商店、招待所，高大的烟囱、成排的家属房。广场很大，路也宽敞。我们被分到 4 营 49 连。在招待所吃了晚饭，跟着来接我们的朱副连长又坐上汽车出发了。

天黑了，也没月光，我们坐在颠簸的卡车上只见黑乎乎大片大片的土地，偶尔闪过一片房子。走了很长很长时间，就听到远处有锣鼓声，越来越响，又见点点星火，过了一片小树林就到了连队，黑咕隆咚的。老知青把我们接下了车，带进了屋，没有电灯，只有几盏煤油灯，地下放着许多脸盆，里面装好热水。这是大哥大姐们给我们准备的，我们感到很温暖也有些凄凉。我们太累了，洗了脸睡下了。

第二天早上起来大家出去一看，全连只有我们现在住的一栋砖房，远处有一口井，边上有一个用树干围成的房子，一大块苫布盖在顶上，一问是食堂。不远处还有几间破泥房。啊？这是什么地方呀，咋这么荒凉！难道这就是 49 连吗？当时我们都呆了。一下子好多女生都哭了，怎么跟到学校宣传介绍的情况天差地别呢？这样的条件咋生活呀？来时的一腔热血，美好的向往全都破灭了，只剩下悲凉。大家没心思吃早饭，也吃不下，都有一种被骗的感觉。指导员和连长看我们这么悲伤既同情又无奈，都是十七八岁刚离学校的学生，从温暖的家来到如此的环境中，确实难以接受。

领导们陪着我们安慰我们，看我们情绪好点了，大家吃了一点饭，就组织我们开会。指导员讲了开荒建点的目的和意义，讲述了 27 团和开荒营建立、发展的简要经历，以及我们 49 连成立半年来的成果和连队发展的远景规划，也给我们讲他们进点时的艰苦状况：没有井，就喝河沟里的水，住帐篷，生活的物资都要自力更生四处寻求……现今，连队已经种上 960 垧地的小麦和大豆，也种了土豆和一些菜，条件已经改善许多。鼓励我们要不忘初心，坚定理想，坚定信念，立足当前，拿出青年人朝气蓬勃不畏艰难困苦的勇气，来迎接挑战，迎接考验。

连里又特意用拖拉机拉着爬犁带我们到地里参观。大片大片的麦苗就像翠绿色的地毯，平展展望不到边。辽阔的大地，好美的景色，给了我们很大的鼓舞。食堂还特为我们做了两个菜，老知青陪着我们像过节一样。经连领导对我们一天的开导，我们很受感动，心情平静了，唤起了我们的信心：到边疆就是来开发边疆、建设边疆的，就是来接受考验，用青春热血做贡献的。刚碰到一点艰难就退缩了？我们不能当逃兵，挺起胸膛迎接挑战。

第二天大家按照连队的分配安排，融入到连队的工作中。当时连队才 40 多人，我们这批人的到来真是连队的新鲜血液，是一批生力军呐！我们跟老知青一起开始了连队的基本建设：开荒、盖房子、挖水利、搞农田基本建设，等等。

二、永生难忘的晒麦棚二场大会战

最使我记忆深刻难忘的是盖晒麦棚和铺水泥晒场两场大会战。六月上旬，晒麦棚的梁架已威武地挺立在场地上，所需的巴板和油毡等都放在梁架的东西两边。动员大会一开，钉巴板铺油毡的战斗打响了。所有农工班的战士分成两队，在晒麦棚的东西两坡同时展开。连队的木工把持住房顶和房檐，有经验的老战士把住中间。一时间，传巴板的吆喝声、叮叮当当的钉板声、"吱吱"的锯木声，混成一片，好热闹的场面，我们都很激动，都很用力。记得同学姜淑珍帮助钉巴板，钉了一天，晚上吃饭手都不敢动了，转天照样干。大家你追我赶干劲十足，两天就钉好巴板。

到了第三天铺油毡就不轻松了。前两天活干得猛，胳臂和腰很酸，油毡卷比巴板重多了，只能扛着上房递送。我们还从来没有干过这样的活，连看都没有看到过。刚扛油毡卷上房时很害怕，腿都颤抖，不敢迈步，下来时就打怵溜滑，一天下来肩都肿了，手僵硬了，裤子也快磨破了，我的肩碰一下像针扎一样的痛，又怕别人看到，累的晚上蒙着被流泪。第二天大早来到工地，大家又都不示弱，还是拼尽体力不停地你追我赶，终于用五天时间完成任务。高大而巍峨的一座晒麦棚展现在眼前。看着自己的劳动成果都忘记了累和痛，由衷地发出了惊叹：好敞亮的晒麦棚啊！

一周后，铺水泥晒场的战斗又开始了。营领导很重视我连队的水泥晒场的铺设工作，张英营长亲自来来连队好几次。派车运来黄沙、碎石、水泥，光卸车就是三天。特别是卸水泥，50斤一袋，都是水泥灰，又脏又重，我们女生都用衣服包着头，脸上蒙块纱巾，一天要卸好多车，晚上卸完车收工回到宿舍，你看看我，我看看你，都是灰头灰脸只是牙齿是白的，"哈、哈、哈！"大家大笑一场都忘记了劳累。又觉得透气不顺，一摸鼻子，硬硬的，鼻孔都让水泥给封住了……为解决用水，连队买来三块大苫布，封住路边的水沟，铺设苫布，营部派水车把沟灌满。

战斗打响了，张营长亲自动员指挥，并从工程连调来六台手推翻斗车，八名泥工师傅。全连抽出50多人一起分工合作：运砂石的、搬水泥的、挑水的、拌混凝土的、搬运砂石浆的、铺设水泥面的、压浆的……轰轰烈烈的战斗场面在事前备好的基础上紧张有序地展开了。紧张的工作已不分时间，早上六点就开始，下午到天黑才收工。铺设混凝土是要一气呵成，否则就会影响工程质量。场面上只有拌混凝土和搬运砂石的吆喝声，大家咬着牙奋力地劳作，累得没了说话声。当手推车忙不过来了，我们就用麻袋两人抬着运送，大家的动作都是一路小跑，超负荷的工作，有的女生干不动了，躲在没人的地方躺地上歇一会落一阵泪，哭完了缓口气再干。晚上回来，都不想吃饭了，简单地擦洗一下就睡下了。这样苦累，我们都没有退缩，因为，热烈的战斗场面有一股向上的力量鼓舞着我们，相互影响着，即使有退缩的念头自己也把它灭掉了。经过八天的奋战，终于完成了六千平方米水泥晒场的铺设任务。我们好像扒了一层皮。刚离学校不久，就遇到这样艰苦而又时间长的劳动，对我们确实是一次极大的磨炼，我们扛过来了，战胜了艰难困苦，经受住考验。给自己点个赞！看着偌大的晒坪足可以停下两架大飞机，两大块水泥晒场就像两条跑道，在阳光的照射下闪闪发光，由衷的高兴！

三、腾飞的4营49连

开发边疆，建设边疆是我们战天斗地的青春经历，虽然我们只在农场四年，却尝到了一个新建连队所能有的酸甜苦辣，品味到付出的艰辛和获得成果的高兴和自豪。我们流汗流血也流泪，我们有过苦闷、有过怨气、有过偷懒。但我们没有退却，没有被苦累所吓倒，我们迎着困苦上，抢镐积肥、春播秋收、撒种种菜、除草培垄、和泥脱坯、搬砖盖房、晒场忙碌、晚间入囤；炎热夏日的蚊虫、小咬、瞎虻，我们不惧；三九冬天的大烟炮、顶着严寒脱大豆……这些我们每年都要经受。它，磨炼了我们的意志，它，融入了我们青春的热血，体现了我们知青敢于担当的情怀。我们用青春年华坚强无畏的意志证明了我们是好样的。1976年连队盈利9万多元，1979年我们49连获得产粮位居全团第二位的殊荣。这里就有我们的功劳和荣光！

后记：感谢这次《向荒原进军》编委会来哈尔滨组织会议和活动。我们原49连的十几位战友有幸参加了活动，打开了我们遥远记忆的大门，想起了沉淀在我们心中青春奋斗的经历。当年我们顽强拼搏的场面和经受过的艰难困苦，以及获得成果的喜悦又浮现在眼前。我们49连是4营组建的最后一个连队，今天又融入了这个大家庭中。4营的所有连队曾在20世纪70年代在荒原深处打拼，用青春热血为国家建立了不朽的功绩，为今天浓江农场的发展和振兴打下了扎实的基础。我们要弘扬知青当年屯垦戍边、艰苦奋斗的奉献精神，并发扬光大！

（刘武军整理）

王淑文　哈尔滨知青，1958年生，1976年于哈尔滨第十一中学下乡在黑龙江兵团6师27团4营49连，副指导员，1979年12月回哈尔滨，1980年在哈尔滨香坊区新成街道办事处工作，1990年在哈尔滨从事个体经营。退休。

开荒营最后建的大农场

郑洪源

我从学校来到北大荒这块黑土地，在这里度过了八个春秋，到过三个连队，干过许多活，让我最难忘的是在开荒营49连两年多的时间。

我是1976年7月麦收前调到49连的。在进连队的途中就看见大片与天际相连的麦田，真可用浩瀚的麦田来形容壮观的景色，到处是一片金黄色，我情不自禁地大喊了两声"好美的麦田！"齐腰高的麦子上麦穗沉甸甸的，长得真好！今年肯定是个丰收年。

49连是1975年秋建的点，也是开荒营组建的最后一个连队，49连离营部最远，在浓江河北岸二部落位置，土地非常肥沃，49连建点时，开荒营又组织了全营开荒大会战，开垦了1 200多垧地，49连也成为开荒营在浓江河畔的最后建的一个大农场。

1976年是49连第一次播种和麦收，当时全连包括刚来的哈尔滨小青年才百十个人，种了六七千亩的小麦还有2 000多亩大豆，长的非常好，要光靠连里这点人和机车根本收不过来。

丰收的喜讯被师、团、营的各级领导得知，团参谋长张友挂帅和张英营长来到我们连队指挥麦收，省电视台也派记者来连队采访录像。师党委又从二师、三师调来两台"德国造"的自动康拜因，长途跋涉来连队驰援。团部汽车连派四辆解放卡车入驻，负责麦田与晒场之间穿梭接运小麦，连团部直属中学也做好准备来帮助抢收小麦。

说来也巧，我7月26报到的那天，正赶上全连的麦收誓师大会，我从下乡一直在工业连队，还头一次看到农业连队麦收誓师大会的阵式。连长、指导员先做总动员，然后各班排表决心，从连党支部开始，机务排，农工班排，食堂后勤面面俱到，挑战书、应战书和口号声一浪高过一浪，真让人热血沸腾，血气方刚的豪言壮语真有要上战场的冲动。大会结束后，晚饭就是全体人员大会餐，这顿会餐是传统，意义超过春节会餐。会餐的主菜就是杀两头猪，但这让天天喝菜汤的战友们高兴不已。有了猪肉，炊事班率先使出十八般武艺先让战友们品尝一下自己的厨艺，餐会上干部战士共同举杯预祝圆满完成麦收任务。

第二天一早，各班排都不用叫，早已各就各位。一场持续一个多月的麦收战役打响了。收割机在金色的麦海中奔跑，汽车紧随其边将收获的果实迅速运回场院，马达轰鸣，喇叭鸣叫，宽大的割台将麦穗吞进肚里脱粒，再从龙口流入汽车，工作程序如行云流水，不久一块地号的小麦就被抢收完毕。

我刚到就分在晒场工作，可以说，晒场的工作既紧张有序又热闹非凡。接车卸粮、摊晒、扬场、检验装袋、入囤，四五十号人有条不紊地忙碌着。五大块晒场堆满了麦子，上交国家的商品粮早已装好麻袋一排排地码放好，当运粮的车队到来时，大家赶紧把麻袋装上车。当看着运粮的车队远去时，荒原上的战士心里非常高兴，因为我们当年建点就获得大丰收。

晚饭后，全连的战士还要忙着入囤，因为49连地处偏远，打的粮食又多，运不出去就先入囤，所以商品粮、种子粮以及口粮都要入囤，所以工作量特别大，入不完时指挥部就立即调营副业单位的同志前来支援，场面真是热火朝天。到上"三步跳板"时，有两三米高，男同志扛120斤重的麻袋、女同志扛80斤重的麻袋，大家都抢着上、比着上，粮囤一节节加高，当有三米多高时，有的还装上160斤的麻袋上三步跳板，真是彰显英雄本色！

那些天，连里不算当天支援就返回的人员，一下子增加三四十人，食堂的压力很大，指挥部张营长安排让非麦收单位支援主食，连食堂只供应副食炒菜，减轻了后勤压力。

为了能够让来支援的同志们休息好，连领导让农工排的男同志都把宿舍让出来搬到晒麦棚里去住。晒麦棚四面透风倒是凉快，可蚊子、牛虻也没少招呼我们。可我们从早忙到夜里都累得不行了，吃完饭简单洗漱倒下就着了，睡的那叫一个死！

紧张、繁忙而又劳累的麦收忙了两周，大部分的麦子收回来了，余下的活连队自己又干了半个月，胜利地完成麦收，粮食产量和收益都排在前列，取得辉煌的战果！

这是我第一次投入到这激情涌动而又辛苦劳累的麦收战场，真正体会到"欲知盘中餐，粒粒皆辛苦"的含义！麦收战场这热火朝天的工作干劲和如火如荼的战斗场面至今回想仍然记忆犹新。

在49连这两年中，我所付出的血汗比我所到过的其他连队都多好几倍。例如，全连队在正常的工作之外每个人还要业余时间脱 100 块土坯和编 10 块草帘子。新建点生活苦，劳动强度很大，但在连党支部的领导下，全连队上下团结一致，吃苦耐劳，精神乐观地投入到工作中。受过的苦和累成了今天的精神财富，让我的心灵受到洗礼和磨炼，我融进了这个连队，我愿意为我的连队流血汗！

1979 年，我们 49 连全年打粮位居全团第二位，值得我们骄傲，值得我们自豪！

时至今日，我在 49 连工作的这段往事仍记忆犹新，我爱我的连队！

插图·朴宝玉

郑洪源　天津知青，1970 年由增产道中学下乡到黑龙江兵团 6 师 27 团汽车连，1972 年调 6 师汽车大队 1 连，1975 年调回 27 团汽车队，1976 年调入开荒营 49 连，1979 年接班回城，在天津河北区革新道小学、金沙江路小学后勤工作。退休。

第六篇　开荒营教育、文体及副业发展

开荒营的学校建设

江安琴

岁月留痕，记忆长河中，总有一些浪花会不时地跳跃，点缀逝去的青春。

一、校舍

开荒营是在老垦荒率领下，以知青为主力军，在广袤的荒野中创建的新家园。建营初的艰难困苦，亲历其境的战友们至今历历在目。

同学钱志青告诉我，她们刚到 33 连的时候，喝的、用的是雪水，雪化没了，需要使用新挖的井水，打上来的水是黄泥汤，要沉淀才能使用，当时战友们用水都是定量供应。新开垦的处女地蚊子小咬肆虐横行，战天斗地还要斗蚊虫。各大城市来的广大知青没有被各种困难吓倒，这段战天斗地的历程，每个人都刻骨铭心。第一批拓荒者住进自己建造的土坯草房时，幸福感油然而生，都很乐观自豪。当时，全营各连队住的全部是土坯草房，可是四营学校的校舍，一开始建的就是砖瓦房，开荒营领导对教育的重视可见一斑。

二、老师

四营学校的教师大部分是从各连队抽调来的来自各大城市的知青，其中很多是来自重点学校的优秀学生。有上海复旦附中的高三毕业生俞嗣荣；来自北京十五中的高三毕业生薛纪达和杨瑞林；有来自上海交大附中、复旦附中的叶明水、周华贞，那些初中毕业的知青也都是求学时成绩优秀的好学生。这些知青战友坚定地认为：只有学好知识，才有建设强大祖国的资本。当时，每个老师都竭尽全力，在没教参、没教学大纲、没教具的条件下，想方设法尽量提高教学质量。上海知青王荣老师父母兄嫂都是教师，她的工作得到全家人的支持和帮

助，她那和蔼的态度，温婉的性格，深受学生爱戴。北京知青栾杭生自己制作教具，没有原材料，她的男朋友按她的要求把教具全部做好寄过来。中学化学课除了一本教科书，其他一无所有，想要上好这门课，谁心里也没底，当时的四营中学负责人俞嗣荣老师挺身而出，挑起这副重担，并利用探亲假回上海的机会寻购教学资料、实验器材和化学药品。期间遇到的困难至今感慨万千。化学药品大多是严控的危险品，俞老师走遍了上海大大小小化学药品商店，都是碰壁后无功而返。当时他心急如焚，光有了器材没有化学药品，还是等于零，绝望中俞老师没有放弃，只要没离开上海，就继续寻购。看着他疲惫的身躯和恳求的目光，终于有一个偏远小店的店员被他的坚韧和诚挚所打动，破例卖给他一些化学药品。多日的奔波有了着落，疲惫沮丧一扫而光。当年，主管教育的团文教办发动全团各学校自己制作教具，俞老师利用学过的物理知识，凭自己的聪明才智，用乒乓球制作出月亮围着地球转，地球带着月亮围着太阳转的三球仪，让学生直观地看懂这一自然现象，受到广大师生的好评。

三、学生

开荒营学生的朴实和单纯让我记忆犹新。连队没有中学，各连的中学生只能到营部学校上学，住在学校里。后来，我住进了学生宿舍，这些孩子开心极了。我只是分管小学，也不给他们上课，但她们不仅非常尊重我，而且对我关爱有加，每次换洗的衣服晒在外面，都是她们抢着帮我收回来叠好，放在我的炕头上。特别是冬天，晾晒的衣服先被冻得硬邦邦的，好多天才会干，每次我都会忘了往回收，这些孩子从来都不会忘记，只要一干，就替我收好叠好放在炕头上。这份情意令我终生难忘。

四、茶余饭后

当年，我们这些知青老师全都住在学校宿舍里。每天晚上，大家都会不约而同地待在办公室里，除了互相探讨一些教学上的问题，议论一些报纸上热门话题外，大部分时间都在埋头备课或批改作业。那是一个深秋的夜晚，北大荒已经寒风凛冽，屋里开始生火取暖了，办公室里静悄悄的。不知谁问了一句："有吃的吗？肚子饿了。"那时饼干、点心是奢侈品，平时谁也没有存货，最多会有吃晚饭剩下的一点馒头，那天大家晚上没吃完的馒头所剩无几，这一问都觉得饿了。在无可奈何之际，叶明水老师说，他去给大家搞吃的。叶老师拿着手电筒出去了，不一会儿就回来了，背着半麻袋从学校自留地拔来的大豆，大家立即动手，摘的摘，洗的洗，烤火的炉子烧得正旺，不一会儿，毛豆就煮熟了。在暖洋洋的办公室里，吃着香喷喷的煮毛豆，谈着教学，谈着学生，谈到天南海北，在那天寒地冻的北大荒，享受着少有的温馨。那天晚上的毛豆，是我这一生中吃过的最香最好吃的煮毛豆，打那以后，直到今天再也没吃过那么新鲜、那么好吃的真正的绿色有机食品。

随着岁月的流逝，我们已然见老，但是，知青的历史，战天斗地的经历，为后代创建的物质基础，尤其是不惧困难、艰苦奋斗、无私奉献的精神，永远熠熠生辉，长青不老。

江安琴　上海知青，1968 年下乡到兵团 27 团 9 连，1969 年初调到勤得利学校小学部，副校长，1973 年年底，调到四营学校任小学部副校长，1975 年 5 月调到江西，在广播电视局属机关党委、计生委，1994 年返回上海，在民办学校工作。退休。

垦荒学校师生情

李桂花

一、我到学校当老师

1972 年，从年初到盛夏，开荒大会战基本告一段落，营直机关建立的学校和各个服务部门开始完善，生产生活开始步入正轨。

新学年开始前，营领导调我到营部学校去教书。接到调令后，我心里很高兴，因我从小的志向就是长大了当一名老师。随后又感到忐忑不安，我只是一个初中毕业生，没有师范学校的学习经历，也不懂如何给孩子传授书本知识。但我暗下决心，既然领导这么信任我，我一定不辜负领导和同行们的希望，虚心向老教师学习，争取早日成为一名合格的人民教师。

这是一个从小学到高中各年级齐全的营部直属学校，我负责教三年级，只有一个班，除了营部职工子弟，还有周边连队的学生，总共不到 20 名。校长曾思澜和其他老师耐心地向我传授如何备课、如何讲课的相关经验，以及怎么才能让学生们学得进、听得懂的技巧。我也很努力，常利用空闲时间观摩其他老师的课上教学，并且尽力回忆自己上中学时的老师是怎么教学生的，甚至还模仿当年老师的一些授课细节。我每天一有空就和学生们打成一片，和学生们一起做游戏，一起打扫教室卫生，不时询问学生能不能听懂我的课，还有什么要求和建议。

功夫不负有心人，我很快就适应了学校的教学工作，毕竟我教的是小学三年级的课程，教他们数学、语文等知识。孩子们很聪明听课也很认真，时间不长，我在学生中间树立了良好的老师形象，从孩子们淳朴的眼神里可以看出他们对老师的信任。我真没想到在艰苦的开荒营还圆了我想当教师的梦想。

在以后的教书过程，我用自己的真诚和爱心认真对待每一个学生，哪个同学家里生活有困难，我会尽我的所能帮助他们，当地的学生作业本质量差也不规范，我让父母从北京寄来

无偿送给学生使用。新学期开始时有个别学生家庭生活困难交不起学费，我尽量帮他代交。一个多学期过去，我已经成为学生和家长心目中可敬可爱的老师了。

二、垦荒学校师生情

1973年的清明时节，早晨，我照例走进教室准备开始上课，就在我往讲桌抽屉里放教科书的时候，突然发现抽屉里有不少煮熟的鸡蛋，用小手绢包着，有两个的、三个的、还有四个的，这一幕让我很惊讶，不知什么意思，我问学生是怎么回事？学生才说："在东北有清明节吃鸡蛋的习俗，老师没有家，没人给煮鸡蛋吃，是我们自己从家里带来送给老师吃的。"瞬间，我的心被深深地震撼了，双眼蒙上了泪花，我激动地对学生说："首先我要感谢同学们的一片好意，但学生的鸡蛋老师不能收。"可学生们不答应，一定要老师收下，没办法，我从每个小手绢里只拿了一个鸡蛋，剩下的请学生带回去。这时，有个叫陈贺喜的学生进来了，他迟到了，但双手捧着用手绢包裹着还冒热气的鸡蛋，气喘吁吁地送到我的眼前，叫我无论如何要收下他的四个鸡蛋，并解释说："妈妈病了起来晚了，他是为了等妈妈煮的鸡蛋才迟到的，吃了这个鸡蛋，老师就等于回到了家。"我满眼噙着的泪水顺着脸颊流了下来，把陈贺喜紧紧搂在了怀里。

陈贺喜家住42连，离学校还有一段距离，一个仅有8、9岁的孩子，用稚嫩的小手，捧着热乎乎的鸡蛋走到学校，就是为了表达对老师的热爱和尊敬，这是人世间最纯真、最朴素的爱和情。我很欣慰，自己的付出换来了学生和学生家长的尊敬和回报，也是对我教学工作的信任和肯定，这种信任和肯定不是用几个鸡蛋可以衡量的，而是开荒营老战士和他们的儿女尊师重教的一颗颗炙热的、善良的、感恩的心。

青春如诗，岁月如歌。似水流年，度过了多少个春秋与暑寒，时光无声无息地带走了我们年轻的容颜。往日北大荒的一切早已成为了过去，然而对于我来说，这一生中最美丽、最灿烂的年华和最值得纪念的，就是在开荒营的日子里。

李桂花 北京知青，1950年2月生，1968年6月22日下乡到黑龙江兵团27团11连，1971年4月带领全班10名知青调开荒营，1975年8月，调4营学校任教师。1979年4月调回北京，就职于北京供销合作总社科技工业处。退休。

四营中学77届高中毕业师生合影（张建京供稿）

开荒营在艰苦环境中办学

郝立青

1971 年下半年，开荒营各个连的第一批泥土盖的家属房完工了，老职工家属和子女将随即迁入连队。职工子女入学问题就成了开荒营面临的新问题。27 团领导对开荒营子女入学工作非常重视。1971 年年底，团教育股在石子河开办了一个以开荒营及新建连队为主的教师培训班，由开荒营的各连和其他新建连队选派来的教师共 30 余名参加学习。我也有幸成为一名 39、40 连的联合学校的老师，参加了为期两个月的教师资格培训。

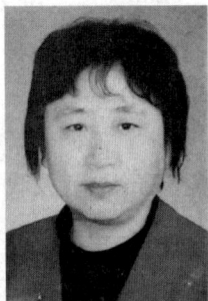

培训工作由团部宣传股焦国瑛主持。开学第一天，团部教育股领导讲述了开荒营教育、教学工作的重要性及党的教育方针的内涵。强调要培养德、智、体、美、劳全面发展的有素质、有文化的一代新人，将对开荒营长远发展起到重要作用。由团部中学老师为我们进行了文化知识学习和教学方法培训，对小学课本知识补习剖析。并强调教学方法要摒弃灌输式，采用启发式教学法，着力提高学生的分析问题解决问题的能力。焦国瑛老师在培训班后期，组织我们进行教学实践，各连老师分别到讲台讲课，有指导老师点评，锻炼和提高了我们的授课能力。这一期教师培训班，培养了开荒营第一批教师领军人，为开荒营教育事业的发展奠定了坚实基础。

1972 年春节过后，老职工家属、子女陆续迁入连队。当时连队还只有两栋泥土房分配两户老职工居住。学生入学没有校舍，但学生入学一刻也不能耽误，连长杜福庭和老职工支起了棉帐篷，作为学校使用，棉帐篷是建点时用过的，有地方还有破洞，但算是有了地方上课。帐篷里地上打上木桩，上面铺上板子就是学生课桌和座椅，课桌上方的帐篷上挂了一块，长三尺、宽二尺的小黑板，学校的设备就算齐全了。当时学生只有 3 人，一个女生两个男生。三年级学生一名，二年级学生两名，三个学生两个年级同用一个课桌、同坐一条长凳。同时上课这就要采取复式教学法。开学前写出教学计划、课程表。除主科外，有图画、音乐、体育课。副科两个年级一起上，主课先给三年级上，第二节课给二年级上，不上课的学生写作业。初春的天气还没回暖，帐篷里温度很低，旧帐篷漏的窟窿时时钻进冷风，但学生克服困难，遵守纪律、依然刻苦学习。

1972 年年底，又有一批新房建成，学校学生已增至十多人，有的老职工搬进新的土坯房，腾出一间泥土房，作为学校。师资不够用，团部从 19 连调来孙桂荣老师，40 连出纳兰金锁也到学校任教。两位老师每人教两个年级，我教一个年级兼管学校工作。连里没有电灯，指导员发给学校两盏马蹄灯，当时算是奢侈品了。老师们每天晚上备课在教室里靠马蹄灯照明，我们围坐在灯前写教案。几位连队女战士也来到学校，借着马蹄灯的余光，有的织毛衣,有的绣枕头,每晚的教室里都充满着温情暖意。

由于开荒营的人员不断壮大,1973年两个连队的学生发展到30多名,连队为学校建了校舍,一间隔出三间,老师也增至5名。老师们对教学工作十分负责,对学生耐心教育引导,在转变学生思想上促进文化知识学习。40连老职工范奉根的儿子范开明,刚入学时,上课不听讲,学习成绩极差,张桂荣老师把他当作自己的家人关心他,下课以后她把范开明带到自己家中给他讲学习方法帮他补习功课,师生建立了深厚的感情,范开明随后也在学习、纪律方面有了很大进步。

开荒营的学校条件虽差,又都是新建校,但团营领导对学校教学质量始终作为重点常抓不懈,连队教学工作由营部中学进行培训指导,定期检查备课记录,期末考试试题由营中学统一出题,并派老师监考,考试结束按平均分排列各校名次。

学校除教学外,假期由连队统一安排学生参加集体劳动。秋天麦子成熟了,康拜因收割了麦子,金色麦田里留下了一堆堆的麦秸,错落有致地排列,像守候着一望无际麦田的哨兵。为了来年麦地的播种,麦秸要烧成灰烬做肥料,连长把任务交给了学校。我们组织学生在麦田里一字排开,两个学生为一组,发给学生火柴,学生们点燃麦秸,麦秸冒起浓烟,一会变作燃成灰烬,麦田里呈现一缕缕青烟,一会儿便随风飘散。劳动结束,孩子们在麦田里追逐嬉闹,他们在大自然的劳动中享受着快乐。

秋天老玉米成熟了,我们还带领学生们掰老玉米,两个学生一组带着一个筐,掰下的老玉米装在筐里,玉米收集多了就倒在地头。两个小时的劳动,老玉米就堆成一座小山。劳动也培养了学生们的团结协作的品质。那时,在开荒营的学校学习成长起来的孩子们现已成为开荒营建设的中坚力量。学生杜秀云现在是浓江农场学校的校长,学生王建英是农垦总局的一名会计师,还有的是党务干部、技术骨干、司机、工人。作为一名教师由衷地为学生们的成长进步感到骄傲和欣慰。

我在连队学校工作近十年,我热爱教育、教学工作,热爱北大荒的学生,他们不怕艰苦刻苦学习的品质和朴素的思想情感对我也是启发和感染。1973年我光荣地加入了中国共产党,成为教育战线的一名先进分子。

北大荒是我人生道路上的第一个起点,是我一生道路的奠基石,我热爱那里肥沃的黑土地和暖暖的人间温情,我祝愿北大荒的教育事业蓬勃发展,希望我曾经的学生们为北大荒建设做出新的贡献。

郝立青　北京知青,1968年从北京下乡在6师27团砖厂工作。1971年调开荒营筹建40连。1972年在39连、40连、联合小学任教,负责人,1979年返城,1979年后在北京市西城区椿树街道办事处工作。妇联主任。

开荒营44连师生合影 1976

我 们 的 学 校

高凤娟

1973 年 7 月，我由 39 连调往 43 连小学当老师。当年开荒营为了有利于孩子们上学，学校是建在公路的两边，43、44 连两个连一起合办的。

这天我坐在由 39 连开往 43 连的小红车上，脑海中不断想像着学校的模样及我所要接触到的孩子们。

到了 43 连，我去连部报到完毕，由连部人员（年代久远，姓名已经忘记）领着我到了小学校。呈现在我眼前的是什么样的学校呀！就是一栋用土坯砖垒起来的家属房，房子的东头住着翟永国一家，西头就是小学校。进了屋子，看到了学生的课桌椅。所谓的课桌椅就是四根木方子上钉上一块长板条就当桌子，当然，下面再钉上一条就是放书包的"书箱"。当时既没有任何的体育用品，更别说图书馆什么的了，上下课的钟声用吹哨子代替。虽然当时的条件很差，但是孩子们的求知欲望却很高。

到了第二年，也就是 1974 年，在 44 连一侧的公路边盖了一栋校舍。是红砖墙、草苫顶的那种房子，房子里分了四大间：女教师宿舍一间，一、四年级一间，二、三年级一间，五年级一间。因为，当时是五年制，而连队的孩子也不多，所以两个年级一个教室进行的是复试教学。虽然还是没有体育用品什么的，但孩子们在老师的带领下挖了沙坑，连对木匠帮着做了简易的单、双杠。下课了，看着孩子们在操场上像欢快的小鹿一样奔跑着，我们觉得培养孩子的担子可不轻呀！

又到一年毕业季，附上当年全体师生的合影。

照片上的孩子们，现在你们在哪里呢
（三位教师：高凤娟　顾菊英　丁雅琴）

高凤娟 上海知青，1950年生，1968年8月于上海内江中学赴黑龙江兵团6师27团13连、马场、19连工作，1972年进开荒营39连农工，1973年调往开荒营44连任小学教师，后陆续在四分厂中学、五连小学、场直小学任教，1987年调往江苏省张家港市三兴中心小学任教。退休。

记忆中的四营运动会

魏敬唐

1975年6月2日，四营第二届运动会在营直中学举行。当天，碧空如洗，阳光明媚，操场四周五颜六色的彩旗迎风飘扬。简易的主席台搭在教师办公室的东侧，用两根杨木杆竖在地上，上面挂着横幅，红底白字："二十七团四营第二届运动会"在阳光的照耀下显得格外显眼，用三张办公桌连在一起，四面用墨绿色的台布围着摆在横幅下，整个主席台显得既简朴又庄重。

7点30分，各连的运动员队伍由连队"副指"带队陆续来到中学体育场，其中42连刘国华连长，黄德贵指导员，47连姜法三连长，48连王景富指导员，37连张志远指导员，31连都本义连长亲临运动场，为自己的连队助威加油。

8点整，齐福营长，王书信教导员，张英营长，高金池副教导员，张正作副营长在主席台上就座。齐营长宣布："运动会开幕!"此时在操场的西侧鼓乐齐鸣，行进中的少先队来到操场中央，"咚咚咚，哒哒哒"这震天动地的鼓乐声在浓江荒原上第一次敲响。这鼓乐声震撼了在场人员的心，人们的脸上露出兴奋的神情。稍顷，鼓号声戛然而止，全场响起热烈的掌声。

齐营长宣布运动员、裁判员入场……

运动员进行曲在操场上响起，42连的李晓顺走在队伍最前面，高举"向荒原进军"的大旗，两名武装战士护旗。走在大旗后面的是学生方队，他们身穿白衬衣蓝裤子，胸前佩戴着鲜艳的红领巾，个个精神昂扬。他们当中的6人扛着本届运动会的会徽，其他同学围绕在四周，步伐整齐地走过主席台，全场响起热烈的掌声。会徽是由火炬和跑道组成，跑道中间是一个大大的阿拉伯数字2，它的上方是粗体的"四营"二字，下面是字体较小的阿拉伯数字1975。会徽固定在长方形的木框上，会徽的两侧写有"发展体育运动，增强人民体质"十二个大字。会徽象征着四营这广阔的沃野，前景光明，欣欣向荣，表达了兵团战士的坚定信心。接着在运动员进行曲中，各连由副连级领导高举连旗依次入场。

运动员们穿着整齐的服装，雄赳赳气昂昂地从主席台前走过，营领导和观众们报以热烈的掌声，表达了对来自一线战士们的尊敬和鼓励。当18个一线连队步入操场中心后举行了升国旗仪式，在雄壮的国歌声中鲜艳的五星红旗冉冉升起。升旗仪式后进行运动员、裁判员代表发言，47连女运动员刘玉凤代表运动员发言，她表示要尊重裁判，发扬"友谊第一、比赛第二"的精神参加比赛。原43连翟永国连长代表裁判员发言，他说在裁判工作中一定做到公正、公平，也请大家监督。运动员退场后，由营直中学学生表演的集体舞，在悠扬的乐曲伴奏下，不断变换着队形，摆出一个个造型。小队员们神情贯注，动作准确，观众被他们的舞姿吸引，不时给以热烈的掌声。

运动会比赛正式开始，按照预先的规定一百米、二百米、四百米、一千五百米、三千米、一百一十米栏顺序展开，田径的跳远、跳高和男子篮球赛也同时进行。齐营长在魏干事陪同下来到设在机关办公室前的篮球场，为篮球比赛"开球"。乒乓球比赛在机关会议室场地进行。田径比赛的裁判全都由学校的老师们担任，体育老师张建京担任发令员；叶明水、杨瑞林等担任计时；还有的老师担任统计员、检录员。其他服务工作由高年级的学生担任。上午，田径的预赛和个别项目的决赛顺利地进行着，下午进行决赛，经过一天的比赛，47连队获得团体总分第一名，38连队获得团体总分第二名。

男子篮球决赛在42连和营直机关展开。42连队兵强马壮打法硬朗，营直机关队则以老带新，技术细腻灵活多变。比赛一开始就打得难分难解，你进一球我得两分，比分交替上升，上半场结束42连领先3分。下半场易地再战，42连利用体力优势连连突破营直机关的防守，多次快攻得手，最终42连以较大比分获得冠军，营直机关获得亚军。

获得乒乓球男单冠军：44连张晓林。乒乓球女单的冠、亚军被31连的两位女将斩获。

象棋冠军的获得者是44连张保权。其他项目的冠亚军各有其主。

值得一提的是38连的张立华，获得跳远冠军和四百米跑步第一名，而且比赛成绩十分突出，跳远成绩六米九零，四百米跑成绩领先第二名十几米，看得出在校时他是体育骨干。

运动会进行了两天，第二天夜幕降临时，运动会的各项赛事均已圆满结束，筹备组的全体成员顾不上休息，将已准备好的奖状和锦旗按运动员的比赛成绩一一准备就绪，以备晚上运动会闭幕式颁发。

晚上进行了颁奖晚会，由张营长主持，王教导员说："我们开了一个很好的运动会，这是开荒营第一次综合性多项目比赛的运动会。之前，我们只是组织过单项的比赛，今后我们还要继续安排大型的体育比赛和文艺活动，丰富我们全营的文体活动。毛主席教导我们：发展体育运动，增强人民体质。这次运动会开得很成功，很圆满，这是全营上下共同努力的结果，为全营开展群众性体育活动开了个好头，为调动广大青年的积极性，以更大的劲头投入到生产中起到促进作用。"最后，营宣传队表演了精彩的文艺节目。

这场鼓舞人心的运动会，既体现了营领导的重视，也体现了组织人员的辛苦。

1975年是开荒建点的第五个年头，经过五年的艰苦奋斗，开荒营各连人员得到充实，开垦土地超过20万亩。从老连队和兄弟团队调入一批批知青，知青宿舍也由土坯房改变为砖房，个别连队还盖了大礼堂。全营工作开始向正规化转变。营领导考虑到全营人员以青年为主，为活跃队伍的气氛，提高队伍的士气，齐福营长提出全营搞一次运动会的设想。初春的一天，齐营长把魏干事叫到办公室，他说："咱营搞一次运动会，你看怎样？"魏干事说："好呀！但大家工作这么累，愿意参加吗？"齐营长接着说："我们那时行军打仗，不比现在累，到了驻地抽空还打篮球呢，文体活动是调动青年积极性的最好办法。你考虑一下，过几天专门开会。"没过几天，正是春播的时节，齐营长从连队检查指导工作回到营里，立即召集在家的参谋干事开会。他首先说："咱营开个运动会你们看行不行？大家都说说。"他话一落音，大家七嘴八舌地议论开了。有的说，开运动会好，能调动青年人的积极性；有的说，春耕大忙会不会影响春播；有的说能活跃队伍气氛；也有的说，场地器材都不具备条件。整个办公室里像炸开了锅，大家互相议论着，争辩着……

齐营长笑眯眯地听着，他不慌不忙地点上一支香烟说："好了，我听明白了，这事就定了。运动会在春播后开不影响春播，场地问题，器材问题，再深入了解一下，能营里解决的营里解决，营里解决不了的可以找团里，器材问题，缺什么补什么，有些器材可以买一部分。运动会怎么开，魏干事牵头成立筹备组，购买什么先列个单子给我，让小罗（罗以文助理）拿钱，你们去富锦买。"

当天晚上，魏敬唐干事、杨国荣书记、邵启新干事和翟永国连长一起商议列出购置体育用品及运动会的奖品名单。第二天一上班经齐营长审批后魏干事和罗助理乘车去富锦，罗助理对富锦县城较熟悉。入住6师招待所后，赶忙去商店买东西，印制锦旗等物品，转天乘车返回营里。齐营长看到大锦旗说："这么大！"魏干事赶紧解释说："大有气势，显得营领导重视。"齐营长说："好吧，要注意节约呀！"

春播开始后，筹备组的人员有的白天要随营领导下连队，有的干本职工作，晚上大家在宿舍里研究运动会的事，杨国荣提议搞个分工，魏干事也同意。为了工作有序，不打乱仗，筹备组人员作了分工，魏干事抓运动会总体工作同时负责篮球赛的筹备，杨国荣书记负责奖品的准备，邵启新负责起草领导和运动员、裁判员的发言及其他文字工作，张金发负责会场布置，丁建平负责音响，翟连长负责篮球裁判人选的挑选和裁判组的工作，学校张建京负责田径比赛的场地及田径裁判工作，温学成干事负责鼓号队的培训，学校负责开幕式集体操的编排。每周开一次碰头会，分工不分家，有问题集体研究解决。

筹备组先后开过多次会议，研究比赛项目，一致认为以短跑为主，适当增加中长跑，反复听取各连队的意见，增加了1 500米和3 000米以及110米栏。有的项目由于报名人数少而取消。从富锦采购的奖旗、奖状不能满足逐渐增加的项目需要，要自己动手做锦旗，锦旗的规格，字体，都做了研究，检查比赛的器材和场地，110米栏，营直中学没有，团直中学也没有。是采购还是自制，本着节约的原则，大家一致同意自制。跳高用的支架没有也决定自制。场地直道不足100米，不能达到100米比赛的要求，需要增长。按照400米周长设计跑道，操场的西南角有一处水坑，往东扩影响家属区的发展，筹备组认为牵扯今后发展要请示领导，后经请示齐营长决定填水坑向西发展。

杨国荣负责奖品，锦旗不够自己做，紫绒布有但没有做字用的黄布，团部商店也没有，因用量极少商店也不愿进货，杨国荣找来小块的白布、绿布、黑布在紫绒布上反复比较、斟酌，看哪种颜色更醒目、更协调，最后大家觉得黑字的效果更好，决定用黑布做字。杨国荣找到裁缝张师傅，张师傅说："做锦旗没问题，字需要你们剪好，我可以缝纫。"杨国荣写好字样在黑布上描字，布质软软的有伸缩怎么描也不像样，急得满头大汗。他就和魏干事说："这可怎么办呀！"魏干事说："别急，你先歇会儿，我找俩人给你拽着行吗？"杨国荣说："就是能描上，剪下来，往锦旗上缝，字也是皱皱巴巴的，太难看。"一时大家都没话了，沉默了一会，杨国荣说："还得找张师傅，看他有招吗？"说着站起身急匆匆地往外走。一会儿乐呵呵地回来了，嘴里说"有招了"。大家问什么招他也不说，找来糨糊往黑布背面刮糨糊，薄薄的一层糨糊刮完后放在一块平板上，拿到外面让风吹干，半小时后黑布就挺括了，字也好描、好剪，张师傅也好缝了，锦旗做的和专业制作没有太大差别。

奖状买来的是张纸，得镶在镜框里，杨国荣拿着奖状找木工张锦堂师傅，没过两天，张师傅拿着做好的镜框找杨国荣说："做好了，你看看吧。"杨国荣问："背板呢？"张师傅说："没有三层板，也没有纤维板，你叫我拿啥做？这叫巧妇难为无米之炊，你们说怎么办吧，我是'磨上的磨听驴的'。"大家被张师傅的幽默逗得哈哈大笑，也为找不到合适的背板而焦急。张锦堂看到大家大眼瞪小眼，于是说："办法也不是没有，你们能找到三层板或其他代替的板就用你们的，实在没有就用硬一些的纸板剪下来做背板也行，就是不太好看，往墙上一挂，谁也看不到。"说完就回木工房去了，最后按照张锦堂师傅的意见，完成了奖状的制作。

粮食助理员温学成，听说在筹备运动会，积极性很高。一天他找到魏干事说："听说咱营里正在筹备运动会，我想组织一个少先队鼓号队，在开幕式上表演，能烘托起运动会的热烈气氛。"魏干事说："好是好，你行吗？"温学成说："我在学校时是鼓号队的队长，打鼓、吹号我全会，现在还没忘记。"魏干事说："你直接找齐营长向他汇报，这事要花钱购鼓和号，得营长批。"小温说："这样吧，我和张正作副营长说，让张副营长去找齐营长，你在旁边再吹吹风，这事能成。"魏干事说："好吧。"筹备组开工作会议时魏干事向齐营长汇报此事，齐营长说："张营长已经向我说起此事，我同意成立个鼓号队，让小温训练吧，让温学成也加入筹备组。"

在杨为岱校长的支持下，从挑选队员，到训练、排练都很顺利。温学成先让孩子们拿筷子在腿上敲，怎样拿鼓槌，怎样敲他自己做示范，嘴里喊着鼓点的节奏，从简单到复杂，从单锤到连敲，从四分之一拍节奏的速度，快速增加到六十四分之一拍节奏速度。小温老师教的耐心，孩子们学的专心，半个月后已初见模样，一个月后温学成让魏干事、杨国荣书记和筹备组的人员到学校看看鼓号队的演奏，小队员们已经能在行进中吹打出明快的乐曲，鼓乐声震撼了在场人员的心。

邵启新负责文字工作，五月中旬运动会的比赛项目确定后，要召开各连副指导员会议进行布置。小邵设计了报名表，起草了大会纪律，比赛注意事项，运动员号牌等。这些工作对于我们这些没有搞过运动会的人来说，都得从头学起，比赛场上裁判员不认识谁是谁，为了准确记录每个人的比赛成绩，只认运动员的号码，每个运动员身后背着自己的号码，而且自己要牢记。在不知有多少人参赛的情况下，每个连队都有自己的连队代号。比如31连就从3101开始编号，人员编号造册上报筹备组，经过实践证明，这种方法在比赛时克服了容易记错运动员成绩的问题。

邵启新起草了运动员、裁判员的发言稿，谁发言呢？筹备组专门派人深入连队落实运动会运动员和裁判员发言的人选，几经周折确定由47连女运动员刘玉凤代表运动员发言，翟永国连长主动请缨代表裁判员发言，大会发言的事也得到了落实。

五月初，负责田径比赛的张建京找到筹备组，提出几个问题：一是场地问题，西南角的水坑要尽快填平，沙坑的沙子要更换。二是跳高的支架和110米栏的"栏"还没有着落。三是比赛的《秩序册》不知怎么搞。为了保证按时召开运动会，魏干事向齐营长作了汇报，齐营长当即拍板，让水利技术员原玉明立即调推土机把坑填好，抽调小红车到江边拉一车细沙更换沙坑的老沙，派人叫42连连长让42连制作跳高支架和栏。同时筹备组增加两个人。原玉明连夜从水利工地调来一台推土机投入工作，他在现场指挥，先在坑西边挖开一个口，让水流出一部分，然后再派车从水利工地运土填在坑里，最后推土机反复碾压把地面压实。整个过程进行了两天，达到了比赛的要求。

42连刘国华连长领了任务向木工交代做跳高支架和栏，木工滕来滨问尺寸有吗？刘国华也不清楚，木工到筹备组要尺寸，筹备组赶忙打电话问张建京，张建京也不是很清楚，只知道栏的高度，筹备组的人员画出草图让木工先做一个样子，滕来滨做好后在操场上试了一下，发现着地的两根横木短了，一碰就倒，大家研究增加一定的长度应该没问题。滕木匠按照要求将横木加长，几天后做好，交给筹备组后送到学校。

运动会的田径比赛要建立《秩序册》，实际是比赛的程序，根据参赛人员的数额和项目的多少，进行专项分组，列出每项比赛的大致时间，以保证比赛的正常开展，使组织者和运动员都心中有数，运动员有兼项的要尽力错开，避免"撞车"。筹备组的人都知道有《秩序册》但没人搞过，张建京也没搞过，魏干事提议让他去团直中学找体育老师帮忙。团中学对此很支持，派一个老师专程来到四营学校帮助建立《秩序册》。这个老师在比赛的当天担任副裁判长，协调比赛的全过程，为运动会的圆满完成起了重要的作用。为确保运动会顺利召开，筹备组还专门落实了营部卫生所和商店人员届时到运动会现场提供后勤和医疗保障服务。

运动会整个筹备期间全营上下在营领导的关心和支持下，克服了重重困难，为运动会的顺利召开奠定了良好的基础。

时光荏苒，岁月如梭，四十年后浓江河畔的战友们十月金秋相聚在黄浦江畔，品茗畅叙旧事，谈起运动会仍然津津乐道，脸上流露满意的笑容。这是一场别开生面的运动会，鼓乐声震撼了在场人员的心，它见证了四营广大的垦荒指战员们在"向荒原进军"取得重大胜利突破后，在文化体育事业的发展上也取得辉煌的成绩，"运动会"将铭刻在四营垦荒人的心间。

回忆当年的运动会完全是凭着记忆，毕竟事隔多年，今天描写40多年前的故事，细节上一定会有许多的不准确，献上此文，希望引发开荒营战友们对当年运动会的美好回忆。

魏敬唐 天津知青，1949年生，1968年高中毕业于天津七中，1969年下乡27团5连任战士、副班长、上士，1971年调开荒营任45连会计、副排长，1972年在47连任排长，1973—1979年在开荒营部任政治干事、党委秘书，1979年回津，1979年河北区工商局干部、副科长、所长，1991年后任街道办事处副主任、主任、党委书记，后在民政局任党委书记。退休。

运动会入场式
（左：魏全星，中：李晓顺，右：郭双龙）

张营长、王教导员为篮球冠军颁奖

47连获篮球冠军

鼓号队欢迎支援麦收的收割机

34连小乐队

稚嫩的鼓号队

杨国荣

自从营党委决定召开四营运动会后，各部门都在进行紧张而有序地准备着。政工组的几个哥们几乎天天晚上蹴头。有一次魏干事提出，"如果在开幕式上有一支鼓号队，效果应该不错"。邵启新立即说，到团直中学请位老师来教不就行了吗。"我去请团宣传队的刘长福、周立泉，他们都会小号呀。"杨国荣说。"他们有教学任务，有演出任务，能有时间来帮我们训练吗？"意见马上被否决。"求人不如求己，这个任务我来完成。"一向稳重而老练，儒雅而沉稳的温学成说话了，毛遂

自荐担起了这个重任。真是真人不露相呀!

成立鼓号队,首选的地方是学校,人员、条件、环境都符合,校领导和体育老师张建京大力支持,马上从各班抽调了几个号手和十几个鼓手人选,开始了突击性的训练。北大荒的孩子没有看到过什么是鼓手,什么是号手,要训练出一支合格的队伍谈何容易呀。首先是左右手的配合,并要敲打出它的节奏,尤其是站势,眼神更为重要。温老师既严格要求又耐心地手把手教这群可爱的孩子。为了让鼓手们早些掌握节奏感,温学成发给每人两根光溜溜的小木棍,要求他们棍不离小手,口不离节奏。"咚咚咚、咚咚哒哒咚……咚咚哒哒咚。"孩子们特别听话,走路练,吃饭练,桌子上练,椅子上练,盘上练,碗上练。

功夫不负有心人,经过三个月的训练,一支稍稍稚嫩的,不太成熟的,含着羞涩而又大大方方的四营鼓号队终于诞生,可以在四营首届运动会上亮相了。它是四营史上第一支鼓号队。他们在四营运动会上第一次表演,在入场式上第一个进场。英姿焕发,斗志昂扬,这样的形容一点不为过。雪白的手套,鲜红的红领巾,整洁的上衣,深色的裤子。齐刷刷的鼓点,铿锵有力的节奏。这就是我们要的效果。感谢一帮可爱的,稚嫩的小鼓号手们。

杨国荣 上海知青,1968 年 8 月赴 27 团到 13 连,同年 12 月选进上海知青回沪汇报团。1969 年 9 月调入 27 团宣传队。1970 年 10 月入党,1974 年 9 月调入 4 营任营部书记员,1978 年 4 月调 6 师物资处任政治干事,1979 年 3 月回沪,在街道工厂后转为政府公务员,1995 年政企分开任企业干部。退休。

荒原上的修理所

张学义

1972 年我调到了修理所,那时,修理所只是一个十几个人的修理班,在一排简易的土木结构的房子里,东面两间是烘炉间,佟师傅带着二三名知青,每天接连不断地完成机务配件锻工任务。烘炉是靠人工拉风箱,锻造配件是小伙子用大锤一锤一锤出大力流大汗锻打出来的。所以这几个小伙子饭量挺大,食堂的大馒头一顿能吃两三个!

我调入修理所后被分配在钳工组,一间不太大的屋子只有一台破旧的钻台和一把手电钻,这就是钳工间的全部设备,磨钻头也要到烘炉间的破旧砂轮上去磨。我和天津知青蔡淑霞两个青年人每天忙碌于拖拉机配件的修理,手中修的配件

都是冰凉的铁块，双手冻得裂了很多口子，但是，从来都是随叫随到及时地完成任务。对一些不会不懂的活马上向老同志请教。当时不仅是条件差，而且设备和技术力量也很薄弱，困难多、任务重。这十几个同志互相协作克服了重重困难维修保养着开荒营的每一台机械设备。

记得天气挺冷了，维修拖拉机的几个师傅，在干活时冻得鼻涕都流到嘴里了。实在太冷就用废机油浇上木头烧几块暖暖手，再继续修理那台故障的机车。野外露天一会儿两只沾满油污的手又冻僵了，赶快从链轨上跳下来，在火堆上再烤烤，上上下下的几个人忙得脸上黑一条白一块，完后还你说我几句，我说他几句，开着玩笑。面对艰苦的条件，兵团战士、职工都体现出大无畏的革命精神。回到宿舍大家吃完饭有说有笑，把一天的劳累忘得一干二净。随着开荒营的不断发展，机械设备增加了，修理所在营部领导的规划下建立了第一个修理间，设备增加，人员也相应多了起来，发电机随着用电量的增加也换成大的了。修理所从无到有从小到大，盖起了维修厂房和机械加工车间。这些基础建设是通过42连日夜奋战和各个连队协作努力下完成的。

修理所扩大了，电气、电焊、车工、钳工、锻工（烘炉）的设备也在完善，从人工抡大锤到有了弹簧锤、气锤，机修工作更是今非昔比。领导班子也配齐了，马奎仁所长，王凤秋指导员为了改善修理所的职工生活，建起了职工食堂，修理所领导为了解决蔬菜供应不足的问题，在修理所周边不远处开垦了一大片荒地，组织我们义务劳动，解决了我们的吃菜问题。几十年过去了，王凤秋指导员那温柔的笑脸仍然浮现在我的脑海里。

因为冬检任务重，有一年，除有特殊情况，知青们没有几个回家过年的，小青年过节思念亲人的心情，从大家的面容上还是能够表露出来。王指导员一方面不断地给我们做思想工作，说明冬检人员少任务重，完成冬检对来年春播工作的重要性，让我们安下心来；另一方面，从生活上细心关怀，不断地想着法改善伙食。过年的那几天，他每天到宿舍和我们打成一片，有说有笑，包着饺子谈天说地，把烦恼的事都忘掉了。我在兵团这些年，王凤秋指导员是我很难忘记的好领导之一。

开荒营在发展在前进，首批进驻的12个连队开荒、打粮，继续开荒扩大耕地面积，营党委又新建了好几个农业连队，包括33、31、36、34、49连，连队的增加，垦荒面积扩大，拖拉机增加了好几十台，修理所的机修任务面临很大的压力，边远的连队47、48连，31、36连离营部太远，都已经修建了自己的修理大库，营部周边连队的机车都要集中到营部修理所完成冬检，任务重压力大，场地也成了问题。冬检是冬天农闲时保养机器，北大荒的冬天极冷，只有在室内检修机车。又是42连接受任务加班加点，在其他连队的支援下，深秋时节上冻之前完成了修理所大库的建设任务。高大宽敞的维修车间与机械加工车间能够同时容纳许多台机车同时进行冬季检修，这是用战天斗地的精神，用团结协作的力量在很短时间完成的。开荒营修理所在当时也是四营基本建设的标志性建筑。有了新的高大宽敞厂房又增添了设备增加了人员，知青战友们在老同志的带领和帮助下，很快掌握了维修和加工的技能。记得每当春播和秋收，都是各连队机械设备利用率最高的时节，也是容易出现机械故障的时候，拖拉机手们心急火燎地来到修理所修"急件"，派工员的派工单排了很多，但是活得一件一件去完成。当时正值麦收的时候地里收割农活特别忙，收割机、拖拉机出故障来修理所就是急件，不及时修好了，连队的连长、指导员同样着急，机手也不好交差。同样，修理所各工种手里的活可以说都是急活，两头着急难免与连队送急修件的战友们发生争吵。现在回想起来都是为了工作，争吵之事是不应该的。不知道开荒营的这些战友们还能否想起这些事，我虽然没有记住他们的名字，但我想念他们。

记得一年秋收时节，我们都下班了，白天忙了一天，挺累的，刚吃晚饭，连队的小红车就开到我们宿舍门口，车上装着"大腱子"，康拜因的零件需要修理，蹦蹦车的司机很着急，秋收是争分夺秒的，天气不等人，万一闹天下雨雪一耽搁，机器下不了地就麻烦了。我们随叫随到，穿上衣服不用领导说，谁的活谁去干就是了，大多时候所长和指导员都不知道，我们就自觉地把活干完了。记忆最深的就是经常和我一起完成抢修工作的战友王洪文。收割机出故障大多数是筛子（大腱子），它是几组由厚铁皮组成，同时不同步地在康拜因的机身里转动，把上一道工序脱下来的谷粒筛下来留在机器里，把秸秆吐出机器扔到地里。这个东西坏了几组都跟着变形，需要手工恢复其原来的形状。除了钳工捶打复原之外还要气焊连接，一台康拜因筛子的复原和修补至少要两三个小时。我是钳工，王洪文是电、气焊工，修理所那段时间这两个工种只有我和王洪文是男的，所以也就理所当然由我们两个承担起这个活。铁槽是用木槌一槌一槌校正过来，因为铁锤等硬工具敲打筛子会被打裂损毁，那个时候根本没有这类零件，坏了只有修复。平整复形之后再用气焊将厚铁皮开裂处焊接牢固。秋天深夜气温很低寒风刺骨，我和王洪文一起配合着，这个王洪文个子不太高，是哈尔滨知青，我们很长时间在一起配合修车非常默契，有时候不用说话，相互间的一个眼神就明白对方的意图。那个筛子很长很大，一台车有四个，在曲轴上工作转起来时两只在上两只在下，且前低后高，上下抖动的时候前后也在同轴上运动，目的就是留下粮食吐出秸秆。因筛子很大很重，我们俩一个托着另一个焊接，一个举着另一个用木槌敲打，胳膊都累得快抬不起来了，到了晚上11点多，将近3个小时终于将损坏的几个大筛子修好了，我们小心翼翼地帮助司机装上小红车，看到驾驶员满脸笑容开着车回连队，没等我俩高兴呢，远处又开来了一辆铁牛，大灯明亮，照着修理所。我们正在收拾工具想回宿舍休息，小车已经拐进修理所的大院，司机看到修理所灯光亮着急步跑来，王洪文看看我，我也看看他，工具也不收了，迎上去近前一看，哇！跟前面那车上拉走的东西一模一样。为了秋收工作，我和王洪文又重新拿起工具连续干了3个小时。天快亮了，我们拖着疲倦的身体回到宿舍，睡下没有几个小时就和同宿舍的其他同志一起又上班了。

那时，没有报酬也不图名利。这样的工作经历在修理所每天都有，牺牲个人的时间干活都是自愿的，也没有人和所长、指导员说，大家默默地为开荒营的发展建设出力。

知青的战斗历程是我们这代人难以忘怀的，知青为党和国家建设贡献青春的精神是永存的。

张学义 北京知青，1969年8月下乡到兵团6师27团2连，1970年调17连开荒点，1971年先后在一营部、团部通讯员，1971年5月调入四营任通信员，1972年后调入营部修理所，1978年返城，2008年在铁道部丰台桥梁工厂。退休。

开荒营机车冬检的故事

白　桦

　　冬检，顾名思义就是冬季检查维修拖拉机与各种农机具，这要是在老连队是很正常不过的工作了。可放在我们开荒营，那困难可就多了去了。用现在的话说就是硬件、软件一样都没有。①没有车辆维修场地——车库；②没有专业的修理人员，机务排除了几个修理工外大多都是新助手；③没有必要的维修设备。这一年，机车在如此恶劣的环境下作业，大部分时间都是在荒原的塔头和沼泽地中开荒作业，机车零部件损坏较严重，维修工作量很大。为保证明年全营生产和开荒任务的顺利进行，我们必须克服一切困难保质保量完成冬检工作。困难与挑战考验着我们这支年轻的机务队伍。

　　面对困难，营指挥部让机务参谋于成洲召集各车车长、修理工等机务有关同志开会研究解决办法。当前正值全国"工业学大庆，农业学大寨"的学习高潮，我们要向大庆油田王进喜同志学习！有条件要上，没条件创造条件也要上，坚决完成开荒营的第一次冬检任务。这时有车长插话说："从建点到现在咱们有什么条件？不都是咱们自己创造条件干出来的吗，你就说说下一步怎么干。"

一、自建大车库

　　第一步先建一个地下车库，说白了就是大地窖子，以机务排为主自己建。车库地点选在42连驻地一侧的岗地，距离机务宿舍有四五百米。由东方红60推土机推出了一个长10米，宽5米，深4米的地槽。上面先铺上30厘米粗细的整根的原木，在原木上铺一层炕席，再铺盖上豆秸，然后再压上厚厚的一层土，又在中间位置做了一个二米见方玻璃天窗供采光。那时候根本没有电，地槽东端为车库正门安装了两扇大门，大门上半部分镶嵌玻璃窗便于采光，下半部分为木板，库内中间垒一座炉子供取暖，炉子两侧停放检修车辆，每侧两台车，可同时检修四辆车。地槽西端南面一侧安装能通过一辆车宽度的安全门，大门平时是不开的，目的是一旦有意外发生，东、西两端车辆人员均可出入。那个时候没有防火设施与工具，当时全营都没有一个手提式灭火器，就是因为防火设施与工具的缺失，往往火灾刚一发生就不能有效控制住火势而造成巨大的损失。这样的例子在那个时期很多，所以我们全靠大家工作中自觉地树立安全防火意识。

　　在全机务排的努力下，27团独一无二的大车库（特大地窖子）在开荒营竣工了。有了车库，第一批检修车辆就正式进库了。这四辆车是我们11号车、37号车、60型推土机，还有一台车号记不清了。在车入库的第一天下午，张营长率营部有关人员前来祝贺，也算剪彩吧。营长对我们机务排的前期工作提出表扬，又对我们这些年轻同志讲：你们是开荒营第一批机务人员，一定要认真向老师傅学习，以后你们这些人就是我们开荒营机务战线上的中坚力量。随后对车长和老师傅说：你们要做好传、帮、带，工作中严格要求。别看现在条件差、生活苦，这些困难都是暂时的，我们一定会越来越好。最后又强调一定要注意安全。

二、苦学修理知识

领导走后，我们的冬检工作也就正式开始了。冬检工作对我们这些助手学员来说是学习机械常识和工作原理的最好机会，通过亲自动手拆卸机车各个部位，使我们由感性认识提升到理性认识，更直观详细地了解机车的工作原理与性能。各车车长、驾驶员教的耐心、讲得详细，我们这些助手如饥似渴认真学习。在冬检的那个阶段，机务排宿舍形成了一个学习技术的大课堂。晚间吃过晚饭时和在宿舍谈论时，都是与白天拆卸机车各部位有关的话题，有时还因为一个问题争论得面红耳赤。

在车库里工作时困难还是很多的，首先车库里温度太低，车库规定人走火灭，晚间下班前一定要把炉火熄灭，第二天上班再点燃炉子。经过一夜，库里与外面的温度几乎一样，温度很长时间升不起来，刚有点热度却让两边的土墙和车辆金属吸走了。我们戴着棉手套拆卸零部件不方便，握不住工具，如果不带棉手套，工具和零部件冰凉，干一会儿手就冻得不行了，只好到炉旁取暖，把工具一块烤，手热了工具也热了，这样能多干一会。如此艰苦的工作环境没有一个人说苦喊累，工作情绪非常乐观。

冬检工作中最不好干的就是清洗零部件。机车拆卸下来的零件上的油污要用柴油清洗，因车库温度低，零件放到油盆里马上挂上厚厚的一层蜡，零部件是凉的，清洗零件的油是凉的，手一接触到油一股刺骨的寒气传遍全身，根本无法清洗。我们就想办法把零部件先放到炉旁烘烤，在炉子上放一个装半盆水的大水盆，然后把油盆坐到水里用水的温度给油加温，再把炉旁烘烤的零部放到油里清洗。但这种办法费时又费力，而且效果很不理想。有时候只好用爬犁把零件拉回宿舍，清洗安装完毕后再用爬犁拉回来进行组装。比如，各车研磨气门这道工序，就全部是在宿舍完成的。有些应该由专业修理人员来维修的部位，因为没有专业人员修，只能是各车人员自己修。遇到困难和问题时，几个车长和驾驶员就凑到一起群策群力共同想办法解决。冬检工作中我们从不分你们车组我们车组，大家非常团结、共同协作、顾全大局，力争打好冬检这一仗。

三、临险处置、化解危机

在各车维修减速器和变速箱时遇到了麻烦事。六七十年代搞过机务工作的人都知道，那个时期的齿轮油到了冬天，温度低了就会变得又黏又硬，粘在零件上很难清洗，而减速器和变速箱里全是用齿轮油来润滑，齿轮拆卸下来后清洗起来异常困难。这时有个老同志想起他们从前用过的给油加温的办法：先把稍大一点的废铁块扔进炉膛里烧红，然后在油盆里放半盆柴油，油盆里的油量一定能足够淹没烧红的废铁块，废铁烧红后用炉勾勾出来，把油盆端到车库外面，将烧红的铁块迅速扔进油盆，使柴油温度快速升高，用这个方法清洗各种油污、油渍的零部件就非常容易了，我们的工作进度加快了很多，清洗零件时也不冻手了。可是这种给油加温的办法极其危险，稍有操作不当就会点燃油盆里的柴油。这种做法只能在特殊环境下使用，在修理厂是绝对不允许的。因为工作质量和速度得到了很大的提高，虽然大家心里也都知道不对，但是谁也没反对。在很长一段时间我们都采取这个办法清洗零件。经过几十天紧张的工作，各车的维修大部分都完成了，开始进行组装调试的阶段。就在第一批车进行到检修收尾时发生了一次意外的危险。

那天我们车正在安装配气机构，车长侯元淮正给我们几个助手讲解发动机各缸的工作状态。突然"嘭"的一声响，火苗蹿起直奔房顶，事发突然我们几个当时都愣住了！正在这千钧一发的时刻，离火盆最近的 60 型推土机驾驶员武长海师傅迅速脱下棉袄连人带棉衣扑向火盆压盖在起火的油盆上，我们车长侯元淮也迅速从车上跳下来，边跑边脱棉袄，车长用棉袄抽打油盆外面的火，事情从发生到结束也就是一分钟的时间。火扑灭了武长海才从油盆上站起身来，转身对旁边脸都吓白了的那个青年大喊道："你想干什么！"车库里充满了呛人的浓烟。火被扑灭后，我们问起事故发生的原因时才知道原由：原来 37 号车助手上海青年正在清洗零件，他勾着一块烧红的废铁去给柴油盆加温，他一疏忽误把 60 型推土机的油盆看成他们车的油盆（各车有各车的油盆），而推土机油盆里正巧装的是洗零件的废汽油，汽油燃点低见火就着。他误放在汽油盆里那就跟放火一样，差点烧了车库。

刚才发生的事把肇事的小青年都吓傻了，他的头发也被燎着了还站在那发愣呢。这时车长徐森古把各车的车长和驾驶员以及老师傅们叫到一旁商议了一下，随后招集大家开了个小会。首先车长徐森古对肇事的小青年进行了严厉的批评，对武长海师傅面对险情不慌乱，勇敢果断，冒着危险处理险情的精神表示感谢，保住了国家财产。他强调通过这次事故敲响了安全生产的警钟，以后再给油加温，必须把油盆端到库外操作。

会后大家都说今天武师傅立了头功，武师傅笑着说："换了你们谁都会这样做的"。武师傅这种谦虚淳朴和大无畏精神深深地感动了我。回头一想，这火要是真着起来后果可就严重了，虽说车库两端都有门人能跑出去，可四台车的链轨都没上，要是把车和车库烧了那损失就无法估量了。我们在场的每一个人都有责任，尤其是几位车长和修理师傅都不敢往下想，只能是暗自庆幸没有造成严重后果。经过大家几十天的努力，克服了各种困难，我们第一批冬检机车保质保量地完成了检修任务，还为第二批冬检车辆积累了宝贵经验，当然也有深刻的教训。

经过这次冬检，我们这些新学员不但在技术有了很大的提高，同时也看到了老师傅们身上的优良品德。一想起武师傅奋不顾身扑向燃烧的火盆时的情景，我至今都敬佩他的勇敢精神，让我的思想得到了升华和启迪。一个人在艰苦的环境下生活工作，尤其是在如此简陋困难的条件下，对每一个参与者来说都是一种巨大的考验。弱者会被艰难困苦的环境吓倒，会感到前途渺茫，从而一蹶不振消极下去，最后被生活淘汰；而对于强者，艰苦的工作生活环境能锻炼他们的身体和意志，在思想和精神上得到升华。在别人眼里看似不可能完成的工作，我们完成了而且完成得很好，并取得了巨大的收获。

白桦　哈尔滨知青，1969 年 8 月下乡到黑龙江兵团 27 团工程 1 连，1971 年 2 月调到开荒营 42 连、营部机务排、48 连、41 连工作，1981 年返城。

白桦与崔世明

邓国才与崔世明

四营面粉厂：建设边疆的队伍中有我们

汪成福

一、初到开荒营

我们是 1976 年最后一批到兵团的佳木斯知青，当时叫黑龙江省生产建设兵团 6 师 27 团 4 营，这一批一共来了 100 多名刚从学校毕业的学生。怀着一颗保卫边疆建设边疆的决心离开了家乡。1976 年 7 月 24 日早晨，在亲友们和同学们的欢送中，坐上了我父亲单位派来的敞篷汽车，把我们送到了当时的四营营部。那时道路非常不好走，汽车早上出发，一路经过富锦、同江和一座叫 25 米桥的边防检查站，到了这里。当时正是七月份的麦收时节，一路上，都是望不到边的麦田和机器。后来知道那些机械叫联合收割机，也叫康拜因。辽阔的金黄色的麦田在微风的吹拂下，麦浪起伏，真是好看极了，祖国的边疆真是美丽又广阔。傍晚时分，汽车终于到达了四营营部。我们同来的 8 名男生和 12 名女生被分配到了刚刚组建成的四营面粉厂。连长叫边清悦，副连长叫贺书官，其他的战友相继被分配到 46、47、48 连等连队，当晚我们住在了一个好像是修理厂的厂房改建的宿舍，间隔墙还没有干，有两米高左右，每个屋说话都能听见。男生住在走廊一进门第二间，女生人多，住在最里面的一个大房间。由于大家在车上颠簸了一天，加上路上又被雨淋了，又饿又疲劳，晚饭在五一食堂集体吃的。饭后连长说大家洗洗好好休息吧，明天再分配具体的工作。我静下心来，想到离开家乡，来到这样一个遥远陌生的地方，心里很不是滋味儿：这里就是今后生活和工作扎根一辈子的地方？不管今后如何，但愿今晚能睡一个安稳的好觉。明天这里将是我人生中一个新的开始。

二、请命——回家乡求援物资

1976年7月四营面粉厂刚刚建厂不久，主要是为四营的机关家属和各连队的人员提供口粮供应，后来相继有了小型的豆油厂和酱油厂。由于当时是计划经济时期，有一部分设备还没有到位。只有磨粉机可以工作，其他的如提升斗传送部分还没有装上，我们新来的20名知青就分到了这里。

8名男生负责给运来的小麦卸车，没车时就帮着贺副连长安装设备和干些杂活。大约10月的一天，边连长说："咱们急需一些设备上的电机、轴承和做提升斗用的铁皮，你们看看谁能回佳木斯求援你们父母的单位，支援我们一些物资呀？"当时我就说"行，我回去试试。"说实在的那时就是想在新岗位上好好地表现自己，心想：我父亲在供应部门兴许能帮上忙。另一个也能借机回家看看，从小到大我没离开家这么远，这么久呢。在营里的安排下，我坐上一辆叫布拉格（罗马尼亚产）的大卡车回到了佳木斯，几天后在父亲单位的帮助下采购了一车的电机、轴承、白铁皮等急用的物资，送到了当时的建三江办事处王佩主任那里，并给连长打了电话，报告了情况。我记得很清楚，边连长听说需要的东西都有了，而且第二天就可以运回来很是高兴，说："好样的！小汪，没让我失望，谢谢你父亲和他们单位的支援，我奖励你十天的假期好好陪一下父母，回来后再努力工作。"把我高兴得连声说："是，谢谢连长，我一定努力工作！"一点点微不足道的付出得到连长的奖励，真是高兴万分。这就我为面粉厂建设做的一次小贡献，也是知青时期让我感到骄傲的一件小事。

三、第一次收小麦

7月末，正是北大荒麦收的季节，大约是到面粉厂的第四天，营直机关的各单位同志高举红旗唱着战歌到营部附近的连队，记得是去41连支援他们收小麦。近处看到这么大片的一眼望不到边的麦田和一台台轰鸣着的大型联合收割机，那画面真是太美丽壮观了！只有北大荒才能有这么壮观的美丽景色。我们手工割麦子，主要是收割机收不到的地角和凹地，第一次割麦子就在老知青的指导下，学着割了起来，老知青手握镰刀，半弯着腰一会就割了很远。我们手忙脚乱地累了一上午也没割多少，而且有割破手的、扎坏手的、磨出大水泡的，个个都是满身的泥土狼狈极了。更丢人的是中午时食堂用拖拉机送来了午饭肉包子，高声叫着"休息了！开饭了！"我们可劲吃了大包子，后来才知每到麦收的时候都是这样，支援麦收的知青都是有补助费的，吃饭不用花钱。干了一上午又饿又累，我们都吃了好几个大包子，就躺在麦堆上休息了。下午又干活时可笑的事来了，谁都弯不下腰，把老知青笑得不行，说："割麦子要弯腰不能吃得过饱，要留一两个包子干一阵活再吃就没事了，"一句话羞得我们都不好意思了。连长看到笑了笑说："行了，你们几个男生下午回去休息吧，准备一下，明天林业股的马参谋领你们去勤得利上山去采松塔，得几天才能回来。"第一次北大荒的麦收就这样半天结束了。看来今后要学习的还真不少呢，不光是干活要学还包括吃饭也得学呀。

四、是谁杀死了大哥家的鸡

1977 年的初冬，唐忠明大哥和大嫂徐红云回北京探亲，临走时把我们几个要好的小知青叫到家里吃了次饭，并托付我们帮他看家。那时营里的社会治安是很好的，没有什么偷鸡摸狗的事，替他看家主要是家里有十几只鸡需要喂食喂水，隔两天烧一下火炕去潮防霉就行。大哥走了我就每天早晚去喂一次鸡，刚开始几天都很正常，可是过了几天却出现了一件很奇怪的事：一只鸡浑身是血地死在了鸡窝里，好像是被谁杀死了放进去的，当时也没多想，以为是鸡打架咬死的，于是就把鸡给炖了，给战友们美美地吃了一顿。过了两天又一只鸡满身鲜血被杀死了，就这样吃了两只鸡，那真是解馋了。可是没几天接连又死了两只，可把我们吓蒙圈了，门窗什么都好好的，也没有进来什么人的迹象，难到见鬼了，鸡也不好意思再吃了都冻上了，每天喂鸡都胆战心惊的，半个多月好几只鸡没了。为了找出真相，我约了王和就在大哥家住了一夜，半夜时分鸡窝像炸营了，没好声地惊叫连连，我们开灯跑到鸡架前一看，一只像大老鼠样子的动物两只眼睛贼亮，一下就没了踪影。过了一会鸡也安静了，第二天老知青说，那是黄鼠狼来偷鸡喝血来了！如果门没坏，鸡架周围一定有洞。我们一检查果然在鸡架位子下方的外墙有个比拳头还大的洞口，原来"杀鸡犯"是从这里进来的，把鸡咬死在栏杆上，洞在下面又拖不走，就留下了浑身是血的鸡。洞口堵上了，就再也没出现鸡死的事了，没想到给大哥看了两个月的家还出了这么个事。虽然吃了两只鸡，但也算破了一件"命案"，不然哥回来也没法交代呀！

五、买曲子

四营的酱油厂只有两个人，一个是当地职工马江，另一个上海知青李接德。后来又相继换了几批人。说是厂子其实只有两间房，一间发酵一间做酱油，那时都是散装的，成斤买，供应营部家属和下边的连队，做酱油的曲子我们是不能生产的，有时曲子供不上就得停产。1977 年 9 月连长找到我说："小汪啊，上次你回佳木斯市为面粉厂采购回来那么多物资，有门路呀，还能不能回去一次，买些做酱油用的曲子来？"我说"连长，曲子父亲单位可没有，他们只生产电机。不过佳木斯有个酱菜厂，也做酱油，应该有这东西。"连长说去试试吧。于是我一个人回到佳木斯市，来到酱菜厂的供应股，一问人家，说这是我们的生产原料从来没卖过呀。我只好求他们说，"我是兵团的建三江靠边境的地方，坐了一天的车才到的，我也是咱佳木斯的知青，多少帮我一些。"这时一位可能是股长的领导，听说我是兵团的知青，就对一位女同志说："知青回来一次不容易，有事找到家乡了，给他些吧，别说还是花钱买，就是没钱该帮也得帮呀！"我感激地连声说谢谢，请他们有机会去我们兵团做客。到库房后他们把三袋曲子帮我抬上车一直送到大门口，还说以后有啥事，需要用到家乡的物资尽管回来，绝对没问题！这样又一个任务完成了！这么多年回想起这一件件小事，真的很感谢家乡人民对知青的帮助和关怀，也感谢在兵团的这几年的知青生活和工作，为我的人生经历留下了一个又一个美好的回忆。

六、烤馒头片

1977 年冬天，可能是因为团里的面粉厂需要停产检修或是有其他的什么原因，团里要求我们四营的面粉厂多生产一些面。另外到了冬天，回家探亲的知青也会多些，在北大荒的知青都会给家人带上点面粉，大豆什么的，所以我们要比平时忙很多。

有一天，下边的连队来领豆油，因天太冷油冻住倒不出来，就把油桶放在了车间炉子附近进行暖化。一连几天的倒夜班大家都很劳累，当天夜班的战友们到了半夜又冷又饿，就把馒头切成片用铁丝钩沾上豆油在火炉上烤了分着吃，非常香，好吃的不得了。第二天夜班是王和他们班组，半夜也把馒头片沾上油烤上，大家都围在火炉旁边有说有笑，不知不觉中就都吃光了。这时不知是谁说了一句："这馒头片好像有点怪味？"这一说大家也觉得不对劲，班长又到油桶前细看了看说："这哪里是豆油呀，这不是机油么！"原来白天连队把豆油取走了，正好白班的战友们保养设备用完机油后，桶就放在那里了，我们就用机油烤了一次馒头片，知道真相后大伙这顿笑呀，没办法了，都已经吃进肚了，好在没吃出什么事来，真是万幸。这件事在知青中被当作笑话传了很久的。现在战友们聚会时一说起此事还要笑上一阵子，也是面粉厂的知青们在工作之中一件美好的回忆。

七、我在四营榨油厂的时光

1977 年的榨油厂是非常简陋的。就是在一间非常普通的土房里安了两台像铰肉馅式的机器，我就叫它蛟龙式榨油机，机器有一米多长，固定在铁架子上，下边有电机和三角带，带动蛟龙，把黄豆从上面倒进去就行。机器的外壳是铸铁的，内腔像木桶式地镶嵌了一圈手指粗的四方钢条。蛟龙把豆子挤碎，油顺着钢条的缝流下来，豆皮儿被挤到前边出来，油就这样被榨出来了。豆皮儿刚挤出来的时候是很热的也有几分熟，有股香味儿，非常好吃。1977 年的夏天，我在那里工作了大半年，记得当时只有 5 个人，我是负责人，每天领着四名职工的家属。我当时只有 18 岁，她们大约不超过 40 岁。只记得一个是修理所朱益敏的爱人，我叫他朱婶，另一个是孙电工的爱人，我叫他孙婶。另外两个稍微年轻点的记不清叫什么了。房间内除了两台榨油机，有几口大缸和一排油桶，靠墙边儿堆满了成袋的黄豆和炸完豆油的豆皮子。我们每天工作七八个小时。屋子很小，又怕老鼠进来，平时也不怎么开门。夏天豆子和机器摩擦产生大量的热气和湿气，所以又潮又热，在车间里待时间长了很不舒服。每天早晨上班后，我先检查机器是否正常，他们就开始把豆子倒进机器里，我把头一天榨出来的经过一夜自然沉淀的油（上面清亮的好的成品豆油）装进油桶，过秤、记账，把成桶的豆油存到面粉厂的仓库里。每天工作结束后，把榨出来的豆皮子装好袋，码放在一边，留着分给职工家属喂猪做饲料用。就这样一天忙忙碌碌的，满身的油迹，但是觉得很有意思，很充实！

我同朱婶她们相处得非常好，她们把我当家里的孩子一样对待。不管是谁家做点儿好吃的，都会叫上我或带给我些。我的爸爸妈妈给我捎来什么好吃的东西，我也会带一些分享给他们。一天机器里掉进了一个铁钉子把机器卡住了，因为机器已经运转了两个多小时，非常的热，间隙很小螺丝很紧很紧，我费了好大的力气才把它拆开。用锉刀把钢条上旋转时被铁钉挤压突出的部分锉平后，在安装钢条的过程中，要用锤子一下一下把钢条打进去。不小心敲掉了一小块，铁渣直接打进了我的手指中，顿时鲜血直流，手上机器上都是血，把我吓坏了，朱婶立即拿出手绢给我系上止血，带我到卫生所进行了消毒包扎。直到现在那块米粒大的铁屑还留在我的手指中，有时摸着手指就会想到那时的一件件往事，就当是北大荒给我留下的纪念吧！

从小父母就教育我要诚实本分，所以在这半年的工作中，我干得也非常认真负责，从来没有丢失和浪费。但是到年底要回家探亲，交账时可是把我吓坏了，我好几天也没有敢到连长处交账，因为进料和出料相差了几百斤。最后实在没办法了，只好如实地跟连长说账目和库存对不上。连长说先看看再说吧！第二天连长说，你真是个诚实的小子！不用担心，这个进料和出库的量有差别都是正常的。大半年用了这么多吨豆子，出了这么多的豆油和豆皮儿。每天都要有跑、冒、漏，老鼠吃，豆子加热时产生的热，都会产生一定的损耗。你是管理中损耗最少的。至今我还记着连长说的话："行！我没看错人，回家吧！探亲回来接着管账。"这才让我放下心来，安心回家探亲了。

返城以后，1981年的8月，我去农场办事儿，在四营停留了两个小时，很遗憾没有见到我的连长，只见到了朱叔和朱婶。两年没见了，但还是那么的亲切，我拉着朱婶的手说："非常想你们，没想到我们还能见面，您的身体可好？"朱婶说："我们也想你们呐，知青都走了，就像自己的孩子不在身边，显得空荡荡的。"听到朱婶儿的话，我的眼睛是湿润的——这是北大荒人的真情所在。中午在她家吃过午饭后，我就挥手道别离开了四营，坐车返回了佳木斯。

后来，听说他们一家迁到了河南，就再也没见到她们了，也不知她们的音讯，现在过得怎样？但愿他们幸福安康！也祝愿在北大荒共同战斗过的战友们，幸福安康！

八、难忘的知青情

我是1976年7月份最后一批到兵团的知青，也是城市知青到兵团的最后一批。我在27团四营的面粉厂，住的是一个维修车间改建的宿舍，中间是走廊，一边是房间，一边是粮店，第一个房间住的是小车班的人，第二个就是我们佳木斯的男青年，里面有一大一小两铺火炕，大炕第一个是王和，接下来是万明、我、李恩德、随会来、腾吉东、石国华、陶国田，另一个炕上是北京知青刘存礼，另一个姓郝，叫什么想不起来了，还有哈尔滨知青王保生，最后一个是天津知青赵玉琢，里面的两间都是女生的宿舍了。刚刚来到兵团只有十八九岁，什么都不太懂，工作、生活、为人处世都需要学习。好在老知青们把我们当弟弟、妹妹一样对待，什么事都会帮你教你，包括洗衣服、洗被子、缝被子都是在兵团时学会的。还告诉我们冬天的手套、鞋子一定要大一点不能过紧否则会冻坏手和脚，夏天怎样放蚊帐才不会进蚊子。

当时也没有什么娱乐活动，每月能看上一场露天电影就很高兴了。谁要是有一台半导体收音机可是好东西，没事大伙会围在一起收听，到了晚上有的看看书，写写信，玩玩扑克，也会听老知青们讲讲他们刚来时的创业是多么的艰苦和想家的无耐心情。

经常来我们宿舍玩的有三个北京知青。一个是小车班的唐忠明，留有小胡子都叫他唐胡子，另一个是刘存礼大哥，还有一个老高三的陈加奇大哥，都是老三届，很有文化和修养，讲起事来我们也很爱听。

有两件事我还记得。一件是刘存礼大哥讲的。说刚建场时野鸡狍子很多，一次营长从团里开会回来刮大烟炮，车开到果园时看到路边好像有只小牛犊子一半被雪埋着，过去一看是一只快要冻僵了的狍子，赶紧抓了回来。另一件是唐忠明大哥讲的，说有一次春耕时食堂给夜班的拖拉机手去送饭，快到地里时怎么也走不到拖拉机处，直到天放亮时才发现还在原地转呢，据说是走"麻达"了（东北老话叫鬼打墙），也不知是真是假。陈加奇大哥文化程度高，有才，总爱讲些各朝代的历史和老北京故事，也讲一些北京、上海大城市的一些新鲜事，知青的将来和粉碎"四人帮"的一些传闻，讲得津津有味，听得目瞪口呆。

每年回家探亲时要是赶上和老知青一起走，我们就会留他们在佳木斯住上一天，帮他们买好车票，再吃顿我父母亲手包的饺子再送上火车，回来时一定会收到大哥哥们带来的一大包大白兔奶糖。我们宿舍的知青们是非常团结和睦的，真是很开心快乐。

1979年知青相继都返回了原来的城市，各自都忙自己的事业去了，只有年节的时候还能收到大哥哥们的问候信，我们收到信非常高兴也及时回信给大哥哥们，平时与这些老知青联系的就少了。

1981年春节过后，我同工作单位的同志原46连的王秀峰出差到北京。按照通信的地址找到了已在北京某皮革厂工作的刘存礼大哥，几年不见还是那么亲切，留我们在他家吃的西红柿打卤面，第二天还请了一天假，陪着我们到天安门、故宫玩了一天。我去时给刘哥带了十斤大豆油，当听说我们还要去上海时，说什么也不留，非让带给唐忠明大哥，说上海吃菜籽油，豆油都给他们吧，他们一定很高兴的，真是知青的情谊没的说呀。后来只好把豆油分给他俩一人一半，真后悔没多带些。

到了上海见到唐忠明大哥和嫂子徐红云也是亲切无比，说做梦也没想到我们会来看他，知道我们要在上海待上一周立即把家里的钥匙交到我手上说："我和你嫂子都上班，你们就住在附近吧，白天你们去办事，晚上大家谁先回来谁做饭。"我说"不行的，好几年没见了，怎么能这样。"他们说："有什么不行的，相信你了，就当还是在兵团给我们看家吧。"我说："那也没有小鸡可喂呀。"都大笑起来。一周里我们一起做饭，喝酒，聊着在农场的一件件往事，聊着现在各自的工作家庭等，好像又回到了从前在一起的时候，眼中含着幸福的泪花，说不完，笑不停。唐哥是北京的，嫂子是上海的，返城后因为嫂子的户口进不了北京，只好唐哥来上海，在上海的一个羊毛衫厂工作，上下班路程很远要过江坐轮渡，嫂子在闸北区一个街道办工作，生活的还可以。就这样，我们在北京、上海的老大哥家里又重新找到了过去的知青友情和温暖。这种友情只有我们知青才有，这种温暖只有我们知青才能体会到，知青的战友情比什么都珍贵！

时隔四十多年想起北大荒的往事和北京上海知青，好像就是昨天的事情一样，就在眼前很难忘掉。可是后来由于城市的扩建变迁，唐哥家的闸北区太阳山路35号好像拆迁了，火车站那里每次寄信过去都是地址不详退回来，问了一些老知青也没有消息，也不知他们现在生活得怎么样，我真心祝愿他们身体健康，生活幸福，美满快乐！希望有机会能在上海或北大荒再见到他们，也祝福开荒营的老知青们幸福快乐，欢迎有时间来东北做客。

汪成福　佳木斯知青，1958年生，1976年7月从佳木斯市电机厂子弟中学下乡到原兵团6师27团四营面粉厂、榨油厂工作，1979年9月返城，在佳木斯第四电机厂担任试验员、科长、主任等职务。党员。

带着理想和梦想飞向北大荒

叶桂芝

当年，我是一名有理想有梦想的小青年，我多么希望能够实现我的理想和梦想——做一名广播员，能够飞向美好的人生和美好的未来。

1976年7月24日，刚刚出校门的我，去了黑龙江省生产建设兵团27团4营的营部。

24日的那天早晨五点多钟，我和佳木斯市电机厂的子弟们，在电机厂俱乐部门前集合，我兴高采烈地穿着一套褪了色的黄色军装，裤子的屁股上还缝着补丁，斜挎着已经发白了的黄色书包。这时候，我还是非常开心地在俱乐部门前等待着将要送我们去建三江的车队。我记得那天早晨，阳光格外的明媚。那一天，是爸爸妈妈和弟弟妹妹来欢送我的。

那一天，梳着两条大长辫子的我，心里美滋滋的，是那么的骄傲，那么的自豪。

因为，我就要去遥远的北大荒！我就要去实现我的理想和梦想啦！

我是多么向往去了北大荒能成为一名播音员啊！我带着我的理想和梦想，坐上了电机厂的敞篷大解放车。车上没有座位，我们都带着小圆板凳当座位。

大解放车慢慢地开动了，亲朋好友们都恋恋不舍地望着车上的我们流出了伤心的泪水，有的同学哭的像泪人似的，我看着大家哭得那么伤心，我也哭了起来，我的眼泪止不住地往下流，我一边擦着眼泪一边想着：为了我的理想和梦想，不能辜负老师对我的希望。因为我在学校的时候，是文艺宣传队的朗诵和报幕员，老师说我去了建三江就能当上播音员，还说我的声音好听，普通话说得好，人也有气质，所以我就坚定不移选择了去建三江，做了人生走向社会的第一个决定。

可是，为了我去建三江的决定，我与老爸老妈产生了矛盾，老妈支持我的选择，她说建三江吃得好，还能开工资。可是老爸反对我的选择，他说我去了建三江永远不能返城了。为了这件事，我爸妈总打仗啊！后来我就把户口本偷了出来去报了名，决定去建三江了。可是，我的脑子里整天想着去了建三江就能当上播音员，我带着这份理想和梦想开始向北大荒进军了！我坐在车里幻想着那广阔的建三江啊！什么梯田满山坡，果树排成行啊！我就认为建三江是那么的美好！

没想到，这一路的颠簸，我就开始晕了车，难受得我一个劲地呕吐，后来司机卢师傅还挺可怜我的，他让我坐在副驾驶位置上，我强撑着坚持到营部。

我到了营部一看啊！那金色的麦浪就像绿色的海洋那么美！可就是没有看见梯田满山坡，果树排成行。

我们下了车后，绵绵的细雨还继续下着，地面上非常的"埋汰"（东北话脏的意思），全都是泥和雨水！到了晚上七点多了，大家在营部的食堂里吃过晚饭后，领导们为新来的小知青们分配连队。领导说："我喊到谁的名字，谁就留下来。"我们这二十位小青年就在营部留下来，留下来的男生有：汪成福、万明、陶国田、史国华、王和、隋会来、腾吉东、李恩德。女生有：陈维英、白春英、杨枫、朱志英、龚雪燕、孙玉坤、刘淑琴、焦丽华、于忠、刘大华、梁桂华加上我，都留在营部了。

然后，领导将我们带到宿舍，当我看到那样的宿舍时，我都傻眼了。因为这宿舍原来就是一间非常简陋的机修厂房，房子里打成了隔断，上面也没有封顶，我们在屋里说话的声音，别的屋里都能听得见。我们住在特别简陋的宿舍里，十二位女生住进了比较大的房间里，大火炕上住了十个人，小火炕上住了两个人。

因为我们走了一天的路程，特别的累，我躺在热炕上很快就睡着了，我睡到半夜醒来时，发现刘大华还没有睡觉，我再仔细看了看，刘大华哭了。我问她："你为什么哭呀？是不是想家了？"刘大华说："我不是想家了，我想，我是干部家庭的子女，我爸爸是保卫科的科长，我不能这么自私地留在机关。"我听到她这么说才知道我们留在机关了！我问她怎么办，她说去找领导要求去连队。后来刘大华和陆桂英调换了，刘大华去了48连，陆桂英来到我们营部。

从此，北大荒的艰苦奋斗的生活就开始了。可是，我的理想和梦想好像荒凉的大沙漠，冷冷清清地失去了活力。由于营部有播音员了，所以我的理想和梦想暂时就告一段落。

第二天，就是7月25日，是我们上班的第一天，我们看到面粉厂还在安装中，我们的面粉厂是三个房子连着的：第一个房子是仓库，也就是成品库；第二个厂房是生产车间，那里有两台扒皮机，四台磨面机；第三个厂房就是原粮库，运来的粮食都在第三个厂房里。面粉厂还没有正式生产，大家每天跟着贺树官连长和边清悦连长一起学习，他们每天都给我们上课。边连长是我们的主要领导，贺连长主要负责抓生产，还有一位黄德贵指导员。

大概过了三个月后，我们就开始正式生产加工面粉了，每天都迎接着大量的麦子运到面粉厂进行加工。面粉厂里有装卸班，还有我们那个班实行三班倒，我们这二十个小知青分成三个班，一班是白班，二班三班来回倒班，倒班的滋味非常遭罪。

我们都争强好胜，不甘示弱，没有谁叫苦叫累。因为那时候的我，想要求入党，要求进步，争当积极分子，非常有上进心，积极乐观向上，我觉得这里能锻炼人生，可我的心里只想着理想和梦想，所以我一定要在这里好好地干一番事业来。那时候我的理想和梦想就像翩翩起舞的彩蝶，我多么想自己能插上翅膀，飞向理想和梦想，不管前方有多么泥泞，多么艰辛，我都会向前冲锋陷阵！

叶桂芝　佳木斯知青；1957年生，1976年6月由佳木斯市电机子弟中学下乡到6师27团4营面粉厂工作，1977年11月调到营部食堂，1979年调到粮店，1979年9月返佳木斯市，在市第四电机厂任广播员、政工干事、工会主席，2006年佳木斯市婚庆行业协会理事，主持人。

北大荒我的记忆

万 明

一、报名去兵团

1976 年 7 月 24 日是我们一生最难忘的日子，当时我们高中刚毕业，响应毛主席的伟大号召"知识青年到农村去、接受贫下中农再教育"。到农村去、到边疆去、到祖国最需要的地方去！当年我们正是青春年少满腔热血，大家都踊跃报名去建设兵团 6 师 27 团 4 营，后来才知道叫"开荒营"。到了兵团，我们被分配到 4 营副业连面粉厂，女生是：陆桂英、叶桂芝、白春英、杨枫、朱志英、龚雪艳、孙玉坤、刘淑琴、焦丽华、梁桂华、于忠、陈维英等；男生是：汪成福、万明、王和、史国华、隋会来、滕吉东、陶国田、李恩德等共二十人，再加上 46、47、48 连、一营二连，总共一百多人都是佳木斯市电机厂职工子女。

那天早上五点多钟，我们在佳木斯电机厂俱乐部集合，大约六点钟左右坐上佳木斯市电机厂派的汽车出发了，以连为单位，一个连一台车。我们二十人一台车，大家坐在一台车上去这么远的地方还是头一回，都很高兴，坐在车上看风景一路欢声笑语，经过一天长途跋涉，晚上七点多钟，在小雨的陪伴下，终于到了目的地 27 团 4 营，各级领导热情欢迎我们的到来。当我们走进宿舍看到眼前的一切，心里凉了半截，我们的宿舍是机务修理间改造的，间壁墙上面和天棚还有一段距离，到处透风，这根本就不是我们想象的宿舍。冬天冷的时候有人睡觉戴棉帽子，可见条件的艰苦，夏天的蚊虫到处都是，吃饭都得在蚊帐里面吃，否则咬得受不了。当我们走进宿舍第一眼就看见有一个"老头"在给我们烧炕，后来才知道是我们的连长边清悦，他是一个非常普通的人，一点也不像一个连长。放下行李我们去招待所食堂吃饭，看到营部为我们准备了丰盛的晚餐，心里想天天都吃这么好吗？那时候想的太天真了！第二天早上营部的书记领着我们排着队到营部机关食堂吃饭，看到食堂的馒头堆得跟小山一样真是开了眼界，在家哪能顿顿吃馒头啊！

我们来到开荒营，也是我们走出校门，走向社会，走向工作岗位的开始。

新的生活就这样开始了，我们很快就进入了工作状态。男的组成一个装卸班，女的编入面粉车间三个班里。七月份正赶上麦收时节，我们装卸班的主要工作，就是从勤得利往回运装麦子的空麻袋，早上我们吃完了饭就在路边等从连队运麦子的汽车，我们坐上汽车赶往勤得利粮库，中午在勤得利招待所食堂吃饭，下午到勤得利粮库把麻袋装车运回来，交给营部粮食助理，这就是我们一天的工作。女同志在面粉车间磨面，男同志有时卸麦子，装装面和干一些零活。我们面粉厂是边建设边生产，规模小，生产量不是很大，一天能加工四五十袋小麦。由于生产量小，有时面粉供应不上，就得从团部面粉厂往回运面粉来保证开荒全营的面粉需求。我们离团部面粉厂有四十多里地，有时还得晚上运，一干就是一宿，工作完了已经天亮了，大家每次都累得筋疲力尽，但没有一点怨言，每次都能完成上级领导交给我们的工作任务。那时的人都很上进，从连长到下面的职工大家不分分内分外，各项任务都抢在前怕把自己落下。记得有一次我们面粉厂盖仓库，大家不分男女老少踊跃参战，由于没有经验，头一回干这样的活，在钉巴板时架子倒了，大家没有灰心从头再来，最终还是把仓库盖起来了。

我们营有一个老营长叫张英，是一个非常好的人。我记得有一次营部搞会战，干完活招待所食堂吃饭，当大家看见老职工都在喝酒，我看大家喝酒也想喝点，这也是我头一回喝酒，不一会看见老营长张英向我们走了过来，我心里没有底，心想营长还不得批评我们？营长走过来非常和气地问我们："是不是第一次喝酒啊？少喝一点啊，别喝多了，喝坏了身体！"至今我还记得这句话。

每逢佳节倍思亲。转眼到了中秋节，大家聚餐。男生隋会来因为想家，酒喝多了痛哭流涕。那时战友们都很想家，这哭声传到了女生宿舍，女生也跟着哭，后来孙玉坤哭抽搐了，大家都去帮忙，但不知道怎么办。后来有人提出掐人中，经过大家的帮助，总算给弄醒了。我们在北大荒的第一个中秋节就是这样过来的。

北大荒的冬天，冰天雪地特别冷，夏天的蚊虫也多得防不胜防！我们面粉厂前面是一片草地，夏天的夜晚蚊虫特别多，机器轰鸣的车间灯火通明，蚊虫也来凑热闹。为了防止蚊虫叮咬，只能用草点起一堆火用烟来驱赶蚊虫，就像开篝火晚会一样，大家在欢声笑语中度过每一天。

我们走上了工作岗位，人生在变化，国家也发生了巨大的变化。1976年周恩来、朱德、毛泽东先后逝世给我们国家带来了巨大的损失。特别是9月9日毛主席逝世，给全国人民带来了极大的悲痛。在我的记忆中大概是下午三点多钟，我们正在操场上玩，在广播里传来了毛主席逝世的消息，从宿舍到食堂，到处是大家悲痛的哭声，那种心情真是无法形容！中国发生了这么大的事情，我们地处边境线的27团战备也很紧张，我们男的晚上参加战备值班，主要任务是保卫油库的安全。10月份打倒"四人帮"，全国人民举国同庆"文化大革命"结束，这也是我们所经历和难忘的1976年。

1977年国家恢复高考，我们当时有很多人参加了高考。我记得考完试由于天气不好，从团部到营部不通车，我们只有步行回去。就这样我们从团部走回来，因为我们从来没有走过这么远的路，四十多里路走了半宿时间，回到宿舍已是半夜时分。我走着走着，竟然睡着了，还差一点掉到沟里。

大约在1978年，我当了粮食保管员，不在装卸班了。工作的变化让我很不适应，从来没有干过这一工作，没有经验只有在干中学习。我主要负责面粉、豆油、麦曲子、豆饼的保管工作，这样干了大概一年多。

时光流逝，一年又一年，转眼到了1979年大批青年返城，我为了准备返城就先辞去了保管员的工作，在面粉厂的车间干了一段时间，后来去了酱油厂工作，酱油厂的领导是曲连长。当时酱油厂都是老职工的家属，对我特别好。做酱油三、四天用一次水，我就负责从井里往上提水，她们挑水从来不用我挑，烧酱油也从来不用我，我没什么事就出去玩，转眼到了11月份，佳木斯电机厂招工，我就调回了佳木斯电机厂，一直工作到2017年11月1日退休。

北大荒的三年是我一生难忘的三年！北大荒锻炼了我们，同时我们也为北大荒的建设做出了一点贡献。我在北大荒学到了不少知识，老一代北大荒人艰苦创业、吃苦耐劳的北大荒精神，为我后来的工作打下了良好的基础。

二、我们回家过大年

我们在 27 团 4 营经过半年的生活，转眼就到了 1977 年春节。大家都盼着这一天早一点到来，第一次离开家这么长时间了，盼望着过春节的机会回家看一看，心情都非常迫切，等待回家过年。我们都是头一回出这么远的门，佳木斯电机厂领导考虑到职工子弟知青们回来的路线不是很熟，当时的客车也少，大家再带点东西很不方便，佳木斯电机厂就决定派车接我们回去过春节。听到这个消息大伙儿就别提多高兴了！都行动起来为回家过春节准备"年货"：有买面粉的，有买豆油的，有买瓜子的，也有买猪肉的。当时的物资不是很丰富，能买到这些东西就已经很不错了！大家在期盼、准备中，时间过得很快，转眼到了腊月二十八，佳木斯电机厂派车来了。先从 1 营 2 连开始接佳木斯电机厂职工子弟知青，到我们 4 营营部已是卜午十二点钟左右。因为我们事先已经做好了准备工作，当车到了大家就开始装车，装完车已经快到下午四点了。原来准备回去走团部，再经过同江、富锦往回返。当时我记得有一个老知青搭我们的车回家过春节，他说他知道路，走 4 营 48 连从大地过去，上"二抚公路"，就是富锦二龙山到抚远的公路，这样走比较近，能少走不少的路，就这样我们选了这条路。车队有四五辆车，我们坐的车是带篷的解放牌汽车，里面坐的人也比较多，一点也不觉得冷，有说有笑很热闹，有几个人在打扑克。我记得 48 连王振平也在玩扑克，他为了回家过春节，特地托上海战友买了一双新皮鞋，他打扑克时把皮鞋绳打结挂在了脖子上，由于汽车的颠簸鞋晃来晃去很碍事，有人就说你把皮鞋挂在车棚上吧，他就把皮鞋挂上去接着玩扑克。由于汽车在大地里行走颠簸得特别厉害，过一会不知道谁说了一声：王振平，你的皮鞋没了！也不知道什么时候车把鞋给颠掉了。他一看鞋没了，没等车停下来，穿着袜子就跳下车往回跑，这时有人急忙敲驾驶楼顶示意驾驶员停车。车上所有的人挤在车厢尾部看到王振平越跑越远，最后只能看到一个小黑点……驾驶员马上调头开车去迎他，过了好大一会才看到小黑点逐渐变大，看来他已经跑回去好远了，终于把花了一个月工资的新皮鞋找回来了，大伙都替他高兴。我们的车队继续赶路，经过了 6 师师部就是现在的建三江管理局，富锦的二龙山镇，到了当时的富锦县已是半夜。饭店已经停止营业，大家还没有吃晚饭，必须解决吃饭问题。我们对富锦的情况不熟，正在不知道怎么办的时候，遇到个好心人，听说我们是佳木斯的青年回家过春节，都没吃饭，他把我们带到了富锦食品厂，我们在那里敲开门说明情况买到了糕点，就这样晚饭算是解决了。

经过一宿的长途颠簸，伴随着欢乐、期盼、丢鞋的插曲和集体噤声闯关，我们在第二天早上五点多钟到了平生第一次久别的家！当天已经是腊月二十九小年夜，明天就是大年三十了。大家虽然都已经筋疲力尽，想到能够回家过年，个个满心喜悦。

还有一个小插曲，当时去接我们的车是从一营二连过来的，在经过团部时有一个青年下车去给别人买豆油了，跟司机说回来时到团部再接他，因为临时改变了行车的路线，没有从团部走，就把这个青年给落下了。等我们都到家了，这个青年从团部打电话说把他给落下了。因为我父亲是带队的，厂领导问什么情况，我父亲说他也不知道，没有人跟他说，所以不知道团部还落下一个人。后来没有别的办法，明天就是腊月三十了，厂里只好连夜派车去把这个青年接回佳木斯回家过年，这个青年回来已是大年夜了。

这就是在我印象中我们参加工作的第一个春节，心里留下的就是两个字：高兴！

万明　佳木斯知青，1976年7月由佳木斯电机厂子弟学校下乡到兵团6师27团4营副业连工作，1979年底返城，在佳木斯电机厂动力设备与信息化部，负责锅炉及辅机维修工作。退休。

酱油厂合影（左起：刘存礼、汪成福、万明）

那年的"三只袋子"

陆桂英

匆匆那年，再见之后，我们各奔东西，没空反复排练，是岁月宽容的恩赐，搁下难以兑现的诺言，成为永久的缅怀。

爱回忆的人总会比别人慢一拍，停留，回眸，慢慢滤过那些年的人和事，享受着岁月的美好，思考着曲折的启示。如果时间可以倒流，你会定格在哪儿呢？

2017年4月，上海会议把我的思绪拉回到41年前。在那片一望无垠的雪野上，金色麦浪前，用黄泥拉合辫儿建造的那间营部土房里，追忆着土房内外的佳话、趣事，回想起曾经引领创业的精英们。眼前浮现出开荒营老领导和各连队选拔来的老知青身影。记得他们不仅能吃苦还很有学问，多才多艺，金点子可多着呢，耳闻目染他们个个出手不凡，都是开荒营的佼佼者，我从心底里敬

佩他们。

记得土房前的操场夏天会放电影，秩序混乱时会有一位上海知青，吹一个口哨发出特有威力的一声"肃静"！他是放电影小分队的鼎力"安保"，后来我知道他叫"巴西"。今天他已经退休，曾是上海的劳动模范、全国优秀工作者。这里文化生活虽然匮乏，可我们耳朵里不缺动听的歌声，因为有各地知青组建的宣传队，像孙仁华、王敏姐姐的歌声至今我还想听。

这是我"下乡"的那段经历，在这里我和他们一起工作不久，大家就去了不同地方。有幸的是我参加了"相约上海研讨聚会"的会议，见到了曾经敬佩、牵挂的各地老知青。大家一见面拥抱，端详，辨识着曾经的模样，沉浸在久别重逢的喜悦里，分享着过去、现在的经历，讲述着有笑有哭的故事，也让我忆起那年的"三只袋子"……

一、"米袋子"

在中国 20 世纪六七十年代，许多风华正茂的中学生，都有一个共同名字叫"知青"，我也是这个群体里的小青年。

1976 年 7 月 24 日，我怀揣为祖国富强而奋斗的梦想，志愿下乡到祖国最需要的地方去，随同学约 300 人下乡到六师 27 团的生产建设兵团四营（也叫开荒营）。我被分到副业连面粉厂，接待我们的是一位大棉服披肩上的老连长，后来我知道他姓边，是兵团创业的老职工，副业连连长。

我职业旅程第一岗就从这里开始。

面对陌生的岗位，我手脚变得有些笨拙，慢慢地学习，渐渐地灵活起来。

开荒营的生活基本是自给自足，有农业连和副业连，农业连队主要是生产，副业连主队要是加工，还有一些营部直属服务机构，为自给自足生活提供必要保障。

面粉厂做面粉的麦子是从各个农业连运过来的。男职工是运输工，女职工是在车间里看机器磨面粉的技术工人。我们使用的是半机械化的磨面机（人称叫"小缸磨"），电动机械磨面，人工收面粉、装袋、封口。麦子装进机器要磨三次，第一次脱皮出一罗面粉，这粉有麸皮好吃不好看，据说不能做面包和糕点等，因为韧性太差。第二次出二罗面，好吃又好看是最受欢迎的面粉，据说是家用包饺子的好食材。第三次出精面粉，是好看但口味不香，可做精致点心食材。当时机械化水平有限，产量低，就不分类装袋。我们把三次磨出来的面粉放在一起，称为一锣到底面粉，供四营所有人食用。

工人进车间必须穿工作服，包括工作帽、袖套、口罩、外衣和外裤、胶鞋等。这套行头武装起来总觉得挺神气，可坐进车间半小时后，如果不说话都分不出是谁了，因为浑身上下，脸上鞋上，眼睫毛都挂上白雪一样的面粉粉尘，除了个子高矮，胖瘦不同外都成了模样差不多的"白雪公主"。

我们每天工作八个小时，分早、中、夜班，每个人生产量不定指标，可我们每天都在比，跟自己比，跟同伴比，生怕落后。这就是那个年代年轻人的心态，不需要规定也没人偷懒，落在后面的人总会想方设法赶上来。同班个子最小的孙玉坤给我印象很深，她总是踩在小板凳上踮起脚往机器里加麦子，想方设法克服困难完成任务。

男青年担任运输麦子的工种，每次运来一卡车麦子，我们女青年如有空都会一起卸麦子，没有人去计较这是不是该我做。一边卸麦一边还和男青年比高低，180 斤大麻袋，大多数女生都能把它从车上背下来快步背进车间里，只有一位叫于忠的女同学，能和男生一样立即扛起 180 斤重的麻袋，大家都刮目相看，当时是卸车时的一道风景，不幸的是今天于忠因病永远离开了我们，在光荣榜里没有她的名字，可在北大荒记忆里却牢牢的刻着这位荒友美丽身影，诠释着一代顶天立地知青人，100 多斤的体重背起 180 斤重的麻袋，这不成比例的成就之举，足以说明知青人的坚韧！

新中国成立初期米袋子是养活家人的口粮，而我文中的"米袋子"装进的不仅是做食材的麦子和面粉，还有荒友的故事和创业史。

二、"钱袋子"

我在 1976 年底，被组织调到四营营部接出纳员，从那时起我开始与钱袋子打起交道来。每月头上我要随会计去团部领全营职工工资，记得总数 10 万元左右，当时钱币最大面值是 10 元，每月工资总量的体积正好一麻袋，我记着勉强能扎上口，每次我都要带上一个麻袋去团部领工资，这个形象的"钱袋子"可以说承载了全营职工劳动付出。

我没有经过培训，上手茫然，可幸运的是我遇上了一位贴心姐姐宋惠娟。

宋惠娟是天津知青，1970 年从天津市来到兵团，她是 1975 年底从 42 连会计岗位，作为业务骨干调到四营营部。她有一双会笑的眼睛，说话时爱皱眉头总是带着思考引导你把问题澄清，做事总是精益求精，人也漂亮，加上他柔柔的津腔听起来声音很甜美。和朋友交往她比较矜持但不失体面，我跟着学着。她不仅是我工作上师傅，还是有说不完话的姐妹。我们同住在办公室里间的小屋里，这小屋进门就上炕，炕上可以容纳我们俩还余半个人的地方。白天我们忙工作，晚上我们就睡在这小炕上聊天，从出发的城市聊到家人，从小时候的趣事聊到现在的工作，当然也会悄悄地议论下身边的同事、朋友啊，有时还流露少许的心底小秘密。我那时很幼稚，虽然读了点高中知识，其实徒有虚名，对社会毫无概念，无论与人交往还是业务都知之甚少，宋惠娟姐姐就手把手教我业务和为人处世，特别耐心，在我记忆中她没有和我发火过，总是轻声慢语娓娓道来，入心，入理，入情。

四营离团部有 40 多公里，每月去团部领全营工资时，为了安全都会用营里那部营长专用的吉普车，再带上保卫干事一起去团部领工资，保卫干事会带一支长枪，可以应对万一遇到的野兽攻击和恶人劫持等，幸运的是没有遇到过。

当时会计室负责人是曾令芳，他是 1958 年转业兵，一直从事财务工作，从四连调入四营，负责全营财务，可谓财务工作的"活宝典"。他是广东人，不太爱说话、严肃，我见他有点怕，后来熟悉了才知道他待人还挺宽厚。还有一位上海知青俞建国会计，说起话来有点冷幽默，俞会计是创业先师，从建点就做会计，功不可没，无需多言。这些师长们业务能力很强，能巧用有限财力，在关键处发力，我在他们身上学到很多，包括对工作认真负责，兢兢业业。我能从一窍不通的财务新手，到最后能基本胜任全营出纳工作，是和这些师长带教分不开，那一点一滴耐心教导至今记忆犹新。曾会计和俞会计都是和我一起领工资的师傅，他们教我办理手续，帮我复合数据和钱数，从没计较过万一错了责任谁来担，那个年代不太谈高尚，可在我心里却种下了高尚的种子，老领导、老知青的责任感深深地影响着我。

一天，我刚到食堂准备吃饭，宋姐姐托人把我叫回来，说你看看保险箱，门锁的手柄方向告诉我没锁门，里面是刚刚领回来的全营工资，一惊时，姐姐说没事的我没离开过，发现这不对就等你回来再去食堂吃饭，一时间我紧张的心田被感激铺满，当然我也自责了许久，教训、历练，人渐渐长大。

麻袋里的钱每个月都会发光，可"钱袋子"生发出来的财富则是情义无价的友情和北大荒人的责任感，直到今天我还是常常想起那只"钱袋子"背后的故事，它养育了一个个崛起的连队和荒原上的子孙，他们在那里繁衍，壮大，让北大荒变成北大仓。站在广袤富饶的田野上，就会想起那些让"钱袋子"丰满起来的创业人，心生敬意！

三、"泥袋子"

泥袋子，是我在兵团砖窑封顶用它背土的工具。那时，营部职工经常会去夜战加班，砖厂就是经常要去地方之一。有一天，因为天气预报明后天有雨，需要在下雨前把装满砖坯的砖窑封顶，不然淋过雨砖坯就不能用了，营部所有职工都要来支援砖厂的劳动。我记得一般是把封顶的土装进两只土篮子里，再用扁担挑上去，走的路是跳板，开始空手走在上面都怕，跳板被踩的上下颤动，似乎可以断掉，后来试过知道不会断就不怕了。做任何事都有技术，就是走跳板时要随着它的颤动寻找身体平衡。不会用肩挑担的，就用小一点的麻袋背土去封窑。装进袋子里的泥土，常带着水分很重，加上袋子布纹缝隙漏土，每次加班结束浑身都是泥灰，脸上还会留下脸谱，夜里看人似乎都成了"泥袋子"，当我们抬头看见已封顶的砖窑，跑在了暴雨前面时，心中会荡起愉悦的涟漪。

那年匆匆，时光流逝。今天这些袋子早已被新物件替代，北大荒人用现代农耕，耕耘着三江美丽和富饶的沃土，反映北大荒精神的"三只袋子"，让我懂得了人生最美的东西有四样：洋溢在脸上的阳光，长在心底里的善良，流淌在血液里的坚强，刻进生命里的骨气！

2017 年冬月于上海

陆桂英　佳木斯知青，1976 年 7 月由佳市赴兵团 27 团 4 营任出纳员。1978 年参加高考，在国内外多所大学修学深造，1998 年至上海市曹杨二中任教，兼职教育部中学校长培训中心教授，现受聘上海交大教育集团从事学校管理。

四营面粉厂佳木斯知青合影

插图：杜宝玉

第七篇 缅怀开荒营的领军人张英

开荒营营长：张 英

张 英 生 平

张英，1926年10月15日生，汉族，高小文化程度，1947年3月加入中国共产党，河北省顺义县三区塔河村人（现北京市顺义区仁和镇塔河村人）。

张英1945年1月加入八路军，在冀热察军区23团1营3连当战士。在抗日战争和解放战争中历任班长、排长、司务长。党内历任党小组长、支部委员。1958年转业到北大荒农场后，历任党支部书记、党总支书记、队长、连长、分场副场长、场部生产办公室主任、科研站党总支书记等职务。

张英在抗日战争中，参加过张家口、赵川，延庆战争，英勇杀敌。

1946年在解放战争中，参加过牛栏山、高立营、吕何堡战斗，在战斗中英勇顽强，不怕牺牲，歼灭敌人，取得最后胜利。

1947年参加过热河省小白旗、都市口、热河、象山、上黄旗、小神庙等战斗，战斗中共缴获敌人六支步枪，俘虏七名敌人，立大功一次，授功劳证一个。

1947年在隆化战斗中，经连队批准，记两小功，并授予物质奖励。

1948年在延庆战斗中，坚守阵地一天，打败敌人七次冲锋，记大功一次，并给予物质奖励。

1949年在南下途中，因工作积极，埋头苦干，一个人完成三个人的任务，记小功一次。同时，在行军途中，拉车的牲口掉到河里，舍身抢救，使国家财产免受损失，记小功一次。

1950年5月，按授勋奖章条例规定，授予解放奖章一枚。

1956年—1957年，在部队训练中，帮助领导完成训练任务和搞好伙食，保证战士健康，各受到嘉奖一次。

　　1958 年随着十万转业官兵转业到友谊农场，后集体调到勤得利农场，马上向荒原进军，起早贪黑开垦荒地，后在九队、三八队等单位任职。

　　1969 年，农场改编为黑龙江生产建设兵团 27 团，1969 年底，团党委决定组建 17 连进军荒原并任命他为连长。他毫不犹豫走马上任，积极开展建点工作。17 连除连领导及部分排长和技术人员是老同志外，其余是清一色的全国各地知识青年。从 1970 年初进点到 1970 年 11 月不到一年，张英率领全连开荒 1.5 万亩，部分播种收获粮豆 700 多吨，他还亲率农工排去江边拆老场部废弃房的破旧砖拉回来搞基建，节省了很多投入，硬是盖起了全团连队中最大的食堂、大宿舍、大晒麦棚、大水泥晒场及相应农副配套用房，实现当年开荒、当年打粮盈利，为开荒新建连队树立了榜样。

　　1971 年 1 月初，团党委决定调他负责组建（四营）开荒营并担任团开荒副总指挥。他欣然领命，短短的一个多月，一支由全国各地知识青年为主力军的开荒营组建完成。

　　1971 年 2 月 13 日，副总指挥张英营长代表全营 250 余名将士在"向荒原进军"誓师大会立下"当年开荒建点、当年打粮、当年盈利做贡献"的誓言，随后率领开荒营迎风冒雪向荒原进军，在三江平原中心无人区打响艰苦卓绝的开荒建点大会战。

　　他率领全营住帐篷、住地窖子，从不叫苦。张英不管干什么工作，都是身先士卒、吃苦在前。由于开荒营处在荒原深处远离团部，无路，给养困难，春天雪化后，48 连战士的口粮吃完了，因道路不通到处是水泡子，张英亲自率领营部人员，背上粮食在沼泽泥泞中步行了 30 多里，把粮食送到连队，解决了偏远连队运粮难的问题，使全营的干部战士深受感动，提振了全营团结奋斗的士气。就这样，开荒营（四营）当年建的 12 个连队都在无人区站住了脚，并完成当年开荒、当年打粮、当年盖房、当年盈利作贡献的任务。张英领导开荒营（四营）工作多年，取得显著成绩，多次受到师、团党委的表扬。

　　张英自 1958 年从部队转业来到农场，22 年为开发北大荒建设边疆献出了毕生精力，为三江平原的开发和农场的建设事业操劳到最后一息。

　　1979 年 7 月 19 日，在勤得利农场科研所，因患脑出血，经抢救无效不幸逝世。终年 53 岁。

营长亲自探荒原（左 3 为张英）

忆 张 英

——良师、战友、兄长

周涵达

我最早认识张英同志是在 1964 年七八月间，我和老红军安福同志去二连江汉里捉鲤鱼，回场部时我们路过三八队。三八队是农场的畜牧队，当时张英同志是三八队队长，张英同志看我们来了就不让走了，一定要留下来吃饭。这顿饭从下午三点钟一直吃到夜里，我睡着了，他们还在吃。在此以前，我和张英同志虽有接触，但从未深谈，那次接触以后，我无论在农场生产科，还是 1965 年到一连担任连长，我们就经常见面。1965 年夏天我回北京时，还专程去顺义塔河村张英家中看望张英的夫人和他的孩子。

一连离三八队不远，我也经常到三八队旁的江汉子去，每次去张英总是很热情地招待我。当时整个农场的技术人员中只有我是从北京去的（后来，机务技术员赵志明夫妇也从北京农业机械化学院分配到农场工作），我们对北京都很熟悉，在一起总有说不完的话。我不会喝酒，每次吃饭他总是让我喝一小杯，边吃边谈，有时深夜才回一连，他怕我在路上出事，就叫马号套马车送我，因为早年农场野兽很多。

1968 年我从一连调到 15 连当连长，当时全部的住房都是利用原朝鲜屯朝鲜族同胞的旧房子，破烂不堪。我到 15 连的第三天，张英就从三八队专程来到 15 连，问我有什么困难，还给我带来了大概 20 多斤猪肉和 20 斤鸡蛋，让 15 连的食堂有了一次不错的生活改善。要知道当时农场吃鸡蛋非常困难，有钱也没有地方买。他回去以后，又派来了一个木工，一个瓦工，还拉来一些木料，帮助我们连修缮旧房，这样 15 连基本上只用了一个月的时间就完成了原计划三个月才能完成的任务。

1969 年，我已经被"东北新曙光"的造反运动打倒，既没有撤职的命令，也没有说我还是不是连长，我还是和往常一样，带领着知青在北山坡果园中干活。11 月下旬一天，突然农场唯一的吉普车开到了地边上，一个青年跑到我跟前说："老丁头叫你去"（农场里对丁元善场长有两个尊称："老丁头"和"老阴天"）。我把手里的工具交给了一个知青走到吉普车跟前，老丁头说："上车"。我上了小车，开车的是杨忠田，一路上，我问老丁头：什么事？他也不回答，我问杨忠田，他也说不知道，吉普车一直开到了二连。接待我们的是陈支信书记，老丁头说："去把杜明礼叫来"。停了一会儿又说：找一个没有人去的房间，陈支信问做什么？老丁头也不回答。杜连长来了，和陈支信商量了一下，问老丁头去马号行不行？老丁头说行，他马上又补充了一句："叫马号的人都走，我们不走，不准他们回去。"

我们四个就到了马号，陈支信要去叫通信员送点水来，老丁头说，"你自己去弄。"我们在马号坐了十多分钟，老丁头自言自语地说："怎么还不来？"杜连长说："谁啊？"老丁头也不说，又过了几分钟，我们等的人来了，是张英。原来场部早上通知张英一个人立即到二连连部开会，开什么会也不知道，而张英这时去了江边，等连里找到他后，马上套车赶到二连，还是比我们晚到了。

张英见到我也很高兴，问我开什么会，我说："我也不知道"。这时丁副团长说："我们现在开会，会议内容在没有正式公开前不准对外讲。"老丁头的话突然停了一下，对杜连长说："你去把现在连里发工资的花名册拿来。"我们坐着谁也不说话，一直等到杜连长拿来了花名册，丁团长终于宣布现在正式开会。他说："昨天晚上团党委决定：这是当前27团最重要的任务，组建17连，党委决定由张英和周涵达负责筹建，张英担任连长，支部书记以后再配，周涵达担任副连长兼技术员。"按组织部规定，任命的技术员就是副连长。组建17连的骨干力量从二连抽调，17连今年不但要完成基建任务，还要完成15 000亩地的开荒任务，拖拉机由团里统一调配，59团还要来两台拖拉机支援，今天会议结束后，小周（我从1958年就跟着老丁头一起建八五六农场四分场，即后来的开荒营，他一直这样叫我）你明天就把工作交给王焕文（15连书记），下午就到团部机务科和物资科联系拖拉机、帐篷等建点物资，张英两天后就搬到团部招待所，招待所给你们腾出两间房，给你们二人用。

就这样，我从连长变成了技术员，在那个时候什么职务我从来不想，只知道埋头干活，从此，我和张英连夜不停地开始了17连的筹建工作。当年，17连完成了大食堂、大晒麦棚、大宿舍、大晒场的四大建筑，这在27团连队中都是最大的。当年完成了16 000多亩地的开荒任务，并且部分播小麦和大豆，产量还不错。一年中，我和张英基本上没有休息过星期天。在17连工作的一年中，我和张英两次遇险：一次是1970年建点初期，我和张英去卧牛河看林子，张英同志差一点掉进水泡子出不来；另一次是1970年冬，我和张英想找一个水泡子打点鱼，结果两人误走卧牛河南、鸭绿河北一个大水泡，我们两人都差一点就去见上帝了。

在二连的会议中，还产生了一段有趣的小插曲，原来，老丁头怕从二连调人时，把调皮捣蛋、不服从领导和身体不好的知青调到17连，而把"干活好、思想好"的青年留下来，所以在决定调人时，按花名册上的名字整建制的调，不准二连挑选。老丁头特别强调，不允许二连变更调动人员名单，这时张英同志插了一句话："我不怕调皮捣蛋的，他们都聪明，做事会想办法。"老丁头听了笑了一笑（老丁头说话很少笑，所以大家也叫他"老阴天"）说："那把调皮捣蛋的都调给你。"就这样，从二连整排整建制地调了一个男工排，一个女工排，其中女工排一百多人，排长杨玉琴。老丁头叫我按花名册名单全部抄下来，当我抄到女工排排长杨玉琴的名字时，我心里动了一下，也吓了一跳，因为这个排整整一百个知识青年。

从这一天开始，我和张英同志睡一个炕，吃同一锅饭，整夜不停地连续6年战斗在27团的荒原上。

1970年底，我和张英同志正在连里研究1971年的生产计划，电话铃响了，张友参谋长派车把我接到了团部。第二天，叫我们开始筹建27团开荒营的工作，进军鸭绿河南岸至浓江河北岸的无人区开荒。大概过了不到20天，把17连连长张英同志也调来了，我们二人又住进了招待所。所长曹青海是1958年转业军人，对我们二人非常关心，每天我们回来总给我们留好了热菜热饭，一聊就谈到深夜。

　　从此我和张英又开始了连续五年开荒营的艰苦的、五彩缤纷的战斗生活。后来，我调到了团部生产股，张英调到科研所当书记，一直到 1979 年 7 月 19 日张英同志在科研所因患脑出血抢救无效不幸逝世，终年 53 岁。

　　当时，我已借调到国家农垦总局工作（当时地点在西四砖塔胡同），连张英同志的追悼会都没赶上参加，我从北京打了个电话给董学原，请他代我向张英同志悼念。2001 年我回到勤得利办事，和张英大女儿华子一同到张英墓地，跪地三鞠躬，并清扫了墓碑，清除了坟地的杂草。

　　张英，是我一生中最亲密的同志和战友，也是我最尊敬的良师、兄长，后来，张英夫人因患病到北京治疗，我们一家四口住在 25 平方米的平房中，张大嫂一直住在我家中，因是癌症晚期，虽在空军总院治疗了 20 多天，终于回天无力，回农场不久即仙逝而去。

　　张英一生，两袖清风，一贫如洗，没有给四个子女（两男两女）留下任何财富。

　　张英为人谦和正直，从不溜须拍马，也不因自己的工作成绩得不到提升而怨天尤人。1975 年团部科研站扩建为科研所，张英同志任党委书记。张英一生为党的事业勤勤恳恳，努力工作，不怕困难，从不叫苦，1970 年 17 连建大晒麦棚支大垛时，他总是站在最危险的地方，指挥毫无经验的知青，把一架架七八百斤重的三角大垛安全地竖起来。

　　1972 年开荒营的住房条件太差，他又泥里来水里去，亲自和泥抹墙，把一栋 480 平方米的大草房盖起来了。

　　张英一生从不因为工作、生活中的琐事和人争吵，对知青更是关怀备至，有时他也因一些事不满对知青骂上几句，但这是他恨铁不成钢的心理所致，而被骂者都是心服口服毫无怨言，他对知青的生活、工作、家庭总是十分关心，最调皮捣蛋的知青在他的教育下都成了连队的骨干，在艰苦的开荒大会战中冲锋在前，真心诚意地为开荒营的建设做出贡献。

　　张英团结同志，毫不利己，专门利人，困难留给自己，荣誉让给别人，每次兵团、师、团领导来开荒营视察和检查工作，总是把我和别的营领导推在前面，而他自己很少向领导亲自汇报工作。

　　张英工作中十分谦虚，总是充分信任别人的工作，对自己不熟悉的事情从来不乱指挥，在 17 连和开荒营的工作中，我负责全盘生产指挥，在将近六个年头的工作中，我所有提出的方案计划他很少否定。工作中有许多场合我倒像是营长，他倒成了"参谋"。田间指挥不用说，拍摄《向荒原进军》的电影，他都叫我实际去指挥，连谁坐哪一张爬犁都由我决定，包括张营长自己的位置和做什么事。所以开荒营上上下下团结奋斗，营部工作人员从未发生过因工作不团结而争吵、不愉快的事情。

　　张英十分关心和爱护大家的身体健康。我每次外出，从来不必担心晚上回来吃不上热饭。在开荒营大会战期间，我和成洲、张英三人晚上是不休息的，就在办公室里，于成洲要保证半夜里拖拉机坏了，修理所有人修，不能说等到天亮再修。我和张英经常在晚上到田间看翻地，去食堂去看夜班饭。张英在战争中受过伤，他总是咬牙坚持，困了就随便找个地方休息一下。

　　有一天，吃过晚饭到 40 连查看开荒状况，地里有两台机车，一台车一直停在原地不动，我让他坐在地头，我走到拖拉机跟前一看，原来拖拉机熄火了，怎么也发动不着，我们二人返回营部，叫于成洲去修理。已经半夜了，他又和于成洲二人到 40 连去了，我要去，他怎么也不让，几乎要发火。他说："明天白天你的工作很多，你在办公室值班休息一下。"

张英的事迹说三天三夜也说不完，建 17 连和开荒营，在我的回忆录中还有许多精彩感人的场面。可以说他是开荒营的一面旗帜。

张英兄长：我尊敬的良师战友，您在天之灵能看到今天现代化的浓江农场已屹立在祖国的边疆，您会感到欣慰。安息吧！我们永远怀念您！

周涵达：1937 年 12 月生于江苏溧阳市，江苏宜兴农校，北京农业机械化学院，北京农业大学学习、毕业，1958—1980 年勤得利农场工作，1978—1981 年参加洪河农场和世界银行项目谈判工作，1982 年中国农科院作物所多倍体育种室工作，1983 年开始在农业部乡镇企业司工作，1985 年开始在农业部，外贸部，国家计委等部门成立的贸工农出口基地办公室工作，1992 年开始任亚洲开发银行农工专家，1998 年退休后在中央相关部门帮助工作。中共党员。

张英回北京探亲留影 雷军制印

张英：开荒营的旗帜

王润培

张英营长是北京顺义塔河人，1945 年参加八路军，1958 年随十万转业官兵开发北大荒，一直在第一线领导指挥开荒建点，鞠躬尽瘁、直到去世。

我 1968 年 7 月下乡来到勤得利农场工程连。我的第一任连长叫李国富，全国战斗英雄，著名的塔山英雄团——李国富班的班长。

我在兵团的 9 年半时间有近 5 年是在张英的领导下工作，他曾是我的连长、营长。在断续的 5 年中，我无论是在工作中遇到坎坷还是生活中遇到困难，都得到过他真诚的教诲和热情的帮助。我和张营长建立了深厚的情谊，忘年交。他是我尊敬的领导、长辈、良师，每当想起他，一种怀念崇敬之情都会从心底油然而生。我真正结识张英还要从 17 连开荒时说起。

一、落难知真情

1969 年因中苏关系紧张，我被调入值班连队。春节前我借到哈尔滨兵团医院看病的机会跑回北京探亲，节后返回来时知道我已调到新建开荒点 17 连了，我心里挺高兴。心想新单位虽然艰苦，但总算脱离了原单位的是非。心情舒畅了，在新连队从头做起，我不怕吃苦，多加开荒建点甩开膀子干一把。

我去连里报到时连长张英去师里开会没在，我老连队来的领导给我分配了工作。没过几天，排长找我说，你从老连队跑回家，指导员要你写检查晚上开批判会。我想批评也是应该的，不管怎样把以前的事做个了结，我放下手头的工作回到帐篷里写了份检查。

晚饭后全连人都召集到了另一个帐篷里，帐篷中间的支柱上挂着一盏马灯，四周昏暗的只能看到人的剪影，会议主持人叫我到马灯下检查。我按当时流行的检查套路深挖自己犯错的根源，斗私批修痛改前非，并决心在开荒建点的工作中加强思想改造，努力工作做出成绩。我刚念完，主持人就要求大家对我的检查做深刻批判。

十几天无休止的批判斗争，我感到刚来连队时谈笑的战友开始疏远我，所以我打饭都是最后去，避免见面时碰上大家尴尬的目光，我真感到孤独无助。还好，食堂老连队来的几个姐妹对我很好，每次打饭时都会安慰我几句，有时还会给我透露些重要消息要我做准备（因连部经常在食堂板房开会）。我至今都对他们怀有感激之情。

晚上又开了批判会，回来后感到很疲惫，也没处去就躺下睡了。大约是晚上 11 点，连通信员到帐篷里叫我，说连长回来了叫我赶快去，我赶紧穿上衣服向连部的帐篷跑去。

我报告进了连部，在昏暗的油灯下，我看见低矮的木板钉的小桌上放着一小盘炒鸡蛋，连长好像刚回来还没吃饭，他招呼我坐下，我说我还是站着吧，他拿出酒壶说："来！坐下，一块喝点。"他带有京腔的亲切话语让我心里一热，我回答说："我都到这份上了哪有心思陪您喝酒啊！"他说我回来听说了你的事，所以晚上叫你来了解一下情况。我就把在老连队矛盾的产生和回家的事以及到 17 连后的想法和盘托出一吐为快。他听完后说：都是陈芝麻烂谷子的事，还有别的吗？我说刚来连队时因唱了句"临行喝妈一碗茶，儿到东北来安家"，就说我诬蔑样板戏、反革命，就批了好几天。他却笑着说："挨了几天整就受不了啦，我在三八队时，早晨打开水时暖水瓶的底掉了，我说了句：人倒霉喝口水都塞牙，被人揭发说对社会主义不满，批斗了好几个月。这就是运动，运动来了说你什么就是什么，也别忌恨抱怨。"他接着说："17 连是从各连抽调的班排组建的，我和大家说过，不要把老连队的恩怨带到新单位来，要尽快形成合力投入到繁重的开荒建点的工作中去。"他又说："时间不早了，你回去再写份检查拿给我看看，行了就再检查一遍。"

第二天下午2点多排长老倪找我说，指导员让他通知我回去写检查晚上开批判会。我当时一愣，心想连长说让我把检查拿给他看，怎么变卦了？突然袭击？我直接到工地去找连长说："您不是要看我的检查吗，我还没写呢，指导员叫排长通知晚上让我检查。"他当时没有说话，过了一会他突然问我有写好的检查吗？我说有上次那份，又过了一会他说："你把上次写的改改，我不看了，晚上照它念。"

晚上，我还是站在那顶帐篷的马灯下，我看见连长坐在里边的中间，我诚恳地又把上次的那份检查念了一遍。刚念完，就看连长站起来说："检查的不错，找到了自己犯错误的根源，并下决心加强思想改造，接受教训，在开荒建点的工作中努力工作将功补过，很好!"他接着又说："毛主席说青年人犯错误是难免的，只要认识错误、改正错误就是好同志，咱们这儿来的知青都经过政审，根红苗正，他们犯点错误，我们要给他们剪枝扶正让他们健康成长，这也是我们做领导的责任……"接着他又说了几句鼓励我的话之后，问大家还有什么意见？暂短的安静之后连长说："下面我就传达师党委干部会议的精神……"

本来是一场暴风雨般的会就这样平静地散了，我独自坐在大食堂工地砖堆旁，看着荒原远处拖拉机开荒闪着的灯光默默流泪，我真想大哭一场。张英连长用和风细语、沁入心田的话语让我从十几天的运动压抑中解脱了，我碰上这样的好领导哪都不去了，在开荒建点的工作中好好干，不辜负他对我的希望。

二、四大的由来

1970年建17连时张英任连长，周涵达任技术员，二人就开始合作组建第一个以知青为主体的新建连队，开始试点从山边向荒原深处延伸。

北大荒半年冬，开荒和基建工作只有半年，就这半年多全连起早贪黑的会战，张英连长和周涵达技术员一起指挥开荒播种大会战，连长还亲自带领农工排到勤得利废弃的老团部去拆旧房，把拆的旧砖运回来搞基建。

在盖大食堂时全连只有两个半瓦工，除余兆叔师傅外都没干过大工程。张英连长叫在工程连工作过的我和杜杰跟余师傅边学边干，我刚学会了一点余师傅就让我单独把窗垛，大胆地使用青年人。几个月后，高大宽敞的大食堂封顶了，外面一层新砖，里子全用捡来的旧砖，里面抹平后和新的一样，可建造成本下降了一半还多，这就是张英连长带领大家起早贪黑捡砖的成果。食堂装修好后，连长把我和几个喜欢文艺的青年和木工叫来商量建一个舞台，他说："咱们的食堂大，舞台要搭的漂亮点，我看剧场舞台前面是椭圆形，咱们也要那样建，台子尽量深一点，给演员留出换衣服的地方，到时叫人家一看都愿意来演出、放电影，怎么建，搭多高？大家出出主意。"大家都非常高兴，思想统一后一个漂亮的小舞台完工了，还做了长凳很像回事。后来我调到团宣传队回连演出时，团宣传队的战友都夸17连的小舞台是全团各连中最好的。

在食堂和两栋宿舍完工后，张连长又在宿舍对面设计了一个像当时北京那样的厕所，并亲自指导如何盖。我说："人家团部都没盖这么好的茅房。"他说："团部盖不盖是它的事，咱们连规划的整齐，不能一看宿舍对面就是破木板厕所吧，再说这大平原上连个挡风的地方都没有，尤其是女孩子更不方便，咱连大多数都是青年人，所以咱也要向城里人一样讲卫生、讲文明，等咱有条件了我还想建个澡堂子呢。"说的我心里真是热乎乎的。几天后，第一个标准的京式厕所在荒原上建成了。

在17连的几个会战中，最精彩要属晒麦棚的大会战，几乎全连出动。第一天连长亲自指挥农工排上架子，因排里很多都是刚分配来的小知青，体力经验都差些，进度很慢，他又怕出事，就叫人到工地把我和常生几个人叫来支援，说你们都有上房架的经验，想办法抬过去支起来。我看着这一大排12米多长的人字房架心里也有点毛，我和常生说："咱哥俩个头差不多，先在前边抬一下试试，我只要手抓住了扛子头就敢走。"一试可以，于是我和常生二人头杠、后杠四个人，由我喊号，在号声和祝威声中顺利地安装到位。他非常高兴大加赞赏，张英就是这样的领导，只要你完成他交给你的任务他都要当众夸奖。

棚架完工后的重头戏苫房开始了，2 000多平方米的面积又长又宽又高，要想将草苫平不漏谈何容易，连里几个经常苫房的老同志都发憷，更别说我们这些从没苫过房的小青年了。面对如此大的困难，连长张英却无所畏惧，他能挖掘出每个战士最大的潜能。首先他把身体好、胆大敢爬高的青年组织起来（不管男女），由有经验的老同志现场教授，掌握苫房的基本要领后，便分成四组，各把一面开始会战比赛，年轻的生虎子们在前苫草冲锋，老同志在后边补漏指点，余下的人在下边轧草、运输，形成几条流水线。后勤保障工作给力，这也是张英领导的艺术，合口的饭菜排在工地边，饿了就吃、吃完就干，进度非常快，天黑前封顶完工。后经下雨考验，除个别几处有漏雨需修补以外整体大功告成。谁都不会想到27团最大面积的晒麦棚苫草工程是张英率领的一批青年知青完成的。

从1970年初直到秋末，我们当年开荒1 000多垧，还种上5 000亩，不但当年打粮盈利，还建好了300多平方米全团各连最高的漂亮的食堂兼礼堂，两栋大宿舍，告别了帐篷，全团最大的大晒麦棚和一个大晒麦场，一个防风厕所，并且还建了家属房以及马号、猪舍等配套工程。一年时间荒原上又诞生了一个崭新的连队，连队建设超过了部分老连队。

对17连所取得的成绩，有些心存妒忌的人说张英贪大求洋，搞了四大工程，闹的全团都知道17连的"四大"，而他只是哈哈一笑。对"四大"指手画脚的人怎能理解，17连全体官兵在张英带领下团结奋战，付出了超常的艰辛所取得的成果。

三、勇挑重担、向荒原进军

1970年底，为彻底改变北大荒落后面貌，师党委决定由27团组建开荒营进军三江平原腹地开荒。按照王师长的指示要在方圆一百多公里的荒原腹地先建12个连队及营部。

当时，17连建点开荒工作刚告一段落，团党委又把张英和周涵达一起从17连调到团部组建开荒营，并出任营长和农业参谋。两位领导一个是老八路，一个是北京农大毕业的知识分子，一个是领军人物，一个是农业专家，真是黄金搭档。

组建开荒营和建一个17连所遇到的困难无法相比。因为开荒营所进驻的区域是三江平原的中心地带，自然条件十分恶劣。但张英和周涵达挑起了这个重担，在团党委的大力支持下，仅用了一个多月，开荒营就组建完成。

1971年2月中旬，张英率领着200多名由各大城市知识青年为主力军的开荒营进军荒原腹地，立下"当年开荒、当年打粮做贡献"誓言。在两河的沼泽地带开始了最艰苦的开荒大会战。至今第一批进点的战友提起那段艰苦的经历都会泪流满面。

（一）身先士卒

张英在27团的干部中也算老资格了，但他身先士卒、任劳任怨，率领着这支勇敢坚强的开荒青年突击队团结奋战在荒原深处。在一千多平方公里的荒原上都留下他探查荒地的足迹，为掌握全营各连的准确情况，他全然不顾个人安危冲在建点开荒的第一线。

离营部近30公里外的48连因道路还没打通断粮了，他不顾自己年岁大，亲自扛着面粉率领营部的同志，在沼泽泥泞的路上艰难地为连队送粮。春节他放弃休息，到艰苦的连队和没有回家过节的知青促膝谈心共度节日。每个人都会被他的仁爱之心所感动，为他身先士卒冲锋在前的精神所鼓舞，他用无私的大爱温暖着共同艰苦创业官兵的心，把年轻的开荒营打造成一支能吃苦、讲奉献、敢啃硬骨头的勇敢的突击队。

（二）我调入开荒营

1972年初我去开荒营，到43连去看望我妹妹，她是建材连第一批进点的。在营部我又去看望老领导张英营长。他对我说，现在刚建营一年，非常缺人手。我说："等团里剧组散了我就来开荒营。"他高兴地说："开荒营现在虽说很苦，就像咱们建17连时，进点时和现在一样什么也没有，咱们不是一年就拿下了吗。苦不怕，来开荒营干一番事业。"后来剧组解散，由于种种原因未能去开荒营，我又回到老连队工作了一年多。

1974年初，我又去营里看他，那天我、42连国华连长和营长一起吃饭，营长问我17连的情况，我说17连孔令山指导员搞得挺好，生产和青年文化生活搞得有声有色，和以前一样很团结。我又说了没调到开荒营的原因，这时刘国华说："还是来开荒营吧，到42连，咱哥俩跟着营长再干一把。"我也同意，张营长说："那好，我去办。"

我回到连里没多久，团里一纸调令，我就调到开荒营42连。

（三）大车头

营部有一台驾驶室很大的铁牛55胶轮拖拉机，号称"大车头"，全团独一无二。驾驶员是范英勇（范老五）和刘厚水，他们非常爱这台车，出车回来，总擦得干干净净。

大车头是营修理所的工人改装的，是营部的指挥车，没有减震、座椅更不敢恭维，但二排坐挤挤能坐六七个人。我真佩服开荒营的修理工，在那么艰苦的条件下，就凭手工钣金电焊竟能改装成精致工整的大驾驶楼，真有工匠手艺。

我坐过几次大车头，外出办事回来后和张营长说："这大车头真棒，走到哪一看就是咱开荒营的车。"营长说："开荒营条件差，到处是水泡子、塔头，我们要下连查看开荒的地号，铁牛55下连还得挂上拖车，碰上天不好或水泡子还误车。穷则思变，和机修几个老同志一商量就改了一台铁牛55。还真解决问题，现在探地号大家都坐车头里，挡风遮雨还不用带拖车了，再有各连真有点急事或病号，这车也能在泥路上走，急时能把人送出去，就咱这的条件，就是团里的北京吉普在这也玩不转。"

正像营长说的，大车头承担起下连、探荒、外事活动和全营的应急任务，至今一想起大车头都有亲切感，这台铁牛 55 代表了开荒营人不惧艰难、勇往直前的奋斗精神。

四、知青的贴心人

凡是在张营长身边工作过的人都知道他对下属干部战士非常关心，对犯了错误或是有思想包袱的同志，他都会语重心长地和他谈心，让你心里暖暖的，放下思想包袱愉快地工作。各连调来的一些在原单位调皮捣蛋不服管的战士，在他的管理教育下很多成为能吃苦、敢打硬仗的连队骨干。尤其他对知青的关爱，我见到的和听到的几件小事让我终生难忘，他是知青的贴心人。

（一）一次发火

还是在 17 连开荒建点时，工作非常紧张经常大会战，那天听地里回来的战士们说，新来的小青年把连长气急了被打了耳光，回来开会非批他不可。我问因何事挨打？他们说中午饭食堂给工地送的肉包子，他把包子馅吃了，包子皮给扔了，正被连长看见，说他："你怎么把包子皮扔了？"这小子说他吃饱了撑的，连长一听就火了上去给他一个耳光，这不，叫大伙回来开会还不狠整他。我心想这小子调皮出圈了，这可摊上大事了。

会场很安静，张英连长用他那平和的京腔讲了工地发生的事，接着他狠狠地批评这新来的小青年。他说："你们应该想想，城里的家人们还吃着供应的粗粮，如果你们的父母看见你们把这么好的白面包子皮扔在地上他们会怎么办？能饶了你吗？"说到这，他话锋一转说："今天发生的事我也有错，第一，父母把孩子们送到边疆我们没教育好，我有责任。第二，不管怎么说我作为连长不该打人，打战士不对，我应该给他道歉！"这时被打的小战士站起来大声说："连长！你打的对，我忘本了，我该打，您教育的对，我知道错了，我保证改！"

看到这个场面我惊愕的鼻子直酸，一场已经发生的是非风暴竟在他面前化为细雨春风，温暖着战士的心田，呵护着每一棵成长的幼苗。

（二）运沙场的爱心

北大荒冬天的寒冷是出名的，一到冬天农闲时各连都忙着伐木、山里采石、江边拉沙子准备来年的基建，27 团的各营连都是沿山而建，远的到江边百十里，各连队为了抢时间日夜不停地去江边拉沙，各连基本都是一台胶轮拖车带上四五个人和锹镐各自为战，冒着零下30 多度的严寒在路途上颠簸往返，让战士们吃尽了苦头。

开荒营组建不久，基建任务极其繁重，张营长亲自带着推土机在江边建了一个漏斗沙场，营里连队拉沙不用带装卸工，不但工作效率高还免得人受罪。那年我还在 17 连，虽然离江边不算太远，但连里拉沙子也要带装卸工，因我们是一营的。有一天驾驶员回来说张营长不让带装卸工了，都去四营的漏斗装车回来等着卸就行了，连长非常高兴，不但省人工、少受罪，还能多拉两车。

还有一天驾驶员回来找我说："营长托你买条烟让我给他带去，他那没烟抽了。"我赶忙去找司务长买烟，司务长说这几天天不好没出去进货，现在只有一条经济烟了（那年代最差卷烟，白盒，9 分钱一包）怎么给营长抽，司务长挺为难。我说也顾不上了，先送过去救急，让驾驶员说明情况，别让老营长断顿。

事后，我进营去看他聊起此事时，他笑着说：这帮小青年干完活晚上没处去，非和我打扑克给烟卷的，我哪会玩，让他们连蒙带唬的把烟全输了，接着又和我聊起采沙场的事。

开荒营离江边有一百多里地，只有开荒营建了个临时采沙场，营长看到各兄弟单位都是人工跟车装运沙子，就说："回去告诉你们连长别带人跟车了，让开荒营的推土机帮着装车。"当时有些人还想不通，咱们自己的事就够忙的了，还管别人的事。张营长说："我看到各连拉沙车上的男女战士们，为了装车沙子晚上跟车跑百十里，这大冷天看着心疼，咱们开荒营的人都是从老连队抽调来的，看着老连队战友大冷天跟车装沙子，咱们看着不管合适吗？再说拖拉机晚上又不敢灭火，他们来了咱们起来推一下就省了他们好多事，没条件没办法，现在我们创造条件了，就应该帮他们一把。"事后各连领导还带着点菜肉来感谢大家。接着他又笑呵呵地说："撤点时我和管理员说，推土机回来时经过的连队去和人家结结账，别叫人说白吃人家，人家不要就算了，让推土机顺便给卸的沙子攒攒堆，也算感谢人家了。"我听后真是感慨万千，从这件小事中体现出的是他对别人的关爱，对兄弟单位的友情相助，以及对自己战士助人为乐的思想教育，真是高尚来自平凡。

（三）翻大豆地

1974 年秋末，雪下的特别早，雪还大，42 连旁的一片大豆地地势低，没有收割完就被大雪埋在下边只露着上边一节豆秧，车无法收割，无奈只有人工割了。战士们趟开快到膝的雪一点点前行，晚上回来棉裤都湿了，过了两天营长到地头察看，看到这个情景后半天没说话，过了会他突然说不割了，叫连长派两台拖拉机来抓紧把地翻了，明年改种小麦。连里也怕上级怪罪，他却说出了事我担着，割下来的花脸豆（粘了泥的）谁要？再伤了人划不来。战士们都高兴地回连队边烤衣服边讲述今天的事。

后来我和营长在一起聊天说起此事，他说："豆地翻了我也心疼，遇上灾了没办法，我看着他们淌着雪割豆子裤子都湿了，真要是人受寒得了病那责任可就大了，人家的家长把孩子送到边疆，咱们做领导的有责任照顾好他们。遭灾了没办法明年再种，真要把人给折腾病了，那可就是一辈子的事了。"这就是张英营长的作风，关心爱护战士的身体，不会为一点眼前利益伤害了战士的健康，他自己敢做敢当。

（四）大闹后勤处

也是 1974 年秋末，开荒营基建任务特别繁重，各连都盖好了宿舍、食堂，等上好门窗就告别马架子了。那个年代物资缺乏，团部也因战备搬迁在搞基建，后勤人员去团里物资库调玻璃几次都没有，眼看天就凉了，他非常着急便亲自到后勤处要。

那天晚饭后我去营长家，他正在吃饭，见我来了笑着说："去拿杯子坐这喝点。"我说："您今天怎么这么高兴？"他说："我今天高兴、解气，今天在团部我把物资处大骂了一顿，我去调玻璃他们说没有，说库里的玻璃团部都不够用，我一听就火冒三丈，你们是人，我们也是人，机关盖房安玻璃，我们连队辛辛苦苦盖的房就得把门窗堵死？别人怕你们，我可不怕，你们不给我就不走了，天天在这骂。"他得意地说："我在走廊大喊，他们没理也怕事闹大了都吓躲了，还是物资股的老同志拉我进屋叫我消消气，给我想办法解决，调给了一部分玻璃，不够的先用透明塑料布代替，都拉回来了，各连都能搬进新房了。"我像是在听关云长单刀赴会的故事，他是那样的开心，为了战士们的切身利益，他不怕得罪上级，敢和他们据理力争。

（五）真情暖心人

大概是在 1976 年末，我搞了点酒菜，晚饭时到营长家和他一块喝点。那天他回来较晚，他回来后我们刚坐下就有人叫门要找他，来的是一对刚结婚回来的北京知青夫妻，从里边连队走了十几里路来找营长诉说他们连长对他工作分配的不公。原来夫妇二人都是拖拉机驾驶员，结婚回来后连长考虑到女同志再开拖拉机不合适，要给她调到食堂工作，她不同意非要开拖拉机，一气之下找营长评理。营长听后心平气和地对她说："你一个女同志在咱营艰苦的条件下驾车开荒真不容易，现在又在这结婚安家扎根，我应该祝福你们，女同志结婚后事也多了，你们连长也是怕你在地里驾车颠簸，万一出点事不好交代，所以安排你干别的工作也是对的。"女战士说："我下乡后在连里一直开车，虽说苦累但我对机车有感情不想离开自己的车，而且我最不喜欢的工作就是做饭。"营长说"开了这么多年车了，一下换工作确实感情难以接受，再说咱们营也缺拖拉机手，连长这么做也是没办法。"营长想了一会又说："培养一个拖拉机手不容易，你这么热爱机务工作我很高兴，这样吧，你先服从连长分配，咱营的修理所正在扩建，等建好了我把你调到修理所，咱修拖拉机可以吧，还不用培养。"夫妇二人高兴地说："谢谢营长！我们听您的，您可一定想着我这件事。"夫妇俩高兴地走了。营长也随着他们出来。

过了一会也没看营长回来，这时 42 连连长刘国华也来了，等了快半个小时了营长才回来。他一进门我就急着说："哎呀营长！这么长时间您给他们送到哪啦？"国华也笑着说"给送回连里了！""送到招待所路口"营长平和地说。我说您不是都和他们说通了吗，他俩也挺高兴的。营长说："我估计他们可能和连长吵架了，要不这么晚大老远来找我，他们连长脾气我也知道说话偏，别回去又吵起来，要他们服从领导安排好好干，等调你的时候我也好说话。现在咱们营的条件差，在这安家也不容易，生活上有什么困难可以和我说，我尽量帮助解决。"

听完他的话，我对他肃然起敬，他高尚的情操让这普通的家属房顿时四壁生辉，好像在我心中点起一团热火，要烧掉自己的渺小。我内心在说：我的老首长，您真是我们敬佩的好领导，您真是我们知青战士的贴心人。

五、有情有义

1958 年来的转业官兵大多都是老资格，为党和人民冒着枪林弹雨拼杀出来的英雄，为建设祖国他们毅然开进北大荒为人民再立新功。张营长非常注重战友的感情，认为这些老同志一定要照顾好，要得到应有的尊重。

（一）为了尊严

1976 年初夏，团里的一个老干部去世了，级别不算高没引起团里的重视，张营长前去吊唁时棺木刚拉来准备入殓，当他看到棺木板上全是蚂蚁梢（朽木）时大发雷霆，坚决要木材厂立刻重做。他说用朽木做棺材绝对不行，战争年代为国立过功，又为开发北大荒任劳任怨奋斗了这么多年，没有和上级要过待遇讲过条件，他去世了，我们活着的人要尊重他，不能草草了事。战争年代那么困难，战友牺牲了，我们还想办法找棺木入殓，现在我们给去世的老功臣做一口好点的棺材就是对他最起码的尊重。木材厂也感到理屈很快又做了一口送来，此事才算平息。

他回来后和我谈起了对葬礼的感受，他说："有人说我张英在葬礼上闹事，让他们说去吧我不在乎，葬礼上来的都是老领导、老战友，那棺材又没刷漆，如果大家看到用蚂蚁梢糟木头做的破棺材草草了事了，这些老同志会怎么想？团里很多部门都是现役军人和年轻人，他们没考虑到老同志的感受。我就是想告诉他们，老同志出生入死为党和国家贡献了一生，死了给做个好点的棺材下葬也是他们最后的尊重，让我们这些活着的同志看到领导的关心。我们都是老军人，活着为北大荒做最后的贡献，死了也要有军人的尊严。"我这才明白，在他心里始终保持军人的气节和尊严。

（二）有情有义

大概是 1976 年秋末的一个晚上，我吃完晚饭去营长家，他白天陪团里张参谋长一行检查工作回来，说起团参谋长张友从开荒营组建开始就和大家一起摸爬滚打，一点架子都没有。他说："张友一心扑在开荒营建设上真没少吃苦，家里老婆有病孩子又都小，他连家都顾不上，真不易！"

后又说起那年因雪大春播受阻的事，又谈到房团长因春播指挥失误被停职检查的事，他边吃饭边和我说："春播失误也不能全怪他，这么大面积的土地无法种上，能不着急吗？可农业不是打仗，现在我们还是靠天吃饭，这就是违背自然规律强种造成的后果，上级领导在这么大自然灾害面前经验不足应对失策也有责任。1958 年来时我们也进里边开荒，打粮后因没公路，粮食没办法运出来，上级又决定撤出来了。就像咱们开荒建点，想的挺好，但实际一干有时也不理想。不管怎么说他们是干事的人，房团长、张友在建开荒营上没少费心，咱们不能忘了人家。"饭后他忽然对我说："我仓房里有两袋葵花籽你代我给他们送去，现在人多嘴杂我去不合适，一袋给房团长，一袋给张友参谋长，代我问他们好！瓜子不值钱，年底了让家里孩子们高兴一下。"我说："没问题，什么时候去？"他说："现在就去，你去叫张奎壁开小车来装上就出发。"

不一会，老张师傅开着那辆修理所自己攒的吉普来了，装上车后就出发了。说是吉普车，那是外形打了一个和北京吉普差不多的外壳，机器是从废品堆里捡来的不知淘汰多少年的苏联嘎斯，而且刹车还坏了。路上我担心地说："张师傅，没刹车行吗？这破路真刹不住您可别把我扔到鸭绿河里。"张师傅自信地说："我是谁？是在战场上开车送炮弹的，什么困难没遇到过，这算什么，踏实坐着吧。"在二十多公里的颠簸土路上，他用娴熟的换挡技术安全地开到团部，我真服了。

我敲开门，房团长一看是我们就让到屋里，我向房团长说明来意并转达营长的问候，房团长非常感动，一再让我回去转达他的谢意。之后又去张友参谋长家。事情办完后张师傅就开车拉我顺利返回到营部交差。

多年以后，我去吉林小丰满发电厂看望房贵忠团长时还聊起此事，他感慨地说张英人真好，有情有义，他是敢做敢当的好干部、让人敬佩！叹惜他去世的太早了！

六、无私无畏、情操高尚的共产党人

1976年麦收时节，这是农业连一年最累、最繁忙的重头戏。因为这关系到大家一年辛苦的劳作付出能否丰收和盈利，各连队的领导都使出浑身解数组织麦收大会战，各级领导干部全都要下基层督战。

有一天，张营长下连队检查麦收工作回来，我和他一起吃晚饭，边吃边聊各连麦收进展情况，他对大多数连队的麦收进展表示满意，对各别连队工作上不去大为不满。聊到兴奋处，他讲了对于干部工作作风和领导能力的一段话，让我感触颇深。他说："凡是工作搞得好的连队，领导班子都团结，干群关系搞得好，咱们条件差，有困难和大家讲清，麦收劳动强度这么大，后勤工作一定要有保证、要跟得上，战士们心气顺和，领导拧成一股绳，工作一定干得好！"

他又说："有的连，连长和指导员不和相互拆台，这样的单位永远也搞不上去，必须调整。有的干部工作搞不上去就知道训人，总认为指挥不灵就是有坏人捣乱，要抓阶级斗争，搞的干群关系紧张。在干部里上下都有这种人，抓工作外行，整人有一套，自己一贯正确，这种人私心重，拉一派打一派到哪哪就乱，我最烦这种人。"

他接着说："有的干部确实水平低，个别老同志没什么文化，运动中挨过整，干工作前怕狼后怕虎，老怕犯错误，这怎么行。这次下去我是批评他们了，我说你们的管理能力都不如旧社会村里的小地主，麦收大忙时，他为自家那点麦子，还知道炖点肉放在地头，长工们谁先割到头谁吃。你们就不会买点背心、毛巾或做个锦旗印几个字搞个竞赛，奖给先进的班排和个人。咱们布票多、收集点，花不了几个钱，让大家有荣誉感。老怕别人说是搞物质刺激，什么叫物质刺激，他们懂吗？战争年代怎样，八路军那么困难还有立功受奖呢，条件好点时我立功还得了两块大洋的奖励呢，这是物质刺激吗？这是党对你工作成绩的肯定和鼓励。"他又说："到基层当领导是党对你的信任，你必须要干好、得干出点成绩。咱们开荒营条件差，多数都是知青，城里来的小青年人好动也有见识，组织他们搞点文体活动，推个球场买几个球，组织场球赛，业余活动搞得好的连队就有活力。后勤也一定要跟上去，尽最大努力让大家吃得好一点，战士们看领导关心他们就会把连队当成自己的家，愿意跟着你干，这样的连队能不出战斗力吗。班子无能下边必然一盘散沙。"

这天晚上，他兴致很高，从三八队、17连直讲到开荒营，又说起运动中受冲击和对有些干部的看法。他说："我来北大荒后一直在基层工作，但不管到哪都要做出点成绩。在三八队建酒厂时，开始烧出来不好喝发苦头，后来听人说铁锅就发苦，必须用锡锅，我一边收集废锡一边打听谁会做锅，打听到富锦有一个老工匠会做，我赶紧把他请来打了个锡锅换上了，这一换还真见效，酒不苦了还真好喝，全团谁都知道三八队的酒最好。后来咱们到17连开荒建点，大家起早贪黑吃了那么多苦而无怨言，一年就把连队建设得那么好，为什么？这就和打仗一样，连长把枪一举向前冲，战士都嗷嗷叫的冲锋，领导关心爱护战士，战士信任你才有战斗力。如果你领导都不愿在艰苦的地方工作，有私心总想自己找条件好的工作单位享享福，谁听你的，这样的人没事业心，干不出成绩。"

他又说："我就愿意和你们青年在一起工作，大城市来的青年有见识、思想活跃，从建17连到开荒营，在第一线艰苦工作都是知青，他们敢想敢干不怕吃苦，是咱们营绝对的主力，这次大开荒如果没有广大的知识青年参加是很难办到的。"他又说："各大城市的青年响应党和毛主席的号召到北大荒屯垦戍边，十七八岁的孩子离开家乡到几千里外的边疆，跟着我们这些老同志在荒原上吃苦受累，要是自己的孩子你心疼，人家的父母能不心疼吗？所以你就要像对待自己的孩子一样关心他们、爱护他们，这是我们当领导的责任。"他感慨地说："我们 1958 年来北大荒的官兵比我资格老的有的是，像咱们的老周头（老团长周培然）、老丁头（副团长丁元善）等老同志，战争年代屡立战功，来开发北大荒从不以功臣自居，勤恳工作毫无怨言，图什么？图的是把北大荒建设好，为国家多打粮食，完成党和国家交给的任务。"

这一晚上我和营长的聊天长谈在我心中留下深深的印迹，他讲原则、讲团结，率领开荒营将士在荒原深处艰苦奋斗、开荒建点，他不图名利、一身正气，为开发三江平原做出了无私的奉献。

七、革命理想的实践者

随着开荒面积的不断扩大，开荒营土地面积方圆百里，早已超过一个团的规模，在三江平原腹地号称天下第一营。张营长是理想主义的实践者，在他心中开荒营将来发展壮大的蓝图还没有实现，他要为实现美好的理想而奋斗。

在我和张营长接触的几年中，无论是在工作场合还是在家中吃饭闲聊，我从没有听过他讲家长里短的事。在他的心里和头脑中总有干不完的工作。在他心里事无巨细都想到了，而且还要一件件亲自落实。

（一）重视教育，建立了全师第一个学校鼓号队

当老同志家属陆续迁进荒原马架房后，营党委立即组织办学解决家属子女的上学问题，抽调学历较高的知青在各连组建临时学校，各连用杨木板子钉了点桌椅，把帐篷、马架子房隔开，简易昏暗的学校就开学了，在荒原深处的连队第一次响起孩子们朗朗的读书声。

连队学校刚建完就开始筹建营部中学，他亲自选址在营部家属区旁，要求砖瓦结构，连操场的大小、跑道的长短他都找懂体育的老师商量。我当时在 42 工程连，学校建好后，他看到孩子们在宽敞明亮的教室读书非常高兴。

一天晚上，我和营长在家聊起四营建学校的话题，他对我说："咱们营人越来越多，将来条件好了还要扩建，我们这辈子吃苦开荒不就是为了下一代过上好生活吗，要给他们创造好点的学习环境，条件差我们可以住土房，但是不能让孩子们上学也吃苦。"他又说："咱们是兵团，干什么都要看得远点，咱们营大多数知青都到了结婚的年龄，将来有了孩子就要有幼儿园、学校，所以我们要向大城市的学校看齐，它们有的咱们也要有，如果咱们的学校盖的像屯子一样谁愿意去？"这时我插话说："您说的对，我上的中学就是个新建校，我们校长就有破例，他组建了一个庞大的鼓号队，学校一有外事活动，大旗一打鼓号齐鸣，让邻校都刮目相看，真给学校提气。"他问我："你会吗？"我说："我不懂，咱们营部的温学成是我们学校鼓号队的队长，鼓号都会。"我说完后营长抽着烟没说话，过了一会他突然问我："组建一个鼓队要多少钱？"我说我也不知道，学成他可能清楚。说完后我也没放在心里，只当是

和营长的一次闲聊。

过了一段时间，我从营直中学外边过，看见温学成正在操场上教女学生打小鼓，我当时非常惊讶！赶忙过去问学成，他对我说："营长叫他组建鼓号队，中等规模。"又说："这些学生多数都没见过这样的鼓，一点基础都没有，得从头教，但他们很刻苦学的还挺快，我会把他们训练的和咱们学校的鼓号队一样的水平。"

没过多久，这支由垦荒子弟组建的鼓号队开始在学校和开荒营的活动中亮相了，白衣蓝裤、脖子上戴着红领巾，整齐的行进动作伴随着嘹亮的鼓号声，真像城里学校的鼓号队，他们被荒原阳光晒得黑红的小脸上充满了自豪和骄傲。我对张营长说："咱营的鼓号队真有城里学校的范。"他高兴地说："我早就说，虽然咱们这是边疆是荒凉，但干工作一定要看长远，咱就得向大城市学习，建设好了，人们才愿意留在边疆，你看孩子们多高兴，营里搞活动他们一来多提气。"

营直中学的鼓号队就像开荒营的名片很快就传开了，就连团部召开全团运动会都特别邀请鼓号队前去助兴。现在一想，也只有张英营长有魄力，在6师最艰苦、最困难的开荒营建立了第一支学校的鼓号队，用嘹亮的鼓乐提振"向荒原进军"的信心。

（二）运动会前的小插曲

开荒营的运动会可以说是除了团部以外最隆重的运动会。运动会之前他都要召集学校老师、营部年轻的参谋干事及懂体育的人才开会，大到足球、篮球、下到跑跳投，所设项目之多超过团里的运动会。营里90%都是知青，运动是青年人的所爱，各连的运动员更是积极备战，准备在运动会上搏击一把。张营长带头到老同志家搜罗布票作奖品，全营上下高兴、忙碌地准备着。

晚上我去他家里，他回来的晚了点，胸前还戴着一个总裁判长的红色布条。我打趣地说："瞧咱营长还是运动会的总裁判长呢。"他笑着说："我懂什么，大家非选我当，我说了让我当可以，我就一个条件，裁判员一定要公平公正，不能有私心。"他说："这次运动会准备的挺好，我还到团部请团领导来参加，他们不来，说要集中精力准备麦收，不同意营里搞运动会。我是先请你们了，你们不来我们自己开，还得开好，上级怪罪下来我顶着，不能伤了大伙的心。"我插嘴说："来这么多人开运动会吃饭就是个大问题，营部周围的食堂都得忙起来。"他却说："这不用担心，我早想好了，运动会放假三天，我已通知各连，凡是到营部参加运动会的运动员和观众都算出勤，留下值班的，不愿来的算放假。再有各连食堂自己送饭，快麦收了，也比比哪个连队的伙食好。"我说："看运动会的算出勤，不想看的算休息，有点不公。""你不明白我的意思，"他大声对我说："我就是想叫大家都到场，咱营这么大能把大家聚到一起不容易，运动会开完很快就要麦收了，我就是要借运动会的机会把全营的同志聚到一起，在运动会上作一个全营麦收总动员，比到各连去跑效果要好得多。青年人玩得高兴，他们心情愉快麦收进度就快。"我这才明白他坚持开全营运动会的用意，既是运动争先的大会，又是提前的麦收誓师大会。

（三）未雨绸缪、加快四营城镇化建设

开荒营建点以后上级才正式批复了番号，6师27团4营，但人们叫开荒营叫惯了，名称也就无所谓了。4营的领导班子非常强，农业参谋周涵达和后调来的副营长张正作都是大

学毕业的农业专家，开荒营的开荒面积还在向四外延伸扩大。1975年后上级又从哈、佳等城市迎来一大批小知青充实开荒营，此时的开荒营兵强马壮。

在张营长心里，他最着急的事就是跟随他开荒创业的老知青都到了成家立业的年龄，要加快营连的基础设施和住房的建设。他曾对我讲："一旦大批老知青在这成家怎么办？这是我最着急的事，必须要提前想到。全团就一个砖厂，四个营再加上团部建设，我们能分多少，所以我们不能等、靠、要，一切都要想办法自己解决。"他到团里跑砖厂、面粉厂等建设项目，团里也考虑到这个占了27团一半大的营将来物资供应的压力，很快就批准了。

开荒营42连的连长刘国华真给力，一年时间起早贪黑盖起了一个和团部砖厂一模一样的24门的大转窑，接着就开始建面粉厂。

这两个大工程的完成去掉了张营长的心病。他又开始筹划营部周边的城镇化建设，他曾说："咱营连队离团部远的有百十公里，所以营部的建设也要像团部一样，连里来人到营部办事或知青家长朋友来了要有的住有的吃，咱们有招待所了，还要建一个饭馆改善一下伙食，不能老叫大家吃食堂，也叫远道来的客人和家长有个相聚的地方。"没过多久，我看见天津知青赵玉琢调到营部的饭馆当大厨，四营饭馆在营招待所对面的土房开张了。

张营长处处为改善提高全营官兵的生活着想。有一天我到他家里吃饭，他说："瞧瞧城里，菜做得好吃不就是佐料全吗，我们的猪肉比城里好，大都是白煮，团里的醋造的真好，其他不怎么样，我想了，咱们营自己建个酱油醋厂，把咱们的碎半豆利用起来，不会不要紧，找个有关系的青年到城里去学学，一定要办起来改善连队的伙食，一方面还能供应全团增加营里的收入。"我高兴地说："太好了！咱以后也可以红烧、酱肉了。"他笑着说："我早就打算建酱油厂，有了它那饭菜就上档次，喝了这么多年汤了，也该改善改善了。"不久，四营酱油厂在42连东边开张，发酵池内的酱油散发出久违的香味。

张营长要是活到现在肯定是美食家。他在部队管过后勤，来北大荒又在副业连当过领导，他非常重视副食的生产，组织发展副业提高连队的生活水平，无论条件多艰苦，他都要督促各单位养猪种菜，而且还要多种点香瓜、西瓜解决没有水果吃的问题。说到这，让我想起在17连建点时的一件事。

1970年春天17连刚建点，连长张英就在连队不远处开了几垧荒地种菜，还种了很大的一片西瓜、香瓜。瓜还没熟好，就有小青年着急嘴馋地地里偷瓜吃，被看瓜的老头发现告诉司务长，老张生气地跑到连部告状。他听完后笑呵呵地说："瓜果梨桃，谁逮着谁嚼。"司务长不满地说："我想叫你批评他们，你还护着。"他却说："这点小事还生气，好了我开会说说他们。"晚上开全连大会时他说："今年咱们种的瓜长的挺好，快熟了，有的人等不及了晚上到地里摘着吃，瓜秧都踩坏了，再说生瓜也不好吃，大家再等些天，等熟了我让你们吃个够。"张英就是这样的领导，他从不会因为小事伤了战士们的自尊心。当他看到战士们用脸盆把香甜的瓜果搬回宿舍时心里不知有多么高兴。

到开荒营后，他又在营部的东北处划出一块地建果园，并且亲自带着营部人员到山上挖野山丁树苗（野山楂）回来搞嫁接。他还督促各连多养猪、养牛，提高大家的生活水平，使生活物资的供应得到很大的改善。他说："咱们早点把果树苗栽上，过几年营部建好了树也就开始结果了，咱们就是要自己动手、丰衣足食，再过几年你们在这安家了，咱们也得建个电影院和大商店，让城里来的青年感到越建越好，咱们一步步来。"

八、生命不息、奋斗不止

到了 1977 年开荒营（四营）统计 6 年间共开荒近 32 万亩，播种近 23 万亩，已经建了 16 个农业连队，一个营部以及工程连、修理所、车队、砖瓦厂、面粉厂、几个工副业配套单位和学校，雄踞在方圆百里的三江腹地。

正当他踌躇满志，要在荒原上大展宏图实现自己的理想时，上级又发来调令，调他去组建农业科研所任书记，他二话没说，只能告别了他所热爱的开荒营，告别了和他一起在荒原深处艰苦奋斗多年的老战友和家人，奔赴又一个新建点继续创业。

科研所建在勤得利场部外的一片荒地上，他在科研所一年多，仍然像在开荒营一样指挥大家盖房，让科研所早点运转起来。他起早贪黑的工作，终因积劳成疾倒在了他最后的工作单位上，终年 53 岁。他没来得及和夫人和四个孩子告别，也没告别和他同甘共苦奋战在荒原的战友们，他走了！他太累了！

张英营长突然去世的噩耗传到了开荒营（四营），与他在荒原上摸爬滚打了多年的战友心情非常沉痛，战友们回忆起 1971 年张营长率领着开荒营迎风冒雪开进荒原深处的沼泽地，高举着"向荒原进军"的大旗在渺无人烟的亘古荒原开荒建点的经历，仿佛又看到他坐在爬犁上迎着风雪探查荒原的身影，又勾起他们在马架房、帐篷里和他一起过年的回忆，方圆近百公里的每一块土地都留有他的足迹。

农场党委为张英营长举办了隆重的追悼会，他的老领导、亲属、战友从各地赶来，开荒营的老战友几乎全体出动向老营长作最后告别。

追悼会后，开荒营的战友们决定用中国的传统方式抬着棺木送尊敬的老营长张英最后一程。墓地在五连西面的山坡上，跟随张营长在荒原上艰苦创业的知青和战友们准备好了架子和抬杠，用换人不落杠的传统礼仪抬着沉重的棺木走向几公里外的墓地。

山路崎岖，战友们抬着棺木艰难地前行，张营长一生都在为国家、为他热爱的黑土地奔波，战友们不忍心让他再受到颠簸，让老营长安静地走完他人生的最后一段路程，大家用抬棺木的行动表达战友们对张英营长的最后敬意。

张英营长永远离开了我们，他心中崇高的理想还没有完成，他去世的太早了，才 53 岁。

他是荣誉伤残军人，转业后又为开发北大荒而奋斗，多年来他一直在第一线领导指挥开荒建点。在北大荒第二次大开发中，他率领着开荒营在极端艰苦的荒原中心的沼泽地奋战了 8 年，开垦了 50 多万亩荒地，为今天建三江现代化的大国营农场群的发展立下不朽的功勋。他不图名利、勤勤恳恳为党和人民奋斗了一生，他是北大荒艰苦奋斗、无私奉献精神的践行者，他是我们开荒营的旗手，是我们敬佩的好领导和优秀的共产党人。

后记：曾经有人问过我一件事，1975 年，四营领导班子充实调整时，上级为什么任命张英为第二营长？这件事我在本文第六节中侧面说了两句，张英的几次升调受阻，在当时的领导层中都是心知肚明的。但这又恰恰反映出张英心胸宽大，对于提升成与否、官职的高与低，他看得很淡，实在说不过去了也只是和几个知己说两句就不会再提，在他心里党的事业比什么都重要，用他的话："什么工作都是干出来的，我最瞧不起那些一天说嘴整人不干实事的人。"他就是这样的共产党人，无论是正职副职，他总是站在最前面。他是个非常注重情义的人，为人正直正派，厌恶有些干部搞吹吹拍拍、拉拉扯扯低俗的工作作风，我深知他对工作的热情和对外界人际关系的无奈。在他身上始终保持着军人雷厉风行说干就干的风骨。张营长不管在哪个单位工作都追求要比别人干得好，干得快，干出成绩。在14连（三八队）酒厂全团最好，领导17连开荒建点实现当年开荒打粮、建"四大"工程，他还组织研究用草炭养猪节约粮食的技术受到上级表彰。他领导有方，有过人的组织能力，谁都知道开荒营是个艰苦困难的单位，可还是有很多老同志和知青愿意投奔到开荒营和他一起在荒原上打拼。张营长为人随和没架子，但工作起来就像《亮剑》中李云龙那样身先士卒、不惧困难，为尽快改变北大荒的落后面貌，他率领全营在荒原深处艰苦奋战，带出了一支敢于吃苦、敢打硬仗的队伍。

我在张英营长领导的17连和开荒营工作了近5年，我从最初的感恩心情到被他的人格魅力所倾倒，无论条件多么艰苦都愿意在他领导的地方工作。我虽无大建树，但我对营长的感情很深。张英营长在荒原上拼搏了20多年，他把毕生的精力全都扑在北大荒改天换地的事业上。他不谋私利，无暇顾家，他的老伴王阿姨从北京跟随他到北大荒后，一直在家属班里做临时工，但老伴仍然风风雨雨、辛辛苦苦地陪伴着丈夫在荒原上生活了多年，荒原的艰苦和严寒让老伴和孩子们的身体都受到伤害。营长去世二年后，王阿姨也因病撒手人寰，留下四个未成年的子女。这样的好领导我们怎能不爱戴，这样的共产党人我们怎能不尊敬！

可以说开荒营八年的大开荒倾注了张英营长的全部心血，他把一生最后的一段时光献给了他深爱着的北大荒，真是出师未捷身先死，为后人留下多少叹息、遗憾……

黑土地的人民不会忘记他，广大的知青战友们怀念他，我们曾和老营长在"向荒原进军"旗帜下爬冰卧雪、团结奋斗，为开发北大荒奉献出宝贵的青春年华。张英营长是我们开荒营的一面旗帜，他是我们心中的英雄。

王润培　北京知青，1968年7月由北京76中下乡到黑龙江勤得利农场27团工程连、2连、17连、砖厂和开荒营42、41连供职，1977年底返京，在皮件三厂、北京轻工集团供职。退休。

怀念老营长张英

张金发

我是1969年春从上海下乡去黑龙江建设兵团的知青。那时我18岁，记忆里，我是从彭浦火车站坐上"知青专列"离开上海的，火车一路北上，经过几个昼夜的急驶，缓缓停在一个叫福利屯的小站上。仍在昏睡中的我听到有人呼喊"快醒醒！到了，拿好东西下车。"我们疲惫地提着东西走下车厢。虽然已是4月底了，车厢外站台上还是那么寒气逼人，我不由得连打了几个寒战。

听完"接兵"人的分配,大家拎着行李,按车子上的连队标识,各自爬上早已经停满站台的解放牌卡车。汽车启动,又浩浩荡荡的"一路向北"继续前行。中途经过富锦县城和几个小村镇时,路的两边都会站满了人,吹响唢呐,敲锣打鼓,扭着大秧歌欢迎我们。我听到动静,从裹着严严实实的棉大衣里伸出头来,只见车子行驶的一路上,疾风卷起的雪花打在棉大衣上面形成一层薄薄的白霜。我看着路边的老乡们热情地挥动纸扎红花,欢快地舞动,第一次看到了"东北大秧歌",我知道,快到了……

一、知音邂逅

我被分配到临江边的 13 连。时间似箭,转眼冬天来了,北大荒的冬天特别冷也特别长。连队趁着农闲开展"两忆"教育(即忆阶级苦、忆民族恨)。我被临时抽调到连部做宣传工作,从班里的大宿舍搬到连部去住,与刚调到我连任副连长的张英住一屋。张副连长刚来,兼管"两忆"教育。平日里我和他走家串户走访,倾听老战士的控诉,将收集到的资料汇编成册,还把他们的苦难仇恨和参军打仗的经历绘成 50 厘米见方、图文并茂的连环画,挂在人食堂,让战友们在吃饭时观看接受教育。

张英见我平时不声不语就和我聊些工作和生活的事,他一边欣赏我画的画,一边勉励我争取进步。他说:"你们来自上海大城市,是离家最远的知青了,看到你们我真高兴。"他操着一口北京口音,说话不快,却铿锵有力,他面容和蔼,亲切有加。更让我为之肃然起敬的是他的辉煌经历:他是北京顺义人,抗战时参加了八路军,多次负伤立功受奖。我渐渐地同他无话不说,一有空就主动烧炕打水,热饭温酒。就这样,我和他结下了深厚的情谊,成了濡沫的知音。年底他又调走了,去组建 17 连开荒。不久我也离开 13 连,去新建的 26 连开荒。

二、再次相见

1970 年初,我在 26 连建点,和张英连长的 17 连地块相连,我多次在地头田间遇见老连长张英,每次见到他都格外亲热。他总关心地问我是不是还常画画,还出黑板报吗,各方面情况好不好,还约我有时间到 17 连玩。17 连里面有不少是原 2 连上海知青,很多都是和我一个地区来的,有时间我去看老乡也看看张英。他特别关心青年业余生活,让我回连队也组织个球队,到 17 连来打比赛。

三、不期而遇

自从张英调到开荒营,我几年都没和他再见面。说来也巧,一次我生病住进勤得利卫生队,张营长也因病住院,正巧我跟他住在同一病房。他老了不少,可精神还是那么充沛。常有他的老战友和知青战士来探望,外科主任宋衍芳大夫等医生更是常客。宋大夫知道了我们关系很好,就对张营长说:"有人关照了,你开心吧!"我们都很高兴,整天谈笑风生,还和我经常聊点历史、人物轶事和传记,说些上海滩的新老故事,还不时谈到写字绘画,关心聆听我的体会心得以及今后打算。他见我时而流露出怀才不遇的思想,情绪较为低沉,就有针对性地谈了他的看法。他像对自己的孩子一样，感慨地说："你们知青大都还不到 20 岁，就远离开家来到北大荒，不容易啊！"他开导我多看书学习积极向上。在他的关怀下，我开始摒弃思想包裹，人也开朗不少，更愿意向他袒露心迹。

四、调往开荒营

记得是 1974 年的年末，有一天 26 连队通信员给了我一张调令，上面写着调我去 4 营报到。我想调到开荒营都是各连整建制调的，怎么就调我一个人？我想了想试着打通了营部的电话，才知是张营长给我的调令。我立刻冒雪搭车走了一整天，傍晚后到达营部。

张营长安排好了我住的地方，那时营部办公室还在路边一幢土坯房里，我放下行李就径直去了他家。他家屋子不大，却很暖和。营长爱人将我让上了炕，她满脸和蔼，也是我第一次见到大婶。饭后张营长与我谈了开荒营的情况以及工作安排。我从此开始一直在 4 营部工作生活。

在营党委和张营长的领导下，我干劲倍增，积极主动工作，尽情展现所能。我跟随营首长下连队，工作组驻基层，在勤得利驻点协调粮食上交国库等工作。开荒营年年丰收、年年增产，全营仍在不断地开荒不断地发展。营部和各连队在短短几年里，都建起了整齐的砖瓦房，有了自己的新学校，还盖起了修理所、粮油加工厂、砖瓦厂，组建了汽车队以及饭馆、服务社、商店等配套设施。营部也盖起了办公室、家属房、大礼堂和招待所。为丰富广大知青的业余生活，开荒营又成立了自己的文艺宣传队、电影队，召开田径运动会，充实了广播宣传，极大地改善了战士们的生活质量。营里还升级了大礼堂的布景装备，建起营部的标志性建筑——大牌坊。

谁能想到，开荒营的成绩是老垦荒同志率领广大的知青战士在短短的几年中完成的。我和战友绘制了全营发展的蓝（地）图，开荒营从"向荒原进军"的那天开始，已超前完成了建营之初的规划愿景，每一个成就中都充满了垦荒将士辛勤的汗水。

五、痛失师长

最难忘却的是 1980 年的盛夏（7 月 19 日），我当时正在指挥刮路机在营部的主干道施工，突然听到张营长患脑出血在勤得利医院抢救的消息，我立即前往医院探视。原副营长张正作守护着他进到了抢救室，门外站满了不断前来探视的人。噩耗还是传来了，我当时泪流满面泣不成声，我们尊敬的老营长张英还是离开了我们。他是我们开荒营先驱者，"向荒原进军"的擎旗手，开荒营的坚强领导人，广大知青战士的知心朋友，我的挚友师长。在此期间，我连续部署在营广播站（我当时担任营文宣干事）重复播放哀曲，播发战友们的追忆文稿和已返城知青寄来的悼念信件，播音员小毕播音时曾几度哽咽。

毛主席在诗中曾写道：为有牺牲多壮志，敢教日月换新天。我们的张英营长做到了，做好了。他是一位优秀的老共产党员，工作中受到不公待遇时他从不去争，他一直在开荒一线工作，不管条件多艰苦，我们从来没听到他叫苦，他总是在鼓励我们为了美好的未来渡过难关。他是北大荒无私奉献精神的实践者，给我们留下了宝贵的精神遗产，他就像一个冲锋不息的战士在荒原上拼搏着呼喊着，他又像一个慈祥的长辈关心着每一个年轻人。他对广大知青战士的成长寄予厚望，他有惜才爱才的心胸，他对我的教育培养和知遇之恩让我受用终生，我永远不会忘记他。直到现在，当年垦荒战友们每次相聚就会提起他，提起他一生献给北大荒的感人事迹，都叹息我们的好领导张营长英年早逝。

1989年，我回北大荒勤得利，又重返开荒营故地，心绪跌宕，感慨万千，我又到张营长的墓地叩头献花，表达我对他的怀念。

（校订：王润培）

张金发　上海知青，1967届毕业，1969年春从上海市海滨中学到黑龙江兵团6师27团、13连、26连，1974年调开荒营，任营部水利技术员，文宣干事，1981年底返沪，任公交公司办公室主任。退休，中共党员。

张英营长和战士胡宝玉

插图：杜宝玉

知 青 贴 心 人

罗以文

一、烈火见真情

1973年春，我正沉浸在准备享受探亲假回家与父母团聚的喜悦中。这时营部财务室的出纳俞建国来找我说：王书信教导员全家回河北邢台老家探亲，让我走之前和他一起给教导员看家，顺便帮着把他家的房子修理一下。都是上海老乡关系也不错，我就答应了。在教导员走的当天上午，我俩就先把睡觉的火炕给扒了，请营部的瓦工于师傅来把火炕重新盘好抹平，并点火烧起来烘干。下午，我又去给炕洞里添了些木柴，记得用砖把炕洞口周围堵好了，以防火星子迸出来。然后就坐着胶轮拖拉机去 70 公里外的勤得利江边给机关拉煤去了。

当晚九、十点钟，我拉煤回到营部时，只见教导员家的方向一片红光，很多人都在往那跑，我当时就瘫坐在地上。过一会也赶快往那跑，到那一看我就吓傻了，只见教导员的家已被大火烧成废墟，空地上堆了一堆东西，张营长的几个孩子在那看着。营长家与教导员家是邻居，起火时发现的早抢救及时，大家伙帮着扑火，抢救的东西都搬出来了，大火扑灭的及时，张营长家没受什么大损失。

也不知道是谁早早把事捅到了团部，第二天一早，团政委许树生就带着保卫股的干事来到了营部，对营里领导讲："王教导员前脚刚走，后面他家房子就着火了，这中间肯定有问题，要调查是否有人搞破坏，对肇事者要进行审查。"这就是说要把我和俞建国带走了。这时张英营长马上站出来对许政委说："这俩孩子我了解，是好心办了坏事，没有其他问题，这件事先由营里调查解决，如发现问题我们急时向团里报告，由团里处理。"许政委同意营长的意见。这是把我和俞建国保下来了。会后营长看我们俩害怕的样子，不但没有责怪我们还安慰我们相信领导会解决好的，并要求我们通过这件事要吸取教训，好好工作。

接着张营长马上找 42 连连长刘国华，把他们连里盖好的职工新房先临时安排一套给王教导员（42 连紧挨着营部只隔着一条马路）。刘国华连长二话没说马上就给安排好，还立即让木工给做了柜橱等家具，使王教导员一家回到营部就能正常生活。这时水利连的几个上海老乡岑焕龙等，还有电厂的赵云峰等知道我出这一档子事后都来营部看望安慰我，并伸出友谊之手帮助我，给我送来布票、粮票和钱，把一些生活必需品置办起来。当时营部商店的知青特别是班长屈维明更是在物资上优先帮助我，把进的棉布被套、有限的缝纫机都优先供应我。在营部领导的关心下，在大多知青的帮助下使我能顺利地把教导员的家置办起来，保证了王教导员一家回来后的基本生活。

在此我真诚地怀念和感恩我的老领导张英营长！感激刘国华连长！感谢所有在此事件中给予我关心、帮助的战友和朋友们。他们的深情厚谊我会永远铭记在心，也激励我多做善事，助人为乐。

二、知青的贴心人

1970 年 12 月下旬，团党委召开了"向荒原进军"的动员誓师大会，在全团掀起了以进开荒营开荒建点为荣的报名热潮。当时我在勤得利搬运连当装卸排长，也马上向团党委写了申请书，要求参加开荒营的建设。

我的申请得到了团党委的批准，并任命我为开荒营的后勤助理员。

1971 年 2 月我来到了开荒营，向张英营长报到。刚一接触就感觉到张英营长和蔼可亲，平易近人。营长明确了我现阶段的工作是保证全营 12 个连队和营部机关的粮、油、食盐供应和营部机关的生活用煤的需要。并鼓励我放心大胆地干，有困难和问题可随时找营长帮助解决。在以后的工作生活中深切地感受到营长在工作中既严格要求，有困难和问题也是及时帮助解决。首先营长帮我协调好后勤工作中各方面的关系，在我拉油和拉煤的工作上让机务参谋尽量保证用车，使我能把全营需要的粮、油、盐和生活用煤及时拉回来，保证全营生活所需。

那时，从营部到团部粮油厂拉货、到勤得利江边拉煤都是从37、38连方向走，经过22连、6连才能到27团主干公路，拉一趟货都要三四个小时，我们都坐在胶轮拖拉机的车斗里，冻得嘴唇发紫也得忍着。有一次，从粮油厂拉三吨面回来，由于开春道路翻浆不好走，过了22连就翻车了，差一点把我拍在车底下，就这样我又走回22连借电话打给营部，营长马上安排车和人来把翻到的车拉过来，又重新装好车。回到营部早已过了饭点，可是营长已经让食堂把饭菜重新给热好了。虽然我们又冷又饿，但心里却是热乎乎的。

当时，刚进点时一片冰天雪地，男女职工都住在棉帐篷里，中间用塑料布、草帘子隔开，生活非常艰苦，晚上天很冷，人人穿着棉大衣再裹着被子睡觉。吃的是没有发开的面，蒸出的馒头又黑又黏，菜是少油水的冻白菜、冻土豆、冻萝卜，煮出来的也是黑乎乎。营长和我们同吃同住，并很乐观地和我们讲，很快就会好起来的，困难是暂时的。虽然生活十分艰苦，在营长的影响带动下，大家从不叫苦、喊累，干劲十足，每个人都努力干好各自的工作。

为了尽快改善居住条件，营长带领我们用很短的时间用草筏子干打雷的方法盖起了一千多平方米的大棚屋。有了营部食堂、办公的地方和职工宿舍，使大家的生活和居住环境有了很大的改善。

为了实现当年开荒、当年打粮做贡献的誓言，营部领导决定把进点拖拉机和拖拉机手集中在一起，成立机务排，统筹安排，统一指挥调度，做到人歇车不歇，加快了开荒进度，扩大了垦荒面积。开荒大会战时，只见荒原上机车轰鸣、灯火闪亮，开荒将士让沉睡了千年的荒原泛起了黑色的浪花。为了保证开荒的进度，让拖拉机手吃好、休息好，张营长对这些年轻的拖拉机手比对自己的孩子还要好，亲自过问这些机务人员的住宿和伙食，一再强调要保证他们吃好睡好。还亲自组织营部机关人员到食堂帮厨并给拖拉机手送夜班饭，他的言传身教极大地调动了拖拉机手的开荒积极性。当年开荒上千顷地，使各个连队开春能够及时地播种，保证了秋收的丰硕成果，当年我营上交粮豆1 000多吨，当年盈利。

（修订：王润培）

罗以文 上海知青，1968年8月由上海下乡到6师27团8连猪号班，1968年2月调到发电厂，1970年3月调到搬运连、排长，1971年2月调开荒营后勤助理员，1975年5月调团部劳资科任科员。

进点时的张英营长

郭继伦

　　我想说说我们开荒营的老营长张英。说实在的，我虽说跟他一块进点，但接触的时间真的不多，全营只有我们这一台车，要尽最大努力完成 12 个连和营部的运输任务，可以想象有多难。进营都两个多月了连行李还都没打开，到哪个连队就睡在哪个连或是睡在车里，所以很少看见张营长。但是我们都知道他每天都工作到很晚，夜里还要吃顿饭才休息。他住在帐篷的一头，马灯经常通宵亮着。

　　营长有一条特别好的熊皮褥子，毛又长又厚，油亮油亮的非常漂亮，装在一个布套里。他非常喜欢这条褥子，时不时让人帮着拿到外面晒晒，偶尔也会和我们说说熊皮的来历，好像是在哪买的生皮，费了好大的劲才找人把皮子熟好，挺不容易的。

　　营长特别关心食堂，几乎每天都要到食堂转转，看看伙食怎么样。他要求食堂一定要保证拖拉机驾驶员什么时间到都要有热饭吃，尽量做到吃饱吃好。随着调入的拖拉机和人员的数量不断增加，炊事班开饭就没了钟点，有时吃饭的人一整天都不断，也真够食堂忙的。

　　张营长为人非常随和，非常关爱我们这些年轻战士，有时工作累了就走出来和我们嘻嘻哈哈地闲聊一阵，逗的大家前仰后合的大笑。有时不知道因为什么生气了，也会骂上几句。

　　张营长是 1958 年转业官兵，抗战老兵，负过伤、立过功，在北大荒开荒 10 年，现在又率领我们这些青年人进军浓江河荒原。他那么大岁数还不知疲倦地带着我们一帮知青在荒原上摸爬滚打，在这么艰苦的环境中任劳任怨、以身作则、同甘共苦。张营长真是个好前辈，每个在开荒营工作过的战友一说老营长张英无不尊敬、钦佩。

　　郭继伦　北京知青，1967 年毕业于北京丰台铁中，1969 年下乡赴黑龙江兵团 6 师 27 团 2 连，1971 年初调入开荒营营部、37 连，1976 年返京，在中国中铁电气化铁道集团工作。退休。

传承北大荒精神的老兵

陈长宪

什么是北大荒精神？北大荒精神的实质就是十万官兵的不怕苦、不怕死的精神。他们把党的好传统、部队的好作风带到了北大荒。这些在战争年代为国冲锋陷阵立过功勋的官兵从不以功臣自居，他们像老兵一样用艰苦奋斗、无私奉献的伟大精神开发北大荒，又把北大荒精神传承给了后来的山东支边青年、各大城市的下乡知青，所以北大荒开发建设才这么快、这么好。我们开荒营的营长张英就是北大荒精神的实践者和传承者。

他 1945 年参加八路军，战争年代他为党和人民立过功勋。新中国成立后，他又响应党的号召来祖国的最北部，开发边疆，建设边疆，保卫边疆。他 1958 年来到北大荒后，历任 9 连、14 连、17 连的连长，开荒营（4 营）的营长、科研所书记。他到哪个连任职，哪个连队都会有新面貌出现。特别是 1970 年初，27 团组建了 17 连开荒建点，张英任连长，他率领全连进驻荒原，一边开荒播种，一边搞连队基建，一年的时间开荒一万多亩，还种了几千亩小麦大豆获得丰收，基本建设更是全团第一。他像一个老兵一样冲在前面，带领全连克服重重困难，起早贪黑在荒原上奋战，一年的时间就建起了一个崭新的连队。

1970 年末，6 师党委为决定向北大荒腹地进军。27 团党委迅速组建了农业 4 营，因无批准番号就起名开荒营，按照师党委要求，先在鸭绿河、浓江河之间建 12 个连队（后来增加到 15 个连队），开荒 55.585 万亩。这是一场改变北大荒落后面貌的决战，这是个艰巨又光荣的任务，团党委决定调 17 连连长张英出任营长并负责组建开荒营，后来又调王书信任教导员。

1971 年 2 月 5 日中午 11 时，张营长率 20 余人先遣队从石子河（27 团团部）向荒原深处开荒营部的坐标地进发。2 月的北国正值严冬，先遣队员们顶着刺骨的寒风和刮起的积雪艰难前行，路经 6 连、21 连、22 连、37 连的坐标地（后来的 4 营 37 连），下午快两点了才到达营部的坐标位置。下了车后，突击队员们顾不上自己快冻僵的身体赶紧伐木搭帐篷，工程连调来的小伙子们用不到两小时就把帐篷搭起来了。北国冬天黑得特别早，还不到 4 点半天就黑了，帐篷搭起来了还要搭锅做饭，要装炉子取暖，天黑看不见搭了，只能点起保险灯搭锅、搭炉子，还要现伐木供晚上烧炉子、化雪水做饭……在荒原深处天是冷的，地是凉的，但先遣队员们的心是热的。那时从营长到士兵就一个心思，今天再苦再累也要把营部先建起来，这是我们开荒的指挥部。我们脚下的这片荒原很快就会变成粮田，这就是当时人们的心理。

这里最忙的还是张营长，他把进来的连队安排好了，还要安排别的连队进点。那时的道路、通讯、生活到处都是困难，都要靠营长周密安排。在这方圆百里、冰天雪地的无人区建十多个连队，他们面临的压力和困难可想而知。开荒营部先遣队进驻时只有一个营长二个参谋，平均每天都有连队进点，好在张营长指挥有方和团部做后盾，十几个连队全部安全开进坐标地。

开荒营在出征誓师会上表决心：坚决完成一年建12个连队和营部的任务，还决心要当年开荒、当年种地、当年打粮作贡献。口号好喊、命令好下，真正执行起来难度太大了，张营长深知身上担子的重量，他发扬转业官兵不怕苦、不怕死的精神，以一个老兵的姿态冲在第一线，团结全营各级干部和士兵起早贪黑在荒原上奋战。受的那个苦、遭的那个罪，回想起来都会落泪，真是太辛苦了。但他率领的开荒营，完成了当年开荒、当年种地、当年打粮作贡献的誓言。当看着自己收获的一车车粮豆从荒原深处运往国家粮库时，每个拓荒战士心里都有一种自豪感。

都说东北冬天是半年闲，但在开荒营的干部、战士心中哪有一点闲着的时间，张营长要求开荒、基建一起上，尽快改变开荒营艰苦落后的面貌，冬天要到林场、采石场准备基建材料，农忙时全力以赴抓农业，农闲时抓紧时间建设自己的连队。

各连刚建好几栋马架房，老同志就勇敢地把家搬来扎根，家来了，孩子也来了，营里又急着给孩子们安排帐篷学校。张营长非常关爱荒原上的孩子，很快就在营部建起一座砖瓦结构的学校。他像一个要强的家长，总怕孩子们吃亏，为了给荒原学校的孩子提振士气，丰富业余生活，他还抽出不富裕的经费为学校组建了全师第一个小有规模的鼓号队。他常说："咱们吃苦受累就是为了下一代过上好日子。"

27团的主路东西走向，三个营之间相互连接，唯独四营的路是从团部旁的19连拐向正南方，这条土路长近百里，是只通四营及各连的"牛犄角"，一直是困扰4营出入的难题。团直学校放假时，其他营连的学生可搭顺风车或过路的客车回家，而开荒营的学生没有顺风车就得结伴走回家，真是大人在荒原吃苦受累，连孩子们也跟着遭罪。

有一次张英去团部开会回来，那时营长坐的是一台旧机器改装的吉普车，走到19连前面时看到有几个孩子向4营方向走着，营长叫司机停车问孩子去哪里？孩子们说去4营回家。他得知都是4营在团部上学的子女，放假找不到顺风车要走回家。从19连到4营36连步行要3个多小时，天又很冷，张营长二话没说，叫车上参加开会的人都下车。他说："咱们大人下车走着走，让司机先把学生们送回家，然后再回来接我们。"孩子们一听说营长用车送他们回家都高兴得跳起来，他们谢过张伯伯后赶紧钻进车里。多么感动人的举动！在场的干部无不为之动容。这就是我们营长张英，一个老军人、老垦荒的优良作风。

张英率领开荒营在荒原腹地经历了风风雨雨的考验，经过七八年的艰苦奋战，把三江平原腹地几十万亩荒原全都开垦成了肥沃良田。四营的营部、各连的基本建设都形成了规模，产量年年提高，衣食住行逐年改善，副业生产自给有余。

张营长为开发三江平原所做的贡献是人所共知的。当年6师师长王少伯在干部大会上表扬张英说："张英同志为4营开荒建设立下了汗马功劳。"师长这一句话代表了师团党委对张营长工作成绩的充分肯定。

八年过去了，4营的发展蒸蒸日上，可张营长的健康却在下降，身体一年不如一年。农场党委为了照顾他的身体，1978年把他调到场部农业科研所任党委书记。那时科研所正在扩建，他还没有搬家，就住在办公室里。1979年7月张营长突发脑出血倒在了办公室，科研所领导发现后马上把他送到医院抢救，那时的医院还在 50 多里外的江边山南。张营长事业心强，人缘也好，住院期间各级领导、4 营的老战友和家属都去看望他。他住院后期输着氧气，牙齿紧闭影响吸气，最后只得用手把着下巴不能松开，一松手就要停止呼吸，医院什么办法都用了，但最终没能挽救他的生命。

张英营长去世了，领导和战友们都非常悲痛，我们失去了一位好领导和贴心人，他给人们留下不尽的怀念。

张英营长的一生是为国家、为北大荒奋斗的一生。战争年代为祖国解放冲锋陷阵，建设时期他在北大荒艰苦奋斗了 20 多年。他是实践和传承北大荒精神的老兵，带出一支敢打硬仗的开荒营团队，他是党的好干部、优秀的共产党人。改革开放的今天，北大荒发生了迈向现代化的巨变，我们在荒原追求的理想已在后人手中实现。如果张英营长现在还活着，去看看自己领导开垦的几十万亩粮田盛产闻名的稻花香大米，去看看现代化的农业机械，看看咱们开荒营漂亮的小城镇的楼房，他该多乐啊！

陈长宪　山东支边青年，1959 年由山东支边来到垦区勤得利农场工程队，1971 年调开荒营 41 连任指导员，同年调回工程连，1989 年调安装公司。退休。

浓江农场（开荒营 33 连位置）

心 中 的 丰 碑

刘武军

"做人是要有点骨气的，干工作就要干出个样子来。一步一个小脚印，一年一个大脚印。

当你回过头来看看自己走过的路，没有痕迹那就是白活了。要有一个深深的印迹，那才是你的作为!"——这是我们的老营长张英常说的一段话。这句话深深地印在了我的心中! 也是我干工作的动力。

记得我刚到 49 连时，张营长就来到连队视察工作。他对我说："武军呐，49 连现在是挺困难，但我们不怕，这五年我们 4 营不就是在困难之中走过来的吗! 有解决不了的困难跟我说，营里会尽可能地帮你们解决。"我对营长说："季节已入秋了，工作上要为明年做准备，现在机务的力量很薄弱，只有一台拖拉机，地是翻过来了，要整出几百垧地有难度。春播的麦种、豆种需要营里帮我连早点调拨。"没几天，营部就连人带车调来一台拖拉机，连带一套整地机械，还从三连调来一名机务排长。

1976 年刚开春，张营长就来到我们连商讨春播计划，及时调卡车运来麦种、豆种，使我们连很顺利地完成 960 垧地的播种任务。连队的重大工作，每一项都能得到张营长的关心和帮助。麦收时，他还让营里送来一头杀好的猪，慰问全连干部战士，体现出老营长对奋战在一线官兵的关爱。

1977 年以后，逐渐有返城的知青。老营长他从不阻拦知青返城。老营长说："学生一毕业就从城市里来到这山沟，不易啊! 从小到大，哪受过这个苦啊。谁没有父母、谁没有家? 哪个家长不疼自己家的孩子! 今天有条件回家，就让他回去吧!"当有上大学的名额，老营长总是争取把敢吃苦、条件好的人员送出去。我的校友、现今北京大学博士教授陶澍先生就是开荒营送出去的人才。

在我的印象中，张英营长既像慈父，又是一位冲锋陷阵的指挥官。1970 年初，他率领知青一年建了个全团有名的 17 连。1971 年初，他又率领 200 多知青和老同志组建的开荒营，在人员、物资极度缺乏的条件下，不等不靠，毅然向荒原腹地进军，并立誓言：当年开荒，当年打粮! 经济上不拖全团的后退，力争做到收支平衡。

秋收季节到了，4 营各个连队的大豆丰收在望。但开荒营人手、机械都少，收割遇到了极大的困难。这时 27 团党委决定：发动全团机关工副业人员去开荒营支援豆收。我当时也在支援的队伍里，每人一天要完成五亩地的收割任务。在浓江河畔的大豆地里到处插着红旗，收割大军你追我赶，力争丰收的果实颗粒归仓。那气势和场面，真是恢宏壮观……

老营长张英已离开我们已三十多年了，我时常地想念他。今天，我们当年的开荒营，已经是现代化的大农场，这其中就有张英营长给我们打下的扎实基础，有他敢于与天地奋斗的精神，也是他开荒打粮建设新农场的夙愿! 他那朴实的英雄形象和干练的工作作风深深地影响着我、激励着我。张营长是我的榜样，是我心中的丰碑!

刘武军　上海知青，1969 年从上海下乡到黑龙江兵团 6 师 27 团 5 连，1970 年在 1 营任干事、14 连任武装排排长、团部文教办干事，1975 年 8 月调开荒营 49 连任指导员，1979 年 4 月底返城。

我心中的营长

齐 敏

我小的时候就认识张营长，因为他和我父亲是战友，共同转业到北大荒，所以我们小的时候都喊他张叔叔。听父亲说张叔叔是个英雄，抗日战争、解放战争多次立功。那时候我们还小，不太理解立功的含义和英雄的概念，直到我们长大了。

1971年3月我和5连的20位战友跟随张英营长来到了开荒营建45连，在开荒营渡过了几年难以想象的艰苦生活，近距离地接触到张英营长，才知道什么是真正的英雄，他为党的事业忠心耿耿，鞠躬尽瘁，甘当人民的公仆。

开荒营建点时的生存环境极其恶劣，生活更是艰苦，张营长指挥着方圆几百平方公里荒原上新建的12个连队，那时候领导干部没有公车，荒原上也没有路，想到各连去查看，远的坐爬犁去，近处的连队点就徒步行走。

记得45连刚刚进点，当时主要的任务是伐木为开春建点盖房做准备，在林子里，我和董世英搭肩归楞，我俩年龄偏小个子相当，大家都照顾我们抬木头的小头。那时我刚参加工作不久没抬过木头，湿木头很沉，压得肩膀生疼，抬起来就不会走路了，东倒西歪在雪地上打起了跟头把式。天气那么寒冷，可大家仍顽强地坚持着。这时我看见张营长一行三人踏着快到膝的积雪向我们走来，他看到我们抬木头的样子就笑了起来，他接过我的卡钩搭到他的肩上教我们如何抬木头：六个人起身腰要挺直，大家要共同喊号子才能脚步一致。这一招果然奏效，营长鼓励我们说："现在咱们很艰苦，大家要咬咬牙挺过去，熬过这几天就好了，坚持就是胜利。"连领导让他到地窨子里暖和一会、喝口水，他也没去，就站在雪地里和连领导交代完工作后又踏着积雪向别的连队走去。身教重于言教，这样的领导谁能不感动呢！

1971年底，我与老师的岗位擦肩而过，背着思想包袱，我请假回到了团部的家。团部正召开干部大会，我父亲和张营长都参加了大会，期间张营长向父亲表扬我能吃苦。我父亲告诉他，我因没当上老师正在家闹情绪。中午张营长赶到我家，没有批评我，而是安慰我说："革命战士是块砖，哪里需要哪里搬，在炮火连天的时代，我们和谁争岗位啊？团长连长都要冲锋陷阵，你父亲在部队是领导，可打起仗来一样要抬担架，你们是接班人，要懂得哪项工作都是党的需要，你们要拿得起，放得下。"在营长的教诲下，我当天就赶回了连队，继续在开荒营45连工作生活。

张营长就是这样的人，他平易近人，对下面的战士从不大声训斥，给我留下了很深的印象。我也不因为他和父亲是战友这层关系去找他要一份好一点的工作，但是他用春天般的温暖爱护部下和对开发北大荒的献身精神，为我日后立志当个好医生起了很大的作用。

1976年7月，1958年转业军人周华奎因病去世，营长张英和很多转业军人战友都来到了灵堂悼念，追悼会开始前几分钟，团里派了一名年轻的组织干部拎了一个花圈走进了灵堂，张英看到后走过去对那位干部说："团里领导哪里去了？给周华奎送的什么花圈？还没有土篮子大。"愤怒之中他一脚踢碎了花圈，愤然离开了灵堂。这一举动震惊了在场的军人、干部和战士。团里领导闻讯也赶到追悼会现场，并请回了张营长。从那以后，团里开始重视老干部工作，对老干部的关怀和待遇有了提高。营长就是这样的汉子，做事特别仗义。

1979年7月中旬的一天，父亲回来和我说，你张叔叔病重住院。我和父亲赶到了医院，医院里外已经站满了人，转业官兵，乡里乡亲，有人拎着布兜，有人挎着小筐，里面装着冒着热气的鸡蛋。张叔叔躺在抢救室里，门口挂着白布帘，上面印有鲜红的几个字：谢绝探视。医护人员轻手轻脚地进进出出，场领导和院领导在医生办公室讨论着抢救方案。我因是医生的特殊身份，带父亲进了抢救室，站了一小会儿，看了一眼躺在抢救室的营长，他处在重度昏迷状态，插满了输液管、氧气管、导尿管，头下放了很多凉水袋，那时候没有核磁，诊断脑出血的唯一标准是腰椎穿刺，因脑干大量出血，他的脸色已经灰暗。我问张主任情况怎样？她摇摇头。我意识到张叔叔凶多吉少，他的生命真的要走到了尽头？我扶着瘫软的父亲坐在医院的长椅上，眼泪流了又流。

抢救室门外的人越聚越多，大家祈盼张英会好起来，战争年代，他都躲过了敌人的枪林弹雨，在北大荒他战胜了那么多的艰险困苦，这一次他也会好起来的。

抢救室门外众多战友部下在与护士商量，让我们看一眼我们的老营长、老书记吧！我们不说话只看一眼，这小小的要求仍然遭到了护士的拒绝。

张英走了，我们开荒营的张营长走了，张叔叔走了！那一年他才53岁！

三天后，张英的追悼会如期举行，这样隆重的追悼会是勤得利建场以来空前的一次，足以证明张英为北大荒20年开发建设所做的贡献，他为农场的建设献出了毕生精力，立下不朽的功勋。

这么多年过去了，我想对张叔叔的在天之灵说：我们没有辜负您和老一代垦荒人对我们的期望，我们把昔日的开荒营建设得像花园一样，55万亩良田已经是祖国的大粮仓。我没有辜负你们的重托，依然生活在这片热土上，为祖国边疆的繁荣昌盛而继续奋斗。

张叔叔，您是我们心中的英雄，我们永远怀念您！

　　齐敏　勤得利知青，女，1953年生，1962年随父转业来勤得利，1969年8月农场中学毕业分在5连，1971年2月调开荒营45连，1972年5月调47连，1973年调面粉厂卫生所，2008年任勤得利职工医院主治医师。在农场退休。

浓 江 情 深

汤明忠

涛涛浓江水，一年一变迁；
来日再聚首，不枉有今生。

打开黑龙江农垦总局官方网站，浏览了一下航拍现代化农场的场景，首先映入眼帘的是一望无际的田野、湿地和一片片现代化住宅。田野上现代化的机械设备正在耕作，那被犁过的翻卷起来的土壤就像黑龙江里滚滚的浪花，那般肥硕，那般黝黑发亮。其中最吸引我的就是浓江农场了。我把眼光聚焦在这一片土地上，这是我魂牵梦绕的地方，我深深地被这块土地吸引住了。

浓江农场能发展到今天这般规模和美丽的湿地风光，在全国城镇化建设中崭露头角，是离不开老一辈的垦荒者打下的基础和建设理念的。记得当年老营长张英对营部建设的整体规划蓝图，现在看来简直就是浓江农场城镇化的雏形，足见张英当时就具备了超前的眼光和谋略，他不愧为开荒营的垦荒引领者，还有设计大师的风范。看着这片土地，不由得使我回想起多年前在27团开荒营营部工作时的情景，一点一滴都涌上心头，仿佛又回到了四十多年前的开荒营了。

那是1975年的10月份，我从老连队调入开荒营营部。此时的开荒营在师团首长作出"向荒原进军"的重大决策，以及在老营长张英率领的开荒营全体指战员的共同努力下，已初步形成了大面积垦荒，并取得辉煌的成果的第四年了。各连队的生产、生活虽已步入正轨，但生活上还是比较艰苦的。当时的营部已经有了商店、招待所、卫生所、气象站、托儿所和酱油厂。但由于交通不便和雨雪影响，阻断了与团部的联系，使整个开荒营的生活生产设施得不到保障，还远远不能适应生产和生活的需要，组建开荒营自己的必要的生产和生活设施迫在眉睫。

首先是粮食问题。当时，营部为了不完全依赖团部面粉厂成品粮这唯一供应渠道，由边清悦、贺书官带领下的营部面粉厂正进入了调试阶段。此时的面粉厂用的是小缸磨，虽然设备陈旧，日产面粉的产量不高，但还是弥补了4营后勤保障的空白点。特别是遇到雨雪天气，道路封路、汽车和胶轮拖拉机不能上路的情况下，为营部及所属连队的粮食供应起到了保障作用。为了与之配套，我到营部报到的第二天，张英营长就让我负责筹建营部的粮店工作。他对我说："为了让营部机关人员切实做好为连队的服务工作，不要让职工被家庭琐事牵扯精力，营部决定让你抓紧筹建粮店，为营部机关及营部周围的营直单位提供便利，今后营部周围各单位的家属成品粮油和饲料粮统一由粮店供应。一来能让各部门的司务长集中精力抓好集体伙食和蔬菜种植，二来可统一调集饲料粮，以免营部人员自行分散到各连队购买，造成不良影响。"临走时，张营长还语重心长地告诫我，"小汤啊，别把粮店的筹建看轻，它可牵涉到家家户户的日常生活，生活无小事，这绝对马虎不得啊。"

我接受筹建粮店任务后，立即带领营直机关安排的人员投入了筹备工作。记得当时张玉冰任会计，还有王金荣、于丽君共同参与了粮店的筹建工作。我们在原修理所电修、机加工的原址上支起了取暖炉，凭借自己在城市粮店看到的粮店所需的设施，让修理所协助制作完成。为了让粮店早日开张，我们一刻也不敢耽误，齐心协力地工作，在短短的一周时间粮店就正式开门营业了。虽很不起眼，但在习惯了有各部门食堂每月定期放粮放油的家属们可觉得是新鲜事，纷纷说好，切实感到方便。除此之外，我们还引进了轧面机，逢周一、周三、周五粮店卖粮，逢周二、周四、周六轧面条卖，机制面本是为了方便知青双职工的，没曾想当地营直的老职工家属也很青睐，以致每天都供不应求，可谓"物以稀为贵"，大家都来凑热闹。之后，粮店还引进了冷轧榨油机，居民们自行提供破半豆，粮店代客加工，既满足了职工家属们食用油的需要，还增加了豆饼猪饲料，深受大家的欢迎。此外，根据营长的统一安排，我们还从各连队调集了土麦子，从团、营面粉厂调拨了麦麸等饲料粮，尽可能满足职工的需要。要体现童叟无欺、干群平等、同享福利的原则。

每逢过年，我们还和面粉厂领导商议，落实了每户一袋精白面的供应，满足了居民们过年时的特殊需求。但遗憾的是，当时的购粮证等实物恐怕已时过境迁，没人保存了，这些物件虽然平凡，但却能体现当时的这段不平凡的经历。现在细想起来，粮店的设立充分体现了当时北大荒人秉承"先治坡后治窝"的精神，在"向荒原要粮"取得成效的时候，不忘提升垦荒人的对各种美好生活追求，其意义也是十分深远的。

第二年，随着五营的新建，我调任粮油助理员岗位不久，张营长又把我叫到办公室，交代我说：根据营部的发展需求，特别是不少知青陆续在当地成家立业以后，往返到五营及各连队的指战员因交通不便而不能按时吃上饭，有时三五好友聚在一起，有小酌两口的需求，营部决定开一家小餐馆，弥补后勤保障的空缺，方便开荒营来来往往人员吃上热菜热饭。他把开小餐馆的任务又交给了我，并叮嘱我加紧筹备必要的设施，把天津知青赵玉琢调来任厨师并负责整个小餐馆的工作。

根据营长的指示，我专程搭便船去佳木斯采购小餐馆开业需要的锅、碗、瓢、盆。当我兴致勃勃地赶回营部向营长汇报时，老营长张英看了我采购的物品却没吱声，我看他脸色心想肯定是坏事了，但还是丈二和尚摸不着头脑，不知他为何不高兴。回到办公室不久，突然营部的单古月找我来了，他跟我说：你购的盘、碟都是搪瓷的，虽然经用耐摔，但不适合餐馆用，不要以为到小餐馆来用餐的人都会摔盘子，亏你还是大城市里来的，这点道理都不懂。不过搪瓷的食堂还可以用，不会造成浪费的。

直到这时我才明白老营长没有当面指责我的原因，而是通过婉转的方式，让老单来提醒我，一方面是给我面子，另一方面是让我懂得顾全大局，让职工进了小餐馆就像进了自己的家一样的感觉。听了老单的话，我马上醒悟过来。后来我又征求了大厨赵玉琢的意见，看看他对餐馆设施有什么要求以后，马上让老单重新购置了餐具。

小餐馆建在紧靠42连的一排办公室里，我们在这里建起了炉灶，定制了桌椅，时隔不到二月，大家期待的小餐馆终于开始招待客人了。开张那天，营部像是办喜事一般，热闹非凡，不知谁还放了一挂鞭炮呢。小餐馆的开张，不负众望，用当下的话来说红红火火，来来往往的客人络绎不绝。张营长在那么繁忙的工作中亲历亲为，为开荒营指战员从生活需要出发作出的决策至今令人难以忘怀。现在回想起来都由衷地感受到张英营长果断的工作作风和超人的工作魄力，感受到他平易近人爱护下属的风范。当时好友聚在一起，坐在小餐馆里，边小酌一杯，边叙叙战友情怀，这在当时的北大荒实属不易。这也充分体现了张英营长将营部的建设向多方面纵深发展的理念，特别是老营长心爱护干部职工的音容笑貌还时时浮现在我的眼前。

这么多年过去了，荒原上的面粉厂、粮店、小餐馆都已不见了踪影，根据农垦总局的统一规划和建制，将原开荒营在原基础上迁址组建了现代化的浓江农场，现在浓江农场部呈现给人们的是成片整齐划一的家属房和现代化的生活设施。

但历史的记忆是永存的。斯人已逝，但浓江的水还在流淌，这里有垦荒先驱们的汗水、泪水，也有他们的浓浓的血，是他们的汗水灌溉了这片土地，滋润了这里的人们。我们不会忘记他们，也不会忘记开荒营的领军人物张英——我们的老营长。

　　汤明忠　上海知青，1968 年 9 月赴勤得利农场 9 连，1975 年 10 月调 27 团 4营营部，1980 年 8 月返沪，后在上海杨浦区工商局工作。退休。

开荒营商业综合供应房屋旧址

我在 27 团和开荒营的历练

——忆我在张英营长身边工作的日子

张学义

一、到祖国最需要的地方去

1969 年 8 月 17 日，这天我和同学响应毛主席的号召，踏上了去往黑龙江生产建设兵团的列车，去屯垦戍边、保卫祖国。

经过三天的旅途，我们到了东北黑龙江边的勤得利，兵团6师27团。我被分到老连队二连，老连队各方面的条件还是可以的。经过几个月的磨炼和适应，心情刚刚平静下来几个月，团里就命令由二连抽掉两个排去17连开荒建点，我就在这两个排之中。

17连建在离二连很远的荒原上，叫17连，其实就是一块白雪皑皑的大平原，什么也没有，条件艰苦，物资匮乏。在连长张英的带领下，我们白手起家，克服了重重困难，实现了"当年开荒，当年种地，当年打粮"的目标。

生活上连队想尽了一切办法，盖宿舍、建大食堂、修建大场院、建大晒麦棚，这在当时新建连队中是唯一的在短期内实现了这么多目标的连，可想而知全连得克服多少困难，付出了多少辛劳啊！我当时从心里面佩服我们的连长张英，大家在他的率领下攻关克难、关勇往直前，为全团开荒建点连队树立了榜样。

1970年底，6师王师长指示27团组建4营（开荒营）开发三江平原，向荒原进军。我们17连连长被调往开荒营（17连农业技术员周涵达已调走），17连战士们得知连长要调走的消息后，对在一起同甘共苦奋斗了一年的老连长依依不舍。

那天晚上，男女战士们都到连部和张英连长告别，笔记本上连长写下了对每个战士的希望，手拿笔记本走出连部时很多战士都留下了热泪，控制不住情感的都哭出了声音。

天亮了，张英连长要离开17连去团部报到了，战士们流着热泪送老连长。而张英连长语重心长地安慰每一个战士："希望努力工作，把17连建设得更好。"大家齐声回答，"请连长放心，我们一定努力工作！"说完排着整齐的队伍走向自己的工作地点。

我后来调到团部通信股去当通讯员，17连的经历使我难忘怀，张英他那慈祥的面容和对知青的关爱时刻在脑海中，使我心情不能平静。

二、走进开荒营

1971年开春，通讯股长把我叫到办公室，交给我一项任务，让我到开荒营送信，而且特别急！要求中午前送到。我一听到开荒营送信心里特别激动。因为，我可以见到开荒营营长——我的老连长张英了，我不假思索地向王股长回答："保证完成任务。"股长严肃地说："小张，困难不少，注意安全。"股长关心地望着我，我满不在乎地走出办公室。坐上股长给我安排的车，司机师傅把我送到6连的路口，韩师傅难为情地说："我只能送到这了。"

前面是土路，冰雪融化后，水和泥混合在一起，就是兵团时期的"水泥马路"。现今，我们足不出户，打个电话发个微信、短信问题就解决了。而在当时的北大荒通讯极其落后，特别是开荒营连路都没有更甭说电话了，连吃、住最简单的生活必需品都是相当困难的，送信只有靠通讯员走进开荒营徒步完成。我向正南方走去，刚刚走了几步鞋子就被泥粘了下来。艰难地走在泥泞的路上，身上的衣服马上就被汗水湿透了，但心里暖暖的，因为分开几个月的张英营长马上就能见到了。经过22连时我继续往前走，边走边回头，多么希望身后有辆与我同一方向的车让我能坐上一段啊！荒野上既无人也无车，鞋被泥水弄得湿透了，两条腿又累又沉，虽说是开春了但那天气冷啊，可是任务急。走着走着我看到开荒营的帐篷了，走进了看看是37、38连的帐篷不是营部，真是又累又渴，心急火燎，已经走了30多里路，时间差不多快 11 点了，心里着急。为了赶路我把鞋子脱了下来，两只鞋带系在一起放在肩上光脚走的快，泥水冰凉脚底板如针扎一样。快到营部了，临近帐篷时，为了不让张英营长看到我的狼狈样，在一个水坑里刮刮鞋上的泥，洗洗脚穿上鞋，17 岁的我还臭美的把头发对着水坑里的影子捋一捋，把脸上的汗水用袖子一抹，加快脚步朝着营部帐篷走去。

打开帐篷看到了张营长，营长用惊讶的眼神看着我说："孩子，你怎么来了？快坐下！"心疼地拿暖壶给我倒了一杯开水递到我面前，微笑着说"这么远的路，这天气！路都不通真难为你了。"我见了营长跟见了亲人一样，把团部要求今天下午天黑前去福利屯接拖拉机的人员必须到团部报道，明天一早团部安排车子送人到福利屯接 9 台车。任务传达完毕后，营长叫人给我送来了饭菜。看着老连长比在 17 连时瘦了，我眼里含着思念和担心的泪花，怕老连长看见我急忙转过头用袖子擦了一下。营长安排人通知连队让接车的人到营部集中，回过头来说："小张，你休息一下吧！今天别回去了。"我坚定地回答："等下午人集合齐了，我在和大伙一块儿回去。"张营长再三劝说让我留下来休息，我没有答应，当天下午 3 点钟，我和接车的同志们从营部往北走，到 39 连后下道，经草甸子趟水泡子通过 19 连走直线回到团部时天都黑了。股长对这次的通讯任务的完成很是满意。可是，我两腿发麻，两三天也没有缓过劲米。此次开荒营送信之行，我看到了开荒营向荒原进军之艰苦，虽然疲劳了我的身体，但增加了对老连长张英的想念，使我产生了到开荒营去，到艰苦的地方去。于是有了向老领导请求到开荒营的要求，决心为建设开荒营做贡献。

三、开荒营战斗的岁月

由于我再三的请求，1971 年 5 月的一天，王股长把我叫到办公室，传达了把我调到开荒营的决定，并把开荒营的艰苦情况向我作了介绍，我不假思索地回答："到艰苦的地方去锻炼自己"斩钉截铁向领导表了态。

到了开荒营，看到的是在一望无际的荒原，几顶帐篷就是宿舍，出门就是泥、水，到处泥泞不堪。因为是建点刚刚起步，各种生活用品都要到老连队及各个部门去协调，所以，连吃的菜都是各个连队支援的。当时，能够吃上白菜、萝卜、土豆就已经很不错了，多数时间这几样菜都不能保证供应，炸黄豆撒上盐当菜吃，有了磨盘能自己做豆腐了，就开始天天吃豆腐。可想而知，当时的生活条件是多么艰苦。

进了开荒营我在营部当通讯员，整天接触营领导，我们天天吃住在一起，白天张营长、周涵达、于成洲参谋冒着寒风，踏着泥水去看新建点的位置，顶风冒雪实地考察。有一次坐着拖拉机拉着爬犁去看林子，检查新建连的位置，过草甸子时机车行进在水泡子里，水越来越深机车拉着越来越费劲，人们只好下来淌着冰凉的水走过草甸子，等到了路好走一些的地方大家再坐上爬犁。晚上回到帐篷里，几个营领导在马灯下，分析白天地形勘察情况，研究制定下一步的工作重点，经常开会到晚上十一二点。荒原开荒建点有着许多意想不到的困难，营部的领导集体的组织能力和指挥能力在这里都发挥到极致，每当出现困难时张英营长亲自给大家做动员鼓劲，在这种大无畏精神的鼓舞下所有困难都能克服。所以，有这样的领导班子，战士们有着使不完的劲。每到开大会时，都会从帐篷里传出响亮的战斗歌声，那时，各连队集中在大点的帐篷中开动员大会还互相拉歌呢！

在老领导的带领下，苦干、实干加巧干，开荒营的面貌大改变。那时，白天战士们正常完成各项工作，收工回来大家在张英营长和营部领导的亲自带领下，挖地基、脱坯盖房，为改变生活居住条件，战士们不怕脏，不怕累，加班加点不停奋斗，临近秋天一栋栋简易的马架子房盖起来了，居住条件有了改善。在那个火红的年代里，官兵一致同甘苦、干群关系亲密无间，营部领导规划的每一个工作目标，在全体人员的共同努力下全部保质保量地完成。

开荒营在发展在前进，根据生产和生活的需要营领导又做出新的规划，盖宿舍、建修理所、建晒卖场、晒麦棚、还要建礼堂，42连是盖房子的工程连，但光靠42连一个连队的力量是不够的，要集全营之力，张英营长号召各个连队集中参加开荒营的"大会战"。这些工作都要在秋后上冻之前完工。

盖修理所时我们去运砖，那时没有劳动保护，手套都没有，直接用手抓着往上扔，脚手架上面站的人接着，扔了两个小时以后手指都磨破了，鲜血留在砖上，汗水顺着脖子耳朵往下流，流到嘴边都是咸的。可想而知，开荒营的发展建设，一是营党委和上级的英明领导，二是战士们辛勤汗水的付出。张英营长的敢想敢干，不怕担责、勇于创新的精神和他的领导能力，使我从心里佩服。

1971年秋天，开荒营发展的速度很快，上级把机械设备分配到开荒营，那时开荒营没有电话，到各连送信都是通讯员走着去，这个上传下达的工作辛苦劳累。一天，周涵达参谋一身泥土地走进帐篷，叫我过来说有件急事，"明天咱开荒营去福利屯接拖拉机，你到48连去送信，让边连长明早派人到营部报到，人齐了之后去接车。"我听了周参谋的指示转身走出帐篷，看到太阳已经快要落了，东北秋冬的天黑得早，下午5点钟左右就黑了。我心急如火地走到帐篷门口，我那时才十七八岁，胆也小，这时候想到了张营长为了给通讯员往各连送信壮胆，特意从17连叫奚建文带来一条体壮的大黄狗。那时有的同志不理解，认为不应该养狗，现在看出老营长当时的用心和养这条狗的作用。

我叫上"虎子"（大黄狗），一路向南走去。秋冬时节东北天气已经很凉了，路边水沟表面结了一层薄冰，天黑下来了，沟中的冰层不结实发出咔嚓的声响，我不时回头害怕地站住观察，这时虎子就从前方跑回来站在我的身旁，使我在当时好像有了一些依靠，我那时还不成年啊！走过45连就没有路了，到了一人多高的草甸子里，荒草中没有路只有两道拖拉机压的链轨印，为了壮胆，不时地哼着小调，一路小跑奔向前方。不知不觉来到一大片水泡子前，大步走了没多远鞋子湿了，裤腿也湿透了，脚也麻了，可是还有一大段路呢，天上的星星挂在头顶，我干脆脱了鞋光着脚一次只能跑10多米。然后蹲在塔头上双手抱着脚暖一暖，就这样咬着牙打着哆嗦走完了一大片水泡子地，虎子始终不离开我，时而与我同行，时而走在我的前面，漆黑的前方"它"也像是一名"战士"和我相伴同行。

前方是一片小树林，过了林子48连就要到了，我长吁一口气。这时突然眼前窜过来几条狗，围着我和虎子一个劲狂叫，我大声地叫"边连长！边连长！"声音传到前方的帐篷里，有人走了出来，赶走了几条狂叫的狗，把我带进帐篷。马灯下，战士们都睡了，边连长在帐篷里在马灯下看着文件材料。这时边连长听完我传达的通知，他心疼地看着我，让我快暖暖身子，又安排我住下。听说我还没有吃饭，马上吩咐人去食堂做了一碗热气腾腾的热汤面。我走了几十里路，真是又冷又累又饿，我狼吞虎咽地吃着这碗面，感觉是那么香，永不忘怀。他体现了荒原战友质朴的友爱，体现了干群之间的关系和战士们的奉献精神。第二天一早，我和接车的同志一同回到营部。

张学义　北京知青，1969 年 8 月下乡到兵团 6 师 27 团 2 连，1970 年调 17 连开荒点，1971 年先后在一营部、团部任通讯员，1971 年 5 月调入 4 营任通讯员，1972 年后调入营部修理所，1978 年返城，2008 年在铁道部丰台桥梁工厂。退休。

本文作者和张营长、(17 连) 高指导员在一起
(从左至右：张学义、张英、奚建义、高臣、李成起)

忆营长夫人王月兰

杨玉琴

1968 年 6 月 18 日上午，我们在天安门前宣誓完，就直奔北京站，经过三天三夜的旅途到达黑龙江边的勤得利农场，我们被分配到二连。1970 年初，团里派我到天津接知青，4 月我回到勤得利时，已被调到 17 连开荒点，连长是张英。从此，我与张英夫人王月兰大姐结下了不解之缘。

王月兰大姐是北京顺义王辛庄人，张英是顺义塔河村人，1941 年张英和王玉兰大姐结婚，生有一子。1945 年 1 月张英参加八路军，一直在河北省北部地区和北京西北部山区打游击。张英同志参军后就一直无音信，和家庭失去了联系。因为和张英一起参军的同村人很多都已牺牲，所以，家中也以为张英同志牺牲了。一直到 1952 年张英才和家里取得了联系。在长达七年多的时间里，张大嫂一人操持家务，因为家中穷困，儿子也因病去世。

1956 年军队条件改善，张大嫂作为随军家属全家才得以团聚。1958 年张英又随军队转业到勤得利农场。因为农场当时条件太差，也没有住房，张大嫂只能自己住在顺义塔河村（现为首都机场三号航站楼跑道），辛辛苦苦担负起子女和家庭生活的全部重任。

1965 年 7 月，张大嫂从顺义来到勤得利农场三八队，从此张大嫂的全部精力就和农场

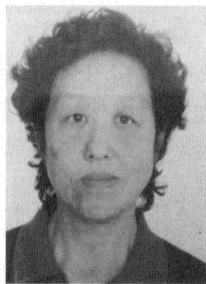

的干部职工连在一起了。不管是干部还是职工，凡是认识张英同志的，都是张英家的常客，听我家老周说，当年像他、董学源等还没有成家的科技人员就经常到张英家做客。尽管张大嫂家务繁忙，但每次我们一来他都像对亲弟妹一样热情招待我们。遇到雨天或节假日，田间作业停止，张英家中总是高朋满座，来自天南地北的垦荒人在他家欢声笑语。在这远离大城市的黑龙江边，远离亲人的年轻人都会忘却工作中的辛劳，忘却生活中的烦恼，相聚在张大嫂家中。

1968年开始，京、津、沪、哈等大城市知青陆续来到农场，兵团成立。张英先后任职17连长，4营营长，27团生产办公室主任，科研所党委书记。他接触的知青多，特别是张大嫂也从三八队搬到开荒营来住，张英家中说天津话的，上海话的，东北话的，北京话的相聚一堂，炕上炕下坐满了知青。一直生活在大城市的知青，年龄小的十六七岁，大的也只有二十岁上下，生活条件突然改变，各方面都不习惯。开荒营的各方面条件都很差，工作繁重，许多知青都是凭着坚定的信念坚持工作，有些青年都是带病坚持工作，下班以后又没有什么娱乐活动，张大嫂家中总是知青最温馨的休息地方，诉苦的地方，流泪的地方，也是知青最欢乐的地方。

张大嫂总是用各种方式劝导大家，解开大家心中的心结，知青身体不适或者病了，张大嫂总是把家中仅有的几个鸡蛋，一条鱼用来做病号饭，自己的小孩都舍不得吃。

1974年6月，我的大儿子周菁在荒原出生了，我和她家住一栋房，从此张大嫂又增加了一个繁重的工作——帮我带孩子。当时开荒营条件什么都不具备，工作又繁重，当我去上班时，我的儿子就交给张大嫂无偿看管，周菁从不会走路到会走路都是由张大嫂带大的，后来大嫂的老母亲从北京来到开荒营，又多了个帮手，老太太和张大嫂两个人帮我照看孩子。

1981年初，张大嫂因病到北京治病，当时我们刚调到北京，一家四口人住一间28平方米的平房，张大嫂坚决不让我们花钱为她租房住，就住在我家中。她在空军总医院住院治疗了近三个月，但最终未见好转，只好回到勤得利休养。1981年7月24日，张英夫人王月兰大嫂与世长辞。

2012年，我们夫妇重回勤得利，来到张英和大嫂的坟上跪地三磕头，寄托我们的哀思！

杨玉琴　北京知青，1968年从北京下乡在6师27团2连、17连，后调开荒营41连，历任排长、副指导员，返京后在广内街道办事处供职。

王月兰和女儿合影

一 盒 鸡 蛋

周梅新

　　张英营长率领开荒营在荒原上开荒建点，为开发北大荒贡献了一生，战友们怀念张营长！但在张营长的身边还有一位让我敬仰怀念的老人，就是张营长的夫人——王月兰阿姨。

　　张营长和王阿姨原籍都是北京顺义，1958年张营长随十万官兵转业来到北大荒，几年后王阿姨带着孩子从北京来到当时条件非常艰苦的北大荒安家团聚。张营长战争年代受过伤身体不太好，而且总在开荒建点的一线工作，为照顾他的身体，王阿姨不管开荒点多艰苦，只要有住的条件哪怕是马架子房，她也会放弃条件较好的老连队，搬进开荒营来。用张营长的话说："我先搬家就是领导带个头，决心在荒原上扎根了。"

　　我只去过开荒营三次，第一次去是1971年3月14日，开荒营各个连刚进点十几天，我跟随砖瓦连赵连成连长、通信员关晓勋和邢师傅给39、40连送粮食给养，回来时还遇到暴风雪被困在荒原上。后两次去开荒营，我都住在张营长家里。

　　1974年夏天，我从建三江回团里办事，想顺便去开荒营看看我的朋友。那天刚下完雨，从团部到开荒营的那条泥泞土路无法开车，晒了一天多，我看见开荒营的大车头出来了，就和王润培搭车到了营部。下午我们俩去张营长家吃晚饭，才第一次见到王月兰阿姨。王阿姨说话是标准的京腔，非常和善慈祥，看到我来了她非常高兴，一边忙着做饭一边拉家常，让我心里倍感亲切和温暖。

　　张营长的家规很严，来客人吃饭时孩子们不能上桌，连王阿姨也不上桌。张营长和我们边吃边聊，他高兴地和我聊起开荒营的现状和将来的发展，又说起我们知青将来成家后的安排和设想。他和我说："开荒营清一色都是青年，和我们这些老同志一块苦了好几年了，都到了成家立业的年岁，现在就得筹备为他们盖房、盖学校，做领导的要提前考虑到。"席间他又说："咱们都是大城市来的，规划建设就要学大城市，只有建的和城市一样才能留住大家的心，要老是和屯子一样谁还愿意待。"他想的是那么周到，让我听着心里都觉得热乎乎的。正说着，42连刘国华连长来了，王阿姨拿了筷子碗给国华，营长又和我们一边吃饭一边谈工作。饭后王阿姨对我说："别到连队去住了，连里条件差就住家里吧，你和我女儿住里屋。"营长也说就住家里吧，说完后他和国华去营部了。

　　他们走后，我和阿姨在家聊天，我说："您家可真够热闹的，营长吃饭都闲不住，我一来您和孩子们饭都没吃好。"王阿姨说："我家几乎天天都这样，只要老张回家就经常来人，连里领导谈事的、战士闹矛盾的……什么事都来找他。"我说："您上班回来还要给他们做饭，也真够累的。"阿姨说："他走到那都这样，家就跟办公室似的，大家一来又吃又喝比会餐还热闹，这么多年我也习惯了。"阿姨说的那样轻松，一点抱怨的口气都没有，她默默地在营长身后支撑着一个家，接待着南来北往的开荒战友，支持着丈夫的工作。

1976年5月我因病在师部医院住了三个月，阿姨知道后，把家里攒的鸡蛋叫我的朋友带给我，并转告我要增加营养早日康复，看到阿姨送来的新鲜鸡蛋，我心里有种远在千里受到母爱关怀的温暖，真是感激不尽。在他们的关怀下我身体恢复很快，病情基本稳定了。

1977年10月下旬，我们已办好了返城的手续，我再次来到开荒营，和营长、王阿姨一家告别。营长和阿姨知道我们要返城了，就说："早晚是要走，也不在乎这一两天，来了就多住几天。"我看出他们夫妇既为我们高兴又舍不得让我们走，说心里话，虽说在北大荒吃了不少苦，但真到了要走的时候心里也有些留恋和舍不得。我这次在营长家住了一个星期才依依不舍地和二位老人家告别。

返城后我又养了一年病才落实了工作，1981年春节前，我来北京探亲，得知王阿姨病重在北京治疗，住在空军总院，我赶紧和爱人到医院去看望老人家。王阿姨看见我来了非常高兴，她从病床上坐起来拉着我的手就和我聊起来，问我回城后身体恢复得怎样，工作安排满意吗？结婚后家准备安在哪？她是那样地关心我。我告诉她将来家安在北京，现在身体恢复得很好。那会她的精神和情绪真的很好。

因她的病很重，我也不敢在医院多待，就说："阿姨，您要好好养病，等我调到北京会常来看您。"她看我要走，就叫女儿拿来一个北京老式的长糕点盒，里面装着一盒顺义老家亲属送来的鸡蛋。她对我说："小周啊！看你这么瘦，还要好好保养，将来有了孩子身体垮了可不行，我也没什么送你的，你把这盒鸡蛋拿走，老家送来的新鲜鸡蛋。"我一听赶忙回绝说："这可不行，阿姨，您现在是病人正需要营养，我现在都好了。"我爱人在旁边也说："阿姨，您别老惦记我们，您把病治好了比什么都重要。"这时阿姨说我爱人："你们男的懂什么？我的病我心里明白，吃不吃都那么回事，她现在比我需要，你替她拿着。"这时我的泪水一直在眼圈打转，在阿姨的坚持下我只好把鸡蛋拿走了。

我手捧着鸡蛋盒默默地走出医院，我感到手里捧的不是鸡蛋，是阿姨那颗善良的心！她在自己生命快走到尽头的时刻，仍然把大爱留给我们。这就是张营长的夫人王月兰阿姨，一位慈祥高尚的女性，一位伟大的母亲！

2013年夏天，我们夫妇回到勤得利农场祭拜张营长和王阿姨，站到墓碑前我们的泪水再也止不住了，跪在地上失声痛哭起来，我们向张营长和王月兰阿姨祭拜谢恩，表达我们对老人家的怀念和敬仰。

写到最后，我还要说出一个不为人知的小秘密，可能会让人目瞪口呆、感叹称奇！

张英营长和夫人王月兰阿姨，二人是同年、同月、同日生的一对夫妻。这在婚姻登记中是极为罕见的。同年、同月、同日生的夫妻，一对为北大荒奋斗了一辈子的夫妻，一对革命的伉俪。他们一生都在为党和人民的事业忘我地工作，自己没享过福，却把爱留给人民，留给了这片他们深爱着的黑土地。

我们怀念张英营长！我们怀念王月兰阿姨！

周梅新　上海知青，1969年于上海杨浦区建设中学下乡到黑龙江兵团6师27团，在砖瓦连、6师医院工作，1977年返城在北京市鼓楼中医医院。退休。

张 英

——北京知青的老乡

蔡振宇

1969 年 8 月 20 号，我们这群十六七岁的 69 届"毕业生"从永定门登上火车，经过四天四夜的千里跋涉，终于到达了黑龙江畔的勤得利，黑龙江生产建设兵团 6 师 27 团驻地，我被分在 14 连。

14 连原来是勤得利农场的畜牧队，原称二八队，以养牲畜家禽为主。为什么叫三八队呢？因为队里大多数是妇女，又是 1960 年 3 月 8 日组建的，所以就叫三八队。当时的技术员匡伯贤还为此写了一首打油诗：三月八号建了队，三八河畔安了家；三十八位女同志，养猪养牛养鸡鸭。就连旁边无名的江汊子也被叫成三八河了。

第二天，连队召开全连大会。会上连指导员孔庆山向我们介绍了连队的情况，介绍了当时在任的各位连队领导和各排排长，他们也都作了自我介绍。当时任副连长的张英也作了自我介绍。他说："我也是北京人，老家是北京顺义县的。我是 1958 年转业到勤得利农场的，一直就在这个连队工作。"我坐在会场上，看着我们这位老乡，他中等个子，瘦瘦的脸庞，穿着一身洗得发白的旧军装。他说话时面带微笑，说话嗓门不是很高，但掷地有声，尤其是他讲话时的一口京腔，给人感觉像家乡老人说话那样亲切。

后来，我听别人说，张英是参加过抗日战争、解放战争的老干部，在部队多次立功受奖，转业到农场后一直担任领导工作。他一直在三八队这里担任队长和书记。到 1967 年被打倒，1969 年才恢复领导工作。我们到来之前，刚刚被任命为 14 连副连长。

他又给我们讲了连队当前的麦收形势。由于当年雨水较大，有的麦地因涝洼积水，康拜因不能下地作业，所以只能用人工拿镰刀来收割。

我们在学校里听动员报告时，去北京接人的刘金山股长说："北大荒建设得非常好，吃的是大馒头，田间耕种全是机械化，收割时全用收割机，用汽车运粮食，根本不用人工下地干活。"现在看来机械化程度全国最高的北大荒，受天气影响还要靠天吃饭。会上连里把我们分配到各班排。在班会上各人都做了自我介绍，算是相互认识了。班长和老同志帮助我们安好了镰刀，并且都给磨得非常锋利，就准备参加麦收了。

第三天一早，我们吃完早饭，张英副连长就亲自带我们到地里去收割麦子。我们排着整齐的队伍，手握着小镰刀，来到了三号地。远远望去，金黄色的麦海一眼望不到边。由于地势低洼，麦田存有积水已错过了正常的收割期，熟过头的麦田被水一泡都弯下了腰，有的甚至倒伏在地上。看这样子，只能用人工收割了。

我们站在地头上，看着张副连长给我们讲解收割麦子的方法，他亲自做着示范，教我们怎样一刀一刀地割下麦子，怎样用手打结，怎样把割下的麦子打捆和码垛。整个一套收割程序做完示范后，就让各班的老职工手把手地教我们割麦子。连队的统计员给我们每人分 14 个垄，约 2 米宽。我们就挥起了镰刀，开始了我们来到北大荒的第一场水中捞麦、龙口夺粮的艰苦战斗。可是令我们没想到的是，我们刚一踏进麦田，双脚就深深地陷进泥水里，大家都惊叫着，赶紧往上拔脚，拔出脚来一看鞋没了，又赶紧拔出另一只脚，一看连袜子也不见了！我们这些从大城市来的孩子没有干过这样的农活，所以我们脚上穿的大都是从北京带来的各种矮帮的球鞋，甚至有的人还穿着当时流行的布面松紧口懒汉鞋。根本无法适应北大荒这样的恶劣环境，大家都尴尬的大叫，不知怎么办好。

张英听到我们的叫声，往我们的脚下一看就明白是怎么回事了。他说："你们看老同志穿的都是农田鞋下地（一种帮很高的解放鞋），你们穿这样的鞋怎么能下地干活呢？你们都听我的，把鞋脱下来放到地头上，光着脚下地干活，比穿鞋还轻快。"我们一听就急了，都说那得多扎脚呀。张英非常幽默地说："这麦子都叫水泡了好几天，根都泡软了，扎不了你的脚，你们穿这样的鞋在泥水里根本不能干活，把鞋弄坏了还得自己花钱去买。你们下去踩踩试试，要是真扎了脚我算你们工伤，可以回去歇着。"于是大家都按照副连长说的把鞋和袜子从泥水里抠出来放到地头上，光着脚丫子下地了。还真是行！除了两腿的黑泥外还真不扎脚，脚下也利落多了，割下的麦茬一踩都软了，也没看谁真把脚扎了。

从这一天开始，我们这些城市小青年在张英副连长等老前辈的带领下，头顶烈日，忍着各种蚊虫的叮咬，开始了屯垦戍边、开发建设北大荒的艰苦难忘的生活。

　　蔡振宇　北京知青，1968 年 8 月下乡到黑龙江兵团 27 团 14 连，任牧羊班长，机务后勤班长，机务工作领料员、油料员、保管员，1976 年任收割机车长，1980 年返回北京。

张英（左 2）与大女儿（左 1）回京时与 42 连副指导员顾信根（右 1）、于秀英（右 2）合影

第八篇 营部及战友的回忆

初海峰老人的回忆

王润培

2018年8月25日，我有幸陪《向荒原进军》主编周涵达老人去建三江参加勤得利农场建场60年庆典。到建三江后喜成书记去机场接我们，这时我把带来的一本《向荒原进军》的初稿送给他，请他给我们提点意见（因走时急初稿的目录和正文都对不上，很粗糙），他把书带回家中。

第二天一早，我吃完早餐刚走到宾馆大厅就看见喜成带着他的老岳父初海峰老人来到宾馆，我赶忙迎上去扶他到房间去见周老，两位老人家相见非常激动。初老是1958年第一批到达勤得利农场的转业官兵，周老是1958年北京农业大学毕业第一个来到勤得利农场的大学生，两位老人都曾参加过1958年在浓江河北岸建四、五分场时艰苦的开荒建点工作。

初海峰老人说：昨天晚上我看到《向荒原进军》的书稿后，拿放大镜看到半夜，激动得睡不着觉，看到书里所写的回忆文章，又让我想起1958年初建856农场和第一次进军浓江河的艰苦经历……

1957年底，解放军铁道兵农垦局决定在勤得利组建856农场，1958年1月，先遣队到达同江街津口，当时勤得利根本没路，从江边的街津口翻几座山才能到达现在的场部西边，翻山时雪深人也能过，关键是拖拉机而且还有一个大油罐也要翻山。初老又回忆说：出发前我们把油罐在爬犁上固定好，我是坦克兵开车拉着油罐开始爬山，山上根本就没有路，除了积雪全是大树和小树棵子，拉着爬犁经常被小树绊住，就得用斧子清道，碰上大树还得伐树。下山就更难了，爬犁前面顶上木杠子生怕撞到拖拉机上，油罐又高又长经常翻车，也不知道翻了多少次，一路受冻挨饿遭老罪了。走了近两天才拉到五星山下，不管多苦多累，总算到了勤得利。

初老聊起往事兴致很高，他喝了口茶大声说："你还记得58年咱们在浓江河建四分场、五分场的事吗？"周老说记得。初老说："当时刚到勤得利脚还没站稳就开始建五个分场（大

队），尤其是咱们四、五分场谁都没去过就进点（大跃进时期），当时我带着五六台拖拉机拉着物资从勤得利江边向浓江河方向前进，路上除了塔头、水泡子就是一片片的树林，看哪个方向都一样。当时也没有指北针什么的导航，我们就是愣往前闯，走着走着迷了路又转回来了，不到100公里的路程，我们走了整整五天五夜才到达五分场的位置（也就是后来开荒营34连的位置），那叫一个难！"老人家感叹地说："正像这本书里写的，到了目的地再苦再累也要搭帐篷、支锅做饭，那时比书里讲的还要苦。1958年'大跃进'，上级命令建五分场就闯进来了，等到一开化就傻眼了，到处是水泡子，又没有路，物资根本运不进来，三天两头挨饿。地没开多少车全跑运输了，损失太大，坚持了不到一年只好撤出来"两位老人的思绪又回到1958年建场年代。初老又说："你还记得那年春节前没粮食吃了，让拖拉机去拉粮的事吗？"周老说："怎能不记得。"初老回忆说："都快过春节了，队里早就没粮食吃了，不管怎么说春节也得过吧，就派了一台拖拉机拉着爬犁出去拉粮，车从早上出去了一天，快晚上才回来，大家听到车声都跑出来准备卸粮，可到跟前一看爬犁是空的，大伙儿正在纳闷时拖拉机手哭着说，车在外面迷路了，走了一天才找到家。大家一看他冻的那个样，也没埋怨他，赶紧扶他休息，第二天，我们又派车出去拉粮……"

两位老人聊了很长时间，初海峰老人要走了，我对初老说：周老带领我们写《向荒原进军》一书，就是想把当年开荒创业的历史记述下来留给后人，让后人了解几代人的艰苦奋斗才有了今天建三江的中国大粮仓。初老说："你们办了一件好事，应该记录下来让后人知道。"初老又感叹地说："当年来北大荒的战友和支边青年，在荒原上奋斗了几十年，吃尽了苦头没能看到今天现代化的农场就去世了！看到今天建三江的发展变化，我想，当年我们建场开荒时吃的苦、遭的罪都值得！"

　　王润培　北京知青，1968年7月由北京76中下乡到黑龙江勤得利农场27团工程连、2连、17连、砖厂和开荒营42、41连供职，1977年底返京，在皮件三厂、北京轻工集团供职。退休。

1958年解放军铁道兵先遣队官兵组建856农场，到达勤得利时合影

彭承璞书记忆张英

王润培

2018年8月27日一早，我们坐上农场来接人的中巴，正巧我坐在了原勤得利农场书记彭承璞老人旁边。彭老是1958年从学校一毕业就来勤得利农场的知识分子，为勤得利农场和三江平原的开垦和发展艰苦奋斗了一生。

一路上我无暇看窗外的风景只顾和彭老聊天，我向老书记汇报了开荒营《向荒原进军》回忆录的内容和编辑过程，彭老对我说：你们办了一件很好的事，应该把那个年代知青和老垦荒人艰苦奋斗的经历记述下来，对后人有很好的教育意义。我又向老书记介绍本书中有纪念开荒营领军人物张英营长的章节……他听后眼睛望着车窗外没有回答我，过了一会儿，老人家叹了口气说：那天我要坚持不换，可能张英就不会病故了。我听后一头雾水？彭老开始深情地回忆起张英在农业科研所去世的经过……

1979年，五星农场（勤得利农场）科研所刚组建不久，建在砖厂西南的一块荒地上。彭老说：当时我俩搭班子建科研所，我是所长，张英是书记，大家都知道张英能干，当时基建任务非常大，一切都是从头开始。他虽然是书记，可仍然带领大家没白没黑地干。

1979年7月中旬，当时盖房正紧张时，场党委通知张英明天到场部开书记会，他和我商量说："老彭啊，明天你替我去开会，我在家带着大家把房子盖完。"我说："场里开书记会，我去算怎么回事。"他说："你去听听记下来传达给我不就行了，现在房建这么紧张，你跟书记那给我请个假不就行了。"我说："还是你去吧，明天我指挥盖房。"他说："明天活多，要上房架和封顶，盖房我比你有经验，你替我去开会，我替你抓基建，争取明天全部完工。"我和他争了半天，他执意不肯，没办法，我替他去开会，他领着大家搞基建。

第二天，天气特别热，他本来身体就不太好，50多岁的张英带领着大家从早一直干到晚上，房封顶了，也把他累得够呛。晚上食堂炸了点油条做了点好饭。饭后，张英要回去休息时，有临时工找张书记抱怨说："我们也累了一天，食堂的油条不卖给我们，说是领导和正式工才能买。"张英一听就火了，他马上来到食堂，把食堂人员狠狠地批了一顿。他说："我们是人，民工也是人，和我们一样出力，为什么我们能吃他们就不能吃？我不允许在生活上搞三六九等，不允许歧视民工，必须卖给他们，下不为例。"他非常生气地回到宿舍。当时科研所的宿舍没盖完，他家还在四分场（开荒营），他和打更的住在一起。当晚张英就得了脑出血，打更的耳聋听不到声音也没发现，当我们发现时他已经昏迷了。送到场医院后抢救了两天，也无力回天了。多么好的老同志！为北大荒吃尽了苦就这样走了！彭书记叹息地说："那天我要坚持不和他换，也许事情就不会发生了……"

彭老看着车窗外，好像还在追忆着四十年前的往事。我心里也想起当年率领开荒营建立功勋的老营长张英……

难忘交公粮的岁月

罗以文

　　自从收获了小麦、大豆以后，我除了继续做好全营的粮、油、盐和营部生活用煤的后勤保障外，有相当一部分精力要放到对全营十多个农业连队的粮食储存保管和上交公粮的工作上了。张英营长明确告诉我，这将是我的一项主要工作，一定要做好。

　　对于粮食管理，当时我还是门外汉，什么样的粮食可以入囤，什么样的粮食要留做种子，什么样的粮食能灌麻袋交国库，我都不懂。在营部农业参谋周涵达和团部商业股的传帮带下，知道了通过对粮食取样作千粒重和发芽率来决定种子，通过化验粮食水分决定哪一批粮食可以入囤和灌麻袋交公粮。这样我经常骑着营里分配的自行车，带着取粮食样品用的取样钎和布袋，到各连队找场院保管员了解粮食晾晒和入囤情况，并取样回营部发芽室进行化验、检测。每天要跑三四个连队，五六十里地，如到 47、48 连来回就有八十多里地。冬天雪深只能沿着拖拉机压出来的印走，搞不好就会摔跤。有一次多看了几个连队，到 33 连天就晚了，把我冻得都下不了自行车了，是 33 连司务长李长有把我抱下来的。经过一段时间的工作锻炼，我对测定小麦的水分含量用牙齿咬碎麦粒就能判断出含水量达不达标。

　　对各连队达标的要上交的小麦、大豆，都要及时通知连队装袋并统计好数量，向团部商业股上报申请车辆，商业股会及时与汽车队联系安排车辆来拉粮。运粮食的汽车队进入四营都会先到营部找到我，我就会根据日常对营里各个连队的统计情况，安排汽车到哪里去装运粮食。因此，在缴公粮的日子里，没有上班和下班，没有八小时工作的作息时间，车子随到随安排，并要马上与连队电话联系好，做好装车的准备。为了抓紧时间抢运粮食，营里规定不管白天黑夜，只要汽车一到必须立即装车。所以各连队就要随时做好准备，只要一听到汽车鸣笛声就要赶紧跑出去看是否是拉粮的汽车。那时从不感觉苦和累，当看到运粮的汽车排成长龙把丰收的粮食运往国库时，我们的心里是多么自豪。

　　从 1971 年开荒营进点以来，我们每年向国家交的粮豆连年递增，每年都盈利，超额完成了生产和建设任务。

　　罗以文　上海知青，1968 年 8 月由上海下乡到 6 师 27 团 8 连猪号班，1968 年 2 月调到发电厂，1970 年 3 月调到搬运连、排长，1971 年 2 月调开荒营后勤助理员，1975 年 5 月调团部劳资科科员。

我是粮种化验员

邵秀玲

我 1974 年离开北大荒到北京师范学院农业基础系上学（现为首师大生物系）。能学习这个专业应该和我提交的简历中填写的"在兵团从事粮种化验员"有关系，可能负责招生的人员认为我的工作和所学的专业更加贴切吧。既然我的岗位和我以后的命运这样相关，我就把当年做粮种化验员的工作回忆一下，和战友们分享。

黑龙江生产建设兵团 6 师 27 团开荒营粮种化验员，是我离开北大荒时最后的工作岗位。我在开荒营先后在营部炊事班、招待所和粮种化验室工作，不同的岗位给了我不同的精彩和收获。

粮种化验室（发芽室）由农业参谋周涵达领导，有我和哈尔滨知青刘伟芝，还有一个气象员夏晓玲。刘伟芝身高不足 1.6 米，但两条黝黑的辫子又粗又长。气象员夏晓玲又瘦又小，齐耳短发，总是一种比我们长几岁的打扮。相比较我 1.65 米，比她俩要强壮一些，我们的工作任务是：

（1）粮食收获时（主要是小麦），各连队将收获后晒干，准备入粮仓的粮食样品，送到营部化验室，待化验含水量合格后，通知连队，方可入库。

（2）将来年准备做种子的粮食样品做发芽率和千粒重的实验，为连队提供所需种子及播种量数据。

（3）气象站观测。每天早、中、晚按时观测 3 次，包括：风力、风向、温湿度、雨雪数量、云的形状等。风雨无阻，负责给连队发布天气预警。

我的主要工作就是粮种化验，夏晓玲负责气象观测，刘伟芝两项工作都参与，有时我也同她们一起去观测。

一、粮种取样

记忆深刻的要数冬天去连队粮仓取化验样品，一般都是我和刘伟芝俩人同去，当年北大荒的冬天比现在要冷、雪大还多。每次我们出发前都要全副武装，穿戴的很笨重，还要扛着取种器，一个像孙悟空金箍棒样的取种长钎，一头很尖，中空双层、可伸缩，一条直线上均匀的留有若干个进粮孔，内层上部有一个旋转把手，通过旋转孔可开可关。还要背着装样品粮的若干个袋子。

在白雪茫茫的路上，有时根本分不清路在何方，只是朝着去往某连队的方向，脚步踉跄地走在一望无际的雪地上，走过的路上，只有我们两个人的深深足迹。这美丽而无法再现的壮观画面我会时常追忆。咦！还没到连队怎么路就不见了？因为风雪已把前面的路沟填平了，走在上面不小心就可能陷到沟里，我们需要躺着滚过去。两个20岁的女孩子壮着胆互相鼓励着，勇敢地滚过了雪沟，我们唱着喊着向连队跑去。

粮仓直径大约有5米，高3米，踩着跷板，爬到粮仓顶部开始了工作。拿出取种器选好第一个位置，将取种器插向粮堆，然后，整个身体趴在取种器的把手上，用尽全身力量，调整着取种器的高度，向粮仓深处慢慢地插入，取种器到达一定深度后，慢慢开启进粮孔，待取满不同层次的样品后，关闭进粮口，将取粮器取出，把小麦倒入样品袋。然后用相同的方法在粮仓不同区域取若干份样品后编号存放。根据连队的远近，完成若干个粮仓的取样工作。每次带着沉甸甸的收获，走在回营部的路上，感觉却比去时轻松很多。这就是完成任务的快乐感受吧。

二、做发芽率和千粒重的实验

样品取回后，就要在室内开始实验工作了。这是很温暖的工作，很美丽的场景。我们的工作地点叫"发芽室"，反正周参谋和大家都这么叫。其实发芽室和我们宿舍是里外间，里屋是发芽室，外屋是宿舍，兼放一些粮种样品和分样器，两间都是朝阳的，走一个门。发芽室内用木头打成了架子，分三四层，每层上并排放着若干个高15厘米，宽40厘米、长50厘米大小相同的木制盒子。里面装2/3的经过严格过筛的沙子。我们将取回的每份样品分别放入分样器，待充分混合后，提取所需数量，数出1 000粒小麦称重，即得千粒重数据。然后按每份100粒分为10份，分10行种在一个盒子里。用同样的方法种出对照品，按连队、粮仓、品种等内容编号贴在实验木盒上。然后就是每天浇水，测温湿度等常规管理，每批实验大概一周时间。从小麦发芽出土，到实验箱长满绿油油的麦苗，每天，看着它的生长过程，这是多么幸福的事呀。

每当麦苗长到两寸左右时，我们的发芽室内生机勃勃。屋外，是白雪茫茫的大地，这片白要从每年的10月底开始，到来年的4月下旬结束，足有半年左右的时间。我们发芽室的绿色就成了知青们调节眼球的好去处，经常有人光顾，并赞不绝口：好漂亮啊！真美呀！看着真舒服啊！我们的心理美滋滋的。每当最美的时候，也是我们收获的时候。我们不舍地把麦苗拔出，一颗一颗地数着，最后用筛子筛出未发芽的麦粒，要和我们种的小麦粒数一致。有时为了一颗麦粒，要找很长时间。这时，我们有了小麦的千粒重、发芽率，根据每亩要达到的株数，就可以计算出每亩的播种量了，达不到标准的就不可以做种子了。这就是我们工作的一个周期。一个冬天，要反复做这项实验，为春播做着可靠的数据准备。

我深知粮食来之不易，至今爱惜粮食是我家的光荣传统。

我喜欢绿色，可能是我对北大荒发芽室工作期间的留恋。至今，我会在家里假山石的缝隙种上几粒小麦，冬天，我会将大白菜根的部分剥开切下泡在盘子中，看着它发芽开花。当年参加北大荒建设的小姑娘，现在早已60多岁了，但北大荒的绿仍在我心中。绿色是年轻的生命，绿色是健康的保证，绿色是美好的生活环境，用绿色装点家园，让战友们青春永驻！

邵秀玲　北京知青，1953 年 9 月出生，1969 年 9 月 2 日于丰台区小屯中学下乡到黑龙江兵团 27 团 11 连，1971 年 4 月 30 日调入开荒营，曾在营部炊事班、招待所、良种化验室工作，1974 年 9 月回北京在首都师范大学学习，1977 年毕业后在丰台区普教系统工作。退休。

荒原上走出的佼佼者

——回忆曲福生在 48 连的荒原生涯

杜宝玉

曲福生同志是黑龙江富锦人，用当时的话说是本地青年。1965 年，他刚满 22 岁时，随着"上山下乡"的潮流，胸怀"建设边疆"的志向，会同富锦的一批有志青年，来到富锦东北边疆的勤得利农场。他先在离江边不远的一队担任小学教师，不久又调到四队当小学教师。1968 年，黑龙江生产建设兵团组建后，他担任四连后勤保管员。转眼已经在边疆干了七年，生活对他而言平淡无奇。他渴望建功立业，盼望有这样的机会。功夫不负有心人，机会终于来了。1971 年团里组建开荒营（四营），要在浓江河与鸭绿河流经的这片荒原上大开荒。开荒营的组建，激起了这位年轻人的勇气，也给他带来了迎难而上接受艰苦考验的机遇。他要到更艰苦的地方去工作，实现人生价值。

1972 年春播刚过，曲福生被任命为四营 48 连司务长。谁都知道，司务长在连队里属于"杂牌"官。上对连队一把手，是后勤生活保障管理的第一责任人，下对连里所有职工，是生活保障的具体落实执行者。实际上是连队的大管家，全连战士的吃、喝、拉、撒、睡都得管。这个"官"没两下子干不了，有两下子的也很难管好连队这个"大家"。特别是新建连队，底子薄，要啥没啥，工作不好开展。

48 连在全营最南边的浓江河北岸，连队的北边是一大片荒草甸，到处是塔头墩子、水泡子。这儿没有红砖瓦房，所有人员都住地窖子或马架泥板房，生活条件十分艰苦。他走马上任后，粗略调查一番，就提出首先要解决全连职工的"蔬菜"自给自足问题。他的想法被连领导班子认可后，他带领所有后勤人员（包括职工家属），发扬当年南泥湾三五九旅的老八路精神，每天起早贪黑，挖沟填土，愣是在连队周边的生荒塔头地开垦出了一块适合种植蔬菜的田地。他去 4 连请科研人员帮助育秧。育完秧后，为赶时间，他没用任何交通工具，一个人徒步踏上回程。他肩上担着土篮子，内装育好的秧苗，重量有 30 斤之多，一手还牵着 4 连给带养的十几头黄牛，从四连向 48 连徒步进发。近五十公里的路程，他挑着担子，还要赶着牛，艰辛可想而知。半路上还有一条几十米宽的小河，他不顾危险涉水趟过齐腰深的河流。途中一头黄牛，由于体弱，倒在了半路上。这位刚满三十出头的年轻司务长站在这荒原大地上，留下了心痛的眼泪。他深知养活一头牛，从出栏到长大有多不容易。

　　辛勤劳动终有回报。在他和全体后勤人员的精心培植下，栽种的茄子、辣椒、西红柿、黄瓜、豆角、大头菜长势良好，西瓜、香瓜也在夏天飘出香甜的美味。秋天时土豆、红萝卜、胡萝卜、大白菜、大葱也得到了丰收。丰硕的果实保证了全连员工的自给自足及全连家属的食用。

　　俗话说"人是铁，饭是钢，一顿不吃饿得慌"。在荒原上作业的兵团战士，工作时间长，劳动强度大，体力消耗快。尤其在每年的麦收、豆收的大忙季节，早出、晚归要持续一个多月。在这种情况下，伙食搞不上去，直接影响着战士们的情绪，降低战士们的体力。连里要求食堂每天必须杀一头肥猪以补充战士们的体能。以往连里杀猪都要外请人来做，来的屠宰师傅干完活不仅要大吃大喝一顿，临走还要"拐"上点猪肉或猪下水。一个大忙季节通常都得屠宰几十头猪，连队本来底子就薄，这连吃带拿，一个多月下来，相当于一头肥猪无形中被消耗了。司务长特别擅长精打细算，下定决心从根上解决问题。于是他在学习养猪、养牛技术的同时，开始学习屠宰肥猪。从怎样抓猪、怎样动刀、怎样分解，怎样剃肉，虚心请教屠宰师傅，使自己尽快掌握这门技术。有一次刚捅完猪，还未进行下一步工序，猪一惊吓，满地乱跑，司务长一走神，一不小心手被屠宰刀划破了一个口子。很长一段时间伤口才得到愈合。经过一段时间的屠宰实践，他全面掌握了"杀猪"技术，成为内行。几年的工夫，连里畜牧业发展得很快，养猪不仅成活率高，还逐渐形成了规模。子猪、肥猪、母猪、后备母猪，品种齐全，应有尽有，最多时饲养肥猪竟达 500 头之多。牛的发展也超过了 30 余头。

　　大家说，曲司务长是连队里最忙的人，忙的一年到头都看不到他的身影。他长年定时要去团部面粉厂拉面粉、豆油、豆饼，为连里的小卖店不定时地购置生活物品。他去同江、跑富锦为连队购买所需物资，为食堂增补设备。早起、晚归，有时半夜回来，怕打扰战士们休息，经常在炊事班的灶台旁搭块板凑合着过夜。1973 年麦收时节，为了给连里职工改善伙食，他去四连压面条。说也凑巧，那天夜晚，他爱人谢桂芳生小孩。他因惦记着连里职工生活，在家待了一夜，第二天就匆匆赶回 48 连。爱人因无人照顾，发高烧达三十九度七，连里卫生所陈医生催她去勤得利住院医治，谢桂芳老师考虑到带有三个孩子，行动不便，只能强忍着。在这种情况下，哈尔滨女青年王艳得知后，跟排长反映了情况并主动以换工请假的办法，去勤得利医院为谢桂芳老师取回了输液药品，经过输液治疗，体温才降了下来。

　　1974 年秋，连里考虑到曲福生工作整天忙里忙外的，爱人生产后身体恢复得又不算太好，需要有人照顾，把他的家从四连搬迁过来，安置在连队最东头的一间马架房。因为入冬前没时间堵"燕窝"点的漏洞，到了冬天，不仅酸菜缸内结满了冰，晚上洗脸、洗脚水放在地上，第二天也结成了冰。夏天蚊虫、小咬满屋嗡嗡乱叫，扰得三个孩子学习都不安宁。就在这四周荒草甸子的杂草丛中，他们一家度过了六个春秋。

　　功夫不负有心人，在曲司务长的努力下，48 连的伙食搞得好，在四营中是叫得响的，远近闻名。远到团部汽车连的司机，近到营部直属小车班的运输驾驶员，他们往四营运送物资或执行出车任务时，只要有可能必到 48 连吃中午饭。

　　曲福生不但工作做得好，还很注意学习，注意提高自己的理论水平。1978 年，经过自身努力，他完成了黑龙江干部管理学院经济管理系的全部课程。他把书本知识与实践相结合落实到连队建设管理上。他手下的天津青年上士张金生、上海青年上士徐浩源，在他的培养下，都能圆满地完成各自所承担的重任，为连队的后勤管理工作做出了很大的成绩。也就是这一年，由于他政治上已经成熟，经赵文喜、王景富二人介绍，他光荣地加入了中国共产党，实现了他的人生追求。

转眼时间不长，49连因用人管理不当，连里职工有一星期吃不上面食了，整天吃煮黄豆，煮苞米粒，食堂及后勤管理更是"一盘散沙"。在这种情况下，四营党委把曲福生调到49连继续担任司务长，解决那里的实际困难。营长高炳银亲自把他送去。他在那待了一段的时间，为49连建立了稳固的后勤保障基地，得到了营党委的认可。1979年，营党委安排他担任49连连长，接替前任连长李守竹。（当时虽然兵团体制上已经转制，但连队职务的叫法还停留在兵团时期）。他在这个岗位上一干就是三年。1982年因身体欠佳，营里把他调到营部担任文教干事兼任营部中学书记职务。

从49连返回48连担任连长，这是他十年荒原生活、扎根连队、建设连队获得的"最高职务"。他这任连长干的比较难，属于受命于危难之时。因为刚上任就赶上"知青返城"潮。大批知青、特别是连队各个岗位上的骨干，一下子都走了，让他惋惜、让他不知所措。他深知失去的骨干都是连里的精英，这无形的"人才资产"恢复起来可不那么容易。那年47连已合并入48连，连队的土地面积扩大到了2300多垧地。新连长上任第一眼看到的是机务排所有的拖拉机熄火无人开了，洪炉的炉火旁听不见铁匠的轮锤声，农机场的农具检修找不到修理工了，后勤圈养的五百余头肥猪、三十多头牛没人添料了，小菜园入冬的秋菜再不抓紧管理就要歉收了。这一系列的难题重重地压在了这届领导班子身上，压在指导员王景富和连长曲福生身上。

在营党委的关怀、指导下，班子成员拧成一股绳，分析问题，解决矛盾，解放思想，大胆用人。只要能为连队发挥特长，热爱连队，热爱荒原，无论省内或省外的有志青年只要手续齐全都可落户。他们还在连队的老职工中寻找能接班的实用人才。很快从营内、营外，省内、省外，吉林、辽宁、内蒙古的有志青年，纷纷涌向这里，踏上48连这块黑土地。连长从自身业务抓起，既当业务领导者又当实际操作员。他们抓业务办班，抓思想教育，快速让这批青年掌握技术，达到熟练程度。连队很快恢复了生产，拖拉机在48连这块神奇的黑土地上重新轰鸣起来。管理人员、科研人员、后勤人员也都迅速到位。在众多的支边青年中，山东青年和当地青年起到了至关重要的作用。从那刻起，这个连队又重新焕发了生机。

在担任连长职务期间，按照营党委"多开荒、多打粮"的总体部署，他狠抓连队基础设施建设、作风建设，坚持科学种田，科学管理，使粮食产量逐年增长，连年递增。领导班子成员团结一心，正气向上，后勤管理榜样突出，战士、家属思想稳定，营里为表彰先进年终奖励他个人几百元的现金。他没装自己腰包，拿出来购买了几辆自行车，供连里统计和后勤人员下地号用。用他的话说："跑地号人比较辛苦，整天起早贪黑，有辆自行车让他们更便利些。"

他从扎根荒原的第一天开始，历经司务长、连长职务的磨炼，经历的酸、甜、苦、辣只有他自己知道，但他自己从来也不表白什么。有人说："他和当年张英营长那届班子带领的第一批建点人员一样，踏上这块荒原时就没有想到困难，更没有被'困难'二字所吓倒。"曲福生同志的所作所为正是北大荒精神的真实写照，要让这种精神发扬光大、深深扎根在这块荒原的黑土地上。

（本文根据原48连谢桂芳老师、47连副连长李明义口述，杜宝玉记录，周平整理）

杜宝玉　哈尔滨知青，1953生，哈尔滨市第一中学读书，1969年下乡到兵团6师27团，先在4连、后在团战士演出队、宣传股、计财股、团直学校小学部工作，1980年回城，在哈市印刷一厂附属厂、市轻工业局职工大学读书，哈市环境报社记者、编辑、摄影记者、美术编辑、广告部主任等。退休（高级工程师）

李孝凤和她的小商店

白 桦

开荒营各连队进点以后，我们11号车就担负起为各连队送物资给养的任务，最多的是粮油等生活必需品和部分生产资料。

当时营部旁建了个小商店，好像就两个人，负责人是上海女知青李孝凤（后来是营部商店主要领导）。我们车每次下连队送物资时都通知她一声，几乎每次她都带着各种商品随我们车给连队的小卖店送货。她工作勤恳，非常认真负责，每次商品一装上爬犁，她就用苫布蒙了又蒙盖了又盖，行车过程中除了下雨或是夜晚外，她都坐在爬犁上看管着货物。

她性格开朗、待人热情，是当时营部直属单位唯一的女知青党员。有一回连队有个病号到团部医院看完病，要坐我们的车回营部，我把副驾驶位置让给病号，我坐到爬犁上与李孝凤大姐唠起家常。我记得她告诉我她是1968年来的，一开始在三八队工作，后又调到开荒点17连，开荒营进点后，张营长又把她调到开荒营组建商店。

一路上，她给我讲了不少上海的风土人情故事，最后情不自禁哼唱起沪剧《年青一代》里林育生的唱词："手捧日记心似焚，回忆往事悔万分……"这些唱词都是她哼唱完了告诉我的，当时我也听不大懂词意，就觉得挺好听。她对艰苦生活充满乐观向上的精神给我留下深刻印象。

白桦　哈尔滨知青，1952年生，1969年8月下乡到黑龙江兵团27团工程1连，1971年2月调到开荒营，在42连、营部机务排、48连、41连工作，1981年返城，在哈市木材厂工作。退休。

我和 11 号车组在营部的工作经历

白　桦

1971 年 6 月初师团调拨给开荒营 9 台东方红-75 型拖拉机，都是新车。加上 11 号、德特 54 两台旧车，全营就有 11 台拖拉机了。营指挥部为集中开荒决定组建营直属机务排。各车的车长和驾驶员都是从各个老连队调来的技术骨干，每台车配上三个助手，全车五人编制，由营部统一指挥。助手从开荒营的各连调，12 个连队每连抽调两人。我和上海青年祁建华从 42 连调来，我被分到 11 号车上，车长还是侯元淮，驾驶员是姚锦平，助手是我和北京青年王志国、天津青年徐宝贵。

回想刚进点时，开荒营的拖拉机只有 1 台东方红 75，车号 11，原属农业 2 连，1970 年冬天在连队车库维修时不慎发生火灾被火烧了，拉到团修理连大修。车修好了但过火后的发动机马力大不如前，75 型拖拉机有速度，但干农活就力不从心了。正巧开荒营建点需要一台牵引运输车，团里就把它调来支援开荒营。车长是复转军人侯元淮，沉稳老练技术过硬。随车组调来人员 5 人，驾驶员有上海青年姚锦平、顾明荣，北京青年郭继伦，天津青年赵贵生。

他们一到开荒营就不分昼夜地工作，任劳任怨，不讲任何条件，为开荒营刚建点的各连队拉运原木和各种物资，有时还要拉着张营长、周参谋、42 连连长刘国华去勘察荒地。全营就这一台车还要从 22 连拉运全营的中转物资，实在是忙不过来了。团开荒指挥部又从水利连抽调一台德特-54 型拖拉机前来支援，调来的时间是 4 月中旬。在开荒营刚进点的这两个月，这两台车立下了汗马功劳，尤其是 11 号车功不可没。

机务排成立后，各车立即投入到紧张的开荒会战中。机务排不但要完成开荒任务，还要承担全营的物资运输和建过冬宿舍，现在快百十号人都住在大食堂和帐篷里，根本不能越冬。我们 11 号车因开荒无力，工作性质基本上没有大的改变，白天以跑运输为主，夜晚无运输任务就去耙地。当时路还没修，开荒营的一切物资都先运到 22 连，再由拖拉机用爬犁运到营部分到各个连队。这是我们 11 号车的主要工作。

我上车后发现，在没有路、没有地标、杂草丛生的荒野开车是需要胆量和经验技巧的。每次出车车长都会告诉我什么地方车可以走，什么地不能走。我请教车长："您是怎么知道的？"车长说："熟能生巧，跑的时间长了就知道了。"我们从 3 月份进开荒营到现在一直跑运输，地形地势比较熟，冬天天寒地冻车怎么跑都行，现在就不行，到处是水泡子，一不小心就会陷进去。车长在实践中总结出看草选路，长苜蓿草、杂草开花的地方大部分可以行车，要是突然出现一片高而细只有一种草还有蒲棒草生长的地方就要立即改道，那地方肯定是水泡子。改道时要多次搬动转向操纵杆，不可一下搬到底，防止拖拉机链轨扒开上层的草皮子造成陷车。车长又说，"咱们车就在草皮上跑呢，一旦把草皮子扒开底下就是淤泥和水，车就会陷进去。"接着他又对我讲在 37 连到 46 连的路线上水泡子相对较少，营部往南一千米左右有一个较大的水泡（后来路修到这往东南偏 30 度）。但是一过 46 连往 47、48 连走几乎全是大水泡子，最难跑的就是这段，等过几天跑车你就会知道了。

一、奔跑在运输线上

7 月下旬的一天清晨，我们车正在交接班保养，排长通知车长今天给 46、47、48 连送物资和粮油。保养完车后，车长说："白桦，今天你和我去 48 连。"这是我第一次去 48 连，以前都是别人出车去。

吃完早饭，车长和我重新检查一下爬犁是否牢固，把苫布也重新铺了一遍，车长说这层苫布一定要保证不漏水，否则会把物资弄湿。然到大食堂后面的临时库房装上粮油和其他物资，用苫布全部苫盖好，再用绳子捆绑结实，我们就出发了。那天的天气非常好，从营部到 46 连虽然有沼泽、水泡子，但很顺利。到 46 连食堂门前把他们需要的物资卸下来，张指导员叫我们吃完中午饭再走，车长说不行，我们还得上 47、48 连。

告别张指导员后，我们又继续向南走了约两公里，车长把车停在一片树林旁说："检查一下车和爬犁。"我到后面看了看，苫布盖得挺严实，绳子也没松，就回到车前和车长一起抠驱动轮与后支重轮间的草。抠完后车长对我讲；"从这里开始到 48 连这段路尽量不要中途停车，这段路水泡子、沼泽地太多，车几乎全程在水中行车。"我站在驾驶棚上向远方望去蓝天白云下的荒野一眼看不到边际，近处草低的地方露出拖拉机拉爬犁留下纵横交错的车辙。我问车长 48 连在什么方位？车长说太远你现在看不见。车长边开车边告诉我，行驶的路标就是这些车辙。车在草地里行驶最大障碍就是，视线不好，草又高又密认不清方向，又没有基础目标参照，看哪都差不多，所以原来的车辙是最好的路标，但决不能"重蹈覆辙"必须错开旧辙，又不能离得太远，否则都有陷车的危险。这些旧车辙都是我们 11 号车从冬到春几个月摸索出来的安全行车路线。每到转弯地方车长就放慢车速仔细观察，有时他还会叫我暂时控制车辆，他到驾驶室外四处观察瞭望，他叮嘱我一定记住每个弯道的特征不能转错，一旦转错就会有危险。草地里的车辙和弯道太多，说实话我第一次根本没记住，就是有个大概印象，车几乎就是在水中行走，链轨搅起的水腥味与草的清香味同时钻入你的鼻孔。看着眼前这片荒原，我在想，在我们没来之前是否有人光临，我们会不会是来到这片荒原的先驱？我问过车长，他沉思了一下，也没有给出明确答案。

车转过一个弯后，车长停下说检查车辆，我看到四周比较高脚下也没水。车长一边检查车一边说："这个地方是进 47、48 连中途休息检查车辆最安全的地方，要是车辆一旦出现问题最好能选择这个地点停车等待救援。"我看到地上散落着不少干枯的从链轨里抠出来的杂草堆，这肯定是我们 11 号车几个月前留下的。这像是我们 11 号车的"驿站"了。我费劲地抠着链轨里的杂草，天又热，蚊虫又多，抠完杂草我俩已是满身大汗，还让蚊子咬了很多的包。

车长检查了一下车和货物就出发了，看太阳也就是刚过中午，拖拉机喘着粗气穿过一片片沼泽地，绕过一个个大小水泡。荒原上的草长得有一人高，我只能钻出驾驶室站在脚踏板上向前瞭望，我告诉车长远处有一大片树林，车长说 47、48 连就建在树林旁边。

车大约又跑了半个小时才到，47、48 连离得很近，卸完 47 连的货向东走不远就是 48 连。车长熟悉地直接把车开到帐篷前停下，我四下打量周围的地形，47、48 连在开荒营的最南端，连队前面是一大片树林，穿过树林就是浓江河，连里除了帐篷就是二栋还没有盖完的食堂和宿舍。车刚停稳，连里的战士放下手里的工作跑过来和我们打招呼，问家信和外面的情况，他们对外来客异常热情。我就是从那时候认识了天津青年张忠熊、钟宝光、黄宝华等朋友的。大家忙着把爬犁上的物资卸下来搬进帐篷。食堂姓宋的一名天津女知青把车长和我领到里面吃午饭，我记得她为我们做的是馒头和炒韭菜。吃完饭后天还早，他们连长又见缝插针，请车长替他们到不远处拉一趟盖房子用的草。草拉回来后，我们在全连十几个人的欢送下返程。

返回时爬犁上没东西了，轻车熟路比来时快了不少。车长把车交给我驾驶，我按照来时的路线往回走，开始还可以，走了一段后就晕头转向了，总感觉和来时的路不一样，车长一边指挥一边教我说：你要记住道路转弯时的特征、地势、草生长的形状还有时间，这几点以后一定要记住。你只要记住荒草甸子的基本特征就不会跑错。听完车长的一番话，我心想，我们车长的学问和窍门还真多，我感受颇深，这趟出车又学到了不少知识和技巧。又到"驿站"了，我们又在这停下检查车辆。完毕后车加快了速度，在天还没完全黑下来的时候赶回了营部。

二、开荒建点的功勋车

时间过得真快，转眼到了8月中旬。进入8月份接连下了几场大雨，各车组都不能下地作业，就抓紧在家保养机车。这时机务于参谋来了说："你们车今天下午务必修好，明天起早去48连。"原来前几天就应该给47、48连送粮，因天总下雨车进不去耽误了，现在他们已经断粮了，派人走到营部请求马上送粮。

其实营里已经两次派车往里送粮食和物资了，但都没有成功，昨天车走到半路因陷车被迫返回。今天起早又派两台车往里送粮，但走到一半路程一台车又被陷住，两台车互相救援总算没陷进去，爬犁暂时存放在46连。营领导很着急，命令机务排再派车送粮。

这里就要重提我们11号车了，常规情况下我们车队每个月为连队送一次粮油给养，这次我们的车进行二号保养维修还没完，又赶上天天下雨，其他车都是开荒车辆，对跑运输的路线不熟，所以几次送粮无功而返。于参谋急了，命令明天一早必须出车。

第二天天刚亮，食堂早早就为我和车长准备了早饭，吃完饭车长又叫我带上几个馒头和咸菜，防备意外情况发生，又让我拿一根牵引爬犁用的钢筋和一个连接环挂在车后备用。这时于参谋也来到了车前，他再次叮嘱我们路上注意安全，车长说："请营领导放心，保证完成任务。"

太阳还没出来我们就出发了，因为没拉爬犁车速较快，开到46连时他们还没开早饭。车长把车开到爬犁跟前挂上爬犁，我和车长用苫布又重新苫盖了一遍。这个爬犁就是我们每次下连队送货的爬犁，车长和46连领导交代一下就上路了。

从46连往南这段路没有太大变化，但一过南面那片林子情况就大不一样了，旧车辙全被水淹没了，失去参照物只能凭记忆行车了。别说没跑过48连，就是我们每月都跑，现在也不敢说有十足的把握。车长嘱咐我注意后面爬犁的状况，他的注意力都集中在道路上。因路上水大，爬犁上浮显得负荷较轻，车速比较快，两个爬犁脚都变成水中行驶的船头了，链轨带起来的水形成两条白色的水带，就如同一辆水陆两栖战车牵着一艘船行驶在水中。我告诉车长后面的爬犁有时都上水了，车长说没事上下都铺盖了两层苫布。正说着，车长突然说了声"不好！"就见车尾往下沉车长马上把车停下，果断地对我说："摘掉爬犁把带来的牵引钢筋连接上。"我脱了鞋和裤子跳下车，淌着几乎到膝盖的水到车后摘下钩，车长先往后倒了一下车，然后用右脚勾住离合器踏板控制住油门，不能让车熄火空转打滑，车一点点地向前移动着，最后终于开了出陷坑。我又到爬犁上拿下备用钢筋和爬犁的两根牵引钢筋连接在一起，我坐到爬犁上感觉好像没费多大劲就出来了。车跑出一段路才停下，我赶快把备用钢筋重新挂上爬犁，洗了一下脚和腿上的淤泥就出发了。这时车长对我说："这可能就是他们前两次陷车的地方，你看车把那个地方的草压倒一大片。"

车又开到"驿站"了，由于刚才误车耽误了不少时间，现在已快到中午了。车长问我饿不饿，这一问还真是饿了。车长说咱们边吃边走吧。检查完车后又上路了。我仍然是钻出驾驶室站在脚踏板上一边啃着馒头一边向前瞭望。剩下的路程比较顺利，拖拉机的声音在荒野上传得很远，在没看见车时他们就听到车的声音了。老远就看见48连的战友聚在房前向拖拉机来的方向张望。车刚停稳大家热情地围拢过来说："可把你们盼来了，我们早就没粮食了，谢谢你们！"这时车长向连领导汇报了营里这些天几次送粮的经过。我和大家解开爬犁上的绳子，掀开苫布，卸下面粉和其他物资。卸完后我把苫布叠好绑在爬犁上。这时连领导说："粮食到了，解决了我们最大的困难，叫食堂赶紧做饭，你们吃完饭再走。"车长半开玩笑地说："给你们送来的粮食，我们哪能再装进肚里带走呢，再说我们带着饭呢，路又不好走，营里也不放心，我们早点走还安全。"检查完机车我们稍做休息就告别战友往回走了。

轻车熟路，回程比较顺利。这时我和车长心里真有种不辱使命完成任务的自豪感。临近黄昏时分，就看到营部大食堂的屋脊。这时西边地平线的落日映出美丽的晚霞，明天一定是个晴天。

48连麦收季的"客房"

刘德勇

1973年8月是48连的第一个麦收季。这个连是当年进点（应当是头年秋季开荒），抢在开化前麦子播在了雪里，沉睡千年的黑土地，像浸了油一样肥沃，不用施任何肥料。到了伏天沉甸甸的麦穗压弯了腰，一眼望不到边，金黄色的麦海延伸至远方太阳升起的地方，据说以后火车要通到麦地里。

我当时在 4 营营部小车队，领导派我带着助手刘德利开着铁牛 55 到 48 连支援麦收。早饭后我就赶到了这个全团最南端的连队。车开到了公路的尽头，我向前望了一眼，想象中的铁路位置，然后向左一打方向盘下了公路进入了泥泞的连队里。我正要问哪里是连部，在前面泥土路旁一人向我招手，这个人三十四五岁，长的五短身材，脚上穿着黑色的长筒水靴，分不清是黄色还是黑色满是油污的一身单衣，外面披了一件黄棉袄，黑黑的脸堂，两个不大的眼睛露出深邃坚定的目光。三伏天他棉袄不离身我已经猜到他是谁了，他就是传说中的"铁孩子" 48 连的于成洲连长吧？他在驾驶室的脚踏板上蹭了蹭靴上的泥，就上来坐在我身后，说了句"我姓于，咱们去地里倒麦子吧。"他的手往麦地方向指了指，我开车去麦地。车还没有离开连队，我回头一看他已经靠着我的助手刘德利的身上睡着了。车行走在田边的地头虽然慢，但来回颠簸，他就随着颠簸来回地晃动着呼呼大睡，他把我的驾驶室当做了他的"客房"了。我来到麦地，麦地太大了，低洼泥泞地里荒友们正在人工收割，人们顶着烈日，汗流浃背，将一捆捆的麦子堆到一起。我想问他去哪里，看到他睡得正香我也不问了，就奔着人多的地儿开了过去。我停了车还没来得及问他，他已经打开车门跳到麦地里。很快就有人过来安排我倒麦子、拉运东西。也不知什么时候他又突然出现在我的驾驶室里，我根据下面人的安排该干吗就干吗，他呢就是倒头就睡，到地方他就醒。我问装车的知青荒友，他们说："进入麦收以来连长从来没回家睡过觉，都是在运输的车上或麦堆上铺着破棉袄眯一会。"我的驾驶室对他来说算是比较高档舒适的"客房了"。

傍晚我问连队文书安排我和德利住哪儿？文书说你们随时出车住大宿舍不方便，安排外来支援的同志有两个比较清静的地方，一个是他们的老宿舍现在只有一个看房的在那里，另一个就是大帐篷，里面没有人。这两个住处离的不远。我把车停在附近就和刘德利来到了老宿舍，所谓的老宿舍其实就是牛棚，精明的新建连队领导，为了快速解决人员吃住的问题，先组织建简易房，用拉合辫按照牛棚建，人先住进去再脱坯盖土坯房。土坯的大宿舍盖好了，各班排都陆续住了进去。这老宿舍因牛还没到来，大通铺也没拆，等接待完支援麦收的队伍后就用来养牛。我们只带了脸盆等洗漱用具，通铺上已经准备了铺盖和蚊帐，点亮了马灯我和德利躺在空旷的大铺上感慨："也真巧啊，一个德勇一个德利，一个高一个矮，一个白一个黑，一个瘦一个胖。"十六七岁的德利不属于知青，他父亲是抗美援朝下来的，是某连教导员，他出生在这里，在我面前他是孩子。德利说："睡在这儿和在野外差不多。"我说："有蚊帐还有天棚就不错了，看看铁孩子他们不都是这样过来的吗。"累了一天了很快就睡着了，醒来时并没有感到与睡在营部宿舍有什么区别。但是，奇怪的事情发生了，先是鞋不见了，下不了地。再仔细看，地上都是水，有大半尺深，放鞋的木踏板像船一样已经漂到门口去了。再看脸盆也不见了，德利把头探到床下去看，脸盆漂到床的里面，一边一个还在打转。我们只穿了裤衩光脚下地，趟水找回漂走的东西。看看外面一切都是正常的，没有下雨的症状，那么水从哪里来的呢？现在想来多半是原始沼泽湿地特有状况下的机缘巧合吧。

当时我们决定将"客房"改在大帐篷，便把住宿的用品搬到了帐篷里，早饭后我们就开始了一天的忙碌。到了晚上回到帐篷里，地上是干干的，但是帐篷里无法挂蚊帐了。我们点了艾草熏，然后关严了帐篷门，累了，困了，躺下一会儿就睡着了。突然我觉得被子湿透了，起来发现外面在下雨，用马灯一照是雨水落在了帐篷的凹兜里，一个个凹兜就像过豆浆的豆腐包，我的行军床上方正是一个大的，雨水积多了浸泡时间一长那包水哗哗地滤了下来。赶紧喊醒德利，找来木杆从帐篷里面向上怼，将一个个凹包怼起把水泼出去。外面雨停了，帐篷里面也肃静了，我们到老宿舍换了行李躺下再睡。一阵"砰砰"的声音将我们惊醒，那帐篷的凹兜刚才怼的时候挺费劲，现在它们都争先恐后地向外向上鼓，此起彼伏砰砰作响。无法入睡我们坐着等风停，那风刚才像浪涛一波一波呼呼作响，这会儿却变成了涌，一股脑往上掀，从门口开始帐篷被掀起来了向天上飞，犹如一个巨大的风筝。风已经将天上的云吹得一干二净，飞走了小半片帐篷，露出了满天繁星和雪白的月亮。那星月之光照在我们的床上，仿佛老天爷在看着我们并和我们开着小玩笑。它看到我们不知所措的样子，接着发力就将整个帐篷往天上掀起。我发现了来回摆动的绳子，就像风筝的断线，跳起来一把抓住，我们俩奋力向下拉。风，笑着向上涌，它假装要把帐篷从我们手里抢走，我使劲往下拉，它就加力往上吹，看我筋疲力尽了它就松一松。我发现旁边有一棵小树，便将绳子缠绕在树根上，又去拉另一根绳子。德利找来了木桩插在地上（那地都是泥），我们又控制住了另一根绳子，逐渐将飞起的帐篷拉回原样。后来风一下子就停了，就像跟我们玩闹了一番，玩够了，玩高兴了，满意地走了。一切都恢复了原样，就像什么也没发生。德利有点受不了，带着哭腔说："这鬼地方，怎么待啊！"我也有同感，但也许我是头，也许是受到"铁孩子"和荒友们精神的感染。安慰德利也是安慰自己说："人家都过来了，我们为什么说不，该来的总会来，现在我们不是都好好的嘛。"

在以后的一个星期里老天爷没再跟我们开什么玩笑，我们挺住了，完成了支援麦收的任务。那两种"客房"成了永久的记忆。

刘德勇　哈尔滨知青，1953年生，1969年9月下乡到黑龙江兵团6师27团10连，1970年5月团部警卫班，1971年10月汽车连，1971年12月6连驾驶员，1972年9月开荒营小车队驾驶员、46号车长，1973年12月参军，1978年6月哈尔滨铁路公安处、哈站派出所警卫科。退休

两 天 两 夜

傅连顺

1972年冬天，勤得利地区下了一场历史上罕见的大雪，西北风裹着漫天大雪好像要将大地上的一切都覆盖掉。几天的暴风雪过后，平地积雪差不多有一尺多深，公路早已不见了踪影，依稀可见稍远处挂满银霜的小树林，近处连队的房屋似乎变矮了许多，小雪山似的屋顶上飘着袅袅的炊烟，放眼望去天地之间一片白茫茫。

早晨7点多，我检查完铁牛-55正要回机务排宿舍，在门口看见了与营部相邻的41连的拖拉机驾驶员高连生和小齐，"小高，你们怎么

到这儿来了?"我问道,小高说:"我们连长一早就叫我们发动车,说营部有任务,让我们到营部机务排找你们,也不知道哪个门是机务排正好碰见你了。""估计是让我们出车,雪太大了让你们来帮忙的,请进吧!"我边说边拉开了宿舍的门。机务排宿舍房间不是很大,已经聚集了十几个人,有人坐在卷起被褥的炕上,炕沿上凳子和箱子上都坐满了人,大家正准备开会。屋子中间的火炉上坐着两大桶冒着热气的水,是准备发动车用的。

黑子(大名傅国银,北京知青)看见小高和小齐进来就热情地招呼:"二位来坐我这儿。"说着他脱了大头鞋坐到炕里边。我说:"看这劲,可能要让我们出车了。"正说着排长历彦顺和张营长推门走了进来,张营长一边和大家打招呼,一边说:"大家看见了,这场特大的暴风雪封锁了道路,阻断了我们的交通线,给我们粮食、煤及物资运输带来极大的困难,现在营部炊事班做饭用的煤眼看就用完了,粮食也不多了,如再下雪就有可能饿肚子。我们开荒营组建时间短、条件差,没有多余的储备物资,现在当务之急是去勤得利拉煤,打通营部到团部的这条生命线。任务很艰巨,可能会出现一些意想不到的困难,也是对咱们机务排的考验!"黑子插话说:"营长,我们都准备好了,再苦再难也得闯出去!"张营长说:"好,我和你们排长商量好了,从41连调一台75链轨拖拉机拉着爬犁在前边压出道来,你们在后边跟着,大家看行不行?""行!没问题,有75跟着就踏实多了,营长放心,我们保证完成任务!"大家异口同声地说。

历排长说:"这一次去勤得利拉煤任务不比往常,几天的'大烟炮'把地都刮平了,路一定很难走,咱们第一次先去两台车探路,等两台车回来后,大家再一起出动。"黑子率先表态:"我们车去!"李师傅也说:"算我们一个!"大家争先恐后报名。历排长说:"别争了,就叫黑子和李师傅的两台车去,由我带队。李师傅年纪大点儿在家备班,让小傅去就行了,黑子车也去一个人,这样车回来就可以有人接着出车了。现在开始发动车,加满油、带上钢丝绳和铁锹准备出发。"

第一天

早晨8点机务排宿舍门前的雪地上,三辆车整装待发。排在第一的是东方红75链轨拖拉机,它后面拉了个大爬犁,车长是天津知青小高连生,驾驶员是北京知青齐德江。后边两辆车是胶轮铁牛-55,后面各拉着一辆大拖车,驾驶员是北京知青傅连顺和傅国银,带队的是山东支边青年历彦顺排长。这时历排长一只手里拎着一卷钢丝绳,另一只手里抱着两件皮大衣走过来,把钢丝绳扔进拖车,又把大衣递给小高和小刘,然后问大家:"都准备好了吗?"大家说:"每辆车带的钢丝绳和铁锹都准备好了。"历排长说:"我刚从库房又找了根钢丝绳备用,我们现在就出发。"历排长跳上我的车后,75率先加大油门,三辆车轰鸣着冲向了茫茫雪原。

营部到团部是一条大部分由人工修筑的土路,路宽六米,全长二十多公里。现在路全部被大雪覆盖了,阴沉的天空把白茫茫的雪原罩上了一层灰蒙蒙的色彩。营部附近地势较高所以积雪不太厚,又是在家门口路熟,走在前边的75准确地找到了路,在前边拉着爬犁跑的还不算慢。我开着55和坐在旁边的历排长说:"照这个速度虽然慢点,中午之前到团部没问题。"话音刚落,车速就慢了,车轮开始打滑,我加大油门,55的车轮在雪里"呼呼"的干转就是不走,挂上倒挡向后倒了一点,再前进还是不行。"不好,车误住了。"我们俩人下车一看,由于雪太深四个车轮都被雪围困着,已经把车后桥拖住了。"这得75拽了,我们自己走不了。"

我往前一看不免吃了一惊，"哎呀，这回麻烦了，75都没影儿了。"厉排长说："没事儿，就是阴天看不清楚不会太远，他们发现我们没跟上会回来找的。我们先把钢丝绳准备好，把铁锹也拿下来，先把雪清理一下。"俩人把四个车轮前的雪都挖开，又把车底下的雪也掏了掏。我看雪挖的差不多了就说："排长，我试一下看能不能走?"排长说："试试吧。"我上了车，加大油门，车只是向前走了一点儿就又走不动了，车轮又陷下去了，我对排长说："干脆我们接着挖，见了地面就行了。"厉排长说："挖一点可以，我们还是清理一下车轮前的雪等75拽吧。"黑子这时走过来说："我们这才走多远呀，还没出营部地界呢，我的车也走不了，也得拽了。"我转身朝营部方向一望，真是忙了半天没走多远。这时前方传来拖拉机的轰鸣声，75已经朝这边开过来了，我赶紧把钢丝绳一头挂在55的车头上，另一头扔在雪地上。75转眼就到了，小高他们跳下车抱歉地说："风雪把道边的沟基本填平了，要仔细分辨才能认出路来，我们俩光顾盯着路了没往后看，没想到你们在这就走不动了，不好意思让你们久等了。"排长说："不用客气。我们现在就走吧。"小齐把钢丝绳挂在了75的牵引板上，小高说："前边这段路雪比较深，我把你们车拽到雪浅的地方再停车。"75在前边拽着走了三百多米，路上的雪不太厚了，两车才停下，小傅下车摘了钢丝绳，75掉过头来去拉黑子的车。

厉排长上了车对我说："我们先走，能走多远算多远。"过了一会儿，75拉着黑子的车也到了。

厉排长对小高和小齐说："这个地方离营部还没多远，这段路比较宽雪比较浅，再往前路就窄了，你们千万小心别开到沟里去，慢点儿，不行就下车探探路。"

小高开着75尽可能保持直线前进，车后拉的爬犁在雪地上划了两道深深的印痕。我小心地开着车尽量让车轮压在爬犁的轨迹上，黑子的车紧跟在后边。

营部往北4公里是39连，一条笔直的新修成的公路南北走向一直往北直通团部，说是公路，其实，就是水利队和27团各个连队支援开荒营进点修的一条"土路"。这中间有一条东西走向的河叫鸭绿河。开荒营地处湿地，鸭绿河夏天就是塔头水泡子和漂筏淀子，冬天时千里冰封整个大地冻成整体，通行应该没问题，但是这样的路段地势低洼积雪厚。

在75链轨拖拉机的帮助下，两台胶轮车总算通过了这一积雪深厚的路段。雪实在太大了，本来鸭绿河过后继续往北走经过39连北面的"一棵树"后，有很长的一段路基很高，可是由于几日来的暴风雪地把整个大地吹得沟满壕平，分不清是路是沟。75拖拉机拉着爬犁在前面走，55胶轮车小心翼翼地顺着爬犁印向前走。车走着走着轮胎就开始打滑，大雪壳子把"后桥"拖住了，只好停车。

几个人下车后，小齐指着前方说："我们刚才走过的路两边沟里的雪总比路面低一点，勉强能看出路来，现在看前边全是平的，看不出哪是沟哪是路了。"厉排长说："这地势低雪一定也深，我们现在就探探路，保证要让车走在路中间，75要是开进沟里上不来，我们这次任务就失败了。"我说："排长你歇会，我和小齐去探路。"排长说："我不累，你们俩在两边探路，我在路中间挖雪做标记。"

路上雪很深，低的地方都到了膝盖，三个人拎着铁锹走起来都很吃力，向前走了二十多米，我和小齐各自把铁锹扎进雪里试探。突然小齐喊了一声："我这到沟边了，铁锹把够不着底了。"我也说："我也找到沟边了。"

厉排长说："你们站好，我找一下中间，行了，你们接着走吧。"他把路中间的雪铲起来扔向路边，我和小刘又向前走了大约五十米。

小高把黑子的车拉过来后，摘下钢丝绳开到了我的车前边。这时厉排长对小高说："前边的雪够深的，我走的脚印就是路中间，不知道能不能顺利通过。"小高说："试试吧，也许能过去。"两辆车朝前走了没多远就走不动了，链轨开始打滑，55的后轮也呼呼地空转，75整车都被雪包围着，车后两侧各有一小堆雪，一看就是链轨带出来的，55前轮扎进了雪里，后轮和拖车的四个车轮也都陷进了雪里，看来我们又要挖雪了。

厉排长指挥小高的75前冲后倒冲出雪窝，又问我俩："前边雪情怎么样？"我说："越往前走雪越深，我们也没走到头儿，不知道这段深雪路到底有多长。"这时黑子拿着铁锹过来说："多长也得挖，不然走不了。"厉排长说："对，要挖出一条通道来，大家就快干吧。"五个人拼命地挖着雪，铁锹飞快地上下翻飞，挖了一会儿五个人头上就开始冒汗了，汗珠从帽沿流下来挂在脸上。几个人都脱了皮大衣，我还是觉得热，索性把皮帽子也摘下来扔在雪地上。厉排长看见了就对我说："小傅还是戴上帽子吧，现在怎么也有零下二十几度，耳朵不抗冻，冻坏就麻烦了。"我说："没事儿，冻不坏。"说完继续挖雪。

过了一会儿，小齐看见我的耳朵不对劲儿说："小傅，你的耳朵冻得通红通红的，赶紧戴上帽子吧。""是吗？"他一说我这才感觉耳朵有点儿疼，是得戴上帽子了，我赶紧从雪地上找回帽子戴上。随着"刷刷"的铲雪声，一条崭新的雪道一点点地向前延伸，车队挖一段，走一段，天色渐渐地转暗了。

又结束了一阵猛烈的挖雪后，黑子喘着气说："排长，歇会儿吧，真给我累坏了！"排长说："我也累得够呛，是得歇会儿，大家歇会儿吧，几点了？"黑子看了一眼手表，说："马上四点了。"小刘惊讶地说："都四点了？时间真快。"小高问大家："你们都饿不饿呀？我感觉有点饿。"小齐说："没吃午饭能不饿吗？"黑子说："我觉得今天有点事没干，原来是没吃午饭。"我说："从早晨到现在水米没沾牙，多吃点雪就解饿了"说着伸手抓了一把雪吃起来。排长说："原来以为中午能赶到团部吃午饭，没想到路这么难走，看来只有到团部吃晚饭了。"这时黑子突然说有救了，站起来朝车走去，正当大家莫名其妙时，黑子从车里拿了包饼干走来。"大家吃饼干吧，这是我前几天在小卖部买的饼干，吃了几片没吃完就放车上了忘了，大家就别客气了，赶快吃吧！"黑子说。

一听有饼干，大家都站起来了。小高说："黑子你真是雪中送炭！"大家高兴地拿了一块吃起来。这时厉排长说："咱们抓点紧，吃完了咱们赶紧上路，天太冷了。"黑子说："现在还真缓过点儿劲来了，说走就走，上车。"就这样三台车走走挖挖、前拉后拖、艰难的一点点地向前走着，一直到晚上八点多，我们终于到达了团部招待所门前。

几个人下了车，黑子说："跟我走，先去食堂吃饭吧。"大家都饿坏了，跟着黑子径直向食堂走去。进了食堂一看一个人也没有，灯都关了。小齐说："这下瞎了，都没人了。"黑子说："那也得吃饭呀，到炊事班的宿舍找找她们。"我说："我们先去登记室问问，那准有人。"说着几个人沿着走廊回到招待所门口的登记室，由于天太冷又晚，登记室窗户关着，黑子上前敲了敲窗口。知青服务员小崔拉开窗户问："是住宿吗？"黑子说："我们不住宿，我们中饭、晚饭都没吃，想找炊事班的人给我们弄点吃的。"服务员问："你们是哪连的？这么晚还没吃饭？"黑子说："我们是开荒营的，去勤得利拉煤，因为雪太大路不好走，从早晨出发刚到团部，一天没吃饭了。"

服务员小崔说："稍等一下。"转身对屋里另一女知青说："小顾，你看怎么办？"小顾说："我去叫炊事班的人给他们做点吃的，你先给他们找个地方休息，让他们等会儿。"说着俩人推门走了出来，小顾对大家说："你们一共几个人呀？"黑子摘下了皮帽子说："小顾你好！我们一共五个人。"小顾也认出了黑子，说："你也去开荒营了？"黑子说："我也调到开荒营了，这次去勤得利拉煤路太难走了，现在都饿坏了。"小顾说："你们稍等会儿，我这就去给你们找人做饭，快，做碗疙瘩汤，干的稀的都有了，吃了还暖和。"说完就去宿舍找人做饭。

吃完晚饭从招待所出来，我问黑子几点了，黑子借着车灯看了看手表说："九点五分。"厉排长对大家说："我们现在也吃饱了，出发吧，争取尽快到达勤得利！"

团部附近的公路由于地势高又有人铲除积雪所以比较好走，但是刚走出没多远，风口处的路又被雪掩埋。在车灯的照亮下，我们连挖雪再拖拽艰难前进着。75灯光照到的前方隐隐约约看见雪地中出现了一条"胡同"，两边是高高的雪墙，中间是通道。黑子高兴地冲大家喊："前边的路修好了！"厉排长说："前边的路已经被清出来了，大家再加把劲儿。"大家顿时来了精神，大约20分钟后，三辆车都开进了"雪胡同"中。

这是由推土机推出的道路，推土机把路上的雪推到路两边形成了高高的雪墙。本来这是七八米宽的砂石路，现在推出来的路面也就四米多宽，隔一段距离推出一个供两辆车会车的大约六米宽的弧形场地，车到这儿轮胎算是真着地了。前边的路要是都被推土机推出来就好了，也不知道推出来的路有多长。

车队走在"雪胡同"里真是轻松极了，走了一段路前面的75突然停了车，小高下车走过来对排长说："前面好像有辆车开过来，这地儿宽点能会车，我们等他们过来吧。"这时只见对面的车灯越来越亮，忽然在前面不远处停了下来，并且用车灯一闪一灭的发信号。小高说："那车是让我们开过去，他们停的地方可能比较宽。"厉排长说："那我们就开过去。"大家上了车朝前方开过去，到跟前才看清是一辆东方红-75。

那辆车看我们开近了，有一个人打开车门站在链轨上向我们招手，示意我们停车。我们停了车，我和厉排长下了车走到拖拉机跟前，驾驶员跳下链轨对我和厉排长说："你们还是从这调头回去吧，再往前就没路了。"厉排长说："我们是来开路的，打通这条道是我们的任务，今晚我们一定要去勤得利。"这辆车是4连的，驾驶员说："真服你们了！"

75链轨车继续打头，走了几百米后出了雪墙，雪墙其实就是风口地段积雪太深，推土机推出的一条长度几百米的路。出了雪墙又是一片白茫茫，是路是沟分不清。从团部到勤得利是一条沿山而建的土路，部分路段有土沙石，因山势地形变化这段路在3连和勤得利山南下面有两道风口，下大雪时大风会将上游的积雪吹落沉积在此路段。两道风口以外的路段因地势高积雪没有那么深，一路走来两台胶轮车在75链轨车的护送下，停停挖挖，拽拽走走，以蜗牛的速度前进着。

车队总算开到勤得利山南了，大家停下车喘口气，看前边山坡的路已经被人工清理过了，有点雪也不深。黑子说："走到这我就觉出发动机负荷不重了，车走着也正常了。"厉排长这时开始交代注意事项："前面是大上坡，55可以先自己往上开，试试如果不行再让75拽，但是一定要注意下坡时速度不能快，防止打滑停不住。"接着又对黑子说："我们车在前边，你要保持足够的距离，特别是下坡时离我们远点儿，小高的75在后随时准备拖车。"大家说："明白了，放心吧。"

我心里想，从营部出来车还没跑起来过，我一给油55欢叫着向坡上冲去。我说这条道还真有车走过。排长说："汽车队和卫生队每天都要去江边拉水，所以道上的雪也有人清理。"正说着车快到山顶了，车轮有点打滑，我缓缓油儿终于冲上了勤得利山路的最高点，山下就是千里冰封的黑龙江，我们终于到了。

勤得利招待所就在山北路口的东边，因团部内迁后显得有点冷落，招待所下边一百多米就是黑龙江边，煤场就在江边坡地上。厉排长指挥着各车整齐地停在招待所的车场。

五个人静静地站着谁也不说话，好像要欣赏冰封雪盖的黑龙江夜景。过了一会，黑子突然大喊了一声："勤得利，我们终于到了！"小齐拍了一下黑子的肩膀说："别喊了，大半夜的再把狼招来。"黑子说："我太激动了，多不容易呀！"

厉排长说："我们先去招待所暖和一下吧，天太晚了尽量轻点。"我们边答应着边向大门走去，我拿手电一照，看见一个牌子上面写着："此门不开，请走南门。"我们又绕到南门进了招待所。

后半夜招待所里灯全灭了，我借着手电筒亮光找到了登记窗口，轻轻敲了敲窗口，没动静，小刘又稍微用力敲了敲窗口。这时屋里一个女服务员问："谁呀？"小刘说："我们是开荒营的。"女服务员说："等会儿。"这时我问黑子："现在几点了？""五点十分。"黑子回答。过了一会儿灯亮了，女服务员打开窗口问："你们是住宿吗？"厉排长说："我们是开荒营来勤得利拉煤的，从团部到这儿走了一夜，现在都累坏了，麻烦能给我们找个地儿休息一下，吃完早饭我们就走。"女服务员问："你们几个人呀？"厉排长说："我们五个人。"女服务员想了一下说："别的屋都没生火，你们就在这屋休息会儿吧，我去我们宿舍，等到七点多钟我再来。"服务员打开了登记室的门让我们进去，接着她又从别的房间拿过两把椅子来让我们坐下。黑子连声说："谢谢！谢谢！你可真是个大好人。"女服务员说："不用谢，你们也真不容易，早点休息吧。"说完朝宿舍走去。

房间里有一张床和三把椅子。排长说："大家抓紧休息会儿，屋里不太热大衣就别脱了，防止睡着了着凉。"排长和黑子坐在床上，上身和头靠着墙，小腿悬空搭在床边，我、小齐和小高坐着椅子趴在桌子上，很快就打上呼噜了。

第二天

早七点半，几个人吃完早饭陆续来到车前，厉排长说："小傅你开车到前边把车掉过头来。"我下车摘了拖车先把车头调了过来，厉排长和黑子走过来，三人一起把拖车牵引架抬起来转了90度重新挂在55牵引板上。我说："排长，我先下去在煤场里等着吧。"

车右拐就驶上了一直下坡的主路，再向下30米右侧就是煤场的入口，路上的大部分雪已被清理到路两边，留在路上的雪，由于被车辆碾压和拉水车的遗洒，形成了部分冰雪路面。我小心谨慎地慢慢将车开进了煤场。过了一会儿，黑子的车也开进了煤场。厉排长走过来对我说："我让小高他们在招待所里再歇会，也够累的，等走时再叫他们，煤场八点上班，我们等会儿。"排长开始卷烟。

过了一会儿，一个手拿票据夹的男青年走过来问："你们是哪连的？"我说："我们是开荒营的，来拉两车煤。""把调令拿来。"负责开票的是天津知青，他一边说一边打开他的票据夹，厉排长从挎包里拿出调令递给他，他看完收下调令后就开了一张单子，然后放在夹子上让排长在上面签字。手续办完后他说："装车的工人一会儿就来，你们先等一会儿。"这时厉排长从兜里拿出一盒香烟，抽出一支递过去说："抽支烟吧，我们来得太早了。"二人一边抽烟一边聊天，他问排长："这么早就到了，你们是半夜从开荒营出来的吧?"厉排长说："我们昨天这会儿从开荒营出发，开了一天一夜才到这儿。"他吃惊地看着我们说："我以为你们半夜出发的，真没想到走了一天一夜，你们太辛苦了。"黑子说："我们就是想早点装车早点走，还不知道回去的路怎么样呢。"他一听马上对厉排长说："你们等着，我去叫他们快点来，赶快给你们装车早点往回返。"

过了一会他带着五个装车工人来到煤场，大声说："哥几个赶快给他们装车，他们路太远，走了一天一夜才到这，真不易!"大家听后异口同声地说放心吧! 保证给他们装好车，说完大家就开始动手装车。

冬天江边寒冷，晚上的气温达到零下 30 多度，煤表层都冻成厚厚的硬壳，装车的战友们都脱下棉衣吃力地拿镐刨开硬壳装车，呼出的热气和汗在头发眉毛上都结了白霜。装车的战友说："你们也真够胆大的，这大雪天又这么远，真要是车坏半道上可就遭罪了。"我说："营里没烧的连吃饭都成问题了，营长也着急了，开荒营虽说苦，总不能叫大家挨饿吧，没办法，给逼出来了。"

这时车也快装满了，负责开票的天津知青过来看了看说："够数了不用装了。"我看了看车厢还有量就对他说："兄弟，再多给装点吧，我们这趟来的多不容易呀，多装点我们就能多坚持几天。"这时他指着煤场说："全团就这点煤根本不够分的，我们也没办法，但我绝不给你们少装。"这时黑子也走过来说："给多装点吧，冬天我们能少拉一趟也好，等天好了你再给减点也行，现在全团都在支援开荒营，多装点也是对我们开荒营的支援嘛。"这时管理员想了想说："行，给你们多装点，也算我们支援开荒营。"不一会车装满了，我连声向大家道谢，管理员说："不用谢，现在团里从各单位抽调人员支援开荒营，也许哪天调令一来我也进营呢。"黑子笑着说："真到开荒营，我请你们喝酒。"说完两辆车吼叫着冲出煤场，在招待所和小高的 75 会合。

上午九点多开始返程了，厉排长招呼大家在招待所门前开个小会，商量如何闯过山北到山南这道山岗路，因现在两辆车都是重载，这坡路又陡又长，加上有冰雪，真要打滑溜车怎么办? 黑子说："排长，我看车可以上去，我先试试。"我说："让黑子先试试也行，我和小刘跟在后面找几块砖头，真要溜车马上打眼。"厉排长想了想说："先试一下，但一定要注意安全，千万小心。"

黑子上车加大油门向坡上冲去，车刚上行了二十多米，左后轮压在一块冰上开始打滑，只见 55 车尾向右一甩，拖车一下斜了过来，我和小刘赶紧跑过去用砖头给拖车打眼，拖车和 55 的车轮都压在了路边的雪上停了下来。大家惊出一身冷汗。这时 75 开过来了，挂好钢丝绳拉着 55 和拖车慢慢地向坡上开去，到坡顶的空地上停下来，75 想回去拖我那台车。这时就看见厉排长开着我那台 55 吼叫着冲上坡路，停在了黑子的车旁边。黑子一看竖起拇指说："还是咱排长，姜还是老的辣呀。"厉排长说："你险情处理得不错，我躲开了那块冰才上来的，借鉴了你的经验。"

这时我和小齐也赶到了，厉排长招呼大家检查一下随车带的铁锹、钢丝绳看看有没有落下的。检查完后他说"同志们! 现在开始返程了，这一公里多的下坡路，大家一定小心，现在两车都是重载，地又滑，要慢点开，注意安全，到山南脚下小桥处就会遇到来时的困难，大家要做好思想准备。"接着他又对小高说："小高、小傅他们两辆 55 在前边先走，你在后边跟着，下坡不会误，到小桥前面可能就不行了，河沟又低又是风口，雪小不了，而且前面还有一个小坡。"

我和黑子的车顺利地溜下山坡，刚开过汽车队前边不远就觉得费劲了，我加大油门又往前走了几十米就走不动了。我和厉排长下车一看，拖车的车轮已陷在雪里，雪太厚了，看来空车能过的地方重车不见得能过。黑子说："75 拽着走再过不去就得挖雪了。"厉排长说："我们来时已经把路上的雪挖出去不少了，但是重车回去又压下一些，肯定要打滑，看来还要准备挖雪。"这时 75 轰隆隆地开过来停在了两辆 55 前边。厉排长对小高说："本想不等你们再向前开，可是这雪又把我们陷住了。"这时我和小刘又在 55 车头挂好了钢丝绳，小高说："我们两辆车一起拽拖车应该问题不大。"厉排长说："但愿如此。"我上车后和小高两辆车开始发力拽着拖车又前进了一段路，随着雪越来越深又走不动了，拖车装满了煤变重了车被雪托底了，四个车轮深深地陷进雪中。

挖了一次又一次的雪。厉排长看了看天就问黑子几点了？黑子看了一下表说："快 12 点了。"厉排长说："大伙儿吃午饭吧，吃完饭好有劲。"小刘说："多亏排长叫我们早饭时多买了馒头，否则就要挨饿了。"我也去车上把我和排长的馒头拿过来。这时黑子手里拿着两个馒头走过来，一屁股坐在雪地上。我说："这馒头没法吃，要吃咱们只能砍点树枝点火烤烤再吃。"这时小高说："我们守着车还愁吃不上热馒头？"黑子说："怎么，用排气管吹吗？"小高说："不对，你把馒头放在发动机的排气管上，那儿的温度烫手，一盒饭放在那一会儿就热，以前我们在那热过饭。""这是个好办法"，我边说边走到车前把馒头烤上了，过了一会儿馒头烤好了，我递给排长一个，说："排长，这回馒头烤软了，吃吧。"他笑着说："冰天雪地里还能吃上热馒头，真不错。"黑子刚吃了几口又叫起来："我这馒头芯里还是硬的，只是表面软了。"我也说："我这个馒头芯里也是硬的，我们太着急了，没烤透就吃上了。"厉排长说："我们凑合着吃吧，吃完这个下一个就烤透了。"我们五个人真是饿了，吃着满是柴油味的烤馒头觉得特别香。

小高边吃边说："一上午了，除了咱们三辆车还没碰见过别的车，看来其他连的车也都不敢出来了。"黑子说："也就是咱们四野的有这胆量，这还真不是吹牛。"厉排长说："也不是说咱们胆大，这是被逼的没办法了，我们才铤而走险，这日子出车对车磨损大不说，闹不好还要出事故，谁都害怕。营长让我们出车，我们一天一夜没回去，他也在为我们担心。不管怎么说这趟拉煤任务虽艰苦，但人车都没出事，这是主要的。路是闯出来了，但我们不能掉以轻心，因为大家都很疲惫，越在这时候越要注意安全，要圆满完成这次任务。"

这时黑子看了看表对排长说："我看咱们出发吧，争取天黑前赶到团部，怎么着也得赶上在招待所吃晚饭。"厉排长说："大家检查一下车况和工具，马上出发。"

车队艰难缓慢地前行，下午四点，车队到了推土机修路的地方。小齐远远发现了前方的推土机，惊喜地说："小高，看前边有台推土机！"小高说："看见了，准是水利队的车在推雪修路，今天他们推出的路比昨天延长了不少，我们能省出点时间了。"前方一台绿色的东方红-75 推土机正冒着黑烟把雪推向路边，看见小高的车过来了，就推着一铲雪到路边停了下来，驾驶员开门站在链轨上惊奇地看着刚到的车队。小高拉开车门，伸出胳膊跟推土机驾驶员打了个招呼，又往前开了一点停车下来。

水利队的任务就是逢山开路遇水架桥，大雪封路时推土机及时出动清理路上的积雪，打通全团所有的道路。我们与75推土机打过招呼后在"雪胡同"顺利地通过，中间还有一台100号推土机在进行清雪作业，也没顾上与其打招呼，恨不得一下子飞过这段难走的路。"雪胡同"里很顺利，出"雪胡同"时遇到麻烦，55越走越慢，再加油门也没用，拉着重重的一车煤，车头和车斗又陷在雪里，55的轮胎打滑，收收油门，加加油门，反复试着想冲出去，慢慢的就是干打滑车不走。正当我们感到无望的时候，我们的车从后面传来咣的一声响，车竟然又前进了，发生了什么？我赶紧加大油门，55竟然不紧不慢地开出了这段大雪窝子，看看前面的路好走了我赶紧收油门停车，回头一看原来是水利队的那台100号跟在后面用大铲推着装煤的车斗，护送着我们顺利通过。下车后我向100号推土机挥手致谢，推土机顾不上回应直接倒车回去将另外一辆55护送出来。

就这样，在推土机的帮助下，我们5点多到了团部招待所门前。冬天的北国天早已黑了，我们几个人直奔招待所食堂。黑子赶紧跑到卖饭窗口问："还有饭吗？"听见喊声，一个女炊事员走了过来，正是昨天晚上送疙瘩汤的小李，小李说："你们又来晚了，汤都有点凉了，我给你们热热去，马上就好。"说完就去热汤。小高说："团部的伙食跟咱们营也差不多，都是'老三样'。"黑子说："知足吧，能赶上吃饭就谢天谢地了。"正说着，小李端着一盆热汤和馒头放在桌上，我们五个人这一天总算吃上一顿热乎乎的晚饭。

这时厉排长边吃边说："咱们出来两天一夜了，饭没吃好，也没怎么睡好觉，大家都很疲劳，我们今晚是住在团部还是回营部？我想听听大家的意见。"小齐说："从勤得利到团部24公里我们走了8个多小时，从团部到营部也是24公里，路更难走，又是黑天，估计10个小时也到不了。"我说："如果住下不走，那车灭不灭火儿？车不熄火，一夜油恐怕就不够了，灭了火我们烤车的碳和火盆都没带，而且加热水也是个问题。"小齐说："现在大家又困又累，住下不走于情于理都说的过去，是走还是不走我听大家的。"多数人还是倾向于连夜回营部。

晚上10点，三辆车到达了19连附近90度转弯处，转过弯就一直向南直达营部。75拽着我的55在转弯前停了下来，小高跳下车对厉排长说："排长，我们先把前边转弯路上的雪清理干净吧，车转不过去再从车下掏就更费劲了。"厉排长说："对，就按你说的，我们把弯道的雪挖宽点，到见了路面，我们现在就开挖，争取一次成功。"

在车灯的照亮下，五个人开始清理弯路上厚厚的积雪。黑子边挖雪边说："现在10点多了，要是在营部宿舍就准备睡觉了，"我说："你是不是困了？"黑子说："困？现在都困过头了，看19连的灯灭了一半，才想起到睡觉的点儿到了。"我抬头看了一眼，不远处19连果然所剩灯光不多了，正看着，又有一盏灯熄灭了。

转眼间19连路口的弯道清理好了，三台车继续上路。

凌晨两点了，这是北大荒一天中最冷的时刻，号称"鬼龇牙"，车队到了39连和40连附近。75拉我的55突然停车不走了，我和排长下了车走到75跟前问小高："车怎么灭火了？"小高说："估计是油路故障，很可能是柴油冻了。"厉排长说："你们出来时加的不是35号柴油吗？"小高回答："连里35号柴油不多，我们加的是混合油。"这时小齐检查了油路说："是柴油过不来，肯定是油箱冻住了，弄块油布烤一下油箱吧。"小齐从车里找出一块破布，我说："来给我，上我们车的滤清器那放点油。"小高说："那样太麻烦。"随手从驾驶室里拿出一根铁丝，一头绑上布条，然后走到车后站在牵引板上，打开油箱盖取出滤网，把铁丝带布条伸进油箱里沾了一下，然后把带油的布条从油箱里拽出来，拿出打火机点燃了布条，把点燃的布条放在油箱底部出油管下边烤了起来。黑子过来问小我："看见那只狼了吗？那只狼跟了我们一段之后就自己走了。"我说："开始还真注意了，后来光顾挖雪就忘了。"这时小齐在不停地用手油泵抽柴油，一会儿柴油流了过来，75又重新发动了。小齐泵油的手已冻得通红，找了块棉丝擦了擦手上的柴油，不停地用嘴对着手吹热气。厉排长说："赶紧把手套戴上，别冻坏了手。"小齐拿了副棉手套戴在手上。黑子对厉排长说："排长，我看咱别挖了，前边就是39连和40连，我们叫他们帮帮忙再来一台75，两台拖拉机连起来拉一台55我们就不用挖雪了。"厉排长说："要真是两台75那当然好，可现在人家都睡觉呢，咱到连里还要现找领导，再叫拖拉机的人，然后烤车、烧水、加水、发动，恐怕一个小时都不够。"这时小高走过来说："排长，车好了，可以走了。"

凌晨四点半了，三辆车终于到达了鸭绿河边，这里地势低，积雪厚。厉排长鼓励大家说："过了鸭绿河还有4公里，就剩最后一段难走的路了，我们离营部不远了，大家再坚持一下，坚持就是胜利！"我们五个人一边挖雪一边高喊："下定决心，不怕牺牲，排除万难，去争取胜利！"车队终于闯过了几百米的鸭绿河谷，向营部挺进！

第三天早晨7点30分，拖拉机进了营部，三台拖拉机轰鸣声在营部上空回荡。黑子第一个跳下车大喊一声："哥几个，到家了！"这时我们五个人相继跳下车相拥在一起。这时机务排的战友也披着大衣从屋里跑出来迎接我们，李师傅说："这两天真把我们急坏了，又没电话，营长天天来问，真担心你们路上出事，总算回来了，心里这块石头落地了，哥几个赶快回宿舍暖和暖和，炕头烧热了给你们留着呢。"小高说："谢谢李师傅，我们回连休息吧，也不远，两天没回来连长也着急呀！"这时厉排长："同志们，我们经过了两天两夜的艰苦行程，胜利完成了这次拉煤和打通道路的任务，大家辛苦了，尤其是41连支援我们的75拖拉机的车长小高和驾驶员小齐，对我们这次完成任务起到了关键作用，我向你们表示衷心感谢！"小高说："排长，咱们都是一家人，千万别说谢，这是我们应该做的。"这时五个人依依不舍地握手告别。这两天两夜艰苦的运煤任务让我们永生难忘。

机务排宿舍炕头早已给我们留着，我问几点了？黑子说："八点一刻。"我边脱衣服边说："我现在感觉就像刚参加完一场战斗得胜归来一样。"黑子说："我现在感觉身子骨跟要散架一样。"我俩赶紧钻进热乎乎的被窝，俩人不一会儿就进入了梦乡……

感叹：我在北大荒开车多年，开荒营这次大雪拉煤探路是我一生中经历的最艰苦、最困难的一次出车，让我一生难忘。在以后的工作中，我无论遇到什么困难，都会想起开荒营建点初期的艰难，想起战友们团结奋斗、不惧艰险的战斗精神，增强我战胜困难的勇气和决心。

傅连顺 北京知青，1953年生，1969年9月下乡去黑龙江兵团6师27团工副业5连，1970年底调营部任通信员，1971年3月调到开荒营任通信员，1971年6月调营部机务排、小车排，1973年末调34连，1978年底返京，在北京市出租汽车公司和外企公司工作。退休。

我和刘国华连长的交往

魏国志

转眼又是一年的冬天，也是春节刚过，我有幸去开荒营的 42 连执行运输任务。这和上一次挺进荒原建点时遭遇'大烟炮儿'可大不一样了。营里各连队土路面已基本修成。而且这次老天爷真给面子，天气还不错。还有不一样的是，上次我是邢师傅的徒弟、是助手，经过这一年的锻炼成长，我也考了驾照，成为一名正式司机。这次我开着一辆大半挂车，来支援 42 连运输木材。

记得我刚当助手、跟着邢师傅给工程连拉沙子时，现在 42 连的这个知青连长刘国华当时就已经是工程连的排长了。他长得浓眉大眼，很是英俊，个子虽不高，肩宽背厚，身体素质相当过硬，浑身上下带有一种豪气和霸气。开荒营建营时，刘国华升任 42 连连长。他特别能干，身上似乎永远保持着旺盛的战斗精神，在全营是出了名的。

这次再到开荒营，与上次大不相同，营部的那顶归帐篷不见了，已盖了新的砖房。42 连也初具规模，我开着半挂车直接就进了 42 连。连长刘国华见老相识来了，对我格外亲切，当晚就叫来连队的主要人物一起陪我喝酒。这也是我在开荒营里第一次喝到酒。

新建营各个连队农闲时基本建设的任务都很重。连排长们就是领头干活的人。刘国华是一连之长，每天要带领我们到浓江河那边的原始森林里拉木头，装车时他又是抬木头的主力。木头是原本就伐好的，就等我的车去拉回连里。老工程连的人装半挂车不用从车尾部支马镫，他们直接把跳板搭在半挂的腰部，四个人抬木头走跳板。上车之后把木头调转 90 度，放下之后一根木头就装完了。有一次半挂车基本装满了，上面还需压上最后的几棵大圆木。我看着跳板倾斜已经有 30 度了。刘国华在头道杠，抬大肩儿，站在圆木的左边，右边是个姓贾的大个。刘国华个子矮本来就吃亏，当抬到车顶上时，大贾登上最后一步，而刘国华只差一步了。我看见刘国华已经非常吃力了，因为他这边低，重量向这边倾斜。他有一个习惯动作，就是用舌头不断地舔右手的食指。当时他穿的雨鞋好像不得劲，他试了两次都没上去。我看着心里也着急，恨不得上去帮他一下。最后他又舔了一下食指，鼓鼓劲儿终于登上了最后一步。可就在转 90 度还没完全转过来时，卡钩突然滑脱，意外发生了。圆木顺势要往车下滚，这时刘国华完全可以跳到车下去逃生，可是他不但没跳，还往后看，想招呼后面抬杠的两个人。在这危险降临之时，只见大贾扔掉抬木头的杠子，双手抓住刘国华身上穿的棉袄，一使劲儿就把刘国华拎起来了，从木头的左侧一下就拎到了右侧。说时迟那时快，几乎就在同时，地面上一个黑影手持木棍健步踏着跳板冲了上去，眼疾手快，用木棍子掩住了正在滚动的大圆木，使得大圆木纹丝不动，避免了一场伤人事故的发生。我定睛一看，原来此人是天津知青姓李，大家都叫他"小老八"。这一幕我当时看的惊心动魄。这么多年过去了，大贾的神力，小老八的迅疾，刘国华的责任担当，仍然历历在目。

我住在男宿舍里，旁边屋子里有一只小黑熊，听说小黑熊是刘国华抓来养的。原来 42 连在这片荒野上建点的时候，黑瞎子住的洞穴就在附近。春天，大黑瞎子出来找食吃，经常到连队里来骚扰。刘国华就想除掉这只黑瞎子，保证大家的安全。一天清晨，刘国华带着一个战友，每人一杆步枪，埋伏在黑瞎子的洞穴前。大黑瞎子晃晃悠悠地出来了，刘国华开了一枪没打中，把大黑瞎子给打惊了，那黑瞎子直立起来，冲着刘德华就扑上来了。再开枪，枪却卡壳了，退壳已经来不及，刘国华浑身是胆，立马上好刺刀，一跃而起，准备与黑瞎子肉搏。在这千钧一发之际，战友的枪声响了，一颗子弹正中黑瞎子的要害，大黑瞎子当场毙命。好悬哪！后来发现洞穴里还有个小黑熊，刘国华抱回来后就一直养在这间房里。后来听说，那只小黑熊长大了，越来越调皮，宿舍里的人谁都管不了它，对它又爱又恨，而它唯独害怕刘国华。等到小黑熊体重长到 80 来斤的时候，刘国华就把他放走了，让这只可爱的小生灵，回归大自然去了。

十多天的时间，42 连的木头就拉完了。临走时，刘连长让我把最后一车木头拉回汽车连，算是送给汽车连的礼物——一车烧柴。我回来之后就把这车木头卸在了我们食堂的门口。

时间又过了一年，这次我是开着一辆卡车，给 42 连送化肥。俗话说，来得早，不如来得巧，正赶上刘国华连长的婚礼。席间我又和张英营长坐同桌，真是一件大喜事。参加婚礼的人都很高兴，那个年代虽说条件很差，但新房收拾得干干净净，雪白的墙上挂着一对新人的照片，很是醒目。桌上喝酒用的是高脚杯，这酒杯肯定是从大城市带来的，显得有几分洋气。

张营长谈笑风生说了婚礼祝词，酒席就开始了。三杯酒下肚，我不由得回想起当年建营的艰辛，很是感慨。张营长也是三句话不离开开荒营，他感慨地说："当年在这里开荒建点，是那么的艰苦，什么都没有。你们这些从大城市来的知青们努力创业，才有了今天的事业，才有了今天的四营。"张营长的北京口音很浓，越讲越激动，"而今天四营已经很有规模了，房子是咱们自己盖的，道路是咱们自己修的，连今天喝的酒也是咱们自己烧的。"张营长扭头对我说："小魏，当年建营时吃大馇子和咸菜，也没酒喝，今天你可以喝个够！"看来营长今天对我还愿了。"我相信我们的四营，将来还会有更大的发展，也要建起我们四营自己的汽车连。"张营长说高兴了，手还不停地指指点点。最后，他举起高脚杯说："祝刘国华新婚幸福，祝愿知青们早日成家立业，扎根边疆，干杯！"

魏国志　天津知青，1970 年 5 月在黑龙江六师 27 团运输连，1976 年调兵团第二独立营汽车司机，1979 年 4 月返城，在天津某化工厂汽车司机。退休。

司务长的故事

袁朝兴

岁月如梭。2017 年上半年，黑龙江生产建设兵团 6 师 27 团开荒营的战友们在京、津、沪、哈等地召开"向荒原进军"座谈会，回顾北大荒 6 师 27 团开荒营 1971 年初开始的长达 8 年的开荒大会战，要将全国各地的知青和老垦荒人在荒原上爬冰卧雪的艰辛历程用笔墨重现在世人眼前。我参加了大会，让我又想起 49 年前的兵团生活。

开荒营组建时，从我们工程连抽调了很多知青和老同志作为先头部队开进荒原搭帐篷，我虽然没被选调成为开荒营的战士，但却有一段帮开荒营 48 连安玻璃的小故事。

那是 1974 年的深秋了，白桦树、柞树、椴树叶子都金黄了还不肯落下来，被北国深秋的寒风吹得哗哗作响，天气越来越寒冷。

当时我刚被任命为工程连司务长时间不长，连里的食堂、菜园子、家属粮油副食供应以及饲料都归司务长管。我们工程连没有耕地，每年家属的养鸡饲料都由连司务长到各农业连队求人帮忙解决，特别是土麦子，家属养鸡都需要，很紧张。老连队晒场条件好土麦子很少，我又是刚上任的司务长，总不能比前任差吧！这时我想起了开荒营，心想他们当年开荒就打粮了，他们的土晒场简陋，一定有不少土麦子。再有我们连调去的战友很多都是领导骨干，求他们帮忙给联系没问题。开荒营建点三年多了也没去过，看看现在建的怎样了？也顺便看看同学战友。决定了马上走，我在公路边上拦下一辆往开荒营运沙石的解放牌汽车，跳上去就出发了。

团部通往开荒营的路从 19 连一拐后笔直往南到营部约 40 里，这条路很窄是人工挖土修的简易路，坑坑洼洼和搓板差不多，晴天汽车上蹿下跳，像流星后面拉起长长的灰尘，要是下点雨就成"水泥路"了，车根本不能走。

我一路颠簸地来到 41 连和 42 连中间的营部，下车一看自己灰头土脸像个土猴。我也顾不了那么多，赶紧到营部找到司务长罗乾坤。他曾经是我们工程连的司务长，湖南人、1958 年转业军人，他为人和善、不怕苦不怕累、非常能干，是 27 团司务长中的佼佼者，所以被张英营长亲点带进开荒营。

我和老司务长说明了求援的来意，他告诉我离营部最远的 48 连可能有土麦子。我听说有后心里真高兴，又找了个顺脚的拖拉机去了 48 连。

我到了 48 连下车一看，48 连真是艰苦，全连只有几排草房，房间的窗户上都没安玻璃，窗户上钉着半透明的塑料布阻挡风寒，在北大荒只有双层窗户才能抵挡零下三十几度的严寒，这一层薄塑料布怎能御寒，风一吹塑料布哗哗作响，一刮大烟炮那就更加寒冷了。我在连里正碰见食堂的司务长，叫什么名字我已经忘记了，随即与其商量能否帮我解决点土麦子，他说土麦子不多，需经连里批准才能调出来，一般来说没有特殊情况都不外调。我灵机一动和他说："你和连里说说，我从工程连给你们连搞点玻璃把窗户安上，你们调给我点土麦子。"那些年这些物资很紧缺，他一听高兴地说："那太好了，走，去和连里说说。"我到连部把我的想法和领导一说，领导也同意，解决了房子过冬的问题，双赢。我回去调玻璃，他们给我准备土麦子。

我高高兴兴回到连队，向王运德连长和罗指导员汇报了事情的经过。罗指导员听我说完以后，严肃又语重心长地对我说："小袁啊！你这是以物换物，是政策不允许的，这样做是要犯错误的。"王连长沉思了一会说道："指导员说的对，你刚当司务长，有些政策你还不了解，不能乱来，你答应了人家如果我不给办，要是叫张英知道了，不但你、连我们都得陪着挨骂。为了你今后开展工作，这次准了你，下不为例，以后遇到事要请示一下再办。"这些老军人原则性非常强，违反原则纪律立刻就给你指出，我一听同意了，赶紧谢过领导。连长又说："小袁啊！目前连里也没有玻璃了，我还得到砖瓦连去借，你真叫我为难，咱们帮人帮到底，等借到玻璃后再派人去给安上，他们条件那么差，别安不好再碎了。"我听了领导的批评教育后真是又感谢又佩服，办起事来又周到又细心。后来连长很快借来玻璃，还派油漆玻璃工吴锡胜老师傅亲自去帮他们安上。

工作中少犯错误。玻璃和土麦子的事都解决了，开荒营连领导帮助解决了土麦子，支持我这新上任的司务长的工作，我帮战友们把门窗的玻璃装上了，也算是我对开荒营做过的一点贡献。

　　袁朝兴　上海知青，1968 年下乡在建材厂、工程连、铁路办、团直学校和师部发电厂，1979 年返城到杭州后调天津。退休。

插图：杜宝玉

营部门前的篮球场

钟宝光

营部门前开荒营的篮球场，在营部门前路南的位置，体育运动、大型会议、看电影等活动都在这里举行。如此平整无杂草的篮球场在开荒营有两处，一处是营部门前，另一处在营部中学的操场上。

一、参加在营部召开的誓师大会

《向荒原进军》编写工作启动以来，京、津、沪、哈几大城市相继召开过研讨会议，我参加了哈尔滨会议，这是几个城市研讨回忆录的编写工作中规模最大的一次会议。与会时见到了40多年没有见过面的老战友白桦、管建等许多四营战友，总局李臣第也是开荒营的领导和战友。会议中李书记提供了两张珍贵的照片，一张是王少伯师长到开荒营亲自召开的"向荒原进军誓师大会"，另一张是，开荒营打粮了，交公粮的汽车排成长龙行驶在五星山下。王师长参加誓师大会的这张照片看后让我瞬间回到会议的场景中，会场就是后来营部门前的篮球场。

我坐在会议方队左前的位置，不是第一排。一边听着王师长的讲话，一边观察着主席台。主席台是用三个拖车拼接而成，师长在中间讲话，师长的两边是师团其他领导，王师长的左边放着一台老旧的录音机，就是我们经常在影视作品中看到的那种，两个大圆盘旋转的录音机。台子上面除了有录音人员外，还有一男一女是"口号的领号员"，在领导讲话的关键时刻领着与会者高喊口号，烘托大会的气氛。

主席台的两侧竖起的两根木杆子上拉着一条红色的横幅，"向荒原进军誓师大会"几个大字特别显眼。东方红拖拉机按照指令停放在主席台两侧，车停的横平竖直，体现兵团军人的作风和形象。

开荒营的农业连队打粮盈利了，是整个三江平原的一件大事，王少伯师长很自豪地说："一个国家要抓住两件大事；一个是粮食，一个是钢铁。这两件事情抓好了，国家的发展就有了根本保证。"因为王师长这段讲话很好很重要，随行的参谋干事赶紧确认王师长的这段讲话是否录下来，我因为离主席台近，台上发生的这些事情看个真切。一阵忙活之后没有录下来，赶紧写了一张小纸条缩着身子跑到王师长身后将小纸条递给师长。王师长在台上，从国际形势、国内形势、三江平原讲到鸭绿河与浓江河畔，最终又回到国家的粮食与钢铁上。就这样反反复复地递纸条有三次，第四次录音成功了。这段录音在过了一段时间之后，我还真的从"匣子"里听到了，好像是黑龙江广播电台，电台中的播音员是这样介绍的："请听，沈阳军区某部部队长讲话。"王师长是南方人，带有很浓的"苏北"口音。

在哈尔滨时，我和战友周涵达、周平、王润培等几人拜见王师长，老人静静地看了我们许久，久病卧床的高龄老人似乎忘记了许多事。当周涵达参谋向老师长提及开荒营，我又向老师长提起那次会议的讲话时，老人的眼睛明亮起来了，随之眼含热泪地说："开荒营的同志们！让你们受苦了！"

二、看电影

营部门前的篮球场是四营的中心，打球、开会、看电影都在球场。

我还能记得在这看过罗马尼亚的影片《爆炸》。这时的营部已经形成规模，老职工的家属孩子基本上都迁入了4营，营部就相当于一个"乡政府"。放映前，住家户的大人孩子，把家中的小板凳早早地搬来，从下午开始一排一排小板凳摆放整齐，占好了位置。

当时国家的文化生活很单调，电影院里面播放的基本就是样板戏，也放一些朝鲜、越南、阿尔巴尼亚的电影，老百姓中流传着这样几句口头禅：朝鲜电影又哭又笑，越南电影是真枪真炮，外国电影是又搂又抱，中国电影是新闻简报。这回放罗马尼亚电影大家觉得新鲜，全营几乎所有的连队都会赶过来看，周边的连队就不用说了，晚饭后溜溜达达就来了，远点的连里派小红车也送来了，丁字路口周边停了许多车，有几台车直接开到篮球场，连车带斗停在一大群"板凳"的后面。北大荒的夏季得8点以后天才黑。我也选择了一台车斗找个没人的车帮坐下。天渐渐地暗了下来，放映员接通电源在调整好银屏投影的位置后就开始放映了。

那个时候放电影前都会有近20分钟的新闻简报，内容基本上都是；国家领导人会见外国来宾和学大庆、学大寨等的短篇报道。20分钟过去后开始播放正片了。人们知道播放的是《爆炸》，都全神贯注地盯着银幕看的起劲。这时从大道的北面开来了一辆铁牛55，开着大灯轰鸣着驶过来，静静的夜晚55的声音很响，到丁字路口右转弯时几乎没减速，把车头往那一横车就停在看电影的人群后面了。车斗内的人有的开始下车，有的没有下车就在车斗上站着看电影。铁牛55的驾驶员没熄火、大灯还亮着，柴油机车声音很响，明显地干扰了大家看电影，这时候"土坷垃"从不同的方向飞向机车，有的打在玻璃上，晚到的车是36连的，司机一看赶紧熄火。安静了，人们又集中精神继续看电影。《爆炸》这部电影在我们那一代人心里记忆很深刻。

钟宝光 天津知青，1953 年生，1970 年 5 月到兵团 6 师 27 团水利连，1971 年 2 月调开荒营，在开荒营 48 连、41 连、45 连、44 连、49 连等多个连队工作过，1982 年返城，在天津河北区东六街道办事处任职，1986 年调上海杨浦区烟草公司工作。退休。

偷　瓜　记

周涵达

　　1974 年 8 月，麦收正紧张地进行。我和张营长正在 41 连的麦地里看康拜因收割，42 连连长刘国华到地里来找我们，是说砖厂的事，一边说一边跟着我们看康拜因收割。天气很闷热，送水的还没有到，刘国华和张营长说，老董头菜园里的西瓜和香瓜熟了，是不是去摘两个来吃，张营长说，"你去问周参谋，行不行？"因为这是四营第一年种瓜，张营长交代老董头，瓜不熟不准摘。所以，我对刘国华说："现在瓜还没熟好，你去老董头肯定不让摘，再说，瓜还没有完全熟，只有很少的勉强能吃。"刘国华说，"那怎么办？"我说，"只有一个办法，不让老董头知道。"刘国华说，"对，去偷。"

　　老董头叫董乃青，有一个儿子，1972 年调到营部，负责种菜。营部在北面一公里处的公路东面建了一个菜园，大约二公顷土地，种些白菜、萝卜之类的家常菜。1974 年，张营长说种上点西瓜、香瓜让大家有点水果吃，我请团部杨忠田同志从同江买来了种子，种下以后长得还不错。当时怕长不好没多种，我和张营长三天两头去看一看，只等着瓜熟了。老董头自己搭了一个瓜棚，也是我叫刘国华帮忙建的，于是老董头就住到瓜地里，还养一只狗。我和张营长去菜园时，总会给老董头带些吃的，他没有星期天，也没有上班下班，但老董头有一个习惯，中午要休息一下。

　　我同刘国华说，"要偷，你快点去，要不，老董头要醒了。"我又说，"你走到鸭绿河边上再进地里，因为老董头住的瓜棚离鸭绿河有五百多米，老董头的眼睛不好，说不定看不见。"刘国华说，"好，就这么办。"他又叫了一个青年，就去了，我们站的地方大约离瓜棚五、六百米的样子，刘国华走上了公路，就一直往北走到鸭绿河边，再进地，他们东摸西摸刚摘了一个西瓜，二个香瓜，正好老董头出来解手，看见地北头有两个人偷瓜，拿起一根木棍，就往北面去。刘国华见了，着急慌忙就往我们这边跑，老董头就在后面追，刘国华他们路上还丢了一个香瓜，被老董头拣到了。

　　老董头一直追到我们站的地方，看见是我和张营长、刘国华。老董头拿起木棍要打刘国华，他就躲到我的身后，朝着老董头笑，老董头没有办法，只好作罢。

　　大家坐下来吃瓜，西瓜已经八成熟了，很甜，那个年代，能吃上西瓜真是享福了。大家叫老董头也吃，他吃了说，还真甜，原来，老董头虽然是种瓜人，他也没有吃过，刘国华问老董头，"你种就不偷吃啊？"老董头说，"我种的，我都舍不得吃。"

开 荒 营 趣 事

吕本明

开荒营，是黑龙江省农垦勤得利农场1971年兵团时期在荒原中新建立的四营，老百姓俗称开荒营。我在开荒营生活了十年，有许多人与野生动物的趣事至今难忘。

冬打猫眼夏抓鱼。开荒营二砖厂向西北七八里，有一个椭圆形的大泡子，旺水期水面有二三十亩。它常年有水，北距鸭绿河三四百米，平常年各自独立，特殊年头小河暴涨也会相连。因为泡子四周芦苇丛生，夏季人根本无法进入，人们叫它"芦苇泡"。

1979年冬，"三九"已过但仍冰冻三尺。这天家住二砖的同校马飞老师来找我，"听说我们二砖西面有个大泡子从来没人去捅咕，里面肯定有鱼，咱去试试。"我想，反正放假没事去就去。第二天拿上铁锹、冰钏、抄罗子，拉上爬犁，4人沿着河床奔向芦苇泡。

到了芦苇泡，来到泡中心，用铁锹清理积雪，亮出冰面开始凿冰。凿冰打冒眼是个很讲究的技术活儿：在冰面上开凿一个直径一米左右的圆洞，将一米多厚的冰层逐渐凿开。最关键的是接近水面时不能一钏凿透，要轻轻地将洞底圆边凿剩薄薄的一层，最后将冰钏倒过来用碗口粗木柄猛力击打洞底，瞬间冰碎，泡水在冰面的压力下喷涌而出。随着泡水的不断喷涌，一团团鱼滚滚而出，鲫瓜子、老头子、泥鳅、蛤蟆还有山胖头，连蹦带跳。我和马飞抓起抄罗子，站在冰眼边拼命地向外捞鱼，老张和小李忙活着将鱼分类堆放。一个多小时过去了鱼流变得稀少起来，我俩轮流在冰眼搅鱼，将抄罗子伸入冰眼下，沿着顺时针方向搅动，不久满满一抄罗子鱼又上来了。搅鱼的空隙我点支烟，忙活了近两个小时才顾得上仔细看看冻冰的鱼堆，只见那银白的鲫鱼个个膘肥体壮，大个的能有一斤多，大嘴的老头鱼足有半尺长，大拇指般粗的泥鳅，圆鼓鼓的青蛙，真是令人心花怒放。累了饿了，就着咸菜咬口饼，再来它几口小烧，顿时精神头又来了。下午又打了两个冰眼，虽不如第一个，但收获也不少。开始装鱼准备回家，因没想到能有这么多鱼只带了4条麻袋，剩有两麻袋的泥鳅只好第二天再来拉。

在芦苇泡子，我们整整捕捞了一个礼拜。尝到甜头的我们又寻找了几个泡子，这个冬天我们捕捞了两千多斤杂鱼，这年福利屯的贩子常来收购青蛙、泥鳅和鱼，我们每人获利600多元，这些钱当年可顶我们一年工资的总收入啊。

开荒营有个后建的49连，在它的东南有一条小河叫"浓江河"。小河在离连队5里的地方甩了一个汊弯，汊弯渐渐形成了一个仿佛卧牛的泡子。平时卧牛泡也就尺把深的水，长满了林立的塔头，泡子东西两头，河水小时闭塞，水大时可流通。夏天汛期到了，黑龙江水这个涨啊，浓江河东通黑龙江，随着江水倒灌一片汪洋，江中的鲤鱼、草根、鲫瓜子、鲶鱼蜂拥而至四处游荡。半个月后江水回落，大部分的鱼群顺流而下，回归江中。只有鲶鱼、鲫鱼有迷恋泡子的特性，等它们在泡子的塔林迷宫戏耍玩够了发现水浅时，回江河的通道已关闭。

暑假的一天，前趟房的张维春老师天刚放亮就来敲窗，"小吕快起来，咱们骑车子去49连抓鱼去！"我爬起炕，吃了口馒头，骑上自行车和张老师还有他的儿子奔向49连。路上张老师告诉我，49连的浓江河边去年他就抓过鱼，昨天连队出来的人说，这次江水一撤，泡子里落下好多鱼。我们加紧赶路，来到卧牛泡子已有两人在水中抓鱼。因为都是男人，因此衣服全脱光，赤条条腰间用绳子系一条化肥袋子开始抓鱼。

水中徒手抓鱼我还是头一次，张老师教我：因水浅鱼游动有水线，看准猛然双手卡下去。我不断地练习终于抓到了一条三两左右的鲫鱼。这个泡子的鱼大多是鲶鱼，有一尺多长，我曾抓起两条，它一扑棱，哧溜一下又跑了。鲶鱼浑身无鳞，体形流线，体表有黏液，只有卡住鲶鱼的鳃部才好制服。慢慢地我找到了技巧，水中塔头底部被鱼玩耍钻的有许多浅洞，鲶鱼被追急了一头钻里面，我瞄准后双手一按，鲶鱼被摁在泥中，卡住鱼鳃后乖乖就擒。

泡子旁抓鱼的人多起来，两亩左右的泡子里足有十多人。水越来越浑，鱼有点呛得受不了了，不时有鱼将头探出水面张嘴透气。这时我们抓鱼的手法不断改变、抓鱼的技巧越来越高。俗话说得好"浑水摸鱼"，抓着抓着呼啦一声窜出一条长长的大鱼，只见一条水线射向不远的泡边，我扑通一下，连追带赶，这一条鱼慌不择路"嗖"地一下窜上浅滩！我扑上浅滩将鱼摁住，原来是一条近两尺长的大鲶鱼，哈哈这可能就是鱼群的头领吧！

中午时分，我和张维春老师各自归拢了一下鱼，都抓的不少，我掂了掂足有50多斤。因天热怕鱼坏了，吃口干粮急忙骑车向营部家中跑去。

回想当年开荒营的趣事，真是感慨万分，北大荒的自然物产还是丰富的，正应了那句老话"棒打狍子、瓢舀鱼、野鸡飞到饭锅里"。

吕本明　1957年生，1973年高中毕业，1974年开荒营40连会计，1975年调四营中学任教师，1982年勤得利农场职业高中书记、校长，1984—1986年干校学习，1992年哈尔滨教育学院学习，2006—2017年，勤得利农场关工委副主任、老年科技协会常务副会长。

在治疗期间用顽强的毅力坚持写作

丁元善场长陪同世界知名遗传学家
鲍文奎先生在勤得利农场考察

雷军制印

人 生 感 悟

吕本明

中国的男人，很有意思。一旦年龄到了六十岁，就进入了法定的退休阶段，也就意味着进入了一个"老"年群体圈。人一旦进入这个"老"字圈，你的一切行为都属于一个新的范畴，随之会产生无限的感慨和感悟。

2016 年 8 月，我到南方空军部队儿子家探亲。就在我刚踏上六十岁的当天，我突然昏倒被送进医院抢救。一天后我才苏醒。儿子告诉我患了脑梗，同时小脑处有一血块儿压迫脑神经。随后我从南方回到北方黑龙江，四个月里四次住院治疗，脑梗总算处理得比较好，没有留下后遗症。但是在住院期间又发现了我的右肺有一结节，有一个像水母般大的阴影。许多医生及专家看片后争论不休，有的认定可能是肺炎，但多数拿不定主意。因此泡状体无法穿刺、定性，只好继续观察，保守治疗。

我是一个很想得开的人，但当得知自己可能患了癌症还是十分惊讶，难以接受。我一遍一遍地否定，"错了，错了，这只是一场虚惊。"我想起妈妈说，在我幼儿时出现第一次生命垂危时，一个八十多岁的老奶奶摸着我的头说："这个孩子的面相属猫命的，此生，当有九条命啊。"此时我多么希望这话是金科玉律。因为我的自然生命中已发生过六次危及生命的难关，今后还应有三条命。

我出生在山东，父亲是一名小学校长。因赶上"大跃进"和三年自然灾害，父亲黑白劳累，眼睛出了问题。到北京手术只保住一只眼睛，已不适合搞教育工作。父亲辞职后带着我和母亲几经周折，来到黑龙江。到过方正县，到过迦南农场，为了吃饱饭最后来到勤得利农场。

我第一次生命遇险就是在同江县三屯的地方。我们全家在路旁一个老奶奶家要水喝，问路。我先跑出屋，在大路上蹲着玩耍。突然，从公路的北面飞奔而来一辆由三匹大马拉着松木的大车。车老板一面追赶，一面大声呼喊："马车毛了！快走开！快走开！"

人们听到呼叫声向公路赶来。我的父母也跑出屋，不知发生了什么事情。

"那是谁家的孩子？马车来了，快躲开呀！"

妈妈这才看清是我在大路上玩耍，但已经来不及了。我猛然发现飞奔的马车，刚站起来，马和大车就把我吞没了。人群发出了"啊"地惊叫，都傻眼了。马车过去了，我倒下了。马车跑出去五十多米，怪异地停了下来。我紧闭双眼，还躺在地上，人们围了上来。妈妈突然惊醒，分开人群扑到我的身上。"孩子，我的宝贝孩子！"我慢慢地睁开眼，茫然地看着妈妈。"快看看孩子身上伤到哪儿了！"妈妈摸着我的全身，"疼吗？"我摇摇头。妈妈把我的衣服全脱下，只见没什么大伤，在左大腿处有一道微红的擦伤。"站起来走走"。我听话走了几圈儿，人们发出了惊叹的感慨。"这孩子命真大呀！这是人家祖上积德修福保佑的。"

房东老奶奶来到了我的身旁，端详着我的脸又摸摸我的头说："这个孩子是猫命，此生有九条命啊。"妈妈听村民讲，这个老奶奶是本村的大神儿，也就是常说的萨满巫师。

后来我八岁时在西大河也就是月亮湾，掉进黑龙江里，也没有淹死。

1979年，在开荒营时进林子伐木。装车时支箱板的支杠断了，满车的圆木滚下，我被原木重重地撞上，顿时昏迷，被紧急送到勤得利医院治疗了一个月恢复。但是小脑还是受了伤，身体平衡感很差，几乎伴随我一生。

1990年，因朋友去佳木斯错过客车，我骑摩托车追赶。原本平坦的厂部公路不知何时卸了一堆砂石。正是傍晚，在远处看不见，我一头冲上沙石堆。还好头戴钢盔未受伤，但胸肋骨撞断了三根。这也许就是后来胸疾的隐患吧。

第五次危及生命的是2008年，我已内退。在厂区工程队十字路口儿，我骑着车被追查逃逸的货车从后面猛撞，人当场飞出九米！重重地摔在水泥公路上。肇事的货车冲上绿化带，将路口处的电灯杆当场撞倒。我在飞出的瞬间，下意识地左臂护头落地。路上十多个人见了我被撞的惨状，都以为这人是要玩完了。我被送进医院抢救，左手、左臂、左肋骨，部分骨裂，左臂、左腿充血黑肿，状况惨烈，但生命无碍。

回想我自然生命的次次危难，生命力还是十分顽强的。算上湖南晕倒抢救，六次劫难都已逃出。只是这次检查出来的新症状，让我心神恍惚，难以安定。

我是2008年返聘到农场关工委工作的，曲洪志是我的领导。第一次来到关工委办公室时，看到曲老爷子他那高大的身影和坚毅的神态，顿时照亮了我的胸怀。曲老已是八十多岁的老人，十几年前就做过心脏搭桥手术。后来多次支架，还有严重的糖尿病。但他老人家以坚强的毅力，坚持工作。退休后承担了农场场史、工会史志的编写任务，先后用电脑书写了80多万字的场史。同时还出版了40余万字的散文集等。他将晚年的生命赋予灿烂的风采。2017年，他被评为第四届感动北大荒人物，成为垦区人民学习的榜样。他那勤奋的工作态度感染着我，他那长者无私的教诲激励着我。在他的带领下，我们农场关心下一代工作开展的丰富多彩，十分活跃，也给我的内退生活带来了无穷的快乐。

想到这些，我坦然了，不再茫然。我不管病症是真是假，我应该学习曲洪志老爷子，把退休后的生活安排得更精彩。

从 2016 年秋，身体报警。在两年的时间里，我把全身心都投入到了关心下一代等社会公益事业。我担任关工委副主任和老科协常务副会长，全力配合曲老爷子和同志们开展关工委工作；组织五老宣讲团进校园，传承北大荒精神系列教育；搞好七级老少同乐，夕阳红画展等。勤得利关工委工作做得有声有色，受到各界领导的好评。

同时我还兼职《老科协简报》编辑工作，反映农场的科技发展动态。另外，受农场组织部的委托，我担任老年门球队教练工作，负责组织训练。农场门球队多次在管局级大赛等比赛中取得优异的成绩，夺冠拿杯。

2017 年，北京的周涵达老先生筹备组织京津沪杭等下乡知青书写汇编开发三江平原的《向荒原进军》一书。我爱人是知青，又在开荒营工作过，因此受邀参加哈尔滨编委会聚会。

2018 年 1 月，我受农场指派参加了北京《向荒原进军》编委会大会。我代表农场大会发言，充分表达了农场人民对百万知青当年"屯垦戍边，战天斗地"所付出血汗的肯定，同时也表达了农场人民欢迎知青们再回现代化的农场、第二故乡看看的心情。那场面真令人热泪盈眶。5 月，我因患多年糖尿病，双眼视网膜病变得了白内障，几乎看不见东西。无奈在建三江做了白内障手术。术后要求我两个月不许看电视，不许动电脑。但农场有些工作急需完成，我还是戴着墨镜坚持打电脑、写材料。虽然十分困难，但我坚持不懈，绝不影响工作。6 月，上海知青召开"千人纪念知青下乡五十周年"大型聚会，向农场发来邀请。为了宣传农场，增强情感，我和农场党委郭军副书记乘飞机来到上海。千人聚会上，知青们看到农场的宣传片，知道了农场现代化的面貌，个个激动万分，泪流满面，盼望着农场的明天更加美好。聚会结束后，我将聚会的影像资料带回农场，电视台制作了专题新闻片播放，有力地配合了农场六十周年大庆的系列活动。

2018 年 7 月末，我感觉脖子右锁骨有些异常，手摸发现长了一个小瘤。它生长很快，一周的时间长到了鸡蛋黄大小。我来到农场医院，曹俊伟院长亲自为我做了检查告诉我不能再耽误了，需要马上到省肿瘤医院进行治疗。此时，正逢农场筹备四大球赛，我负责篮球与乒乓球比赛编排程序工作。如果马上走，其他同志接手太生疏。我决定立即同工会组织各代表队开联席会，抽签分组。我不分昼夜，两天两夜安排四个球赛分组比赛场次，制定比赛规则。尽管我十分难受，十分劳累，但是我坚持全部编完。我想这也许是我为农场，为厂庆大型活动做到最后一次奉献吧。每每想到这里，我的内心就会感到无比的欣慰。

7 月 30 日，我来到黑龙江省第二肿瘤医院。经过八天的检查，彩超 CT、胸透骨扫、穿刺切片分析等，终于确诊我患的是肺鳞癌晚期，已无法动手术，只能进行化疗、放疗等综合治疗了。按有关资料的说法，我这样的情况一般只能活三到五个月。如治疗的好，还是有希望活的长些。得知我的病情儿子、孙子和亲属们都来了。看到他们那深情的眼神，我反倒十分坦然了。人总是要有这一天的，何况还有治疗的希望呢。

残酷的治疗开始了。化疗、放疗、热疗、靶向综合治疗，让我痛苦不堪。有时输液一天就十三个小时。那注入的毒药，那强烈的放射光束，在杀死癌细胞的同时也极大地伤害着我其他好的肌体。酸痛难忍的身体拿不成个儿。肠胃的绞痛，呕吐不止，恨不得将胆汁都吐光。但为了活命，为了身旁的亲人，坚持忍耐，再坚持！

在这最令人难以挺住的时刻，曲洪志老爷子多次打电话询问病情，鼓励我坚强，要坚持同病魔斗争。张茂东部长，袁秀梅主席，孝奇、闵杰主任，帅成科长等都发来短信、微信表示慰问。曾得过胃癌手术切除的刘江兄弟发来微信："大哥，加油！你是最棒的！胜利永远属于你！"

长者的教诲，朋友的鼓励，宛如一束阳光温暖着我的胸腔，让我充满力量。哈市我的两个妻妹国琴、凤文，天天从家里送来牛尾汤、鸡蛋、蚕蛹等营养汤菜，变着花样儿增加我的营养。妻子和儿子二十四小时守在床前，还搀扶鼓励我行走锻炼，增强体能，以促进新的细胞生长。

我绝不能辜负亲人和朋友们的期待！我顽强地站起来，一步，十步，百步，不断地在走廊锻炼。现在我每天争取走五千步以上。只有保持体能才能让新的细胞增长，才能应对以后更加残酷的治疗。人到了这个时候才知道渴望，才懂得珍惜！

有时，大脑像风雨漂泊的小船，漫无边际，不受控制，浮想联翩。往事不由自主地浮现，有时兴奋，有时悔恨。虽然我感到此生不算太虚度，但也十分眷恋现在的生命。我总觉得还有许多许多事情没有做完。尤其是近两年，我们关工委办公室和农场广播电视台在一个楼层。电视台的春花、兆兰十分支持我们的工作。家维、祥云、喜茹、加龙、松峰等孩子们常常教我新的电脑和手机知识，让我学会了用网络开展工作，让我在网络信息的海洋中畅游翱翔。我多想和这些朝气蓬勃、阳光灿烂的孩子们再继续工作生活十年。

这一个月的治疗中，我的感慨越来越多，感悟不断。我努力坚持断断续续地想多写一些。可是不行啊，病魔它不高兴了。它不断地加倍折磨我的身躯，我的大脑也渐渐疼痛混乱，我的手臂越来越麻木。看来老天是向我索取第七条命啊！但我绝不屈服，我相信现代医疗科学。我要用坚强的毅力和开朗的心态向癌症挑战。我用生命赌明天，快乐一天是一天！我相信奇迹会出现的，我相信明天的太阳会更加辉煌，更加灿烂。

2018 年 8 月 25 日

后　记

——《向荒原进军》编撰始末

王润培

我 1968 年从北京下乡到黑龙江勤得利农场，兵团组建后由 3 师改为 6 师 27 团。

2013 年 8 月我和团宣传队的战友们回访了第二故乡建三江管局勤得利农场和浓江农场（开荒营）。十多年没回去，不知道现在发展成什么样了？

从前进入勤得利的公路间有一个醒目的指示牌——浓江农场。笔直的公路、漂亮的路灯、规划整齐的场部，一幢幢职工宿舍楼在绿树丛中显得非常漂亮。在我们曾经开垦的黑土地上，几十万亩一望无际的稻田已扬花抽穗。看着现代化的农场和先进的农业机械，我惊呆了！这就是我们当年的开荒营？激动的泪水夺眶而出……

我来到五星山下的勤得利农场（27 团），在场史馆仔细看着一张张当年开荒营战友手擎"向荒原进军"的战旗进军浓江河的照片，让我又回想起 40 多年前浓江河畔的那场艰苦的开荒大战。在参观过程中，我感觉展馆除了图片以外文字记载很少。我翻阅了农场志，农场志中的记载也只有几小段。当年 11 月，我再次回到农场，拜访了场史办的几位老领导和战友，询问开荒营 8 年大开荒这段历史资料和记载情况。由于兵团撤编，知青返城和农场改制，勤得利农场被分为三个农场，再有当时率领广大知青进军浓江河的老领导有些相继离世，其余也都年事已高，使很多资料流失或记载不全。看来要记述知青在大开荒时代的艰苦经历只能由我们自己写了。知青战士在 6 师大开荒时期是绝对的主力军，知青作为北大荒第二代垦荒人和老垦荒人在三江平原团结奋战，历史应该记载知青当年艰苦的开荒经历，留给后人，也为北大荒拓荒史留下知青的篇章。

从农场回来后，我找到我的老领导，当年率领开荒营进军浓江河的营农业参谋周涵达（他已调到农业部工作），向他汇报了我了解的情况和想法，没想到和老领导的想法一致。周参谋指示我先召集开荒营在京的各连领导开个会，听听大家的意见。

2014 年 2 月 16 日上午，也就是 43 年前开荒营向荒原进军的那一天，开荒营在京的原连队领导和战士代表在丰台召开了第一次会议，主题是："6 师 27 团开荒营（四营）创业精神研讨会"。周参谋和参会领导、战士们回顾了当年开荒营艰苦的建点经历和知识青年作为开荒主力军所起到的作用。认为有必要把 27 团开荒营这段艰苦的大开荒经历记述下来，留给后人。与会战友一致通过：①动员开荒营的广大知青和老同志写回忆录；②成立编委会，编辑《向荒原进军——兵团 6 师 27 团开荒营建营纪事》一书；③缅怀开荒营的领军人，已经去世的张英营长；④到会的同志一致要求当年擎旗率领我们向荒原进军的老领导周涵达参谋为本书的主编。年近 8 旬的周老欣然接受，他再次举起"向荒原进军"的旗帜，率领开荒营这些已是花甲之年的老战士再做一搏，完成书写回忆录的重任。

主编要求大家：回忆文章要真实反映当时发生的事和人物，体现广大知青作为第二代垦荒人在老垦荒人率领下团结一心、艰苦奋斗的精神和所做的贡献，记述当年开荒营爬冰卧雪鏖战荒原可歌可泣的事件，要弘扬正能量。

《向荒原进军》一书编辑工作历时四年，因遇到老团场战友也在写书而停了一年多。要想回忆和书写46年前发生在三江平原的那段苦难艰辛的大开荒经历，首先要想办法招集散落在天南地北各城市的兵团战友。主编周参谋号召编委会人员，拿出当年开荒的精神走出去，号召动员开荒营的官兵和了解当时情况的有关人员积极参与。

2017年2月21日，编委会在北京四环宾馆召开了第一次大会，京、津、沪、哈、佳和团场等各地战友近70多人赶到北京参会，分别40多年的老战友回忆起当年用青春热血在荒原上艰苦奋斗的经历时，早已老泪纵横、激动不已。一致认为应该把知青和老垦荒人这段苦难的大开荒经历记述下来，为北大荒再做一点贡献。会议统一了大家的思想认识，效果非常好。这里我要说几句题外话，2月21号开会这天正巧是46年前开荒营迎风冒雪向荒原进军的日子，中午散会时大家要在大门外面拍张合影留念。2017年北京一冬天没怎么下雪，我们走出大门时天上飘起了雪花，我们赶紧排好队举起旗帜，就在这时老天突然降下鹅毛大雪，摄影师迅速按下快门抓住了这精彩的瞬间。这时有人高喊："苍天为我们作证，我们又开始《向荒原进军》了"。

紧接着，周涵达主编不顾自己80高龄，带领我们在津、沪、哈又召开了三次动员大会，哈尔滨会议三百多人参加。会前，周参谋和部分编委去军区医院看望已90高龄病重的省军区副司令员、原兵团6师王少伯师长，我们向老首长汇报了正在写《向荒原进军》一书，并想请老人家做名誉主编，老人家流着泪用不听使唤的手艰难地签了名，并拉着大家的手动情地说："开荒营的同志们，受苦了!"王师长的签名和问候给全营官兵极大的鼓舞，大家仿佛又回到46年前王师长亲自在荒原上主持召开的"向荒原进军"誓师大会，指挥我们再次"向荒原进军"。

真要动手写了，困难也来了，开荒营战友大多数文化程度不高，有些同志连电脑也不会用。有战友叹息：提笔方知文化浅。写篇40多年前的回忆文章，加之近70岁的年龄，谈何容易。这时编委会号召大家，拿出当年的精神，团结一心，相互帮助。主编要求编委会：对每个战友的投稿无论水平高低，只要真实、正能量我们就要为他修改，争取一个都不落下。全营又体现出官兵一致同甘苦的精神，不管现在官职多高文化多深，都热情地为战友们修改稿件。这里我要讲一下我们27团一连的张淑媛大姐，她得知要编写《向荒原进军》一书时，便志愿加入团队为战友们改稿，夫妇俩年过七旬，为本书的编辑工作自费东奔西走，她的奉献精神让我们深受感动。在总局、老团场、各级领导和社会友人的支持帮助下，本书终于要出版了。开荒营的官兵又完成了一次"向荒原进军"的任务。

俗话说：丑媳妇总要见公婆。由于写回忆录的战友文化程度有限，本书谈不上多有文采，但他们用心了，他们内心想要说的话太多了，在他们写的文稿和历史资料中，我仿佛看见她（他）们的心在流泪，看见他们举着红旗在茫茫雪原上艰难前行，看到他们在大会战中浑身泥土的疲惫身影，字里行间饱含着五味杂陈的情感和向往美好未来的那颗坚强的心! 八年的风风雨雨，这些来自京、津、沪、哈、佳等城市十七八岁的知青，用顽强的毅力在荒原上与恶劣的自然环境搏斗，用青春热血浇灌着亲手开垦的良田，把一生中最宝贵的青春年华奉献给了北大荒，为今日中华大粮仓奠定了坚实的基础。

回顾北大荒的垦荒史，正如周涵达主编开篇所论述：从 1958 年王震将军率十万官兵开发北大荒，到 1968 年组建黑龙江生产建设兵团，54 万知青到北大荒屯垦戍边，三江平原两次大开荒都是以军垦的编制完成的。北大荒的垦荒史就是解放军的垦荒史，北大荒精神，就是解放军十万官兵为祖国艰苦奋斗、无私奉献精神的结晶。

我们勤得利农场（27 团）是 1958 年转业官兵开垦的老团场，官兵中老红军、老抗联、老八路……英雄辈出。我刚到农场分在工程连，我的第一任连长就是塔山英雄团、李国富班的班长、全国著名战斗英雄李国富，就连赶马车的老董头都屡立战功。这些老军人在战场、在北大荒为党和人民无怨无悔奋斗了一生。知道他们传奇经历的人无不肃然起敬！

那是一个崇尚英雄、崇尚为国献身的年代。为改变祖国一穷二白的面貌，广大知识分子和青年响应党的号召，以"到边疆、到祖国最需要的地方去工作"为荣。对张英营长本书已有文章介绍，而对开荒营的农业参谋周涵达（本书主编）有必要向读者做简要介绍：

周涵达 1958 年毕业于北京农业大学，本已分配到有关部委，但他响应党的号召报名随十万官兵开赴北大荒，在开荒第一线艰苦奋斗了 20 多年，他是 1958 年和 1971 年两次浓江河大开发的组织者和参与者。他作为知识分子在荒原沼泽地团结奋战，所吃的苦要比我们知青战士多得多。他的家族很显赫，很多亲人都在中央部委和省里担当要职，但他从来没对任何人谈过家里的荣耀，他做人做事非常低调，朴素的让人感到吃惊，根本不像知识分子（团里还有一位像他这样的知识分子）。我在周老手下连队工作多年，和他交往很深，直到我返回北京在聊天中才听他透露出一些家事。在开荒营他一身旧制服，经常穿着高筒雨鞋，他几乎跑遍了浓江、鸭绿河的所有荒原。哪里艰苦哪里就有他的身影，他和全营官兵打成一片，全营官兵信任他、尊敬他！可以说，他是北大荒的第一代垦荒人，是中国军垦事业发展的见证人，是今日现代化中国大粮仓建设的参与者，他是知识分子的榜样，真正的共产党人。广大知青战士以英雄模范为榜样，担当起保卫边疆、建设边疆的重任，树立起敢于吃苦、不怕牺牲的献身精神。一位天津最年轻的女知青当年保存的诗稿中写道："……美好青春多壮丽，屯垦戍边建荣誉……今日开荒吃尽苦，明日国家大粮仓。"这就是开荒营知青为建设祖国大粮仓而艰苦奋斗的奉献精神。

回忆在兵团和农场的工作生活，加入开荒营的经历是永生难忘的。我们亲身体验了第一代垦荒人开发北大荒时的艰辛，我们接过他们手中的旗帜，沿着他们创立的"艰苦奋斗、勇于开拓、顾全大局、无私奉献"的北大荒精神继续前进。

我们离开北大荒 40 多年了，但心中总在想念着五星山下的这片热土，想念着长眠在祖国边陲的战友，想念着仍在为现代化的建三江垦区继续奋斗的战友和后人。因为他们献了终身献子孙，无怨无悔地耕耘着这片美丽富饶的土地，守护着祖国北疆的安宁。

2018 年 10 月 26 日

开荒营各连队人员名册

一、开荒营 31 连人员总计 209 人，1972 年 4 月 26 号进点

兵团职工 27 人： 于文端 王文增 王会泉 王兴国 刘世财 刘成义 吕玉清
曲广学 闫福田 宋立和 宋宝珍 李大营 李兰秀 李克佃 李宜泰 李炳泉
陈世相 孟广仁 陈昌德 武汝德 金声扬 胡家智 郭忠礼 梁玉海 都 霞
都本义 王龙清 齐福祥

北京知青 45 人： 丁志平 马吉宽 马忠礼 王全生 王进孝 田大龙 石巧凤
刘 秋 刘建萍 刘胜春 刘福清 孙启明 孙尚春 汤希志 何继祥 张凤兰
张克勤 张秀清 张幸福 李玉荣 李连成 李英杰 李殿海 杨智孝 苏会来
单卜昊 周玉宝 周俊英 尚淑英 侯广利 姜淑美 赵智颖 郝世忠 耿淑兰
袁春梅 袁春静 贾振元 高相英 续秀芝 黄进臣 蒋之信 戴秀艳 魏和平
刘金凤（老） 刘金凤（新）

天津知青 18 人： 王双喜 王可军 王荣琴 王海涛 付国华 田盛华 闫玉敏
闫全禄 吴春梅 李树起 苏永胜 赵中福 赵全城 徐 蔷 徐巧芸 殷立红
翟兆刚 薛红燕

上海知青 28 人： 丁 峰 支梅根 王延中 冯观海 刘四妹 吕春梅 庄晓弟
朱月林 吴景山 张玉珍 张华荣 陆培坚 陈文兰 陈淇萍 陈鼎新 罗候兴
侯满英 姚金娣 施美娟 赵 仞 奚建文 袁伟利 袁菊英 屠慧安 章强珍
龚信义 喻 敏 谢志善

哈尔滨 75、76 届知青 91 人： 刁会山 于 滨 于国义 于玲珑 于淑琴 于敬文
马云生 尹洪联 王 宏 王文灵 王文琴 王长青 王玉凤 王志滨 王松泉
王映光 王景仁 付万兴 付秀云 付临江 包丛金 包玉清 任九芹 任汝茂
任桂花 任桂茹 刘 聪 刘秀云 刘玉石 刘海涛 危建华 吕庆范 孙光秀
安 平 许桂荣 邢富贵 那金霞 齐国伟 齐宝林 何家福 初日新 吴 平
吴小平 吴金梅 宋长技 张 勇 张长春 张立滨 张丽华 张丽珠 张国斌
张淑云 李 华 李加昌 李永香 李永滨 李丽群 李明靖 李富荣 李慧敏
杨乃勇 杨秀琴 杨跃滨 杨晶莹 杨鹏举 沈丽华 芦 克 芦金山 陈学亭
周晓娜 国志玺 郑作坤 姜玉明 姜焕荣 祝庆祥 赵国展 赵继学 赵淑敏
夏继满 聂丽华 贾丽娟 郭 慧 郭占利 高春福 崔振兴 盛晓明 黄伟光
董兆正 谢志忠 韩建国 潘慧玲

不计入名册统计： 尹明富 冯志刚 齐福祥 王龙清

名单整理：贾振元

（注：不计入名册统计人员已经在四营首次进入连队录入名册，在本连队不重复计算人数，下同）

二、开荒营 33 连人员总计 172 人，1973 年 3 月进点

第一批进点 15 人： 陈玉枝 张宝森 孔祥国 张艳卿 满建设 王仁发 康 勤
谢瑞成 李长有 陈高文 朱连义 朱宏义 赵志超 徐国荣 李正信

兵团职工 18 人： 杜国顺 朱明柱 王跃成 李华周 吕法则 于显有 李殿松
陈长存 吕秀英 马素清 葛畔富 黄康有 依富春 王丽华 李福音 刘俊启
李德香 高立元

北京知青 16 人： 甘卫红 崔淑婷 薛秀英 郭艳萍 连焕英 陈宝英 孙淑珍
韩树森 王吉鑫 李惠林 王占良 闫振如 胡国敏 张连仲 赵玉武 宗宇安

上海知青 14 人： 郑 杰 邵宝兴 芦鸿宽 王春荣 王金海 钱志清 张凤英
沈文娟 吴素琴 张秀珍 李惠珠 郭秀珍 刘妙英 陈根娣

哈尔滨知 6 人： 孙凯丰 王 燕 郭延华 邱秀敏 董淑云 孔祥春

一师调入人员：

北京 12 人： 邵栓菊 杨秀敏 曹玉荣 刘京红 杭 舰 芦宝林 胡德海 荣庆海
王 江 张会来 蒋坤宝 杨大训

上海 1 人： 曹秀妹

天津 5 人： 魏宏山 纪玉成 李 萍 王蕴然 陆 玲

哈尔滨 8 人： 孙家良 杨德春 敖亚林 王桂芝 林 艳 李淑玉 赵凤玲 赵耕荣

哈尔滨 1975、1976 年知青 77 人： 张玉玲 杨宪亮 张月来 张月生 李振嘉
任智惠 刘 清 吴炎瑞 吴炎忠 吕修环 候彩玲 候宝柱 张文启 艾春华
刘 印 周慧玲 贾乃东 刘滨庆 陈贵清 杜龙文 石兴存 张国平 朱亚军
刘长友 谭继芝 丁淑兰 韩淑华 展玉兰 任丽环 曹广斌 金伟新 刘同娟
高志琴 迟桂兰 曹淑清 刘支书 韩久红 冯志江 王亚滨 姜彦顺 张春玉
陈永才 苏从新 吕宾菊 田中雨 李景芝 邢玉芝 王学成 赵福华 王成民
许永胜 李秀华 范立新 候媛华 张玉春 史健刚 王 丽 蒋延兴 杨玉梅
刘淑丽 刘勤慧 张桂香 孙桦林 王艳英 谭勇刚 李玉红 韩秀荣 郑金平
张秀荣 陈殿伟 高兰奎 于洪斌 李昌波 王忠仁 李树发 夏爱华 郑立军

不计入名册统计： 邵海敏 于景利

名单整理：张艳卿

三、开荒营 34 连人员总计 133 人，1973 年 3 月进点

兵团职工 39 人： 尹茂修 季广林 韩善全 韩善平 季广全 刘 瑛 吴守聚
刘恩祥 董修江 张德全 徐春海 刘焕兴 赵田富 张文玲 于凤兰 勾连海
季广清 唐万里 韩加来 韩加进 季广兰 吴凤英 丛志英 祝家彬 季广占
吴光辉 吴凤兰 刘淑芝 韩加敏 韩善州 韩善贵 陈修元 王淑珍 赵自立

	王清尧	孟宪吉	孙庭福	东广林	王松江			
北京知青20人：	袁桂莲	王志国	崔世明	秦跃生	付克勤	傅连顺	孙连海	
	苏会友	钱志强	李强	张玉芹	夏建华	张洪	王志春	陈文秋	张志祥
	田桂兰	王玉峰	刘宝柱	常青	宋振学	张俊芳	何玉武	马长	
天津知青5人：	孙淑香	程智敏	崔贺兰	杜宝珠	郝德义			
上海知青28人：	陈黎华	吴乃芸	杨文广	陈晓萍	侯大根	张建义	江玉梅	
	俞建发	陈至余	周永平	倪盛凤	张丽芹	范守仁	刘妙珍	陈凤娣	李丽芳
	侯金龙	仇胜强	孙存妹	成鸿新	汪佩君	曹杏娥	黄珍萍	王来法	王有法
	朱招娣	吕恩梅	夏步文					
哈市知青40人：	包玉坤	裴晓臣	杨铁柱	王英利	李胜利	张树兴	李贯通	
	杨传山	王学芳	于德智	王玉华	吴秀文	陈庆根	曹庆梅	李福兰	崔丽辉
	杜秀兰	刘晓娟	孙秀英	张玉玲	姜志胜	李东安	丁长才	郭伟安	于凤兰
	黄清明	顾长山	邓玉山	李志洁	孙照清	金哲	李长海	闫萍	张廷芬
	蔺增元	腾文学	毕景芝	徐文芝	王书年	李庆发			
牡丹江知青1人：	汪广飞							
不计入名册统计：	袁桂莲	崔世明	傅连顺	王志国				

名单整理：傅连顺

四、开荒营36连人员总计270人，1972年8月进点

兵团职工43人：	杨均银	李臣第	王守坤	郭路田	杨振安	李元荣	王守勤	
	李宜太	王亚芹	宋超群	刘树合	赵辉	李江	孙洪福	勾喜	勾莲芬
	勾莲芝	杨丽萍	陈棉彬	孙绍	王文兰	丁林	王洪勇	王允生	马佩兰
	刘佩祥	孙洪全	李建亮	谢吉林	齐进	王民亮	刘全林	王龙清	秦宝文
	杨美英	孙海臣	李兰备	房永贵	王建伦	方德平	张庆同	潘玉花	牟敦建
北京知青34人：	乔丽	张绍华	高淑霞	刘昌民	崔瑞敏	崔树林	张秀琴	
	李建国	赵俊凤	谭兴生	廖志文	王玉秀	李小顺	张普成	张秀清	张玉剑
	孙铁贵	秦学鹏	何庆祝	赵忠礼	李德海	王哲	李荣康	赵世财	霍继红
	赵智才	杨玉萍	赵秀华	刘玉东	王桂芬	兰晋	兰佩	肖斌	李文杰
天津知青20人：	尹学伦	王永利	王忠良	赵志华	赵德海	宁文秀	侯永发	
	刘福顺	刘长友	李景明	张林	刘淑英	王新桥	王秀兰	李桂英	史海滨
	齐凤莲	王布	乔凤莲	李淑珍				
上海知青41人：	邵民生	诸德清	陈崇以	相忠孝	陈益华	李国飞	胡林林	
	马祥兴	奚玉华	丁晓天	金世蓉	刘四妹	卢来根	陆兰根	陆金龙	孙刚
	钱玉英	黄财荣	徐根宝	范妹妹	丁永喜	杨根娣	孟玉娣	姚金娣	金美英
	范忠昌	姚革命	徐荣明	刘荣军	崔奋林	傅庆渝	沈昌宗	朱玉芳	谷兵
	陈崇以	蔡柳英	张冬娣	陆慧珍	刘斌香	蒋荣娣	蔡瑛琪		
哈市知青26人：	赵勇	吴君城	张好荣	吴新明	鲍江浦	张龙芬	张先玉	

王凤山	李红河	钱丽华	尹洪举	杨继业	齐振义	于铁成	郝传英	张久松
门德全	那国力	刘桂芝	李桂荣	闫凤琴	刘 犇	闫 文	徐秀娟	王福祥
吕占奎								

哈市 75 届知青 43 人： 潘树茂　张松国　王振国　苗树民　方克军　马明晶　阴发柱

李庆民	郭旭东	郭忠元	宋维新	何文星	孙福滨	姜延平	杨庆春	李 林
周绍良	沈月奎	徐滨生	顾长山	李晓云	高丽华	赵秀芬	刘锡英	高金荣
苏玉芝	关 敏	王丽梅	刘桂英	闫焕梅	王艳君	梁玉琴	左英霞	周 悦
冯领娣	刁志琴	王秀英	潘秀英	康雪滨	杨子敬	金兆滨	黄启民	朱昆岭

哈市 76 届知青 26 人： 姜立君　林永平　王磊光　李东升　历 彦　王伟新　张学先

刘佰岩	李玉莲	高 琨	刘凤芝	柴玉英	于国滨	李 晶	陈秀芝	陈秀英
商怀春	刘美华	吴东海	孙守芬	姬淑芝	张淑兰	孙福滨	焦 荣	苏建来
郭成启								

牡丹江知青 5 人： 王仔茂　杨文清　林翠霞　黄淑清　徐桂芝

佳市 76 届知青 32 人： 张金波　张桂华　扬占山　姜淑华　马福军　王 财　付民春

潘守信	刘影俊	李仁良	邱明江	董海利	王成涛	王跃伟	王佩学	栾淑君
韩志芹	康庆云	王德英	张兰英	王文兰	王敏华	张贵华	胡金平	朱佳民
宋桂玲	王质忠	李洪飞	刘忠海	宋义兴	梁成滨	杨金山		

不计入名册统计： 李守竹　耿俊杰

名单整理：潘树茂

五、开荒营 37 连人员总计 145 人，1971 年 2 月 16 日进点

兵团职工 21 人： 肖华志　王汉成　蔡夫艾　张文信　宋 凯　赵建俊　张 汇

| 齐 臣 | 王秀英 | 石泉海 | 李树祥 | 裴东运 | 刘晓红 | 曹秀云 | 毛秀珍 | 卢玉兰 |
| 李显章 | 孙均辽 | 刘玉勤 | 温秀云 | 曲志庭 | | | | |

北京知青 28 人： 韩学峰　金桂青　何焕斌　齐连旺　王劲松　司大同　陆文生

潘 芸	李桂华	刘桂枝	赵金芬	梁玉臣	贾玉英	李德江	邢洪德	胡振胜
李京生	姜守源	牛立中	郭继轮	张淑惠	施有利	陈忠茂	张秀英	候玉玲
孙金荣	沈雨珍	宋玉祥						

天津知青 19 人： 李福顺　李玉明　李惠禄　王玉龙　张学忠　宋玉英　郑 起

| 杨 瑛 | 杨 瑾 | 姚惠英 | 孔晓红 | 刘会恩 | 黄志惠 | 赵卫国 | 蔡书民 | 王秀荣 |
| 黄会茹 | 张成斌 | 杨文芳 | | | | | | |

上海知青 15 人： 叶世云　施菊萍　谭宝良　任三元　苏旭东　吴惠珠　张国芳

| 戴根荣 | 孙桂龙 | 徐艳春 | 刘兴发 | 程金牛 | 张定荣 | 程风安 | 黄志槐 | |

哈尔滨知青 23 人： 姜焕顺　韩家生　于志文　吴 波　花开山　邓 萍　马福民

| 王国君 | 刘克新 | 张君华 | 袁风英 | 林英兰 | 苗玉秀 | 周兰荣 | 郑瑞斌 | 刘志斌 |
| 赵长林 | 张淑琴 | 王 军 | 刘 瑛 | 关铁中 | 陈炳奎 | 岳传福 | | |

哈市76届知青39人： 周 健 杨锡成 杨乐亭 孙永社 赵庆元 楚长德 张青海

刘连生 于彦庄 张福君 刘宝昌 邱民福 王恒滨 张久强 李百元 李长久

冯北战 崔彦超 隋桂香 刘玉霞 张玉莲 邵 丽 刘孝吉 邹 微 武 艳

刘率滨 肖桂华 李香萍 郑美娟 宋红琴 康吉祥 邱桂云 高 晶 郭立杰

于秀珠 曲秀英 李秀芳 王景玉 王伯友

不计入名册统计： 王清富 张志远 都本义

名单整理：郑 起 李福顺 杨 瑛

六、开荒营38连人员总计174人，1971年2月16日进点

第一批进点20人：

兵团职工4人： 刘永财 齐福祥 吕 忠 王荣满

北京知青3人： 任家泰 张旭东 陈佩茹

天津知青2人： 穆青华 王家莉

上海知青6人： 陆 松 薛永高 季兰英 殷丽华 王杰牛 寿吉利

哈市知青5人： 马 辉 朱伟华 盛菊香 张和平 王秀娣

兵团职工61人： 卢云香 黄金娥 吴淑春 于淑华 郑成滨 王兴国 吕艳琴

尹燕明 李同泰 段立明 冯 宏 冯进财 庞殿世 于忠林 国增安 刘士远

赵桂兰 王兴坤 周殿振 周长峰 周长路 张传善 石百全 刘世宽 李子学

田庆余 刘景庭 潘卫东 徐锦红 金同让 贺克福 杜福亭 杨书敏 吕玉清

张玉坤 李传洋 勾连芬 周 利 周 伟 周 哲 李景学 邵廷贵 冯桂英

窦希武 裴振华 陈长德 尚秀艳 杜月香 于喜凤 赵兰芬 张延英 李凤鹤

付 财 张秀伟 李怀玲 岳周武 马增奎 都本义 赵良武 路秀兰 张利荣

北京知青19人： 冯树海 邓国财 史海燕 姚东生 王泽民 王道会 徐世富

李卫东 吴敢生 杨福祥 陈凤兰 王凤茹 孙改玲 陈玉华 钱 琪 郭凤兰

张玉剑 王学龙 李茹琴

天津知青7人： 高树青 于文藻 李贵成 赵天兰 吴宝辉 孟桂荣 侯永琪

上海知青23人： 薛根宝 朱荣官 郭加发 张礼林 张福祥 沈昌宗 孙国富

王新利 刘光明 章强珍 张小红 汪妙珍 王维新 王美娟 陆金妹 路安琪

朱映秋 高荣花 陈天德 何申申 徐斗根 任凤英 陆宝芳

哈市知青43人： 程玉文 陈锦华 贾桂荣 王兴琴 刘艳华 潘秀云 王 岛

刘 英 刘桂芝 武丽红 董丽娟 王立华 戴玉霞 刘互平 宋加义 王春义

刘国庆 张立华 庞志刚 王亚光 尹 牧 刘 荣 边庆福 何奎远 腾 义

苏连成 李双云 丁兆会 王胜利 毛长发 朴一龙 严七龙 孙守弟 张 华

郭一滨 姚书勤 唐让海 吴连新 李士军 潘少滨 夏胜红 杨长远 孟宪波

牡丹江知青1人： 方世良

不计入名册统计： 马早青 于炳文 刘丽生 黄玉琴

名单整理： 王秀娣 盛菊香 邓国财

七、开荒营39连人员总计211人，1971年3月3日进点

第一批进点 19 人：

兵团职工 4 人：	张继昌	袭德生	续庆生	陈士相		
北京知青 7 人：	孙淑锦	祝宝玲	王俊田	张家勤	李亚杰	陈志深	刘端怡

上海知青 3 人： 王华荣 胡秀英 姜兰珍

哈市知青 5 人： 孙立德 孙绍华 王立群 李宝玲 吴慧民

兵团职工 45 人：	李允会	颜秉识	马 祥	张维国	李传祥	田月香	潘兆岭
	李怀山	肖华志	孙良德	赵红军	邵国军	吕思学	张静杰	范广福	魏 霞
	陈淑冬	曹德兰	郭桂琴	贾玉萍	苏湘云	熊桂香	温秀梅	孙玉英	朱 辉
	冯桂英	尹 杰	宿爱芝	温小明	陈加明	温建明	付一官	朱景芳	李长河
	李长林	刘春鹏	杨育红	王振仙	魏淑英	王福珍	王发财	高树修	刘 伟
	骆玉兰	黄桂花							

北京知青 28 人：	翁宝琪	马 俊	毛贵顺	许兴武	陆荣福	勾金来	王三元
	王 亮	张增福	丁志平	李其祥	关兰顺	张树臣	张柱石	朱金水	李德海
	张秀清	朱玉珍	毛慧茹	李桂琴	刘淑兰	李志民	邓国英	李巧梅	刘桂云
	杨玉萍	邢志芬	姬新民						

天津知青 6 人： 李慧茹 查雪晨 李义珍 邓景龙 张炫立 赵天兰

上海知青 29 人：	付晋才	邹智宪	狄胜良	陈子龙	周根明	金荣华	李永海
	陶忠伟	沈铁军	陈国健	龚红妹	陈水娟	马学军	王惠琴	吴春梅	朱叶芳
	周成芳	王美娟	高凤娟	侯满英	周美芳	马玲玲	任秀莲	周玉仙	徐斗根
	周志强	周之浩	倪顺华	王文珍					

哈市知青 52 人：	高成群	王宝春	杨滨生	王海平	王永宁	孙振海	徐秀娟
	杨秀莉	齐福堂	王永江	李向阳	张丽玉	陈喜英	王秀仿	徐淑华	杨 莉
	于丽萍	孙 伟	刘同生	徐景华	周媚君	于彩秋	杨庆艳	郭文义	付尚海
	付新华	郎云锋	孙文举	张传福	郭海山	王文广	吴宝东	王晓波	韩行飞
	黄朝民	吕 良	罗景华	丛彦杰	李常芬	王福祥	姚万祥	原尚滨	史滨海
	庞永福	张世荣	李胜明	王晓波	何洪滨	冯德荣	王洪伟	曹学满	兰德福

佳市知青 31 人：	张吉安	李国锋	宫惠荣	王晓凤	康书杰	徐秀杰	徐春华
	王玉芝	刘 莉	刘新民	贺淑云	李淑华	邵俊萍	邢德江	邢淑贤	陆成仁
	付来滨	王传法	张书亮	陈春生	钱吉宏	沈玉成	吴喜亮	贾春庆	何玉田
	赵世忠	马树海	杨振远	苏明山	李忠义	何茂林			

不计入名册统计数字： 杨和平 姜贵友 赵玉琢 秦士强 郑永强 耿俊杰

名单整理：孙绍华

八、开荒营 40 连人员总计 167 人，1971 年 3 月 3 日进点

第一批进点 20 人：

兵团职工 6 人：	赵敦生	孙炳路	孙成亮	尹明贵	高月娥	杜福庭
北京知青 6 人：	王全振	张德水	林太兰	兰金锁	张 琪	郝立青
上海知青 3 人：	周莲娟	陶银狗	周 剑			
哈市知青 5 人：	矫晓华	李志洁	张金荣	张金春	刘伟芝	

兵团职工 48 人：	刘永财	王景富	范奉根	谢 贵	单胜春	张学宝	王凤英
	王伟红	袁凤琴	岳修江	陈立山	唐怀杰	胡金花	邵 翠	柴继胜	李兰新
	张艳平	苗应全	毕兴霞	闫 艳	李凡清	李凡营	朱明柱	万登宝	韩兴福
	萧华志	单圣壁	冯进财	黄文厚	魏尚友	魏淑华	秦保文	李兰花	刘国文
	徐殿全	郝富业	刘玉国	王凤和	奚永义	王爱娟	张小芹	唐怀礼	尚秀艳
	张新圆	王顺喜	宋振喜	王建民	何晓文			

北京知青 19 人：	唐忠铭	赵建华	张宏志	郭春平	胡启凤	魏华芬	许 红
	张仲华	赵小生	韩秀芬	王秀全	于庆仁	孙桂荣	白成茂	沈秀英	靳玉恒
	姜 明	曹继荣	朴金生				

天津知青 8 人：	徐宝贵	王立富	王艳玲	李风兰	许洪乐	樊文炳	李育洁
	王连弟						

上海知青 21 人：	邓国玉	顾惠和	许红云	巩丽俊	史国柱	万吉祥	陈天德
	潘新南	吴红妹	吴玉凤	毛小妹	张亚丽	杨宝珠	奚建文	张桂蓉	高惠成
	姚锦平	王志忠	方继红	万伯勇	于勤秋			

哈市知青 19 人：	周贵生	许兰英	李铁石	胡金瑞	弥子义	马春平	曹 力
	李永滨	苏晓平	高树奎	韩富海	王成军	董利富	刘春梅	杨广礼	韩 兵
	唐淑珍	王汉章	王万荣				

牡丹江知青 2 人：	郭际林	赵洁民

佳市知青 30 人：	刘志国	吴景荣	刘景义	马淑清	胡海生	田 川	祝玉宝
	赵新利	祖彦海	邓惠民	葛 坤	赵桂芹	赵凤娇	蒋顺清	田淑英	曹淑梅
	黄淑琴	吕 莉	张丽梅	王艳梅	陈丽霞	刘丽军	李秀英	刘凤霞	刘秀艳
	安玉哲	李占义	王志全	姚美兰	张 艳			

不计入名册统计数字：	米增森	齐德江	王志平	高铁和	陈志深	杜培英	李克信
	孙美华	姚玉凤	于 强	陈叔镛			

名单整理：郝立青

九、开荒营 41 连人员总计 312 人，1971 年 2 月 5—21 日进点

首批建点 20 人：

兵团职工 5 人：	陈长宪	王坤祥	李兰英	陈其堂	李春玲

北京知青 2 人：	刘秀娟	刘道宗				
天津知青 3 人：	杜培英	赵以娟	于炳文			
上海知青 3 人：	徐道生	唐聪萍	邵海敏			
哈市知青 7 人：	韩秀玉	范秀荣	滕兰宾	姜焕顺	王青山	刘云萍	刘克新

兵团职工 98 人： 姜发三 王克信 唐玉松 马志玉 陈起秀 张景华 陈玉芳

王玉兰	庞学军	刘向勤	任秀英	杨春花	王俊琴	张永花	程玉兰	孔庆荣
候广礼	侯玉香	孙秀云	孙秀英	边翠英	李希宏	王伟红	范伟顺	刘凤楼
刘喜权	邵东权	卢云岐	张景国	历彦会	仲济文	王凤琴	徐万成	龙桥寿
曲殿臣	韩美彩	张青平	罗贵华	韦善坤	杜永奎	李克贵	齐怀全	齐 军
薛海涛	张传贵	陈洪昌	张玉华	曾 莉	李玉桥	王显增	王显傲	佟志发
周云萍	尹贵森	王凤和	张存会	张晓溪	贾玉岭	于兆华	周有昌	马 军
刘俊杰	刘文双	高 燕	陈 红	焦贵福	谭发琼	韩兆聪	李希和	金天希
金正学	崔英子	张金山	王井富	姜少华	王显义	王英贤	张国勇	马秀改
苏兆财	谢加强	宋克祥	赵春友	张希山	张长富	陈宽峰	邓怀江	赵学记
吕 忠	曾树祥	曲秀华	吕兴义	朱玉玲	李喜忠	韩成森	仲崇华	张继昌
王炳权								

北京知青 29 人： 杨和平 李 军 李德贞 韩树明 李 森 刘铁林 赵秀荣

赵洪星	周铁荣	齐德江	高群柱	孟顺祥	李勤生	王金福	王玉龙	赵福安
卢一平	郭建军	杨玉琴	米增森	杨慧琴	董灵玲	陈开选	刘金香	李荣康
姜贵荣	朱长水	王宝成	强国庆					

天津知青 28 人： 李克信 高连生 秦立平 王玉敬 李普乐 李春艳 王福砚

马春凤	张大权	刘宝福	李树起	李淑英	孙美华	邱喜云	翟洪年	郭宝琴
张贵云	李凤兰	王文涛	马翠玲	刘玉喜	刘凤林	于文奎	王福生	段洪福
葛新英	杨洪明	冯艳芳						

上海知青 16 人： 傅和林 王自忠 瞿许平 潘梅香 吴云珍 沈彩娣 李志富

恒东平	董 健	陆培煜	卢来根	施和生	颜得华	汪洪涛	伏金妹	王益民

哈市知青 28 人： 高树奎 陆春生 黄瑞强 张传贵 高志强 张贵发 张思忠

白玉兰	刘玉芬	律云芳	陆长云	周 平	邱秀敏	姜永年	付 清	周世强
陆贵宾	杨广礼	康淑清	宋彦国	宋宝友	刘互平	孙梅芝	崔瑞成	李颜明
孙永江	刘保堂	刘春梅						

哈市 1976 年知青 63 人： 李方平 刘长友 张连平 杨立志 于国义 刘 海 董 富

牛立志	王继书	王庆祥	曲少义	赵学斌	许殿双	顾长山	蔡晶波	孙立强
宋维新	徐 刚	徐忠先	张 吉	左永刚	骆国柱	郭俊良	刘企滨	任国君
付国滨	谷金一	张 鑫	姜志强	李常芝	何桂芬	陈风云	王丽娟	王亚苹
王风玲	王金风	陶秀萍	李文华	张庭芬	左应霞	任桂茹	王玉梅	吕兴范
丁淑兰	许玉芬	崔 云	崔 风	刘淑华	郑春玲	李灿英	赵 琪	韩 荣

陈荣丽　邢淑芬　邢淑珍　赵艳娥　杨桂香　陈明菊　刘淑芳　王彩玲　夏丽娟
韩树国　徐少滨

佳市1976年知青30人： 骆瑞坤　栾志庭　高静义　刘垚福　沈贵永　聂洪波　许洪军
王文学　乔　利　孟祥民　刘垚臣　会兴东　杨　敏　何玉田　付清莲　张艳秋
范亚清　赵丽艳　李春波　曹秀琴　孙丽华　周　云　姜宜平　乔吉旺　王伟军
于贵年　张柏忠　张明举　乔桂英　李秀香

不计入名册统计数字： 黄德贵　王润培　牛淑英　王志平　钟宝光　赵津生　荣云霞
任宝华　黄玉琴　白　桦　靳宝荣　韦强修　王杰牛

名单整理：李普乐　李常芝　等

十、开荒营42连人员总计209人，1971年2月5—21日进点

首批进点20人：

兵团职工4人： 朱景芳　刘东刚　丛树孝　徐锡梅

北京知青4人： 黄秋云　于秀英　顾志琴　胡义良

天津知青2人： 戴荣颜　赵光云

上海知青2人： 祁建华　于署生

哈市知青8人： 李信生　陈嘉利　刘文骥　白　桦　李淑琴　刘滨香　李玉霞
刘国华

兵团职工51人： 韦强修　谢凤山　孙炳禄　贾孟华　刘希贵　李国帮　侯玉宝
杨聚富　王永胜　王德忠　张敬富　孙洪福　李世田　任秀英　边桂英　孙兰英
黄德贵　王兆义　李景华　高树修　张桂芝　张玉芝　王秀琴　马文英　雷雪玲
刘桂英　房玉琴　姜春凤　柴吉胜　谢家齐　勾连海　方德平　李克生　李连华
王成友　王金宝　解凤平　秦宝文　邹会军　齐双全　刘希全　邵志连　付　才
谢吉成　李　东　陈庆山　刘长富　严文学　王金才　张继生　赵连全　刘厚水

北京知青22人： 顾信根　宋敬青　施文荣　刘存礼　胡宝玉　牛合林　袁桂莲
赵秀荣　牛淑英　张俊珍　王润培　王宝平　王志国　付克勤　张幸福　陈家齐
赵吉顺　黄彩云　刘连生　陶思明　吕文生　任毓莲

天津知青27人： 赵津生　宋玉海　王建筑　何铁虎　柳德利　魏全星　李成起
单淑兰　张子茹　申淑云　杨桂英　荣云霞　龚金玲　王向琴　王艳玲　王守全
郭桂兰　陈领换　宋惠娟　石根蓝　孙增慧　俞裘云　刘长英　吴　莉　任世成
顾志义　钱秀敏

上海知青21人： 吕阿鸿　俞洪宝　黄财荣　盛伟强　付为民　沈明汉　沈德敏
胡金宝　周桂芳　李红英　宋梅妹　崔招娣　刘素华　黄祥芬　孙　伟　丁建平
孙善网　郑建平　郁景全　徐康汇　张联群

哈市知青22人： 郝德勤　于德志　何玉山　霍洪举　郭双龙　梁忠民　陈庆山
王青山　罗　冲　郭玉芳　安凤琴　吴　静　董云秋　陈仙红　张淑芬　马海波

刘国华（女）　　李宝贵　郭凤仪　张云生　孙元新　魏金庭

哈尔滨1976年知青17人：　　刘贵臣　李雅娟　李建华　陈玉动　石　青　张守江
郭小立　杜秀荣　杜秀滨　杨秀春　郑福兴　田淑艳　李秋梅　刘贵兴　孙胜林
侯　强　刘支书

佳木斯1976年知青26人：　　毛淑珍　王丽英　谭立红　苗玉芝　陈兆梅　林志远
张立吉　吕洪胜　梁超　王志明　王作伟　张学君　崔长林　张洪义　吴树才
从新日　杨朋彦　杨成武　袁贺仁　郭亚兴　范国君　张彦强　黄小秋　卢士德
王作伟　宋志杰

一师调北京知青3人：李晓顺　李北平　高铁合
不计入名册统计：　　王景富　于晓晨　刘敏英　马桂琴　尹明贵　李　东　鲁汉生
杨才英　杨复祥　滕兰滨　孔祥琪　杨尚仁

名单整理：荣云霞、张海燕

十一、开荒营43连人员总计90人，1971年2月21日进点

第一批进点19人。
兵团职工4人：　　侯原平　谢殿栋　宿爱芝　张美兰
北京知青12人：　　许亚凤　范荣花　崔和平　田翠荣　王素敏　赵久平　李卫东
崔俊才　佟少强　鲁汉生　陈开选　施文荣
上海知青2人：　　何秀兰　王成扣
哈市知青1人：　　杨　英
兵团职工16人：　　张伟军　黄康友　韩兆兰　翟永国　容传武　孙小林　孙志安
董灵芝　刘传军　谢殿德　齐福祥　赵明宣　孙景相　李春英　李亚云　徐翠华
北京青年15人：　　赵文华　马早清　冯祖爱　张荣熙　杨仁臣　戴连仲　杨宝良
郭延峰　宋福寿　吴光云　杨福祥　邢志芬　刘利民　李　敏　黎汉林
天津知青8人：　　刘金凤　刘树发　赵玉兰　王克军　许兆朝　童淑兰　王克俊
张福林
上海知青22人：　　陈志余　马庆娥　吕恩梅　尹霞月　忻荣妹　赵巧娣　付秀华
杨才英　朱旭东　陈礼达　秦士强　吴步生　龚信义　胡林余　周建平　郁景全
刘光明　刘仙林　恒东平　陈黎华　丁雅琴　顾晓妹
哈市知青10人：　　于德智　冷新利　刘万富　陈喜凤　任立祥　温兰英　张景学
李启辉　刘春荣　夏召其

名单整理：许亚凤　马早清

十二、开荒营44连人员总计143人，1971年2月21日进点

第一批进点19人。
兵团职工5人：　　文宝章　吴淑军　李元德　高林香　王丽雅
北京知青3人：　　张　黎　兰岚　孙晓兰
天津知青5人：　　范长贵　顾力科　姜贵友　许宝贵　郑淑华

上海知青5人：	邵春芳	王盛臣	尹萍丽	王慧珍	邵明生		
哈市知青1人：	袁绍琴						
兵团职工21人：	刘宝财	刘孟坚	唐桂兰	潘书明	沈为福	吕　华	付跃辉
	付荣贤	康岱发	康岱友	康岱财	刘文海	孙长德	刘立柱	张学太	张学平
	张学安	吴国义	乔留章	张继成	芦龙生		
北京知青17人：	李振琦	谢静海	乔国祥	何国兴	张玉春	刘卫红	赵玉兰
	刘护国	张　朋	杨晓雷	李　敏	周如民	李秀芬	孙　和	湛　泓	耿木亚
	戴继敏						
天津知青24人：	刘兆华	郭淑懿	张胜利	李建新	李丽娟	宋红英	张淑娟
	孙阿燕	魏成祥	薛成森	杨文乐	陈淑霞	王淑珍	韩振江	周玉梅	刘春雨
	杜建国	田建政	李慧茹	刘金会	张秀华	王大吉	付振津	肖玉鸽
上海知青20人：	张保权	顾阿兴	聂龙根	盛菊楠	张林发	张凌烜	梁卫民
	张雅丽	骆永祥	李接德	成鸿新	韩志华	艾雪芬	孔芬兰	张玉茹	周明哲
	贺光耀	顾美娣	顾菊英	黄廉发			
哈市知青11人：	李方平	杨长代	冯双举	韩永国	谢宝刚	赵志刚	孙丽荣
	张安山	李丽霞	吴惠民	张书庭			
佳市1976年知青31人：	朱淑芹	周文琦	曹桂芬	周英华	闫　英	陈淑杰	陈淑芳
	李佳超	王永霞	陆垚玲	赵淑珍	杨秀华	杨春芝	刘亚茹	贾秀英	杨玉芝
	杨玉芹	文秀芝	陶志刚	刘孝佳	吕成军	林化杰	林化全	刘成祥	郭　勤
	刘继民	刘吉全	战金瑜	曲　财	王　强	常宝华	
不计入名册统计：	厉彦志	于恩浩	祝宝玲	佟少强	何素然	吴光云	王维维
	钟宝光	赵贵生	冯宝江	张洪起	高凤娟	倪凤珍	周建平	恒东平	吴永康
	胡本义	任立祥	许兆朝				

名单整理：张保权　范长贵

十三、开荒营45连人员总计94人，1971年3月2日进点

第一批进点20人。

兵团职工6人：	厉彦友	桑士亮	齐　敏	焦建木	徐同生	王相田
北京知青2人：	侯乃玲	李秀芬				
天津知青2人：	魏敬唐	胡宝华				
上海知青8人：	范鸿仁	陈宝林	董世英	陆佩芳	李珍妹	钟国琴	沈伟忠
	张坤明					
哈市知青2人：	李桂英	赵　敏				
兵团职工8人：	高富华	马富宽	张现生	吴殿才	孙志安	张　满	车洪芳
	岳周武					
北京知青24人：	刘长江	李惠敏	宋秀兰	陆　军	唐　飞	廖　烨	王全玉

| 邱娟娟 | 苏　捷 | 周巧珍 | 刘　凤 | 李德亮 | 孙洪义 | 李玲玉 | 戴秀艳 | 胡义良 |

米来利　付国银　刘玉东　张秀英　赵金财　王建华　梁春生　李　森　邹积安

天津知青8人：　沈　静　王维维　刘文清　宁学军　季宝柱　史蕴良　冯志刚
冯德书　黄惠茹

上海知青16人：　杜高友　汤友高　吴永康　徐林娣　倪植莲　刘玉凤　王长明
胡福根　徐美君　张联群　贺元兴　蔡　武　袁又兰　乐小华　陈奉清　张　琼

哈市知青17人：　刘艳芝　于丽君　孟祥明　张滨赏　郎需强　刘邦艳　张长军
赵秀东　李纯刚　金丕富　国志玺　孙和平　丁志文　王国春　金全合　路春生
孙　恒

不计入名册统计：　黄惠茹　张秀英　张普成　高铁和　钟宝光　刘玉玺　杨福祥
狄胜良　董　健　杨文广　张立华　刘文海　岳周武

名单整理：侯乃玲

十四、开荒营46连人员总计107人，1971年2月28日迁点

首批建点人员20人：

兵团职工2人：　张志远　旷理元

北京知青4人：　周如敏　李振平　康福荣　杜新建

天津知青5人：　王元玲　王凤霞　左爱菊　蔡淑霞　刘丽生

上海知青6人：　钟月英　林素云　黄剑萍　崔林龙　陈木根　杨复祥

哈市知青3人：　郑永强　林卫东　鄂文昌

兵团职工21人：　李殿亮　齐福祥　李向山　李向阳　陈炳成　于成义　侯玉坤
王建辉　李景华　李秋平　黄跃文　顾丰财　何章栓　刘玉芹　马桂香　陈　敏
郝淑萍　郝淑安　张长军　李井华　王　敏

北京知青7人：　谭　印　安少华　杨忠华　周如民　刘长江　陈佩茹　俞淑玲
张秀英

天津知青13人：　王承伟　杨继华　温学义　李旭华　郭丽华　孙秀英　赵安琪
赵玉兰　刘宝珍　武淑琴　李　桂　毛冠林　王世明

上海知青8人：　蒯秀兰　陈力钧　顾明荣　陈立达　王招英　唐介生　徐　松
汪洪涛

哈市知青3人：　依福臣　尹浩友　王跃滨

佳市76届知青31人：　陈　旭　贾　财　王学斌　闫会臣　陶友利　雷力军　李　华
凤艳萍　刘艳芝　李艳华　张亚兰　赵洪伟　井丽杰　杨秀敏　王玉英　李晓霞
唐会敏　朗佳华　赵翠萍　张宏光　于海波　沈继民　王秀峰　谭国志　王金艳
张连昌　王英传　葛殿丽　王桂平　王丽霞　赵德营

一师调入人员4人：

上　海：　史美鸣

北　京：　　李北平　　祝凤林
哈　市：　　孙振海
不计入名册统计：　　张秀英　桑世亮　刘　军　胡义良　苏　捷　李惠敏　刘文清
　　　　　沈　静　王维维　袁又兰　倪植莲　胡福根　蔡　武　陈奉清　张滨尚　于丽君
　　　　　孟祥明　赵秀东　刘德勇　杨尚仁　李森

46 连名单整理：黄剑萍　周如敏

十五、开荒营 47 连人员总计 117 人，1971 年 2 月 23 日进点

首批建点人员 19 人：

兵团职工 5 人：　　王金生　于晓晨　宋国君　李学员　杨聚福

北京知青 2 人：　　刘　军　谢凤兰

天津知青 6 人：　　陈加会　张文兰　付桂兰　姚玉凤　李　琴　温志烈

上海知青 6 人：　　任宝华　钱月凤　姚阿金　岑洪昌　陈叔镛　张光明

兵团职工 27 人：　　姜发三　陈巷栓　张定堂　李佃松　丛树孝　候玉坤　李宗金
　　高福华　赵松玉　李明义　李良森　宋国臣　李作相　陈其秀　王敬花　王荣香
　　吴玉珍　宋雅萍　刘　堂　杜　双　王春荣　王世印　高　明　邢玉琛　王新同
　　王敬兰　韩　友

北京知青 13 人：　　李德亮　朱双喜　齐国臣　阴章柱　冯顺才　赵广来　王金孝
　　郭学军　孙洪义　程　敏　蔡凤荣　李　颖　刘建平

天津知青 3 人：　　赵广荣　曾三丁　刘桂兰

上海知青 3 人：　　王春荣　杜学良　沈卫忠

哈市知青 9 人：　　王长青　张长军　刘邦彦　原军营　张桂清　赵　平　肖运萍
　　孙　恒　刘金晓

哈市 75、76 届知青 26 人：　　翟绪忠　王建甫　王德仁　姚长江　鄂明祥　浦玉江
　　张永福　丁洪良　李有海　刘淑清　候可琴　李庆华　冯静华　张秀华　盛云秀
　　王玲丽　冯桂琴　张海琴　陈美芝　王　杰　高凤琴　李贵林　高洪芳　蒋永军
　　张　才　盛云丽

佳市 76 届知青 16 人：　孙　伟　张金山　周亚军　曹玉涛　张德荣　崔树金　孙俪娟
　　李月杰　白维芬　于桂芝　张丽君　王宪娜　常淑兰　栾佩芹　杜凤霞　鲁　萍

不计入名册统计：　　齐　敏　许亚凤　唐　飞　周巧珍　司大同　魏敬堂　宁学军
　　钟国琴　董世英　刘玉凤　徐玲娣　吴永康　汤有高　吴步生　王立群　岳周武

名单整理：岑洪昌

十六、开荒营 48 连人员总计 239 人，1971 年 2 月 23 日进点

首批建点 20 人：

兵团职工 5 人：	马桂琴	侯德玉	王振山	边清悦	马国海		
北京知青 2 人：	李宝恒	赵玉丽					
天津知青 9 人：	朱光明	张婉丽	张金生	宋江虹	许 宁	张忠雄	钟宝光
	窦永利	黄宝华					
上海知青 4 人：	郑春燕	沈根娣	倪凤珍	顾振华			
兵团职工 37 人：	尹明富	王宪文	郝守田	郝守武	刘万青	刘传林	刘传海
	刘传富	李守竹	劳世全	陈世华	何宝升	张贵生	陈忠宝	刘长河	逯桂花
	杨创业	杜新斋	徐森古	谢桂芳	丁兆文	杜全友	杜昌斌	张 生	王雅云
	石常美	王建祖	侯德琴	李 庆	韩善芳	韩善国	李宗树	迟明钊	杜守友
	温利昌	范世岩	曲福生				
北京知青 9 人：	栾东升	邢志国	张文霞	陈兆莳	曹建华	张常贵	周巧珍
	田淑敏	谢俊生					
天津知青 2 人：	王学义	于铁全					
上海知青 12 人：	姚龙祥	秦福根	王永康	刘同花	王士中	徐浩源	王卫桢
	陆兰娣	杨坚青	范菊妹	史国政	解春兰		
哈市知青 6 人：	耿俊杰	祁小阿	杨滨来	张新民	白 桦	潘培贵	
小上海知青 9 人：	周爱琴	邵秀英	王 敏	顾福妹	张荣豪	许国民	刘长春
	邹鲁申	张景明					

一师 4 团 5 团调入人员：

北京知青 23 人：	罗建乔	平建国	李增华	廉小莉	吕 建	张大新	高俊卿
	高燕燕	王 强	张长贵	刘淑芬	贾贵生	王春凤	李玉荣	刘金凤	闫冀生
	张德利	崔宝和	李新民	高吉年	池小明	丁秋香	韩永玲
天津知青 7 人：	王兰芝	韩秀清	常晓润	米长东	赵 环	王文林	赵志芸
上海知青 4 人：	沈敬和	韩晓东	张 怡	乔国勤			
哈市知青 13 人：	于 强	管 建	单丽春	姜青梅	程荣芬	桑福源	宋光亮
	王淑琴	栾桂荣	胡有为	张小芹	赵光辉	何振光	
鹤岗知青 4 人：	张彩云	王 莉	庞庆荣	王泰力			

哈市 1976 年知青 62 人：	王淑华	张永福	邵万臣	付庆胜	张玉成	车成友	乔艳琴
	孙长安	谷文香	吕豹龙	刘 滨	刘 梅	钟云祥	陈忠启	王德仁	李金忠
	马志英	于忠田	李玉荣	楚淑梅	范美丽	孙淑英	张洪生	孙美芝	牛立志
	何有发	石广祥	王金凤	盛云秀	张秀华	苗清滨	李伯成	王 杰	张海琴
	孙宝山	姜永富	李湘江	范建成	卢 晶	杜丁胜	卢啸滨	王玲丽	蒋永军
	张 才	高凤芹	孙茂玉	高洪方	丁洪良	甫玉江	冯桂琴	胜云丽	冯静华
	姚长江	刘玉兰	盛永群	韩玉芝	刘永信	张天庆	孙丽华	靳宝荣	姜启文
	杜 军						

佳市 1976 年知青 31 人：许 明　杜振武　张太兴　宁晓明　董连臣　王振平　夏维新

苏文禹	杨春光	胡进才	周相珍	闫立新	张宏平	王玉华	武伟英	牟艳霞
牟荣华	刘大华	付艳琴	李志荣	常淑兰	张立霞	刘春荣	杨桂芝	韩 凤
石金凤	崔树金	魏俊秋	黄志强	杨海波		刘美如		

不计入名册统计：于晓晨　刘敏英　姜发三　杜新斋　王全振　兰金锁　孙玉兰
关占英　周永明　顾力科　戴荣颜　俞洪宝　孔芬兰　陈木根　白　桦　王建祖
王景富　刘德利　于成洲

名单整理：钟宝光

十七、开荒营49连人员总计134人，1975年5月进点。

兵团职工36人：　常志义　叶坤言　潘福多　程绪元　程绪臣　齐红军　齐红富
齐红民　齐红华　高洪平　陈香玲　常莉萍　左宪法　佟成山　李学琴　郭连成
郭连众　尹茂登　张子新　潘红玉　杨殿臣　邢德志　程宝臣　程宝驹　刘世和
刘　滨　李长海　李仁义　费红日　费红梅　苟莲芬　朱庆和　华　军　谢林彬
仲纪平　李学荣

北京知青6人：　宋桂玲　李学研　李文杰　高俊青　王　哲　古道君

天津知青9人：　郑洪源　李　培　邵金生　闫振华　柴沫全　黄海顺　赵洪振
乔凤莲　张德水

上海知青8人：　刘武军　费彬琴　罗候兴　张桂蓉　唐仁妹　宋光耀　张文贤
万伯勇

哈市76届知青75人：王淑文　王雅琴　王艳华　王莲英　王丽娟　苏晓萍　常春梅
岳郝香　顾秀华　朱凤琴　崔志坤　张凤琴　张景贤　张桂兰　戚美玲　姜淑珍
刘　艳　于蕴芬　魏红杰　尹万红　高桂琴　孙云霞　安秀珍　杨莉华　李国庆
那玉杰　赵宏伟　曹金山　任发玉　贾永亭　张铁石　张和平　张　福　原振军
李万兴　李　军　冯广彬　冯俊山　周顺言　周东升　孙少军　郭志伟　王得全
吴国全　路兴林　方宏伟　戚福庆　陈业富　段洪仁　刁兴奇　刁玉滨　张绍刚
张文军　张淑英　张　吉　刘丽华　刘玉兰　刘传寿　刘　犇　高凤琴　韩玉芝
金兆林　盛云秀　陈淑梅　袁淑清　孙秀英　赵玉琴　李洪河　马桂凤　李春香
李　全　郭长军　曲建强　关学文　范美丽

不计入名册统计：王宪文　马桂琴　丁兆文　李增华　钟宝光　窦永利　徐道生
周　剑　顾福妹　胡福根　王成扣　王达吉　付振津　马国海　曲福生

名单整理49连：刘武军

十八、四营学校教职员工总人数合计24人

学校教师：23人。

兵团职工8人：　杨为岱　曾思澜　朱桂华　刘庭琴　刘　录　周玉玲　吕本明
赵淑萍

北京知青6人：	薛纪达	楊瑞林	栾杭生	张建京	孙仁华	朱金茹
天津知青1人：	孟庆喜					
上海知青6人：	俞嗣荣	叶明水	周华贞	江安琴	王 蓉	王华荣
哈市知青2人：	曹金芳	安凤琴				
员工上海1人：	宋金姑					
不计入名册统计：	李桂花	韩晓东	戴荣颜	孙本琴	武淑琴	杨言梅	袁绍琴

名单整理：王 蓉

十九、四营砖厂总人数合计160人

兵团职工1人：	刘 宽	段淑芳				
哈市知青3人：	冷新利	宋维新	陈 萍			
上海知青2人：	陈黎华	杨文广	杨福祥			

哈市76届知青57人：

谢明伟	韩光波	张海燕	王敏燕	赵 娟	黄春梅	金文君
姜殿武	王佩琴	赫兴平	申立群	高爱丽	崔淑云	孙德山	孙德海	于延庆
金维晶	孙永庭	张金凤	刘永奎	吴玉光	徐丽清	韩世权	蒋宝山	张乃群
王广秀	栾玉清	齐英环	姜春娟	尹兰梅	张淑梅	韩 兵	郑永学	李洪义
崔洪滨	刘振中	李延湘	盛希水	程振营	杨秀锋	杨泽中	赵连成	王克平
陈老大	张彩辉	李秀荣	张凤荣	郎亚军	冯明梅	张丽华	李凤玲	康秀英
关丽霞	王文霞	高秀环	王玉华（大）		王玉华（小）			

佳市76届知青95人：

李长青	张 萍	司玉兰	姜桂兰	栗福华	常运梅	刘春梅
关丽梅	张丙英	白 晶	原菊芬	于国庆	王世华	崔淑梅	张德录	宋秀珍
马文明	杨月影	姜慧敏	李丽华	赵 燕	孙宝库	柴井华	赵启荣	鄂秀芳
芦亚琴	吴淑珍	纪桂英	肖庆华	赵桂兰	王丽艳	隋亚萍	杨连平	李桂杰
李孝敏	苑振清	藏文波	翟立军	张立贵	谢淑珍	李淑梅	曲秀芝	王亚芬
李江梅	陈 波	李相得	许淑兰	孙永志	曹陪华	刘永艳	李颖立	迟志斌
刘井玉	李 杰	王维华	于 波	雷恩庆	杨 伟	李 峰	李 正	杨翠萍
梁玉兰	朱国顺	刘春华	高 萍	邱春校	陆青顺	高仁成	张树学	李世良
沈朝军	马忠福	张学富	陈兆梅	刘 涛	高 敏	李 明	李纪东	李 凤
李凤兰	干树堂	宋丙霞	将春英	费国庆	毛 玉	张国民	王志福	王佳才
王彩玉	赵喜春	刘春华	王元财	张树学	夏文库	卢士德		

不计入名册统计数字：刘国华 付振津

名单整理：张 萍 张海燕

二十、四营修理所、修理排人员合计59人

马奎仁	王凤秋	孙恩永	刘忠汉	佟明安	韩万昌	杨松印	齐 进	付 贵
车洪芳	王顺喜	刘 军	刘 红	张洪垚	赵淑敏	王小红	马秀莲	陈成亮
孙玉新	张 良	孙少红	孙本昌	王淑芹	马志玉	王英富	王秀娟	伊士英
孙恩富	庞学军	杜 云	王云庭	腾云海	谢吉昌	叶其鲁	高明金	高玉英

万　敏	万利华	刘永军	李连成	刘天尚	蔡春华	周长水	张秀清	刘桂兰
沈秀英	刘树发	陈建国	侯元怀	付大加	陈生根	李安鑫	王儒斌	范秀荣
赵秀荣	陈　红	邱善敏	王洪文	王　力				

不计入名册统计数字： 康福荣　田翠荣　张学义　李　军　蔡淑霞　赵光云　任世成
周宝虎　宋家义　周　剑　周爱琴　史国政　郑永强　靳宝荣　李淑琴　韩树森
张光明

小车排：35 人。

勤得利： 历彦顺　刘万军　张华友　李　东　谢　贵　解凤平　范英勇　刘厚水
李永兰　杜新斋　刘德利　李连华　闫福田　郭路田　于延河　于恩浩　高河山
杨振跃　张奎壁　张振华

北　京： 付国银　王劲松　付连顺　强国庆　侯广利　关兰顺

上　海： 秦士强　徐英明　王金海

哈尔滨： 吴君城　张宝林　孔祥琪　董兆正　陈嘉利　李信生　刘德勇

不计入名册统计数字： 付连顺

机务排名单：51 人。

勤得利 14 人： 李成河　裴东运　徐森古　范英勇　金同让　杜新斋　候元怀
　谢　贵　厉彦志　付贵林　范为顺　杨松印　张纪成　于成义　刘建国

北京 16 人： 付连顺　崔世明　李宝恒　王全振　姜守源　陈志深　周勇明　刘　军
王志国　胡启凤　陈开选　邓国才　张占东　高群柱　耿木亚　郭继伦

天津 8 人： 曾三丁　姜贵友　张洪起　冯宝江　赵贵生　徐宝贵　顾力科　刘丽生

上海 6 人： 顾明荣　俞建发　施和生　祁建华　姚锦平　胡本义

哈尔滨 6 人： 白　桦　王汉章　尹浩友　张宝林　于景利　张长军

牡丹江 1 人： 邢得志

不计入名册统计数字： 杜新斋　厉彦志　谢　贵　付连顺　李宝恒　王全振　姜贵友
张洪起　冯宝江　赵贵生　顾力科　胡本义　施和生　白　桦　付国银　王劲松
强国庆　侯广利　关兰顺

名单整理：周宝虎　张学义

二十一、开荒营营部人员名单总计：235 人（含面粉厂、直属工副业单位）

营部领导：人数 8 人：

教导员（勤）： 王书信　皮荣贵　陈支信

营　长（勤）： 张　英　齐　福　高炳银

副教导员（勤）： 高金池　朱兴成

副营长（勤）： 张正作　：（沪）狄胜良（不计入名册）

营部参谋室：5 人：

机务参谋（勤）： 王凤秋　周凤鸣　李长荣　于成洲

农业参谋（京）： 周涵达

基建参谋（勤）： 　徐锡梅　（不计入名册）

技术岗位：合计 **7** 人：

气象站： 　　　（哈）夏晓玲　刘伟芝　（勤）薛海涛

良种化验室： 　（京）邵秀玲　（哈）刘伟芝

林业管理勤： 　（勤）薛　山　薛海涛

农业技术员勤： （勤）原玉明　孙　韶

统　计： 　　　（勤）杨子栋　（沪）陶　澍

不计入名册统计： 　刘伟芝　薛海涛　邵秀玲

政工组：合计 **4** 人：

书记员： 　　　（京）张胜利　（津）巩振冀　（沪）杨国荣

组织干事： 　　（勤）黄德贵　（津）魏敬唐

不计入名册统计： 　魏敬唐

干　事：合计 **4** 人：

文教干事： 　　（沪）邵启新　张命发　何申申　　（京）温学成

妇女干事： 　　（沪）杨才瑛　　（勤）魏桃桂　　（哈）张玉玲

不计入名册统计： 　杨才瑛　张玉玲　何申申

后勤组：合计 **12** 人：

后勤助理员： 　（沪）罗以文　汤明忠

粮油保管员： 　（京）刘桂英　　（勤）张玉冰　　（沪）刘逸安

库房管理员： 　（勤）李　林　容传武　于延河　（沪）李永章　王金龙

油料员： 　　　（京）高群柱　　（沪）何兆璇　　（勤）金福田

不计入名册统计数字： 许秋元　郑永强　赵光辉

财会室：合计 **6** 人：

会计勤： 　　　段龄昌　曾令芳　陈棉斌　　（沪）俞建国　邹星妹

出　纳： 　　　（沪）俞建国　陈崇以　　（京）顾志琴　　（津）宋慧娟

　　　　　　　（佳）：陆桂英

不计入名册统计： 　顾志琴　宋慧娟　俞建国　陆桂英

通讯员：合计 **10** 人：

　　　（勤）：李连华　邢继良　常　宝

　　　（京）：郝书奎　张学义　付连顺　刘存礼

　　　（津）：李成起　任　杰

营直机关其他部门：**23** 人：

营直支部书记：（勤）黄德贵　蒋笃庆　王凤秋　曲志庭　翟永国

交换台： 　　（京）李淑颖：　（勤）姜春凤　黄金娥　张　平

广播站： 　　（勤）毕勤英：　（沪）丁建平

兽医站： 　　（勤）贾德良　徐庆祯

架线班： 　　（沪）孙庆根　丁建平　　（哈）王建祖　　（勤）薛海圣

卫生所： 　　（勤）陈立堂　陈贴辉　王秀环　白玉春　吴淑春　王玉霞　翟绍红

（沪）黄玉琴　孙金妹：　（京）钱　琦

不计入名册统计数字：黄德贵　丁建平　王建祖　吴淑春　曲志庭

营直机关其他部门：合计 25 人：

治安组：　　　（勤）黄恒喜　李茂平　（沪）邵民生　华坚勇

招待所：　　　（京）邵秀玲　毕明春　　（沪）王招英　　（勤）蔡柳英　陈桂芝

商　店：　　　（沪）李孝凤　何秀兰　曲维明　王春花　　（勤）吴勤英　施丽慧
　　　王秀琴　（哈）李桂莲　　（京）赵桂华

邮　局：　　　（沪）姜兰宝　张坤明　　（京）郝书奎　　（勤）顾凤才

放映队：　　　（京）高玉恒　王立朝　强国庆　　（沪）卢来根　　（哈）吴君城
　　　（勤）高河岭

缝纫组：　　　（勤）张树秀　李朝凤　王凤艾　陈怡辉

木工组：　　　（勤）张锦堂

粮店：　　　　（勤）张玉冰

理发室：　　　（勤）单古月　陈熙敏

不计名册统计数：　　邵民生　邵秀玲　卢来根　吴君城　郝书奎　毕明春　李朝凤
　　　何秀兰　张玉冰

炊事班：勤：小计 4 人：

司务长：　　　（京）温学成　　（沪）朱旭东　　（勤）罗乾坤　孙玉忠

上　士：　　　（京）李桂花　　（津）黄慧茹　　（沪）吴乃云

不计入名册统计数字：朱旭东

炊事员、后勤、小计 20 人：

炊事员：　　　（京）许秋元　邵秀玲　刘桂兰　吴秀芬　关战英　张俊珍　毕明春
　　　孙玉兰　王宝萍　何素然　李淑颖　　（津）杨言梅　　（沪）周玉仙
　　　（勤）李朝凤　刘小红　孙本琴　邱善玲　吴淑兰

菜　园：　　　（勤）董乃青

浓江饭店：　　（津）赵玉琢

面粉厂、酱油厂、果园、幼儿园人员合计：25 人。

面粉厂：　　　（勤）边清悦　陈淑兰　贺书官　张玉冰　　（沪）王　敏

佳木斯知青：陆桂英　叶桂芝　白春英　杨枫　朱志英　龚雪艳　孙玉坤　刘淑琴
　　　焦丽华　梁桂华　汪成福　万　明　王　和　史国华　随会来　腾吉东　陶国田
　　　李恩德　于　忠　陈维英

酱油厂：　　　（勤）马　江　　（沪）李接德

果　园：　　　（沪）戴根荣　顾福妹　徐道生

幼儿园：　　　（津）韩秀清

不计入名册统计数字：王　敏　顾福妹　韩秀清　张玉冰　李接德　徐道生　汪成福
　　　边清悦

注：全营名册的统计，经各连队战友们共同努力回忆才完成，过去快 50 年了，难免有
　　遗忘漏掉的名字，如有遗漏或错误，我们深表歉意！

附 录

一、北大荒的军垦轨迹

《向荒原进军》书中所选用的图片中，历史图片大多采自场史、战友投稿、报刊报道。由于已经过去 50 多年了，很多图片无地址、姓名，在此，对投稿人和作者深表谢意！新图片部分由勤得利、浓江农场、北大荒博物馆以及几次会议的战友和各界朋友所提供。本书总编、全体编委向他们深表感谢！

1948 年解放军伤残荣誉军人
组织起来开荒建农场

独臂荣军在放牧

1947 年 6 月 13 日开始开荒（开发北大荒第一犁）

1958 年解放军十万官兵开发北大荒

运筹帷幄、开发北大荒

1958 年，铁道兵官兵先遣队到达勤得利

1958 年，解放军十万官兵开赴北大荒

1968 年 54 万知识青年屯垦戍边

1968 年 6 月 18 日毛主席批示组建黑龙江生产建设兵团
当年 6 月第一批北京知青到达勤得利农场
（抱毛主席像者为十五中高三钱兰珍）

1970 年建设兵团在三江平原组建第
六师时的师部（火烧后）

20 世纪 70 年代的 27 团（勤得利农场）团部全景（廖烨 拍）

6 师 27 团开荒营各级领导

兵团 6 师师长王少伯（前排中间）
后排女士：乔　丽、北京知青、开荒营 36 连指导员、27 团副参谋长

27 团团长：孙光俭
开荒总指挥

27 团团长：房贵忠
开荒总指挥

27 团政委：许树生

27 副团长：丁元善
（1958 年四分场场长）

27 团参谋长：张友
开黄副总指挥

27 团团长：李宝山
（后任政委）

营长：张英

开荒副总指挥

农业参谋：周涵达

（按进点顺序）

机务参谋：于成洲

教导员：王书信

6 师 27 团开荒营向浓江河进军

1971 年，大批知青加入到开发荒原的队伍中，他们和 1958 年转业的北大荒老战士、民团解放军现役干部一起组成了开发江平原的先头部队，这是当年 27 团开荒战役动员大会的会场。

王师长在 27 团开荒营向荒原进军誓师大会上做动员讲话

1971 年 2 月 6 师 27 团开荒营向荒原进军（右 1 为张英营长）

43连建点后展旗合影留念

46连天津知青刘丽生建点留念

新建的连队

1营16连 整建制班排调往开荒营

开荒营新建点

修水利挖沟排水

挖沟修路

机械修公路打通生命线

为了生存拼了

编草帘

知青女战士伐木队在装车

打草掸刀（1连）

支援开荒营

开荒前线指挥部

打响开荒大会战

再破开荒记录

女拖拉机手

当年开荒、当年播种

当年收获

水中割麦

与老天爷抢粮

丰收的喜悦

快卸、快跑

抓紧摊晒

"一、二、三"加把劲

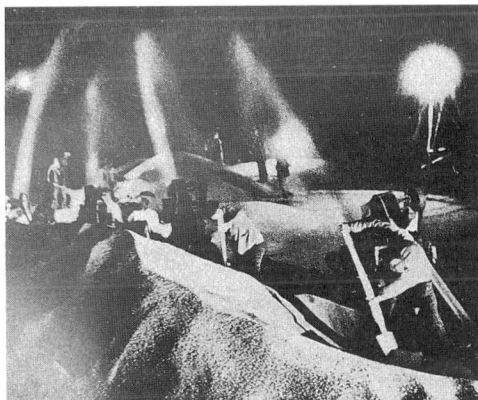

扬场也要大会战

粮食入囤

连队等待运往国库的粮食

从开荒营向外运粮的车队

康拜因

曾经屯垦戍边

黑龙江生产建设兵团撤编时，6 师 27 团
司、政、后现役军人合影留念

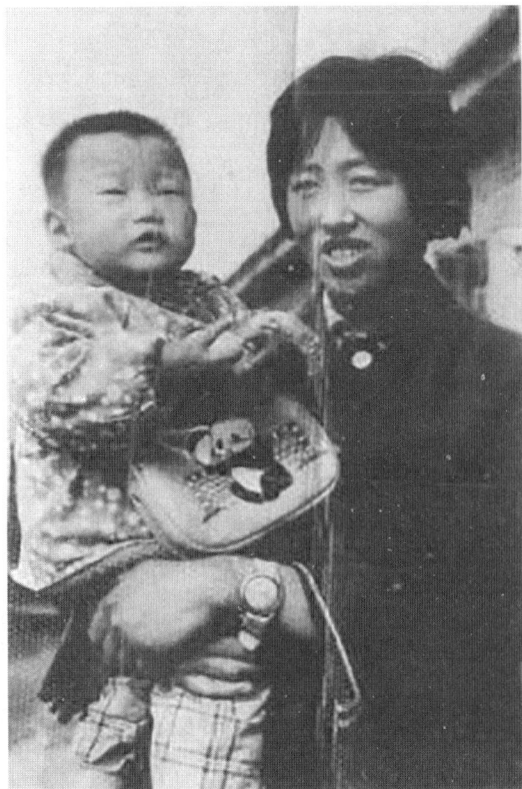

周涵达、杨玉琴夫妇在荒原上
出生的第一个孩子

那个年代，雪就这么大

历史遗存

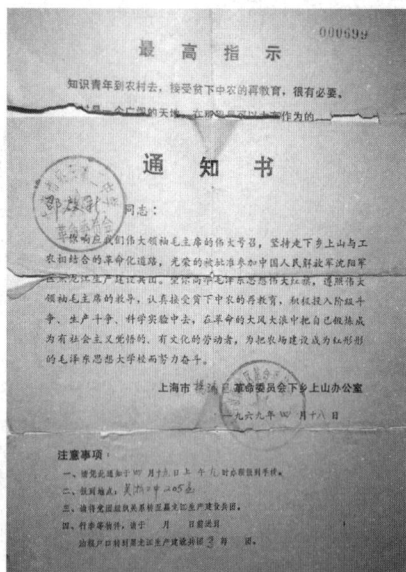
下乡通知书

边境居民证

五好战士证

运动会成绩

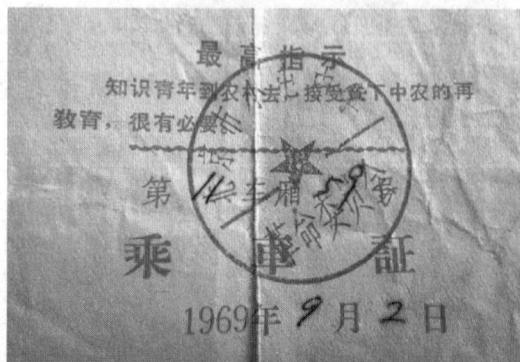
下乡乘车证

知青的帽子

二、沧海桑田的巨变

五星山下的勤得利农场（27团）

浓江河畔的浓江农场职工住宅（开荒营33连位置）

参观勤得利的水稻田

浓江农场的水稻地块

现代化的农业机械

收割水稻

飞机喷药

为北大荒农垦事业艰苦奋斗了一生的传奇人物

建三江局副局长：李万宝

郭亚萍

1980 年，国家用补偿贸易的方式引进资金和先进的农机配套设备，开始在农场进行农业现代化的试点。主持谈判工作的李万宝副局长坚持开荒建新农场，用六年时间在浓江河南岸建成一个 30 万亩耕地的现代化的洪河农场。为建三江管局现代化农场的建设积累了经验。

李万宝副局长（左 1）亲自为洪河农场选址并指挥开荒

洪河农场

昔日荒草滩，今日建三江局国营大农场集群

建三江规划图

建三江管局国家级湿地保护区内的白鹳

美丽建三江，中华大粮仓

黑龙江建三江国家农业科技园区

建三江精准农机中心

建三江先进的农业机械（一）

建三江先进的农业机械（二）

万亩水稻田

与五星山比肩——丰收的稻米堆成金山（勤得利　刘江拍摄）

《向荒原进军》编写回忆录

2014 年 2 月 16 日在丰台第一次会议

2016 年丰台第二次会议

2016 年秋万寿路第三次会议

2017年2月21日北京第一次研讨大会合影

2017 年 3 月 25 日天津研讨会合影

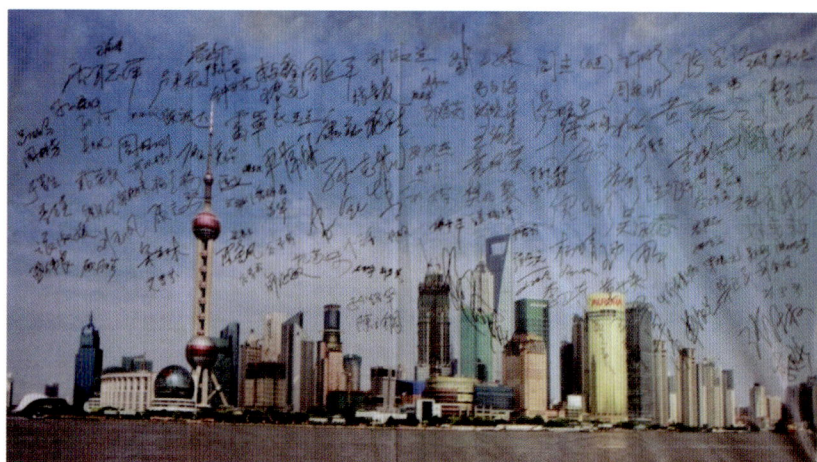

2017 年 4 月 29 日上海研讨会议签名

《向荒原进军》组委会上海会议合影

2017年6月18日哈尔滨研讨会议合影

《向荒原进军》哈尔滨会议组委会合影

《向荒原进军》哈尔滨研讨会议会场

浓江河畔二部落

2018 年 1 月 12 日北京研讨会合影

局、农场各级领导到北京会议祝贺

2018 年 9 月周涵达主编与佳木斯战友合影

开荒营的元老们

2018 年周涵达主编在勤得利与开荒营元老合影（前排中间营教导员：王书信）

2018 年周涵达主编在浓江农场与开荒营的元老合影

四营砖厂佳市知青回访团

47、48 连老战士回访团合影

周涵达主编在会上做动员讲话

《向荒原进军》北京编审会议（右2为周涵达主编）

《向荒原进军》北京编审会议结束留念